윤이후의
지암일기

윤이후의 지암일기

2020년 1월 9일 제1판 1쇄 인쇄
2020년 1월 30일 제1판 1쇄 발행

지은이   윤이후
옮긴이   하영휘 외
펴낸이   이재민, 김상미

편집   정진라
디자인   달뜸창작실, 정희정

종이   다올페이퍼
인쇄   천일문화사
제본   국일문화사

펴낸곳   너머북스
주소   서울시 서대문구 증가로20길 3-12
전화   02) 335-3366, 336-5131 팩스 02) 335-5848
홈페이지 www.nermerbooks.com
등록번호 제313-2007-232호

ISBN 978-89-94606-57-6 03810

너머북스와 너머학교는 좋은 서가와 학교를 꿈꾸는 출판사입니다.

이 도서는 한국출판문화산업진흥원의 '2019년 출판콘텐츠 창작 지원 사업'의 일환으로
국민체육진흥기금을 지원받아 제작되었습니다.

윤이후의
지암일기

윤이후 지음 하영휘 외 옮김

너머북스

강호의 꿈

윤이후는 누구인가

윤이후尹爾厚(1636~1699)는 본관이 해남, 자는 재경載卿, 호는 지암支庵이다. 생부는 윤의미尹義美고 양부는 윤예미尹禮美이며, 고산孤山 윤선도尹善道의 손자이고 공재恭齋 윤두서尹斗緒의 생부다. 그는 6남 2녀를 낳아 5남 1녀를 길렀다. 창서昌緒, 흥서興緒, 종서宗緒, 두서斗緒, 광서光緒 다섯 아들 중, 종서를 생가의 형 이구爾久에게, 두서를 종가의 형 이석爾錫에게 양자로 보냈다. 그로써 윤이후의 5대조 윤구尹衢의 6대손 이하는 모두 윤이후의 혈통이 잇게 되었다. 딸은 김귀만金龜萬의 아들 남식南拭에게 시집가서 괴산에 살았다. 그밖에 첩실에게서 난 애록愛綠이라는 딸이 있었다.

윤이후는 1679년(숙종 5) 생원시에, 1689년(숙종 15) 증광문과에 급제했다. 중앙관직을 거쳐 1691년(숙종 17) 4월 함평현감에 부임했으나, 이듬해 2월 그는 홀연히 관복을 벗어던지고 영암(현재는 해남) 팔마八馬의 농장으로 은퇴했다. 그가 쓴「일민가逸民歌」에는 당시의 심경을 다음과 같이 노래했다.

세상이 날 버리니 나도 세상 버린 후에

강호에 임자 되어 일없이 누웠으니

어즈버, 부귀공명이 꿈이었던 듯하여라

갑술옥사 후 진도에 유배되어 있던 정유악鄭維岳은 윤이후와 친한 사이였다. 그가 1696년(숙종 22)에 쓴 「죽도서기竹島序記」에는 윤이후에 대한 다음과 같이 평이 있다.

어려서부터 집안의 가르침을 익혀 그 행실과 뜻에 남들이 미치지 못하는 바가 많지만, 사람들은 잘 알지 못한다. 중년에 과거에 급제하여 조정에 벼슬했으나, 세상 사람들이 추구하는 바를 그는 달갑게 여기지 않았다. 그래서 세상에는 그를 추천하거나 끌어 주는 사람이 없었다.

은퇴 후 윤이후는 자손 교육과 농사에 몰두하는 한편, '강호의 꿈'을 실현하기 위하여 죽도竹島를 열심히 경영했다. 죽도는 밀물 때는 산으로 둘러싸인 호수 가운데의 작은 섬이 되고 썰물 때는 흘러가는 강물을 발 아래로 굽어보아, '호남에는 상대가 없을' 정도로 풍광이 좋은 곳이었다. 그는 거기에 아담한 초당을 짓고 제방을 쌓아 경지를 만들어, 풍치뿐 아니라 경제적으로도 자립할 수 있는 터전을 마련했다. 윤이후는 삶을 즐겼다. 각종 나무와 화초 심기를 스스로 벽癖이라고 할 정도로 좋아했다. 또 음악을 수시로 즐겼다. 악사樂師와 가사歌師를 초빙하여 며칠씩 머물며 재능이 있는 비婢들을 가르치게 했다. 간혹 산사나 명승에 모여 연회를 열 때면, 금비琴婢, 야비倻婢, 가비歌婢 등을 데리고 다녔다. 다음은 만덕사 산방 모임의 한 장면이다.

윤천임이 금아琴兒 한 명을 불렀다. 윤세미 씨가 데려온 이형징은 평소 거문고와 노래로 이름난 사람이다. 나와 함께 간 송창좌와 서로 어울려 연주했다. 밤이 깊어서야 파했다. 오늘 모임은 훌륭하다고 할 만하다. _1692년 9월 29일 일기 중에서

그러나 세상은 그가 강호 생활을 즐기도록 가만히 두지 않았다. 『지암일기』가 그것을 잘 보여 준다.

8년간 하루도 빠짐없이 일기를 쓰다

『지암일기』는 윤이후가 1692년(숙종 18) 1월 1일부터 1699년(숙종 25) 9월 9일까지 하루도 빠짐없이 직접 쓴 일기다. 함평현감 때부터 작고하기 5일 전까지 그의 말년이 고스란히 여기 담겼다. 이 일기는 1692·1693·1694년, 1695·1696년, 1697·1698·1699년 모두 3책으로 묶여 있다. 매년 첫머리에는 각 달의 간지, 대소大小, 초하루 간지, 그달에 든 절기의 날짜 등이 표로 작성되어 있다. 이것을 포함한 일기의 형식은 8년분 모두 동일하다.

이 일기는 원래 해남 녹우당에 소장되어 있었다. 그것을 한국학중앙연구원에서 가져다 스캔했다. 이 번역의 원전原典으로 한국학중앙연구원의 스캔 피디에프(pdf) 파일을 이용했다. 일기의 보존 상태는 대체로 양호한 편이나, 1692년 1월~7월의 판심 부분이 마모가 심하다. 그래서 원본을 직접 보며 그 부분을 한 자라도 더 살리고 싶었으나, 끝내 뜻을 이루지 못했다.

윤이후는 이 일기에 자신의 일상생활을 빠짐없이 기록했다. 먼저 날씨를 자세히 기록했는데, 특히 태양의 이상현상은 그림까지 그리며 설명했다. 자신의 동정과 질병을 기록한 것은 물론, 자기 집에 내왕한 인물과 외출하여 만난 사람도 신분 고하를 막론하고 기록했다. 편지의 수발受發과 그 인

편도 기록했는데, 특히 세 아들이 서울에 있었기 때문에 그들의 편지를 통하여 알게 된 서울 소식도 기록하고 있다. 특기할 만한 소문도 기록했다. 그리고 자신이 일상생활에서 접한 사물에 대한 감정까지도 솔직하게 써 놓았다.

이 일기에 기록된 윤이후의 『일민가逸民歌』는 이미 널리 알려진 작품이다. 그밖에도 윤이후가 수시로 수창酬唱한 시와 산문 250여 편이 수록되어 있다. 특히 자신이 정성을 다하여 경영한 죽도에 관한 시가 많은데, 본인이 지은 죽도시를 많은 사람에게 보여 주고 차운한 시를 수시로 받아서 기록한 것이다. 1696년 일기 끝에는 자신이 소싯적에 쓴 시들을 휴지 더미에서 발견하여 베끼고 발문까지 써 놓았다. 이렇게 보면, 이 일기는 윤이후의 문집이라고도 할 수 있다.

윤이후는 유복자로 태어났는데, 태어난 지 4일 만에 어머니를 잃고 유모의 품에서 자랐다. 이 유모에 관한 애틋한 심경을 「유모의 행적에 대한 기록[乳母事實]」이라는 제목의 글로 일기에 남기며, 다음과 같이 주를 달았다.

유모의 손자 대까지는 신공身貢을 징수하지 말고 또 잡아다 부리지 마라. 그 후소생後所生은 여러 대가 지나도 절대로 외손에게 상속하지 마라. 그 렇게 함으로써 내 지극한 뜻을 잊지 마라.

이처럼 유훈遺訓의 성격이 있는 글이 이따금 눈에 띈다. 또 1697년 5월 '세자世子 저주 무고誣告 사건'에 연루된 혐의로 아들 종서가 죽자, 종서를 죽음으로 몬 사람들의 이름을 밝히며 잊지 말고 기억하라고 했다. 이런 점을 보면, 이 일기가 자손들에게 두고두고 읽히기를 바랐다는 것을 알 수 있다. 말하자면, 윤이후는 이 일기를 통하여 가문의 전통이 전승되기를 바랐던 것이다.

요컨대, 이 일기는 일상생활의 기록, 윤이후의 문집, 가문 전통의 전승, 이세 가지 성격을 가졌다고 할 수 있다.

『지암일기』의 시대

윤이후가 『지암일기』를 쓴 17세기 말에 조선에 혹독한 재난이 끊임없이 닥쳤다. 1699년 5월 9일 일기에는 "5, 6년의 흉년과 작년, 올해의 독한 전염병으로 사람이 많이 죽었다."라고 썼다. 윤이후의 집까지도 양식이 떨어져 걱정하는 대목이 여러 번 나온다. 그는 큰 부자였지만 원래 딸린 식객이 많은 데다가 오랜 흉년에 의탁하는 사람이 많았기 때문이었다. 1696년 4월 상경 길에 길가의 굶어 죽은 시체를 보고 그는 다음과 같이 썼다.

> 팔마 마을은 얼굴색이 누렇게 뜨거나 흩어져 다른 곳으로 간 사람이 없다. 이것은 농사가 잘되어서 그런 것이 아니라, 내가 비축해 둔 곡물로 여러 번 사사로이 진휼했기 때문이다. 길을 떠난 후 나주 위로는 보이는 참상이 더욱 심하다. 논 값이 1섬(15말) 혹은 2섬에 불과한 경우가 많고, 사람 값은 1섬에도 못 미친다. 죽은 사람도 이루 셀 수가 없다.

1693년 6월 4일 일기에는 그가 실제로 진휼한 이야기가 기록되어 있다.

> 마을에 사는 연로한 자, 혼자 사는 자, 앙역仰役하는 자녀에게 의지하여 연명하는 자, 겨우 환란을 넘긴 자 모두 16명에게 노비 여부를 막론하고 벼 2말씩을 무휼撫恤하는 뜻으로 지급했다.

오랜 재난에 명화적과 노상강도가 횡행하고 윤이후의 집에도 도둑이 들어 물건을 훔쳐 간 일이 있었다. 죽도의 별서別墅에는 방화로 추정되는 화재도 발생했다. 걸인이 자주 문을 두드리고 도망갔던 노비가 굶어 죽는 것이 두려워 스스로 주인집으로 돌아오기도 했다. 어지러운 사회의 분위기에 위협을 느낀 나머지, 윤이후는 자기와 가까운 양반가의 젊은이들로 하여금 돌아가며 밤에 와서 '숙위宿衛'까지 하게 했다. 한국사에 이른바 '17세기 후반의 재난'에 관한 설이 있지만, 그 실상을 이 일기가 여실히 보여 주고 있는 것이다.

1694년의 '갑술옥사'로 남인이 실권하고 소론과 노론이 집권했다. 왕비 장씨가 희빈으로 강등되고 폐비 민씨가 복위되었으며, 남인들이 관직에서 모조리 쫓겨났다. 1696년 일기의 끝에는 당시 쫓겨난 남인 고관 46명의 명단이 그들의 수형受刑 사항과 함께 기록되어 있다.

그 결과 권대운, 권규, 목내선, 김덕원, 정유악, 류명천, 류명현, 이운징, 이현기 등 어제까지 권력을 장악하고 있던 남인의 대표적 정치인들이 해남 부근의 강진, 진도, 고금도, 신지도, 우이도 등지에 유배되어 왔다. 벼슬을 버리고 강호에 물러나 있었지만, 윤이후는 이 사건으로부터 자유로울 수 없었다. 남인의 선봉에서 서인에 강하게 맞섰던 윤선도의 손자이기도 하고, 한때 그들과 동지이기도 했기 때문이다. 그는 그들을 방문하거나 자주 편지를 보내 위로하는 한편, 식량과 장류醬類를 보내며 보살폈다. 훗날 그의 아들 윤종서가 '세자 저주 무고 사건'에 연루된 혐의를 받아 반대당의 끈질긴 공격으로 죽게 되는데, 이처럼 유배객과 교류하고 그들을 보살핀 것과 무관하지는 않을 것이다.

윤이후는 벼슬을 내던지고 강호의 꿈을 이루려고 노력했지만, 세상은 그의 발목을 놓아주지 않았다. 조선의 사대부가 늘 강호를 꿈꾸었지만, 그것이 얼마나 이루기 어려운 것이었는가를 『지암일기』가 잘 보여 준다.

『지암일기』의 사람들

윤이후의 집에는 사람들의 내왕이 연락부절이었다. 그는 그것을 빠짐없이 기록했다. 그중에는 거의 매일 내왕하다시피 하는 사람들이 있었다. 그들은 대부분 해남 윤씨 집안의 서얼이거나 해남 지방의 양반으로서 마름, 겸인, 제언 공사의 감독, 관공서 관련 일 등을 맡아보는 사람들이었다.

또 다른 기록에서는 좀처럼 찾아보기 힘든 풍수장이, 점쟁이, 의원, 침의鍼醫, 장인, 재인, 악사, 가수, 걸인 등 신분이 낮은 사람들도 이 일기에 많이 나온다. 그중에 간혹 기인奇人을 만나면 윤이후는 자세히 묘사하기도 하는데, 김경룡이라는 장사를 만나고는 다음과 같이 썼다.

> 이 사람은 장사로 유명하다. 체구는 작지만 용맹이 남다르고 총을 잘 쏘아 지금까지 잡은 호랑이가 20여 마리다. 올해 나이가 여든인데, 근력과 정신이 조금도 쇠하지 않고 눈동자가 빛나고 시력이 좋다. '젊었을 때 호랑이 눈을 먹으면 눈이 맑아진다는 말을 듣고, 연달아 여섯 마리의 눈 12개를 먹었습니다. 지금껏 시력이 쇠하지 않은 것이 혹 그 때문인지도 모르겠습니다.'라고 그가 말했다. _1697년 4월 6일자 일기 중에서

또 이 일기에는 노비에 관한 기록이 풍부하여 많은 사례를 읽을 수 있으며, 그들의 인간적인 모습을 생생하게 기록하고 있다. 이것은 그들에 대한 관심과 애정을 반영한다. 그는 병문안을 온 비에게 시를 써 주기도 했다. 1697년 10월 20일 일기에는 덕립이라는 노의 죽음을 기록하면서 다음과 같이 썼다.

> 노 덕립이 새벽닭이 울 때 홀연히 세상을 떠났다. 이 노의 나이가 올해 여

든인데, 부부가 지금껏 해로하고 자손이 60여 명이나 된다. 실로 세상에 드문 복이다.

이렇게 하층민에게서 발견하는 행복, 재주, 매력을 편견 없이 기록하는 것을 보면, 그가 신분을 뛰어넘어 인간을 사랑했다는 것을 알 수 있다. 이런 기록은 하층민의 생생한 기록이 드문 한국사에서 소중한 자료가 아닐 수 없다. 또한 그것이 이 일기의 재미를 한층 더하기도 한다.

『지암일기』의 번역 작업

이 『지암일기』 번역은 공동 작업의 소산이다. 우리는 2013년 11월 23일부터 격주로 토요일에 만나 '지암일기 번역세미나'를 가졌다. 만 6년이 지나 이제 출간을 앞두고 있다. 돌이켜 보면 긴 시간이지만 세월 가는 줄 모르고 『지암일기』에 몰두했다. 각자가 작업해서 발표한 『지암일기』의 번역문을 놓고 진지한 토론을 하며, 우리는 그야말로 학문의 즐거움을 만끽했다. 여과 없이 서술한 다양하고 생생한 생활 현장의 이야기에 흠뻑 빠져 격의 없는 토론을 즐겼던 것이다. 『지암일기』 번역본이라는 작업의 결실도 중요하지만, 거기에 이르는 노력의 과정 또한 결실 못지않게 값지다고 자부한다. 또 우리는 일기의 무대인 해남 일원을 네 차례 답사했다. 윤이후의 생활 무대인 팔마와 죽도, 그의 외가가 있던 백치, 종가의 터전이 있던 백포 및 연동, 유람 다녔던 대흥사와 합장암 등지를 하나하나 찾아다니며 현장감을 익혔다. 특히 일기의 중심무대인 죽도의 위치가 잘못 알려진 것을 발견하고 정확한 지점을 찾은 것은 답사가 아니면 기대할 수 없는 중요한 수확이라고 할 수 있다.

번역 작업에 어려움이 없었던 것은 아니다. 많은 사람이 제각기 작업한 초고를 기반으로 한 번역이기 때문에, 오역은 물론 체제와 용어가 통일되지 않은 문제점이 있었다. 이것을 고치느라 일 년 가까이 품을 들였다. 그래도 여전히 번역에 대하여 자신감을 갖기에는 부족하지만, 완벽을 추구하다 보면 한이 없겠기에 미진하나마 출간하기로 결정했다. 불투명한 시장성에도 불구하고 흔쾌히 출판에 응해 주신 너머북스의 이재민 사장님께 감사드린다.

2019년 12월 31일
가회고문서연구소에서 번역자들을 대표하여
하영휘가 쓰다

차례

머리말　　5

1692년 벼슬을 던지고 돌아와 解符歸來

1월　　그 속마음을 어찌 알랴 27
2월　　돌아가 병든 어머니를 모시려는 마을일지니 34
3월　　죽도 별업으로 나와 제방을 보수하다 41
4월　　기둥을 세우고 방향을 정하다 52
5월　　두 친구의 애쓰는 정성이 진실로 고마워 61
6월　　두통으로 괴로운 나날들 70
7월　　구들을 놓은 뒤 벽을 바르고 콩댐을 하니 77
8월　　아버지 묘에 석물을 세우다 85
9월　　조상 제사의 유사有司가 되어 92
10월　　소리산에 배를 보낸 이유 101
11월　　낙무당을 보수하다 108
12월　　가야금과 거문고를 만들고 115

1693년 운명인 듯 받아들여 安之若命

1월　　집사람은 글을 모름에도 127

2월 　인천 누님의 별세 138

3월 　어머니 상을 당해 146

4월 　장례를 지내고 사흘 만에 큰비가 오니 158

5월 　아내의 눈병 169

6월 　동네 사람들을 진휼하다 178

7월 　학질의 괴로움 190

8월 　파산 석물에 대한 의논 199

9월 　서울로 나포되다 212

10월 　의금부에 하옥되다 223

11월 　석방되어 돌아오다 241

12월 　송사訟事 청탁을 물리치고 250

1694년 근본에 충실하여 농사에 힘쓰니 務本力稽

1월 　겨울과 봄에 눈도 오지 않으니 261

2월 　서로 목숨 의지하는 사이였건만 272

3월 　속금도에 제언을 쌓다 286

4월 　자던 새가 둥지에서 놀라 깬 것 같아 300

5월 　충헌忠憲, 두 글자의 뒷이야기 316

윤5월　류 대감의 위문편지에 답하다 328

6월 　죽도가 있기에 세상을 잊을 수 있어 338

7월 　외로운 신하의 눈물 황천에 사무치네 346

8월 　유모와 나 357

9월 　죽은 아들의 궤연이 돌아오다 375

10월 　팔마장에 사당을 짓다 383

11월 　묏자리 잡기가 어려워 390

12월 　인천 자형도 세상을 버리시고 400

1695년 산과 물에도 이치가 있거늘 山水有理

1월 기대하지 않은 일 세 가지 421

2월 집안에 초상이 줄을 이어 436

3월 사대부의 수치가 되는 일일지니 447

4월 은 채굴지를 방문하다 454

5월 황원을 둘러보다 468

6월 비 인향과 수춘의 추쇄 486

7월 지사 서육과 풍수를 논하다 496

8월 논정 땅을 둘러싼 다툼 509

9월 진도를 방문하다 525

10월 죽도에 초당을 짓다 540

11월 도둑맞고도 다행한 일 세 가지 554

12월 한 해가 내달리는 수레바퀴 같아 566

1696년 기댈 구석 없는 고아로 태어나 零丁孤苦

1월 시를 주고받은 날들 581

2월 죽도의 노래 600

3월 암행어사가 하는 짓 613

4월 절도의 유배객을 찾아가다 623

5월 서울로 가 할아버지 제사에 참석하다 642

6월 집으로 돌아오는 길 657

7월 유모의 딸 가지개의 죽음 688

8월 이 일을 어찌 할까 697

9월 요사이 괴로움을 이루 말할 수 없어 707

10월 그래도 친척이 남보다 낫네 720

11월   밤에 운 수탉 732

12월   종아의 유배 소식 742

1697년 나는 떠나고 너는 남아 我去爾留

1월   손자 희원의 탄생 767

2월   종아를 찾아가다 779

3월   떠나는 길 눈물로 옷깃을 적시며 801

윤3월 두모동 제언을 보수하다 813

4월   아들의 죽음 823

5월   마음 달랠 길을 찾아 838

6월   유모의 제사를 지내다 850

7월   도적을 막는 몽둥이 860

8월   육촌형 윤이형의 죽음 868

9월   노 선백의 집을 수리하다 877

10월   더부살이와 같은 삶 887

11월   종아의 가솔을 데려오다 898

12월   고요 속에 흥이 넉넉함을 알겠으니 916

1698년 마음 가는 대로 한가로이 任意容與

1월   대둔사를 방문하다 927

2월   천연두로 손자를 잃다 936

3월   강진 백운동을 구경하다 949

4월   변례 중의 변례 962

5월   백치 외숙의 별세 973

6월   일민가逸民歌 982

7월   회록이여, 어이해 초당을 태웠는가 998

8월   고금도와 강진 일대를 여행하다 1009

9월   고창현감의 조사보고서 1022

10월 친족들과 함께한 가을 나들이 1041

11월 전염병을 물리치는 별신굿 1055

12월 지사 손필웅과 풍수를 논하다 1068

1699년 흰머리에 파리하게 여위어 白頭疲繭

1월   눈보라 속에서 1093

2월   인심의 타락이 이 지경에 이르렀으니 1100

3월   널찍한 바위에 올라 화전을 부치다 1113

4월   새 급제자 축하연에 가다 1125

5월   가뭄과 병충해 1137

6월   질화로에 부친 시 1146

7월   쌀 닷 섬의 수모 1153

윤7월 합장암 유람 1161

8월   애도의 글을 지으려니 눈물이 떨어지네 1175

9월   손자들을 위해 서실을 짓다 1185

부록

『지암일기』 인물 소사전 1189

윤이후 가계 및 친족도 1222

『지암일기』의 공간 정보 1224

찾아보기 1249

일러두기

1. 이 책은 윤이후尹爾厚(1636~1699)의 『지암일기支菴日記』를 국역한 것이다. 저본은 1983년 한국학중앙연구원에서 촬영한 『지암일기』 마이크로필름(청구기호 MF R35N 3117)이다.

2. 저자가 주석을 달았거나 작은 글씨로 쓴 부분은 '【 】'로 표시하였다.

3. 책은 '『 』', 시나 그림 등의 작품은 '「 」'로 표시하였다.

4. 인명, 지명 등 고유명사, 동음이어 등 독자가 혼동할 수 있는 단어에 한자를 병기하되, 월별로 첫 등장 시에 병기하고 이후 중복 등장하는 경우 병기하지 않았다.

5. 원문의 글자가 훼손되거나 분간하기 어려워 번역하지 못한 경우는 '(…)'로 표시하였다.

6. 원문에서 글자 탈락과 판독이 어려운 경우는 '□', 저자가 기억이 잘 나지 않거나 하는 등의 이유로 칸을 비워 둔 경우에는 '△'로 표시하였다.

7. 역자가 보충 설명한 내용은 각주로 표시하되, 간단한 용어 설명은 본문 해당 용어에 '( )' 안에 표기하였다.

8. 인물의 호칭은 원문을 최대한 그대로 싣고, 누구인지 식별하기 용이하도록 괄호 안에 정식 성명을 기입하였다.

    예시) 정 생生(정광윤鄭光胤)

9. 이 책에 실린 사진 가운데 출처를 밝히지 않은 것은 역자들이 직접 촬영한 것이다.

윤이후의 후손이 일기를 되찾고 쓴 글

이것은 지평持平 선조(윤이후)가 쓴 일기다. 간혹 남에게 보일 수 없는 글이 있는데, 어찌 우리 집안 밖에 둘 수 있겠는가. 이 일기는 권 수가 많다. 그중 이 한 권과 여러 문적을 1819년과 1820년에 팔산八山의 삼종형 집에서 돈을 받고 김정각金庭咎에게 넘겼다. 올해 내가 백운동白雲洞에 갔더니, 친구 이시헌李時憲이 김정각의 아들에게 이 책을 빌려보고 있기에 값을 주고 빼앗아 왔다. 해진 책 한 권에 불과하지만, 이것은 자손의 마음에 (…)[1]

경진년(1820) 섣달에 씀

---

1) 이 글은 원래 『지암일기』 총 3권 중 1695년·1696년 일기가 수록되어 있는 두 번째 권 맨 앞에 수록되어 있다.

『지암일기』의 주요 공간

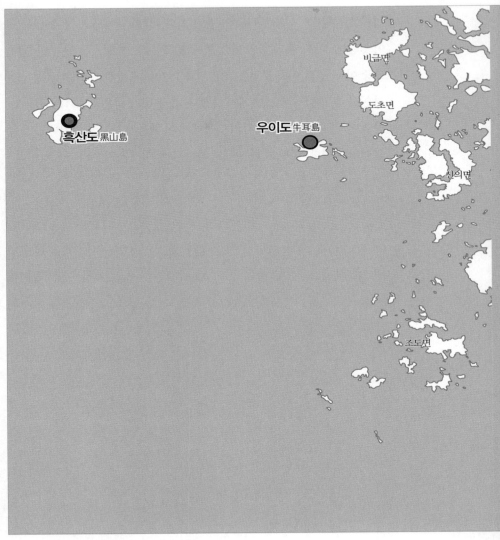

비금면

도초면

우이도 牛耳島

신의면

흑산도 黑山島

조도면

*각 권역별 자세한 지도는 부록 '「지암일기」의 공간 정보' 참조.

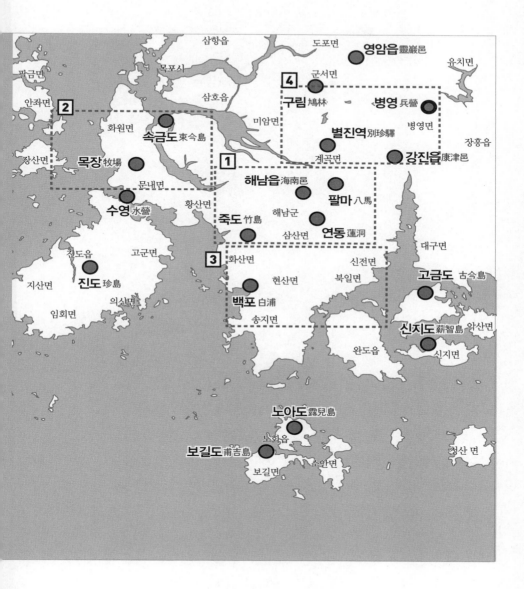

삼항읍

도포면
영암읍 靈巖邑
팔금면
유치면

목포시

안좌면
군서면
4
구림 鳩林
병영 兵營
삼호읍
미암면
병영면

2
화원면
장흥읍
속금도 束今島
별진역 別珍驛
강진읍 康津邑

장산면
목장 牧場
1
계곡면

문내면
해남읍 海南邑
팔마 八馬

수영 水營
황산면

죽도 竹島

고군면
해남군
연동 蓮洞

삼산면
대구면

진도읍

3
화산면
신전면
고금도 古今島

지산면
진도 珍島
현산면
북일면

의산면

임회면
백포 白浦
신지도 薪智島
악산면

송지면
신지면

완도읍

노아도 露兒島

노화읍

보길도 甫吉島
청산 면

보길면
소안면

1692년 임신년

벼슬을 던지고 돌아와

解符歸來

3월 8일자 일기에서

팔산八山 마을의 전경

1692년 봄 벼슬을 버리고 해남으로 내려온 윤이후가 말년에 은거한 곳으로서, 과거에는 '팔마八馬'로 불렸다. 마을 맞은편 금강산 자락 반대편에는 해남읍이 자리하고 있고 좌측 먼산 능선 사이로는 건교치乾橋峙가 그리고 그 뒤로 대둔산大芚山 줄기가 보인다.

1692년 주요 사건

1월 나주목 동추同推 : 1월 8일∼23일

    전라우도 암행어사 이인엽의 행차 : 1월 24일∼7월 18일

2월 함평현감 사직 : 2월 4일∼1693년 3월

    해남 서원 건립 : 2월 25일∼1694년 4월

3월 죽도 제언 : 3월 19일∼12월 27일

    팔마장 수축(1차) : 3월 28일∼1693년 2월

4월 적량원 산소 석물 조성 : 4월 19일∼12월 27일

5월 지방관들의 도갑사 모임 : 5월 8일∼11일

    관음사 모임 : 5월 11일∼12일

6월 .

7월 .

8월 .

9월 파산 제사 : 9월 4일∼16일

    박우상의 송금松禁 피체被逮 : 9월 20일∼29일

    만덕사 모임 : 9월 29일∼10월 1일

10월 .

11월 김차암과의 적부로 거래 : 11월 6일∼12월 4일

12월 .

1692년 1월. 임인 건建.[2] 큰달.

그 속마음을 어찌 알랴

함평 근무지에서

〖 1692년 1월 1일 신해 〗 아침에 안개가 짙게 낌. 늦은 아침부터 바람이 불고 날이 어두워짐

일식이 있었다. ○ 일식 때문에 재계齋戒했다. 정조正朝(정월 초하루)여서 업무를 보지 않았다. ○ 고을의 속례俗例에, 정조에 읍내를 상촌과 하촌으로 나누어 대나무를 하나씩 들고 다투어 관아의 문을 들어가는데, 남녀노소가 일제히 나와 승부를 겨룬다. 먼저 들어가는 쪽이 대나무를 동헌東軒 앞에 세우고 징과 북을 울리며 광대들의 놀음판을 벌인 후, 관아에 들어가 한 바퀴 돌고 나온다. 두 촌이 서로 겨룰 때는 거의 죽음도 불사하니, 가소롭다. ○ 나주목사 옥경玉卿 영감【허지許墀】의 답장을 봤는데, 전라우도[右虎] 암행어사 이인엽李寅燁이 (…) 금성관錦城館(나주 객사)에 들어갔다가 어제 낮에 나갔다고 한다.

---

2) 건建: 전통 역법에서는 해와 일뿐 아니라 달에도 각기 해당하는 간지가 있었는데, 이를 월건月建이라 한다. 정월의 지지地支는 인寅이고 12월은 축월丑月이 되며 윤달에는 월건이 없다.

〖 1692년 1월 2일 〗[3] (결락)

〖 1692년 1월 3일 〗 (결락)

〖 1692년 1월 4일 〗 (결락)

〖 1692년 1월 5일 〗 (결락)

〖 1692년 1월 6일 병진 〗

(…) 간두幹頭는 (…) 갔기 때문에 지금 갖추어 보내지 못했다. ○영광의 이송언李松彦이 병풍을 만들기 위해 (…) 죽은 아비 원백元伯이 그림을 잘 그렸는데, 어해魚海[4]를 가장 잘 그렸다. 송언松彦이 그 업을 이어 (…)

〖 1692년 1월 7일 정사 〗 흐림

동헌東軒에서 업무를 보았다.

〖 1692년 1월 8일 무오 〗 밤에 눈. 낮은 흐리다 맑음. 혹은 눈

예산의 원공元公이 인사하고 갔다. ○아침 식사 후 동추同推(여러 고을 수령이 함께 죄인을 심문함) 때문에 나주로 출발했다가, 가는 길에 옥경 영감(허지)의 편지를 받았다. 편지에 오늘이 상현上弦이고 내일은 남해南海 당제堂祭이기 때문에 재계해야 하므로 형을 집행할 수 없다고 하므로, 즉시 돌아왔다. ○순천에 간 심부름꾼이 돌아왔다. 좌도左道 암행어사 정수正叟(이이만李頤晚)의 답서를 보니, 이미 길을 떠난 지는 오래 (…) 여러 고을의 군기를 (…) 20일 후에 돌아간다고 한다. ○재임齋任 심沈 (…) 나누어 주지 않았다.

---

3) 이처럼 날짜 표시만 있는 것은 내용이 결락된 경우이다.
4) 어해魚海: '어해魚蟹(물고기와 게)'를 가리키는 것으로 보인다.

전례를 상고하여 (…) 배자牌子를 도서원都書員에게 보냈는데 말이 (…) 관가官家 (…) 그 수령을 무함하는 작태에 대해서는 통탄스러움을 이기지 못하겠다. (…) 붙잡아 가두도록 (…)

〔 1692년 1월 9일 기미 〕 맑음

동헌에서 업무를 보았다.

〔 1692년 1월 10일 경신 〕 흐리다 맑음

해창海倉에 가서 전세田稅를 거두고 저녁에 돌아왔다. 창倉은 (…) ○용산龍山 사돈댁 노奴가 무장茂長에서 돌아와 편지를 주었는데 (…) 서울로 출발한다고 한다. ○팔미원八味元은 여전히 (…)

〔 1692년 1월 11일 신유 〕

동헌에서 업무를 보았다.

〔 1692년 1월 12일 임술 〕 (결락)

〔 1692년 1월 13일 〕 (결락)

〔 1692년 1월 14일 〕 (결락)

〔 1692년 1월 15일 〕 (결락)

〔 1692년 1월 16일 〕 (결락)

〖 1692년 1월 17일 정묘 〗

(…) 이지서李之惰가 왔다. (…)

〖 1692년 1월 18일 무진 〗 비

안질眼疾이 더욱 심해졌다. (…)

〖 1692년 1월 19일 기사 〗 맑고 바람. 오후에 눈 내림

동헌에서 업무를 보았다. ○세병歲餠(설떡) (…) 전에 (…)하지 못했는데, 오늘은 간신히 4바리駄를 경주인京主人에게 실어 보냈다. ○진선군晉善君이 사은부사謝恩副使로 갔다가 돌아오는 도중에 부인夫人의 부음을 뒤늦게 듣게 되었는데, 집에 돌아오고 나서 그 또한 섣달 24일에 전염병으로 죽었고 두 아들도 지금 심하게 앓고 있다고 한다. 그 집안의 참혹한 재난이 어찌 이와 같은가.

〖 1692년 1월 20일 경오 〗 (…) 추위가 혹심함

동헌에서 업무를 보았다. 해남의 출신出身 윤기□尹機□가 왔다.

〖 1692년 1월 21일 신미 〗 맑음

아침을 먹은 후 출발하여 저녁 무렵 금성錦城(나주)에 도착했다. 책방冊房에서 목사牧使(허지)와 함께 잤다.

〖 1692년 1월 22일 임신 〗 비가 내리다가 저녁 무렵 그침

주부主簿 나두춘羅斗春이 나주목사(허지)를 만나러 왔다. 대개 나羅 공은 지난가을 빙고氷庫 별검別檢에 제수되었는데, 얼마 전 곧바로 6품으로 진급하고 종부시 주부에 임명되었다. 장수將帥의 재질이 있어 크게 쓰려고 하

기 때문이리라. 인망人望이 장하도다. 마침 휴가를 받아 며칠 전 내려왔다고 한다. ○나주목사가 음산하고 비오는 날씨에 사람을 벌주어서는 안 된다는 핑계로 한사코 개좌開坐(출근하여 업무를 봄)하지 않았다. 나를 붙잡아두려는 의도였다. 저녁 무렵에야 동추를 시작하여 오늘 돌아가지 못했다. 안타깝다.

〔 1692년 1월 23일 계유 〕 맑음

아침을 먹은 후 출발하여 오후에 관아로 돌아왔다. 신임 전라우수사 신건申鍵이 우리 관아에서 밥을 먹고 내려갔다고 한다. 옥천玉泉의 윤천우尹千遇, 강진의 윤징미尹徵美가 잇달아 왔다.

〔 1692년 1월 24일 갑술 〕 비

(…) 업무를 보지 않았다. 우도右道 암행어사의 행차에 관한 노문路文이 어제 (…)

〔 1692년 1월 25일 을해 〕

(…)가 도임到任했다. (…) 송松⁵⁾의 무리가 (…) 귀를 막고 지낸다. 근래에 들으니, 송 또한 (…) 마음속으로 배척했으나 드러난 일이 없어 그저 마음을 감추고 참는다. 이번 암행어사의 행차가 현에 도착하던 날, 어떤 어린아이 하나가 길가에서 편지를 바치고 바로 달아났다고 한다. 종잡을 수 없는 이 지역 인심이 참으로 한심하다. 그러나 만약 송이 범하지 않았다면 어찌 이에 이르렀겠는가. 나 또한 송에게 잘못 이끌림을 면치 못하여 이러한 곤경에 처했으니, 비로소 성인(공자)께서 소인을 멀리하라 한 가르침을 믿겠

---

5) 송松: 해당 날짜의 일기가 찢어지고, 윤이후가 '송松'이라고만 언급했기 때문에 누구인지 확정할 수 없다. 다만 대동저치미 유용 사건으로 곤란을 겪고 있던 윤이후가 이 사람을 비난하는 것으로 봐서, 1692년 1월 28일자 일기에 암행어사에게 형벌을 받은 이지송李之松일 가능성이 있다.

다. 하지만 후회한들 무슨 소용이랴. ○영광의 별장別將 허흡許翕의 아들 허성許成이 와서 만났다. 그의 아버지가 그린 낙매落梅 그림 여덟 장을 직접 가져와 전해 주었다.

〔 1692년 1월 26일 병자 〕 비

업무를 보지 않았다. 윤징미와 윤천우가 갔다.

〔 1692년 1월 27일 정축 〕 바람이 불고 맑음

업무를 보지 않았다. 허성이 갔다. ○암행어사의 행차가 임치臨淄에서 되돌아와 수양촌水陽村에 도착했는데, 길을 따라 곧장 가리역加里驛으로 가서 말을 먹이고, 저녁에 영광으로 출발했다. 돌아오는 하인 편에 전갈을 부쳐, 들러서 만나지 못하겠다고 알려 왔다. 인사를 갖추는 예규는 저버릴 수 없는 것인데 이렇게 해도 되는가. 매우 가소롭다.【들으니, 암행어사가 나를 침해하지는 않을 것이며 다만 풍문을 바탕으로 삼리三吏의 죄만 추치推治한다고 한다. 그 풍문이라는 것이 필시 비방하는 사람들에게서 나온 것일 터이니, 통탄스럽다. 그러나 그가 마음속으로 생각하는 바를 어찌 알겠는가.】

〔 1692년 1월 28일 무인 〕 맑음

업무를 보지 않았다. 오른쪽 눈썹 모서리에 통증이 있었다. ○별장 김정진金廷振이 왔다. 이 사람은 취철별장吹鐵別將으로 강원도에 갔다가 낭패를 본 적이 있는데, 흑산도 근처에 은銀이 나는 곳이 있다는 이야기를 또 듣고 내려왔다고 한다. ○암행어사 이인엽이 영광에 도착하여 형刑을 시행했다. 고재민高再敏과 이무지李茂枝는 각각 한 차례 시행하고 풀어 주었고, 이지송李之松은 매서운 형을 한 번 가하고 다시 고창高敞으로 옮겨 가두었다.【아이들이『석천집石川集』[6]의 시를 차운하여 보내 주었기에, 내가 그 운韻에 따라서

---

6) 석천집石川集: 임억령(林億齡, 1496~1568)의 문집이다.

회포를 읊었다.

南州爲客久 남쪽 고을에서 객지 생활한 지 오래
歸思劇紛紛 돌아가고픈 생각에 몹시 뒤숭숭하여
幾羨投林鳥 수풀에 깃든 새 얼마나 부러워하고
常嗟出岫雲 산 위로 피어오르는 구름 보며 늘 탄식했지[7]
行藏惟有義 행세하건 은거하건 오직 의義를 따를 뿐이요
進退敢忘君 벼슬하건 물러나건 어찌 감히 임금을 잊으랴
小子休相厄 너희들은 남과 다투지 말고
世情無一分 세상에 조금도 정을 두지 말거라

지금 암행어사 때문에 곤란을 겪고 있어 말구末句에서 이렇게 읊은 것이다.〕

〔 1692년 1월 29일 기묘 〕 바람 불고 음산하며 흙비가 내림

업무를 보지 않았다. ○급히 보고할 일이 있어서 관노官奴를 서울로 보냈다.

〔 1692년 1월 30일 경술 〕 맑음

업무를 보지 않았다. 황원黃原 봉대암鳳臺庵의 중과 윤중호尹重虎가 왔다.

---

7) 수풀에…탄식했지: 도연명의 「귀거래사歸去來辭」에 "구름은 무심히 산 위로 피어오르고, 새는 날다
지치면 돌아올 줄 아네[雲無心以出岫 鳥倦飛而知還]"라고 한 구절에서 따온 것이다.

1692년 2월. 계묘 건建. 큰달.

돌아가 병든 어머니를 모시려는 마음일지니

〖 1692년 2월 1일 신사 〗 흐림

업무를 보지 않았다. 눈썹 모서리의 통증이 좋아졌다. 진사 정헌鄭櫶이 왔다. 중호重虎와 봉대암鳳臺庵 (…)

〖 1692년 2월 2일 〗 (결락)

〖 1692년 2월 3일 〗 (결락)

〖 1692년 2월 4일 갑신 〗 맑음

(…)할 때에 상의하여 내게 말하기를, "주인主人(윤이후)이 경수석慶壽席[8]을 베풀고자 했으나 방해되는 일이 많아 지금껏 하지 못하고 있었소. 그런데 지금 뜻밖의 곤욕을 당해 벼슬을 버리고 귀향하려고 하니, 노모를 모시는 사람으로서 마음이 매우 간절할 것이오. 오늘 내로 간단히 차리는 것만큼은 그만둘 수 없으니, 주인께서는 어째서 속히 도모하지 않으시오?"라고

---

8) 경수석慶壽席: 자손의 과거급제를 축하하는 경석慶席과 부모의 장수를 축하하는 회갑연 혹은 고희연인 수석壽席을 함께 거행하는 잔치이다.

했다. 내가 허락하고 즉시 잔치를 차리게 하고 광대놀음과 기생의 음악도 마련하게 했다. 흥아興兒와 종아宗兒에게 신은新恩(과거 급제자)의 옷차림을 하여 나가게 하고, 사호士豪(안준유安俊孺)가 사관四館(성균관·예문관·승문원·교서관)의 임무를 주관했다. [9] 이어서 내가 장수를 축수하는 잔을 올렸다. 밤이 깊어서야 잔치를 파했다.

내가 이곳에 온 지 열 달이 넘었으나 수연壽宴을 올릴 겨를이 없었고, 종아를 위해 경수석을 차리고자 했지만 이 또한 미루다가 하지 못하고 있었다. 치욕을 당한 후에는 잔치를 열기가 미안하여 한스럽기가 그지없었는데, 지금 옥경玉卿 영감(허지許墀)의 말이 없었더라면 어떻게 이런 일을 할 수 있었겠는가? 옥경 영감의 됨됨이가 이렇듯 충성스러우니, 나는 친구를 잘 두었다 할 수 있겠다. ○옥경 영감의 뜻에 따라, 사직서를 다시 불러들여 어구를 고쳐서 내주어서 보냈다.【이지송李之松이 장성長城으로 옮겨 수감되어, 다시 한 차례 형신을 받고 풀려났다.】

〖 1692년 2월 5일 을유 〗 오후 비

옥경 영감과 사호가 돌아가고, 춘경春卿은 법성포法聖浦로 갔다. 한순간에 흩어지니 울적한 마음을 말로 표현할 수 없다. ○여주와 광주廣州 두 곳 및 파주와 용산에서 한식寒食에 쓸 제수를 갖추어 보내고, 외조고비外祖考妣의 제사에 쓸 제물, 모두 1바리駄를 서울로 보냈다. ○진도의 박준신朴俊藎이 왔다. 이 노인은 올해 나이 77세인데도 이렇게 다닐 수 있으니, 그 근력이 대단하도다!

〖 1692년 2월 6일 병술 〗 어제 비가 아침까지 이어짐. 오후에 맑음

---

9) 흥아興兒와…주관했다: 과거 급제자를 축하하는 잔치에서는 신은을 놀리는 장난을 하기도 했다. 급제자는 성적에 따라 사관에 배속받는데 처음 부임하는 관청에서 선배들을 대접하는 면신례免新禮의 장난이 혹독했다. 여기서는 무안현감 안준유가 면신례의 선배 역할을 한 것이다.

〔 1692년 2월 7일 정해 〕 맑음

전거론全巨論의 서조모庶祖母가 돌아갔다. ○ 전주의 주인主人¹⁰⁾ 문수청文秀清
이 왔다. ○ 석전제釋奠祭¹¹⁾에 사장辭狀을 올려 참여하지 않았다. ○ 불갑사佛
甲寺의 시승詩僧 혜적惠迪이 와서 만났다.

〔 1692년 2월 8일 무자 〕 맑음

용천사龍泉寺 승려 각능覺能이 크고 작은 병풍 6좌坐를 다 만들었다. ○ 혜적
이 갔다.【혜적이 시를 지어 바치면서 화답을 구하여, 내가 다음과 같이 차운하여
주었다.】

心同賈子憶西京　마음은 서경西京 그리던 가의賈誼¹²⁾와 같지만

政愧文翁化蜀城　행정은 촉성蜀城을 교화한 문옹文翁¹³⁾에 부끄럽네

臨別感君珍重意　이별하며 그대의 진중한 마음에 감동하여

強將蕪語寫離情　거친 말로 억지로 석별의 정 표하노라

〔 1692년 2월 9일 기축 〕 맑음

〔 1692년 2월 10일 〕 (결락)

〔 1692년 2월 11일 〕 (결락)

〔 1692년 2월 12일 〕 (결락)

---

10) 주인主人: 객지에서 묵는 집의 주인이다.

11) 석전제釋奠祭: 매해 음력 2월과 8월의 상정일上丁日에 문묘文廟에서 공자와 선현들에게 지내는
　　제사이다.

12) 가의賈誼: 중국 전한前漢 때의 인물로, 문제文帝의 총애를 받다가 장사왕長沙王의 태부太傅로
　　좌천되었다.

13) 문옹文翁: 전한 경제景帝 때의 인물로, 촉蜀의 군수가 되어 교화를 펼치고 학교를 일으켜 문풍을 크게
　　떨쳤다.

〖 1692년 2월 13일 〗 (결락)

〖 1692년 2월 14일 〗 (결락)

〖 1692년 2월 15일 을미 〗 흐리다 맑음

능주목사綾州牧使(이만저李曼著)와 화순의 송□백宋□栢이 와서 만났다. ○ 병사兵使[14]가 도착하여 우리들이 한꺼번에 들어가 만났다. 그리고 영암의 하처下處에 갔다가, 데리고 함께 돌아와 나란히 누워 잤다. 동지同志 네다섯 사람이 두 밤 연속 함께 잔 것은 드문 일이다. 헤어진 후 나중에 오늘의 만남에 대해 반드시 이야기할 것이다. 인간사에 이런 일이 늘상 있을 수 없어, 서글프구나. ○ 서울에 보냈던 심부름꾼이 돌아왔다.

〖 1692년 2월 16일 병신 〗 맑음

해 뜰 때 남사장南射場에 가서 합동 조련을 하고, 군례軍禮를 행한 후 아침을 먹고 출발했다. 면성綿城(무안) 수령(안준유)과 함께 갔다. 고막원古幕院에서 쉰 후 저녁 무렵 관사에 도착했다. ○ 이날 저녁 익아益兒[15]가 서울로 출발하여 가리역可里驛에서 유숙했다.

〖 1692년 2월 17일 정유 〗 맑음

〖 1692년 2월 18일 무술 〗 한식. 아침에 안개, 늦은 아침에 맑음

아침 후에 가묘家廟와 어머니를 팔마장八馬庄에 보내드렸다. 창아昌兒가 모시고 갔다. 나는 5리쯤에서 헤어져 돌아왔다. 아내는 앓고 있던 병이 요즘 심해진 것 같아 함께 보내지 못했다. 매우 걱정된다.

---

14) 병사兵使: 전라도 병마절도사 홍이도洪以度로 추정된다.
15) 익아益兒: 윤이후의 셋째 아들 윤종서를 가리킨다. 윤종서의 아명兒名이 익대益大이다.

〖 1692년 2월 19일 기해 〗 이른 아침에 비 뿌리다가 오후에 갬

상주尙州에 심부름꾼을 보냈다.[16] ○ 병마절도사가 무안務安에서 와서 병기를 점열하고, 영광靈光을 향하여 출발했다. ○ 병영兵營의 하리下吏 차유식車有軾이 현신現身하여 알현했다. 이 사람은 재작년에 이성뢰李聖賚가 병마절도사일 적에, 내가 가서 영전榮展[17]을 할 때 제물을 담당한 아전이었다. 사람 됨됨이가 아낄 만하여 술을 주며 칭찬했다. ○ 들으니, 금산군수 목창기睦昌期가 상한傷寒 때문에 이달 11일에 세상을 떠났다고 한다. 매우 놀랍고 슬프다. 이 친구는 나와 동갑으로 피부가 윤기가 있고 살집이 있는 데다 흰머리도 없어 매번 나의 백발을 보고 놀렸다. 나는 마지못해 굴복하면서도 마음속으로는 그가 강단이 없음을 흠으로 여기고 있었다. 하지만 어찌 갑자기 이렇게 될 줄 알았겠는가. 근래에 사람의 장수하고 요절하는 것을 보건대 피부의 비척肥瘠이나 모발의 흑백으로 논할 것이 아니다. 중요한 것은 기질의 정조精粗와 심성心性의 (…) 보양하는 일도 또한 소홀히 할 수 없다.

〖 1692년 2월 20일 〗 (결락)

〖 1692년 2월 21일 〗 (결락)

〖 1692년 2월 22일 〗

(…) 시를 지어 바쳤다.

---

16) 상주尙州에 심부름꾼을 보냈다: 당시 윤이후의 사위 김남식金南拭과 그의 처, 즉 윤이후의 딸이 상주에 있었다. 김남식의 아버지 김귀남이 상주목사를 지내고 있었기 때문이다.

17) 영전榮展: 과거에 급제하거나 벼슬에 올랐을 때, 조상의 무덤에 가서 영광스러움을 고하는 것이다.

〔 1692년 2월 23일 계묘 〕 빗발이 잠시 뿌림. 종일 바람이 불고 흐림

문안 인편을 팔마장에 보냈다.

〔 1692년 2월 24일 갑진 〕 밤에 가랑비 뿌림. 늦은 아침에 갬

혜적이 영광에 갔다. 이지서李之惜와 임백영林栢英이 왔다.

〔 1692년 2월 25일 을사 〕 바람 불고 맑음

아침 식사 후 오리정五里程의 의막依幕[18]에 나갔다. 오후에 관찰사가 영광에서 왔다. 나는 군물軍物(행차의 의장儀仗)보다 앞서 행진하여 객사客舍에 도착했다. 교유서敎諭書를 지영祗迎하고 이어서 연명延命했다. 관찰사가 동상헌東上軒에 좌정한 후 들어가 뵈었다.【관찰사는 홍만조洪萬朝다.】 무안현감(안준유)은 연명延命한 후 돌아갔다. ○ 해남서원海南書院(연동서원蓮洞書院) 유사有司 박필중朴必中과 김△金△, 그리고 순창의 진사進士 설정薛晸, 나주, 무안, 함평, 영광의 유생 50여 명이 연명聯名으로 관찰사에게 상서上書하여 역군役軍과 역량役粮(역군의 양식)을 청했다. 관찰사가 자못 봐줄 뜻이 있

---

18) 오리정五里程의 의막依幕: 오리정은 관아에서 5리 떨어진 지점으로 객을 맞이하고 전송하는 곳이고, 의막은 임시로 친 장막이다. 여기서는 관찰사의 행차를 맞이하기 위하여 친 것이다.

해남서원(연동서원) 건립

호남 유생들은 최부, 윤구, 임억령, 류희춘, 윤선도의 5현을 모시는 서원 건립을 숙종 초부터 시도했다. 남인이 집권하자 1690년(숙종 16)에 서원 건립 허가를 받았지만 공사는 쉽게 추진되지 못했다. 1692년 2월 호남 유생들이 관찰사에게 서원 공사를 지원해 달라고 요청했으나 실제 공사는 1693년 4월에 시작되었다. 서원 터도 처음 맹진교孟津橋로 정했다가 논의 끝에 백련동 백사정白沙亭 아래로 옮겼다. 해남윤씨는 자신들의 땅을 서원 터로 내놓았고 연동 산소의 나무를 베어 쓰게 했다. 하지만 1694년 4월 갑술환국으로 공사는 중단되고 말았다.

는 듯하더니, 우선 쌀 2섬으로 책임을 면했다. 가소롭다.

〖 1692년 2월 26일 병오 〗 맑음

박필중이 갔다. ○아침 식사 전에 들어가 관찰사를 뵈었다. ○병든 부모를 뵙고 오겠다고 정장呈狀하여 휴가를 받았다. 정말 다행이다. ○아침 식사 후 관찰사(홍만조)가 무안으로 떠났다.

〖 1692년 2월 27일 정미 〗 맑음

어제부터 두통이 약간 나더니, 오늘은 옮겨서 왼쪽 눈썹 모서리가 아프다. 괴롭다. ○3월 1일 기제사와 삭차례朔茶禮, 그리고 삼짓날 차례의 제물 짐을 어제 팔마장에 보냈다.

〖 1692년 2월 28일 무신 〗 맑음

왼쪽 눈썹 모서리의 통증이 그쳤다. ○고부군수 박△朴△가 어영청御營廳 파총把摠으로서 순시차 나와서 여기 왔다.

〖 1692년 2월 29일 기유 〗 맑음

고부군수가 아침 일찍 무안으로 떠났다. ○나주목사(허지)가 영광군수(정선명鄭善鳴)의 초도연初度宴(생일잔치)에 가다가 역방했다. ○진사 정헌鄭櫶이 왔다.

1692년 3월. 갑진 건建. 큰달.

죽도 별업으로 나와 제방을 보수하다

〔 1692년 3월 1일 경술 〕 아침에 흐리다가 늦은 아침에야 맑아짐

경주인京主人 집 인편이 와서, 명아命兒(윤두서尹斗緖)의 잘 지낸다는 편지와
진봉進封(진상한 봉물)에 대한 회답 편지를 받았다.

〔 1692년 3월 2일 신해 〕

〔 1692년 3월 3일 임자 〕

〔 1692년 3월 4일 계축 〕

〔 1692년 3월 5일 갑인 〕 맑음

아내가 길에서 허리와 등을 다쳐서 사지가 많이 아파 부득이 머물러 쉬었
다. 아침 후에 김무金珷 부자를 방문했다. ○우영장右營將 이정연李挺然이
순력巡歷하다가 이곳에 당도하여 와서 만났다. 전 우수사 류성한柳星漢이
별좌 조의한趙儀漢에게 소나무 작벌을 허락한 일 때문에 붙잡혀 가서 가리

포加里浦에 충군充軍되었다가 오늘 이곳에 당도하여 심부름꾼을 보내 내게 문안했다. 나는 밤에 객사客舍에 가서 영장을 만났는데, 임혁林爀이 그곳에 있었다. 돌아오는 길에 류柳 수사를 방문했다.【김무의 집에서 상경 중인 초관 윤석후尹碩厚를 만나 조용히 대화를 나눴다.】

〖 1692년 3월 6일 을묘 〗 맑음

아침밥을 먹은 후 길을 나섰다. 아내의 행렬은 불재火峙를 경유하여 갔고, 나는 정만대鄭萬大의 부친상에 들러 조문하고 누리재婁里峙를 경유하여 갔다. 겨우 10리 가서 아내의 피로가 심하여 가마를 길가에 내리고 쉬었다. 가까스로 석지원石池院에 당도하자 김현추金顯秋와 칠행七幸이 나와 맞았다. 김정진金廷振이 뜻밖에 당도했다. 점심을 먹고 출발하여 비곡比谷 앞길에 이르자 임취구林就矩, 최두한崔斗翰, 문헌분文獻賁 등이 길가에 나와 맞이했다. 내가 가마에서 내려 잠시 이야기를 나누었다. 별진別珍 냇가에 당도했을 때 아내에게 현기증이 있어 가마에서 내려 쉬었으나 좋아지지 않아 더이상 가지 못하고 별진역別珍驛에 묵으러 들어갔다. 아내의 병은 더욱 심해지다가 밤이 늦어서야 조금 소생했다.

팔마에서

〖 1692년 3월 7일 병진 〗 맑음

아침 식사 후 길을 떠나 얼마 지나지 않아 팔마八馬의 장사庄舍에 도착할 수 있었다. 아내가 초저녁에 또 기역氣逆[19]했는데 한참 있다가 비로소 편해졌다. ○연동蓮洞의 이복爾服·동미東美 형제와 선적善積이 왔다. 첨지 이만방李晚芳이 서울로 떠나면서 와서 잤다.

---

19) 기역氣逆: 기가 치밀어 오르는 증세이다.

〔 1692년 3월 8일 정사 〕 맑음

아내의 상태가 꽤 좋아졌다. 첨지 이만방이 서울로 떠났다. 임취구, 조면趙冕, 윤재도尹載道, 윤시상尹時相, 김의방金義方이 왔다. ○관직을 그만두고 돌아오니 무거운 짐을 벗은 듯 몸이 가볍고 뜻이 툭 트인다. 세상 어떤 즐거움이 또 이와 견줄 수 있을지 모르겠다. ○두 아이와 함께 맹진孟津의 서원 건립 터에 가 보았다. 지난가을 공사를 시작했는데 겨우 터에 풀을 베고 재목 몇 개 옮겨 놓았을 뿐이다. 놀랍도록 일이 이뤄지지 않았다. 터 역시 볼만한 구석이 없으니 더욱 안타깝다.

〔 1692년 3월 9일 무오 〕 맑음

백치白峙의 이대휴李大休 종제가 그 아내와 형수(이징휴李徵休의 처)를 데리고 왔다. ○김정진이 왔다. (…)

〔 1692년 3월 10일 기미 〕

〔 1692년 3월 11일 경신 〕

(…)가 서울에서 돌아와서 (…)와 종서宗緒, 두서斗緒 두 아이가 잘 있다는 편지를 받았다. 들으니 수어사 이우정李宇鼎이 동지사로 연경燕京에 갔다가 돌아오는 길에 산해관山海關의 객관에서 세상을 떠났다 한다. 매우 놀랍고 안타깝다.

〔 1692년 3월 12일 신유 〕 맑음

백포白浦의 윤이성尹爾成이 그 모친을 모시고 왔다.

〖 1692년 3월 13일 임술 〗 맑음

이성이 그 모친을 모시고 돌아갔다. ○함평에서 문안하는 인편이 와서 상주에서 보낸 안부 편지를 받아 보았다. 무척 위로가 된다. ○들으니 동지사가 연경에 도착하여 산천山川 지도와 다섯 사신 왕래 등의 일을 모두 잘막았다고 한다. 이 때문에 서울의 소란이 가라앉았으니 매우 다행이다.[20]○들으니 전임 관찰사가 대사간으로 올라갔는데, 사직상소 중에 우도右道의 암행어사가 영남 지역 수령들의 말만 듣고 탐문하는 임무를 제대로 수행하지 않았다는 말이 있어 주상이 다시 암행어사 홍중하洪重夏를 파견한다고 한다.【다시 암행어사를 파견한다는 설은 그 뒤 잘못 전해진 것이라고 들었다.】

〖 1692년 3월 14일 계해 〗 흐림

윤창尹瑻, 윤희익尹希益, 윤선초尹善初 및 그 사위 선달 이경득李敬得이 왔다. 서원유사 박필중朴必中, 이△李△가 왔다. 송창우宋昌佑, 최운원崔雲遠이 왔다.

〖 1692년 3월 15일 갑자 〗 흐리다 맑음

샘 밑의 논이 그대로 몇 자리[席]쯤 되는 넓이의 못이 되어, 백치의 이 참군參軍(이락李洛) 댁에서 연근을 캐서 심었다. ○이복爾服이 왔다. ○서원 터를 맹진교孟津橋에 잡았는데 공사한 것이 하나도 없을 뿐만 아니라 형국도 볼만한 것이 없다. 오늘 죽천竹川에 가서 윤선호尹善好를 만나 물어보니, 가까이 괜찮은 곳이 달리 없는데 그나마 백련동白蓮洞 청룡靑龍 아래 은행정

---

20) 동지사가…다행이다: 전년도 11월 청나라에서 보낸 외교문서에 다섯 사신을 보내어 백두산 지형도를 그려 오고자 하니 길안내를 하라는 요구가 있었다. 매우 이례적인 사안이었으므로 조정에서 그 진의 파악과 대책 마련으로 한바탕 소동이 있었다(『숙종실록』 숙종 17년 11월 16일 1번째 기사). 그해 말 청에 갔던 동지사가 그 요구를 무마시켰는데, 그 소식이 먼저 돌아온 역관들에 의해 조정에 전해진 것이 이해 2월 말이었다(『숙종실록』 숙종 18년 2월 25일 1번째 기사). 이 소식이 지금 윤이후에게까지 전해진 것이다.

銀杏亭이 좋은 듯하며 백호白虎 아래는 더 낫다고 한다. 이 말이 어떠한지 모르겠으나 인사人事를 헤아리면 가장 마땅할 것 같다.

〔 1692년 3월 16일 을축 〕 비가 뿌림

백치의 외숙(이락)이 서울행을 출발하여, 여기에 와서 점심을 먹고 바로 별진으로 향했다. 징휴徽休가 따라갔다. ○선달 윤기업尹機業이 오고, 연동의 선시善施가 왔다. ○함평의 관노官奴 신산申山이 팔에 매를 얹고 왔다. ○영광군수(정선명鄭善鳴)가 심부름꾼을 통해 편지로 문안했다. ○학관學官 숙叔(윤직미尹直美)의 가노家奴가 서울에서 와서 숙의 편지를 보았다.〔판서 오정위吳挺緯가 오늘 죽었다고 한다. 이 사람은 평소 비루한 데다가 경자년(1660)에 상소를 불태운 승지라고 사람들에게 배척당했다. 여든 가까이 살며 관직도 1품에 이르렀지만, 천명은 속일 수가 없는 것인가.[21]〕

〔 1692년 3월 17일 병인 〕 맑음

〔 1692년 3월 18일 정묘 〕 맑음

윤치미尹致美 숙叔의 궤연几筵에 가서 곡했다. 돌아오다가 강성천江城川에 이르러 소나무 그늘에서 쉬었다. (…) 경책警責이 없을 수 없다. (…) 이인엽을 추고하라고 한 것은 특별한 은전이라고 할 수 있다. 또 암행어사 홍중하를 파견했는데, 혹 다시 함평을 살피고 간다면 황송함을 이길 수 없을 것이다. 이조에서 회계回啓한 것이 어떠한지 몰라 더욱 답답하다.〔나중에 들으니

---

21) 판서…것인가: 복제 논쟁이 한창이던 1660년(현종 1) 4월, 윤선도가 올린 상소를 당시 승정원에서
   심한 비판을 덧붙여 국왕에게 들이자, 국왕 현종이 그 상소를 받아들이지 않고 물리친 일이 있었다.
   그로부터 며칠 뒤에는 부제학 유계의 청으로 그것을 조정에 돌려 보이고 불태우기까지 하였다.
   이때 오정위도 승지 중 한 사람이었다. 같은 남인인 오정위에 대한 윤이후의 박한 평가는 할아버지
   윤선도와 관련된 이 같은 일화에 기인한 것이라고 할 수 있다(『현종실록』 현종 1년 4월 18일
   1번째 기사 및 동월 24일 6번째 기사). 이 부분은 16일 일기를 쓰고 난 후 나중에 오정위가 16일에
   사망했다는 소식을 듣고 추기한 것이다.

홍 어사(홍중하)는 평안도로 향한 것 같다고 한다.】

죽도에서

〖 1692년 3월 19일 무진 〗 맑음

제언堤堰을 보수하기 위해서 죽도竹島 별업으로 나왔다. 마름노솝音奴 매인每仁의 집에 유숙했다. ○해창海倉 감관監官 윤필주尹弼周가 와서 만났다.【연동에 들러서 서원 터를 점검했다.】

〖 1692년 3월 20일 기사 〗 맑음

송정松汀의 이석신李碩臣과 백치의 이대휴가 왔다. 연동의 윤후지尹後摯와 윤선시尹善施가 공사를 감독하러 왔다. 이웃에 사는 최남표崔南杓가 왔다.

〖 1692년 3월 21일 경오 〗 맑음

백야지白也只 사람 15명과 전부典簿(윤이석尹爾錫) 댁 제언에 사는 마을 사람 5명이 와서 공사를 시작했다. 제언을 수축하겠다고 정장呈狀하자, 부근의

죽도 제언

윤이후는 해남 일대 해안에 제언을 쌓고 그 안을 간척하여 언전堰田(제언 내부의 농지)을 조성하는 사업을 지속적으로 벌여 나갔는데 그중에는 완전히 새로 제언을 쌓는 것이 아니라 버려진 제언을 수축하는 경우도 많았다. 죽도는 윤이후가 별장을 조성하던 곳인데, 이 일대에도 버려진 제언이 있어, 1692년 3월부터 그것을 수축하는 공사가 시작되었다. 특히, 이 공사에는 인근 면민의 요역 동원을 관에서 허락했다는 언급이 있어 흥미롭다. 윤이후는 이때의 수령 이름도 기록하고 있다. 하지만 이 공사는 순조롭지만은 않아서, 봄철 농한기에 다 끝내지 못하고 가을철 농한기(10월)에 이어서 진행하고 있다. 석물로 수문水門을 만드는 마지막 작업은 12월에야 완료하였다.

면面에서 부역하여 튼튼히 쌓으라는 내용으로 착실히 제급題給해 주어서 이렇게 할 수 있게 된 것이다. 현재 해남현감은 류상재柳尙栽다.

〔 1692년 3월 22일 신미 〕 맑음

지소紙所 사람 15명이 와서 부역했다. ○황체중黃體中, 황치중黃致中 및 그들의 조카와 약정約正(향소鄕所의 임원) 김처구金處九와 윤기비尹機丕가 왔다. ○나주에 갔던 심부름꾼이 돌아와서 옥경玉卿 영감(허지許墀)의 편지를 보여 주었다. 우도 암행어사가 내 일에 대해서 조사한다고 하는데 정말로 그런지 모르겠다.

〔 1692년 3월 23일 임신 〕 흐리고 맑음

화산花山과 현산縣山 사람 270여 명이 와서 부역했다. 현산의 약정 조후탁曹後卓이 왔다. ○창아昌兒가 왔다가 저녁 무렵 돌아갔다. ○함평에서 문안 인편이 왔다. 사장辭狀에 뎨김이 적혀 돌아왔다. 농사일이 한창 바쁠 때이고 또 암행어사의 서계書啓가 아직 회계回啓되기 전이므로 체직을 허락할 수 없다는 내용이었다. 받아들여지지 않아 걱정이다. ○해창 감관 윤필주가 밤에 왔다.

〔 1692년 3월 24일 계유 〕 바람이 세게 붊. 오후에 비가 뿌렸다가 저녁 전에 그침

가뭄이 이와 같으니 보리와 밀이 여물지 않고 기장과 조도 파종할 수 없으며 모판에 볍씨를 뿌릴 수 없다. 앞으로의 농사가 매우 걱정이다. ○화산과 백치 사람 190여 명이 와서 부역했는데 오시午時가 지나자마자 비가 내려 일을 멈추었다. ○윤취삼尹就三, 윤세임尹世任, 윤선용尹善容이 왔다. 이대휴가 왔다. 김이경金以鏡이 왔다. 김의방金義方이 왔다가 그대로 유숙했다.

〔 1692년 3월 25일 갑술 〕 맑음

김의방이 일찍 갔다. ○성成 생生이 밤에 사람을 시켜 전포前浦에 어살을 설치해서 잡은 어린 숭어를 보내왔다. 이는 이 지방의 별미다. 경치도 매우 뛰어난데 음식도 이렇게 좋으니, 옛사람이 이른바 (…)가 아니겠는가. ○화산 사람들이 (…)

〔 1692년 3월 26일 을해 〕 맑음

화산 사람 41명이 왔다. ○이복이 왔다가 저녁에 갔다. ○□□두□□斗 형제와 이격李格이 왔다. ○율동栗洞에서 오죽烏竹 뿌리를 캐서 동쪽 언덕배기에 심었다.

〔 1692년 3월 27일 병자 〕 맑음

화산 사람 수십 명이 왔다. ○함평 하인과 군기감관 이민정李敏挺이 왔다. 들으니 암행어사의 서계 때문에 마침내 파직되었다고 한다. 체직을 바랐으나 그렇게 되지 못하고 있던 차에 마침 원하는 바를 이루게 되었으니 다행이다. 암행어사가 추고한 후 이조판서가 계달한 바에 따라 옥리獄吏에게 넘길 것이라 한다. 이렇게 한들 그에게 무슨 이익이 있겠는가. ○제언의 토목공사는 이미 마쳤다. 전후에 동원된 역군이 800명 가까이 되었는데 겨우 둑 쌓는 것을 마쳤을 뿐이다. 안팎의 토역土役은 다음 달 10일쯤은 되어야 하고, 또 석축 쌓는 일은 그 공력이 모름지기 몇 배는 들 텐데 어찌 대응할는지 매우 염려스럽다. ○오후에 출발하여 백치의 이대휴에게 들러 방문하고 저녁때 팔마八馬의 장사庄舍로 돌아왔다. ○오랫동안 역소役所에 있으며 몹시 쓸쓸하고 적막하여 『파한집破閑集』을 펼쳐 보니, 그 안에 있는 다음과 같은 시가 눈에 들어왔다.

數點靑山枕碧湖　점점이 푸른 산이 호수를 베고 누웠으니

公言此是晉陽圖　공이 이것을 진주晉州를 그린 그림이라 하네

水邊草屋知多少　물가에 자리 잡은 초가집 몇 채

中有吾廬畫也無　그 안에 우리 집이 있건만 그림에선 찾을 수 없네[22]

내가 차운해서 죽도竹島의 아름다운 경치를 읊었다.

中州名勝洞庭湖　중국의 명승 동정호는

山水流傳似畫圖　경치가 그림 같다고 하지만

若使比方於此地　이 죽도와 견준다면

未知誰能讓一頭　어느 쪽이 한 걸음 양보할까

또 문집에는 없지만 고운孤雲 최치원崔致遠의 시는 다음과 같다.

烟巒簇簇水溶溶　아스라이 산봉우리 가지런하고 물은 잔잔하며

鏡裏人家對碧峯　집들은 푸른 봉우리를 마주한 채 수면에 비치는데

何處孤帆飽風去　어디로 외로운 돛배는 바람을 받아 가고

瞥然飛鳥杳無踪　어느새 날던 새는 아득히 자취가 없구나[23]

내가 또 차운하였다.

天開大澤水溶溶　하늘 맞닿은 가없는 바다 물결 잔잔하고

四面螺鬟聳碧峯　사방을 푸른 산봉우리 우뚝한 산이 두르고

中有浮來鰲背骨　그 가운데 떠 있는 자라 등골 하나

---

22) 『파한집』에 실린 정여령鄭與齡의 시 「진주산수도晉州山水圖」이다.

23) 고운 최치원의 시 「임경대臨鏡臺」이다.

登臨況若躡仙蹤　거기에 올라 굽어보니 신선의 자취를 밟는 듯

팔마에서

〔1692년 3월 28일 정축 〕 빗방울이 잠깐 뿌림

전거론全巨論의 서조모庶祖母가 어제 왔다가 오늘 떠났다. ○늙은 노奴 천일
天一이 와서 집 지을 재목을 다듬기 시작했다. ○평목동平木洞 김수극金壽極
이 왔다. 후촌後村의 윤지원尹智遠이 왔다.

〔1692년 3월 29일 무인 〕 맑음

연동 이 첨지(이만방李晩芳)가 상경할 때 따라갔던 노奴가 돌아와서, 아이들
의 잘 지낸다는 편지를 받아 보았다. ○용산의 윤취삼尹就三, 윤천우尹千遇
가 왔다. 김의방金義方이 왔다. ○중기重記(수령의 인계문서)를 마감磨勘하기
위해 함평의 이방 모수번牟秀蕃과 강우상姜禹相, 김운귀金雲龜 등이 왔다.
도서원都書員 고재민高再敏, 사령使令(관아의 하급 관원이나 심부름꾼) 박수산
朴守山, 김말질립金末叱立, 공생貢生 문성채文星彩, 급창及唱(관아에 딸린 노복

> **팔마장 수축(1차)**
>
> 윤이후는 1692년 함평현감을 사직하고 영암(현재의 해남)으로 내려와 팔마 본가를 보
> 수 및 확장하는 공사를 시작했다. 팔마의 집을 수축하는 공사는 총 3단계에 걸쳐 이
> 루어졌는데, 이 가운데 1단계 공사는 사랑채와 객실 그리고 창고를 짓는 작업으로서
> 1692년 3월 28일부터 이듬해인 1693년 2월 20일 무렵까지 진행되었다. 약 11개월에
> 걸친 공사 기간 동안 목재 운반하기, 터 다지기, 기둥 세우기, 구들 놓기, 도배하기,
> 기와 운반하기, 기와 얹기 등 집 짓는 과정이 상세히 서술되어 있어 민간의 기와집
> 건축 과정을 이해하는 데에 유용한 참고가 된다.

의 일종) 공명公明은 나를 따라 죽도에 가서 제언 공사 상황을 살펴보고 오늘 돌아간다고 했다. 이민정도 갔다.

〖 1692년 3월 30일 기묘 〗 가랑비

백치의 이대휴, 호현壺峴의 윤천임尹天任이 왔다. ○함평 관청의 별감 윤상필尹商弼, 색리 □상□ □尙□가 왔다. ○아노兒奴 인석仁石을 며칠 전 잡아와서 (…)

1692년 4월. 정사 건建. 큰달.

기둥을 세우고 방향을 정하다

〖 1692년 4월 1일 경진 〗

〖 1692년 4월 2일 신사 〗

〖 1692년 4월 3일 임오 〗 밤에 비 오고 낮에 흐리고 안개

중기重記를 마감했다. 별감 윤상필尹商弼과 색리 임상기任尙器, 고직노庫直奴 태룡太龍과 박문상朴文相, 공생貢生 이일구李一龜가 모두 인사하고 물러갔다.【중기를 봉인하여 부쳤다.】 ○ 형수님(윤이구尹爾久의 처) 댁의 노奴 일삼一三과 인천 댁의 노 진일進一이 서울에 올라가기에 아이들에게 보내는 편지를 부쳤다. ○ 호현壺峴의 윤정준尹廷準이 왔다. 박돈제朴敦悌도 들렀다.

〖 1692년 4월 4일 계미 〗 맑음

죽천竹川의 윤선호尹善好가 아들 화미和美를 데리고 왔는데, 집터를 정하기 위해 초청한 것이었다. 강성江城의 윤시한尹時翰이 왔다.

〔 1692년 4월 5일 갑신 〕 맑음

김의방金義方, 김현추金顯秋, 성덕기成德基, 윤시삼尹時三, 윤시상尹時相, 윤순제尹舜齊가 왔다. 한천寒泉의 생원 윤정미尹鼎美가 들렀다.

〔 1692년 4월 6일 을유 〕 맑음

비곡比谷의 임취구林就矩가 왔다. ○첨지 이만방李晚芳의 별가別家(첩실)가 왔다. 제언의 석축 때문에 죽도竹島에 나왔는데, 지나는 길에 연동蓮洞에 들렀다. 이날 저녁 김의방이 역사役事의 감독 때문에 나왔다.

〔 1692년 4월 7일 병술 〕 맑음

대둔사大芚寺의 승려 240명이 와서 부역했는데, 간사승幹事僧이 거느리고 왔다. 보견寶堅과 태영泰英도 와서 배알했다. ○팔마八馬의 김회극金會極, 황세휘黃世輝가 성 생원(성준익成峻翼) 댁에서 와서 만났다. 백야지白也只의 이성爾成이 왔다.〔이번 역군役軍은 관의 힘을 빌리지 않고 내 힘으로 빌려 얻은 것이다.〕

〔 1692년 4월 8일 정해 〕 맑다가 흐림

미황사尾黃寺[24]의 중 140명이 와서 일했는데, 석감釋鑑과 석겸釋謙이 데려다주었다. 백치白峙의 이대휴李大休와 연동의 이복爾服이 왔다.

〔 1692년 4월 9일 무자 〕 맑음

백야지, 두모포斗毛浦, 양하동養荷洞, 전거론全巨論 등의 사람 180명이 와서 부역했다. ○송정松汀의 이석빈李碩賓이 왔다. 철착리鐵鑿里의 윤선경尹善慶과 그 아들 신미信美가 왔다. 율동栗洞의 선달先達 윤세장尹世章과 윤택리尹澤履, 윤경리尹敬履가 왔다. ○김의방이 저녁에 갔다.

---

24) 미황사尾黃寺: 미황사美黃寺라고도 한다. 전라남도 해남군 송지면 달마산에 있는 절이다.

〖 1692년 4월 10일 기축 〗 아침에 맑고 낮에 비

오늘은 송지松旨의 큰 장이 서는 날이어서 공사를 멈추었다. 다만 마을 사람 예닐곱이 수문水門을 개축했다. ○마당금麻當金이 서울에서 돌아와서 아이들의 잘 있다는 편지를 받았다. 다만 성완性婉의 병이 위독해서 매우 걱정이다. ○암행어사가 복명하기 전에 전라도관찰사 이현기李玄紀가 대사간에 임명되어 서울에 올라가 사직 상소를 올리며, 이인엽李寅燁이 일을 근실하게 받들지 않은 정황을 말했다. 이인엽 역시 상소를 올려 강진현감 방만원方萬元이 박선교朴善交에게 뇌물을 주어 전최殿最(인사 고과)에서 1등을 하기 위하여 도모한 일을 낱낱이 말하고, 그 혐의를 감사의 아들 진사〔바로 한조漢朝를 가리킨다.〕에게 돌렸다. 달리 흠을 거론한 것도 많았다. 대사간은 또 자신의 명백함을 개진하는 소疏를 올려 이인엽의 일을 더욱 드러냈다. 이쪽이나 저쪽이나 (…) 좋지 않다. 결말이 어찌 되었는지 모르겠다. (…)

〖 1692년 4월 11일 경인 〗

(…) □□치□□峙 사람들은 두 번째이다. ○윤전미尹全美가 왔다. 진도의 박준신朴俊藎 노老가 왔다. 전부典簿 형님(윤이석尹爾錫)이 일찍이 산을 골라서 매표埋標[25]를 청했기에 온 것이다. ○내일 기둥을 세우기 위해 오후에 팔마의 장사庄舍로 돌아왔다. 어성교漁城橋 가에 이르니, 이석신李碩臣 형제가 제언 공사 상황을 보기 위해 길가에 나와 앉아 있기에, 나는 잠시 이야기를 나누고 일어났다. 백치의 이대휴를 들러서 만났다.

〖 1692년 4월 12일 신묘 〗 맑음

팔마 장사庄舍의 내가 들어가려고 하는 집 백호白虎(서쪽)에는 소위所謂[26]박

---

25) 매표埋標: 산소 자리를 표시하는 어떤 물건을 묻는 것이다. 『목민심서』(「형전」 '청송 하')에 의하면, 차지한 사람의 성명과 시일 및 아무개 어버이의 장지葬地라는 등의 사연을 흰 사기그릇에 써서 뚜껑을 덮어 묻었다고 한다.

26) 소위所謂: 상놈에게 붙이는 말이다.

남기朴男基가 다섯 칸의 집을 짓고 있다. 오늘 묘시卯時에 기둥을 세우고, 남쪽[午丙]에 분금分金하여 방향을 정하니, 바로 대둔산大芚山의 기봉岐峯이다. 주산의 낙맥落脈(큰 산맥에서 갈라져 나온 산맥)은 북동쪽[艮方]이다. 남쪽을 향하는 것은 마땅하지 않지만 지운地運을 가리지 않을 수 없어 어쩔 수 없이 이렇게 하는 것이다.[27] ○황원黃原의 윤중호尹重虎가 왔다. ○이번에 내려온 후 팔마의 장사에는, 새로 지은 사랑 앞에 유자와 매화와 자단紫檀을 옮겨 심고, 집 뒤에도 대나무 뿌리를 심었으며, 대나무 숲 바깥으로는 또 봉춘奉春의 집 뒤에서 은행과 호두를 옮겨다 심었다. 죽도에는, 동쪽 끝에 유자나무와 백일홍을 옮겨 심었다. 심기를 좋아하는 벽癖이 늙어도 여전하니, 우습다.

〔 1692년 4월 13일 임진 〕 맑음

연동과 은소銀所 사람 80여 명이 와서 일했다. ○박수백朴守白과 윤경리尹敬履가 왔다. 박준신이 백야지에서 왔다. ○아내가 연동을 거쳐서 왔는데, 창서昌緖와 홍서興緖 두 아이가 따라 왔다.

〔 1692년 4월 14일 계사 〕 맑음

은소의 나머지 일꾼과 근처 사람 40여 명이 와서 부역했다. 석축을 쌓은 뒤 모래와 자갈로 덮었는데, 돌 틈으로 물이 스며들어와 흙을 깎아낼 염려를 없애고자 함이다. 그런데 역군들에게 줄 술이 이미 동나서 계속 마련하는 것이 어렵게 되자, 모래와 자갈로 덮는 일은 고작 절반 정도에 그치고 말았다. 한탄스럽다. 이번에 술쌀 140말과 일꾼 1300여 명으로 겨우 수축만 할 수 있었으니, 제방 공사가 어렵다는 것을 비로소 알겠다. ○박남표朴南杓가 왔다. 이대휴, 박이중朴以重, 김△△金△△가 왔다. 동미東美가 왔다. ○아

---

27) 남쪽을…것이다: 보통 공사하는 해의 간지나 주인의 생년 등 여러 요소를 따져 집의 방향을 결정한다.

내가 저녁에 성 생원(성준익) 댁에 갔다.

〖 1692년 4월 15일 갑오 〗 흐렸다가 맑음

아내가 돌아왔다. 나는 박 노老(박준신), 성덕기成德基와 함께 저천苧川을 보러 갔다. 형국이 매우 좋고 거주민이 수백 호인데도 못사는 집이 없었기 때문에 평소에 좋은 터로 이름나 있었지만, 잘 갖추어져 있을 뿐 신선하고 훤칠한 형상이 없는 것이 흠이었다. 이곳에 사는 사람은 모두 상놈이며 문무文武로 이름난 사람이 전혀 없으니, 이런 사실을 증명하는 게 아닐까? 두루 다 둘러보고 말을 돌려 백치에 이르니 아이들과 아내가 이미 와서 아직 출발하지 않고 있었다. 주인 이대휴는 출타하고 없었다. 나는 잠시 들어가 두 형수를 만났다. 동미와 함께 먼저 일어나 화곡火谷 길을 경유하여 박이중 집 앞에 도착하니, 그의 형제들이 나와서 만났다. 박세장朴世章도 나중에 이르렀다. 길에 앉아 잠시 이야기하고 (…)

〖 1692년 4월 16일 을미 〗

(…) 염려된다. ○이대휴가 안정동安靜洞에서 돌아가는 길에 들렀다. 최운원崔雲遠이 와서 (…) 아침 일찍 왔다가 돌아갔다. ○말을 보내어 박 노(박준신)를 초청했다.

〖 1692년 4월 17일 병신 〗 맑음

윤기업尹機業이 왔다.

〖 1692년 4월 18일 정유 〗 맑음

12일 기둥 세운 곳의 동쪽 가에 터를 닦아서 객실 지을 자리로 삼았다. ○박 노(박준신)가 진도로 돌아갔다. 박필중朴必中·윤천우尹千遇·윤익성尹

翊聖이 왔다. 동미가 왔다.

〔 1692년 4월 19일 무술 〕 맑음

윤명우尹明遇, 윤성우尹聖遇가 왔다. 윤지원尹智遠이 왔다. ○오후에 나와서 적량원赤粱院 산소에 가서 석역石役을 보았다. 몇 년 전에 서울에서 표석標石과 상석床石, 동자석과 망주석 각 한 쌍을 사서 배편으로 부쳐 보냈으나, 내가 서울에서 벼슬살이를 하고 있었기 때문에 여전히 세우지 못했다. 내가 파직되어 고향에 있게 되었으니, 이제 다 그것을 만들지 않을 수 없다. 그래서 이번 달 12일부터 공사를 시작했는데, 석공은 서필정徐必正이다. 죽도에 제언을 만드는 공사와 팔마에 집을 짓는 공사, 산소에 석물을 조성하는 공사 등 세 개의 큰 공사를 일시에 함께 거행했지만 마침 농사철이어서 일손을 구하기 어려우니 매우 걱정스럽다.

〔 1692년 4월 20일 기해 〕 맑음

윤천화尹天和가 지나다 들렀다. 이 사람은 죽은 윤기문尹機文의 손자이다. 독평禿坪의 윤필후尹必厚가 나를 보려고 어제 죽도에 직접 갔다가 이제서야 이곳으로 왔다고 한다. 그 마음이 정말 훌륭하다.

적량원 산소 석물 조성

적량원은 지금의 해남군 황산면 원호 마을에 있던 역원驛院이다. 이 근처에 윤이후의 양부 윤예미의 묘소가 있다. 윤이후는 낙향한 이후 아버지 묘역에 석물을 세우는데, 농번기가 겹치는 바람에 인력을 구하기 어려워 공사를 마치기까지 넉 달 가까이 걸렸다. 일기에는 석물을 조달하고 다듬는 과정, 석공에게 지불한 품삯 등이 자세히 기록되어 있다.

〖 1692년 4월 21일 경자 〗 맑음

이웃에 사는 배여량裵汝亮이 와서 만났다. 지난해에 금릉金陵(강진)에서 이사 왔다고 한다. ○내일 기둥 세우는 일을 살피기 위해 팔마장八馬庄으로 돌아왔다. ○영암의 새 군수에 박수강朴守剛이 임명되었다고 들었다.[28]

〖 1692년 4월 22일 신축 〗 아침 늦게 비가 오기 시작해서 저녁 내내 그치지 않음

오랜 가뭄 끝에 비가 오니 다행이다. ○묘시에 기둥을 세웠는데 3칸에 기둥이 여덟이었다. 상량할 때에 가운데 칸의 도리 아래에 쓰기를 "임신년(1692) 을사월(4월) 22일 신축일의 신묘시에 세웠다. 기봉岐峯이 안산이니 곧 오향午向이다."라고 했다. 또 도리 받침 장혀 안쪽 면에 쓰기를 "임신년 을사월 22일 신축일 신묘시에 세웠다. 기봉이 안산이니 곧 오향午向이다. 터 잡은 사람은 누구인가. 주인 지암支庵(윤이후)이 직접 했다. 집 지은 사람은 누구인가. 우리 집 노奴 천일天一로 올해 67살이다."라고 했다. 이는 뒷사람들이 알게 하기 위해서이다. ○황원黃原의 선달 송시민宋時民이 왔다. 봉대암鳳臺庵의 청안淸眼이 왔다.

〖 1692년 4월 23일 임인 〗 흐림

송 선달(송시민)이 갔다. 윤시상尹時相, 윤능도尹能道가 왔다. 윤능도는 고故 윤시징尹時徵의 얼자다. 윤천임尹天任이 왔다. ○전부(윤이석) 댁의 노奴 일복一卜이 상경하기에 편지를 부쳤다.[29]

〖 1692년 4월 24일 계묘 〗 맑음

창아昌兒가 연동의 옛집 창호를 살펴서 새로 짓는 집에 옮겨다가 쓸 계획으로 아침 먹고 연동에 갔다가 저녁 무렵에 돌아왔다. ○기산旗山의 조우

---

28) 영암의…들었다: 『승정원일기』 1692년 5월 12일 기사 참조.
29) 전부典簿 댁의…부쳤다: 한국학중앙연구원 편 『고문서집성3·해남윤씨 편』에 해당 편지가 실려 있다.

윤이후의 집터로 추정되는 곳에 자리한 건물. 전남 해남군 옥천면 팔산리_서헌강 사진!

건물의 좌향坐向 그리고 뒤편에 자리한 죽림竹林이 『지암일기』에 묘사된 윤이후의 집을 떠올리게 한다.

서趙瑀瑞, 조규서趙珪瑞가 왔다.

〖 1692년 4월 25일 갑진 〗 맑음

(…) 장산長山의 감고監考, 교유敎諭 (…) 서까래 나무 60여 개를 베어 왔다.

〖 1692년 4월 26일 을사 〗 흐렸다 맑음

윤석귀尹碩龜와 그 조카 지원志遠이 왔다. 영암의 파총把摠 정두추鄭斗樞가
와서 만났다.

〖 1692년 4월 27일 병오 〗 밤에 비가 조금 오고 아침에 그침

윤시삼尹時三과 김삼달金三達이 왔다.

〖 1692년 4월 28일 정미 〗 맑음

생신차례生辰茶禮[30]를 지냈다. 최도익崔道翊 형제와 윤익성尹翊聖, 송창우宋

---

30) 생신차례生辰茶禮: 돌아가신 분의 생신에 올리는 차례이다. 윤이후의 양부인 윤예미의 생일 차례를
지낸 것이다.

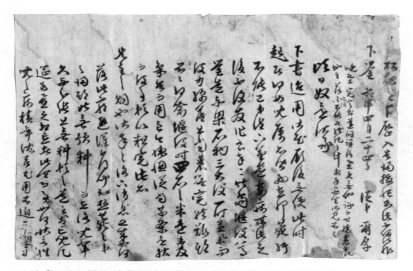

1692년 4월 23일자 기록의 서울 윤이석에게 부친 것으로 추정되는 간찰 한국학중앙연구원 소장

죽도의 제언 공사와 팔마에 집을 짓는 일 그리고 양부 윤예미의 묘가 있는 적량에 석물을 조성하는 일 등 당시 윤이후가 주도했던 여러 현안에 대한 내용이 실려 있다.

昌佑가 왔다. ○ 장산에서 서까래 나무 60여 개를 또 베어 왔다.

〖 1692년 4월 29일 무신 〗 맑음

다섯 칸 집 지붕에 흙을 덮었다. ○ 정광윤鄭光允과 안형상安衡相이 역방했다. ○ 유점鍮店 사람 46명을 빌려 연동 구가舊家의 재목을 날랐다.

〖 1692년 4월 30일 기유 〗 맑음

당산堂山의 임 노老[31]가 왔다. 이복이 와서 제주목사와 통판通判에게 보내는 편지를 받아 갔다. ○ 오후에 적량赤梁의 산소에 나갔다.

---

31) 임 노老: 누구인지 확실하지 않으나 『지암일기』에는 당산에 사는 임씨로 임익중任益重 한 명만 등장하는 것으로 봐서 그일 가능성이 있다. 1693년 3월 18일 일기 참조.

1692년 5월. 병오 건建. 작은달.

두 친구의 애쓰는 정성이 진실로 고마워

〔 1692년 5월 1일 경술 〕 맑음

표석標石과 상석床石의 세정細釘(정으로 돌의 표면을 다듬는 작업)이 이미 끝나 마정磨正(모래를 이용하여 돌의 표면을 매끄럽게 가는 작업)을 해 보려고 오늘부터 연도燕島의 모래를 운반했다. 석공이 오직 간두稈頭의 모래가 가늘고 강하여 쓸 만하다고 했지만, 여기서 너무 멀어 도저히 운반할 수 없었기 때문에 하는 수 없이 이 모래를 가져온 것이다. ○이웃 사람 배여량裵汝亮과 울토蔚土의 이한李瀚이 왔다.

〔 1692년 5월 2일 신해 〕 흐림

표석과 상석의 마정을 시작했다. 연도 사람 20명이 와서 일했다. ○배여량이 왔다.

〔 1692년 5월 3일 임자 〕 잠깐 비가 오고 따뜻함

비리非里 사람 27명이 와서 일했다. ○도장사道藏寺의 승려 학잠學岑과 철웅哲雄이 와서 알현했는데, 승군僧軍을 빌려 쓰는 문제 때문에 불러서 온

것이다. ○오후에 팔마장八馬庄으로 돌아왔다. 노상에서 이조 서리 이수량
李壽良을 만났는데, 우리 집 단골丹骨³²⁾이원적李元迪의 아들이다. 말에서 내
려 자리에 앉아 행하行下 소식을 물었다. 최운원崔雲遠의 집 앞에 당도하여
불러내서 잠시 이야기했다.

〖 1692년 5월 4일 계축 〗 맑음

창아昌兒는 적량赤梁으로 갔고, 나는 간두幹頭로 가서 화전리花田里의 안 우
友(안형상安衡相)를 역방했더니, 마침 악기 연주하는 사람을 마주하고 있어
서 나도 함께 들었다. 해가 진 후 산소에 당도하여 망택亡澤의 집에 묵었다.

〖 1692년 5월 5일 갑인 〗 맑음

묘제를 행했다. 남은 제사 음식으로 마을 사람들을 불러 모아 먹었다. 묘
아래에 사는 사람들은 이치상 마땅히 보호해야 하기 때문이다. 안 우(안형
상)의 집으로 돌아왔는데, 매우 간절히 붙잡기에 부득이 유숙했다. 봉대암
鳳臺庵 승려(…)

〖 1692년 5월 6일 을묘 〗 (…)

〖 1692년 5월 7일 병진 〗 흐리고 가는 비 오다 저녁에 갬(…)

(…) 고부古阜에서 돌아오는 길에 들러 그 부친의 편지를 전해 주었다.

〖 1692년 5월 8일 정사 〗 흐리다 맑음

윤시삼尹時三이 왔다. 함평의 아전 임상기任尙器가 석어石魚(조기)를 실어
보냈다. 영광의 아전 양이하梁以河가 석어 등의 물품을 보냈다. ○나주목사

---

32) 단골丹骨: 관리와 오랫동안 신용을 쌓아 행정상의 자문이나 심부름을 해 주던 서리이다. 한번 관계를
맺으면 대대로 이용하는 것이 통례였다. 단골리丹骨吏라고도 한다.

(허지許墀)가 편지를 보내어, 영광군수(정선명鄭善鳴), 무안현감(안준유安俊孺)과 함께 오늘 도갑사道岬寺에서 모이기로 약속했으니 나도 함께 만나자고 했다. 편지가 도착했을 때는 날이 이미 오시午時가 지났으므로 곧바로 말을 달려 도갑사로 가니, 나주목사와 무안현감이 기생을 데리고 이미 도착해 있었다. 두 친구의 애쓰는 정성이 진실로 고마웠다.

〔1692년 5월 9일 무오〕 맑음

아침을 먹은 후 절 뒤 냇가〔북지당北池堂〕로 자리를 옮겼다. 경치가 빼어나고 나무 그늘은 예뻤다. 한나절 노닐다가 오후에 절 누각으로 돌아왔다. 무안현감(안준유)이 술상을 냈고 나주목사(허지)가 낭주朗州(영암)와 세류細柳[33]의 기생들을 불러서 이르렀다. 저녁 내내 즐겼다.

〔1692년 5월 10일 기미〕 흐렸다 맑음

아침 식사 전에 나주목사(허지)가 술상을 냈다. 영광군수(정선명)는 끝내 오지 않아서 매우 안타깝지만 어쩌겠는가. 아침 식사 후 자리를 끝내고 일어나 각자 남여藍輿를 타고 동구洞口로 나가 너럭바위 위에 앉아 함께 작별의 대화를 나누었다. 슬픈 마음을 말로 다 표현할 수 없다. 김의방金義方이 함평에서 돌아오는 길이어서 그와 함께 돌아왔다. ○ 선달 정신도鄭信道가 지나다 들렀다.

〔1692년 5월 11일 경신〕 맑음

영광군수(정선명)가 심부름꾼 편에 편지를 보내어, 무안에 도착했을 때 병이 나서 도갑사 모임에 참석하지 못했던 사정을 알리고, 건어乾魚를 약간 보냈다. ○윤시상尹時相이 왔다. ○아침 식사 후 안형상의 집에 가서 그와

---

33) 세류細柳: 강진의 전라병영성을 말한다. 병영성 천변에 버드나무가 많아 세류성細柳城이라 불렸다고 한다.

함께 관음사觀音寺로 갔다. 오래전에 한 약속이기 때문이다. 잠시 뒤에 한천寒泉의 윤尹 장丈【선오善五】이 큰아들 정미鼎美, 사위 이홍임李弘任, 조카 주미周美를 데리고 왔다. 윤징귀尹徵龜는 새 거처【송천松川】가 5리쯤에 있어서 또한 왔다. 두 계집종도 도착했다. 회를 차려 놓고 술잔을 나누었다. 절에 사는 중이 죽순을 삶아 올렸다. 마지막으로 윤필은尹弼殷, 박△△朴△△, 윤화미尹和美가 왔다. 박천기朴天祺는 비파를 메고 왔다. 이것만으로도 멋진 자리라 하겠으나, 절이 높다란 봉우리의 얼굴에 위치해 있고, 절 뒤로는 뾰족한 기암괴석들이 빽빽하게 숲을 이루었으며, 눈 아래로 안개 속에 솟은 푸른 봉우리들이 밤하늘에 수놓은 별처럼 펼쳐져 있어 진실로 보기 드문 빼어난 경관이었다.

〖 1692년 5월 12일 신유 〗 흐리다 맑음

아침을 먹고 함께 산을 내려와 흩어져 돌아갔다. 안형상의 집에 도착해 점심을 먹고 저녁 때 돌아왔다. 흥서興緖가 적량赤梁에서 왔다.

〖 1692년 5월 13일 임술 〗 맑음

승의랑承議郎 조비祖妣(안계선安繼善의 처)의 기제사를 행했다. 이복爾服이 와서 참석했다. ○윤유징尹由徵, 윤문도尹文道, 윤능도尹能道, 윤천임尹天任, 윤천우尹千遇가 왔다. 함평의 좌수座首 김시량金時亮이 왔다. 강진의 노수징盧壽徵이 왔다. ○흥서가 다시 적량원赤梁院에 갔다.

〖 1692년 5월 14일 계해 〗 비가 몇 방울 떨어짐

〖 1692년 5월 15일 갑자 〗 비

(…) 김삼달金三達 (…) 함평의 공생貢生 장익한張翼漢이 왔다. 이 사람은 내가 관에 있을 때 아끼던 자이다. 내가 관을 떠날 때, 그가 나를 따라서 가기를 원해서 관안官案에서 그 이름을 지우고[34] 데려오다가 중간에 돌아갔는데, 지금 또 와서 현신現身했다. 아마도 관역官役을 면하고자 하는 것 같지만, 그의 진심이 관역을 면하는 데 있지 않고 장차 나를 그리워하여 따르려 하는 것일지도 모르겠다. 이수산李壽山이라는 자도 공생인데, 이름을 지우고 따라 온 것은 장익한과 같지만, 돌아간 후 다시 나타나지 않았다. 이것은 이런 무리에게는 일반적인 일이니, 괴이하게 여길 것이 못 된다.

내가 사직하고 고향에 돌아온 후, 함평에서는 온 고을이 향청鄕廳에 모여 내가 관에 있을 때의 일을 하나하나 따져 심하게 장杖을 쳤다. 하리下吏 이두규李斗奎, 고재민高再敏, 장만웅張萬雄 등은 체직되고, 내가 차임差任한 해창감海倉監 김시량金時亮과 사창감社倉監 윤원경尹元卿 등은 온갖 방법으로 부탁하여 차임되었다는 등의 말로 죄목을 걸어 중벌을 내렸다. 그리고 정협鄭挾을 좌수座首로 삼았다. 정협은 내가 갓 부임했을 때의 좌수로, 불법을 많이 저질러 온 고을에서 비방을 받았지만 스스로 해명하지 못했으니, 내가 관찰사에게 보고하여 중벌로 다스리게 하다가 그만두고 태笞 수십 대를 때리고 쫓아냈었다. 보고서 초안 3건을 써서, 하나는 형리刑吏에게 주고, 하나는 지통紙筒에 보관했으며, 하나는 내가 가지고 왔다. 지금 정협이 수임首任을 얻어 즉시 향청에 들어가 형리에게 준 초안을 책출責出하여 불태우고, 분풀이할 생각으로 마음먹은 것을 멋대로 행했고, 그 두 창倉의 감관을 논박하여 체직하고 좌수에 차임되기를 도모한 것은 모두 정협이 온

---

34) 그 이름을 지우고: 원문은 '효기명즛其名'인데, 이는 이름을 지우는 것을 뜻한다. 아마도 관역에 있는 것보다 윤씨 집안 마름 하는 것이 더 좋기에 이렇게 한 듯하다.

고을을 격동시켜 한 것이다. 이른바 '온 고을'이라는 것은 많은 사람의 공론公論이 아니라, 단지 월악月岳 정가鄭哥와 약간의 괴이한 무리일 뿐이다. 인심을 헤아리기 어렵기가 여기에 이르렀으니, 통탄스럽고 통탄스럽다. 신임 수령 심군직沈君直【방枋】은 필시 이러한 곡절을 모르고 잘못 처리하는 일이 있을 것이다. 간단한 편지를 써서 사람을 보내, 내가 온 고을에서 질시를 받는 이유를 간단히 언급했지만 심 군직의 뜻을 또한 어찌 알겠는가? ○선수업宣守業, 윤재도尹載道, 윤학령尹鶴齡, 윤송령尹松齡이 왔다. ○어제오늘 계속해서 침을 맞았다. ○마당금이 함평에 가기에 새 수령(심방沈枋)에게 편지를 보냈다. ○전부典簿(윤이석尹爾錫) 댁의 노奴가 서울에서 돌아와서, 아이들의 안부 편지를 받아 보았다. 암행어사 이인엽은 염문廉問을 잘하지 못한 죄로 몇 달 동안 갇혀 있다가 고신告身(임명장)을 빼앗기고 석방되었다. 전 전라도관찰사 이현기李玄紀는 암행어사가 서계하기 전에 먼저 소疏를 올려 마치 역공하는 것처럼 한 일이 있으므로 파직되었다.[35] 강진현감 방만원方萬元은 관찰사[上使]에게 뇌물을 쓴 것과 정사를 법대로 하지 않은 것으로 형을 받아 장杖을 맞다가 죽었다. 박선교朴善交는 강진현감에게 뇌물을 받아 정배定配되고, 강진의 하리下吏 양여징梁汝徵은 방만원을 도와 무리한 일을 많이 해서 또한 정배되었다고 한다. ○또 들으니, 지난번에 남악南岳【이현일李玄逸의 호號이다.】이 귀향하는 날에 사학四學에서 소를 올려 만류하기를 청했다고 한다.[36] (…) 이직李㮨 (…) 김태일金兌一 홀로 계하여 먼 지방으로 찬배竄配하기를 청했는데, 상은 (…) 정언正言 민흥도閔興道 (…) 대신 또한 간략히 아뢰자, 상이 허락하여 진해에 유배했다. 성한成偘[37]

---

35) 전 전라도관찰사…파직되었다: 관련 내용이 『숙종실록』 숙종 18년 4월 23일 1번째 기사에 수록되어 있다.

36) 남악南岳이…한다: 이현일이 사직 상소를 올려 낙향하려 하자 사학에서 상소하여 만류를 청한 일은 『숙종실록』 숙종 18년 4월 13일 1번째 기사에 나온다.

37) 성한成偘: 사학에서 합동으로 이현일을 만류하는 상소를 올릴 때 '이현일은 나랏일을 그르친 권간權奸에게 이[蝨]처럼 들러붙어 이미 물리친 대신大臣을 죽이려 했으니, 배척하여 제거하는 상소라면 오히려 옳다고 할 수 있지만, 도로 불러들이게 하는 상소에는 참여할 수 없다.'라고 하며

의 이 일은 아마도 그의 두 종형인 준儁과 임任이 지휘한 것이라고 하고, 이것으로 조정의 의론이 두 사람을 막고자 한 것이라고 했다. 여러 승지들이 함께 반직伴直(함께 숙직함)하면서 연구聯句를 지어, '대청臺廳(사헌부와 사간원)이 열렸어도 문門은 늘 한가하고, 갈도喝道[38]가 앞서서 외치니 길 또한 부끄러워하네.'라고 했다. 대간臺諫이 성한을 논하지 않을 것을 조소한 것 같다. 이것으로 여러 대간이 인피引避했고 승지 또한 소를 올렸다. 정언 민흥도는 일이 매우 부박하다고 하면서 승지를 추고할 것을 청했다. 승지는 바로 이진휴李震休와 허경許熲이다. 허경은 외직으로 좌천되어 경주부윤이 되었다. ○김녀金女(김남식金南拭의 처, 곧 윤이후의 딸)가 상주 관아에 있다가 4월 5일에 딸을 낳았다고 들었다. 시가에서는 섭섭하겠지만 산후에 무탈하다니 기쁘다.

〔 1692년 5월 18일 정묘 〕 맑음
팔혈八穴에 또 침을 맞았다. ○창아가 적량에 갔다. 흥아興兒가 돌아왔다.

〔 1692년 5월 19일 무진 〕 맑음
팔혈에 또 침을 맞았다. ○마당금이 함평에서 돌아와 신임 함평현감 심군직(심방)의 답장을 받았다. ○강산糠山의 윤세빙尹世聘과 윤재빙尹再聘이 왔다.

〔 1692년 5월 20일 기사 〕 흐림
팔혈에 침을 맞았다. ○정광윤鄭光允, 김의방金義方, 윤△임尹△任, 윤시상尹時相, 최상일崔尙馹, 임취구林就矩, 윤기업尹機業, 김삼달이 왔다.

반대한 중학中學 유생이다. 관련 내용이 『숙종실록』 숙종 18년 4월 13일 기사에 나온다.
38) 갈도喝道: 고위 관직자들의 행차 때 선두에서 소리를 질러 행인들을 비키게 하던 일, 또는 그 일을 맡은 사람이다.

〖 1692년 5월 21일 경오 〗 아침부터 비가 내리다가 저녁 무렵 맑게 갬

비가 넉넉하게 적실 정도로 쏟아진 것은 아니지만 이앙할 정도는 된다. 또한 장맛비가 내릴 조짐이 있으니 농가의 기쁨을 어찌 말로 할 수 있으랴. 창아가 적량에서 돌아왔다.

〖 1692년 5월 22일 신미 〗 흐림

팔혈에 침을 맞았다. 급삼리及三里에서 최운원崔雲遠, 윤지원尹智遠이 왔다.

〖 1692년 5월 23일 임신 〗 흐리다 맑음

윤순제尹舜齊가 왔다. 윤기업尹機業과 율동栗洞의 윤세형尹世亨이 왔다. 어란於蘭의 출신出身 정신도鄭信道가 왔다. ○춘백春栢 두 그루를 새로 지은 사랑 앞에 심었는데, 윤기업의 집에서 캐어 온 것이다.

〖 1692년 5월 24일 계유 〗 밤부터 비가 와서 저녁 내내 그치지 않음

〖 1692년 5월 25일 갑술 〗 비가 내렸는데 그치지 않음

어머니 생신이라 음식을 차렸으나 일가一家 사람이 비에 막혀서 오지 못하니 섭섭하다.

〖 1692년 5월 26일 을해 〗 정오 즈음에 비가 그쳤다가 저녁 무렵에 다시 옴

최운원이 왔다.

〖 1692년 5월 27일 병자 〗 비가 옴

순상巡相[39]이 편지를 보내 안부를 묻고 절선節扇 7자루를 보냈다.

---

39) 순상巡相: 재상급 벼슬을 지낸 경력이 있는 관찰사를 칭하는 말이다.

〔 1692년 5월 28일 정축 〕 오후에 비가 옴

비 때문에 새로 지은 집에 지붕을 얹지 못했는데, 오늘 비로소 흙을 올리고 짚을 덮었다. ○정광윤, 김삼달, 최운원이 왔다. 백치白峙의 종제從弟 이대 휴李大休가 왔다. 윤팔주尹八柱가 왔다. ○송창좌宋昌佐가 제주에서 왔는데, 예전에 보낸 돈으로 말 3필을 사서 왔다. 지금의 판관 이수익李受益이 보낸 것이다. ○별장別將의 노奴가 서울에서 돌아와서 모든 아이가 무탈하다는 편지를 받았다.

〔 1692년 5월 29일 무인 〕 상쾌하게 개어 맑음

송창좌, 최운원이 왔다. 윤尹 (…)

두통으로 괴로운 나날들

〖 1692년 6월 1일 기묘 〗 비가 오다가 간혹 (…)함

마군磨軍(돌을 갈 일꾼)을 얻지 못해서 하는 수 없이 오늘은 일을 멈추었다. 농사 (…)할 계획이다.

〖 1692년 6월 2일 경진 〗 비가 개고 맑음

지원智遠이 왔다. ○ 왼쪽 눈썹 모서리가 아파 오는 것이, 통증이 번지는 듯하다.

〖 1692년 6월 3일 신사 〗 맑음

지원이 왔다. 윤익성尹翊聖, 송창좌宋昌佐, 최운원崔雲遠이 왔다. 윤시건尹時建이 왔다.

〖 1692년 6월 4일 임오 〗 맑음

왼쪽 눈썹 모서리의 통증이 그쳤다. 지원, 최운원, 김삼달金三達, 윤순제尹舜齊, 최유준崔有峻이 왔다. 최 아무개가 부賦를 지어 와서 보여 주었는데 아주 좋았다.

〖 1692년 6월 5일 계미 〗 맑음

지원, 최운원, 송창좌가 왔다. 최△△崔△△가 시詩를 지어 왔기에 평가해 주었다. 윤희익尹希益, 임세회林世檜, 윤능도尹能道가 왔다. 영인伶人(악공) 업생業生이 와서 알현했다. 이 사람은 금릉金陵(강진) 사람으로 거문고, 피리, 비파, 가야금에 모두 능통하여 일생 동안 음악을 가르치는 일을 업으로 삼았다. 하지만 오로지 말로 전수하고 직접 연주는 잘하지 못하니 그 또한 기이한 일이다. 윤징귀尹徵龜, 윤석귀尹碩龜가 왔다. ○무안현감(안준유安俊孺)이 심부름꾼을 통해 문안 편지를 보냈다. 더불어 약간의 어란魚卵과 건어乾魚를 보냈다. ○두통이 또 시작되어 괴롭다.

〖 1692년 6월 6일 갑신 〗 아침 전에 흐리고 비 옴. 오전 늦게 다시 흐리다 맑음

윤시상尹時相, 윤희직尹希稷, 송창좌, 최운원이 왔다. 연동蓮洞의 칠봉七奉과 백치白峙의 이대휴李大休 그리고 명금동鳴金洞의 성덕기成德基가 왔다.

〖 1692년 6월 7일 을유 〗 새벽에 비가 잠시 뿌리고 낮에 맑음

윤지원尹智遠, 윤시삼尹時三, 윤시한尹時翰과 비곡比谷의 임석주林錫柱, 장흥의 동자童子 최위천崔衛天이 왔다. 최 동자는 전에 관가에 침어侵漁(부당하게 침범하여 빼앗음)를 당한 일로 장흥부사에게 보낼 편지를 나에게 받은 일이 있었기 때문에 지금 감사를 표하기 위해 온 것이다.

〖 1692년 6월 8일 병술 〗 맑음

정광윤鄭光允, 윤천우尹千遇, 김기도金器道가 왔다. ○상주尙州의 노奴 상검尙儉이 와서 관아의 편지를 전했다. 여식女息 모녀가 편안하다고 하니, 위로와 기쁨이 이루 말할 수 없다. ○이성爾成이 왔다. ○두통이 옮겨서 오른쪽 눈썹 모서리의 통증이 되었는데 아픈 정도가 꽤 심하다가, 오늘 저녁 비

로소 그쳤다. 근래에는 반드시 먼저 이마에 통증이 나서 하루 아픈 후, 그대로 눈썹 모서리의 통증이 되어 반드시 사흘을 채우고 그친다. 그래도 통증의 정도는 전보다 약간 가볍다.

〖 1692년 6월 9일 정해 〗 맑음

지원智遠, 박수문朴守文, 최형익崔衡翊, 최△崔△가 왔다.

〖 1692년 6월 10일 무자 〗 맑음

지원과 송창좌가 왔다. ○근래 더위가 혹심하다. ○목욕했다.

〖 1692년 6월 11일 기축 〗 맑음

함평의 하리下吏 이재형李載亨이 어제 와서 알현하고 오늘 새벽 돌아갔다. ○남미南美가 왔다. 비악飛岳의 김우정金友正이 왔다. 지원, 윤익성, 최운원, 송창좌가 왔다.

〖 1692년 6월 12일 경신 〗 맑음

상주의 노 상검이 (…) 돌아갔다. 선달先達 최△△, 최운원, 송창좌 (…) 방문했다.

〖 1692년 6월 13일 신묘 〗 맑음

윤칭尹偁이 왔다. 윤동미尹東美가 왔다. 최운원, 김삼달, 송창□宋昌□가 (…)

〖 1692년 6월 14일 임진 〗 맑음

입점동笠店洞의 이진휘李震輝, 이진현李震顯이 왔다. 윤세미尹世美, 윤징귀

尹徵龜가 왔다.

〔 1692년 6월 15일 계사 〕 맑음

유두流頭[40] 차례를 지냈다. 오늘은 내 유모乳母[41]가 죽은 날이다. 음식을 차려 제사를 지냈다. ○비곡의 임중헌任重獻이 왔다. 문장門長(윤선오尹善五)이 김운장金雲章을 데리고 왔는데, 김운장은 비婢들에게 노래를 가르치기 위해 그대로 머물렀다. 이한백李漢白, 정광윤, 임석주와 출신出身 김수도金守道가 왔다. 윤익성, 송창좌, 최운원, 지원이 왔다.

〔 1692년 6월 16일 갑오 〕 흐리고 맑음. 소나기가 이어짐

지원, 송창좌, 김삼달, 최남일崔南一이 왔다. 남미南美의 어미와 칠봉七奉의 어미가 왔는데, 남미가 데려왔다. 양지사梁之泗, 양가송梁可松이 왔다.

〔 1692년 6월 17일 을미 〕 밤부터 급하게 비가 내렸는데 거의 한 호미자락 정도 옴

이앙한 후에 가뭄기가 더욱 심했는데, 이 적은 비나마 내렸으니 그나마 다행이다. 낮부터 다시 맑아졌다. ○백치의 이대휴가 더위를 먹었는데 자못 증세가 중하여 아침밥을 먹은 뒤에 달려가 보았다. 귀라리貴羅里의 생원 윤정미尹鼎美와 윤익성尹翊聖을 힘써 청하여 맞이하고는 약에 대해 의논했다. 윤척尹倜, 이홍임李弘任도 왔다. 저녁 무렵 익성과 함께 돌아오다가 윤시상을 들러서 만났다.

〔 1692년 6월 18일 병신 〕 맑음

윤익성, 윤희직이 왔다. 생원 윤정미, 이홍임, 윤척이 백치에서 저녁 무렵

---

40) 유두流頭: 음력 유월 보름날을 가리킨다. 유두는 '동류수두목욕東流水頭沐浴'의 약자로 동쪽으로 흐르는 물에 머리를 감고 목욕을 하는 명절이다.

41) 유모乳母: 윤이후의 유모에 대해서는 1694년 8월 7일 일기 다음에 실린 '유모의 행적에 대한 기록[乳母事實]'에 자세한 내용이 실려 있다.

도착했다. 저녁밥을 차려 주었다. 달밤에 떠났다. ○과원果願이 정월부터 왼쪽 눈의 위아래 눈꺼풀이 붉게 문드러져서 침도 약도 들지 않다가 이내 부스럼이 되었고, 오른쪽 귀와 두부頭部에 창개瘡疥(옴과 버짐)가 여기저기 퍼졌으며, 며칠 전부터는 불알 및 온몸과 얼굴 부위가 크게 부었으니, 놀라움과 걱정을 말로 할 수가 없다.

〔 1692년 6월 19일 정유 〕 맑기는 하나 간간히 비가 뿌림

윤석귀가 와서 그 형수의 병에 쓰려고 녹두와 우포牛脯를 얻어 갔다. 임취구林就矩가 왔다. 진사 황세중黃世中, 최유준, 윤순제가 왔다. 김운장이 떠났다.

〔 1692년 6월 20일 무술 〕 맑음

최석징崔碩徵, 최팔징崔八徵, 최백징崔百徵이 왔다.

〔 1692년 6월 21일 기해 〕 맑음

윤익성, 최운원, 윤지원이 왔다. 윤천우가 왔다. 노수징盧壽徵이 비파를 메고 왔다. ○윤징귀尹徵龜의 동생인 고故 시귀蓍龜의 처가 그제 죽었다.

〔 1692년 6월 22일 경자 〕 어젯밤부터 바람이 세차고 비가 퍼부음

앞개울이 크게 불어 전답이 무너진 곳이 생겼다. 오후에 비가 그쳤다.

〔 1692년 6월 23일 신축 〕 맑음

〔 1692년 6월 24일 임인 〕 맑음

창아昌兒가 (…) 어머니의 병 때문에 가서 보지 못했다. 근래 어머니 (…) 자못 편안하다는 소식을 들었다. 또 가을에 (…) 이 행차가 더위를 무릅쓰고 멀리 가야 하니 매우 염려스럽다. ○윤시상, 윤천우, 김삼달, 최운원, 윤익성, 지원이 왔다.

〔 1692년 6월 25일 계묘 〕 맑음

강진의 출신出身 윤성인尹聖寅은 지난겨울에 문장門長(윤선오) 댁의 일을 보러 신지도薪智島에 들어갔다가 죄 지은 일이 있었으니 그 내용은 이러하다. 조부님(윤선도)께서 살아계실 때 부리던 사람이 물러나 이 섬에 와서 친정의 조카를 데리고 살고 있었다. 윤성인이 답곡畓穀을 걷을 때, 그 조카를 묶고 그의 고모(즉 윤선도가 부리던 사람)를 구타하고 핍박하여 치마저고리가 찢어지기까지 했다. 이 신지도 노파는 그 후 연동에 와서 이복爾服에게 울면서 호소했고, 이복은 이를 문장에게 알렸는데, 문장은 윤성인이 스스로 변명하는 말만 믿고 그대로 둔 채 죄를 묻지 않았다. 내가 내려온 후에 그 일을 듣고 원통하게 여겨 처치하려 했지만 겨를이 없었다. 오늘 문장이 성인으로 하여금 와서 사죄하게 했다. 내가 바야흐로 그 죄를 따져 매를 치려고 하자 그가 갑자기 큰소리로, "어째서 단지 연동의 족인族人이 지어낸 말만 듣고 이러십니까?"라고 했다. 그가 자기 죄를 지어낸 것이라고 하니 이복과 대질시켜 그 죄를 분명하게 밝힌 후에 죄를 다스릴 수밖에 없다고 생각하여, 노奴를 시켜 쫓아냈다. 그가 말을 타고 돌아보지도 않고 가는 것이 다시는 죄를 청하려는 뜻이 없는 것 같았다. 놀랍고 원통함이 말할 수 없다. ○노수징이 갔다. 같은 날에 윤승후尹承厚, 윤유도尹由道, 임세회, 윤시한이 왔다. 최운원이 왔다. 송창좌, 김삼달, 지원이 왔다.

〔 1692년 6월 26일 갑진 〕 맑음

김의방金義方, 윤희직, 임석형任碩衡, 김귀망金龜望이 왔다. 윤기업尹機業이 왔다. 지원이 여러 날 동안 계속해서 왔다. 밤에 진사進士(윤홍서)와 함께 잤다.

〖 1692년 6월 27일 을사 〗 맑음

비婢 예금禮今이 지난가을 함평에 있을 때 낳은 아들이 오늘 새벽에 죽었다. ○윤창도尹昌道와 윤시△尹時△이 왔다.

〖 1692년 6월 28일 병오 〗 맑음

김삼달과 송창좌가 왔다. 정익태鄭益泰가 지나다 들렀다. 선달 김현추金顯秋가 산 닭 3마리를 보냈다. ○창아가 데리고 간 사람이 나주에서 헤어져 돌아와, 일행이 평안하다는 편지를 보았다. 또 나주목사 옥경 영감(허지許墀)의 편지를 받았는데, 그 병이 절로 심해지고 있다니 걱정된다. 누룩曲子 2동同과 세하젓 5되를 보냈다. ○서울 소식을 들었는데, 심사성沈思誠【중량仲良】이 특별히 형조참의에 제수되고, 조지정趙持正【식湜】이 특별히 공조참의에 제수되었다.[42] 두 사람의 공명功名이 얼마나 장한가!

〖 1692년 6월 29일 정미 〗 맑음

윤시삼, 윤시상, 진사 김석귀金錫龜, 윤학령尹鶴岭, 윤명우尹明遇, 윤성우尹聖遇가 왔다.

---

42) 심사성沈思誠이⋯제수되었다: 『숙종실록』 숙종 18년 5월 27일 기사 참조.

1692년 7월. 무신 건建. 큰달.

구들을 놓은 뒤 벽을 바르고 콩댐을 하니

〔 1692년 7월 1일 무신 〕 밤에 소나기가 내림

(…) 79근 13냥[43]인데 그 수를 반으로 줄여서 책지冊紙 77권 10장을 이달 안에 갖추어 바치기로 약속했다. ○ 최운원崔雲遠이 왔다. 악사樂師 업생業生이 또 와서 알현했다.

〔 1692년 7월 2일 기유 〕 비가 저녁 내내 옴

해남 세선稅船이 돌아와서, 아이들이 28일에 보낸 안부 편지를 받았다.

〔 1692년 7월 3일 경술 〕 어제부터 내린 비가 늦은 아침에 그침

노호露湖 사람이 배를 가지고 내려와서 대나무를 사고 싶다고 하기에 내 대밭의 푸른 대 1000여 개를 베어 주고 포목布木 19정丁과 벼 2섬을 받았다. ○ 비婢 무옥戊玉이 딸을 낳았다.

〔 1692년 7월 4일 신해 〕 맑음

김영성金永聲에게 받은 답곡畓穀 40여 섬은 당초에 내가 빌려서 마련했던

---

43) 79근 13냥: 1692년 7월 4일 일기로 보아 백저白楮의 수량으로 추정된다.

것이라, 지난번에 창아昌兒가 갈 때 포목 수십 정으로 바꿔 보냈고, 나머지 16섬은 오늘 노호 배편에 부쳐 보냈다. ○장흥의 노비에게서 철물을 받아 오는 일로 개일開一을 장흥으로 보냈고, 만흥萬洪은 철을 사기 위해 진도로 보냈다. ○해남 고성故城의 윤중언尹重彦이 왔다. 들으니, 윤성민尹聖民의 집에 지난밤 명화적明火賊이 들어, 윤성민이 손가락에 칼을 맞아 거의 잘릴 뻔하고 집의 재산도 모두 잃어서 남은 것이 없다고 한다. 매우 경악스럽다. 지난번에는 녹산彔山의 윤계尹誠가 이러한 화를 만났고, 죽도의 대남大男도 이 같은 일을 당했는데, 모두 중상을 입어 거의 죽을 뻔했다. 그 후 화적 떼 셋은 잡혔으나 이 환난이 그치지 않으니 매우 걱정스럽다. ○김삼달金三達, 최운원崔雲遠이 왔다. ○광양현감 임준석任俊錫이 일부러 심부름꾼을 보내 백지白紙 53권을 보냈다. 이것은 곧 지난번에 보낸 백저白楮 50근으로 뜬 것이다. 수량이 반으로 줄어 안타깝다. 부채 10자루도 보냈다. ○후돌後乭이 어제부터 새집 벽에 흙을 바르는데, 이룡二龍도 오늘부터 같이 일한다.

〔 1692년 7월 5일 임자 〕 맑음

귀라리貴羅里의 윤경尹儆이 왔다. 가치可峙의 윤필은尹弼殷이 왔다.

〔 1692년 7월 6일 계축 〕 맑음

목욕했다. ○전 대정현감 김세량金世亮이 대합大蛤 2말을 보냈다. 윤기업尹機業, 윤선증尹善曾이 왔다. 최운원이 왔다. 송시민宋時敏이 지나다 들렀다.

〔 1692년 7월 7일 갑인 〕 흐리고 바람이 심함

윤팔주尹八柱가 왔다. 김삼달, 송창좌宋昌佐, 최운원이 왔다. 김운장金雲章이 와서, 노래를 가르치기 위하여 그대로 유숙했다. ○마을 사람들이 모두 인력을 내어 우물의 난간을 수리했다. ○장흥부사가 누룩 1동同을 보냈다.

○호현壺峴의 윤주상尹周相이 왔다. 고故 윤규尹珪의 아들이다.

〔 1692년 7월 8일 을묘 〕 밤에 소나기가 내렸다가, 아침에는 바람이 잦아들고, 종일 맑았음

흥아興兒가 책상자를 지고 손곡암孫谷庵에 갔다. 손곡암은 별진역別珍驛 뒷산에 있다. 지원智遠이 따라 갔다. ○윤징미尹徵美, 윤재도尹載道가 왔다. 송창좌와 김삼달이 이웃의 야비㛮婢(가야금 타는 비)를 데리고 왔다. 윤익성尹翊聖이 왔다. ○우리 면(옥천시면) 창감倉監 이석화李碩華가 와서 만났다. ○목수 천일天一, 말질립末叱立, 망내亡乃가 두 군데 새집의 공사를 마치고 떠났다.

〔 1692년 7월 9일 병진 〕 흐림

김운장이 갔다. 송수기宋洙杞, 윤정준尹廷準이 왔다. 김삼달, 윤익성이 왔다. ○저녁 무렵에 소나기가 왔다.

〔 1692년 7월 10일 정사 〕 맑음

흥아가 (…). 김귀현金龜玄의 아들 (…)의 병 때문에 꿀과 약재를 얻어 떠났다.

〔 1692년 7월 11일 무오 〕 맑았다가 비가 오다가함

서응瑞應(윤징귀)이 왔다. 윤창尹瑒이 과시科詩를 지어 와서 평가를 받았다. 윤시삼尹時三과 최운원, 최운학崔雲鶴, 김삼달이 왔다. 이성爾成이 저녁 무렵에 왔다.

〔 1692년 7월 12일 기미 〕 밤부터 돌풍이 일었다가 늦은 아침에 소나기가 여러 차례 옴. 오후에 바람이 잦아들고 비가 그쳤으며 저녁에는 잠깐 맑음

이성이 갔다.

〔 1692년 7월 13일 경신 〕 맑음

새집의 동쪽 채 동쪽 방에 구들을 놓았는데, 늙은 노奴 후돌시後乭屎가 놓았다. ○김회극金會極이 아침 일찍 와서 만홍萬洪 부자에게 모욕을 당했다고 하기에 즉시 그놈들을 장을 쳤다. ○함평현감(심방沈枋)이 익한翼漢[44]을 일부러 보내 편지로 안부를 묻고, 또 단간短簡(짧은 편지지) 30폭을 보냈다. ○송창좌, 김삼달이 왔다. ○함평현감이 20일 후에 상경하는데, 수산壽山이 통인通引으로서 모시고 간다고 한다. 아이들에게 줄 편지를 써서 수산에게 부쳐 보내어 그가 서울에 도착하는 즉시 전하게 했다.

〔 1692년 7월 14일 신유 〕 맑음

박사博士 이유李瀏의 가노家奴가 상경한다기에 편지를 써서 보냈다. ○윤희상尹希尙이 왔다.

〔 1692년 7월 15일 임술 〕 맑음

윤희설尹希卨과 형 윤희직尹希稷이 금아琴兒(거문고 타는 어린 비婢) 2명을 데리고 왔다. 연동蓮洞의 윤후지尹後摯가 왔다. 송창좌, 최운원, 김삼달이 왔다. 윤천우尹千遇가 왔다. ○내외가 달밤에 종자천種子川 가를 소요했다.

〔 1692년 7월 16일 계해 〕 흐리다 맑음

흥아가 지원을 데리고 책상자를 지고 대흥사大興寺로 갔다. ○윤수도尹壽道와 해남의 김이경金以鏡이 왔다. 송창좌가 왔다.

〔 1692년 7월 17일 갑자 〕 맑음

좌수座首 김상유金尙儒, 김삼달이 왔다. 서응瑞應 모친의 병환이 오랫동안 낫지 않아 가서 문안했다. ○한천寒泉의 족숙族叔 윤상미尹尙美가 지나다

---

44) 익한翼漢: 함평의 공생貢生 장익한張翼漢이다. 1692년 5월 16일 일기 참조.

들렀다.

〔 1692년 7월 18일 을축 〕 흐림

백치白峙의 이대휴李大休와 연동의 윤동미尹東美 그리고 대산大山의 최세
양崔世陽이 왔다. 최상일崔尚馹과 송창좌가 왔다. ○ 서울에 있는 종아宗兒
의 잘 있다는 편지를 받았다. 6월 23일에 보낸 것인데 해남의 박사 이유
가 가져왔다. 창아가 서울 가는 길 소식을 아직 듣지 못하여 매우 답답하
다. ○ 비곡比谷 임취구林就矩가 배梨 30여 개를 보냈다. ○ 서울에서 보낸 편
지를 보니 6월 22일에 대정大政이 있었으며, 세초歲抄는 그전에 했다고 한
다.[45] 나만 홀로 서용되지 못한 것은 암행어사 이인엽李寅燁의 서계로 파직
되었기 때문이다. 나는 본래 관직에 뜻이 없었고 고향으로 돌아온 뒤로는
더더욱 관직에 나갈 생각이 없었으니, 잃고 얻는 것에 개의치 않는다. 다
만 상감께선 필경 내가 연루된 일을 모두 이인엽이 말한 그대로 받아들이
실 것이니, 참으로 황송하고 통탄스러운 일이다. ○ 들으니, 이백우李伯雨
(이운징李雲徵)가 여주목사가 되었다가, 오래지 않아 강원도관찰사로 옮겨
제수되었다고 한다.

〔 1692년 7월 19일 병인 〕 비

윤석귀尹碩龜(…)

〔 1692년 7월 20일 정묘 〕 맑음

송창□宋昌□를 데리고 (…)에 함께 갔다가 해 질 무렵 집에 돌아왔다.

---

45) 서울에서…한다: 대정은 정기 인사인 도목정사都目政事를 말한다. 세초는 도목정사 전에 관리의
근무성적을 아뢰는 일이다.

〔 1692년 7월 21일 무진 〕 맑음

정동貞洞의 둘째 외숙모 정씨鄭氏(정후鄭侯의 처)가 숙환으로 6월 25일 여
주呂州의 장사庄舍에서 돌아가셨다는 소식을 들었다. 통곡하고 통곡한다.
○해남 관아의 인편을 통해 종서宗緒, 두서斗緒 두 아이가 이달 4일에 부친
잘 있다는 편지를 받았다. 정말 위로가 된다. ○최운원이 왔다. 해남 맹진孟
津의 이지李墀와 이장원李長原이 왔다. ○가야금을 배우도록 비婢 숙정淑丁을
석화石花에게 보냈다. ○고故 홍환洪寏의 아내인 종매從妹도 죽었다고 한다.
몹시 비참하고 슬프다.

〔 1692년 7월 22일 기사 〕 맑음

창아가 데려간 가팔加八이 돌아왔다. 아이들의 편지를 받아보고 모두 그럭
저럭 평안하다는 것을 알았다. 창아가 8일에 서울에 무사히 도착했다니,
기쁨과 위로가 헤아릴 수 없다. ○강성江城의 윤진현尹震賢이 와서 만났다.
이 노인은 아들 다섯을 두었는데 모두 풍족하게 살며, 올해 76세인데도 몸
이 건강하여 병이 없으니, 복이 있는 사람이라고 할 수 있다. 한천寒泉의 족
숙族叔 윤주미尹周美가 찾아왔다. 김삼달이 왔다. 지원이 흥아가 있는 대둔
사에서 왔는데, 흥아는 남암南庵에서 지낸다고 한다.

〔 1692년 7월 23일 경오 〕 맑음

늙은 노奴 천일天一이 상경하기에, 아이들에게 보내는 편지 2통을 부쳤다.
○윤시상尹時相이 왔다. ○전부典簿(윤이석尹爾錫) 댁의 야노冶奴(대장장이 노)
말질금末叱金이 와서 새집의 철물을 만들기 시작했다.

〔 1692년 7월 24일 신미 〕 맑음

최운원이 상경하기에 편지를 부쳤다. ○지원이 다시 흥아가 있는 곳에 갔

다. ○최운학, 송창좌가 새로 지은 집의 동쪽 방의 벽을 발랐다.

〖 1692년 7월 25일 임신 〗 맑음

안형상安衡相이 왔다.

〖 1692년 7월 26일 계유 〗 맑다가 저녁 무렵 비가 뿌림

강산糠山의 윤지철尹智哲, 윤재빙尹再聘이 왔다. 맹진孟津의 이기李圻, 이증
李增이 왔다. 윤익성尹翊聖이 왔다. 벽을 다 발랐다.

〖 1692년 7월 27일 갑술 〗 소낙비기 몇 차례 오다가 오후 맑음

동쪽 방에 콩댐着太泡을 했다. ○한천寒泉에 가서 문장門長(윤선오尹善五)을
배알했다.

〖 1692년 7월 28일 을해 〗 맑음

최형익崔衡翊, 최유기崔有基가 왔다. 장흥의 동자童子 최위천崔衛天이 또 왔
다. 송창좌가 왔다. 봉사奉事 이유李瀏가 와서 유숙했다. ○창아의 편지가
영암 관편官便으로 왔는데, 이번 달 16일에 보낸 안부 편지였다. 상감께서
특별히 내린 판부判付[46]에 의해 춘당대시春塘臺試가 8월 7일로 정해져, 이
때문에 편지를 급히 보내온 것이다. 그러나 날짜가 매우 촉박하여 흥아가
응시할 길이 없으니 안타깝다.

〖 1692년 7월 29일 병자 〗 맑음

나주에 심부름꾼을 보내 옥경玉卿 영감(허지許墀)의 병을 문안했다. ○인석
仁石을 흥아가 있는 곳에 보냈다. ○윤시훈尹時勳 형제가 왔다. 박필중朴必中,
박세표朴世標가 왔다. ○함평 이민정李敏挺, 전여창全汝昌이 왔다. ○새집 …

---

46) 판부判付: 국왕에 건의한 안건을 국왕이 재가하는 것이다.

이민정, 전여창이 (…)

아버지 묘에 석물을 세우다

〖 1692년 8월 1일 무인 〗 맑음

경호천鏡湖川 가에서 천렵을 했다. 문장門長(윤선오尹善五)과 그 아들 윤정미 尹鼎美 족숙族叔, 안형상安衡相, 윤천임尹天任, 윤희직尹希稷과 그 아우 윤희 설尹希卨, 윤희익尹希益, 윤지철尹智哲, 송창좌宋昌佐, 윤익성尹翊聖, 윤성인 尹聖寅, 조두원趙斗元, 김운장金雲章, 가아歌兒 5명이 와서 모였다. 정신도鄭 信道가 뒤쫓아 왔다. 해가 진 후 파하고 돌아갔다. ○이날 새벽에 함평의 두 사람이 돌아갔다. ○김운장金雲章을 데리고 와서 머물게 했다. ○아내가 한 밤중에 속에서 덩어리가 치밀어 올라 기가 막혔다가 한참 후에 조금 진정 되었다. ○나주에 갔던 인편이 돌아와서 옥경玉卿 영감(허지許墀)의 답장을 받았는데, 병환이 점점 위중해진다니 매우 걱정스럽다. 말린 숭어 3마리 와 수박 6개를 보냈다.

〖 1692년 8월 2일 기묘 〗 맑음

아내의 병 때문에 흥아興兒가 내려왔다. ○윤희직과 윤유도尹由道가 왔다. 백치白峙의 이대휴李大休가 왔다.

〔 1692년 8월 3일 경진 〕 맑음

송창좌, 최운학崔雲鶴, 김운장, 지원智遠, 홍아, 손자 과원果願을 데리고 앞
내에서 천렵을 했다. ○윤동미尹東美가 왔다. 김삼달金三達이 왔다. ○김운
장이 갔다.

〔 1692년 8월 4일 신사 〕 흐림

이복爾服이 왔다. 성덕항成德恒이 지나다 들렀다. 마치馬峙의 윤선초尹善初
가 와서 머물렀다.

〔 1692년 8월 5일 임오 〕 밤에 비가 퍼붓듯이 내리다 아침에 바로 그침. 종일 흐림

윤선초가 갔다. 정광윤鄭光允과 최운학이 왔다. 윤천우尹千遇가 밤에 와서
묵었다.

〔 1692년 8월 6일 계미 〕 밤에 가랑비가 뿌림. 종일 흐리다 맑음

윤천우가 갔다. 장흥의 최위천崔衛天이 또 왔다가 바로 갔다. 윤익성, 윤지
원尹智遠, 윤서尹불가 왔다. 송창좌가 와서 묵었다.

〔 1692년 8월 7일 갑신 〕 맑음

족숙族叔 윤세미尹世美, 윤기업尹機業, 김현추金顯秋, 윤시상尹時相, 김형일
金亨一, 김태귀金泰龜, 윤제호尹齊虎가 왔다. 지원이 와서 묵었다.

〔 1692년 8월 8일 을유 〕 맑음

홍아가 만덕사萬德寺에 공부하러 갔다. 지원이 따라 갔다. 윤서응尹瑞應(윤
징귀)과 정신도鄭信道가 왔다. 윤재빙尹載娉과 윤이훈尹以訓이 지나다 들렀
다. 송창좌와 김삼달이 와서 묵었다.

〔 1692년 8월 9일 병술 〕 맑음

윤서응이 아침 일찍 왔다. 정오 가까이 말을 타고 출발하여 해 질 무렵 적량赤梁 산소에 도착했다. 석물石物 작업은 3일에 다시 개시해서 다듬기를 끝냈다.

〔 1692년 8월 10일 정해 〕 어제 저녁부터 비가 뿌리다 아침에 점점 심해짐. 낮 무렵에는 비바람이 꽤 어지러움. 오후에 조금 안정되다가 저녁에 갬

표석標石에 새길 대자大字 9자와 연월年月 15자를 썼다.

〔 1692년 8월 11일 무자 〕 맑음

아침밥을 먹은 후 적량 산소를 출발했는데, 해남 읍내로 길을 잡아 안형상을 방문하고 저녁에 집에 도착했다.

〔 1692년 8월 12일 기축 〕 맑음

나주의 정鄭 (…)

〔 1692년 8월 13일 경인 〕 맑음

정민鄭旻이 금릉金陵(강진) 시험장으로 갔다. 윤기미尹器美가 지나다 들렀다. 전주의 정이상鄭履祥과 정진상鄭晉祥이 과거 보러 가는 길에 들러 만났다. 두 사람은 유숙했다. 같은 고을에 사는 정재진鄭載溱도 함께 왔다. ○ 정광윤鄭光允, 선수업宣守業이 왔다. ○ 진사進士(윤흥서)가 만덕사에서 내려왔다.

〔 1692년 8월 14일 신묘 〕 흐리다 맑음

윤상尹詳이 서울에서 돌아와, 창아昌兒, 두아斗兒 두 아이의 잘 지낸다는 편지를 받고, 또 종아宗兒, 두아 두 아이의 편지를 받았다.[47] 송창좌와 윤지원이 와서 유숙했다.

〖 1692년 8월 15일 임진 〗 맑음

새벽에 기제사를 지냈다.[48] 나는 간두幹頭로 가고 흥아는 적량으로 가서 제사를 지냈다. 간두의 제사는 인천 댁 차례지만, 서로 바꾸어 우리 집에서 지내는 것이다. 내가 여기 있을 때 꼭 직접 지내고 싶었기 때문이다. ○ 서흥현감(윤항미尹恒美)의 종마從馬가 귀라리貴羅里로 내려오며 아이들의 편지를 전해 왔는데, 이달 2일에 보낸 편지이다. 춘당대시는 상감께서 창경궁으로 환어하는 때에 맞춰 12일로 연기되었다고 한다.

〖 1692년 8월 16일 계사 〗 맑음

윤세미 족숙과 윤시삼尹時三, 윤익성, 송창좌, 최운학이 왔다.【들으니, 남솔濫率[49] 문제 때문에 평안도, 함경도, 전라도의 관찰사가 파직되고, 수령은 감영에서 장을 맞았다고 한다. 함경도관찰사는 이시만李著晚, 평안도관찰사는 심단沈檀, 전라도관찰사는 홍만조洪萬朝이다.】

〖 1692년 8월 17일 갑오 〗 맑음

진도의 김방한金邦翰이 왔다. 윤명우尹明遇, 윤성우尹聖遇가 왔다. 윤동미, 윤익성, 송창좌가 왔다. 윤시상이 술을 조금 가지고 밤에 왔다.

〖 1692년 8월 18일 을미 〗 맑음

윤시한尹時翰이 왔다. ○ 정오쯤에 적량원赤梁院 산소로 출발했다. 윤서尹瑞

---

47) 윤상尹詳이…받았다: 각기 다른 날 부친 편지를 한꺼번에 갖고 온 것인 듯하다. 두아는 두 번에 걸쳐 모두 편지를 썼다.
48) 기제사를 지냈다: 윤이후의 계부 윤예미의 기일이다.
49) 남솔濫率: 지방관이 가속을 제한 이상으로 데리고 부임하는 것을 말한다.

가 왔다.

〔1692년 8월 19일 병신 〕흐리다가 맑음. 바람이 사나움

진사(윤흥서)가 나왔다. 연동의 윤집미尹集美가 왔다. 이웃의 배여량褒汝亮과 대별大鱉에 사는 임중신任重信이 왔다. ○오후에 석물石物을 세우고 제사를 지내고, 또 산신제山神祭도 지냈다. 모두 축문을 사용했다. 근거할 만한 옛 제도는 없지만, "일이 있으면 고한다[有事則告]."라는 조목으로 보면, 결코 축문으로 고하지 않을 수 없기 때문에 석물을 세운다는 내용을 간략히 넣어 축문을 지어서 사용한 것이다.

〔1692년 8월 20일 정유 〕맑음

아침 식사 후에 진사(윤흥서)와 출발해서 기산旗山에 도착했다. 산에 올라 전경을 보며 시간을 보내니, 경치가 매우 뛰어나서 해남의 송정松汀, 장흥의 부춘富春, 광주光州의 풍영風詠 같은 경치는 여기에 비교하여 논할 수 없다.[50] 산이 이와 같은데 정자를 지은 사람이 없으니 진실로 개탄할 만하다. 내가 조만간 이곳에 돌아와 노후를 보낸다면 지을 수 있으나, 나 또한 고해苦海 가운데 사람이라서 이 계획이 정말로 이루어질지를 어찌 기약할 수 있겠는가? ○오늘은 감시監試의 초장初場이 열리는 날이다. 서울의 아이들이 어떻게 시험을 볼지 매우 염려된다.

〔1692년 8월 21일 무술 〕맑음

흥아가 또 공부하러 만덕사로 갔다. 지원이 따라갔다.

〔1692년 8월 22일 기해 〕맑음

정광윤과 윤취삼이 왔다.

---

50) 경치가…없다: 송정, 부춘, 풍영은 모두 누각이나 정자의 이름으로 짐작된다.

〖 1692년 8월 23일 경자 〗 맑음

귀라리의 문장門長(윤선오)이 서흥현감(윤항미)의 종마從馬로 내일 식솔을 다 데리고 상경한다고 했다. 이에 아침 식사 후에 가서 뵙고 윤시삼과 윤천임을 들러서 만나 보았다. ○ 김삼달, 송창좌, 정광윤이 와서 유숙했다.

〖 1692년 8월 24일 신축 〗 흐리다 맑음

김 (…) 영보永保와 신성설愼聖卨이 왔다. 보성의 박해朴瀣가 왔다. 이대휴가 왔다.

〖 1692년 8월 25일 임인 〗 비가 뿌림

어머니를 모시고 적량원에 갔다. 어머니께서는 술과 과일을 차려서 성묘하셨다. 해 질 무렵 백치[51]로 발길을 돌렸는데 밤이 깊어서야 도착할 수 있었다.

〖 1692년 8월 26일 계묘 〗 비가 뿌림

어머니께서 고단하여 백치에 머물러 쉬고자 하셨다. 나는 두통이 심하고 또 급한 일이 있기 때문에 먼저 팔마장八馬庄으로 돌아왔다.

〖 1692년 8월 27일 갑진 〗 맑음

이대휴가 어머니를 모시고 왔다. ○ 오른쪽 눈썹 모서리에 통증이 일어나 상당히 괴롭다. ○ 맹진孟津의 이세원李世原이 왔다. ○ 기오헌寄傲軒 서쪽 방의 벽을 발랐다. 예전에 지원이 벽을 도배하다가 끝내지 못했는데 오늘 최운학이 그 일을 다 끝냈다.

---

51) 백치: 백치는 어머니의 친정이다.

오른쪽 눈썹 모서리의 통증이 차도가 있다. ○윤천임과 윤창尹瑒이 왔다. 이한李瀚이 왔다. 전주의 정이상과 정진상이 돌아가는 길에 들러서 만났다. 동행인 정재진도 함께 왔다. ○우리 면(옥천시면) 창감倉監 이석화李碩華가 와서 만났다. ○정읍현감 한세경韓世卿이 좌도左道의 수권관收券官[52]으로 강진에 왔다기에 사람을 시켜 문안 편지를 보내고 또 약게젓藥蟹醢을 보냈다. ○송창좌가 왔다.

나주목사(허지)가 시원試院에 갇혀 있어 편지를 보낼 수 없기에, 그 고을 서리로 하여금 고목을 보내어[53] 2일에 만덕사에서 모이자는 뜻을 알렸다. ○윤익성과 윤희직이 왔다.

---

52) 수권관收券官: 과거시험에서 응시자들의 답안을 거두는 업무를 수행한 관원으로, 지방의 경우 인근 지방관 중에서 차출한다.

53) 나주목사가…보내어: 향시鄕試가 시작되면 전라좌도의 시관試官인 나주목사는 시원試院을 떠날 수 없으며 또한 외부로 편지를 주고받을 수 없기 때문에 윤이후가 자신의 뜻을 하급관리를 통해 대신 고목告目하도록 한 것이다.

조상 제사의 유사有司가 되어

〔 1692년 9월 1일 정미 〕 맑음

윤시상尹時相, 윤승후尹承厚, 윤기미尹器美가 왔다. 송창좌宋昌佐가 와서 묵었다.

〔 1692년 9월 2일 무신 〕 맑음

윤석귀尹碩龜가 왔다. 황세휘黃世輝, 윤순제尹舜齊, 최상일崔尙馹이 왔다. 윤재도尹載道가 왔다. ○어젯밤 한밤중에 나주목사(허지許墀)가 편지를 보내, 경시관京試官【송유룡宋儒龍】이 계속 고집을 부려 청조루聽潮樓에 들어가 함께 기다린다며 나를 거기로 즉시 오라고 했으나 사양하고 가지 않았다. 오늘 낮에 또 심부름꾼을 보내 계속 초청하기에 어쩔 수 없이 가려고 했으나, 아내의 병이 갑자기 위중해져 끝내 가지 못했다. 안타깝다. ○최운원崔雲遠이 서울에서 돌아와 아이들의 잘 있다는 편지를 받으니 위로가 된다. 표종表從 아우 감역監役 정기상鄭箕祥[54]이 지병으로 지난달 12일 죽었다. 이 아우는 천품이 순박하고 밝아 또래가 착한 사람이라고 칭찬하며 모두 따랐으

---

54) 정기상鄭箕祥: 윤이후의 생모 정씨鄭氏의 친정 조카이다.

나, 겨우 41년을 살고 단지 백골감역白骨監役[55]이라는 이름만 얻고 생을 마쳤다. 위로 76세의 어머니가 있고 아래로 어린아이가 있으니 비참함을 차마 말할 수 없다.

〔 1692년 9월 3일 기유 〕 상강霜降. 맑음

이전李瀍이 왔다. 진사 황세중黃世中과 김△△金△△가 왔다. 송창좌와 최운원이 왔다. 임취구林就矩가 (…)

〔 1692년 9월 4일 경술 〕 맑음

백치白峙 종제從弟 고故 (…) 10여 일 동안 앓다가 어젯밤 죽었다. 이 아우는 후사 없이 요절하고 이 여식만이 있을 뿐이었다. 본래 병이 있었는데 이번에 갑자기 죽으니 매우 참담하다. ○제수祭需를 구하기 위해 나주로 사람을 보냈다. ○윤시상, 곽만성郭晚成, 윤주미尹周美, 윤시삼尹時三, 박필중朴必中, 윤선용尹善容이 왔다. 윤동미尹東美, 윤선시尹善施가 왔다. 윤선시는 파산波山의 제사를 감독하기 위해 그대로 머물렀다. 송창좌, 최운원이 왔다.

〔 1692년 9월 5일 신해 〕 맑음

최정익崔井翊이 왔다. 연동蓮洞의 윤집미尹集美와 윤상尹詳이 왔다. ○백치에서 부고를 전하려고 서울에 심부름꾼을 보내기에 그 편에 편지를 부쳤다. ○강성江城에 가서 윤재도가 감시監試에 합격한 것을 축하했다.

〔 1692년 9월 6일 임자 〕 맑음

윤상, 윤집미가 떠났다. 윤희익尹希益이 왔다. 윤선필尹善弼이 그의 처남

---

55) 백골감역白骨監役: 백골징포白骨徵布라는 말로 유추해 보면, 감역에 임명되었으나 실제 관직 생활을 해 보지 못하고 죽은 것을 말하는 것으로 보인다. 감역은 선공감의 종9품 벼슬이다.

이만배李晩培를 데리고 왔다. 윤선필은 황원黃原에서 소안도所安島로 이거한 지 몇 년 되었는데 스스로는 생활이 조금 나아졌다고 한다. 그러나 윤선필의 형제 중에 안거安居한 사람이 한 명도 없고, 심지어 외딴섬으로 들어가기까지 했으니, 생계를 꾸리는 일이 이렇게 어렵다는 것을 비로소 알게 되었다.

〖 1692년 9월 7일 계축 〗 맑음

연동의 한종주韓宗周가 왔다. 윤이훈尹以勳이 왔다. ○나주에 보낸 인편이 돌아왔는데, 옥경玉卿 영감(허지)이 수박, 건어, 밀누룩眞曲, 밀가루 등의 물건을 보냈다. ○흥아興兒가 만덕사에서 내려왔다.

〖 1692년 9월 8일 갑인 〗 맑음

윤시훈尹時勳 형제, 윤취도尹就道, 출신出身 윤취삼尹就三, 윤시건尹時健, 윤시한尹時翰이 왔다. 김우정金友正이 왔다.

〖 1692년 9월 9일 을묘 〗 맑음

절사節祀를 행했다.[56] ○죽은 아이(윤광서尹光緒)의 2주기가 다가왔으나, 나는 이미 파산波山 제사의 유사有司가 되어 올라가지 못하므로 제사에 보탤 비용을 약간 보내기 위해 용산에 사람을 보냈다. ○윤유도尹由道, 임세회林世檜가 왔다. 윤재도尹載道, 윤능도尹能道, 윤희정尹希程이 왔다. ○장흥부사가 밀가루 5말을 보냈다. ○선달 김수도金守道가 왔다.

〖 1692년 9월 10일 병진 〗 맑음

윤시상, 윤성우尹聖遇, 윤명우尹明遇, 송창좌가 왔다. ○연동의 한종주韓宗周가 파산 제사를 감독하는 일로 와서 머물렀다. ○윤세미尹世美 족숙族叔

---

56) 절사節祀를 행했다: 9월 9일은 중양절이다.

이 왔다. 임석형任碩衡이 왔다. 윤동미가 왔다.

〔 1692년 9월 11일 정사 〕 맑음

윤석귀, 이상열李相說이 왔다.

〔 1692년 9월 12일 무오 〕 맑음

윤희직尹希稷, 윤희설尹希卨이 왔다. 윤필은尹弼殷이 왔다. 이세백李世白이
왔다.

〔 1692년 9월 13일 기미 〕 맑음

윤천미尹天美가 지나다 들렀다.

〔 1692년 9월 14일 경신 〕 흐림

윤이성尹爾成이 자신의 병 때문에 서울에 심부름꾼을 보내기에, 그 편에
편지를 부쳤다. ○윤선시와 한종주韓宗周가 영솔領率하여 파산 제사의 제
물을 제각祭閣으로 옮겼다. ○귀라리貴羅里의 양대진楊大振이 왔다.

〔 1692년 9월 15일 신유 〕 흐리고 저녁 무렵 비

(…) 파산에 (갔다.) 일출 후에 나는 8대조(윤사보尹思甫) 묘제를 지냈고, 족
숙 세미는 7대조(윤경尹耕) 묘제를 지냈다. 제사를 파한 후 제각에서 음복했
다. 와서 모인 제원祭員은 74명이었다. 양유사兩有司가 상의하여 좌중에 통
고하여 술잔을 세 순배 돌린 후 그치기로 했다. 소란을 피거나 실례한 사람
없이 술자리를 파하고 각자 흩어졌다. ○음복을 마치자 비가 오기 시작했
다. 족숙 세미는 비를 무릅쓰고 갈 수가 없어서 이곳에 와서 잤다.〔나는 제
수로 벼 20섬을 받았는데, 소요된 제물이 매우 많아 비용이 태반이나 부족했다. 이

런 이유로 유사가 가난하면 노비나 전답을 헐값에 팔기까지 한다. 안타깝다.〕

〔 1692년 9월 16일 임술 〕 맑음

윤동미, 윤선시, 한종주가 묘제 감독을 마치고 갔다. 출신出身 문헌비文獻斐, 김수도와 사인士人 박수귀朴壽龜, 최△△崔△△가 왔다. 송창좌가 와서 묵었다.

〔 1692년 9월 17일 계해 〕 맑음

윤시상, 윤현귀尹顯龜가 왔다. ○오후에 오른쪽 눈썹 모서리에 통증이 일었다. ○함평의 모수번牟秀蕃이 와서 알현했다. 이 사람은 내가 재임하던 때의 이방吏房인데, 나의 해유解由[57]때문에 서울로 올라간다고 고하러 온 것이다.

〔 1692년 9월 18일 갑자 〕 맑음

정운형鄭運亨이 왔다.

〔 1692년 9월 19일 을축 〕 맑음

윤탕미尹湯美는 죽은 윤선구尹善耈의 아들이다. 몇 년 전에 나를 속이고 녹피鹿皮와 채단綵段 등을 가져다가 거리낌 없이 팔아먹고서 지금껏 7년 동안 와서 현신現身하지 않았다. 장차 죄를 다스리려던 참이었는데 홀연히 와서 현신하기에, 볼기에 스무 차례 장杖을 쳤다. 그런데도 두려워하거나 굽히는 기색이 없으니 매우 통탄스럽다. ○입장笠匠 생길生吉을 불러 갓을 만들기 시작했다.

---

57) 해유解由: 관원이 벼슬에서 물러날 때, 자신이 맡아보던 회계, 물품 출납 등의 사무를 후임자에게 인계하며 이상이 없음을 호조에 보고하여 책임에서 벗어나는 일이다.

〔 1692년 9월 20일 병인 〕 밤에 비가 옴. 종일 바람이 높고 혹은 맑았다가 혹은 비가 뿌림

눈썹 모서리 통증은 아플 만큼 아픈 다음 그쳤다. ○장구長丘의 박우상朴宇
翔이 와서 송금松禁(산에서 소나무를 베지 못하게 한 금령)을 어겨 체포된 일에
대해 말했다. 내가 지난번에 박우상 집안의 산에서 서까래로 쓸 재목을 베
어다 쓴 일이 있으므로 박우상이 나에게 수영水營에 주선해 줄 것을 청한
것이다.

〔 1692년 9월 21일 정묘 〕 맑음

최정익崔井翊, 박윤재朴潤哉가 왔다. 이복爾服이 왔다. 동미東美가 아침 일
찍 왔다가 오전 늦게 갔다. 최도익崔道翊이 송창좌를 데리고 밤에 와서 술
을 찾고 노래를 청하기에, 내가 억지로 응해 주었다. 밤이 깊어서야 돌아
갔다. ○새로 지은 서쪽 채에 구들장을 앉히고 벽 바르는 일을 마쳤다.

〔 1692년 9월 22일 무진 〕 맑음

암탉이 월 초부터 울기 시작하여 아직까지 그치지 않고 있다. 매번 새벽에
해를 치며 우는데, 다만 그 소리가 매우 짧은 것이 수탉 소리와 다르다. 과
거 신묘년(1651)에 닭이 울었는데 임진년(1652)에 조부님께서 당상관에 오
르셨고, 또 무오년(1678) 봄에 울자 기미년(1679)에 내가 사마시에 입격했
으며, 정묘년(1687) 봄에 울자 기사년(1689)에 내가 문과에 급제했다. 이를
통해 볼 때 암탉이 운 후에 재환災患은 없고 좋은 일만 있다는 것이 이미 우
리 집안에서는 명백히 증명되었다. 모르겠구나! 앞으로 무슨 경사가 있을
지…. 매우 기이한 일이고 (…) ○□□편□□便이 돌아와서 아이들의 잘 지
낸다는 편지를 받았다. (…) 랑郎이 감시監試 종장終場에 합격했다. 기쁘다.
○김회극金會極, 최정익, 최유기崔有基가 왔다. 이대휴李大休, 윤이송尹爾松
이 왔다. ○우리 면(옥천시면) 연분감관年分監官 송수기宋秀杞, 서원書員 김일

봉金一奉이 와서 알현했다.

〔 1692년 9월 23일 기사 〕 맑음

새로 지은 서쪽 채의 창과 벽에 종이를 발랐다. ○죽림竹林의 울타리를 수리했다. ○정광윤鄭光允이 왔다. 윤성우가 왔다.

〔 1692년 9월 24일 경오 〕 맑음

몽정夢丁의 병은 처음에는 정충증怔忡症인 듯했는데, 지금 병세가 심해졌다. 사흘 전 백포白浦에서 연동으로 옮겨 왔기에 내가 가서 증세를 살펴보니 몹시 위중하여 걱정된다. 이준방李峻芳을 연동에서 만났다. 어제 서울에서 내려왔다고 한다.

〔 1692년 9월 25일 신미 〕 맑음

전 대정현감 김세량金世亮이 왔다. 윤시삼, 김삼달이 왔다. 송창좌, 최운원, 윤지원尹智遠이 와서 잤다.

〔 1692년 9월 26일 임신 〕 하루 종일 비가 내림

최운원이 야작망夜雀網(밤에 참새를 잡는 그물)을 만들었다.

〔 1692년 9월 27일 계유 〕 맑음

죽은 아이(윤광서)의 2주기이기에 지방紙榜을 써서 제사를 지냈다. 지난해 함평에 있을 때 궤연几筵을 가져 오고자 했으나, 남편상을 치른 며느리는 탈진하여 길을 떠날 수 없고 나는 관사官事 때문에 올라갈 수가 없어 함평에서 지방을 써서 소상小祥을 지냈다. 올해는 파산에 있는 선조의 묘제墓祭에 유사가 된 관계로 또한 날짜에 맞춰 올라갈 수 없어 천 리 밖에서 제사만 지내니, 애통한 슬픔을 더욱 견디기 어렵다. 눈 깜짝할 사이에 갑자기 3년이 지났는데, 궤연은 죽은 아이의 처가에 차려 놓고, 나는 이곳에서 마치 남처럼 사람 도리를 다하지 못하고 있으니, 비록 사정상 어쩔 수 없어서이지만 실로 평생의 한이 됨을 이루 다 말할 수 없다. ○들으니, 몽정의 병이 더욱 심해져서 의심하고 두려워하는 증세가 점점 심해지며 끊임없이 괴상한 말을 해 댄다고 한다. 오늘 백포로 돌아갔는데 매우 걱정스럽다. 송정松汀의 이석신李碩臣, 비악飛岳의 김우정金友正, 상인喪人 윤△△尹△△, 당산堂山의 이수제李壽齊가 왔다. 정광윤, 최운원 형제, 송창좌, 윤지원이 왔다. ○서울 가는 종마從馬를 보내지 말라고 알리기 위해 만립萬立을 함평에 보내고, 아울러 무안현감(안준유安俊孺)에게 편지를 보내 문안했다.

〔 1692년 9월 28일 갑술 〕 맑음

반계磻溪의 윤세미 족숙, 박필중, 윤성필尹聖弼, 윤시한, 윤필성尹弼聖, 정광윤, 최운원 형제, 송창좌가 왔다. 황세휘, 송헌징宋獻徵이 왔다.

〔 1692년 9월 29일 을해 〕 맑음

선전관宣傳官 정동규鄭東奎가 수영水營에서 돌아왔다. 송금松禁 사건을 주선한 일이 잘 처리되어 다행이다. ○흥아와 송 생生(송창좌)을 데리고 만덕사로 갔다. 윤주미 씨氏 등 여러 사람이 지난번에 서로 의논하여 나를 불러 산방山房에서 모여 이야기를 나누자고 약속하고, 어제 편지를 보내어 초청했기 때문이다. 가는 길에 호산壺山에 도착했는데, 윤천임尹天任이 마중 나와서 함께 갔다. 귀라리에 도착하여 족숙 윤상미尹尙美의 집에서 잠시 쉬다가 곧이어 그의 (…)를 데리고 (…) 족숙 윤세미가 저녁 무렵 (…) 술자리가 자못 낭자했다. 윤천임이 금아琴兒(거문고 타는 아이) 한 명을 불렀다. 윤세미 씨가 데려온 이형징李亨徵은 평소 거문고와 노래로 이름난 사람이다.

만덕사(백련사)의 전경. 전남 강진군 도암면 만덕리_서헌강 사진

나와 함께 온 송창좌와 서로 어울려 연주했다. 오늘 모임은 훌륭하다 할 만
하다. 밤이 깊어서야 자리를 파했다.

1692년 10월. 신해 건建. 작은달.

소리산에 배를 보낸 이유

〔 1692년 10월 1일 병자 〕 밤에 비가 조금 내리고 낮에는 흐리다 맑음

나는 남여藍輿를 타고 수도암修道庵을 감상했다. 수도암은 절 뒤쪽 산허리에 있는데 경치가 매우 빼어났다. 잠깐 있다 내려와서 곧 여러 사람들과 함께 길을 돌려 석문石門에 도착했다. 석문은 호남에서 경치가 좋기로 이름난 곳으로 좌우의 석봉石峯이 칼과 홀처럼 삐죽삐죽 서 있어 말로 표현하기 어려웠다. 두 봉우리 사이에 대천大川이 있는데 나의 9대조의 묘가 있는 한천동寒泉洞의 수구水口다. 풍수 보는 사람이 이 묘를 칭찬하며 왕사王師가 나올 땅이라고 말했다고 한다. 물가 너럭바위에 나란히 앉아 사람들과 한참 놀고 나서 작별인사를 하고 돌아왔다.

〔 1692년 10월 2일 정축 〕 비가 밤에 접어들면서 점점 거세지다가 한밤중에 그침

〔 1692년 10월 3일 무인 〕 맑음

용인 서숙모庶叔母(윤순미尹循美의 처), 조면趙冕의 처[58], 이복爾服의 처가 왔다. 남미南美, 이송爾松, 기연岐然, 유대有大도 왔다. 전 대정현감 김세량金世亮과

---

58) 조면趙冕의 처: 윤이후의 사촌 누이이다.

그의 형 김세흥金世興, 상인喪人 진사 최시필崔時弼, 그의 조카 진사 최세양崔世陽, 후촌後村의 변최휴卞最休 노老, 최형익崔衡翊, 그의 조카 최유기崔有基, 정광윤鄭光允, 당촌堂村의 김의방金義方이 왔다.

〖 1692년 10월 4일 기묘 〗 맑음

윤민尹玟과 윤순제尹舜齊가 왔다. 윤시상尹時相이 왔다. ○지난번 서울에서 온 편지를 보니 이달 10일에 상감께서 동향대제冬享大祭를 직접 치르고, 이어서 15일에서 20일 사이에 알성謁聖을 하신다고 한다. 나는 경기 지역이 흉년으로 음식을 조달하기가 어려워져서 서울행을 그만두었다. 그래서 오늘 흥아興兒로 하여금 행장을 꾸려 길을 떠나게 했는데, 아침을 먹은 후 출발했다. 내가 서울행을 그만두며 흉년을 핑계로 댔지만, 사실은 함평에서 돌아온 이후 아직 은서恩敍(관직을 제수받는 것)를 받지 않았고 해유도 끝나지 않아서 명분 없이 나가는 것이 터무니없기 때문이다. 그러므로 일단 이곳에 계속 머무르며 겨울을 보낼 계획이다.

〖 1692년 10월 5일 경진 〗 맑음

이대휴李大休와 이준방李峻芳이 왔다. 보암寶岩의 유성흠俞聖欽이 왔다. ○전부典簿(윤이석尹爾錫) 댁 노奴 갑금甲金이 서울에서 돌아와서 형님의 편지와 명아命兒(윤두서尹斗緖)의 편지를 받았다. 모두 평안하다니 기쁘다. ○저녁 무렵 갑자기 정인태鄭仁泰라는 사람이 와서 배알했다. 스스로 말하기를 "장흥에 살고 있습니다. 거문고를 조금 다룰 줄 알기에 반계潘溪의 윤尹 생원이 불러서 왔습니다. 평소 좌하座下를 뵙고 싶은 바람이 있었는데 날도 저물어서 이렇게 감히 당돌하게 발을 들였습니다."라고 했다. 곧바로 가져온 거문고를 연주하게 했더니, 연주가 느긋하니 옛 풍취가 있어 자못 들을 만했다. 저녁밥을 차려 주고 머무르게 했다.

〖 1692년 10월 6일 신사 〗 흐림. 밤에 한참 동안 천둥이 치고 비가 꽤나 쏟아지다가 한밤이 되어서야 그침

정광윤과 김삼달金三達이 왔다. ○창아昌兒가 (…) 편지를 보고 모두 평안하다는 것을 알게 되어 기뻤다. (…) 내년 가을에 시행하려는 의견을 상감께 아뢰었는데 그렇게 하도록 결정하셨다고 한다.

〖 1692년 10월 7일 임오 〗 아침에 흐리다 오전 늦게 맑음

알성시가 미뤄져서 흥아의 서울행은 사실상 소용없게 되었다. 도로 불러올 생각으로 오늘 아침에 급히 심부름꾼을 보내서 뒤쫓게 했다. ○황세휘黃世輝, 정 생(정광윤), 송 생(송창좌), 지원智遠이 왔다. ○이날 저녁에 용산에 갔던 인편이 돌아왔다. 용산에서 보낸 편지를 받아 보니 비통함이 곱절이다. 또 창아, 종아 두 아이의 편지를 받아 보니 위로가 된다. ○흥아는 나주에 도착하여 알성시가 미루어졌다는 소식을 듣고 바로 길을 돌아오다가 뒤쫓아 간 심부름꾼을 월남月南에서 만나 초저녁에 들어왔다. 다행이다. 흥아가 데리고 가던 하인 하나를 나주에서 바로 서울로 보내 우리 집이 서울행을 그만두었다고 알리게 했다.

〖 1692년 10월 8일 계미 〗 맑음

죽도竹島의 제방은 봄에 석축石築을 수보修補하고 돌 위에 자갈을 깔았다. 여름에 바닷물이 부딪힐 때 석축이 무너지고 떨어져 나갔는데도 자갈은 그대로였다. 그때는 농사철이 임박하여 자갈 공사를 반도 하지 못하고 그만두었는데, 이제 농한기에 일을 마칠 요량으로 오늘 식구들을 데리고 왔다. 허 영원寧遠(허려許礪)을 역방하여 조문하고, 또 백치白峙로 들어가 저녁밥을 먹고 해가 진 후 출발하여 밤에 죽도에 도착했다. 흥아와 손자 과원果願이 따라 왔다.

〔 1692년 10월 9일 갑신 〕 바람 불고 흐림

성덕항成德恒과 성덕징成德徵이 왔다. 아침을 먹은 후 성 생원(성준익成峻翼)
에게 가서 인사했다.

〔 1692년 10월 10일 을유 〕 비

〔 1692년 10월 11일 병술 〕 바람 불고 흐리다 가랑비가 잠깐 내림

백포白浦의 일꾼 62명과 연동蓮洞의 일꾼 40명이 와서, 자갈을 짊어지고 날
라서 전에 다하지 못한 공사를 마쳤다. ○이대휴와 박△중朴△重이 왔다.
이복이 백포 윤이성尹爾成의 처소로부터 역방했다.

〔 1692년 10월 12일 정해 〕 바람 불고 맑음

홍아를 데리고 가서 이성爾成을 만났다. 병중인 정충증怔忡症이 위중하여
너무나 걱정스럽다.

〔 1692년 10월 13일 무자 〕 바람이 조금 잦아들고 종일 맑음

송정松汀에 사람을 보내 주인主人(이석신)을 불렀는데 매를 가지고 왔다. 박
이중朴以重도 왔다. ○장성의 비婢 봉상奉常의 딸인 열한 살의 아비兒婢 서
진西眞을 노奴 개일開一을 보내 잡아 왔다.

〔 1692년 10월 14일 기축 〕 맑음

진사進士(윤흥서尹興緒)가 팔마장八馬庄에 갔다. ○백치의 이대휴가 왔다.
○송창좌宋昌佐가 거문고를 안고 와서, 밤에 달이 비치는 소나무 아래 앉아
조용히 몇 곡을 들었다. 노老 성 생원(성준익)과 두 아들이 왔다.

〔 1692년 10월 14일 경인 〕 맑음

진사가 돌아왔다. 율동栗洞의 윤세화尹世和, 윤세의尹世義, 이익화李益華가 왔다. ○제방 수문水門은 처음에 나무로 만든 탓에 오랫동안 물에 침식되어 해마다 수리해야 했는데, 그 고역을 감당할 수 없어서 어쩔 수 없이 돌을 깎아 문을 만들기로 했다. 석수石手 명일命一과 대장장이 말질금末叱金을 부르고 이웃 마을 사람 10여 명을 모아서 오늘 일을 시작했다. (…)

〔 1692년 10월 16일 신묘 〕 바람 불고 맑음

송 생(송창좌)이 갔다.

〔 1692년 10월 17일 임진 〕 바람 불고 흐림

흥아가 과원을 데리고 책상자를 지고 대둔사大芚寺로 갔다. ○매화동梅花洞과 율동栗洞의 여러 손님들이 왔다. 백치의 이대휴와 비산飛山의 김형일金亨一이 왔다.

〔 1692년 10월 18일 계사 〕 흐리다 맑음

근래 바람과 추위가 꽤 심하다. ○윤동미尹東美가 왔다.

〔 1692년 10월 19일 갑오 〕 바람 불고 흐림

초곡草谷의 정두칠鄭斗七이 왔다.

〔 1692년 10월 20일 을미 〕 바람 불고 맑음

율동의 윤세형尹世亨과 윤△△가 왔다. 장흥의 임명한林鳴翰이 와서 유숙했다.

〔 1692년 10월 21일 병신 〕 흐리다 맑음

임명한이 새벽에 떠났다. 석전리石田里의 박원귀朴元龜가 왔다. ○백치의 인편이 상경하는 편에 편지를 부쳤다.

〔 1692년 10월 22일 정유 〕 바람 불고 흐림

짱뚱어 환에 검은콩과 볶은 소금을 첨가하여 오늘부터 복용하기 시작했다. ○매화동梅花洞의 김망구金望久, 김익환金益煥, 김익상金益相이 왔다. 율동의 대장代將 윤세임尹世任이 왔다.

〔 1692년 10월 23일 무술 〕 흐리다 맑음

백치의 이대휴가 왔다. 용두리龍頭里의 김차암金次岩이 왔다. ○수문의 돌을 깎은 곳 중에 다른 산의 돌로 보수할 곳이 있어서 해창海倉의 사후선伺候船(수영에 속한 비무장 보조선)을 빌려 소리산疎離山으로 보냈다.〔지난밤 아사亞使 성환成瑍이 답험踏驗[59]차 해남에 도착했기에 편지를 보내 문안했다. 진도에서 돌아올 때 들르겠다고 한다.〕

〔 1692년 10월 24일 기해 〕 맑음

흑석두리黑石頭里로 가서 사과司果 윤선민尹善民을 만났다. 이 사람은 고故 생원 윤선계尹善繼 씨의 서제庶弟인데, 사람됨이 따뜻하고 선하며 자상하다. 올해 79세로 올여름에 출신出身인 외아들 전미專美의 상을 당했다. 마음이 매우 서글프고 애달파 가서 만났다.

〔 1692년 10월 25일 경자 〕

소리산에 돌을 뜨러 간 배가 밀물 때 돌아와 정박했다. 배가 작아 두 개만 가져 왔다. ○김의방, 윤남미尹南美가 왔다. 흑석리黑石里의 상인喪人 윤수

---

59) 답험踏驗: 한 해의 작황을 현지에 나가 실지로 조사하여 풍흉의 등급을 정하는 일이다.

장尹壽長이 왔다. 이 사람은 윤선민의 손자이다. ○ 홍서와 과원이 대둔사에서 내려왔다. 내행內行을 데리고 팔마장으로 돌아가기 위해서이다.

〔 1692년 10월 26일 신축 〕 흐리다 맑음

아내가 팔마장으로 돌아갔다. 홍아와 손자 과원이 따라 갔다. ○ 윤후지尹後摯, 윤선시尹善施, 윤선적尹善積이 왔다.

〔 1692년 10월 27일 임인 〕 흐리고 바람이 매우 세참

성덕항이 아사 성환을 따라 진도로 들어갔다가, 어젯밤에 섬에서 나와 만나러 왔다. ○ 수문 공사는 석수石手에게 사정이 생겨 정지했다. 나 홀로 머무는 것이 어려워, 백치의 말을 빌려 타고 팔마로 가다가 옹암瓮岩에 이르러 우리 집 노마奴馬를 만났다. 그것들을 끌고 백치로 가서 우리 집 말로 갈아타고 해 질 무렵 팔마장에 도착했다. 하루 종일 바람을 맞으며 간신히 돌아왔다. ○ 홍아가 (…)

〔 1692년 10월 28일 계묘 〕 첫눈이 조금 내림

정鄭 (…) 등 여러 사람이 왔다.

〔 1692년 10월 29일 갑진 〕 눈이 점점이 흩날림

황세휘黃世輝, 윤팽년尹彭年, 윤석미尹碩美, 최상일崔尙馹이 왔다.

〔 1692년 10월 30일 을사 〕 눈 내리고 흐림

어머니를 새로 지은 주일당住日堂에 옮겨 드렸다. ○ 이한오李漢鰲가 연동에서 왔다. 이 사람은 동미東美의 매부이다. ○ 성덕항이 밤에 아사 성환이 있는 곳에서 왔다.

1692년 11월. 임자 건建. 작은달.
낙무당을 보수하다

〔 1692년 11월 1일 병오 〕 흐림

송창좌宋昌佐, 최운원崔雲遠이 왔다. 낙무당樂畝堂의 창과 벽을 보수했다.

〔 1692년 11월 2일 정미 〕 맑음

입동 이후로 오늘이 가장 화창했다. 윤시상尹時相이 왔다. 해남 염창鹽倉의 출신 정시태鄭時泰와 그 아우 익태益泰가 왔다. ○손님 2명이 저녁 무렵에 와서 문밖에서 만나기를 청했다. 사람을 시켜 어디에서 왔는지 물으니 다만 지나가는 나그네라고만 말하며 두세 번 따져 물어도 끝내 누구인지 말하지 않았다. 어쩔 수 없이 들어오게 하여서 만나 보니, 임피臨陂 사람이었다. 한 사람은 이원우李元遇이고 한 사람은 이세익李世益인데, 세익은 곧 고인이 된 첨지 윤굉중尹宏中의 외증손이다. 추노推奴 일로 왔다고 했다. ○김운장金雲章이 왔다.

〔 1692년 11월 3일 무신 〕 맑음

임피의 두 이씨가 다시 와서 만나고, 인사하고 떠나갔다. 김운장이 갔다.

○우수사右水使 신건申鍵이 와서 만났다.

〔 1692년 11월 4일 기유 〕 새벽에 비가 그침. 낮에 흐리다가 맑고 바람이 어지러움. 저녁에 눈 가루가 뿌림

옛집 낙무당의 구들을 고치고 흙을 발랐다.

〔 1692년 11월 5일 경술 〕 오후에 볕이 남

정광윤鄭光允, 송창좌, 지원智遠이 왔다. 윤기업尹機業이 새매【속명 저래低來60)】를 팔뚝에 얹어서 왔다. 앞들에서 사냥하는 것을 보았는데, 새 한 마리도 잡지 못했다.

〔 1692년 11월 6일 신해 〕 흐리다가 맑고 바람이 붊

김광서金光西, 김정서金挺西가 왔다. 최도익崔道翊이 왔다. 윤시삼尹時三, 김귀현金龜玄이 왔다. 용두리龍頭里의 김차암金次巖이 그의 말을 가지고 왔다. 4살짜리 적부로赤夫老61)인데 몸체가 매우 장대했다. 내가 전에 그것을 사려고 한 적이 있어 김봉현金奉賢을 데리고 온 것이다. 논 4마지기와 30석의 벼로 값을 계약하고 보냈다. ○윤기업이 새매를 팔뚝에 올리고 교외에 나갔다가 바로 잃어버렸다. ○윤동미尹東美가 상경했다. 우리 집에서는 아이들에게 솜을 보내야 했기 때문에, 노奴 천석千石을 함께 보냈다.

〔 1692년 11월 7일 임자 〕 바람이 세고 눈이 어지럽게 내림

정광윤이 이틀 밤을 숙위하고 갔다. 윤승후尹承厚가 왔다. 임원두林元斗, 박세유朴世維가 왔다. ○어제 잃어버린 새매를 문촌文村에서 찾았다.

---

60) 저래低來: 새매의 사투리로, 새매는 참매보다 작고 주로 메추리 사냥에 썼던 매이다. 새매를 충청, 전라 지역에서는 '저루'라고 했다.
61) 적부로赤夫老: 적부루마이다. 붉은 털과 흰털이 섞여 있는 말이다.

〖 1692년 11월 8일 계축 〗 바람 불고 흐림

윤기업이 갔다. ○ 김차암이 말을 도로 붙잡고 보내지 않았다. 통탄스럽다.

〖 1692년 11월 9일 갑인 〗 바람 불고 흐림. 간간이 눈이 내림

김수극金壽極이 왔다. 강성江城의 윤희직尹希稷, (…) 김의방金義方이 왔다.
성덕징成德徵이 지나다 들렀다. 당산堂山의 황세휘黃世輝와 진사 황세중黃
世中이 성덕기成德基를 데리고 밤에 왔다. 노래 듣기를 청하기에 선향善香
을 시켜 부르게 하고 또 송창좌를 불러 거문고로 반주하게 했다. 밤이 깊어
서야 갔다.

〖 1692년 11월 10일 을묘 〗 바람 불고 흐림

김의방이 갔다. 월암月岩의 윤규미尹奎美가 왔다. ○ 낙무당 남쪽 방의 보수
가 끝났다.

〖 1692년 11월 11일 병진 〗 바람 불고 흐림

아내가 거처를 낙무당 남쪽 방으로 옮겼다.

〖 1692년 11월 12일 정사 〗 흐렸다가 맑음

연동의 윤시지尹時摯, 윤선시尹善施, 윤선적尹善積, 윤성민尹聖民, 한종주韓
宗周, 윤천우尹天佑가 왔다. 윤선시는 거문고를 만들기 위하여 그대로 남았
다. ○ 김정진金廷振이 왔다. 이 사람은 봄에 진도로 들어가 은을 주조했으
나 성공하지 못했다. 황원黃原으로 나와서야 비로소 은이 있는 곳을 찾아
지금 캐서 주조하고 있다. 마침 일이 있어 나왔다가 들른 것이다.

〔 1692년 11월 13일 무오 〕 흐렸다가 맑음

김정진이 갔다. 평목동平木洞의 송도명宋道明, 송의명宋義明, 보암寶岩의 윤민기尹民機가 왔다.

〔 1692년 11월 14일 기미 〕 흐렸다가 맑음

동지차례冬至茶禮를 지냈다. 성덕징이 돌아가는 길에 들렀다.

〔 1692년 11월 15일 경신 〕 맑음

윤시상, 윤익성尹翊聖, 임석형任碩衡이 왔다. ○비상比尙이 서울에서 와서 아이들의 안부 편지를 받았다.【이희석李喜錫이 산방山房으로 공부하러 갔다가 이달 4일에 갑자기 죽었다고 한다. 슬프고 슬프도다.】

〔 1692년 11월 16일 신유 〕 흐렸다가 맑음

극인 김수극金壽極이 왔다. 비곡比谷의 임석주林碩柱가 왔다. 김운장金雲章이 왔다가 그대로 머물렀다.

〔 1692년 11월 17일 임술 〕 맑음

윤승후와 김귀현이 왔다. 김정진이 또 왔다. 모두 데리고 앞들로 나가 매사냥을 구경했는데, 윤승후가 기르는 것이다.

〔 1692년 11월 18일 계해 〕 맑음

죽천竹川의 윤선호尹善好 집에서 수석壽席을 마련하여 나를 초청하기에 참석했다. 가비歌婢를 데리고 간 것 또한 청한 바였다. 이 노인은 올해 나이가 69세다. 아들 다섯에 딸 둘을 두었는데, 모두 출가시켰다. 친손자와 외손자가 거의 30여 명에 이르는데 자손들이 수석을 마련했으니 참으로 복된 사람이다. 해 질 무렵 말머리를 돌려 어둑해져서야 안형상安衡相의 집에 도착했다. 잠시 이야기를 나누고 돌아왔다.

죽천 수석에서 써서 주인에게 주다[竹川席上書贈主人]

玉泉南畔竹川紆	옥천의 남쪽 끝 죽천이 굽이치는 곳에
天爲斯人開別區	하늘이 이 사람을 위해 별천지를 열었네
吉地果因心地得	길지는 마음씨 덕분에 얻었고
福星今與壽星俱	복성福星과 더불어 지금 수성壽星까지 갖추었네
芳樽煖盧廻春氣	화롯가에 앉아 향기로운 술 마시니 봄기운이 감돌고
翠幕排雲雜鳳呼	푸른 장막에서 구름을 헤치고 피리 소리 퍼지네
尚喜吾門耆舊在	우리 문중에 장수한 어른이 계신 것이 기뻐
却忘歸路日將晡	돌아가는 것도 잊고 어느덧 해가 저무네

〖 1692년 11월 19일 갑자 〗 맑음

해 질 무렵 눈이 왔다.

〖 1692년 11월 20일 을축 〗 맑음

정인태鄭仁泰가 왔다. 다산茶山의 이정두李廷斗가 왔다.

〖 1692년 11월 21일 병인 〗 맑음

생원 안형상과 족숙族叔 윤주미尹周美와 윤징미尹徵美가 왔다. 윤상尹詳이 왔다. 주구舟丘에 사는 배 서방書房(배대후裵大後)의 처는 윤선호尹善好의 누이인데 죽천에서 돌아가는 길에 들렀다. 그 손자인 배광진裵光震을 데리고 와서 함께 유숙했다.

〖 1692년 11월 22일 정묘 〗 맑음

배 서방(배대후)의 처가 강진으로 갔다. ○달현達顯이 왔는데, 선물을 가져 왔다. 당산堂山의 최유준崔有峻이 왔다. 김삼달金三達이 왔다.

〖 1692년 11월 23일 무진 〗 맑음

윤익성이 왔다. 윤시상이 상인喪人 김수강金壽岡을 데리고 왔다. 해 질 무렵 족숙 윤세미尹世美와 족제 윤서응尹瑞應(윤징귀)이 와서 함께 자며 이야기했다.

〖 1692년 11월 24일 기사 〗 맑음

김광서金光西가 왔다. 윤익성이 왔다. 엄길리嚴吉里의 노종원魯宗元이 왔다. 김운장金雲章이 선향善香에게 우조羽調 제3중대엽第三中大葉과 북전北殿, 후정화後庭花[62] 두 노래를 가르치고 갔다. 성덕항成德恒이 무안에서 돌아오는 길에 들렀다 갔다.

〖 1692년 11월 25일 경오 〗 맑음

김우정金友正이 왔다.

〖 1692년 11월 26일 신미 〗 맑음

정희鄭僖가 연동에서 내방했다. 강진 대구大丘의 윤광도尹光道가 왔다. 이 사람은 현임 좌수座首다. 김귀현과 윤명우尹明遇가 왔다.

〖 1692년 11월 27일 임신 〗 밤에 비가 오고 아침에 개었다가 오전 늦게 또 비가 옴. 밤부터 바람이 세고 눈발이 날림

강성江城의 윤희익尹希益과 당리堂里의 김의방이 왔다.

---

62) 우조羽調…후정화後庭花: 우조 중대엽, 북전, 후정화는 모두 악곡의 이름이다.

청계清溪 임익성任翊聖이 와서 들렀다. 잔술로 추위를 녹이기를 원해서 비아婢兒를 시켜 술을 사 오라고 했으나 값을 치르고도 살 수가 없었다. 향촌의 매사가 이러니 정말 한심하다. ○비상比尙이 다시 상경하기에 편지를 부쳤다.

윤선시가 제 처가 아프다는 말을 듣고 갔다. ○족숙 윤주미가 『강목綱目』을 보내 제목을 써 달라고 해서 오늘 다 썼다.

가야금과 거문고를 만들고

〔 1692년 12월 1일 을해 〕 간밤에 눈이 옴. 낮에는 바람이 사납다가 맑고 혹은 눈이 옴

임세회林世檜가 왔다. 정광윤鄭光允, 송창좌宋昌佐, 최운원崔雲遠, 지원智遠, 김삼달金三達이 왔다. 연동蓮洞의 집미集美가 와서 교轎를 빌려갔다.

〔 1692년 12월 2일 병자 〕 밤에 눈이 오고 낮에 맑음

정여靜如(이양원李養源)의 편지를 보니, 그제 양근楊根에서 운주동雲住洞으로 내려왔다고 한다. 운주동은 이 숙부님(이보만李保晚)[63]께서 왕년에 집터를 잡은 곳이다. 비곡比谷의 윤기업尹機業이 왔다. 강성江城의 윤희직尹希稷과 장흥의 윤상림尹商霖이 왔다.

〔 1692년 12월 3일 정축 〕 흐렸다가 맑음

별진역리別珍驛里에 있는 족숙族叔 세미世美 보甫를 방문했다. 이 숙叔은 본래 청계淸溪의 분산리墳山里에 살았는데, 집에 재변災變이 있고 몸에 병이 많아 거기에 안정하지 못하고, 마포馬浦 호동虎洞에 집을 지었다. 그러나 역시 오래 살지 못하고 다시 별진에 집을 지어 왕래하다가 근자에 두환痘患

---

63) 이 숙부님: 고모부인 이보만을 말하며, 정여의 부친이다.

(천연두)과 변괴變怪를 피하여 청계에서 이사 왔다. 그 신세가 정말 괴롭다. 돌아오는 길에 월암月岩의 생원 정왈수鄭曰壽를 방문했다. 이는 해남 동문 밖 사람인데, 역시 재변으로 가족을 데리고 거처를 이리로 옮겼으나 상사喪事와 질병이 여전히 그치지 않으니, 또한 이상스런 일이다. 이 사람은 (…) 나는 바로 끊어 버렸다. 이 사람은 경신년(1680) 후에 (…) 나는 바로 왕래를 끊고 경조사에도 찾지 않은 지 오래되었다. 그가 (…) 알지 못하는 일이라고 했다. 또 우리 집에 대하여 '근족近族일 뿐만 아니라 저버릴 수 없는 은의恩義를 입었는데, 내 어찌 차마 윤씨 가문에 욕되는 짓을 하겠는가?상소문 아래에 이름을 쓴 것은 저 무리들이 억지로 한 것일 뿐 참으로 모르는 일'이라고 운운했다. 여름에 한 차례 방문한 적이 있으므로, 나 또한 가서 만난 것이다. ○전날 윤기업에게서 가져온 새매[저래低來]를 김귀현金龜玄의 아들에게 전했으나, 병이 많아 메추라기 사냥을 할 수 없어서 오늘 다시 기업에게 돌려보냈다. ○학정學正 이유李瀏의 형 이한李瀚과 아우 이양李瀁은 모두 동당초시東堂初試에 합격했다. 두 사람은 모두 강경講經에 통달하고 또 제술製述에도 능하여 이미 초시를 하고 급제도 곧 할 수 있을 것이라, 이가李家의 복록을 칭찬하며 장대히 여기지 않는 이가 없었다. 그 형제는 가을부터 대둔사로 공부하러 들어가 밤낮을 잊고 경서를 연마했는데, 이한이 어느 날 밤 휴식을 위해 잠자리에 들었다가 때가 지나도 일어나지 않았다. 이에 그 아우가 흔들어 깨웠으나 응하지 않아서 깜짝 놀라 살펴보니 이미 죽어 있었다. 지난달 그믐 미분未分[64]의 일이라고 한다. 대개 사람의 복록은 유한한 것이니, 이한이 만일 죽지 않았다면 삼형제가 모두 문관文官이 되었을 것이다. 이는 한미한 가문에서는 드문 일이다. 이러하니 재화災禍가 없겠는가? 비로소 화禍와 복福이 서로 맞물려 있다는 것을 알겠다. 덕德은 복福을 부르는 바탕이다. 덕을 쌓지도 않았는데 갑자기 복을 이루면 이는 길吉한 것이 아니요, 애쓴다고 이룰 수 있는 것도 아니다.

---

64) 미분未分: 자정이 되기 전, 밤이 깊기 전의 시간이다.

〖 1692년 12월 4일 무인 〗 밤에 눈이 조금오고 낮에는 흐리고 맑음

학관學官 숙叔(윤직미尹直美)의 편지를 받았다. 그 가노家奴 길복吉卜이 가지고 온 것이다. ○김차암金次岩이 김봉현金奉賢을 데리고 왔다. 이자는 말을 내게 팔았다가 도로 물렸는데 지금 다시 팔려고 왔기에 내가 꾸짖어 쫓아 보냈다.

〖 1692년 12월 5일 기묘 〗 바람불고 흐림

최정익崔井翊, 최도익崔道翊이 왔다. 윤재도尹載道가 왔다. ○정여가 운주동雲住洞에서 왔다. 선시善施가 연동에서 왔다.

〖 1692년 12월 6일 경진 〗 흐림

보암寶岩의 출신出身 이후정李厚貞이 왔다. 윤석귀尹碩龜, 윤문도尹文道, 윤시한尹時翰, 윤화미尹和美, 윤은미尹殷美가 왔다. 성덕기成德基가 서울에서 돌아오는 길에 들렀다. 정여는 돌아갔다. 강진 금여리金餘里의 윤지린尹之橉이 소고기 약간과 배와 감을 조금 보냈다. 정광윤, 송창좌, 최운원, 윤지원尹智遠이 왔다. 김귀현이 저녁 때 들렀다.

〖 1692년 12월 7일 신사 〗 맑음

용산의 김명서金明西와 연동의 윤천우尹天佑가 왔다. 장흥의 출신出身 이인귀李仁龜가 와서 만났다. ○아비兒婢 숙정淑丁이 홍역을 앓고 난 후유증으로 오늘 오후에 죽었다. 이 비婢는 나이가 겨우 13살이다. 가야금을 배워 재목이 될 뻔했는데 지금 갑자기 요절했으니 안타깝다. ○야홍倻紅[65] 2명이 왔다. 밤에 거문고 연주자 송창좌를 불러 시간을 보냈다.

---

65) 야홍倻紅: 가야금 타는 기생인 듯하다.

〔 1692년 12월 8일 임오 〕 맑음

안형상安衡相 우友를 맞이하여 저녁 내내 즐겁게 놀았다.

〔 1692년 12월 9일 계미 〕 눈

황야黃倻(가야금 연주자 황모黃某)와 이□□李□□가 왔다. 이□□는 금릉金陵 (강진) 사람인데, 요사이 해남 청계淸溪에 머무르고 있다. 연주에 능하고 노래에도 능하여 자못 (…)○(…) 저녁 무렵 흩어져 돌아갔다. 전 맹산현감 김세중金世重이 마침 전에 살던 화소리花所里에 내려와서 저녁 무렵 찾아와 유숙했다.

〔 1692년 12월 10일 갑신 〕 바람 불고 흐리다 맑음

김세중이 아침 일찍 갔다. ○박사博士 김태정金泰鼎이 어제 저녁에 내려와 서울에 있는 아이들의 잘 지낸다는 편지를 전해 주었다. 아촌鵝村의 박세유朴世維가 왔다.

〔 1692년 12월 11일 을유 〕 흐리다 맑음

박사 김태정이 왔다. ○옥천창玉川倉 뒤에서 화살대를 베러 병영兵營 우후虞候[66]한영세韓榮世가 대밭에 도착했다. 나는 송창좌를 보내 문안했다.

〔 1692년 12월 12일 병술 〕 맑음

우후虞候가 심부름꾼을 보내 문안하고 퇴죽退竹[67]10동同을 주고 갔다. ○거문고 하나와 가야금 하나를 완성했다. 그 소리가 모두 좋아서 다행이다.

---

66) 우후虞候: 절도사 휘하의 무관으로 주장主將인 절도사의 막료로서 주장을 보필하는 역할을 했다. 병마절도사에 소속된 종3품의 병마우후兵馬虞候와 수군절도사에 소속된 정4품의 수군우후水軍虞候로 구분된다.

67) 퇴죽退竹: 병영에서 화살대용으로 거두었다가 화살 만들기에 적합하지 않아 물려보낸 대로 추정된다.

〔 1692년 12월 13일 정해 〕 흐리다 맑음

윤선시尹善施가 가야금 만드는 일을 마치고 갔다. 화산花山의 노老 성 생원
成峻翼이 지나다 들렀다.

〔 1692년 12월 14일 무자 〕 맑음

백치白峙의 이대휴李大休가 왔다.

〔 1692년 12월 15일 기축 〕 바람 불고 맑음

가노家奴 을사乙巳를 시켜 말을 가지고 서울로 가게 했다. 창아가 감시監試
를 보기 위해 6월에 상경했는데, 감시에 낙방한 뒤에 승보陞補 초시初試에
합격했으나, 합제合製[68]가 시행되지 않았는데 말馬이 없어 지금까지 서울
에 머무르고 있다. 요즘 아내의 병이 심해져서 노마奴馬를 보내 데려오게
한 것이다. ○박사 김태정金泰鼎과 선전관 정동규鄭東奎, 윤팔주尹八柱가
왔다.

〔 1692년 12월 16일 경인 〕 맑음

족숙 윤주미尹周美, 윤세미尹世美가 왔다. 윤민尹玟이 왔다. 전라도관찰사
이봉징李鳳徵이 편지를 보내 문안하고 숭어, 민어, 조기, 꿩을 보냈다. 바
로 감사의 편지를 써서 보냈다.

〔 1692년 12월 17일 신묘 〕 맑음

윤시상尹時相, 윤시달尹時達, 최정익崔井翊, 최도익崔道翊, 윤현귀尹顯龜, 윤
석귀尹碩龜, 최유기崔有基, 윤경尹儆, 윤칭尹偁이 왔다. 아내의 병이 위중하
다는 소식을 듣고 문병하기 위해서다. 윤지철尹智哲이 조카 윤상빙尹商聘
을 데리고 팔에 매를 얹고 왔다. 꿩 한 마리를 잡아서 주고 갔다. 아내의 병

---

68) 합제合製: 사학 시제四學試製와 사학 고강四學考講을 통틀어 이르는 말이다.

구환을 위한 것이다.

〖 1692년 12월 18일 임진 〗맑음

윤시삼尹時三, 김창귀金昌龜, 족숙 윤주미, 윤희직, 김귀현, 윤천임尹天任이 문병하러 왔다. 성덕징成德徵이 왔다. ○ 해남 화산면 철착리鐵鑿里에 사는 윤선경尹善慶이 이달 13일에 병으로 죽었다. 그는 판서 조부님(윤의중尹毅中)의 서손庶孫이다. 고故 윤유순尹唯順의 아들로 내 조부님의 얼사촌孽四寸이 되는데, 나이는 69세였다. 문중의 어른들이 쇠약해지고 거의 다 돌아가셨으니 참으로 안타깝다.

〖 1692년 12월 19일 계사 〗맑음

김정서金挺西가 왔다. 윤익성尹翊聖이 왔다.

〖 1692년 12월 20일 갑오 〗맑음

윤학령尹鶴齡이 왔다. 선달 최만익崔萬翊과 정광윤이 왔다.【안형상 우友가 마고동麻姑洞에서 화촌花村으로 이사하여, 초당의 이름을 사오당四吾堂이라 짓고 그것을 읊은 시로 벽을 가득 채웠다. 안형상이 나에게 시를 굳이 청하기에 차운하여 주었다.】

小堂新搆傍名山	명산 옆에 작은 집을 새로 지어
耕鑿生涯寄此間	샘 파고 밭 갈며 편하게 여생을 보내겠지
四事揭名知有意	네 가지 일을 들어 당의 이름으로 걸었으니 뜻이 있음을 알겠네[69]

---

69) 네 가지…알겠네: 사오당이라는 이름은 석주石洲 권필權韠의 「사오당명四吾堂銘」의 "내 밭에서 갈아먹고, 내 샘의 물을 먹고, 내 천성을 지키고, 내 명대로 살리라[食吾田 飮吾泉 守吾天 終吾年]"라는 구절에서 취한 것으로 추정된다.

世間誰似我公閑　우리 공처럼 한가로운 사람이 세상에 어디 있겠는가

〔 1692년 12월 21일 을미 〕 맑음

(…)

〔 1692년 12월 22일 병신 〕 맑음

아침을 먹고 □□사□□寺에 갔다. 송금宋琴(송창좌)과 가비歌婢가 따랐다. 윤천임, 족숙 윤세미, 윤상미尹尙美, 윤주미 보甫가 나란히 말을 타고 절에 왔다. 정여(이양원)가 운주동에서 먼저 와서 기다리고 있었다. 거문고 타는 아이도 데려와 한밤중까지 즐겁게 놀았다.

〔 1692년 12월 24일 정유 〕 맑음

아침을 먹은 후 절을 떠났다. 수원치水源峙 아래 이르러 돗자리를 깔고 앉아 거문고 연주와 노래를 명하고 술을 조금 마셨다. 저녁 무렵에 일어나서, 어둑해져서야[70] 집에 도착했다. ○ 전 판서 윤계尹堦는 기사년(1689) 후에 강진康津에 유배되었는데, 이달 20일에 병으로 죽었다고 한다.

〔 1692년 12월 25일 무술 〕 밤부터 눈이 내리다 오후에 갬

오후에 창아가 들어왔다. 지난번에 보낸 노와 말을 니산尼山에서 만나 왔다고 한다. 놀라움과 다행을 이루 말할 수 없다.

〔 1692년 12월 26일 기해 〕 바람 불고 흐림

별장別將 김정진金廷振이 황원黃原 주은소鑄銀所에서 와서 만났다. 청계淸溪의 생원 윤세미가 왔다. 이복爾服이 왔다.【경의京醫(서울 의원) 신명희申命羲가

---

70) 어둑해져서야: 원문의 '일고용日高春'은 『회남자』에는 방아 찧는 것을 그만둘 시점이라고 되어 있다. 술시戌時라는 설도 있다.

와서 아내의 병을 진찰하고 보중익기탕補中益氣湯[71]을 처방했다.】

〖 1692년 12월 27일 경자 〗 맑음

김 별장(김정진)이 갔다. ○석수石手 서필정徐必正이 적량원赤梁院의 석물石物을 다듬어 글자를 새기고 비석을 세운 값으로 벼 30섬을 받아 갔다. 김명일金命一에게도 죽도竹島 제방 수문水門의 돌을 깎은 값으로 벼 9섬을 또 지급했다. ○노老 성 생원(성준익)이 지나다 들렀다. 김귀현이 그 종제를 거느리고 말을 끌고 와서 보여 주며 팔고 싶어 했으나, 썩 내키지 않아 바로 돌려보냈다. ○진일進一이 인천에서 돌아와서, 자형姊兄(안서익安瑞翼) 집안이 평안하다는 편지를 받았다.

〖 1692년 12월 28일 신축 〗 맑음

나는 그저께부터 밤마다 배꼽 주변이 아파서 윤익성을 시켜 태충혈太沖穴[72]과 대계혈大谿穴[73]에 침을 놓게 했다. ○쟁강동爭江洞의 임한두林漢斗가 왔다.

〖 1692년 12월 29일 임인 〗 입춘. 비

성덕기成德基가 지나다 들렀다.

〖 1692년 12월 30일 계묘 〗 맑음

박사 김태정金泰鼎이 왔다. ○흑산도의 적객謫客 이첨한李瞻漢의 아들이 나주목羅州牧에 와서 같이 유배된 이상李翔의 첩자妾子 등이 불궤不軌한 일을 모의했다고 고발했다.[74] 이에 조정에서 의금부 도사를 보내 잡아 갔는데 그

---

71) 보중익기탕補中益氣湯: 체력 증강에 사용하는 처방 중 하나이다.

72) 태충혈太沖穴: 발등에 위치하는 경혈이다.

73) 대계혈大谿穴: 태계혈太谿穴이라고도 한다. 안쪽 복사뼈 뒤쪽 발꿈치뼈 위에 위치하는 경혈이다.

74) 흑산도의…고발했다:『숙종실록』숙종 19년 1월 9일 기사에 따르면, 이첨한·김필명金必鳴 등이

결말을 듣지 못해 답답하다. ○사천泗川의 적객 전 승지 윤세기尹世紀는 바로 윤계尹堦의 장자長子이다. 그 아버지가 아프다는 것을 듣고 왔지만 이미 죽어 성복成服한 후에 돌아갔다고 한다. 들으니 참담하다. 다만 귀양지를 마음대로 떠난 것은 놀라우며 사천현감 또한 죄가 없을 수 없다. 그 국법을 지키지 않은 것이 진실로 한심하다.

이상李翔의 서자庶子 이만초李晩初가 섬 사람들과 계契를 만들고 중궁中宮(장희빈)과 세자를 비방한다고 고변했는데, 이는 이첨한이 무함한 것으로 결론이 났다. 이만초는 여섯 차례의 형문을 받고 사망했다.

1693년 계유년

운명인 듯 받아들여

安之若命

10월 14일자 일기에서

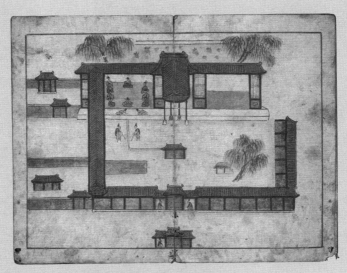

의금부 관청이 그려진 「금오좌목첩」 국립고궁박물관 소장

윤이후는 1693년 함평현 대동저치미 미봉처봉 未捧處捧 사건에 연루되어 9월 말 서울 의금부로 압송되는 고초를 겪는다.

1693년 주요 사건

1월   만덕사 모임 : 1월 17일 ~ 18일

2월   인천 누님의 죽음과 장례 : 2월 15일 ~ 6월 1일

　　　　어머니의 병환과 임종 및 장례 : 2월 22일 ~ 9월 16일

3월   병조정랑 임명 : 3월 5일

　　　　함평 저치미 미봉未捧 사건 소식 : 3월 6일 ~ 9월 19일

　　　　파산 숙인 송씨 묘표석 개립 : 3월 17일 ~ 27일

　　　　사헌부지평 임명과 사직 : 3월 19일 ~ 24일

4월   .

5월   아내의 눈병 치료 : 5월 6일 ~ 11월 30일

6월   팔산리 주민 무휼 : 6월 4일

　　　　팔마장 수축(2차) : 6월 11일 ~ 1694년 1월

7월   둘째 아들 윤흥서의 알성시 응시 : 7월 27일 ~ 8월 29일

8월   해남현감 최형기 비판 : 8월 8일 ~ 10일

　　　　파산 석물 공사 : 8월 12일 ~ 1694년 4월

9월   함평 저치미 미봉未捧 연루_의금부 나포행 : 9월 19일 ~ 10월 10일

10월 함평 저치미 미봉未捧 연루_의금부 하옥과 심리 : 10월 10일 ~ 24일

　　　　함평 저치미 미봉未捧 연루_석방과 해남 귀가 : 10월 24일 ~ 11월 12일

11월 .

12월 김석귀의 추노행 도중 방문 : 12월 20일 ~ 22일

　　　　류기서의 천리길 방문 : 12월 28일 ~ 1694년 1월

1693년 1월. 갑인 건建. 큰달.

집사람은 글을 모름에도

〔 1693년 1월 1일 을사 〕 흐리고 바람이 사나움

나는 적량赤梁에 가서, 창아昌兒는 간두幹頭에 가서 묘제墓祭를 지냈다. 저녁 무렵 바람이 세져, 갓을 쓰고 다닐 수 없을 정도였다. 정월 초하루인데 날씨가 상서롭지 못하다. ○김운장金雲章이 왔다. 정여靜如(이양원李養源)가 밤길을 무릅쓰고 왔다.

〔 1693년 1월 2일 병오 〕 바람 불고 흐림

황세휘黃世輝, 윤진현尹震賢, 윤시한尹時翰, 윤희성尹希聖, 김광서金光西, 김정서金挺西, 윤준미尹俊美【윤선초尹善初의 아들】, 윤영미尹英美【윤선휘尹善徽의 아들】, 윤방미尹邦美【윤선한尹善翰의 아들】, 최도익崔道翊, 윤기업尹機業, 윤지원尹志遠, 윤희직尹希稷, 윤익성尹翊聖, 윤수원尹壽遠【윤익성의 아들】, 윤창尹冒, 윤재도尹載道, 윤학령尹鶴齡, 최극징崔極徵, 최팔징崔八徵, 최유준崔有峻, 김정진金廷振이 왔다. ○김운장과 정여가 갔다.

〔 1693년 1월 3일 정미 〕 맑음

윤유도尹由道, 송수기宋秀杞, 임세회林世檜, 윤순제尹舜齊, 황명귀黃命龜, 황원黃原의 선달先達 송시민宋時敏, 해남 본해남本海南의 임원두林元斗, 연동蓮洞의 윤이복尹爾服, 윤이송尹爾松, 윤남미尹南美, 윤기미尹器美, 윤희망尹喜望, 윤기연尹岐然, 윤성민尹聖民, 윤선시尹善施, 당촌堂村의 김의방金義方, 용산龍山의 윤승후尹承厚, 윤명우尹明遇가 왔다. ○해남의 하리下吏들이 세찬歲饌으로 곶감 1접, 생전복 20개를 단자를 갖추어 보내왔다. ○강진 옴천唵川의 동자童子 손상효孫尙孝가 와서 알현했다. 이 사람은 김정진을 통하여 우리 집에 머물며 공부하기를 청원했다. 남을 집에 받아들여 머물게 하면 폐단이 있게 되므로 허락하지 않고 다만 며칠 쉬었다 가게 했다.

〔 1693년 1월 4일 무신 〕 맑음

대둔사大芚寺 승려들이 백족白足[1]을 보내어 문안했다. 김정진, 김의방, 윤선시가 갔다. 윤시상尹時相, 최상일崔尙馹, 윤창도尹昌道, 김수빈金壽彬, 임익성任翊聖, 임석주林錫柱, 김귀현金龜玄, 황원의 윤중호尹重虎, 방축내防築內의 조규서趙珪瑞, 최유각崔有珏, 윤세미尹世美 족숙, 선달 윤취삼尹就三이 왔다.

〔 1693년 1월 5일 기유 〕 맑음

손상효가 갔다. 황세휘, 윤석귀尹碩龜, 윤희설尹希卨, 선달 최만익崔萬益, 윤시삼尹時三이 왔다. 초관 임일주林一柱가 휴가를 받아 내려와 찾아와서 만났다. 연동의 윤선적尹善積이 왔다.

---

1) 백족白足: 후진後秦 구마라집鳩摩羅什의 제자인 담시曇始는 발이 얼굴보다 희고 맨발로 진흙탕을 건너도 더러워지지 않아 백족화상白足和尙이라 불렸다. 이 고사에 따라 후에 승려를 가리키는 말로 '백족'을 썼다.

〔 1693년 1월 6일 경술 〕 맑음

진사 황세중黃世中, 최형익崔衡翊, 최유기崔有基, 이만영李万英, 율동栗洞의 선달 윤세임尹世任이 왔다. ○장의掌議 이봉순李逢舜의 집에 가서 이한李瀚의 궤연에 곡을 했다.

〔 1693년 1월 7일 신해 〕 맑음

임희林凞의 궤연에 가서 곡을 했다. 임희의 집은 청계淸溪 덕정리德井里 영장營將 임익하任翊夏와 같은 마을이어서, 가서 임 영장을 만났다. 임익하는 여러 고을의 수령을 거쳤는데, 영장을 지낸 후 즉시 향리로 돌아와 다시는 벼슬길로 나서지 않았다. 말세의 무인 중 찾아볼 수 없는 사람이다. 매우 가상하다. 돌아오는 길에 송창좌宋昌佐의 집 앞에 이르러 사람을 보내 병을 문안했다. ○한종주韓宗周가 왔다. ○해남 관아의 인편이 명아命兒(윤두서)의 편지를 전해 주었다. 온 집안이 평안하다니 기쁘지만, 용산龍山 상부孀婦(윤광서尹光緖의 처 연안이씨)의 병이 심상치 않다니 놀라움과 걱정을 이루 말할 수 없다.

〔 1693년 1월 8일 임자 〕 맑음

영보永保의 신명우辛命宇가 왔는데, 곧 윤시상의 사위이다. 장흥의 윤상림尹商霖이 왔다. 호현壺峴의 윤△임尹△任과 학정學正 이유李瀏, 그의 사촌 이전李㵆, 윤징귀尹徵龜, 윤취도尹就道가 왔다.

〔 1693년 1월 9일 계축 〕 맑음

송창좌가 이번 달 1일 상한傷寒에 걸렸는데, 상한에 해서는 안 될 것을 범하여 증세가 날로 위태로워졌다. 내가 약을 조제해 주며 온갖 방법으로 치료를 했으나, 끝내 효험을 보지 못하고 오늘 정오에 갑자기 죽었다. 참혹함을 어찌 말로 하겠는가. 이 사람의 거처가 가까운 이웃에 있어서 날마다 와서 묵었고, 또 거문고를 잘 타서 그 연주를 들으며 시간을 보내고는 했다. 사람됨이 신중하여 마음으로 매우 아끼고 좋아했는데 지금 갑작스레 그를 잃으니 매우 애석하다. ○오후에 길을 떠나서 안형상安衡相을 역방하고 연동에 도착하여 어초은漁樵隱 묘에 절했다. 용인의 서숙모庶叔母(윤순미尹循美의 처)를 만났다. 그 아들 이송爾松이 처와 사이가 나쁘고 시어머니와 며느리가 또한 서로 마음이 맞지 않아서, 설 전에 쫓아내었다. 이송이 본래 어리석고 고집이 세서 가르쳐 경계해도 따르지 않았다. 매우 안타깝다. ○동네의 여러 친족이 와서 보았다.

〔 1693년 1월 10일 갑인 〕 흐림. 오후에 비가 흩뿌림

아침 식사 후에 길을 떠나서 전거론全艍論에 이르러 서조모庶祖母의 병을 살펴보고 문소동聞簫洞 묘에 절했다. 해가 진 후에 백포白浦에 투숙했다. 몽정夢丁의 병을 보았는데, 괴증이 더욱 심해졌다. 스스로 말하기를, 달리 죽을 방법이 없어 먹지 않는다고 했다. (…) 내가 그의 손을 잡고 나무라며 흰죽 몇 숟가락을 억지로 먹게 하자 눈을 감고 아무런 말도 하지 않았다. 보기가 참혹했다.

〔 1693년 1월 11일 을묘 〕 맑음

아침 식사 전에 철착리鐵鑿里에 가서 윤선경尹善慶의 궤연几筵에서 곡을 했는데, 그 아들 신미信美와 두 사위 이신우李信友, 안중익安重益이 나와서 만났다. 잠시 후 다시 백포에 돌아와서 아침밥을 먹고 출발했다. 지름길로 입치立峙를 넘어 간두幹頭에 이르러 묘에 절했다. 초저녁에 운주동雲住洞에 도착하여 정여와 함께 잤다.

〔 1693년 1월 12일 병진 〕 맑음

아침 식사 후에 출발하여 귀라리貴羅里의 족숙 윤상미尹尙美 형제를 역방하니, 이홍임李弘任, 양대진楊大振, 윤경尹儆, 윤칭尹偁, 윤척尹偶 등 여러 사람이 와서 모였다. 저녁 무렵에 집으로 돌아왔다.

〔 1693년 1월 13일 정사 〕 맑음

종제從弟 이대휴李大休가 왔다.

〔 1693년 1월 14일 무오 〕 맑음

종제 이대휴가 갔다. 윤희익尹希益이 왔다. 최정익崔井翊, 김귀현, 김삼달金三達이 왔다. 윤기업이 왔다.

〔 1693년 1월 15일 기미 〕 맑음

차례茶禮를 지냈다. 윤기업이 갔다. 황세휘, 윤순제, 비산飛山의 김형일金亨一, 선달 권혁權赫, 가치可峙의 윤서尹壻가 왔다. ○황세휘, 정광윤鄭光允, 김삼달, 최운원崔雲遠이 밤에 와서, 함께 달밤을 거닐었다. 종천種川 가에 이르러서 윤시상을 불러냈다. 꽤 오랫동안 거닐다가 돌아왔다. 두 아이와 손자 과원果願도 따라왔다. ○이날 바람이 잦아들어 공기가 맑았고, 보름달이 북쪽에 가깝게 떠올랐다. 농민들은 모두 풍년의 징조라고 말했다. 다만 겨울과 봄에 가뭄이 극심하여 밀과 보리가 여물지 못할 것 같으니, 앞으로 농번기에는 반드시 가뭄의 재앙이 있을 것이다. 게다가 남쪽 지방에 작년과 재작년 조금 풍년이 들었을 때 기내畿內는 계속 흉년이었으니, 서로 뒤집히는 이치로 말하면 남쪽에는 반드시 흉년이 들 것이다. 보름달은 좋지만 믿을 수 없다. 매우 염려스럽다.

새집 뜰 앞에 유자, 모과, 괴산대리자槐山大梨子를 심었고 옛집의 남쪽 창 밖에는 사철동백, 으름덩굴을 심었다. 또 죽도에는 유자, 괴리자槐梨子 사 철동백, 으름덩굴을 심었다. ○ 지난겨울 동짓달 20일 전에 진달래를 화분 에 심어 방안에 뒀었다. 섣달 20일 후에 꽃을 피웠는데, 지금은 활짝 피어 탐스럽고 고운 모습이 볼만하다. 하루는 아내가 와서 완상하다가 글자를 모아 시구를 지었다.

早發一盆花　꽃 한 화분이 일찍 피자
春色滿房中　봄기운이 방안에 가득하네
老人少如花　노인은 꽃처럼 젊어지고
靑春長不盡　청춘은 길이 끝나지 않기를

아내는 글을 모르며 다만 아이들이 책을 읽을 때 곁에서 듣고 기억하여 잊 지 않고 있었을 뿐이다. 그래도 책을 읽어 배운 사람과 자못 비슷하니 비록 부녀자이지만 물려받은 문장이 있는 것인가. 지금 여기에 지은 마지막 구 는 나의 늙음을 가련하게 여겨서 다시 젊어지길 축원한다는 뜻을 말한 것 인데, 압운押韻을 이해하지 못해 제대로 된 시구는 못 되었지만 기상이 꽤 나 좋고 넉넉한 맛이 있어 볼만하다. 오랫동안 병을 앓아서 점차 위태로운 고질이 되었지만 (…) 이를 통해 볼 때 장수도 기대할 만하다. 기쁘지 않을 수 없다. 이런 것을 기록하는 것이 매우 우습지만, 죽을 뻔했다가 약간 소 생한 후에 볼만한 기상이 있어 이렇게 적어 둔다.

아침 식사 후에 출발하여 수원치水源峙 아래에 이르니 족숙 윤상미, 윤주미尹周美, 윤징미尹徵美가 와 있었다. 안형상 우友와 윤천임尹天任도 기생 3명을 데리고 와서 모였다. 나는 흥서興緖와 가비歌婢를 데리고 갔다. 절에 이르니 정여가 유성흠兪聖欽과 금릉金陵(강진)의 기생 2명을 데리고 이미 와서 기다리고 있었다. 얼마 지나지 않아 족제族弟 윤경, 윤칭, 윤척 세 사람과 파수琶手 노수백盧壽百도 왔다. 금릉수령(강진현감) 김항金沆이 나와 정여가 왔다는 소식을 듣고 기생 한 명을 데리고 왔으며, 적객謫客(귀양객) 송末 경력經歷(송규末揆)의 아들 송정식末廷式이 금릉수령을 따라 왔다. 한밤중까지 단란하게 놀다가 파했다.

〔 1693년 1월 18일 임술 〕 맑음

금릉수령이 나를 위해 연포軟泡를 준비했다기에 가서 함께 식사했다. 성덕기成德基가 태수太守(강진현감)를 뵙기 위해 갑자기 왔다. 식사 후, 태수가 나와 함께 수도암修道庵을 둘러보고 싶다고 하여 정여와 함께 남여藍輿를 타고 갔다. 한참 있다가 내려와 헤어져서, 태수는 먼저 가고 우리들도 산을 내려왔다. 수원치 아래에 이르러 정여와 헤어지고 고개를 넘은 뒤에 말에서 내려 앉아 이야기하다가 잠시 후 출발했다. 파총把摠 윤지철尹智哲의 집을 역방했는데 이홍임이 와서 만났다. 이대휴도 갑자기 왔다. 주인(윤지철)이 구운 꿩고기와 따뜻한 술로 대접했다. 해가 진 뒤에 집으로 돌아왔다. ○초관 임일주가 상경한다기에 그 편에 편지를 부쳤다.

〔 1693년 1월 19일 계해 〕 흐리고 밤에 비

전부典簿(윤이석尹爾錫) 댁의 노배奴輩가 서울에서 돌아와서 아이들과 괴산 딸아이의 평안하다는 편지를 받아 기쁘다. 하지만 상부(윤광서의 처 연안이씨)의 병이 덜하다가 다시 중해졌다고 하니 걱정스럽기 그지없다.【전라도 관찰사 이봉징李鳳徵이 진휼賑恤을 위하여 전세와 대동미를 모두 상납하지 않을 것

133

을 청했는데, 묘당廟堂(의정부)이 그것을 막고서는 전세와 대동미에 관해서 사체事體를 모른다며 자못 조롱하는 기색을 보였다. 이에 이 관찰사가 상소하여 묘당을 비난하면서 체직을 청하니, 상감께서 그를 비난하며 특별히 파직시켰다. 온 도의 백성이 모두 그가 떠나는 것을 애석해했다.】

〖 1693년 1월 20일 갑자 〗 맑음

아촌鵝村의 박세유朴世維와 귀라리의 이홍임이 왔다. ○수남水南의 윤취도에게 노송老松이 있어서 새집 동쪽 마당에 옮겨 심었다.

〖 1693년 1월 21일 을축 〗 맑음

당산堂山의 노老 임세함任世咸이 왔다. 청계淸溪의 족숙 윤세미가 왔다. ○산사나무, 산수유나무 각 한 그루와 석류나무 다섯 그루를 아호鵝湖의 박세유에게서 얻어 새집 서북쪽 대나무 숲에 심고, 또 옛집 대나무 사이에 있던 산수유 두 그루를 새집 서쪽 대나무 숲가에 옮겨 심었다. ○김정진이 황원에서 와서 묵었다.【들으니, 박경후朴慶後가 전라도관찰사가 되었다고 한다.】

윤이후의 집터로 추정되는 곳의 풍경. 전남 해남군 옥천면 팔산리_서헌강 사진
가운데 위치한 한옥 주위 죽림竹林이 우거진 모습이 보인다.

〔 1693년 1월 22일 병인 〕 맑음

산정山亭의 좌수 김상유金尚儒가 왔다. 후촌後村의 정래주鄭來周가 왔는데, 정광윤의 아들이다. 성덕항成德恒이 전주에서 돌아오다가 들렀다. ○둥주리에 진달래를 심어서 방안에 두었다. 화분에 심은 것이 다 지고 나면 이어서 꽃이 피도록 하기 위한 것이다.

〔 1693년 1월 23일 정묘 〕 맑음

이수제李壽齊가 왔다. 김정진이 갔다. 정광윤과 변최휴卞最休, 최형익, 최유기, 좌수座首 송수삼宋秀參, 윤순제가 왔다. 해남 마포면馬浦面의 금송감관禁松監官 임성건林成建이 왔다. 김정진이 다시 와서 묵었다. ○들으니, 흑산도에서 급변을 상고한 일은 허위로 밝혀져 이첨한李瞻漢 부자가 처형당했다고 한다. 첨한이 흑산도에 귀양 가서 수없이 폐단을 일삼아 섬사람들과 사이가 나빠졌다. 이에 그 아들들에게 허위로 변란을 상고케 하여 섬사람들과 함께 잡혀 갔는데, 결국 무고라는 것이 드러나 처형당한 것이다.

〔 1693년 1월 24일 무진 〕 아침에 비오다가 늦은 아침에 갬. 저녁에는 맑음

윤재도가 감시監試의 회시를 보러 가는 길에 역방했다. 그편에 아이들에게 보낼 편지를 부쳤다. 탄현彈峴의 선달 윤원성尹元聖이 왔다. 비산의 김우정金友正이 감시의 회시를 보러 가면서 들렀다.

〔 1693년 1월 25일 기사 〕 맑았다 흐림

김여련金汝鍊이 왔다. 아내와 지원智遠의 모친이 송백동松栢洞에서 쑥을 삶는다기에, 나와 두 아이, 정광윤, 김삼달, 지원은 송백동 밖에서 놀다가 함께 저녁밥을 먹고 그 길로 당산堂山의 솔숲으로 걸어서 돌아왔다. 황생黃生과 야비倻婢를 불러 한참 담소를 나누다가 헤어졌다.

〖 1693년 1월 26일 경오 〗 새벽부터 내리던 비가 늦은 아침에는 다시 눈이 되어 저녁까지 내려
서 쌓임

소나무와 대나무에 눈이 쌓여 꺾이거나 부러지기까지 했다. 여러 달 가뭄
뒤에 이렇게 폭설이 오니, 아마도 봄장마의 징조가 아닐까 한다. 비바람이
조화롭지 않아 걱정스럽다.

〖 1693년 1월 27일 신미 〗 눈이 그치고 바람이 불고 흐림

다시 「사오당四吾堂」[2] 시에 차운하여 서로 권면하는 뜻을 담았다.

> 爾我交情海與山 자네와 나의 우정은 바다처럼 깊고 산처럼 높아
> 一生肝膽兩無間 평생 속마음이 서로 다르지 않은데
> 誰將標榜勞脣舌 누가 힘써 우리 이야기를 떠들고 다니는가
> 可笑人心不自閑 사람의 마음이 한가롭지 못한 것이 가소롭구나

이 당시 어떤 사람이 색목色目으로 이간하기에 이렇게 읊었다.

〖 1693년 1월 28일 임신 〗 맑음

연동의 윤이송이 왔다. 이날 밤, 성덕기, 성덕항과 당산의 김삼달, 이수제,
황명구黃命耈가 왔다. 황세휘가 가야금을 가지고 왔다. 한참 있다가 헤어
져 돌아가고 성덕기, 성덕항 두 사람은 머물러 묵었다. ○ 왼쪽 눈썹 모서리
에 통증이 왔다.

〖 1693년 1월 29일 계유 〗 흐림

무안현감의 조카 안백증安伯曾이 뜻밖에 지나다 들러 아침을 먹고 떠났다.

---

2) 사오당四吾堂: 안형상의 초당이다. 안형상은 사오당에 관한 시 여러 수를 그 초당에 걸어 두었는데,
   1692년 12월 20일 윤이후가 그 시에 차운했고 이번에 또다시 차운한 것이다.

성덕기, 성덕항 두 사람도 떠났다. 윤시상이 왔다. 윤희설이 금비琴婢를 시켜 꿩 한 마리를 보냈기에, 조금 머물면서 거문고를 뜯으며 노래를 하게 한후 보냈다. ○금릉성주(강진현감 김항)가 아프다는 소식을 듣고 심부름꾼을 통해 문안편지를 보냈다. 아울러 만덕사에 와서 만났던 것에 대해 사례했다. 금릉성주가 즉시 회답하고, 또 생전복 15개를 보내왔다.

〔 1693년 1월 30일 갑술 〕 밤에 가는 비가 오고 낮에 흐리고 음산함

청계淸溪 마치馬峙의 직장直長 윤선초가 어제 서거했다고 한다. 너무나 슬프다. ○용산의 김태귀金泰龜, 강성江城의 윤희직, 당산의 황세휘, 김삼달, 윤순제, 이수제가 왔다. 연동의 윤선적이 왔다. 신기新基의 최운제崔雲梯가 왔다. 김남선金南銑이 왔는데, 이 사람은 황세휘의 동서同壻로서 사는 곳은 장흥長興 용계龍溪에 있다고 한다. 이날 밤, 김삼달, 이수제, 황명구가 닭고기와 술을 가지고 가야금을 끼고 왔다. 이에 정광윤도 불러서 한밤을 보냈다.

1693년 2월. 을묘 건建. 큰달.
인천 누님의 별세

〖 1693년 2월 1일 을해 〗 **아침에 잠시 비 뿌림. 종일 흐리고 음산함**

파지대波之大의 송도명宋道明이 아침 일찍 왔다. 윤선초尹善初 집에서 명정銘旌을 써 달라고 청하여 곧바로 써서 보냈다. ○눈썹 모서리 통증이 아플 만큼 아픈 다음 어제 저녁에 그쳤다. ○비상比尙이 서울에서 와서 아이들의 평안하다는 편지를 받아 보았다. 매우 위로되고 기쁘다. 도목정사가 지난달 17일에 있었다고 한다. 전 병조판서 민종도閔宗道가 12일 병으로 죽었는데, 병이 있을 때 본직本職을 사임하여 교체되고 목창명睦昌明이 새로 임명되었다고 한다.

〖 1693년 2월 2일 병자 〗 **맑음**

연동蓮洞의 윤선시尹善施가 왔다가 그대로 묵었다.

〖 1693년 2월 3일 정축 〗 **흐리다 맑음**

연동 옛집이 허물어진 곳이 꽤 많고 또 철거하여 쓸 수 있는 재목도 있었다. 그래서 기와를 걷어 새집의 지붕을 덮는 데 쓰려고 오늘 창아昌兒를 연동에 보내서 기와를 내리게 했다. ○청계淸溪의 이형징李亨徵이 와서 거문고를 한나절 타다가 갔다. 비곡比谷의 박수귀朴壽龜가 왔다.

〖 1693년 2월 4일 무인 〗 맑음

윤시상尹時相이 왔다. 김현추金顯秋, 김지일金之一이 왔다. 김지일은 이송爾松의 장인이다. ○흥양興陽에 사는 추경秋京은 양외가養外家[3]에서부터 전해 내려온 노奴인데, 벼 100섬으로 속량을 청했다. 그는 10여 마리의 소를 몰고 와서 벼 63섬으로 바꾸어 우선 바쳤다. ○고금도 이 생원 댁 배에 서울에 올려 보낼 쌀 10섬을 실어 부쳤다.

〖 1693년 2월 5일 기묘 〗 맑음

윤시삼尹時三, 윤주미尹周美 보甫가 왔다. ○연동의 기와는, 연동 사람 54명이 535장을 옮기고, 저곡苧谷 유점鍮店 사람 72명이 669장을 옮겼으며, 강진 땅 서기동瑞氣洞 옹점甕店 사람 4명이 40장을 옮겼다. ○창아가 돌아왔다.

〖 1693년 2월 6일 경진 〗 아침에 안개. 늦은 아침 맑음

학정學正 이유李濰가 왔다. 이희李曦가 왔다. ○입점笠店 사람 54명이 기와 440장을 옮겼다.

〖 1693년 2월 7일 신사 〗 바람 불고 맑음

출신出身 김봉현金奉賢, 이정웅李廷雄이 왔다. 귀라리貴羅里의 윤징미尹徵美 보가 왔다. ○죽음사竹陰寺 승려 16명, 이치梨峙, 전거론全巨論 사람 8명, 팔마八馬 사람 37명이 우마牛馬에 실어 기와 703장을 운반했다. ○이 마을 상번군上番軍 종복從卜이 상경하는 편에 미장동美墻洞의 이 양양襄陽(이만봉李萬封) 댁에 편지를 부쳤다. 기업己業이 돌아가는 편에도 미장동에 편지를 부쳤다.

---

3) 양외가養外家: 윤이후의 양어머니인 여주 이씨의 친정을 가리킨다.

〖 1693년 2월 8일 임오 〗 맑음

당산堂山의 황세휘黃世輝, 최유준崔有峻, 노유항魯唯恒이 왔다. 노유항은 황세중黃世中이 새로 맞이한 사위이다. 쟁강동爭江洞의 송수기宋秀杞와 독평禿坪의 윤서후尹瑞厚가 왔다. 둔덕屯德의 윤탕미尹湯美가 왔다. ○전극립全克岦이 서울로 떠나는 길에 들러서 편지를 받아 갔다. ○팔마, 이치, 전거론 사람 10명이 기와 92장을 운반했다. ○낭청郎廳 곽제태郭齊泰가 지난 연말에 서울에서 본가로 귀향하여 정착했는데, 오늘 와서 만났다. ○둥주리에 심은 진달래가 몇 송이 피기 시작했다.

〖 1693년 2월 9일 계미 〗 맑음

대산大山의 진사 최세양崔世陽, 당촌堂村의 김의방金義方, 당산의 최상일崔尙馹, 윤순제尹舜齊가 왔다. ○팔마의 나머지 일꾼 및 진도 삼촌면三寸面과 옥천玉泉 각 리里 사람 모두 140명이 기와 1110장을 운반했다.

〖 1693년 2월 10일 갑신 〗 맑음

신포新浦 사람 10명이 수키와 120장을 운반했다.

〖 1693년 2월 11일 을유 〗 낮에 비가 오더니 저녁까지 그치지 않음

박사 김태정金泰鼎이 왔다. 박수고朴守古가 왔다. 아촌鵝村 사람 2명이 기와 23장을 운반해 왔다.

〖 1693년 2월 12일 병술 〗 밤부터 비바람이 요란하더니 정오 무렵에야 그침

아촌 사람 16명이 기와 193장을 운반했고, 지소紙所 사람 2명이 25장을 운반했다.

〔 1693년 2월 13일 정해 〕 맑음

이곳 내청룡內靑龍의 소나무가 점차 줄어 겨우 20여 그루밖에 남지 않았기에, 오늘 마을 사람들에게 1000여 뿌리를 캐서 심게 했다. 홍도紅桃 한 그루를 얻어서 기오당寄傲堂 앞뜰에 심었다. ○아촌, 귀전龜田, 화천花村, 마고동麻姑洞, 호지狐旨, 창저倉底, 흑정黑井, 대산代山 사람 모두 89명이 수키와 974장을 운반했다. ○대산의 곽동기郭東箕와 용산龍山의 김귀현金龜玄이 왔다. 성덕기成德基가 함평 가는 길에 방문했다.

〔 1693년 2월 14일 무자 〕 맑음

강진 이본리耳本里에서 계순季順이 왔다. 김정서金挺西의 비婢인데, 가야금을 잘 타므로 어린 비 예심禮心을 가르치게 하려고 그 주인에게 청하여 오게 한 것이다. ○윤승후尹承厚, 노수징盧壽徵이 왔다. ○매화 3그루와 백장미 1그루, 측백 1그루를 얻어서 앞뜰에 심었다. ○송산松山, 가치可峙, 박산朴山, 방축리防築里 사람 47명이 수키와 158장을 운반하여 기와 운반을 모두 마쳤다. 깨진 기와는 뺀 숫자다. ○대둔사의 승려 상림尙林이 기오당에 기와를 덮기 시작했다.

〔 1693년 2월 15일 기축 〕 맑음

황세휘, 윤순제가 왔다. ○종서宗緒가 감영 편에 편지를 보내왔는데 4일에 보낸 것이다. 인천 누님(안서익安瑞翼의 처)이 병을 앓은 지 7일 만인 지난달 30일에 별세하셨다고 한다. 통곡하고 또 통곡한다. 나는 부모를 여읜 몸으로 맏형(윤이구尹爾久)도 일찍 잃고 오로지 누님 한 사람과 서로 목숨을 의지하고 있을 뿐이었다. 올해는 누님의 환갑이어서 한편으론 기쁘고 한편으론 두려웠다. 매번 천 리 밖에 오랫동안 떨어져 지내는 것이 한스러워 마음이 항상 슬펐는데, 어찌 지금 갑자기 나쁜 소식을 들을 줄 알았겠는가? 애

윤이구 부부 합묘 전경. 전남 해남군 현산면 구시리 금쇄동
맏형 윤이구는 윤이후가 21세 되던 1656년 일찍 세상을 떠났다.

끓는 슬픔이 지극하여 살고 싶은 마음도 없다. 더 무슨 말을 하겠는가, 더 무슨 말을 하겠는가?

〖 1693년 2월 16일 경인 〗 흙비가 자욱하여 종일 개지 않음

김귀현이 왔다. 계순이 예심을 데리고 갔다. 윤명우尹明遇, 김삼달金三達과 진사 김세귀金世龜가 왔다. 이복爾服, 이송爾松, 남미南美가 왔다. 남미는 가고 이복과 이송은 머물렀다.

〖 1693년 2월 17일 신묘 〗 맑음

황명귀黃命龜, 윤순제, 최상일, 최형익崔衡翊, 변최휴卞最休, 이만영李萬英이 왔다. 안형상安衡相 우友가 왔다. 연동의 윤기미尹器美가 와서 계속 머물렀다.

〔 1693년 2월 18일 임진 〕 바람 불고 흐림

인천 누님의 위패를 모시고 성복成服했다. 이복, 이송, 기미器美가 갔다. 최정익崔井翊, 송수기, 다산茶山의 이태방李太芳이 왔다. ○기오당의 기와 얹기가 끝났다. 낙무당樂畝堂에 비 새는 곳이 너무 많아 오후에 보수를 시작했다. ○전부典簿(윤이석尹爾錫) 댁의 노奴가 서울에서 돌아와 전부 형님의 편지 그리고 종아宗兒, 두아斗兒 두 아이의 편지를 보았는데 모두 평안하다고 한다. 용산 며느리(윤광서尹光緒의 처)의 병이 나아지기 시작했다니 다행이다. ○윤승후가 왔다. 화소花所의 (…)

〔 1693년 2월 20일 갑오 〕 흙비가 종일 내림

석우촌石隅村의 윤유도尹由道, 임세회林世檜, 임덕삼林德三이 왔다. 강성江城의 윤희직尹希稷이 왔다. 마포馬浦의 박세림朴世琳이 왔다. 윤시상이 왔다. ○창고 3칸의 기와 얹기가 끝났다. ○어제 장흥의 윤상림尹商霖이 왜철쭉을 캐어 보냈기에 기오당 동쪽 창 밖에 심었다.

〔 1693년 2월 21일 을미 〕 맑음

윤시삼, 임한두林漢斗와 족숙族叔 윤주미가 왔다.

〔 1693년 2월 22일 병신 〕 바람 불고 흐림

어머니께서 요사이 상한傷寒을 앓았으나 대단치는 않았는데, 어제 문을 열어 두었다가 덧나 지난밤 꽤 위중해지셨다. 놀랍고 걱정됨을 이루 말할 수 없다. ○김의방의 조카 중돈重頓이 왔다. 윤천임尹天任이 왔다.

〔 1693년 2월 23일 정유 〕 바람 불고 흐림. 연일 흙비가 내림

청계淸溪의 생원 윤세미尹世美와 비곡의 선달 윤기업尹機業이 왔다. ○어머

니께 지난밤에 귤피죽여탕橘皮竹茹湯⁴⁾을 드렸는데 오늘 환후가 조금 나아졌다. ○ 전부 댁의 노奴가 서울로 가는 길에 편지를 부쳤다.

〔 1693년 2월 24일 무술 〕 밤에 비가 꽤 요란하게 내리다가 아침부터 가랑비로 바뀌었고 저녁 무렵에 그침

이 참군參軍(이락李洛) 외숙께서 서울에서 내려오는 길에 들렀는데 종제從弟 이징휴李徵休가 따라왔다. 오후에 백치白峙의 본가를 향해 떠났다. 이 행차에서 아이들의 잘 있다는 편지를 받았다. ○ 어머니께 죽여탕을 드린 후에도 오심惡心과 구토嘔吐 등의 증상이 나아지지 않아 부득이 복용을 정지했다.

〔 1693년 2월 25일 기해 〕 흐리고 추움

청계의 윤 생원(윤세미)이 또 지나다 들렀다. 마포의 박필중朴必中이 왔다. 성덕기가 함평에서 돌아오는 길에 지나다 들렀다.

〔 1693년 2월 26일 경자 〕 흐리다 맑음

김동옥金東玉을 불러서 어머니의 병에 대해 물으니, 보중익기탕補中益氣湯을 처방해 주었다. ○ 황세휘와 윤희직이 왔다. 이복이 왔다.

〔 1693년 2월 27일 신축 〕 낮부터 가랑비가 내림

지난밤에 익기탕을 올렸으나 효험이 없고 증세가 심해져서 걱정스럽기 그지없다. 윤시상, 연동의 윤후지尹後摯가 왔다. 백치의 외숙(이락)과 종제 징휴가 왔다. ○ 어머니의 병환이 저물녘에 더욱 심해지다가 밤 2경更에 마침내 속광屬纊(임종)에 이르렀다.【여기서부터는 성복成服 후에 추기追記한 것이다. 이 때문에 손님이 오고간 것은 기록하지 못했다.】

---

4) 귤피죽여탕橘皮竹茹湯: 말린 귤껍질과 죽여(솜죽의 얇은 속껍질) 등으로 끓인 탕약이다.

〔 1693년 2월 28일 임인 〕 맑음

오후에 염습하고 설전設奠했다. 수의와 이불 등의 도구는 모두 어머님이 일찍이 마련해 둔 것이다. 무공주無孔珠 3개는 백치에서 얻어서 사용했다. 명정銘旌은 징휴가 썼다.

〔 1693년 2월 29일 계묘 〕 맑음

수기壽器(관)는 미리 마련하지 못했는데, 김의방에게 마침 3개가 있어, 그 중 하나를 벼 6섬을 주고 샀다. 나무의 품질이 매우 좋았다. 값이 이렇게 싸지는 않은데 김의방이 후의로 반값만 받았다. (…) 2촌 반을 썼는데, 품질이 나쁜 나무 3촌보다 오히려 나았다. 초야初夜에 입관하고 평소에 거처하시던 곳에 빈소를 만들었다. 나는 건넌방 한 칸을 여막廬幕으로 삼았다.【관에 옻칠을 하지 않은 것은 집안의 법도를 따른 것이다.】

〔 1693년 2월 30일 갑진 〕 맑음

아침 일찍 성복했다. 아침을 먹은 후 외숙과 이징휴가 백치로 돌아갔다. 정여靜如(이양원李養源)도 어제 고금도 장소庄所에서 나왔다가 오늘 갔다. ○오늘은 한식인데, 초상에 제사를 지내는 것이 편치 않아 적량赤梁의 묘제墓祭를 지내지 못했다.

어머니의 병환과 임종 및 장례
1693년 2월 27일 윤이후의 양모 여주이씨가 병환으로 세상을 떠나자 적량원에 있던 양부 윤예미의 묘에 합장한다. 일기에는 표석과 상석을 마련하고 어머니의 묏자리를 파서 회격을 치는 일 등이 자세히 기록되어 있으며, 상례喪禮에 따른 의식들도 차례로 기록되어 있다. 또한 장례 기간 동안 받은 부의 물품의 종류와 수량이 상세히 기록되어 있다.

어머니 상을 당해

〔 1693년 3월 1일 을사 〕 맑음

삭전朔奠을 지내고 아침 상식上食을 했다. ○오늘은 바로 승의랑承議郞 조고
祖考(안계선安繼善)의 기일이다. 초상에 제사를 지내는 것이 편치 않지만, 을
미년(1655) 3월 22일에 할머님이 돌아가시고 그다음 날이 영광靈光 고조고
高祖考(윤홍중尹弘中)의 기일이었는데, 온 집안이 곡하느라 정신이 없어 제
사를 지낼 겨를이 없었다. 그때 조부님(윤선도)께서 상이 났다는 소식을 듣
고 섬에서 오셔서 백부伯父(윤인미尹仁美)가 제사를 지내지 않은 잘못을 꾸
짖었는데, 그 말씀이 매우 준엄했다. 이로 미루어 생각해 보니, 성복도 지
내고 달도 바뀌었는데 제사를 지내지 않으면 돌아가신 조부의 뜻을 어기
는 것 같아서, 간단히 국과 술, 과일을 준비하여 아이들에게 제사를 지내
게 했다. 대체로 세상 사람들은 대상大喪(부모의 상)을 당하고 장사지내기
전에는 제사를 지내지 않으며 예禮를 아는 집안에서도 그렇게 한다. 예의
뜻이 어떠한지는 모르겠으나 저들 또한 분명 근거한 바가 있을 터이다. 그
럼에도 지금 내가 유독 세속에 통행하는 예例를 따르지 않고 결연히 제사
를 지내는 것은 상례喪禮와 제례祭禮를 통해 선조의 뜻을 따르기 위해서다.

윤두서의 1693년 진사시進士試 시권_한국학중앙연구원 제공
시詩와 부賦 각 1편이 실려 있다.

어제 상을 당했다고 오늘의 제사를 지내지 않는 것은 잘못이라는 을미년의 가르침을 떠올리면 끝내 느낀 바가 없을 수가 없다. 이후의 자손들은 예경禮經을 자세히 상고하고 조부님께서 남긴 뜻을 참고하여 반드시 십분 온당한 방법을 얻어서 행한다면 괜찮을 것이다. ○두서斗緖가 합제合製 초시初試로 진사進士 회시에 합격했는데, 어제 저녁에 방목榜目이 왔다. 매우 다행스럽다. 전부典簿 형님(윤이석尹爾錫)이 노년에 슬하에서 과거에 합격한 경사를 보시게 된 것을 생각하면 더욱 다행스럽다.

〖 1693년 3월 2일 병오 〗 흐림

이송爾松이 갔다. 김삼달金三達이 왔다. ○조문객으로 윤희익尹希益, 희△希△, 희△希△, 김태귀金泰龜, 윤경尹儆, 윤대임尹大任, 이석신李碩臣, 김수도金守道, 임세회林世檜가 왔다. 백치의 이대휴가 왔다.

〖 1693년 3월 3일 정미 〗 흐리다 맑음

이본耳本의 김진서金振西가 왔다. ○해철亥哲이 전달할 부고 편지를 받아 서울로 올라갔다. 신축辛丑은 노비와 부목賻木을 가지고 인천에 갔다. 또 나주, 무안, 영광, 광주, 남평, 담양 등지의 수령들과 순상巡相(관찰사 박경후)

앞으로 편지를 보내 부고訃告했다. ○ 윤시상尹時相이 왔다. 임중돈任重頓,
박수귀朴壽龜, 윤시삼尹時三이 와서 조문했다. 성덕기成德基가 와서 조문하
고 유숙했다. ○ 사당에서 절례節禮를 행했다.

〔 1693년 3월 4일 무신 〕 오후에 비

전라도 아사亞使[5] 이익년李翼年[6]이 순강巡講[7] 행차 중 해남을 출발하여 가던
길에 들러 조문했다. ○ 윤재도尹載道가 낙방하고 돌아와서, 서울에 있는 두
아이의 편지를 받았다. ○ 박세유朴世維, 윤시달尹時達, 윤시한尹時翰, 윤순
제尹舜齊, 임익성任翊聖이 와서 조문했다. 윤선증尹善曾이 와서 조문하고 유
숙했고, 윤시지尹時摯도 와서 유숙했다. ○ 대둔사의 노승老僧 몇 명이 와서
조문했다.

〔 1693년 3월 5일 기유 〕 어제 비가 밤새 내렸고, 오늘도 저녁까지 하루 종일 그치지 않음

청파역靑坡驛[8]의 역리驛吏가 저보邸報를 가지고 왔다. 지난달 25일 인사에
서 병조정랑에 임명되었다. 종서宗緖의 안부 편지도 받았다.

〔 1693년 3월 6일 경술 〕 아침 이후로 비가 비로소 그침. 하루 종일 흐리고 맑음

윤선증과 윤시지가 갔다. 황세휘黃世輝, 김성삼金聖三, 송수삼宋秀參이 와
서 조문했다. ○ 미황사尾黃寺의 주지승 철원哲元이 와서 조문하고, 황촉黃
燭 한 쌍을 부의했다. ○ 청파역 역리가 돌아가기에, 서울의 아이들에게 편

---

5) 아사亞使: 도사都事이다. 관찰사를 보좌하는 종5품 지방관으로서 각 도에 1명씩 두었으며, 관찰사가
　　자리를 비웠을 때 임무를 대행하고 관찰사와 지역을 나누어 도내를 순시했다. 관찰사가 수령을
　　포폄할 때는 도사와 상의했으며, 향시鄕試 및 교생고강校生考講 등을 감독하고 관리를 규찰하는 등
　　관찰사의 업무를 나누어 수행했다.

6) 이익년李翼年: 『승정원일기』숙종 19년 5월 18일 기사에 전라도사 이익년에 관한 기사가 나온다.

7) 순강巡講: 관찰사나 도사가 도내의 향교를 돌며 강시講試하는 것이다.

8) 청파역靑坡驛: 경기도 양주에 속했던 역으로 숭례문 밖 3리에 위치했다. 현재의 서울시 용산구 청파동
　　2가 지역이다.

지를 부쳤다. ○그제 서울에서 온 편지에 다음과 같은 내용이 있었다. '몇 년 전 저치미儲置米에 대해 조사했을 때 함평현의 미봉未捧(백성들에게 대여했다가 거두지 못함) 수량이 매우 많았기 때문에 당시 현감인 민순閔純이 영문營門에서 장을 맞았는데, 그 후임 수령들 또한 방치해 두고 거두지 않았으므로 이 때문에 장차 해당 현감들을 논죄論罪하는 조치가 있을 것이다.' 이 사건은 나에게도 해당되므로 듣고서 놀랍고 염려되어, 그 곡절을 알아보기 위해 함평 서리에게 사람을 보냈다. ○윤유도尹由道가 와서 조문했다.

〔 1693년 3월 7일 신해 〕 맑음

어제부터 왼쪽 눈썹 모서리에 통증이 발작해서 종일 매우 괴로웠다. ○비곡比谷의 임△△林△△와 엄길嚴吉【지명】의 전성좌全聖佐, 박필중朴必中, 김삼달이 왔다. ○선시善施가 갔다. 이송이 왔다. ○선달 최만익崔萬翊에게 장례일을 택일하도록 했는데 내 생각과 크게 달라 다시 화산花山의 최남극崔南極에게 물었더니, 발인은 4월 6일, 하관은 10일로 택일하여 보내 주었다. 매우 편하고 합당하여 이대로 하기로 했다.

〔 1693년 3월 8일 임자 〕 맑음

새로 지은 서쪽 집에 감나무 세 그루가 있는데 열매의 질이 좋지 않아, 좋은 감나무 가지를 연동, 강성, 수남水南에서 구해 이송에게 잘라 접붙이게 했다. ○후촌後村의 최형익崔衡翊, 최유준崔有峻, 변최휴卞最休, 이만영李萬英과 입점동笠店洞의 이진휘李震輝, 이진현李震顯이 왔다. 입점동의 이李는 내가 신주목神主木[9]을 구하지 못한다는 이야기를 듣고서 직접 한 벌을 가지고 왔다. 매우 고맙다. ○또 연동蓮洞[10]에 사람을 보내서 질 좋고 다양한 배나무, 대추나무, 살구나무 가지를 얻어 접붙였다.

---

9) 신주목神主木: 사당의 신주를 만들기 위한 나무로 주로 밤나무를 썼다.
10) 연동蓮洞: 원문에는 '동洞'이 없으나 정황상 연동蓮洞으로 보기로 한다.

〖 1693년 3월 9일 계축 〗 맑음

들판에 있는 배나무와 감나무 여러 그루를 캐서 뜰 가장자리에 심고 접붙였다. ○김상유金尚儒가 왔다. 윤시상과 윤징귀尹徵龜가 왔다. 이송이 갔다. ○함평에 보냈던 인편이 돌아왔다. 함평의 서리胥吏 모수번牟秀蕃이 해유문서解由文書를 가지고 와서 바쳤다.

〖 1693년 3월 10일 갑인 〗 맑음

모수번이 인사하고 갔다. 김수극金壽極과 진사 최세양崔世陽이 왔다. 최유준이 왔다.

〖 1693년 3월 11일 을묘 〗 오전에는 맑았다가 오후에 가랑비 옴

최석징崔碩徵, 배준웅裵俊雄, 최정익崔井翊, 유성흠俞聖欽이 왔다. 윤선시尹善施가 귀라리貴羅里에서 왔다. ○어제 무안현감이 심부름꾼을 보내 부목賻木(부의용 무명) 2필, 백지白紙 3권과 장지壯紙 1권, 황촉 2쌍을 부조했다.

〖 1693년 3월 12일 병진 〗 흐림

정자正字 이유李瀏의 노奴가 서울에서 돌아와서 종아宗兒의 문안편지를 받았다. 학관學官(윤직미尹直美)의 가노家奴가 서울로 올라간다기에 편지를 부쳤다. ○구림鳩林의 이두정李斗正과 금천錦川의 선달 윤성빈尹聖賓, 맹교盲橋의 이장원李長原이 왔다. 독평禿坪의 윤필후尹弼厚가 왔고, 윤선시가 갔다.

〖 1693년 3월 13일 정사 〗 종일 비가 옴

마포면馬浦面의 금송감관禁松監官 임성건林成建이 와서 만났는데, 좋은 담배 1파把를 가지고 와서 바쳤다.

〔 1693년 3월 14일 무오 〕 어제 비가 밤새도록 내리더니 오늘 저녁까지도 비가 내림

〔 1693년 3월 15일 기미 〕

어머니의 망전望奠을 지냈다. 비가 점점 거세져 퍼붓게 되어 종일토록 그치지 않더니 앞내가 크게 불었다.

〔 1693년 3월 16일 경신 〕 비가 오락가락함

현산縣山의 김이경金以鏡이 왔다. ○제청祭廳을 세우려고 입점동笠店洞의 이진휘에게 재목을 빌렸다. 두 칸 지을 정도의 재목을 얻었는데 오늘 그 반을 옮겨 놓았다. 근래 산이 모두 벌거벗어 나무 한 토막도 구하기 어렵기 때문에 나무를 가진 사람들이 금처럼 아낀다. 하지만 이진휘는 조금도 머뭇거리지 않았으니, 그 마음이 고맙다.

〔 1693년 3월 17일 신유 〕 맑게 갬

윤승후尹承厚가 파산波山에 있는 송씨宋氏(윤사보尹思甫의 처)의 묘표석을 고쳐 세우는 유사有司로서 상의할 일이 있다며 왔기에 만났다. ○전부 형님(윤이석)께서 일립一立을 보냈다. 명아命兒(윤두서)를 위해 잔치를 여는데 내가 그에 맞춰 빨리 오기를 요청하기 위해서였다. 또 내가 5일에 지평持平에 임명되었다는 것을 알려주기 위해서이기도 했다. 아이들의 편지는 7일에 보낸 것이었다. 아직 이곳에 상喪이 났다는 사실을 알지 못했기에 오기를 기다린다고 한 것이다. 멀리 떨어져 지내는 사정이 이러하니 더욱더 마음이 찢어질 듯 아프다. ○작년에 심었던 연꽃은 넓이가 겨우 한 자리[席] 정도여서 오늘 다시 논 한 이랑을 넓혀 둑을 쌓고 예전의 연꽃 뿌리들을 캐내서 심었다. 또 논 한 이랑에는 미나리를 심었는데, 전에 심었던 곳이 너무 좁았기 때문이다.

〔 1693년 3월 18일 임술 〕 맑음

현산縣山의 임원두林元斗, 용산龍山의 윤명우尹明遇, 당산堂山의 임익중任益重, 강진의 김현추金顯秋가 왔다. 참군參軍 외숙(이락李洛)과 종제從弟 이대휴, 비산飛山의 김우정金友正이 왔다.

〔 1693년 3월 19일 계해 〕 연일 서리가 짙게 내림. 오후에 비

지평에 임명하는 유지有旨가 내려왔다. 입번入番했던 충순위忠順衛가 가져 왔는데, 이것이 전례前例다. ○용이龍伊가 벼 22말 5되를 못자리에 뿌렸는 데, 이것은 가내작家內作이다. ○윤석귀尹碩龜, 최상일崔尙馹, 송창우宋昌佑 가 왔다.

〔 1693년 3월 20일 갑자 〕 흐림

윤선시가 지난번에 적량赤梁에 가서 번회燔灰[11]와 땔감을 구하여 주었는데, 어제 여기 돌아와 유숙했다. ○남평현감 오시진吳始震이 부목賻木 2필, 백 지와 장지 각 2권, 황촉黃燭(쇠기름으로 만든 초) 1쌍을 부의로 보냈다.

〔 1693년 3월 21일 을축 〕 맑음

비곡의 임석주林錫柱, 신포新浦의 최도익崔道翊, 둔덕屯德의 윤은미尹殷美가 왔다.

〔 1693년 3월 22일 병인 〕 맑다가 흐림

윤성우尹聖遇, 족숙 윤주미尹周美, 생원 정왈수鄭曰壽, 해남 적객謫客인 상 인喪人 허 영원寧遠(허려許稆)이 왔다. 윤취도尹就道, 윤취빙尹就聘, 윤승후가 왔다. ○해남서리 최두휘崔斗徽, 김석망金碩望, 김만주金萬胄, 명만리明萬里 등이 무명 1필을 합동으로 보냈다.

---

11) 번회燔灰: 장례 때 관곽 밖을 봉하는 회이다.

파산波山의 8대 조비祖妣 송씨宋氏의 묘표석이 세월 탓에 글자가 마멸되었다. 이제 표석을 고쳐 세우면서 사실을 기록한 글이 없어서는 안 되지만, 글을 청할 만한 사람이 없자 문중에서 의논하여 내게 부탁했다. 조상을 위하는 일이라 상중이라고 사양해서는 안 되겠기에, 자손과 봉증封贈, 그리고 묘표를 고쳐 세우는 뜻을 대략 써서 족제 석귀碩龜에게 부탁하여 문중에 의논드리도록 했다.[12] ○박수고朴守古가 왔다. 성덕기가 함평에서 왔다. 함평현감 심방沈枋이 내 후임으로 왔다가 상경하여 나를 헐뜯으며 청렴하지 않다고 비난하기까지 했다고 한다. 내가 오활하니 고을을 잘 다스리지 못했다고 하는 것은 달게 받아들이겠지만, 청렴하지 않다고 한다면 해가 하늘에서 굽어보고 있다. 내 결점을 들추어내는 함평 사람도, 수령이 되어 소득도 없이 공연히 온 고을의 욕만 먹었다고 지금까지 비웃는데, 심방의 말도 이와 같으니 정말 이상스럽다. 연가連家[13]의 의리로 볼 때 내게 설령 허물이 있어도 비호해야 옳거늘, 심지어 이렇게 거짓을 날조하여 비방하기까지 하니 가까운 사이끼리 관직을 인수인계한 의미가 전혀 없다. 대체 무슨

---

12) 파산波山의… 했다: 윤이후가 지은 좌통례 공 윤사보尹思甫 및 숙인 송씨의 묘갈문은 1694년 2월 16일 일기에 수록되어 있고, 수정본은 1694년 3월 13일 일기에 수록되어 있다.

13) 연가連家: 대대로 집안끼리 사귄 사이라는 뜻이다. 심방은 윤이석의 처남이다.

파산 석물 공사

파산은 통례공 윤사보 이하 해남윤씨 선대의 묘역이 조성된 곳이다. 윤선도가 만든 규약에 따라 매해 가을마다 해남윤씨 종인들이 이곳에 모여 선대의 제사를 지냈다. 윤사보와 그의 부인 숙인 송씨의 묘표석이 세월에 마모되어 표석을 다시 세우고 그 묘갈문을 다시 쓰기로 했는데, 이 일을 윤이후가 맡았다. 묘갈문의 자손록에는 관직을 역임했거나 명성이 높은 사람들의 이름을 기록했는데, 대부분 윤이후의 귤정공파 인물들이었다. 이는 다른 파 사람들의 불만을 샀다. 윤이후는 고심 끝에 묘갈문을 고쳐 쓰게 된다.

심보로 이런 짓을 하는가? 내가 상을 당한 후에 친지와 수령 들에게 편지를 보내 부고했지만, 오직 함평에는 보내지 않았다. 지금 들으니, 성成 생生에게 심방이 꽤나 귀찮아하는 기색을 내보였다고 한다. 가소롭다. ○영광군수가 다음 물건을 부의로 보냈다. 무명 2필, 유둔油芚 1번番, 곶감 2접, 대추 1말, 은행 1말, 생률 1말, 밀가루 1말, 누룩 1동同, 참깨 1말, 조기 10속束, 민어 2마리, 말린 숭어 2마리, 생꿩 1마리, 백지 2속束, 황촉 1쌍, 향香 1괴塊. ○노奴 용이가 또 벼 11말 3되를 못자리에 뿌렸는데, 역시 가내작이다.

〔 1693년 3월 24일 무진 〕 맑음

성 생(성덕기)이 아침 일찍 갔다. 선달 윤취삼尹就三이 왔다. 낭청郎廳 곽제태郭齊泰, 선달 윤세빙尹世聘, 윤재빙尹再聘, 송수기宋秀杞가 왔다. 정광윤鄭光胤, 김삼달, 윤시상이 왔다. ○얼마 전 유지有旨가 내려온 후 노奴 억료臆料의 이름으로 본군本郡(영암군)에 다음과 같이 쓴 문서를 바쳤다. "저의 상전을 지평에 제수한다는 유지가 내려 왔으나 저번 달 모일에 대부인大夫人의 상을 당했습니다. 이런 취지로 상감께 아뢰도록 순영巡營에 보고해 주십시오." 유지를 가져온 자가 말하기를, "전에 영남에 갔을 때도 이런 일이 있었는데, 그 집도 이처럼 썼더군요."라고 했다. 사체를 헤아려 보면 마땅히 이처럼 해야 하는 것이다. 문서를 바친 것은 유지가 온 직후이지만, 뒷날 상고해야 할 일이므로 뒤늦게나마 기록해 둔다. ○최진한崔振翰이 왔다.

〔 1693년 3월 25일 기사 〕 저녁에 비가 잠깐 뿌림

창아昌兒를 데리고 적량 산소에 갔다.

〔 1693년 3월 26일 경오 〕 바람 불고 맑음

마을 사람들을 구해 상석床石과 표석標石을 다시 뽑았다. 표석의 왼쪽 면面에
"공인여주이씨부恭人驪州李氏祔"라고 크게 일곱 글자를 써서 서필정徐必正에
게 새기게 했다. 백치의 외숙(이락)과 종제 징휴徵休가 왔다가 오후에 모두
돌아갔다.

〔 1693년 3월 27일 신미 〕 맑음

파산의 표석 다듬기를 마친 뒤에 들으니, 품질이 매우 좋지 않다고 한다.
창아와 함께 가서 보니 역시나 쓰기에 부적합하여 다시 마련하게 했다. 이
어서 윤징귀, 윤석귀尹錫龜, 윤승후, 윤희익, 윤명우, 윤시한과 함께 정씨
鄭氏 묘, 이씨李氏 묘, 통례공通禮公 묘, 숙인淑人 묘를 두루 배알하고 표석을
살핀 후 돌아왔다. ○ 김의방金義方이 왔다. 정광윤, 윤익성尹翊聖, 김삼달이
왔다. 족숙族叔 윤세미尹世美와 선달 김동설金東卨이 왔다.

적량 산소의 묘비. 전남 해남군 황산면 원호리
_서헌강 사진
"공인여주이씨부恭人驪州李氏祔" 일곱 글자가 지금도
선명하다.

155

〔 1693년 3월 28일 임신 〕 맑음

수남水南의 윤시훈尹時勳, 윤시인尹時仁, 입암리笠岩里 윤세중尹世重, 윤성대尹成大가 왔다. 염창鹽倉의 선달 정익태鄭益泰가 왔다. 윤시삼, 윤시한이 왔다. ○팔미원八味元은 산약山藥 8냥, 숙지熟地·건지乾地 각 4냥, 백복령白茯笭, 목단피牧丹皮·택사澤瀉·오미자五味子 각 3냥, 산수유 4냥, 육계肉桂 1냥, 토사자兔絲子 8냥이다. 이 약 2제劑를 오늘 환丸으로 만들었다. ○선시가 신주독神主櫝을 만들고 돌아갔다. 신주독의 재목材木은 자단紫檀이다. ○진도 사람이 배를 가져와서 맹진孟津에 정박하고 서울에 올려 보낼 곡물을 싣고자 하여, 오늘 옮겨 실었다. ○우수사右水使 신건申鍵이 부의를 보냈다. 무명 5필, 백지 2속, 황촉 2쌍, 민어 2마리, 말린 숭어 5마리, 조기 5속, 김 3톳이다.

〔 1693년 3월 29일 계유 〕 비가 올 듯하다가 오지 않음

월암月岩의 임성건이 또 와서 찹쌀 1말을 부의로 바쳤다. 당산堂山의 황세휘, 최상일, 어평於坪의 윤시상, 후촌後村의 정광윤이 왔다. 화산花山의 박△△朴△△가 왔다. ○나주목사 허지許墀가 부의로 무명 3필, 장지狀紙 2권, 황촉 2쌍, 조기 5속, 말린 숭어 5마리를 보냈다. ○해남서원海南書院 별유사別有司인 나주의 나만운羅晚運, 광주의 안여상安汝相, 함평의 정만시鄭萬始, 남평의 최세익崔世益이 내려왔다. 사당을 건립하는 일로 윤허를 받은 지 이미 4년인데 아직도 공사를 시작하지 못했기 때문이다. 우리 고을 유사 박필중, 임중헌任重獻, 박수귀, 이장원, 박세표朴世標, 임익성 무리가 일을 제대로 추진하지 못했으며, 해남현감 류상재柳尙載는 조금도 돌아보지 않았고 전 관찰사 이현기李玄紀, 홍만조洪萬朝도 대강 분부만 내리고 시행하지 않았다. 그 후 이봉징李鳳徵은 궤변을 늘어놓으며 유생의 상서上書에 대해 뎨김을 내렸을 뿐, 애초부터 받아들여 처리하지도 않았다. 광주, 남평

등 여러 고을의 많은 선비들이 회의를 하여, 본읍(해남)의 유사에게만 맡겨서는 완성될 기약이 없으니 여러 고을에서 별유사를 정해서 그들이 공사를 감독하게 하자고 했다. 현 관찰사 박경후朴慶後가 여러 고을의 유생 상서를 보고서 소상히 엄한 뎨김을 내리며 수령을 문책하니, 이 때문에 나만운 무리 4명이 와서 역사役事를 지시하고 간 것이다. 나만운과 안여상은 가는 길에 들렀다. ○어제 지은 팔미원을 오늘부터 복용하기 시작했다.【팔미원의 처방문은 '산약 8냥, 숙지 및 건지 각 4냥, 백복령·목단피·택사 각 3냥, 산수유 4냥, 오미자 3냥, 육계 1냥, 토사자 8냥'이다.】

1693년 4월. 정사 건建. 큰달.

장례를 지내고 사흘 만에 큰비가 오니

〖 1693년 4월 1일 갑술 〗 광풍이 불고 비가 뿌리더니, 저녁 무렵에 바람이 잦아들고 비가 걷힘

신축辛丑이 인천에서 돌아와 자형(안서익安瑞翼)과 조카들의 편지를 보니 한층 더 목이 멘다. 가난하여 장사를 지내지 못한다니 더더욱 마음이 아프고 걱정이 된다.

〖 1693년 4월 2일 을해 〗 비 올 기운이 걷히지 않고 종일 흐리고 구름 낌

함평의 정만시鄭萬始가 와서 조문했다. 강성江城의 윤재도尹載道, 윤학령尹鶴齡이 왔고, 나주의 유수기柳壽猉가 와서 조문했다. 해남현감 류상재柳尙載가 인편에 조장弔狀(조문 편지)을 부쳐왔다. 윤선시尹善施가 왔다.【선백善白의 처를 매득하여 문기文記를 고쳐 받아오는 일로 함께 청산靑山에 가도록 명했던 것이다.】[14]

〖 1693년 4월 3일 병자 〗 맑음

어제 창아昌兒를 이진휘李震輝에게 보내 신주를 만들어 달라고 부탁했는데, 오늘 아침 말을 보내 만든 신주를 맞이하여 오게 했다. ○ 귀라리貴羅里

14) 선백善白의…것이다: 1695년 11월 20일 일기 참조.

의 족숙 윤주미尹周美와 족제族弟 윤칭尹偁이 왔다. 월암月巖의 생원 정왈수
鄭曰壽가 왔다. 죽천竹川의 윤경미尹絅美와 두 조카가 왔다. 윤후지尹後摯, 윤
익성尹翊聖, 정광윤鄭光胤, 최운원崔雲遠, 최운학崔雲鶴이 왔다. 윤이우尹陋遇
가 왔다. 이 사람은 죽은 윤조尹漕의 측실 소생인데, 그 형인 윤명우尹明遇
무리들과 서로 맞지 않아 문촌文村에서 구림鳩林으로 옮겨 살고 있다.

〔 1693년 4월 4일 정축 〕 흐림

흥아興兒와 선시善施를 데리고 적량赤粱 산소에 갔다. 이징휴李徵休가 먼저
와 있었다.

〔 1693년 4월 5일 무인 〕 흐림

진시辰時에 예전의 봉분을 허물고 이어서 금정金井을 열고 관을 묻을 구덩
이를 팠다.[15] 흙빛은 누런빛을 약간 띤 흰색이었다. 견실하고 반들반들 윤
기가 있으며 모래 한 점 없었다. 여섯 자 정도 파자 구광舊壙 측면의 석회
바닥 끝에 다다랐다. 거기서 작은 구멍을 뚫어 살펴보니 광 안에는 별 탈
이 없다. 매우 다행이다. 바로 석회로 구멍을 막고 석회를 다지도록 명했
다. 구광 측면 회灰의 두께는 겨우 1촌 정도였는데, 처음 장사지낼 때 뒷날
을 위해서 측면 석회의 두께를 이처럼 얇게 한 것 같다. 선시가 각종 공사
에 기술이 있어서 구덩이를 파고 회를 쌓는 일 등을 그에게 맡겼다. 오후에
구덩이 파는 일을 마치고 흥아, 이징휴와 함께 팔마八馬로 돌아오니, 백치
白峙 외숙(이락)과 이대휴李大休가 벌써 와 있었다. 원근에서 여러 손님들도
와서 만났다.

---

15) 진시辰時에…팠다: 돌아가신 어머니를 아버지 윤예미의 묘에 합장하기 위해 봉분을 허문 것이다.
　　금정金井은 무덤을 팔 때 나무를 정井 자 모양으로 가설하여 팔 구덩이의 크기를 재량하는 시설이다.

묘시卯時에 발인했다. 담군擔軍(상여를 운반하는 사람)은 부근 마을 사람들을 빌렸다. 전에 아사亞使(전라도사)가 왔을 때, 색리色吏를 정하여 장사를 도와주라는 뜻을 영암과 해남 두 고을에 사통私通했는데, 해남현에서는 색리 정실현鄭實賢을 보내 발인 전의 일을 돌보았으나, 영암군은 아무런 소식이 없다가 어제 저녁에 옥천玉泉의 창리倉吏가 색리라고 처음 나타났다. 나는 "담군은 이미 빌렸으니, 너같이 구차한 사람을 쓸 필요는 없다." 하고 쫓아내도록 했다. ○맹진孟津 마을 앞에 도착하니 담군이 대기하지 않았다. 색리를 잡아다가 따지니 박계우朴戒禹라는 자가 취해서 소리 지르며 무던히 성질을 부렸다. 이때 맹진 마을 사람들이 비로소 모였고 약정約正 마세준馬世俊이 상여 행차를 따랐다. 명암鳴岩에 도착하니 담부擔夫 수십 명 외에는 정대整待[16]하지 않고 있었다. 이 면面의 색리와 약정도 담군이 오기를 기다릴 뿐 사람을 불러 모으지도 못하고 속수무책이었다. 마침 이날이 명암鳴岩의 장날이라, 색리와 일행 중의 노비들을 시켜 시장 사람 10여 명을 잡아와 근근이 산소에 도착할 수 있었다. 한 고을 내에서도 행상行喪(상여를 운반함)의 어려움이 이와 같다. 이런 일이 있을 줄 어찌 알았겠는가. 영암군도 상사上司(도사)의 분부가 없었더라면 전혀 도와주지 않았을 것이다. 인심과 세도世道가 정말 한심하다. 두 고을의 현임 수령으로 해남현감 류상재는 휴가를 받아 집에 갔고, 영암군수는 박수강朴守剛이다. ○오늘 손님들 가운데 상여를 따라 산소까지 온 사람은 영암, 해남, 강진을 합해 50여 명에 이르렀다. 연반延燔[17]행렬만 보고, 타고 갈 말이 없어 상여를 따라오지 못한 사람도 많았다. 내가 다른 사람들에게 은덕을 베푼 것이 없는데, 사람들이 돌보아 주는 것이 이러하니 참으로 감탄스럽다. 산소에 머문

---

16) 정대整待: 정장대발整裝待發의 준말로, 행장을 꾸리고 출발을 준비한다는 뜻이다.

17) 연반延燔: 장사 지내러 갈 때 등촉燈燭을 들고 가는 것인데, 장례 전반을 가리키는 말로도 쓰였다. 원래 음은 '연번'이지만 보통 '연반'이라고 한다.

사람은 윤이복尹爾服, 윤이송尹爾松, 윤기업尹機業, 송창우宋昌佑, 김세중金
世重이었다. 김세중은 김정진金廷振이다. ○회灰 다지는 일을 마쳤다.

〔 1693년 4월 7일 경진 〕 맑음

울토蔚土의 윤창후尹昌厚가 왔다. 다별多鼈의 임중신任重信이 부의로 쌀
1말을 가지고 왔다. 곡성현감 김주익金冑翼이 전세장발차원田稅裝發差員
(전세 운송을 감독하는 관리)으로 진도에 왔다가 돌아가는 길에 들러 조문했
다. ○약정 김여휘金礪輝가 번회燔灰 수송, 일꾼 징발, 사토莎土를 나르는 일
등을 스스로 맡아 힘을 다하여 살피고 있다. 지극히 감탄스럽다.

〔 1693년 4월 8일 신사 〕 맑음

서울에 부고를 전하러 간 해철亥哲이 오늘 돌아와, 아이들의 잘 있다는 편
지를 받았다. 김녀金女(김남식金南拭의 처, 윤이후의 딸)가 새로 낳은 딸아이
가 홍역을 앓다가 죽었다니 애처롭다. 이미 동기同氣의 상을 당했고 또 어
머니의 상을 당한 데다가 자식까지 죽었으니, 올해의 운수가 어쩌다가 여
기까지 이르렀는가. ○입암리笠巖里의 윤세지尹世摯, 윤유삼尹由三, 윤세중
尹世重, 윤성우尹聖禹와 당포리瓥浦里의 윤상노尹商老 그리고 사기소沙器所
의 윤근尹墐이 왔다. 송기현宋起賢이 쌀 1말을 가지고 왔다. 용인의 김주
훤金冑翧이 왔다. 이 사람은 전 곡성현감 김주익金冑翼의 아우로 전에 해남
에 살았다. ○담양부사 조정우曺挺宇가 부목賻木(부의용 무명) 3필과 유둔油
芚 1번番, 백지白紙 3권을 보냈다.

〔 1693년 4월 9일 임오 〕 맑음

백치의 외숙(이락)과 종제 이징휴가 왔다. 송정松汀의 윤선용尹善容이 왔
다. 쌍리双里의 윤천화尹天和가 부의로 쌀 1말을 가지고 왔다. 옹암甕岩의

윤형주尹亨周와 연호燕湖의 진사進士 민효기閔孝基, 마포馬浦의 윤이형尹陑亨, 윤이승尹陑陞과 동생 윤이굉尹陑宏이 함께 부의로 쌀 2말과 건치乾雉 1마리를 가지고 왔다. 남례南禮의 출신出身 이정웅李廷雄이 쌀 1말을 가지고 왔다. 화곡禾谷의 권경權絅과 군입리軍入里의 선달 김현추金顯秋 그리고 연동蓮洞의 윤기미尹器美와 조면趙冕이 와서 묵었다. ○회격灰隔을 다듬어 바로잡는 일을 마쳤다. 옛 회격은 겨우 1촌이어서 더 깎아서 바로잡을 수 없어서 새로 1촌 반을 덧발랐다. 다른 세 면은 모두 4촌 5푼으로 했다.

〖 1693년 4월 10일 계미 〗 맑음

축시에 하관했다. 날이 밝은 후 제주題主(신주에 글자를 쓰는 일)는 징휴徵休가 했다. 신주와 신주독은 모두 서울에서 만들어 온 것을 썼다. 오후에 봉분을 만들고 사초 작업을 마치고 나서 석물을 도로 세웠다. ○저녁에 상식上食을 하고 초우제初虞祭를 지냈다. 제사를 지낸 후에 외숙과 징휴가 백치로 돌아갔다. 【외관外棺을 쓰지 않은 것은 가법을 따른 것이다.】

〖 1693년 4월 11일 갑신 〗 맑음

석물 세우는 일을 어제 마치지 못하고 오늘 아침에서야 완료했다. 종제 이대휴와 권붕權朋이 왔다. ○아침 상식을 한 후에 반곡返哭했다. 명암鳴岩, 마포, 맹진孟津 등지에서 와서 맞이한 객이 발인 때보다 적지 않았다. 여러 군郡 사람이 빠짐없이 온 것이라 할 만하다. 혹자는 내 벼슬의 직함 때문에 호행護行하는 객이 많았다고 하지만, 내가 벼슬을 하지 않을 때부터 일이 있으면 돌보아 주는 사람이 매우 많았다. 오늘의 객은 모두 예전부터 사이가 돈독한 자들로, 진실로 억지로 그렇게 한 것이 아니다. 어찌 내가 남에게 은혜를 끼쳐서 이러한 돌봄을 얻었겠는가? 이것은 여러 객들의 평소에 가진 정성스런 마음에서 비롯된 것이다. 진실로 감탄스럽다.

〔 1693년 4월 12일 을유 〕 맑음

재우제再虞祭를 지냈다. ○비곡比谷의 선달 문헌비文獻斐가 왔다. 윤선시가 오늘에야 연동으로 돌아갔다. ○이복爾服의 모친은 발인 때 와서 머물다가 오늘 비로소 갔다.

〔 1693년 4월 13일 병술 〕

삼우제를 지냈다. 세찬 바람에 지붕이 거의 날아갈 지경이었고 빗발 또한 삼대같이 거셌다. 지난번에는 봄비가 장맛비가 되고, 발인과 양례襄禮 때에는 연일 불볕더위가 이어져 자못 가뭄의 징조인 것 같았다. 큰일은 잘 치렀으나 양맥兩麥(보리와 밀)과 논의 모가 말라죽을까 걱정이다. 농민이 비를 바라는 것이 매우 간절하고, 나 또한 새로 만든 무덤의 떼가 말라죽을까 근심했는데, 장례를 치르고 사흘 만에 이렇게 큰비가 오니 하늘이 나를 위하는 것 같아서 다행스러움이 이루 말할 수 없다. ○오후에 바람이 자고 저녁에 비가 그쳤다.

〔 1693년 4월 14일 정해 〕 맑음

전부典簿(윤이석尹爾錫) 댁의 노奴가 상경하기에 두 아이에게 편지를 부쳤다. ○황세휘黃世輝, 최상일崔尙馹, 윤순제尹舜齊, 정광윤, 최운원과 최운학이 왔다. 연동의 윤후지尹後摯와 한종주韓宗周가 왔다. 김정진이 갔다.

〔 1693년 4월 15일 무자 〕 흐리다 맑음

졸곡제를 지냈다. 또 누님을 위해 예에 맞는 복服을 입고 망곡望哭[18]했다. 외지에 있고 중복重服[19]이라 하더라도 망곡을 폐할 수는 없다. 대상大喪을 당하여 졸곡 전에는 할 겨를이 없었지만 오늘 이미 졸곡제를 지냈고 또 보

---

18) 망곡望哭: 몸소 가지 못하고 먼 곳에서 그쪽을 향하여 곡을 하는 것을 일컫는다.
19) 중복重服: 상이 겹친 것을 말한다.

름날이기 때문에 인정상 그만두지 못한 것이다. 창아의 무리가 구석진 곳에 자리를 펴고 곡했다. ○이송爾松과 윤서尹壻가 갔다. 정광윤과 최운원이 왔다. 미래彌來의 진사 김세귀金世龜가 왔다. ○양가송梁可松에게 밭 매입 값 38석石을 보냈다. 양 생生(양가송)은 무진년(1688)에 함홍남咸弘男의 집 터를 샀는데, 함홍남의 땅은 내가 새로 지은 기오당寄傲堂 뒤 몇 척 위에 있 다. 사방이 모두 우리 밭이어서 내가 항상 사려고 했으나, 그가 팔 뜻이 없 어 일단 그만두었다. 하지만 다른 사람이 거처할 만한 땅은 결코 아니다. 함咸 한漢이 이사하여 나갈 때가 되자 우리 집 장노庄奴와 가격을 약정하고 팔려 했는데, 양梁이 이 집터가 좋다는 이야기를 듣고 몰래 함을 꾀어 곱절 의 가격으로 팔라고 했고, 함이 그 가격이 센 것을 이득으로 여겨 팔아 버 렸다. 그 터는 보리 종자 5말을 뿌릴 넓이(5마지기)에 불과한데 벼 22석을 주고 샀다. 또 종복從福의 보리밭 8, 9마지기가 함의 집터 북쪽 우리 밭 건 너 6,70보 밖에 있는데, 종복이 마침 팔려고 하여 우리 집 장노가 그와 가 격을 약정하고 문서도 작성했다. 그런데 양 생이 종복을 붙잡아 결박하고 협박하여, 그에 상당한 밭과 바꾸고 추가로 16석을 더 주었다. 양 생이 함 의 집터를 몰래 사고 보니 좁아서 집을 다 수용하기 어렵게 되자, 그 땅에 노복들이 살 곳을 마련할 심사였던 것이다. 이웃 간의 의를 생각하지 않고 구차하게 어리석은 속임수를 쓰는 꼴이 이러한데, 어떻게 하겠는가. 양이 함의 집터에 8, 9칸짜리 집을 날림으로 지었다가 갑자기 약한 바람에 무너 졌다. 이치를 어기면 반드시 불길한 일을 당한다는 것을 이 일로 알 수 있 지 않은가. 양이 저지른 일은 사람들이 모두 그르다고 여겨 공론이 험악하 게 돌아가자, 그도 그 땅이 끝내 자기 소유가 될 수 없다는 것을 알고, 내가 내려온 후에 내게 값을 마련하여 사 달라고 청했다. 그래서 함의 집터를 22석을 주고 사고, 또 16석으로 종복이 더 받은 값을 주고 도로 무르게 했 다. 이징휴가 상경하기에 편지를 부쳤다.

〔 1693년 4월 16일 기축 〕 맑음

오른쪽 눈썹 모서리부터 앞이마까지 아파 종일 괴로웠다. ○석우촌石隅村
의 임한두林漢斗, 후촌後村의 최항익崔恒翊, 최유기崔有基, 이만영李晚英, 어
평於坪의 윤시상尹時相이 왔다. 나주의 정민鄭旻이 왔다.

〔 1693년 4월 17일 경인 〕 맑다가 흐림

오른쪽 눈썹 모서리 통증이 나았다. 윤명우, 송창우가 왔다. 함평현감 심
방沈枋이 부의로 백미 3두, 밀가루 2두, 밀누룩 1동同, 민어 2마리, 절인 준
치 1속, 유지油紙 5장, 백지 2권을 보냈다. ○어제 정민의 말을 들으니, 나
만영羅晚榮이 전시殿試에서 장원을 했다고 한다. 나주 장원봉壯元峰의 그림
자가 광탄廣灘에 거꾸로 비치는데 북문 안 인덕지仁德池까지 이르면 반드
시 장원이 난다고 한다. 요사이 이런 징조가 있었는데, 그 후 이극형李克亨
과 나만영이 연이어 장원이 되었다고 한다. 기이하다.

〔 1693년 4월 18일 신묘 〕 흐리다 맑음

정광윤, 최운원이 왔다. 연동의 윤선시가 왔다. ○해남서원에 관찰사가
별관別關을 내려서 분부한 후, 나주, 광주, 남평, 함평의 별유사別有司가 내
려와 해남현감(류상재柳尙載)이 제대로 지공支供하지 않은 일에 대해 추궁
하자, 해남현감이 '상사上使의 분부가 정녕 이와 같으니 마땅히 한결같이
그에 따라 시행할 뿐이다.'라고 답했다. 하지만 그 후 영건유사營建有司가
일꾼을 좀 내어 달라 청하자 해남현감은 좌수가 징발하여 내어 줄 것이라
고 말만 하고 전혀 실행으로 옮기지 않고 있다. 정말 통탄스러운 일이다.
○ 들으니, 수영水營의 점쟁이 김응량金應良이 점술에 꽤 밝다고 하여 말을
보내 초대했다. 사람됨이 아주 괜찮고 그 점술도 정밀했지만 구석진 시골
에 있어서 배운 것이 넓지 않으니, 애석하다.

〔 1693년 4월 19일 임진 〕 맑음

정광윤, 윤익성이 왔다. 백치의 외숙(이락)과 종제 대휴大休가 왔다.

〔 1693년 4월 20일 계사 〕 맑음

강성江城의 윤시삼尹時三이 왔다. 정광윤, 최운원, 최운학이 왔다. 연동의 윤적미尹積美가 왔다. ○광주목사 이화진李華鎭 영감이 부목賻木 2필, 유둔지油芚紙 1번番, 장지壯紙 2권, 황촉黃燭 2쌍을 보내왔다. ○대나무 뿌리를 집 후맥後脈의 북쪽 가에 심었다. 작년에도 심었던 곳이다.

〔 1693년 4월 21일 갑오 〕 정오 무렵 비가 뿌리기 시작함

백치의 고인이 된 종제 이영휴李永休의 부인과 이대휴의 처가 왔다. 이대휴도 왔다가 저녁 무렵 모두 돌아갔다. 정민이 그 외숙의 상에 가서 곡을 하고 왔다. 마포의 윤이형尹陑亨이 왔다.

〔 1693년 4월 22일 을미 〕 맑음

선달 문헌비가 와서 그의 장인 만호萬戶 최두한崔斗翰을 문안했다. 최두한이 얼마 전 우리 집의 반곡反哭 때 마포로 마중 나왔다가 돌아가는 길에 낙상을 당했는데 상처가 심해서 위중해졌기에 문헌비가 와서 문병한 것이다. 윤기업이 말을 사러 제주로 들어가며 와서 인사하고 갔다.

〔 1693년 4월 23일 병신 〕 맑음

장흥의 윤상림尹商林이 왔다. 윤익성, 최운원이 왔다.

〔 1693년 4월 24일 정유 〕 맑음

윤순제, 최유준崔有峻이 왔다. 윤필은尹弼殷이 왔다.

박세유朴世維가 왔다. 임성건林成建이 왔다. 정왈수, 임취구林就矩, 임석주林錫柱, 윤희직尹希稷, 김의방金義方이 왔다. 윤세미尹世美, 윤희설尹希卨이 왔다. 정광윤, 최운원, 최상일, 김세량金世亮이 왔다.

〔 1693년 4월 26일 기해 〕 맑음

창아가 제 처의 해산일이 다가와 상경했다. 최운원, 정광윤, 윤익성도 일이 있어 동행했다. ○윤시상이 왔다. 연동의 윤상尹詳, 윤경미, 윤선적尹善積이 걸어서 왔다. 최운학이 왔다. ○나주의 나두하羅斗夏 생生이 심부름꾼을 통해 조문편지를 보내 위로하고, 백지 2권과 황촉 1쌍을 보냈다.

〔 1693년 4월 27일 경자 〕 맑음

곽만최郭晚最가 왔다. 이 사람은 윤동미尹東美의 매부이다. 그의 적형嫡兄 곽만성郭晚成이 부목賻木 1필을 보냈다. 임시걸任時傑이 왔다. ○죽은 비婢 차선次先은 황원黃原에 살았는데, 그의 일소생一所生인 비 유상有常이 숨어서 나타나지 않다가 마침 발각됐다. 그 아비인 유신有信을 붙잡아 매질했다.

〔 1693년 4월 28일 신축 〕 아침에 가랑비가 뿌리다가 아침 늦게 해가 쨍하고 남

박필중朴必中이 저녁에 와서 유숙했다.

〔 1693년 4월 29일 임인 〕 맑음

박필중이 아침 식사 전에 연동의 공사 현장으로 돌아갔다. 서원을 연동에 세워야 하므로 얼마 전 연동의 목재를 벌채했는데, 지금은 농사철이라서 연군烟軍에게 일을 시킬 수 없기 때문에 각 절의 중 수백 명을 동원하여 어

제부터 재목을 운반했다. 아침 식사 후 연동에 가 보니 재목을 백사정白沙亭 아래 남양南陽 댁의 동쪽 담장 밖으로 운반하고 있었다. 영건유사 박필중, 임중헌任重獻, 이전李瀍, 박△△朴△△가 감독하고 있었고 동네 사람들이 모두 모여 있었다. 여러 유사有司가 "서원 터로 전에 정했던 은행정銀杏亭이 좋기는 하지만, 우물이 하나밖에 없어 가뭄에는 바로 말라 버리고 또 시내가 없으니 이것이 큰 흠입니다. 지금 재목을 운반하는 곳이 형국이 매우 좋고 또 물이 있으니 여기에 서원을 세우는 것이 좋을 듯합니다. 그런데 이곳은 남양 댁이 관리하는 곳이라고 하니 어떻게 해야 할지 모르겠습니다."라고 했다. 내가 "여러분의 뜻이 이와 같다면 형수(윤이구尹爾久의 처)가 어찌 허락하지 않겠으며, 나 또한 어찌 감히 방해하겠는가? 오직 여러분이 살펴 처리하는 데 달려 있을 뿐이다."라고 해서, 여러 유사가 이곳에 서원을 세우기로 결정했다. 나는 조석租石, 지지紙地, 누룩, 담배 등을 단자를 갖추어 부조했다. 예목군曳木軍의 우두머리 승려인 태습太習이 상포賞布를 얻어서 일꾼들의 마음을 격려하고자 하기에 바로 벼 1섬을 내줬다. 저녁 무렵에 돌아왔다.

〔 1693년 4월 30일 계묘 〕 맑음

산포일도山浦一道의 약정 김여휘가 왔다.

1693년 5월. 무오 건建. 작은달.

아내의 눈병

〔 1693년 5월 1일 갑진 〕 맑음

삭전朔奠[20]을 행했다. 윤시상尹時相, 최형익崔衡翊, 최항익崔恒翊, 성덕기成
德基가 왔다. 황원黃原의 윤중호尹重虎가 왔다. 구림鳩林의 임혁林爀이 왔
다. ○학관學官(윤직미尹直美)의 노奴 구정九丁이 서울에서 돌아와서, 아이들
이 4월 19일에 보낸 잘 있다는 편지를 받았다. 매우 위로 된다. 창아昌兒가
데리고 간 노 을사乙巳가 장성에 도착한 뒤 떨어져 돌아와서, 창아 일행이
무사하다는 소식을 들으니 또한 위로가 되었다.

〔 1693년 5월 2일 을사 〕 밤새 비가 꽤 퍼붓다가 아침에야 그쳤으나 종일 구름이 끼어 흐림

봄부터 지금까지 비가 흠뻑 내렸고 또 신미(1691), 임신(1692) 두 해에 풍년
이 들었기 때문에, 물가가 계속 뛰어서 칠승七升 면포 1필의 값이 많게는
벼 25말이나 된다. 풍년이라고 이를 만하다. 올해는 밀과 보리 알곡이 다
익었음에도 아직 벤 곳이 없으니 사람들은 굶주릴 근심이 없다. 담배 1파把
의 값이 벼 2, 3말에 이른 것 또한 곡식이 흔해졌기 때문이다. ○용천동龍泉
洞의 임형林衡이 왔다.

---

20) 삭전朔奠: 상가에서 매월 초하룻날 영전에 올리는 제사이다.

점쟁이 김응량金應良이 갔다. 강성江城의 선수업宣守業이 왔다.

궤설櫃說

집에 궤櫃가 하나 있는데, 몹시 조잡하여 버려두고 쓰이지 않고 있었다. 내가 손수 종이를 바르고 그 위에 황칠을 입히니, 정치精緻하고 사랑스러워 매일 쓰는 물건이 되었다. 그래서 다음과 같이 짧은 글을 지어 궤 바닥에 썼다.

"이 궤는 처음에는 몹시 조잡하여 버려두고 쓰지 않았다. 내가 그것이 쓸모 있는 기물인 것을 아까워하여 종이를 바르고 황칠을 입히고 나무를 바둑돌 모양으로 깎아 발을 다니, 몰라보게 정묘한 물건이 되었다. 사람이 독실하게 배우고 힘써 실행하여 기질을 변화시키는 것도 이와 같을 것이니, 스스로 포기해서 되겠는가. 이에 글로 써서 스스로 경계한다."

【제주목사 윤정화尹鼎和가 교체되어 떠나기에 편지로 위문했더니, 곧바로 답장이 왔다. 새 목사는 무인武人 이기하李基夏이다.】

무안현감 안사호安士豪(안준유安俊孺)가 직접 내방했다. 아끼고 돌보는 마음이 지극하지 않다면 어찌 이렇게까지 할 수 있겠는가. 아침을 먹고 갔다. 김성삼金聖三이 고부古阜에서 성묘하러 왔다가 지나는 길에 들러서 만났다. 그 부친의 위소慰疏(조문 편지)를 전해 주었다.

비의 기세가 이러하니 산소의 제사는 직접 가서 행하기 어렵다. 안타깝고 섭섭한 마음을 이루 말할 수 없다. 간두幹頭의 제사는 인천 댁 차례다. ○영광군수 정선명鄭善鳴이 장령에 임명되어 가면서 심부름꾼을 보내 편지로 멀리서 이별을 고했다. 또 미역과 감태 각 2동同, 김 3톳을 보냈다. 친구 간의 정이란 이래야 되지 않겠는가. 정말 고맙다.

〔 1693년 5월 6일 기유 〕 비가 오다 갰다 함

서응瑞應(윤징귀)이 왔다. 좌일佐一의 윤시찬尹時贊이 왔다. ○아내가 작년 가을 말부터 눈에 병이 없었는데도 시력이 나빠져, 점점 물건을 봐도 구별하지 못하는 지경이 되었다. 점쟁이가 "함평에서 이리로 온 것이 폐목閉目 방위를 범한 것이기 때문인데, 이제부터 신申 방향과 유酉 방향으로 피해 나가 있으면 7월 안에는 반드시 쾌차할 것입니다."라고 해서, 오늘 만립萬立의 집으로 옮겨 나갔다.

〔 1693년 5월 7일 경술 〕 비가 오다가 오후에 갬

서응의 노가 서울에서 돌아오는 길에 서울 가는 창아의 행차를 만나 편지를 받아 왔다. 2일 경천敬天에 이르러 쓴 편지인데, 일행이 무사하다 하니 기쁘다.

〔 1693년 5월 8일 신해 〕 밤에 비가 오고 종일 맑다가 흐리다가 함

영광에 노를 보내 두 차례 위문한 것에 대해 감사를 표하고, 무안에도 들러 인사하도록 했다. ○강진현감 김항金沆이 와서 조문했다. ○순상巡相(관찰사) 박경후朴慶後가 전인을 보내 편지로 위문하고, 부목賻木(부의용 무명) 3필, 유둔油芚 1번番, 장지壯紙 2권, 백지白紙 3권, 황촉黃燭 2쌍, 전칠全漆 1되를 보냈다.

〖 1693년 5월 9일 임자 〗 아침에 비가 뿌리고 오후에 흐렸다 맑음

이징휴李徵休가 데리고 갔던 사람이 서울에서 돌아와 아이들의 잘 있다는 편지를 받았다. 또 창아가 무사히 궁원弓院을 지났다는 소식을 듣게 되어 매우 안심이 된다. ○ 은율현감 한종운韓宗運이 부목 3필, 밀가루 3말, 참깨 2말, 잣 2말을 보냈다. ○ 대둔사大芚寺의 승려 철주鐵珠가 와서 만났다.

〖 1693년 5월 10일 계축 〗 맑음

장흥의 윤상림尹商霖이 왔다. 당산堂山의 김삼달金三達이 왔다. ○ 성덕기가 상경하기에 편지를 부쳤다. ○ 박위평朴威平이 지난번에 호상색리護喪色吏로서 담군擔軍을 가지런히 세우지 않고 면전에서 소리 지르며 악을 썼기에, 불러놓고 장杖을 40대 쳤다.

〖 1693년 5월 11일 갑인 〗 맑음

족숙族叔 윤세미尹世美가 왔다. 비곡比谷의 선달 김수도金守道가 왔다. ○ 해남의 새 현감을 맞이하러 이방吏房 김석망金碩望이 서울로 떠나는 길에 들러서 알현하기에, 그 편에 아이들에게 편지를 부쳤다. 전 현감 류상재柳尙載가 월과月課를 짓지 않아서 파면되고, 새 현감은 최형기崔衡基가 되었다고 한다.

〖 1693년 5월 12일 을묘 〗 맑음

황세휘黃世輝와 김삼달이 왔다.

〖 1693년 5월 13일 병신 〗 맑음

오늘은 승의랑承議郎 조비祖妣(안계선安繼善 처)의 기일이다. 흥아興兒에게 제사를 지내게 하고 준여餕餘(제사 음식)와 술, 안주를 연동蓮洞의 영건소營

建所에 보내게 했다. ○윤시삼尹時三, 윤승후尹承厚, 윤성우尹聖遇, 김태귀金泰龜, 김삼달이 왔다.

〖 1693년 5월 14일 정사 〗

이진현李震顯이 왔다. ○아내가 기오헌寄傲軒으로 돌아왔다. 만립萬立의 집에서 지내기 힘들었기 때문이다.

〖 1693년 5월 15일 무오 〗 맑음

적량赤梁에 가서 성묘하고 저녁에 돌아왔다.

〖 1693년 5월 16일 기미 〗 맑음

새 병사兵使 윤하尹河는 김金 상주목사(김귀만金龜萬)의 종형이다. 그를 통해 괴산槐山 딸아이의 문안 편지가 병영에서 전달되었다. 새 감목監牧 신석申澳이 재임再任되어 와서, 서울 아이들의 편지와 각처의 조문 편지를 전했

감목관 선정비군의 모습. 전남 해남군 화원면 금평리 화원면 경로당 내 소재
조선시대 황원 목장에 부임했던 감목들의 흔적을 확인할 수 있다.

다. ○족숙 윤세미와 족제 윤징귀尹徵龜가 오고, 용산의 윤장尹璋이 왔다. ○이날 해거름에 아내가 파산波山의 제각祭閣으로 거처를 옮겼는데, 홍아가 따라갔다. 점괘에 '신申, 유酉, 진辰, 사巳 방향이 길하다.'라고 했으나, 신과 유 방향에는 지낼 만한 집을 구하지 못하고 사 방향 또한 그러하여 부득이 여기로 옮긴 것이다. 나와 과원果願만 집에 있으려니 외롭고 단출하여 근심스럽다. ○최유준崔有峻, 김삼달, 윤주尹柱가 왔다.

〔 1693년 5월 17일 경신 〕 맑음

윤순제尹舜齊, 최운학崔雲鶴, 윤지원尹智遠, 윤시달尹時達이 왔다. 연동의 윤상尹詳이 왔다. ○용이龍伊가 논 19마지기에 모를 심었다.

〔 1693년 5월 18일 신유 〕 맑음

연동의 영건소에 나아가 백치白峙의 외숙(이락)을 뵙고 유사有司 박필중朴必中과 이야기했다. 좌수座首 이신재李新栽도 왔다. 오후에 몽정夢丁을 만나러 갔다. 그의 병은 불침火針을 맞은 후로 괴상한 증세는 거의 다 없어졌으나 원기가 크게 떨어졌다. 몹시 걱정스럽다. 수일 전 백포白浦에서 들어왔다고 한다. ○비상比尙이 서울에서 와서 아이들의 잘 있다는 편지를 받았다.

〔 1693년 5월 19일 임술 〕 맑음

윤시상이 왔다. 윤천임尹天任이 왔다. ○오후에 아내가 머물고 있는 피우소避寓所에 가서 만났다. 눈병이 조금 차도가 있어 다행이다. 김성삼, 윤시삼, 윤희직尹希稷이 왔다. ○서울 소식을 들었다. 예문관의 수직首直이 도둑에게 끌려가자 포도대장 장희재張希載가 군관을 풀어 예문관에서 붙잡았다. 대전大殿 안과 아주 가까운 곳에서 사람을 잡느라 소란스러웠기 때문에 입계하자, 즉시 장희재를 가두라고 명했고 수직도 갇혔다. 수직의 아버지 이덕흘李德屹이 포도대장의 밀계密啓를 위조하여 바쳤다가 심문하자 곧 자백하고 즉시 사형되었다. 장희재는 석방되었다. 또 유생 이성덕李成德이 상소하여 온 조정을 일일이 비판했다. 또 최崔 귀인貴人의 품계를 숙원淑婉으로 올리라는 명령이 있었다. 이 때문에 뜻을 잃은 무리가 얻기를 바라고 엿보느라 못 하는 짓이 없는데, 남인이 두려워 어쩔 줄을 몰라하는 모습이 아름답지 않다고 한다. 주상 전하께서 조정하기 위하여 비망기를 내려 "간신과 흉얼凶孽(반역자)이 만약 다시 상소하거나 엿보는 일이 있으면 역률로 다스려야 마땅하다."라고 하고, 또 칠언절구 두 수를 지어 후회하는 뜻을 보이자 조정이 조금 안정되었다고 한다. ○통제사 심박沈樸이 부채 20자루를 보냈다. 서울에서 온 것이다.

〔 1693년 5월 20일 계해 〕 맑음

저치미儲置米 문제에 관한 관문關文을 받아보았다. 유용하거나 모두 거두어들이지 못한 수령은 감영에서 결장決杖(장형을 집행함)하며, 나는 상喪 전에 범한 것이라 속전贖錢을 받는다는 처분이었는데, 함평현에서 마련하여 바쳤다고 한다. ○영암의 호장戶長 김시태金時泰와 이방 김성대金聲大가 부목賻木 2필, 백지 3권, 황촉 2쌍 등을 단자를 갖추어 보내왔다. ○용이가 논마지기에 모내기를 했다.【앞에 이른바 어제御製 시 2수는 새문안의 대궐(경희궁)의 일신헌日新軒에서 지으신 것이다. 시는 다음과 같다.[21)]】

> 群彥方欣已彙征　뭇 인재들 동류同類와 함께 나아가기 즐거워하니
> 卽今朝著日淸明　지금 조정에는 햇빛이 청명하네
> 任賢勿貳垂昭戒　'어진 이에게 맡기고 의심하지 말라'[22)]는 경계를 전하니
> 際會要孚一箇誠　지금 요구되는 것 하나의 정성뿐이네

---

21) 시는 다음과 같다: 숙종이 지은 이 시들은 『숙종실록』 숙종 19년 5월 13일 1번째 기사에 나온다.

22) 어진…말라: 이 구절은 『서경書經』 「대우모大禹謨」에 나온다.

또 한 수

朝朝仔細省吾躬　아침마다 자세히 내 자신을 반성하니

偏處恒由躁暴中　치우친 처신은 항상 조급함에서 나오네

欲去毒源何着力　독의 근원을 제거하려면 어디에 힘써야 할까

須將涵養倍加功　모름지기 함양에 노력을 배가해야지

〖 1693년 5월 21일 갑자 〗 맑음

홍아가 와서 문안했다. 이수제李壽齊, 김삼달이 왔다. ○용이가 모내기를
마쳤다. 모두 가내작家內作이다.

〖 1693년 5월 22일 을축 〗 아침에 비가 잠시 뿌리다가 맑아지고 바람이 어지럽게 붊

농가에서 비를 바라는 것이 매우 간절하니, 염려스럽다. 윤학령尹鶴齡이
왔다. 임세회林世檜가 왔다. ○우수사右水使 신건申鍵이 절선節扇 10자루를
보냈다.

〖 1693년 5월 23일 병인 〗 비가 왔다가 개었다가 함

〖 1693년 5월 24일 정묘 〗 소나기가 몇 바탕 내려 한 보지락을 이룸

비를 기다린 끝에 단비를 만났으니 매우 다행이다. 윤기업尹機業이 제주에
서 나와서 비를 무릅쓰고 역방했기에 만났다.

〖 1693년 5월 25일 무진 〗 빗발이 간혹 뿌림

아내의 피우소에 갔다. ○ 수영水營의 점쟁이 김응량金應湸이 일부러 찾아
와서 만났다.

〖 1693년 5월 26일 기사 〗 비가 뿌리다가 개다가 함

비상比尚이 상경차 목장牧場[23]에 갔다. 목관牧官(감목관 신석)의 노奴와 함께 가려는 것이다. 여러 곳으로 보낼 편지를 부쳤는데, 조문 편지와 답장 10여 장이다. 모두 직접 썼는데 작은 글씨를 쓸 수 있어서 다행이다.

〖 1693년 5월 27일 경오 〗 맑음

이복爾服이 왔다. 윤순제, 김삼달이 왔다. 진도의 박동구朴東耈가 서울에서 와서 종아宗兒의 편지를 전해 주었다.

〖 1693년 5월 28일 신미 〗 맑음

풍편風便[24]이 서울 아이들의 안부 편지를 전해 주었는데, 창아의 처(강릉최 씨)가 17일 해시亥時(밤 9시~11시)에 딸을 순산했다고 한다. 기쁘기는 하지만 바라던 바를 얻지 못해 아쉽다. ○강원감사가 부의로 돈 4냥, 잣 1말, 백지 3권, 장지 1권, 황촉 1쌍을 보냈다. ○ 해남의 현임 좌수 이신재李信載와 이장원李長原이 왔다. 강성江城의 윤희직이 왔다.

〖 1693년 5월 29일 임신 〗 맑다가 빗방울이 잠시 뿌림

아내가 피우소에서 지내기가 힘들어 오늘 아침 다시 들어왔다. ○ 임원두 林元斗, 임세회, 임형이 왔다.

---

23) 목장牧場: 진도 내에 소재했던 국영 목장인 진도 목장의 해남 화원 속장을 가리키는 것으로 추정된다.
24) 풍편風便: 이쪽 지역으로 오는 길에 편지를 전한 인편이다. 편지 수신자에게 직접 보낸 것이 아니라 그 지역으로 가는 사람이 있으면 부탁해서 간접적으로 편지를 보내는 것을 '풍편'이라고 한다.

1693년 6월. 기미 건建. 큰달.

동네 사람들을 진휼하다

〔 1693년 6월 1일 계유 〕 비가 오다가 개다가 함

들으니, 큰형수(윤이구尹爾久의 처)께서 근처 마을이 불안하여 피우소避寓所에 계셨기 때문에, 5월 14일 남양南陽 조고祖考(윤선언尹善言)의 기제사와 18일 선고先考(윤의미尹義美)의 기제사를 모두 지내지 않았다고 한다. 비통하기 그지없다. 오늘은 선비先妣(윤의미의 처 동래정씨)의 휘일諱日이어서 지방紙榜을 써서 제사를 지내니 추모하는 아픔이 더욱 새롭다. ○삭전朔奠을 행했다. ○누님(안서익安瑞翼의 처)의 망곡례望哭禮를 행했다. ○연동서원蓮洞書院 묘당廟堂 3칸의 기둥을 세우는 날이 오늘이어서 영건소營建所에 준찬餕饌을 보냈다.

〔 1693년 6월 2일 갑술 〕 흐리다 맑음

윤시상尹時相, 윤재도尹載道, 김광서金光西가 왔다. 윤이송尹爾松이 왔다.

〔 1693년 6월 3일 을해 〕 흐림

해남 세감稅監이 아이들의 잘 있다는 편지를 전했다. 서흥현감(윤항미尹恒

윤의미 부부 합묘 전경. 전남 해남군 현산면 구시리 금쇄동 소재
윤이후는 태어나기 불과 9일 전 생부를 잃고 태어난 지 약 4일여 만에 생모를 잃었다.

美)가 편지를 보내 위문하고 부목賻木(부의용 무명) 2필과 황촉黃燭 2쌍, 종이 2속束을 보냈다. ○ 해남서리 박문익朴文益이 와서 알현하고 꿀 2되, 종이 2속을 바쳤다. ○ 흥서興緒와 함께 영건소에 가다가 길에서 박필중朴必中, 이운재李雲栽를 만나 데리고 갔다. 참군參軍 외숙(이락李洛)이 죽음사竹陰寺에서 피서한다는 것을 듣고 바로 사람을 시켜 모셔 오도록 했다. 저녁때 돌아왔다.

〖 1693년 6월 4일 병자 〗 흐리고 맑음

마을에 사는 연로한 자, 늙어 혼자 사는 자, 단지 앙역仰役(수발 듦)하는 자녀에 의지하여 연명하는 자, 겨우 환란을 넘긴 자가 노비 여부를 막론하고 모두 16명인데, 무휼撫恤하는 뜻으로 각기 벼 2말씩 지급했다. ○ 연동의 윤상尹詳이 왔다. 입점동笠店洞의 이진현李震顯, 용산의 윤징귀尹徵龜, 당산의 최상일崔尙馹, 김삼달金三達이 왔다. 점쟁이 김응량金應湸이 갔다. ○ 해남의 호장戶長 최두철崔斗徹이 박계우朴桂友를 호상색리護喪色吏로 정하여 보냈는데, 담군擔軍을 정돈하여 대기시키지도 않고 면전에서 패악을 부린 일로 붙잡아 볼기 30대를 때렸다. 최두철은 공형公兄이기에 어쩔 수 없이 그 책임을 져야 했다. 그때 이방 김석망金碩望은 상경했고, 승발承發 진득창陳得昌은 출사出使하여 함께 치죄하지 못했다.

〔 1693년 6월 5일 정축 〕 맑음

후촌後村의 함유길咸有吉에게 그 아버지의 죄로 장杖 20대를 쳤다. ○흥아興兒가 윤재도와 함께 만홍萬洪의 집에 나가서 거처하다가 왔다.

〔 1693년 6월 6일 무인 〕 맑음

영건소에 나가 묘당廟堂에 상량하는 것을 보았다. 도유사 박필중, 별유사 이지李墀, 박수귀朴壽龜, 임중헌任重獻, 이장원李長原, 임석주林碩柱, 이익회李益薈, 이운재, 박세림朴世琳, 좌수 이신재李信裁, 별감 박필태朴必泰, 전 별감 임중신任重信이 와서 모였다. 영건소에서 면포 1필을 내고, 향청은 보리 1섬, 향교는 보리 2섬, 나는 면포 1필을 내어 대들보 올리는 것을 도왔다. 들보 안[樑腹]에 쓰기를, "현감 최형기崔衡基【전 현감 때 역사를 시작했는데 전 현감 류상재柳尙載는 전혀 호응하지 않았기 때문에 이름을 쓸 수 없었다. 새 현감은 아직 도임하지 않았으나 오면 마땅히 힘을 다할 것이므로 이에 써 넣은 것이다.】, 좌수 이신재, 도유사 박필중, 윤세미尹世美【윤세미는 박필중과 뜻이 맞지 않아 와서 역사役事를 살피지 않았지만 당초에 뽑은 인원이므로 썼다.】, 별유사 이지, 이봉순李逢舜, 성조유사成造有司 박수귀, 이전李瀍, 전곡유사錢谷有司 임중헌, 민진세閔鎭世, 번와유사燔瓦有司 이장원, 임석주, 임익성任翊成, 벌목유사 이익회, 박세림, 김화진金華震, 이운재, 박필함朴必諴, 색리 이계추李桂秋, 목수 승僧 신안信安 등等, 고직 서검동徐儉同, 사령 강갑신姜甲申"이라 했는데, 이복爾服에게 쓰게 했다. 일포日晡25)에 돌아왔다. ○이날 아침 종복從卜과 두립斗立에게 각각 장杖 20대를 때렸다. 지난번 양가송梁可松이 종복

---

25) 일포日晡: 신시申時, 즉 오후 3~5시를 말한다..

의 밭을 무르고 나한테 사게 했을 때 양가송을 거론하며 소장訴狀을 올렸는데 실제는 나를 겨냥한 뜻이 있었다. 진립震立에게 장 10대를 때린 것은 종복을 지휘한 죄 때문이었다. ○ 지행止幸이 와서 가마를 빌려갔는데, 그의 누이인 오이복吳以復의 아내가 우귀于歸할 때 쓰려고 한다고 한다. 이들 무리는 법도로는 옥교屋轎를 타서는 안 되지만 폐습弊習도 갑자기 고칠 수는 없으므로 하는 수 없이 허락했다. 그르다는 것을 알고도 좇아 이 무리들이 신분에 어긋나는 짓을 하도록 조장했으니 교계敎戒하는 도道와 친애하는 뜻에 있어서 매우 옳지 않다. 아아! 나 또한 불인不仁한 사람이다. 그런데도 이 무리들은 도리어 기뻐하니 참으로 서글프다.

〔 1693년 6월 7일 기묘 〕 바람 불고 흐림

김여련金汝鍊이 왔다. 김석주金碩柱가 영건소의 색리色吏와 목수를 데리고 서까래로 쓸 나무를 당산堂山에서 가려 뽑아 얻고 나서, 길을 돌려 용산龍山으로 가는 길에 들러 만났다. ○ 대둔사의 승려 보견寶堅이 와서 알현했다. ○ 귀라리貴羅里의 윤정미尹鼎美 족숙과 이홍임李弘任이 왔는데 서울에서 돌아온 후에 (…) 했다고 한다. 마포馬浦의 윤승대尹承大가 왔다.

팔마장 수축(2차)
팔마의 집을 수축하는 공사는 총 3단계에 걸쳐 이루어졌는데, 이 가운데 2단계 공사는 마구간과 측사와 창고 및 일부 가건물을 짓는 작업으로서 1693년 6월 11일부터 이듬해인 1694년 1월 8일까지 약 6개월에 걸쳐 진행되었다. 특히 9월에 이루어진 창고 건조의 경우 목재 확보하기, 기둥 세우기, 지대고막이 쌓기, 주춧돌 놓기 등 창고의 전통적 건조 과정을 이해하는 데에 유용한 참고가 된다.

〖 1693년 6월 8일 경진 〗 오전에 소나기가 몇 차례 내렸고 오후에 볕이 뜨거움

근래에 서남풍이 매일같이 크게 불었지만 바라던 비는 내리지 않았다. 메마른 논 가운데 아직 이앙하지 못한 곳이 꽤 많아 걱정이다. ○윤세미 족숙과 최도익崔道翊 생生이 왔다. ○흥서가 무더위에 공부하다가 병이 날까 우려되어 파접罷接(공부하는 모임을 마침)하게 했다.

〖 1693년 6월 9일 신사 〗 맑음

이진현과 윤시삼尹時三이 왔다.

〖 1693년 6월 10일 임오 〗 맑음

김삼달, 윤희직尹希稷, 김성삼金聖三이 왔다.

〖 1693년 6월 11일 계미 〗 비가 오다가 맑음

최도익의 산소에서 마구간을 지을 목재를 빌려 20개를 운반해 왔다. ○아내가 8일부터 학질을 앓았는데 연일 아파서 걱정이다.

〖 1693년 6월 12일 갑신 〗 맑음

백치白峙의 외숙과 종제從弟 대휴大休, 권진權縉이 왔다. 감목관監牧官 신석申湙이 왔다. (…) 가지고 왔다. ○무씨를 사 오기 위해 나주에 사람을 보냈는데 오늘 돌아와서 나주목사의 답서와 절선節扇 7자루를 받았다.

〖 1693년 6월 13일 을유 〗 맑음

윤시상, 윤시건尹時建, 최정익崔井翊, 윤천임尹天任이 왔다.

〔 1693년 6월 14일 병술 〕 흐리다 맑음

김현추金顯秋가 연계軟鷄 3마리와 참외 40개를 보내어, 부채 두 자루로 사례했다. 남의 음식 선물을 받으면 마음이 항상 편안하지 않다. 게다가 이 사람은 생각이 많고 선물도 꽤 자주 보내니, 더욱 사람 마음을 근심스럽게 만든다. ○선달 윤취삼尹就三과 최정익이 왔다. 김삼달이 왔다.

〔 1693년 6월 15일 정해 〕 아침에 한바탕 소나기가 내리고 종일 볕이 뜨거움

윤기업尹機業과 최운학崔雲鶴이 왔다.

〔 1693년 6월 16일 무자 〕 맑음

연동의 윤선시尹善施가 왔다. 용산의 윤석귀尹碩龜와 당산의 김삼달, 윤순제尹舜齊, 최유준崔有峻, 최백징崔百徵이 왔다. 전부典簿(윤이석尹爾錫) 댁의 노노奴奴 간옹干雄이 서울에서 돌아와, 아이들의 잘 있다는 편지와 괴산 딸아이의 편지를 받았다. 매우 위로된다. ○정언正言 이한종李漢宗이 근친覲親하러 갔다가 영남 감영에서 갑자기 죽었다는 소식을 들었다. 참담하다.

〔 1693년 6월 17일 기축 〕 맑음

윤선시가 갔다. 윤시상, 윤시한尹時翰, 송수기宋秀杞, 변최휴卞最休가 왔다. 임중헌이 지나다 들렀다. ○아내의 학질이 하루거리가 되어 백약이 무효하다. 오늘은 더욱 고통스러워한다. 걱정스럽다.

〔 1693년 6월 18일 경인 〕 맑음

김삼달과 송헌징宋獻徵이 왔다. ○근래에 가뭄이 극심하여 이앙을 하지 못한 곳이 파다한데 이제는 가망이 없다. 이미 옮겨 심은 모도 점차 말라가서 4, 5일 안에 비가 오지 않으면 큰 흉년을 면치 못할 것이니 매우 걱정이다.

〖 1693년 6월 19일 신묘 〗 맑음

아내의 학질이 그치지 않아 원기가 날로 떨어진다. 집을 나가서 병을 피하게 할 요량으로 밤중에 지원智遠 어멈의 집으로 나가 피했으나, 오후에 다시 아파서 도로 들어왔다. ○몽정夢丁 어멈이 왔다. 이복이 데리고 왔다. 저번에 들으니, 이복은 조금도 서원을 돌볼 뜻이 없고 모가 나고 어긋나는 말을 많이 하여 이 때문에 유사有司의 무리가 꽤 편치 않아 했다. 이송爾松 또한 당초에 나무를 끌어 옮기는 일을 살필 때 역승役僧을 매질하여 탈을 만들어 놓고, 도리어 불만을 품고서 영건소 근처에 한 번도 발걸음하지 않았다고 한다. 내가 오늘 사안마다 엄히 꾸짖었다. 뉘우치기를 바라지만 그렇게 될지는 모르겠다. ○강당 기둥을 세우는 일은 다음 달 초순까지는 하고자 하는데, 들보와 기둥의 목재가 부족하다. 먼 곳에서 베고자 했지만 농번기라 민民을 부리기 어려울 뿐만 아니라 벼가 들에 가득하여 목재를 끌어올 길이 없었다. 어쩔 수 없이 또 연동의 나무 15그루를 베어 오늘 끌어내리기에 내가 가서 보았다. ○해남의 새 현감 최형기崔衡基가 오늘 저녁 녹산역祿山驛에 묵으려 하는데, 중간에 사람을 보내 바빠서 저녁에 조문하러 들르지 못한다고 알려왔다. ○윤시지尹時摯가 연동서원에 쓸 목재를 재차 이복의 집에서 베는 일에 대하여 사람들이 모여 앉은 자리에서 말했다. "이런 식으로 연동 산소의 나무를 베어 낸다면 자손이 없을 것입니다." 그 말이 도리에 어긋나고 그릇됨이 심하여 불러서 꾸짖고 물리쳤다.

〖 1693년 6월 20일 임진 〗 맑음

몽정 어멈이 갔다. ○김의방金義方이 왔다. 연동의 윤창尹昌이 왔다. 이 사람은 지난번 목재를 운반할 때 자기 보리밭을 조금 침범했다고 하여 칼을 뽑아 견인하는 줄을 끊고 역부役夫를 때렸다. 그 후에 조금도 반성하는 뜻이 없어서 오늘 불러와서 볼기를 15대 때려 꾸짖었다.

〔 1693년 6월 21일 계사 〕 먼 곳은 비오고 어두웠으나 이곳은 매우 맑음

귀촌貴村의 생원 윤주미尹周美가 왔다. 비산飛山의 김우정金友正이 왔는데, 은어와 능금을 가져다주었다. 대산代山의 임석형任碩衡이 왔다. ○김정진 金廷振이 황원黃原에서 왔다. 윤시상이 왔다.

〔 1693년 6월 22일 갑오 〕 오후에 소나기가 내리고, 조금 뒤에 바로 다시 맑음

김정진이 갔다. 군입리軍入里의 김현추와 김지일金之一이 왔다. 김현추는 수박과 참외를 가져다주었다. ○수영水營의 장우량張又良이 왔다. 이놈은 일찍이 중이 되었다가 중년이 된 후에 환속했다. 담배를 판매하여 집안을 일으켰는데, 늘 쌀과 벼 1000여 섬과 담배 1000여 동同은 쌓아 놓고 지냈다. 진휼곡을 납부하고 또 사사로이 진휼을 베풀기도 하여 통정대부로 상자賞資되었지만, 사람됨이 용렬하고 인색한 습관이 많아서 사람들에게 인정받지 못했다.

〔 1693년 6월 23일 을미 〕 맑음

연동의 윤후지尹後摯가 왔다. ○해남의 새 현감(최형기)이 전 관찰사 안여석 安如石과 종형인 참봉 최태기崔泰基의 청으로 누룩 1동同, 생닭 3마리, 말린 낙지 4접, 소금에 절인 전복 15개, 절인 민어 1마리를 보냈다. 관찰사 박휴 경朴休卿이 편지로 안부를 묻고 절선 10자루를 보냈다.

〔 1693년 6월 24일 병신 〕 맑음

해남의 전前 승발承發[26] 진득창이 와서 알현했다. 예전에 발인할 때 가리假吏를 정해 보냈는데, 담군을 가지런히 세우지 못해서 운구를 멈추는 낭패를 겪은 일이 있었기에 장杖 20대의 벌을 내렸다. ○윤기업, 윤승후尹承厚가 왔다. ○저녁 무렵 신임 해남현감(최형기崔衡基)이 와서 만났는데, 일몰 후

---

26) 승발承發: 지방 아전 밑에서 잡무를 보는 사람이다.

에 돌아갔다. 올 때 영건소를 들러 보았다고 한다. 지극하고 부지런한 뜻을 보이니, 정말 가상하다.

〖 1693년 6월 25일 정유 〗 아침에 잠시 비가 뿌리다가 늦은 아침에는 해가 쨍쨍 쬠

어제 해남현감이 와서 만났을 때, 지난번 발인할 때 낭패를 겪은 일에 대해 말했더니, '아전의 우두머리이기는 하지만, 어찌 장을 때리지 않을 수 있겠습니까? 다만 관에서 다스리는 것보다는 직접 다스리시는 편이 나을 테니, 마땅히 그 사람이 와서 현신現身하게 하겠습니다.'라고 했다. 이방 김석망이 오늘 와서 알현하여, 최두휘崔斗徽의 예에 따라 장 30대를 쳤다. 그리고 꾀를 내어 이방 자리를 얻으려 한 죄를 말해 주고 스스로 알아서 처신하게 했는데 과연 사직하여 교체될 수 있을지 모르겠다. 김석망의 아들이 승지 김몽양金夢陽의 집안에서 총애를 받아, 김석망이 그 아들을 시켜 미리 일을 꾸미며 계속 이방을 맡을 계획을 세웠다. 또한 신임 현감이 차출될 때 신임 현감의 생질녀를 시켜 일을 꾸미게 했는데, 그 생질녀는 곧 관찰사 안여석安甫의 딸이며 김 승지의 며느리다. 그러니 그 뜻이 김 상相(김덕원金德遠)의 집에서 나온 셈이니, 무부武夫(해남현감)가 어찌 감히 따르지 않을 수 있었겠는가? 하찮은 일개 하리下吏의 일도 이러한데, 그 밖의 일을 다시 말해 무엇 하겠는가? 김석망은 앉아서 계속 이방직을 유지할 수 있었고, 느긋하게 올라갔다가 새 수령의 행차를 따라 내려왔으며, 눈치를 보며 꺼리거나 겸양하는 기색이 조금도 없으니, 어찌 통탄스럽지 않은가? 그래서 내가 일부러 이렇게 엄하게 말을 하고 스스로 알아서 처신하게 한 것이다.

〖 1693년 6월 26일 무술 〗 맑음

윤주미 숙叔이 내방했다. 윤시상, 김태귀金泰龜, 윤희직, 임세회林世檜가 왔다. ○해남 관편官便이 서울로 올라가는 편에 편지를 부쳤다. 심부름꾼을

보내 해남현감이 찾아와 준 것에 대해 사례했다. 인편이 돌아오는 편에 백지 1속, 수박 4개, 얼음 한 짐을 보내왔다.

〖 1693년 6월 27일 기해 〗 소나기가 몇 차례 내림

김정진이 강진에서 왔다. 박수귀, 김삼달, 임한두林漢斗가 왔다. ○아내가 학질 때문에 25일과 오늘 갑자기 오한이 들었다가 그쳤다. 아직도 깨끗이 낫지 않고 있으니 걱정스럽다.

〖 1693년 6월 28일 경자 〗 맑음

김정진이 황원 은소銀所로 돌아갔다. 임세회, 최운학이 왔다. ○당산堂山의 임세함任世咸이 어제 병으로 세상을 떠나, 백지 한 묶음을 보냈다.

〖 1693년 6월 29일 신축 〗 소나기가 계속 내리다가 얼마 지난 후 맑음

진도의 박동구朴東喬가 왔다. 강성江城의 윤시삼이 왔다. 비곡比谷의 임가任哥, 쟁강동爭江洞의 좌수座首 송수언宋秀彦이 왔다. 해남 탄현炭峴의 윤취신尹就莘이 왔다.

〖 1693년 6월 30일 임인 〗 어제처럼 비 내리고 맑음

옥천玉泉의 창감 최문한崔文翰, 윤석귀, 김귀현金龜玄, 송수기가 왔다. ○가뭄이 달을 넘겨 계속되어, 이미 논으로 옮긴 모는 날로 말라 가고, 미처 이앙하지 못한 것은 가망이 없게 되었다. 근래 간간이 소나기가 와서 마른 모가 약간 살아나, 낮은 곳은 억지로나마 이앙했지만 높은 곳은 이미 어찌할 바가 없다. 그러나 억지로 이앙한 것도 꼭 성숙하리라 보장하기는 어렵다. 옥천면을 보면 이러한 곳이 거의 5분의 2나 되니, 대흉을 면키 어려울 것이다. 매우 걱정된다. ○선복노船卜奴 매인每仁, 삼일日三 등이 서울에서 돌

아와 아이들의 잘 지낸다는 편지를 받을 수 있었다. 옥천沃川군수 정조갑鄭
祖甲이 부목賻木 2필을 보내왔다. 청도淸道현감 조원붕趙遠朋이 절선節扇 10
자루를 보내왔다. 감역監役 이귀징李龜徵, 임천林川군수 이문징李文徵, 판관
判官 이하징李夏徵, 감사監司 이봉징李鳳徵, 참의參議 이인징李麟徵, 집의執義
박만정朴萬鼎, 필선弼善 이문흥李文興, 설서說書 조구원趙九畹, 참봉 이수장
李粹章, 생원 이경조李慶祖, 경유慶裕, 진사 이홍윤李弘潤, 홍택弘澤, 홍부弘
溥, 첨지 이수방李秀芳, 천총千摠 이만방李晩芳, 평해平海 이백희李百熙가 편
지를 써서 위문하였다. ○정광윤鄭光胤, 최운원崔雲遠, 윤남미尹南美와 노노
무리들이 모두 돌아왔다. ○당산堂山의 김회극金會極의 아들 창구昌耇가 병
을 얻어 요절하였다.

주부主夫[27] 이현수李玄綬, 진사 이현치李玄緻, 수재秀才 목천민睦天民, 진사
이상령李相齡, 상경相璟, 선달 상휴相休, 생원 상도相度, 진사 이중식李重植,
서방書房 양헌직楊憲稷, 진사 홍이징洪以徵, 생원 이연以衍, 진사 이건징李健
徵, 성천成川부사 이정만李挺晩, 생원 이후만李侯晩, 이승원李承源, 참판 이
시만李蓍晩, 참봉 수만綏晩, 정자正字 의만宜晩, 양천楊川현감 이만이李萬頤晩, 서
방書房 류기서柳起瑞, 사간司諫 정내상鄭來祥, 생원 윤건尹健, 선健, 진사 이
연휴李延休, 생원 이진李津, 생원 이중휴李重休, 진사 윤제명尹濟明, 상명商
明, 생원 윤득신尹得莘 형제, 상주尙州목사 김귀만金龜萬, 진사 김남정金南
挺, 생원 남채南採, 남택南擇, 생원 최섭崔涉, 진사 이경紀李絅, 생원 현순絇, 진
積, 양근楊根의 이李 숙부님(이보만), 주서注書 도원道原, 승지 이우진李宇晉,
집의執義 이만령李萬齡, 서방 원상하元相夏, 관동백關東伯(강원도관찰사) 이
운징李雲徵, 생원 한종규韓宗揆, 수재秀才 한덕수韓德壽, 좌윤左尹 심단沈檀,
주부 한종건韓宗建, 좌랑 홍중정洪重鼎, 장령 이정李楨, 초관哨官 이신득李信

---

27) 부夫: '부簿'의 잘못이다. 이현수는 1692년 7월 22일에 광흥창 주부에 제수된 바가 있다.

得, 생원 황도행黃道行, 제주판관濟州判官 이수익李受益, 초관哨官 상휘주尙
輝周, 초관 임일주林一柱, 승지 안여석安如石, 참봉 최태기崔泰基, 나주의 유
상신柳相臣, 정유서鄭維瑞, 필서弼瑞, 민서民瑞, 전주의 정희鄭僖, 정휴鄭休,
의의儀, 륜倫, 정이상鄭履祥, 진상晉祥, 창성昌城부사 임익하任翊夏. 이 사람들
은 모두 편지를 써서 위문하였다. 추후에 기록한다.

1693년 7월. 경신 건建. 작은달.

학질의 괴로움

〖 1693년 7월 1일 계묘 〗 맑음

〖 1693년 7월 2일 갑진 〗 비가 조금 내림

저녁 식사 후에 갑자기 오한이 들어서 한참 동안 덜덜 떨다가 그쳤다. 필시
학질일 것이다. 아내의 학질도 아직 다 낫지 않았는데 나도 이와 같으니 걱
정스럽다.

〖 1693년 7월 3일 을사 〗 맑음

최형익崔衡翊, 최유기崔有基, 변최휴卞最休가 와서 병문안을 했다.

〖 1693년 7월 4일 병오 〗 맑음

최정익崔井翊, 송기현宋起賢이 왔다. ○학질로 인한 통증이 또 발작했다. 두
번째다.

〔 1693년 7월 5일 정미 〕 맑음

족숙尹族 윤세미尹世美, 생원 김주한金胄翰, 정운형鄭運亨 생生이 왔다.

〔 1693년 7월 6일 무신 〕 입추. 소나기가 잠깐 옴

윤징귀尹徵龜, 윤희직尹希稷, 윤천임尹天任, 황세휘黃世輝가 왔다. 성덕항成
德恒이 왔다. 화산花山 철착리鐵鑿里의 이신우李信友, 윤상형尹尙衡이 왔다.
이신우는 수박 4통을 지고 왔다. 크고 맛이 좋았는데, 결코 남쪽 지방에서
볼 수 있는 것이 아니었다. 그가 사는 곳에 마침 밭 하나가 있어서 심었더
니 이와 같았다고 했다. ○강진현감(김항金沆)이 절선節扇 5자루를 보냈다.
○학질의 통증이 또 발작했다. 앉아서 통증이 지나가기를 견디다가 오한
이 그친 후에 비로소 누웠다. 고통스러워서 걱정이다.

〔 1693년 7월 7일 기유 〕 정오에 소나기가 내림

이우신李友信[28], 윤상형이 갔다. 김체화金體華가 왔다. ○아내의 학질에 오
늘 또 통증이 왔다. 오늘은 한기가 전혀 없었으나, 몸이 무겁고 피곤하여
누워서 신음을 했다. 학질을 여태껏 떨치지 못하고 있으니 걱정스럽다.
○함평현감(심방沈枋)이 동지사 서장관에 제배되어 수령을 그만두고 떠나
다가 인편으로 부채 6자루를 보냈다. ○연동蓮洞의 윤시지尹時摯가 학질에
침을 놓는 기술이 있다고 해서 불러 오게 했다.

〔 1693년 7월 8일 경술 〕 말복. 맑음

임세회林世檜, 정광윤鄭光胤, 김삼달金三達, 윤명우尹明遇가 왔다. 통증을 좀
잊으려고 뙤약볕을 무릅쓰고 걸어서 나와 송백동松柏洞 아래에 이르렀다.
한기가 그로 인해 조금 가라앉았다. 오래지 않아 집으로 돌아왔으나 어지
러워 정신이 없다.

---

28) 이우신李友信: 이신우를 잘못 쓴 것으로 추측된다.

〖 1693년 7월 9일 신해 〗 맑음

황세휘, 정광윤, 김삼달, 최유준崔有峻이 왔다.

〖 1693년 7월 10일 임자 〗 맑음

지난밤 자정이 되기 전에 노奴 용이龍伊를 데리고 윤시상尹時相의 집으로 피했으나, 그래도 통증에서 벗어나지 못하여 저녁 무렵에 집으로 돌아왔다. ○ 김응량金應良이 제 일 때문에 왔다.

〖 1693년 7월 11일 계축 〗 맑음

윤시상, 윤성우尹聖遇가 왔다. ○ 해남현감(최형기)이 사람을 보내어 병문안하고 꿀 2되를 보냈다. ○ 해남의 관편官便이 상경한다는 것을 듣고 어제 편지를 써서 보냈는데, 그 관편이 오늘 출발한다고 한다. ○ 호지촌狐旨村의 군인軍人이 서울에서 돌아와서, 아이들의 편지와 괴산 딸아이의 편안하다는 소식을 들으니 기쁘다. ○ 서흥현감(윤항미尹恒美)이 편지로 안부를 묻고 또 먹墨 1동同을 보냈다. ○ 서울에서 온 편지를 통해 종제從弟 이태원李泰源이 6월 24일에 아내의 상을 당했다는 소식을 들었다. 놀라움과 슬픔을 견디지 못하겠다. ○ 해남 화산花山 다기소多岐所에서 동자童子 유지만兪智滿이 왔다. 이 사람은 유명익兪命益의 아들이고 권휘權徽의 외손자이다. 유명익이 그 아내와 아들을 쫓아내고 발을 들여놓지 못하게 한 것이 벌써 십수 년이다. 모자는 다기소촌에 몸을 의탁하고 있는데, 그 신세가 진실로 가련하다.

〖 1693년 7월 12일 갑인 〗 맑음

또 몹시 아팠다. 김삼달, △△△, 박돈제朴敦悌, 윤석귀尹碩龜, 윤서尹돌, 윤필후尹必厚가 왔으나, 전혀 알아보지 못했다. 해 질 무렵에야 조금 나았다.

나주에 간 심부름꾼이 돌아와 옥경玉卿 영감(허지許墀)의 답장과 남평현감 (오시진吳始震)의 답장을 받아 보고 부채 5자루를 받았다. ○금착리金鑿里에 서 상인喪人 윤신미尹信美가 왔다.

〔 1693년 7월 13일 을묘 〕 소나기가 간간이 내려 거의 한 호미자락에 이름

김응량金應湸이 갔다. ○윤명우가 왔다. 김여휘金礪輝가 왔다.

〔 1693년 7월 14일 병진 〕 소나기가 때때로 내리고 가끔씩 맑음

윤신미가 갔다. 윤희익尹希益, 윤희열尹希說, 임세회, 윤승후尹承厚, 정광 윤, 최운원崔雲遠이 왔다. ○오늘은 일곱 번째 발작할 날이지만 저녁까지 아무 일도 없었다. 소나무겨우살이를 다려 먹고 나니 노곤하고 흐릿하던 기운이 갑자기 살아나 쾌차할 수 있었다. 정말 다행이다.

〔 1693년 7월 15일 정사 〕 소나기가 크게 내림

망전望奠은 병 때문에 몸소 행할 수 없었다. ○김의방金義方, 이대휴李大休, 권명權明이 왔다. 정광윤이 왔다. 임중돈任重頓이 왔다. 김삼달이 왔다.

〔 1693년 7월 16일 무오 〕 밤에 비가 꽤 퍼부음. 아침에 또 비가 왔다가 늦은 아침에는 맑음

정광윤, 김의방이 비에 발길이 막혀 유숙하고 갔다. 이진휘李震輝, 윤창후 尹昌厚가 왔다. ○말을 타고 앞길로 지나가는 자가 있었는데, 복장이 분명 상놈常漢이어서 노奴를 보내 불러왔다. 그가 울타리 밖에 이르러 크게 화 내며 말하길, "내가 양반인데 무엇 때문에 불러 세우는가?" 하며 쉴 새 없 이 고함을 질렀다. 내가 노를 시켜 어느 곳에 사는 양반인지 물어보니, 비 곡比谷에 산다고 했다. 즉시 마루로 인도하여 그 성명을 물으니, 이세중李 世重이라고 했다. 패랭이를 쓰고 거친 포로 만든 짧은 홑옷을 입어서 양반

모양새가 아니었다. 내가 천천히 말하길, "복장이 이런데 어찌 상놈이 아닌 줄을 알겠는가? 태연하게 말을 타고 가는 것이 보기 흉해서 노를 보내서 이렇게 불러온 것이네. 만일 양반이면 어찌하여 바로 들어와서 조용히 따지지 않고, 울타리 밖에서 그렇게 고함을 질렀는가?" 했다. 그 사람은 그제야 부끄러운 낯빛을 하며 '정말로 못난 탓입니다.'라고 하고는 잠시 뒤에 절하고서 가 버렸다. 가소롭다.

〔 1693년 7월 17일 기미 〕 맑음

토신제土神祭를 흥아興兒에게 지내게 했다. ○아내가 어제 저녁부터 체기가 올라와 가슴과 배에 통증이 있었다. 수없이 구토하며 밤새 인사불성이었다. 학질의 통증 또한 면치 못하여 더욱 염려된다. ○윤희직이 이른 아침 와서 올배早梨 10여 개를 가져다주었다. 김우정金友正이 편지를 보내 문병하고 또 생선 1마리를 보냈다. 윤시달尹時達, 윤시한尹時翰, 변최휴, 정광윤, 김삼달, 최운원, 임석주林碩柱, 윤석귀가 왔다. 박상미朴尙美 형제가 악공보인樂工保人이라고 고소를 당했는데, 내가 수령에게 써 준 편지를 받아가서 면제될 수 있었다. 그 후 포도를 가지고 와서 사례했다.

〔 1693년 7월 18일 경신 〕 맑음

해남현감(최형기)이 공생貢生을 시켜 서울에서 온 편지를 보냈는데, 9일에 보낸 잘 있다는 편지였다. ○윤기업尹機業과 그의 외삼촌 김흥준金興俊, 그리고 송지松旨의 강솔 도장都將이라는 자가 왔다. 최운학崔雲鶴, 지원智遠이 왔다. 윤시상이 왔다. ○윤세미 숙叔, 마포의 문정필文廷弼, 윤희제尹喜齊가 왔다. 문정필은 장흥에 사는 전 고창현감 문익명文益明의 서손庶孫인데, 변고를 당하여 여기까지 유랑하다가 정병正兵의 역役을 지게 되었다. 윤세미보甫는 그가 족속族屬으로서 군역을 지게 된 것을 가련하게 여겨 승헌陞軒

을 허락하고 돌보고 아껴 주었다. 내가 그것을 듣고 칭찬했기 때문에, 문정필이 듣고 와서 알현한 것이다. ○구림鳩林의 족숙 윤처미尹處美가 왔다.

〔 1693년 7월 19일 신유 〕 맑음

내가 타는 말이 함평에 있을 때 창질瘡疾을 앓았는데, 백방으로 살리려 했지만 낫지 않았다. 거의 못쓰게 되어 노奴 동이同伊를 시켜 팔게 했더니 암말과 바꾸어 왔는데, 이 말도 지치고 쇠약하여 타기에 적합하지 않았다. 그때 마침 금강金剛 아래 사기점에 진도 목장의 말이 있었다. 몸은 작아도 성질이 사납고 빨라서 암말과 무명 8정丁을 주고 바꾸어 왔다. ○연동의 윤상尹詳이 왔다.

〔 1693년 7월 20일 임술 〕 맑음

마구간 2칸을 기오당寄傲堂 마당 앞 미정未丁 방향에 지었다. ○임세회와 최정익이 왔다. 최운원과 윤익성尹翊聖이 왔다. 연동의 윤남미尹南美가 왔다. 윤상이 갔다. 족숙 윤세미가 이필방李必芳을 데리고 들렀다. 그는 강진 금여金餘 사람인데, 풍감술風鑑術(관상술)을 꽤 알아서 내가 한번 보고 싶어 했기 때문에 윤세미 씨가 직접 데려온 것이다. 내가 머물기를 청했으나 듣지 않고 갔다.

〔 1693년 7월 21일 계해 〕 맑음

김봉현金奉玄이 다섯 살 먹은 절따말을 가져와서, 면포 15정丁과 바꾸었다. ○정광윤, 김삼달, 윤지원尹智遠이 왔다. ○귀라리貴羅里의 보성寶城 댁에서 서울에 심부름꾼을 보낸다고 하여 편지를 써서 보내고, 아울러 괴산에도 편지를 부쳤다.

〔 1693년 7월 22일 갑자 〕 처서. 맑음

김정진金廷振이 왔다. 윤성우가 왔다. 대둔사大屯寺의 승려 보견寶堅이 와
서 알현했다.

〔 1693년 7월 23일 을축 〕 맑음

생원 정왈수鄭日壽, 윤석귀, 황세휘, 김귀현金龜玄, 윤희직, 윤지원이 왔
다. ○광주光州에 충재蟲災가 있어서, 해남현감(최형기)이 포제酺祭[29]의 제
관으로 뽑혔다. 행차를 나서면서 역방하고는 관아에 남은 향리에게 분부
하여 얼음 한 짐을 차례로 찾아서 보내라고 했다. 또 진곡眞曲(밀로 만든 누
룩) 3동同, 밀가루 5말, 수박 1개를 보냈다. ○아내의 학질은 통증이 없고
단지 두통만 약간 났다가 그쳤다.

〔 1693년 7월 24일 병인 〕 맑음

김정진이 갔다. 윤규미尹奎美가 와서 고기 잡는 그물[擧網]을 짰다. ○병사兵使
윤하尹河가 절선 15자루, 백지 3권, 황촉 1쌍을 보냈다. 원래 모르는 사람
인데 단지 체면 때문에 보낸 것이다. 그리고 괴산 김녀金女(김남식金南拭의
처, 윤이후의 딸)의 잘 있다는 편지도 보내 주어 기쁘다. ○성덕기成德基가
서울에서 돌아와서 역방하고는 서울 아이들의 편지를 전했다. 18일 해남
관편官便(관아의 인편)이 가져온 편지보다 먼저 쓴 편지다. ○윤지원과 윤희
성尹希聖이 왔다. ○진사 심홍원沈弘元, 심체원沈體元, 선달 박세적朴世迪 등
이 편지를 보내 조문했다. 박세적도 서울에 있다. ○아내와 내가 모두 학질
로 고생한 지 여러 달이 되었다. 원근의 아는 사람들이 모두 와서 문안하거
나 혹은 제철음식을 보내는데, 이복爾服과 이송爾松 무리는 한 번도 사람을
시켜 문안하거나 와서 만난 일이 없다. 일가一家의 의리가 비로 땅을 쓴 듯
이 사라졌으니, 정말 괴이한 일이다. 또 장사를 지낸 후 그 무리는 기복친

---

29) 포제酺祭: 논밭에 병충해가 심할 때 그것을 물리치기 위하여 지내는 제사이다.

期服親[30]인데도 삭망의 제사에 한 번도 참례하지 않았다. 이 무리에게는 인간의 도리를 전혀 찾아볼 수 없다. 어찌 개탄스러움을 이길 수 있겠는가! ○마구간 서까래 66개를 장산長山에서 애써 얻어 즉시 실어왔다.

〔 1693년 7월 25일 정묘 〕 새벽에 비가 잠시 뿌렸다가 종일 부슬부슬 내림

비곡比谷의 상인喪人 임취구林就矩가 왔다. 수영水營의 점쟁이 김응량이 제일로 왔다. 윤규미가 어망을 다 짜고는 노奴 용이와 함께 앞 내로 가서 물고기 잡는 법을 가르치고 몇 마리를 잡아서 돌아왔다. ○과원果願이 『사략史略』[31] 제5권을 시작했다.

〔 1693년 7월 26일 무진 〕 흐리다 맑음

윤시상, 임세회, 정광윤이 왔다. 김여련金汝鍊이 왔다. ○전부典簿(윤이석尹爾錫) 댁의 노奴가 서울에 올라가기에 편지를 부쳤다.

〔 1693년 7월 27일 기사 〕 맑음

얼마 전 서울에서 온 편지로 알성시 날짜가 8월 10일 전으로 정해진 것을 알고, 20일 무렵 급히 행장을 꾸려 흥아를 출발시켜 보냈다. 쓸쓸하고 허전한 마음을 말로 할 수 없어, 이번에 간 노와 말을 시켜 괴산의 딸아이를 데리고 오게 했다. ○윤규미가 서울에 일이 있어 흥아와 함께 떠났다. ○해남 화산花山의 윤철신尹轍莘, 용산의 김태귀金泰龜, 후촌後村의 변최휴, 최형익, 최유기, 당산의 윤순제尹舜齊, 황세휘가 왔다. ○제주 사람이 말을 세 마리 가져왔는데, 그중 5살 먹은 표구렁이 꽤 준수하고 커서 무명 18정丁

---

30) 기복친期服親: 근친近親의 상喪 중에 1년 동안 상복을 입는 사람을 말한다. 윤이후의 어머니가 상을 당했기 때문에 근친인 윤이복과 윤이송은 1주기가 끝나기 전까지 상복을 입고 제사 때 참석하는 것이 예이다.

31) 사략史略: 『십팔사략十八史略』으로 원나라 증선지曾先之가 중국 정사 18종을 추려서 만든 책이다. 우리나라에서는 초학자의 학습서로 널리 이용되었다.

을 주고 샀다. ○윤선증尹善曾, 성덕기成德基가 왔다.

〔 1693년 7월 28일 경오 〕 흐리다 맑음

윤선증, 성덕기가 떠났다. ○광주영감光州令監(이화진李華鎭)이 해남현감이 돌아오는 편에 편지를 부쳐 안부를 묻고 종이 3속束을 보냈다. ○윤시상, 윤명우, 윤희제, 정광윤, 윤지원이 왔다. 연동의 조면趙冕이 왔다. 강성江城의 윤희익이 왔다. 황원黃原의 송창좌宋昌佐가 왔다.

〔 1693년 7월 29일 신미 〕 비

황원 산소의 재궁齋宮인 봉대암鳳臺庵의 승려 청안淸眼, 청흡淸洽이 와서 배알했다. 송창좌가 갔다.

1693년 8월. 신유 건建. 큰달.

파산 석물에 대한 의논

〔 1693년 8월 1일 임신 〕 밤에 비가 약하게 내리다가 아침부터 가랑비가 오고 오후에 맑음

김응량金應湸이 갔다. 정광윤鄭光胤, 윤지원尹智遠이 왔다. ○가뭄 끝에 이렇게 약한 비나마 와서 곡식이 제법 소생하니 다행이다. 하지만 황원黃原의 가뭄 피해가 특히 심하고, 지금 이 음우陰雨는 공교롭게도 목화에는 해가 되어 걱정이다.

〔 1693년 8월 2일 계유 〕 맑음. 오후에 소나기가 급히 퍼부어 한 보지락 가량 옴

비산飛山의 김형일金亨一, 죽천竹川의 윤천미尹天美, 연동蓮洞의 윤남미尹南美, 강진 평덕平德의 출신出身 김세장金世章이 왔다. 들으니, 관문關文이 도착했는데 알성시가 이달 11일로 정해졌다고 한다. ○현재 물가가 싸지 않다. 7승 면포 1필 값이 벼 24, 25말이다. 지금은 소 값이 으레 떨어질 때인데, 곡식 값이 싸기 때문에 소 한 마리 값이 벼 8, 9섬이나 되기도 한다. 올해는 매우 가물어서 근근이 혈농穴農[32]을 이루었는데도 물가가 이처럼 뛴 까닭은 지난 몇 년간 풍년이었기 때문이다.

---

32) 혈농穴農: 작황이 고르지 못하여 지역에 따라 풍작과 흉작이 엇갈린 농사를 말한다.

〔 1693년 8월 3일 갑술 〕 맑음

우리 면(옥천시면) 도장都將 강여선姜汝善이 와서 알현하고 큰 건어 2마리를
바쳤다. 정광윤, 윤지원이 왔다. 송정松汀의 이석신李碩臣이 왔다. 황세휘
黃世輝가 왔다.

〔 1693년 8월 4일 을해 〕 맑음

막내딸의 기일이어서 간단하게 제사를 차렸다. ○ 월암月岩의 임성건林成建
이 수박을 가지고 와서 바쳤다. 족제族弟 윤석귀尹碩龜, 족숙族叔 윤주미尹
周美, 최운원崔雲遠, 윤지원이 왔다. ○ 영암군수 박수강朴守剛이 황장차원黃
腸差員[33)]으로서 완도에 들어갔다가 돌아오는 길에 들러서 만났다.

〔 1693년 8월 5일 병자 〕 맑음

새로 산 표구렁[34)]말을 노奴 동이同伊에게 부쳐 목장牧場에 보내어 그에게 먹
이고 조련하게 했다. 전에 감목監牧[35)]과 약속했기 때문이다. ○ 해남 아전이
서울에서 돌아와 아이들이 지난달 26일에 쓴 잘 있다는 편지를 받았다. 매
우 위로된다. ○ 비산의 김우경金友鏡과 화곡禾谷의 박돈제朴敦悌, 수남水南의
윤취삼尹就三, 후촌後村의 정광윤이 왔다. 월암의 임성건이 왔다. 은소銀所
의 윤무순尹武順 노인이 왔다.

〔 1693년 8월 6일 정축 〕 바람 불고 흐림

윤무순이 아침 일찍 갔다. 윤순제尹舜齊, 김운장金雲章이 왔다. 최남일崔南
馹이 왔다. ○ 목장에 갔던 인편이 돌아왔다. 감목이 또 사령使令을 보내 부

---

33) 황장차원黃腸差員: 황장목黃腸木 베는 일을 감독하는 임시 벼슬이다. 황장목은 왕실이나 귀족 집안의
   건재 및 임금의 관을 만드는 데 쓰는 질 좋은 소나무이다.
34) 표구렁: 몸통에 흰 반점이 있고 갈기와 꼬리가 흰 밤색 말이다. 표驃는 흰 반점, 갈기, 꼬리를 가진
   말이고, 구렁, 즉 구령말은 털 빛깔이 밤색인 말을 가리키는 순우리말이다.
35) 감목監牧: 황원 목장牧場의 감목監牧인 신석申奭을 가리킨다.

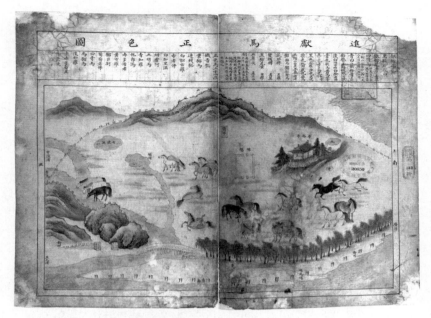

「목장지도牧場地圖**」에 수록된「진헌마정색도**進獻馬正色圖**」**_국립중앙도서관 소장

이 그림에서 볼 수 있듯이 목장은 대개 말이 도망갈 수 없는 산이나 바다로 둘러싸인 곳에 입지하였다.

목膊木 1필, 밀가루 2말, 새 누룩 2동, 건어 3마리를 보냈다.

〔 **1693년 8월 7일 무인** 〕 한밤중에 광풍이 크게 일더니 아침이 되자 비가 쏟아졌고 늦은 아침

에는 다시 맑음

정광윤, 윤지원이 왔다. ○함평현에서 대동미大同米를 나이那移[36]했다가 환

수하지 못한 사건을 조사하여 보고한 문제에 대하여, 순상巡相(관찰사)이

편지를 보내 상의했다. 하지만 일이 이미 이 지경에 이르렀으니, 선처해

줄 생각이 전혀 없다고 답했다. 경기도관찰사 심 종從(심단沈檀)의 편지도

감영으로부터 전달되었는데, 역시 함평의 일을 염려하는 내용이었다. 아

이들이 16일에 보낸 편지도 동봉되어 왔는데, 잘 있다는 사연이다. 다 답

---

36) 나이那移: 나이출납那移出納의 준말로, 수입과 지출을 정당하게 하지 않고 조작하거나 유용하는

것이다.

장을 써서 감영으로 보냈다.

〖 1693년 8월 8일 기묘 〗 맑음

송수삼宋秀參, 윤유도尹由道, 정광윤, 최운원이 왔다. 감탕동甘湯洞의 김체화金體華, 김의방金義方, 연동의 윤이복尹爾服, 윤후지尹後摯, 윤경미尹絅美, 죽천竹川의 윤희기尹希夔, 황원의 윤상구尹商耉가 왔다. ○이만방李晚芳 영감이 격포格浦 임소에 당도하여 부목 3필과 건민어乾民魚 3마리, 조기 3속을 보냈다. 또 창아昌兒가 부친 편지와 양간환羊肝丸을 보냈다. ○해남현감(최형기崔衡基)은 본디 성품이 지나치게 어질고 또 무원칙하여 도임 이래 가소로운 일이 꽤 있었다. 수리首吏 김석망金碩望이 원래 간사하고 참람한데도 오직 그의 말만 들으니, 아랫사람들이 방자하고 멋대로 굴었다. 한정閑丁 문제 같은 경우 난잡하기가 한이 없었는데, 혹 잘못 편입된 사람이 소장訴狀을 올리면 현감이 "내 마땅히 빼 줄 것이니, 너는 해당 색리色吏에게 인정전人情錢을 넉넉히 주도록 하라."라고 말하고 소지所志에도 그 말 그대로 뎨김을 써 주어 사람들이 모두 놀라고 가소롭게 여겼다. 나와는 일가一家의 의義가 있는 사람인데 행동거지가 이와 같으니 듣고서 매우 민망할 뿐이다. 이런 것을 일러 팔이 밖으로 굽을 수 없다고 하는 것이니, 매우 안타깝다. 연동서원蓮洞書院 문제만 해도, 처음에는 매우 힘을 써 주었으나 요사이는 점차 싫어하며 거부하고 있다. 내가 하는 일에 대해서도 점점 박대하고 있다. 이는 모두 김석망이 내게 큰 죄를 지어 나를 미워하기 때문이다.[37] 더욱 개탄스럽다. 어찌 하겠는가?

---

37) 이는 …때문이다: 해남현 이방 김석망은 윤이후 어머니의 장례 때 호상색리護喪色吏의 책무를 다하지 않은 일과 이방의 지위를 유지하기 위해 음모를 꾸민 일 때문에, 윤이후에게 장杖을 맞은 적이 있다. 이 일은 1693년 6월 25일 일기 참조.

〔 1693년 8월 9일 경진 〕 밤에 비가 한 차례 크게 쏟아지고 종일 흐림

해남현감의 그런 행동에 대해 내가 한마디 하지 않는다면 내가 먼저 그를 저버리는 셈이 되겠기에, 색리에게 인정人情을 주라고 한 것을 대략 거론하며 차근히 타이르는 편지를 써서 그의 의향이 어떤지 알아보려 했다. 그런데 내가 편지를 보내기 전에 해남현감이 공생貢生을 통하여 편지를 보내왔는데, 김응량을 분간分揀[38]하여 풀어주는 일에 대한 답장이었다. ○ 김여휘金礪輝와 윤후지가 왔다. ○ 맹진孟津의 천개연倩介淵에 고기가 많다고 하여 노奴들을 시켜 여뀌와 종목宗木 열매를 따서 합회蛤灰(조개껍질을 태운 재)와 섞어 갈아 천개연에 넣어 풀게 했는데, 곧바로 그곳 사람들에게 잡지 못하도록 제지당하여 소득 없이 돌아왔다. ○ 윤서응尹瑞應(윤징귀), 윤응병尹應丙, 정광윤이 왔다. 윤응병은 청계淸溪 족숙의 아들이다.[39] ○ 곡성현감 김주익金胄翼이 부채 6자루를 보냈다. 들으니 그가 부채를 쌀 때 아우를 시켜 문안 편지를 쓰게 했는데, 아우가 편지 봉투에 '윤尹 지평持平 댁宅'이라고 쓰자 형이 말하기를, "'지평'이라고 하면 부채 꾸러미가 적어도 15자루는 되어야 하는데, 지금 부채가 떨어져 많이 보낼 수 없으니 '함평'이라고 쓰라."라고 했다 한다. 이 이야기를 듣고, 나도 모르게 배를 잡고 웃었다.

〔 1693년 8월 10일 신사 〕 밤에 내리던 비가 아침에 그침. 늦은 아침에 다시 한 차례 쏟아졌는데, 한 식경이 지나자 쾌청하게 맑아짐

해남현감의 답장을 받았다. 인정값人情價에 대해서 옹색한 변명으로 모면하려 하니 가소롭다. ○ 이곳 농토 사이의 수로에는 작은 붕어가 무수히 거슬러 올라오는데, 으레 입추가 지난 뒤에 통발로 잡는다. 올해도 7월부터 매일 잡아서 아침저녁으로 올리는 제전祭奠의 제수로 쓰고 일가一家 간에

---

38) 분간分揀: 사실을 따져 옳고 그름을 따지는 것이다.

39) 윤응병은…아들이다: 윤응병은 윤세미의 장남인데, 백부伯父인 윤형미의 양자가 되었다.

나누어 먹고도 남았다. 이것은 예전부터 이곳의 별미다. ○윤희직尹希稷이
왔다.

〔 1693년 8월 11일 임오 〕 맑음

강성江城의 윤시삼尹時三, 석우石隅의 임세회林世檜, 연동의 조면趙冕, 후촌
後村의 윤지원이 왔다. 윤경미가 격포格浦의 인마人馬를 이용하여 떠나는
길에 들렀다. 첨사僉使(이만방)의 초대를 받아 첨사의 아들 이민행李敏行과
함께 가는 중이었다. 송정松汀의 이석신李碩臣이 외도外島 거차리巨次里(거
차도)의 땅을 사포서司圃署에 빼앗기게 되자 별좌別坐 안구安玖에게 보내는
편지를 받고자 하여 소록小錄(별지)을 갖추어 간청하기에, 아이들에게 편
지를 써서 부탁하게 했다. ○참의 강선姜銑과 강현姜鋧이 조문 편지를 보내
서 바로 답장을 보냈다.

〔 1693년 8월 12일 계미 〕 맑음

파산波山의 석물石物에 대한 논의를 위해 공사원公事員 윤주미가 통문을 내
어 오늘 우리 집에서 회의하기로 했다. 회의는 으레 제각祭閣에서 했으나,
내가 가서 참석할 수 없는 상황에 반드시 내 의견을 듣고자 했기 때문에 우
리 집에서 만나기로 한 것이다. 그런데 윤승후尹承厚와 윤희직 외에는 아
무도 오지 않았고 공사원 두 사람도 오지 않아서, 먼저 온 두 사람은 해가
진 후에 돌아갔다. 석공石工 서필정徐必正도 불려 와서 이틀을 기다리다가
역시 돌아갔다. 선조들을 위한 일이 얼마나 중요한 일인데 모두들 이처럼
대수롭지 않게 여기니 참으로 한심하다. 문중에서 이미 나를 문장門長으로
삼았으니, 이러한 일은 따져서 단속해야 마땅하다. 그러나 상중喪中이어
서 실행할 길이 없다. 어찌 하겠는가. ○정광윤과 마포馬浦의 문정필文廷弼
이 왔다.

〔 1693년 8월 13일 갑신 〕 흐리다 맑음. 낮에 한바탕 비가 쏟아짐

이희李曦, 윤시상尹時相이 왔다. 영건유사營建有司 박필중朴必中, 임중헌任重獻, 이익회李益薈가 왔다. ○해남현감의 내행內行을 모시러 종마從馬가 상경한다기에 아이들에게 편지를 부쳤다. ○11일에 알성시를 행할 것이라고 하는데, 아이의 합격을 어찌 바랄 수 있겠는가? 다만 과거시험장에 어떻게 출입하는지 염려되어 밤낮 마음을 놓을 수 없다. ○양근楊根 지평砥平[40]에 조문 편지를 써서, 정여靜如(이양원李養源)의 내상內喪을 조문했다.

〔 1693년 8월 14일 을유 〕 소나기가 여러 차례 갑자기 쏟아짐

최운원이 왔다. ○아이들은 모두 서울에 있고, 나는 흉복凶服(상복)을 입었을 뿐만 아니라 무릎에 종기가 있어, 내일 새벽 대기大朞와 차례茶禮를 지낼 사람이 없어서 어쩔 수 없이 이송爾松을 불러 왔다.

〔 1693년 8월 15일 병술 〕 맑음

기제忌祭, 차례, 궤연几筵의 망전望奠을 모두 이송에게 대신 지내도록 했다. 나는 종기 때문에 적량赤梁의 묘제墓祭도 가서 지내지 못했다. 애통함과 안타까움을 이루 말할 수 없다. 문소聞簫와 간두幹頭의 묘제는 모두 우리 집에서 차려서 지낸다. 차례가 되었기 때문이다. ○이송이 갔다. ○응병應丙이 저물녘에 지나다 들렀고, 생원 정왈수鄭曰壽가 달밤에 지나다 들렀다. 오랫동안 이야기를 나누고 밤이 깊은 후에 갔다.

〔 1693년 8월 16일 정해 〕 아침에 큰 비가 쏟아지고, 늦은 아침에 맑음

이송이 갔다. ○해남의 관편官便이 서울에서 돌아와 아이들이 3일에 쓴 편지를 전해 주었는데, 평안하다는 소식이다. 위로와 기쁨을 이루 말할 수 없다. 다만 흥아興兒가 서울에 도착했다는 소식을 듣지 못해 몹시 답답하다.

---

40) 양근楊根 지평砥平: 이보만李保晚에게 시집간 윤이후의 고모(윤선도의 딸)가 거주하는 곳이다.

〔 1693년 8월 17일 무자 〕 맑음

종자천種子川 가에 밭을 개간했다. 보리 씨앗 뿌리는 것으로 계산하면, 거의 10두락 정도가 된다. 내가 직접 가서 보았다. 정광윤, 윤순제, 윤지원이 따라 왔다. 윤유도가 나와 만나 보았는데, 그 집 앞이었기 때문이다. 임한두林漢斗도 지나다 들렀다. ○ 성덕기成德基, 성덕항成德恒이 아침 식사 전에 왔다. 성덕기가 상경한다기에 편지를 부쳤다.

〔 1693년 8월 18일 기축 〕 흐림

윤기업尹機業, 정광윤, 윤지원이 왔다. 족숙 윤정미尹鼎美가 왔다. 영건 유사 박세림朴世琳이 왔다 ○ 해남의 호적서원戶籍書員이 상경하는 길에 들러 인사하기에, 아이들에게 편지를 부쳤다.

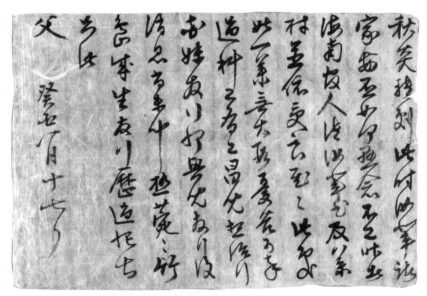

서울 아이들에게 부친 1693년 8월 17일자 편지_한국학중앙연구원 소장

서울에 머무르고 있는 자식들을 걱정하는 내용이 서술되어 있다. 아버지로서 윤이후의 자상함이 느껴진다.

〖 1693년 8월 19일 경인 〗 맑음

정광윤이 왔다가 바로 갔다. ○파산波山의 선조 묘소 중 좌통례 고비考妣(윤사보尹思甫의 처)의 비석을 다시 만드는 일로, 문중의 윤세미尹世美, 윤정미, 윤징귀尹徵龜, 윤석귀尹錫龜, 윤승후, 윤희직, 윤희설尹希卨, 윤정준尹廷準, 윤천임尹天任, 윤시삼, 윤시한尹時翰, 윤성우尹聖遇 등이 우리 집으로 와서 모여 상의했다. 석물을 초벌 다듬을 때 계속 조역군助役軍을 조달해야 하는데, 멀리서 일꾼을 조달하는 것이 형편상 매우 어렵다. 일꾼 한 명의 하루 삯이 벼 2말이니, 매일 4명씩 20일치 삯이 벼 8섬이다. 숯 8섬 값 벼 2섬, 철물鐵物 값 4섬, 석수石手 3명의 양미粮米 2섬에 반찬 값 벼 1섬 등을 갖추어 석공 서필정徐必正에게 지급하여 즉시 공사를 시작해야 하나, 제각祭閣에 남아 있는 곡물이 많지 않아 부득이 문중에서 조두租斗(벼)를 거둘 계획이다. 계契에 참여하는 사람들은 벼 2말을 내고, 계원이 아니더라도 관례를 치른 사람이면 벼 1말을 내며, 관례를 치르지 않았더라도 어머니를 모시고 집안을 담당하는 사람이라면 역시 벼 2말을 내라는 내용으로 발문發文함으로써 석물 공사를 마무리할 수 있게 했다. 그리고 예전에 공사원公事員이 발문하여 모임 날짜를 알렸는데 놀랍게도 한 명도 오지 않아, 내가 그 정성을 다하지 않은 잘못을 편지를 돌려 지적한 적이 있다. 그래서 오늘은 와서 모인 사람이 꽤 많았다. 병 때문에 오지 않은 사람도 연유를 갖추어 단자를 올렸다. 모임의 규율이 서게 되어 기쁘다. 그리고 묘지기 말질립末叱立이란 놈이 회문回文을 성실히 전달하지 않은 죄가 있어, 볼기에 장杖 15대를 때려 혼을 내었다. ○안형상安衡相 우友가 저녁에 들렀다. ○윤신미尹信美가 원만흥元萬興이란 놈을 데리고 와서 알현했다. 원만흥은 윤선경尹善慶의 매부인 죽은 박우현朴友賢의 손서孫壻인데, 지난봄 아사亞使[41]가 순강巡講할 때 갑자기 머리를 풀어헤치고 고강考講을 면하기를 꾀한 적이 있다. 이런

---

41) 아사亞使: 도사都事이다. 여기서는 전라도 도사 이익년李翼年을 말한다. 도사 이익년의 순강에 대한 내용은 1693년 3월 4일 일기에 나온다.

부류가 꽤 많다. 해남현감이 지금 이런 이들을 군역으로 강정降定 [42]하려고 한다. 이런 놈들의 죄상을 논하자면 정군定軍에만 그치지 않을 터이나, 해당 고을의 지방관이 되어 드러내어서 무엇 하겠는가. 가만히 놔두느니만 못하다. 그런데 이런 죄를 범한 놈이라면 원래 머리를 움츠리느라 경황이 없어야 마땅하거늘, 원만흥은 해남현감이 정군한다는 이야기에 겁을 먹고 나에게 와서 주선해 달라고 청한 것이다. 나는 준엄한 말로 배척하고, 이어서 데리고 온 윤신미의 잘못도 책망했다. 다음 날 새벽에 모두 물러갔다.

〔 1693년 8월 20일 신묘 〕 맑음

마을 사람 30명을 동원하여 방천항防川項에 5, 6두락가량 밭을 개간했다. 잡목을 베고 뿌리를 캐는 일이 쉽지 않아 개간한 것이 이처럼 많지 않다. 정광윤, 최운원, 윤지원, 임세회가 나를 따라 가서 보았다. 배준웅裴俊雄이 왔다. ○오늘은 막내아들의 기일이어서 간소하게 찬을 차려 제사지냈다. 매해 8월이면 죽은 사람을 두 번이나 애도하는 심정이 갈수록 새록새록 슬프다. 게다가 9월이 또 머지않으니, 27일의 애통함을 어찌 말로 다 하겠는가? [43] 인생 100년 동안 질병과 우환 이외에도 망자를 추모하며 슬퍼하는 날이 어찌 이리도 많은가? 애통하고 또 애통하다.

〔 1693년 8월 21일 임진 〕 흐림

족숙 윤정미가 상경하기에 편지를 써서 부쳤다. ○상인喪人 윤수장尹壽長이 왔다. 최운원, 최운학崔雲鶴, 최운제崔雲梯, 정광윤, 윤지원이 왔다.

---

42) 강정降定: 부조父祖가 교생校生이 아니거나 시험에 낙강落降한 교생을 향교에서 쫓아내어 군역에 충정充定시키는 것이다.

43) 게다가…하겠는가: 9월 27일은 아들 윤광서尹光緖의 기일이다.

〔 1693년 8월 22일 계사 〕 흐림

백치白峙의 외숙(이락)께서 얼마 전 종기를 앓았다. 나를 보고 싶어 하셨는데 나도 종기를 앓아서 찾아뵐 수가 없었다. 지금은 내가 나아서 아침 식사 후 가서 뵈었다. 숙부께서 한사코 붙잡으셔서 유숙했다. ○들으니 성덕항이 이날 밤 상처喪妻했다고 한다.

〔 1693년 8월 23일 갑오 〕 맑음

아침 식사 후 백치에서 출발하여 연동 원당院堂에 들러 모서리기와 이는 것을 보았다. 연동서원의 기와를 이기 시작한 것은 겨우 며칠밖에 되지 않았다. 감관監官 최극술崔克述이 작업을 감독했는데, 앉아서 이야기를 나눴다. 한참 있다가 일어나 저물 무렵 집에 도착했다.

〔 1693년 8월 24일 을미 〕 맑음

임세회, 윤수도尹壽道가 왔다. 초곡草谷의 정두칠鄭斗七, 파총把摠 정두추鄭斗樞가 왔다. ○전부典簿(윤이석尹爾錫) 댁의 아노兒奴 필신必信과 주부主簿 이원리李元履(이현수李玄綬) 집의 비婢 팔생八生이 말미를 얻어 내려왔다. 아이들의 편지는 받지 못했지만 소식을 상세히 들을 수 있어 기뻤다. ○해남의 하리下吏 김만주金萬冑가 와서 알현했다.

〔 1693년 8월 25일 병신 〕 맑음

윤시상이 왔다. 연동의 이복爾服, 윤상尹詳, 황원의 송시휘宋時輝, 비곡比谷의 임중헌, 윤지원, 최운원이 왔다. 진도의 김방한金邦韓이 지나다 들렀다.

〔 1693년 8월 26일 정유 〕 맑음

황세휘, 정광윤, 김의방, 윤원방尹元方이 왔다.

〖 1693년 8월 27일 무술 〗 맑음

윤석귀, 윤순제, 최유준崔有峻, 정왈수, 윤정준尹廷準, 윤희직, 이전李㙈, 김봉현金奉賢이 왔다. ○병사兵使 윤하尹河가 괴산 딸아이(김남식金南拭의 처, 윤이후의 딸)의 편지를 전해 주고 전복 1접, 해삼 1말, 홍합 1말, 소주, 3선饍을 보내와 즉시 답장을 써서 보냈다.

〖 1693년 8월 28일 기해 〗 흐림

감목監牧(신석申淰)이 방문했다. 비곡의 상인喪人 임취구林就矩, 김한창金漢昌, 연동의 윤기미尹器美가 왔다.

〖 1693년 8월 29일 경자 〗 맑음

윤상이 와서 유숙했다. 변최휴卞最休, 최운원이 왔다. 해남좌수 이신재李信栽, 별감 임중신任重信이 왔다.

이번 달 11일 알성방謁聖榜

유학幼學 **이인병**李寅炳, 부父 이경억李慶億

진사進士 **유세중**俞世重, **부** 유하익俞夏益

통덕랑通德郞 **권세항**權世恒, **부** 권이경權以經

진사 **한배하**韓配夏, **부** 한성보韓聖輔

홍종우洪重禹, **부** 홍만달洪萬達, **생부** 홍만종洪萬鍾

이동언李東彦, **부** 이세무李世茂

군수郡守 **이인소**李寅燒, **부** 이경억李慶億

무한武閑 **황식**黃拭, **부** 황기민黃起敏

210

윤상이 갔다. 영암군수(박수강)가 편지로 안부를 묻고 꿀 2되를 보냈다. ○들으니, 관찰사가 순시를 나섰다가, 상감께서 이번 28일에 풍덕豐德(개성 개풍군)의 후릉厚陵(정종의 능)을 참배하는데, 관찰사는 예에 따라 임지의 경계에서 대후待候해야 하기 때문에, 고창高敞에서부터 순시를 중지하고 돌아와서 여산礪山에 머무른다고 한다. ○전 감찰監察 연최적延最績이 상소하여 폐비廢妃(인현왕후)의 일과 박태보朴泰輔 등을 죽인 일에 대해 언급하고 또 우계牛溪(성혼)와 율곡栗谷(이이)을 종사從祀하는 일에 대해 말했다. 상감께서 최근 이성덕李成德의 상소로 인해서 또 상소를 올리는 자가 있으면 역률逆律로 논하겠다고 하교하셨는데도 감히 이와 같은 상소를 올린 것이다. 즉시 국청鞫廳을 설치하여 엄히 형신하여 사주한 사람을 캐어 묻도록 했으나, 아직 사실대로 자복하지 않았다고 한다. ○마포의 문정필과 그 외사촌으로 영암군 곤일도昆一道에 사는 안득환安得還이 와서 만났다. 안득환이 말하기를, 그의 집 앞에 제방을 쌓을 만한 곳이 있다고 하여 내가 노奴를 보내 살펴보겠다고 말하고 보냈다. ○어제 오늘 뒷산에서 곳간에 쓸 재목 8그루를 베었다.

1693년 9월. 임술 건建. 작은달.

서울로 나포되다

〖 1693년 9월 1일 임인 〗 흐림

최운원崔雲遠이 왔다. 적량원赤梁院의 배여량裵汝亮이 왔다. 마포馬浦의 박
필중朴必中, 민진세閔鎭世가 왔다.

〖 1693년 9월 2일 계묘 〗 저녁부터 비가 와서 밤새 부슬부슬 내림

〖 1693년 9월 3일 갑진 〗 어제처럼 흐리고 비가 내림

〖 1693년 9월 4일 을사 〗 아침에 흐리고 비가 오다가, 늦은 아침에는 맑음

창서昌緒, 두서斗緒가 서울에서 내려와서 기쁘기 그지없다. 다만 김녀金女(김
남식金南拭의 처, 윤이후의 딸)는 그 시댁에서 허락하지 않아서 노奴와 말이 공
연히 헛걸음하고 돌아왔다. 안타까움과 아쉬움을 이루 말할 수 없다. ○ 김삼
달金三達, 윤순제尹舜齊가 왔다. ○ 장악정掌樂正 이인빈李寅賓, 주서注書 이덕
운李德運, 진사 이복운李復運, 창락찰방昌樂察訪 김만형金萬衡, 박사博士 이
유李渝, 생원 나두추羅斗秋, 진사 나두동羅斗冬, 생원 조휘석趙徽錫, 교관敎

官 이도근李道根, 진사 김세황金世璜, 종제 정문상鄭文祥, 정태상鄭台祥, 도사都事 노사제盧思齊, 생원 황덕하黃德河, 종제 이장원李長源, 이만원李萬源, 예산禮山 사람 원필균元必均, 원봉서元鳳瑞가 조문 편지를 써서 위문했다. 창락찰방 김만형은 부목賻木(부의용 무명) 1필과 백지 2속, 황촉 1쌍을 보냈고, 박사 이유는 초 1쌍과 붓 2자루를 보냈다.

〖 1693년 9월 5일 병오 〗 흐리다가 맑음

최운원, 윤재도尹載道, 연동蓮洞의 이송爾松이 왔다. 임석주林碩柱가 서원 일 때문에 감영에 가면서 내게 간단한 편지를 청했다. 그래서 바로 관찰사와 아사亞使 앞으로 편지를 써 주었다. ○또 뒷산에서 곳간에 쓸 재목 5그루를 베었다. 전후로 벤 것이 모두 13그루다.

〖 1693년 9월 6일 정미 〗 오후에 비가옴

해남의 하리下吏 최두익崔斗翊이 경포호수京砲戸首의 영부領付[44] 때문에 상경한다기에, 서울에 편지를 부쳤다. 윤승후尹承厚가 왔다. 박필중, 박필대朴必大가 왔다. 김정진金廷振, 조이약趙以若이 왔다. 조이약은 곧 조면趙冕의 아들이다. ○김정진의 말을 들으니, 독음禿音의 김金 동지同知라고 부르는 상놈이 배를 타고 황원黃原의 산소에 왔다가 밤을 틈타 큰 소나무 60줄기와 중간 굵기의 소나무 70여 줄기를 베어 갔다고 한다. 놀라움을 이루 말할 수 없다. 수영水營에 정소呈訴하려고 하니, 김정진이 김 동지에게 해코지 당할 것을 두려워하며 가볍게 처리해 달라고 간청했다. 어쩔 수 없이 본관本官(해남현)에 소장을 냈다.

---

44) 경포호수京戸首의 영부領付: 경포호수는 경포수京砲手 역을 지는 호戸의 우두머리이고, 영부는 데리고 가서 넘겨준다는 말이다.

〔 1693년 9월 7일 무신 〕 맑음

해남현감(최형기崔衡基)이 와서 만났다. 윤시상尹時相과 연동의 윤상尹詳, 윤선적尹善積, 정석삼鄭錫三이 왔다. ○곳간의 기둥을 세우기 위해 늙은 노奴천일天一을 불렀다.

〔 1693년 9월 8일 기유 〕 맑음

윤민尹玟이 왔다.

〔 1693년 9월 9일 경술 〕 맑음

차례를 지낸 후 두서가 알성謁聖하기 위해 해남으로 갔으니, 해남현감을 만나고 연동으로 돌아가서 잘 것이다. ○송수삼宋秀森, 윤유도尹由道, 임세회林世檜, 윤순제, 윤시달尹時達, 윤시한尹時翰이 왔다. 족숙族叔 윤주미尹周美가 왔다. 김우정金友正과 윤남미尹南美가 왔다. ○지난번 정여靜如(이양원李養源)의 편지를 보니, 그 집의 사환비使喚婢와 노奴 복상卜尙이 흉악한 짓을 행하여 아내의 죽음이 이로 말미암았기에 바로 그 비를 장을 쳐 죽였는데, 노는 도망갔다. 분명 양하포蘘荷浦에 있는 그 어머니의 집에 올 것이라고 하며, 나에게 남미南美를 시켜 몰래 붙잡아 죽이게 해 달라고 부탁했다. 그노가 정말로 이런 일을 했는지 정확히 알기 어렵고, 또 남을 위해 살인하는 것이 어찌 용이한 일이겠는가만, 남미에게 그 일을 책임지게 했다. ○곳간에 돌을 쌓았다.

〔 1693년 9월 10일 신해 〕 맑음

집 앞 샘 아래에 있는 논에서 늦벼를 베기 시작했다. ○정운형鄭運亨이 아침 일찍 지나다 들렀다. ○곳간의 주춧돌을 놓았다. ○비곡比谷의 상인喪人 김한창金漢昌이 왔다. 문촌文村의 윤명우尹明遇, 김태귀金泰龜가 왔다. 족숙 윤주미가 어제 청계淸溪에서 자고 그 집 주인인 윤세미尹世美와 함께 왔다. 흑석두黑石頭의 윤선은尹善殷이 왔다. 이 사람은 올해 나이가 팔십인데 근력이 여전히 좋아 부럽다. 정광윤鄭光胤이 왔다.

〖 1693년 9월 11일 임자 〗 밤에 내린 비가 아침까지 내리고, 종일 오락가락함

창아昌兒가 백포白浦 별묘別廟의 시사時祀를 위해 비를 무릅쓰고 갔다.[45] ○이 날 오시午時에 곳간의 기둥을 세우고 종도리에 "계유년 9월 임술 11일 임자 병오시에 세우다."라고 썼다. 「대유고大有庫」라 이름 짓고 명銘하였다.

不仁之富	인仁하지 않은 부富는
唯禍之堦	재앙의 계단이고
非義之得	의롭지 않은 수입은
乃怨之梯	원망의 사다리다
積財以義	의로써 재물을 쌓고
施人以仁	인으로써 남에게 베풀라
滿損宜戒	가득 채우면 손해가 생긴다는 것을 경계로 삼고
藏蓄非珍	쌓고 모음을 보배로 여기지 말라
毋倣於利	이익을 따르지 말며
勿驕於人	남에게 교만하지 말라
書此樑面	이를 들보에 써서
用示後昆	후손들에게 알리노라

기오헌寄傲軒 앞마당 서쪽 가 횡좌橫坐 좌유묘향坐酉卯向이다.【목수는 천일天

---

45) 창아昌兒가…갔다: 『고문서집성-해남윤씨편』에 수록되어 있는 「시사홍성기時祀興成記」에는 시사 때 쓰기 위한 제수 목록과 가격이 자세히 적혀 있고, 백포와 간두, 수창에서 조달한다는 내용이 실려 있다.

一, 말질립末叱立, 귀현貴玄, 철이哲伊다.〕

〔 1693년 9월 12일 계축 〕 어제 내린 비가 저녁까지 이어지고 밤새도록 내림

앞내가 크게 불었다. 이미 익은 벼와 베고 아직 거두지 않은 벼가 모두 싹이 났다. 곡식을 잃는 우환이 며칠 사이에 갑자기 일어난 것이다. 하늘의 하는 일이 이럴 수 있는가? 해 질 무렵에 비가 그치고 밤이 되자 달빛이 대낮같이 밝았다. 하늘의 조화는 정말로 가늠할 수 없다. ○낙무당樂畝堂의 남쪽 창밖 예전에 지어 놓았던 마구간이 밤에 비가 와서 무너졌다.

〔 1693년 9월 13일 갑인 〕 맑음

정광윤이 왔다.

〔 1693년 9월 14일 을묘 〕 흐리다 맑음

윤승후가 아침 일찍 방문했다. ○창아가 어제 연동에서 자고 오늘 낮에 돌아왔다. 두서가 연동의 전소展掃[46], 백포白浦 별묘別廟의 시사時祀, 문소동聞簫洞, 공소동孔巢洞, 고다산高多山, 간두幹頭에 영전榮奠[47]을 행하고 오늘 저녁 돌아왔다.

〔 1693년 9월 15일 병진 〕 맑음

두서가 파산波山의 대제大祭에 가서 영전榮展을 했다. ○정광윤, 김회극金會極, 생원 정왈수鄭曰壽가 왔다. 강진 옴천唵川의 상인喪人 최남표崔南彪가 할 일이 있어서 왔다. 해남 은소銀所의 윤무순尹武順이 그 조카 윤만득尹晩得을 데리고 왔다. 윤기업尹機業이 파산에서 제사를 마친 후 왔다. 성덕항成德恒

---

46) 전소展掃: 성묘하고 묘역을 청소하는 것이다. 전展은 성省과 같은 뜻이다.
47) 영전榮奠: 과거에 급제한 사람이 선영에 고하는 제사이다. 윤두서는 이해(1693) 식년 진사시에 급제했다.

이 왔다.

〔 1693년 9월 16일 정사 〕 맑음

만득과 최崔 상인喪人은 가고, 무순武順은 남았다. 무순은 말을 잘 조련하는데 나와 약속을 했기 때문에 일부러 온 것이다. 오늘 아침부터 두 말을 조련하기 시작했다. 지금 나이가 79세인데 생마生馬(길들지 않은 거친 말)를 탈 수 있다. 장하도다! 족숙 윤주미, 세미, 족제 징귀徵龜, 윤희직尹希稷, 장흥의 윤상림尹商霖이 왔다. 윤석귀尹錫龜, 윤명우尹明遇, 윤창尹瑒, 조태귀曹泰龜, 김달서金橽西, 송기현宋起賢, 최운원, 최운학崔雲鶴, 연동의 윤선적이 왔다. ○관찰사 박휴경朴休卿(박경후) 영감이 순행巡行을 출발하여 집 앞 길을 지나다가 소복素服이 없기 때문에 만나지 못한다며, 편지를 보내 문안하고 편지지 60장과 붓 7자루를 보냈다. ○격포첨사格浦僉事 이만방李晚芳 영감이 임소任所에서 밤에 들어왔다.

〔 1693년 9월 17일 무오 〕 아침에 맑고 오후에 비

격포 첨사가 연동으로 갔다. 두아斗兒가 적량赤梁으로 갔는데, 김정진이 따라갔다. ○보암寶嵒의 윤행도尹行道가 왔다.

〔 1693년 9월 18일 기미 〕 늦은 아침부터 맑고 바람이 붊

정광윤, 임중헌任重獻, 김이경金爾鏡이 왔다. 송수삼이 왔다. 화산花山의 박찬문朴燦文이 왔다. 지원智遠이 왔다.

〔 1693년 9월 19일 경신 〕 아침에 맑다가 늦은 아침부터 흐리고 혹 비가 뿌림

윤시상, 최정익崔井翊, 김율기金律器, 정광윤, 최운원, 윤지원尹智遠, 윤선필尹善弼, 윤성민尹聖民이 왔다. ○최운학이 상경하기에 편지를 부쳤다.

○ 전부典簿(윤이석尹爾錫) 댁의 노奴 서옥西玉이 서울에서 밤을 무릅쓰고 들어왔다. 들으니, 전부 형님은 사지가 마비된 병으로 증세가 퍽 위급하여 두서를 돌아오라고 불렀다고 한다. 나에게도 함평의 대동미를 나이挪移(유용)한 혐의로 본도(전라도)에서 조사하여 장계를 올림에 따라, 의금부에서 나를 심리하라는 조처가 있었다고 한다. 반드시 나졸이 도착하기 전에 먼저 출발하라고, 흥아興兒 등이 서옥에게 급보를 부쳐 보냈다.

〖 1693년 9월 20일 신유 〗 맑음

두서가 황원에서 밤을 무릅쓰고 돌아왔다. ○이날 밤 나장羅將 박오룡朴五龍이 왔다.

〖 1693년 9월 21일 임술 〗 맑음

백치白峙의 외숙(이락李洛)과 종제 대휴大休, 권붕權朋이 왔다. 해남현감 최형기, 진도군수 정유전鄭有全, 격포첨사(이만방)가 왔다. 김의방金義方, 이복爾服, 이송, 윤이성尹爾成, 남미, 기미器美, 최정익, 최형익崔衡翊, 최항익

대동미 관련 용어 해설

지역의 특산물을 중앙에 바치는 공납제는 여러 폐해가 있어, 17세기를 거치며 각종 현물 대신 토지에 과세하여 거둔 미곡으로 필요 물품을 조달하는 대동법으로 대체되었다. 대동미는 크게 중앙 관청으로 올라가는 '경상납京上納'과 해당 군현의 경비로 쓰이는 '관수미官需米' 등 경상비와, '여미餘米' 혹은 '저치미儲置米'라 불리는 예비비로 나뉜다. 저치미는 원래 현물 공납에서 큰 문제가 되었던 쇄마刷馬 및 과외課外의 역役에 필요한 비용에 대비하기 위한 것이었지만, 흉년 등을 대비한 예비비의 기능도 수행했다. '쇄마'는 관에서 필요한 말을 민간에서 징발해 쓰는 것을 말하는데, 이를 담당하는 기구가 '고마청雇馬廳'이다. 대동법을 운용하기 위한 규정집을 '대동사목大同事目'이라고 한다.

崔恒翊, 황세휘黃世輝, 윤시삼尹時三, 윤시상, 윤성필尹聖弼, 윤기반尹起潘, 윤후지尹後摯, 윤시지尹時摯, 윤선시尹善施, 윤천미尹天美, 윤화미尹和美가 왔다. ○두서가 오후에 먼저 서울로 출발했다.

〔 1693년 9월 22일 계해 〕 흐림

안형상安衡相, 정왈수鄭日壽, 윤상미尹尙美, 윤주미, 윤경尹儆, 윤칭尹偁, 최도익崔道翊, 윤시한, 변최휴卞最休, 윤천임尹天任, 윤희직, 윤재도, 윤학령尹鶴齡, 선수업宣守業, 송수기宋秀杞, 윤상, 윤원방尹元方, 윤세미, 윤석귀, 윤현귀尹顯龜가 왔다. ○저녁에는 수노首奴 선백善白의 집에 나가서 잤다.

〔 1693년 9월 23일 갑자 〕 맑음

박세유朴世維, 송수기, 윤익성尹翊聖이 왔다. ○아침을 먹은 후 길을 떠났다. 창아가 뒤따랐다. 석제원石梯院에서 말을 먹였다. 임취구林就矩, 임중헌, 최두한崔斗翰, 임익성任翊聖, 임익무林益茂, 임석주, 김명석金命錫, 배후웅裵後雄, 윤기업, 임극무林克茂가 왔다. 엄길嚴吉에 사는 전성로全聖老가 마침 지나다 들러서 만났다. 해 질 무렵 영암 성안에 도착하니, 영암군수 박수강朴守剛이 미리 사관舍館을 정해서 기다리고 있다가 곧 나와서 만났다. 쌀 10말, 콩 5말, 꿀 3되, 미식米食 2되, 장지 2권, 백지 3속을 주며 전별하고, 또 노마奴馬를 먹여 주었다. 공형公兄 김시태金時泰, 김성대金聲大가 와서 알현하고 무명 2정丁을 바쳐서 노자에 보태 주었다. ○김무金斌가 와서 만났다. 해남의 성덕항이 일 때문에 마침 도착하여 같이 잤다. 꿀, 미식, 장지 1속, 백지 2속을 성 생生(성덕항)에게 주어서 장례 때 보태어 쓰도록 했다. 성 생이 다음 달 초순 조모祖母의 무덤을 진위振威로 이장하기 때문이다. ○나장 박오룡이 매번 내 앞에 가는데, 이놈이 내려올 때 금오당상金吾堂上이 엄히 타일러서 보냈기 때문에 토색해 내려는 말을 한마디도 하지 않았지만, 내가 아이들을 시켜 무명 2정과 전복 1접을 내주었다. 그리고 죄인을 이송할 때 죄인을 태울 말 1필을 형리刑吏가 정해서 보내면 나장이 그 대가를 그 죄인에게 물건으로 징수하는 관례가 있는데, 나장이 관례대로 따르기를 원하므로 내가 허락했다.

〖 1693년 9월 24일 을축 〗 맑다가 흐림

아침 일찍 밥을 먹고 출발하여 신원新院에서 말을 먹이고 해가 지기 전에 나주에 도착하니, 함평서리 모수번牟秀蕃, 최기해崔起海가 와서 기다리다 맞이했다. 전 좌수 김시량金時亮, 전 감관 이민정李敏挺도 왔다. 두 서리는 조사할 때의 사정을 물어보기 위해 부른 것이다. 새 목사 이만저李曼著가 나와 보더니 단지 시초柴草만 줄 뿐이었다. 새 목사는 능주목사에 재임했을 때 잘 다스려서 특별히 이 고을로 옮겨 제수되었다. 이 사람은 죽은 표종제表從弟 낭청 정두상鄭斗祥의 처남으로 집안이 연결되어 있기에 일찍부터 면식이 있었고, 내가 함평에 재직할 때 그는 능주에 있었던 까닭에 나주에서 합동으로 훈련이 있을 때마다 만났다. 또 나와 같은 병자년(1636)생으로 서로 꽤 낯이 익은데도 전혀 노자를 줄 뜻이 없다. 가소롭다.

〖 1693년 9월 25일 병인 〗 맑음

나두하羅斗夏, 나만상羅晩相이 와서 만났다. ○아침 일찍 밥을 먹고 출발했다. 북문을 나가기 전에 갑자기 서리 한 사람이 편지와 무명 1정丁, 장지壯紙 1속을 바쳤는데 장성현감 이동근李東根이 보낸 것이다. 무명과 장지는 부의賻儀이고 편지는 내게 고읍古邑으로 가지 말고 바로 관문官門 근처로 와달라고 요청하는 내용이었다. 북창北倉에서 말을 먹이고 저녁에 장성에 도착했다. 하리下吏 최치웅崔致雄의 집에 머물렀는데 집이 꽤 좋았다. 최치웅은 아이들과 서로 아는 사이이니 훗날 왕래할 때 주인으로 삼아도 되겠다.

현감이 바로 나와서 만났는데, 편안하게 이야기를 많이 나누고 밤이 깊어
서야 일어났다. 말먹이 콩 7말과 편자 3부部, 자리 2립立을 주고 갔다. ○지
난번에 들으니, 장성에 사는 봉이奉伊라는 자가 스스로 말하길, 그 증조모
마덕馬德이 우리 집 비자婢子로 장성 땅으로 도망 와 살고 있는데 그 소생이
많다고 했다고 했다. 후소생은 내가 모르는 일이지만 예전에 과연 마덕이
도망한 일이 있었는데, 그가 스스로 나타나 진고進告한 것이다. 내가 출발
하기 전에 먼저 개일開一을 보내 봉이를 데리고 이곳으로 와서 현신하도록
했는데, 개일이 오늘 저녁 봉이를 데리고 현신했다. 백암동의 일은금日隱
金이 와서 알현했는데, 이는 우리 외가의 늙은 노다.

〔 1693년 9월 26일 정묘 〕 맑음

순찰사가 오늘 이 고을에 당도한다고 한다. 창아와 개일은 봉이가 말한 노
비들을 추쇄하도록 떨어뜨려 남겼다. 나는 일찍 아침을 먹은 후 출발하여
천원泉源에 가서 말을 먹이고 저녁때 정읍에 당도했다. 강세걸康世傑의 집
에 묵었는데 집이 매우 좋았다. 강세걸은 군기색이 되었으므로 서울에 갈
때 주인으로 삼을 만하겠다. 정읍현감 한세경韓世經이 바로 나와 보았다.

〔 1693년 9월 27일 무진 〕 맑음

정읍현감이 또 와서 만났다. ○아침 식사 후 출발하여 고을 좌측의 지름길
을 경유했다. 10리를 못 가서 길가에 번성한 마을이 보였는데 저택이 자못
사치스럽기에 물으니 류柳 생원 댁이라 한다. 태인의 주막에서 말을 먹였
는데, 태인현감 류명철柳命哲이 알고 와서 만나 보았다. 도란도란 이야기
가 너무 길어져 속히 출발하지 못했더니, 날은 이미 저녁이 되어 버렸다.
저물녘에 금구金溝에 유숙했다. 금구현감 박성의朴性義가 이미 숙소를 정
해놓고 있었는데 바로 현임 병방兵房 정익창鄭益昌의 집이었다. 금구현감

이 바로 나와서 만났는데 대접이 매우 좋았다. 또 정익창에게 지시하여 앞날에 아이들이 왕래할 때도 반드시 바로 들어와 고하게 했다. 예전에 아이들이 왕래할 때 문지기를 통과하는 것이 어려워서 서로 만날 수 없었기 때문에 이렇게 분부한 것이다.

〔 1693년 9월 28일 기사 〕 맑음

새벽에 밥을 해 먹고 출발했다. 삼례參禮 주막에서 말을 먹였는데, 뜻밖에 무안현감의 조카 안백증安伯曾과 만나 잠시 이야기를 나눴다. 저녁에 여산礪山 주막에 묵으며 임막금林莫金을 불러서 만나 보았는데, 옛날 데리고 있던 화동花童 일수日守의 아비이다. 일수는 다른 곳에 이거했기 때문에 만나지 못하고, 그 동생 임웅락점林雄樂點이 그 아비와 함께 와서 만났다.〔마태馬太 3말을 맡겨 두었는데 돌아올 때 쓰기 위한 것이다.〕

〔 1693년 9월 29일 경오 〕

새벽에 출발하여 겨우 10여 리를 갔는데 비를 만났다. 올목兀木으로 들어가서 아침을 먹은 후에도 비가 그치지 않아 하는 수 없이 이곳에 유숙했다. 땔감이 본디 귀하고 주인 또한 저장해 둔 것이 없어 관가에서 얻고자 노를 보내 말을 전하려 했으나, 문지기가 들여보내 주지 않았다. 나졸이 방금 먼저 지나갔다고 하니, 수령이 분명 모를 리가 없다. 그런데도 서로 만나도록 문지기에게 분부하지 않은 것이다. 그가 만나고 싶어 하지 않다는 것을 알 수 있겠다. 정말 개탄스럽다. 현임 수령은 박세미朴世美〔중미重微〕다.

1693년 10월. 계해 建. 작은달.

의금부에 하옥되다

〔 1693년 10월 1일 신미 〕 어제부터 내린 비가 새벽에야 그치고 아침에 맑아짐

동틀 무렵 출발하여 니산尼山의 신막新幕에서 아침을 해 먹고 나니 해가 이미 높이 떴다. 판치板峙 아래에 이르러 부장部將 조정기曺挺紀를 만나고, 또 사록司錄 송우룡宋遇龍을 만났다. 모두 휴가를 받아 가는 길이었다. 말을 세우고 그들과 잠시 이야기했다. 들으니, 공주의 사인士人 박세회朴世檜가 수학數學과 복술卜術에 아주 뛰어난데 공주목사를 지낸 조위수趙渭叟의 새 산소에 머물고 있다고 한다. 그 산소에 가서 농부들에게 물으니, 평소 경천로敬天路의 건너편 야촌野村에 산다고 한다. 가는 길이 바빠 찾아보지 못하니 안타깝다. 해 질 무렵 효가주막孝家酒幕에 유숙했다.

〔 1693년 10월 2일 임신 〕

비가 올 것 같아서 새벽에 출발하지 못하고 아침을 먹고 해가 뜰 무렵에 출발했다. 금강에 이르니 공주목사 남상훈南尙熏이 사람을 보내 길에서 문안했다. 궁원弓院 앞길에 이르러 서울에서 맞이하러 내려온 종서宗緒를 만났다. 늙은 노奴 중길仲吉이 따라 왔다. 궁원에 이르니 선달 최성崔珹과 그의

아들이 찾아와서 만났다. 종서가 이곳에 온 후 최성 부자와 며칠 동안 함께 있었다고 한다. 나를 위해 제철 과일과 죽을 대접하며 여행길을 위로해 주었다. 한 집안의 정이 참으로 가상하다. 말을 먹이고 출발했는데 이내 비가 와서 덕평德坪에서 잤다.

〔 1693년 10월 3일 계유 〕 비가 온 후에 바람이 세짐

동틀 무렵 출발하여 천안에서 아침을 해 먹고 성환成歡에서 유숙했다. 하루 종일 바람을 맞고 길 또한 진창이어서 행로가 힘들지만 무슨 수가 있겠는가. 성환역에서 겨우 안장을 풀었다. 찰방 한후망韓後望이 와서 만났다. 내게 쌀과 콩 1말씩을 줬다. ○서울에서 오는 해남 아전이 알현하기에 집에 보내는 편지를 써서 부쳤다.

〔 1693년 10월 4일 갑술 〕 눈이 오고 사나운 바람이 종일 붊

동이 틀 무렵 출발하여 갈원葛院에서 아침을 해 먹었다. 저녁에 중지中池 주막에 들어갔으나 잘 곳이 없었다. 오시성吳始成이 서울에서 막 내려와 몇 마장馬場 떨어진 장소庄所에 있다고 해서, 곧바로 그곳에 가서 기숙했다.

〔 1693년 10월 5일 을해 〕 맑으나 바람이 제법 세고 추위가 매우 심함

날씨 때문에 짐을 감당하기 어렵다. 아침 일찍 밥을 먹고 출발했다. 사근천沙斤川에서 말을 먹였다. 전부典簿(윤이석尹爾錫) 댁의 철립哲立을 만났다. 병든 아버지를 보러 내려간다기에 집에 보내는 편지를 써서 부쳤다. 저녁에 노호露湖에 이르러 가묘家廟에 배알했다. 흉복凶服을 입고 사당에 배알하는 것이 마음이 편치 않지만, 그냥 지나칠 수 없어 사당문 밖에서 배알했다. 한韓 질녀(한종규韓宗揆의 처, 윤이구尹爾久의 딸) 집에 도착하여 형수님(윤이구의 처)께 인사하고 택여宅汝(한종규)와 함께 잤다.

〔 1693년 10월 6일 병자 〕 맑음

흥아興兒가 왔다. 이른 아침밥을 먹고 나루를 건넜다. 주교舟橋에 이르러 마중 나온 두서斗緖를 만났다. 전부 형님(윤이석)의 병이 조금 나았다고 하니 참으로 다행이다. 남대문 밖의 의막依幕에 머무르기로 했는데, 다름 아닌 계천戒天의 집이다. 계천은 나와 미장동美墻洞의 같은 리里에서 살던 사람으로, 정이 든 지 오래되었다. 반갑게 서로 만나니 마음이 기뻤다. ○참판 이시만李蓍晩과 그 아들 진사 이하원李夏源, 함평현감 심방沈枋, 박사博士 이유李瀏, 초관哨官 윤석후尹錫厚, 초관 임일주林一柱, 최정철崔廷哲 생生, 학관學官 윤직미尹直美, 정랑正郎 심탱沈樘, 옥과현감 이휘李譿과 그 아들 선달 이정규李挺揆가 왔다. 이정규는 이번 구일제九日製[48]에서 직부直赴되었다. 진사 이정양李挺揚, 주서注書 이덕운李德運, 정자正字 이도원李道原, 도사都事 이형징李衡徵, 류기서柳起瑞 생, 별장別將 윤동미尹東美, 동상東床(사위) 김남식金南拭과 그 형 진사 김남정金南挺, 생원 김남채金南採가 왔다. ○손자 일원一願과 이원二願이 왔다. 많이 자랐고 또 글자를 배울 수 있게 되어, 기쁘다.

〔 1693년 10월 7일 정축 〕 맑음

딸이 내가 조사를 받기 위하여 잡혀 왔다는 소식을 듣고 며칠 전에 괴산에서 올라왔다. 창서昌緖, 종서, 두서斗緖와 세 며느리가 각자 아이들을 데리고 와서 만났다. 여러 해 동안 떨어져 있은 뒤에 이렇게 단란하게 모일 기회를 가지니, 나의 이번 행정行程이 불행에서 비롯되었지만 도리어 얻기 어려운 만남을 갖게 되어 진실로 다행스럽다. ○종제從弟 주부主夫 정규상鄭奎祥, 생원 이동원李東源, 용산의 생원 이후번李后蕃, 주부主簿 이현수李玄綏, 이준방李俊芳 생, 도사 이형징, 이조참의 민창도閔昌道, 종제 이대원李大原, 감역監役 송기창宋耆昌, 진사 이정양이 왔다. 주부 이현수는 저녁에 다

---

48) 구일제九日製: 매해 중양절에 치르는 과거시험이다.

시 와서 유숙하며 원정原情의 초본을 의논하여 작성했다.

〖 1693년 10월 8일 무인 〗 흐리다 저녁에 비

흥서興緖의 처가 지원至願과 우원又願을 데리고 와서 만났다. ○도사都事 박경승朴慶承, 진사 이인규李寅奎, 생원 이인두李寅斗, 생원 이중휴李重休, 진사 이경李絅, 도승지 민취도閔就道, 진사 이상경李相璟, 판관 민사도閔思道, 전적典籍 김중태金重泰, 전적 김태정金泰鼎, 진사 조하익曺夏翊, 생원 원△△元△△, 서방書房 원△△元△△, 초관 이신득李信得, 상인喪人 김익하金翊夏, 최정철, 인의引儀 이중식李重植, 영암靈岩 최운학崔雲鶴, 해남 윤규미尹奎美, 용강龍岡 이문흥李文興, 양주목사 이형상李衡祥, 생원 윤징미尹徵美가 왔다. 주서 이상휴李相休가 횃불大炬 1동同을 보냈다. ○전부(윤이석) 댁의 노奴 용립龍立이 남쪽으로 돌아간다기에 집에 편지를 부쳤다. ○6일 진시辰時에 최崔 숙원淑媛[49]이 분만하여 왕자[50]가 탄생했다.

〖 1693년 10월 9일 기묘 〗 어제부터 내린 비가 아침에 그침

생원 윤관尹寬, 초관 임일주, 생원 이원좌李元佐, 이순좌李舜佐, 이정집李庭輯 생, 전적 이유, 마전군수麻田郡守 나선적羅愃, 교관敎官 나두장羅斗章, 원상하元相夏 생이 왔다. 해운판관海運判官 나만성羅萬成, 성천부사 이정만李挺晩, 이만상李晩祥 생, 전적 김태정, 초관 윤석후, 초관 이신득이 왔다. 흥서, 종서 두 아들과 윤동미, 류기서가 함께 잤다.

〖 1693년 10월 10일 경진 〗 맑음

새벽에 회동會洞에 가서 형님(윤이석)에게 인사했다. 병환을 오래 앓아 정

---

49) 숙원淑媛: 원문에는 '숙완淑婉'으로 잘못 표기되어 있다.
50) 왕자: 숙원 최씨의 첫째 아들 영수永壽이다. 오래 살지 못하고 12월 13일에 사망하였다(1693년 12월 27일 일기 참조).

신이 흐릿하여 옛날 단란하게 모였던 즐거움이 없으니, 근심을 이루 말할
수 없다. 도사 이형징, 전 영광군수 정선명鄭善鳴, 감역 이윤제李允濟, 초관
상휘주尙輝周, 학관學官 숙숙(윤직미)이 왔다. ○아침을 먹은 후 의금부 심리
에 나아갔다. 홍서, 종서, 두서 세 아들과 윤동미, 윤이송尹爾松, 류기서가
따라와서 금오문金吾門 밖 의막依幕에 머물렀다. 심리에 나아간 후 본부本
府(의금부)의 도사 정행만鄭行萬, 박경승, 입직도사入直都事 권성중權聖中이
심부름꾼을 보내 문안했다. 지사知事 정유악鄭維岳, 유하익俞夏益이 심부름
꾼을 보내 문안했다. ○청송부사 송광벽宋光璧이 도적을 잡지 못했다는 이
유로 잡혀 와 서이간西二間에 갇혀 있었다. 나는 그와 같은 방에 들어갔다.
전 함평현감 민순閔純도 대동미를 유용했다는 이유로 잡혀와 수감된 지 오
래되었다기에 즉시 와서 만났다. 판의금부사는 그를 중형에 처하려 했으
나, 원정原情을 받은 후 지금 해당 도道로 하여금 다시 조사하게 했다고 한
다. 김해부사 이하정李夏禎도 대동미 건으로 조사받은 지 4개월인데, 역시
와서 만나 조용히 이야기하며 세의世誼를 나누었다. ○양주목사가 문밖에
와서 문안했다.

〔 1693년 10월 11일 신사 〕 맑음

추위가 너무 심해 겨우 밤을 넘겼다. 아침에 현기증과 메스꺼움이 갑자기
심해졌다가 늦은 아침 무렵 조금 진정되었다. ○낭청 10명, 지의금부사 정
유악, 판의금부사 오시복吳始復이 와서 심리를 열었다. 원정을 받고 예에
따라 형추하여 사실을 밝힌 후 입계했다. ○도사 박경승, 유임중俞任重, 노
사제盧思齊, 정행만, 권성중, 심정구沈廷耇가 모두 심문했다. ○익산군수 권
혁權俠, 이경조李慶祖 생生, 권화權和 생, 진사 홍이부洪以溥, 홍이연洪以衍,
주부主簿 정규상, 진사 이상령李相齡, 이정집 생, 병사兵使 이도원李道源, 직
장直長 한종적韓宗迪, 진사 이정양李廷揚, 출신出身 김명하金鳴夏, 김명희金

命熙, 조정화曹挺華, 김세추金世樞, 윤석후尹錫厚, 정자正字 홍중주洪重周가 의막依幕에 와서 문안했다. 영암군수 권찬權儹, 봉사奉事 이수장李粹章, 호조참판 이봉징李鳳徵, 병조참판 권해權瑎, 공조참판 김빈金賓, 감사監司 이운징李雲徵, 판결사判決事 배정휘裵正徽가 심부름꾼을 보내 문안했다. 훈련대장 이의징李義徵이 심부름꾼을 보내 문안하고, 장작 50개, 숯 5두를 보냈다. 생원 이후번이 심부름꾼을 보내 문안했다. 당초 원정原情 초를 쓸 때는 조목마다 분명히 변론했으나, 양주목사 이중옥李仲玉(이형상) 영감이 '말이 너무 번잡하고 또 이렇게 하면 반드시 다시 조사하는 폐단이 있을 것인데, 겨울철에 감옥에 오래 갇혀 지내게 될까 염려스럽다.'라고 해서, 다음과 같이 고쳐 썼다. 너무 간략한 듯했으나 지의금知義禁 판서 정유악과 예판禮判 류명현柳命賢이 모두 '이 원정 초를 쓰는 것이 좋다.'라고 해서, 그것을 베껴 바쳤더니, 예에 따라 "두루뭉수리하게 지만遲晚[51]이라 하므로 형추刑推해서 사실을 캐내는 것이 어떻습니까?"라고 입계했다.

원정

저는 외람되이 지방관에 임명되어 직무를 맡은 도리를 대략 아는데, 어찌 나라의 곡물을 멋대로 써서 스스로 죄에 빠지겠습니까? 부임한 것이 신미년(1691) 4월입니다. 그때 구휼 행정을 한창 펴고 있었는데, 굶주린 백성이 뜰에 넘치고 관청에는 비축한 곡식이 없어 구휼하지 못하고 걱정만 하고 있었습니다. 마침 그때 전임 수령이 보고한 것에 대해 해당 관청이 지시한 제사題辭가 비로소 도착했습니다. 거기에 '삼년 묵은 쌀을 개색改色함을 특별히 허가하되, 전토田土가 있는 자와 의탁할 데가 없는 자를 섞어서 나누어 주어 나중에 받기 어렵게 되는 폐단이 있게 되어서는 안 된다.'라는 논리로 제사를 내려보냄으로 말미암아, 생각하기를 '이 지

---

51) 지만遲晚: 시간을 끌다가 늦게 죄를 자백하는 것을 말한다.

시의 본뜻이, 한편으로는 백성을 진휼하고, 한편으로는 개색하라는 것'
이라고 여겨서, 40석은 고마청雇馬廳에 대하貸下하고, 20여 석은 저치미
儲置米로 옮겨 쓰고, 46석은 민결民結에 분급하고, 50여 석은 실어 보내
서 대동미로 상납했으며, 90여 석은 관수官需로 납부해야 마땅하나 민결
에 옮겨서 베풀어 출급出給했습니다. 무단으로 멋대로 쓴 것과는 다르지
만 이미 사목事目에 어긋났으니, 전지傳旨의 사연辭緣에 대하여 황공하게
도 지만합니다.

〖 1693년 10월 12일 임오 〗 맑음

어젯밤 원정 공사公事(안건)는 예에 따라 형추는 하지 말고 의논하여 처리

함평 대동미 사건의 전개

대동미는 수령에 의해 유용되거나 천대擅貸(백성들에게 마음대로 대여함)되기 쉬웠다.
이 때문에 1691년에 삼남三南(충청·전라·경상도) 및 경기도의 저치미 상황에 대한 대
대적인 조사가 있었는데, 함평현은 미봉未捧(백성들에게 대여했다가 거두지 못함) 액수
가 커서 현감 민순이 처벌받았다. 그런데 1693년에 이 미봉을 해결하지 못하고 방치
해 두었던 후임 현감들에 대한 논죄가 문제가 되어, 민순의 후임으로 1691년 4월부
터 1년간 현감으로 재직했던 윤이후도 조사를 받게 된다. 1693년 5월에 조정의 논의
가 결정된 후 전라도관찰사의 조사 및 보고가 있었고, 이에 따라 의금부 압송 및 심
리가 결정되어 9월에 윤이후를 체포해 갈 나장羅將이 파견된다. 윤이후는 9월 21일
에 집을 떠나 10월 6일에 서울에 도착, 10일에 의금부에 출두·수감되고 11일에 원정
原情(진술서)을 바쳤다. 심리가 약간 지체되어 21일에 윤이후에게 나이挪移(유용)의
죄가 있다고 보고되었고, 23일에는 법률에 의거 처벌하라는 숙종의 윤허가 있었다.
24일 판의금이 참가한 의정부의 회의에서 고신告身(임명장) 추탈의 벌이 확정되어
당일 저녁 석방된 윤이후는, 11월 1일에 서울을 떠나 12일 밤에 팔마의 집으로 돌아
왔다.

하라고 판결이 내려왔는데, 판의금이 판서 심재沈梓의 수석壽席에 가느라 개좌開坐하지 않았다. ○기백圻伯(경기도관찰사, 심단沈檀)이 순시하다가 아침 일찍 의막에 와서 문안했다. ○병사兵使 우서규禹端圭는 심문을 받은 지 오래되었는데 오늘 오전에 와서 인사했다. ○사서司書 홍만기洪萬紀, 정언正言 이상훈李相勛이 편지를 보내 문안했고, 감역 송기창, 전적 김태정이 와서 문안했으며, 승지 심중량沈仲良, 병조참판 권해權瑎는 사람을 보내 문안했다. 제용직장濟用直長 한종적, 공조참판 김빈金鑌, 예조판서 류명현이 사람을 보내 문안했다. 최정철, 진사 이경李絅, 양헌직楊憲稷, 진사 홍이징洪以徵, 홍이부, 별제別提 이형李瀅이 와서 문안했다. 생원 이후번이 편지로 문안했다. ○함께 갇혔던 동선도정東善都正 병병炳이 와서 만났다.

〔 1693년 10월 13일 계미 〕 맑음

전적 김태정, 예조좌랑 금성규琴聖奎, 장흥부사 심령沈欞이 와서 문안했다. 별좌別坐 한종노韓宗老, 감사監事 이운징이 사람을 보내 문안했다. 홍이징, 홍이연이 와서 문안했다. 옥과현감 이헌, 장악원정掌樂院正 김태일金兌一, 집의 이동표李東標가 사람을 보내 문안했다. 이신李新이 예천에서 올라왔다. 이정휴李庭眭 생, 감찰 노삼석盧三錫, 정윤正尹 김희金憘, 류기서가 와서 문안했다. 참봉 나두장羅斗章이 편지로 안부를 물었다. ○내 행차의 고용인 자선自先이 모친상을 듣고 내려가는 편에 집에 편지를 부쳤다. ○오늘 인견引見할 때 판의금이 사의를 표하는 바람에, 결말이 점점 미루어져 매우 고민스럽다.

〔 1693년 10월 14일 갑신 〕 맑음

전적 이유가 아침에 와서 문안했다. 경기도관찰사(심단)가 사람을 보내 문안했다. 좌랑佐郎 이발李浡이 와서 문안했다. 전적 김태정, 진사 조하익이 왔다. 사간司諫 이동표, 장악원정 김태일, 참의 김귀만金龜萬, 감사 이운징, 본부本府(의금부) 도사 박경승이 사람을 보내 문안했다. 진사 홍이부가 와서 문안했다. ○청송부사 송광벽 문성文星 보甫가 나와 같은 감방에 있어 밤낮 서로 대화하니, 환난 중에도 견디며 지낼 만하다. 문성이 말하기를 "처음 청송에 부임했을 때 꿈에 한 차사差使가 쇠밧줄로 목을 걸어 잡아들여 가더니 얼마 지나지 않아 풀어 주고, 또 그 밧줄로 한 사람을 잡아들였다가 또 얼마 뒤 풀어 주었다. 곧 성찬을 내어 와 먹게 하는데, 살진 고기가 상에 그득했다. 문성이 먹으면서 다른 한 사람에게 권했으나, 끝내 먹지 않았다."라고 했다. 지금 이곳에 와서 나와 같은 날에 원정하고 먼저 문성을 취조하여 쇠밧줄로 잡아들이고 내가 그다음이었으니, 문성이 전날 꾼 꿈과 마치 부절을 합한 듯 꼭 들어맞는다. 고기를 권했으나 먹지 않은 것은 내가 상인喪人으로서 함께 수감될 조짐이었다. 사람의 길흉화복은 미리 정해지지 않은 것이 없음을 여기서 또 알 수 있다. 흉사를 피하고 길사를 취할 계책을 인력으로 할 수 있겠는가? 다만 맡겨 둘 따름이다. 그러므로 나는 마치 운명인 듯 편안히 여기고 문성을 권면했다. ○조휘석趙徽錫 생, 이정목李庭睦 생이 와서 문안했다. 노호露湖 형수님(윤이구의 처)과 한 질녀(한종규韓宗揆의 처, 윤이구의 딸)가 편지로 문안했다. 김익하金益夏, 최정철, 홍후적洪后績이 와서 문안했다. ○병사兵使 우서규禹瑞圭가 정배定配되어 나갔다.

〖 1693년 10월 15일 을유 〗 맑음

오늘은 인천 누님(안서익安瑞翼의 처)의 장례일이다. 감옥에 갇힌 몸이라 마음을 표현할 수 없으니, 무너질 듯한 이 아픔을 말로 다할 수 없다. ○별좌別坐 한종로韓宗老가 사람을 보내 문안했고, 이李 질녀(이현수李玄綏의 처, 윤이구의 딸)는 편지로 문안했다. 병조참의 안여석安如石, 이조판서 이현

일李玄逸, 판관 한종건韓宗建이 사람을 보내 문안했다. 노원蘆原의 생원 이
정면李珽冕이 와서 문안했다. 출신 문필계文必啓가 와서 문안했다. ○본부
낭청들이 오래도록 만나고 싶어 했으나, 장방長房[52]을 철거하고 개조하는
일이 끝나지 않아 앉을 데가 없어 감방에는 올 수 없었다. 매번 전갈로 만날
수 없는 마음을 전하고는 했는데, 이제 헌간軒間이 완성되어 도사 권성중,
이존도李存道가 와서 헌간에 앉아 만나기를 청했다. 나와 청송부사 송광벽,
김해부사 이하정李夏禎이 잠시 나아갔다가 바로 물러나왔다. 초관哨官 윤
석후가 와서 문안했다.

〔 1693년 10월 16일 병술 〕 맑음

호조참판 이봉징이 나를 보기 위해 망문望門 안까지 왔다가 장방이 아직
완성되지 않았다는 말을 듣고는 문안하는 말만 전하고 갔다. 훈련도감 초
관 임일주林一柱가 와서 문안했다. 직장 한종적, 감사 이운징이 사람을 시
켜 문안했다. 진사 이상령이 와서 문안했다. 전적 이유, 해남의 윤규미, 풍
덕豊德의 상건尙建이 와서 문안했다. 봉조하奉朝賀 이관징李觀徵, 참판 이옥
李沃이 사람을 시켜 문안했다. 이명하李鳴夏가 와서 문안했다. 진사 조하익
이 사람을 보내 문안했다. 사산감역四山監役 송기창이 사람을 보내 문안했
다. 홍후적이 와서 문안했다. ○오늘의 정사政事는 다음과 같이 이루어졌
다. 예조판서 류명현은 부망副望으로 판의금이 되었다. 윤이제尹以濟, 유하
익, 정유악은 모두 정헌正憲인데도 물망에 오르지 못했다. 심재는 증경曾經
으로 수망首望이 되었다. 류명현 대감과 병조판서 목창명睦昌明은 자헌資憲
으로 부망副望, 말망末望에 올랐다. 류 대감은 곧 2자資를 뛰어넘어 된 것이
니 인간사에는 세勢로 말미암지 않는 일이 있는 것인가? 여러 당상堂上이
모두 유고有故하여 19일 전에는 업무를 볼 수 없다고 한다. 동옥凍獄에 오
랫동안 매여 있어 근심이지만, 이것은 나의 출장出場할 운수가 도래하지

---

52) 장방長房: 각 관청의 서리들이 일을 보는 방이다.

않아서 그런 것이니 무슨 수가 있겠는가.

〔 1693년 10월 17일 정해 〕 맑음

판결사 배정휘가 사람을 시켜 문안했다. 도사 노사제가 문안했다. 첨정 이문준李文俊 대부大父가 편지로 문안했다. 감역 이성좌李聖佐와 그 아우 이문좌李文左가 와서 문안했다. 병조정랑 심탱沈樘이 사람을 시켜 문안했다. 이제姨弟 진사 윤제명尹濟明, 윤적명尹商明이 와서 문안했다. 사간 이동표, 헌납 김태일이 사람을 시켜 문안했다. 참봉 이수만李綬晚, 진사 심일관沈一寬이 와서 문안했다. ○첨지 이영동李詠同이 서간西間에 있다가 와서 이야기를 나눴다. 그는 숭선군崇善君을 공주에 장례지낼 때 일로 여러 번 거듭 조사 받았는데, 이 때문에 갇힌 지 벌써 열 달째라고 한다. ○판관 한종건, 참판 이옥, 주서 이덕운李德運이 사람을 시켜 문안했다. 사복시주부인 종제 정규상, 무겸武兼 오심화吳心華, 종제 이중휴李重休가 와서 문안했다. 홍후적이 와서 문안했다. ○마운감목관馬雲監牧官 조정세曹挺世가 억울하게 죄를 뒤집어썼는데, 다경만호多慶萬戶 김재문金載文이 범송犯松의 죄를 얽어서 보고했기 때문이다. 어제 심리를 받으러 왔는데, 평소 서로 잘 아는 관계라 자주 와서 이야기를 나누었다.

〔 1693년 10월 18일 무자 〕 흐리다 맑음

사옹원직장 김운상金運商이 사람을 보내 문안했다. 홍후적이 와서 문안했다. 이인두 생과 홍이부 생이 와서 문안했다. 지의금知義禁 정유악이 사람을 보내 문안했다. 제용감직장 한종적이 사람을 보내 문안했다. 이정집李庭輯 생이 와서 문안했다. 진사 조하익이 와서 문안했다. 서흥부사[53] 윤항미尹恒美 족숙이 재상災傷 때문에 파직되었다. 그의 막내아우 윤정미尹鼎美와

---

53) 서흥부사: 『승정원일기』 숙종 18년 6월 21일 12번째 기사에 따르면 윤항미는 '서흥현감'에 제수되었다. 서흥도호부는 1671년(현종 12)에 현으로 강등되었는데, 이 때문에 윤이후가 착각을 한 듯하다.

윤천우尹千遇가 함께 와서 문안했다. 전 충주목사 엄찬嚴纘과 최정철이 와서 문안했다. 경기도관찰사(심단)가 사람을 보내 문안했다. ○ 팔마八馬의 노奴 2명이 목화를 짊어지고 와서, 4일 집에서 보낸 편지를 받아 보았다. 온 집안이 평안하다니, 정말 기쁘고 다행스럽다.

〖 1693년 10월 19일 기축 〗 흐림

어젯밤 전교에 이르길 "병조정랑 정제태鄭齊泰가 뜻을 잃고 원한을 쌓아, 조정에 벼슬하지 않을 것이라고 맹세하며 당黨을 위해 죽기를 달게 여긴다. 대명大明 고황제高皇帝가 쓴 법(『대명률』)으로 그것을 논한다면, '교화 밖으로 벗어나 신하 되길 거부하는 사람은 반드시 죽음을 면키 어렵다.'고 한 것이다. 관직을 삭탈하고 변방으로 보내 영원히 변방의 백성으로 삼으라." 했다. 금부禁府에서 즉시 영변寧邊에 정배했다. ○ 예조좌랑 금성규, 교수教授 금구성琴九成, 초관 이신득李信得, 주서 심득천沈得天, 동지同知 김세중金世重, 이승원李承源 생이 와서 문안했다. 형조좌랑 이유, 호조참의 권중경權重經, 헌납 김태일, 집의執義 이동표, 직장 이정흥李鼎興이 사람을 보내 문안했다. 진사 이건징李健徵이 편지로 문안했다. 장기長鬐의 홍명흥洪命興이 와서 문안했다.

〖 1693년 10월 20일 경인 〗 맑음

초관 임일주가 와서 문안했다. 병조좌랑 박희민朴希閔이 사람을 보내 문안했다. 평산平山의 양헌석楊憲奭과 초관 윤석후가 와서 문안했다. 직장 한종적과 사옹원봉사 이정만李庭萬이 사람을 보내 문안했다. 예조 좌랑 금성규, 용산의 생원 이후번과 그의 아들 진사 이상령李相齡, 이상경李相璟, 주서 이상휴가 사람을 보내 문안했다. 전적 김태정이 와서 문안했다. 병사 이도원이 와서 문안했다. 좌랑 이유가 와서 문안했다. 이경조 생, 승지 이운징, 경기감사(경기도관찰사) 심단, 도사 정사효鄭思孝가 사람을 보내 문안했다. 윤천우 생이 와서 문안했다. ○ 전부(윤이석) 댁의 노奴가 해남에서 와서 집에서 온 편지를 받았다. 7일에 보낸 것이다. 연이어 편지를 받으니, 마음이 조금 후련하다.

〖 1693년 10월 21일 신묘 〗 맑음

직장 한종적이 사람을 보내 문안하고, 좌랑 이유와 좌랑 금성규가 와서 문안했다. 도사 최경중崔敬中, 판관 한종건, 이장한李章漢 생이 사람을 보내 문안했다. 참의 강선姜銑과 강현姜俔이 연명聯名한 편지로 문안했다. ○ 새 판의금判義禁 류명현, 동지사 목임일睦林一과 여러 낭청이 개좌했다. 동의금同義禁과 도사 이존도, 심정구, 박경승이 심문했다. ○나에 대한 일과 청송부사 송광벽, 김해부사 이하정, 풍덕부사 류준柳畯에 대한 일을 의논하여 처리해고 복계覆啓했으나, 미처 입계하기 전에 판서 심재가 갑자기 죽어 승정원에 보류해 두고 아직 들이지 못했다. 하는 일마다 장애가 많아 이렇게까지 지체된다. 아무리 걱정한들 무슨 소용이 있겠는가. 처리를 논의한 계사에 다음과 같이 운운했다. '윤○○尹○○[54]의 공술을 보면 누누이 진술한 것이 스스로 변명하는 말이 아닌 것이 없다. 대동저치미 문제는 이미 중요하여 전관前官 때 설령 해당 관청에 보고하여 허가하는 뎨김[許題]을 받았더라도, 단지 참작하여 민간에 나누어 줌으로써 개색改色의 여지로 삼아야 했다. 고마청雇馬廳과 관청에 지급한 수 또한 적지 않다. 이것이 무단으로 함부로 쓴 것과 다르다고 해도 국가의 곡식을 나이那移(유용)한 죄는 면하기 어렵다.' 이렇게 조율照律하면 어떻습니까?〔심방沈枋(윤이후 후임의 함평현감)이 당초에 조사하여 캐내겠다는 뜻으로 보고하기를 청했으나 관찰사가 듣지 않았고, 반드시 조정하려 하다가 실패했다. 관찰사가 남평南平 수령에게 조사하라고 지시했고, 함평의 아전이 서목書目을 받았기 때문에 문서를 조사하려 했으나

---

54) ○○: 윤이후가 자신의 이름을 동그라미로 표시한 것이다.

심방이 그것을 저지했다. 또 심방이 그 쌀 80여 석을 받아들였는데, 내가 받아들이지 않은 원래의 수량보다 적지 않다. 심방의 소행이 이렇게 소상한데, 어찌 무심코 한 짓이겠는가.】

〖 1693년 10월 22일 임진 〗 흐림

오른쪽 눈썹 모서리가 19일부터 조금 아프다가 오늘은 깨끗이 나았다. ○노호露湖의 한 질녀(한종규의 처, 윤이구의 딸)의 딸 혼례를 어제 치렀는데, 신랑은 참의參議 목임유睦林儒의 아들이다. ○좌랑 이유와 좌랑 금성규가 사람을 보내 문안했다. ○인천 자형의 편지와 조카들의 답장을 보았다. 누님의 장사는 과연 15일에 권조權厝한 것을 알았다. 빈소에 10개월간 있다가 이제 비로소 매장했다는 것을 알았다. 망극한 가운데 정말 다행이다. ○은율현감殷栗縣監(한종운韓宗運)이 문안 편지와 잣 1말, 문어 1마리, 굴비 두 묶음을 보냈다. ○보성의 출신出身 장한용張漢容과 최영걸崔英傑이 와서 문안했다. 윤천우가 와서 문안했다. 대사간 김몽양金夢陽과 경기감사 심단이 사람을 보내 문안했다.

〖 1693년 10월 23일 계사 〗 맑음

입직도사入直都事 권성중이 장방長房에 내려와서 더불어 만나자고 하여, 나와 청송부사 송광벽, 김해부사 이하정, 동선도정東善都正이 나아가 함께 조용히 만났다. ○금폭 좌랑(금성규)과 경기도관찰사(심단), 판관 한종건이 사람을 보내 문안했다. 판결사 배정휘가 사람을 보내 문안했다. 도사 노사제가 근무교대로 들어와서 문안다. ○공사公事를 의논한 계사를 판서 심재의 상喪 때문에 오늘 아침에야 입계했는데, 그대로 윤허한다고 판하判下하셨다. 이정집이 와서 문안했다.

〔 1693년 10월 24일 갑오 〕 맑음

어제 빙고별검氷庫別檢 이정석李廷晳이 본부 도사 허명許銘과 서로 바꾸어 입직했다가 오늘 아침에 문안했다. 노사제가 교대로서 들어와 또한 문안했다. 지의금知義禁 정유악이 사람을 보내 문안했다. 직장 한종적이 사람을 보내 문안했다. 홍후적이 와서 문안했다. 병사 이도원이 사람을 보내 문안했다. 도사 권성중이 당직當直을 옮겨 들어와서 심부름꾼을 보내 문안했다. 경기감사(심단)가 심부름꾼을 보내 문안했다. ○오늘은 방물方物을 싸는 날이기 때문에 개좌할 수 없으나, 판금오判金吾가 내가 오래 갇혀 있는 것을 염려하여 의정부의 회의에서 조율하여 들어와, 국가의 곡식을 나이郍移(유용)한 죄는 삼천리 유배형인데 공으로 일등을 감형하고 상喪 전에 범한 죄를 속형贖刑한 후, 고신告身을 모두 추탈했다. 해가 진 후 공사公事가 비로소 내려오자 즉시 석방해 보내 주었다. 그 길로 묵동墨洞에 돌아갔다. 지금 아이들은 조하주曺夏疇의 집을 빌려 입주해 있다.【청송부사 송광벽, 김해부사 이하정, 풍덕부사 류준도 함께 석방되었다.】

〔 1693년 10월 25일 을미 〕 맑음

전극립全克岦이 와서 현신現身했다. 경기도관찰사(심단)가 내방했다. 옥과현감 이헌, 주부 정규상, 원상하, 학관學官 숙叔(윤직미), 이백爾栢, 사용봉사 이정만, 전적 김태정, 이정집, 도사 이형징, 장원별제掌苑別提 이형, 금부도사 노사제, 진사 이우인李友仁 등이 와서 만났다. 첨정 이문준 대부와 초관 윤석후가 밤에 와서 만났다. 명아命兒(윤두서)의 처와 세원世願 어멈(윤종서의 처 청주한씨)과 여식이 왔다. 명아의 처는 돌아갔다. ○김 랑郞(김남식金南拭)이 와서 잤다. ○전부(윤이석) 댁의 노가 해남으로 돌아가기에 편지를 부쳤다. 서간西間에 함께 갇힌 이는 곧 첨지 이영李泳, 김해부사 이하정, 동선도정東善都正 이병李炳, 함평현감 민순, 풍덕부사 류준, 청송부사 송광벽, 그리고 나와 충의忠義 이만영李萬榮, 첨사 이돈오李敦五, 감목 조정세였다. 나와 청송부사 송광벽, 김해부사 이하정, 풍덕부사 류준은 모두 고신을 빼앗기고 먼저 석방되었다. 본부 당상 판의금은 류명현, 일지사一知事는 유하익, 이지사二知事는 정유악, 동지사同知事는 목임일, 낭청은 박경승朴慶承, 노사제, 이준도, 정행만, 심정구, 권성중, 이정석이고 나머지는 잘 모르겠다. 내가 올 때의 나래나장拿來羅將은 박오룡朴五龍이다. 심문한 후에 서리 김정휘金鼎輝, 송희창宋希昌이 날마다 와서 안부를 물었다. 김정휘는 예전에 조부님(윤선도)께서 삼수三水에서 광양으로 이배될 때 본부(의금부)에서 정해서 보낸 관리다. 이 서리胥吏는 한번 조부님을 모시고 왕래한 후부터 우리 집과 연락이 끊어진 적이 없었고, 조부님께서 답장한 배자牌子 몇 폭을 지금까지도 보배처럼 간직하고 있다. 서리의 신의가 이러하다. 이는 사대부가 미칠 수 있는 바가 아니니 진실로 감탄할 만하다.

〖 1693년 10월 26일 병신 〗 맑음

낭청 곽제화郭齊華, 신하상申夏相 생이 왔다. 신하상은 현임 진도감목 신석申溪의 아들이다. 참판 이시만李蓍晩, 감사 이식李湜, 대사간 김몽양, 주서 이상휴, 충주목사 엄찬, 감역 송기창, 진사 김세황金世璜, 생원 류진柳振, 양헌직 생, 홍이부 생, 윤구尹俅 생, 전적 김태정, 종제 진사 윤제명, 윤상명尹商明, 종제 이징휴李徵休, 진사 정세갑鄭世甲, 판서 정유악, 처사處士 최수석崔壽錫이 왔다. 원상하가 와서 머물렀다. ○용산의 며느리(윤광서의 처)가 왔다. 비통한 마음이 새롭다. ○장단부사 박창한朴昌漢, 서흥현감 윤항미, 윤천우 생이 왔다.

〔 1693년 10월 27일 정유 〕 흐림

옥천군수 정조갑鄭祖甲, 숙주叔主 남중계南重繼, 종제 이장원李長源, 류기
서, 첨지 이수방李秀芳, 김남휘金南揮 생, 이홍부李弘溥 생, 최정철, 이석겸李
碩謙 생이 왔다. ○진선군晉善君 강석빈姜碩賓 내외의 궤연几筵에 가서 곡을
했다. 맏상주만 있어서 다시 조문한 것이다. 방향을 바꾸어 명동의 경기도
관찰사(심단) 댁에 이르러 숙모님께 절했다. ○이정목이 와서 머물렀다.

〔 1693년 10월 28일 무술 〕 새벽 무렵에 천둥번개가 치고 우박이 내림

예조의 대문 밖 버드나무가 벼락을 맞았다고 한다. 오늘이 세자의 탄신일
인데, 기미년(1679)과 무진년(1688)에도 모두 겨울에 천둥번개가 친 일이
있어서 근심하는 이들이 많았다. 상감께서 직접 비망기를 지어 경외에 명
령을 내려 죄인을 너그럽게 처결하게 했다. ○교관敎官 심홍필沈弘弼, 진사
심일관沈一觀, 심일회沈一會 생, 진사 이정양, 참봉 이수만, 정자正字 이의
만李宜晚, 양천현감 이이만李頤晚, 군자판관軍資判官 한종건, 주서注書 이덕
우李德遇, 사복판관司僕判官 강석신姜碩臣, 종제 사복주부司僕主簿 정규상,
예조참의 강선, 전 참의 강현, 이정목, 이정집 생, 이인두, 진사 이인규李寅
奎, 윤천휴尹天休 생, 진사 홍만통洪萬通, 종제 이대원李大源, 예빈 봉사禮賓
奉事 종형從兄 최태기崔泰基, 초관 임일주, 윤석후, 출신 노일상魯日祥이 왔
다. 류기서, 원상하가 와서 머물렀다.

〔 1693년 10월 29일 기해 〕 맑음

용산에 가서 며느리(윤광서의 처 연안이씨)를 만났다. 사돈 이 생원(이후번李
后藩)과 그 아들 진사 이상령李相齡, 주서 이상휴가 그 자리에 있었다. 죽은
아들(윤광서)의 궤연에 통곡했다. 돌아오는 길에 청파靑坡의 이 질녀(이현
수의 처, 윤이구의 딸)에게 들러 만나 본 후 회동會洞에 돌아와 전부 형님(윤

이석)께 인사를 올렸다. 옥과현감 이흰이 와서 만나 보았다. 형님은 병세가 조금 좋아진 듯하지만, 정신이 아직 혼미하고 기거를 마음대로 하지 못하여 아직도 눈에 띄게 좋아진 것이 없다. 작별할 때 서로 붙들고 울면서 헤어졌으니 저간의 정경이 어떠했겠는가. 밤에 묵동으로 돌아왔다. 류기서, 원상하, 사위 김남식金南拭이 와서 잤다.

1693년 11월. 갑자 건建. 큰달.

석방되어 돌아오다

〔 1693년 11월 1일 경자 〕 맑음

진사 김전金銓, 상인喪人 김익하金翊夏가 왔다. 이른 아침을 먹은 후 출발했다. 나루머리에 당도하여, 두서斗緖가 하직 인사하고 갔다. 노호露湖에 가서는 형수님(윤이구尹爾久의 처)을 뵈었는데, 한 질녀(한종규韓宗揆의 처, 윤이구의 딸)와 그 며느리, 그 신□新□가 함께 있었다. 참봉 한종규와 잠시 이야기를 나누고 헤어졌다. 가묘에 숙배하고 하직인사를 올린 뒤 종서宗緖도 하직하고 물러가니 마음이 쓸쓸했다. 종제 이징휴李徵休가 뒤늦게 당도하여 동행했다. 기탄歧灘을 경유하여 해가 진 후 안현鞍峴에 당도했다. 누님(안서익安瑞翼의 처) 궤연에 곡을 하고, 자형(안서익)과 두 상인喪人(안명신安命新, 안명장安命長), 차상부次喪婦, 어린 질녀와 서로 붙들고 한참을 통곡했다. 요사이에 일어난 정경을 말로 다할 수 있겠는가.

〔 1693년 11월 2일 신축 〕 맑았다가 흐림

이른 아침에 출발하여 누님의 새 무덤에 가서 통곡했다. 그러고 나서 홍아와 헤어지고 명고서원촌明皐書院村에 당도하여 말을 먹였다. 저녁에 수원부水原府에 있는 후생厚生의 집에 묵었다. 후생은 종제 이징휴의 노奴이다.

동이 틀 무렵 밥을 먹었다. 새벽부터 내린 가랑비가 그치지 않아서 늦은 아침에야 비로소 출발했다. 비를 무릅쓰고 길을 가다가 청회靑回에서 말을 먹였는데, 오후에 날이 개었다. 저녁에 갈원葛院에 묵었다.

날이 밝기 전에 출발했다. 별이 찬란하더니 10리도 못 가서 갑자기 구름이 겹겹이 하늘을 가리고 체를 친 듯한 가는 눈이 내렸다. 잠깐 사이에 몇 치나 쌓이더니 조금 있다가 눈이 개고 해가 나왔다. 성환成歡에 당도하여 조반을 먹고 찰방에게 사람을 보냈는데, 문지기가 병이 났다고 핑계를 대며 막고서 들여보내 주지 않았다. 눈이 어지럽게 또 내리고 천둥소리도 약하게 울렸다. 열흘도 안 되는 사이에 겨울 우레가 두 번이나 치니 참으로 기가 막힌다. 잠시 후 눈이 그쳐 출발했는데 또 비를 만났다. 10리를 가기 전에 비는 그쳤지만 또 10리도 못 가 비와 우박이 섞여 내렸다. 진흙이 무릎까지 차서 길 가기가 매우 고생스러웠다. 해가 기울 무렵 천안 주막에 당도하여 유숙했다. ○ 서울로 돌아가는 정동貞洞 사람을 만나 편지를 부쳤다.

새벽에 출발하여 덕평德坪에서 아침을 지어 먹었다. 저녁에 궁원弓院 토막土幕에서 묵었다.

날 밝을 무렵 출발하여 효가孝家에서 말을 먹이고, 경천敬天에 있는 토막에서 묵었다.

〖 1693년 11월 7일 병오 〗 맑음

새벽에 출발하여 니산尼山 주막에서 아침을 해 먹었다. 올목兀木에서 말을 먹이고, 여산礪山에 있는 임막금林莫金의 집에 묵었다.

〖 1693년 11월 8일 정미 〗 지난밤 초저녁부터 눈이 내림. 늦은 아침에 갬

새벽에 출발하여 삼례參禮에서 아침을 해 먹고 금구金溝【정익창鄭益昌의 집】에서 묵었다. 금구현령 박성의朴性義가 곧바로 나와서 환대하고 쌀 4말과 콩 3말을 주었다. 관노비 추쇄관推刷官 원치도元致道가 마침 도착하여 찾아왔다.

〖 1693년 11월 9일 무신 〗 맑음

새벽에 밥을 먹고 출발하여 태인의 주막에서 말을 먹였다. 태인현감 류명철柳命哲이 나와서 만났는데, 쌀 4말과 콩 3말, 편자 3부를 보냈다. 정읍 강세걸康世傑의 집에서 묵었다. 정읍현감 한세경韓世經이 나와서 만났다. 쌀 3말과 콩 3말을 주었다.

〖 1693년 11월 10일 기유 〗 맑음

새벽에 출발하여 천원역川源驛에서 아침을 해 먹고, 고장성古長城에서 말을 먹이고, 신장성新長城 최치웅崔致雄의 집에서 묵었다. 장성부사 이동근李東根은 집으로 돌아가고 없었다.

〖 1693년 11월 11일 경술 〗 맑음

새벽에 출발하여 북창北倉에서 아침을 해 먹고 영산포를 건너 나羅 도사都事

의 농소農所가 있는 마을에서 묵었다.

〔 1693년 11월 12일 신해 〕 맑음

새벽에 출발하여 불수원不愁院에 도착했는데 날이 밝지 않았다. 아침을 해
먹고 출발하여 월남月南 신전리薪田里에서 말을 먹이고 밤늦게 집에 도착
했다.

〔 1693년 11월 13일 임자 〕 아침에 흐리고 비가 쏟아짐

종제 이징휴가 백치白峙로 돌아갔다. ○윤명우尹明遇, 윤성우尹聖遇, 김삼
달金三達, 윤순제尹舜齊, 극인棘人 임취구林就矩, 선달 윤기업尹機業, 최운학
崔雲鶴이 왔다. 정광윤鄭光胤과 정왈수鄭日壽가 왔다. 김수도金守道가 왔다.

〔 1693년 11월 14일 계축 〕 눈이 날리고 잠시 비가 쏟아짐

윤이복尹爾服, 윤이송尹爾松, 최석징崔碩徵, 최백징崔百徵, 윤시건尹時建, 윤
시달尹時達, 윤시한尹時翰, 윤희직尹希稷, 윤희설尹希卨, 진사 최시필崔時弼,
최세양崔世陽, 송창우宋昌佑, 윤중호尹重虎가 왔다. 윤적미尹積美가 왔다.
○대둔사大芚寺의 중 보견寶堅과 도장사道藏寺의 중 학잠學岑이 와서 알현
했다.

〔 1693년 11월 15일 갑인 〕 흐리다 맑음

윤시삼尹時三, 송수삼宋秀參, 이상영李尙榮, 임세회林世檜, 송수기宋秀杞, 윤
재도尹載道, 선수업宣守業, 윤창도尹昌道, 윤학령尹鶴齡, 김우정金友正, 선달
윤취삼尹就三, 선달 윤익성尹翊聖, 선달 이정웅李廷雄, 최운제崔雲梯, 김태귀
金泰龜가 왔다. ○해남현감이 사람을 보내 문안했다.

〔 1693년 11월 16일 을묘 〕 맑음

임형옥林衡玉과 임홍종林弘宗이 왔다. 변최휴卞最休가 왔다. ○창아昌兒가 책을 지고 도장사道藏寺 호호정浩浩亭으로 갔다. 호호정은 조부님께서 지난 신미년(1631)에 지은 것이다. 경치가 매우 뛰어나 "삼산三山의 봉우리 운무 위에 솟아 있고〔三山半落靑天外〕, 장강 물길은 백로주白鷺洲에 두 갈래로 갈리네〔二水中分白鷺洲〕"[55]라는 시 속의 경치를 지니고 있다. 지난 임진년(1652)에 나와 백미白眉(윤이석)가 오랫동안 갈고 닦으며 공부하던 곳으로, 지금 이 아이를 보내는 것은 강산의 도움이 있을 듯해서이다. 하지만 어찌 노둔한 재질로 바랄 수 있는 것이겠는가. 세동사細洞寺의 중이 된 아노兒奴 을문乙文을 붙잡아서 이 절에 소속시키고, 창아에게 주어 보내서 심부름을 시키게 했다. 별장別將 김정진金廷振도 인사하고 갔다. ○족숙族叔 윤세미尹世美, 윤승후尹承厚, 윤희직, 윤희설이 왔다. 해남에 사는 질자姪子 최익崔檥이 왔다. 나의 오촌 조카이다. 좌수座首 이신재李信裁와 별감 임중신任重信이 왔다. ○세동사 중 두 사람이 와서 알현했다. 연동蓮洞의 이우택李宇澤, 조이약趙以若, 윤남미尹南美, 김준金俊이 왔다. 송수기가 왔다. ○감목관監牧官이 예심禮心을 데리고 갔는데, 만웅萬雄으로 하여금 가야금을 가르치도록 하기 위해서다.

〔 1693년 11월 17일 병진 〕 맑음

윤유도尹由道, 최상일崔尙馹, 김귀현金龜玄, 봉현蜂峴의 족숙 윤주미尹周美, 백치의 종제 이대휴李大休, 연동의 윤선시尹善施, 마포馬浦의 문정필文廷弼이 왔다. 대둔사의 중 천택天澤이 와서 현신現身하고, 으름〔燕覆子〕 9개를 바쳤다. ○전부典簿(윤이석) 댁 노奴가 상경하기에 편지를 부쳤다.

---

55) 삼산三山의…갈리네: 이백李白의 칠언율시 「금릉의 봉황대에 올라〔登金陵鳳凰臺〕」의 한 구절이다.

〔 1693년 11월 18일 정사 〕 맑음

최항익崔恒翊, 최유기崔有基, 이만영李萬榮, 송수삼, 박상미朴尚美, 윤천화尹天和, 윤이형尹陌亨, 김흥준金興俊, 최운학, 출신 최만익崔萬翊이 왔다. 염창鹽倉의 출신 정익태鄭益泰와 윤석구尹碩耉가 왔다. 정익태는 황향黃香 20개를 가지고 와서 선물했다. 감목監牧이 황향 15개를 보냈다. ○이날 밤에 밤 무지개가 달을 꿰었다.

〔 1693년 11월 19일 무오 〕 흐리고 맑음

정익태, 윤석구가 이른 아침에 갔다. 김체화金体華, 김체빈金体彬, 임익태林益泰, 출신 권혁權赫, 민중세閔重世, 김삼달이 왔다. 윤순제가 왔다. 해남의 하리下吏 김만주金萬冑가 와서 현신했다. ○최운崔雲의 노노奴를 통해 진도 군수에게 편지를 보냈다.

〔 1693년 11월 20일 기미 〕 바람 불고 흐림

이백爾栢이 서울에서 왔다. ○윤석귀尹碩龜, 박세유朴世維, 이봉순李逢舜, 이전李瀍, 최정익崔井翊, 최도익崔道翊, 윤화미尹和美, 상인喪人 김한집金漢集이 왔다.

〔 1693년 11월 21일 경신 〕 바람 불고 흐림

병영兵營의 윤우성尹佑聖이 왔다. 지평持平 정제선鄭濟先이 유배 생활을 불량하게 하며 법도에 어긋난 일을 많이 저질렀다고 전에 들었는데, 지금 윤우성의 말을 들으니 그의 노비를 억지로 사려 한 정상은 차마 말로 할 수 없다. 정제선은 고故 상신相臣 정태화鄭太和의 손자인데, 경신년(1680)에 사람을 죽인 죄로 이곳으로 유배되어 왔다. 그의 행동이 이러하니 정씨 집안도 망할 것이다. 통탄스러움을 누를 길이 없다. 정광윤이 왔다. 보성의 박빈함

朴彬咸 생이 찾아와 동숙同宿했다. 윤무순尹武順과 그의 아들 윤시삼도 왔다.

〖 1693년 11월 22일 신유 〗 비

박 생(박빈함)이 발길을 돌려 연동 영건소營建所로 갔다. 윤무순은 그대로 머물고 윤시삼은 떠났다. 김삼달, 윤세빙尹世聘, 김율기金律器, 족숙 윤주미, 족제族弟 윤징귀尹徵龜가 왔다. 이천두李天斗는 말을 잘 모는 사람인데, 지난번에 내가 사람을 보내 보자고 했더니 왔다. 나위기羅緯箕가 와서 말하기를, 그의 적질嫡姪인 강석무姜碩武가 또 정장呈狀했기에 논을 두고 소송하려 한다고 했다. 강석무가 전에 나위기에게 논을 샀는데, 나위기가 강석무를 꾀어 혼자 원고와 피고가 되어[自作元隻] 여러 번 소송을 일으켜 판 논을 다시 빼앗으려 하다가 패소했다. 지금 또 이런 계책을 꾸미기에 내가 곧은말로 준엄히 꾸짖어 배척했다. 그러나 그가 앞으로 어떻게 할지는 모르겠다. ○창아가 백족白足(승려)을 보내 편지를 부쳤기에 즉시 답장을 써 보냈다.

〖 1693년 11월 23일 임술 〗 어제는 밤새 비가 오고 오늘은 맑음

이천두가 갔다. 황세휘黃世輝, 정광윤, 김삼달이 왔다. 연동의 윤후지尹後摯, 윤성필尹聖弼이 왔다. 봉대암鳳臺庵의 중 천오天悟가 와서 알현했다.

〖 1693년 11월 24일 계해 〗 맑음

어제 한밤중에 염창鹽倉의 윤석구尹碩耉와 윤세구尹世耉가 와서 말하기를, 윤석구가 한정閑丁[56] 판정을 받았는데 면제받길 원한다고 하기에, 즉시 해남현감(최형기崔衡基)에게 편지를 써서 부탁했다. 우리 선대부터 문중에 군역으로 피소된 사람이 있으면 힘을 다하여 주선해 주었기 때문이다. 그러

---

56) 한정閑丁: 역役의 의무가 있는데도 의무를 이행하지 않는 장정을 말한다.

므로 우리 동성同姓 중에는 지극히 미천한 사람이라도 군역에 충정되는 사람이 없었는데, 나에 이르러 감히 괄시할 수는 없어서 들은 즉시 옷을 걸치고 일어나 편지를 써서 준 것이다. ○강진 이본耳本에 사는 김진서金振西가 왔다. 백치의 외숙과 권붕權朋, 송정松汀의 이석신李碩臣이 왔다. 윤창尹昌과 상인喪人 윤준미尹俊美와 윤영미尹英美가 왔다.

〖 1693년 11월 25일 갑자 〗 어젯밤에 비가 왔다가 새벽부터 쾌청함

요즘 날씨가 봄처럼 따뜻하다. 오늘 동지冬至 차례는 지낼 사람이 없어 과원果願을 시켜 지내게 했다. ○윤서후尹瑞厚, 임중헌任重獻, 정광윤, 상인喪人 문정필, 윤희제尹喜齊가 왔다. 김성삼金聖三이 왔다.

〖 1693년 11월 26일 을축 〗 맑음

김삼달, 김여휘金礪輝, 윤인구尹仁耈가 왔다. 윤인구는 윤석구의 동생이다. 서원영건색리書院營建色吏 이계추李戒秋가 와서 현신했다.

〖 1693년 11월 27일 병인 〗 맑음

들으니, 어젯밤 연동 영건소의 일꾼 천막에 누군가 방화하여 세 천막이 한 꺼번에 완전히 불탔다고 한다. 인심이 이와 같으니, 놀라움을 어찌 말할 수 있겠는가? ○다산茶山의 최남익崔南翊, 월암月岩의 임성건林成建, 화산花山의 전극립全克岦이 왔다. 윤상尹詳, 김의방金義方, 윤현귀尹顯龜, 윤승후, 안형상安衡相, 백몽성白夢星, 윤희제가 왔다. 최운제, 정광윤, 양지수梁之洙가 왔다. ○아내의 눈이 흐려져 사물이 잘 보이지 않는 증세가 여전히 낫지 않고 있다. 전에 이증李增이 "이것은 간혈肝血이 허하거나 손상된 것 때문이 아니라, 머리에 습열濕熱이 많아 일어난 병입니다. 반드시 백회혈百會穴에 뜸을 떠야 효험을 볼 수 있을 것입니다. 예전에 누차 효험을 보았으니, 이밖에는 치료할 방법이 없습니다."라고 말했다. 10월에 그 말에 따라 뜸을 21장壯 떴더니, 가슴에 치밀어 오르는 기운이 확실히 내려가는 효험이 있었고 시력도 꽤 나아졌다. 아내가 또 뜸을 뜨고 싶어 하기에, 오늘 7장을 떴다.

〔 1693년 11월 28일 정묘 〕 맑음

극인棘人 김태극金太極, 선달 김현추金顯秋, 윤이성尹爾成이 왔다. 선달 김봉현金奉賢, 연동 하인 성철性哲이 예전에 받아 기른 제주도 망아지를 가지고 와서 바쳤다. ○아내의 백회혈에 뜸을 7장 떴다. ○해남현감(최형기)이 공생貢生을 보내 위문했다.

〔 1693년 11월 29일 무진 〕 아침부터 눈이 내리다가 저녁 무렵 비와 섞여 옴

성덕항成德恒, 최남표崔南杓가 왔다. 해남현감(최형기)이 영암으로 동추同推(합동심문)를 하러 가는 길에 역방했다. ○기오당寄傲堂 서쪽 방 부뚜막에 솥을 걸고, 또 임시 지붕을 올려 말죽을 끓이는 곳을 만들었다.

〔 1693년 11월 30일 기사 〕 맑음

김귀현, 윤축尹軸, 윤성세尹聖世, 송시민宋時敏, 김삼달이 왔다. ○생원 성준익成峻翼이 그 어머니의 묘를 옮겨 진위振威에 있는 선고先考의 묘에 합장하고, 돌아오는 길에 역방했다. 그 두 아들 성덕기成德基, 성덕징成德徵과 윤경리尹敬履가 함께 왔다. ○박필대朴必大, 박필항朴必恒이 왔다. ○별장 윤동미尹東美가 서울에서 돌아와 아이들의 잘 있다는 편지를 받았다. 정말 기쁘다. ○아내의 백회혈에 뜸을 7장 떴다. ○이신우李信友가 와서 묵었다.

1693년 12월. 을축 건建. 작은달.

송사訟事 청탁을 물리치고

〖 1693년 12월 1일 경오 〗 맑음

이신우李信友가 만홍萬洪과 매인每仁을 데리고 강진 역송리驛松里[57]로 갔다.
제방 쌓은 곳을 살피기 위해서다. 윤서尹恕, 김여휘金礪輝가 왔다. 임한두
林漢斗가 왔다. 진도의 박동구朴東耉가 왔다. ○속금도의 김득성金得聲이 와
서 알현하며 그곳이 간척할 만한 곳이라고 힘주어 말했으나, 비용이 많이
들어 도모하기 어려우니 안타깝다.

〖 1693년 12월 2일 신미 〗 맑음

선수업宣守業이 아침 일찍 왔다. 속금도의 기진려奇震麗 서방書房이 왔다.
윤시상尹時相이 몇 달 동안 이틀거리[唐瘧]를 앓다가, 이제야 비로소 와서
만났다. 이날 초저녁에 가랑비가 내렸다.

〖 1693년 12월 3일 임신 〗 맑음

백치白峙의 노奴 기회己會가 상경하기에 편지를 부쳤다. 별장別將의 노도
상경하기에 또 편지를 부쳤다. ○연동蓮洞 영건소營建所에 가서 서원 공사

---

57) 역송리驛松里: 역송亦松이라고도 한다. 지금의 전라남도 강진군 칠량면 영복리 만복마을이다.

를 살펴보고, 유사 박필중朴必中과 이야기를 나누었다. 연동의 여러 친족들이 모두 모였다. 오후에 발길을 돌려 백치로 가서 외숙께 인사하고 그대로 유숙했다.

〖 1693년 12월 4일 계유 〗 맑음

백치 동네 사람과 송정松汀의 이석빈李碩賓 생이 와서 만났다. 늦은 아침에 집으로 돌아왔다. 이신우가 역송리에서 왔다. ○초저녁에 어떤 손님이 와서 만나기를 청하기에 들어오게 했더니, 청계淸溪의 김태위金泰位라는 사람이었다. 무슨 긴요한 일이 있어 밤을 무릅쓰고 왔는지 물었더니, "지금 윤기업尹機業의 표숙表叔(고모부) 김흥준金興俊과 송사를 벌이고 있는데, 송사 처리의 곡직을 들으려고 왔습니다."라고 한다. 내가 "송사를 담당하는 관리가 있을 텐데, 왜 나에게 묻는가? 내가 그 곡직을 분별한다 해도 송사에는 도움이 되지 않을 것이다. 물어서 무엇 하겠는가?"라고 하자, 그가 말하길, "윤기업이 혹시 와서 고한다면 그의 뜻에 따라 주선해 줄지도 모르기 때문입니다."라고 했다. 내가 듣고 놀랍고 통탄스러워, "나는 소송을 건 사람을 위해 좌지우지한 적이 한 번도 없다. 어찌 갑자기 이런 말을 하는가?"라고 하며, 엄한 말로 물리쳤다. 별 이상한 사람이 다 있다는 것을 비로소 알겠다. 의아하고 또 우습다. ○정광윤鄭光胤이 밤에 왔다가 곧 갔다.

〖 1693년 12월 5일 갑술 〗 바람 불고 눈이 내림. 흐리다 맑음

이신우가 갔다. 안정포安正浦[58]의 상인喪人 이희성李希晟, 주산舟山 김명석金命錫, 해암海岩 김세흥金世興이 왔다. 최운원崔雲遠이 왔다.

---

58) 안정포安正浦: 전라남도 해남군 화산면 안호리 안정마을 부근으로 추정된다.

〖 1693년 12월 6일 을해 〗 어젯밤 눈 내림. 종일 맑기도 하고 눈이 내리기도 함

윤석미尹碩美가 왔다. 지원智遠이 왔다. ○보성의 진사 조하익曺夏翊이 방문하여 그 아버지의 병에 쓸 약에 대해 물었다. 담양부사 조정우曺挺宇는 65세로 지금 자최복齊衰服을 입고 있는데 병세가 가볍지 않다. 윤기업이 왔다. ○노奴 연금軟金이 서울에서 돌아와 아이들의 문안 편지를 받았다.【병사兵使 윤하尹河가 어제 순력巡歷하러 해남에 도착했는데, 밤에 공생貢生을 보내 문안했다.】

〖 1693년 12월 7일 병자 〗 맑음

진사 조하익이 갔다. ○학관學官(윤직미尹直美)의 노 구룡九龍이 서울에서 와서 흥아興兒, 두아斗兒 두 아이의 편지를 받았다. 배준웅裵俊雄, 선달 윤천미尹天美가 왔다. 윤성세尹聖世가 왔다. 김상유金尙柔가 왔다.

〖 1693년 12월 8일 정축 〗 흐리다 맑음

연동의 윤천우尹天佑가 왔다. 마포馬浦의 윤팽년尹彭年이 왔다. 윤징귀尹徵龜가 왔다. 김정진金廷振이 왔다가 그대로 숙위했다.

〖 1693년 12월 9일 무인 〗 흐리다 맑음. 바람 불고 눈 내림

병사 윤하가 순력하는 길에 들어와 조문하고 정담을 나누었다. 무명 7필, 장지 2권, 백지 2권, 황촉 2쌍을 단자를 갖추어 주었다. 윤석귀尹錫龜, 윤주상尹周相, 윤민尹玟, 김삼달金三達이 왔다.

〖 1693년 12월 10일 기묘 〗 눈이 많이 내림. 저녁에 맑음

김정진이 갔다. 정광윤이 왔다. 윤동미尹東美, 임취구林就矩가 왔다. 족숙族叔 윤세미尹世美가 와서 만났더니, "나주 반남潘南에 정창도鄭唱道라는 사람이

있는데 의술이 귀신같아 옛 명의에 견줄 만하다."라고 했다. 그러나 이 족숙은 남을 비판하고 칭찬하는 것이 실정과 잘 맞지 않는 병통이 있으니, 이 말을 어떻게 믿을 수 있겠는가?

〔 1693년 12월 11일 경진 〕 어젯밤 눈이 내렸고 종일 흐리다가 맑음

연동의 윤선적尹善積이 왔다.

〔 1693년 12월 12일 신사 〕 흐림

황세휘黃世輝, 김삼달이 왔다. 윤선적이 갔다. 강진 평덕平德의 윤기중尹器重이 왔다. 윤시삼尹時三이 그의 아버지인 윤무순尹武順을 뵙기 위해 왔다.

〔 1693년 12월 13일 임오 〕 흐림

윤시삼, 윤기중尹器重이 갔다. 윤석구尹碩耉, 윤기업, 정광윤이 왔다. ○인천 댁(안서익安瑞翼의 집)의 노奴가 신공身貢을 거두어 인천으로 올라가는 편에 편지를 부쳤다.

〔 1693년 12월 14일 계미 〕 지난밤부터 내리던 비가 저녁까지 계속 내림. 종일 흐리고 안개가 자욱하여 마치 꽃을 재촉하는 날씨 같음

염창鹽倉[59]의 윤신빙尹莘聘이 왔다. 그 아들 윤석구가 한정閑丁이라고 피소되었는데, 내가 해남현감(최형기)에게 청하여 깨끗이 면제되었으므로 이에 대해 사례하기 위해 온 것이다. 김성삼金聖三이 왔다.

---

59) 염창鹽倉: 현재의 해남군 현산면 읍호리 읍호마을이다. 서쪽으로 망부산, 동쪽에 성매산, 남쪽에 백방산으로 둘러싸인 곳에 위치하는데, 백포리 방조제를 만들기 이전에는 백방산 아래까지 바닷물이 들어왔고, 소금을 저장하는 곳이 있어 '염창'이라 불렸다. 조선 고종 대에 읍호정이라는 정자가 건축되면서 읍호라는 이름으로 바뀌었다고 한다.

〖 1693년 12월 15일 갑신 〗 흐리다 맑음

백치 외숙(이락)이 관두리館頭里에서 맏아들의 전처 나씨羅氏의 영구靈柩와 8살 딸의 시신을 내일 백도白道의 금당동金堂洞으로 이장하므로, 아침 먹고 출발했다. 길에서 윤시상과 임형林衡을 만나 잠시 이야기하고, 해가 진 후 금당동에 도착했다. 밤에 다시 방향을 바꿔 간두리幹頭里의 우리 집 산소에 가서 묵었다.

〖 1693년 12월 16일 을유 〗 바람 불고 맑음

산소 근처에 사는 윤지명尹之鳴이 와서 만났다. 이른 아침에 밥을 먹고 다시 금당동에 가니 하관한 뒤였다. 늦은 아침에 떠나서 바람을 맞으며 집으로 돌아왔다. ○ 전부典簿(윤이석) 댁 노가 서울에서 돌아와, 아이들이 3일에 보낸 잘 있다는 편지를 받았다. 왕십리에 사는 중인中人 박태웅朴太雄이라는 자가 역모를 고발했다고 한다. 그가 끌어들인 자는 모두 시정아치나 중인인데, 국청鞫廳을 설치하여 추문推問했으나 사실이 아니었다. 고변한 자가 제정신이 아니기 때문에 죽여서는 안 된다는 대신들의 말에 따라 사형을 감하여 정배定配하자, 대간이 참형에 처해야 한다고 논박하며 계달하던 와중에, 고변한 자가 하룻밤 새에 광증狂症이 크게 발병하여 노래 부르기도 하고 웃기도 하다가 죽었다고 한다. 한번 웃을 일이지만, 식자識者들은 앞으로 헤아리기 어려운 일이 일어날 조짐이 아닐까 생각하며 걱정이 작지 않다. ○ 지난달 26일 사감과賜柑科에 상감께서 직접 책제策題를 내셔서 천재天災와 미재弭災(재앙을 가라앉힘)의 도에 대해 물으셨다. 이현李礥, 신필현申弼賢, 안서우安瑞羽, 박린朴繗, 강영姜橷 5인이 선발되어, 모두 직부전시直赴殿試를 받았다. ○ 김진서金振西가 와서 딸의 병에 쓸 약에 대해 물었다.

〔 1693년 12월 17일 병술 〕 맑음

임형이 왔다. 이신우가 갔다. 윤지원尹智遠, 정광윤, 김삼달이 왔다. 연동의 윤이송尹爾松, 윤이백尹爾栢, 정석삼鄭錫三이 왔다. 영암군수(박수강)가 심부름꾼을 보내어 편지로 안부를 물었다. 감목관監牧官(신석申奭)이 들렀다.

〔 1693년 12월 18일 정해 〕 맑음

족숙 윤주미尹周美, 윤희직尹希稷, 임세회林世檜가 왔다.

〔 1693년 12월 19일 무자 〕 맑음

윤무순이 갔다. 염창鹽倉의 정세교鄭世僑가 왔다. 군입리軍入里의 김연金淵이 왔다. 김현추金顯秋의 조카이자 윤성필尹聖弼의 사위다. 김귀현金龜玄, 윤명우尹明遇가 왔다.

〔 1693년 12월 20일 기축 〕 어제 밤에 심하게 바람 불고 눈이 조금 내림. 낮에는 맑음

형수님(윤이구의 처) 댁 노가 상경하기에 편지를 부쳤다. ○윤지원, 최운원이 왔다. ○무안의 김석귀金錫龜 생이 일부러 찾아왔다.

〔 1693년 12월 21일 경인 〕 어제밤 큰 눈이 왔음. 낮에는 맑음

무안의 김석귀 생이 말하길, 자기 후처의 아버지인 고高 좌수座首의 비첩婢妾을 고공雇工이 훔쳐갔는데, 용산 윤가尹家의 노奴인 고공은 그녀를 데리고 그 주인집에 도망가서 기거하고 있지만, 자세한 사항은 잘 모르겠다고 했다. 그래서 아침 일찍 윤성우尹聖遇를 불러서 물어보니, 윤헌尹瓛의 노 유석有石이란 놈에게 과연 이런 일이 있었다고 했다. 윤성우를 시켜 윤헌에게 말하게 하여 그 고공을 기거하지 못하도록 했다. 김 생은 서원 짓는

곳에 갔다가 돌아오는 길에 붙잡을 생각이라고 한다. ○ 서울 사직동의 생원 허감許堪이 추노하러 내려왔다가 들러서 조문하고 해남으로 갔다. ○ 주산舟山의 전 대정현감 김세량金世亮이 숙질宿疾 때문에 어제 죽었다고 한다. ○ 김 생이 서원에서 돌아와 대산代山에 가서 도망친 비를 잡아 왔다. 윤성우도 와서 함께 머물렀다.

〖 1693년 12월 22일 신묘 〗 맑음

김석귀 생이 가고, 윤성우도 갔다. 면천沔川의 이수성李守性 생이 추노하기 위해 내려왔다가 역방하여 아침밥을 먹고 갔다.

〖 1693년 12월 23일 임진 〗 맑음

윤시상이 왔다. 장흥의 임명한林鳴翰이 왔다.

〖 1693년 12월 24일 계사 〗 맑음

장흥에서 온 객이 새벽에 갔다. 윤석미가 왔다. 서안도鋤安島의 윤선필尹善弼이 왔다. ○ 전부(윤이석) 댁 노가 책 상자를 짊어지고 상경하기에 편지를 부쳤다.

〖 1693년 12월 25일 갑오[60] 〗 맑음

임세회가 왔다. 최운원이 왔다. 극인棘人 임취구가 왔다. ○ 과원果願이 『사략史略』 7권을 모두 배웠다.

---

60) 12월 25일부터 29일까지의 원래 일기에는 간지가 잘못 기입되어 있다. 25일은 원래 갑오인데 전날 간지인 '계사'를 중복해서 써 넣었고, 그 잘못을 알아차리지 못하고 29일까지 줄곧 하루씩 간지를 당겨 기입했다.

〔 1693년 12월 26일 을미 〕 맑음

극인 김한창金漢昌, 임극무林克茂 생, 좌수座首 윤필은尹弼殷이 왔다. 윤선적
尹善績이 왔다. 창아昌兒가 도장사道藏寺에서 왔다. ○별장別將의 노가 서울
에서 와서 두아斗兒의 잘 있다는 편지를 받았다. ○안채 낙무당樂畝堂 동쪽
창밖, 예전에 마구간을 지었던 곳에 가건물 3칸을 세웠다.

〔 1693년 12월 27일 병신 〕 맑음

전부(윤이석) 댁의 노가 서울에서 돌아와 아이들의 잘 있다는 편지를 받았
는데, 최崔 숙원淑媛[61]이 새로 낳은 왕자王子[62]가 경풍驚風으로 13일에 죽었
다고 한다. ○관학館學의 노비추쇄관인 원치도元致道가 역방했다. ○강진
에 사는 박융식朴隆植이 그의 노비를 팔고자 왔기에 만났다. 정광윤과 윤
시삼이 왔다. ○참의 민안도閔安道가 이달 17일에 세상을 떠나고, 별제別提
권박權璞 또한 갑자기 죽었다고 한다. ○지난번에 상감께서 비망기를 내려
진덕수眞德秀를 종향從享하라고 특별히 명하시고, "사문斯文에 큰 공이 있어,
태산북두마냥 우러러 보네. 어찌 유림儒林에서만 존경하랴, 문묘에 종향해
야마땅하리."라고 시를 지었으나, 이미 종향하고 있어서 그만두었다.[63]

〔 1693년 12월 28일 병신 〕 맑음

류기서柳起瑞 생이 서울에서 왔는데, 그의 적적嫡 생질 윤지성尹志聖이 함께
왔다. 류 생이 나를 만나고 싶었으나 혼자 올 수 없어서, 윤 생의 추노 길에

---

61) 최 숙원淑媛: 원문에는 '숙완淑婉'이라고 되어 있다.
62) 왕자王子: 숙원 최씨가 낳은 첫째 아들 영수永壽이다. 10월 6일에 태어났으나 2달 만에 사망했다.
   영조는 숙원 최씨의 둘째 아들이다.
63) 지난번에…그만두었다: 『숙종실록』 숙종 19년 12월 3일의 기사에 "(임금이) 일전에 특별히 비망기와
   어제를 내려 진덕수의 도학과 문장을 크게 칭찬하고 문묘의 종향에 오르지 못한 것을 전례에
   결함이 있는 것으로 여겨 이날 또 여러 신하들에게 하문하고, 시임 원임 대신 및 2품 이상의 관원과
   삼사에게 묘당에서 모여 의논하도록 특별히 명했다."라는 기록이 있다. 그러므로 비망기를 내리고
   시를 지은 것은 12월 3일 며칠 전에 있었던 것으로 보인다.

천리마의 파리처럼 붙어서 온 것이다. 그 마음이 지극히 소중하다.

〔 1693년 12월 29일 정유 〕 맑음

병사(윤하)가 세의歲儀로 곶감 1접, 감태, 미역, 백지 3권을 보냈다. 해남현감(최형기)은 노루다리 1짝, 청어 2두름을 보냈다. ○류기서, 정광윤, 최운원이 와서 묵었다. ○낙무당이 서향이어서 해가 길 때에는 석양이 뜨거워 매번 걱정이었다. 그래서 앞 처마를 더 달아내고 오늘 기둥을 세웠다.【입추 이래로 찬비가 매우 빈번하게 내려, 아직 베지 않은 벼는 침수되어 싹이 났다. 가뭄과 병충해를 입고 또 가을비에 피해를 입어 제때에 수확할 수 없었다. 이러한 이유로 가을갈이 또한 때를 놓쳤으니, 내년에도 곡식이 넉넉하지 않을 것임을 벌써 알 수 있다. 게다가 겨울 천둥에 안개까지 끼어 하늘의 꾸짖음이 예사롭지 않으니, 칠실漆室의 근심[64]을 이루 다 말할 수 있겠는가?】

---

64) 칠실漆室의 근심: 제 분수에 맞지도 않는 근심을 함을 이르는 말인데, 여기서는 겸사로 쓰였다. 유향劉向의 『열녀전列女傳』 「노칠실녀魯漆室女」의 노나라 칠실 마을의 천한 아낙이 임금이 늙고 태자는 젊어서 나라가 위태할 것을 근심했다는 고사에서 온 말이다.

근본에 충실하여 농사에 힘쓰니

務本力穡

4월 28일자 일기에서

전남 해남군 산이면 금호리 동남쪽 들판 상공에서 내려 본 금호 마을

1694년 봄 윤이후가 여러 차례 오가며 대규모 인력을 동원해 제언 공사를 한 곳. 과거에는 '속금도束金島'라는 섬이었다. 마을 앞의 넓은 들판에는 윤이후의 흔적을 포함해 현대에 이르기까지 이어져 온 간척의 역사가 있다.

1694년 주요 사건

1월	팔마장 수축(3차): 1월 30일~1695년 3월
2월	종형 윤이석의 죽음과 장례: 2월 4일~4월 8일
	논정 집터: 2월 28일~5월 21일
3월	기와 제작 및 운반: 3월 6일~5월 26일
4월	가지도 유람: 4월 6일
	갑술옥사와 남인 고관들의 유배: 4월 11일~7월 29일
5월	유배 온 남인들과의 교류: 5월 10일~1699년 8월
	영암의 유배객 윤이형 방문: 5월 13일~15일
	풍수가 김운서와 김만당 초청: 5월 17일~윤5월 1일
	종형 윤이석의 반장 문제: 5월 18일~1697년 11월
윤5월	해남현감 최현기의 서원 자재 유용: 윤5월 28일~6월 20일
6월	.
7월	윤흥서 가족 및 윤광서 궤연의 귀향: 7월 29일~9월 21일
8월	비 선업의 도주: 8월 21일~9월 5일
9월	.
10월	.
11월	혹한으로 인한 동사자 속출: 11월 28일~12월 29일
12월	조실 종매의 죽음과 장례: 12월 7일~1695년 2월
	인천 자형의 부음과 상례: 12월 10일~1695년 2월

1694년 1월. 병인 건建. 큰달.

겨울과 봄에 눈도 오지 않으니

팔마 여소廬所에서

〔 1694년 1월 1일 기해 〕 맑고 따뜻함

나는 적량원赤梁院으로, 창아昌兒는 간두幹頭로 가서 제사를 지냈다. 원래 대로라면 우리 집 차례의 제사는 문소동聞籬洞과 공소동孔巢洞이다. ○종제 이양원李養源이 지평砥平에서 운주동雲住洞 장庄으로 내려 온 지 이미 며칠 되었는데, 오늘 문소동 묘역의 제사를 지내고 길을 돌려 이곳으로 왔다. ○해남읍리 최두휘崔斗徽, 김석망金碩望, 명자건明自建이 와서 알현하고, 세찬歲饌을 바쳤다.

〔 1694년 1월 2일 경자 〕 흐림

류기서柳起瑞가 해남읍으로 갔다. 그곳에 들렀다가 수영水營으로 갈 계획이다. ○선달 최만익崔萬翊, 황세휘黃世輝, 최운원崔雲遠, 윤지원尹智遠, 이진휘李震輝, 이시휘李時輝, 이진화李震華, 윤익성尹翊聖, 윤재도尹載道, 윤순제尹舜齊, 윤시한尹時翰, 윤희성尹希聖, 조성우趙聖瑀, 송창우宋昌佑, 윤후지尹後摯, 윤시지尹時摯, 윤선적尹善積, 윤선시尹善施, 윤남미尹南美, 윤집미尹集美, 윤적미尹積美, 윤이우尹陑遇, 윤성세尹聖世가 왔다. ○정여靜如(이양원)

가 갔다. ○해남읍리 김만주金萬冑, 박문익朴文益이 와서 알현했다. 영암 질청作廳에서 아전을 보내 문안했다. 대둔사에서 수승首僧을 보내 문안했다. ○해남현감(최형기崔衡基)이 어제 향리鄕吏를 보내 문안하여, 나도 오늘 심부름꾼을 보내 문안했다. ○출신出身 옥화진玉和珍이 왔다.

〖 1694년 1월 3일 신축 〗 흐리고 비가 부슬부슬 내림

이정두李廷斗, 옥홍종玉弘宗, 최남익崔南益, 윤이주尹以周, 문정필文廷弼, 윤명우尹明遇, 임극무林克茂, 윤유도尹由道, 임세회林世檜, 최유준崔有峻이 왔다. 백치白峙의 외숙(이락李洛)과 종제 이대휴李大休, 권붕權朋이 왔다. 평산平山의 판관判官 이후정李後靖이 추노推奴차 내려왔다가 와서 만났다. 김태귀金泰龜, 윤이복尹爾服, 윤이송尹爾松, 조이약趙以若, 해남 아객衙客 종질 최익崔檥, 이한방李漢昉이 왔다. 이수제李壽齊, 윤안尹晏, 윤민尹玟이 왔다. 윤기업尹機業이 왔다. 대둔사의 중 종각宗覺과 황룡사黃龍寺의 중 등휘登暉가 와서 알현하고, 각자 가져온 곶감 1접을 바쳤다. ○태인현감 류명철柳命哲의 답장과 함께 편지지 100폭, 장지 2권, 백지 3권을 받았다. 류 우友가 예전에 그 아들의 혼처를 구하려는 뜻이 있었는데, 윤칭尹偁에게 누이가 있어 나를 시켜 통혼通婚하려 했다. 그래서 지난번에 편지를 전해 알렸는데, 이것이 그 답장이다.

〖 1694년 1월 4일 임인 〗 맑음

최석징崔碩徵, 윤이훈尹以訓, 임원두林元斗가 왔다. ○김한창金漢昌이 예전에 입안立案한 곳이 있으니, 곧 청계淸溪의 용지평龍池坪이다. 넓이가 거의 50여 섬지기에 이르는데 물이 나오는 곳이 없어 가학치駕鶴峙 아래의 물을 끌어 관개해야만 개간할 수 있으나, 물길에 모두 모래가 쌓여 끌어올 수가 없다. 이런 까닭으로 예전부터 황무지로 버려져 있다. 김한창의 조부가 인

력을 많이 써 물길을 뚫었으나 물의 흐름이 중간에 끊겨 끝내 성공하지 못
했다. 김한창이 여러 번 나에게 사라고 청하여 오늘 찾아가 보니 과연 쓸모
없는 땅이었다. ○ 영건소營建所 색리 이계추李戒秋, 목수 신안信安, 병영리
兵營吏 문무익文武翊, 속금도 사람 김득성金得聲이 와서 현신現身했다. ○ 윤
상尹詳이 재작년 전세감관田稅監官이 되어 곡물을 상납할 때 부족분을 빚을
내어 보충했다. 빚쟁이가 내려와 관가에 고하고 징수를 독촉하자, 일족에
게 나누어 징수하라고 조치했다. 일이 몹시 놀라워 윤상을 잡아 매를 때리
는 벌을 줌으로써 후일 같은 잘못을 저지르지 않도록 했다. 또 빚쟁이도 남
징濫徵하는 폐단을 저질러 갑절甲折[1]로써 논정論定했다. ○ 이백爾栢과 윤준
尹俊이 왔다.

〔 1694년 1월 5일 계묘 〕 맑음

윤시상尹時相, 진사 황세중黃世重, 임한두林漢斗, 김체화金體華, 김체빈金體
彬, 윤희직尹希稷, 윤희설尹希卨, 윤희열尹希說, 김의방金義方, 선달 윤취삼尹
就三, 윤학령尹鶴齡, 최유기崔有基, 최추익崔楢翊, 최형익崔衡翊, 최항익崔恒
翊, 정광윤鄭光胤, 김여련金汝鍊, 윤△△尹△△, 송기현宋起賢, 배준웅裵俊雄
이 왔다. 윤창후尹昌厚, 윤천임尹天任이 왔다. 서울에 사는 생원 조민보趙敏
普가 추노하러 내려 왔다가 들러서 조문하고 갔다. 봉대암鳳臺庵의 중 천오
天悟가 와서 알현했다.

〔 1694년 1월 6일 갑진 〕 맑음

생원 정왈수鄭曰壽, 윤경尹儆, 최정익崔井翊, 최도익崔道翊, 박세유朴世維, 신
명우申命宇, 김성삼金聖三, 정광윤鄭光胤, 그 아들 정래주鄭來周, 이장원李長
原, 윤장미尹章美, 상인喪人 윤수장尹壽長이 왔다. 김여휘金礪輝가 왔다. 말
을 보내어 윤무순尹武順을 맞이하여 왔다.

---

1) 갑절甲折: 두 배를 뜻하는 '갑절'을 음차한 표기로 짐작된다.

〖 1694년 1월 7일 을사 〗 간밤에 비가 잠시 뿌리고 낮에 흐리다가 저녁에 비가 옴

병영의 귀양객 송 경력經歷(송규未揆)의 아들 정식廷式, 평목동平木洞의 송도명宋道明, 윤성우尹聖遇, 윤희익尹希益, 윤희상尹希商, 윤상림尹商霖이 왔다. 임석주林碩柱가 왔다. ○들으니, 은소銀所의 동지同知 윤원신尹元信이 이달 3일 천수를 누리고 죽었다고 한다. 자손을 두었으며 나이 93세로 장수하고 관작이 가선대부에 이르렀으니, 세상에 드문 복이라고 할 수 있다. 다만 평생 글과 무예를 닦지 않고 이렇다 할 행실도 없이 술과 음식을 양껏 먹는 일만 추구했으니 흐리멍덩한 사람일 뿐이다. 마을 사람들에게는 윤尹 약정約正이라 불린다. 그런데도 장수했으니 요절과 장수는 태어날 때 이미 정해진 것이지 사람됨과는 상관이 없다는 것을 비로소 알겠다. 그러나 '인자仁者가 오래 산다.'와 '영원한 목숨을 하늘에 기도한다.'라는 것이 모두 옛 성인의 말이다.[2] 운명에만 맡긴 채 나의 도를 닦지 않고 거리낌 없이 자포자기하는 사람이 되어서야 되겠는가? 설령 오래 산다고 해도 윤 약정과 같은 부류가 된다면, 어찌 말할 가치가 있겠는가? 힘쓰지 않을 수 있겠는가!

〖 1694년 1월 8일 병오 〗 맑음

박필중朴必中, 박세림朴世琳, 진사 최시필崔時弼, 청계淸溪의 진중미陳重美가 왔다. 별장別將 김정진金廷振이 왔다. ○측사厠舍 2칸을 마구간 아래 고쳐 지었다. ○나두유羅斗維가 왔다. 작년 가을 인평대군麟坪大君의 무덤을 이장할 때의 어제御製 제문祭文이 다음과 같다.

> 아름다운 자태와 훌륭한 행실이여, 한나라에는 하간헌왕, 우리 조선은
> 충경忠敬(인평대군의 시호)이 있어, 성조聖祖(효종)께서 인정하시고 독실

---

2) 인자仁者가…말이다: 『논어論語』「옹야雍也」에 "인자는 장수한다[仁者壽]."라는 말이 나온다. "하늘에 영원한 명命을 빈다[祈天永命]."는 말은 『서경書經』「소고召誥」에 나온다.

히 돌아보시어 우애로 대하셨네. 천륜의 형제간 즐거움 천고에 드물 정
도였으나, 총애 속에서도 두려워하여, 높은 지위에 거해도 더욱 겸손하
니, 분수를 넘는 것을 경계하고 차서 넘치는 것을 싫어하셨네.

불행한 때를 만나 나라에 어려운 일이 있을 때 용맹하게 곧바로 앞으로
나가 해로움과 이로움을 가리지 않고 지극한 성실함을 보존하니, 오랑
캐도 감복하여 처음에는 위태롭고 불안했으나 마침내 얼음처럼 풀려 버
렸네. 한마음을 다해 밤낮으로 병들도록 몸 바쳐, 정성과 충성이 한 점
부끄러움 없음은 신명께 물어봐도 되리라. 진실된 공자公子여 진정한 왕
자王子여.

선한 자에게 복을 내림은 변치 않는 이치이니 마땅히 만수무강을 누려야
하나, 어찌하여 운도 없이 하늘길을 재촉했나. 덕을 가꾸었으나 보답이
없네. 어진 이 장수한다는 말 징험할 길 없으니 그 이치 참으로 믿을 수 없
구나.

성조께서 더욱 깊이 애도하시어 빛나는 글을 내리시니, 사실이 모두 갖
추어지고 글자마다 간절하여 누구인들 가슴 아파하지 않겠는가. 고아와
젊은 부인은 내가 기를 테니 걱정 말라. 이것이야말로 지극한 윤음이네.

아! 서적徐賊[3]에 대해 어찌 차마 말할 수 있겠는가. 수괴는 도망할 수 없어
올바름을 따라 하늘이 벌주었지만, 그를 따르는 무리들이 불어나 화심禍
心이 그치지 않았네. 널리 덫과 함정을 쳐 두고 자기와 다른 이들을 베어
버리며 빈 것을 가득 차 있다고 하고 아름다운 것을 가리켜 역적이라고
하여 한결같이 뜻을 지어냄이 더욱 혹심해졌지만, 내가 그것을 살피지
못하고 옥석을 모두 태워 버렸도다. 지금 와서 생각하며 그리워한들 어
쩌리오.

천운天運은 돌고 돌아, 가고 오지 않음이 없다. 모든 흐린 것이 확연히 맑
아지며 온갖 굽은 것이 모두 설욕되어, 걸려든 죄는 제거되고 작록은 옛

---

3) 서적徐賊: 서변徐忭을 가리킨다. 인평대군이 역모를 꾸민다고 고변한 인물이다.

날과 같아졌으며, 권대眷待의 융숭함은 전무후무하네. 선왕의 뜻을 더욱 밀고나가 반드시 그 은혜를 널리 펴고자 하여 정사에 여유가 있을 때 때때로 금원禁苑(한림원)에 임하여 저 낙봉駱峰을 돌아보매 사당이 처량하여 저 아득한 저승에 있는 슬픈 고통을 그 누가 알겠는가.

세월은 쏜살같고 계절이 갈마들어 군君(인평대군)께서 세상을 뜬 지 어언 40년, 무덤을 이장하려 새롭게 자리를 정하고 관사官司가 보고하니 더욱 슬퍼지네. 예로써 장례 지내고 수의를 증정함을 옛 법도에 따랐네. 상여가 나아갈 때 저 유당幽堂을 향하는데, 돌이켜 생각하니 덕음德音을 내 어찌 잊겠는가. 특별히 승선承宣을 보내어 멀리서 판향瓣香을 올리며 정성스런 글로 위로하며 지극한 뜻을 펼 따름이니, 영령께서 아셨다면 바라건대 흠향하시라.[4]

[1694년 1월 9일 정미] 맑음

연동蓮洞의 김준金俊, 한종주韓宗周, 송기현宋起賢, 윤성필尹聖弼, 군입리軍入里의 선달 김현추金顯秋, 금여리金餘里의 이필방李必芳이 왔다. 이필방은 감여술堪輿術(풍수)로 유명하다. 비산飛山의 김우정金友正이 꿩을 들고 왔다. 신포新浦의 최도익崔道翊이 왔다. ○병마우후兵馬虞候[5] 양선한楊選漢이 옥천창玉泉倉에 와서 화살대를 베고, 병조판서의 뜻으로 퇴죽退竹 5동同을 보냈다.

[1694년 1월 10일 무신] 지난밤부터 오늘 저녁까지 내내 비가 내려 앞 시내에 물이 불어남

---

4) 숙종이 지은 이 글은 인평대군의 문집인 『송계집松溪集』에 「숙묘어제천장시제문肅廟御製遷葬時祭文」이란 제목으로 전문이 실려 있다.
5) 병마우후兵馬虞候: 각 도의 병영兵營에 딸린 종3품의 무관직이다.

〖 1694년 1월 11일 기유 〗 맑음. 어제 비는 밤중이 되어서야 그침

별장 김정진이 병영으로 갔다. ○윤시삼尹時三, 김흥준金興俊이 왔다. ○병영리兵營吏 문무익文武翊은 내가 아끼는 자인데 퇴죽退竹 4동을 구해다 바쳤다.

〖 1694년 1월 12일 경술 〗 약한 비가 오락가락하다가 밤이 되자 점점 더해짐

김수도金守道가 왔다. ○과원果願이 『한서漢書』「항적전項籍傳」을 배우기 시작했다.

〖 1694년 1월 13일 신해 〗 어제 비가 밤새 계속 내리다가 새벽에야 그침. 낮에는 바람이 불고 흐린 데다 추위가 심함

정광윤鄭光胤, 당산堂山의 극인棘人 최운탁崔雲卓이 왔다. 해남 아객衙客인 종질 최익崔檥이 그 처가 전염병을 앓는다는 소식을 듣고 올라가다 역방했다. ○작년에 청룡青龍에 심은 소나무가 모두 말라 죽어서 오늘 다시 심었다.

〖 1694년 1월 14일 임자 〗 밤부터 바람이 심하고 또 눈이 조금 내림. 저녁까지 바람이 멈추지 않았으며, 바람에 흩날리는 눈이 간간이 뿌림

출신出身 강석무姜碩武가 와서 만났다. 이 사람은 본디 좋지 않은 행실이 있어 만나니 기분이 좋지 않았다. 변최휴卞最休, 최상일崔尙馹, 최운원이 왔다.

〖 1694년 1월 15일 계축 〗 맑게 갬

며칠 전부터 배꼽 주변이 찌르는 듯 아팠는데 또 배가 점차 부풀어 오르니 고통스럽고 걱정된다. 최운원, 윤지원, 정광윤, 윤경미尹絅美, 윤성민尹聖民, 송수삼宋秀參이 왔다. ○노량露梁⁶⁾으로 갔던 인편이 돌아와 여러 아이들의

---

6) 노량露梁: 노량鷺梁, 노호鷺湖라고도 한다. 현재의 서울 노량진 부근이다. 윤이후의 친형 윤이구尹爾久의 딸과 혼인한 한종규韓宗揆의 집이 있어, 이곳에서 윤이후의 아들들이 기거했던 것으로 보인다.

새해 안부 편지를 받았다. 매우 위로된다. 들으니, 황해도관찰사 이윤수李允修【면숙勉叔】가 연말에 병으로 죽었다고 한다. 놀랍고 슬프다. 인천에 갔던 인편이 돌아와 자형姊兄(안서익安瑞翼) 집안이 평안하다는 편지를 받았다.

〔 1694년 1월 16일 갑인 〕 바람 불고 흐림

생원 정왈수鄭日壽와 김삼달金三達이 왔다. 백치白峙의 이징휴李徵休가 왔다. 김정진이 병영에서 돌아왔다. 동자童子 손승효孫承孝가 함께 왔다. 이성爾成이 왔다. ○창아가 또 책상자를 지고 도장사道藏寺로 갔다.

〔 1694년 1월 17일 을묘 〕 바람 불고 흐림. 초저녁에 눈이 뿌림

김정진, 이성이 운주동雲住洞 정여(이양원)의 처소로 갔다. 민필세閔弼世가 왔다. 광주廣州의 이천규李天奎, 이문두李文斗가 추노 때문에 용천동龍泉洞에 와 머무르다가 만나러 왔다. 윤성우尹聖遇가 왔다. 황세휘가 왔다.

〔 1694년 1월 18일 병진 〕 맑음

윤유도, 황원黃原의 윤덕함尹德咸, 송산松山의 백몽필白夢弼, 후촌後村의 정광윤, 수남水南의 윤취도가 왔다. ○창아가 호호정浩浩亭의 해송海松을 캐어 보냈다. 키는 몇 자에 불과하지만 두 그루 모두 빼어나고 청신한 빛깔이 볼만하여 기오당寄傲堂 앞뜰에 심었다.【나중에 말라죽어 안타깝다.】○안채인 낙무당樂畝堂 동쪽 방 북쪽 구석 벽 아래에서 갑자기 두 차례 소리가 났다. 질그릇 깨지는 소리처럼 들려서 그릇 둔 곳을 살펴보았으나 깨진 것이 없다. 매우 이상하다. 오늘 정오 무렵의 일이었는데, 그릇 깨지는 소리가 아니라면 이는 변괴이니, 우려하지 않을 수 없다.

〔 1694년 1월 19일 정사 〕 늦은 아침 조금 지나 비가 내렸는데 밤이 되어서도 그치지 않음

선달 윤취삼尹就三과 김동옥金東玉이 왔다. 능주목사 박명의朴明義가 필선弼善으로 제수되어 장차 길을 떠날 예정이므로 사람을 시켜 편지로 문안하고 또 백지 2권, 황촉 2쌍을 보냈다. 올 대보름 보름달이 지난해에 비교해 꽤 높았다. 농부들이 말하기를, "작년은 달의 위치가 남쪽에 가까웠는데 올해는 매우 높으니, 필시 풍년이 들 조짐입니다."라고 하니, 이 말이 참으로 가소롭다. 작년에 대보름달을 두고 모두 풍년의 조짐이라 말했으나 나만이 홀로 이치로 미루어 말했었다. "겨울과 봄에 눈이 오지 않았으니 다가오는 농사 절기에는 반드시 가물 것이다. 호남은 해를 이어 곡식이 잘 익었으나 기내畿內는 흉년이었으니 서로 뒤바뀌는 것이 상리常理다. 대보름달이 비록 좋다고들 하나, 호남은 흉년을 당할 우려가 있다." 호남에 과연 흉년이 들어 연변沿邊의 10여 고을에 가뭄과 병충해와 흉작이 매우 심했지만 기내와 호서는 곡식이 잘되었으니, 내 말이 또한 맞아떨어지지 않았는가.

〔 1694년 1월 20일 무오 〕 어제 비가 아침까지 이어짐. 저녁 무렵 잠깐 맑음

정광윤과 송산松山의 상인喪人 백몽후白夢候가 왔다. 속금도의 기진려奇震麗가 왔다.

〔 1694년 1월 21일 기미 〕 오전 늦게 다시 비가 옴

임성건林成建, 정광윤, 김삼달金三達이 왔다. 청계淸溪의 생원 윤세미尹世美가 왔다. 윤동미尹東美가 동생 집미集美를 데리고 혼행婚行을 가다가 들렀다. 수영水營의 장우량張又良이 와서 현신現身했다. 김정진이 운주동雲住洞에서 돌아왔다. 기진려가 아침 일찍 갔다.

〖 1694년 1월 22일 경신 〗 맑음

윤선시가 왔다. 동미東美가 비곡比谷에서 돌아오는 길에 들렀다. 박용식朴
隆植이 왔다. 송시휘宋時輝가 왔다.

〖 1694년 1월 23일 신유 〗 맑음

김정진이 갔다. 윤승후尹承厚와 윤성우尹聖遇가 왔다. ○ 전부典簿(윤이석尹爾
錫) 댁의 노奴 서옥西玉이 내려와서 아이들의 잘 있다는 편지를 받았다. 1월
5일에 태백성太白星(금성)이 낮에 나타나서 달과 나란히 운행했는데, 손방
巽方(동남쪽)에서부터 쌍녀궁雙女宮(황도의 사방巳方), 초지분楚之分(분야分野
의 사방巳方)에 나타나서 많은 사람들이 걱정했다고 한다.

〖 1694년 1월 24일 임술 〗 흐림

류기서와 윤지성尹志聖이 어제 저녁에 수영水營에서 돌아왔다가 오늘 아침
에 인사하고 떠났다. 정광윤, 김지도金之道, 상인喪人 이형징李亨徵, 윤민기
尹民璣가 왔다.

〖 1694년 1월 25일 계해 〗 눈이 내리기도 하고 비가 내리기도 함

노奴 개일開一과 봉선奉先이 신공身貢을 거두러 떠났다. 일녀一女를 데리고
서울로 올라가기에 아이들에게 편지를 보냈다. ○강진의 박용식에게 산
노비를 추심推尋하기 위해 윤선시를 우리 군(영암군)에 보냈다. ○윤재도,
윤학령尹鶴齡, 윤필주尹弼周, 김진서金振西가 왔다. 윤기중尹器重이 왔다.

〖 1694년 1월 26일 갑자 〗 맑음

윤기중이 갔다. 정광윤, 김삼달, 이시휘가 왔다.

〔 1694년 1월 27일 을축 〕 밤에 눈이 조금 오고 낮에 맑음

윤성우尹聖遇, 김태귀金泰龜, 윤희직이 왔다. ○ 영암군수(박수강朴守剛)가 병을 핑계로 사장辭狀을 올리고 정무를 보지 않아, 윤선시가 일(노비 추심)을 보지 못하고 돌아와서 바로 연동蓮洞으로 갔다. ○ 전주판관 오시형吳始亨이 편지로 위문하고 무명 2필과 백지 3권을 부의로 보냈다.

〔 1694년 1월 28일 병인 〕 맑음

전부(윤이석) 댁 노奴 탑선塔先이 서울로 올라가기에 편지를 부쳤다. ○ 윤시한尹時翰과 임시걸任時傑이 왔다.

〔 1694년 1월 29일 정묘 〕 맑음

윤세미尹世美 족숙族叔이 왔다. 파산波山에 비碑를 세우는 일을 상의하기 위해 윤시삼尹時三, 윤희직, 윤승임尹承任을 불러 왔다. ○ 장산長山의 박△△朴△△가 왔다.

〔 1694년 1월 30일 무진 〕 맑음

오늘은 누님(안서익의 처)의 첫 기일이어서 북쪽을 향해 통곡하니 오장이 찢어지는 듯하다. 백발이 되고 얼마 남지 않은 삶인데 짧은 시간에 오늘을 다시 만나니 슬프고도 슬프다. ○ 집짓기에 쓸 잡목을 베기 위해 보길도에 봉춘奉春을 보냈다. ○ 해남의 정진웅鄭進雄이 와서 현신現身했다. 경오년(1690)에 공생貢生으로 있을 때 내가 부렸는데, 그 후 관군관官軍官이 되었다고 한다. 적량赤梁의 배여량裵汝亮이 왔다. 최운원이 왔다.

1694년 2월. 정묘 건建. 큰달.

서로 목숨 의지하는 사이였건만

〖 1694년 2월 1일 기사 〗 바람 불고 흐리다 맑음

서흥현감 윤항미尹恒美가 재임하고 있을 때 재해 때문에 파직되었는데, 또 암행어사 이우겸李宇謙에게 체포되어 광주光州에 유배되었다.[7] 문장門長(윤선오尹善五)이 그 행차를 따라갔다가 본댁本宅으로 돌아왔다. 윤천우尹千遇도 함께 와서 아이들의 안부 편지를 받았다. 기쁘다. ○출신出身 문헌비文獻斐가 왔다. 선수업宣守業, 윤문도尹文道, 윤△도尹△道가 왔다.

〖 1694년 2월 2일 경오 〗 바람 불고 흐리다 저녁에 눈

윤현귀尹顯龜, 윤창尹琩, 박세의朴世㠱, 김삼달金三達이 왔다. 윤천우가 왔다. 정광윤鄭光胤이 어제 나의 청으로 연구燕丘의 제언을 막은 곳에 갔다가 오늘 돌아왔다. 정운형鄭運亨이 왔다.

〖 1694년 2월 3일 신미 〗 맑음

정운형이 갔다. 임한두林漢斗가 왔다. ○비석 작업을 보기 위해 제각祭閣에

---

7) 서흥현감…유배되었다: 서흥현감 윤항미는 재해 조사를 제대로 하지 못하여 파직되었는데, 1694년 1월 8일에 유배지인 해남이 집인 강진과 가깝다 하여 광주로 옮겨졌다.

갔다가 저녁에 돌아왔다. 윤상尹詳, 윤지원尹智遠이 왔다.

〖 1694년 2월 4일 임신 〗 맑음

정광윤, 김의방金義方이 왔다. ○오후에 회동會洞의 인편이 왔는데, 전부典簿 형님(윤이석尹爾錫)께서 숙환으로 정월 24일에 별세하셨다고 한다. 통곡하고 통곡한다. 지난가을에 풍점風漸 증세가 가볍지 않다는 소식을 듣고 상경하여 뵙고 살펴보니, 풍점이 아니라 기혈氣血이 모두 다해서 그런 것이었다. 마음속으로 오래 지탱하실 수 없음을 알았지만 따뜻한 봄이 되면 점점 나아져서 몇 년을 더 연명하시기를 바랐다. 하늘이 우리 집안을 불쌍히 여기지 않아 갑자기 이 지경에 이를 줄 어찌 알았겠는가. 하물며 우리 종형제는 목숨을 의탁한 사이로 늘그막에 서로 의지하기를 바랐는데, 천 리에 떨어져 있다가 끝내 임종하지 못하고 나 홀로 의지할 바 없는 외로운 신세가 되었다. 애통한 마음이 어찌 다른 사람에 비하겠는가. 곧장 땅에 자리를 깔고 통곡하고 나서, 연동蓮洞 옛집에 들어가 일가의 여러 사람과 함께 신위神位를 설치하고 모여서 곡했다.

윤이석의 죽음과 장례

윤이석은 윤인미의 적자로서 해남윤씨 어초은공파의 종손이며, 윤이후에게는 종형이 된다. 윤선도의 손자들 가운데 적손은 윤이석, 윤이구, 윤이후 3명인데 이 가운데 윤이후의 친형 윤이구는 요절하였다. 그래서 윤이후는 하나밖에 없는 종형 윤이석을 친형과 같이 여기며 오랜 기간 의지했다. 특히 윤이후는 넷째 아들 윤두서를 윤이석의 계자로 입계시켰고 윤이석 입장에서는 유일한 후계를 윤이후를 통해 얻었으니, 이후 둘 사이의 관계가 더욱 끈끈해졌을 것이라 유추해 볼 수 있다. 『지암일기』에 따르면 윤이석은 6개월 이상 숙환을 앓다가 1694년 1월 24일 세상을 떠났으며, 2월 4일 해당 소식을 접한 윤이후는 비통한 마음을 토로한다. 이후 월천月川(청계산 천천현)에 묻힌 윤이석을 해남으로 옮겨 오는 반장 문제가 신속히 해결되지 않고, 관련 인물들 사이의 이견으로 인해 장기간 표류하게 된다.

〔 1694년 2월 5일 계유 〕 바람 불고 맑음

백치白峙의 외숙李洛과 종제 이징휴李徵休가 왔다. 성주城主(해남현감)도 왔
다. 좌수座首 이신재李信栽, 재임齋任 박수귀朴壽龜와 박운재李雲栽, 서원 유
사 박필중朴必中, 임중헌任重獻, 이장원李長原이 왔다.

〔 1694년 2월 6일 갑술 〕 바람 불고 맑음

종제 이양원李養源이 운주동雲住洞에서 왔다. 창아昌兒가 봉대암鳳臺庵에서
왔다.

〔 1694년 2월 7일 을해 〕 바람 불고 맑음

성복成服했다. 영건소營建所에 들러 일을 살펴보고 팔마八馬로 돌아왔다.
○임세회林世檜가 왔다. 윤기업尹機業이 꿩 한 마리를 바쳤다.

〔 1694년 2월 8일 병자 〕 맑음

윤유도尹由道, 임형林衡, 이수제李壽齊, 황세휘黃世輝, 김삼달, 윤상미尹尙美
족숙, 윤주미尹周美, 윤명우尹明遇, 윤성우尹聖遇, 김태귀金泰龜, 최도익崔道
翊, 박상미朴尙美, 정광윤, 최운원崔雲遠이 왔다. 이상열李商說이 들렀다 갔
다. 나와 창아, 족숙 윤상미와 윤주미가 제각祭閣에 가서 비석을 다듬는 것
을 보고 저녁에 돌아왔다. ○격포첨사格浦僉使(이만방李晚芳)가 편지를 보내
문안하고 청어 5두름, 민어 2마리, 조기 3속을 보냈다. 강진현감(김항金沆)
이 편지로 문안했다.

〔 1694년 2월 9일 정축 〕 맑음

이복爾服, 이백爾栢, 동미東美가 서울로 올라갔다.

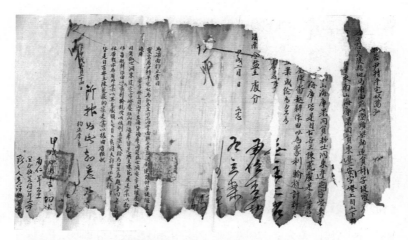

연구燕丘 제언 수축 관련 1694년 2월 윤이후의 노 만홍萬弘이 관아에 제출한 소지所志_한국학중앙연구원 소장

윤이후는 현장 답사를 통해 해당 지역의 개간 가능성을 확인한 다음 노 만홍萬弘에게 정장呈狀할 것을 지시하였던 것으로 보인다.

〔 1694년 2월 10일 무인 〕 맑음

창아가 봉대암에 갔다. 나는 정광윤과 함께 연구燕丘에 가서 제언 쌓은 곳을 보고 저녁에 돌아왔다.

〔 1694년 2월 11일 기묘 〕 맑음

윤시상尹時相이 왔다. 최유준崔有峻, 윤익성尹翊聖, 윤석미尹碩美, 임시걸任時傑, 김홍진金弘振, 백치白峙의 이대휴李大休, 권붕權朋이 왔다. ○ 점쟁이 김응량金應湸이 왔다.

〔 1694년 2월 12일 경진 〕 맑음

윤희직尹希稷과 석공石工이 제각에서 와서 비석 세우는 일에 대해 의논했다. 김형구金亨九가 왔다. ○ 거사居士 이복ㅏ이 송백동松柏洞에 머물고 싶어 하기에, 내가 막幕을 칠 곳을 정하기 위해 걸어가다가 마침 이필방李必芳

을 만났다. 그는 풍수에 밝은 사람이어서 함께 가서 건좌乾坐 손향巽向으로 터를 정했다. 송백동은 깊숙한 골짜기는 아니나 그윽하고 조용하며 양지 여서 정사精舍를 짓고 살 만하다. 일찍이 거사 무리를 불러들이려 했으나 기꺼이 오려는 자가 없었는데, 지금 이자가 살려고 하므로 직접 가서 지시 할 것이다. ○ 김삼달, 윤시지尹時摯, 한종주韓宗周, 송수삼宋秀參, 윤준尹俊, 윤성우尹聖遇가 왔다. 안형상安衡相이 저녁에 들렀다. 김의방이 왔다.

〔 1694년 2월 13일 신사 〕 흐림. 저녁에 비가 내림

최운원이 왔다. 족숙 윤세미尹世美, 이홍임李弘任, 윤학령尹鶴齡, 윤민尹玟 이 왔다. 문장門長(윤선오)이 와서 만났다. 정광윤이 왔다. 김응량이 갔다. 송창우宋昌佑가 왔다.

〔 1694년 2월 14일 임오 〕 어제 비가 밤까지 쏟아지고 바람도 어지럽다가 아침에 그침. 종일 어둡고 가랑비가 내림

윤재도尹載道가 왔다. 송창우가 또 왔다.

〔 1694년 2월 15일 계미 〕 흐림

윤징귀尹徵龜, 윤세미 숙叔, 윤주미가 왔다. 윤선증尹善曾이 왔다.

〔 1694년 2월 16일 갑신 〕 흐리다 맑음

파산波山의 선조先祖 좌통례左通禮(윤사보尹思甫)와 조비祖妣 숙인淑人 송씨宋 氏의 묘표가 오래되어 새로 바꾸는데, 문중 사람들이 나에게 사실을 기록 하고 갈邁의 음기陰記를 쓰라고 했다. 내가 할 수 없다고 사양했으나, 문중 에서 억지로 시켜 부득이 세계世系와 자손록子孫錄을 간단히 기록했다. 탈 고한 글에 대해 문중과 뜻이 서로 맞지 않았다. 세미 씨와 윤징귀 등 몇 사람의 뜻이, 자손이 천 명이 넘어 모두 다 기록할 수 없으니 현달한 사람만 기록하여 선조를 빛내자는 것이었다. 그렇게 갈문碣文을 짓자, 귤정공橘亭公(윤구尹衢) 이하 현달한 사람은 모두 우리 파였다. 그래서 문중에서 마침내 꺼리면서 말하기를 "무과 급제자로 현달한 사람이 없지 않은데, 수록하지 않으니 불평하는 말이 많다."라고 했다. 그런데 선대에 무과도 없는 파에서는 말하기를, "문무文武로 현달한 사람을 모두 드러내어 기록하면, 우리 가문에 인재가 없다는 것이 더욱 두드러진다."라고 하며, 화를 냈다. 내가 그 말을 듣고 즉시 원고를 버리고 사용하지 않았다. 사이가 벌어지고 싸우는 일이 생길까 걱정해서였다. 세미 씨가 개탄을 금치 못하며, 내가 지은 글을 간략히 줄이고 무과로 현달한 사람들을 추가로 기록하여 문중의 뜻에 맞춤으로써 내가 지은 글을 반드시 쓰려고 했으나, 생략이 너무 심하여 문장이 되지 않고 게다가 문중의 뜻에도 부합하지 않았다. 이 일은 조상을 위한 중요한 사업으로 구차하게 해서는 안 되고, 구차히 한다면 하지 않는 것만 못하다고 생각했다. 그래서 단지 두 표석標石의 앞면만 써 줬다. 우리 가문의 일에 이와 같은 경우가 많으니, 부끄러운 일이다. 통탄스러우나, 무슨 수가 있겠는가. 선조고先祖考의 표석 앞면에 "증 통훈대부 통례원 좌통례 윤공 사보의 묘贈通訓大夫通禮院左通禮尹公思甫之墓"라 쓰고, 왼쪽 귀퉁이에는 "숭정 갑신 후 51년 갑술 3월 일 고쳐 세움. 8대손 정언 이후 쓰다 崇禎甲申後五十一年甲戌三月日改立. 八代孫正言爾厚書"라고 썼다. 조비祖妣의 표석 앞면에는 "증贈 숙인 송씨의 묘"라고 쓰고, 연월은 위와 같이 썼다.

좌통례 갈문

증贈 통훈대부通訓大夫 통례원通禮院 좌통례 윤공尹公은 휘諱가 사보思甫이고 해남인이다. 휘 존부存富가 공의 비조鼻祖다. 그 후손은 광혁光奕, 형형衡, 효정孝正, 천집川楫, 환桓, 녹화祿和[진사이며 잠岑으로 이름을 고쳤

숙인 송씨 묘 전경. 전남 강진군 도암면 강정리_서헌강 사진

다】, 광전光珙, 단학丹鶴【군기소윤軍器少尹】인데, 이것이 그의 세계世系다.
소윤少尹이 공을 낳았다. 공은 증 숙인 송씨에게 장가들어 3남 1녀를 낳
았는데, 종種, 경耕【병조참의에 추증됨】, 무畝, 조유정曺有井의 처이다. 종
은 4남 1녀를 낳았는데, 신운莘耘, 신우莘佑, 신흥莘興, 신함莘咸, 김처수
金處守의 처이다. 경은 7남을 낳았는데, 효인孝仁, 효의孝義, 효례孝禮, 효
지孝智, 효상孝常, 효원孝元, 효정孝貞이니, 효정이 곧 어초은漁樵隱이다.
어초은은 상상上庠에 올랐으나 덕을 숨기고 벼슬하지 않았고 호조참판
에 추증되었다. 아들 구衢는 문과에 올랐으며 홍문관 응교를 지냈다. 호
는 귤정橘亭이고 기묘명현己卯名賢이며 이조판서에 추증되었다. 항衕은
생원이고, 행行은 문과를 거쳐 목사를 지냈다. 복復은 문과에 급제하고
충청도관찰사를 지냈다. 좌통례와 숙인의 봉증封贈은 바로 관찰사의 추
은推恩이다.[8] 응교應敎의 아들 홍중弘中은 문과에 올라 예조정랑을 지내

---

8) 복復은…추은推恩이다: 윤복이 충청도관찰사가 되면서 법전의 규정에 의거하여 그 품직에 따라
1573년(선조 6) 9월 29일에 증조부 윤사보가 좌통례로 추증되고 증조모 송씨가 숙인으로 추증되었다.

고 예조판서에 추증되고, 의중毅中은 문과에 올라 이조정랑과 독서당을 거쳐 좌참찬에 이르렀다. 목사 행의 손자 광계光啓는 문과에 올랐으며 예조정랑을 지냈다. 좌참찬의 아들 유심唯深은 음사蔭仕로 관직에 올라 예빈시부정을 지냈고, 유기唯幾는 문과에 오르고 강원도관찰사를 지냈으며 홍중의 후사가 되었다. 부정副正의 아들이 선언善言과 선도善道다. 선도는 문과에 올랐고 예조참의를 지냈으며, 유기의 후사가 되었다. 그는 광해군 때 포의布衣로서 항장抗章을 올려 권간權奸 이이첨李爾瞻을 죽이길 청했고, 현종조 때 또 상소하여 인선왕후仁宣王后가 효묘孝廟를 위해 기년복을 입는 것이 잘못되었음을 말했다. 그리고 송시열宋時烈이 예를 그르친 죄를 저질렀음을 논하여 전후로 귀양살이한 것이 거의 수십 년이지만, 나라의 예가 바로잡힌 뒤에 이조판서에 추증되었다. 시호는 충헌忠憲이며 아들로는 인미仁美, 의미義美, 예미禮美가 있다. 인미는 문과에 올랐으나 충헌공이 의례議禮 문제로 시배時輩의 미움을 받았기 때문에 금고禁錮로 생을 마쳤고 후에 헌납獻納에 추증되었다. 아들 이석爾錫이 있는데, 음보관蔭補官으로 전부典簿를 지냈다. 의미는 진사에 합격했으나 일찍 죽었다. 선언의 후사가 되었고 아들로는 이구爾久와 이후爾厚가 있다. 이후는 예미의 후사가 되었는데, 바로 불초不肖다. 내외자손內外子孫은 그 수가 천 명이 넘어 모두 실을 수 없다. 세상에 드러난 자들만 거론하여 조선祖先의 자손을 드러냈을 뿐, 무과에 오른 자와 외손 중 문과에 오른 자들에 이르러서는 모두 적지 않고 글을 줄인다.

아! 샘이 깊은 물은 물길이 반드시 길고, 뿌리 깊은 나무는 가지와 잎이 반드시 무성하며, 덕이 두터운 사람은 자손이 반드시 창성한다. 이는 필연적인 이치다. 지금 자손들의 번성과 빼어남을 살펴보니 좌통례가 쌓은 덕의 두터움을 알 만하다. 이치를 속일 수 없는 것이 이와 같다. 세대가 멀어지고 친진親盡한 뒤에 향불이 오랫동안 끊어졌다가, 기축년(1649)에 충헌공이 건의하여 내외 자손이 쌀과 포를 각각 내고 또 제전祭田을 마련하여 돌아가면서 유사를 정해 일을 맡아 매해 9월 보름에 종인宗人들을 데리고 제사를 지냈다. 조상을 기리고 은혜를 갚으려는 마음은 이로써 다했으나, 비석이 오래되고 글자가 닳아서 종인들이 새것으로 바꾸기로 결정하고 불초에게 길이 남을 전기를 쓰도록 부탁했지만, 불초가 어찌 감히 감당할 수 있겠는가. 그래서 글재주가 없다고 사양했더니, 종인들이 "당세에는 진실로 불후의 글을 지을 사람이 없고, 또 이 묘지墓誌는 자손의 손에서 나오는 것이 중요하므로 남에게 부탁할 수 없다."라고 아주 완강하게 강요했다. 사양하다가 하는 수 없어 이와 같이 약술한다.

숭정崇禎 갑신 후 51년 갑술(1694) 3월 일
8대손 조봉대부 사간원 정언 이후爾厚가 삼가 글을 짓고 쓰다.

숙인 송씨 묘갈문

증 숙인淑人 송씨宋氏는 증 좌통례 윤사보尹思甫 공의 배필이다. 자손이 번성하고 용모가 눈부시니 해남윤씨의 대비大妃다. 좌통례께서 쌓으신 덕이 두터운 것을 여기서 볼 수 있으나, 또한 어찌 숙인의 훌륭한 덕으로써 이룬 것이 아니겠는가. 아아, 위대하도다! 당초의 묘표가 훼손되어 숭정 7년(1634) 현손 유익唯益이 새로 세웠지만, 그 후 세월이 오래되어 자획이 마모되었기에 여러 후손이 또 새 돌을 다시 세운다. 자손의 이름은 좌통례 묘갈의 음기에 기록되어 있어, 여기에 다시 쓰지 않는다. 세운 연월일도 좌통례의 묘갈과 같다.

〔 1694년 2월 17일 을유 〕 맑음

〖 1694년 2월 18일 병술 〗 맑음

이성爾成이 회동會洞의 장사葬事⁹⁾에 가기 위해 서울로 출발하면서 들렀다
갔다. 큰 병이 완전히 낫지 않은 채 이렇게 먼 길을 떠나 걱정스럽다. 윤성
필尹聖弼이 왔다. 김삼달金三達과 월암月岩의 생원 정왈수鄭日壽가 왔다.

〖 1694년 2월 19일 정해 〗 맑음

윤천임尹天任과 윤징귀尹徵龜가 와서 내게 묘갈문을 고쳐 지으라고 강요했
다. 일이 몹시 구차해서 완강히 거절하고 허락하지 않았다. 윤세빙尹世聘,
윤시상尹時相, 윤준지尹浚摯가 왔다.

〖 1694년 2월 20일 무자 〗 흐림

정광윤, 최운원, 이만영李萬榮이 왔다. 윤주미, 윤세미, 윤징귀, 윤천임이
왔다. 윤징귀와 윤천임이 또 묘갈문을 강요했으나, 세미 보甫가 안 된다고
버텼다. 송기현宋起賢, 윤시건尹時建, 윤시달尹時達, 김귀현金龜玄이 왔다.
○낙안樂安의 신임 군수 김시경金始慶이 심부름꾼을 통하여 조문 편지를 보
내고 부의로 무명 1필, 장지 1속, 백지 3속, 부채 4자루를 보냈다. ○흑포도
한 뿌리를 구림鳩林에서 얻어 낙무당樂畝堂 남쪽 창밖에 심었다. 열흘 사이
에 유자나무, 사과나무, 감나무, 청포도 나무 두 그루 등을 윤창尹昌에게서
얻고, 좋은 배나무 한 그루를 백도白道의 윤지의尹之義에게 얻어서 심었다.

〖 1694년 2월 21일 기축 〗 맑음

최세헌崔世憲, 최정익崔井翊, 송기현, 윤희직尹希稷, 동자童子 윤만행尹晚幸
이 왔다. 윤만행은 윤시건尹時建의 아들이다.

---

9) 회동會洞의 장사葬事: 윤이석尹爾錫의 장례를 가리킨다.

〖 1694년 2월 22일 경인 〗 맑음

김회극金會極, 양가송梁可松, 김한집金漢集, 윤필후尹弼厚가 왔다. 철원鐵原의 우창진禹昌震이 추노하기 위하여 내려왔다가 역방했다. 나와 족분族分이 있다고 한다. 서응瑞應(윤징귀)이 와서 함께 잤다.

〖 1694년 2월 23일 신묘 〗 흐림

정광윤, 윤시달尹時達, 김세전金世銓, 김세□金世□이 왔다. 윤세구尹世耈가 왔다. ○창아가 봉대암에서 돌아왔다. ○노奴 을사乙巳가 서울에서 돌아와서 아이들의 잘 있다는 편지를 받았는데, 명아命兒(윤두서尹斗緖)의 처가 14일 축시丑時에 아들을 낳고 김녀金女(김남식金南栻의 처, 윤이후의 딸)가 13일 해시亥時에 아들을 낳았다고 한다. 이틀 사이에 두 손자를 얻으니 기뻐서 어쩔 줄을 모르겠다.

〖 1694년 2월 24일 임진 〗 맑음

윤진해尹震垓, 윤시언尹時彦이 왔다. ○정광윤과 함께 송백동松栢洞에 가서 막幕을 쳐 놓은 것을 보고 뒷산에 올라갔다가 왔다. 정운형鄭運亨, 최운원, 최도익崔道翊, 송정松汀의 이석신李碩臣이 왔다. ○김삼달이 유자와 석류 몇 개를 보냈다. 김여휘金礪輝가 숭어 5마리를 가져와 바쳤다.

〖 1694년 2월 25일 계사 〗 흐림

광양현감 임후석任後錫이 사람을 시켜 편지로 문안하고 무명 2필, 백지 4속, 초 1쌍, 홍합 1접, 해삼 5되를 부의로 보냈다. ○김삼달, 임시량任時良, 정광윤이 왔다. 최세양崔世陽이 전미饘米 1말, 닭 1마리를 보냈다. 김현추金顯秋가 전미 1말, 숭어 2마리를 보냈다.

〔 1694년 2월 26일 갑오 〕 흐리다 맑음

백치白峙의 외숙(이락李洛)과 종제 징휴徵休가 왔다. 정여靜如(이양원李養源)
도 왔다. 윤석귀尹碩龜가 밤에 지나다 들렀다. ○해남에서 제수祭需로 밀가
루 2말, 초 1쌍을 보냈다.

〔 1694년 2월 27일 을미 〕 맑음

새벽에 어머니의 첫 기제사를 지냈다. 추모하는 망극한 슬픔을 이루 말할
수 없다. 외숙과 징휴, 정여가 갔다. 윤천임, 윤승후尹承厚, 최정익, 최도익
崔道翊, 최형익崔衡翊, 최항익崔恒翊, 최유기崔有紀, 변최휴卞最休, 윤익성,
연동의 윤시지, 윤상尹詳, 윤선시尹善施, 한종주, 강성江城의 윤시한尹時翰,
비곡比谷의 극인 임취구林就矩, 당산堂山 최상일崔尙馹, 최유준崔有峻, 김삼
달, 정광윤이 왔다. 우창진이 또 들렀다. ○회동會洞의 인편이 돌아와 아이
들이 20일에 보낸 잘 있다는 편지를 받았다. 형님의 장지葬地가 파주坡州
땅 갑좌경향甲坐庚向의 언덕으로 정해졌고, 장례일은 3월 11일로 잡혔다
고 한다.

〔 1694년 2월 28일 병신 〕 맑음

아침밥을 먹고 길을 떠났다. 소석문小石門을 거쳐 운주동雲住洞 정여(이양
원)의 거처에 당도하니 문장門長(윤선오)이 이미 와 있었다. 그가 말하기를,
"내가 때가 되면 논정論亭의 사정射亭 등마루에 집을 지으려고 자재를 사
두었다가 오늘 운반해 오게 했는데, 내가 먼저 가서 보니 건술乾戌 방향이
허하고 또 온황사瘟瘟砂라서 포기했네."라고 했다. 이 땅은 사람들이 노서
형老鼠形이라 칭송하고, 『도선비기道詵秘記』에 '늙은 쥐가 밭에 내려오는 형
국[老鼠下田形]'이라 했기에 모두 차지하려는 마음이 있었다. 하지만 땅이 마
을 가운데 있어 감히 쉽게 어찌하지 못했고, 나는 맨 마지막에 그 이야기를

전남 강진군 신전면 벌정리 논정마을 전경_서헌강 사진
작은 구릉들로 둘러싸인 마을 뒤편으로 펼쳐지는 바다는 강진만이다.

들어서 손쓸 방법이 없었다. 그러다가 세전歲前에 정여가 내려온 후 즉시 상의하여 지난번에 비로소 마을 사람들의 승낙을 흔쾌히 얻어, 작은 집을 지어 오가면서 쉴 곳으로 삼으려 했다. 문장이 내 뜻을 듣고는 내심 낚아챌 꾀를 내어 선대 산소의 이장을 핑계로 내게 편지를 보내어 말하길, "이곳은 일찍이 내가 도모하던 땅이니, 그대는 부디 흔쾌히 내놓아 일가끼리 서로 다투는 폐단이 없게 하오."라고 했다. 이는 나를 위협하여 뺏으려는 의도였다. 내가 일단 공손한 말로 답했지만 걱정스런 사단이 없지 않았는데, 이제 이 땅이 문장의 눈에 차지 않아 내가 가질 수 있게 된 것이다. 땅의 길흉은 진실로 알 수 없으나, 물건은 제각기 임자가 있기에 그렇게 된 것이다. 모든 물건이 모두 이와 같다. 어찌 억지로 이룰 수 있겠는가. 정여와 함께 가서 살펴보았다. 정여가 논하여 말하길, "주산主山의 맥이 떨어지는 곳[落脈處]에는 정기가 없는 듯하나, 맥이 떨어진 후 골짜기를 지나면 바로 맥이 일어나는 곳[起脈處]입니다. 또한 작뇌作腦도 특별한 흠이 없으므로, 대체로 아예 버릴 땅은 아닙니다."라고 했다. 이에 병룡계향丙龍癸向으로 장차 날을 정하지는 않고 기둥을 세우려고 한다. 밤중에 집으로 돌아왔다.

〖 1694년 2월 29일 정유 〗 맑음

최세헌崔世憲, 황세휘, 김회극金會極, 정광윤, 최운탁崔雲卓, 윤순제尹舜齊, 윤재도, 윤사숙尹思淑, 최운제崔雲梯, 송수기宋秀杞가 왔다. ○지원智遠이 자기 마을의 곤란한 문제로 어제 그 어머니와 함께 집을 버리고 왔다. ○아내가 오른팔에 통증이 있는데, 손목이 더욱 심하여 마음대로 구부리고 펼 수 없다. 그래서 사흘 전부터 윤익성에게 침針을 맞고 있다. ○오늘 저녁 지원이 그 모친을 모시고 자신의 숙부인 윤익성의 집으로 돌아갔다.

〖 1694년 2월 30일 무술 〗 맑음

다시 팔미원八味元을 복용했다. 작년 늦봄에 이 약을 지었으나 가을, 겨울에는 무가 아니면 반찬할 것이 없고, 무는 지황地黃과 맞지 않기 때문에 복용을 멈추었다가 지금 다시 복용하기 시작했다. ○윤사숙이 갔다. 윤시삼尹時三, 윤성우尹聖遇와 극인 김수극金壽極이 왔다.

논정 집터를 둘러싼 분쟁

윤이후는 간두幹頭에 있는 생부 윤의미의 묘를 자주 방문하였다. 아버지의 묘소를 오가는 길에 잠시 쉴 곳을 마련하기 위해. 그 인근 마을인 논정論후에 집을 지으려고 풍수가를 대동하여 집터를 점지하였다. 그러나 해남윤씨 집안의 문장門長인 윤선오가 그곳이 명당임을 알고 빼앗으려 하면서 두 사람 간에 분쟁이 생겨난다. 서로 땅을 차지하기 위해 갖은 방법을 동원하는 과정이 일기에 자세히 기록되어 있다.

1694년 3월. 무진 건建. 작은달.

속금도에 제언을 쌓다

정광윤鄭光胤, 최정익崔井翊, 윤익성尹翊聖이 왔다. ○승의랑承議郎 조고祖考
(안계선安繼善)의 기제사를 창아昌兒에게 지내게 했다. ○창아를 보내 논정論
亭에 새로 점찍은 땅에 말뚝 두 개를 박게 했다. 한천寒泉[10]에서 포기한 후에
내 소유가 되었으나 다른 사람이 몰래 도모할 거라는 걱정이 없지 않아서
급히 말뚝을 두 개 박아 남들이 기회를 엿보는 데에 방비한 것이다. 이 땅
의 오른쪽 아래에는 인가가 네다섯 채 있는데, 그중 하나는 효달孝達이라
는 사람의 집이다. 지난번 가서 보았을 때 효달이 와서 말하기를, "이 땅은
이름이 난 지 오래되어 많은 사람이 차지하고 싶어 했고, 영귀靈龜(나침반)
를 들고 보러 온 사람도 무수히 많았습니다. 소인이 다른 사람에게 뺏길까
염려되어 여러 번 지사地師를 초대하여 보여 주니 모두 좋지 않다고 했습
니다. 나리께서 이곳에 집을 지으려 한다는 것을 들었을 때 소인이 부친상
을 당했습니다. 나리께서 짓기 전에 이곳에 아버지를 장사지내고자 몰래
지사를 불러 물었는데 역시 좋지 않다고 했습니다. 지금 돌연 나리의 물건
이 된 것을 보니 물건에 각기 주인이 있음을 비로소 알겠습니다."라고 했

---

10) 한천寒泉: 한천에 사는 문장門長 윤선오尹善五를 지칭한다.

다. 효달이 가까운 지척에 있는 사람으로서 이 땅을 쓰려고 했으나 하지 못
했고, 한천 또한 위협하여 뺏으려 했으나 눈에 차지 않아 끝내 이를 버리게
되는 바람에 결국은 내 차지가 되었다. 말뚝을 박고 나서 소식을 들은 사람
들은 혀가 닳도록 "기이하구나, 윤 아무개의 복이여!"라고 하면서 경탄하
지 않는 이가 없었다. 그 땅이 과연 길지吉地인지는 모르겠으나 사람에게
복이 있어도 인력으로 할 수 있는 바가 아님을 잘 알 수 있다. 이는 비록 한
가지 일에 불과하나 이것을 가지고 미루어 보면 천하의 일이 이러하지 않
은 것이 없다. 이 이치를 모르고서 한갓 보잘것없는 힘으로 마땅히 하지 말
아야 할 일을 하려는 사람이 넘쳐나니 개탄스럽지 않은가.

〔 1694년 3월 2일 경자 〕 밤이 되자 바람과 비가 소란스럽다가 아침 늦게 그침

김응량金應浣이 한천에서 왔다. 정광윤이 왔다.

〔 1694년 3월 3일 신축 〕 맑음

정광윤, 윤천우尹千遇, 윤지원尹智遠, 최운학崔雲鶴, 윤필성尹弼聖, 김봉현金
奉玄이 왔다. ○태인현감 류명철柳命哲이 그의 아들을 데리고 귀라리貴羅里
에 와서 어제 초례醮禮를 치르고 오늘 가는 길에 역방했다. 류명철 우友가
그 맏아들을 위해 후취後娶로 들일 혼처를 구하기에 내가 죽은 생원 윤치
미尹致美 집에 그것을 말했었다. 그래서 오가면서 의논하여 혼사가 이루어
진 것이다. ○해남좌수 이신재李信栽, 별감 임중신任重信이 왔다. 김응량이
한천으로 돌아갔다.

〔 1694년 3월 4일 임인 〕 흐림

이른 아침을 먹은 후 출발했다. 아명촌鵝鳴村 앞에 다다르니 지원智遠이 나
와서 동행했다. 독평禿坪 진산리珍山里 이돌남李乭男의 집에서 말을 먹였

금호 선착장 일대의 모습. 전남 해남군 산이면 금호리
조선시대 속금 나루의 위치는 현재의 금호선착장 인근으로 추정된다.

다. 노奴 철파회鐵破回와 같은 마을에 사는 사람이 와서 알현했다. 저녁 무렵 나루를 건너니 김득성金得聲이 나루에 미리 와서 기다리고 있었다. 나루에서 속금도東今島의 마을까지의 거리는 몇 마장馬場쯤 되었다. 김득성의 집을 묵을 집으로 정했다. 기진려奇震麗가 와서 알현했는데, 아버지 때부터 이곳에 와서 살았다. 그의 동생 기진주奇震疇도 와서 알현했다. 이곳에 살다 무안으로 이사 갔다가 마침 일 때문에 와 있다고 했다. 기진려의 매부 윤시대尹時大도 와서 알현했는데, 강진 호현壺峴에서 이곳으로 와서 살고 있다고 했다.

〖 1694년 3월 5일 계묘 〗 맑음

이른 아침을 먹은 후에 기奇 생生, 마을 사람 김득성 등과 제언을 쌓을 곳을 살펴봤다. 최대한 물려 쌓아서 제언 안쪽을 넓히고 싶지만, 장재도長財島에서 좌우로 막으면 물을 들일 수 없을 뿐만 아니라 파도가 쌓은 곳의 양쪽

장재도(장섬) 일대의 모습. 전남 해남군 산이면 금호리
사진 중앙의 섬이 장재도이다. 윤이후는 이곳에 제언을 쌓아 농지를 조성했다. 공사에 필요한 역군은 스스로 조달하기도 하였지만 관력을 빌리기도 하였다.

면을 들이쳐서 나중의 근심을 감당할 수 없을 것이다. 또한 옛 제언에서 약간 물려서 쌓으면 진흙이 연하여 쌓아지지 않으니, 결코 그렇게는 할 수 없다고 한다. 여러 사람의 의견이 모두 옛 제언대로 막아야 실패하는 우환을 면할 수 있다고 하여 부득이 그렇게 하는 것으로 결정했다. 제언 안쪽은 6, 7섬지기에 불과하다고 하니 적은 것이 아쉽지만, 작아도 큰 것 못지않다고들 한다. 내가 보기에도 그러하다. ○이곳에 사는 노奴 연실軟實과 등산登山의 배가 3일에 마침 맹진孟津에 도착하여 벼 7섬, 쌀 1섬, 누룩 3동, 담배 1동을 실어 보냈는데, 오늘 와서 정박했기에 곧바로 김득성의 집으로 옮기게 했다. ○오후에 출발하여 나루로 되돌아왔다. 기진려, 기진주, 윤시대, 김득성이 따라와서 송별했다. 언리堰里의 윤서후尹瑞厚가 나를 만나려고 왔기에 나루에서 만나 함께 건너 돌아왔다. 진산 이돌남의 집에서 잤다. 윤필후尹弼厚, 윤빙후尹聘厚, 이석명李碩命이 밤에 찾아와 만났다.

289

〔 1694년 3월 6일 갑진 〕 흐리다 맑음

윤필후가 이른 아침에 다시 찾아와 만났다. ○아침을 먹은 후에 출발했다. 송천촌松川村 앞에 도착하여 약정約正 이두만李斗萬을 불러와 역군役軍을 조발調發하라고 분부했다. ○신포新浦의 번와소燔瓦所에 들러 최도익崔道翊과 잠시 이야기하고 왔다. 최 공公은 나와 힘을 합쳐 기와를 굽기로 약속했는데 내가 송첩松帖[11]과 역군을 맡고 최 공이 품삯으로 줄 곡식을 맡아서, 기와를 구워서 반반씩 쓰기로 했다. ○전극립全克立과 윤선시尹善施가 왔다. ○별장別將의 노노奴가 서울에서 돌아와 아이들의 편지를 받았는데 별고 없이 편안하다니 기쁘다. 파주의 산역山役은 의론이 많아 장례일을 정하지 못했다니 걱정이다.[12]

〔 1694년 3월 7일 을사 〕 오전에 비가 쏟아지고, 오후에 흐리다 맑음

성 생원(성준익成峻翼)의 노노奴가 서울에서 돌아와 두서斗緒의 편지를 받았다. 그럭저럭 지낸다니 다행이다. 정광윤, 김체화金體華, 박이중朴以重이 왔다.

〔 1694년 3월 8일 병오 〕 맑음

노奴 을사乙巳를 태인에 보냈다. 지난번 태인현감(류명철)이 와서 만났을 때, 내가 제언 공사에 쓰기 위해 누룩을 청하여 승낙을 얻었다. 그래서 말을 몰고 가게 한 것이다. ○해남현감(최형기崔衡基)이 상한傷寒을 앓는 것이 꽤 위중하다고 들었다. 걱정된다. 윤시한尹時翰, 윤이우尹陑遇가 왔다. 최도익崔道翊이 왔다. 서응瑞應(윤징귀)이 와서 또 묘갈문을 권하기에 간략히 지어 주고, 문중에서 두루 의논하도록 했다.

---

11) 송첩松帖: 소나무 벌채 허가증이다.
12) 파주의…걱정이다: 윤이석의 묘소 조성 일을 말하는 것이다.

〖 1694년 3월 9일 정미 〗 맑음

정여靜如(이양원李養源)가 내일 출발한다는 것을 듣고 이른 아침에 밥을 먹고 가서 한나절 느긋하게 이야기를 나누었다. 돌아오는 길에 문장門長(윤선오尹善五)에게 들러 인사했다.

〖 1694년 3월 10일 무신 〗 맑음

윤진해尹震垓, 최만익崔萬翊, 윤유도尹由道, 정광윤이 왔다. 월암月岩의 정생원(정왈수鄭日壽)이 왔다. ○들으니, 나주의 사인士人 정창도鄭昌道가 의술에 밝은데 마침 해남에 왔다고 한다. 창아昌兒를 보내 정성을 보여 초청하고 겸하여 해남현감(최형기)의 병환을 문안하게 할 계획이다. ○윤천우가 밤에 와서 느긋하게 이야기를 나누고 갔다. ○이날 밤에 늙은 노 후돌後乭이 병으로 죽었다.

〖 1694년 3월 11일 기유 〗 맑음

적량赤梁에 가서 묘제墓祭를 지냈다. 창아는 간두幹頭에 가서 묘제를 지내고, 정 의醫(정창도)를 초대하려고 바로 해남으로 향했다. ○황원黃原의 노奴

속금도 제언 공사

해남 일대 개펄에 제언을 쌓고 언전堰田(제언 내부의 농지)을 조성하는 것은 해남윤씨 집안이 대대로 재산을 증식하는 한 방식이었다. 1694년 3~4월에 걸쳐 진행된 속금도 제언 공사도 그 하나이다. 윤이후는 계획 단계에서부터 실행, 사후처리(작인과 마름의 지정) 단계에 이르기까지의 전 과정을 상세히 기록하였다. 공사의 대부분은 물막이 작업으로 인근 면민이 요역에 동원되었고, 다른 제언 공사의 예를 보건대 관의 허가를 받았으리라 생각된다. 공사에 동원된 역군은 1,587명으로, 이들이 평균 2일씩 일하여 연인원으로 3,187명이 동원되었다. 작업에 걸린 실제 소요 기간은 30일이므로 하루에 평균 100여 명이 일을 하였다. 작업의 막바지에는 상당히 먼 거리에 있는 윤이후 및 해남윤씨 일가의 농장에서 일꾼이 동원되기도 하였다.

몽립夢立이 전답을 기상記上[13]하는 대신 늙은 암소 1마리와 3살 된 수소 한 마리를 마련하여 와서 바쳤다. ○이날 길에서 무장현감 이유李瀏를 만났는데, 부모님을 뵙기 위해 임소任所에서 오는 길이라고 한다.

〔1694년 3월 12일 경술 〕 맑음

정광윤과 윤석귀尹碩龜가 왔다. 무장현감이 밤길을 무릅쓰고 와서 잤다.

〔1694년 3월 13일 신해 〕 맑음

해남의 윤세임尹世任이 대장代將일 때의 일로 진주에 정배定配되었는데, 출발하여 지나다 들렀다. 황세휘黃世輝, 윤경리尹敬履, 성덕징成德徵이 따라왔다. ○파산波山의 묘갈문은 지난번에 문중의 엇갈리는 의론 때문에 중도에 그만두었는데, 그 사이에서 중재하는 논의를 하는 자가 또 말하기를 '글자 수가 많으면 물력이 미칠 수 없으니, 현달顯達 여부를 막론하고 귤정공橘亭公(윤구) 사촌 항렬까지만 기록하고, 또 우리 조부님(윤선도)께서 조약條約을 세우고 제사를 지내게 한 연유를 밝혀서 쓰라.'라고 했다. 모두 구차하고 공정하지 않은 말이라 나는 단호히 거절하고 듣지 않았다. 그 후 윤서응尹瑞應(윤징귀) 형제가 내가 하지 않으면 안 된다고 간곡히 말하기에, 결국 전에 썼던 글을 바탕으로 버릴 것은 버리고 남길 것은 남겨서 오늘 제각祭閣에 나아가 썼다. 창아가 따라갔다. 윤승후尹承厚, 윤현귀尹顯龜, 윤석귀尹碩龜, 윤민尹玟, 윤창尹瑒, 윤장尹璋이 와서 만났다.

좌통례 묘갈문을 고친 초고

공은 휘諱가 사보思甫이고 성은 윤씨이며 해남인이다. 휘 존부存富는 바로 공의 비조鼻祖다. 그 후손은 광혁光奕, 형衡, 효정孝正, 천집川楫, 환桓,

---

13) 기상記上: 노비가 자식이 없을 때 자신의 재산을 소유주에게 바치는 것이다.

진사 잠岑, 사온司醞 직장 영동정令同正 광전光琠, 봉상대부 군기소윤軍器少尹 단학丹鶴이다. 단학이 공을 낳았다. 공은 송씨宋氏에게 장가들어 아들 셋을 낳았는데, 호군護軍 종종種種, 증贈 병조참의 경경耕, 무흠畝이다. 종종種種은 신운莘耘, 신우莘佑, 신흥莘興, 신함莘咸을 낳았다. 경경耕은 효인孝仁, 효의孝義, 효례孝禮, 효지孝智, 효상孝常, 효원孝元, 효정孝貞을 낳았는데, 효정은 생원으로 호가 어초은漁樵隱이며 참판에 추증되었다. 효의의 손자 세좌世佐는 무과에 올라 현감을 지냈다. 그 아들 정定은 무과에 올라 군수를 지냈으며 택宅은 무과에 올라 현감을 지냈다. 효정의 아들 구衢는 문과에 올라 응교를 지내고 판서에 추증되었고, 항術은 생원이며, 행行은 문과에 올라 목사가 되었고, 복復은 문과에 올라 관찰사를 지냈다. 좌통례와 숙인淑人의 봉증封贈은 이 때문이다.

구衢의 아들 홍중弘中은 문과에 올랐으며 정랑을 지내고 판서에 추증되었다. 의중毅中은 문과에 올랐으며 우참찬을 역임했다. 행行의 손자 광계光啓는 문과에 올랐으며 정랑을 지냈다. 의중의 아들 유심唯深은 부사府使를 지냈고, 유기唯幾는 문과에 올라 관찰사를 지냈으며 홍중의 계후자가 되었다. 유심의 아들은 선언善言과 선도善道인데, 선도는 문과에 올라 참의를 지내고 판서에 추증되었으며 시호가 충헌忠憲이다. 유기의 후사가 되었다. 그 아들 인미仁美는 문과에 올랐으며 헌납에 추증되었다. 의미義美는 진사로, 선언의 후사가 되었다. 예미禮美, 복의 현손 항미恒美는 무과에 올랐으며 현감을 지냈다. 인미의 아들 이석爾錫은 전부典簿를 지냈다. 의미의 아들 이후爾厚는 문과에 올라 정언을 지냈고, 예미의 계후자가 되었다. 내외 자손은 천 명이 넘어 모두 실을 수 없고, 다만 이름이 드러나 선조를 빛낸 자만을 거론한다. 이미 세대가 멀어지고 친진親盡하여 제사가 오랫동안 끊어졌는데, 기축년에 충헌공이 조약條約을 세우고 제전祭田을 마련하여 해마다 계추季秋에 종인宗人들을 데리고 한 번 제사를 지내는 규정을 만들었다. 당초의 묘표墓標는 현손 흠중欽中과 여러 자손이 함께 세웠으나 세월이 오래되어 글자가 닳아서 지금 다시 새것으로 바꾸고 나서 나에게 사실을 기록할 것을 부탁했다. 감히 사양하지 못하고 이와 같이 약술한다.

증贈 숙인淑人 송씨宋氏는 증贈 좌통례左通禮 윤사보尹思甫 공의 부인이다. 자손이 번성하여 높은 관직에 오른 이가 많았으니 해남 윤씨의 창대함이 이분에게서 비롯했다. 좌통례 공께서 덕을 두텁게 쌓으셨음을 여기에서 알 수 있으며, 또한 숙인 송씨의 아름다운 성덕盛德 덕택에 이렇게 된 것이 아니겠는가? 아아, 위대하도다! 묘표가 세월이 오래되어 자획이 닳아 떨어져나가 여러 후손들이 새 돌로 다시 세웠다. 자손들에 대해서는 좌통례 공 갈碣 뒷면에 대략 기재했으니, 여기에는 다시 기술하지 않는다. 후손 이후爾厚가 삼가 기록하다.

〖 1694년 3월 14일 임자 〗 흐리다 맑음

창아를 데리고 길을 나섰다. 가는 길에 우연히 윤시상尹時相을 만나 잠시 이야기를 나누었다. 우사치迂沙峙에 도달하여 김우경金友鏡을 만나 잠시 이야기를 했다. 연동蓮洞 영건소營建所에 도착하여 유사有司 김이경金爾鏡과 이야기했다. 박원귀朴元龜도 자리에 있었다. 이어서 백치白峙로 나아가 인사드리고 저녁에 돌아왔다. ○서흥현감 윤항미尹恒美가 이른 아침에 왔다. 그는 서흥현감으로 있을 때의 일로 광주光州에 정배되었는데, 광주목사 이동표李東標가 귀근歸覲을 허락하여 왔다고 한다.

〖 1694년 3월 15일 계축 〗 맑음

정광윤, 윤지원, 윤기업尹機業, 김한집金漢集, 윤천우尹天佑가 왔다. 김정진

金廷振이 왔다.

〔 1694년 3월 16일 갑인 〕 오전에 비오고 오후에 흐림

윤규미尹奎美가 왔다. ○들으니, 순상巡相 박경후朴慶後[14]가 파면되어 이운 징李雲徵으로 대체되었다고 한다. ○노奴 을사乙巳가 돌아왔다. 태인현감 (류명철)이 누룩 10동, 백지 3속, 편지지 80폭을 보냈고, 정읍현감(한세경韓 世經)이 누룩 1동, 곶감 1접, 편지지 60폭, 입모笠帽 하나를 보냈다. ○뱃짐 을 운반하여 실었다.

〔 1694년 3월 17일 을묘 〕 맑음

창아가 과원果願을 데리고 책상자를 지고 죽음사竹陰寺[15]로 갔다. ○정광윤 과 윤서尹壻가 왔다. 김세전金世銓이 왔다. 김정진이 갔다. ○기오당寄傲堂 앞 중가中家 3칸에 들어갈 잡목 재목을 보길도로부터 베어 와서 운반해 들 여왔다. 논정論亭의 집 3칸에 들어갈 소나무 재목을 노 6명을 고금도로 보 내어 베어 와서, 운주동雲住洞에 운반해 두었다.

〔 1694년 3월 18일 병진 〕 흐림

최형익崔衡翊, 최항익崔恒翊, 최유기崔有基, 정광윤, 박수고朴守古가 왔다. ○파산의 묘갈을 다 쓰고 난 후에, 당초의 묘표墓標에는 여러 후손들이 함 께 세웠다고 적혀 있었는데, 지금 '현손 아무개가 세우고 5대손 아무개가 고쳐 세웠다'라고 한 것은 사실에 크게 어긋난다는 문중의 논의가 그치지 않았다. 여러 사람의 의논은 막을 수 없는 것이고 사실 또한 그러하다. 오 후에 제각으로 다시 나아가 글을 지우고 "당초 묘표는 현손 흠중欽中이 여

---

14) 박경후朴慶後: 박경후는 1693년 1월 5일 전라도관찰사에 제수되었는데, 1694년 3월 5일 남원
　　창곡倉穀이 화재를 입고 손실된 것을 늦게 계문啓聞한 죄로 파직당했다.
15) 죽음사竹陰寺: 대둔사에 부속된 암자인 듯하다.

러 후손들과 함께 세우고, 세월이 오래되어 글자가 닳아 이제 다시 새롭게 세웠다."라고 고쳐 썼다. 숙인의 갈문은 "묘표가 오래되어 자획이 닳아 떨어져나가 여러 후손들이 새 돌로 고쳐 세웠다."라고 고쳐 썼다.【윤천임尹天任, 윤천건尹天健, 윤취빙尹就聘, 윤희직尹希稷이 와서 만났다.】전부典簿(윤이석) 댁의 노 천귀千貴가 서울에서 돌아와, 아이들의 평안하다는 편지를 받았다. 9일에 보낸 것인데, 장지葬地가 아직도 정해지지 않았다니 안타깝다.

〔 1694년 3월 19일 정사 〕 흐림

이른 아침에 출발하여 맹진교孟津橋에 도달하니, 거사居士와 승도僧徒가 흰 장막을 높게 치고 크게 모여 징을 치며 불경을 독송했고, 야인野人들도 무수히 모여 있었다. 물어 보니, 다리가 다시 세워져 화주化主가 이 자리를 마련하여 야인들을 모아 동갑同甲 계모임을 열었다고 한다. 진산珍山 이돌남의 집에 도착하여 말을 먹이고, 해 질 무렵에 나루를 건너 용업龍業의 집에 묵기로 했다. 집이 약간 넓어 득성得聲의 집보다 낫기 때문이다. 데리고 온 사람은 공사를 감독할 노 만홍萬弘, 사환할 아노兒奴 인석仁石, 내 밥을 해 줄 비婢 예금禮今이다. 안장을 내리고 나서, 기진려 및 그 아들 기정욱奇挺旭과 기정환奇挺煥, 윤시대尹時大가 와서 만났다.

〔 1694년 3월 20일 무오 〕 어제 저녁에 비가 뿌렸는데, 오늘은 맑음

집 뒷산을 올랐다. 상봉上峰까지 가서 두루 둘러보았다. 기진려 부자와 윤시대가 따랐다.

〔 1694년 3월 21일 기미 〕 맑음

노奴 이룡二龍이 들어왔다. 술과 쌀을 담당하기 위해서이다. 구득비리求得非里의 선달 송시민宋時敏이 와서 만나고 곧 돌아갔다. 독평禿坪의 윤서후

尹瑞厚, 김우창金禹昌이 왔다가 곧 돌아갔다. 김우창은 새로 어머니 상喪을 당했다. ○독평 사람 20명이 와서 섶나무를 베었다. ○제언은 부원군府院君 임백령林百齡[16]때부터 내려오던 것인데, 아주 오래전에 무너져 버려진 것을 비곡比谷의 김한집金漢集이 임백령의 후손 임세화林世華 등에게 샀다. 좁은 땅이지만 토질이 매우 좋아서, 내가 비곡의 답畓 9마지기와 바꿔 얻었다.

〖 1694년 3월 22일 경신 〗 맑음

산포이도면山浦二道面의 일꾼 146명이 와서 둑을 쌓는 일을 시작했다. 언리堰里의 윤서후尹瑞厚, 윤필후尹弼厚, 이석명李碩命, 약정約正 이두만李斗萬이 와서 공사를 감독했다. 해남의 사후선伺候船[17]한 척을 수군水軍 조련처에서 빌려 오고, 흑두리黑頭里에 사는 이철李哲의 배도 빌려왔다. 기진려에게도 작은 배가 있어 빌리고, 나루의 배 4척과 함께 나루터에 대기시켜 일꾼들을 건너게 했다. 오늘 둑의 3분의 1을 쌓았으니 70파把 정도다. ○이 섬에 거주하는 사람은 60여 호戶이다. 일꾼들이 먹을 술은 1호당 벼 2말 5되를 나눠주었는데, 쌀 한 말에 해당된다. 처음 술을 담을 때 들어간 누룩은 마을 사람들이 스스로 마련했는데, 그들이 원했기 때문이다. 쌀 한 말에서 보통 술 한 동이가 나오고, 술 한 동이는 보통 서른 사발이 된다. 이룡이 맡게 했다.

〖 1694년 3월 23일 신유 〗 맑음

황원 화곡禾谷의 윤흔尹訢, 윤중석尹重錫, 그의 아들 덕함德咸과 윤종석尹宗錫, 윤원석尹元錫이 왔다. 윤원석은 매를 팔에 얹고 왔다가 꿩 한 마리를 잡

---

16) 임백령林百齡: 해남 출신으로서, 을사사화를 주도한 공로로 정난위사공신定難衛社功臣 1등에 책록되고, 숭선부원군崇善府院君에 봉해졌다.

17) 사후선伺候船: 수영水營에서 정찰 등의 목적으로 사용하는 작은 전선戰船이다.

아서 바쳤다. 여박리汝泊里의 윤선증尹善曾과 약정約正 윤정우尹廷禹가 왔다. 윤서후, 이석명이 갔다. 윤필후는 공사 감독을 시키기 위해 가는 것을 만류했다. ○어제 입역한 일꾼 246명을 오늘 저녁에 방송放送하고 같은 면의 일꾼 △△△명을 오늘 저녁부터 입역하게 했다.[18] 제언의 5분의 3이 완성되었다. ○송시민이 다시 와서 공사를 감독했다.

〖 1694년 3월 24일 임술 〗 맑음

같은 면의 일꾼이 와서 공사를 했다. ○감목監牧(신석申奭)의 아들 신하상申夏相과 목장牧場의 판관 김명우金鳴宇가 와서 보았다. 감목이 콩 1섬, 쌀 2말, 천초川椒, 김 등의 물건을 보냈다. 봉대암鳳臺庵의 승려 청흡淸洽, 세동사細洞寺의 승려 3명이 와서 배알했다.

〖 1694년 3월 25일 계해 〗 아침 전에 비가 흩뿌리다 늦은 아침에는 맑음

같은 면의 일꾼과 이 섬의 사람들이 함께 공사했다. 황원의 윤필성, 출신出身 노일상魯日祥이 왔다. ○전라우수사에게 송첩松帖을 얻었다. 수문水門의 판을 벌취伐取하기 위해 윤종석이 배와 격군格軍을 갖추어 도장산道藏山으로 갔다. ○제언을 쌓아 물길을 끊었다.

〖 1694년 3월 26일 신축 〗 맑음

산포일도면山浦一道面, 황원 고현내古縣內의 일꾼이 와서 공사했다. ○□진□珍의 출신 임시태任時泰, 간두리艮頭里의 상인喪人 김정창金鼎昌이 왔다. 김정창은 김우창金禹昌의 동생이다. 최운학崔雲鶴이 왔다.

〖 1694년 3월 27일 을축 〗 맑음

황원의 송창우宋昌右가 화전花煎을 가지고 왔다. 공사를 감독하도록 붙잡

---

18) 어제…했다: 3월 22일 일기에는 246명이 아니라 146명으로 기록되어 있다.

왔다.

오시午時도 되지 않아서 비가 내려 공사를 정지했다.

장내場內의 일꾼이 왔다. ○함평의 하리下吏인 나인성羅仁星이 지나는 길에
들러 배알했다. 장내의 송시휘末時輝, 조원백曺元伯이 왔다. ○고현내 사람
이태선李太先이 26일에 일꾼들을 거느리고 왔다. 제언 쌓는 일을 잘 알아
서 머물러 공사를 감독하게 했는데 오늘 저녁에 인사하고 갔다.

1694년 4월. 기사 건建. 큰달.

자던 새가 둥지에서 놀라 깬 것 같아

〔 1694년 4월 1일 무진 〕 **새벽부터 비가 와서 정오쯤에 그쳤지만 해무가 부슬비가 되어 하루 종일 흐리고 습함**

장내場內의 일꾼이 많이 왔으나 비에 흠뻑 젖어 일을 제대로 할 수 없었다.

〔 1694년 4월 2일 기사 〕 **하루 종일 가랑비가 내림**

장내의 일꾼이 이틀 연속으로 많이 왔다. ○배 3척을 이끌고 가서 황원黃原의 산소 부근에서 소나무 땔감을 베어 와서 제방 머리에 정박하도록 했다.

〔 1694년 4월 3일 경오 〕 **맑다 흐림**

노奴 개일開一이 팔마八馬에서 와서 집안이 잘 있다는 편지를 받았다. 강서 현령 윤이형尹以亨 형님이 영암에 귀양 왔다고 내게 편지로 알렸다. 나를 의지할 수 있다고 생각하여 여기를 유배지로 정하여 왔으나, 내가 마침 이곳에 와 있어서 바로 만나서 회포를 풀지 못하니 안타깝다. ○감목監牧(신석申㶆)이 와서 만났는데, 화전花煎을 가지고 와서 바쳤다. 김명우金鳴宇가 따라왔다. 약정約正 이두만李斗萬, 화곡禾谷의 윤중호尹重虎가 왔다. ○수문

水門을 만들 판자 15조條를 도장산道藏山에서 옮겨 와서 목수인 세동사細洞寺 승려 원일元日이 공사를 시작했다. ○윤천우尹千遇가 수영水營에서 와서 만났다.

〔 1694년 4월 4일 신미 〕 맑음

들으니, 금오랑金五郎(의금부도사) 이익장李益萇이 선문先文(도착 통지 공문)도 없이 어제 갑자기 해남에 왔다고 한다. 장차 제주로 갈 것이라고 하는데, 무슨 일인지 모르지만 매우 염려된다. ○소안도所安島의 윤선필尹善弼이 왔다. 윤선증尹善曾, 약정 윤정우尹廷禹, 독평禿坪의 윤서후尹瑞厚, 이석명李碩命이 왔다.

〔 1694년 4월 5일 임신 〕 맑음

입암笠岩의 윤세지尹世摯가 왔다. 창아昌兒가 왔다. ○수영水營의 선창船倉 공사 때문에 황원과 장내의 일꾼을 쓸 수 없어서, 앞으로 공사를 중지하지 않을 수 없게 되었다. 몹시 답답하다. ○수문을 처음에는 나무로 만들려고 하다가, 기奇 공[19]이 제언을 쌓고 노닐던 곳에 돌 수문이 있었기에 그것으로 대체하고자 오늘 캐 왔다.

〔 1694년 4월 6일 계유 〕 아침에는 안개가 꼈으나 늦은 아침에는 맑음

예전에 들기로, 가지도可枝島에 이의신李懿信의 어머니를 장사지낸 곳이 매우 기괴하여 볼만하다고 했다. 아침 식사 후에 창아, 송시민宋時敏, 기진려奇震麗, 윤필후尹弼厚와 함께 배에 올라 잠시 뒤 가지도에 도착했다. 한 줄로 가로 누운 산등성이는 첩첩이 쌓인 돌로 이루어져 있는데, 암석 사이를 올려다보니 기와지붕의 한 귀퉁이가 약간 드러나 있었다. 바위를 타고 위로 올라가면 산꼭대기에 큰 바위가 있는데, 가운데가 빈 것이 마치 솥을

---

19) 기奇 공: 간척 공사지가 소재한 속금도에는 기 씨가 다수 거주하고 있었다.

엎어 놓은 것 같다. 앞면에는 서까래를 걸쳐 기와로 덮어 놓았고 그 안에
는 구들을 놓아 작은 2칸 방을 마련했으며, 앞 기둥은 헌軒으로 삼고 양 머
리는 부엌으로 삼았다. 집에 들어가 올려다보면 바로 석굴石窟인데, 앞 처
마에 짧고 작은 서까래만 올렸다. 처마 아래는 한 갈래 길이 비스듬히 이
어져 사람이 겨우 지나다닐 수 있는 정도다. 길머리에는 굴이 하나 있다.
아래 바닥까지 수십 길쯤 직통해 있는데, 이른바 가지굴可枝窟이다. 헌 위
로 올라가면 눈 아래 바로 바다가 있어 몸을 구부려 침을 뱉을 수 있다. 집
의 위아래 모두 큰 바위가 있는데, 어떤 곳은 평평하고 넓어서 열 사람쯤
앉을 수 있고, 어떤 곳은 1, 2장쯤 우뚝 솟아 있다. 가장 높은 곳에는 네다
섯 장 되는 선돌立石이 있고, 한 그루 소나무가 선돌의 면에 기대어 서 있
다. 돌 위로 우뚝 솟은 소나무의 모습이 마치 우산을 펼친 듯하여 볼수록
기이하다. 위아래로 오르내리면서 힘들어 땀에 옷이 젖는 것도 몰랐다. 옷
을 벗어 말리고 잠시 뒤 아래로 내려갔다. 이李 지사地師가 어머니를 장사
지낸 자리는 용龍[20]이 아산芽山[21]으로부터 와서 10여 리 정도 혹은 끊어지고
혹은 이어지다가 끝머리에 이르러 갑자기 금성金星이 일어나고, 바로 붕홍
崩洪[22]하여 맥이 지나서 가지굴이 된 곳이다. 붕홍한 곳으로부터 하나의 맥
이 옆으로 10보쯤 매우 가늘게 나왔는데, 일어난 맥이 동과冬瓜 모양 같으
며 꽤 커서 하나의 큰 바위를 이룬다. 동과 모양의 끝머리에는 10보쯤 평
지를 이루어 또 작은 동과 모양을 이루는데, 그 근방에 횡장橫葬[23]했다. 작
은 동과의 좌우는 모두 조수潮水가 드나드는 곳이며, 두 동과의 사이는 땅
이 평평하고 맥이 이어지는 곳이다. 가끔 조수가 드나들 때 만조滿潮가 되

---

20) 용龍: 풍수에서 평지보다 높이 솟은 땅을 용이라 한다. 이는 산을 말하기도 하고, 산이 이어져
　　내려오는 능선을 칭하기도 하는데, 진행하는 모습이 마치 용이 꿈틀거리는 것과 같다 하여 이렇게
　　부르는 것이다.

21) 아산芽山: 전라남도 영암군의 삼호읍 삼포리와 용당리 일대에 걸쳐 있는 산이다.

22) 붕홍崩洪: 용이 바다나 강에서 물속으로 맥이 이어지다가 물 밖으로 약간 드러난 것이다.

23) 횡장橫葬: 머리를 동쪽을 향하게 하고 발은 서쪽을 향하게 묻는 것이다.

면 무덤의 삼면 밖 계절階節²⁴⁾ 아래는 모두 바다가 되어 한 주먹 외로운 무덤이 물위에 떠 있게 된다. 땅의 길흉은 육안으로 알 수 있는 것이 아닌데, 온통 기괴한 이곳을 일유一惟가 아니면 어찌 쓸 수 있었겠는가? 작은 동과 또한 모두 돌이기 때문에 사토로 덮어 놓았다. 입장入葬 때 돌 위에 관을 안치하고 바깥에서 가져온 흙으로 봉분을 만들었다고 한다. 청룡靑龍은 졸성卒星으로부터 나왔고, 백호白虎는 가지도다. 일유가 누구냐면 이 지사의 자호自號다. 이 지사가 장사를 지낸 주산主山의 산허리에는 쌍총雙塚이 있다고 한다. 임희林熙가 직접 땅을 골라 부인을 장사지내고, 그 후에 임희를 장사하여 쌍총이 되었다. 산허리는 아무런 모양도 없는 형국이다. 임희는 어려서부터 풍수를 업業으로 삼아서 사람들이 그가 풍수를 잘 안다고 높이 평가하지만, 그가 직접 잡은 자리가 이와 같으니 정말 가소롭다. 두루 구경하고 나서 가지도 서쪽으로 발길을 돌려 배가 돌아오기를 기다려 덕포德浦 용당리龍塘里로 향했다. 그곳은 주부主簿 임속林涑이 사는 곳이다. 임속의 거처는 평소에 유명하여 예전부터 한번 보고 싶었다. 또 임속이 거처를 옮기고자 하는 마음이 있다고 듣고, 내가 모처某處와 바꾸고 싶었기 때문이다. 잠시 후 용당리에 있는 임속의 집에 도착했다. 집채와 연못, 화훼 모두 볼만했다. 터의 형국은 둘러싸고 있는 산세가 맑고 기이하며, 또 고기잡이와 염전의 이점을 갖고 있어 정말 살 만한 땅이다. 지세가 깊고 궁벽하며 경치가 아주 빼어나 늙은이가 여생을 보내기에 더욱 알맞다. 주인은 음사陰仕로 주부가 되었는데, 사람됨이 소탈하고 품격이 있어 좋아할 만하다. 바로 소찬을 내어 대접하고 이어서 저녁을 대접했다. 해 질 녘 서로 헤어져 배로 돌아왔는데, 바람이 거세고 물이 역류하여 가지도에 정박하고 염소리鹽所里로 찾아들어가 기숙했다. 한밤이 되기 전, 뱃사람이 와서 조수가 들어온다고 고하기에 억지로 일어나 배에 올랐다. 한참 뒤에 속금도로 와서 정박했는데, 닭이 이미 너덧 번이나 운 뒤였다. 밤을 무릅쓰고 조

---

24) 계절階節: 무덤 앞에 평평하게 만들어 놓은 땅이다.

수를 타느라 고생이 너무 많았다. 비로소 옛사람이 '길이 있거든 배를 타지 마라.'라고 한 말뜻을 제대로 알게 되었다.

심적암深寂菴 중수기

내가 전에 덕천德川의 떡 가게를 지나는데, 등불 아래 노파 서너 명이 둘러 앉아 떡을 빚고 있었다. 한 노파가 말하기를 "떡은 작게 빚고 이익은 많이 보고 싶지만, 오직 죽어 명부에 들어가서 철가鐵枷[25]의 고초를 당할까 두려워서 감히 그렇게 하지 못한다."라고 했다. 다른 노파들도 웃으면서, "그렇다."고 했다. 저들은 거리의 가게에서 떡을 파는 아녀자로서, 새벽에 일어나서 끊임없이 열심히 작은 이익을 다투다가 습관이 천성이 되었다. 설사 소진蘇秦과 장의張儀[26]의 능란한 화술과 공수龔遂와 황패黃覇[27]의 교화하는 능력으로 그들에게 인의예지를 누누이 말하더라도, 저들은 반드시 귀머거리처럼 귀를 막고 맹인처럼 눈을 감을 것이다. 그러하니, 인간 세상에서 듣지도 보지도 못한 것을 하늘을 벗어나고 땅으로 들어가도록 놀라운 말로 꾸며 유혹하고 선동하여, 어리석은 지아비와 지어미로 하여금 두려워 반성하고 이기심을 참고 욕심을 절제하게 하며, 형벌을 주지 않아도 위엄이 서고 명하지 않아도 스스로 금하는 것은, 불교의 공이 또한 조금 도운 바가 있다.

만허萬虛 스님은 깊이 들어가고 높이 올라가서 지리산의 심적암深寂菴에 거주한다. 암자가 오래되어 무너지고 기울어져서 마치 도가 높은 사람이 절뚝거리고 몸이 기운 것과 같다. 하루라도 거기를 찾아가면 두려워서 오래 머물 수 없을 정도여서, 그 암자에 발을 들여놓자마자 도리어 즉시 발걸음을 돌리게 된다. 대사가 빙그레 웃으면서 말했다. "사람이 세상에

---

25) 철가鐵枷: 쇠로 만든 목에 씌우는 형구刑具이다.
26) 소진蘇秦과 장의張儀: 모두 전국시대의 유세가로서 말을 잘하기로 유명했다.
27) 공수龔遂와 황패黃覇: 모두 전한前漢의 인물로서 선정을 펼친 지방관이다.

나서 대궐 같은 집과 부드러운 방석 위에 앉으면 편안하기는 편안할 것이다. 네 마리 말이 끄는 큰 수레에 타면 높기는 높을 것이다. 그러나 염여퇴灩澦堆[28]와 태항산太行山의 길[29]로도 그 위험한 것을 비유하기에는 부족하다. 선생은 이 집을 위험하다고 생각하는가?"

암자의 승도가 대사에게 집을 고치기를 청했다. 그러자 대사가 시주를 널리 모집하여 여러 해 경영하여 옛날 모습 그대로 중수하였다. 그러나 건물의 빼어남과 아름다움은 전에 비하여 더욱 빛난다. 공사가 끝나자 내게 기를 써 달라고 청했다.

내가 생각하기에, 천지간의 여관을 자기 소유라고 여기며 말하기를 내 방, 내 집이라고 하는데, 결국 이것은 아롱鵝籠[30]과 선각蟬殼(매미 허물)일 뿐이다. 저 사미沙彌들은 또 가정의 즐거움과 자손의 사랑도 없이 구름 낀 숲과 안개 낀 골짜기에서 병 하나와 발우 하나로써 온 곳도 정한 곳이 없고 갈 곳도 매인 곳이 없는데, 오히려 마음을 내어 소원을 세우며 재물을 쓰고 힘을 다하여 기운 사람은 바로 세워 주고 위험한 사람은 편안하게 한다. 이것은 반드시 자기를 위한 것이 아니라 즐기는 바가 그 사이에 있어, 뒤섞여도 흐려지지 않고 말려도 막을 수 없다. 세상 사람들이 남의 집에 살고 남의 밥을 먹으면서 그 방이 낡고 그릇이 기울어져도 오히려 시시덕거리며 걱정하지 않는데, 대사를 보면 마음이 부끄럽지 않을 수 있겠는가. 내가 그리하여 거듭 느끼는 바가 있다.

---

28) 염여퇴灩澦堆: 장강長江 구당협瞿塘峽의 여울물 이름으로, 배를 타고 무사히 건너기가 불가능할 정도로 험하다고 알려져 있다.

29) 태항산太行山의 길: 중국 하남성과 산서성 경계에 있는 산으로 길이 험준하기로 유명하다.

30) 아롱鵝籠: 거위를 담은 새장으로 『속제해기續齊諧記』에 나오는 아롱서생 이야기에서 나온 말이다. 허언許彦이란 사람이 거위장(아롱)을 지고 길을 가다가 한 서생書生을 만났는데, 그 서생이 발이 아프다면서 그 아롱 속으로 들어가 있기를 청하자, 허언이 이를 허락하니 서생이 아롱으로 들어가 두 거위와 함께 앉았는데, 조금 뒤에 보니 서생이 술과 안주를 뱉어 내어 두 여자와 술을 마시고는 이내 취하여 누워 잠을 자고, 깨어나서는 다시 그 여자를 삼켜 버리고 떠났다고 한다.

〖 1694년 4월 7일 갑술 〗 비

적량원赤梁院 무덤 아래 직포直浦에 염분鹽盆을 만들었다. 한 달에 소금 40말을 바치겠다고 소금 굽는 놈들이 자청하여 시행한 것이다. 이에 수영의 완문完文을 발급받아 주었다.

〖 1694년 4월 8일 을해 〗 맑음

아침 식사 후 속금도에서 출발했다. 흑두촌黑頭村 앞에 당도하여, 윤상尹詳을 만나 잠시 이야기하고, 향공리鄕貢里 앞에 도착하여 일 때문에 나를 찾아온 화산花山의 상놈을 만나 또 잠시 말을 멈추었다. 검교檢橋의 홍택중洪澤中 집에 당도하여 말을 먹였다. 교생校生 홍洪은 도사都事가 시행하는 순강巡講에 갔다고 했다. ○이성爾成이 어제 서울에서 돌아와 아이들의 잘 있다는 편지를 받았다. 들으니, 회동會洞의 장례는 지난달 22일 월천月川에서 무사히 치렀다고 한다. 새 도사 이효근李孝根의 순강 행차가 영암에 당도하여 편지를 보내 문안했다. ○들으니, 금오랑(의금부도사)가 신식申軾을 잡으러 내려왔는데, 신식은 제주로 가다가 바다에서 병을 얻어 그의 삼촌인 전 수안부사 신범화申範華의 적소謫所에 다시 들어갔다가 잡혀 갔다고 한다. 무슨 일인지 몰라 정말 답답하다. ○윤시한尹時翰이 왔기에 도사 앞으로 보내는 답장을 부쳐서 보냈다.

〖 1694년 4월 9일 병자 〗 흐리고 부슬비

정광윤, 윤지원尹智遠, 최도익崔道翊이 왔다.

〖 1694년 4월 10일 정축 〗 흐리다 맑음

정 생生(정광윤)과 함께 제각祭閣에 가서 좌통례左通禮(윤사보尹思甫)와 숙인淑人의 비碑를 인출했다. 새김이 정밀하지 못하여 자획이 제 모양을 잃어

306

안타깝다. 윤석귀尹碩龜가 왔다.

〔 1694년 4월 11일 무인 〕 흐리다 맑음

김무金賦가 왔다. ○들으니, 유인酉人(서인西人)이 은화銀貨를 모아 환국換局을 모의한 일이 발각되어, 김진귀金鎭龜의 아들과 김진표金震標의 아들 등 7명이 붙잡혔는데, 국문하다가 사건이 갑자기 번복되어 삼공三公 이하와 양국대장兩局大將(훈련대장과 어영대장)이 일시에 바뀌고, 훈련대장 이의징李義徵, 포도대장 장희재張希載는 붙잡혀 감옥에 갇혔다고 한다. 지금으로서는 사태의 근본 원인은 알 수가 없으나, 장차 어육魚肉이 될 근심이 있을 따름이다. 정말 참혹하다. 근래 정국의 뒤집힘이 이와 같이 무상하여 나라의 명맥이 상하니, 천정만 쳐다보고 할 말을 잊게 만든다. ○강진현감(김항金沆)이 어제 편지를 보내 들은 바를 알려주었다. ○윤승후尹承厚, 윤민尹玟, 윤장尹璋, 임사진林士鎭, 임세회林世檜가 왔다.

〔 1694년 4월 12일 기묘 〕 흐림

들으니, 우의정 민암閔黯이 대정大靜에 안치되었다고 한다. 금오랑(의금부도사)의 선문先文[31]이 도달한 지가 여러 날인데 아직도 소식이 없다. 아마도 오는 도중에 다시 잡혀 간 듯하다. 진도와 흑산도에 모두 정배인定配人이 있으나 누구누구인지 알 수 없어 답답하다. ○김무金賦, 윤재도尹載道, 최형익崔衡翊, 최유기崔有基가 왔다. ○강진현감(김항)이 또 편지를 보내어 들은 바를 알려주었다.

〔 1694년 4월 13일 경진 〕 맑음

근래 늘 찬바람이 불고 날씨가 좋지 않아 몸을 상한 사람이 많아서 안타깝다. 정광윤, 윤문도尹文道, 윤학령尹鶴齡, 선수업宣守業, 옥홍종玉弘宗, 정이

---

31) 선문先文: 관리 출장의 도착을 미리 알리는 공문이다.

쾌鄭以夫가 왔다. 정이쾌는 장흥 사람인데 다산茶山에 옮겨서 우거한다. 극인棘人 윤취삼尹就三이 왔는데 새로 모친상을 당했다. 윤지원, 최운학崔雲鶴이 왔다. ○연동서원蓮洞書院 공사는 재력이 이미 고갈되고 또 농사철을 만났으며, 마침 환국의 일이 났으므로 유사有司가 우선 공사를 멈추기로 했다.

〔 1694년 4월 14일 신사 〕 맑음

송수기宋秀杞, 최정익崔井翊, 윤시삼尹時三이 왔다. ○오후에 노奴 동이同伊가 말을 길들이기 위해 척현尺峴에 나갔다가 돌아와 정 판서 대감(정유악鄭維岳)이 지나는 길이라고 보고했다. 그리고 전갈하기를, 정 대감이 내일 진도 배소配所로 들어가야 하니 오늘 저녁 나와 만나고 싶다고 했다 한다. 내가 바로 말을 달려 해남읍의 정 대감이 머물고 있는 곳으로 가니 해남현감(최형기崔衡基)이 이미 와 있었다. 일의 연유를 물었더니 정 대감이 웃으며 말했다.

"우리들이 쫓겨나 귀양 가게 된 것이 자던 새가 둥지에서 놀라 깬 것과 같아, 그 까닭을 모르겠습니다. 다만 90세 된 편친偏親과 영원히 결별하고 와

갑술옥사와 남인 고관들의 유배

윤이후는 현실 정치에 크게 간여하지 않고 낙향해 있었기에, 갑술옥사(1694)의 직접적 여파에서 벗어날 수 있었다. 그러나 한양에서 함께 활동하거나 교유했던 남인 계열의 인물들이 대거 축출된 환국의 정황은 윤이후에게 매우 큰 충격이었던 것으로 보인다. 권대운, 권규, 목내선, 민암, 김덕원, 정유악, 류명천, 류명현, 이의징, 이운징, 이현기 등 환국 이전까지 조정 권력의 핵심으로 자리하고 있던 남인 계열의 대표적 정치인들이 파직·유배되거나 죽음에 이른 긴박한 정황이 일기 곳곳에 서술되어 있다.

서 정황이 매우 슬픕니다. 일의 근본 원인을 따져 보면, 우의정 민암이 영의정 권대운權大運과 좌의정 목내선睦來善을 청하여 함께 빈청賓廳에 앉아 소매에서 문서 1축을 꺼냈는데, 바로 함이완咸以完이 말한 김춘택金春澤, 한중혁韓重爀 등이 저잣거리의 은銀을 빌려서 한쪽一邊(남인)을 해치는 일을 꾀한다는 내용이었습니다. 김춘택은 광성부원군光城府院君 김만기金萬基의 손자이며, 한중혁은 한구韓構의 아들입니다. 빈청에서 상감께 청대請對하여 모두 아뢰자, 즉시 김춘택, 한중혁 등과 저잣거리에서 은화를 빌려 준 사람들을 붙잡아 가두었습니다. 죄인들을 추궁하여 조사해 보니, 사건의 정황이 더욱 의심스러웠습니다. 판의금부사 류명현柳命賢이 '사건의 심각함이 이와 같으니, 의금부에서 조사하여 다스리는 것은 옥사獄事의 체모로 볼 때 적절하지 않다.'라고 하고, 즉시 청대請對하여 정황을 다 아뢰었으며 이것이 국청의 설치를 당기는 결과가 되었습니다. 체포하는 관원이 사방으로 나갔는데, 신식이 체포된 것도 그 때문이었습니다. 그러한 때에 김인金寅이라는 자가 변서變書를 올렸습니다. [32] 김인은 순창의 사인士人입니다. 이른바 변서는 신천군수 윤희尹憘가 김원섭金元燮과 민장도閔章道에게 보낸 편지입니다. 그 편지에 '때가 오면 행하라.'라는 말이 있습니다. 잘은 모르겠으나, 아마 윤희가 김원섭, 민장도와 전에 서로 상의한 바가 있었을 것입니다. 생각건대, 은을 끌어 모으는 것이 정국을 뒤엎을 흉계를 위한 것이라고 의심하여 그렇게 언급했을 것입니다. 김인이 이를 가지고 고변하여 사람들을 공포에 떨게 했습니다. 상감께서 진노하여 즉시 명하여 권대운과 목내선을 삭탈관직하여 내치고 민암은 대정에 위리안치했으며, 판의금부사 류명현은 흑산도에, 지의금부사 정유악은 진도에, 이의징李義徵은 훈련대장 겸 지의금부사로서 김인의 인용한 고변에 나왔기 때문에 거

---

32) 김인金寅이라는…올렸습니다: 유학 김인 등이, "장희재가 김해성을 뇌물로 꾀어 그 처모妻母【최숙원의 숙모】로 하여금 최 숙원을 독살하려고" 했으며, "신천군수 윤희와 훈련도감 별장 성호빈 등이 반역을 도모하고 있는데 거기에 훈련대장이 참여했고", "민암, 오시복, 목창명이 서로 연루되었다."며 고변한 사건을 가리킨다. 『숙종실록』 숙종 20년 3월 29일 1번째 기사 참조.

제에 정배했습니다."

다음은 초하루 조보朝報의 내용인데, 강진현감이 보여 준 것이다.

"남구만南九萬을 영의정으로, 윤지완尹趾完을 우의정으로, 박세채朴世采를 좌의정으로 삼았으며, 류상운柳尙運을 이조판서로, 서문중徐文重을 병조판서로, 신여철申汝哲을 훈련대장으로 삼았다. 그 밖 여러 군영의 대장은 뽑지 못해 신여철에게 오군영의 부신符信을 차게 했는데, 신여철이 상소하여 사직한 어영장御營將은 서문중이 겸직하게 했다. 영의정 남구만은 멀리 결성結城에 있고 이조판서 류상운은 광주廣州에 있는데, 역마를 돌려보내고 오지 않았다. 전임이 이미 물러나고 신임이 나오지 않아 조정이 일시에 비어 버렸다. 영의정, 좌의정, 이조판서, 병조판서 및 삼사를 제배한 것이 모두 상감께서 직접 한 것이었다. 이어 비망기를 내려 송시열宋時烈, 박태보朴泰輔 등을 복관復官하고 치제하게 했으며, 김석주金錫胄, 김익훈金益勳 등도 복관하고 가산을 돌려주었다. 또 비망기를 내려, '거센 신하의 흉악한 잔당으로 감히 국본國本을 흔드는 자와, 폐인廢人(희빈 장씨), 홍치상洪致祥, 이사명李師命 등을 신구伸救하는 자는 마땅히 역률逆律로 논단할 것이며, 이상李翔을 위해 신구하는 자는 중률重律로 논단할 것이다.'라고 하교하셨다."

이 이후 소식을 듣지 못하여 몹시 답답하다. ○정 대감과 한참 마주 앉아 이야기하고 밤중에 집으로 돌아왔다. 윤후지尹後摯가 와서 잤다.

〖 1694년 4월 15일 임오 〗 맑음

아침을 먹은 후 출발하여 진산珍山 이돌남李乭男의 집에 도착하여 말을 먹이고, 해 질 무렵 속금도에 도착했다. 윤필후와 송시민은 모두 집으로 돌아가서 오지 않았다. 제언 공사를 감독할 사람이 없어 걱정이다.

〔 1694년 4월 16일 계미 〕흐리다 맑음. 저녁 무렵 비가 뿌림

윤정우尹廷禹와 출신 이석권李碩權이 왔다. ○창아가 갔다. ○노奴 매인每仁
이 뱃짐을 담당하여 오늘 서울로 떠났다.

〔 1694년 4월 17일 갑신 〕어제 밤부터 비가 부슬부슬 내리며 그치지 않다가 오후에 비로소 갬

제언 공사를 할 수가 없어 좁은 집에 우두커니 앉아 있자니, 시름과 적막함
이 말할 수 없었다. ○서울 소식을 들을 수 없어 매우 답답하다. 지난겨울
천둥 치는 변고가 있어 매우 놀란 적이 있다. 해남 은적사隱迹寺의 큰 석불
은 예전에 환국이나 흉년이 있기 전에 땀을 흘렸는데, 지난겨울에도 땀을
흘렸다. 일이 이 지경이 되고 보니, 딱 들어맞는다. 변고가 그냥 생기지 않
는다는 것이 이와 같은가.

〔 1694년 4월 18일 을유 〕저녁 무렵 비가 뿌림

윤종석尹宗錫이 와서 머무르며 제언 공사를 감독했다.

〔 1694년 4월 19일 병술 〕맑음

소나무 섶을 흑두리黑頭里에서 베어 배 4척에 실어 왔다. 제언 밖에 목책으
로 쓸 계획이다.

〔 1694년 4월 20일 정해 〕맑음

송시민이 왔다. ○송시민의 노奴가 서울에서 돌아와 아이들의 잘 있다는
편지를 받았다. ○이번 환국은 노서老西(노론)가 경영한 것인데 소서少西(소
론)는 앉아서 전부지공田夫之功[33]을 거두었다. 영의정 남구만, 이조판서 류
상운, 대사헌 이규령李奎齡 등은 들어가서 직무를 보는 것을 기꺼워하지
않으며, "어찌 돈을 주고 벼슬아치가 될 수 있겠는가?" 운운했다. 참의 조

---

33) 전부지공田夫之功: 힘들이지 않고 이득을 보는 것을 비유하여 이르는 말이다.

사기趙嗣基가 기사년(1689) 초에 상소했는데, 주상이 선후先后³⁴⁾를 무욕誣辱했다 하여 2차례의 형벌을 내렸고, 이제 극형에 처할 것이라고 한다.

당초에 사주한 사람을 끝까지 추궁할 것이라 하니, 노老 대감 이담명李聃命은 초사招辭(진술서)에 거론되어 창성昌城으로 유배되었다가 다시 붙잡혀 왔고, 우상右相 민암과 그의 아들 민장도閔章道는 함이완咸以完의 초사招辭³⁵⁾에 거론되어 역시 다시 붙잡혀 왔고, 훈련대장 이의징은 거제로 유배되었다가 다시 붙잡혀 왔고, 감사監司 이운징李雲徵은 태천泰川에 유배되었다고 했다. 상감께서 특명을 내려 폐비를 어의궁於義宮으로 옮기게 하고 월름月廩을 주게 했으며, 얼마 뒤에 새문안대궐新門內大闕(경희궁)로 옮기게 했다고 했다. 야로野老들의 말을 들으니, 올해 1월의 초혼初昏에 초승달이 조금 뜨고 다시 달이 나타나 동쪽에서 떠올랐다고 하는데, 일이 이 지경에 이르러서 보니 두 개의 달이 뜬 변고가 영험이 있다. ○감목관監牧官(신석申溰)이 편지를 보내 문안하고 일꾼을 감독하기 위해 색리色吏를 정해서 보냈다. ○용금龍金이 팔마八馬에서 와서 흥아興兒의 잘 있다는 편지를 받았다. 백치白峙로 오는 인편을 통해 서울에서 전해 온 것이었다. 12일에 폐비가 상감의 특명으로 궐내에 들어왔다고 한다. 상감께서 전날에 내린 비망기의 먹이 마르기도 전에 이와 같이 거조擧措하시니, 대성인大聖人께서 하시는 일은 참으로 알 수 없다.【1월 5일에 태백성(금성)이 낮에 나와서 달과 함께 운행했다. 손방巽方(동남東南)에서부터 쌍녀궁雙女宮(황도黃道의 사방巳方)에 나타났다. 하늘의 드러내어 경고하는 것이 이처럼 명백하다. 이것은 진실로 하늘이 한 것

34) 선후先后: 숙종의 친모이자 현종 비인 명성왕후明聖王后를 가리킨다. 조사기는 1689년에 송시열을 비난하는 상소를 올린 바 있는데 내용 중에 명성왕후의 실책을 지적한 부분이 있다. 『숙종실록』 숙종 15년 윤3월 27일 4번째 기사 참조.

35) 함이완咸以完의 초사招辭: 함이완의 고변사건이다. 1694년(숙종 20) 3월 우의정 민암이 금영군관禁營軍官 최산해의 매부 함이완의 고변을 상소한 사건이다. 민암은 서인을 공격할 목적으로, 김춘택·강만태·한중혁·최격·이시회 등이 몰래 은화를 모아 정국의 전환을 도모하고 여러 사대부와 더불어 궁중에 통하며 폐비 민씨(인현왕후)의 복위를 음모한다고 고발했다. 그러나 이것이 민암의 계책임이 밝혀져 민암·권대운·목내선 등의 남인은 관작을 삭탈당하고 함이완은 먼 섬으로 유배되었다.

이지, 인력人力이 아니다.】

〔 1694년 4월 21일 무자 〕 저녁에 비

〔 1694년 4월 22일 기축 〕 밤에 비 내리고 낮에 맑음

윤종석이 갔다.

〔 1694년 4월 23일 경인 〕 맑음

송창우宋昌佑, 윤흔尹訢, 윤중석尹重錫, 송성징宋聖徵이 왔다. 송성징은 송시민의 아들이다. 김정진金廷振이 왔다.

〔 1694년 4월 24일 신묘 〕 맑음

들으니, 판서 류사희柳士希【류명현柳命賢】가 흑산도로 유배되어 목포에 왔다고 하여 어제 사람을 보내 편지로 위문했는데, 오늘 답장을 받아 볼 수 있었다. 병을 안고 있는 사람이 절도絶島로 유배 가니 처지가 정말 딱하고 애처롭다. ○김정진과 송시민이 갔다. ○팔마의 일꾼들이 공사를 했다. ○속금도 사람들을 모아 수문水門을 세웠다. ○술로 생선을 바꾸기 위하여 인석仁石을 급히 팔마로 보냈다.

〔 1694년 4월 25일 임진 〕

비가 와서 공사를 멈췄다. ○왼쪽 눈썹 모서리가 그제부터 약간 아프다가 오늘 저녁 그쳤다. 극인 임취구林就矩가 들어왔다.

〔 1694년 4월 26일 계사 〕 흐림

극인 임취구가 갔다. 팔마 일꾼들이 계속 일했다. 연동과 백포白浦의 우리

집, 각 댁의 노비, 전답에서 농사짓는 이들이 들어와 공사에 참여했다. 일꾼들에게 줄 술이 이미 떨어져 먹일 수가 없었으니 한탄스럽다. 술 일이 이미 끝났기에 이룡二龍은 할 일이 없어 인사하고 갔다.

〔 1694년 4월 27일 갑오 〕 맑음

박필중朴必中이 방문했다. 이석명李碩命도 왔다. ○황원 화곡禾谷에 사는 노奴 불동不同이 일을 잘 주관하고 또 강직한 듯하다. 그래서 속금도 제언 마름으로 정하여, 그가 오늘 이사 왔다.

〔 1694년 4월 28일 을미 〕 맑음

박필중과 이석명이 갔다. ○속금도 사람들을 모아 가운데 제언을 쌓고 수문을 설치하여 공사가 완전히 끝났다. 그러나 돌로 쌓지는 못했으니, 이 점이 안타깝다. ○제언 공사 일꾼 1587명이 이틀씩 일을 했고, 또 거기에 하루 동안 일을 한 약간 명의 일꾼을 하루치 일꾼으로 합하여 계산하면, 연인원 3187명이다. 일을 한 날짜는, 지난달 21일에 공사를 시작하여 이달 28일에 완공했는데, 그 사이 일꾼이 없거나 비가 내려 공사를 멈춘 날이 10일이니 실제로 일한 날은 30일이다. 일꾼들에게 준 술은 148동이이며, 한 동이는 30사발로 계산하여 지급했다. 들어간 곡식은 벼 22섬, 쌀 3섬인데, 일꾼용 술과 내가 오가고 머무르며 먹은 양식, 기타 잡다한 비용으로 썼다. 남은 쌀 9말과 벼 9말은 공사가 끝난 후 속금도 마을 사람들에게 줘서 술을 빚어 하루 놀게끔 했다. 수고하고 애쓴 것을 위로하려는 뜻이다. 누룩은 거의 10여 동, 담배 1동 60파把, 면포 3필을 썼다. 제언은 길이 190발把이고, (제언을 쌓아 얻은 호수 및 땅의) 넓이도 (가로세로) 190발이다. 수심은 1길이 못 되는 정도이다. 쌓은 제언의 높이는 어떤 곳은 2길쯤 되기도 하고, 어떤 곳은 1길쯤 되기도 한다. 제언의 폭은 족히 6, 7길가량이 되어 매우 튼튼하다. 또한 돌로 수문을 만들고 조가비를 태운 재로 네 주변을 쌓아 바닷물이 스며들지 못하도록 했다. 제언 안에는 7, 8섬지기 논을 만들 수 있는데, 흙의 질이 극히 좋으며 모래와 돌 때문에 갈기 어려운 곳도 없으니 얻기 어려운 좋은 땅이다. 공사를 시작한 지 한 달을 넘기기 전에 완공할 수 있었으니, 빨리 성취했다고 할 만하다. 일꾼이 한 명도 다치지 않았고, 물자 때문에 곤란을 겪거나 손해를 입지 않은 채로 일이 순조롭게 끝났으니, 하늘이 도운 것이다.

그러나 나는 고생을 많이 했다. 농사지을 땅을 넓힌다고 비난하는 사람도 있지만, 근본에 충실하며 힘껏 농사짓는 것은 본래 수치스런 일이 아니다. 또한 불의한 데서 이익을 얻기에 바쁜 사람들과 어찌 같은 차원에서 논할 수 있겠는가? 자손들이 모쪼록 내가 지금 고생한 뜻을 알아주어 나중에라도 허랑하게 버리지 않는다면 좋겠지만, 이 또한 어찌 바랄 수 있겠는가? 공사를 감독한 사람으로는, 마을 사람 김득성金得聲이 처음부터 끝까지 떠나지 않았으며, 윤필후는 공사가 절반이 이뤄지기 전에 돌아갔다가 병이 나서 다시 오지 않았고, 송시민은 일이 거의 끝날 때쯤 갔다. 노奴는 이롱이 술을 담당했고, 만홍萬洪, 난실難實, 불동이 끝까지 공사를 감독했다. 이에 불동을 마름으로 삼았다.

〖 1694년 4월 29일 병신 〗 종일 비가 내림

제언 안에 물이 불어나 저녁에 가서 보았다. ○노마奴馬가 들어와서 종서宗緖가 어제 서울에서 내려왔다는 소식을 들었다. 아이들의 잘 있다는 편지를 받아, 위로되고 기뻤다.

〖 1694년 4월 30일 정유 〗 종일 흐리고 부슬비

아침에 속금도를 출발해서 검교에서 말을 먹이고 저녁때 집에 도착했다.

1694년 5월. 경오 건建. 작은달.

충헌忠憲, 두 글자의 뒷이야기

〔 1694년 5월 1일 무술 〕 흐림

정광윤鄭光胤, 최운제崔雲梯, 윤민尹玟이 왔다. 윤재도尹載道가 왔다.

〔 1694년 5월 2일 기해 〕 맑음

윤이복尹爾服과 윤남미尹南美가 왔다. 윤현귀尹顯龜, 윤희직尹希稷, 윤순제尹舜齊, 정광윤이 왔다. 성덕항成德恒이 들렀다 갔다. 해남현감(최형기崔衡基)이 영암에서 돌아오는 길에 역방했다.

〔 1694년 5월 3일 경자 〕 맑음

최정익崔井翊, 정광윤, 최상일崔尙馹, 황세휘黃世輝, 최유준崔有峻이 왔다. 덕포德浦의 주부主簿 임속林涑이 왔다. 안형상安衡相이 왔다.

〔 1694년 5월 4일 신축 〕 흐리다 맑음

정광윤, 윤유도尹由道, 송수기宋秀杞, 윤성우尹聖遇, 김태귀金泰龜가 왔다. ○종서宗緒가 간두幹頭의 산소에 갔다. ○본창本倉(옥천창)의 감관監官 최문한崔文翰이 왔다.

〔 1694년 5월 5일 임인 〕 맑음

적량원赤梁院에 가서 묘제墓祭를 지냈다. 종아宗兒가 간두에서 돌아왔다.

〔 1694년 5월 6일 계묘 〕 맑음

윤세미尹世美 족숙이 왔다. 그의 맏아들 응병應丙의 혼서를 써 줄 것을 청하고 갔다. 연동蓮洞의 윤상尹詳, 윤선시尹善施가 왔다. 다산茶山의 옥홍종玉弘宗, 후촌後村의 변최휴卞最休가 왔다.

〔 1694년 5월 7일 갑진 〕 맑음

생원 정왈수鄭曰壽, 극인棘人 임취구林就矩, 임중헌任重獻 생生, 윤석귀尹碩龜, 윤천화尹天和가 왔다. 김우정金友正이 왔다. 성덕기成德基가 서울 가는 길에 역방했기에 아이들에게 보내는 편지를 부쳤다. 정광윤, 윤지원尹智遠, 윤서尹㳽, 윤문도尹文道, 윤시한尹時翰이 왔다. 가치可峙의 점쟁이 장오룡張五龍을 불러왔다.

〔 1694년 5월 8일 을사 〕 비가 내리고 바람이 거세게 붊

〔 1694년 5월 9일 병오 〕 거센 바람과 소나기가 밤새 요란함

정광윤이 왔다.

〔 1694년 5월 10일 정미 〕 맑음

옥주沃州(진도)로 심부름꾼을 보내 정유악鄭維岳 대감에게 안부 편지를 보냈다. 무장茂長에 사람을 보냈다. 김현추金顯秋, 김지일金之一이 왔다. 점쟁

이 장오룡이 갔다. 윤서도 갔다. 정광윤, 윤△△尹△△이 돌아왔다. 백치白峙
의 종제從弟 이대휴李大休가 와서 유숙했다. 전적典籍 김태정金泰鼎이 얼마
전 종서와 함께 서울에서 왔다가 장흥에 머물렀는데, 이제야 용산龍山으로
왔다가 역방했다. 최도익崔道翊이 왔다.

〖 1694년 5월 11일 무신 〗 아침에 안개가 낌. 늦은 아침에 맑음

이대휴가 갔다. 윤시삼尹時三, 정광윤, 이전李灖, 이익회李益薈, 박수귀朴壽龜,
임석주林碩柱가 왔다. 윤징귀尹徵龜가 왔다.

〖 1694년 5월 12일 기유 〗 맑음

정광윤, 윤승후尹承厚, 윤천우尹千遇, 윤재도, 윤문도尹文道, 윤학령尹鶴齡,
윤순제, 김여련金汝鍊, 김삼달金三達이 왔다.

〖 1694년 5월 13일 경술 〗 맑음

승의랑 조비祖妣(안계선安繼善의 처)의 기제사를 창서昌緒와 종서에게 지내
도록 했다. ○윤 강서江西(윤이형尹以亨)를 만나기 위해 아침을 먹고 출발했
다. 석제원石梯院에서 말을 먹이고 저녁에 영암성 안 강서의 유배지에 도
착하여 함께 갔다. 이날 밤에 김무金珷가 와서 만났다.

〖 1694년 5월 14일 신해 〗 맑음

김무와 함께 서문西門으로 나가 백여대평百餘代坪을 살펴봤다. 이 땅은 예
로부터 유명했으나, 모두 민전民田이어서 취할 길이 없으니 안타깝다. 이
땅의 청룡靑龍 끝머리에 굴암屈岩이라는 곳이 있는데, 예전에 최홍택崔弘澤
이 대臺를 쌓아 유람하는 곳으로 삼았었다. 앞으로는 장포長浦를 굽어보고
멀리 산봉우리가 사방을 두르고 있어 경치가 볼만하고 게다가 어물도 생

「권대운 기로연회도」, 작자 미상, 1689년 추정_국립중앙박물관 소장
권대운과 그의 아들 권규 그리고 조카 권중경의 모습이 모두 그려져 있다.

산되니 정자를 세우면 호남의 명승지가 될 것이다. 구경을 끝내고 강서의
거처로 돌아왔다. 영암군수(박수강朴守剛)가 와서 만났다. 잠시 후 영의정
권대운權大運의 유배 행차가 도착했다는 소식을 듣고 강서와 함께 가서 문
안했다. 참판 권규權珪와 승지 권중경權重經이 함께 자리했다. 참판도 강진
으로 정배되어서 모시고 함께 온 것인데, 부자가 동시에 유배당해 행색이
애처롭다. 이날 밤에 윤세미尹世美, 정시△丁時△, 박의朴潓가 강서의 거처

로 와서 만났다. 정시△는 강서의 사촌 누이의 아들이고 박의는 정시△의 생질이니, 그 촌수가 또한 나와 같다.[36] 김무가 김만당金萬當을 데리고 왔다. 만당은 어린 나이에 풍수로 유명해서 내가 전부터 만나 보고 싶어 했는데, 그래서 왔다고 한다.

〖 1694년 5월 15일 임자 〗 **아침부터 비 뿌림**

아침 식사 후, 돌아가는 길에 비곡比谷에 사는 좌수 임취구林就矩의 집에서 말을 먹였다. 석제원에는 권 상相(권대운)을 압송해 온 도사都事가 들어와 머물러 있기 때문이다. 도사는 신서화申瑞華다.

〖 1694년 5월 16일 계축 〗 **맑음**

윤천임尹天任, 임세회林世檜, 최형익崔衡翊, 최도익崔道翊, 최유기崔有基가 왔다. 마당금이 무장茂長에서 돌아와 답장을 받았다. 또 누룩 2동, 관석菅席 5립立, 참빗 3개, 건어 등의 물건을 보내왔다. ○창아昌兒, 종아 두 아이와 과원果顯이 별진別珍으로 권 상을 문안하러 갔다.[37] 윤척尹倜이 역방하여 만났다.

〖 1694년 5월 17일 갑인 〗 **맑음**

정광윤, 김삼달, 윤익성尹翊聖, 윤희직尹希稷, 황세휘, 최상일崔尙馹, 임형林衡이 왔다. ○쌀과 벼 각 1섬과 애공哀公[38] 등의 물건을 권 상이 있는 곳으로 보냈다. ○생활비가 거의 떨어져 본 면面(옥천시면)의 창고(옥천창)에서 환곡으로 쌀 6섬을 탔다. ○군입리軍入里의 김운서金雲瑞가 풍수로 유명해서 말

---

36) 정시△는…같다: 윤이후의 조모인 남원윤씨(윤선도의 처)는 윤이형의 고모할머니이다. 그러므로 촌수상으로 윤이후와 윤이형은 6촌이 된다.

37) 창아昌兒…갔다: 윤홍서尹興緖는 이운징李雲徵의 딸과 혼인했으며, 이운징의 장인은 권대운이다. 즉 권대운은 윤홍서 처의 외조부가 된다. 이러한 족분이 있기에 일부러 문안을 간 것으로 짐작된다.

38) 애공哀公: 술을 가리키는 말로 주로 유배된 사람과 관련된 술을 가리키는 것으로 보인다.

을 보내 초청해 왔다.

〔 1694년 5월 18일 을묘 〕 맑음

심 감사監司(심단沈檀) 댁의 노奴 논임論任이 서울에서 돌아와 흥아興兒, 두아斗兒 두 아이의 잘 있다는 편지를 받았다. 5일에 보낸 것이다. 신천군수信川郡守 윤희尹懰가 장을 맞아 죽었고, 우의정 민암閔黯과 훈련대장 이의징李義徵, 장희재張希載가 감옥에 갇혔다. 성호빈成虎彬은 신문을 받으면서 판의금判義禁 류상운柳尙運의 면전에 대고 "대감 또한 은화銀貨를 끌어 모으던 사람인데, 어찌 우리들을 심문하고 죄를 다스릴 수 있는가?"라고 꾸짖자, 류상운이 바로 인피引避하여 체직되었고, 신여철申汝哲이 그를 대신했다. 이조좌랑 김시걸金時傑이 문사낭청問事郎廳으로서 영의정과 병조판서 서문중徐文重이 느슨하게 심문한 일을 엄하게 꾸짖으라는 상소를 올리자, 서문중은 바로 병조판서를 사임하고 떠났고, 영의정 또한 인피하여 들어가서는 근유勤諭(임금의 정성스런 말씀)에도 나오지 않았다. 이에 김시걸이 삭직되었다. 노론과 소론의 다툼이 이미 이러하니 가소롭다. 윤지완尹趾完과 박세채朴世采가 좌의정과 우의정이 되었다고 한다. ○ 김운서 생과 연동蓮洞에 가서 어초은漁樵隱(윤효정尹孝貞) 묘 아래에 묏자리 두 곳을 잡았다. 전부典簿 형님(윤이석)을 반장返葬할 계획이기 때문이다. 나는 본래부터 반장하려는 뜻을 가지고 있어서, 초상이 났을 때 두서에게 편지를 써서 그렇게 하라고 강조하며 지시했다. 그러나 형수님(윤이석의 처)의 병이 위중하고 상주가 멀리 떠날 수 없어 두서의 장인 도사都事 이형징李衡徵의 말에 따라 월천산月川山에 장사지냈다. 그런데 형수님은 그 산이 마음에 들지 않고 선영의 곁에 장사지내지 못한 것이 한이 된다며, 내게 편지를 써서 속마음을 누누이 털어놓으면서 반드시 반장하고 싶다고 했다. 나도 뛰어난 풍수가 없이 잘 모르고서 묏자리를 새로 잡는 것보다는 선산 아래 묘를 써서 조상 곁을 떠나지 않게 하는 것이 실로 인정과 도리에 합당하다고 생각했다. 그래서 형수님의 말을 듣고 옳게 여겨 이렇게 막대기를 꽂아 표시한 것이다.

〔 1694년 5월 19일 병진 〕 흐리다 맑음

변최휴卞最休, 정광윤, 윤지원, 윤시상尹時相, 정왈수鄭曰壽가 왔다. ○ 권상을 별진別珍에서 뵈었다.

〔 1694년 5월 20일 정사 〕 맑음

들으니, 백도면白道面 논정論亭에 새로 잡은 묏자리는 소위 노서하전형老鼠下田形인데, 그 마을 사람들 사이에 점차 거역하는 마음이 생겨 세워 놓은 말뚝을 뽑아 버리기까지 했다고 한다. 창아, 종아 두 아이를 데리고 가서

종형 윤이석의 반장 문제

윤이후의 종형 윤이석은 몇 개월 동안 병을 앓다가 1694년 1월 24일 세상을 떠난다. 이로부터 얼마 되지 않아 월천月川(청계산 천천현)에 묻힌 윤이석의 묘를 해남으로 이장하는 논의가 일가 내에 대두되었으며, 가족들 사이에는 윤이석의 장지葬地를 어디에 쓸 것인지에 대한 의견이 오간다. 특히 윤이석의 처 청송 심씨는 윤선도가 묻힌 문소동聞簫洞 일대에 남편을 반장하고자 하였고, 윤이후는 장지로 적절하지 않다며 그러한 결정에 반대한다. 종형수와의 첨예한 입장 차이를 확인한 윤이후는 자신의 고집을 꺾지 않고 오히려 더욱 적극적으로 윤이석의 장지를 찾아 나선다. 1695년 5월 설수, 7월 서육, 10월 윤정화 등 여러 지사地師를 대동한 해남 일대의 묏자리 탐색은 바로 좋은 자리에 종형 윤이석의 묘를 쓰고 싶었던 윤이후의 강한 의지에서 비롯한 시도라 할 수 있다. 그러나 안타깝게도 윤이후는 종형수인 청송 심씨와 의견 차이를 좁히지 못하였으며, 종형 윤이석이 해남으로 돌아오는 모습을 보지 못하고 눈을 감는다.

말뚝 뽑은 뜻을 힐문하니, 다른 뜻이 있는 것이 아니라 마을 사람들이 모여서 활을 쏠 때 방해가 되어 잠시 뽑아서 보관해 둔 것이라고 했다. 창아를 시켜 집 한 칸을 다시 세워 뽑지 못하도록 하게 하고, 나와 종아는 저물녘에 돌아왔다. ○강진에 판서 류명천柳命天이 유배 온 지 1달쯤 되어 오늘 쌀 1섬과 애공哀公 두 그릇을 보냈다. 고맙다는 편지를 받았다.

〔 1694년 5월 21일 무오 〕 맑음

최운학崔雲鶴, 정광윤, 윤지원이 왔다. 진사 박삼귀朴三龜와 그 아우 박천귀朴千龜가 왔다. 박필중朴必中, 박세림朴世琳이 왔다. 창아가 논정論亭에서 돌아왔다.

〔 1694년 5월 22일 기미 〕 흐리다 맑음

해남현감(최형기)이 심부름꾼을 통하여 문안하고 관안官案(벼슬아치 명단)을 빌려 갔다. 정광윤, 김삼달, 윤순제, 윤익성이 왔다. 선달 김수도金守道가 왔다. 이성爾成이 어제 왔다가 오늘 갔다. 선달 송시민宋時敏이 왔다.

〔 1694년 5월 23일 경신 〕 흐리다 맑음

송 선달(송시민)이 갔다. 창아와 종아 두 아이가 류 대감(류명천)을 만나러 강진에 갔다. 과손果孫(과원)이 강성江城에 갔다. 권 참판(권규權珪)이 처음에 귀라리貴羅里에 거처하다가 어제 강성의 윤재도 집으로 옮겼기에 과손이 간 것이다. ○정광윤, 변최휴, 윤시상이 왔다. 해남현감이 들렀다 갔다. 윤세미尹世美가 왔다. 별진別珍의 권 참의(권중경權重經)가 들렀다 갔다. 고부의 김홍金泓 생이 왔다.

〔 1694년 5월 24일 신유 〕 흐리다 맑음

연일 비올 기미가 있다가도 해만 쩅쩅하고 비가 오지 않는다. 봄부터 비가 너무 자주 와서, 앞으로 모내기 할 때 반드시 한재旱災가 있을 것 같아 염려된다. 이송爾松, 윤재도, 정광윤, 김삼달이 왔다. ○태인현감(류명철柳命哲)이 부채 7자루를 보냈다.

〔 1694년 5월 25일 임술 〕 맑음

윤 강서江西(윤이형尹以亨)에게 심부름꾼을 보냈다. 권 참판(권규)에게 쌀 1섬을 보냈다. ○최정익, 최도익, 정광윤이 왔다. 금릉수령(강진수령) 김항金沆이 별진역別珍驛에서 돌아오는 길에 역방했다. 윤천우尹千遇가 왔다. ○최도익과 힘을 합해 기와를 구워 나눴다. 3적積 반을 받았는데 기와의 질이 몹시 나쁘다. 헛되이 인력만 낭비하고 얻은 것은 이와 같으니 한심하다.

〔 1694년 5월 26일 계해 〕 맑음

윤시삼, 정광윤, 김삼달이 왔다. 문장門長(윤선오尹善五), 윤주미尹周美, 이장원李長原이 왔다. 윤무순尹武順, 송정화宋廷華가 왔다. 송정화는 병영의 귀양객인 경력經歷 송규宋撰의 아들인데, 객지에서 식량이 모자라 도와줄 것을 간청하기에 벼 10말로 책임만 면했다. 저장한 곡식이 거의 다하여 뜻대로 할 수 없으니, 안타깝다. 윤석귀尹碩龜가 왔다. ○기와 운반을 마쳤다.

〔 1694년 5월 27일 갑자 〕 아침부터 줄곧 맑다가 오시 무렵 천둥이 치고 비가 뿌림

아침 식사 후에 대치大峙를 거쳐 강진 읍내에 당도했다. 류명천 대감을 만나 느긋하게 이야기를 나누고, 옆집으로 나와 머물고 있으니 곧바로 강진현감 김항이 와서 만났다. 저녁에 출발하여 또 대치를 거쳐 집으로 왔다. 찰방 신선영申善泳이 와서 기다리고 있었다. 그와 함께 잤다. ○류 대감과

이야기하다가 "제가 대감께 서운한 것이 있었습니다."라고 하자, 류 대감이 놀라면서 무슨 일이냐고 했다. 내가 말했다.

"서원을 잡다하게 마구 세우는 것은 참으로 말세의 나쁜 풍조입니다. 조부님께서 살아 계실 때 이를 늘 병폐로 여겨 말씀하셨습니다. '문장과 도덕이 향사享祀해야 마땅한 사람이면, 향사하지 않더라도 진실로 당사자에겐 이익도 손해도 아닐 것이다. 그러나 만일 문장과 도덕이 부족한데도 억지로 모셔 제사지낸다면, 죽은 자에겐 부끄러움이요 후세 사람들에겐 조롱거리가 되니, 어떻게 해야 되겠는가? 이는 반드시 매우 신중히 해야 하는 일이다. 요사이는 조금이라도 문명文名이 있거나 혹 높은 관직에 오르는 사람이 있으면, 그 문도門徒들이 갑자기 일어나 창의하여 한껏 꾸민 말로 소疏를 올리고 건물을 지어서 붕당을 나누어 서로 다투는 기반으로 삼는다. 덕을 숭상하고 어짊을 본받기 위한 사업이 도리어 스승을 핑계로 파당을 짓는 것으로 귀결되니, 참으로 한심하다.' 제가 비록 불초하나 이 가르침을 항상 지킨 지 오래되었습니다.

지난 기사년(1689) 초에 호남 유생들이 오현五賢을 위한 사우의 건립을 청원하는 상소문을 가지고 상경하며 저를 만나러 왔기에, 제가 과거에 조부님께 받은 가르침을 일러주며 '내가 이 일에 대해 감히 옳고 그름을 말하고 싶지는 않으나, 조부님의 가르침이 지금껏 귀에 쟁쟁하다. 나는 서원 건립을 원치 않는다.'라고 했습니다. 그러자 호남 유생들이 '이것은 자손의 말로 옳지 않은 것은 아니나, 공론이 이미 정해졌으니 어찌 그만둘 수 있겠습니까?' 하면서 마침내 상소문을 가지고 대궐에 가서 호소하여 해조該曹(예조)에 하달되었고, 해조에서는 방계防啓[39]했습니다. 그 후 호남 유생들이 다시 상소하여 당시 예조판서 이관징李觀徵이 윤허를 받기는 했지만, 당초에 방계한 사람은 대감입니다.

제가 서원 건립을 원치 않은 것은 조부님의 가르침 때문이기도 하고, 또

---

39) 방계防啓: 상주된 안건에 대하여 담당 관원이 그 일의 부당함을 아뢰어 반대하는 것을 말한다.

한 훗날 번복되지나 않을까 하는 우려가 있었기 때문이기도 합니다. 그런데 유생들이 상소를 이미 올렸으면 마땅히 이를 허락하여 공의公議를 따르면 될 것을, 어찌하여 그렇게 하지 않고 선비들을 실망시켰습니까? 대감이 우리 가문을 어찌 그리 박대하셨습니까? 이것이 첫 번째 서운한 점입니다. 또 무오년(1678)에 조부의 시호諡號를 의논하여 정할 때 대감께서 홍문관弘文館의 동벽東壁[40]으로서 그 일을 담당하여 충헌忠憲으로 시호를 정했습니다. 당시의 여론이 모두 충忠 자는 가하나 문文 자는 불가하다고 했는데, 이미 동벽께서 하신 일이라 여론이 간여하지 못한 것입니다. 그러나 사람들의 마음에 모두 차지 않아 시호를 바꾸는 논의가 있게 되었으니, 이 또한 대감이 우리 가문을 박대한 것입니다. 이것이 두 번째 서운함입니다. 대감께서 전후로 하신 바가 이와 같으니, 자손 된 자로서 어찌 서운하고 한스러운 마음이 없겠습니까?"

류 대감이 놀라며 말했다.

"제 뜻이 어찌 이와 같았겠습니까? 전후의 일은 모두 심덕여沈德興(심단沈檀)와 상의한 것입니다. 덕여의 뜻이 그렇지 않았다면, 내가 어찌 고집을 부려 불허했겠습니까? 충헌忠憲 두 글자는 덕여와 더불어 의논하여 확정한 것입니다. 서원의 일도 덕여가 방계하는 것이 옳다고 하기에 따랐을 뿐입니다. 제 뜻이 어찌 이와 같았겠습니까? 우리 무리 중 그 누가 고산孤山(윤선도)을 공경하지 않겠으며, 추모에 동참하지 않겠습니까? 덕여가 여기 있다면 서로 대질해도 됩니다."

덕여의 뜻을 대략 생각해 보건대 고산의 자손으로서 감히 나서서 일을 추진하지 못했을 것이며, 또한 훗날에 대한 근심도 있었을 것이다. 대개 일

---

40) 동벽東壁: 관리들이 회의나 연회에서 서열에 따라 정해진 자리에 앉게 되는데, 최상위가 주벽(主壁: 북쪽), 차상위가 동벽, 그다음이 서벽, 기타가 남상南床이 되므로, 이 말들이 후에 각 관청의 특정 관직을 지칭하는 별칭으로 사용되었다. 특히 합좌의 기회가 많은 의정부, 승정원, 홍문관 관원에 대한 별칭으로 자주 사용되었다. 홍문관에서는 부제학 이상을 주벽, 직제학·전한·응교·부응교를 동벽, 교리·부교리·수찬·부수찬을 서벽, 박사·저작·정자를 남상으로 불렀다.

에는 알 수 없는 점이 있다고 하지만 끝내 의혹이 없을 수는 없다. 아! 안타깝도다!【오현五賢은 금남錦南 최부崔溥 선생, 석천石川 임억령林億齡 선생, 미암眉岩 류희춘柳希春 선생 및 우리 선조 귤정橘亭(윤구)과 고산孤山(윤선도)이다.】

〔 1694년 5월 28일 을축 〕 맑음

신 찰방察訪(신선영)이 아침 일찍 갔다. 감목관 신석申湙이 역방했다. 정광윤, 김삼달, 윤시상이 왔다. ○오후에 강성으로 권 참판(권규)을 방문했다. 발길을 돌려 윤수도尹壽道의 집에 이르러 강성의 여러 사람들과 이야기를 나누었다. 이봉순李逢舜과 이전李瀍이 왔다.

〔 1694년 5월 29일 병인 〕 맑음

최형익崔衡翊과 최유기崔有基가 왔다. ○말을 보내 김만당金萬當을 맞이하여 왔다. 김만당은 남평南平 사람으로 14세부터 지술地術을 배워 16세에는 사람을 위해 산소 자리를 정해 주었다. 올해 27세로 무신년(1668)생이다. 『도선비기道詵秘記』를 얻었는데, 어떤 스님이 옥룡사玉龍寺의 석탑 안에서 얻어서 주었다고 한다. 김만당은 사람됨이 총명하고 예리하여 재주가 있지만, 너무 가볍고 실속이 없어 참으로 명견明見이 있는지 모르겠다. 이른바 비기秘記라는 것도 그 진위를 알 수 없다.

류 대감의 위문편지에 답하다

〔 1694년 윤5월 1일 정묘 〕 바람이 어지럽고 비가 뿌림

김만당金萬當을 데리고 연동蓮洞에 가서 어초은漁樵隱(윤효정尹孝貞)의 묘 아래에 묏자리를 잡았는데, 이전에 김운서金雲瑞가 잡은 곳의 조금 아래였다. 적량산赤梁山에 가서 도장산道藏山의 용맥龍脈을 찾아보려고 연동에서 출발하여 녹산역象山驛[41] 앞에 이르렀을 때, 김만당이 말에서 떨어져서 다쳤기에 더 가지 못하고 팔마八馬로 돌아왔다.

〔 1694년 윤5월 2일 무진 〕 비

가작家作[42]에 모내기를 했다. 정광윤鄭光胤이 왔다. 광주목사 이동표李東標가 편지를 보내 위문하고, 장지 2속과 황촉 1쌍을 보냈다.

〔 1694년 윤5월 3일 기사 〕 맑음

노奴 매인每仁이 서울에서 돌아와 아이들이 22일에 보낸 안부 편지를 받고, 매우 위안이 되었다. 진도 정 대감(정유악鄭維岳)의 노 석이錫伊가 서울

---

41) 녹산역象山驛: 해남 남쪽 5리에 위치한 역원이다. 현재의 해남군 해남읍 신안리이다.
42) 가작家作: 소작을 주지 않고 직접 농사짓는 땅이다.

로 올라가기에 편지를 부쳤다. ○며칠 전에 들으니, 좌의정 목내선睦來善과 우의정 민암閔黯을 엄하게 국문하여 처단하라는 양사兩司의 합계合啓를 즉시 윤허하셨다고 한다. 매우 애처롭다. 전 이조판서 이현일李玄逸과 전 정언正言 민장도閔章道 역시 죽음을 면치 못할 것이다. 전 훈련대장 이의징李義徵은 남간南間[43]에 갇혔는데 반드시 죽일 계획이지만 아직 죄명을 정하지 못했다고 한다. 저들은 소론인데 노론에 빌붙어 들어갔다고 한다. 오인午人(남인南人)은 어육漁肉이 됨을 면치 못할 것이니 더욱 애처롭다. ○영동현감 나두춘羅斗春이 편지를 보내 위문하고, 참먹 2동을 보냈다. 우수사 김숙金俶이 편지를 보내 위문하고, 무명 2필, 장지 1속, 백지 3속을 보냈다. 제주판관 이수익李受益이 체직되어 가면서 들러서 만났다.

〔1694년 윤5월 4일 경오〕 비

윤희직尹希稷이 와서 아이의 병에 처방할 약에 대해 물었다. 양가송梁可松이 왔다. 임세회林世檜, 윤재도尹載道, 윤학령尹鶴齡이 왔다. 지원智遠이 와서 숙위했다.

〔1694년 윤5월 5일 신미〕 아침에 비가 오다가 늦은 아침에 갬

정광윤, 황세휘黃世輝, 최상일崔尙馹이 왔다.

〔1694년 윤5월 6일 임신〕 흐리다 맑음

정광윤, 김삼달金三達, 최운학崔雲鶴이 왔다. 이대휴李大休가 왔다. 배편이 서울에서 돌아와 극아棘兒[44]가 지난달 19일에 쓴 편지를 받았다. 앞서 매인이 가져온 것보다 먼저 쓴 편지였다. 종수님從嫂主(윤이석尹爾錫의 처)께서

---

43) 남간南間: 의금부 청사 내 남쪽에 설치된 감옥으로, 기결수, 특히 사형수를 가두어 두었다.

44) 극아棘兒: 상중喪中에 있는 아들이라는 뜻으로 윤두서를 말한다. 근래에 양아버지 윤이석이 사망했기에 이렇게 부른 것이다.

전후 모두 6차례 편지를 보냈는데, 반장返葬을 간절히 원하고 계신다.

〖 1694년 윤5월 7일 계유 〗 오후에 비 내림

김삼달, 최유준崔有峻, 최운원崔雲遠이 왔다. 막 제주에서 돌아온 것이다.
해남좌수 박원귀朴元龜와 별감 임중신任重信이 왔다.

〖 1694년 윤5월 8일 갑술 〗 비

마을 사람을 빌려 아침 전에 용이龍伊가 내작內作[45] 11두락 논에 모내기를
했다. 정광윤이 와서 숙위했다. 진사 최세양崔世陽이 왔다.

〖 1694년 윤5월 9일 을해 〗 흐리다 맑음

노호露湖 댁 노 일삼日三이 서울에서 돌아와 흥아興兒와 두아斗兒 두 아이가
26일에 보낸 문안 편지를 받았다. ○들으니, 광주廣州 유생 이△△李△△의
상소[46]로 인해, 우계牛溪 성혼成渾과 율곡栗谷 이이李珥의 복향復享이 즉시
윤허되었는데, 서울의 다른 편 사람들이 즉시 맞대응하여 상소를 올렸다
가, 소두疏頭 진사 한종석韓宗奭이 강진에 정배定配되었다고 한다.【기사년
(1689)에 출향黜享을 청하는 상소를 올린 소두 이현령李玄齡도 영덕盈德으로 원찬遠
竄되었다고 한다.】○고부古阜의 김홍金泓이 다시 역방했다【지난번에 류 대감
(류명현柳命賢)이 위문편지를 보내 문안하기에 예禮에 따라 답장을 쓰고, 다시 간단
한 편지를 써서 먼저 위문한 것에 대해 감사하고 유배된 후 즉시 문안하지 못했다
고 말했다. 내용은 다음과 같다.

　가까운 곳에 유배되셨다는 소식을 들은 이래 즉시 심부름꾼을 보내 문안하려 하

---

45) 내작內作: 가작家作, 혹은 가내작家內作을 말한다. 1693년 5월 21일 일기 참조.
46) 이△△李△△의 상소: 경기 양주와 광주의 유생 진사 박순朴㻳 등이 상소하여 출향된 이이와 성혼의
　복향復享을 청한 상소이다. 『승정원일기』 숙종 20년 5월 15일 기사 참조.

지 않은 것은 아닙니다만, 상중喪中인지라 인사를 차리지 못하여 다만 탄식하며 시
간을 보내고 있던 차에, 대감께서 보내신 위문편지를 받고 지극한 슬픔과 감사로
할 말을 잃었습니다. 그간 유배 중[47]안부는 어떠하셨습니까? 고생하시는 일상의
여러 모습을 듣지 않아도 충분히 상상할 수 있습니다. 장기瘴氣가 만연한 무덥고
습한 곳에서 필시 몸에 탈이 나셨을 터이니, 제 걱정이 잠시도 그치지 않습니다. 게
다가 독한 해무海霧가 끼는 거친 바닷가라 더욱 사람이 거처할 만한 곳이 못 되니,
이에 생각이 미칠 때마다 저도 모르게 긴 탄식이 나옵니다. 장요미長腰米(몸통이
좁고 긴 상등품 쌀) 한 섬을 보내 곤경에 조금이나마 도움을 드리고자 하나, 물건이
마음만 못하여 지극한 부끄러움과 죄송함을 이기지 못하겠습니다.]

〖 1694년 윤5월 10일 병자 〗 하루 종일 비가 내리다가 해 질 때 그침

내작 논 40두락의 모내기를 어제 마쳤다. 올 여름은 비가 충분히 내렸으니

---

47) 유배 중: 원문의 '택반澤畔'은 '못가'라는 뜻인데, 유배지를 이를 때 쓴다. 굴원屈原의 「어부사漁父辭」에
    "굴원이 쫓겨나 강호에서 노닐며 못가에서 시를 읊조리고 다니는데 안색은 초췌하고 모습이
    수척했다[屈原旣放 游於江潭 行吟澤畔 顏色憔悴 形容枯槁]"라고 한 구절에서 유래했다.

유배 온 남인들과의 교류

윤이후는 갑술옥사(1694)로 인해 해남 인근으로 유배된 남인 계열의 여러 유력 인물
과 꾸준히 교류하였다. 각각 별진과 병영에 배소를 두었던 권대운과 권규 부자, 제
주도에서 영암으로 이배된 김덕원 그리고 강진에서 연일로 이배된 류명천과 흑산도
에 유배된 류명현 형제, 신지도에 유배된 목내선과 고금도에 유배된 이현기와 진도
에 유배된 정유악 등이 대표적인 인물에 해당한다. 윤이후는 그들과 편지와 시문을
주고받으면서 먹거리를 포함한 생필품을 선물해 주었으며, 종종 유배지를 직접 찾
아가기도 했다. 당시 유력 남인 관료들과 윤이후 사이의 인연은, 조부 윤선도의 정
치적 역정에서 드러나듯이 선대 가문의 배경이 큰 영향을 미친 탓이라 짐작해 볼 수
있다. 유배지 남인 관료들과 윤이후의 교류 내용은 1694년 5월 10일자 일기에서부터
1699년 8월 16일자 일기에 이르기까지 꾸준히 기록되어 있다.

풍년이 기대된다. 그러나 앞으로도 재해가 없을지는 알 수 없으니, 걱정이다. 후촌後村의 정 생(정광윤)이 와서 숙위했다.

〖 1694년 윤5월 11일 정축 〗 하루 종일 비가 쏟아짐

비에 길이 막혀 정 생이 그대로 숙위했다.

〖 1694년 윤5월 12일 무인 〗 밤부터 바람이 심하고 비가 세차게 내리다가 저녁 무렵 약간 덜해짐

〖 1694년 윤5월 13일 기묘 〗 비가 걷힘

정 생이 왔다. 지원이 와서 숙위했다.

〖 1694년 윤5월 14일 경진 〗 저녁 내내 비가 쏟아짐

〖 1694년 윤5월 15일 신사 〗 아침부터 비가 내리다 늦은 아침에 그침. 저녁 무렵 가끔 맑음

최운학과 정 생이 왔다.

〖 1694년 윤5월 16일 임오 〗 아침에 잠시 비가 뿌림. 하루 종일 흐리다 맑다 함

정 생이 왔다.

〖 1694년 윤5월 17일 계미 〗 맑음

강진에서 빌린 환곡 쌀 3섬과 콩 2섬을 받아 왔다. ○윤세미尹世美 숙叔이 왔다.

〖 1694년 윤5월 18일 갑신 〗 맑다가 흐림

정 생이 왔다. 병사兵使가 절선節扇 20자루를 보내왔다. 임극무林克茂가 왔다. 최운학과 조규서趙圭瑞가 왔다.

〔 1694년 윤5월 19일 을유 〕 밤에 비가 잠시 뿌림. 아침부터 또 뿌림. 하루 종일 맑음

윤시상尹時相, 황세휘, 최상일崔尙馹, 윤명우尹明遇, 윤석귀尹碩龜가 왔다.

〔 1694년 윤5월 20일 병술 〕 흐림

정광윤과 김수도金守道가 왔다. 독평禿坪의 이석명李碩命이 왔다.

〔 1694년 윤5월 21일 정해 〕 아침에 비가 잠시 뿌리다가 오전 늦게 맑음

윤승후尹承厚가 왔다. ○강진현감(김항金沆)이 절선 7자루를 보냈다. ○어
제 들으니, 양주楊州의 사인士人 박상경朴尙絅이 상소하여 국청鞫廳을 극력
비판하며 "다만 장희재張希載가 있는 것만을 안다."라고 했다고 하니, 말
이 몹시 흉악하고 도리에 어긋난다. 대신 이하가 모두 진소陳疏하고 도성
을 나갔는데, 이 때문에 준론峻論이 거듭 나왔다고 한다. 병조판서 서문중
徐文重이 상소를 올려 체직되었다. ○나주의 나완羅梡이 방문했다. 들으니,
영동현감 나두춘羅斗春이 지난달 29일에 갑자기 세상을 떠났다고 한다. 놀
랍고 침통한 마음을 이길 수 없다. 이 친구는 만년에 소과小科에 합격한 이
후 동료들의 지나친 장려로 인해 갑자기 두터운 명성을 얻어 장수감으로
추천되어 벼슬을 시작했고, 벼슬한 지 수년 사이 빠르게 수령의 지위에 올
랐다. 그런데 지금 이렇게 되었으니, 참으로 명성이란 조물주가 꺼리는 것
이고 더구나 이름이 실상에 부합하지 않으면 더욱 심하게 상서롭지 못하
다는 것을 알겠다. 두려워하지 않을 수 있겠는가? 명성을 좋아하는 마음
을 사람들이 모두 가지고 있는데, 만일 이러한 이치를 모르고 단지 헛된 이
름에 부림을 당한다면, 비단 부끄러운 일일 뿐 아니라 반드시 재앙이 생길
것이니, 삼가지 않을 수 있겠는가? 나두춘에게는 80세의 어머니가 있다고

하니, 슬프도다!

〖 1694년 윤5월 22일 무자 〗 맑음

홍양현감 송상한宋尙漢이 역방했다. 그의 형 전 부사 송상주宋尙周가 예전
에 상소한 일 때문에 대정大靜으로 귀양 가서, 그 형을 데리고 왔다고 한다.
○ 저보邸報를 보니, 경신년(1680)에 원통하게 죽은 사람들[48]에게 연좌된 이
들을 도로 유배 보내고 정속定屬[49]하게 했다. 훈록勳錄도 모두 예전으로 되
돌리게 하고,[50] 이사명李師命의 처자는 풀려났다고 한다. ○ 전 영광군수 정
선명鄭善鳴이 경성鏡城으로 귀양 갔는데, 함흥에 도착하자 하룻밤 사이에
갑자기 세상을 떠났다. 놀랍고 참담한 마음을 이길 수 없다. 이 친구는 나
와 동갑인데 타고난 자질이 건강해서 내가 항상 부러워했다. 그도 나의 노
쇠함을 보고 또 항상 탄식했는데 지금 갑자기 세상을 떠나니, 비로소 오래
살고 일찍 죽는 것이 건강하고 약한 것을 가지고 논할 수 없다는 것을 알겠
다. ○ 황원黃原 사람 조원백曺元伯이 와서 알현했다. 이대휴가 와서 묵었다.

〖 1694년 윤5월 23일 기축 〗 오후에 비 내림

박세유朴世維, 최유준, 윤시지尹時之가 왔다. 정광윤이 와서 숙위했다. 이
대휴가 늦은 아침에 별진別珍에 갔다가 저녁에 다시 돌아왔는데, 비에 길
이 막혀 유숙했다. 대둔사의 중 천택天澤이 와서 알현했다. ○ 왼쪽 눈썹 모
서리가 몹시 아프다. 이 병이 수개월 동안 잠잠하기에 완전히 나은 줄 알았
는데, 지금 또 이와 같으니 참으로 걱정스럽다.

---

48) 경신년(1680)에…사람들: 경신대출척에서 죽은 남인南人 인사들을 가리킨다.

49) 정속定屬: 죄인에 연좌된 가속들을 종으로 삼는 것이다.

50) 훈록勳錄도…하고: 경신환국 때 책봉된 보사공신의 훈록을 기사환국 때 파훈했는데, 이때 다시
　회복시켰다.

〔 1694년 윤5월 24일 경인 〕 밤부터 비바람이 크게 어지러움. 비가 오다 맑다 함

갑자기 어떤 객이 맨발로 걸어오기에 어디 사람이냐고 묻자, 나주 금안동
金鞍洞의 김원기金元器라고 했다. 무슨 까닭으로 왔냐고 묻자, 집안이 환난
을 만나 떠돌아다니고 있다고 한다. 그 사람을 살펴보니, 오른쪽 눈에 병
이 있고 오른쪽 겨드랑이에도 병이 있어 똑바로 앉지 못했는데, 그 모습이
매우 괴이하고 행동거지도 의심스러웠다. 큰비가 내릴 것이라고 핑계를
대며 빨리 떠나는 것이 마땅하다고 했더니, 한참 뒤에 일어나 갔다. 요즘
의 인심을 가늠할 수 없으니, 의심스럽고 두렵다. 지원이 왔다.

〔 1694년 윤5월 25일 신묘 〕 밤에 우레가 치고 비가 내림. 낮에는 맑음

송 순천順天(송상주末尙周)의 행중行中에 쌀 4말을 보냈다. ○ 흑산도 사람 유
두필劉斗弼이 맹진孟津에 배를 대었다. 들으니, 판서 류 사희柳士希(류명현)
가 우이도牛耳島에 머물고 있다고 한다. 이 섬이 흑산도와 가까워 흑산도
의 별장別將이 우이도에 상주하는데, 이 때문에 예전부터 흑산도로 정배된
사람들이 실제로는 모두 우이도에 거주한다고 한다. 쌀 1섬과 장醬 두 가
지를 유劉 한漢을 통해 부쳐 보냈다. 윤순제尹舜齊가 왔다. 김정진金廷振이
와서 숙위했다.

〔 1694년 윤5월 26일 임진 〕 흐리다 맑음

윤학령, 윤천령尹千齡, 정광윤이 왔다.

〔 1694년 윤5월 27일 계사 〕 맑음

변최휴卜最休, 정광윤, 김태귀金泰龜, 윤세미 숙, 윤정미 숙과 윤척尹倜, 이
희李曦가 왔다.

전부典簿(윤이석) 댁 노를 서울로 올려 보냈다. 형수님(윤이석의 처)의 뜻에 따라 반장에 대해 의논한 일을 알려드리기 위해서다. ○윤현귀尹顯龜가 왔다. 윤희직, 최정익崔井翊, 정광윤이 왔다. 윤정미가 별진別珍으로 돌아가는 길에 들렀다. 윤시상이 왔다. ○매번 집권당이 바뀔 때마다 과격하고 잔인한 논의가 위로는 조정으로부터 아래로 향읍에 이르기까지 끝 간 데 없었다. 그러나 이번에는 영의정 남구만南九萬 이하 소론의 당색을 가진 이들이 꽤 관대한 태도를 유지했고, 지방 수령들 또한 조정할 뜻을 가진 자들이 있어, 나주목사 이만저李曼著는 한쪽 말만 수용하는 일을 조금도 하지 않았다. 이 때문에 전라도 서쪽의 악독한 자들이 함부로 행동할 수 없었다. 새로 온 관찰사 최규서崔奎瑞도 진정시키는 데 힘쓸 뿐이었다. 근래 정권의 뒤바뀜이 심해서 사람들이 모두 뒷날의 보복을 걱정하기 때문일 것이다. 해남이라는 고을은 궁벽한 먼 바닷가에 있어서 옛날부터 당색이라 할 만한 것이 없었는데, 인심이 갈수록 예전 같지 않고, 또 민정중閔鼎重과 김수항金壽恒의 무리가 갑인년(1674) 이후 근처 고을로 유배되자, 그들에게 달려가 색목에 물든 자가 많아졌다. 경신년(1680)에 이르러서는 풍속의 무너짐과 어지러움이 더욱 심해지니, 통문을 내고 상소에 참여하면서 한결같이 배척하며 모함을 일삼아, 우리 집안을 핍박하며 조금도 관대함을 두지 않았다. 지금 나이가 어리고 일 만들기를 좋아하는 한두 사람이 괴상하고 망측한 일을 벌여도 세상살이를 약간 아는 자들은 곧장 금하여 하지 못하게 하고 있는데, 오직 현감 최형기崔衡基만은 갑자기 아부할 마음을 가지고서 연동서원에 쌓아 둔 재목을 억지로 가져다가 권 상相(권대운權大運)의 거처를 수리하는 데 썼다. 또 향교를 중수할 일이 생기자 향교의 유생들에게 서원 기와를 뜯어다가 쓰게 했다. 향교 유생들이 온당치 않다고 여기자, 해남현감은 "모쪼록 다시 덮을 것이니 미안할 것이 무엇인가? 그대들은 어찌 그렇게 자잘하게 구는가?"라고 말하며 서재西齋에 얹은 기와를 뜯어 갔다. 정국이 아직 바뀌지 않았고 서원[51]의 일이 한창이라면 우선 옮겨 쓴들 무슨 대수랴만, 지금 이 행동은 시의에 영합하려는 것이니 통탄스러움을 금할 수 없다. 이러한 이유로 여론이 흥기하여 너나 할 것 없이 놀라워하지 않는 자가 없는데도, 해남현감은 반성할 줄 모르고 도리어 화내며 말하니 가소롭다.

〔 1694년 윤5월 29일 을미 〕 오전에 비가 뿌리다가 오후에는 맑음

윤석미尹碩美, 박상미朴尚美가 왔다. 창아昌兒, 종아宗兒 두 아이와 정광윤과 윤지원尹智遠이 앞내에 가서 그물로 고기를 조금 잡아 제수로 썼다.

〔 1694년 윤5월 30일 병신 〕 오전에 소나기가 내리고, 오후에 맑음

목욕했다.

---

51) 서원: '향교'를 잘못 쓴 것으로 보인다.

1694년 6월. 신미 건建. 큰달.

죽도가 있기에 세상을 잊을 수 있어

〔 1694년 6월 1일 정유 〕 맑음

오늘은 바로 내 생모의 기제사날이다. 상중이라 연속으로 조상의 기일을 지나치니 천 리 밖에서 더욱 비통하다. 종서宗緖가 적량원赤梁院 산소에 가서 성묘했다. ○ 김귀현金龜玄, 최운학崔雲鶴, 최운제崔雲梯, 정 생生(정광윤鄭光胤)이 왔다. ○ 오후에 소나기가 크게 퍼부었다.

〔 1694년 6월 2일 무술 〕 맑음

김귀현이 또 지나다 들렀다.

〔 1694년 6월 3일 기해 〕 맑음

류△△柳△△가 왔다. 그는 태인현감(류명철柳命哲)의 아들로 윤칭尹偁의 매부다.[52] 윤진해尹震垓, 윤시건尹時建, 윤시달尹時達, 송기현宋起賢이 왔다. ○ 영암군수(박수강朴守剛)가 부채 5자루를 보냈다. 이 수령은 부채 철을 여러 번 지나 보내고 이제야 비로소 몇 자루로 때우려 하니, 나를 멸시하는

---

52) 류△△柳△△가…매부다: 1702년에 간행된 『해남윤씨족보』에는 윤칭의 매부가 류숙柳俶인 것으로 확인된다. 윤이후가 이 사람의 이름을 기억하지 못하여 성만 쓰고 이름은 비워 둔 것으로 보인다.

꼬락서니가 정말 통탄스럽다. ○맹진孟津의 윤팽년尹彭年과 이주원李冑原이 왔다.

〔 1694년 6월 4일 경자 〕 맑다가 낮에 비 뿌림

윤선증尹善曾이 어제 왔다가 오늘 갔다. 윤재도尹載道, 윤학령尹鶴齡, 김삼달金三達, 최운학, 최운제, 정 생이 왔다. 양지사梁之泗가 왔다. 이성爾成이 왔다.

〔 1694년 6월 5일 신축 〕 맑음

수사水使 김숙金俶이 절선節扇 10자루를 보냈다. ○이성이 갔다. 윤주미尹周美 숙叔이 왔다. 최운학, 최운제, 정 생이 왔다.

〔 1694년 6월 6일 임인 〕 맑음

해남현감(최형기崔衡基)이 절선 7자루를 보냈다. 윤명우尹明遇, 윤성우尹聖遇, 윤희성尹希聖, 윤석귀尹碩龜가 왔다. 최운학, 최운제, 정 생이 왔다. 윤정미尹鼎美 숙이 저녁에 들렀다.

〔 1694년 6월 7일 계묘 〕 맑음

어제 해남현감에게 고맙다는 편지를 쓰며 그가 서원의 목재와 기와를 가져다 써서 사람들 사이에 말이 생기게 된 일을 낱낱이 말했더니, 해남현감이 오늘 또 편지를 보내고 이방吏房 이계추李桂秋를 보내어 누누이 해명했다. 먼저는 서원에 보관해 둔 재목을 가져다 썼고 또 서재西齋에 얹은 기와를 가져다 쓰고는 반드시 도로 갚겠다고 하지만, 누가 그것을 믿겠는가. 이렇게 그릇된 일을 하니 사람들이 어찌 말이 없겠는가. 편지 내용이 구차하여 속내를 보는 것 같아 몹시 통탄스럽다. ○구림鳩林의 이두정李斗正과 광양현감을 지낸 장흥의 임후석任厚錫이 왔다. ○오른쪽 눈썹 모서리 통증이 그쳤다. 전에 비해 통증이 극심했다.

〖 1694년 6월 8일 갑진 〗 맑음

윤희성과 윤희정尹希程이 왔다. 정 생(정광윤)과 최 생 형제(최운학, 최운제)가 왔다. 어망을 다 만들었다. ○과원果願이『소학小學』을 배우기 시작했다.

〖 1694년 6월 9일 을사 〗 바람이 사납고 비가 퍼붓는 것이 저녁때까지 그치지 않음

윤현귀尹顯龜가 왔다.

〖 1694년 6월 10일 병자 〗 바람의 기세가 꽤 누그러졌으나 비가 퍼붓는 것은 더욱 심함

냇물이 전에 없이 크게 넘쳐 피해를 입은 전답도 있다. ○김덕원金德遠 상相이 진도에 위리안치되어 오늘 저녁 쌍교雙橋 앞에 도착했으나, 냇물이 불어 건너지 못하고 입점笠店에 들어가 머물렀다. 내가 즉시 사람을 보내어 문안 인사를 하고, 또 시골집에서는 밤을 지낼 수 없으니 우리 집에 와서 머물라고 청했다. 승지 김몽양金夢陽이 즉시 고맙다며 응낙했다가 이윽고 또 말을 전하기를, "밭길이 몹시 나쁘고 날이 이미 저물어 가며 비까지 퍼부어 옮겨 갈 수 없다."라고 했다. 나 또한 그들이 옮겨 오기를 기다리다가 날이 저물어서 가서 인사하지 못했다. 안타깝다.

〖 1694년 6월 11일 정미 〗 비가 그쳤다 내렸다 함

이른 아침에 김 승지가 심부름꾼을 보내, "시골집에 비가 새고 무는 벌레가 많아 겨우 밤을 지냈으니, 오늘은 귀댁으로 옮겨 가야겠다."라고 했다. 내가 닭 한 마리, 우포牛脯, 무김치 약간을 아침 반찬으로 보내고 계속 기다렸으나, 날이 저물도록 오지 않아서 두 아들을 시켜 가서 모시고 오도록 했다. 아이들이 반도 채 못 가서 떠난 지 이미 오래되었다고 듣고는 바로 돌아왔다. 지척 간에 끝내 한번 만나지 못하여 너무나 안타깝다.

〔 1694년 6월 12일 무신 〕 아침부터 가랑비가 내림

임세회林世檜, 김삼달金三達이 왔다. 선달 윤천미尹天美가 서울에서 돌아와서, 아이들의 편안하다는 편지와 조보朝報 베낀 것 약간을 받아 보았다. 민장도閔章道는 11차례의 형刑을 받고 죽었고, 우상右相 민암閔黯은 이미 사사賜死하라는 전지傳旨를 내렸으나 대간臺諫이 계啓를 올려 반드시 자백을 받고 법에 따라 처단하자는 취지로 다투고 있다고 한다. 대장大將 이의징李義徵은 이미 네 차례의 형을 받았다고 한다. 너무나 참혹하다. ○중궁전 환봉책례還封册禮[53]의 길일은 이번 달 1일이었다고 한다.

〔 1694년 6월 13일 기유 〕 소나기가 간간이 내림

〔 1694년 6월 14일 경술 〕 소나기가 간간이 내림

별진別珍에 인사드렸다.[54] ○김한집金漢集이 왔다. ○승지 신학申瀥이 경신옥庚申獄 때 번안飜案[55]한 죄로 영암에 유배되었는데, 오늘 조문 편지를 써서 문안하기에 즉시 답장했다.

〔 1694년 6월 15일 신해 〕 소나기가 몇 차례 크게 퍼부움

전부典簿(윤이석尹爾錫) 댁 노奴가 서울에서 돌아와, 아이들이 5일에 보낸 잘 있다는 편지를 받았다. 흥서興緒의 처가 지난달 그믐(5월 30일) 묘시卯時에 사내아이를 낳았다고 한다. 갑원甲願이다. 기쁘다. 5개월 사이에 내외손 사

---

53) 중궁전 환봉책례還封册禮: 인현왕후의 복위 의식을 가리킨다.
54) 별진別珍에 인사드렸다: 별진에 유배 온 권대운을 만난 것으로 보인다.
55) 번안飜案: 옥안獄案을 뒤집었다는 뜻이다.

내아이 셋을 얻었으니, 우리 집의 올해 운수가 트였다고 할 만하다. ○조정에서 죄인이 한 고을에 여러 명 유배되면 주객主客(수령과 유배객) 간에 모두 곤란한 폐단이 있으니, 진도의 김 영부사領府事(김덕원)는 제주로 옮기고, 강진의 류 판서(류명천柳命天)는 연일延日[56]로 옮기라고 했다. 그밖에도 이배된 사람이 많다. 아마도 괴롭히려는 것이리라. 그 의도가 매우 교활하다.

〖 1694년 6월 16일 임자 〗 맑음

들으니, 류 판서가 내일 출발한다고 해서 두 아들이 가서 인사드렸다. ○지원智遠이 갔다. 최상일崔尙馹, 김삼달, 윤희직尹希稷이 왔다. ○흑산도의 류 대감(류명현柳命賢)이 3일에 보낸 편지를 받아 보고, 그 섬이 온갖 나쁜 점을 다 갖춘 곳이라는 것을 잘 알게 되었다. 사연이 처량하고 슬퍼, 측은함을 이길 수 없다.

〖 1694년 6월 17일 계축 〗 맑음

윤징귀尹徵龜, 윤경尹儆, 윤척尹倜, 이대휴李大休, 곽교령郭喬齡, 최유기崔有基, 정래주鄭來周가 왔다.

〖 1694년 6월 18일 갑인 〗 바람이 어지럽고 비가 내림

윤석귀가 왔다.

〖 1694년 6월 19일 을묘 〗 맑음

해남 하리下吏가 상경하기에 편지를 부쳤다. ○윤민尹玫이 왔다.

〖 1694년 6월 20일 병진 〗 맑음

최운학, 최운제, 윤시상尹時相, 윤순제尹舜齊가 왔다. 김삼달이 숙위했다.

---

56) 연일延日: 현재의 경상북도 포항시 남구 연일읍 지역이다.

해남현감(최형기)이 지나는 길에 역방하여 서원에 얹을 기와를 가져다 쓴 일에 대해 해명했다. 끝내 옹색한 변명을 면할 수 없으니 가소롭다.

〔 1694년 6월 21일 정사 〕 흐림

정광윤鄭光胤이 왔다. 지원이 또 왔다. 해남 보석洑石의 이일로李一老가 왔다. 속금도束今島의 기진려奇震麗가 왔다. 들으니, 새로 쌓은 제언이 튼튼하여 걱정할 바가 없다고 한다. 기쁘다.

〔 1694년 6월 22일 무오 〕 흐림

기진려가 갔다. 정광윤, 김삼달, 황세휘黃世輝가 왔다. 윤기반尹起潘이 들러서 만났다.

〔 1694년 6월 23일 기미 〕 맑음

전부(윤이석) 댁 노가 서울에서 돌아왔는데, 이백爾栢과 중길仲吉이 함께 와서 아이들의 평안하다는 편지를 받아 보았다.

〔 1694년 6월 24일 경신 〕 가랑비가 갑자기 내림

윤시한尹時翰이 왔다. 박수귀朴壽龜, 임중헌任重獻이 왔다. 선수업宣守業이 저녁에 들렀다.

〔 1694년 6월 25일 신유 〕 맑음. 소나기가 여러 차례 내림

〔 1694년 6월 26일 임술 〕 맑음

김 영부사(김덕원)가 어제 진도에서 나와 해창海倉에서 순풍을 기다린다는 소식을 듣고, 창아昌兒, 종아宗兒 두 아이와 함께 출발했다. 백치白峙에서

점심을 먹고 해창에 당도하여 김 상相을 뵈었다. 그 아들 승지 김몽양과 손
자인 진사 김태윤金泰潤, 화윤華潤도 함께 있었다. 해 질 무렵 성 생원(성준
익成峻翼) 댁으로 가서 유숙했다.

〖 1694년 6월 27일 계해 〗 맑음. 소나기가 간간이 내림

아침을 먹은 후 죽도竹島의 장소庄所를 보러 가려는데, 김 상을 이배할 도
사都事 이찬李纂이 사람을 보내 나를 만나러 오겠다고 했다. 나는 이제 돌
아갈 테니 오지 말라고 사양했다. 내가 해창으로 돌아오자, 도사가 내가
쉬는 곳으로 와서 만나 보았다. 내가 또 가서 김 상을 만나다가 잠시 후 해
남현감(최형기)이 의막依幕에 와 있다는 것을 들었다. 나는 김 상과 승지에
게 작별을 고하고, 나가서 해남현감을 만난 후 백치로 와서 점심을 먹고 돌
아왔다. ○ 내가 함평에서 귀향한 후 세상일에 전혀 뜻을 두지 않고 오직 밭
갈고 우물 파는 것만을 일삼아 왔는데, 아내와 아이들이 자못 이를 근심하
여 매번 서울로 돌아가기를 곁에서 간절히 권했다. 서울에 있는 동료들도
편지로 시골에 머물러서는 안 된다는 뜻을 말하기도 하고, 혹 한단학보邯
鄲學步[57]라는 말로 나를 조롱한 이도 있었으나, 나는 번번이 웃으며 응하지
않았다. 친상親喪을 당하자, 집안사람들의 뜻은 모두 장례가 끝나면 상경
하여 거상居喪하는 것이 마땅하다고 했으나 나는 더욱 아랑곳하지 않았다.
그러다가 시국이 뒤집어지고 나서야 전에 이러쿵저러쿵했던 자들이 비로
소 내 뜻에 감복했다. 하물며 나를 조롱한 자들은 유배형에 처해졌으니,
생각건대 필시 나를 부러워해 마지않을 것이다. 아! 나는 진실로 어리석으
므로 오늘날의 일에 대해 선견지명이 있었던 것이 아니라, 다만 감개한 바
가 있어서 구차하게 용납하고 싶지 않았기 때문이다. 지난날 요직에 있던

---

57) 한단학보邯鄲學步: 연燕나라 수릉壽陵 땅의 청년이 조趙나라 서울 한단邯鄲에 가서 그곳의 걸음걸이를
배우려다가 제대로 배우지도 못한 채 본래의 자기 걸음걸이마저 잊어버린 나머지 엉금엉금 기어서
돌아올 수밖에 없었다는 고사이다(『장자』「추수秋水」).

여러 재신宰臣 중 남쪽 지방으로 귀양 온 이들이 모두 내가 화망禍網에서 벗어난 것을 축하하기에, 내가 답하기를 "본래 용렬한 제가 어찌 감히 환란을 미리 알아차릴 수 있었겠습니까?"라고 했는데, 이 말을 전해 듣고 내가 말을 야박하게 한다고 여기는 이도 있었다고 한다. 내가 죽도를 점유하려고 계획한 지 여러 해가 되었는데, 종서는 서울에 있었으므로 아직 보지 못하고 있다가 오늘 비로소 나를 따라왔다. 그러고는 올라가서 한번 둘러보기도 전에 마음으로 기뻐하고 눈이 휘둥그레질 정도로 좋아하니, 이 아이의 소견이 그리 범상하고 누추하지는 않음을 짐작할 수 있다. 그리고 시사時事를 이야기하며, 출사하면 안 된다는 뜻으로 내게 경계하여 말하기를, "이 죽도가 있어 더욱 세상을 잊을 수 있겠습니다."라고 한다. 아이의 이 말이 참으로 내 마음을 잘 파악하고 있으니 탄복하고 칭찬하지 않을 수 없다.

〔 1694년 6월 28일 갑자 〕 맑음. 다른 곳은 비

정광윤, 김삼달, 류호柳瑚, 임세회가 왔다.

〔 1694년 6월 29일 을축 〕 맑음

〔 1694년 6월 30일 병인 〕 맑음

윤유도尹由道, 송수기宋秀杞, 임한두林漢斗, 임세회, 황세휘, 최도익崔道翊, 정광윤, 김삼달, 윤이주尹以周가 왔다.

1694년 7월. 임신 건建. 작은달.

외로운 신하의 눈물 황천에 사무치네

【4월 초하루에도 비가 오고, 7월 초하루에도 또 비가 왔다. 여름 장마가 가을에 들어서도 그치지 않고 있다. 이처럼 계속 비가 오면 백곡이 여물지 않을 텐데 걱정이다.】

〔 1694년 7월 1일 정묘 〕 소나기

종서宗緖가 병영의 배소配所에 가서 진사 한종석韓宗奭을 만나고 저녁에 돌아왔다. ○윤수장尹壽長이 왔다.

〔 1694년 7월 2일 무진 〕 잠깐 비가 오다가 잠깐 맑음

들으니, 원방元方 영감(이현기李玄紀)이 북청北靑의 배소配所에서 고금도古今島로 이배되어 천극안치荐棘安置[58]까지 더해졌는데, 어제 행차가 금릉金陵(강진)에 도착했다. 창아昌兒와 종아宗兒 두 아이가 달려갔으나, 그 행차가 이미 섬으로 들어가 버려서 전임 현감 김항金沆의 병문안만 하고 돌아왔다.[59] 그는 전최殿最(인사고과)에서 하下를 받았는데, 병세가 위중하여 사가

---

58) 천극안치荐棘安置: 위리안치된 죄인이 기거하는 방 둘레에 탱자나무 가시를 둘러치는 것으로, 위리안치보다 무거운 형벌이다.
59) 전임 현감…돌아왔다: 김항의 후임으로 이극형李克亨이 강진현감에 임명된 날짜는 7월 4일이다.

私家에 나가 와병 중이라서 돌아갈 생각도 할 수 없다고 한다. 몹시 걱정스럽다.

〔 1694년 7월 3일 기사 〕 비

윤남미尹南美가 왔다.

〔 1694년 7월 4일 경오 〕 흐림

윤이복尹爾服, 윤이백尹爾栢, 윤이성尹爾成이 왔다. ○종아가 서울로 출발했는데 중길仲吉이 함께 갔다.

〔 1694년 7월 5일 신미 〕 비

오른쪽 볼기에 큰 종기가 나서 고통이 이루 말할 수 없다. ○윤동미尹東美가 최근에 서울에서 윤이백과 함께 내려오던 길에 격포格浦에 도착해 체류하다가[60] 오늘에서야 돌아왔는데 지나다 들렀다.

변명서辨明書

세간에는 어초은漁樵隱(윤효정尹孝貞)이 금남錦南 최부崔溥에게 수학했고, 귤정橘亭 윤구尹衢의 학문은 아버지에게 배운 것이라 한다. 나는 옛 선인의 일에 대해 평소 잘 알지 못하여 오로지 전하는 말만 믿고 있었다. 그러다 올여름에 우연히 『해남사마재선생안海南司馬齋先生案』을 보았더니, 어초은은 신유년(1501)에 생원이 되었고, 귤정은 계유년(1513)에 생원과 진사가 되었으며, 금남은 정유년(1537)에 진사가 되었다. 한결같이 방목榜目의 순서대로 쓰여 있었는데, 금남은 귤정보다 아래에 적혀 있고,

---

60) 윤동미가⋯체류하다가: 격포는 현재의 전북 부안군 변산면에 위치한다. 1693년 8월 격포의 첨사로 이만방李晩芳이 부임했는데, 이만방은 윤선도의 조카손자로서 자신에게 진외가 친족에 해당하는 연동 해남윤씨 가문의 여러 인물들과 가깝게 교유했던 것으로 보인다.

어초은보다 37년 뒤에 있었다. 그러하니 30년 전에 소과에 합격한 사람이 37년 뒤에 합격한 사람에게 거꾸로 수학했다는 것은 결코 이치에 맞지 않는다. 또 선생안을 살펴보면, 어초은은 생년이 쓰여 있지 않아 알 수 없으나 귤정은 을묘년(1495)에 태어났고, 금남은 갑술년(1514)에 태어났다.[61] 금남이 태어난 해는 귤정보다 20년이 늦으니 어초은보다 필시 40~50년이 늦다. 이로써 생각해 보면 어초은이 금남에게 수학했다는 설은 잘못 전해진 것이 더욱 분명하다. 당초 이 설이 무엇에 근거해 생겨났는지 모르겠으나, 그대로 전하면서 그 잘못을 아는 사람이 없었다. 심지어 글로 지어지면서 그것이 사실인 것처럼 전하는 근거가 되기까지 했다. 지난번에 재상 김수항金壽恒이 낭주朗州(영암)에 유배되었을 때 『귤옥집橘屋集』[62]의 서문을 지었는데, 역시 이 설을 실어서 잘못 전한 것이 더욱 심해졌으니, 후대의 사람들이 어찌 그렇지 않음을 알겠는가? 아아! 학문의 전수傳授는 유가儒家에서 소중히 여긴 것이다. 옛사람들이 사문師門의 내력을 분명하게 하지 않음이 없었던 까닭이 이 때문이다. 어초은과 금남은 모두 우리나라의 명인名人들이나, 세상 사람들에게 잘못 전해진 지 오래되어 이와 같이 선후의 뒤바뀜이 있기에, 부득이 위와 같이 분명하게 밝히고 옛일에 정통한 군자를 기다린다.【이 글을 지은 후에 김수항의 『귤옥집』서문을 보았는데 이런 말이 없었다. 이 또한 잘못 전해진 것임을 알겠다.】

〔 1694년 7월 6일 임신 〕

밤부터 비가 퍼부어 밤새 내렸다. 아침부터는 기세가 조금 약해졌으나 저녁까지 그치지 않았다. 이처럼 비가 계속 내려 곡물이 여물지 않으니 농사가 정말 걱정이다.

---

61) 또 선생안을…태어났다: 최부는 실제로는 1454년(갑술년)에 태어났다. 윤이후가 그의 생년을 착각한 것으로 보인다.

62) 『귤옥집橘屋集』: 조선 명종 때 인물인 윤광계尹光啓(1559~?)의 시문집이다. 윤광계의 본관은 해남이며, 어초은 윤효정의 증손이다.

〔 1694년 7월 7일 계유 〕 늦은 아침부터 비가 걷히고 잠시 해가 남

정광윤鄭光胤과 김삼달金三達이 왔다. ○우수사右水使 김숙金俶이 논핵論劾 당하여 교체되어 돌아가면서 역방했다.[63] 신임 우수사는 류성추柳星樞라고 한다.

〔 1694년 7월 8일 갑술 〕 잠깐 맑고 가랑비

목 상相(목내선睦來善)의 행차가 오늘 금릉(강진)에 도착한다고 해서 창아를 보내 맞이하고 인사드리게 했다. 창아가 저녁에 돌아왔다. 목 상은 처음에 연일延日로 정배되었다가 다시 잡혀가 신 판윤(신완申琓)과 대질한 후, 신지도薪智島로 이배되어 위리안치되었다고 한다. 당초 정배된 연일은 그의 아들 목임일睦林一의 배소인 남해南海와 멀지 않아 부자가 서로 자주 연락하기에 편했을 것 같은데, 이제 이처럼 멀리 떨어지게 되었으니 팔순 노인의 처지가 애처롭다. ○윤징귀尹徵龜가 행당공杏堂公(윤복尹復)이 직접 기록한 책 한 권을 들고 왔다. 행당공의 전부인前夫人을 장례지낼 때 지은 잡기雜記다. 어초은 공의 배위配位이신 정씨鄭氏의 본관을 당초 초계草溪로 알고 있었는데, 지금 이 책을 보니 해남이라고 쓰여 있었다. 정진교鄭震僑 무리가 그 세계世系를 기록하면서 초계라고 기록한 것이 잘못임을 비로소 알게 되었다.

〔 1694년 7월 9일 을해 〕 맑음

이대휴李大休가 어제 왔다가 오늘 갔다. 정광윤, 김삼달, 윤순제尹舜齊가 왔다.

〔 1694년 7월 10일 병자 〕 비

정광윤이 왔다. ○집의 양식이 떨어져 안형상安衡相에게 벼 2섬을 빌렸다.

---

63) 우수사…역방했다: 『숙종실록』 숙종 20년 윤5월 10일 기사에 김숙의 파직 관련 내용이 나온다.

가을에 갚을 것이다. 작년 농사철에 가뭄이 들어 곡식이 제대로 여물지 못한 재해가 꽤 심했다. 조정에서는 모내기를 하지 못한 곳에만 급재給災[64]했고, 모내기를 한 곳에는 곡식이 여물지 않은 곳에도 세금을 다 거두었다. 그래서 굶주린 백성이 많아져 원성이 자자했다. 그러다 남인이 실각하게 되자 기뻐하며 축하하지 않는 백성이 없었다. 남인이 이처럼 인심을 잃었으니 어찌 무너지지 않을 수 있었겠는가? 정말 개탄스러운 일이다. 우리 집도 부득이 납부한 세금이 매우 많아, 이렇게 햇곡식과 묵은 곡식을 잇지 못하는 걱정이 있게 되었다. 매우 개탄스럽지만 무슨 수가 있겠는가.

〖 1694년 7월 11일 정축 〗 맑음

근처의 유배객들은 곤읍閫邑[65]에서 돌보는 덕분에 당장 양식이 끊길 걱정은 없다. 하지만 장醬이나 반찬 사정이 좋지 못하여 모두 나에게 요구했다. 요청에 응해 준 데가 이미 예닐곱이다. 오늘 또 신지도의 목 상(목내선)과 고금도의 이 감사監司(이현기李玄紀)에게 보냈다. 이 때문에 집에서 쓸 것이 거의 다 떨어졌으니 웃을 일이다.

〖 1694년 7월 12일 무인 〗 맑음

극인棘人 임취구林就矩, 윤선시尹善施, 김삼달, 윤순제가 왔다.

〖 1694년 7월 13일 기묘 〗 맑음

정광윤이 왔다.

〖 1694년 7월 14일 경진 〗 저녁에 비가 내림

윤선중尹善曾이 왔다.

---

64) 급재給災: 재해를 입은 논밭의 세납을 면제해 주는 것이다.
65) 곤읍閫邑: 병사兵使 혹은 수사水使가 다스리는 고을이다.

〔 1694년 7월 15일 신사 〕 밤에 비가 쏟아짐. 아침부터 비가 잠시 뿌리다가, 오전 늦게 맑음

정광윤, 최운원崔雲遠, 윤천령尹千齡, 윤학령尹鶴齡이 왔다. 윤선증이 갔다. 그 아들 윤유미尹有美가 와서 만나고 갔다. 김삼달이 왔다. ○들으니, 목 상(목내선)이 이번에 내려 올 때 장성과 나주 경계의 곳곳에서 사람들이 이렇게 소리쳤다고 한다. "작년에 군포를 냈는데 퇴짜를 놓고, 농사를 망쳤는데 급재해 주지 않았소. 이 때문에 이렇게 귀양 가는 꼴이 된 거요. 알기나 하시오?" 인심이 진실로 무섭다. 사람들이 모두 올려다보는 자리[具瞻]⁶⁶⁾에 있는 사람이 조심하지 않을 수 있겠는가? 그동안 인심을 잃게 한 정치가 어찌 없었겠는가마는, 이 어찌 목 상 혼자만의 잘못이겠는가? 다만 목 상은 꼬치꼬치 따지기를 좋아하는 성격이라 사람들이 좋아하지 않았다. 이 때문에 이런 말을 듣게 된 것인지도 모르겠다.

〔 1694년 7월 16일 임오 〕 아침에 비가 잠시 뿌렸다가 늦은 아침부터는 흐리다 맑음

정광윤, 윤순제, 윤장尹璋이 왔다.

〔 1694년 7월 17일 계미 〕 맑음

정광윤, 최운원이 왔다. 진사 최세양崔世陽이 별시別試를 보기 위하여 서울로 올라가기에, 아이들에게 편지를 부쳤다. 나주의 나두추羅斗秋 생生이 와서 만났다. ○도사都事 이현수李玄綏가 고금도에 있는 그 형(이현기)의 배소配所에서 와서 만났다.

〔 1694년 7월 18일 갑신 〕 맑음

아침 식사 전에 원리元履(이현수)【이 도사의 자字】가 권 상(권대운權大運)에게

---

66) 사람들이…자리[具瞻]: 모두가 주시하는 높은 지위라는 뜻이다. 『시경詩經』「소아小雅 절남산節南山」의 "빛나는 태사太師 윤씨여, 백성들이 모두 그대를 보고 있도다[赫赫師尹 民具爾瞻]."라는 구절에서 나온 말이다.

가서 인사하고 이곳으로 돌아왔다가 저녁에 권 참판(권규權珪)의 배소에 가서 잤다. ○정광윤, 최운원, 윤익성尹翊聖이 왔다. ○과원果願이 『소학』 첫 권을 다 배우고, 바로 숙독하기 시작했다.

〖 1694년 7월 19일 을유 〗 맑음

아침 식사 전에 원리(이현수)와 영신천永新川에서 만나 동행하여 연동蓮洞에 이르러, 어초은의 묘 계절階節[67] 아래 묏자리를 잡았다. 예전에 김운서金雲瑞가 점찍은 곳보다 조금 위다. 그리고 백도白道로 가서 논정論亭의 사정射亭에 이르러 올라가서 보고, "용龍의 형세가 지극히 좋고 형국도 좋습니다. 임계壬癸 방향에 공결空缺이 있지만 혐의될 만한 것은 조금도 없습니다. 임壬을 향向으로 하는 것이 좋을 것 같습니다."라고 했다. 이것이 바로 정용丁龍인데, 혹자는 축丑으로 향을 삼는 것이 마땅하다고 하고, 김운서와 김만당金萬當은 간艮으로 향을 삼는 것이 마땅하다고 했다. ○논정에서 운주동雲住洞에 있는 정여靜如(이양원李養源)의 빈집에 도착하여 서응瑞應(윤징귀)을 불러서 함께 잤다.

〖 1694년 7월 20일 병술 〗 맑음

아침을 먹고 출발하여 원리와 헤어졌다. 원리는 고금도로 향하고, 나는 강성江城을 경유하여 덕장德章【참판 권규의 자字】에게 들러 이야기를 나누었다. 저녁에 귀가하니 해남읍에 사는 비婢 인상仁祥이 만이萬伊라는 상놈을 데리고 왔다. 내가 우이도에 왕래하는 사람을 얻어서 류 대감(류명현柳命賢)과 서신 연락을 하려고 외거노 무리들을 시켜 사람을 수소문하여 알리게 했기 때문이다. 이놈이 내일 우이도에 들어간다고 해서 편지를 써서 부쳤다.

---

67) 계절階節: 무덤 앞의 평평한 땅이다.

〔 1694년 7월 21일 정해 〕 맑음

무장현감 이유李瀏가 와서 만났다. 그가 부채 10자루를 가져와서 줬다. 정광윤, 최운원이 왔다. 지원智遠이 그 모친을 문안하기 위해 강진으로 돌아갔다. ○윤세미尹世美 족숙이 들렀다. 들으니 민 상相(민암閔黯)에게 8일 사약을 내렸고 이 대장大將(이의징李義徵)을 정의旌義[68]에 위리안치시켰으며, 양사兩司가 나라의 형벌을 빨리 바로잡는 문제로 서로 다툰다고 한다. ○좋은 백지白紙 26권을 무장현감이 가는 편에 주어 『동의보감』을 인쇄하여 보내라고 했다. 책판은 전주에 있다.

〔 1694년 7월 22일 무자 〕 흐리다 맑음

박필중朴必中이 왔다. 순창의 진사 설정薛晸이 역방했다. ○강진현감 김항이 전최에서 하下를 받았는데, 피를 토하고 배가 팽창해 병세가 몹시 심하여 출발하지 못하고 사가私家에 나가 머물고 있다가, 20일 밤중에 결국 죽었다고 한다. 몹시 처참하다. ○팔미원八味元이 다 떨어져서 검은콩을 복용하기 시작했다.

〔 1694년 7월 23일 기축 〕 밤부터 비가 쏟아지기 시작하여 종일 그치지 않음

정 생生(정광윤)이 왔다. 윤희尹俿가 별진別珍에서 비를 무릅쓰고 역방했다.

〔 1694년 7월 24일 경인 〕 맑음

노奴 네 명에게 대나무와 새끼를 지고 백도白道로 가게 했다. 백도 사람들과 상의하여 어살魚箭을 설치하고, 물고기를 잡아 논정과 운주동 두 곳에서 쓰기 위해서다. 백도의 윤성필尹成弼이 왔다. 다산茶山의 정이쾌鄭以夬

---

68) 정의旌義: 제주도 정의현을 말한다.

가 왔다. 장흥에서 이사 온 사람이다. 정 생과 최 생[69]이 왔다.

〖 1694년 7월 25일 신묘 〗 흐림

진도의 정 대감(정유악鄭維岳)이 심부름꾼 편에 보낸 편지를 간밤에 받았다. 즉시 답장했다. ○ 두 노奴에게 짐을 지워 권 상(권대운)이 있는 곳에 보냈다. 장醬과 누룩을 고금도에 보냈다. ○ 정 생이 왔다. 최형익崔衡翊, 최유기崔有基, 최상일崔尙馹, 윤희직尹希稷이 왔다. 지원이 돌아왔다.

〖 1694년 7월 26일 임진 〗 흐림

정 생이 왔다. 윤시삼尹時三과 임극무林克茂가 생강을 약간 가지고 와서 줬다. 김태극金太極이 왔다. 전적典籍 김태정金泰鼎이 장흥에서 와서 만났다. ○ 민 상(민암閔黯)의 절명사絕命辭는 다음과 같다.

> 聖主恩如海　임금의 은혜가 바다와 같아
> 孤臣淚徹泉　외로운 신하의 눈물이 황천에 사무치네
> 此心皎白日　대낮처럼 환한 이 마음
> 一死付蒼天　한번 죽어 푸른 하늘에 부치리라

또 짧은 서序를 지어 이르길, "예전에 소식蘇軾이 백대栢臺에서 시 두 편을 써서 옥졸獄卒에게 줬는데, 그것이 황제에게까지 전달되었습니다. 지금 신臣이 죽음을 앞두고 쓰는 글에는 따로 바라는 바가 없습니다. 다만 이로써 이 마음의 결백함을 드러낼 뿐입니다."라고 했다. 죽음을 앞두고 옥졸에게 써 주어, 옥졸이 이를 퍼뜨렸다고 한다. ○ 원리(이현수)가 오늘 고금도에서 서울로 돌아간다는 말을 듣고, 아이들에게 보낼 편지를 써서 석제원石梯院으로 원리를 뒤쫓아 가 부치게 했다.

---

69) 최 생: 최운원으로 추정된다.

〔 1694년 7월 27일 계사 〕 맑음

정 생과 최 생이 왔다. 윤석귀尹碩龜, 최정익崔井翊, 황세휘黃世輝, 황세중黃世重, 윤순제, 변최휴卜最休, 백치白峙의 이대휴와 김우정金友正, 연동蓮洞의 윤적미尹積美 족숙, 강성江城의 윤이주尹以周가 왔다. 김 전적(김태정)이 또 들렀다. ○두 가지 빛깔의 애공哀公을 병영에 있는 한 진사(한종석韓宗奭)의 적소謫所로 보냈다.

〔 1694년 7월 28일 갑오 〕 맑음

정 생이 왔다. 나주 흥룡동興龍洞의 선전관 이초李杪가 권 상(권대운)의 거처에서 와서 들렀다. 윤취도尹就道가 왔다. 최유도崔道翊와 최유기가 왔다.

〔 1694년 7월 29일 을미 〕 맑음

정 생이 왔다. 마포馬浦의 침의針醫 이증李增, 윤시상尹時相, 윤기업尹機業이 왔다. 흥서興緒의 가솔들을 데리고 오려고 하는데 말을 준비하기 어려웠다. 윤기업이 그것을 듣고 흔쾌히 자신이 타던 말을 빌려주기에, 내가 사양했으나 할 수 없었다. 그 마음이 정말로 고맙다. ○김석망金碩望이 서울에서 돌아와 아이들이 16일에 보낸 잘 있다는 편지를 전해 주었는데, 종아가 15일에 무사히 서울에 도착했다고 한다. 매우 기쁘고 다행이다. ○지난번 우의정 윤지완尹趾完이 등대登對했을 때, 한중혁韓重赫 등을 다시 붙잡아 국문하지 않을 수 없다는 뜻을 진달했으나, 윤허하지 않았다. 그 후 영의정이 다시 들어가서 탑전榻前에서 올린 차기箚記를 통해 마침내 이시도李時棹에게 형을 가할 것을 허락받았다. 김인金戭[70]과 함이완咸以完은 장을 맞아 죽었고, 한중혁과 강만태康晚泰는 유배지에서 아직 잡아 오지 않았다고 한다. ○들으니, 민 상(민암)이 임종을 앞두고도 정신과 기운이 변하지 않았

---

70) 김인金戭: 실록에는 김인金寅으로 되어 있다.

고 민흥도閔興道의 아들을 후사로 삼았는데, 직접 입안立案[71)]을 불러 조카인 판서 민취도閔就道에게 쓰게 하고, 직접 성명을 쓰고 서압署押하면서 손을 조금도 떨지 않고 매우 차분했다고 한다. 이는 실로 사람이 미칠 수 있는 경지가 아니다. 정말 감탄할 만하다.

---

71) 입안立案: 관부에서 작성하는 공식적인 입안이 아니라 사적으로 쓴 계후 문서인데, 상투적으로
    입안이라고 쓴 것 같다.

1694년 8월. 계유 건建. 큰달.

유모와 나

〔 1694년 8월 1일 병신 〕 맑음

정 생生(정광윤鄭光胤), 최운원崔雲遠, 최운제崔雲梯, 송수삼宋秀森, 윤순제尹舜齊, 김삼달金三達, 출신出身 권혁權赫, 윤재도尹載道가 왔다. ○고창에 사는 안음현감 김이태金履兌가 별진別珍과 강성江城을 거쳐 지나는 길에 들렀다. ○그제 노奴 을사乙巳를 운주동雲住洞에 보내 어살魚箭을 쌌다. 논정論亭에는 오늘 어살을 넣었고, 운주동에는 며칠 전에 이미 넣어 두었다. 오늘을사가 물고기 몇 마리를 잡아서 왔다. ○윤상尹詳이 와서 그대로 묵었다. ○강진 박산朴山의 김시선金時銑이 왔다.

〔 1694년 8월 2일 정유 〕 맑음

윤상이 갔다. 정광윤, 김삼달, 윤주미尹周美 족숙이 왔다. 속금도束今島의 김태혁金兌赫이 와서 묵었다.

〔 1694년 8월 3일 무술 〕 맑음

속금도의 김 생(김태혁)이 갔다. 윤익성尹翊聖이 왔다. 아내의 팔에 통증이 아직 낫지 않아, 아프지 않은 쪽 삼리혈三里穴과 아픈 쪽 열결혈列缺穴에 침을 맞았다. 이증李增이 정해 준 혈이다. 정광윤, 최운원, 조규서趙珪瑞, 임세회林世檜가 왔다. 박필중朴必中과 박세림朴世琳이 들렀다. 은소銀所의 만득晩得이 왔다가 묵었는데, 죽은 윤순길尹順吉이 전부典簿(윤이석尹爾錫) 댁 비婢에게 한눈팔아 낳은 자다.

〖 1694년 8월 4일 기해 〗 맑음

권 상相(권대운權大運)께 가서 배알했다. ○정 생, 김 생 두 사람이 왔다.

〖 1694년 8월 5일 경자 〗 맑음

영광의 김원상金薗相이 역방했다. 정광윤, 최운원, 그리고 황세휘黃世輝가 왔다. ○흥아興兒의 가속家屬을 데려오기 위해 마필馬疋을 모으던 중에 어제 은소 사람에게서 말을 샀는데, 오늘 낮에 갑자기 쓰러져 한 식경 만에 죽었다. 정말 해괴한 일이다.

〖 1694년 8월 6일 신축 〗 맑음

정 생, 최운제, 최상일崔尙馹, 윤천주尹天柱가 왔다. 윤익성이 왔다. 아내가 또 전과 같은 혈에 침을 맞았다. 윤동미尹東美와 윤선시尹善施가 왔다. 선달 송시민宋時敏이 와서 묵었다.

〖 1694년 8월 7일 임인 〗 맑음

송 선달이 갔다. 정 생이 왔다. 저녁 무렵 비가 내렸다.

유모의 행적에 대한 기록[乳母事實]

【유모의 손자 대까지는 공선貢膳(노비가 상전에게 신역 대신에 바치던 구실)을

받지 말고, 또한 잡아다 사환使喚하지 말라. 그 후소생後所生은 몇 대가 지나도 결코 외손들에게 분급하지 말라. 이렇게 함으로써 내 지극한 마음을 알 수 있도록 하라.]

나는 유복자로 태어난 지 겨우 4일 만에 어머니마저 잃어, 할머니 윤 부인尹夫人[72]께서 산자리에서 거두어 품안에 두시고 젖이 나오는 비婢를 골라 젖을 먹였다. 이 사람이 곧 나의 유모로, 그 이름은 복생福生이다. 유모는 함경도 홍원洪原 출신으로, 어릴 때 조부님께서 밥 짓고 물 길어 부엌일 하는 종으로 삼았다. 유모가 되자 자신의 남편과 아이도 버려두고 밤낮으로 나를 잠시도 떠나지 않으며 젖 먹여 기르는 일에만 온 정성을 다했으니, 이 어찌 무식한 천민이 쉽게 할 수 있는 일이겠는가?

나는 태어날 때부터 몸이 약해 오래 살지 못할 것처럼 보였다. 왼쪽 뺨에 바둑알만 한 붉은 점이 있었는데, 때때로 크게 부풀어 오르며 붉은 두드러기가 왼쪽 얼굴 전체에 가득 퍼지면서 두통과 구역질이 나다가, 사나흘 후 퍼졌던 두드러기가 수그러들며 기력을 되찾고는 했다. 이런 증상이 한 달에도 몇 번이나 일어났고 그 밖의 질병도 계속 끊이지 않았는데, 12세 때 천연두를 앓은 뒤 붉은 점이 영영 사라지고 몸 상태도 조금은 안정되었다. 이런 까닭으로 10세 전에는 가는 실처럼 위태롭게 목숨을 이어 가며 아침에 저녁을 보장하기 힘들 지경이어서, 약을 유모에게 마시게 하고 그 젖을 나에게 전하여 먹이고는 했으니, 그간의 고생이란 실로 감당하기 힘든 것이었다. 그런데도 유모는 지성으로 애쓰며 조금도 싫은 내색을 하지 않았고, 남편이나 아이에 대한 염려는 한마디도 입 밖에 내지 않았다. 심지어 자기가 낳은 아이가 젖을 먹지 못해 죽었는데도 원망하는 말을 하지 않았다. 이는 윤 부인께서 엄히 단속한 때문이기는 하나, 천성에서 나온 지성이 아니라면 어찌 이렇게까지 할 수 있었겠는가? 유모는 부드럽고 공손한 성품은 아니어서 동료들과 지내거나 윗사람을 섬

---

72) 윤 부인尹夫人: 고산孤山 윤선도尹善道의 처로, 남원윤씨 윤돈尹暾의 딸이다.

기는 일은 잘하지 못했다. 그러나 나를 보살피고 기르는 일만큼은 살갑게 은혜를 다하여 친자식이나 다름없이 했으니, 이 어찌 우리 조상들의 영혼이 말없이 도와 유모의 마음을 깨우쳐 그렇게 하도록 한 것이 아니겠는가? 아아, 가슴 아프다.

나는 8세가 되어서도 유모의 젖을 먹었는데, 13세에 조부님 슬하에 가서 배우기 시작하면서 그 품을 벗어나게 되었다. 갑오년(1654)에 혼인했고, 이듬해(1655)[73]에는 할머니께서 돌아가셨는데, 유모는 아내와 함께 거처하며 집안일을 주관하면서 마음을 다하지 않음이 없었다. 을묘년(1675)에 나는 식구들을 데리고 상경上京했다. 그때 유모에겐 만년에 얻은 딸이 하나 있었는데, 차마 헤어질 수 없다며 그대로 머물러 남기를 간절히 원하여, 그 뜻을 거스를 수 없어 허락했다. 내가 떠나고 그는 남아 헤어질 때가 되자, 유모는 거의 혼절할 듯이 통곡했고 마음을 상한 나머지 병을 얻었다. 병은 점점 깊어 위중해졌고, 나를 그리워하는 말을 끊임없이 하다가 홀연히 세상을 떠나고 말았으니, 곧 그해 6월 15일이었다. 나와 유모가 각자의 사정 때문에 멀리 떨어져 지낸 지 몇 달 지나지 않아 갑자기 부음이 이르러 살아서 헤어진 것이 사별이 되어 버렸으니, 나는 영원토록 가없는 애통함을 품게 되었다. 이는 기구하고 박복한 내 운명 때문에 나와 유모가 끝내 서로 의지하며 천수를 누릴 수 없게 된 것이다. 아아, 가슴 아프다.

유모는 어려서 어머니를 여의어 태어난 해를 알지 못한다. 그러나 죽은 해에 머리가 아직 반백이 되지 않았으니, 60세는 넘지 않았을 것이다. 유모의 딸은 이름이 가지개加知介이며 황원黃原 당포리唐浦里에 솔거率居하고 있어 유모를 그곳에 장사지냈다. 유모가 아플 때 약을 주어 구하지 못했고

73) 이듬해(1655): 원문에는 '翌明年'으로 표기되어 있으며, 해당 표현을 따를 경우 2년 뒤인 1656년을 가리킨다. 그러나 실제로 윤선도의 처 남원윤씨가 죽은 것은 1655년으로서, 윤이후의 착오로 짐작된다.

장사지낼 때 묻을 곳을 살펴 매장하지 못했으니, 이것이 더욱 평생의 아픔이 된다. 내가 유모의 은혜를 갚지 못한 채 그녀를 잃었기에 그 딸의 신역身役을 영원히 면제해 주고자 한다. 또한 그 죽은 날에 찬물饌物을 갖춰 주어 제사지내게 하고 가끔은 우리 집에서 몸소 지내며 곡했으면 한다.

소과小科와 대과大科에 오른 후 나는 향장鄕庄에 내려와 있었는데, 정언正言으로 임금의 부름을 받게 되어 선영先塋에 인사하고 나서, 유모의 무덤에도 제사상을 차려 성묘하여 유모의 혼을 위로할 수 있었다. 그러나 저승은 아득하니 애통한 슬픔만 더할 뿐이다. 계속하여 아이들을 시켜 내가 하던 대로 하게 하여 그만두지 않도록 할 것이나, 과연 내 뜻을 준수할 수 있을지는 알 수 없다. 아아, 의지할 데 없이 태어난 나를 유모가 마음을 쏟아 고생과 정성으로 길러 주었는데, 이를 내가 지금 이야기하지 않는다면 자손 그 누가 알겠는가! 그래서 위와 같이 약술하여 후손들에게 보이노라.

갑술년(1694) 7월 그믐, 눈물을 훔치며 기록하다.

〔 1694년 8월 8일 계묘 〕 밤비가 꽤 퍼붓다가 낮에는 맑음

권 참의(권중경權重經)가 내행內行을 거느리고 어제 별진別珍에 도착하여 아이들의 평안하다는 편지를 받을 수 있었다. ○정 생이 왔다. 창아昌兒가 별진에 가서 권 상을 뵈었다.

자서自敍

옹翁(윤이후)은 남쪽 바닷가 사람이다. 자질이 노둔하고 기운이 쇠약하며, 천성이 게으르고 마음이 옹졸하다. 어려서 병이 많아 사람들 틈에 끼지 못했다. 만년에 과거에 급제했으나 세상에서 무시당하자, 마침내 벼슬을 집어던지고 향리에 돌아와 편안하게 스스로 만족하며 여생을 보내

려 한다. 이것이 옹의 출처出處다.

옹은 평소 별로 좋아하는 것이 없고, 재주도 없고, 시비에 관여하지 않고, 영욕에 관하여 언급하지 않는다. 그래서 세상이 옹을 잊었고, 옹 역시 그 때문에 세상을 잊고 오직 농사와 자손 교육에 힘쓴다. 이것이 옹의 사업事業이다. 옹은 지암支庵이라고 자호自號했다. 옹이 처음 작은 암자를 지었는데 그 암자가 기울어 나무로 받쳤기[支] 때문에 그렇게 지었다. 또한 '그 인품이 모자란다[支離其德].'라고 한 옛사람의 말[74]에서 취한 것이기도 하며, '나무 하나로 큰 집을 받친다[一木支大廈].'라는 의미를 담고 있기도 하다. 옹 같은 사람이 호가 있는 것을 다른 사람이 보고 얼마나 비웃겠는가? 게다가 그 의미가 또 이러하니, 옹이 스스로 (…) 한 것 아닌가? 이것이 옹의 노망老妄이다. 옹은 어떠한 사람인가? 늙어서 그 나이와 성姓과 (…)를 잊은 사람이다.

〖 1694년 8월 9일 갑진 〗 맑음

정 생이 왔다. 윤승후尹承厚, 윤징귀尹徵龜, 송수기宋秀杞가 왔다. 청계의 나이홍羅以弘이 왔다.

〖 1694년 8월 10일 을사 〗 맑음

옥홍종玉弘宗, 윤주미 숙부, 임중신任重信, 윤시상尹時相, 윤천우尹千遇가 왔다. 박수고朴守古가 왔다.

〖 1694년 8월 11일 병오 〗 맑음

김 영부사領府事(김덕원金德遠)의 손자인 형윤衡潤이 그 서모庶母를 데리고 제주로 들어가려고 해남읍에 도착했다. 창아가 가서 만났다. ○ 김삼달이

---

74) 그 인품이…말: 『장자』 「인간세人間世」에 "육신이 온전치 못한 자도 몸을 보전하며 천수를 누리는데, 하물며 인품이 온전치 못한 자임에라[夫支離其形者 猶足以養其身 終其天年 又況支離其德者乎]"라고 하였다.

왔다. 출신出身 정익태鄭益泰가 들러 만났다. ○백포白浦의 배가 서울에서 돌아와 홍아가 이번 달 1일에 보낸 잘 있다는 편지를 받았다. 거문고를 만들 향목香木을 부쳐왔다. ○지난번에 류 대감(류명현柳命賢)에게 편지를 써서 만이萬伊[75]에게 부쳤는데, 만이가 오늘 우이도에서 돌아와서 류 대감의 답장을 받았다.

〔 1694년 8월 12일 정미 〕 맑음

김삼달, 이대휴가 와서 잤다. 속금도의 김태혁, 청계의 윤준尹俊이 왔다.

〔 1694년 8월 13일 무신 〕 맑다가 비 뿌림

정 생, 김 생, 곽교령郭喬齡이 왔다. ○박계운朴戒云을 불러 부서진 가마를 고쳤다. ○진도의 박홍구朴弘耈, 광주光州의 이옹李瀚이 와서 잤다. 이옹은 바로 한천寒泉의 죽은 윤 초관哨官(윤진미尹瞏美)의 사위이다.

〔 1694년 8월 14일 기유 〕 맑음

생원 정왈수鄭曰壽가 왔다.

〔 1694년 8월 15일 경술 〕 맑음

나는 적량赤梁에 가서, 창서昌緖는 간두幹頭에 가서 제사를 지냈다.

〔 1694년 8월 16일 신해 〕 맑음

금오랑金吾郎(의금부도사) 이찬李纂이 제주에서 나와서 역방했다. 김의방金義方, 윤성민尹聖民, 금여리金餘里의 윤민기尹民璣가 왔다. 정 생, 최 생, 황세휘가 왔다. ○아침 전에 동네 개가 안채 동쪽 헌軒을 통해 방으로 들어왔다. 괴이한 일이다. ○우이도의 박후명朴厚明이 류 대감(류명현)의 편지를

---

75) 만이萬伊: 우이도의 류 대감과 서신 교환을 위해 구한 상한常漢이다. 1694년 7월 20일 일기 참조.

전해 주었는데, 숙환宿患인 심병心病이 다시 도졌다고 한다. 음식을 요청하기에 우포牛脯 3접, 약게젓藥蟹醢 19마리, 은어 4마리를 보냈다. ○송수기가 왔다. 한천의 문장門長(윤선오尹善五)이 왔다. 윤주미, 윤정미尹鼎美 숙이 지나다 들렀다. ○보길도甫吉島의 벽옥碧玉[76]의 누이가 왔다.

〖 1694년 8월 17일 임자 〗 맑음

홍서興緒와 그 가속家屬을 데리고 오기 위해 말 7마리와 노奴 13명을 마련하여 서울로 보냈다. 창아는 그 편으로 올라가려고 조식 후 길을 떠났다. 올벼는 이미 다 먹었고, 늦벼는 아직 익지 않아 노자를 마련할 길이 없었다. 이에 권 참판(권규權圭)의 적소謫所에서 쌀 2섬을 빌려 간신히 갖춰 보냈다. 여름에 안 우友(안형상安衡相)에게 벼 2섬을 빌리고 지금 또 이렇게 한 것이다. 또 영암, 강진에서 환자還上 9섬을 타왔다. 식량을 조달하기가 이처럼 몹시 어려운데도 사람들은 모두 내가 쌓아 놓은 게 많은 줄 아니 우습

---

76) 벽옥碧玉: 윤이석 집안의 노이다.

윤흥서 가족 및 윤광서 궤연의 귀향

서울에 살던 윤이후의 둘째 아들 윤흥서는 모든 가솔을 데리고 귀향하려고 한다. 윤흥서는 귀향길에 몇 해 전에 죽은 동생 윤광서의 신주를 가지고 가는데, 세상을 떠난 지 4년이나 흘렀음에도 윤광서의 신주가 그의 처가에 있었기 때문이다.

윤광서는 윤이후의 다섯째 아들로, 21세의 젊은 나이에 요절하였다. 그러자 그의 처는 인사불성이 되어 친정 부모가 돌보게 되었고, 윤광서의 처가 지아비의 신주 곁에 있지 못함을 한스러워했기에, 윤이후가 며느리의 슬픔을 위로하고자 그 신주를 다시 윤광서의 처가로 옮기게 하였다. 그 이후 몇 년 동안 신주가 계속 그곳에 머물게 되자, 윤이후는 아버지로서의 도리를 다하지 못한다고 여겨 그 신주를 다시 고향으로 옮기고 가묘에 안치하게 된다.

다. ○정 생, 최 생, 최형익崔衡翊, 최항익崔恒翊, 최유기崔有紀, 변최휴卞最休, 윤재도, 윤익성이 왔다. 윤주미 숙이 또 들렀다.

〔 1694년 8월 18일 계축 〕 맑음

침가砧家를 낙무당樂畝堂 대문 밖에 옮겨 짓고 낙무당 뒤에 사당을 지으려고 나무를 베고 터를 닦았다. 출신出身 최만익崔萬翊이 정한 자리다. 감목監牧(신석申澳)이 역방했다. 최정익崔井翊이 부부賦와 책策을 지어 와서 보여 주었다. ○윤경尹儆이 저녁에 들렀다. 윤정준尹廷準이 왔다. 정 생이 왔다.

〔 1694년 8월 19일 갑인 〕 맑음

윤천건尹天健, 상인喪人 이형징李衡徵이 왔다. 정 생이 왔다.

〔 1694년 8월 20일 을묘 〕 맑음

장흥의 임명한林鳴翰이 왔다. 월암月岩의 임성건林成建이 왔다. 황세휘, 윤택리尹澤履가 왔다. 정 생이 왔다. ○오후에 이웃의 개가 또 방안에 들어왔다.【전에 들어왔던 개로 종복從卜이 기르는 것이다. 바로 죽여 버렸다.】

팔마장 수축(3차)

팔마의 집을 수축하는 공사는 총 3단계에 걸쳐 이루어졌는데, 이 가운데 3단계 공사는 사당을 짓는 작업으로서 1694년 8월 18일부터 1695년 3월 27일 무렵까지 진행되었다. 약 7개월여에 걸친 공사 기간 동안 시기별로 재목 베기, 기둥 세우기, 기와 얹기, 현판軒板 재목 얻기, 창호에 철물 달기, 섬돌 놓기, 담장 쌓기, 기와 얹기, 상탁과 교의 제작하기, 창호에 종이 바르기 등 그 내용이 상세히 서술되어 있다.

〖 1694년 8월 21일 병진 〗 흐림

비婢 선업善業은 본디 교활하고 말을 꾸며내기를 좋아해서 이 때문에 여러 차례 중형을 받았는데도 고치지 못했다. 며칠 전 또 말을 꾸며낸 죄로 볼기 60대를 때렸는데 간밤에 홀연히 도주해 버렸으니, 통탄스러운 일이지만 도리어 다행이기도 하다. 어제 초저녁에 아내가 뱃속에 덩어리가 뭉쳐 아프다가 밤이 되면서 차츰 좋아졌다. 요사이 선업의 무리가 말을 지어내니 아내가 흔들리지 않을 수 없어 자주 놀라는 일이 있었다. 항시 분노가 치밀어 올랐으니, 어찌 병이 생기지 않겠는가? 개탄스럽고 걱정스럽다. ○지원智遠이 속금도로 갔다. 지원은 어려서 아버지를 여의고 오로지 그 모친과 서로 의지해 왔는데, 이번 봄에 기거할 집을 잃어버리자 모친을 이모 집에 모셔다 두고, 자신은 이리저리 옮겨 다니며 얻어먹을 요량이었다. 우리 집에 왔기에 내가 그 오갈 데 없는 것을 불쌍히 여겨 그대로 머물러 지내게 하고 다른 곳에 옮겨 가지 않게 했다. 그 처지가 매우 슬프다. ○벽옥의 누이가 갔다. ○출신出身 권혁權赫이 왔다. 윤시상, 최운원, 김동옥金東玉이 왔다. 정 생이 와서 숙위했다. ○사당에 쓸 재목을 뒷산에서 24그루 베어 왔다. 침목砧木을 해당산蟹堂山에서 얻어왔는데, 옛날에 쓰던 것이 부서지고 상했기 때문이다.

〖 1694년 8월 22일 정사 〗 밤에 비가 퍼붓더니 종일 흩뿌림

제주 김 상相(김덕원) 댁의 노가 와서 참의(김몽양金夢陽)의 편지를 전하기에 바로 답장을 써서 주었다. 그 아들(김태윤)의 행차가 아직 해남읍에 머물러 있었기 때문이다.

〖 1694년 8월 23일 무오 〗 밤에 비가 내리기 시작하여 아침까지 이어지다가 오후에야 그치고, 바람이 거세게 붊

근심과 적막함을 견딜 수 없어 정 생을 불러서 유숙하게 했다. ○아내가 가지고 있는 담뱃갑이 절로 소리를 냈다. 변괴가 이와 같으니, 걱정스럽다.

관찰사[시임時任 최규서崔圭瑞]의 관문關文[77]에서 이르렀다.

"이번에 접수한 의정부에서 중외에 반시하여 편당 짓지 말라고 경계시킨 관문에서 왕께서 말씀하셨다.

'내가 과덕하고 어두운 몸으로 외람되게 큰 왕업을 맡아 사민士民의 위에 있으니, 낮이나 밤이나 조심스럽고 두려워 잘해 갈 바를 알지 못하겠다. 멀리 전대前代에 치세治世를 이루어 놓은 도리를 생각해 보건대, 군신君臣이 덕을 함께하여 힘쓰지 않은 경우가 없었으니, 당우唐虞와 삼대三代 시절에도 모두가 이 길을 밟았다. 고요皐陶의 말을 상고해 보건대, '하늘이 전칙典則을 펴 놓았으니 우리의 오전五典을 신칙하고, 하늘이 전례典禮를 정해 놓았으니 우리의 오례五禮대로 하며, 모두 다 같이 돕고 공경하여 화합和合한다.'(『서경書經』「고요모皐陶謨」)라고 했다. 기자箕子가 무왕武王에게 말하기를, '임금은 극極을 세워, 이 오복五福을 거두어다 그 백성에게 펴 주면, 이때 백성들이 임금이 세운 극에 대해서 임금의 그 극을 보존하게 해 주는 것이다.'(『서경書經』「하서夏書 홍범洪範」)라고 했다. 군신이 서로 마음을 같이한 것에 있어서는, 이른바, '순舜이 구관九官을 임명함에 엄숙히 서로 겸양했다.'(『한서漢書』「유향전劉向傳」)라는 것이나, '주周나라가 신하 3천을 두었으나 오직 한마음이었다.'(『서경』「태서泰誓」)라고 한 것이 모두 이런 도리인 것이다. 진실로 삼강오상 중에서 군신의 사이보다 더

---

77) 관문關文: 관찰사의 해당 관문은 숙종의 교서를 담고 있다. 숙종의 교서는 『승정원일기』 숙종 20년 7월 19일 21번째 기사에 수록되어 있으며, 같은 해 『숙종실록』 숙종 20년 7월 19일 3번째 기사에는 해당 교서를 짓게 된 배경이 기록되어 있다. 해당 교서는 당시 좌의정 박세채가 청대請對하여 입시해서 붕당朋黨을 경계하는 내용으로 제진製進한 것을 숙종이 수용하여 반포한 것이다. 갑술환국과 인현왕후의 복위에 따라 장희재를 위시한 남인 세력을 어떻게 처벌할 것인지의 문제가 해당 교서 작성의 가장 큰 배경으로 작용한 것으로 보이는데, 여기에는 탕평에 대한 박세채의 생각도 녹아 있다.

큰 것이 없다. 고하高下는 천지와 같고 은덕과 의리는 부자간과 같고 일체一體이기는 수족과 같고 서로가 필요하기는 고기가 물이 있어야 하는 것과 같으니, 명을 받고 목숨을 바침은 만고토록 바뀌지 않았다. 그러므로 함께 조정에 있는 사람은 또한 형제 사이나 붕우朋友 사이와 같은 의리가 있는 것이다. 같은 세상에 태어나 같은 도를 배우고 같은 요석僚席에서 벼슬하니, 말하자면 친척과 친구 사이의 교분이 있고, 시서詩書와 예악禮樂을 학업으로 익히고, 공경公卿·대부大夫·사士로 나누어 관직을 맡음이 있는 것이다. 단지 사모하고 친밀히 믿어야 할 뿐만 아니라, 또한 반드시 서로가 임금을 아끼고 국가에 충성하는 정성이 독실해야 하는 법이니, 이것이 삼대의 융성했던 때에 군신이 같은 덕과 같은 마음으로 잘 다스려진 세상을 이룰 수 있었던 까닭이다.

이 이후부터는 전례가 닦아지지 않고 황극皇極이 서지 못하여, 상하가 서로 잘못하고 편당 짓는 풍습이 서로 이어지게 된 것인데, 한漢나라의 남북부南北部, 당唐나라의 우이牛李[78], 송宋나라의 천낙삭川洛朔,[79] 명明 나라의 동서림東西林[80] 같은 것이 계속 우환이 되었다. 당초에는 한 사람의 사의私意에서 시작하여 마침내는 반드시 종묘와 사직을 빈터로 만들고 민생을 도탄에 빠뜨렸으니, 설령 그 창론자가 살아서는 쫓겨나고 죽어서는 치욕을 받게 될지언정, 아! 이것이 어찌 예전부터 나라를 가진 사람들의 분명한 감계가 아니겠는가? 우리 열성列聖께서 왕위를 계승해 왔는데, 선조조宣祖朝에 이르러 비로소 조정의 진신搢紳이 동과 서로 명목을 짓게 되었다. 그러나 당초에 또한 일찍이 조정하지 않았던 것이 아닌데, 서로 틀어져 버린 발단이 일차로 계미년(1583)에 병조판서를 탄핵했을 때 격

---

78) 우이牛李: 중국 당나라 목종穆宗에서부터 무종武宗 때까지 서로 당黨을 만들어 다툰 우승유牛僧孺·이종민李宗閔과 이길보李吉甫·이덕유李德裕 부자를 가리키는 말이다.

79) 천낙삭川洛朔: 중국 송나라 철종哲宗 무렵의 세 당파로, 천은 소식蘇軾·여도呂陶 등의 천당川黨, 낙은 정이程頤·주광정朱光庭 등의 낙당洛黨, 삭은 유지劉摯·유안세劉安世 등의 삭당朔黨을 가리킨다.

80) 동서림東西林: 명대明代의 당파인 동림당東林黨과 이의 반대파인 서림당西林黨을 말한다.

화되고,[81] 기축년(1589)에 역적의 옥사를 다스렸을 때 재차 격화되어[82] 그대로 원수가 되어 틈이 날로 깊어 갔고, 이어 인륜이 무너진 세상이 되어서는 진실로 말할 것이 없게 되었다. 계해년(1623)에 중흥하자[83] 종사가 다시 바로잡히고 훌륭한 선비들이 모두 모여들어 안정되어 화합하는 것처럼 보였는데, 또 40여 년이 지나 마침내 기해년(1659)의 복제론服制論에서 크게 격화되어,[84] 비록 4대에 걸친 명성明聖[85]께서 이끌어 주셨으나 오히려 온전히 평온不穩하지 못한 데가 있었다. 하물며 나는 다스리는 일에 어둡고 쓰고 버림에 슬기롭지 못했는데, 장차 어떻게 안정시킬 수 있겠는가?

일찍이 선유先儒가 당파에 관해 훈계한 것을 들으니, '공정하지 못한 짓'(『서경집전書經集傳』「주서周書 홍범洪範」)이라고 했고, 또한 '서로 협조하여 잘못된 것을 숨기는 일'(『논어집주論語集註』「술이述而」)이라고 했으니, 군자의 마땅히 할 바가 아닌 것이다. 간사하다 올바르다 서로 이름붙이기에 힘쓰고 있으나, 자고로 간사한 사람이 올바른 사람을 가리켜 간사하다 하고, 올바른 사람이 간사한 사람을 가리켜 간사하다고 하는 것은 끝없이 있어 온 일이다. 그 귀결되는 취지를 요약해 보면, 역시나 진실로 올바른 사람만이 올바르게 되는 법이어서 현명함의 여부가 자연히 구별되는 것이니, 도리어 더할 것이 있겠는가? 이로 말미암아 말하자면, 그 당시의 지론持論과 처사處事가 더러 편중된 것이 많아 다만 양편의 의견이 엇갈리고, 공과 사의 처리가 그에 따라 합당함을 잃었던 것이다. 먼저 궁리窮理하고 거경居敬하여 자신을 바로잡지 않고, 남을 간사하다고 지목

---

81) 계미년에…격화되고: 1583년(선조 16) 삼사三司의 송응개宋應漑, 허봉許, 박근원朴謹元 등이 당시 병조판서였던 이이를 논핵했던 사건을 가리킨다.

82) 기축년(1589)에…격화되어: 1589년(선조 22)에 일어난 정여립의 난과 그에 따른 기축옥사를 가리킨다.

83) 계해년(1623)에 중흥하자: 1623년(인조 1) 4월에 일어난 인조반정을 가리킨다.

84) 기해년(1659)의…격화되어: 1659년(현종 즉위)에 일어난 기해예송을 가리킨다.

85) 4대에 걸친 명성明聖: 선조, 인조와 효종, 현종을 가리킨다.

하며 그것을 정론定論으로 인정받으려는 것은 의리에 맞지 않는다. 요컨대, 이제는 각자 피차彼此를 섞어서 합쳐야 하고, 평탄한 마음으로 잘잘못을 논증하기를 마치 지나간 역사 속의 인물을 논증하듯이 해야 할 것이다. 또한 왜 그리도 우왕좌왕 허둥지둥 눈을 부릅뜨고 이를 갈며 기필코 자기의 사사로운 뜻을 실현하려고 하는가? 갈수록 더욱 격렬해지고 있으니, 어찌 몹시도 미혹된 경우가 아니겠는가. 그러나 이는 오히려 아랫사람의 근심이다. 임금을 사랑하고 국가에 충성하는 의리가 이로 인해 버려져서는 안 된다.

갑인년(1674)[86] 이래로 세상의 운수가 자주 변해 일진일퇴하며 알력軋轢하는 기세를 조장했고, 마침내 나라를 다스리는 사람들이 피차를 논할 것 없이 각각 편당하는 풍습에 주력하기를 그만두지 않게 만들었으니, 청남淸南과 탁남濁南, 노론老論과 소론少論에서 대개를 미루어 볼 수 있다. 매양 생각이 이에 미칠 적마다 마음이 에이는 듯하다. 그 연유를 따져 보면 진실로 허물이 나에게 있는 것이니, 어찌 감히 자신을 용서할 수 있겠는가마는, 미루어 논한다면 또한 편당하는 풍습이 빌미가 되지 않은 경우가 없었다. 무릇 임금의 명령을 거행하는 것보다 큰일은 없는데, 사당私黨에 관계되면 임금의 명령도 따르지 않는 경우가 있다. 관리로서 행정보다 중요한 것은 없는데, 사당에 관계가 되면 관리의 행정도 거행하지 않는 경우가 있다. 사람 쓰기를 옳게 하느냐 잘못하느냐보다 중요한 것은 없는데, 사당에 관계되면 출척黜陟에 공정하지 못한 경우가 있다.[87] 무릇 이는 모두 강령綱領을 세우고 기율紀律을 펴며 현명한 사람을 얻어 일을 처리하는 바이다.

그러나 살펴보건대, 편당하는 풍습 때문에 해치지 않는 것이 없어, 차라

---

86) 갑인년(1674): 1674년(숙종 즉위)에 일어난 갑인예송을 가리킨다.

87) 사람…있다: 『승정원일기』의 '정사의 시비를 논하는 것보다 절박한 것은 없는데 사당에 관계되면 그 되고 안 되는 것이 바르지 못한 경우가 있다[莫切於論事之是非 而涉於私黨 則可否 有所不正焉].'라는 문장이나 『지암일기』에는 해당 서술이 빠져 있다.

리 군부君父를 저버릴지언정 차마 그 당을 저버리지는 않으니, 다시 어떻게 국가의 급무急務를 먼저 하고 사사로운 원수를 뒤로 돌리겠는가? 국사國事의 계획과 민중의 근심거리는 서로 까마득하게 잊고 거침없이 모두가 이러고만 있으니, 내가 장차 누구의 힘에 의지하겠는가? 또 서로 처신하는 것을 살펴보건대, 한때 함께 벼슬하고 있으면서도 정의情誼가 통하지 못하고 마치 연燕나라와 월越나라처럼 지내, 충성하고 공경하며 자신을 반성하는 도리는 전혀 없고 매양 원망과 한탄으로 불안해하는 마음만을 가지고 있다. 대소大小와 신구新舊가 갈수록 서로 사모하며 본받기만 하여, 천 갈래 만 갈래의 짓이 공정함에 등 돌리고 사사로움만 따르는 것이 많다. 중외中外의 학교學校도 선비들이 시속時俗을 따르며 기세를 타서 제멋대로 배척하고 더욱 끝없이 싸움질하는 곳이 되어, 기율이 없어졌다. 그 폐해는 장차 나라가 나라꼴을 못 갖추어 완전히 뒤집혀 멸망하게 되어도 구원할 수 없는 데 이를 것이다. 그러니 또한 어찌 감히 임금과 신하가 같은 덕과 같은 마음을 품고 잘 다스리는 데 이르기를 바란단 말이겠는가?

아! 심한 일이로다. 또한 알 수 없지만, 조정이나 초야草野의 진신搢紳과 장보章甫로서 능히 이런 풍습을 깊이 싫어하며 개연히 분발하고 쭈뼛하게 마음으로 놀라, 나와 함께 이러한 생각을 나누어 볼 사람이 있겠는가?

몇 년 전 내가 일찍이 시 한 수로 조정 신하들을 깨우친 적이 있었다. 그러나 아직까지 이로 인해 마음을 고치고 풍습을 바꾼 사람을 들어 보지 못했으니, 개탄스러운 일이다. 대저 어찌 조정 신하들만의 잘못이겠느냐? 내가 더러는 희로喜怒에 잘못하고, 더러는 시비에 어두워 진퇴와 출척을 모두 합당하게 하지 못했기에, 성의가 뭇 아랫사람을 미덥게 하지 못하고 교화하는 도리가 사람들의 마음에 흡족하지 못한 소치인 것이다.

이제는 장차 크게 사의를 제거하고 크게 공정한 도리를 회복하며 온 나라 사람들과 함께 다시 시작하여, 누구나 차별 없이 똑같이 대하고 통렬하게 지난날의 일들을 징계하겠거니와, 피차를 논할 것 없이 오직 재질이 있는 사람과 오직 현명한 사람을 높여서 등용해 심복처럼 친근하게 의지하고 수족처럼 중요하게 신임하겠다. 그런 다음에는 상벌賞罰하는 법을 반드시 성실하고 반드시 근신하게 거행하되, 혹시 죄 짓는 사람이 있더라도 죄의 경중을 잘 가리어 차례로 용서하여, 거의 공평하고 밝은 다스림을 실현하고 태평한 복을 누리며, 조종祖宗께서 이루신 수백 년 된 왕업王業을 붙잡고 동서 수천 리의 민중을 보존하겠다. 대개 하늘이 민생을 낼 적에 군사君師를 만들었으니, 신하가 된 사람은 망령되이 스스로 괴리乖離된 짓을 하여 한 배를 타고 있으면서 딴마음을 가지고 환란을 만들어 나라가 위망危亡에 놓이게 해서는 안 된다. 이에 고요皐陶, 기성箕聖의 말과 우虞나라, 주周나라의 의리에 역대의 사적을 참고하고 우리나라의 쌓여 온 폐단을 곁들여 삼가 송末 인종仁宗 때에 백관百官에게 조서詔書를 내려 붕당의 폐해를 경계한 일을 본떠 한 장의 교서敎書를 만들어 군공群工을 깨우치고, 또한 장차 공자의 '정직한 사람을 들어 쓰고 굽은 사람은 놓아둔다.'(『논어』 「위정爲政」)라고 한 말과 주자朱子의 '현명한지 않은지와 충성스러운지 간사한지를 분별해야 한다.'(『회암집晦庵集』 「여유승상서與留丞相書」)라는 뜻에 배반되지 않게 하려고 하니, 또한 모두들 나의 말을 들어보고 그대들의 심지心志를 정돈하고 그대들의 오장五臟을 씻어, 사심과 인색에 치우친 소견을 끊어 버리고, 오직 국가의 계책과 민생에 대한 근심을 중요한 것으로 여기게 된다면, 어찌 좋은 일이 아닐 수 있겠느냐? 혹시라도 사사로움만 생각하여 임금은 잊어버리고 남과 틀어지는 짓을 하기에 힘쓰며 조정에 틈을 만들려 하거나, 혹시라도 편하기만을 도모하고 편당 짓기만을 일삼아 교묘하게 회피하는 짓을 하며 번번이 공부公府에 사진仕進하지 않으려는 생각만 한다면, 공정하지도 못하고 평순하지도 못하여 나와 더불어 덕을 함께하지 않으려는 뜻을 단연코 알 수 있으니, 이는 교화 밖의 백성과 다를 것 없기에 내가 감히 가볍게 용서하지 않겠다.

아! 그대 신료들은 모름지기 각자 나의 탕탕평평蕩蕩平平한 뜻을 체득體得하여 후회함이 없도록 하고, 의정부는 이 말을 중외中外에 포고布告하여 모두가 듣고 알도록 하라."

이것으로써 의정부에 내려 (…)

〔 1694년 8월 24일 기미 〕 맑음

마을 사람들을 동원하여 동과 서로 나누어 사당 지을 재목을 끌어왔다. ○정 생이 계속 숙위했다. 윤석귀尹碩龜가 왔다. 지원이 속금도에서 돌아왔다.

〔 1694년 8월 25일 경신 〕 찬서리가 내림. 맑음

정 생이 아침에 갔다. 이대휴가 들렀다. 김수도金守道가 들렀다. 정 생이 저녁에 와서 숙위했다.

〔 1694년 8월 26일 신유 〕 맑음

전부(윤이석) 댁의 노奴가 비婢와 함께 서울로 올라가기에 편지를 부쳤다. ○김회극金會極, 윤천우, 윤이우尹陌遇가 왔다. 부안의 사인士人 최세중崔世重이 별진別珍에서 출발하여 역방했다. 정 생이 와서 숙위했다.

〔 1694년 8월 27일 임술 〕 맑음

관棺에 쓸 재목의 품질을 살펴보는 일로 지원을 완도에 보냈다. ○구림鳩林의 이홍명李弘命과 비산飛山의 김우정金友正이 왔다. ○오른쪽 눈썹 모서리의 통증이 어제부터 발작했는데 심한 고통은 아니었지만 문을 걸어 닫고

누워 있으니 답답하다.

〔 1694년 8월 28일 계해 〕 맑음

오른쪽 눈썹 모서리의 통증이 그쳤다. ○해남의 선봉리扇封吏[88]가 서울 아이들의 잘 있다는 편지를 전해 주었는데, 8월 10일에 쓴 것이다.

〔 1694년 8월 29일 갑자 〕 밤에 비가 내리고 하루 종일 흐리고 보슬비가 옴

해남의 하리下吏 천흥도千興道가 서울로 올라간다고 하기에 편지를 부쳤다. ○전부(윤이석) 댁의 노가 서울에서 일부러 찾아왔다. 장지葬地를 문소동聞簫洞으로 결정하고 택일擇日했기에 보낸 것이다. 문소동은 땅이 좁기 때문에 창졸간에 정할 수 없는 일인데 서울 집의 알림이 이와 같이 갑작스러우니 한탄스럽다. ○정 생이 와서 숙위했다.

이달 4일 알성문과謁聖文科의 방榜

진사 오명준吳命峻, 부父 수량遂良

판관 이세재李世載, 부 하악河岳

진사 권첨權詹, 부 항恒

사과司果 이언저李彦著, 부 회恢, 생부生父 항恒

진사 임수간任守幹, 부 상원相元

강준부姜浚溥, 부 석규錫圭

류중무柳重茂, 부 사瑚

〔 1694년 8월 30일 을축 〕 맑음

지원이 돌아왔다.

---

88) 선봉리扇封吏: 부채를 진상하러 가는 향리이다.

1694년 9월, 갑술 건建, 작은달.

죽은 아들의 궤연이 돌아오다

〔 1694년 9월 1일 병인 〕 흐림

과원果願이 안질眼疾이 나서 윤익성尹翊聖을 맞이하여 침을 맞게 했다. 윤이복尹爾服을 불러 문소동聞簫洞 산소의 일을 의논했는데 윤이복의 뜻 역시 나와 같았다.

〔 1694년 9월 2일 정묘 〕 맑음

아내의 낙상落傷과 과원의 안질 때문에 침을 맞았다. 윤시삼尹時三이 왔다. 권 참판(권규權珪)의 아들인 11살 동자 만득晩得(권서경權敍經)이 과원을 보기 위해 들렀다.

〔 1694년 9월 3일 무진 〕 맑음

윤준尹俊이 받지 못한 말 값을 받기 위해 와서 드러누운 채로 가지 않았다. 하는 수 없이 원래 값보다 많은 무명을 내주고 보냈다. 그 심사가 통탄스럽다. ○과원이 또 침을 맞았다. ○함평의 사인士人 정만휘鄭萬徽가 들러 조문했다. 정 생生(정광윤鄭光胤)이 와서 숙위했다.

〔 1694년 9월 4일 기사 〕 맑음

윤익성이 다시 와서 아내와 과원이 침을 맞았다. 정 생이 왔다. 윤장尹璋이 시소試所인 광주光州에서 돌아오는 길에 역방하여 만났다. ○ 강진의 하리下吏가 창아昌兒가 25일에 갈원葛院에 도착했다는 편지를 전해 주었다. ○ 백포白浦의 노노奴 박룡朴龍이 서울로 올라갔다. 문소동에 묏자리를 잡는 것이 매우 어려우니,[89] 극아棘兒(윤두서)가 속히 내려와서 의논하여 정하고, 내년 봄까지 기다렸다가 천장遷葬하는 것이 상세하고 곡진하게 하려는 뜻에 합당한 듯하다. 이 때문에 박룡을 일부러 보내어 이러한 뜻을 알리는 것이다. ○ 임석형任碩衡이 저녁에 들렀다.

〔 1694년 9월 5일 경오 〕 맑음

윤익성이 또 와서 과원이 침針을 맞았다. ○ 낙삼樂三이 와서 선업善業이 도망쳐 자기 집에 들어왔다고 하기에, 내가 "이 비婢는 말 지어내는 습성이 있으니, 반드시 징벌하여 고치지 않고서 지금 만약 잡아온다면 집안이 반드시 또 어지러워질 것이다. 그대로 두느니만 못하겠다. 네가 만약 그 비를 모처에 머물러 살게 한다면 좋겠지만, 그렇지 않은 경우 그가 가는 대로 내버려 두는 것이 좋겠다."라고 했다. ○ 허 영원寧遠(허려許礦), 상인喪人 임취구林就矩, 임세회林世檜 생이 왔는데, 임林 극인棘人이 생감 1접을 가져다 주었다. 정 생이 와서 숙위했다.

〔 1694년 9월 6일 신미 〕 맑음

윤익성이 와서 과원이 침을 맞았다. 변최휴卞最休가 왔다. 윤재도尹載道가 시소에서 돌아오는 길에 들렀다.

---

89) 문소동에…어려우니: 종형從兄 윤이석의 장지葬地를 정하고 이를 진행하는 것과 관련하여 1694년 8월 29일, 9월 1일, 11월 23일 일기에 해당 내용이 보인다.

〔 1694년 9월 7일 임신 〕 흐리다 맑음

윤천임尹天任이 왔다. 윤익성이 와서 과원이 침을 맞았다. 나 역시 체증으로 배가 아파 좌우의 태충혈太沖穴, 공손혈公孫穴에 침을 맞았다.

〔 1694년 9월 8일 계유 〕 맑음

사당 터에 흙을 채우고 다졌다. 정 생이 왔다.

〔 1694년 9월 9일 갑술 〕 흐리다 맑음

사당에 주춧돌을 놓았다. 정 생, 최만익崔萬翊, 윤성우尹聖遇, 김태귀金泰龜, 변최휴, 최형익崔衡翊이 왔다. 정 생은 그대로 유숙했다. ○해남현감(최형기崔衡基)이 심부름꾼을 보내 문안하면서 백지 2속, 황촉 2쌍을 보냈다. 이 날 밤 우리 면 연분서원年分書員인 전우택全宇澤이 와서 인사했다. 감관監官 장시필張時弼도 와서 만났다. ○임세회가 왔다. 만이萬伊가 흑산도로 가기에 류 대감(류명현柳命賢)에게 편지를 부쳤다.

〔 1694년 9월 10일 을해 〕 바람 불고 맑음

사당 터를 다지고 보니 몹시 좁아, 뒤로 물려 더 넓혔다. ○연분감색年分監色90)이 또 왔다. 윤시상尹時相, 윤순제尹舜齊, 윤시한尹時翰이 왔다. 정 생이 와서 숙위했다. 사당에 쓸 재목이 부족하여 집 뒷산에서 또 8그루를 베었다.

〔 1694년 9월 11일 병자 〕 맑음. 저녁에 비가 잠시 뿌림

작년에 내가 박찬문朴粲文에게서 논을 샀는데, 순립順立이라는 자가 해남에 소장訴狀을 바치자 해남현감이 불문곡직하고 박찬문의 논을 뺏어서 순

---

90) 연분감색年分監色: 연분감관年分監官 장시필張時弼과 연분서원 김우택金宇澤을 말한다.

립에게 주었다. 몹시 이상한 일이다. 박찬문이 이 때문에 와서 만났다.[91]

○윤승후尹承厚가 왔다. ○귀라리貴羅里의 윤칭尹侕이 9일에 갑자기 세상을 떠났다. 그는 사람됨이 매우 청아하고 또 문필에 능했는데 지금 갑자기 요절하니, 매우 애석하다. 그 부친의 상제喪制가 몇 년 전에 겨우 지났는데 그 아들이 또 요절하니 더욱 안타깝다.

〖 1694년 9월 12일 정축 〗 밤에 비가 오고 낮에 흐림

해남의 박이중朴以重이 왔다. 선시善施가 와서 유숙했다. 정 생이 와서 숙위했다.

〖 1694년 9월 13일 무인 〗 흐리다 맑음

윤기미尹器美, 윤집미尹集美가 엊그제 격포格浦에서 돌아오는 길에 역방하여 만나 첨사僉事(이만방李晚芳)의 편지를 받았다. 오늘 온 심부름꾼이 돌아가기에 편지를 부쳤다. ○흑산도의 유두필劉斗弼이 류 대감(류명현)의 편지를 전해 주어서 그 자리에서 답장을 써서 부치고 또한 게장과 연육軟肉 약간을 보냈다. ○권 상相(권대운權大運) 댁 노奴가 흥아興兒의 잘 있다는 편지를 전해 주었는데 지난달 26일에 보낸 것이다. ○사량蛇梁 만호萬戶 김□□金□□가 심부름꾼을 보내어 문안하고 홍합 1말을 보냈다. ○윤선시가 갔다.

〖 1694년 9월 14일 기묘 〗 흐리다 맑음

윤세미尹世美 숙叔과 윤천우尹千遇가 왔다. 정 생이 와서 숙위했다.

〖 1694년 9월 15일 경진 〗 맑다가 흐림

최운학崔雲鶴이 왔다. ○전부典簿(윤이석尹爾錫) 댁 노奴가 서울에서 돌아와

---

91) 작년에…만났다: 1694년 9월 20일 일기에 이에 대한 내용이 다시 보인다.

서 아이들의 잘 있다는 편지를 받았는데 8일에 보낸 것이다. 흥서는 처妻의 병 때문에 출발하지 못했고, 10일에 출발하겠다고 한다. 밤낮으로 기대하고 있던 중에 이렇게 지체된다는 소식을 들으니 실망스러움을 말로 다 할 수 없다. ○들으니, 지난달 15일에 서울에 우박이 예사롭지 않게 내렸는데, 그 크기가 거위 알만 하여 닿는 대로 부서뜨리는 바람에, 민가의 장독 뚜껑이 깨진 것이 많았다고 한다. 이는 전에 없던 변괴인데, 그날이 대전大殿(숙종)의 탄신일이니 더욱 놀랍고 두렵다. 지난겨울 28일 세자의 탄신일에 천둥이 치고 우박이 내리는 변괴가 있었는데, 지금 또 이와 같으니 걱정을 말로 다할 수 없다. ○윤세미 숙이 파산波山에서 제사를 지내고 해 질 무렵 역방했다.

〔 1694년 9월 16일 신사 〕 맑다가 흐림

임세회, 윤익성이 왔다. 해남 현산縣山의 김시호金時護가 왔다.

〔 1694년 9월 17일 임오 〕 맑다가 흐림

면포 1정丁으로 집돼지 새끼와 어미를 윤장尹璋으로부터 샀다. 기를 것이다. ○윤진해尹震垓, 이수제李壽齊가 왔다. 권 참의(권중경權重經)가 역방했다.

〔 1694년 9월 18일 계미 〕 간밤에 비 내리고 또 우레가 침. 맑다가 흐림

묘시卯時에 사당에 기둥을 세우고 두 번째 들보 위 대공大栱 아래에 쓰기를, "숭정崇禎 갑신후甲申後 51년 갑술 9월 18일 묘시에 기둥을 세우다. 인방寅方인 동북쪽을 등지고 신방申方인 서남쪽을 바라보는 좌향[寅坐申向]이니, 출신 최만익이 정한 것이다. 목수 노奴 말질립末叱立이 영건營建하고, 귀현貴賢, 철이哲伊가 조역助役했다. 불초 고애자孤哀子 이후爾厚가 삼가 쓰다."라고 했다.

〖 1694년 9월 19일 갑신 〗 오전에 비 내리고 오후에는 맑음

이대휴李大休가 안사람을 데리고 별진別珍에 근친覲親하러 왔는데, 밤에 돌아가다가 이곳에 이르렀다.

〖 1694년 9월 20일 을유 〗 맑음

윤시상, 박찬문이 왔다. 박찬문이 작년에 화산花山에 있는 논을 내게 팔았는데, 순립順立이라는 자가 송사訟事를 일으켜 박찬문이 지는 바람에 용천동龍泉洞 논으로 대신 바쳤다. ○홍아가 10일 처자식을 데리고 서울을 떠나 어제 나주에 당도했다고 사람을 먼저 보내 알려왔다. 밤낮으로 고대하던 중이었으므로 나막신 굽이 부러지는 줄도 몰랐다. [92]○정 생이 와서 숙위했다.

〖 1694년 9월 21일 병술 〗 맑음

새벽에 노奴들을 석제원石梯院에 보내고, 해 뜨기 전에 과원을 보내 서울에서 오는 행차를 맞이하게 했다. ○윤주미尹周美 숙숙叔이 일찍 와서 조반을 먹었다. ○저녁 무렵 홍아 일행이 들어왔는데, 죽은 아이(윤광서尹光緖)의 궤연几筵을 가지고 왔다. 비통함이 새롭다. 일찍이 처음 상喪이 났을 때 상부孀婦가 죽으려고 하여 숨이 끊어질 듯 인사불성이 되자, 그 부모가 데려가서 보호했다. 정신이 조금 안정된 후에 상부가 궤연 옆에 있지 못함을 한恨으로 여겨 우리 집에 꼭 들어오고자 했는데, 우리 집은 지금 아내가 누워 신음하고 있어 아이들이 밤낮으로 붙들고 우는 통에, 상부를 보살필 겨를이 없어 데려올 계획을 세우지 못했다. 사돈 또한 차마 들이지 못했는데, 궤연을 가지고 가서 상부의 아픔을 조금이라도 위로하고 싶다고 하기에 내가 마지못해 허락했다. 그 후 상부에게서 궤연을 되받아오려고 했으나

---

92) 나막신…몰랐다: 매우 기쁜 마음을 비유하는 말이다. 동진東晉의 사안謝安이 바둑을 두고 있을 때, 그의 조카 사현謝玄이 부견苻堅의 군대를 격파했다는 보고를 접하고는 아무 내색도 하지 않고 그대로 바둑을 둔 뒤에, 내실로 돌아와서 문지방을 넘다가 너무 기쁜 나머지 "나막신 굽이 부러지는 것도 몰랐다."라고 한 고사에서 유래하였다(『진서晉書』「사안열전謝安列傳」).

상부가 병이 깊어 거동할 가망이 없기에 사돈집에 궤연을 그대로 둔 채 오늘날에 이르렀다. 비록 형편상 어쩔 수 없었기 때문이기는 하나 정리情理로 보나 인사人事로 보나 모두 온당치 못해서, 이에 흥아에게 궤연을 가지고 오게 한 것이다. 다만 상부의 상황을 생각해 보면 차마 말로 표현할 수 없다. ○정 생, 최운원崔雲遠이 왔다.

〔 1694년 9월 22일 정해 〕 맑음. 지난밤에 번개가 심하게 치고 비가 세차게 내림

윤동미尹東美와 윤익성이 왔다.

〔 1694년 9월 23일 무자 〕 맑음

전부(윤이석) 댁의 노가 서울에서 돌아와 아이들이 24일에 보낸 잘 있다는 편지를 받았다. ○13일 묘시에 최崔 숙원淑媛이 왕자를 낳았다고 한다. 나라의 경사다. 들으니 훈련대장 신여철申汝哲이 파직되고 서문중徐文重이 임명되었다고 한다. ○좌랑 홍중정洪重鼎이 병으로 죽었다고 한다. 놀랍고도 애처롭다. ○김삼달金三達, 윤이주尹以周, 배준웅裵俊雄, 윤천우尹千遇, 김성삼金聖三이 왔다. 동자童子 만득晩得(권서경權紋經)과 만행晩幸이 왔다. 만득은 권 참판(권규)의 아들이다. 정 생이 와서 숙위했다.

〔 1694년 9월 24일 기축 〕 맑음

최운학이 왔다.

〔 1694년 9월 25일 경인 〕 맑음

윤동미와 윤남미尹南美가 왔다. 윤동미가 서울로 올라가기에 편지를 부쳤다. 최운원과 윤시달尹時達이 왔다. 나주의 진사 나두동羅斗冬이 역방했다.

〖 1694년 9월 26일 신묘 〗 흐림. 저녁에 비

윤장尹璋이 별시의 초시에 합격하여 오늘 회시를 보기 위해 가다가 역방하여 만났다. 이대휴가 그의 큰형수(이필휴李弼休의 처)를 모시고 서울로 가다가 역방했기에 편지를 부쳤다. 정 생이 와서 숙위했다.

〖 1694년 9월 27일 임진 〗 밤에 비가 조금 내리다가 아침 전에 잠시 쏟아짐

죽은 아이(윤광서)의 기제사를 지냈는데 아픔이 새롭기만 하니, 도리어 천리 밖에 멀리 둔 것[93]만 못하다. 임세회가 왔다.

〖 1694년 9월 28일 계사 〗 밤사이 바람이 몹시 불고 추위가 심함. 오후에 바람이 잦아들고 맑아짐

최운원, 김삼달이 왔다. 정 생이 숙위했다.

〖 1694년 9월 29일 갑오 〗 맑다가 흐림

물이 처음으로 얼었다. 윤시상, 윤남미, 윤서尹悆가 왔다. 윤서는 유숙했다. 지원智遠이 청계清溪에 갔다.

93) 죽은…것: 그동안 죽은 아들의 궤연을 멀리 두었던 것을 가리킨다. 앞의 9월 21일 일기 참조.

1694년 10월. 을해 건建. 큰달.

팔마장에 사당을 짓다

【 1694년 10월 1일 을미 】 맑음

윤서尹湑가 갔다. 정 생生(정광윤鄭光胤)이 와서 숙위했다.

【 1694년 10월 2일 병신 】 맑음

윤시삼尹時三, 김회극金會極, 윤희익尹希益, 김삼달金三達이 왔다. 윤천미尹天美가 왔다. 윤선적尹善積과 윤이성尹爾成이 와서 유숙했다.

【 1694년 10월 3일 정유 】 맑음

변최휴卜最休, 최형익崔衡翊, 최항익崔恒翊, 최유기崔有基, 이만영李萬英이 왔다. 속금도의 윤시대尹時大가 동아東瓜 1개와 복어 껍질을 가져왔다. 복어 껍질은 괘상掛箱의 겉면을 쌀 수 있어 일찍부터 구하던 것이라 가져온 것이다. 귀라리貴羅里의 문장門長(윤선오尹善五)과 그의 아들 윤 서흥瑞興(윤항미尹恒美), 윤정미尹鼎美 그리고 조카 윤주미尹周美, 윤징미尹徵美가 청계淸溪의 윤세미尹世美의 집에서 신부를 맞이하는 예식에 참석했다가 밤에 들렀기에 주과酒果를 내어 사례했다. 정 생이 숙위했다.

〔 1694년 10월 4일 무술 〕 밤에 시작한 비가 저녁까지 옴

〔 1694년 10월 5일 기해 〕 밤에 비가 꽤 쏟아지다 새벽에 쾌청해짐. 종일 흐렸다가 맑음. 북풍
이 세게 붊

정鄭과 김金이 와서 숙위했다. ○ 별진別珍에 서울로 올라가는 인편이 있어,
아이들에게 편지를 써 부쳤다. 또 태천泰川의 적소謫所에도 편지를 보냈다.
백우伯雨 영감(이운징李雲徵)이 태천에 귀양 갔기 때문이다.

〔 1694년 10월 6일 경자 〕 맑음

정래주鄭來周, 윤집미尹集美, 윤순제尹舜齊가 왔다. 윤석미尹碩美가 왔다. 정
생이 숙위했다.

〔 1694년 10월 7일 신축 〕 맑음

최상일崔尙馹이 왔다. ○ 죽도竹島의 명립命立을 불러 사당의 철물鐵物 일을
시작했다.

〔 1694년 10월 8일 임인 〕 맑음

귀라리의 보성寶城 윤尹 생원【문장門長이다】의 아내가 청계에서 지나다 들렀
다. ○ 윤시한尹時翰, 김익화金益華【윤규미尹奎美의 매부인데 흑석두리黑石頭里에
산다.】, 상인喪人 윤희성尹希聖, 그의 사촌 윤희정尹希程이 왔다.

〔 1694년 10월 9일 계묘 〕 밤비가 잠깐 내림. 저녁 무렵 또 비가 내려 밤에도 그치지 않음

김삼달이 왔다. 과원果願의 턱에 난 종기 때문에 윤익성尹翊聖을 맞이하여
침을 맞았다. 미상眉相(미수眉叟 허목許穆)의 전자인본篆字印本[94]에 가묵加墨
하기 위하여 윤희성을 불렀다. 비에 묶여 모두 유숙했다.

---

94) 전자인본篆字印本: 미수 허목의 전서篆書를 인출한 책을 말하는 것으로 보인다.

미수眉叟 전서篆書 법첩法帖
'겸재하선생지묘謙齋河先生之墓'라고 썼다.

〔 1694년 10월 10일 갑진 〕 밤비가 꽤 쏟아지다가 늦은 아침에 갬

김(김삼달)과 두 윤(윤익성, 윤희성)이 일찍 갔다. 윤시지尹時摯와 윤선시尹善施가 왔다. 비곡比谷의 임익번林益蕃이 왔다. 흥아興兒, 지원至願, 우원又願, 정생을 데리고 걸어서 송백동松栢洞에 갔다. ○ 전부典簿(윤이석尹爾錫) 댁의 노가 서울로 올라가기에 편지를 부쳤다.

〔 1694년 10월 11일 을사 〕 흐림

윤기업尹機業이 와서 요령鷂鈴[95]을 빌려갔다. 김삼달이 왔다. 지원智遠이 청계清溪에 갔다. 정 생이 와서 숙위했다.

〔 1694년 10월 12일 병오 〕 맑음

박수귀朴壽龜가 왔다. 윤익성이 왔다. 과원의 턱에 난 종기를 침으로 터뜨

렸다. 출신出身 권혁權赫이 왔다. 지원이 돌아왔다. ○사당에 기와를 얹기 위하여 대둔사大芚寺의 승려 상림尙林을 불러왔다.

〔 1694년 10월 13일 정미 〕 맑음

윤세미 숙이 왔다. 서응瑞應(윤징귀)이 왔다. 윤재도尹載道가 왔다. 윤익성이 왔다. 과원의 턱에 난 종기와 아내의 삼리혈三里穴[96]에 침을 맞게 했다. 정 생이 와서 숙위했다. ○학관學官(윤직미尹直美) 집의 노가 서울로 올라가기에 편지를 부쳤다.

〔 1694년 10월 14일 무신 〕 맑다가 밤에 비가 쏟아지고 낮에는 흐림

이홍명李弘命, 윤주미 숙이 왔다.

〔 1694년 10월 15일 기유 〕 맑음

윤성우尹聖愚, 김태귀金泰龜, 최운원崔雲遠이 왔다. 윤정미尹鼎美 숙이 들렀다. 정 생과 최운학崔雲鶴이 밤에 들렀다. ○최운원의 노가 서울로 올라가기에 편지를 부쳤다.

〔 1694년 10월 16일 경술 〕 맑음

임석주林碩柱가 왔다. 김한집金漢集이 와서 홍시 20개를 가져다주었다. 정 생이 와서 숙위했다.

〔 1694년 10월 17일 신해 〕 저녁 무렵 비가 내림

권붕權朋이 왔다가 비에 묶여 유숙했다. 속금도의 마름 불동不同이 그제 와서 쌀 몇 되를 바쳤다. 새로 쌓은 제언에서 수확한 것이다. 4월에 개간한 갈

---

96) 삼리혈三里穴: 보통 족삼리足三里를 말한다. 족삼리는 무릎 아래 정강이뼈 바깥 힘줄의 우묵한 곳에 있다.

밭蘆田 4, 5마지기에 파종을 마쳤는데, 수확이 꽤 실속 있었다고 한다. 둑을 막은 지 몇 개월 만에 이처럼 실효를 보았으니 얼마나 빠른 것인가.

〔 1694년 10월 18일 임자 〕 밤에 비가 오다가 아침에 그침. 오후에 또 비가 내림

사당에 기와를 얹는 일을 마치고 상림尙林이 인사하고 갔다. 품삯으로 좋은 무명 1정, 쌀 1말을 줬다. 정 생이 왔다. 윤희직尹希稷이 저녁에 들렀다. ○형수님(윤이석의 처) 댁의 노가 서울에서 돌아와 9일에 보낸 아이들의 잘 있다는 편지를 받았다. 회동會洞의 전부(윤이석) 댁 집을 팔고 재동齋洞으로 이사했다고 한다. ○이정일李廷一이 와서 만났다. 본래 영암 남문 밖에 살았는데 무안으로 이사했다고 한다.

〔 1694년 10월 19일 계축 〕 밤에 비가 오다가 새벽에 그쳤는데 북풍이 휘몰아침. 정오에 가까워져 어지러이 눈발이 날렸는데, 저녁까지 그치지 않음

〔 1694년 10월 20일 갑인 〕 맑음

영광의 심사수沈思洙가 역방하여 조문했다. 정운형鄭運亨이 왔다.

〔 1694년 10월 21일 을묘 〕 맑음

윤희설尹希卨이 왔다. 함평의 윤유징尹有懲이 역방하여 만났다. 내가 부임했을 때 대동감관大同監官이었던 자다. 윤석귀尹錫龜, 윤민尹玟이 도사都事가 시행하는 순강巡講에 가다가 역방했기에 만났다.

〔 1694년 10월 22일 병진 〕 비

종려棕櫚 씨앗 3개를 권 참판(권규權珪)에게서 얻어 화분에 심어 방안에 뒀다. ○상인喪人 김운장金雲章, 전적典籍 김태정金泰鼎, 윤규미尹奎美가 왔다. ○백치白峙의 인편이 서울 편지를 전해 주었다. 12일에 보낸 잘 있다는 편지다.

윤필후尹弼厚, 임중헌任重獻이 왔다. 해남현감(최형기崔衡基)이 해 질 무렵 들렀다. 정 생이 와서 숙위했다. ○인천의 안 형兄(안서익安瑞翼)이 담천痰喘이 심해져 죽력고竹歷膏를 원한다기에 만들어서 심부름꾼을 통해 보냈다.

변최휴가 왔다. 윤순제, 정 생이 왔다. 이홍임李弘任이 왔다.

정 생이 와서 숙위했다. ○안채의 서북쪽에 닭 홰를 만들었다.

이복爾服이 왔다. ○사당의 헌판軒板으로 쓸 재목을 뒷산에서 벌목하여, 오늘 9그루를 옮겨서 들여놨다.

무안 대박산大朴山의 기진주奇震疇가 아침 일찍 왔다가 늦은 아침에 갔다. 윤천우尹千遇, 윤창尹瑒이 왔고, 장흥의 이창명李昌命이 윤창을 따라 역방했다. ○사당 지을 재목이 부족한 가운데 헌기軒機는 더욱 얻기가 어렵다. 매번 건물을 지을 때마다 남들에게서 구했었는데, 따분하게 기다리게 됨을 면치 못했기 때문에 나는 마음속으로 절대 입을 열지 않겠다고 다짐했다. 지난번에 윤승후尹承厚가 마침 와서 재목이 넉넉지 않은 것을 보고 그의 산소에 있는 재목을 허락했는데, 그 뒤에 윤민尹玟이 와서 베어 가도 된다는 뜻을 전했다. 오늘 사람을 보내, 8그루를 얻어서, 22톳으로 만들어 가져왔다. ○윤희성이 인자印字[97]에 가묵加墨하기 위해 와서 묵었다. 정 생 또한 묵었다.

〖 1694년 10월 28일 임술 〗 바람 불고 흐림

나주의 진사 정비鄭仳가 역방했다. 윤시상尹時相이 왔다. 최운원이 왔다. 지원智遠이 강진으로 갔다. 윤남미尹南美가 들렀다.

〖 1694년 10월 29일 계해 〗 흐리다 맑음. 바람이 세고 추위가 심함

윤서尹曑가 숙병으로 오늘 죽었다고 하여 면포 1필, 장지 5장을 보내어 장례비에 보태게 했다. ○부안의 김세기金世基, 김완金琓이 별진別珍에서 역방했다. 김세기는 고故 문과 예조좌랑 김택金澤의 아들이고, 김완은 세기의 종질이라고 한다. ○희성希聖이 갔다. 정 생이 와서 숙위했다.

〖 1694년 10월 30일 갑자 〗 흐림. 밤에 비가 잠시 뿌림

만호 최두한崔斗翰과 임석주林碩柱 생이 왔다.

---

97) 인자印字: 미수 허목의 전자인본을 말한다. 앞의 10월 9일 일기 참조.

1694년 11월. 병자 건建. 작은달.

묏자리 잡기가 어려워

〖 1694년 11월 1일 을축 〗 흐림

진사 박삼귀朴三龜, 박세림朴世琳이 왔다. ○ 강성江城의 윤수도尹壽道가 숙병으로 오늘 죽었다. 쌀 2말, 백지 1속, 장지 5장을 보내어 장례비에 보태게 했다. ○ 권 참의(권중경權重經)가 지나다 방문하여 과원果願 어멈을 만났다.

〖 1694년 11월 2일 병인 〗 눈

윤욱尹勗이 와서 만났다. 윤욱은 연동蓮洞에서 강릉으로 이거해 간 지 이미 몇 년 되었다. 수습할 일이 있어 지금 온 것인데, 이제 돌아간다고 한다.

〖 1694년 11월 3일 정묘 〗 밤에 눈. 낮에도 조금 눈

윤희정尹希程이 와서 윤재도尹載道의 신생아의 태단병胎丹病[98]에 쓸 약에 대해 물었다. 윤시찬尹時贊이 윤수도의 장례에 쓰기 위해 유둔油芚[99]을 구해 갔다. 정 생生(정광윤鄭光胤)이 숙위했다. ○ 격포첨사格浦僉使 이만방李晩芳이

---

98) 태단병胎丹病: 태 안에서 태아에게 생긴 단독이다.
99) 유둔油芚: 비를 피하기 위해 사용하는 이어 붙인 두꺼운 기름종이이다.

속가贖價를 내어 환관 육후립陸後立[100]의 비婢를 첩으로 삼았으며, 대신들에게 잔치를 베풀어 먹였다. 청어靑魚를 서울로 실어 보내 돈으로 바꾸어 유용하고 영암의 옛집에도 보내어 벼로 바꾸었는데, 전후로 유용한 돈이 거의 수만 냥이나 된다. 대신들의 계문에 의하여 잡혀 갔다고 하는데,[101] 매우 놀랍고 근심스럽다. 내가 일찍이 편지를 보내 색거色擧[102]의 뜻을 일러주었는데도 조심하지 않더니 마침내 이런 지경을 당한 것이다. 매우 개탄스럽지만 어쩌겠는가.

〔 1694년 11월 4일 무진 〕 맑음

지원智遠이 평덕平德에서 돌아왔다. ○양가송梁可松이 지난밤 자정 전에 모친상을 당했다.

〔 1694년 11월 5일 기사 〕 동지. 흐림. 북풍이 심함

각 곡식의 종자를 각각 1종지씩 10개의 주머니에 담아서 북쪽 창 밖에 묻었다. "가장 번식을 많이 하는 것이 그해에 알맞은 종자"라는 『농사직설農事直說』의 설[103]을 시험해 보고 싶었기 때문이다. ○최상일崔尙馹이 왔다. ○부의로 쌀 1말, 백지 1속을 양가송의 집에 보냈다.

〔 1694년 11월 6일 경오 〕 맑음

흥아興兒는 별진別珍으로 가고, 며느리들 아이들을 데리고 강성으로 갔다. ○화순의 선전관 조정화曹挺華가 역방했다. 정운형鄭運亨이 진도에서 나왔

---

100) 육후립陸後立: 숙종 때의 내관內官이다. 왕실의 총애를 등에 업고 권세를 부리다 여러 차례 간관의 탄핵을 받았으며 1680년 경신대출척에 연루되어 정배되었다.

101) 대신들의…하는데: 이만방의 체포에 대한 내용은 『승정원일기』 숙종 20년 10월 13일 기사에 나온다.

102) 색거色擧: 색사거의色斯擧矣의 준말이다. 어떤 기미를 보고서 신속하게 행동을 취해 자신의 안전을 도모하는 것을 말한다. 『논어』「향당鄕黨」의 "꿩이 사람의 기색이 좋지 않은 것을 보면 날아올라 빙빙 돌며 살펴보고 나서 내려앉는다[色斯擧矣 翔而後集]."라는 말에서 유래하였다.

103) 『농사직설農事直說』의 설: 『농사직설』「비곡종備穀種」에 관련 내용이 나온다.

다. 노奴 매인每仁이 진도 굴장窟庄에서 타작 후에 돌아왔다. 정 생이 와서 숙위했다.

〖 1694년 11월 7일 신미 〗흐리다 맑음

강성의 윤진해尹震垓, 윤시건尹時建, 윤시달尹時達이 왔다. 구림鳩林의 이홍정李弘靖이 왔다. 윤민尹玫이 왔다. ○사당의 창호窓戶 재목으로 구불구불한 나무를 쓸 수 없기에, 하는 수 없이 연동에서 베어 쓰려고 말질립末叱立과 귀현貴賢을 연동에 보냈다.

〖 1694년 11월 8일 임신 〗 맑음

이량李樑, 서태중徐泰中이 역방하여 만났다. 이량은 본래 나주 흥룡동興龍洞에 살다가 무안 당당곶唐唐串으로 옮겨 가 살고 있으며, 서태중은 영암 화피禾皮에 살고 있다고 한다. 생원 정왈수鄭日壽가 방문했다. ○정 생이 와서 숙위했다. ○과원 어멈이 별진에 갔다.

〖 1694년 11월 9일 계유 〗 맑음

안후림安后臨이 와서 조문했다. 이 사람은 안후열安后說의 재종인데, 어렸을 때부터 남중인南中人이 되어 지금은 무이천武夷川[104]에 살고 있다. 연동의 윤경미尹絅美가 왔다.

〖 1694년 11월 10일 갑술 〗 흐림

노 철봉哲奉이 면화를 지고 괴산으로 갔는데, 용이龍伊가 함께 갔다. ○황세휘黃世輝가 왔다. 영광의 이지서李之惰가 찾아와 유숙했다. ○청계淸溪의 윤응병尹應丙이 와서 지원을 데리고 갔다. 윤응병은 윤세미尹世美의 장남인데, 백부인 초관哨官 윤형미尹亨美의 양자가 되었다. ○당산堂山의 최운

---

104) 무이천武夷川: 현재의 해남군 계곡면 성진리 일대이다.

탁崔雲卓 아버지 대상이 모레이므로 쌀 1말을 보냈다.

〔 1694년 11월 11일 을해 〕 바람과 눈이 어지럽게 날리더니 종일 그치지 않음

이지서가 갔다. 정 생이 왔다. 황원黃原의 윤종석尹宗錫이 왔다. ○이대휴李大休가 서울에서 내려와서, 지나는 길에 노奴를 보내 서울 편지를 전해줬다. 지난달 27일에 창아昌兒가 쓴 잘 있다는 편지였다. 명아命兒(윤두서尹斗緒)의 편지는 보지 못했다. 익아益兒(윤종서尹宗緒)는 호서에 가서 아직 돌아오지 않고 있으니 답답하고 걱정된다.

〔 1694년 11월 12일 병자 〕 흐림. 추위가 매우 혹독함

윤종석이 갔다. 윤석귀尹錫龜가 왔다.

〔 1694년 11월 13일 정축 〕 흐림

최운원崔雲遠이 왔다. 정 생이 숙위했다.

〔 1694년 11월 14일 무인 〕 약간 맑음

우리 집 및 형수님(윤이석尹爾錫의 처) 댁, 인천 댁(안서익安瑞翼의 집) 노가 면화를 지고 서울로 올라갔다. 또 태천泰川의 적소(이운징李雲徵의 적거지)에 보낼 솜과 전복을 파주의 노로 하여금 대신 가서 전하게 했다. ○윤시상尹時相, 윤승후尹承厚, 이대휴가 왔다. 임실의 진사 류이성柳以星이 역방했다. ○고금도의 이 감사(이현기李玄紀)가 심부름꾼을 보내 문안했는데, 아마도 내가 상을 당한 후 위문하지 못했기 때문에 이제야 편지로 조문한 것 같다. 사간司諫 이제민李濟民의 조문 편지도 인편으로 왔다.

〖 1694년 11월 15일 기묘 〗 흐림

별제別提 목임장睦林樟이 신지도에서 나와 역방하여 아침을 먹고 갔다. 이
사람은 목 상相(목내선睦來善)의 서조카庶姪로서, 적소謫所에 와서 모시고 있
는데 식량을 구하려고 나왔다고 한다. 사람됨이 매우 훌륭한데 나와는 사
마시 동년同年이다. ○ 정 생이 와서 숙위했다. 담복인禫服人 최운탁崔雲卓,
최후탁崔厚卓이 왔다.

〖 1694년 11월 16일 경진 〗 맑음

출신出身 정신도鄭信道가 들러서 만났다. 정 생이 와서 숙위했다. 강진의
박융식朴隆植이 왔다가 그대로 묵었다.

〖 1694년 11월 17일 신사 〗 흐림

윤시한尹時翰이 왔다. 정 생이 와서 숙위했다.

〖 1694년 11월 18일 임오 〗 맑음

야장冶匠 말질금末叱金이 사당 창호에 철물 다는 일을 시작했다. ○ 사당 창
호와 제상祭床에 쓸 재목 5그루를 연동에서 벌채하여 운반해 왔다. ○ 황세
휘, 황세중黃世重, 최상일, 최유관崔有觀이 왔다. 백도白道의 백만두白萬斗
가 왔다. ○ 태인의 감찰 김만형金萬衡이 찾아왔다.

〖 1694년 11월 19일 계미 〗 맑음

장흥의 문덕룡文德龍과 문덕귀文德龜가 왔다. 이들은 나의 (…) 외가의 후예
다. 문씨 가문은 (…) 또한 후사가 없이 요절하여, 질質의 처가 다시 문덕귀
를 후사로 삼았다. 문덕귀는 (…)에 살면서 교유가 많았는데, 모두가 이를
알고 상종하지 않았다. 문덕귀가 이를 부끄럽게 여겨 양부養父의 신주神主

를 가지고 돌아가 버렸다. 질의 처는 어쩔 수 없이 다시 다른 사람을 후사로 삼았는데 그 역시 적자嫡子였다. 문덕귀가 한 행동이 비록 개탄스러우나, (…) 재물과 이익을 노린 것이라 하더라도, 부자간의 인륜은 쉽게 바꿀 일이 아니다. 당초 얼자孽子의 후사를 이은 것도 매우 터무니없는 일인데, 이후에 갑자기 스스로 변심한 것 또한 놀랍다. ○비상比尙이 서울에서 와서 아이들이 잘 있다는 편지를 받았으니 기쁘다. 참판 이정응李定應(이시만李耆晩)이 새 책력册曆 2건을 보냈다. 이것이 아니면 추위가 다 가도록 해가 바뀐 줄 모른다는 한탄을 면치 못할 뻔했다. ○정 생이 와서 숙위했다.

〔 1694년 11월 20일 갑신 〕 맑음

최형익崔衡翊, 최유기崔有基, 연동의 윤기미尹器美, 윤집미尹集美가 왔다. 윤동미尹東美가 서울에서 와서 아이들의 잘 있다는 편지를 이어서 받으니 기쁘다. ○면성綿城(무안)현감 최경중崔敬中이 지나다 방문했다. ○박필중朴必中과 윤상尹詳이 왔다. ○정 생이 와서 숙위했다.

〔 1694년 11월 21일 을유 〕 맑음

나주의 참봉 김만침金萬琛과 그의 아우 김만구金萬玖가 이른 아침에 지나다 방문했다. 윤시상, 윤천우尹千遇, 윤징미尹徵美, 임취구林就矩가 왔다. 속금도의 기진려奇震儷와 종제 이대휴가 와서 묵었다.

〔 1694년 11월 22일 병술 〕 맑음

출신 김율기金律器가 왔다. 김무金斌와 나완羅梡이 역방했다. ○권 노야老爺(권대운權大運)가 청장력靑粧曆 하나와 중력中曆과 상력常曆을 각기 하나씩 보냈다. ○윤장尹璋이 서울에서 돌아와 아이들이 9일에 보낸 잘 있다는 편지를 받았고, 심 종從 대감(심단沈檀)의 편지와 새해 책력 1부도 받았다.

이른 아침을 먹고 문소동聞簫洞에 갔더니 윤선호尹善好, 윤이복尹爾服, 윤동미尹東美가 먼저 와있었다. 산소 일을 상의하니, 윤선호는 '묘의 좌우에는 별군驚裙[105]에 기운이 없고, 묘의 위는 역장逆葬이라 불가하다.'면서 묘 아래 낮은 곳에 두 개의 혈을 잡았다. 그 소견이 참으로 구차했다. 윤동미가 '파서 살펴보라.'는 종수從嫂(윤이석의 처)의 말씀을 받들고 왔기에 두 곳을 시험 삼아 파 보았는데, 1장丈 정도 파 보니 돌이 많을 뿐 아니라 물기도 있어 결코 쓸 수 있는 땅이 아니었다. 당초에 내가 연동에 묏자리를 잡은 것은 문소동이 이와 같을 것임을 잘 알고 있었기 때문이고, 다른 산소 또한 묏자리를 쓸 만한 곳이 없었기 때문이다. 종수는 내가 후일 문소동에 묘를 쓸 계획을 가지고 있다고 의심하여 다른 곳은 거론조차 하지 않았다. 이렇게 반드시 문소동에 묘를 쓰려는 뜻을 가지고 있었기에 가묘家廟에서 정하기에 이르렀고 윤동미를 시켜 파서 보게 한 것이다. 그런데 잡았던 자리가

고산 윤선도 묘 전경. 전남 해남군 현산면 구시리
윤선도가 풍수에 밝았기 때문인지 현재까지도 그의 묘는 풍수상 길지로 평가받고 있다.

---

105) 별군驚裙: 풍수 용어로, 24살혈殺穴의 하나이다.

이와 같이 좋지 않으니 이제부터 형수의 의심이 없어질 것이며 나 역시 의심을 벗으리라. 해가 진 후 함께 연동으로 돌아와 묵었다.

〔 1694년 11월 24일 무자 〕 맑음

아침 식전에 윤선호尹善好 등 여러 사람과 어초은漁樵隱(윤효정尹孝貞) 묘 아래에 가서 내가 전에 정한 곳을 파 보았다. 그럭저럭 괜찮았지만 그렇다고 썩 좋지도 않았다. 약간 북쪽으로 몇 길쯤 옮겨서 팠더니 역시 비슷했다. 좋은 땅을 얻기가 이렇게 어렵다는 것을 비로소 알았다. 오후에 팔마八馬로 돌아왔다.

〔 1694년 11월 25일 기축 〕 밤부터 바람 불고 눈 내려 종일 요란함

서포西浦의 노奴[106]를 서울로 보냈으나 돌아오지 않아, 산소를 형수님이 어떻게 정했는지 모르겠다. 대개 이처럼 큰일은 문장門長에게 맡기는 것이 사리이나, 형수님은 두서斗緖의 말을 듣지 않고 내 말도 채용하지 않으니 한탄스러워도 어찌 하겠는가. ○여주呂州의 황윤길黃允吉이 들러서 조문했다. 이 사람은 여주 단수리丹樹里 우리 집안 묘 아래 마을에 사는 사람이라 예전부터 알고 지내던 사이다. 그래서 장흥의 황黃 대장大將 적소에 갔다가 역방한 것이다. 장흥의 출신 문필계文必啓도 함께 왔다. ○함평의 진사 정헌鄭櫶이 지나다 방문했다. ○미황사의 승려 극탄克坦이 우이도에서 나와 류 대감(류명현柳命賢)의 편지를 전하고, 또 류 대감이 자기에게 준 절구絕句도 보여 주었다. ○비婢 선향善香이 야단을 맞은 후 그끄저께 도망쳤다. 선백善白, 신축辛丑, 을사乙巳를 엄하게 꾸짖고 오늘 아침 잡아오게 해서 매를 심하게 때렸다. 또 세 노도 매를 때려서 잘 지키지 못하고 즉시 쫓아가 잡아오지 못한 죄를 다스렸다. ○강성江城의 입장笠匠 일천一千이 그끄저께 와서 흥아興兒의 포립布笠을 만들었는데, 오늘 일을 마치고 갔다. ○인천으로

---

106) 서포西浦의 노奴: 해철亥哲로 추정된다.

죽력고를 가지고 갔던 사람이 돌아와 답장을 받았다. 자형(안서익)의 담천痰喘 증상이 여전하다니 매우 걱정스럽다. ○윤기업尹機業이 와서 묵었다.

〖 1694년 11월 26일 경인 〗 저녁 내내 바람 불고 눈이 내림

당산堂山의 김회극金會極이 상한傷寒으로 죽었다. ○백도白道의 백만두白萬斗가 자기 일 때문에 와서 만났다. ○윤기업이 눈 때문에 길이 막혀 계속 머물렀다. 정 생이 와서 숙위했다.

〖 1694년 11월 27일 신묘 〗 바람과 눈이 밤새 크게 어지러움. 늦은 아침 이후에는 바람의 기세가 조금 꺾였으나, 눈은 그치지 않음

윤기업이 갔다. 정 생은 그대로 숙위했다. ○함평의 학유學諭 정건주鄭建周가 역방했다. ○전거론全巨論 대적大笛의 서조모庶祖母가 어제 아침 병으로 돌아가셨다. 놀랍고 애통하다. 이복爾服 등을 시켜 가서 상을 치르게 했다. ○어제 쌀 1말, 백지 1속, 장지 5장을 김회극의 상가에 부조로 보냈는데, 추위가 매우 심하여 오늘 다시 숯 1말을 보냈다. ○수진궁壽進宮[107]에서 갑술양안甲戌量案[108] 후의 가경전加耕田[109]을 뽑아내어 궁둔전宮屯田에 포함시킨 이래로 그 세액이 곱절이나 무거워졌고, 또 측량을 할 때 소란스러운 폐단이 없지 않아서 이 때문에 백성들의 원망이 꽤 많았다. 정언正言 김연金演의 상소로 인해, 문권文券을 가진 사람은 세를 거두지 않도록 했으니 조금 다행스럽다. 색리色吏 조한평趙漢平이 와서 알현하여 우리 집의 가경전을

---

107) 수진궁壽進宮: 한성 중부 수진방壽進坊에 있던 궁이다. 본래 예종의 둘째 아들인 제안대군齊安大君의 집이었다고 하나 조선 중기 이후부터 봉작을 받기 전에 죽은 대군이나 왕자, 그리고 출가하기 전에 죽은 공주나 옹주들을 한 곳에 모아 제사지내는 사당으로 사용되었다.

108) 갑술양안甲戌量案: 1634년(인조 12)에 실시된 양안量案이다.

109) 가경전加耕田: 새로 개간하여 아직 토지 대장에 올라 있지 않은 논밭이다. 개간을 촉진하기 위해 국가에서는 면세 혜택을 주고 개간자에게 소유권을 인정해 주는 정책을 폈다. 가경전의 개간은 관의 입안立案을 받고 시작하는 것이 원칙이었으나 입안을 받지 않았더라도 실제로 개간한 자에게 소유권을 인정해 주었다.

도로 바쳤다. 내가 문권을 가지고 있으니 관청에 가면 바로잡아 도로 내어 주겠지만, 그놈으로서는 스스로 생색을 내는 것이 낫기 때문이다.

〖 1694년 11월 28일 임진 〗 종일 눈이 내림. 오후에 잠시 맑았으나 눈은 그치지 않음

해남현감(최형기崔衡基)이 돼지고기를 보냈다.〔눈이 여러 자尺나 쌓이고 얼어 죽은 사람이 많다. 이는 전에 없던 변고이다.〕

〖 1694년 11월 29일 계사 〗 눈이 개어 햇살이 강하게 비침

나흘 동안 계속해서 밤낮으로 큰 눈이 내리고 추위도 맹렬하고 또 혹독했으니, 남쪽 지방에서는 들어 보지 못한 일이다. 병영의 두 상놈이 해초를 사러 왔다가 병영 앞내에서 얼어 죽었는데, 이 역시 근고近古에 없던 일이다. ○비婢 삼덕三德과 사랑덕思郎德이 휴가를 얻어 병영으로 돌아갔는데, 계속 숨어 있었으므로 개일開一을 보내 잡아와서 혼내고 매를 때렸다. ○허최許最가 역방했다. 이 사람은 권 노야(권대운)의 외손으로 적소에 권 노야를 뵈러 왔다가 지나는 길에 잠시 들어온 것이다. ○윤시상이 왔다. 정생이 와서 숙위했다. 윤장이 왔다.

1694년 12월. 정축 건建. 작은달.

인천 자형도 세상을 버리시고

〔 1694년 12월 1일 갑오 〕 맑다가 오후에 다시 흐림

윤재도尹載道, 황세휘黃世輝가 왔다. ○추후에 들으니, 병영兵營의 두 상놈은 겨우 회생했다고 한다. 평목동平木洞의 한 양반이 신랑 행차를 하는데, 불치不峙[110] 아래 이르러 데리고 가던 하인 3명이 뒤에 처지자 신랑이 돌려보냈다. 사람들이 보니 모두 언 시체가 되어서, 길 옆 인가로 옮겨서 급히 구제하자 두 사람은 회생하고 한 사람은 죽었다. 신랑이 데리고 가던 그 나머지 사람은 모두 빌린 사람들인데, 얼어 죽은 사람을 보고는 모두 버리고 가려고 해서 신랑도 하는 수 없이 돌아갔다. 남쪽 땅의 추위가 근고에 없던 일이기는 하지만, 신랑의 일은 정말 가소롭다. 신랑은 송석호宋碩昊의 종질이라고 한다.〔그후 회생한 두 사람도 동상 때문에 결국 죽었다.〕

〔 1694년 12월 2일 을미 〕 맑다가 흐리다가 눈이 옴

윤순제尹舜齊가 와서 그 아버지의 병 때문에 약을 물었다. 정 생生(정광윤鄭光胤)이 와서 숙위했다. 별장別將이 왔다가 그대로 잤다.

---

110) 불치不峙: 월출산 서쪽의 화치火峙이다.

400

흥아興兒가 별진別珍에 가서 문안하고 저녁에 돌아왔다. 김태극金太極이 왔다. 윤희성尹希聖을 불러서 책을 매게 했는데, 그대로 유숙했다. 윤석귀尹錫龜가 저녁에 들렀다.

윤순제, 윤천우尹千遇, 이홍임李弘任, 족숙族叔 윤주미尹周美가 왔다. 희성이 갔다. 정 생이 와서 숙위했다. 최운탁崔雲卓, 출신出身 최만익崔萬翊이 왔다.

후촌後村에 사는 최항익崔恒翊의 처 김씨金氏가 시부모와 지아비의 형제, 숙질에 대해 정성이 모두 지극하다. 지금 그 시어머니의 나이가 거의 90인데, 효도로 봉양함이 지극하지 않은 것이 없어, 옛날의 효부도 거의 미치지 못할 정도이다. 내가 듣고 감동을 이기지 못해 칭찬했다. 오늘 아침에 약간의 침어沈魚와 동저冬菹를 보내어 찬거리를 도왔더니, 최항익과 그 조카 유기有基가 즉시 와서 감사를 표했다. ○윤순제가 또 와서 그 아버지 병에 쓸 약에 대해 물었다.

최운원崔雲遠, 변최휴卜最休, 극인棘人 윤취삼尹就三, 정 생이 왔다.

내가 생각했다. 시골은 서울과 달라서 인가의 상환喪患을 미리 헤아릴 수 있는 것이 아니니, 생각지 못하게 궁색해지는 재앙을 걱정하지 않을 수 없다. 그래서 지난번 윤천우와 이 문제에 관해서 이야기하고 '초상부조상하계初喪扶助上下契'를 만들기로 했다. 처음에는 4, 5명과 함께하려고 했으나, 소문을 듣고 들어오려는 사람이 아주 많았다. 사람을 가려서는 안 되고 또 지나치게 번잡해서도 안 되므로 걷는 곡물의 수량을 오늘 급히 정하고, 윤천우, 윤징미尹徵美, 윤석귀尹錫龜가 와서 계契 곡식을 거두었다. 함께 계를 하기로 약속한 사람이 모두 와서 정한 수대로 실어 와 바쳤으나, 유독 윤시상尹時相과 윤승후尹承厚는 먼저 승낙하고는 후회하면서 끝내 곡식을 납부하지 않았다. 가소롭다. 상계上契와 하계下契의 인원과 낸 곡식의 수량 및 계헌契憲을 아래에 기록했다. ○ 임세회林世檜가 왔다. ○ 이른 아침 이복爾服이 편지를 보내, 조실趙室 종매從妹(조면趙冕의 처)가 초하루부터 갑자기 병이 나서 말이 헛 나오고 그제부터는 가래가 목구멍을 막아 만분의 (…) 했다. 놀랍고 걱정스럽다. 이는 필시 장중臟中이다. 낮에 사람을 보내 물어보니, 더하고 (…)하다고 한다. 어찌 하겠는가? 너무나 참혹하여 이루 형언할 수 없다.

〖 1694년 12월 8일 신축 〗 눈보라가 간밤부터 밤새도록 몰아침

닭이 울 때 이복의 편지가 도착했는데, 조실 종매(조면의 처)가 지난밤 술시戌時에 죽었다고 한다. 통곡하고 통곡한다. 바로 무명과 솜, 향촉 등의 물건을 보냈다. 날 밝기를 기다렸다가 가려고 했으나 눈보라가 더욱 사나워져 흥아興兒만 보냈다. ○ 최도익崔道翊이 아침 일찍 왔다. 군입리軍人里의 지사地師 김운서金雲瑞가 역방했다. 김창익金昌益이 함께 왔다. ○ 완산完山(전주)의 정희鄭僖가 연동蓮洞에 내려온 지 이미 오래되었는데, 오늘 비로소 만나러 왔다가 그대로 유숙했다. ○ 별진에 서울로 올라가는 인편이 있다기에 편지를 써서 보냈다. 허최許最 생生의 행중行中에 지난번에 콩 1말과 마초馬草 40속을 보냈었는데, 내일 돌아간다는 말을 듣고 또 콩 1말과 쌀 2말을 보냈다.

402

〖 1694년 12월 9일 임인 〗 눈보라가 그치고, 하루 종일 흐리고 맑음

윤순제, 윤시상이 왔다. 정 생이 왔다가 처가 아프다며 저녁에 갔다.

〖 1694년 12월 10일 계묘 〗 흐림

김삼달金三達, 정광윤이 왔다. 청주의 진사 나성록羅星祿이 추노推奴를 위해 내려왔다가 들러서 조문했다. 강성江城의 동자 만행晚幸이 왔다. ○군입리軍入里의 김현추金顯秋가 편지로 문안하고 청어 1묶음을 보냈기에, 새해 달력 한 부로 사례했다. ○이날 밤에 용이龍伊가 괴산에서 돌아와 2일에 보낸 잘 지냈다는 편지를 받았다. 형수님(윤이석의 처) 댁으로 면화를 보낸 인편 또한 돌아와, 서울의 아이들이 지난 달 28일에 보낸 잘 지냈다는 편지를 받았다. 이것은 위로가 되지만, 인천의 자형(안서익安瑞翼)이 숙환인 담천痰喘으로 지난달 26일에 결국 돌아가셨다니, 통곡하고 통곡한다. 이 형은 중년 이후로 술을 좋아하여 병이 났고 또 화증이 있어 집에서 난동을 부리는 일이 꽤 있었다. 내가 지난겨울 서울에서 돌아오는 길에 들러서 만나 보니, 담천은 이미 고질병이 되었고 살이 쪽 빠졌기에 내심 오래 살지 못할 것임을 알았으나, 오늘 갑자기 부음을 듣게 될 줄 어찌 알았겠는가? 누님의 대상大祥을 겨우 2달 남기고 이런 상이 또 났으니, 사람 사는 집에 재앙과 참혹함이 어찌 이 지경에 이를 수 있는가? 두 조카(안명장安命長, 안명신安命新)가 연이어 큰 슬픔을 만나 더욱 참담하고 슬프다. ○이조吏曹의 서리書吏 이원적李元迪이 백장력白粧曆[111]1부를 보냈다. 매년 이와 같이 하니 참으로 감탄스럽다.

〖 1694년 12월 11일 갑진 〗 맑음

정광윤, 임원두林元斗가 왔다. ○아침 식사 후 연동으로 가서 조실 종매(조면의 처)의 상에 곡했다. 저녁에 사랑으로 돌아오니 동네의 여러 친족들이

---

111) 백장력白粧曆: 겉장을 흰 빛깔의 종이나 비단으로 꾸민 책력이다.

와서 만났다. 완산의 정 생(정희)과 함께 갔다.

〔 1694년 12월 12일 을사 〕 맑음

오후에 입관하고 이어서 성복成服했는데, 가난하여 정해진 날짜에 맞춰 상을 치를 수 없었기 때문이다. 해 질 무렵 권솔眷率들과 흥아興兒가 출발하여 밤늦게야 집에 돌아왔다. 연동에 있을 때 임중신任重信이 와서 만났다. 이계추李桂秋가 말린 민어 1마리와 말린 쌍어雙魚(귀상어) 1마리를 보냈다.

〔 1694년 12월 13일 병오 〕 흐리다 맑음

최상일崔尙馹, 정광윤이 왔다. 정광윤은 그대로 머물며 숙위했다. ○조趙매妹(조면의 처)의 상에 유둔油芚을 보냈다.

〔 1694년 12월 14일 정미 〕 흐리다 맑음

김삼달이 왔다. 상인喪人 이형징李亨徵이 왔다. 강성의 최두서崔斗瑞가 역방했기에 만났다. 이 사람은 권 참판(권규權珪) 처의 얼남孼娚이다.

〔 1694년 12월 15일 무신 〕 맑음

황세휘, 윤익성尹翊聖이 왔다. 윤순제, 최유기崔有基, 정광윤이 왔다. 임취구林就矩가 왔다. 윤석미尹碩美가 왔다.

〔 1694년 12월 16일 기유 〕 맑다 흐림

김삼달이 왔다.

〔 1694년 12월 17일 경술 〕 맑음

최운원, 임한두林漢斗, 정광윤이 왔다. 연동의 윤후지尹後摯가 와서 자기 아들 문표文豹의 혼서昏書를 써 달라고 청하고 갔다. 이 사람은 경신년 (1680)에 마침 관의 일을 맡았는데, 혹시라도 우리 집안의 가까운 일가로서 관에 미움을 살까 염려하여 이를 숨기려고 자신의 이름을 선형善衡에서 후지後摯로 바꾸기까지 했다. 종당宗黨에서는 이를 비난하는 사람이 많았고 얼마 전에는 나 역시 은근한 뜻으로 배척했다. 이 때문에 지금 이 혼서는 예전의 이름으로 써 넣어 달라고 청했다. 이것이 이른바 '잘못을 고치는 것이 중요하다.'라는 말이다. 이에 나는 그의 뜻을 칭찬하고 그가 말한 대로 '선형善衡'이라고 써 주었다. ○전부典簿(윤이석尹爾錫) 댁 백포白浦의 노奴가 서울로 올라가기에 편지 두 통을 부쳤다.

〖 1694년 12월 18일 신해 〗 맑음

어떤 객이 와서 뵙기를 청하기에 불러들여 만나니, 자기는 김철의金哲義이고 사는 곳은 비곡比谷이라고 했다. 무슨 일로 왔냐고 물으니, 항상 뵙고 싶은 마음이 있었기에 왔다고 하면서, 이어 말하기를, 집안에 아이가 있는데 집이 가난하여 벌거벗고 있어 동사를 면치 못할 것이니 해진 옷을 얻어 얼어 죽는 것을 면하려 한다고 했다. 그 말하는 것이 불쌍해서 곧바로 며느리와 상의했으나, 남는 옷이 전혀 없어 부응하지 못했다. 너무나 안타까웠다. ○과원의 눈병이 여러 달 동안 낫지 않았다. 보기에 걱정될 뿐 아니라 오랫동안 독송讀誦을 폐하여 진실로 작은 근심이 아니다. 이증李增을 불러 대추혈大椎穴에 침을 놓고 부항을 떴는데 피가 꽤 많이 났다. 이렇게 여러 번을 한 연후에야 효과를 본다고 한다. ○백치白峙의 이대휴李大休, 김우정金友正이 왔다. 김우정은 생밤을 선물했다. ○동미東美가 왔다가 그대로 묵었다. 정 생이 숙위했다. ○해남현감(최형기崔衡基)이 전최殿最(인사고과)에서 하下를 받았다고 하여 편지로 위로했다.

〔 1694년 12월 19일 임자 〕 밤에 내린 비가 늦은 아침에 그침. 쌓인 눈이 여전히 다 녹지 않음

동미가 갔다. 윤승후尹承後가 왔다. 윤선형尹善衡이 왔다. 자기 아들이 오늘 초행醮行을 행하는데, 착용할 관대冠帶를 윤서후尹瑞厚가 빌려가서 돌려주지 않아 일이 크게 낭패라고 했다. 어쩔 수 없이 망가진 내 모자와 단령團領을 주어 보냈다.

〔 1694년 12월 20일 계축 〕 흐리다 맑음

아호鵝湖의 출신出身 박진회朴振會라는 자가 도영장都領將의 (…)이 되어 (…) 우리 마을 사람에게 소리를 지르기에, 내가 불러서 꾸짖었다. ○지원智遠이 얼마 전 (…) 김삼달이 왔다. 정 생이 숙위했다. ○고부古阜의 김잠金潛이 와서 조문했는데, 곧 김□□의 맏아들이다. ○오늘은 입춘이다. 동짓날 묻어 두었던 각 곡식의 종자를 파서 달아 보았다. 처음에 종자를 1되로 삼았는데, 맥麥은 2종지가 되었고, 모牟는 2종지가 되었으며, 태太는 2종지 9홉, 두豆는 1종지, 녹두菉豆는 2종지 9홉, 조粟는 1종지 2홉, 메밀木麥은 1종지 6홉, 올벼는 1종지 2홉, 늦벼는 1종지 2홉, 조도棗稻는 1종지 1홉, 참깨는 1종지 9홉이 되었다. 불어난 양이 같지 않은 까닭은, 두·태·모·맥은 본디 잘 부는 것이고, 벼 종류는 그렇지 않기 때문인가? 아니면 『농사직설農事直說』에서 말한 대로 많이 불어난 것은 과연 내년에 마땅히 심어야 할 것인가? 일단 기록해 두고 증험할 근거 자료로 삼고자 한다. ○과원이 맹진孟津에 가서 침을 맞았다.

〔 1694년 12월 21일 갑인 〕 맑음

홍아와 며느리, 손자가 별진에 갔다가 저녁때 돌아왔다. 권 노야老爺(권대운權大運)의 생신이기 때문이다. ○윤남미尹南美, 윤석귀尹錫龜, 최극술崔克述이 왔다. 이송爾松이 지나다 들러 유숙했다.

〔 1694년 12월 22일 을묘 〕 밤부터 비가 오더니 종일 그치지 않음

이송이 비에 막혀 머물렀다. ㅇ이번 겨울에 내린 한 길이나 되는 눈과 혹독한 추위는 전에 없던 것이라 얼어 죽은 사람이 매우 많았다. 그런데 10일 이후부터는 추위가 갑작스레 풀리고 봄기운이 저절로 생겨났다. 시간이 쉽게 흘러감이 이와 같은데 사람이 어찌 늙지 않을 수 있겠는가. 하물며 상중의 슬픔 가운데 느끼는 아픈 감회야 더욱 어찌 말로 할 수 있겠는가.

〔 1694년 12월 23일 병진 〕 밤에 비가 눈으로 바뀌어 산천이 모두 하얗게 되었고, 종일 바람이 어지럽게 불고 눈이 날림

이송이 바람에 막혀 그대로 머물렀다. 정 생이 와서 숙위했다.

〔 1694년 12월 24일 정사 〕 흐리다가 맑았는데, 바람은 오히려 세게 붊. 어제부터 추위가 다시 심해짐

진일進一이 인천에서 돌아와 상중에 있는 조카들의 편지를 받았는데, 글을 차마 볼 수 없었다. 슬프고 슬프다. ㅇ이송이 갔다. 김여휘金礪輝가 들러서 만났다.

〔 1694년 12월 25일 무오 〕 흐리다 맑음

윤시상, 임중헌任重獻, 박수귀朴壽龜가 왔다. ㅇ과원이 맹진의 이증李增에게 가서 눈 아픈 부위에 침을 맞았다. 정 생이 왔다.

〔 1694년 12월 26일 기미 〕 맑음

윤세미尹世美 숙叔이 왔다. 김삼달, 정 생이 왔다. ㅇ노奴 두선斗先이 서울에서 돌아와, 창아昌兒, 종아宗兒 두 아들이 10일에 쓴 잘 있다는 편지를 보았다. 매우 위로된다. 손자 세원世願의 편지도 보았다. 이 아이는 나이가 겨

우 8살인데, 서찰을 지을 수 있게 된 지 이미 4년이 되었다. 지금 필체와 문장이 이미 갖춰졌으니 기특하도다. ○ 진도 정 판서判書(정유악鄭維岳) 본댁의 편지와 백치 댁(이락李洛의 집)의 편지가 부쳐져 왔다.【도사都事 심진경沈晉卿 홍필弘弼이 2일에 세상을 떠났다고 한다. 위로 어머니가 살아 계시니 매우 안됐다.】

〔 1694년 12월 27일 경신 〕 맑음

두선이 서울에 보낸 전복을 훔쳐서 오늘 아침에 장杖 30대를 쳤다. 그리고 바로 정 판서(정유악), 이 참군參軍(이락) 댁 편지를 봉하여 주면서 연동 양 댁兩宅 노奴에게 전해 주라고 했는데, 중간에 떨어뜨렸던지 이 마을 사람이 주워 와서 바쳤다. 두선의 일은 더욱 통탄스럽다. 최정익崔井翊, 윤이우 尹爾遇가 왔다. 윤 서흥瑞興(윤항미尹恒美) 형제와 그 종형제인 징미徵美가 밤을 무릅쓰고 들렀다. 윤천우가 아침 일찍 와서 그 아들 윤제호尹齊虎의 혼서婚書를 흥서에게 써 달라고 청했다. 정 생이 와서 숙위했다.

〔 1694년 12월 28일 신유 〕 바람 불고 흐림

이복이 왔다. ○ 진도의 정 대감(정유악)이 보낸 심부름꾼이 와서 곧바로 답장을 써서 보냈다.

〔 1694년 12월 29일 임술 〕 바람이 불고 약간 맑음

아촌鵝村의 박진회朴震會가 와서 알현했는데 별것 아닌 일에 대해 취해서 떠들기에 내쳤다. 이 사람은 양인良人으로 출신出身이 된 자다. ○ 별진別 珍(권대운의 적거지)으로 온 인편을 통해 용산龍山의 사돈 이 생원(이후번李 后藩)이 보낸 편지를 받았다. 12월 13일에 쓴 것이다. ○ 정 생이 숙위했다. ○순식간에 올해도 다 가고 하룻밤만 지나면 새해가 되니, 괴로운 감회가 이루 말할 수 없이 크다. 게다가 내년이면 내 나이 육십이 되는데, 나의 잔

약한 자질로 어찌 육십까지 살리라 기대할 수 있었겠는가. 누님(안서익의 처)과 종형從兄(윤이석)이 연달아 돌아가셔서 나 혼자만 남았으니 외롭고 의지할 곳도 없다. 모진 목숨 끊어지지 않고 눈 뜨고 여전히 살아있는데 신세를 돌아보니 온갖 감정이 일어난다. 슬프고도 슬프다. 올해 여름, 가을, 겨울의 첫 갑자甲子 일에 모두 비가 내려 비와 물이 지나치게 많았다. 눈과 추위가 전에 없이 심했던 까닭은 모두 여기에 기인한 것이다. 옛말이 정말 그르지 않다.

* 이 글은 1692, 1693, 1694년 일기가 실린 『지암일기』 제1책의 말미에 기록된 것이다.

순천 부유촌富有村(현재의 순천시 주암면)의 어떤 부자父子가 청어를 팔기 위해 영남 땅에 갔다가 갑자기 눈 내리는 추위를 만나 그 아비가 얼어 죽었다. 아들이 시신을 지고 돌아오는데, 사람들이 시신을 꺼려서 사람 사는 집에는 머무르지 못했으며, 이러지도 저러지도 못하며 방황하다가 아들 역시 추위와 굶주림으로 거의 죽게 되었다. 그러다 어떤 곳에 이르러 밥을 얻어먹을 생각으로 "생선 사려"라고 소리를 내었다. 주인이 사려고 하니 순천 사람이 말하기를 "내가 지금 춥고 배가 고파 죽을 것 같으니 먼저 나를 먹여 주시오. 그러면 천천히 보상하겠습니다."라고 했다. 주인이 이것을 믿고 바로 음식을 주었다. 조금 있으니 진짜 청어 상인이 도착했다. 순천 사람은 주인을 더욱 믿게 하여서 자신의 행적을 덮으려고 뒤에 온 생선 장수와 생선 파는 이야기를 했다. 순천 사람이 묻기를 "당신의 고기는 얼마나 되오?"라고 하니 생선 장수가 답하기를 "몇 두름에 지나지 않소."라고 했다. 생선 장수가 묻기를 "당신의 고기는 얼마나 되오?"라고 하니 순천 사람이 말하기를 "내가 힘닿는 데까지 지고 왔으니 수가 아주 많소."라고 했다. 생선 장수는 바로 빼앗을 마음이 생겨 동숙했다. 새벽이 되어 순천 사람이 일어나 보니 생선 장수는 이미 떠났는데 청어만 남아 있고 시체는 없었다. 생선 장수가 애초에 문답했던 것을 그대로 믿고서 시체를 청어라고 생각하고, 자기가 가지고 온 것보다 많다고 좋아하며 훔쳐 간 것이다. 순천 사람이 소리 내어 울자 주인이 놀라서 물으니, 순천 사람이 사실대로 이야기했다. 주인이 말하기를 "울지 마시오.

훔쳐 간 자가 생선이 아님을 알면 반드시 버릴 것이니 시체는 멀지 않은 곳에 있을 것이오."라고 했다. 함께 찾아보니 과연 십 리가 못 되는 곳에 버려두어서 시체를 찾아서 돌아왔다. 생선 장수의 생선은 모두 (…) 돌아가고 (…) 시체를 지고 돌아갔다. 아! 순천 사람의 (…) 생각으로 어찌 사람 사는 집에는 머무를 수 있었으며 (…) 아버지의 시체를 진 사람은 한순간의 임기응변에서 나온 것이니, 칭찬할 일이지 꾸짖을 일이 아니다. 주인이 순천 사람에게 (…) 비록 생선을 위해 한 것이라도 위급한 사람에 대한 의리가 아닐 수 없다. 순천 사람은 목숨을 구하고 아버지의 시체를 모시고 돌아가게 되었으며, 생선 장수의 생선이 결국 주인의 것이 된 것은, 죽은 사람의 보답이 있어 가능했던 것이다. 이 일은 기괴한 것도 볼만하지만, 귀신이 감응하여 뒤에 보답하는 이치도 알 수 있다. 들은 바를 적으니, 훗날 보는 사람은 한편으론 웃음거리로 삼고 한편으론 격려하고 권면할지어다.

처음에 지었던 원정原情 초[112]

저는 나이 먹어 과거에 급제하여 비록 관직에 근무하는 도는 잘 모르나, 국가의 세곡稅穀을 마음대로 사용하여 죄를 짓는 것이 수치스러운 일이라는 것쯤은 대략 알고 있사오니, 어찌 감히 함부로 기꺼이 불법을 저지르겠습니까?

저는 신미년(1691, 숙종 17) 4월 10일 경에 함평현감에 제수되어 당월 28일에 임지에 도착했는데, 당시 전임 현감 민순閔純은 진휼賑恤을 아직 마치기 전에 뜻하지 않게 체직되어 물러가게 됨에 따라 제반 업무를 모두 소홀히 했을 뿐 아니라, 중기重記에 기록된 관수미官需米와 저치미儲置米 등의 곡물도 거두지 못한[未捧] 바가 많았으므로, 제가 갑자기 가난한 고을

---

112) 원정原情 초: 1693년 10월 11일 일기에 수록된 원정의 초안이다.

의 각종 항목으로 지출할 비용에 대책이 없어서 한창 걱정하던 중이었습니다.

그런데 마침 저희 고을에서 기사년(1689, 숙종 15) 분으로 상납할 대동미大同米 1000여 섬을 배가 없어 올려 보내지 못하고 고을 창고에 그대로 둔 지 이미 3년이나 지나서, 민순이 체직되기 전에도 곡식이 묵고 수가 부족하게 될 것을 걱정하여 백성들에게 나누어 주고자 해당 관청에 보고하니, 선혜청에서 이를 허락하는 제사題辭가 제가 막 부임했을 때 내려왔사온데, 해당 곡물이 실제로 창고에 얼마나 남아 있는지 상세히 조사해 보니, 제사가 접수되기도 전에 민순이 이미 먼저 각 아문衙門의 상납미로 옮겨 썼고, 남아 있는 것은 겨우 200여 석이었으며, 40여 석은 (…) 고마청雇馬廳에 빌려주어 지출하게 하고, (…)

(…) 새로 막 부임했더니 관수미도 전혀 없었고 백성들에게 주어야 할 것은 94 (…)에 이르렀사온데, 구휼행정이 한창 진행되고 있던 때에 근 100석에 이르는 관수미를 징수하기는 매우 어렵던 차에, 백성들이 이 쌀을 얻어 관수미로 충납充納하고 추후에 보상받기를 원하거늘, 제가 부임한 지 오래되지 않아 모든 일에 익숙하지 않던 중에, 선혜청도 백성들에게 나누어 주기를 이미 허락했고 백성들도 허급許給받아 관수미를 납부할 수 있게 되기를 원하기에, 그래도 무방할 것 같아 94석을 백성들에게 나누어 주었는바, 이는 실로 함부로 관수미로 옮겨 쓴 것이 아닙니다.

위 항목에서 빌려주어 지출하게 한 각 고을 미봉未捧(백성에게 주었다가 받지 못함)액 중 본 고을 미봉액은 모두 긴급하게 필요한 것이어서 기한에 맞춰 독촉하여 거두어들여야 하지만, 지금은 흉년인 데다가 또 봄여름 사이여서 형편상 도저히 징수할 수 없는 상황이어서, 선혜청의 백성들에게 나누어 주라는 명령이 한편으로는 백성들을 진휼하고 한편으로는 햇곡으로 바꿀[改色] 수 있는 방법이라고 제가 나름대로 생각하여, 일단 먼

412

저 긴급히 주어야 할 곳에 옮겨 쓰고 때를 기다려 돌려받아 정해진 액수에 맞게 상납하면 이 또한 백성을 진휼하고 햇곡으로 바꾸는 방법이니, 백성들이 원하는 바에 따라 편의대로 처리했고 내년 상납 기한에 맞춰 액수에 맞게 배로 운반하여 올릴 계획이었습니다.

그런데 임신년(1692, 숙종 18) 2월에 제가 갑자기 면직되고, 계절이 아직 일러 세곡을 거둬들여 배에 싣지 못했거니와, 제가 먼저 면직되어 귀향한 후 후임관이 없을 때 계속 미봉하여 이렇게 많아지게 된바, 이 또한 제가 예상하지 못한 것이오며, 빌려 쓸 때 사사로운 용도로 함부로 써서 끝내 어찌할 수 없게 되었다면, 제가 비록 만 번 죽임을 당한다 해도 스스로를 발명할 말이 없사오되, 이는 선혜청에서 백성들에게 나누어 주라는 명이 있었기 때문이며 함평현에서 원래 올린 보고에 대한 제사가 아직도 선혜청에 있을 것이니, 지금 즉시 조사해 보면 입증될 수 있을 것이며, 그 중 80여 석은 그 후 현감 심방沈枋이 또한 이미 거두어들였으니, 그 조치의 명백함은 이 한 사안만 보아도 알 수 있을 것입니다.

선혜청의 복계覆啓 중에서 '함부로 썼다'고 뭉뚱그려 칭한 것은 실로 애매한 것이로되, 국가의 막중한 세곡을 거두지 않아 100여 석에 이르게 한 것은 죄를 피할 길이 없습니다. 전지傳旨의 사연辭緣을 황공하게 지만遲晚하옵니다.

紅牌已收白牌失　홍패는 이미 거두어가고 백패마저 잃고 보니
翰林進士摠虛名　한림과 진사가 모두 헛된 이름이로다
從此峨嵯山下住　이제부터 아차산 아래 사니
山人二字孰能爭　'산인' 두 자에 어느 누가 시비하랴[113]

---

113) 이 시는 원래 신잠申潛이 지은 것이다.

김세중이 해남 황원의 양화치에서 은을 캐며 산신에게 제사 지낸 축문

유세차 계유년(1693) 7월 계묘 삭 모일, 김세중金世重은 목욕재계하고 감히 금성산錦城山 신령께 고하나이다. 이 산은 남쪽 지방의 진산鎭山으로 보배를 감추고 빛을 지운 채 기르고 변화시킨 것이 (…). 우리 우매한 인민은 무식하여, 무궁한 신령의 교화가 몇천만 년이 되었는지 모릅니다. 이제 세중이 외람되게도 막연히 마치 마음으로 깨닫고 신령의 계시를 받은 것처럼 감히 양화치楊花峙 이마의 바위를 뚫어, 마치 조물주가 기다린 것처럼 신령한 광맥을 얻었습니다. 어찌 신령께서 저의 박복한 모습을 가련히 여겨 그렇게 하신 것이겠습니까. 반드시 국가에 필요한 용도를 위하여 비장의 보물을 열어 보여 주셨을 것입니다. 삼가 술과 과일로 제사를 올려 정성을 표합니다. 엎드려 바라옵건대, 신령께서는 크나큰 은혜를 더욱 드러내시고 신령스런 하사품을 아끼지 마시어 신령의 보우와 복을 영원히 받게 해 주십시오. 상향尙饗.

병진년(1676) 2월 남쪽으로 돌아오다가 동작진에 이르러 배 위에서 감회를 읊다[丙辰仲春 南歸到銅雀津 船上有感]

灞頭行色古今同　파교灞橋[114]의 나그네 행색이 예나 지금이나 다름
　　　　　　　　없어
落日孤舟思不窮　해는 지는데 외로운 배에서 생각이 끝이 없네
堪笑半歲何事業　반년 동안 무슨 일을 했는지 가소로워
此行無面渡江東　이 길로 강동으로 건너갈 면목이 없네[115]

---

114) 파교灞橋: 당나라의 수도 장안 동쪽에 있던 다리이다. 이 다리에서 버드나무를 꺾어 주며 길 떠나는 이와 작별했다고 한다.

115) 강동으로…없네: 고향 사람들을 볼 면목이 없다는 말이다. 『사기史記』 「항우본기項羽本紀」에 항우가 해하의 싸움에서 대패하고 나서 죽기 전에 '강동의 부로를 볼 면목이 없다[無面目見江東父老].'라고

말이 절어서 우연히 읊다[馬蹇偶吟]

雨霽南郊草色多　비 갠 남쪽 교외에 풀색이 짙어
風光隨處可吟哦　도처의 풍광이 시를 읊을 만하네
癡僮莫歎羸驂病　어리석은 하인아 말이 병들었다고 탄식하지 마라
不厭春山緩緩過　봄 산을 느릿느릿 지나가는 멋도 괜찮으니

팔마장에서 도로 서울로 향하는데 송별시를 주는 사람이 있어, 즉시 차운하여 답하다[自八庄還向京中 有人贈詩 走次以謝]

湖路征驂不暫遲　호남 길에서 멀리 떠나는 말 잠시도 지체 않고
離情脈脈去留時　가고 머물며 이별의 정이 끝이 없네
應知別後相思夢　알겠노라, 이별 후 그리워하는 꿈에
長遠南雲喚不知　남쪽 하늘 먼 구름 보며 불러도 알지 못할 것을

臨歧惜別解携遲　갈림길에 이별이 아쉬워 손을 놓지 못하는데
政是風光欲暮時　서녘 해도 무심히 뉘엿뉘엿 넘어가네
四海神交惟我爾　세상에서 마음이 통하는 건 오직 나와 너
一篇佳句寸心知　아름다운 시 한 편으로 그 마음을 아노라

(…)

했다고 한다.

가다가 주구船丘에 이르니 김세귀金世龜가 술을 가져와 기다리고 있어서
앞 시에 차운하다[行到舟丘 金世龜携酒來待 仍次前韻]

　　我行何事此遲遲　　내 행차가 무슨 일로 이렇게 더디나
　　只爲離情惜暫時　　단지 이별하는 정이 잠시 섭섭할 뿐이지
　　□□□□論素抱　　(…) 평소에 품은 뜻을 논하니
　　方知樂莫樂新知　　새 지식을 즐기는 것 만한 즐거움이 없다는 것을
　　　　　　　　　　　알겠네

말 위에서 또 앞 시에 차운하다[馬上又次前韻]

　　吟鞭獨拂古長城　　시 읊으며 말 몰아 홀로 고장성을 지나는데
　　沙上鳴禽弄晚晴　　모래톱에서 우는 새 오후 햇살을 희롱하네
　　若使與□無別恨　　만약 □□와 이별한 한이 없다면
　　不妨光景媚吾行　　나의 걸음을 유혹하기에 충분한 광경이리라

말 위에서 우연히 읊다[馬上偶吟]

　　驛亭斜日正黃昏　　역정에 해 기우는 황혼 무렵
　　着處風光溜別魂　　도처의 풍광이 이별한 심사를 건드려
　　回首暮雲人不見　　돌아보니 저녁 구름에 사람은 보이지 않고
　　隔江哀唱不堪聞　　강 건너 슬픈 노래 차마 듣지 못하겠네

의고희작擬古戲作[116]

등의 종기[背腫]

처음 종기가 나면 진흙으로 테두리를 만들어 종기가 있는 곳에 얹어 두고, 지렁이를 그 안에 가득 채운다. 그 위에 불을 놓고 나오지 못하게 하면 잠시 뒤 지렁이가 모두 물로 변하는데, 다시 같은 방법으로 종기가 삭을 때까지 한다. 또 소금을 종기가 난 곳에 바르고, 청포靑布를 식초에 적셔 소금 위에 올린다. 밥숟가락을 숯불에 올려, 달구어지면 종기를 찜질한다. 숟가락 여러 개를 번갈아 가며 찜질하는데, 역시 종독腫毒이 삭을 때까지 한다. 또 매화나무를 구하여 태워서 연기를 쐬이면 종독이 쉽게 사라지는데, 이 처방이 가장 좋다고 한다. 이 3가지 처방은 배종背腫과 발제종髮際腫, 대부분의 독종毒腫에 모두 효험이 있다. 매화나무를 태워 금창金瘡에 연기를 쐬는 것은 또한 효험이 있다.

【담痰의 언저리를 갈라 옻나무 즙으로 가득 메우고 두꺼운 종이로 덮어 둔다. 다음날 진물이 흘러내리고 아울러 담의 뿌리에서 진물이 나오니 그 효험이 매우 신통하다. 머리카락 난 경계에 난 종기[髮際]와 크고 작은 담종痰腫에 효과를 보지 못하는 것이 없다고 한다.】

피를 많이 흘려 어지러울 때, 피가 흐르는[117] 살갗에 칠漆을 바르면 또한 신묘한 효과가 있다고 한다.

풍속風束, 안포종眼胞腫[118].

---

116) 제목만 적혀 있다.
117) 피가 흐르는: 원문 '流走' 옆에 한글로 '피느린것'이라고 쓰여 있다.
118) 안포종眼胞腫: 원문 '眼胞腫' 옆에 한글로 '드라치'라고 쓰여 있다.

초룡담草龍膽 2돈돈, 방풍防風 1돈을 물에 다려 2, 3번 복용하면 신통한 효험이 있으며, 영영 나지 않는다.

문창蚊瘡
소금으로 문지르면 가려움이 멎고 바로 낫는다. ○약하게 불기운을 쬐는 것이 가장 좋다.

천안 서쪽 모산면母山面 시포市浦【씨애】. 천안에서 서쪽으로 가면 소사素沙의 하류인데, 소사에서 20여 리 떨어져 있다. 공주목사 김정하金正夏가 살던 마을이다. 덕평점德坪店에서 왼쪽 길로 가서 대동주점大同酒店을 거쳐 가면 빠르다. 위는 이(…)

산과 물에도 이치가 있거늘

山水有理

8월 10일자 일기에서

전남 해남군 화산면 금풍리에 위치한 죽도와 맞은편 명금 마을 _서헌강 사진

윤이후는 1695년 9월부터 12월까지 3개월에 걸쳐 죽도에 초당을 짓는 공사를 벌였다. 주변이 간척되기 전의 죽도는 개펄 위에 덩그러니 놓인 작은 섬이었다. 바닷물이 들어차면 이 일대는 크고 작은 섬으로 둘러싸인 호수가 되어 한 편의 그림 같은 절경이 펼쳐졌을 것이다. 좌측의 작은 언덕이 죽도이고 우측에 산으로 둘러싸인 마을이 명금 마을이다.

1695년 주요 사건

1월   『농사직설』의 내용 : 1월 1일~3일

해남현감 강산두의 부임 : 1월 3일~2월 14일

양득중의 내방 : 1월 19일

부소도에서 재목 채취 : 1월 27일~30일

2월   .

3월   심방의 여가물女假物 이야기 : 3월 14일

진사 신문제의 내방 : 3월 28일~4월 4일

4월   논정 가옥 신축 : 4월 6일~10월 14일

윤흥서의 과거 응시 : 4월 13일~5월 3일

김정진의 은 채굴 : 4월 14일~9월 30일

5월   도장사 방문 : 5월 7일~8일

제언에 쓸 거신 운송과 속금도 방문 : 5월 9일~13일

탈항증 : 5월 15일~19일

6월   인향과 수춘의 추쇄 : 6월 17일~8월 6일

7월   .

8월   도둑맞은 물건의 회수 : 8월 9일~12월 12일

윤흥서가 과산의 딸을 데려오다 : 8월 16일~9월 7일

영암의 윤이형 적소 방문 : 8월 28일~30일

9월   죽도 초당 신축 : 9월 4일~12월 16일

진도 방문 : 9월 19일~24일

도갑사에 가서 윤이형을 만남 : 9월 28일~30일

10월   대둔사 회동 : 10월 7일~8일

11월   .

12월   .

1695년 1월. 무인 건建. 큰달.

기대하지 않은 일 세 가지

〔 1695년 1월 1일 계해 〕 따뜻하지만 흐림. 정오 무렵 북풍이 갑자기 거세다가 오후에 다시 고요해짐

적량원赤梁院 산소에 가서 제사를 지냈다. 흥아興兒는 간두幹頭로 갔다가 백포白浦로 발길을 돌려 별묘別廟에 배알하고 문소동聞簫洞 산소를 들렀다 오게 했다. ○『농사직설農事直說』에서 이르길 "정월 초하루 자시子時, 축시丑時에 빗자루를 태우면 양식이 풍부해진다. 아침 전에 붉은 팥 27알을 먹고, 마자麻子와 소두小豆 27알을 우물에 던져 넣으면 한 해 동안 병이 없다. 붉은 팥을 새 포대에 가득 채워 우물에 담그고, 3일에 그것을 꺼내 온 집안이 먹는데, 남자는 10알, 여자는 20알 먹으면 효과를 보지 못함이 없다."라고 한다. 모두 이대로 했다.

〔 1695년 1월 2일 갑자 〕 오후 늦게 맑음

상인喪人 윤희성尹希聖, 김귀현金龜玄, 임성건林成建, 윤천우尹千遇, 윤이우尹陑遇, 정이쾌鄭以夬, 윤순제尹舜齊, 최만익崔萬翊, 이만영李晩榮, 최운학崔雲鶴, 최운제崔雲梯, 윤익성尹翊聖, 임세회林世檜, 윤재도尹載道, 동자童子 만

421

행만행幸, 조백서趙帛瑞, 윤희설尹希卨, 임형林衡, 김수도金守道, 윤시달尹時達, 윤천임尹天任, 황세휘黃世輝, 윤이송尹爾松이 왔다. ○해남의 하리下吏 이계추李桂秋와 대둔사大芚寺의 승려 세헌世憲이 왔다. 해남의 하리 김석망金碩望, 최두휘崔斗徽, 유필한劉必漢, 천흥도千興道, 명자건明自建이 곶감 1접과 소금에 절인 전복 10개를 단자를 갖춰 보냈다. ○족숙 윤주미尹周美, 윤항미尹恒美가 역방했다. ○이날 밤에 비가 왔다가 이윽고 눈이 되었다. 오늘은 봄 상갑자上甲子인데, (…) 올해 한재旱災를 입을까 몹시 걱정된다.

〘 1695년 1월 3일 을축 〙 흐림

최유준崔有岐, 최팔징崔八徵, 윤시상尹時相, 김우경金友鏡, 옥화진玉和珍, 윤장尹璋, 최유기崔有基, 윤이주尹以周, 윤이림尹以霖, 이진휘李震輝, 이진현李震顯, 이진화李震華, 박세유朴世維, 윤석미尹碩美, 윤지원尹志遠, 임중헌任重獻, 윤문표尹文豹, 정이경鄭以景이 왔다. 전초사全椒寺의 승려 단잠坦岑이 와서 알현하고 곶감 5꾸러미를 바쳤다. 권 참의(권중경權重經)가 역방했다. ○해남의 새 수령을 맞이하러 이방 김중하金重夏가 서울로 올라가기에 편지를 부쳤다. ○이대휴李大休가 와서 묵었다. 정鄭 생生(정광윤鄭光胤)이 숙위했다.【우물에 담가 놓은 팥을 꺼내어 집안 남자들과 부인들이 법식대로 먹었다.】

〘 1695년 1월 4일 병인 〙 흐림

최운원崔雲遠, 송수기宋秀杞, 김우정金友正, 권붕權朋이 왔다. 윤기미尹器美, 윤적미尹積美, 윤기번尹起璠, 김여련金汝鍊, 윤시찬尹時贊, 옥홍종玉弘宗, 김성삼金聖三이 왔다. 지원智遠이 어제 어머니를 살피러 갔다가 돌아왔다. ○별진別珍의 권 노야老爺(권대운權大運)가 또 달력 2개를 보냈다. 앞뒤로 세 번 보내어 모두 7건이다.

〖 1695년 1월 5일 정묘 〗 흐림

최형익崔衡翊, 최항익崔恒翊, 김현추金顯秋, 윤유도尹由道, 임한두林漢斗, 윤이훈尹以訓, 최정익崔井翊이 왔다. 윤응병尹應丙, 윤이복尹爾服, 정만광鄭萬光이 왔다. 윤선적尹善積, 상인喪人 김세장金世章이 왔다. ○이 첨사(이만방李晩芳)의 노노奴가 서울에서 와서, 두아斗兒가 지난달 25일에 보낸 편지를 받았다. 정말 위로가 된다. ○신지도의 목 노야(목내선睦來善)가 청력靑曆 1건件을 보냈다.

〖 1695년 1월 6일 무진 〗 밤에 비오고 낮에 흐림

윤현귀尹顯龜가 왔다. 윤선적, 김세장이 갔다.

〖 1695년 1월 7일 기사 인일人日(1월 7일의 별칭) 〗 바람이 어지럽고 해가 희미함

정래주鄭來周, 윤훈제尹勳齊가 왔다. 윤세미尹世美 족숙이 지나다 들렀다. 윤희직尹希稷, 임석주林碩柱가 왔다. 동미東美, 이백爾栢이 왔다. 윤징미尹徵美 족숙이 지나다 들렀다.

〖 1695년 1월 8일 경오 〗 밤이 오자 바람이 심해지고 어지럽게 눈이 또 옴. 낮에 맑고 바람이 그치지 않음

오늘은 곡일穀日이다. 옛 기록에 이르기를, 이날 바람이 불면 곡식에 해를 끼친다고 했으니 정말 걱정된다. ○당산堂山의 최운탁崔雲卓, 최후탁崔厚卓, 최처원崔處遠, 박필선朴必善이 왔다. 박필선은 해남 해창海倉 사람인데 최처원의 사위이기에 함께 왔다고 했다. 상인喪人 백장헌白章憲, 군군郡 남문 밖에 사는 이운배李雲培가 왔다. 봉대암鳳臺庵 승려 청흡淸洽이 와서 배알하고 곶감 1접을 바쳤다. ○비비婢 무옥戊玉이 사내아이를 낳았다.

〔 1695년 1월 9일 신미 〕 흐림

어제 저녁부터 복통이 발작했다. 아마도 체한 탓일 것이다. 이 증세는 이미 여러 번 일어났는데, 밤이 깊어지자 더욱 심해졌다. 어린아이의 똥과 생강즙을 섞어 마시니 다소 멎었지만 아침이 되어서도 여전히 낫지 않아 윤익성을 불러 좌우의 태충혈太沖穴과 공손혈公孫穴에 침을 맞았다. 예전에 여러 번 효험을 보았기 때문이다. ○최남익崔南翊, 송창우宋昌佑, 윤희익尹希益, 이운재李雲栽, 상인喪人 김정창金鼎昌, 권혁權赫, 동자童子 민행敏行【이만방의 아들이다.】, 윤취도尹就道, 성덕항成德恒이 왔다. 정 생(정광윤)이 와서 숙위했다.

〔 1695년 1월 10일 임신 〕 밤에 비오고 낮에 흐림

전부典簿(윤이석尹爾錫) 댁의 임학臨鶴이 서울로 올라가기에 편지를 부쳤다. ○무장현감 이유李瀏가 찾아와 그대로 묵었다. ○비婢 금상今祥이 사내아이를 낳았다. ○살구, 밤, 호두, 잣, 조도早桃, 만도晚桃, 은행, 탱자를 심었다.

〔 1695년 1월 11일 계유 〕 흐리다 맑음

이 무장茂長(이유)이 갔다. 윤순제, 윤민尹玟이 왔다. 이성爾成, 남미南美가 왔다. 남미가 그대로 서울로 간다기에 편지를 부쳤다. ○청룡靑龍에 또 소나무를 심었다. 작년과 재작년에 심은 것이 겨우 4분의 1만 살았기 때문에 오늘 추가로 또 심은 것이다. ○전주의 정희鄭僖가 돌아와서 (…) 문안하고 담배를 조금 보냈다. 대숲에 탱자를 심었다.

〔 1695년 1월 12일 갑술 〕 맑다 흐림

무안務安의 나羅 가哥라는 자가 와서 만났다. 식량을 구걸하기에 쌀 2되를 주었다. 송수삼宋秀森, 황세휘黃世輝, 김삼달金三達, 임취구林就矩, 황원黃原

의 윤중호尹重虎, 연동의 윤동미尹東美, 윤선시尹善施가 왔다. 김봉현金鳳賢이 왔다. ○해남현감 최형기崔衡基가 체임되어 돌아가는 길에 들러서 만났다. ○여산礪山의 남시구南是耉가 지나다 들렀다. 이 사람은 곧 내 서숙庶叔인 학관學官(윤직미尹直美)의 사위인데, 마침 일이 있어 내려왔다 한다. 정생이 숙위했다. ○강진에 새 수령 최정룡崔廷龍이 부임했다고 한다.

〔1695년 1월 13일 을해 〕 흐리다 맑음

병영兵營의 윤우성尹佑聖, 구림鳩林의 이두정李斗正, 윤처미尹處美, 금여리金餘里의 이필방李必芳이 왔다. 이복爾服이 나주에서 돌아오는 길에 역방하여 만났다. ○과원果願 어멈과 흥서興緖가 별진別珍으로 갔다가 저녁에 돌아왔다. ○선시는 가고 동미는 그대로 묵었다. 해남좌수 임중신任重信, 연분도감年分都監 민세호閔世豪, 대동감관大同監官 김기주金起周가 왔다.

〔1695년 1월 14일 병자 〕 종일 가랑비 내림

동미가 갔다. 윤익성이 왔다. 희성이 와서 붓 5자루를 만들고 갔다. ○기오당寄傲堂 북쪽 대숲 바깥에 소나무를 심고, 앵두나무는 북쪽 뜰에 옮겨 심었다.

〔1695년 1월 15일 정축 〕 밤에 눈이 내렸지만 산 위만 눈이 조금 쌓임. 북풍이 꽤나 거세게 불고 하루 종일 흐림

최운원崔雲遠, 해남 파총把摠 민효헌閔孝憲, 송기현宋起賢, 연동의 윤집미尹集美가 왔다. 이증李增이 저녁에 지나다 들렀다. 김삼달金三達, 정광윤이 와서 숙위했다.

홍아가 고금도로 출발했다. 그곳에서 발길을 돌려 신지도로 갈 계획이다. 목 상相(목내선睦來善)과 이 감사監司(이현기李玄紀)가 유배되고 해가 바뀌었지만, 홍아는 제 모친이 병중에 있고 또 눈과 추위를 꺼려 해서 아직 한 번도 문안을 하지 않았기 때문에 이번에 이 길을 떠나게 된 것이다. 별장別將과 교포橋浦에서 만나 동행하기로 했다. ○윤징귀尹徵龜, 윤승후尹承厚, 윤장尹璋이 왔다. 지난번에 들으니, 윤장이 서울에서 돌아와 말하기를, 심 대감(심단沈檀)과 학관(윤직미)이 내가 파산波山에 있는 선조 표석標石의 글을 짓고 썼다는 것을 듣고, 상중에 있는 사람으로서 마땅히 하지 말아야 할 일이라며 크게 비난하고 꾸짖었다고 한다. 아마도 비방하는 말이 있어 그것에 맞장구친 것일 게다. 오늘 윤장과 안부를 주고받은 후 내가 "심 대감이 내가 상중인데도 갈문偈文을 쓴 것을 옳지 않다고 했다는데, 그가 무슨 말을 하던가?"라고 물었다. 윤장이 머리를 떨구고 혼잣말로 "갈문을 쓴 일이라, 갈문을 쓴 일이라." 하고 중얼거리더니, 짐짓 모르는 척하며 한참 동안 우물대다가 말하기를, "기억이 잘 안 납니다."라고 했다. 내가 "그대는 남에게 말할 때는 자세히 해 놓고 어째서 내 앞에서는 잊었다고 하는 것인가?"라고 하자, 윤장이 하는 수 없이 억지로 답했다. "별다른 말씀은 없었습니다. 심 대감과 학관이 단지 '평소와는 다른 상황이거늘 어찌 이를 했는가?'라고 하셨습니다." 그래서 나는 "그때 문중의 의론이 모두 '이것은 조상을 위하는 일에 관계되는 것이니 비록 상중에 있더라도 못할 것이 없다.'며 매우 극진하게 권했고 나 또한 그렇게 생각했다. 사람이 혹 상을 당하여 위패 쓸 사람을 구하지 못하면 상인喪人이 직접 쓰는 것을 그만두게 할 수 없으니 한때의 임시방편이라도 행하지 않을 수 없다. 이러한 의리는 집안에서 가르침을 받을 때 들었는데, 지금 비록 상중에 있으나 (…) 경중에 차이가 있으므로 힘써 따르지 않을 수 없었다. 모든 일에 그 실상을 물어 버리고 (…) 꾸며서 옮긴다면 듣는 이가 미혹되는 것도 그다지 괴이한 일이 아니다. 그러니 심 대감이 다른 사람의 말을 범범하게 듣고 그르다고 하는 것이 무슨 허물이겠는가?"라고 했다. 그러자 윤장이 말하기를, "어른의 일을 제가 어찌 감히 심 대감에게 고하겠습니까? 마침 심 대감이 들은 바가 있어 묻기에 숨길 수 없어 그 대략만을 간략히 말했을 뿐입니다."라고 했다. 내가 말하기를, "문중에서 일제히 함께 한 일이니 몰래 숨겨서 알기 어렵게 한 일에 비길 바가 아니다. 또한 숨길 일이 아닌데, 내 어찌 그대가 숨기지 않으려 한 마음을 꾸짖겠는가? 심 대감과 학관의 말이 옳지 않은 것은 아니지만, 그들이 곡절을 상세히 살필 수는 없다. 그러므로 갑작스레 비난하고 배척한 것이 한탄스럽지만, 이 또한 심 대감과 학관의 허물이 아니고, 말을 전한 자가 함정에 빠뜨리는 것을 좋아했기 때문인 듯하다. 나는 말을 전한 사람이 누구인지는 모르나 분명 아무 생각 없이 한 행동이 아닐 것이다. 설령 내가 잘못한 바가 있어서, 그가 친척 간에 서로 사랑하는 도道를 가지고 그리했다고 하더라도 내가 묻기 전에 먼저 말하는 것이 옳다. 지금 어째서 다른 사람에게 소문을 퍼뜨리고서 내게는 굳이 숨기려는 것인가? 내가 이미 듣고 물었으면, 그대는 마땅히 들은 것을 다 말하여 정의情意를 보여 주는 것이 옳은데, 이를 하지 않고 오직 숨기기에 여념이 없다. 그대가 나를 매우 돈독히 여기지 않으니 절대 받아들일 수 없다. 또한 말이라는 것은 내 입에서 한번 나오면 반드시 다른 사람 귀로 들어가는 법이다. 그대가 이미 말을 전하고도 '내가 무엇을 알겠습니까?'라며 끝내 실토하지 않으니, 어찌 그리 명민하지 못한가. 그대가 나를 따돌리는 것도 족히 책망할 것이 못 되니, 스스로 계획한 것이 허술하구나."라고 하자, 윤장이 무안해하며 돌아갔다. 이로써 미루어 보면 윤장이 한 바임을 확실히 알 수 있으나, 또한 반드시 주도한 사람이 있을 것이니 한탄스러움을 말로 다 할 수 없다. ○진사 한종석韓宗奭이 우계牛溪(성혼成渾)와 율곡栗谷(이이李

珥)을 다시 제향하는 것을 논척한 상소의 소두疏頭였기 때문에 강진으로 유배되어 병영兵營에 머무르게 되었다. 조문 편지를 써서 나를 위문했기에 즉시 답장을 썼다.【병자년(1696) 여름에 내가 서울에 당도했을 때 윤장의 이야기를 했더니 심 대감이 말하기를, "장璋과는 원래 문답한 일이 없습니다. 우리 집도 상중喪中에 묘갈명 같은 것을 짓고 쓰는 일이 있었으니, 형께서 한 일이 어찌 미안한 일이겠습니까. 장이 헛소리를 전한 것이 놀랍습니다."라고 했다. 학관 또한 매우 놀라워했으니, 그렇다면 장의 일은 또한 이상하지 않은가?)】[1]

〔 1695년 1월 17일 기묘 〕 흐림

윤진해尹震垓, 윤시건尹時建, 윤시달尹時達, 배준웅裵俊雄이 왔다. 김삼달과 정광윤이 왔다. 정광윤이 숙위했다. 윤주미尹周美 숙숙叔이 지나다 들렀다. 올해 정월 보름에 달이 남쪽 가까이에서 올라왔고 날씨도 청명하지 못했는데, 농부들의 이야기로는 모두 좋지 않다고 한다. 4년 동안 연이어 겨우 흉년만 면했으니 올해의 풍년을 어찌 기대할 수 있겠는가? 다만 "달이 남쪽으로 기울면 바닷가에 풍년이 든다."라는 설로 보건대, 남쪽 땅의 풍년은 깊이 기대해 볼 수 있겠다.

〔 1695년 1월 18일 경진 〕 밤부터 바람과 눈이 요란함 . 낮에도 바람의 세기는 한결같고, 눈이 오기도 하고 해가 나기도 함. 저녁 무렵 바람과 눈이 사나워짐

전부(윤이석) 댁 노奴가 서울에서 돌아와 아이들의 잘 지낸다는 편지를 받았다. 새해 8일에 보낸 것이다. 매우 위로가 되었다. 다만 김원서金元瑞(김귀만金龜萬) 영감이 상주의 저치미儲置米에 관한 일로 암행어사의 서계書啓에 포함되었다는 소식을 들으니 매우 걱정이 된다. 우의정 윤지완尹趾完은 병장病狀을 올려 체직되었고, 이조판서 류상운柳尙運은 탄핵을 당하여 떠

---

1) 병자년…않은가: 이상의 글은 병자년 여름에 서울에 가서 사실 확인을 한 후 추가로 기술한 부분이다. 여백이 없어 작은 글씨로 써 넣은 것 같다.

났으며, 노론과 소론의 전쟁이 한창이라고 한다. 국사國事가 걱정이다.

〖 1695년 1월 19일 신사 〗 맑음. 저녁에 흐림

윤천우가 왔다. 순창의 진사 설정薛晸이 또 지나다 들렀는데, 그의 종형從兄 설최薛最와 함께 왔다. ○황장경차관黃腸敬差官[2] 이직李稙이 완도에 들어가기에, 내가 동미에게 완도에 들어가라고 했는데, 관재棺材를 얻을 생각이었다. 오늘 술과 쌀, 무명 그리고 일꾼 5명을 준비해서 보냈다. ○상인喪人 양득중梁得中이 와서 조문했다. 양득중은 일찍 학자로 이름이 났고 명성이 서울에서 높았다. 상을 당하자 지금의 우의정 박세채朴世采가 쌀 2되, 누룩 5홉, 밤 5홉을 보내고 제문祭文을 지어 제사를 지냈다고 한다. 양득중은 우리 집과 마주 보이는 곳에 사는데, 조문하지 않았으므로 이제야 흉복凶服을 입고 왔다.

〖 1695년 1월 20일 임오 〗 바람이 어지럽게 불고 흐림. 한낮에 비가 잠시 뿌림

윤시상, 김삼달, 정광윤, 김정서金挺西, 윤익성, 안형상安衡相이 왔다.

〖 1695년 1월 21일 계미 〗 맑고 바람이 붊

강성江城의 별장別將 최두서崔斗瑞가 왔다. 정광윤이 왔다. 구림鳩林의 이홍명李弘命이 와서 잤다. 흥아가 돌아왔다. 흥아를 보낸 후, 연일 바람이 순조롭지 않아서 고금도와 신지도의 나루를 건너는 것이 걱정되어 밤낮으로 염려가 끊이지 않았는데, 오늘 무사히 돌아오니 매우 기쁘다.

〖 1695년 1월 22일 갑신 〗 맑음

김 전적典籍(김태정金泰鼎)이 장흥에서 오는 길에 들러서 만났다. 최후탁, 김삼달, 윤순제가 왔다. 연동蓮洞의 한종주韓宗周와 윤천우가 왔다. ○윤선형

---

2) 황장경차관黃腸敬差官: 황장차원黃腸差員을 말한다. 1693년 8월 4일 일기 참조.

尹善亨이 와서 묵었다.

기대하지 않았던 세 가지 일[三不期]

세상사에는 힘써 구해도 얻지 못하는 것이 있고, 쉽게 얻었으나 이루지 못하는 것도 있다. 하늘이 정한 바가 있으니 사람은 멋대로 할 수 없다. 그러니 도모하지 않았는데도 이루거나 기대하지 않았는데도 찾아온 것은, 어찌 하늘이 한 일이 아니겠는가? 나의 사례를 들어 이를 증명하겠다. 어떤 것인가? 우리 선조는 귤정공橘亭公(윤구尹衢) 이래로 자손이 아주 적어 겨우 두 개의 파派만 있을 뿐이다. 한 파가 대를 이으면 한 파는 후손이 없어 서로 후사를 세워 주어 겨우 대가 끊기는 것을 면했다. 이렇게 내 대까지 다섯 대를 이어 왔으니, 우리 가문의 쇠약함과 영락함을 어찌 이루 다 말할 수 있겠는가? 우리 선조들은 선업을 두터이 쌓고 덕을 깊이 심었는데도 그 보답이 이와 같은데, 나같이 기질이 쇠약하고 업적이 천박한 사람이 후손이 번창하리라 기대할 수 있겠는가? 그러나 지금 내 자손은 무성히 번창하여 그 수가 매우 많으니, 이는 비록 우리 조상님들께서 남기신 덕에서 나온 것이기는 하지만, 어찌 내 대에서 이런 복을 만나리라 생각이나 했겠는가? 이것이 기대하지 않았던 첫 번째 일이다.

과거는 사람을 뽑는 오래된 방법이다. 그런데 후세로 내려와 사욕이 횡행하면서, 경학에 밝고 행실이 훌륭한 것을 높이 여기지 않고 오직 출세하여 벼슬하는 것만을 일삼아, 이리저리 구절을 뽑아 문장을 추구하며 이치를 궁구하는 학문은 전혀 알지 못하고, 다투어 권세를 추구하며 염치를 아는 마음은 완전히 잃어버렸다. 부형의 도움을 끼고 붕우의 원조에 힘입으며 밤낮으로 오직 이와 같은 일에만 힘쓴다. 온 세상이 모두 이런 풍조에 휩쓸렸으니 끝내 어느 지경에 이를지 알지 못하겠다. 저 중요한 과거라는 것이 과연 이와 같은 것인가? 나로 말하자면 의지할 만한 세력도 없고 믿을 만한 재주도 없이, 과거에 붙건 떨어지건 득실을 따지거나 기뻐하고 슬퍼하는 마음 자체가 아예 없었다. 이와 같은데 어찌 성취가 있을 수 있었겠는가? 세상에 대한 재주가 적은 채로 늙어 버렸으니, 초목과 함께 썩어 가며 이 세상에 더는 바람이 없는 존재임을 스스로 잘 파악하고 있다. 그런데 뜻밖에 10년 동안 포기하고 있던 과거에 늘그막에 합격하여, □□이 거의 끊어졌다가 다시 이어졌으며 가문의 명성이 이에 힘입어 땅에 떨어지지는 않게 되었으니, 이 어찌 나처럼 불초한 사람이 감히 바랄 수 있는 일이었겠는가? 이것이 기대하지 않았던 두 번째 일이다.

세상 사람 중 부모를 잃은 사람이 어찌 한량이 있겠는가만 나와 같은 사람이 누가 있을까? 지금 한 세상뿐만 아니라 온 세상 전 시대를 통틀어도 나 같은 경우는 결코 없을 것이다. 나는 태어나기 아흐레 전에 아버지를 여의고 태어난 지 나흘 만에 어머니를 잃었다. 태어나 어머니 젖을 먹지 못했을 뿐 아니라 어머니의 보살핌도 알지 못했다. 몸이 허약하여 숨이 끊어질 듯 끊어지지 않고 겨우 이어져 열 살 이전에는 매일 죽음의 문턱을 넘나들었으니, 보는 사람 모두 다음 아침 다음 저녁이면 죽을 목숨이라 생각했다. 그러다 중년에 이르러서야 몸 상태가 조금 건실해져 겨우 사람 비슷하게 되었지만, 조섭을 조금만 잘못해도 죽음이 찾아올 터였다. 기혈이 한창일 때는 곧 사그라졌고 근골이 튼튼해지자마자 도로 쇠약해졌으며, 연약한 몸은 노경이 찾아오기도 전에 영락하고 머리는 예순이 되기도 전에 세어 버렸다. 언제 죽을까 하는 걱정으로 마음이 항상 불안했으니, 이와 같은데도 어찌 오래 살 수 있었겠는가? 그런데도 어느덧 나이가 이미 예순이 되었다. 건강하여 병이 없는 사람도 쉬이 이를 수 있는 나이가 아니다. 하지만 나는 무엇 하나 괜찮은 구석이 없으면서도 이런 나이까지 살 수 있었다. 어찌 상상이나 할 수 있는 일이었겠는가? 이

것이 기대하지 않았던 세 번째 일이다.

아아, 이 세 가지는 사람이라면 누구나 기대하는 일이지만, 이룬 사람은 적다. 이 중 한두 가지를 이룬 이는 있어도 셋 모두를 갖춘 사람은 더욱 적다. 그런데 나처럼 보잘것없는 사람이 기대하지도 않았는데 이 셋을 한 몸에 다 갖추었으니, 하늘의 도움 덕택이 아니면 그 무엇이랴! 하늘이 어찌 나에게 괜히 이 일을 허락했겠는가? 이는 곧 우리 조상들의 음덕이다. 그러니 이 어찌 내 일신의 복이랴! 모두 우리 조상님들이 남긴 경사이다. 내가 이를 잘 아니, 사사로운 행복으로 여기는 마음이나 스스로 뻐기는 뜻이 털끝만큼도 있을 수 없고 밤낮으로 삼가 조심하여 마치 이기지 못할 듯이 여기노라. 자손들이 번성한 일을 '오히려 지나친 일이다.'라고 여기며 자손들이 귀하게 현달함까지는 감히 기대하지도 않노라. 과거에 급제한 일을 '오히려 과분하다.'라고 여기며 높은 지위까지는 감히 기대하지 않노라. 이 나이까지 오래 살게 된 일을 '살 만큼 살았다.'라고 여기며 장수까지는 감히 기대하지 않노라. 애초에 기대하지 않았던 것을 경계의 계기로 삼았거늘, 어찌 감히 현재를 씨앗으로 삼아 기약할 수 없는 장래를 기대하겠는가? 기대란 욕망이니, 곧 조물주가 꺼리는 바이다. 그러니 희망을 품고 고대하는 것은 아예 기대를 하지 않음만 못하다. 오직 솔직함, 신실함, 일관됨, 조심스러움으로 덕을 진전시키기만을 기약하며, 길흉화복은 하늘에 맡길 뿐이다. 오직 '기대하지 않음'을 기대함만 있을 뿐이니, 다른 그 무엇을 기대하랴!

〖 1695년 1월 23일 을유 〗 맑음

영암에서 적거 중인 신 승지(신학申鶴)의 아들 진사 명제命濟가 와서 아침밥을 먹고 갔다. 광주光州의 이달도李達道가 역방했다. 정 생(정광윤)이 왔다. ○두 노奴와 말 2마리를 서울로 보냈다. 창아昌兒와 종아宗兒 두 아이가 재기재기再期 때 내려오고 싶다기에 데려오기 위해 보낸 것이다. 또 노와 말을 인천에 보냈다. 장례 비용을 마련하기 위하여 전답을 함부로 팔기에 차마 남에게 넘어가도록 둘 수 없어, 내가 그 논을 사려고 가목價木[3]과 노비, 부목賻木을 실어 보내는 것이다. ○ 내일이 전부 형님(윤이석)의 초기初期이다. 나는 상중이지만 일가 사람들과 다 모여서 곡하는 것은 인정상 그만둘 수 없기에 흥아와 오후에 연동에 들어갔다.

〔 1695년 1월 24일 병술 〕흐렸다 맑음

동이 틀 무렵 일가 사람들과 모여 곡했다. 동네의 여러 친족들 또한 와서 참석했다. 아침 식사 후 돌아오는 길에 녹산평象山坪에서 해남좌수 임중신任重信을 만나 반갑게 한참 이야기를 나누었다. 영신평永新坪에서는 윤기업尹機業을 만나 잠시 이야기했다. 용천동龍泉洞에 이르러 윤시상尹時相을 역방하여 만났다. ○ 윤희직尹希稷이 왔다.

〔 1695년 1월 25일 정해 〕맑음

최상일崔尙馹, 윤익성尹翊聖이 왔다. 윤희尹僖가 왔다. 순창의 설두징薛斗徵이 권 상相(권대운)과 가까운 친구라 별진別珍에 와서 머물다가 그의 아들 승과昇科와 함께 역방했다. 정 생이 와서 숙위했다. 윤기업, 이대휴가 왔다. 윤승후가 왔다.

〔 1695년 1월 26일 무자 〕맑음

우이도의 상선이 맹진孟津에 도착하여 류 대감(류명현柳命賢)의 편지와 새해 달력 4건을 전해 받았다. 답장을 써서 감사를 표하고, 또 『자경편自警編』 10권과 『명신언행록名臣言行錄』 2권을 보냈다. 류 대감이 전에 보기를 청했기 때문에 백포白浦에서 빌려서 보낸 것이다. ○ 상인喪人 김형구金亨九, 청계

---

3) 가목價木: 논 값으로 지불할 무명이다.

青溪의 나이홍羅以弘과 윤희직, 장흥長興의 윤상림尹商霖이 왔다. 정 생(정광
윤)이 숙위했다.

〖 1695년 1월 27일 기축 〗 아침에 안개 오후에 맑음

최운학崔雲鶴이 왔다. ○ 해남 부소도扶疏島는 송산松山 백가白家의 산소다.
백수경白壽慶이 집 지을 재목을 베던 중에 나도 3그루를 빌렸기 때문에, 한
꺼번에 베어서 죽도로 운반해 올 계획으로 직접 백치白峙의 이 종(이대휴)
집에 가서 유숙했다. 권붕權朋과 윤희와 함께 이야기했다.

〖 1695년 1월 28일 경인 〗 밤부터 비가 내려 종일토록 부슬부슬 내림

김형일金亨一이 왔다. 이석신李碩臣이 저녁에 방문했다가 밤에 갔다. 장선
동長善洞의 소나무 재목 10그루를 사정하여 얻었다.

〖 1695년 1월 29일 신묘 〗 날이 개고 맑음

이대휴, 권붕, 윤익재尹益載와 함께 부소도에 있는 송호松湖 백진남白振南
의 산소로 가서 10그루를 베고, 장선동에 도착해서 10그루를 베었다. 다듬
고 자르니 두 곳에서 얻은 것이 50톳이 되었다. 백가白家에서는 허락받은
것이 너무 적었기 때문에 마구 베어 10그루를 채웠고, 이가李家에서는 애
초에 그리 인색하게 굴지 않았기에, 그 뜻을 감히 어기지 않고 그 말에 따라
나무를 베었다. 백가의 인색함이 공연히 나를 건드려 마구 나무를 베게 만
들고, 흔쾌히 허락한 이가만도 못하게 되었다. 모든 일이 이러하니 우습다.
이날 저녁에 이대휴와 권붕, 윤익재가 돌아갔고, 나는 채로포촌蔡路浦村에
있는 권진權縉의 소실 집[小家]에서 묵었는데, 권진의 대접이 꽤나 정성스
러웠다.

오늘은 바로 누님(안서익의 처)의 재기再期다. 나는 마침 이곳에 와 있기 때
문에 망곡望哭하려던 계획을 이룰 수 없었다. 혼자 찢어질 듯 아파할 뿐이
다. 아침 식사 후에 벌목소伐木所로 돌아와서 근처 마을 사람들을 불러 모
아 나무를 물가로 끌어내렸다. 권진이 따라왔다. 옹암甕巖의 극인棘人 윤
취삼尹就三, 화곡禾谷의 박이순朴以順, 송정松汀의 이석빈李碩賓이 와서 만
났다. 저녁 무렵 사람들과 헤어져 죽도로 돌아와 잤다. 초곡草谷의 정만대
鄭萬大는 한창 심제心制를 지키던 중인데 마침 그 처가에 와 있었다. 처가란
바로 성 생원(성준익成峻翼) 댁이다. 밤이 되어 함께 잤다.

집안에 초상이 줄을 이어

〔 1695년 2월 1일 계사 〕 맑음

옹암甕岩의 윤형주尹亨周가 왔다. 윤취삼尹就三의 아들이다. 정만대鄭萬大, 성덕□成德□가 재목을 운반해 오기 위해 상선商船을 빌려 보냈는데, 건너 편에 이르자마자 배가 걸려서 운반해 올 수 없었다. 안타깝다. ○우이도의 김시정金時鼎이라는 사람이 지난겨울 류 대감(류명현柳命賢)의 편지를 가지 고 와서 알현했다. 벼 1섬을 부쳐 보내 담배를 사게 했었는데, 오늘 50여 파把를 사 와서 바쳤다.

〔 1695년 2월 2일 갑오 〕 흐리고 바람이 거세게 붊

재목으로 뗏목 3개를 만들어 오후에 겨우 운반해 올 수 있었다. 그런데 뗏 목 1개는 지난밤 썰물 때 물살에 휩쓸려 갔으니, 안타깝다. ○성덕항成德恒 이 왔다. 염창鹽倉의 정익태鄭益泰, 윤세구尹世耉가 왔다. ○그물 치는 곳에 서 생선을 사서, 심부름꾼을 통해 팔마八馬로 보냈는데 저녁에 돌아왔다. 집안에 아무 일이 없고, 또 18일에 서울에서 보낸 안부 편지를 받았으니 매 우 기쁘다. 첨사 이만방李晩芳이 사면 명단에 들어가 삭직되고 풀려났다고 한다. 다행이다. 또 태천泰川에서 지난달 초하루에 쓴 편지를 받았는데,[4] 우리 집 심부름꾼을 통해서 답장한 것이다. 연일延日에서 판서 류명천柳命天이 섣달 초에 쓴 편지가 이제야 도착했다. 이 또한 답장이다.[5] ○성덕기成德基와 성덕항이 밤에 찾아왔다가 돌아갔다.

〔 1695년 2월 3일 을미 〕 맑음

재목을 집 앞에 옮겨 놓았다. 성덕기, 최남표崔南杓가 왔다. ○류 대감(류명현)에게 안부 편지를 써서 김시정金時鼎이 돌아가는 편에 부쳤다. ○성덕기, 덕항, 정만대가 밤에 왔다가 돌아갔다.

〔 1695년 2월 4일 병신 〕 흐리다 맑음

아침 식사 후 죽도竹島를 출발하여 건너 마을인 명금동鳴金洞에 들러 노老성 생원(성준익成峻翼)을 뵈었다. 성덕기, 성덕항, 정만대가 그 자리에 있었고, 최남표, 김익△金益△도 마침 왔다. 한참 있다가 일어나 해창海倉으로 갔는데, 성덕항을 만나 함께 갔다. 백치白峙 이 종(이대휴李大休)의 집에서 말을 먹이고 저녁쯤에 팔마八馬 집으로 돌아오니, 정광윤鄭光胤, 김삼달金三達, 윤상尹詳이 이미 와 있었다. 정광윤과 윤상은 그대로 유숙했다. ○집에 도착하여, 진도 정 대감(정유악鄭維岳)이 보낸 편지 2통을 보았다. 하나는 윤성미尹成美가 전한 것이고, 하나는 심부름꾼이 가져온 것이었다. ○지원智遠이 얼마 전 그의 모친을 데리고 와서 귀라리貴羅里에 모셨는데, 오늘 여기로 데려 왔다. ○들으니, 훈련대장 이의징李義徵을 속히 국법에 따라 처형하라는 계啓가 지난 달 22일 나왔다고 한다. 양사兩司가 주상전하 앞에서 연이어 청했는데도 윤허하지 않으시자 정언 이희무李喜茂, 지평, 삼사三司

---

4) 지난달…받았는데: 태천에 유배된 이운징李雲徵이 보낸 편지이다.

5) 연일延日에서…답장이다: 류명천은 1694년 갑술옥사로 인해 강진에 유배되었다가 연일로 이배되었다. 1694년 6월 15일 일기 참조.

가 다투어 아뢰었고, 상감께서 입시入侍한 제신諸臣에게 하문하시니 병조판서 윤지선尹趾善, 이조판서 신익상申翼相이 극형에 처하지는 말고 사약을 내리는 정도로 하라고 건의하여 23일 결국 사약을 내렸다고 한다. 이 사람은 쉽게 얻지 못할 인재인데 이렇게 제거해 버렸으니, 나라의 측면에서 보자면 개탄스러운 일이다.

〖 1695년 2월 5일 정유 〗 맑음

흥아興兒가 상사上舍 한종석韓宗奭이 귀라리에 왔다는 말을 듣고 갔다가 저녁에 돌아왔다. 이날 저녁 무렵 비가 내렸다.

〖 1695년 2월 6일 무술 〗 어제 비는 밤이 오자 눈이 되어 1촌가량 쌓임. 낮에 흐림

권 참의(권중경權重經)가 역방했다. 정 생(정광윤)이 와서 숙위했다.

〖 1695년 2월 7일 기해 〗 맑음

청룡靑龍에서 길가 논머리까지 소나무를 심고 담배씨를 뿌렸다. 소나무 심는 것을 살펴보기 위해 길가에 앉아 있었다. 윤재도尹載道, 임세회林世檜, 최항익崔恒翊이 지나가기에 잠시 이야기를 나누었다. 최운원崔雲遠, 최상일崔尙馹이 왔다. ○한 상사上舍(한종석)가 오늘 비로소 만덕사萬德寺로 갔는데, 흥아도 그의 초대를 받아 갔다. ○흥덕興德의 김극정金克鼎, 노유민魯有閔이 유배객들을 방문하기 위해 내려왔다가 역방하여 유숙했다. 이대휴李大休도 와서 유숙했다.

〖 1695년 2월 8일 경자 〗 무지개가 해를 관통함. 맑다 흐림

흥덕의 두 객(김극정, 노유민)과 이 종제從弟(이대휴)가 갔다. 황세휘黃世輝, 박원귀朴元龜, 오시명吳諟命이 왔다. 윤시상尹時相, 윤희설尹希卨, 윤천미尹

天美가 왔다. 청계淸溪의 윤 생원(윤세미尹世美)이 저녁에 지나다 들렀다. 홍아가 돌아왔다. ○어제 이룡二龍을 불러 사당에 섬돌을 놓았는데 오늘 끝났다.

〔 1695년 2월 9일 신축 〕 밤에 비가 내려 냇물이 불어남. 낮에 흐림

조 종매從妹(조면趙冕의 처)의 장례를 보기 위해 오후에 연동蓮洞으로 들어갔다. ○사당의 담장 공사를 시작했는데, 이룡二龍이 맡았다.

〔 1695년 2월 10일 임인 〕 밤에 눈이 내림. 종일 바람이 어지럽고 눈이 그치지 않음

날 밝기 전에 장지로 갔다가 하관下棺 후 곧바로 돌아왔다. 장지로 정한 곳은 연동 북쪽 고개 아래다. 바람과 눈에 막혀 그대로 연동에 머물렀다. ○신임 해남현감 강산두姜山斗가 도임했다.

〔 1695년 2월 11일 계묘 〕 흐림

구림鳩林의 별장別將 류성남柳星南과 그 아들 류한장柳漢章이 조 매妹(조면의 처)의 장례를 본 뒤 나를 만났다. ○아침에 연동을 출발하여 오시午時에 죽도에 도착했다. 집 북쪽 밭에 소나무와 대나무를 두 줄로 심었다. 예전에 성 장丈(성준익)이 대나무를 너무 바특하게 심고 소나무는 동쪽머리에 조금만 남겨 두고 나머지는 전부 베어 버렸기에, 밭의 풍경이 너무 볼품없다고 생각해서 내가 일부러 와서 심은 것이다. ○성덕기, 성덕징成德徵이 밤에 방문했다가 돌아갔다.

〔 1695년 2월 12일 갑진 〕 맑음

소나무와 대나무를 다 심었다. ○최남표崔南杓가 왔다. ○저녁 식사 후 백치로 가서 유숙했는데, 권경權絅, 권진權縉이 와서 기다리다가 밤에 갔다.

〔 1695년 2월 13일 을사 〕맑음

권경, 권진, 김형일金亨一, 김우경金友鏡이 왔다. ○아침에 백치에서 출발하여 낮에 팔마로 돌아왔다. 길에서 이송爾松을 만나 함께 돌아왔다. 윤유도尹由道, 윤희성尹希聖이 왔다. ○들으니, 진사 윤관尹寬이 그제 왔다가 오늘 아침에 돌아갔다고 한다. 공교롭게도 서로 엇갈렸으니 안타깝다.

〔 1695년 2월 14일 병오 〕맑음. 늦은 아침에 비가 잠시 뿌림

윤승후尹承厚가 왔다. ○별진別珍에서 상경하는 인편이 있기에 서울로 편지를 부쳤다. ○출신出身 강석무姜碩武가 왔다. ○신임 해남현감(강산두)이 단자單子를 갖추어 비곡比谷 면주인面主人을 통해 문안 편지를 부쳐 보냈다. 일찍이 서로 잘 알고 지냈는데 중간에 10여 년 동안 소식을 듣지 못했으니, 변색變色[6]하여 벼슬을 하지 않았기 때문이다. 도임한 지 며칠 되지 않아 이처럼 인편을 통해 문안하는 것 또한 예상하지 못했던 바이나, 정식으로 조문 편지를 써서 위문하지 않고 단지 간단한 문안 편지로 책임을 면하니, 그 뜻을 알 만하다.

〔 1695년 2월 15일 정미 〕맑다가 저물녘에 비

이석빈李碩賓 생과 허 영원寧遠(허려許礪)이 왔다.

〔 1695년 2월 16일 무신 〕어제 저녁 비가 내리다가 밤이 되자 더하더니 밤새 그치지 않음. 정오 가까이 되자 개더니 저녁 무렵 맑았고, 밤이 되자 달빛이 낮처럼 환함

순창의 설연薛衍이 역방했다. 그의 외조外祖 김종지金宗智가 영광에 있는 이문李門의 외손이기 때문에, 설연과 내가 먼 친척이 된다고 한다.

---

6) 변색變色: 당색黨色을 바꾼 것을 이른다. 일기 원본을 보면 '유인酉人'이라고 썼다가 지우고 '변색變色'으로 바꿔 쓴 흔적이 보인다. '유인'은 서인西人이란 뜻이다. 아마도 강산두가 남인南人이었다가 서인으로 당색을 바꿔 서로 소원해졌던 것으로 보인다.

〔 1695년 2월 17일 기유 〕 밤에 또 비가 내리더니 아침이 되자 맑게 갬

장흥의 문필계文必啓가 조문했다. 윤천우尹千遇, 김삼달, 정광윤이 왔다.
정광윤은 머물러 숙위했다.

〔 1695년 2월 18일 경술 〕 맑음

위아래 마을 사람들을 불러내어 담장 돌을 날라 들여왔다. ○윤동미尹東美
가 왔다. 윤희직尹希稷, 윤순제尹舜齊, 정광윤, 윤시상尹時相이 왔다. 초곡
草谷의 점쟁이 천재영千載榮이 왔다. 윤경미尹絅美가 지나다 들렀다.

〔 1695년 2월 19일 신해 〕 어두운 구름이 걷히지 않고 비가 올 듯한 조짐이 매우 강함

금년 우리 내외의 신수를 점쟁이 천재영에게 점치게 했더니 '고괘蠱卦'가

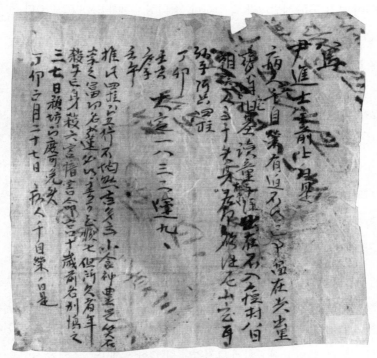

1687년 천재영(천자영)이 윤이후에게 보낸 것으로 추정되는 간찰_한국학중앙연구원 소장
윤두서의 둘째 아들 윤덕겸尹德謙의 사주를 풀이해 윤이후에게 보낸 편지이다. 천재영은 윤이후가 신뢰하였던 점쟁이로 짐
작된다.

나왔다. 말하기를, 나는 평탄하나 아내는 4월과 8, 9월에 액운이 있어 낙상할 것 같고, 자손 중 뱀띠, 말띠가 종기를 앓을 수 있다고 한다. 천재영은 늦은 아침에 갔다. 강성江城의 최 별장別將(최두서崔斗瑞)이 지나다 들렀다. ○ 서울에서 참군參軍 외숙(이락李洛)이 습창濕瘡 때문에 내려오지 못하고 노마奴馬를 돌려보내 창아昌兒가 8일에 쓴 편지를 받았다. 심 대감(심단沈檀)의 어머니인 고모님[7]께서 병환으로 3일에 끝내 돌아가셨다. 매우 가슴 아프다. 몇 년 사이 우리 집안에 초상이 줄을 잇고 있으니 마음이 아프다. 아이들은 이 때문에 출발하지 못했고, 11일 날 출발할 것이라 한다. 치사致仕한 봉조하 이관징李觀徵이 8일 갑작스레 사망했다고 한다. 이 대감은 평생 재주로 칭송받지는 않았으나, 바른 도리를 지켜 잘못을 저지르지 않았고 늙어서는 능히 자기 자리를 알았다. 올해 나이가 78세이니, 흔하지 않은 복이며 보기 드문 사람이라 할 만하다. 좌의정 박세채朴世采도 죽었다 한다.【뒤에 들으니, 봉조하의 죽음은 잘못 전해진 것이었다. 이후 얼마 되지 않아 진짜로 돌아가셨다는 소식을 들었다.】

〖 1695년 2월 20일 임자 〗 흐리다 맑음

이복爾服이 왔다가 그대로 머물렀다. ○ 별제別提 목임장睦林樟이 왔다.

〖 1695년 2월 21일 계축 〗 흐리다 맑음

이복과 함께 집 뒷산에 올라 둘러보았는데 산소를 평가하기 위해서였다. 정 생과 흥서興緖가 따라왔다. 길을 돌려 송백동松栢洞으로 가니, 거사居士 두 사람이 나와서 맞이했다. 창아昌兒가 서울에서 돌아왔다는 소식을 듣고 걸음을 재촉하여 돌아왔는데, 양근楊根의 이 숙주叔主(이보만李保晚)가 일이 있어 서울에 갔다가 상한傷寒이 든 지 7일 만인 2월 10일에 갑자기 돌아가셨다고 한다. 놀랍고 애통하기 그지없다. 고결하여 세속을 초월한 지조는

---

7) 고모님: 심광면沈光沔에게 시집 간 윤선도의 딸이다.

세상에 드문 것이었고 기질이 굳세고 강하여 장수를 누릴 것이라는 말을 들었으며 학식이 월등하게 뛰어나 벼슬에 나갈 만했으나 갑자기 이 지경에 이르렀으니, 애통하고 또 애통하다. ○황세휘黃世輝, 김시극金時極이 왔다. 김시극은 죽은 김회극金會極의 아우다. ○이송爾松, 이성爾成, 동미東美, 기미器美가 왔다. 모두 유숙했다.

〖 1695년 2월 22일 갑인 〗 한식. 맑음

동이 틀 무렵 성복成服했다. 나는 적량赤梁으로 가고 흥아興兒는 간두幹頭로 가서 제사를 지내고 저녁에 돌아왔다. 적량에 있을 때 김여휘金礪輝와 이시복李時福이 와서 만났다. ○이성이 계속 머물렀다.

〖 1695년 2월 23일 을묘 〗 맑음

임극무林克茂가 왔는데, 꿩을 가지고 와서 줬다. 윤재도尹載道가 왔다. ○일명一明을 불러 백립白笠을 만들게 했다. ○지난번에 보니, 장성 읍내의 늘어진 버드나무가 평범한 것과 달라, 창아에게 내려올 때 몇 가지를 잘라 오게 했다. 사랑 앞에 심었다. ○21일에 윤징귀尹徵龜가 어머니의 상을 당했다. ○입장笠匠(갓장이) 생남生男이 뒤따라 왔다. 생남이 일명보다 나아서, 생남에게 백립을 만들게 했다. ○윤희직, 윤시한尹時翰, 족숙 윤상미尹尙美, 윤주미尹周美, 윤항미尹恒美, 윤정미尹鼎美, 윤징미尹徵美가 왔다.

〖 1695년 2월 24일 병진 〗 맑음

윤문도尹文道, 윤천령尹千齡, 윤이주尹以周, 윤재도尹載道, 윤희설尹希卨, 윤희익尹希益이 왔다. ○인천으로 갔던 인편이 돌아와 조카들의 편지를 받았다. 2월 10일에 장례를 무사히 치렀다고 하니 비통함이 더욱 절절하다. 들으니, 자형(안서익安瑞翼)이 병이 위독할 때 자신의 만사挽辭를 다음과 같이 지었다고 한다.

> 千年華表鶴歸栖　천년 만에 화표華表로 돌아가 깃든 학
> 九萬雲霄路不迷　구만리 하늘 길에도 헤매지 않았지[8]
> 只有當時樽底月　당시의 술통 바닥을 비추던 달만이
> 淸秋虛照逸堂西　맑은 가을 일당逸堂의 서편을 비추고 있네

만사의 뜻이 처량하다. 평소 짓던 것과 달라, 읊다 보니 나도 모르게 눈물
이 났다. 글재주가 풍부하고 넉넉했어도 결국 명성을 이루지 못했으니, 재
주는 있으나 좋은 운명은 없음이 이와 같은가! 애통하고 애통하다.

〖 1695년 2월 25일 정사 〗 아침에 맑음. 저녁에 비가 내리다 곧 그침

임성건林成建이 왔는데 말린 귀상어雙魚 1마리를 가져왔다. 윤시상이 곶
감 1접을 보냈다. 한천寒泉의 문장門長(윤선오尹善五)이 생꿩 1마리를 보냈
다. 정동기鄭東箕도 꿩 1마리를 보냈다. 해남의 하리下吏 이계추李桂秋가 절
인 숭어와 생숭어 각각 1마리를 보냈다. 비부婢夫 수남守男이 절인 숭어 1
마리를 가져왔다. 박수귀朴壽龜, 임중헌任重獻, 임석주林碩柱가 모두 편지
를 보내 위문하고 숭어 2마리를 보냈다. 조우서趙瑀瑞가 와서 생꿩 1마리
를 바쳤다. 윤시건尹時建이 생닭 1마리를 보냈다. 윤시한尹時翰이 와서 곶
감 1접을 바쳤다. 이증李增, 최상일崔尙馹, 정이쾌鄭以夬, 최운학崔雲鶴, 최
운제崔雲梯, 윤시상, 윤시익尹時益, 윤취도尹就道가 왔다. 윤상형尹商衡, 윤
신미尹信美, 유지만兪智滿, 이국명李國命이 왔다. 윤상형은 내가 쓸 망건을

---

8) 천년…않았지: 이 구절은 『수신기搜神記』의 정령위丁令威 고사를 원용하여 지은 것이다. 한漢나라
때 요동遼東 사람 정령위가 영허산靈虛山에서 도술을 배우고 학이 되어 돌아와 화표주華表柱 위에
앉아 있었는데, 한 소년이 활을 쏘려 하자 학이 날아 공중을 배회하며 "새가 된 정령위, 집 떠난 지
천년 만에 돌아왔네. 성곽은 의구한데 사람은 아니구나! 어이하여 신선을 배우지 않아 무덤만이
즐비한가[有鳥有鳥丁令威 去家千年今始歸 城郭如故人民非 何不學仙冢纍纍]"라고 했다고 한다.

만들어서 가져왔다. 이백爾栢이 와서 그대로 머물렀다. 함평의 정문주鄭文周가 지나가다 들러 조문했다.

〔 1695년 2월 26일 무오 〕 밤에 비가 내렸고 낮에 흐리고 이슬비가 내림

윤시상이 도미 1마리를 보냈다. 윤시삼尹時三이 귀상어 1마리와 생전복 6개를 보냈다. 최형익崔衡翊, 최항익崔恒翊, 최유기崔有基가 쌀 1말과 닭 1마리를 보냈다. 황세휘가 닭 1마리를 보냈다. 극인棘人 양가송梁可松이 쌀 1말과 호두 1되를 보냈다. 김우정金友正이 닭 1마리와 죽합竹蛤 약간을 보냈다. 윤천임尹天任이 생문어 1마리와 생동어童魚 2마리를 보냈다. 최운탁崔雲卓이 쌀 1말을 보냈다. 윤천화尹天和가 꿩 1마리를 보냈다. 노奴 정산定山이 숭어 1마리를 바쳤다. 노 홍렬洪烈이 숭어 2마리를 바쳤다. 사동士同이 숭어 1마리를 바쳤다. 속금리束今里 사람들이 낙지 5속을 보냈다. 선인船人이 숭어 2마리를 보냈다. 간두幹頭의 선인船人이 생선 5마리를 보냈다. 윤희직이 닭 1마리를 보냈다. 최세양崔世陽이 쌀 1말을 보냈다. 권 야爺(권대운權大運)와 참판(권규權珪)이 건어乾魚, 곶감 등의 물건을 보냈다. ○윤영미尹英美, 최유준崔有峻, 이홍명李弘命, 윤기반尹起磻, 윤성시尹聖時, 윤성민尹聖民, 윤심尹諶, 윤동미尹東美, 윤남미尹南美, 윤기미尹器美, 윤집미尹集美, 윤적미尹積美, 윤이복尹爾服, 윤이송尹爾松, 윤유대尹有大, 이대휴가 와서 그대로 유숙했다. 정 생(정광윤)이 와서 숙위했다. ○이복의 아내가 왔다.

〔 1695년 2월 27일 기미 〕 흐리고 부슬비. 오후에 비가 됨

새벽에 대상大祥 제사를 지내고 신주를 받들어 가묘에 들였다. 황망한 애통함이 지극히 망극했다. 아침 식사 후에 손님들이 모두 갔다. ○윤시한, 윤희성이 왔다. 윤승후, 윤천우, 최정익崔井翊, 윤순제가 왔다. ○이복의 아내와 유대가 갔다. ○삼麻을 심었다. ○진사 최시필崔時弼이 왔다.

〖 1695년 2월 28일 경신 〗 흐리고 부슬비

진도의 정 대감(정유악)이 심부름꾼을 보내 편지로 위문했다. ○ 최운원, 윤익성尹翊聖, 정광윤이 와서 유숙했다. ○ 보길도 서용산徐龍山의 배가 와서 맹진孟津에 정박했다. 곡물을 나르는 배인데 서울로 보낼 화물이다.

〖 1695년 2월 29일 신유 〗 부슬비가 종일 그쳤다 내렸다 함

박세유朴世維, 임취구林就矩가 왔다. 정 생이 또 그대로 숙위했다.

1695년 3월. 경진 建. 큰달.

사대부의 수치가 되는 일일지니

〖 1695년 3월 1일 임술 〗 맑으나 바람이 어지러움

오늘은 승의랑承議郎 조고祖考(안계선安繼善)의 기일인데, 나는 몸이 아파 직접 지내지 못하고, 창아昌兒와 흥아興兒 두 아이를 시켜 대신 지내게 했다. ○왼쪽 눈썹 모서리의 통증으로 아주 괴롭다. ○최남익崔南翊, 윤유도尹由道, 송수기宋秀杞, 윤이주尹以周가 왔다. 정만대鄭萬大가 왔다.

〖 1695년 3월 2일 계해 〗 맑음

정운형鄭運亨, 윤희설尹希卨, 황세휘黃世輝, 김연화金鍊華가 왔다. 족숙族叔 윤주미尹周美, 윤항미尹恒美, 윤정미尹鼎美가 왔다. 김성삼金聖三이 왔다. 철원鐵原의 우창진禹昌震이 신공身貢을 받으러 내려왔다가 역방하여 유숙했다. ○우이도의 김시정金時鼎이 와서 알현하고, 류 대감(류명현柳命賢)의 편지를 전했다.

〖 1695년 3월 3일 갑자 〗 맑음

가묘에서 절사節祀를 지냈다. ○우창진이 갔다. 최형익崔衡翊, 최항익崔恒翊,

최유기崔有基, 윤기업尹機業, 윤선형尹善衡이 왔다. 권 참의(권중경權重經)가 왔다. 임한두林漢斗가 왔다. ○낙안樂安의 이두광李斗光이 직접 내방했다가 그대로 유숙했다.

〖 1695년 3월 4일 을축 〗 맑음

이두광이 갔다. 김의방金義方, 권붕權朋, 정광윤鄭光胤이 왔다. ○전부典簿 (윤이석尹爾錫) 댁 노奴 일복一卜이 상경하기에 편지를 써서 부쳤다.

〖 1695년 3월 5일 병인 〗 맑음

대상大祥[9] 제사 후에 비 때문에 길이 막혔을 뿐만 아니라 몸도 아파, 오늘에야 비로소 적량赤梁 산소에 가서 참배하고 곡했다. 두 아이가 따라갔다. 이시복李時福이 와서 만났다. 저녁 무렵 집으로 돌아왔다. ○김정진金廷振이 왔다. 정 생生(정광윤鄭光胤)이 왔다. 둘 다 숙위했다.

〖 1695년 3월 6일 정묘 〗 맑았다 흐림

김우정金友正, 윤시지尹時摯, 윤희직尹希稷, 김귀망金龜望이 왔다. 정 생이 숙위했다.

〖 1695년 3월 7일 무진 〗 간밤에 비바람이 미친 듯이 붊. 종일 흐리고 이슬비가 부슬부슬 내림

최운학崔雲鶴과 최운제崔雲梯가 서울로 올라가기에, 편지를 부쳤다. ○우이도의 김시정이 돌아가기에 류 대감(류명현)에게 답장을 부쳤다. ○고부古阜의 권종도權宗道와 권정도權貞道가 별진別珍에서 역방하여 노자를 요구하기에 쌀 2말을 줬다. ○들으니, 영암군수(박수강朴守剛)가 대간臺諫의 탄핵을 당하여, 체포하라는 명령이 내려졌다고 한다.

---

9) 대상大祥: 윤이후의 양모인 윤예미尹禮美 처 여주 이씨의 재기再朞를 가리킨다(1693년 2월 27일 일기에 사망 관련 내용 나옴). 윤예미와 그 처의 무덤은 적량에 있다.

〔 1695년 3월 8일 기사 〕 맑음

대둔사 중 성견省堅이 어제 와서 사당 중문中門의 기와를 이고 갔다. 쌀 1말 반을 줬다. ○들으니, 순무사巡撫使 김구金構가 해남을 거쳐 수영水營에 들어갔다가 오늘 돌아가는데, 지나간 곳에 조치한 것은 없이 오직 배의 부정만 적발하고, 끼친 폐단이 헤아릴 수 없다고 한다. 몹시 가소롭다. ○최운원崔雲遠, 윤순제尹舜齊, 최유준崔有峻, 정래주鄭來周, 이천배李天培가 왔다. 속금도의 윤시대尹時大가 왔다.

〔 1695년 3월 9일 경오 〕 오전에 바람 불고 흐렸다가 오후에 맑음

박수문朴守文, 윤 서홍瑞興(윤항미尹恒美), 윤동미尹東美가 왔다. 정 생(정광윤)이 와서 숙위했다. 윤시한尹時翰이 왔다.

〔 1695년 3월 10일 신미 〕 흐리다 맑음

진사 윤관尹寬이 아침 식사 전에 왔다가 오시가 되기 전에 돌아갔다. 변최휴卞最休, 이만영李晩榮, 임원두林元斗, 윤경미尹絅美, 윤문표尹文豹, 윤□□尹□□, 윤희□尹希□, 윤재도尹載道가 왔다.

〔 1695년 3월 11일 임신 〕 아침에 흐리고 늦은 아침에 맑음

정 생과 윤시상尹時相이 왔다. 출신出身 문헌비文獻斐와 안형상安衡相이 왔다.

〔 1695년 3월 12일 계유 〕 맑음

신임 영암군수는 남언창南彦昌이 되었다고 한다. ○양주楊州 망우리忘憂里의 황협黃鋏은 우리 마을에 사는 선보善寶의 처의 상전인데, 신공을 걷기 위하여 내려왔다가 나를 찾아와 만났다.

449

〔 1695년 3월 13일 갑술 〕 맑음

창아昌兒가 윤 강서江西(윤이형尹以亨)에게 문안인사를 하기 위하여 영암 읍내에 갔다. 황세휘, 출신出身 김율기金律器, 진사 황세중黃世重, 윤시삼尹時三이 왔다. 생원 정왈수鄭曰壽와 그의 아들 계광啓光이 들렀다.

〔 1695년 3월 14일 을해 〕 밤에 천둥이 치고 비가 오다가 아침에 그침. 종일 흐리고 황사가 끼었으며 저녁에 또 천둥이 치고 비가 옴

영암군수 박수강朴守綱[10]이 오늘 비로소 출발하여 떠난다고 한다. 나명拿命(체포 명령)을 내린 지 10여 일이 되었으나, 36마을의 우속목牛贖木[11]을 미처 다 거두지 못했고 그 밖의 것도 다 걷지 못했다는 이유로 이렇게 지체한 것이다. 방자하고 무엄한 그 꼴이 정말 통탄스럽다. ○들으니, 심방沈枋이 작년에 서장관[12]으로서 연경燕京에 가서 여가물女假物(여성 모형)을 사 왔다고 한다. 아마 처가 두려워 감히 색色을 가까이하지 못하다가 처의 병으로 욕정을 해소할 길이 없어져, 이 물건으로 그 욕정을 마음대로 해소하려 했을 것이다. 돌아온 후 그 처가 병으로 죽자 심방은 가물假物을 이용하여 그 욕정을 마음껏 배설했는데, 기혈이 갑자기 허해져서 광질狂疾이 났고 지금은 치료하기 어려운 지경이라고 한다. 의관衣冠(사대부)의 수치다. 괴이함과 놀라움을 이길 수 없다. ○정 생이 와서 숙위했다.

〔 1695년 3월 15일 병자 〕 바람 불고 흐림

대둔사의 중 연매演梅가 와서 알현했다. 약과와 전초全椒 자반佐飯[13]을 가지고 와서 바쳤다. 이 사람은 고故 동지同知 윤원신尹元信의 얼출孽出이다.

---

10) 박수강朴守綱: 다른 곳에는 박수강朴守𡨥으로 되어 있다.

11) 우속목牛贖木: 소도살 금지령을 어긴 자에게 부과하는 면포이다.

12) 서장관: 심방은 1693년 동지사행의 서장관이었다. 이와 관련된 내용은 1693년 7월 7일 일기에 나온다.

13) 전초全椒 자반佐飯: 전초사全椒寺에서 만든 자반을 가리키는 것으로 추정되나 확실하지 않다.

○김삼달이 왔다. ○두아斗兒가 지난 달 28일에 쓴 잘 있다는 편지를 이 첨사(이만방李晚芳)의 노노奴가 전해 줬다. 첨지 이영李泳은 지난번에 백모자白帽子를 보냈는데, 또 사탕 1원圓을 보내 줬다. 그 마음이 정말 고맙다.

〖 1695년 3월 16일 정축 〗 흐림

진사 정혁鄭爀과 진사 이제억李濟億이 지나가다 방문했다. 이들은 모두 길 가던 사람들인데, 정혁은 곽만성郭晚成의 사위로 저전동楮田洞에 와서 우거寓居하고 있고, 이제억은 그의 종형인 사간司諫 이제민李濟民을 위해 무안의 적소에 도착하여, 오늘 모두 나란히 말을 타고 온 것이다. 이대휴李大休가 왔다.

〖 1695년 3월 17일 무인 〗 밤에 서리가 내리고 낮에는 맑음

최유준, 윤순제, 정 생(정광윤)이 왔다. ○창아가 돌아왔다. ○임성건林成建이 왔다. 윤희尹僖가 왔다.

〖 1695년 3월 18일 기묘 〗 맑음

별진別珍의 인편을 통해 종아宗兒, 두아斗兒 두 아이의 잘 지낸다는 편지를 받았다. ○족숙 윤세미尹世美와 나주의 나두하羅斗夏가 왔다. 윤명우尹明遇가 왔다.

〖 1695년 3월 19일 경진 〗 흐림

윤승후尹承厚가 왔다.

〖 1695년 3월 20일 신사 〗 밤에 비가 내렸고, 하루 종일 흐리고 부슬부슬 비가 내림

정 생이 와서 숙위했다.

〔 1695년 3월 21일 임오 〕 맑음

최운원, 김한집金漢集, 윤희성尹希聖이 왔다.

〔 1695년 3월 22일 계미 〕 흐리다 맑음

윤동미尹東美가 지난밤에 왔다가 오늘 새벽에 떠났다. 발길을 돌려 서울로 간다기에, 편지를 부쳤다. ○ 김정진이 갔다. ○ 우이도 류 대감(류명현)의 편지를 받았다. 즉시 답장을 써서 보내고 또 애공哀公 한 단지를 보냈다. 그가 요청한 것이다. ○ 극인棘人 윤학령尹鶴齡이 왔다. ○ 오늘은 할머님의 기일이다. 내가 제사에 참례할 수 없게 된 지 이미 다섯 해다. 비통함이 말할 수 없다. ○ 감목監牧(신석申瀗)이 역방하여 낙지 1속을 주었다. 어머니 대상大祥 때 제물을 부조하지 못했기 때문에 가지고 왔다고 한다.

〔 1695년 3월 23일 갑신 〕 아침에 비가 내리다가 늦은 아침에 그치고, 하루 종일 흐리고 황사가 낌

희성希聖이 왔다. ○ 문장門長(윤선오)과 윤 서흥瑞興(윤항미) 형제, 양근楊根의 생원 윤주미가 청계淸溪의 생원 윤세미의 생일에 갔다가 밤에 역방했다. 내가 붙잡아서 유숙했다. ○ 김정진이 갔다가 돌아왔다.

〔 1695년 3월 24일 을유 〕 맑음

생원 윤상미尹尙美와 정동기鄭東箕가 왔다. 윤시상尹時相이 지나다 들렀다. 김정진이 또 갔다가 돌아왔다. ○ 사당의 담장, 섬돌, 벽, 창호窓戶, 상탁床卓, 교의交椅[14]를 모두 만들었다. ○ 문장(윤선오)의 내행차內行次(부녀자의 행차)가 청계淸溪에서 역방했다.

〔 1695년 3월 25일 병술 〕 오후에 비가 내림

영광의 김치대金致大가 역방했다. 박수귀朴壽龜와 김삼달이 왔다. 윤시상

---

14) 교의交椅: 신주나 혼백 상자를 놓는 다리가 긴 의자이다.

이 지나가다가 들렀다. ○학관學官(윤직미尹直美)의 노奴가 서울에서 돌아와 종서宗緒가 14일에 쓴 잘 지낸다는 편지를 받았다. ○노 개일開一이 신공을 걷고 돌아와, 괴산槐山의 여식(김남식金南拭의 처)이 보낸 편지를 받았다. ○가작답家作畓에 볍씨를 뿌렸다. ○김정진이 갔다.

〔 1695년 3월 26일 정해 〕

〔 1695년 3월 27일 무자 〕 흐리다 맑음

전적典籍 김태정金泰鼎이 왔다. 최운탁崔雲卓, 최후탁崔厚卓이 왔다. 이복爾服, 이송爾松이 걸어와서 만났다. ○사당의 창호에 종이를 발랐다.

〔 1695년 3월 28일 기축 〕 맑음

윤상尹詳, 윤시지尹時摯, 한종주韓宗周가 걸어서 왔다. ○정 생(정광윤)이 왔다. 진사 신문제申文濟는 신도원申道源【신학申㙾의 자字】영감의 둘째 아들인데, 산천 유람을 떠나면서, 관주인館主人[15] 철견哲堅과 산인山人 극초克初를 대동하고 만덕사萬德寺에서 왔다. 그대로 유숙했다.

〔 1695년 3월 29일 경인 〕 밤부터 비가 퍼붓다가 늦은 아침에 개고 해가 남

진사 신문제가 발길을 돌려 대둔사로 가면서 두 아이(윤창서, 윤흥서)를 데리고 갔다. 정 생이 왔다.

〔 1695년 3월 30일 신묘 〕 맑음

인천 댁(안서익安瑞翼의 집) 노奴 신철信哲이 뱃짐을 싣고 올라가기에 편지를 부치고, 또 서울에도 편지를 부쳤다. 윤희성, 정광윤이 왔다. 정광윤은 그대로 머물며 숙위했다.

---

15) 관주인館主人: 성균관에 재학하는 학생이 묵는 성균관 근처 집의 주인이다.

1695년 4월. 신사 建建. 큰달.

은 채굴지를 방문하다

〔 1695년 4월 1일 임진 〕 맑음

임취구林就矩가 왔다. ○두 아이(윤창서, 윤흥서)가 대둔사에서 돌아왔다. 신 진사(신문제申文濟)는 미황사尾黃寺로 향했다고 한다. ○김현추金顯秋가 왔다.

〔 1695년 4월 2일 계사 〕 비

정 생生(정광윤鄭光胤)이 숙위했다.

〔 1695년 4월 3일 갑오 〕 흐림

최운원崔雲遠, 정광윤이 왔다. ○김정진金廷振이 황원黃原에서 왔다. 신 진사가 철견哲堅과 극초克初를 데리고 미황사에서 돌아왔다. ○김지일金之一이 왔다.

〔 1695년 4월 4일 을미 〕 흐림. 오후에 가랑비가 옷을 적심

아침 식사 후 신 진사가 갔다. ○입점笠店 사람 48명을 불러내어 척치尺峙

아래 2마지기 정도의 6배미[夜味]에 논을 개간했다. 나와 창아昌兒, 흥아興兒 두 아들과 김정진, 정광윤, 윤규미尹奎美가 가서 살폈다. 백몽미白夢尾, 문헌비文獻斐가 길을 지나다 들어와 보았다. 남평南平의 윤유尹瑜, 해남의 윤승대尹承大, 인근에 사는 최상일崔尙馹 노老, 월암月岩의 임성달林成達도 왔다. 저녁 무렵 옅은 안개가 옷을 적셔 끝까지 작업을 살피지 못하고 돌아왔다. 길에서 족숙 윤세미尹世美를 만났다. ○들으니, 대둔사 북쪽 미륵불이 2월 1일·2일·8일에 땀을 흘렸다고 하며, 은적암隱跡庵 석불도 3월 8일 땀을 흘렸다고 한다. 전부터 흉년, 상환喪患, 환국 등의 일이 있을 때 반드시 그에 앞서 땀을 흘렸고, 무진년(1688, 기사환국 한 해 전)에도 이와 같았다고 하니 앞으로 또 무슨 재변이 있을지 모르겠다. 매우 걱정된다. ○위에 말한 오늘 개간한 땅은 작년에 작은 소 1마리를 주고 최도익崔道翊에게서 산 것이다. 물 나는 곳이 있었기 때문이다. 하지만 노奴들이 모두 말하기를, 물나는 곳이 많지 않아서 가뭄을 만나면 말라 버릴 것이니 지금 이 일은 공력을 괜히 낭비하는 것이라 했다. 결국 버릴 땅이 되어 버리는 건 아닐지 모르겠다.

〔 1695년 4월 5일 병신 〕 밤에 비가 내리고 종일 흐리고 부슬비 내림

윤천우尹千遇가 왔다. ○종제從弟 이대휴李大休, 윤남미尹南美, 윤기미尹器美, 이복爾服, 이성爾成, 이송爾松, 이백爾栢이 내일 새벽 제사에 참례하기 위해서 왔다. 윤기업尹機業이 왔다. 점쟁이 김응량金應湸은 어제 와서 그대로 머물렀다. 정광윤, 김정진도 유숙했다. ○간두幹頭와 속금도의 어부가 배를 가지고 왔기에 그대로 머물면서 제수용 어물을 잡아 바치도록 했다. 이 때문에 두 곳에서 바친 어물이 꽤 많았다.

새벽에 담제禪祭를 지냈다. 눈 깜짝할 사이에 3년상을 마쳤으니 추모의 슬픔이 끝이 없음을 어찌 말해야 할지 모르겠다. 아침 식사 후 새로 지은 사당에 신주를 이안移安했다. 제1칸을 장식하여 칸막이를 하고 승의랑承議郎 조부모님(안계선安繼善과 그의 처)의 신주를 봉안했다. 제2칸에는 부모님의 신주를 봉안하고, 제3칸에는 죽은 아들(윤광서尹光緖)의 신주를 안치하여 서향西向으로 반부班祔[16]했다. 이어서 차례를 지내고 예禮를 마치자 객客들은 모두 갔다. ○족숙族叔 윤세미尹世美, 정신도鄭信道, 족숙 윤주미尹周美, 최운원崔雲遠이 왔다. ○논정論亭의 새로 정한 집터에 초당을 지으려고 김진서金振西에게 재목을 청하여 9그루를 얻었다. 김진서의 산소가 논정 10리쯤에 있어서이다. 윤순제尹舜齊, 이정두李廷斗가 왔다.

축문祝文

유세차 (…) 효자 모某는 감히 선고先考 통덕랑부군通德郎府君(윤예미尹禮美)께 아뢰옵니다. 선비先妣 공인恭人 이씨李氏의 대상大祥이 이미 이르러 의례상 마땅히 신주를 옮겨 사당에 들여야 하니 비통한 마음을 금할 길이 없습니다. 삼가 술과 과일을 올려 경건히 고하옵니다. 흠향 하옵소서.〔대상 후 신주를 옮겨 사당에 들일 때 마땅히 사당에 고하는 절목節目이 있어야 하나 참고할 고례古禮가 없으므로 지금 체천遞遷할 때의 축문에 의거하고 내 뜻을 보태어 짓고, 대상大祥 하루 전에 사당에 고했다.〕

○대상 축문은 『가례家禮』에 의거하여 사용했다.

○효자 모某는 장차 삼가 담제를 올리고자 감히 선비先妣의 신주를 정침

---

16) 반부班祔: 자식이 없는 사람의 신주를 조상의 사당에 함께 모시는 일이다.

正寢으로 내갈 것을 청합니다.〔이것은 담제에 사당에 고하는 축문으로『가례의절家禮儀節』에 나온다.〕

○유세차 (…) 고애자孤哀子 모某는 선비 공인 이씨께 감히 아뢰옵니다. 담제禫制 때가 되어 조상을 추모할 방법이 없어 삼가 맑은 술과 갖은 음식으로 담제를 드리오니, 흠향하시옵소서.〔『가례의절』에 나온다.〕

이안移安 축문

○유세차 (…) 외현손外玄孫 윤모尹某는 감히 외고조고外高祖考 승의랑부군承議郎府君과 외고조비外高祖妣 의인宜人 한씨韓氏께 아뢰옵니다. 고향에 살면서 처음에 지은 것이 봉안할 만한 마땅한 곳이 아니어서 근심스럽고 마음이 편치 않았는데, 이제 사당이 지어졌으니 나아가 새로 이안하고자 삼가 술과 과일을 올려 경건히 고합니다. 삼가 고합니다.

○부모 신위에 올리는 축문도 위와 같다.

○연월年月은 위와 같음. 망자亡子의 영령에 고하노라. 이제 사당이 새로 완성되어 선고와 선비의 신주를 옮겨 모시면서 너를 반부班祔하니 영령은 편히 쉬어라.〔이안 축문도 고례에는 상고할 것이 없어 참람되게 내 뜻으로 간략히 이와 같이 지어서 쓴다. 참람함을 감당할 수 없으나 부족하나마 함께 기록하는 것은 후인後人들이 보고 나의 어리석음을 알게 하고자 함이다.〕

〔 1695년 4월 7일 무술 〕 밤에 비가 내리더니, 오전에 부슬부슬 내리다가 오후에 맑음

별진別珍으로 온 인편을 통해 종아宗兒와 두아斗兒 두 아이의 편지를 받았

는데, 지난달 26일에 쓴 안부 편지이다. 이현령李玄齡, 한종석韓宗奭, 이준李準이 석방되었는데, 중궁전(인현왕후)의 복위로 사면을 받은 것이다. ○노奴 기선己先이 제 일로 서울로 올라갔다가 돌아와 아이들의 편지를 전했는데, 아침에 본 편지보다 먼저 부친 것이다.

〔 1695년 4월 8일 기해 〕 맑음

그저께 가묘家廟에 이안하느라 산소에 가서 성묘하지 못했고, 어제는 비 때문에 가지 못하고 오늘 비로소 가서 성묘했다. 한후진韓後績이라는 사람이 마침 말질남末叱男의 집에 왔다가 보러 왔다고 하는데, 반송리盤松里 사람이다. 이송爾松도 갑자기 왔는데, 노비를 추쇄하러 수영水營에 간다고 한다. 해 질 무렵 집으로 돌아왔다. ○김응량金應濲이 갔다.

〔 1695년 4월 9일 경자 〕 늦은 아침부터 맑음

윤이주尹以周와 윤시달尹時達이 왔다. ○화당禾堂 사람 21명을 불러 모아 척현尺峴 아래 4배미를 논으로 개간했다. 앞뒤로 개간한 곳을 합하여 겨우 3말 5되지기 정도이다. 창아와 홍아 두 아이가 따라갔다. 최후탁崔厚卓이 뒤따라 도착했다. 나는 별진으로 가서 문안하고 역소役所로 돌아왔다가 해가 진 후에 돌아왔다. ○김정진이 왔다.

〔 1695년 4월 10일 신축 〕 맑음

최형익崔衡翊, 최상일, 윤익성尹翊聖, 윤희성尹希聖, 이만영李晚榮, 정광윤이 왔다. ○첨사 이만방李晚芳이 유행병에 걸려 4월 1일에 죽었다는 소식을 들었다. 놀랍고 애처롭다. 이만방은 나와 재종再從이라 정이 남달랐고, 그 재주 또한 류사희柳士希와 이대숙李大叔에게 장차 크게 될 것이라고 칭찬을 받았다. 그러나 이제 이렇게 되어 버렸으니 더욱 애통하고 안타깝다.〔사희는 판서 류명현柳命賢이고, 대숙은 판서 이의징李義徵이다.】○ 영신리永新里의 양경중梁敬中이 그 누이의 병 때문에 약을 물으러 왔는데 모르겠다고 사양했다. ○ 권붕權朋이 왔다. 김정진이 갔다.

〖 1695년 4월 11일 임인 〗 밤새 비가 내리고 저녁에 그침

〖 1695년 4월 12일 계묘 〗 어제부터 내리던 비가 늦은 아침에 갬. 저녁에 맑음

정광윤과 김삼달金三達이 왔다.

〖 1695년 4월 13일 갑진 〗 맑음

들으니, 세자(훗날의 경종)의 입학례入學禮가 3월 22일에, 관례冠禮가 4월 18일에 거행되어 입학과 관례의 경사를 맞아 삼백별시三百別試(별시의 초시에서 300명을 뽑는 과거)를 보는데 4월 29일로 날을 잡았다고 한다. 창아가 오늘 서울로 출발했다. 흥아는 한종석韓宗奭을 만나러 병영兵營에 갔다. 나는 연동으로 가서 이 첨사(이만방)의 별가別家에 조문했다. 가는 길에 윤현귀尹顯龜와 윤석귀尹碩龜를 조문했는데, 맏상주는 산소를 찾으러 가서 만나지 못했다. ○ 이번 과거에 흥아는 제 모친의 병으로 왕래하느라 고생하여 멀리 떠날 수 없었다. 관광觀光하는 계획을 이룰 수 없으니 한탄스럽다. ○ 지난번에 목 상相(목내선睦來善)에게 쌀과 벼를 각 1섬을 보냈으며, 정 판서(정유악鄭維岳)에게 벼 1섬을 보냈으며, 오늘 신 승지(신학申瀥)에게 벼 1섬을 보냈고 윤 강서江西(윤이형尹以亨)에게 찰벼 10말을 보냈다. 또 지난해 가을에 권 상相(권대운權大運)에게 쌀과 벼를 각각 1섬을 보냈고, 윤 강서와 권 참판(권규權珪)의 우소寓所에 각각 벼 1섬을 보냈다. 강진의 류 판서(류명천柳命天)에게 쌀 1섬을 보냈고, 김 상相(김덕원金德遠)이 제주에 갈 때 쌀 1섬을 보냈다. 우이도의 류 판서(류명현)에게는 쌀 1섬을 보냈다. 감장甘醬과 간장醬은 당초 여러 적소謫所에 모두 보냈다. 지난번에 한 진사(한종석)에게는 쌀 10말을 보냈고, 고금도의 이 감사(이현기李玄紀)에게는 쌀 1섬을 보냈다.

〔 1695년 4월 14일 을사 〕 맑음

정운형鄭運亨이 일찍 왔다가 늦은 아침에 갔다. 윤천우尹千遇, 윤취거尹就擧, 윤희설尹希卨이 왔다. 정 생(정광윤)이 와서 숙위했다. 김여련金汝鍊이 왔다. ○김정진이 와서 잤다. 이 사람은 수년 전 황원黃原에 와서 은맥銀脈이 있다면서 여러 사람을 데리고 바위의 정상을 8, 9장 정도 팠는데, 은맥이 잠깐 나타났다가 다시 끊겼다. 3, 4년의 고생이 결국 허사가 되었고 이달 초에 포기했다. 무이천武夷川으로 나와 다시 채굴하는 일을 시작했으나, 데리고 있는 사람들을 먹이느라 예전부터 빚을 많이 졌는데도 결실을 보지 못하여 빚을 갚을 수 없었기 때문에 이제 빌려주는 사람을 찾을 수 없게 되었다. 내가 여러 차례 그만두라고 했으나 끝내 듣지 않으니 우습다. ○흥아가 병영兵營에서 돌아왔다. ○윤시상尹時相이 왔다. 〔종아의 편지를 보니 참판 권흠權歆이 숙질宿疾로 갑자기 죽었다고 한다. 매우 애처롭고 애통하다.〕

〔 1695년 4월 15일 병자 〕 맑음

김정진이 갔다. 윤희직尹希稷, 윤희익尹希益, 임익방林益芳, 배준웅裵俊雄, 최항익崔恒翊, 최유기崔有基, 변최휴卞最休, 이천배李天培, 윤희성, 윤석미尹碩美, 윤천미尹天美, 황원의 조원백曺元伯이 왔다. 김정진이 저녁에 다시 왔다.

〔 1695년 4월 16일 정미 〕 비

최운학崔雲鶴이 서울에서 돌아와, 잘 지낸다는 아이들의 편지를 받았다.

○한 진사(한종석)가 풀려나 돌아가는 길에 찾아와 만났다. 오후에 갔다.

○정광윤이 와서 숙위했다.

〔 1695년 4월 17일 무신 〕 비가 그쳤으나 흐리고 개지 않음

임취구林就矩, 임중헌任重獻이 어제 최두한崔斗翰의 회장會葬에 갔다가 오늘 이른 아침에 와서 만났다. 아침을 먹고 갔다. ○서응瑞應(윤징귀) 모친의 발인發引 행차가 백도白道로 출발했다. 나는 마침 일이 있어서 가서 보지 못했다.

〔 1695년 4월 18일 기유 〕 맑음

윤수도尹壽道의 영전에 곡하고, 문장門長(윤선오尹善五)에게 인사했다. ○정광윤, 김삼달이 왔다.

〔 1695년 4월 19일 경술 〕 맑음

오늘은 죽은 아이(윤광서)의 생일이라 사당에서 차례를 지냈다. 귀라리貴羅里로 가서 서응 집의 반혼返魂[17]을 맞이했다. ○정광윤, 최후탁崔厚卓, 임성건林成建, 황세휘黃世輝, 최도익崔道翊이 왔다. 김정진이 와서 숙위했다. ○무안현감 최경중崔敬中이 절선節扇 6자루를 보내왔다. 우이도(류명현의 적거지)에서 편지가 와서, 그 가속家屬이 들어갔다는 소식을 들었다. 모든 조건이 열악한 절해고도에 부인과 어린아이들이 거친 파도를 무릅쓰고 간 것이다. 이는 들어 보지 못한 일이니 감탄을 자아낸다. 붓 3자루, 먹 2개, 오화당五花糖 2홉이 편지와 함께 왔다. 유배지에서 남에게 선물을 주니 정말로 크게 감탄할 만한 일이다.

---

17) 반혼返魂: 장례 후에 신주를 모시고 집으로 돌아오는 의례이다.

김정진이 갔다. 아침 후에 무이천武夷川으로 갔다. 이곳은 산이 둘러싸고 골짜기가 깊어 매번 그 경치를 한번 완상해 보고 싶었으나 여태껏 그러지 못했었다. 또한 나위방羅緯房에게 집을 지을 재목이 있어서 팔려고 했으나, 살펴볼 만한 사람이 없어서 직접 간 것이다. 김정진이 마침 여기에 머물고 있어서 원래 거주하고 있는 안후림安后臨, 나위방과 함께 나와서 맞이해 주었다. 잠시 이야기를 나누고 집 뒤에 올라 둘러보았다. 나위방의 선조는 이곳에 거주하며 세력과 부富로 이름이 났었는데, 그 집의 담장과 섬돌이 아직도 남아 있다. 길을 돌려 안후림의 집으로 내려왔다. 안후림은 새집을 짓고 있는데 아직 완성되지는 않았다. 곧바로 김정진 생을 데리고 은을 채굴하고 있는 곳으로 갔다. 김정진은 수하 2명, 중 1명을 데리고 날마다 쉼 없이 땅을 파서 이제 막 대엿새를 넘겼는데, 판 깊이가 2장丈쯤이었다. 은광맥이 아주 풍부하여 황원에 비할 바가 아니어서 앞으로 큰 이익이 날 텐데 지금 식량이 떨어졌다고 말하며, 나에게 양식을 청했다. 그 말이 매우 절박했지만 나도 저축한 바가 없어 응해 줄 수가 없었다. 일이 잘 될지 안 될지는 미리 알 수 없으나, 굶주린 수하 몇 명만을 데리고 바위 밑에서 큰 재물을 얻고자 하니 바람과 달을 붙잡고자 하는 것이나 다름없으며, 궁핍한 처지의 빈손으로 공연히 끝없는 공력만 쏟아붓고 있다. 내가 누누이 간절히 질책했으나 김정진은 멈출 줄 모르니, 가소롭기도 하고 개탄스럽기도 하다. ○오리동烏里洞을 거쳐 입점촌笠店村을 찾아가 최 진사의 서당書堂에 들어가 잠시 쉬었다. 이곳은 고故 최상호崔尙虎가 지은 곳이다. 최상호는 후진後進을 가르치는 것을 업으로 삼아 밤낮으로 이곳에서 열심히 가르쳐, 원근에서 배우려고 모인 자들이 매우 많았다. 그래서 이곳 사람들 중 글을 읽을 줄 아는 사람이 꽤 많으니, 이는 모두 최상호의 덕택이다. 그런데 지금 강사講舍가 무너져 지탱하기 힘든데도 이을 사람이 없다. 이는 가르침을 받은 사람들은 많으나 스승의 은혜가 아버지와 임금과 같다는

의義를 모르는 것이다.[18] 개탄스럽다. ○극인棘人 양가송梁可松을 조문했다. 그가 어제 그 어머니의 장례를 치렀기 때문이다. 김성삼金聖三, 최추익崔樞翊, 최운원崔雲遠, 최운제崔雲梯도 함께 자리했다. 양가송이 간단한 음식을 내어 대접했다. 한참 있다가 집에 돌아왔다. 연동의 윤선형尹善亨과 윤선시尹善施가 와서 기다렸고 이성爾成은 나주에서 그 처를 데리고 돌아와 도착했다. 잠시 후 모두 작별하고 갔다. ○지원智遠이 지난번 자기 차인差人에게 끌려 전주에 갔다가 오늘 저녁 돌아왔다. 정광윤이 와서 숙위했다.

〔 1695년 4월 21일 임자 〕 종일 비가 내림

정 생(정광윤)이 비에 묶여 계속 머물렀다.

〔 1695년 4월 22일 계축 〕 비가 그치고 흐림

화곡禾谷의 박이순朴以淳이 왔다. ○서가西家에 과원果願 어멈이 들어가 거처하도록 지원에게 구들을 바르게 했다.

〔 1695년 4월 23일 갑인 〕 맑음

윤 서흥瑞興(윤항미尹恒美)과 이홍임李弘任이 왔다. 최백징崔百徵, 최팔징崔八徵, 최운학崔雲鶴, 최운제, 곽진령郭震齡이 왔다. 정광윤, 김정진이 와서 숙위했다. ○이백爾栢이 왔다.

〔 1695년 4월 24일 을묘 〕 흐리다 맑음

홍아가 기왕에 과거를 보러 서울에 가지 못했지만 그만둘 수는 없었다. 우도右道의 시읍試邑 영광은 조금 멀어서, 편리하고 가까운 좌도左道의 남평

---

18) 이는…것이다: 난공자欒共子가 말한, "아버이는 나를 낳아 주셨고, 스승님은 나를 가르쳐 주셨고, 임금님은 나를 먹여 주셨으니, 이분들은 나를 살아가게 해 주신 점에서 똑같다. 따라서 하나같이 섬겨야 할 것이니, 오직 이분들 중 어느 분과 있든 간에 목숨을 바쳐야 마땅하다."라는 내용을 일컫는다(『소학小學』 「명륜明倫」).

에서 과거를 보려고 오늘 출발했다. 윤재도尹載道와 선수업宣守業이 함께 하였고, 나도 곽만성郭萬成에게 조문하려고 함께 출발했다. 가는 길에 별진에 들러 인사드리고, 윤재도, 선수업, 이백은 말에게 꼴을 먹이기 위해 바로 석제원石梯院에 갔다. 이백은 홍아가 서사書寫를 위해 데려가는 것이다.[19] 나와 홍아는 저전동楮田洞에 들어가 진사 정혁鄭㷡을 방문했다. 정혁도 시험장에 뒤쫓아 가야 하는데, 홍아와 동문同門이라고 한다. 잠시 후 홍아는 먼저 일어나 석제원에 가고, 나와 정혁은 한참 앉아서 이야기했다. 곽만하郭萬夏도 좌석에 함께 있었는데, 진사 고故 곽제항郭齊恒의 아들이다. 나는 방향을 바꾸어 상가에 이르러 곽재태郭再泰에게 곡하여 조문했다. 그는 지금 아버지 만성萬成의 상에 복상 중이다. 곽만하와 정혁이 함께 와서 잠깐 이야기하고, 나는 작별하고 돌아왔다. ○과원果願 어멈이 서가西家로 나가 거처하기 시작했다.

〔 1695년 4월 25일 병진 〕 맑음

팔미원八味元을 만들기 위해 약재를 찧어서 가루로 만들기 시작했다. ○과원 어멈이 강성江城에 갔다. ○정광윤, 윤순제尹舜齊, 최형익崔衡翊이 왔다. ○연동蓮洞의 안석安錫이 왔다. 김정진이 와서 숙위했다.

〔 1695년 4월 26일 정사 〕 흐림

최운학이 홍아의 남은 붓을 얻으려고 남평으로 가기에, 그편에 김태귀金泰龜에게 보낼 편지를 부쳤다. 윤장尹璋도 남평에 가기에, 홍아가 과거 시험장에서 쓰도록 우산을 부쳤다. ○별진의 인편이 서울 편지를 전해 주는데, 종아宗兒와 두아斗兒 두 아이가 10일에 보낸 잘 있다는 소식이다.

---

19) 이백은…것이다: 과거시험장에서 글씨를 대신 쓰게 하기 위해 데려간 것이다.

〔 **1695년 4월 27일 무오** 〕맑음

최후탁崔厚卓, 윤시삼尹時三, 윤시건尹時建과 그의 어린 아들 만행晚幸, 윤희
성尹希聖, 윤성우尹聖遇, 정광윤이 왔다. 김정진이 갔다.

〔 **1695년 4월 28일 기미** 〕한낮 무렵 비가옴

돌아가신 아버지(윤예미)의 생신차례를 지냈다. 우이도의 정선택鄭善擇이
왔다가 돌아갈 것이라 고했는데, 류 대감(류명현) 앞으로 보내는 답장을 받
아가겠다고 하기에, 내일 써 보내겠다고 말하여 보냈다. 마침 윤기업尹機
業이 와서 정선택과 함께 들어가기로 약속했다. 류 대감을 직접 뵙고 싶었
기 때문이다.

〔 **1695년 4월 29일 경신** 〕어제 내린 비가 늦은 아침에 그치고 이내 맑음

팔미원八味元 2제劑를 조제했다. 산약山藥 8냥【2제에는 마땅히 16냥이 들어가
야 하지만 준비된 것이 충분치 않아 8냥 9돈錢만 넣음】, 숙지熟地【술에 다려 걸러
서 씀】, 건지乾地【생강즙에 볶음】 각 4냥, 백복령【수비水飛함】, 목단피【술에 볶
음. 준비된 것이 충분하지 않아 5냥 8돈만 넣음】, 택사澤瀉 각 3냥, 산수유【술에

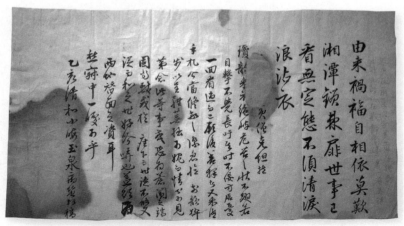

1695년 4월 29일 류명현에게 쓴 윤이후의 친필 간찰
간찰에 담긴 내용이 그대로 일기에 실려 있다.

담그고 씨를 제거함】4냥【2제에는 마땅히 8냥이 되어야 하지만 준비된 것이 충분치 않아 6냥 7돈만 넣음】, 오미자 3냥, 육계肉桂 1냥, 토사자兎絲子 8냥【2제에는 마땅히 16냥이 되어야 하지만 너무 지나치게 많은 것 같아서 줄여서 10냥을 넣음】, 하수오何首烏, 우슬牛膝 각 3냥【우슬은 마땅히 6냥이 되어야 하지만 준비된 것이 충분하지 않아 3냥 3돈만 넣음】, 구기자 2냥【전에는 이것을 넣은 적이 없으나 마침 저장해 둔 것이 있어서 넣음】을 넣고, 숙지熟地를 걸러서 사용하기 때문에 연밀煉蜜을 6홉 정도만 넣었다. ○류 대감(류명현)의 편지에 답장하고, 지난번에 극탄克坦이 가지고 온 칠언절구에 차운하여, 쌀 1섬, 찰벼 15말과 함께 정선택에게 부쳐 보냈다. 그 시는 다음과 같다.

由來禍福自相依　화와 복은 절로 번갈아 오는 것이니
莫歎湘潭鎖棘扉　상담湘潭[20]의 가시 울타리에 갇힌 것을 한탄 마오
世事已看無定態　세상사 무상하다는 것을 이미 알았으니
不須淸淚浪沾衣　맑은 눈물에 부질없이 옷깃을 적실 필요 있으랴

그 서문은 다음과 같이 썼다.

지난겨울 미황사 승려 극탄克坦이 대감의 시를 가져와서 보였는데,[21] 외딴섬의 위태롭고 괴로운 상황을 직접 보는 듯하여 저도 모르게 긴 한숨이 나왔습니다. 그때 저는 한창 상중喪中이어서 한번 보고 지나쳤을 뿐이었는데, 그 후 선택善擇이라는 자【정선택은 해남의 하리下吏인 정실현鄭實賢의 아들인데, 일찍이 공생貢生이 되었으나 역을 면하기 위해 우이도로 들어가 류 대감을 모시면서 떠나지 않았다고 한다.】가 또 와서 편지를 전해 주었습니

20) 상담湘潭: 지금의 중국 호남성 상담시. 전국시대 초나라 굴원이 쫓겨 갔던 곳이다.
21) 지난겨울…보였는데: 1694년 11월 25일 일기 참조. 극탄이 우이도에서 류 대감의 편지와 시를 가지고 왔다.

다. 지금 편지를 쓰다가, 문득 지난번 시가 생각나서 급히 차운하여 올립니다. 거칠고 서툴러서 부끄럽지만 정은 볼만합니다. 다만 이러한 일이 나중에 말썽이 될까 두려워 좌하座下께 경계의 말씀을 올리는 것이 마땅하지만, 그렇게 하지 못하고 화답까지 한 것은 시 짓기를 좋아해서가 아니라, 두 곳에 떨어져 있으니 만남을 대신하고자 할 뿐입니다. 쓸쓸할 때 한번 웃기엔 괜찮을 것입니다.

을해년(1695) 4월 29일 옥천병칩玉泉病蟄 올림

○류 대감의 원래 시는 다음과 같다.

殘燈雪屋影相依　눈 덮인 집 희미한 등불 아래 그림자만 의지하고
　　　　　　　　　있는데
何處山僧款夜扉　어디서 온 산승山僧이 사립문을 두드렸네
愁緒欲排談欲壯　수심을 떨치고 말을 힘차게 하려 해 보지만
自然淸淚已沾衣　절로 흐르는 눈물이 어느새 옷깃을 적시네

또 짧은 서문을 지어서 극탄에게 주고 나에게 보이도록 했는데, 그때 나는 최복衰服을 입고 있었기 때문에 지금에서야 비로소 차운한 시를 보냈다.
○윤주상尹周相이 들렀다. 김정진이 와서 숙위했다. 이석신李碩臣이 왔다.

〔 1695년 4월 30일 신유 〕흐림

김정진이 갔다. 윤석미尹碩美, 정광윤, 김삼달, 윤익성이 왔다.

황원을 둘러보다

〔 1695년 5월 1일 임술 〕 흐림

새로 지은 팔미원八味元을 복용하기 시작했다. ○지원智遠이 수영水營으로 갔다. ○황세중黃世重, 최후탁崔厚卓이 왔다. 김정진金廷振, 정광윤鄭光胤이 와서 숙위했다. ○29일부터 오늘까지 계속 맑게 개었으니, 흥아興兒가 양장兩場[22]을 분명 무사히 출입했을 것이다. 정말 다행이다.

〔 1695년 5월 2일 계해 〕 맑음

최운학崔雲鶴이 시소試所에서 돌아와, 흥아가 초장初場을 무사히 출입했다는 편지를 받았다. 기미器美가 서울에서 돌아와 창아昌兒, 종아宗兒, 두아斗兒 세 아이의 잘 지낸다는 편지를 받았으니 기쁘다. 남미南美가 왔다. ○김정진이 그대로 머물고 있었는데, 정광윤이 와서 함께 숙위했다.

〔 1695년 5월 3일 갑자 〕 맑음

최운원崔雲遠과 송창우宋昌佑가 왔다. ○강성江城의 권 대감(권규權珪)을 방문하고 윤희성尹希聖의 집으로 가서 집 뒤 작은 언덕에 올라 둘러보았다.

---

22) 양장兩場: 과거 시험에는 초장初場, 중장中場, 종장終場의 3장이 있는데, 이 중의 2장을 말한다.

이곳은 앞면이 모두 바위라서 꽤 이채로웠고, 언덕 위는 평평하고 고른 것이 세 칸 집을 지을 만했다. 큰 내를 앞에 마주하고 있어서 시야가 꽤 넓었다. 내가 항상 그 아래를 오가며 그곳이 빼어난 곳임은 알았지만, 지금에야 비로소 올라 보니 경관이 멀리서 보던 것보다 더 빼어났다. 강성은 한 마을이 전부 양반인데 아무도 여기에 정자 하나 짓지 않았으니 참으로 안타깝다. 나는 매양 이 이야기를 하여 강성 사람들을 책망하며 놀렸고, 집을 지어서 왕래하며 노는 곳으로 삼기를 간절히 원했다. 희성에게 지켜 주기를 부탁한다면, 빨리 허물어지는 걱정은 없을 것이다. 희성의 바람 또한 이와 같았으나, 여기에 신경 쓸 여력이 없어 더욱 안타깝다. 희성과 그 부친 시달時達, 그리고 숙부 시한時翰, 윤진해尹震垓, 윤유도尹由道가 나와 함께 어슬렁거리다 잠시 후 다시 희성의 집으로 돌아오니, 소찬小饌이 차려져 나왔다. 희성은 본디 몹시 가난하기 때문에 그것을 그가 스스로 마련한 것은 아니었고 옆집에서 혼례 때문에 마련한 것을 얻은 것이다. 희성은 본바탕이 진국인 데다, 손재주가 좋아서 내가 늘 그를 아낀다. 지금 그가 사는 집을 보니, 매우 비좁기는 하지만 정묘함이 봐 줄만 하며 체계가 없지 않았다. 그 부친은 상처하고 홀로 사는데 그를 봉양하는 것도 또한 칭송할 만하다. ○홍아와 이백爾栢이 시소에서 돌아왔다. 윤재도尹載道가 지나다 들렀다. ○표表는 "한漢 동중서董仲舒가 명전名田[23]을 제한하여 겸병兼并하는 길을 막고, 노비를 함부로 죽여 없애는 행패를 없앨 것을 청하다."였으며, 부賦는 "한 문제文帝가 노대露臺[24]를 짓지 않다", 책策은 '과거科擧'에 대한 것이었다. 홍아는 표와 책을 지었다. ○극인棘人 윤징귀尹徵龜가 밤에 지나다 들렀다.

---

23) 명전名田: 한漢나라 때 민간에서 사적으로 소유한 토지를 지칭한다. 명전을 제한한다는 것은 토지겸병을 억제한다는 의미이다.

24) 노대露臺: 중국 한나라 문제文帝가 세우려고 했던 누대樓臺로 공사비가 중인中人 10집의 재산과 맞먹기 때문에 짓는 것을 중지했다고 한다.

〔 1695년 5월 4일 을축 〕 맑음

이백이 연동蓮洞으로 돌아갔다. 최운학, 옥천창감玉泉倉監 임세회林世檜가
들렀다.

〔 1695년 5월 5일 병인 〕 맑음

홍아가 적량赤梁에 가서 묘제墓祭를 지냈다. 나는 간두幹頭에 가서 묘제를
지냈는데, 내가 3년 동안 성묘하지 못했기 때문이다. 제사가 거의 끝날 무
렵 남미南美가 그제서야 도착했다. 제사를 지내고 음복한 후 다시 금당동
金堂洞으로 가서 이대휴李大休를 만났다. 함께 길을 나섰다가 죽천竹川에 이
르러 헤어졌다. 해가 질 무렵 집에 도착했다. 김정진이 와서 숙위했다.

〔 1695년 5월 6일 정묘 〕 흐림

윤시상尹時相, 윤유도尹由道, 김삼달金三達, 최유준崔有峻, 최운제崔雲梯, 정
광윤이 왔다.

〔 1695년 5월 7일 무진 〕 맑음

해남현감(강산두姜山斗)이 담양의 무과시관武科試官을 마치고 돌아가다가
행차가 집 앞에 이르자 심부름꾼을 보내 문안했다. ○아침 식사 후 김정진
과 함께 길을 떠나 적량 산소에 도착하여 전배展拜했다. 길 가는 지루함을
달래려고 그를 데리고 간 것이다. 이시복李時福, 배여량裵汝亮, 김여휘金礪輝
가 와서 만났다. 점심을 먹은 후 출발하여 해 질 무렵 도장사道藏寺에 도착
했다. 여러 승려가 나와서 인사했다. 그중 학담學淡과 상보尚寶는 내가 어
릴 적 과거 공부할 때부터 오랫동안 서로 안면이 있다. 도철道哲 또한 일욱
日旭의 상좌上座로서 평소 잘 아는 자였는데, 시축詩軸을 가져와서 바쳤다.
예전에 전부典簿 형님(윤이석尹爾錫)이 일욱에게 준 시였다. 일욱은 우리 호

도장사 대웅전의 모습. 전남 해남군 황산면 관춘리
조선 후기 읍지와 지방지도에서도 확인이 되는 대흥사의 말사이다. 현재의 대웅전 건물은 1930년대에 중건한 것이다.

호정浩浩亭의 수승守僧이었는데 죽은 지 이미 오래다. 그 뒤에 나와 아이들이 모두 차운했고, 다른 사람들도 이 절에 오면 또한 그에 화답하곤 하여 마침내 축軸이 된 것이다. 일찍이 경오년(1690)에 내가 성묘하러 흥아를 데리고 서울에서 내려와 마침 이 절에 왔을 때, 축의 운韻에 차운하여 도철에게 주었는데, 그 서序에 이렇게 적었다.

내가 40년 전에 이 절에서 과거 공부를 했다. 이제 급제하여 다시 와 보니, 정사亭舍의 수승이던 일욱은 이미 세상을 떠났다 그의 상좌인 도철이 시축을 가져와 보여 주기에, 떠나기에 앞서 급히 차운하여 준다.

人稀逕自幽　인적 드물어 오솔길 그윽하고
地僻山仍靜　땅이 외져 산도 고요하네
昔年磨杵翁　옛적에 여기서 공부했던 늙은이

重對舊灯影　그때의 등불을 다시 마주하네

경오년(1690) 5월 9일 지옹支翁 씀

○가지고 있던 식량을 내어 공양하게 한 후, 백련암白蓮庵에 당도하여 잠시 앉았다가 바로 호호정에 올라가 묵었다. 경치가 빼어나 앉아 바라보고 있자니, 눈과 마음이 상쾌해지고 사람으로 하여금 잠들지 못하게 했다. 지금은 신각信覺이 정사亭舍를 지키고 있는데, 잘 수습하여 상하거나 부서진 곳이 없으니 칭찬할 만하다.

〔 1695년 5월 8일 기사 〕 흐리다가 맑음

절의 승려가 나를 위해 연포軟泡를 차렸기에 미타전彌陁殿으로 내려와 조반을 먹었다. 이어 말을 달려 목장牧場에 당도하니 감목監牧(신석申瀷)은 수영水營에 가고 그 아들 신하상申夏相만 있었다. 나는 바로 동헌東軒으로 갔다. 동헌은 감목이 새로 지은 것으로 아름답고 화려하기 이를 데 없었다. 편액을 쓰고 기문記文을 지어 벽에 걸어 놓았는데, 자신이 지은 것이라 칭했지만 누가 이를 믿겠는가? 잠시 후에 감목이 와서 자신의 악비樂婢 여러 명을 자랑했다. 점심을 먹고 자리에서 일어났다. 아홍兒紅(자색이 고운 어린 비婢) 2명이 따라왔는데, 한 명은 감목의 비婢 숙이淑伊이고 또 한 명은 나의 비 예심禮心으로, 감목이 데리고 있는 김만웅金萬雄에게 가야금을 배우고 있다. 산소에 이르러 전배하고 봉대암鳳臺庵으로 올라가니 해가 서쪽으로 지려 하고 있었다. 송시민宋時敏, 윤필성尹弼成, 조원백曹元伯이 와서 만났다. 송宋과 윤尹은 유숙했다.

황원 목관 터로 추정되는 일대의 전경. 전남 해남군 화원면 청용리
마을 뒤편에 자리한 산을 넘어가면 조선시대 목장으로 추정되는 넓은 들판이 펼쳐진다.

〔 1695년 5월 9일 경오 〕 맑음

속금도 제언에 쓸 거신拒薪을 베어 싣기 위해 봉대암에 머물렀다. ○윤종석尹宗錫, 원석元錫, 두석斗錫, 수석壽錫, 윤흔尹訢, 윤중석尹重錫, 윤중호尹重虎가 왔다. 이즐李櫛과 그 아들 수대壽大가 왔는데, 심기원沈器遠의 일에 연좌되어 어릴 때 정배된 사람이다. 비장裨將 김중후金重厚, 비장 문무발文武發, 곽만세郭萬世, 김명우金鳴宇가 왔다. 출신出身 이정웅李廷雄, 임중신任重信이 왔다. 송시민宋時敏, 윤필성尹弼成, 조원백曺元伯이 아침에 갔다가 다시왔다. 무안務安의 아비兒婢 신녀信女[25], 수영水營 사람 기립己立이 당포唐浦의 귀현貴玄에게 음악을 배우고 있는데, 사람을 보내 불러왔다. ○만이萬伊가 뒤이어 와서 우이도牛耳道로 돌아간다고 고하기에, 편지를 써서 부쳤다. ○직포直浦 아래 도진都津이라 불리는 곳은 제언을 쌓을 만한데, 위로 당포唐浦 마을 앞까지 이르면 200섬지기를 만들 수 있는 곳이다. 송시민이 항상 내게 제언을 쌓으라고 권유하는데, 그 뜻이 매우 은근했다. 그런데 사람들

---

25) 무안務安의 아비兒婢 신녀信女: 무안현감 최경중崔敬中의 비婢인 것으로 짐작된다.

중에 역사役事를 이루기는 어려우나 공功은 쉽게 무너질 수 있다며 우려하는 이가 많았다. 오늘 송시민이 내게 직접 가 볼 것을 권하여 저녁 식사 후에 직접 가서 보니, 제언 쌓을 곳이 300파把도 되지 않고 수심은 겨우 1장丈 정도여서 매우 쉬운 곳이었다. 다만 포浦이라는 곳만 꽤 깊었는데, 몇 장 정도에 지나지 않으니 막기 어려운 것은 아니다. 그러나 가장 어려운 것은 내수內水[26]이니, 만약 두 개의 수문水門을 세우거나 혹은 수거水渠를 만들어 바다로 통하게 한다면 걱정은 없겠지만, 수거는 공력이 매우 많이 드니 이 것이 염려된다. 그렇다고 할 수 없는 것은 아니니 송시민과 약속하여 말하기를, '때를 기다려 일을 시작할 계획을 세우자.'고 했다. 김 별장(김정진)이 연주하는 아이와 여러 손님을 데리고 따라왔다. 물가에서 한가롭게 있다가 잠시 후 돌아오니, 감목이 송편과 개고기 약간을 보냈다. 윤두석, 윤수석, 이수대는 유숙했다.【계유년(1693) 가을 감목이 예심禮心을 데려가서 가야금을 가르치게 해 달라고 간절히 청했다. 내가 마지못해 그 뜻에 따르니, 바로 데려가서 그가 데리고 있는 김만웅에게 가야금을 가르치게 했고, 올 봄에 여러 곡曲을 다 전수받았다. 내가 이번에 가서 데리고 돌아왔는데, 그 학습한 기간을 헤아려 보면 불과 스무 달밖에 되지 않으니 빨리 성취했다 하겠다.】

〔 1695년 5월 10일 신미 〕 흐리다 맑음

속금도 제언에 쓸 거신拒薪을 배 2척에 실어 보냈다. 나 역시 속금도로 가려고 하는데 갑자기 추워서 몸이 움츠러들고 가물가물하고 의식이 없었다. 엊그제 목장에서 괴로웠던 것이 바로 학질이었음을 그제야 알게 되었다. 저녁 이후에 회복되었으나 입이 쓰고 속이 매스꺼워 아무 것도 먹을 수 없으니 안타깝다. 돌아올 때 도저히 말안장에 앉아 갈 수 없어 팔마에 사람을 급히 보내 마교馬轎와 말을 가져오라고 편지를 보냈다. ○ 심석현沈碩賢이 왔다. 이즐이 다시 왔다. 박필현朴必賢이 왔다. 송시민宋時敏과 이우택李

---

26) 내수內水: 내륙에서 바다 쪽으로 흘러내려오는 민물이다.

宇澤이 와서 함께 유숙했다. 이우택은 본가의 제언을 수축하러 와서 머물고 있었다. 구득비仇得非의 귀현貴賢이 왔다. 이는 심석현 집안의 노奴로서 비파를 잘 타는데 마침 목포에 갔다가 지금 돌아왔다고 한다.

〔 1695년 5월 11일 임신 〕 흐리다 맑음

아침을 먹고 가던 길에 심沈 생원을 방문하고 속금도 나루를 건넜다. 속금도에 도착하여 마름노〔舍音奴〕 불동不同 집에 머물러 잤다. 기진려奇震儷, 윤시대尹時大, 송창우宋昌佑가 왔다. 저녁 식사 후에 제언을 보러 갔는데 마을 사람들이 3분의 1 넘게 개간했고, 제언 쌓은 곳은 조금도 손상이 없으니 다행이다.

〔 1695년 5월 12일 계유 〕 맑음

아침을 먹을 때 다시 아팠다가 저녁에 그쳤다. 흥아興兒가 옥교屋轎와 교마轎馬를 가지고 오고, 지원智遠도 왔다. 창아昌兒가 데리고 간 노奴 마당금麻堂金이 서울에서 돌아왔다. 들으니, 김 랑郎(김남식金南拭)이 전염병에 걸렸다고 한다. 놀랍고 걱정된다. ○들으니, 나라에서 한재旱災로 인해 억울한 옥사를 살피고 상감께서 문외출송門外黜送한 신하들을 돌아오게 했다고 한다. 또 권 상相(권대운權大運)과 정 대감(정유악)을 석방했는데, 환수還收하라는 의론이 계속 일어난다고 하니 너무 심하지 않은가.

〔 1695년 5월 13일 갑술 〕 맑음

아침을 먹은 후에 속금도에서 출발했는데 기진려와 윤시대 등 여러 사람이 나루에 와서 작별했다. 해가 질 무렵 집에 도착했다. 원상하元相夏가 어제 와서 기다리고 있었다. 병사兵使 김중기金重基의 막비幕裨(병사, 수사 등을 수행하며 보좌하는 무관)가 되어 왔는데, 본뜻은 나를 만나기 위해 막비를 맡은 것이라고 한다. 그 정情이 감동할 만하다. 정광윤도 와서 나의 행차를 기다렸다. ○영암군의 새 군수 남언창南彦昌이 참판 이시만李蓍晚 4형제 때문에 문안을 청했다.

〔 1695년 5월 14일 을해 〕 잠시 비가 뿌림 〕 종일 흐림

무안현감(최경중崔敬中)이 아침 전에 강성江城으로부터 들러 방문했다가 곧 돌아갔다. ○아침을 먹은 후에 학질이 다시 도졌는데 전에 비해 조금 가벼웠다. ○윤기업尹機業이 우이도에서 돌아왔는데, 류 대감(류명현)의 편지와 의依 자를 운韻으로 한 시 3수, 납약臘藥 8종을 가져왔다. 그 시는 다음과 같다.

屋梁殘月夢依依　지붕에 걸린 희미한 달빛은 꿈처럼 아련한데
忽遣新詩問客扉　홀연히 새 시를 보내 유배객의 안부를 묻네
窮海不堪飜索恨　먼 바다에서 삭막한 한을 견딜 수 없는데
幾時重把故人衣　언제 또다시 친구의 옷깃을 잡아 보려나

또 한 수

全家浮海命相依　온 집안이 바다 가운데서 목숨을 서로 의지하며
不厭生涯寄華扉　평생 오막살이에 기거하는 것도 견딜 만하네
卽此團圓差適意　이렇게 가족이 모여 조금 위로라도 하려는 듯
眼中髫髮迭牽衣　눈앞의 어린아이들이 번갈아 내 옷깃을 당기네

또 한 수

天涯歲月送依依　하늘 끝에서 보내는 세월 기약이 없어
菖葉佳辰獨掩扉　창포 우거진 좋은 철에 문을 닫고 홀로 앉았네
景物不隨人事變　경치는 세상사의 변화와 무관하구나
祇應歸夢戀宮衣　다만 돌아가는 꿈속에 임금이 하사하실 옷을
　　　　　　　　　그리워하리라

편지를 쓴 날이 마침 천중절天中節(음력 5월 5일)이었다. 이날 근신近臣에게 색의色衣를 하사하는 일이 당송唐宋의 고사[27]여서, 처량하게 옛일에 대한 감회가 있었다.

　　　　　　　　　을해(1695년) 천중일天中日 남도南島의 루인纍人

또 별지에 다음과 같이 썼다.

죄를 지어 근신하는 처지에 흥얼거려 보았습니다. 시를 지을 때 형이 경계하여 타이르신 것은 맞는 말이었습니다. 소식蘇軾이 유배 갔을 때 동생 소철蘇轍에게 시를 짓지 말라고 경계한 것도 그러한 뜻일 것입니다. 다만 고요하고 외로운 섬에서 귀신과 이웃하며 세상 사람을 만나지 못하고 세상일을 듣지 못한 채, 긴 여름날 즐거운 일 없는 중에 마침 친구가 보내 온 시가 있어 부득불 억지로 화답시를 지었습니다. 가려움을 참지 못하고 긁은 것에 가까워 가소롭습니다. 지금 가는 이 시구 역시 다른 사람 귀에 들어갈 필요는 없습니다.

○ 전 무장현감 이유李濰와 윤시상尹時相, 윤천우尹千遇, 최운원, 정광윤이

---

27) 당송唐宋의 고사: 당나라 때에는 단오가 되면 황제가 궁중의 신하들에게 옷을 하사했다. 두보의 시 「단오일사의端午日賜衣」에 "궁중의 옷이 또한 이름 있으니 단오날에 은혜로운 영광 입었어라[宮衣亦有名 端午被恩榮]."라는 구절이 있다. 또 단오에 양주揚州의 강심江心에서 거울을 주조하여 올렸기 때문에 이후 송나라 때까지 단오의 첩자에는 '경鏡' 자의 운을 썼다고 한다.

왔다. 김정진은 무이武夷의 불당佛堂으로 돌아갔는데, 지금 그곳에 머물고 있기 때문이다.

〔 1695년 5월 15일 병자 〕 맑음

작년 여름, 가을, 겨울부터 올해 초여름까지는 비가 너무 많이 왔었는데, 요즈음은 가뭄의 조짐이 있다. 한창 이앙을 할 시기에 이러하니, 정말 걱정스럽다. 작년 농사를 망쳤다고 할 수는 없겠으나, 올봄에 기근이 너무 심해 많은 사람들의 얼굴이 누렇게 떴다. 작년 가을 소출이 부족했고 밭곡식은 아직 거두지 않았기 때문이다. 지금 보리도 여물지 않았다고는 할 수 없으나, 가뭄 조짐이 또 이와 같으니 앞으로의 일이 어찌 될지 가늠하기 어렵다. 들으니, 경기 지방의 가뭄이 전례 없이 심하여 보리가 말라 수확할 수 있는 것이 전혀 없고, 기우제도 여러 번 지내고 또 억울한 옥사가 없는지 심리도 행했지만 비는 내리지 않았다고 한다. 우리 상감께 어찌 하늘에 사무칠 정성이 없어 그러하겠는가? 필시 아랫사람들이 상감의 성스런 뜻을 잘 받들지 못해서 그러한 것일 터이다. 망연자실할 따름이다. ○ 평소에 탈항증脫肛症이 있었는데 지금 다시 심해져 빠진 밑을 수습하여 집어넣을 수 없어 바지도 못 입고 앉거나 서지도 못하니, 괴로움을 견딜 수 없다. 때마침 희성希聖이 와서는, 자기 아버지에게도 이 병이 있어 자기가 누차 밀어 넣었다고 말했다. 그래서 그를 시켜 손으로 밀어 넣게 했다. 매우 다행이다. ○ 원상하元相夏가 병영兵營으로 돌아갔다. 최상일崔尙馹, 최운제崔雲梯, 최형익崔衡翊, 최항익崔恒翊, 이만영李晩英이 왔다. 최정익崔井翊이 구림鳩林에서 타향살이하고 있어 인편을 통해 편지로 문안하고, 토하젓을 보냈다. ○ 진도의 정 대감(정유악)에게 보냈던 심부름꾼이 돌아와 답장을 받았다. 김정진, 정광윤이 와서 숙위했다.

이대휴, 윤이복尹爾服이 와서 문병했다. 최유준崔有峻, 윤순제尹舜齊, 정광윤이 왔다. 학질은 이제 떨쳐냈다. 연일 소나무겨우살이를 복용했고 오늘은 평위산平胃散을 복용했는데, 어떤 약의 효능인지 모르겠다.

윤시상, 윤명우尹明遇, 최상일이 왔다. 오늘 저녁에 빠진 밑을 또 넣을 수 없어, 급히 희성希聖을 불러 밀어 넣었다.

이앙할 시기에 오랫동안 비가 내리지 않았다. 비를 바라는 농가의 심정이 절실하던 차에 이렇게 하루 단비가 내리니 정말 다행스럽다. ○오늘 기제사에 한 해 걸러 참석하지 못했으니, 정리情理에 망극하다. ○동복현감 이형李瀅이 별진別珍에서 비를 무릅쓰고 와 방문했다가, 잠시 후 일어나 강성江城으로 갔다.

학질도 떨쳐냈고 탈항증도 잦아들었으나, 원기가 점차 약해지고 음식도 먹기 싫으니 괴로움과 걱정스러움을 이루 말할 수 없다. ○김정진이 저녁에 갔다.

희성이 갔다. ○창평昌平의 설수薛修가 예전에 서울에서 두아斗兒와 이곳 산소 안의 전부 형님(윤이석)을 반장返葬할 곳을 살펴 주겠다고 약속했기 때문에, 내가 기다린 지 오래되었다. 지금 들으니, 한천寒泉에 왔다고 해서

이복에게 가서 초청하게 했더니, 이미 윤 서흥瑞興(윤항미尹恒美)에게 끌려 칠양七陽 등지로 나갔다고 한다. 또 설수는 몹시 자중하여 남에게 가벼이 허락하지 않는다고 하니, 이복 무리를 시켜 초청한다면 허락을 얻지 못할 것 같았다. 그래서 내가 부득불 아픈 몸으로 억지로 일어나 보성寶城 댁(윤선오尹善五의 집)에 가니, 설 생生(설수)은 아직 돌아오지 않았고, 문장門長(윤선오)은 동복현감의 초청을 받아 만덕사萬德寺에 가고 없었다. 발길을 돌려 양근 댁【생원 윤주미尹周美 댁】에 가니, 그 형제와 이홍임李弘任이 나와서 맞이하고, 윤척尹倜, 윤희尹僖, 이대휴가 막 만덕사萬德寺에서 내려왔다. 동복현감이 이대휴 집에서 대둔사大芚寺에 들렀다가 만덕사에 가서 이 사람들과 설 생, 금비琴婢 태선太仙을 불러 유숙했는데, 마음은 아마 금비에게 있었을 것이다. 오후에 윤경尹儆을 역방하고 보성 댁에 돌아와 설 생을 기다렸으나 오지 않았다. 날이 이미 저물어 하는 수 없이 헛걸음하고 돌아왔다. 지원智遠이 내 병을 염려하여 따라 갔다가 왔다. 가는 길에 권 대감(권규權珪)을 역방했다.

〔 1695년 5월 21일 임오 〕 흐렸다 맑음

다시 한천寒泉에 심부름꾼을 보내어 탐문했으나 설 생(설수)은 아직 돌아오지 않았다. ○ 김삼달, 윤순제가 왔다. 이석신李碩臣이 왔는데, 설 생을 불러오기 위해서다. 김정진, 정광윤이 와서 숙위했다.

〔 1695년 5월 22일 계미 〕 밤비가 꽤 흡족히 오고 종일 가랑비가 옴

극인棘人 윤징귀尹徵龜가 왔는데, 역시 설 생을 불러오기 위해서다.

〔 1695년 5월 23일 갑신 〕 혹은 맑고 혹은 비가 옴

희성이 왔다. 정광윤이 와서 숙위했다.

설 생(설수)을 만나 그대로 백도白道에 따라갈 작정으로 오후에 출발했다. 윤시상을 역방하고 발길을 돌려 극인 서응瑞應(윤징귀)의 집에 들러 그와 동행하여 보성 댁(윤선오의 집)에 가서 설 생과 이야기했다. 윤 서흥瑞興 형제(윤항미, 윤정미)는 윤칭尹偁의 누이동생 혼례에 가고 없었다. 한참 후에 서응은 송천松川의 산소로 돌아갔다. 서흥 형제는 저물녘에 왔다. 나는 밤에 능주 댁에 돌아왔는데, 설 생과 서흥이 따라와 대화하고 곧 돌아갔다. 나는 주인과 함께 잤다.

체류하려니 걱정스럽다. 조식 후 보성 댁에 갔다가 석식 후 능주 댁에 돌아와서 잤다. 바로 윤정미尹鼎美의 집이다.

아침 전에 보성 댁에 갔다가 밥을 먹고 출발했다. 윤 서흥 형제와 윤주미尹周美 숙叔 모두 설 생(설수)을 따라 출발하여 백도白道 논정論亭의 내가 점쳐 둔 곳에 도착했다. 점지한 곳을 보고 말하길 "대결大結이라 할 만하나 임계壬癸 방면이 허하여 초년에 패할 듯하니 축향丑向을 하는 것이 마땅합니다. 이시민李時民의 집터는 꽤나 좋고 안온하여 이곳보다 낫습니다."라고 했다. 이시민이 와서 만났다. 잠시 뒤 일어나 소위 송천松川이라는 곳에 도착했는데, 서응의 별업으로 얼마 전에 그 어머니 장례를 모신 곳이다. 설 생이 점찍어 둔 곳을 다 살펴보자 주인이 점심밥을 내었다. 해가 이미 기울고 서야 장전촌場田村 앞에 이르렀다. 윤 서흥 형제는 설 생을 데리고 좌일리佐一里로 들어갔는데 집터를 보기 위해서였다. 이곳은 평소에 이름난 터로 알려졌지만 마을 사람들이 막고 금하여서 사람들이 손댈 수 없었다. 설 생

굴정 윤구 묘 전경. 전남 해남군 북일면 금당리_서헌강 사진

과 서흥 모두 긴요하게 생각하지는 않는 듯했다. 나는 혼자 출발하여 금당동金堂洞 앞길에 이르러 말에서 내려와 앉았다. 이복과 남미가 연동蓮洞으로부터 와서 어운동점於運洞店 앞길에서 기다렸는데, 여기서 모이기로 서로 약속했기 때문이다. 서흥 형제도 한참 뒤에 도착했다. 해가 이미 저물어 길을 떠날 수 없었는데, 이때 촌사村舍에 기숙할 만한 곳도 없었다. 어운동於運洞 점사店舍가 제일 좋았기 때문에 먼저 짐말을 보내고, 나와 설 생, 여러 사람들은 간두幹頭의 산소로 가서 전배展拜했다. 설 생이 간두의 산소를 칭찬해 마지않았다. 다만 굴정공橘亭公(윤구尹衢)의 묏자리로 천점扦點한 것이 너무 낮아서 두 번째 묘는 자리를 적절하게 잡았지만 높게 점지하지 않은 것이 흠이며, 내청룡內靑龍에 나무가 무성하여 외조外朝를 가리고 내백호內白虎 또한 그러하니 빨리 나무를 베어 터놓아야 한다고 말했다. 예전 조부님의 뜻도 이와 같아서 나무를 기르지 못하게 했지만 맏형수가 이 뜻을 알지 못하고 나무를 울창하게 만들어 보기 좋게 만드는 것에만 힘

썼으니 한탄스럽다. 곧장 발길을 돌려 어운동 점사에 묵으러 들어갔다. 집이 꽤나 괜찮고 벼룩과 땅거미의 침입이 없어서 다행이다.

〔 1695년 5월 27일 무자 〕 산안개가 비가 되었다가 늦은 아침 후에 그침

정오쯤에 출발하여 양하포蘘荷浦에 도착했다. 포구 마을에서 말을 먹이고 저녁 무렵 산에 올라 점찍어 둔 곳을 살폈는데, 이곳은 예전에 조부님(윤선도)께서 골라 둔 곳이다. 조부께서는 평소에 좋은 곳이라 말씀하셨지만 백부伯父(윤인미尹仁美)께서는 초년에 패할 염려가 있다고 여겼고, 이러한 이유로 지금까지 (…) 하지 않은 것이다. 설 생(설수) 또한 초년에 패할 것을 걱정했으나, 용의 기세가 매우 좋고 안대案對(묏자리 맞은편에 있는 산) 또한 남다르며, 안대 밖 왼쪽에 인부수면印浮水面[28]이 있는 것이 귀하다고 아낌없이 극찬했다. 마전치馬轉峙를 넘었는데 매우 높고 가팔라서 종종걸음으로 갔다. 내려가니 해가 이미 저물어 간신히 미황사尾黃寺 문을 찾아 도착했다. 어두워진 지 오래되어 승려 무리들이 횃불을 들고 나와 맞이했다. 용화당龍華堂에 들어가니 송정松汀의 이석신李碩臣이 어제 이미 와서 기다리고 있었다. 여러 해 전 이 절 시왕전十王殿의 금불金佛을 개조할 때, 남양댁의 은행나무를 얻어서 개조했다. 이 때문에 절의 승려들이 지금까지 고마워한다. 내가 이곳에 온 것은 이미 두 번째인데 대접이 매우 좋다. ○윤정미 숙叔이 마병馬病 때문에 오늘 아침 돌아갔다.

〔 1695년 5월 28일 기축 〕 맑음

절의 승려가 연포軟泡를 차렸다. 아침 식사 후 떠나서 향교동鄕校洞이라는 곳에 도착했는데, 이곳은 이석신의 부친을 장사지낸 곳이다. 설 생(설수)이 매우 나쁘게 평했다. 삼치三峙, 율치栗峙를 거쳐 전거론점全巨論店에 도

---

28) 인부수면印浮水面: 풍수 용어로, 인사印沙(도장처럼 생긴 언덕)가 물 위에 떠 있는 형국이다.

미황사. 전남 해남군 송지면 서정리_서헌강 사진

착하여 말을 먹이고, 방향을 돌려 문소閒簫 산소로 갔다. 설 생은 놀라움과 탄복을 금치 못했는데, 다만 쓸 만한 혈穴이 남은 곳이 없다고 하니 이것이 고민이다. 다시 골짜기를 나와서 미초치美草峙를 거쳐 구치鳩峙를 따라 대둔동大芚洞 입구에 이르니 산길이 이미 컴컴했다. 절의 승려들이 나와서 맞으며 청운당淸雲堂으로 인도했다. 윤주미 숙은 오늘 아침 갑자기 작별하고 먼저 돌아갔는데, 여러 사람이 만류했으나 잡지 못했다. 내가 절에 도착하니 주미 씨가 웃으며 나를 맞았다. 가던 도중에 그의 노奴가 곽란癨亂이 나서 어쩔 수 없이 여기로 들어왔다고 하니 우습다.

〔 1695년 5월 29일 경인 〕 오전 늦게 비가 잠시 뿌림

절의 승려가 연포軟泡를 차렸다. 아침 식사 후 동문洞門을 나섰다. 윤 서흥

종형제[29]가 작별을 고하고 갔다. 대평大坪에 이르러 이석신도 갔다. 나와 설 생(설수), 윤남미尹南美는 연동蓮洞으로 돌아왔다. 들으니, 아내가 설사 증세가 있다고 하여 곧바로 심부름꾼을 보냈다. ○이석신이 설 생을 위해 음식을 보냈다. ○팔마八馬에 보낸 심부름꾼이 돌아와서 흥아興兒의 편지를 받고, 아내의 병은 도체탕導滯湯을 썼더니 꽤 좋아졌음을 알았다. 정말 다행이다. 또, 서울에 있는 아이들의 편지도 받았는데, 12일에 보낸 잘 있다는 편지였다. 김 랑郎(김남식)의 병은 이미 나았고 여식(김남식의 처) 또한 별고 없다고 하니, 지극히 다행스럽다.

---

29) 윤 서흥 종형제: 형제간인 윤항미와 윤정미 및 이들과 사촌인 윤주미까지 통칭하는 것으로 보인다.

1695년 6월. 계미 건建. 큰달.

비 인향과 수춘의 추쇄

【서울과 경기도에 가뭄이 너무 심하여 우물과 샘물이 모두 말랐으나, 유독 호남은 이런 재해가 없다. 상감께서 몸소 기우제를 지내셨으나, 역시 응답이 없다. 매우 염려된다.】

〖 1695년 6월 1일 신묘 〗 흐리다 맑음

낮에 설 생生(설수薛修)과 함께 어초은漁樵隱(윤효정尹孝貞) 묘를 보았는데, 쌍룡雙龍의 기氣가 모인 곳이라 귀하기가 이를 데 없으며 만대불패萬代不敗의 땅이라고 했다. 다만 생방生方에 수파水破[30]가 있어 발복發福이 매우 지체되며, 또한 계속해서 묘를 쓸 만한 남은 혈이 없어 무익하다고 했다. ○아내가 병중에 얼음 생각이 난다고 해서 관아의 빙고에서 얻으려고 하니, 지키는 자가 한사코 거절하므로 다시 사람을 보내어 간신히 몇 덩이를 얻어 곧장 팔마八馬로 보냈다. ○오늘은 선비先妣[31]의 기일인데, 멀리서 그냥 보내니 비통함을 이루 형용하기 어렵다. ○지평砥平 용문사龍門寺의 범종이 봄에 땀을 흘리며 울었고, 지난 4월 25일과 30일에 또 땀을 흘려서, 관찰사가 상감께 보고했다. 이것은 예사로운 범종이 아니고, 세조대왕의 어휘御諱가 종 위에 새겨져 있다. 이 때문에 사람들이 많이 걱정한다.

---

30) 수파水破: 풍수 용어로, 수맥이 나가는 곳이다.
31) 선비先妣: 윤의미尹義美의 처 동래 정씨를 가리킨다. 윤이후의 생모이다.

〖 1695년 6월 2일 임진 〗 흐리다 맑음

팔마八馬의 인편이 돌아왔다. 들으니, 아내의 병이 설사 증세는 이미 그쳤지만, 먹지 못해 기가 허약해진 것은 거의 수습하지 못할 지경이라고 한다. 걱정이다. 아침을 먹고 설 생(설수), 이복爾服, 남미南美와 함께 길을 떠나 해남읍 성 밖에 도착하니, 이석신李碩臣이 이미 와서 한참 기다리고 있었다. 함께 가서 적량赤梁 산소에 도착하여 묘에 참배했다. 이시복李時福, 배여량裵汝亮이 와서 만났다. 점심을 먹은 후 설 생을 보냈다. 이 생生(이석신), 이복, 남미는 황원黃原으로 들어가고, 나는 아내의 병 때문에 집으로 돌아왔다. ○청도군수 한종건韓宗建이 편지를 보내 문안하고 절선 7자루, 편지지 50폭을 보냈다. 함평의 민순閔純이 감영의 막하幕下에 와서 보좌하는데, 인편을 통해 편지로 문안하고 조기 3속을 보냈다. ○설 생이 적량에 대해 논하기를, "비록 간두幹頭, 문소聞簫, 연동蓮洞에는 미치지 못하나, 내룡來龍이 결국結局하고 조대朝對하는 것이 극히 좋습니다. 역시 쉽게 얻을 수 있는 터가 아닙니다. 다만, 명당明堂[32]이 이향사離鄉砂[33]여서 흠이라 할 만합니다. 묘 왼쪽에 지금 혈 하나는 잡을 만합니다."라고 했다.

〖 1695년 6월 3일 계사 〗 맑음

윤 서흥瑞興(윤항미尹恒美)이 들렀다. ○목욕을 했다.

〖 1695년 6월 4일 갑오 〗 맑음

윤시상尹時相, 윤천우尹千遇, 윤기업尹機業, 생원 정왈수鄭曰壽가 왔다. 이증李增이 왔다. ○온몸이 서늘하고 뼈가 부러진 듯 쑤시는 통증이 학질 증세와 비슷한데 종일 그치지 않았다. 양쪽 다리에 갑자기 붉은 반점이 생기더

---

32) 명당明堂: 풍수 용어로서 터의 안쪽을 일컫는 말이다.
33) 이향사離鄉砂: 풍수 용어로서, 산과 물이 혈을 감싸 주지 못하는 형세를 가리킨다. 대개 자손이 고향을 떠나게 됨을 의미한다.

니 곧 뾰루지가 되어, 녹두 모양으로 부풀어 간지럼이 심했다. 지난번 단옷날 간두幹頭에서 제사지낼 때 땀이 물 흐르듯 하기에 제사를 마치고 나무 그늘 아래에 가서 옷을 풀어 헤치고 바람을 쐬었더니, 다음 날 바로 코가 막히고 몸이 무거워진 것을 느꼈다. 학질이 난 것이 아마 그 때문이리라. 풍열風熱이 풀리기도 전에 또 이런 불행이 닥쳐 염려스럽다. 낮에 구미강활탕九味羌活湯을 복용했더니 추워 움츠러드는 것은 조금 풀렸으나 각창脚瘡은 더욱 심하다. 고통스럽다. ○이대휴李大休가 왔다. 윤기업이 흑산도로 가는 배편이 있다고 하기에, 류 대감(류명현柳命賢)에게 편지를 써서 부쳤다. ○설 생(설수)이 오늘 황원에서 이곳으로 와 묵는다기에, 떡과 회 등음식을 차리고 기다렸으나 끝내 오지 않았다. 이상하다.

〖 1695년 6월 5일 을미 〗 아침 전에 흐리고 부슬비가 내림

또 구미강활탕을 복용했다. 추워서 움츠러드는 증세는 이미 풀렸으나, 각창은 나리를 찢어 계속 붙였는데도 고통이 사라지지 않는다. 염려스럽다. ○정광윤鄭光胤, 이진현李震顯, 이진화李震華가 왔다. 이 씨 형제는 손재주가 있어서 전에 구한 대추나무로 담뱃갑을 화려하게 만들어 가져다주었다. 김삼달金三達, 윤익성尹翊聖이 왔다. 이날 저녁에 설 생이 비로소 당도했다. 황원의 산소는 역시 극찬했으나 남은 혈穴 자리가 없다고 한다. 전부典簿 형님(윤이석尹爾錫)을 반장返葬하는 것이 불가할 것 같아 몹시 안타깝다.

〖 1695년 6월 6일 병신 〗 오전에 비

극인棘人 윤석귀尹碩龜가 설 생(설수)을 초청하려고 하다가 청하지도 못하고 갔다. 나주의 나만좌羅萬佐와 나만우羅萬佑가 역방했으나, 병 때문에 만나지 않았다. ○설 생은 저녁 식사 후 귀라리貴羅里로 돌아갔다. ○아침에 형방패독산荊防敗毒散을 복용했는데 각창 때문이다. ○김삼달이 왔다.

○별진別珍으로 온 인편을 통해 서울 아이들의 잘 지낸다는 편지를 받았다. ○설 생을 데리고 집 뒤로 올라가 내려다보며 말하기를, "지금 안채가 갑방甲方을 등지고 경방庚方을 향해 앉았는데, 이 때문에 그 남쪽은 빈터가 되니 이래도 좋은지 모르겠소."라고 하자, "사랑채는 앉은 자리가 높지도 낮지도 않으며 오향午向인 점도 큰 요점은 얻은 것이니, 이 땅은 부귀를 겸비하고 망한 운을 성하게 하는 길국吉局입니다. 다만 사당은 인방寅方을 범하고 있으므로 조금 남쪽으로 옮겨야 하겠습니다."라고 대답했다. 또 아래에 있는 이른바 덕립德立의 집터를 보고, "이 집터 역시 좋으나, 반드시 망한 운을 성하게 함은 위 터만큼 갖추어지지 못했습니다."라고 했다. 이 말이 과연 어떠한지 모르겠다. "사랑채가 만약 오향이 아니면 득수처得水處[34]가 곧 황천黃泉이 되니 결코 다른 방향으로 앉힐 수 없고, 안채를 경향庚向으로 하는 것 또한 바꿀 수 없으니 곤향坤向으로 하는 것은 절대로 불가합니다."라고 했다. ○복만福萬이 왔다. 이 사람은 강진에 사는 유명익兪命益의 아들이며, 권징權徵의 외손이다. 유명익이 그 아내와 아들을 내쫓고 돌보지 않자 복만과 그의 형 지만祉萬이 어머니를 모시고 사는데, 궁핍하여 스스로의 힘으로 살기 어려워 작년에 그가 14세의 어린 나이로 걸어서 서울로 올라가 외조부를 만났다. 그 의지가 참으로 가상하다. 지금 얼굴을 보니 너무나도 사랑스러워, 유명익의 일이 매우 통탄스럽다.

〔 1695년 6월 7일 정유 〕 맑음

복만이 갔다. ○마을 사람 종복從卜과 묘분猫糞이 번番을 서기 위해 서울로 올라가기에 편지를 부쳤다. ○청계淸溪의 윤 생원(윤세미尹世美)과 나주의 나두추羅斗秋가 역방했다. ○김정진金廷振, 정광윤, 변최휴卞最休가 왔다. 변최휴는 가고 정광윤은 숙위했다. ○노奴 만립萬立이 병으로 죽었다기에

---

34) 득수처得水處: 풍수 용어로, 혈에서 보아 흘러 들어오는 물이 맨 처음 보이는 지점을 가리킨다. 흘러나가던 물줄기가 빠져나가는 곳은 파구처破口處라고 한다.

곧장 쌀과 벼 약간을 주었다.

〖 1695년 6월 8일 무술 〗 맑음

윤희직尹希稷과 김삼달이 왔다. 윤 강서江西(윤이형尹以亨)가 심부름꾼을 보내 편지로 문안했다.

〖 1695년 6월 9일 기해 〗 맑음

김수도金守道, 최후탁崔厚卓, 정광윤이 왔다. ○각창이 조금도 낫지 않아 걸을 수 없어, 윤익성을 불러와 침을 찔러 피를 내었다. ○윤 강서의 심부름꾼이 돌아가기에 답장을 써서 부쳤다. 윤선형尹善衡이 왔다.

〖 1695년 6월 10일 경자 초복 〗 맑음

득충得忠이 와서 해남 하리下吏가 서울로 올라간다고 고하기에, 편지를 써서 부쳤다. 최상일崔尙馹, 윤희성尹希聖, 정광윤이 왔다. ○각창에 다시 침을 놓고 피를 내었으나, 조금도 차도가 없으니 걱정이다. 이날 저녁에 또 침을 맞았다.

〖 1695년 6월 11일 신축 〗 맑음

윤천우尹千遇, 족숙族叔 윤상미尹尙美, 윤주미尹周美가 지나다 방문했다. ○각창에 또 침을 맞았다. 독기가 더욱 성해 곪는 것 같아 촉농고促膿膏(고름이 빨리 터져 나오게 하는 고약)를 붙였다. ○오늘은 왕친王親(윤선도)의 기일이다. 몸이 멀리 지방에 있어 제사에 참례하지 못한 것이 이미 여러 해여서 비통함이 더욱 심하다. 게다가 병세가 이러하여 소식素食도 할 수 없으니, 더욱 지극히 통탄스럽다.

〔 1695년 6월 12일 임인 〕 맑음

들으니, 충청도, 강원도, 평안도, 황해도에 지난달 초에 서리가 내리는 변고가 있었다고 한다. 사람으로 하여금 누워서 천정만 바라보게 한다. ○극인棘人 윤현귀尹顯龜, 김성삼金聖三, 최유기崔有基가 왔다.

〔 1695년 6월 13일 계묘 〕 흐림

극인 윤학령尹鶴齡, 윤시상, 윤재도尹載道, 윤성우尹聖遇, 김태귀金泰龜, 최후탁崔厚卓, 최도익崔道翊, 선수업宣守業, 박수귀朴壽龜, 임중헌任重獻, 임석주林碩柱, 김대연金大衍이 와서 병문안을 했다. 이대휴와 임취구林就矩가 와서 묵었다. 김삼달이 밤에 왔다가 돌아갔다.

〔 1695년 6월 14일 갑진 〕 저녁에 소나기가 내렸는데 꽤 쏟아짐

윤순제尹舜齊가 왔다. 김정진이 비를 무릅쓰고 와서 묵었다. ○정선택鄭善擇이 우이도에서 와서 류 대감(류명현)의 편지와 제호탕醍醐湯[35] 1항아리를 전해 주었다. 대감의 마음과 베풂이 이토록 지극하니 참으로 감탄스럽다.

〔 1695년 6월 15일 을사 〕 밤에 비가 또 쏟아졌는데 아침에도 그치지 않더니 정오 무렵 개기 시작함

앞내 물이 꽤 불었다. 근래에 오랫동안 비가 오지 않아 이앙하지 못한 곳이 많고 옮겨 심은 모는 날이 갈수록 말라가, 농부가 속수무책으로 근심하고 한탄하던 중 마침 이렇게 단비가 내렸다. 이것이 이른바 '일우천금一雨千金'이다. 그러나 이 비가 멀고 가까운 곳을 두루 적실 수 있을지 모르겠다. ○김삼달, 정광윤, 윤순제가 왔다. ○각창의 독기가 심하여 눕거나 앉아 있을 뿐 걸을 수 없게 된 지 10여 일이 되었다. 오늘 종기의 뿌리를 뽑아내어

---

35) 제호탕醍醐湯: 한여름에 마시는 청량음료의 일종이다. 오매육烏梅肉, 사인砂仁, 백단향白檀香, 초과草果 가루를 꿀에 재워 중탕으로 달여 응고 상태로 두었다가 냉수에 타서 마신다.

차도가 있으니 다행이다.

〔 1695년 6월 16일 병오 〕 흐리다 맑음

김정진이 갔다. 선달 윤익성이 내 병 때문에 연일 못 가고 있다. 지난번에 가야금 줄 15개를 만들었고 오늘부터 또 가야금을 만들기 시작했는데, 병 중에 무료한 내 마음을 달래기 위한 것이다.

〔 1695년 6월 17일 정미 〕 맑음

전에 들으니, 수문포水門浦의 죽은 노奴 강립姜立과 양처良妻 사이에서 난 노 대봉大奉과 비婢 인향仁香, 인향 소생 비 수춘守春이 지금 장흥에 흩어져 살고 있다고 했다. 그래서 지난번에 개일開一을 보내 추심推尋하게 했더니, 그들이 정말 강립의 양처 소생이었으며, 수춘은 지금 어산語山의 이가李哥 가 사환하고 있다는 것을 알게 되었다. 그 사실을 알게 된 이상, 남의 집 비 婢인 채 그대로 둘 수가 없어서, 오늘 다시 개일과 정광윤 생을 보내 잡아오 게 했다. 이가가 거부하지 않을지 모르겠다. 강립은 늙은 비 무금武今의 오 라비다. 무금은 아직도 살아 있고, 그 소생 삼업三業과 삼월三月 등에게 지 금도 신공身貢을 받고 있다. 이들은 남양南陽 댁(윤이구尹爾久의 집)의 노비 다. ○ 윤정구尹廷矩가 와서 문병했다.

〔 1695년 6월 18일 무신 〕 맑음

윤시한尹時翰이 왔다. 윤익성이 저녁에 갔다.

〔 1695년 6월 19일 기유 〕 맑음

윤시상과 최상일崔尙馹이 왔다. ○ 저녁 무렵 정 생(정광윤)과 개일이 인 향과 수춘을 데리고 왔다. 장흥 어산 쇠고미衰古味에 사는 이가가 신해년

(1671)에 인향이 13살 아이로 걸식하는 것이 불쌍하여 거두어 길렀다. 인향이 커서는 이만二萬이라는 자에게 시집가서 수춘을 낳았다. 인향이 3살 먹은 수춘을 버리고 다른 남자에게 가 버리자, 이가가 수춘도 거두어 길러서 사환했다. 정 생이 우리 집에서 추쇄하는 곡절을 자세히 말하자, 이가도 입안立案이 없으므로 감히 거부하지 못하고 즉시 내어 주었다. 이가의 이름은 기墍라고 한다. 인향의 후부後夫는 부산夫山 김 충의忠義의 노奴 논산論山이다. 그 소생인 비 신금信今은 병인 생이며, 노 서을봉鋤乙奉은 계유 생이라고 한다. ○ 김정진이 저녁에 왔다.

〔 1695년 6월 20일 경술 〕 중복. 흐리다 맑음

김삼달, 최운원崔雲遠, 윤성우尹聖遇, 윤천우尹千遇, 윤천령尹千岭이 왔다. 김정진이 갔다. 정광윤이 왔다. ○수춘은 사환하려고 남겨 두고, 인향은 돌려보냈다. ○들으니, 5일에 가뭄 때문에 또 심리하여 참판 황징黃徵, 참판 목임일睦林一, 사인舍人 이□李□, 장성현감 이동근李東根 등 11인이 풀려났다고 한다.[36] 전날 소결疏決(너그럽게 처결함)하여 사람들을 석방했는데, 권 상相(권대운權大運)은 석방 명령을 거두라고 청하는 계啓가 아직도 그치지 않아, 다시 이런 조처를 행한 것이다. 상감의 명령이 부질없이 수포로 돌아간다면 애초에 명령하지 않고 신중함을 지키는 것만 못하다. 당초에 소결한 후 상감께서 회의하여 심리할 것을 다시 명했으나 대간이 모두 회의에 참석하지 않아 엄한 명령을 내려 책망하자, 정언正言 박견선朴見善이 심리를 중지할 것을 청했다고 한다. 아아! 하늘이 재앙을 내려 경계할 때 억울한 죄인을 심리하는 것은 임금이 수양하고 반성하는 도리다. 신하된 자라면 실로 깨우쳐 이끄느라 여념이 없어야 마땅하거늘, 지금은 오히려 억제하고 저지한다. 이 어찌 신하가 군주를 섬기는 도리이겠는가? 몹시 통탄스럽다.

---

36) 참판…한다: 『숙종실록』 숙종 21년 5월 19일과 6월 6일 기사 참조.

〖 1695년 6월 21일 신해 〗 간혹 흐리고 간혹 맑음. 세찬 소나기가 간간이 뿌림

양처중梁處中이 밤에 찾아왔다. 환자가 있어 윤익성을 데려가고자 하여 곧
장 데리고 갔다.

〖 1695년 6월 22일 임자 〗 흐리고 맑음

김수한金壽漢이 아침 일찍 왔다. 그 또한 환자가 있어 윤 선달(윤익성)을 불
러가기 위해서였다. ○윤동미尹東美가 서울에서 돌아와 아이들의 잘 지낸
다는 편지를 받았다. 두아斗兒가 반장返葬하려고 지사地師 서육徐焴을 보
내 윤동미와 함께 왔는데, 아침밥을 먹은 후 동미가 데리고 연동으로 갔다.
○김삼달, 출신出身 김동설金東卨, 윤장尹璋, 윤명우尹明遇, 출신 김현추金顯
秋, 윤순제가 왔다. ○윤익성이 왔다. 김정진이 왔다. ○참판 황징黃徵이 석
방되어 어제 별진別珍에 도착했는데, 오늘 저녁에 전갈만 보내고 그냥 갔다.

〖 1695년 6월 23일 계축 〗 흐리다 맑음. 저녁에 비

이대휴, 김체빈金體彬이 왔다. 김체빈은 능금 한 그릇을 가져와서 주었다.
정광윤이 왔다.

〖 1695년 6월 24일 갑인 〗 간밤에 비바람이 요란함. 늦은 아침부터 바람이 더욱 거세고 비가 끊
임없이 오더니 종일 그러함

정광윤과 최후탁이 왔다.

〖 1695년 6월 25일 을묘 〗 비바람이 그치지 않음. 늦은 아침부터 바람이 더욱 사나워 집을 날려
버릴 것 같음. 비 또한 끊임없이 세차게 퍼부음

문을 열 수 없어 이틀이나 칩거하며 앉아 있자니, 병자의 심사가 답답하여
감당하기 어렵다.

〔 1695년 6월 26일 병진 〕 비바람이 자못 잦아듦

부안의 사인士人 최세중崔世重이 강성江城에서 와서 유숙했다. 정광윤이 와서 숙위했다.

〔 1695년 6월 27일 정사 〕 비바람이 간간이 치다가 저녁에 잠깐 볕이 남

〔 1695년 6월 28일 무오 〕 입추. 비바람이 간간이 치다가 이따금 볕이 남

양처중이 윤익성을 만나러 와서 약 처방을 묻고 갔다. ○속금도의 노 부동夫同이 와서 선부船夫가 보낸 말린 숭어 5마리를 바쳤다.

〔 1695년 6월 29일 기미 〕 아침에 비가 갑자기 내림. 오후부터 안개가 걷히고 볕이 따갑더니 밤이 되자 별이 반짝임

윤희직이 와서 문병했다. ○ 김정진이 저녁에 갔다.

〔 1695년 6월 30일 경신 〕 말복. 밤에 비가 크게 쏟아짐. 종일 흐리고 부슬비가 내리며 개지 않음

마도만호馬島萬戶 김일金鎰이 저녁에 왔다. 그는 대장大將 이대숙李大叔(이의징李義徵)이 가까이하고 신임하는 사람이다. 이 대장 이야기가 나오자 탄식을 금치 못했다. 저녁밥을 주고 노사奴舍에 물러가 자게 했다.

1695년 7월. 갑신 건建. 작은달.

지사 서육과 풍수를 논하다

〖 1695년 7월 1일 신유 〗 어제처럼 흐리고 부슬비가 내림

마도만호馬島萬戶(김일金鎰)가 아침 일찍 들어와 작별을 고하고 갔다. ○간두幹頭의 묘지기 노奴 득봉得奉이 와서 선부船夫가 보낸 생선 4마리를 바쳤다. ○저녁에 구름이 흩어지고 어슴푸레 볕이 나며 점점 개이기 시작했다. ○정 생生(정광윤鄭光胤)과 그 아들 래주來周가 왔다. 윤익성尹翊聖이 저녁에 갔다.

〖 1695년 7월 2일 임술 〗 한낮에 잠깐 비가 뿌림. 종일 흐림

정 생이 왔다.

〖 1695년 7월 3일 계해 〗 잠깐 비가 오고 잠깐 볕이 남

이증李增이 들렀다. 최운원崔雲遠이 왔다.

〖 1695년 7월 4일 갑자 〗 잠깐 비가 오다가 잠깐 볕이 났다가 함

오늘이 가을의 첫 갑자 날인데, '나락에 싹이 날 우환[禾頭生角]'[37]이 있는 것

---

37) 나락에 싹이 날 우환[禾頭生角]: 당나라 장작張鷟이 지은 『조야첨재朝野僉載』 권1에 "봄 갑자일에

은 아닐까? 정광윤, 윤익성이 와서 함께 유숙했다.

〖 1695년 7월 5일 을축 〗 잠깐 비가 오고 흐림

무주부사 이진휴李震休가 인편으로 편지를 보내 문안하고 부채 6자루를 보내서, 즉시 답장을 써서 감사를 표했다. 정 생이 저녁에 갔다. ○수영水營의 비장裨將 김응호金應灝가 지나는 길에 역방하여 알현하기에, 저녁밥을 주고 유숙하게 했다. 그는 점쟁이 김응량金應混의 아우다.

〖 1695년 7월 6일 병인 〗 종일 비가 내림

김응호가 비에 갇혀 머물렀다. 정 생이 왔다. 명주실 어망을 다 짰다. 29일부터 짜기 시작한 것이다.

〖 1695년 7월 7일 정묘 〗 쾌청함

칠석날 차례를 다리 병이 낫지 않아 직접 지내지 못했다. ○윤천우尹千遇와 최상일崔尙馹이 와서 만났다. 『논어대전論語大全』과 『논어언해論語諺解』를 가져와서 제목을 써 달라고 청하기에 즉시 써 주었다. ○전부典簿(윤이석 尹爾錫) 댁의 노奴 필신必信이 서울로 올라가기에 편지를 부쳤다. ○남미南美와 기미器美가 왔다. 정 생이 저녁에 갔다.

〖 1695년 7월 8일 무진 〗 맑음

임세회林世檜가 왔다. 이대휴李大休가 왔다.

비가 오면 검붉게 타 버린 땅이 천 리가 될 것이요, 여름 갑자일에 비가 오면 큰물이 져서 배를 타고 저자를 갈 것이요, 가을 갑자일에 비가 오면 벼에서 싹이 나와 추수에 지장이 있을 것이요, 겨울 갑자일에 비가 오면 까치둥지가 땅으로 내려갈 것이다[春雨甲子 赤地千里 夏雨甲子 乘船入市 秋雨甲子 禾頭生耳 冬雨甲子 鵲巢下地]."라는 말이 나온다.

〔 1695년 7월 9일 기사 〕 비가 약간 내리다가 저녁에 맑음

김정진金廷振이 아침 일찍 왔다. 정 생(정광윤)과 최운원이 왔다. 윤명우尹明遇와 보암寶巖의 김치하金致河가 왔다.

〔 1695년 7월 10일 경오 〕 비 내림

정 생이 왔다. ○괴산에 갔던 노奴 을사乙巳가 돌아와, 1일에 보낸 안부 편지를 받았다. 매우 위로된다. ○임극무林克茂가 왔다.

〔 1695년 7월 11일 신미 〕 맑음

윤기업尹機業이 금위군禁衛軍을 인솔하여 서울로 올라갔다가 돌아와서, 창서昌緒와 종서宗緒 두 아이의 편지를 전해 주었다. 연이어 잘 있다는 편지를 받으니 기쁘다. ○이복爾服이 왔다. 최운학崔雲鶴이 왔다. 무명실 어망을 다 짰다. 정 생이 저녁에 가고, 김정진도 갔다. 윤익성은 양처중梁處中이 불러서 갔다. ○병사兵使 김중기金重器가 삼도수군통제사로 옮겨 제수되었다. 원상하元相夏는 병으로 따라가지 못하고 바로 서울로 돌아가려고 하는데, 오늘 와서 만났다. 죽도竹島의 성덕기成德基가 왔다. ○신 승지(신학申㴊)의 중도부처中道付處를 환수하라는 계啓가 정지되어, 오늘 편지를 보내와 이별을 고했다. 20일쯤에 남포藍浦의 배소配所로 출발한다고 한다.

〔 1695년 7월 12일 임신 〕 맑음

윤동미尹東美가 서육徐熵을 데리고 산을 보러 백도白道로 향한다고 하여, 아침 식사 후에 출발해서 간두幹頭의 산소에서 만났다. 서 생生(서육)이 말하길, "여기야말로 대지大地입니다. 연동蓮洞은 매우 (…) 공소동孔巢洞은 형形이 없고, 고장산高墻山 또한 그러하나 반드시 (…). 문소동聞簫洞은 반룡盤龍의 형태이지만 결국結局이 좋지 않고 또 명당이 없습니다. 이는 이른

바 혼룡魂龍이 없다는 것이니, 풍수가 인정하는 바가 아닙니다. 여러 산소가 모두 이와 같습니다. 생각해 보건대 고산孤山(윤선도尹善道) 영감의 높은 도덕道德이면 반드시 후손들에게 복이 있을 터인데, 풍수지리로 볼 때 도움 받을 만한 곳이 없어서 내심 의아했습니다. 지금 이 산소를 보니 과연 크게 발복發福할 만한 땅입니다. 다만 무덤 앞과 백호白虎의 나무를 잘라서 없애고 절대 기르지 말아야 합니다."라고 했다. 설 생生(설수薛修)의 말과 부합한다. 마을 앞 정자나무 아래에서 쉬면서 안산案山의 후죽帿竹이 있는 곳을 바라보며 말하기를, "이곳에 좋은 땅이 있습니다."라고 했으며, 곧 일어나서 나아가 살펴보고 말하기를, "뒤에 효순귀孝順鬼[38]가 있고 안대案對가 매우 좋아 도기룡倒騎龍으로 유방酉方을 향하여 묘를 쓰면, 묏자리를 잡은 곳보다 좋습니다."라고 했다. 또 오는 길에 옹암甕巖 아래 용세龍勢를 보고, "이 용의 멀지 않은 곳에 반드시 차형釵形이 있을 것입니다."라고 했는데, 금당동金堂洞 앞들에 이르러, "이곳이 바로 차형입니다. 앞에 부해옥소안浮海玉梳案이 있으니 그 귀함이 이루 말할 수가 없습니다."라고 했다. 내가 "여기는 주인이 있는 곳이니 마음대로 말할 수 없네."라고 하자, 서육이 "힘써 주선해서 꼭 얻는 것이 좋을 것입니다."라고 했다. 또 돌아오는 길에 간두에서 5리쯤 떨어진 와포瓦浦라는 곳의 길가에서 혈穴 하나를 얻었는데, 포浦 건너편 성산城山을 안案으로 삼고 있었다. 서육이 말하기를, "여기도 역시 얻기 어려운 땅입니다. 여기에 필시 옛사람들이 도검刀劍 등의 물건을 매표埋標했을 것이니, 파서 확인해 보면 제 말이 반드시 허언이 아닐 것입니다."라고 했다. 장전리長田里 앞에 이르러 말하기를, "마을 뒤 돌산의 톱니가 좌우로 나누어졌고, 두 톱니의 가운데를 따라 촌집의 뒤에 낙혈落穴했는데, 이것을 어옹살망형漁翁撒網形(늙은 어부가 그물을 펼치는 형태)이라 합니다."라고 했다. 해가 저물어 들어가 보지는 못했다. 와포의 산기

---

38) 효순귀孝順鬼: 풍수 용어로, 혈의 뒤를 받쳐 주는 귀성鬼星이 소의 뿔처럼 두 개가 나란히 있는 것을 이른다.

운동마을 전경. 전남 강진군 신전면 용월리_서헌강 사진

운주동雲住洞은 현재의 운동마을로 추정된다.

삵에는 최 좌수 집안의 여러 무덤이 있고, 장전리는 촌사村舍와 멀지 않아 모두 도모하기 어려운 땅이다. 이것이 걱정이다. 이곳을 지난 뒤 길이 이미 어두워지고 구름이 달을 가려, 길을 걷기가 어렵고 고되었다. 소위 신리新里 근처, 주작산朱雀山에서 낙맥落脈하여 붕흥崩洪한 곳에 이르러 서육이 "이곳 과협過峽[39]이 매우 좋으니, 이 아래 반드시 좋은 혈穴이 있을 것입니다."라고 했지만, 어두워서 살펴볼 수 없었다. 간신히 운주동雲住洞 계건戒建의 집을 찾아가 기숙했다. 이 집은 정여靜如(이양원李養源)가 작년에 지은 것인데, 사람 일이 잠깐 사이에 바뀌어 정여가 상을 당해 이곳에 내려오기를 기약할 수가 없다. 전에 해마다 이곳에서 만난 일이 한바탕 꿈만 같으니, 슬프구나.

〖 1695년 7월 13일 계유 〗 맑음

서 생(서육)이 아침 일찍 일어나 서둘러 세수하면서 "어제 저녁에 본 과협

---

39) 과협過峽: 풍수 용어로 내려오던 산줄기가 주산主山을 만들어 다시 일어나려 할 때에 안장처럼 잘록하게 된 부분을 이르는 말이다.

아래를 꼭 가서 보아야겠습니다.”라고 하면서 말을 타고 나갔다. 동미東美
가 따라갔다. 아침 늦게야 돌아와서 “과연 대지大地를 얻었습니다.”라고
했다. 아침을 먹고 나서 함께 논정論亭의 사정射亭에 갔다. 올라가 살펴보
며 서 생이 말했다. “과연 대지입니다. 이상二上의 등급이라 할 만합니다.
그런데 임계방壬癸方이 비어 있습니다. 만덕산萬德山이라는 큰 휘장이 있
다 하더라도 여전히 흠인 듯합니다. 이 때문에 혹 이상보다는 낮은 등급일
수 있겠습니다. 그래도 대체로 얻기 어려운 땅입니다. 주산主山의 낙맥落脈
이 병오丙午이며 안산案山은 그 자체가 하늘이 지은 미려한 봉우리를 지니
고 있으니, 다른 데서는 구할 수 없는 곳입니다.” 거기서 일어나서 또 아침
에 봐 두었던 곳으로 향했다. 산길을 잘못 들어서는 바람에 길이 험해 가기
가 어려워 말에서 내려 걷기도 하면서 점찍어 둔 곳에 도착했는데, (…) 신
리新里의 남쪽 산기슭이었다. 후룡後龍이 꽤 기이했고, 특히 안산案山 묘봉
卯峯이 정취가 있었으며 좌우 산세가 좋았다. 다만 결혈처結穴處가 조화롭
게 모이는 모양새가 부족하고, 수구水口가 바짝 가까워 수구 바깥 바닷물
이 넘보는 것이 매우 싫었다. 서 생은 필적할 것이 없는 대지라고 했지
만, 모르는 내가 봐도 심하게 놀랄 정도는 아니었다. 또 신리 사람이 말하
기를, 서응瑞應(윤징귀)이 일찍이 이미 풍수를 데리고 와서 보고 말뚝을 박
았다고 한다. 만약 그렇다면 서로 다툴 수는 없는 일이다. 별장別將(윤동미)
이 임시로 무덤을 쓰기로 했다. 날이 이미 기울어서 서 생과 작별했다. 서
생과 별장은 다시 백포白浦로 향하고, 나는 호현壺峴을 거쳐 귀가했다. 지
나는 길에 자죽동紫竹洞에 도착하여 말에서 내려 길가 소나무 그늘에 앉아
이상열李商說 노老에게 전갈하니, 그가 곧바로 나왔다. 막 대화를 나누려던
차에 소나기가 갑자기 내려 하는 수 없이 곧바로 말을 돌렸으니 안타깝다.
김정진이 어제 또 왔다고 한다.

윤명우尹明遇가 왔다.

한밤중에 홀연히 온몸이 오한이 드는데 참을 수가 없었다. 아이들을 불러 깨워서 그 이불과 요까지 걷어서 덮었지만 멈추지 않았다. 집안에 쌓아 둔 두터운 이불을 모아서 덮으니 조금 안정되어 이내 잠에 빠졌다. 아내가 나와서 간호했다. 새벽이 되어 비로소 잠에서 깼다. 온몸에 땀이 났지만 여전히 낫지 않았다. 오른쪽 다리에 갑자기 부종浮腫과 홍훈紅暈 하나가 생겨 무릎 아래로 내려가 퍼져 붉게 변하고 부어서 커졌다. 이는 곧 상놈들이 이르는 바 혈하증血下症이라고 하는 것인데, 의원은 각기脚氣가 심해진 것이라고 했다. 추웠다 더웠다 하며 어지러워서 정신을 차릴 수가 없었다. 원상하元相夏가 작별하고 병영으로 돌아갔다. 진사 김세귀金世龜, 윤적미尹積美, 윤문표尹文豹, 최형익崔衡翊, 최항익崔恒翊, 최유기崔有基, 김의방金義方, 박이장朴以章이 와서 만났으나, 모두 대화는 할 수 없었다. 윤희성尹希聖이 저녁에 왔다.

윤시삼尹時三, 김동옥金東玉, 이송爾松이 왔다. ○병세가 그대로라 걱정이다.

다리의 붉은 부종이 조금 누그러지고 추워서 몸이 움츠러드는 증세도 멈췄다. 정말 다행이다. 신지도(목내선睦來善의 적거지)와 고금도(이현기李玄紀의 적거지)에 여름 후로 문안하지 못해서 참외와 수박을 사서 3일 전에 사람을 보냈는데 오늘 돌아왔다. 원방元方 영감(이현기)이 오래전부터 병을 앓고 있어서 답장을 받지 못했다. 몹시 걱정스럽다. ○별장 윤동미가 왔다. 이송爾松이 군입리軍入里로부터 돌아오는 길에 역방하여 만났다. 윤천우尹千遇가 왔다. 변최휴가 왔는데, 연계軟鷄 한 마리를 가져와 선물했다. 가난한 사람의 선물을 받으니 내 마음이 편치 않다. 정 생(정광윤)이 왔다. 윤익성이 갔다. ○아픈 곳이 퍽 좋아졌다. 오른쪽 다리의 붉은 부종도 누그러졌다. 정말 다행이다.

〔 1695년 7월 18일 무인 〕 밤에 내린 비가 아침까지 이어지다가 저녁에 조금 그치는 듯하더니 저문 후에 다시 내림

윤 강서江西(윤이형尹以亨)와 신 승지(신학申鷽)가 거처하는 곳에 연계를 2마리씩 보냈다. ○해남 하리의 고목告目을 보니, 관찰사 이수언李秀彦의 관문關文에 "각 읍 서원의 유무 및 사액 여부를 구별하여 성책하고 첩보하라."라고 내려왔다 한다. 이것이 조정의 명령인지 아닌지는 모르겠으나, 그 뜻은 아마도 연동서원蓮洞書院의 훼철에 있을 것이다. 당초에 힘이 약하여 봉안奉安하지 못한 채 공사를 멈추었는데, 지금에 이르러서 보니 큰 다행이다. 이것이 이른바 '어찌 그것이 복이 될 줄을 알며, 어찌 그것이 화가 될 줄을 알겠느냐?'라는 것이다. 한 번 환국이 있고 나서부터 참으로 이러한 조치가 (…) 지금에 이르렀으니 쓸쓸하기 짝이 없다. 대개 한쪽 사람들이 뒷날 보복할 염려가 없지 않으나 (…) 설령 훼철하더라도 완성되지 않은 빈집에 불과하니, 마침 저들의 지나치게 공격적인 의중만 보여 줄 뿐이다. 통탄스럽지만 무슨 수가 있겠는가. ○신 승지가 거처하는 곳에 간 노가 돌아와서 신 영감이 어제 이미 떠났다고 한다. 섭섭하다.

〔 1695년 7월 19일 기묘 〕 간간이 비가 내림

정 생이 왔다. ○김정진이 왔다.

〖 1695년 7월 20일 경진 〗 흐리다가 맑음. 저녁 무렵 비가 쏟아짐

해남의 하리 명자건明自建이 서울에서 돌아와 아이들이 10일에 쓴 편지를 전했다. 연이어 잘 있다는 편지를 받아 기쁘다. ○최후탁崔厚卓, 최정익崔井翊이 왔다. ○장흥 황 참판(황징黃徵)의 적소謫所에 어제 연계 3마리를 보냈다. 그 인편이 오늘 돌아와 답장을 보니, 다음 달 초에 출발한다고 한다.

〖 1695년 7월 21일 신사 〗 흐리다 맑음

극인棘人 윤취빙尹就聘이 들렀다. ○해남현감(강산두姜山斗)이 여러 번 사람을 보내 문안했고, 지난번에 절선節扇 4자루를 보내고 또 서로 만나지 못하는 아쉬움을 표하기에 하는 수 없이 흥아興兒를 보내 사례했다. ○정 생(정광윤)이 왔다.

〖 1695년 7월 22일 임오 〗 맑음

윤유도尹由道, 임취구林就矩, 윤선형尹善亨이 왔다. ○흥아는 해남현감이 아파서 들어가 만나 보지 못하고, 백치白峙에 들렀다가 연동에서 자고 오늘 낮에 돌아왔다. ○권용權鏞이 들러서 묵었다. 그의 아버지 권휘權徽가 74세로 서울에서 의지할 데가 없어, 권용이 지난겨울에 올라가서 영광에 사는 누이네인 임빈林彬의 집으로 모시고 왔다. 식량과 반찬을 얻으러 왔다고 한다.

〖 1695년 7월 23일 계미 〗 맑음

권용이 갔다. ○원방 영감(이현기)이 병으로 오랫동안 일어나지 못하고 있는데, 집이 멀리 떨어져 곁에 자제가 없으니 그 사정이 딱하다. 친지의 일이니 가 봐야 마땅하나 나는 병으로 몸을 빼지 못하여 흥아를 보내 문안하도록 하고, 발길을 돌려 신지도로 가서 목 상相(목내선)께 문안하게 했다.

○황세휘黃世輝, 윤시상尹時相이 왔다. 이대휴가 와서 묵었다. ○무를 심었다. 비가 계속 와서 밭을 갈지 못하다가 무를 심었으니 철이 지나서 자라기 어려울 것 같다. 몹시 안타깝다.

〔 1695년 7월 24일 갑신 〕 맑음

정 생이 왔기에 그를 데리고 만립萬立의 집 뒤에 있는 송정松亭에 갔다. 황세휘를 초청하여 맞이했다. 또 그의 가야금 타는 비婢와 예심禮心을 불러, 마주 보고 연주하게 하며 실컷 놀았다. 박필중朴必中이 왔다.

〔 1695년 7월 25일 을유 〕 맑음

윤재도가 들렀다. ○서육徐熵이 서울로 돌아가는 길에 왔다. 윤남미尹南美와 윤이성尹爾成이 함께 왔다. 윤천우尹千遇, 정 생이 왔다. ○별진別珍 권 상相(권대운權大運)의 방귀전리放歸田里를 환수하라는 계청이 정지되었다고 하니 기쁘다.

〔 1695년 7월 26일 병술 〕 맑음

윤동미가 일찍 와서 아침을 먹은 후에 서육徐熵과 함께 서울로 출발했다. 서육이 이번에 와서 6, 7곳을 새 산소로 점찍었기 때문에, 윤동미와 서육이 함께 전부(윤이석) 댁에 가서 논의하여 결정할 계획이다. 윤남미와 윤이성은 연동으로 돌아갔다. ○아침 전에 서육과 집 뒤의 산기슭에 올랐다. 서육이 손으로 가리키며 말했다. "안채의 대나무 숲 뒤 기슭은 바로 인방寅方과 갑방甲方으로 나와서 용龍이 나쁘지 않으며, 제봉祭峯 아래 약간 평평한 곳에 작은 바위가 있고, 바위 아래로 1장丈쯤 되는 곳에 묘를 쓰면 (…) 얻기 어려운 땅입니다. 안채는 이른바 옛 창고 터로 옮기면 (…) 역시 매우 좋을 것입니다. 또한 집 앞 우물 아래의 논에 안채를 지어도 역시 좋을 것입니다. 건교치乾橋峙 밖의 멀리 보이는 오소음치산烏素音峙山을 안산으로 삼아도 좋을 것이니, 곧 지금 사랑채가 안산으로 삼고 있는 기봉歧峯이 오소음치산만 못합니다." 또 이른바 아래터[下基]에 이르러 "이 터는 태하太下 등급인데, 앞산이 우람하고 굳센 기세가 있어 그나마 괜찮다고 할 수 있지만 매우 좋은지는 모르겠습니다."라고 했다. 내가 황원黃原의 산소에 대해 묻자, "100여 리를 내려온 용龍이기에 편편금片片金이라고 말할 수 있거니와, 바닷가에 이르러 결국結局하여 빼어난 경치를 이루었습니다. 사람들이 혹 멀리 있어야 할 조산朝山이 없어 수산囚山이라고 할 수도 있겠습니다만, 산은 대해大海에 들어가 결국했습니다. 만약 공결空缺한 곳이 있었다면, 써서는 안 되는 곳입니다."라고 답했다. 적량원赤梁院의 산소에 대해 묻자 답했다. "결국이 정명精明하고 무덤 자리 앞에 음사陰砂(선익蟬翼과 우각牛角)가 매우 기이하여 자손이 많이 퍼지고 영원히 이어질 것입니다. 갑봉甲峯이 솟아 있으니 장원壯元이 날 것입니다. 아름답기는 간두가 낫지만, 훌륭하기는 여기가 낫습니다. 다만 안산이 내안산內案山의 위로 조금 보이는데, 규봉窺峯[40]의 혐의가 있습니다. 약간 높은 곳에 묏자리를 잡으면 이 혐의는 없겠지만, 이것이 흠이 될 수 있습니다. 또 계속 장사지낼 자리가 없습니다."○감목관監牧官(신석申襖)이 방문했는데, 그의 금비琴婢 선옥仙玉을 데려 왔다. 잠시 연주를 시켜 보니 손놀림이 꽤 좋았다. 남례南禮의 이정웅李廷雄도 따라 왔는데, 이들은 서로 떨어지지 않는 사이다. 윗사람과 아랫사람 10여 명에게 점심을 대접했다. 저녁 무렵에 일어나 해남으로 향했다. ○해남 본해남本海南의 김시호金時護가 왔다. ○봉춘奉春을 진도로 보내보리 매매를 감독하게 했다. 아울러 정 대감(정유악鄭維岳)을 문안하게 하고, 연계軟鷄 2마리를 보냈다. 그리고 이제부터 굴장窟庄에서 보리 1섬을 납부하게 했다. 박준신朴俊藎에게 부채 2자루를 보냈다. 오늘 두 곳에서 보

---

40) 규봉窺峯: 풍수 용어로 숨어서 엿보고 있는 것처럼 보이는 안산을 가리킨다. 이런 산이 있으면 화禍를 받는다고 한다.

낸 답장 편지를 보았다. ○ 김삼달金三達과 정 생이 왔다. ○ 지원智遠이 노 용이龍伊를 데리고 맹진孟津에서 어린 숭어 30마리를 그물로 잡았다. 15마리를 별진別珍에 보냈다.

〔 1695년 7월 27일 정해 〕 오후에 비

최운원崔雲遠이 원상하元相夏의 소식을 전해 주었다. 창아昌兒의 편지가 병영에서 왔는데, 7월 1일에 쓴 잘 있다는 편지다. 풍덕부사 이하징李夏徵이 모친상을 당해 장사를 지낸 지 얼마 안 되어 자신도 연달아 서거했다고 한다. 몹시 처참하다. ○홍아가 돌아왔다. 들으니 원방元方(이현기)의 병은 나았으나, 목 상相(목내선睦來善)의 별실別室이 병을 앓는데 매우 위독하다고 한다. 목睦 야爺가 걱정된다. ○문장門長(윤선오尹善五)이 또 갑작스레 편지를 보내 다시 논정論亭을 빼앗아 쓰려는 뜻을 내비쳤다. 나는 결코 허락하지 않겠다는 뜻으로 답장을 보냈다. 이처럼 말썽을 부리니 괴롭다. 정 생이 와서 숙위했다.

〔 1695년 7월 28일 무자 〕 맑음. 빗발이 간간이 뿌림

홍아를 데리고 별진의 권 상相(권대운)을 문안했다. 김정진이 왔다. ○문장이 또 편지를 보내 거듭 논정의 일을 말했다. 나 또한 딱 잘라 거절하는 내용의 답장을 보냈다.

〔 1695년 7월 29일 기축 〕 맑음

문장의 뜻이 이와 같으니 반드시 억지로 빼앗으려 할 것이다. 급히 집을 지어 그의 계획을 막지 않을 수 없어 노奴 5명을 김진서金振西의 산소로 보내 베어 두었던 나무를 논정으로 운반하게 했다. 내가 노 몇 명을 데리고 출발하려 할 때 길에서 들으니, 한천寒泉 문장(윤선오)이 마을 사람을 많이 동원하여 일시에 집 지을 재목을 운반하며 크게 세를 과시했으며, 윤경尹儆이 직접 가서 (…) 운주동雲住洞에 머물러 있다고 한다. 사람을 보내 말을 전했더니, 윤상미尹尚美와 윤경이 즉시 (…) 응대했다. 내가 말했다. "어떻게 이 지경으로 능멸하며 핍박하는가? 나는 좋게 일을 처리하고자 했는데, 어찌 사람을 이렇게 궁지로 모는가? '예전에 이미 점유한 땅'이라고 하지만, 이는 딱 한 번 가서 본 것일 뿐 마을 사람들이 혹시 알까 두려워 몰래 다녀간 것에 불과하네. 이것을 두고 '예전에 이미 점유했다.'라고 하면, 옛날부터 나침반을 들고 드나든 사람이 무수한데, 이들을 모두 다 '점유했다'고 할 수 있겠는가? '입안立案'이라고 하지만, 단지 관아에서 써 준 제사題辭에 '삼겨린三切隣[41]을 데리고 오라.'고 한 것일 뿐이네. 이것을 일러 '입안'이라고 하는 것이 가당키나 한가? '나에게 허락했다.'라고 하는 것은 더욱 가소롭네. 당시 문장이 '온황사瘟瘟砂'라고 하며 버렸기에, 그 후에 내가 말뚝 두 개를 박아 표식으로 삼았으니, 이는 버린 것이지 나에게 허락하여 내준 것이 아니네. 지금 만약 천장遷葬이 절박하다는 뜻으로 조용히 상의했다면 내 뜻을 돌릴 가망이 없지는 않았겠으나, 그렇게 하지 않고 이렇게 나를 능멸하여 짓밟으니, 이는 거꾸로 나로 하여금 조금의 호의도 남지 않게 막아버린 셈이네. 어찌 그렇게 생각이 없는가?" 조목조목 남김없이 다 따지니, 윤경이 더 이상 할 말을 잃고 일어나 떠났다. 저녁 식사 후에 그가 다시 와서 함께 자면서 어르기도 하고 으르기도 했으나, 나를 설득할 수는 없었다.

---

41) 삼겨린三切隣: 어떤 사건이 일어났을 때, 그 사건이 일어난 곳에서 가장 가까이 살고 있는 이웃의 세 집을 가리키는 말이다.

논정 땅을 둘러싼 다툼

[1695년 8월 1일 경인] 맑음

윤경尹憼이 아침에 일어나 다시 설득했으나 소득 없이 갔다. 윤주미尹周美 숙叔이 한천寒泉에서 달려와 또 유세했으나 나를 설득할 수 없자 곧 논정論亭의 집을 짓고 있는 곳으로 돌아갔다. ○논정의 윤이림尹以霖, 백만규白萬奎, 이효달李孝達이 와서 만났다. 모두 한천(윤선오尹善五)의 일이 터무니없으며 또한 장차 장지로 쓸 계획을 하고 있기 때문에 온 마을 사람들이 분개하고 있다고 한다. ○늦은 아침 운주동雲住洞을 출발하여 문장門長(윤선오)에게 역방하여 인사했더니, 윤지철尹智哲의 비婢 금이今伊에게 가야금을 뜯으며 노래하게 하고, 산소 일에 대해서는 언급하지 않았다. 내가 천천히 말하기를, "산소 일은 어찌 이렇게 조치하셨습니까?"라고 하자, 문장이 말하기를, "다만 절박했기 때문에 그렇게 한 것일 뿐이네. 청컨대 허물하지 말고 허락해 주게나."라고 했다. 그밖에는 피차 다시 논하지 않았다. 점심을 먹고 일어나 강성江城에 도착하여 참판 권규權珪를 방문했다. 참판 역시 한천의 일을 듣고 크게 놀랐다. ○들으니, 신지도 목 상相(목내선睦來善)의 별실別室이 병을 앓다가 끝내 죽었다고 한다. 목 상은 80대의 나이로 외딴섬에 위리안치되어 다만 별실만을 의지하다가 이런 참혹한 일을 만났으니, 그 신세가 매우 딱하다.

〖 1695년 8월 2일 신묘 〗 맑음

한천 문장(윤선오)의 행위는 말로 다툴 수가 없어 하는 수 없이 사유를 갖추어 강진현감(최정룡崔廷龍)에게 단자單子를 써서 올렸다. ○ 임중헌任重獻, 임석주林碩柱, 김현추金顯秋, 윤성민尹聖民이 왔다. 문장과 윤△尹△이 별진別珍으로부터 와서 역방했으나, 역시 산소 일에 대해서는 언급하지 않았다.

단자

민民 아무개.

생각건대, 옛말에 '고통이 심하면 반드시 부모에게 호소한다.'라고 했습니다. 제 조상들의 묘가 합하閤下의 치하에 있으므로 합하께서는 곧 저의 부모입니다. 지금 제가 고통스러운 일이 있어 어쩔 수 없이 다급한 목소리로 합하께 부르짖으니 바라건대 성주城主 합하께서는 살펴보시고 명백히 판결해 주시기 바랍니다. 다만 (…) 제가 대부大夫의 반열에 있기에 사체事體가 상민들과 같지 않은데도 남과 다투고 있으니, (…) 사안임을 모르는 것도 아닙니다. 하물며 동종同宗 간의 일이니, 저쪽이 설령 잘못을 했어도 다툴 수 없습니다. 그러나 지금 제가 당한 일은 사소한 일이 아니어서 사적으로는 서로 화해할 수가 없으니, 명석한 판관께 나아가 여쭈어 보려는 것은 진실로 어쩔 수 없는 사정에서 나온 것입니다. 이 때문에 감히 부끄러움을 무릅쓰고 번거롭게 하는 죄를 피하지 않으려 하니, 합하께서는 어리석은 저를 용서하시고 의혹을 해결해 주시기 바랍니다.

제가 재작년에 마침 백도면白道面 논정리論亭里에 빈 땅이 하나 있다는 말을 들었는데, 지관地官들이 모두 칭송했기 때문에 그들의 말에 따라 그곳을 점유하려고 막 가 보려고 하던 차에, 저의 족조族祖인 윤선오尹善五가 갑자기 편지를 보내어 말하기를, "내가 이미 입안立案을 받아 차지했으며 이장할 계획이다. 생각건대 존尊께서는 모르고 일을 벌이시는 것인가? 존께서 만약 그만두지 않는다면 집안싸움의 실마리가 생길까 염려된다. 존께서는 고집 부리지 마시라."라고 했습니다. 제가 속으로 '내가 비록 점유는 했지만 지금으로서는 치표置標한 것도 아니다. 어찌 버틸 수 있겠는가.'라고 생각하면서 곧바로 흔쾌히 그러겠다는 취지로 답했습니다.

며칠 후 제가 '비록 내가 가질 수는 없는 땅이라 하더라도 한번 가 보기는 해야겠다.'라고 생각하면서 곧바로 말을 타고 가니, 족조가 먼저 와 있다가 저를 보고 웃으며 말하길, "이 땅은 건술방乾戌方이 비어 있어 국국局이 맺어지는 땅이 아니니, 바로 온황사瘟瘴砂이네. 만약 여기 살 경우 전염병이 그치지 않을 것이니 결코 쓸 수 있는 땅이 아니네. 나는 이제 이 땅을 포기하겠네."라고 했습니다. 그래서 제가 말하기를, "저는 단지 작은 집을 지어 놓고 오가며 쉬는 곳으로 삼으려는 것이므로 땅이 좋고 나쁜 것은 그렇게 중요하지 않습니다."라고 하고는 곧바로 말뚝 2개를 박고 그 위에 횡목을 걸어 두어 표지를 세웠음을 나타냈습니다.

그 후 다시 생각해 보니 말뚝 2개를 박은 것도 여전히 불안해서 1칸 집을 새로 지어 다른 사람이 넘보는 것을 막았습니다. 또 거기에 이어서 정사亭舍를 지어 거주할 곳으로 삼으려 했으나, 자잘한 근심이 끊이지 않아 계속 미루다 해를 넘겼습니다. 올가을이 되어 막 정사를 세우려고 할 무렵, 갑자기 이번 달 27일 족조가 편지를 보내어 그 땅을 얻기를 청했습니다. 저는 상황이 당초와 달라져 몇 년간 가꾼 땅을 가볍게 허락할 수는 없다고 여겼기 때문에, 족조의 뜻에 부응할 수 없다는 취지로 답했습니다. 다음 날 또 편지를 보내어 완강히 청하기에 저도 또한 완고하게 거절하며 허락하지 않았습니다. 그 김에 다시 생각해 보니 이미 얻은 땅을 그냥 두는 것도 아깝고, 또 제대로 된 건물을 짓지 않았기에 남들이 이처럼 침탈한다고 여겨서, 29일 사람을 보내어 집 지을 재목을 운반하게 했고, 저도 그곳으로 나갔습니다.

가는 도중에 듣기로, 윤경尹儆이 마을 사람을 많이 내어 재목과 지붕 이을 풀 등을 지고 줄줄이 길 위에서 형세를 크게 벌렸으며, 그도 또한 직접 가서 순식간에 4, 5칸 집을 세워 억지로 땅을 뺏으려는 짓을 했으니, 일의 놀라움이 이와 같았습니다. 상놈이 가진 작은 물건이라도 본 주인이 허락하지 않는다면 억지로 뺏을 수 없는 것인데, 하물며 친척 간의 중대한 물건에 대해 공공연히 이 같은 일을 저지르니, 이 어찌 사대부가 차마 할 짓입니까. 그의 생각으로는, 한편으로는 이 같은 짓을 행함으로써 반드시 땅을 취할 형세임을 보이고, 한편으로는 교묘하게 타이르고 위협하자는 뜻이니, 그가 어찌 한 발짝이라도 물러서겠습니까.

그 심보가 얼마나 교묘합니까? 그러나 또한 생각이 몹시 모자란다고 할 수 있습니다. 1칸 작은 집은 작년에 지은 것인데, 그 후 (…) 또 5월 26일 및 7월 13일 풍수를 데리고 가 보니 (…) 옛날과 다름이 없었습니다. 지금 윤경이 기둥 하나 없다고 말하는데 윤경이 헐어 버린 것이 아님을 어찌 알겠습니까? 사람이 지금 들어가 사는 집이 아니라 해도 자기가 멋대로 훼철해 놓고 그 흔적을 없애 버렸으니 그 용의주도함이 또한 어떠합니까? 이런 짓을 차마 저지를 수 있다면 이보다 더한 것이라도 장차 못할 짓이 없을 것입니다.

제가 받은 모욕도 모욕이거니와, 저들이 한 짓은 얼마나 심한지 모릅니다. 윤경이 제가 있는 곳에 와서 온갖 말로 유세한 것은 틀림없이 제가 허락했다는 말 한마디를 얻고자 함이었을 것입니다. 제가 숙맥이 아닌데 어찌 그의 농락에 빠져들어 노예가 상전에게 하듯이 고개 숙여 명을 듣겠습니까? 이래서 제가 통탄스럽고 분하여 부끄러움을 무릅쓰고 우러러 합하께 소장을 올리는 것입니다.

윤경이 또 말하기를, "우리 집안에서 일찍이 점유했소." 운운했습니다만, 이른바 '일찍이 점유했다.'라는 것은 작년에 풍수를 데리고 한번 가보고, 마을 사람들이 혹시라도 알까 두려워 몰래 출입한 것일 뿐입니다. 땅을 획득했다는 것을 다른 사람에게 한 번도 언급한 적이 없으니, 이것을 가지고 점유했다고 할 수 있겠습니까? 이 땅은 이름이 난 지 오래되었습니다. 조금이라도 풍수를 아는 자나 초상을 당하여 산소를 구하는 자라면 이곳을 출입하며 보지 않은 이가 없는데, 이들이 모두 점유했다고 할 수 있겠습니까?

윤경이 또 말하기를, "내게는 입안이 있다." 했는데, 이른바 '입안'이라는 것은 계유년(1693) 8월에 입안을 내주십사는 취지로 소장을 올리니 관官의 제사題辭에, "조사하여 입안을 내줄 수 있도록 삼겨린을 데리고 오라." 운운 했는데, 이것을 두고 입안이라고 한 것입니다. 그 역시 우습기 짝이 없습니다. 제사가 나온 후 조사가 실행되지 못한 것은, 가만히 보고 있던 그 마을 사람들이 모두 떼 지어 일어나 완강히 거부했기 때문에 삼겨린에게 감히 입을 열지 못했기 때문입니다. 저는 단지 별장을 지을 곳으로 삼고자 했을 뿐이기 때문에 마을 사람들이 막지 않았고, 이들에게 승낙을 받아 집을 지어 치표했으니 제가 한 것이 참으로 명백하지 않습니까? 그리고 멀고 가까이 사는 사람들이 제가 그 땅을 점거한 것을 모두 다 알게 된 지도 이미 몇 년이 지났습니다. 윤경은 일찍이 점유했다고 하지만 마을 사람들은 한 명도 그 사실을 아는 자가 없으며, 그가 입안이라고 부르는 것은 단지 한 장의 빈 문서일 따름인데 이것을 가지고 남이 점유한 곳을 뺏으려 하니 정말 터무니없는 경우가 아니겠습니까? 저는 이치에 근거하여 공언하는 것이니 말이 매우 절실하고 명확한데도 윤경은 고집을 피우며 돌이키지 않고 한사코 일꾼을 재촉하니, 반드시 뺏고야 말려는 것입니다.

이제는 말로써 다툴 수 없기 때문에 어쩔 수 없이 이처럼 소장을 올립니다. 이것이 사대부의 수치이며 친척 간에 차마 해서는 안 될 일임을 모르는 것은 아닙니다. 그렇지만 제가 이렇게까지 단자를 올리게 된 것은 곧 윤경의 잘못입니다. 어찌 제가 좋아서 하는 것이겠습니까. 이 일의 앞뒤 자세한 사정을 논정 마을사람들에게 추문推問해 보시면 저의 말이 무고가 아님을 아실 것입니다. 윤경 역시 차마 제 말이 무고라고 하지는 못할 것입니다. 엎드려 바라건대 합하께서 마을 사람들과 윤경을 추문하여 그 곡직을 변별하신 연후에 만약 제 말이 무고가 아니라면 윤경을 엄히 다스리셔서, 그가 세운 집을 속히 철거하고 함부로 침탈하지 못하게 함으로써 제가 억울하게 당하지 않도록 해 주신다면 천만다행이겠습니다.

제사題辭는 다음과 같다.

"입안이 성립되었는지 표목標木이 있었는지 논할 것 없이, 편지를 보내 얻기를 청한 것이 두세 번이니, 이 한 가지만으로도 주객을 가릴 수 있다. 전후로 주고받은 서간을 일일이 다 바친다면, 그것을 참고하고 마을 사람들의 공론도 참작하여 처리하고자 한다. 상고하여 시행할 것."

〖 1695년 8월 3일 임진 〗 맑음

홍아를 데리고 가서 권 야爺(권대운權大運)께 인사했다. ○ 정광윤鄭光胤과 김삼달金三達이 왔다.

권 야가 병영으로 옮겨 가려 하므로 권 대감(권규權珪)이 오늘 먼저 강성江城에서 출발한다. 아마 한 곳에 모여 잠시나마 모실 계획이리라. 그 사정이 딱하다. 조반을 먹은 후 강성에 가서 권 대감에게 작별인사를 하고 윤시상尹時相과 걸어서 돌아왔다. ○이대휴李大休의 내상內相(부인)이 별진別珍으로 가는 길에 역방했다. ○정광윤과 김삼달이 또 왔다.

과원果願 어멈이 별진에서 돌아왔다. ○정 생生(정광윤)이 왔다. 윤기업尹機業이 들렀다. ○들으니, 논정리論亭里 사람 상하上下 42명이 일제히 관아의 문에 나아가 소장을 올려 윤경을 물리칠 계획이라고 한다. 내가 올린 단자도 나중에 입지立旨[42]가 발급되기에 충분하고, 소송도 마을 사람들에게 넘겼으니 나는 일이 없게 되었다. 정말 다행이다. ○다산茶山의 이진명李震明이 왔다.

최추익崔樞翊이 왔다. 윤익성尹翊聖이 5, 6일 머물다 갔다. 이대휴가 서울행을 나서며 역방하여 만나고 가기에, 권진權縉과 권혁權赫에게 편지를 부쳤다. 김우정金友正과 윤승후尹承厚가 왔다. 정 생이 왔다. ○장흥 어산語山의 이기李墍가 왔다. 이 자는 수춘守春을 거두어 기른 주인이다. 그가 말하기를, "저는 수춘 모녀를 구제하여 살린 공이 있습니다."라고 하며 인향仁香의 소생 1구口를 얻기를 청했다. 내가 이르기를, "존尊께서 인향이 우리 집 비婢인 줄을 안 뒤에 즉시 와서 고했으면, 존께서 말하지 않아도 내가 어찌 보답할 길을 생각하지 않았겠습니까. 이 경우는 그렇지 않습니다. 내가 직접 추쇄하여 왔는데, 존께서 무슨 공이 있다고 그런 말을 합니까?"라고 하

---

42) 입지立旨: 개인이 청원한 사실에 대하여 관에서 공증하여 준 문서이다.

자, 이기가 "과연 제가 생각이 얕았습니다." 하고는 다시는 말하지 않았다. ○수영水營의 점쟁이 김응량金應瀁이 왔다.

〔 1695년 8월 7일 병신 〕 맑음

이기가 갔다. 김응량이 발길을 돌려 영암군 성 안으로 갔다. ○조반을 먹은 후 별진別珍에 나아갔다. 권 상相(권대운)이 병영을 향해 출발했다. 흥아가 모시고 갔다. 나는 월암月嵒의 정왈수鄭曰壽 공을 방문했으나, 만나지 못했다.

〔 1695년 8월 8일 정유 〕 맑음

윤시상尹時相, 윤희직尹希稷, 최운원崔雲遠, 정광윤이 왔다. ○흥아가 저녁에 돌아왔다. ○종복從卜 무리가 하번下番(역을 마치고 교대함)이 되어 돌아와서, 서울 아이들의 편지를 보았는데, 지난달 그믐에 쓴 잘 있다는 편지다. ○들으니, 집의執義 이삼석李三碩이 상소하여, '김춘택金春澤의 일[43]은 한중혁韓重爀의 일과 다를 것이 없는데 유독 한중혁만 옥에 갇혀 있으며, 또 김춘택의 당초의 일에 대해 그 아비 김진귀가 비록 섬에 귀양 가 있었다 해도[44] 어찌 감히 알지 못한다고 말하여 예전과 같은 신임과 대우를 받을 수 있는가' 하는 점을 논했다. 비답은 대체로 김진귀를 감싸는 내용이었다. 또 비답을 내려 내간內間에 영정을 그릴 일이 있다며 임창군臨昌君, 김진규金鎭圭, 민진후閔鎭厚를 모두 대궐에 출입하게 했다고 한다. 이른바 영정은 다름 아닌 중전中殿(인현왕후)의 화상畫像이라고 한다. ○심일관沈一觀이 우연히 감염된 질병으로 지난달 26일 죽었다고 한다. 그 아버지인 전 고성군수 심한필沈漢弼은 내 친구인데 천수를 누리지 못했다. 일관은 사람됨

---

43) 김춘택金春澤의 일: 김춘택 등이 기사환국으로 폐위된 민비閔妃의 복위를 꾀하다가 발각된 일을 말한다.

44) 김진귀가…해도: 기사환국 후 김진귀가 제주도에 위리안치되어 있었던 것을 말한다.

이 아주 훌륭하여 '그 아버지가 살아 있는 것 같다.'라고 할 정도였는데, 지금 또 요절하니 몹시 비통하다.

〖 1695년 8월 9일 무술 〗 맑음

간밤에 안채 장방藏房의 남쪽 머리 판자벽을 도둑이 부수고, 명주, 면, 흰모시, 비단 옷, 이불, 유기 등의 물건을 몽땅 훔쳐갔다. (…) 개탄스럽지만 무슨 말을 하겠는가. ○전적典籍 김태정金泰鼎과 윤이송尹爾松이 왔다. 김우정金友正이 (…) 19개, 은어 15마리를 보냈다. 정익태鄭益泰가 생닭 1마리와 생게 40마리를 보냈다. 부채 1자루로 감사를 표했다. ○최운제崔雲梯가 왔다.

〖 1695년 8월 10일 기해 〗 맑음

최상일崔尙馹, 윤순제尹舜齊, 최운원, 극인棘人 윤징귀尹徵龜가 왔다. 윤재도尹載道가 들렀다. 김응량이 군내郡內에서 돌아왔다. 김정진金廷振, 정광윤이 왔다. ○들으니, 논정리 사람들이 윤경의 무리와 소송을 했는데, 윤경이 본래 묘를 쓸 뜻이 없다고 말했기 때문에 송관訟官이 집을 지어 사는 것을 금할 수는 없다 하여 논정 사람들이 패소했다 한다. 윤경이 처음부터

도둑맞은 물건의 회수

1695년 8월 9일에 도둑이 들어 명주, 면, 흰모시, 비단 옷, 이불, 유기 등의 물건을 훔쳐갔다. 11월 3일에 나주 영장이 자죽동에서 3명을 붙잡고, 강성에서 1명을 잡았다. 11월 7일에는 도둑맞은 물건이 강진 석교촌에 있다는 것을 알게 되었고, 11월 11일에 우수영의 비장 정서징 등이 첨지 최철석과 그 아들 부평 등 11명을 체포하였다. 15일에 노 개일 등을 우수영에 보내 옷과 이불 등 도난당한 물건의 3분의 1일을 찾아 왔다. 윤이후는 큰 화를 입지 않아 다행이라고 스스로 위안하였다. 12월 12일에는 우수영에 정광윤을 보내 도둑들을 엄히 다스리고, 장물을 계속 찾도록 하였다.

끝까지 이처럼 사람을 기만할 수 있단 말인가? 지리서地理書에 이르기를, '산에도 이치가 있고 물에도 이치가 있다.'라고 했는데, 사람 일에만 유독 이치가 없단 말인가? 설령 윤경이 이치에 맞지 않게 억지로 들어가 장사 지내더라도 땅에 만일 이치가 있다면 반드시 복을 얻지 못할 것이다. 윤경이 비록 억지로 빼앗는 데는 능하더라도 이치는 기망할 수 없다는 것을 알지 못하니, 이 또한 슬프다.

〔 1695년 8월 11일 경자 〕 흐리다 맑음. 바람 붊

김응량이 갔다. 윤시한尹時翰, 윤희성尹希聖, 윤익성, 정광윤이 왔다. 김정진이 갔다.

〔 1695년 8월 12일 신축 〕 밤부터 비가 오더니 오후에는 맑음

요사이 비가 오지 않은 날이 꽤 오래되어 벼 중에 이삭이 늦게 팬 것은 모두 오그라들어 펴지지 않았는데, 이렇게 단비를 얻었으니 조금 살아날 것도 같다. 그래도 비는 아직 미흡하다. ○윤선증尹善曾이 왔다. 변최휴卞最休, 정광윤이 왔다.

〔 1695년 8월 13일 임인 〕 맑음

윤선증이 갔다. 극인 윤석귀尹錫龜, 김세회林世檜, 정광윤이 왔다.

〔 1695년 8월 14일 계묘 〕 맑음

윤천임尹天任이 왔다. 이신재李信栽가 배 30개를 보냈다. 이진휘李震輝가 새끼 숭어 1속을 가지고 왔다. 이복爾服이 왔다. 최형익崔衡翊, 최항익崔恒翊, 최유기崔有基가 왔다.

〖 1695년 8월 15일 갑진 〗 맑음

내가 며칠 전부터 으슬으슬 춥고 몸이 아파 오늘 기제사는 흥아를 시켜 대신 지내게 했다. 묘제墓祭도 가서 지내지 못하니, 섭섭함을 말로 다할 수 있겠는가? ○ 비곡比谷의 김현주金玄冑【초명初名은 기주起冑】가 왔다. 월암의 정생원(정왈수)이 지나다 방문했다. 정광윤이 와서 숙위했다.

〖 1695년 8월 16일 을사 〗 새벽이 되자 비가 조금 내리다가 아침에 그침

흥아가 그 누이를 데려오기 위해 말 4마리와 7명의 노를 데리고 괴산으로 떠났다. ○ 윤이주尹以周, 윤유도尹由道가 왔다. 윤세미尹世美와 구림鳩林의 윤처미尹處美가 왔다.

〖 1695년 8월 17일 병오 〗 맑음

임원두林元斗, 임세회林世檜, 윤시달尹時達이 왔다. 김의방金義方이 와서 유숙했다.

〖 1695년 8월 18일 정미 〗 맑음

김의방이 갔다. 윤시삼尹時三, 윤시상尹時相, 윤익성尹翊聖, 임한두林漢斗, 안형상安衡相이 왔다. ○ 백포白浦 배편이 서울에서 돌아와 아이들의 편지를 보았는데, 이미 오래전에 보낸 것이었다.

〖 1695년 8월 19일 무신 〗 맑음

고금도로 가려고 아침 일찍 노奴 1명을 월곶月串에 보내 배를 붙잡아 대기하게 했다. 대체로 나루에서 배가 돌아오는 것을 기다리면 지체되기 때문이다. 나는 조반을 먹고 나서 출발했다. 항촌項村 앞에 다다르자 멀리서 한 사인士人이 (…) 나를 기다리는 것을 보았다. 나도 가까워지자 말에서 내려

519

서로 이야기를 나눠 보니, 바로 대구大丘 [45]의 윤몽협尹夢協이었다. (…) 조카이다. 지금 그 아버지 치도致道의 상을 당했는데, 그 중부仲父 사도思道의 계자繼子 (…)라고 한다. 나루터에 이르러 바로 무사히 건너 윤몽석尹夢錫의집에 가서 궤연几筵에 곡을 하고, 이어 몽석을 조문했다. 몽석은 몽협의 맏형이다. 주인이 점심을 대접했다. 윤 좌수座首는 마침 출타하여 만나지 못했다. 점심을 먹은 후 바로 일어나 마도진馬島鎭으로 갔는데 만호 김일金鎰은 수군의 조련에 가고 없었다. 나룻배가 건너편에 있기에 돌아오기를 미리 준비하고 기다렸는데, 날이 이미 저물었다. 나루를 건너 고금도에 당도하여 겨우 배에서 내리니 날이 어두워지고 있었다. 나루터로부터 이 감사(이현기李玄紀)가 위리안치된 곳에 이르렀는데, 이른바 건천乾川에서 5리정도 되는 곳이다. 이현치李玄緻, 이한조李漢朝가 서울에서 내려온 지 10여일이 되었는데, 내가 온다는 소식을 듣고서 발걸음을 재촉하여 들어왔다가 이 영감(이현기)과 함께 나와서 맞이하니 서로 만난 기쁨이 평상시의 배나 되었다. 어렵고 궁한 처지에도 인정人情이 이와 같을 수 있음을 비로소알겠다. 이 영감의 학질은 이미 그쳤다가 재발했다. 붙잡고 안채로 들어와이현치 숙질叔姪과 함께 잤다.

〔 1695년 8월 20일 기유 〕 맑음

이른 아침을 먹고 신지도를 향해 출발했다. 고금도에서 나루터까지 20리였다. 나루터에 다다를 무렵 동풍이 몹시 세게 불어 나룻배가 흔들리고 불안하여 마음이 두렵지 않을 수 없었다. 나루터에 내려 몇 마장쯤 가니 만호진萬戶鎭이었는데, 목 상相(목내선)이 이곳에 위리안치되어 있다. 위리 밖에 도착하여 알리게 하자 곧바로 이끌려 들어갔다. 목 상은 평상복 위에 차의遮衣(포袍의 일종)를 입고 갓을 쓰고 맞았는데 나에게 예를 갖추려는 까닭

---

45) 대구大丘: 지금의 전남 강진군 대구면이다.

이었다. 별실別室의 상을 최근 당했으니, 여든 나이에 부자父子가 각각 유배되어 있으면서 이렇게 참혹한 일을 겪고 곁에 모시는 사람도 없으니 보기가 애처로웠다. 안주를 내고 술을 따라 권하고, 이어 점심을 대접했다. 잠깐 있다가 인사하고 물러나와 곧바로 나루를 건넜다. 해 질 무렵 이 감사(이현기)의 적소에 도착하니 저녁을 지어 대접했다. 이현치, 이한조와 더불어 이야기를 나누었을 뿐, 이 영감은 학질의 통증이 막 그쳤기 때문이 나오지 못했다.

〔 1695년 8월 21일 경술 〕 맑음

이 영감(이현기)이 아침 일찍 나와 찬찬히 이야기를 나눈 탓에 일찍 나서지 못하고 늦은 아침에 출발했다. 마도馬島 나루를 건너 길에서 진사 목천현睦天顯을 만났는데 서울에서 내려오는 길이었다. 말을 멈추고 잠깐 이야기했다. 윤광도尹光道와 윤몽협이 뒤따라 와서 말에서 내리니 이야기가 자못 길어졌다. 윤몽협은 말을 돌려 동행했는데 주인으로서 나를 대접하고 싶었기 때문이다. 윤몽협의 집에 이르니 두 사람의 상인喪人이 나와서 맞이했다. 한 사람은 전에 만났던 윤몽석이고 다른 한 사람은 윤몽석의 아우 윤몽령尹夢齡이었다. 막 오시午時가 되었을 뿐이라서 나루를 건너 집으로 가기에는 여유가 있었지만, 바람이 조금 세게 불어 나루를 건너기가 염려되었고 주인도 완강히 만류하여 머물러 묵었다.

〔 1695년 8월 22일 신해 〕 아침에 잠깐 비가 내리고 종일 흐리다 맑음

아침을 먹고 출발하여 나루를 건너 오후에 집에 도착했다. ○이번 행차에서 보니, 고금도가 비록 바다 가운데 있다고는 하나 산세가 아름답고 촌락도 제법 번성하여 심하게 나쁜 땅은 아니었다. 그러나 신지도는 궁벽한 곳이라 할 만하며, 목 상(목내선)이 기거하는 곳은 파도가 들이치는 곳으로, 살

권대운 초상_서울대학교박물관 소장

권대운은 숙종 대 남인 정권의 마지막 영의정을 역임한 중신重臣이다.

펴보니 참으로 놀라웠다. 두 곳 적소의 위리圍籬는 (…) 둘레가 아주 넓어서, 지난날 조부님(윤선도尹善道)께서 계셨던 삼수三水의 몇 보 걸음만 가능했던 위리에 비하면, 이는 도적을 방지하기 위한 울타리에 불과하다. 모르겠다. 이 두 적객謫客이 우리 조부만큼 심하게 미움을 받지 않아서 그러한 것인가, 아니면 금부도사의 관대함과 사나움이 같지 않아서 그러한 것인가?

〔 1695년 8월 23일 임자 〕 맑음

별진에 있는 권 상相(권대운)에게 가서 문안했다. 권 상이 길을 떠나 병영으로 거처를 옮긴 뒤에, 방귀전리放歸田里하라는 명령을 거두어 달라는 계청啓請이 또 제출되어 하는 수 없이 별진으로 다시 돌아온 것이다.

〔 1695년 8월 24일 계축 〕 맑음

전부(윤이석) 댁의 노가 서울에서 내려와 아이들의 안부 편지를 받으니 위로가 된다. 그러나 경기도의 흉년이 매우 심하여 곡식을 빌릴 길이 뚝 끊겼다. 이런 사정은 팔도가 모두 같지만, 이 근방 몇 고을은 추석이 지난 후 서리가 내리기까지 했으니, 더욱더 참혹하다. 과거와 능행이 이 때문에 모두 미뤄졌다고 한다. ○능주의 사인士人 이권李權과 이완李梡이 별진을 역방했다가 와서 만났는데, 그대로 유숙했다.

〔 1695년 8월 25일 갑인 〕 맑음

서책을 햇볕에 말리고 집을 청소했다. ○능주의 이권과 이완이 갔다. 정광
윤, 김삼달, 윤희직, 윤천우尹千遇가 왔다.

〔 1695년 8월 26일 을묘 〕 맑음

정 생(정광윤)이 왔다. 최도익崔道翊, 송수기宋秀杞가 왔다.

〔 1695년 8월 27일 병진 〕 맑음

안채를 청소하고, 남쪽 방을 다시 도배했다. ○정광윤, 윤희설, 김우경金友
鏡이 왔다. 소안도의 윤선필尹善弼이 왔다.

〔 1695년 8월 28일 정사 〕 맑음

전 무장현감 이유李瀏가 아침 일찍 왔다. ○아침밥을 먹은 후 영암으로 가
는 길을 출발하여, 석제원石梯院에서 말을 먹였다. 마침 어떤 객이 와 있다
고 했는데, 구림鳩林의 이홍진李弘晋이었다. ○지나는 길에 정만대鄭萬大를
역방했다. 이 사람은 초곡草谷 사람인데 몇 년 전에 남문 밖 길옆으로 이사
했다. 또 김무金斌도 역방했다. 그 아버지 김기평金起坪도 나와서 만났다.
해가 진 후 윤 강서江西(윤이형尹以亨)가 기거하는 곳에 도착했는데, 서문 밖
에 있는 하리 김성대金聲大의 집이다.

〔 1695년 8월 29일 무오 〕 맑음

윤 강서가 기거하는 곳에 머물렀다. 정만대가 아침 전에 와서 만났다. 김
무, 김규金珪와 점쟁이 조국필趙國弼이 왔다. 점괘를 뽑아 보게 했더니, 내

년 여름 가을에 반드시 기쁜 일이 있을 것이라고 했다.

〔 1695년 8월 30일 기미 〕 아침에 흐리다가 늦은 아침 맑음

아침 식전에 영암군수 남언창南彦昌이 내가 왔다는 소식을 듣고 와서 만났다. 홍아가 21일에 여산에 도착했으며 잘 있다는 편지를 받았다. 24일에는 괴산에 도착할 수 있을 것이라고 한다. 윤 강서의 노가 서울로 올라가기에 아이들에게 편지를 부쳤다. ○조반 후에 출발하여, 비곡比谷의 윤기업尹機業의 집에서 말을 먹였다. 임취구林就矩와 그 손자 임극무林克茂, 임익번林益蕃, 임중헌任重獻이 와서 만났다. 해가 진 후 집에 도착했다.

진도를 방문하다

〔 1695년 9월 1일 경신 〕 맑음

정광윤鄭光胤이 왔다. 이성爾成이 왔다가 그대로 묵었다.

〔 1695년 9월 2일 신유 〕 흐리다 맑음

이성이 갔다. 정광윤, 김삼달金三達이 와서 숙위했다.

〔 1695년 9월 3일 임술 〕 맑음

극인棘人 윤취삼尹就三, 윤천우尹千遇가 왔다. 영보永保의 곽진□郭震□이 (…)

〔 1695년 9월 4일 계해 〕 맑음

아침을 먹은 후 죽도를 향하여 출발했는데, 정사亭舍의 터를 닦고, (…) 위해서다. 종천種川 가에 이르러 윤시삼尹時三을 만나 말에서 내려 이야기하는데, 극인 양가송梁可松과 출신出身 최만익崔萬翊이 와서 잠시 후 일어났다. 송산松山에 이르러 류호柳瑚와 그 아들 류필기柳必起를 만나 잠시 이야기했다. 안형상安衡相 우友의 집에 이르니, 구림鳩林의 참봉 현징玄徵이 자리에 있었으며, 악기 줄을 퉁기며 노래가 한창이었고 손님이 집에 가득했다. 한참 있다가 일어나 백치白峙 앞에 이르러 권혁權赫을 만나 말을 쉬게 하며 잠시 이야기했다. 해 질 무렵 죽도에 도착하여 좌우를 돌아보니 경치가 볼수록 더욱 새롭다. 명금동鳴金洞의 성덕항成德恒과 성덕징成德徵이 밤에 방문했다.

〖 1695년 9월 5일 갑자 〗 맑음

성덕기成德基 삼형제,[46] 최남표崔南杓, 최남오崔南五가 왔다. 송정松汀의 이석신李碩臣 생生이 왔다. 이복爾服이 왔다. 정사亭舍 터에서 나침반으로 좌향을 잡아 달라고 부른 것이다. 정사 터는 삼봉三峯을 안산案山으로 삼으니, 건좌손향乾坐巽向이고 경술庚戌과 경진庚辰이 분금分金[47]이 된다. 주산主山은 술戌로 입수入首한다. 갑甲에 대항산大巷山이 있고, 정丁에 금성봉錦城峯

---

46) 성덕기成德基 삼형제: 성덕기, 성덕항, 성덕징이다.
47) 분금分金: 정해진 24방위에서 집이나 묏자리의 방향을 약간 틀어서 맞추는 일이다.

죽도 초당 신축

윤이후는 1695년 9월부터 12월에 걸쳐 죽도에 건물을 짓는 공사를 벌였다. 처음에는 번듯한 정사亭舍를 지을 계획으로 터를 잡고 다지는 공사를 하였으나, 흉년이 들어 계획대로 실행할 엄두를 내지 못하고 임시로 정사 터 옆에 초당을 지었다. 두 달 반에 걸쳐 터 다지기, 기둥 세우기, 구들 놓기, 벽 바르기 등 집 짓는 공정이 상세하여 좋은 참고가 된다. 이후 일기에는 「죽부초려기竹阜草廬記」를 비롯하여, 이 별장의 초당과 주변 풍광을 읊는 시들이 빈번하게 수록되어 있고, 틈만 나면 지인들을 이곳으로 초대하여 시회를 열고 여가를 즐기는 모습이 기록되어 있어 주인이 이 집을 얼마나 아꼈는지 알 수 있다.

이 있고, 옹암甕巖은 인寅에 있다. 오늘 오후 흙을 파고 터를 닦았다. 안채 터는 옛 향向을 쓰는 것이 합당한데, 웅봉熊峯이 안산이 되니 바로 병향丙向이다. ○저녁 식사 후 명금동鳴金洞에 가서 성 장丈(성준익成峻翼)께 인사했으나 난청이 더욱 심해져서 대화를 나눌 수 없어 잠깐 있다가 돌아왔다. 이날 밤 성덕기 삼형제가 와서 이야기했다.

〖 1695년 9월 6일 을축 〗 맑음

아침 식사 후, 집으로 돌아가기 위해 출발했다. 송정松汀 정사에 오르니 강과 바다를 아울러 갖추고 산 모습과 들 풍경도 절경이라 죽도와 더불어 백중이 될 만하다. 주인主人 형제[48]가 나와서 만나고 간단한 음식을 대접받았다. 윤선용尹善容이 와서 한참 있다가 일어났다. 오는 길에 또 안 우友(안형상安衡相)의 집에 들어갔는데, 돌아가는 길에 들르기를 그제 그가 간곡히 청했기 때문이다. 주인이 무료하게 홀로 앉아 있다가 나를 보고 매우 기뻐했다. 마음을 활짝 열고 즐겁게 이야기하고 점심을 먹고 일어났다. 저물녘에 집에 도착했다.

〖 1695년 9월 7일 병인 〗 맑음

윤승후尹承厚와 정주한鄭周翰이 왔다. 점쟁이 김응량金應灢이 들러서 알현하고 갔다. 흥아興兒가 괴산에서 제 누이(김남식金南拭의 처)를 데리고 무사히 왔다. 서로 만나는 기쁨이 이루 말할 수 없다.

〖 1695년 9월 8일 정묘 〗 맑음

상인喪人 양득중梁得中 형제를 조문하고 앉아서 한참 이야기했다. 양득중은 일찍이 학자의 명성을 얻어 왕년과 근래에 한쪽 사람들의 칭찬을 크게 받았다. 박세채朴世采는 그를 더욱 인정하여 추천 명단에 넣기까지 했는

---

48) 주인主人 형제: 송정松汀의 주인 형제는 이석신李碩臣과 이석빈李碩賓을 가리킨다.

데, 과연 명실상부한지는 모르겠다. 발길을 돌려 윤시상尹時相의 집에 가서 조용히 이야기하고 돌아왔다.

〖 1695년 9월 9일 무진 〗 흐렸다 맑고 빗발이 잠시 뿌림

홍서興緒, 과원果願, 지원至願을 데리고 절사節祀를 지냈다. 정광윤, 김삼달金三達, 최형익崔衡翊, 최유기崔有基, 윤순제尹舜齊가 왔다.

〖 1695년 9월 10일 기사 〗 흐렸다 맑고 빗발이 잠시 뿌림

나와 홍아, 과원, 지원, 우원又願, 그리고 집안사람들이 뒷산에 올랐다가 발길을 돌려 송백동松栢洞에 갔다가 돌아왔다. 정동貞洞의 참군參軍 외숙(이락李洛)과 이대휴李大休 종종從이 서울에서 내려와 점심을 먹고 백치白峙로 돌아갔다. ○윤시상, 윤익성尹翊聖, □□□이 왔다. 윤기업尹機業이 와서 우이도에 들어갈 것이라고 해서, 편지를 써서 부쳤다. ○들으니, (…) 대궐에서 일어난 귀신의 변괴가 예삿일이 아니었다. 주상 전하께서 이현궁梨峴宮[49]으로 이어移御하고 병까지 나시니 (…) 걱정을 이루 말할 수 없다. 또 들으니, 달아난 말이 성균관에 들어갔다가 결국 대성전大成殿에 이르렀는데, 전에 갑인년(1674), 경신년(1680), 기사년(1689) 등의 환국 때도 모두 이런 변고가 있었다고 한다. 정말 가슴 서늘한 일이다.

　　　미암眉巖 류희춘柳希春의 「금남선생사실기錦南先生事實記」

　　　작년에 내가 「변명서辨明書」[50]를 지어서, 어초은漁樵隱(윤효정尹孝貞)께서 금남錦南(최부崔溥)에게 가르침을 받았다는 설은 잘못 전해진 것이라고 했

---

49) 이현궁梨峴宮: 한성 동부 연화방蓮花坊(현재의 종로구 인의동)에 있었던 광해군의 잠저潛邸이다. 배고개에 있었기 때문에 이현궁이라 불렸다. 인조의 아우 능원대군綾原大君이 살기도 했고, 숙종 대에는 숙빈淑嬪 최씨崔氏의 거처였다.

50) 변명서辨明書: 윤효정尹孝貞이 금남 최부에게 배웠다는 세간의 설이 잘못임을 밝힌 「변명서」는 1694년 7월 5일 일기에 수록되어 있다.

다. 그 후『금남집錦南集』에 있는 류 미암(류희춘)이 지은 행장을 보고서야,
세간에 전하는 것이 잘못되지 않았고「사마재선생안司馬齋先生案」에 잘못
기록되었다는 것을 알게 되었다. 아마도 선생안이 전란에 불탔는데, 수
습하여 수정할 때 연도와 합격 순서가 잘못되었을 것이다. 이제 미암이
지은 금남 선생의 행장을 아래에 옮겨 써서 상고할 자료로 삼는다.

금남 선생 최공 휘諱 부溥는 자가 연연淵淵이고 나주인羅州人이며, 진사
휘諱 택澤의 아들이다. 나면서부터 자질이 남달라 심지가 굳고 영민했으
며, 장성해서는 경전 공부와 문장 짓기에서 당시의 사람들 가운데 으뜸
이었다. 24세에 진사시 제3등으로 뽑혔다. 29세가 되던 성화成化 임인
년(1482) 봄, 성종께서 알성謁聖하고 인재를 뽑을 때, 공은 대정통책對正
統策으로 제3등에 등제했다. 상사上舍가 되어 성균관에 머물면서 재주와
이름을 크게 떨쳤고, 신종호申從濩 등과 벗이 되었다. 처음 벼슬하여 조
정에 서고 여러 관직을 거쳐 전적典籍이 되었다.『동국통감東國通鑑』을 찬
수하는 데 참여하여, 백수십 항목의 논論을 지었는데 명백하고 적확하여
당시의 여론으로부터 크게 칭찬받았다. 병오년(1486) 중시重試에서 2등
으로 뽑혀, 사헌부 감찰에서 홍문관 부수찬이 되었고 오래지 않아 수찬
으로 승진했다. 정미년(1487) 부교리로 승진하고 9월에 추쇄경차관推刷
敬差官으로 제주에 갔다. 홍치弘治 무신년(1488) 윤1월 아버지의 부음을
듣고 황망히 바다를 건너다가 역풍을 만나 중국의 태주台州에 표류했다.
6월에 한양 청파역靑波驛으로 돌아와 임금의 명령을 받고『표해록漂海錄』
을 지어 올렸다. 그 뒤 연이어 모친상을 당했고, 임자년(1492) 정월에 탈
상하여 지평에 제수되었다. 간관들이 전날 초상을 당했을 때 임금의 명
을 받고『표해록』을 지은 일을 허물 삼고 논박했으나, 임금께서는 그 논
의가 너무 심하다고 여기고 선정전宣政殿으로 나아가 인견하시고 표류한

전말을 물으셨다. 공이 상세히 임금께 아뢰자, 임금께서 "그대가 사지死地를 돌아다니며 나라를 빛내었도다!" 하고 탄복하시며 옷 한 벌을 내려 주셨다. 이해에 서장관으로서 북경에 갔다.

계축년(1493) 봄에 세자시강원 문학이 되었으며, 4월에 홍문관 교리가 되었다. 사헌부에서 또 이전의 논의를 끄집어내자, 홍문관의 여러 학사들이 임금께 아뢰기를, "최 아무개는 4년 동안 계속 상중에 있으면서도 한 번도 집에 못 가기는 했지만, 효행이 뛰어나니 원컨대 동료로 함께하게 해 주십시오."라고 했다. 성종은 공경公卿과 의논하여 마침내 교리직을 내려 주었다. 5월에 병으로 체직되어 승문원 교리가 되었다. 갑인년(1494) 정월 다시 홍문관 교리가 되었고, 8월에 부응교 겸 예문관 응교로 승진했다. 예문관의 극선極選[51]이었는데, 장차 문형文衡이 될 사람이 아니라면 극선에 들 수 없다. 을묘년(1495) 봄 생원회시의 참고관參考官이 되어 사람들에게 명성을 얻었다. 병진년(1496) 5월 호서 지역이 크게 가물자 연산군은 선생에게 가서 수차의 제작을 가르치도록 명했고, 9월에 이르러 돌아왔다. 11월 상례相禮를 거쳐 사간이 되었다. 정사년(1497) 2월 태묘太廟에 부제祔祭를 지낸 뒤, 공이 소疏를 써서 극렬하게 연산군의 실정을 간했고, 또 공경대신들을 통렬히 꾸짖었다. 이달에 좌천되어 다시 상례가 되었고 질정관으로 북경에 갔다가, 돌아와서 가을에 예빈시정이 되었다. 모두 권세가의 미움을 받았기 때문이다.

7월 사화가 일어났다. 공과 신종호 등 여덟 명은 글을 지어 점필재 김종직에게 평가를 받은 적이 있었는데, 연산군이 집을 수색하도록 명령했을 때 공만 홀로 『점필재집佔畢齋集』을 집에 간직하고 있다가, 심문을 받고 장杖을 맞았으며 단천으로 유배되었다. 공은 적소에 이르고 나서도 처신이 너그럽고 평온했다. 갑자년(1504) 10월 연산군이 의금부의 옥으로 잡아오라고 명령했다. 사형을 당하기 전날 밤, 김전金詮과 홍언필洪彦弼 등

---

51) 극선極選: 특별히 엄격히 가려 뽑는다는 뜻이다.

이 가벼운 죄로 옥에 갇혀 함께 있었는데, 술로써 전별하자 선생은 일일이 술을 받아 마셨다. 기약 없는 이별에도 정녕 정신과 낯빛이 흐트러지지 않았고, 자신만만한 모습이 평상시와 같았다. 공이 경태景泰 갑술년(1454)에 태어났으니, 이때가 51세였다.

정덕正德 병인년(1506) 중종께서 나라를 안정시키시자 통정대부 승정원 도승지로 추증되었다. 선생은 책을 널리 읽어 뛰어나게 해박했는데『주역』에 특히 조예가 깊었다. 힘써 후진을 가르치고 이끄는 일을 게을리 하지 않았다. 해남현은 구석진 바닷가에 치우쳐 있어서 예부터 문예와 학문이 없었고 예의 또한 거칠고 비루했다. 선생이 이 고을에 장가들어 여러 해 노닐며 정론正論으로 비루한 풍속을 바꾸었다. 또 윤효정尹孝貞, 임우리林遇利 두 수재와 우리 선인先人을 얻어 재산을 털어 가르쳤고, 세 사람이 배운 바를 사람들에게 가르치니, 온 고을이 화합하고 따라서 마침내 문헌文獻의 땅이 되었다. 선생이 서울에서 관리로 머물 때, 또한 영재가 있었으니 박은朴誾 등이 종유했고, 단천에 유배되었을 때도 권우란權遇鸞 등이 질의하고 가르침을 청했다. 선생은 엄숙하고 청렴하여 집에 머물 때는 곡식 한 섬 도모하지 않았고, 대간과 시종侍從에 벼슬할 때도 보국을 급선무로 여기고 분연히 몸을 돌보지 않고 자주 올바른 말을 올려, 힘껏 대의大義를 떠받쳤다. 어릴 때부터 나라를 경영하고 세상을 구제할 재질을 가졌지만, 백분의 일도 펴 보지 못하고 비운否運을 만나 결국 죄 없이 세상을 뜨니, 사림들이 애통해했다. 선생이 혹독하게 죽고 또 대를 이을 아들이 없어서, 그의 평생 저술은 흩어지고 영락해져 열 중 두셋도 남지 않았다. 내가 돌아가신 지 60년 뒤에 수습하여 겨우 소疏, 기記, 비명碑銘 7수와『동국통감東國通鑑』의 논論 120수를 얻어 2권으로 만들고, 간행하여 장래에 전한다. 선생의 굳세고 걸출한 기개와 절개, 법도가 될 만한 국가 경영 계획, 의론의 정밀함과 간절함은 이 책을 살펴보면 그 일

단을 알 수 있을 것이다.

융경隆慶 신미년(1571) 10월 계사에

외손 통정대부 수守 전라도 관찰사 류희춘 삼가 쓰다[52]

〖 1695년 9월 11일 경오 〗 맑음

최통익崔通翊이 왔다. ○인천의 노奴 대철大哲이 내려와 극인棘人 조카[53]의 편지를 보았다. ○정광윤, 황세휘黃世輝, 김삼달이 밤에 와서 이야기를 나누었다. 정광윤은 그대로 머물러 숙위했다.

〖 1695년 9월 12일 신미 〗 맑음

홍아와 함께 별진別珍에 가서 문안했다.[54] ○정 생生(정광윤)이 왔다.

〖 1695년 9월 13일 임신 〗 맑음

아침 식사 후에 백치白峙를 향해 출발했다. 영신평永新坪에 이르러 정운형鄭運亨을 만났다. 우슬치 아래에 당도하여 최정익崔井翊을 만나 말에서 내려 잠시 이야기를 나누었다. 정오가 지나 곧 백치에 당도했다. 일전에 외숙(이락)이 가야금 타는 비婢 예심禮心을 빌리고 싶어 했으므로, 이번 행차에 데리고 왔다. 송정松汀의 금아琴兒(거문고 타는 아이)는 이미 와 있고, 외숙에게도 새로 가야금을 배운 아비兒婢가 있어 함께 연주했다. 동네 사람들이 여럿 왔다.

---

52) 이상의 류희춘이 쓴 글은 『금남집』 「금남선생집서錦南先生集序」와 『미암집眉巖集』의 「금남선생사실기錦南先生事實記」에도 실려 있다.

53) 극인棘人 조카: 안서익安瑞翼에게 시집간 인천 누이의 아들인 안명장安命長과 안명신安命新을 가리킨다.

54) 홍아와…문안했다: 윤홍서 처의 외조부인 권대운權大運에게 문안을 간 것이다.

백야마을 전경. 전남 해남군 해남읍 백야리 _서헌강 사진
백치는 현재의 백야마을로 추정된다.

〖 1695년 9월 14일 계유 〗 맑음

외숙이 죽도를 보고 싶어 하셔서, 나와 대휴가 (⋯). 대휴는 외숙을 모시고
돌아갔고, 나는 그대로 머물렀다. 야비俺婢가 금아를 따라 들렀다. (⋯) 야
비를 따라 이곳으로 나온 것이다. 성덕기 삼형제가 저녁에 왔고, 밤이 되
자 또 왔다.

팔마八馬 집으로 돌아가지 못했다. 송정의 금아는 갔다. 성덕항, 덕징이 밤
에 왔다.

성덕기가 왔다. ○아침에 출발하여 백치에서 점심을 먹었다. 저녁때 집에
당도했다. 묵도墨島(흑산도) 류 판서(류명현柳命賢)의 편지를 받았다.

김삼달, 정광윤이 왔다.

흑도黑島(흑산도)에 보낼 편지를 써서 정선택鄭善擇에게 부쳤다. ○윤시상,
임세회林世檜가 왔다. 윤희정尹希程이 왔다. 외숙(이락)이 대휴, 권붕權朋을
데리고 별진에서 와서 묵었다. 정광윤도 유숙했다.

옥주沃州(진도)로 출발했다. 정광윤도 일이 있어 함께 갔다. 적량赤梁 산소
에 이르러 참배했다. 저녁때 삼지원三枝院[55]에 당도하여 화이禾伊의 집에
묵었다. 화이는 연동蓮洞 시공柴工의 아들이다.

새벽에 일어나 나루터에 당도하니 벌써 날이 밝았다. 바로 배에 올라타 무
사히 건넜다. 벽파정碧波亭 원지기[院直] 집에서 아침을 지어먹고 그대로 앞

---

55) 삼지원三枝院: 진도의 벽파진 나루와 마주한 해남 쪽 나루터에 위치했던 원院이다. 현재의 해남군
   황산면 옥동리이다.

으로 나아갔다. 가는 길에 본 벼가 육지보다 꽤 나았으니, 흉년이라고 할수는 없겠다. 석고개촌石古介村 앞 정자에 당도했는데 마을이 매우 좋아 말에서 내려 잠시 쉬었다가, 바로 남문 밖 정 상서尙書(정유악鄭維岳)가 머물고 있는 집에 도착했다. 정 대감이 놀라 급히 나와 맞이하여 정겹게 이야기를 나누고 그대로 함께 잤다.

〖 1695년 9월 21일 경진 〗 맑음

아침 식사 후에 의신리義信里를 향해 출발했다. 박준신朴俊藎은 나와 동학同學인데 나이가 지금 여든이고 병들어 문밖출입을 못 한다. 내가 가 보지 않으면 그가 출입하기는 어려우므로 한번 서로 보고 싶어 이번 행차를 하게 된 것이다. 새로 옮긴 거처로 갔더니 옛 거처로 돌아갔다고 하여, 길을 돌려 옛 거처로 갔다. 그랬더니 또 가단可丹으로 옮겼다고 한다. 병환 때문에 여러 차례 거처를 옮긴 것이라 한다. 내가 왔다 갔다 방황하는 사이 날이 이미 정오 무렵이 되었기에 가단으로는 갈 수 없다고 판단하고 바로 굴포窟浦로 향했다. 마질방촌馬叱方村 앞에 당도했는데 송정松亭이 매우 좋기에 말에서 내려 잠시 쉬었다. 해 질 무렵 굴포장窟浦庄에 도착하여 전부典簿(윤이석尹爾錫) 댁의 노奴인 임술壬戌 집에서 묵었다. 집이 마을 한가운데 있

진도 방문

윤이후는 1695년 9월 19일부터 24일까지 약 5일간 진도를 방문한다. 갑술옥사로 인해 진도로 유배 온 8촌 친족 정유악의 배소를 방문하고, 어릴 때 함께 공부했던 박준신을 만났을 뿐만 아니라 일가의 전장이 있는 굴포에 들러 이틀을 묵었다. 윤이후의 집 팔마에서 진도 읍치까지는 바닷길을 제외해도 40킬로미터가 넘는 긴 거리이다. 진도는 평소 윤이후가 방문하기 쉽지 않았던 곳이기에, 한 차례 방문 기회에서 여러 날을 머무르며 오랫동안 보지 못했던 사람들을 만나 회포를 푼 것이다.

어 조금 나았기 때문이다. 마을에 사는 김방한金邦翰이 바로 와서 보았다. 박인구朴麟耉도 와서 만났는데, 그대로 유숙했다. 박준신이 내가 그냥 지나쳤다는 것을 듣고 그 아들을 보낸 것이다. 정 생(정광윤)은 저녁 식사 후 남도南桃56)로 갔는데, 만호 손만□孫萬□은 보성 사람으로 정광윤의 동학同學 친구라고 한다.

〖 1695년 9월 22일 신사 〗 비

가을 가뭄이 한 달 넘게 계속되어 보리를 갈 수 없었는데, 이 비가 내리니 다행이다. 하지만 1호미자락도 내리지 않아서 안타깝다. ○남도만호가 와서 보았는데, 황향黃香 10개를 가져와서 주었다. 정 생(정광윤)도 (…)했다. 송정松亭의 박준현朴俊賢, 목장牧場의 임상린林尙嶙, 임상민林尙岷, 정□□鄭□□가 왔다. (…) 정鄭은 관산冠山에서 옥천玉泉으로 거처를 옮겼다가 이곳으로 왔는데, 학장學長 (…).

〖 1695년 9월 23일 임오 〗 맑음

송정의 박성후朴城厚가 와서 만났다. 황향 40개를 가져다주었는데 그의 아버지 박준현朴俊賢의 뜻이었다. 김체호金體豪가 왔는데 김방한金邦翰의 아들이다. ○아침을 먹은 후 출발하여 가단리可丹里를 찾아가 박준신을 만났다. 그가 머무는 집 주인인 박동선朴東善이 낙지를 데치고 홍시를 내어 술을 권했다. 김시발金時發도 함께 있었는데, 그는 본래 팔마八馬 사람으로 이곳의 학장學長이 되었다. 나는 박준신과 오랫동안 이야기를 나누었다. 밤이 되어 일어나서 정 대감(정유악)의 거처로 가서 함께 잤다. 이날 밤 진도군수 이진李簪이 왔다. 내가 여기에 온 줄 모르고, 다만 정 대감에게 문안하려고 온 것이었다. 나를 정성스레 대했고, 돌아가서 곧바로 술 1단지와 숭어 1마리, 생전복 3개를 보냈다.

---

56) 남도南桃: 진도 임회면 남동리에 위치한 만호진萬戶鎭 소재지이다.

〖 1695년 9월 24일 계미 〗 맑음

닭이 여러 번 울자 정 대감(정유악)에게 작별 인사를 했다. 날이 밝을 무렵 벽파정碧波亭 나루터에 도착하여 곧바로 건넜다. 아침을 삼지원에 있는 화이의 집에서 해먹고 적량 산소에 가서 참배했다. 배여량裵汝亮의 집에서 말을 먹였는데, 오여상吳汝商이 와서 알현했다. 오여상은 김여휘金礪輝의 생질로 김여휘와 다별多鼈에서 함께 사는 자다. 도중에 송기현宋起賢, 윤희성尹希聖, 이전李瀍을 만났다. 밤을 무릅쓰고 집에 도착했다. 정광윤과 함께 잤다.

〖 1695년 9월 25일 갑신 〗 맑음

윤시상과 김필상金弼商【김중상金重商으로 고침】이 왔다. 김중상은 마침 그의 처가인 당산堂山에 왔다고 한다. 정광윤과 김삼달이 와서 숙위했다.

〖 1695년 9월 26일 을유 〗 흐리다 맑음

윤시삼尹時三, 정이쾌鄭以夬, 최세양崔世陽, 최상일崔尙馹이 왔다.

〖 1695년 9월 27일 병술 〗 저녁 무렵 잠시 비가 내림

정광윤과 김삼달이 아침 일찍 왔다. 김중상金重商, 최유준崔有峻, 윤기주尹起周가 왔는데 생게를 가져다주었다.

〖 1695년 9월 28일 정해 〗 맑음

새벽에 을방乙方(동남동)에 한 줄기 흰 기운이 보였는데 길이가 1필疋 정도였고 곧장 서쪽을 가리키고 있었다. 혜성이라고 한다. 날이 새자 사라졌다. 이는 필시 하늘의 변괴일 텐데, 자세한 것은 모르겠다. ○아침을 먹고 도갑사를 향해 출발했다. 윤 강서江西(윤이형尹以亨)와 약속한 지 오래이지

만 미루다가 실행하지 못했기 때문이다. 그래서 강서 형이 여러 차례 편지를 써서 재촉했다. 도갑사와 팔마는 거리가 50여 리이다. 저녁 무렵 도갑사에 도착했다. 들으니 구림鳩林과 영보永保 등지에서 손님 30여 명이 와서 모였다고 한다. 문 밖에 멈추어 중을 불러내어 후미진 방으로 인도하게 했더니, 승당僧堂으로 안내했다. 엄길리嚴吉里의 전성노全聖老가 모임 자리에서 와서 만났다. 나는 그렇게 번잡하고 요란한 것이 싫어서 조용한 곳을 고르라 하여 옛 방장房丈으로 옮겨 갔다. 이두정李斗正과 최정익崔井翊이 와서 만났다. 이장신李長新도 와서 알현했는데, 이장신은 홍성 사람으로 유배객이다. 그의 말을 들으니 의지할 사람이 전혀 없어 사대부 집이나 절을 두루다니며 먹을거리를 찾아다니는데, 장차 우리 집에 식량을 구하러 오겠다고 한다. 괴롭다. 처음 내가 동구에 도착했을 때 홀연히 (…)댁 노를 만났는데, 말하기를 종일 여기에서 기다렸으며 이제 (…) 가려 한다고 했다. ○이날 아침 전부(윤이석) 댁 (…)가 서울에서 와 두서斗緖의 (…)을 들을 수 있었다.

〖 1695년 9월 29일 무자 〗 맑음

덕진교德津橋의 진사 김습金習과 그 아우 김증金曾이 왔다. 이두정, 최정익이 또 왔다. 강서 형兄(윤이형)이 새벽에 밥을 먹고 왔다. 현 참봉(현징玄徵)과 곽휴징郭休徵 노老가 와서 만났다. 여러 손님들이 데리고 온 두 계집종[57]도 와서 알현했다. 내가 강서 형을 위해 음식을 약간 가지고 와서 즉시 작은 상을 차려 올렸다. 오후에 여러 손님들이 모두 갔다. 나는 다시 강서 형을 위해 연포軟泡를 차렸다. 이두정은 그대로 머물렀다. 이홍명李弘命도 와서 함께 묵었다. 이날 밤 윤처미尹處美도 뒤따라 도착하여, 선당禪堂에서 함께 묵었다.

---

57) 두 계집종: 금아와 야비를 가리킨다.

윤 강서(윤이형)의 노가 서울에서 와서, 창아昌兒의 편지도 따라서 왔다. 나는 원래 병영으로 길을 돌려 권 대감(권규權珪)을 방문하려고 했으나, 집에 급한 일이 있다고 하여 곧바로 돌아갈 생각으로 오후 늦게 헤어져 가라치加羅峙를 경유했는데, 고개 위에서 내려오는 사람들을 길에서 만났다. 모두 말하길, 길에 바윗돌이 가득 차 있어 말을 타고 갈 수 없다고 했다. 내가 고삐를 잡고 조심하여 가서 고개 중턱에 이르니 큰 바위가 길을 끊고 있었다. 부득이 말에서 내려 천천히 걸어서 올라갔다가 걸어서 내려왔다. 월암月巖 쪽으로 길을 돌려 정왈수鄭曰壽를 방문했다가, 해가 진 후 집에 도착했다. 김정진金廷振이 가라치 위에서 은 광맥을 발견하여 한번 갔다가 오지 않은 지 몇 개월이 지났는데, 오늘 와서 묵었다. ○들으니, 상감의 건강이 회복되어 신하들이 축하를 올리고 사면령을 반포했으며 정시庭試도 시행할 것이라고 한다. 큰 경사다.

1695년 10월. 정해 건建. 작은달.

죽도에 초당을 짓다

〖 1695년 10월 1일 경인 〗 새벽에 폭우가 한바탕 쏟아짐. 아침에 잠시 비 뿌림

김정진金廷振이 이른 아침에 갔다. 봉대암鳳臺庵의 승려 청안淸眼이 와서 알현했다. 해남의 김시호金時護, 연동蓮洞의 오이복吳以復이 왔다.

〖 1695년 10월 2일 신묘 〗 맑음

아내가 지신제地神祭를 지내고 싶어 하여, 김응량金應湸을 불러서 오게 했다. 김삼달金三達, 윤시상尹時相이 왔다.

〖 1695년 10월 3일 임진 〗 맑음

미장동美墻洞의 전 양양부사 이만봉李萬封 댁 노奴 태문太文이 전에 도망쳐서 왔었는데, 지금 비로소 서울로 돌아가겠다고 고했다. 편지를 부쳐 보냈다. ○늦은 아침에 길을 나섰다. 길에서 윤세미尹世美를 만나 함께 백치白峙 외숙(이락李洛) 댁에 도착하여 저녁밥을 먹은 후 죽도竹島로 갔다. 성덕기成德基가 밤에 방문했다.

〖 1695년 10월 4일 계사 〗 맑음

성덕기, 성덕항成德恒이 왔다. ○죽도의 정사亭舍는 애초 올해 가을까지 지으려고 계획했지만, 크게 흉년이 들어 감히 엄두를 못 냈다. 그래서 정사지을 터 서쪽에 먼저 초당草堂을 지어 정사를 짓기 전에 왕래하며 묵는 곳으로 삼고, 또 앞으로 정사를 지키는 노가 근처에서 거처하면서 살피고 관리하는 곳으로 삼으려 한다. 오늘 그 터를 닦기 시작했고, 말질립末叱立을 시켜 귀현貴玄을 데리고 재목을 다듬게 했다.【초당은 손향巽向에 경술경진庚戌庚辰 분금分金이며, 삼봉三峰의 중대中臺를 안산案山으로 삼았다. 정사도 응당 이곳을 안산으로 삼을 것이기에 입수入首[58]는 술戌이다. 안채는 마땅히 병향丙向에 웅봉熊峰을 안산으로 삼고, 정丁에는 금성봉錦城峰을 두고, 갑甲에는 대항봉大巷峰을 두며, 감방坎方이 입수가 되고 신방申方에서 득수得水하고 을방乙方이 파구破口다.】

〖 1695년 10월 5일 갑오 〗 새벽에 비가 뿌려 먼지가 가라앉음

기초를 쌓고 주춧돌을 놓았다. 성덕기, 성덕징成德徵, 최남준崔南峻, 최남표崔南標, 최남일崔南一, 최남오崔南五, 최남칠崔南七, 윤형주尹亨周, 윤기주尹起周, 진욱陳稶, 윤수장尹壽長, 윤취신尹就莘이 왔다. 백포白浦의 이성爾成이 왔다. 송정松汀의 금아琹兒가 저녁에 와서 (…).

〖 1695년 10월 6일 을미 〗 맑음

묘시卯時에 기둥을 세웠다. 남향으로 3칸을 만들고, 서쪽 끝머리에 횡으로 1칸의 (…)을 붙였다. 남향 3칸 중 동쪽 끝머리 1칸 반은 방이고, 그 나머지 1칸 반은 주방이다. 횡으로 붙인 1칸 반은 방을 만들어 사환使喚들이 거처하게 할 것이다. 편액을 '죽부초려竹阜草廬'라고 했다. ○최남준과 함께 명금동鳴金洞에 갔다. 올 때는 최남준, 성덕기와 함께했고, 최남표가 뒤따라 왔다. ○흥서興緒가 오고, 야비倻婢도 왔다.

---

58) 입수入首: 풍수 용어로, 조산祖山으로부터 내려오던 산줄기가 혈穴로 이어지는 곳을 일컫는다.

참의 권도일權道一(권중경權重經)이 어제 백치에서 묵었는데, 오늘 외숙(이락)과 함께 대둔사大芚寺에 간다며 나에게 함께 모이자고 했다. 아침을 먹고 홍서를 데리고 절에 올라가니, 외숙과 권혁權赫, 권붕權朋이 먼저 와 있었고 권도일 영감, 이대휴李大休, 윤척尹倜이 뒤따라 도착했다. 저녁으로 연포軟泡를 차렸다. 묘향산妙香山의 승려 도안道安[59]이 와서 만났다. 그는 명성이 있어 상문桑門[60]의 존경을 받은 지 오래되었고 많은 승도를 거느리고 가르쳤으며, 시도 잘 지었다. 권도일 영감이 그의 시를 얻기 위하여 즉석에서 절구 한 수를 지어 화답을 구했다.

香山老衲久聞名　묘향산의 노스님 명성을 들은 지 오랜데
海上相逢尊趁情　바닷가에서 상봉하니 그 높은 덕행이 마음에 닿네
終日說無無不得　종일 무無를 설說한 것이 옳지 않은 것이 없으나
不知還自有中行　그것이 도리어 유有 가운데의 행위가 아닌지 모르겠네

도안이 즉시 그 시에 차운했다.

雲泥遠隔仰高名　아득히 먼 곳에서 높은 명성을 우러르다가
邂逅相逢倍有情　우연히 서로 만나니 갑절이나 반가워
說到仙山山水趣　신선이 사는 산수의 운치를 이야기하느라
不知窓外日西行　창밖에 해가 지는 줄도 몰랐네

내가 그 운을 따라서 도안에게 시를 지어 주었다.

---

59) 도안道安: 1638~1715. 조선 후기의 승려이다.
60) 상문桑門: 불문佛門 혹은 승려라는 뜻이다.

월저당月渚堂 도안道安 진영
윤이후와 마주 앉아 시를 주고받았을 도안의 모습을 떠올려 볼 수 있다.

非關儒釋不同名　유교와 불교의 이름이 다른 것에 상관없이
靜裡唯欣共吐情　조용한 가운데 함께 마음을 터놓으니 기쁘네
相携說盡玄機妙　마주앉아 천기天機의 오묘함을 끝까지 이야기하니
怳到三千法界行　황홀함이 삼천법계三千法界에 이른 것 같네

권도일이 어제 흥아와 함께 길을 가다가, 말 위에서 흥아에게 운을 부르게
하고 시를 지었다.

袞袞天機苦未停　도도한 천기天機 결코 그치지 않아
南翔又見塞鴻征　남쪽으로 날아와 또 북쪽 기러기를 보네
孤扉發我山中蟄　쓸쓸히 산중에 칩거하던 나를 불러내어
匹馬聯君海上行　자네와 나란히 말 타고 바닷가를 거니네

松湖漁釣曾留約　송호松湖의 낚시질은 전에 남긴 약속이고

輪岳風烟舊有情　두륜산의 몽롱한 경치는 옛날의 추억이지

問路不須田畔老　밭일 하는 늙은이에게 길을 물을 필요 없이

林間猶記去年程　숲 사이 왕년에 다닌 길을 여전히 기억하네

내가 이 시에 차운했다.

浮生百歲若居停　덧없는 한 평생이 마치 더부살이 같은데

問子如何此遠征　그대는 어떻게 이리 멀리 오셨는가

楚澤承聞嗟異事　유배지[61]에서 할아버지 모시니 얼마나 기특한 일
　　　　　　　　이며

湖山探勝喜同行　호수와 산의 아름다운 경치를 기꺼이 함께 찾네

丹崖獻態添新趣　깎아지른 벼랑의 빼어난 모습 새 운치를 더하고

白足爭迎見舊情　중들이 다투어 맞이하며 옛 정을 표하는데

惆悵俗緣磨不盡　슬프다, 속세의 인연 다 떨치지 못하고

可堪明日各分程　내일 각기 흩어지는 것을 어떻게 견딜까

○9월 19일 별시문과방別試文科榜

갑과甲科

통덕랑通德郎 **이탄**李坦, **부**父 **희무**喜茂

을과乙科

생원 박만항朴萬恒, **부 상진**相震

통덕랑 유명응俞命凝, **부 박**樸

---

61) 유배지: 원문은 초택楚澤으로, 원래 초楚나라 굴원屈原이 쫓겨난 곳을 가리킨다.

병과丙科

현령 조태동趙泰東, **부 귀석**龜錫

전 참봉 김귀서金龜瑞, **부 우**楀

어모장군禦侮將軍, **박태악**朴泰岳, **부 세헌**世櫶

통덕랑 김상직金相稷, **부 경**澋

진사 박기량朴其良, **부 안기**安期

김재金栽, **부 도유**濤幼

이정상李鼎相, **부 지수**之洙

김보택金普澤, **부 진귀**鎭龜

통덕랑 홍중익洪重益, **부 만희**萬熙

이덕영李德英, **부 몽석**夢錫

김우화金遇華, **부 시성**是誠

〔 1695년 10월 8일 정유 〕 바람이 사납고 오싹하게 추움

도일道一(권중경權重經)이 율시 한 수를 읊고 외숙(이락)과 나에게 써서 줬다.

晨寺參禪罷　새벽 절 참선을 파한 후

仙區引興長　신선이 머무는 곳 흥취가 유장하네

偶然今夜會　우연한 오늘 밤 모임

皆我丈人行　내게는 모두 어른뻘

石□□□岸　(…)

鐘聲左右堂　종소리 좌우 당堂에 울리네

冒燈談笑□　등불 아래 담소하느라 (…)

□□□□□　(…)

흥서가 먼저 돌아갔다. 외숙은 바람을 꺼려 감히 출발하지 못했다. 나는 혼자 죽도장竹島庄에 돌아왔다. (…)

〔 1695년 10월 9일 무술 〕 밤에 비가 내려 먼지가 가라앉음. 바람이 그치지 않음

매화동梅花洞의 김정구金鼎久, 김익환金益煥, 김□상金□相, 송정松汀의 이석신李碩臣, 법장法藏의 김향구金享九, 본해남本海南의 김이경金爾鏡, 오제원吳提元, 옹암甕岩의 진욱陳稶이 왔다. 성덕기, 성덕징이 밤에 방문했다.

〔 1695년 10월 10일 기해 〕 맑음

율동栗洞의 선달先達 윤세장尹世章, 윤세정尹世貞, 엄곶奄串의 최남준崔南峻이 왔다. 석전리石田里의 박원귀朴元龜가 왔다. ○상후평복정시上候平復庭試[62]가 애초 이달 10일로 정해졌지만, 우의정 신익상申翼相이 흉년을 이유로 내년 가을로 미룰 것을 탑전榻前에 아뢰었다고 한다.

〔 1695년 10월 11일 경자 〕 맑음

성덕기, 최남준, 염창鹽倉의 선달 정익태鄭益泰가 와서 만났는데, 황향黃香 14개, 게젓 15마리를 가져와서 바쳤다. 정익태의 형 시태時泰도 이 두 가지를 각 15개씩 보냈다.

〔 1695년 10월 12일 신축 〕 맑음

어제 들으니, 원리元履(이현수李玄綏)가 고금도에서 팔마장으로 나왔다고 했다. 내가 아침을 먹은 후 죽도를 떠나서 외숙을 역방하고 저녁에 팔마장으로 돌아오니, 원리는 별진別珍으로 가고 없었다. 이날 저녁 홍아가 병영兵營의 권 참판(권규權珪) 적소謫所에서 돌아왔다. ○정광윤鄭光胤이 왔다.

---

62) 상후평복정시上候平復庭試: 임금의 병이 나은 것을 기념하여 임시로 개최하는 과거 시험이다.

〖 1695년 10월 13일 임인 〗 맑음

원리가 왔다. 성덕기가 원리를 보려고 어제 나와 함께 왔다가 오늘 늦은 아침에 떠났다. 윤취거尹就擧가 왔다. 윤석후尹錫厚가 저녁에 들렀다.

〖 1695년 10월 14일 계묘 〗 맑음

원리가 고금도로 돌아갔다. 최운원이 왔다. 김정진이 와서 숙위했다. 한천寒泉(윤선오尹善五)이 억지로 논정論亭을 빼앗고 엉성하게 4, 5칸 집을 짓자, 논정의 마을 사람들이 일제히 들고 일어나 잇달아 소송했다. 강진현감(최정룡崔廷龍)이 몸소 가서 조사했고 그 땅을 나라에 귀속시켰다. 그러자 한천이 신임 관찰사[김만길金萬吉]에게 정장呈狀하기를 "비록 공전公田이라 하더라도 집을 지으면 안 된다는 법은 없습니다. 원컨대 살게 해 주십시오." 운운했다. 관찰사가 그 꿍꿍이는 알지 못한 채 단지 정장의 말만 근거하여 허락하는 제사題辭를 내리니, 논정 사람들이 그에 대응하는 의송議送[63]을 올려, 한천의 속셈이 집 짓는 것을 빌미로 장차 여기에 묘를 쓰려고 한다는 곡절을 모두 아뢰었다. 관찰사는 그제야 긴 문장으로 제사를 내려 바로 집을 훼철하게 했고, 이로 인해 논정 사람들이 일제히 일어나 그 집을 부수어 버렸다. 이 땅이 이러한 조치로 인해 영원히 나라의 한전閒田이 될지, 아니면 다시 누군가의 소유가 될지, 또한 한천의 속셈이 다시 어떠할지 잘 모르겠지만, 좋은 땅은 억지로 뺏어서 가질 수 없음이 이와 같은 것이다. 한천의 무리들이 불미스러운 욕만 먹고 한없는 수고만 하고도 남에게 비웃음을 산 것이 여기에 이르렀으니 정말 개탄스럽다. 예전에도 보암寶岩의 윤이빙尹以聘 부모 무덤 계절階節(무덤 앞의 평평하게 만들어 놓은 땅) 아래에 억지로 집을 짓다가 서로 혈전血戰을 벌인 끝에 결국 패한 일이 있다. 화복禍福은 인력으로 할 수 있는 것이 아님을 전혀 알지 못하고, 억지로 뺏는 것을 능사로 여기며 그만둘 줄 몰라서 논정 사람들에게 욕만 먹은 것이다. 한천

---

63) 의송議送: 백성이 고을 수령에게 제소했다가 패소를 당하고 관찰사에 상소하던 일이다.

의 제원諸員은 그 수가 10명에 가까운데 누구 하나 그 습성에서 벗어나지 못했으며, 문장門長(윤선오) 같은 경우 80세를 바라보는 사람이 흰 수염을 날리며 늘 재판정에 드나드니 이것은 자손들에게 부끄러운 짓이다. 사람들은 비웃고 (…) 지금 살펴보니 한천이 능멸하고 핍박하며 억지로 빼앗은 일은 진실로 (…) 정단呈單한 것은 장래의 입지立旨를 받기 위한 일일 따름이다. 서울에 있는 아이들이 (…) 서로 싸우지 말라는 뜻으로 누누이 편지를 보냈다. 백발의 노부형老父兄을 재판정으로 밀어 넣는 것과 비교해 보면 어떠한가. 나는 땅을 잃었고 저쪽도 땅을 잃었다. 땅을 잃은 것은 같지만, 저쪽은 땅을 잃은 것 외에도 크게 잃은 바가 있으니 가소롭지 아니한가.

〖 1695년 10월 15일 갑진 〗 밤새 비가 내리더니 흐리고 바람이 휘몰아침

김정진이 갔다. 생원 윤세미尹世美가 왔다. 정광윤, 윤순제尹舜齊가 왔다.

〖 1695년 10월 16일 을사 〗 맑고 바람 붊

죽도로 나오려고 백치白峙에 역방했다가 생원 윤세미를 만났다. 해 질 무렵에 죽도에 도착했는데, 정광윤이 죽도의 풍경을 보려고 나와 함께 왔다. 성덕기가 밤에 찾아왔다.

〖 1695년 10월 17일 병오 〗 맑음

흑석리黑石里의 윤선은尹善殷은 나이가 올해 82세인데 그 처와 해로했다. 그 손자 수장壽長이 회혼례回婚禮를 준비해서 나에게 오라고 청하기에 조식 후에 가 보았다. 정 생(정광윤)도 함께 갔다가 저물녘에 돌아왔다. 이날 모인 자리에서 절구 한 수를 읊었다.

合졸重回日 **혼례를 올린 지 60년**

行年八過旬　살아온 세월이 팔순을 넘었네

舉盃南極望　술잔을 들어 남극성[64]을 바라보니

星彩覺增新　더욱 새롭게 반짝이는구나

〔 1695년 10월 18일 정미 〕 맑음

지난번에 들으니, 선전관宣傳官 임일주林一柱가 20일에 서울로 돌아간다기에 아이들에게 편지를 써서 정 생이 가는 편에 부쳤다. ○새집에 진흙을 올리고 이엉을 얹고 구들을 놓았다. ○김익환金益煥이 왔다. 윤선형尹善亨이 흑석黑石에서 돌아가는 길에 역방했다. ○건넛마을의 노老 성 생원(성준익成峻翼)이 와서 만났다. 성덕항과 두 동자가 따라왔다.

〔 1695년 10월 19일 무신 〕 맑음

외숙(이락)이 대휴를 데리고 와서 만났다. 윤동미尹東美가 왔다. 서울에서 내려온 지 이미 오래되었는데, 지사地師 윤정화尹鼎和를 데리고 와서 산소 쓸 곳을 여러 곳 돌아다니며 살피느라 이제야 나를 만나러 온 것이다. 전부 형님(윤이석)의 장지葬地를 아직 확정하지 못했기 때문에 산소를 구하는 일이 아직 끝나지 않은 모양이다. 산소를 점찍어 정하게 되더라도 속사俗師의 견해를 어찌 깊이 신뢰할 수 있겠는가? 선영先塋 내에 편안하게 모시는 것이 정리情理에도 합당하고 또 보살피지 못할 염려도 없을 것인데, 이렇게 하지 않고 이와 같이 무익하고 낭비만 되는 일을 하고 있으니 참으로 안타깝다. ○해창海倉의 대장代將인 출신出身 박진혁朴震赫이 왔다.

〔 1695년 10월 20일 기유 〕 맑음

성덕징이 왔다. 김우정金友正, 김우경金友鏡이 왔다. 흥아가 어제 대둔사로 공부하러 갔는데, 오늘 와서 보았다. 윤석미尹碩美, 윤수장尹壽長이 어제

---

64) 남극성: 장수를 관장하는 별이다. 남극노인성이라고도 한다.

생원 윤세미와 함께 대둔사에 놀러갔다가 오늘 지나는 길에 역방했다. 최남준이 왔다. 성덕항, 성덕징이 밤에 찾아왔다.

〖 1695년 10월 21일 경술 〗 아침에 비가 한 보지락 정도 내리다가 늦은 아침에 갬

성덕징이 왔다. 홍아가 대둔사로 돌아갔다. 내가 며칠 전 침상에서 시 한 구절을 읊었는데 다음과 같다.

一拳孤島壓淸溂　한 주먹 같은 외로운 섬이 푸른 물결을 눌러
景□森羅不厭看　펼쳐진 경치가 보기에 싫증나지 않네
疑是浮來鰲背骨　이것이 자라의 등을 타고 온 것인가
□□□□□江干　(…)

오늘 홍아가 다음과 같이 차운했다.

曲阜搖搖泛水溂　굽이진 언덕 흔들흔들 물결 위에 떠 있고
風□□□□中看　(…)
澄波秀巘饒情意　맑은 파도 빼어난 봉우리에 정취가 넉넉하고
白鷺爭飛渡海干　백로는 바닷가를 다투어 나는구나

팔마에서 심부름꾼이 왔다. 들으니 을사乙巳가 어제 낮에 서울에서 돌아왔다 한다. 아이들의 편지를 보았다. 일원一願, 세원世願의 천연두 증세가 매우 좋아졌다 하니 기쁘고 다행이다. 또 괴산에서 보낸 답장을 보았다. 종아宗兒의 편지에 이르기를, 이현李絢이 수원에 사는데, 집안에 도적이 들어 칼에 찔려 죽었다 한다. 이 사람은 내 이종아우이니 놀랍고 참담하기 그지없다. 금년에 도적으로 인한 근심이 많았지만 어찌 이 지경에 이를 줄 알았

550

겠는가. 참혹하고 마음이 아프다. ○어제부터 벽에 진흙을 바르기 시작하여 오늘 마쳤다.

〔 1695년 10월 22일 신해 〕 흐리다 맑음

성덕항이 아침에 왔다. ○새로 짓는 집의 처마 앞으로 섬돌 한 층을 쌓았다. 동쪽 창 밖에는 시렁을 반 칸 더했고 대나무를 엮어 상牀을 만들었는데 정결하여 앉을 만하다. ○백포白浦의 윤이성尹爾成과 옹암甕巖의 진욱陳稶이 왔다.

〔 1695년 10월 23일 임자 〕 맑음

윤취신尹就莘과 이휴정李休禎이 왔다. ○앞의 시에 차운했다.

新搆超然俯碧湍　새집이 우뚝 서 푸른 바다 굽어보니
一區風物入平看　한 지역의 경치 드넓게 눈에 들어오네
揭來世事都遺落　가고 오는 세상 일 모두 떨쳐 버려
休遣塵喧到此干　세상의 시끄러움 이곳에 미치지 못하게 하겠네

『죽도창수록』 편찬
죽도에 집을 짓던 1695년 10월에 윤이후는 간干 자 운韻의 시를 지었다. 12월 4일에는 「죽부초려기竹阜草廬記」를 지어 이 시를 주변에 널리 알렸다. 윤이형을 비롯하여 왕래하던 윤씨 집안의 사람들이 같은 운으로 시를 지었고, 정유악 등 유배 와서 주변에 살았던 여러 사람들도 화답하는 시를 지어 보냈다. 이러한 시들이 많아지자 1696년 2월 14일에 한 권의 책으로 묶고 『죽도창수록竹島唱酬錄』이라고 하였다. 이후에도 많은 사람들이 간 자 운의 시를 많이 지었고, 그때그때 일기에 기록하였다.

이때 별진의 우소寓所에서 자못 나를 조롱하는 말들이 있었다. 재미삼아 말을 만들어 헐뜯는 사람이 있었는데 그가 중간에서 견강부회했기 때문이다. 들리는 말이 몹시 괴로워 말구에 언급했다.〔또 단가短歌를 지었다. "세상이 나를 버리거늘 나도 세상을 버린 후에 강호의 임자가 되어 일없이 누웠으니 어즈버, 부귀공명이 꿈인 듯하여라."〕

〔 1695년 10월 24일 계축 〕 밤에 눈이 내리고 낮에는 흐림 첫눈이 옴

철착리鐵鑿里의 윤신미尹信美가 왔다. 별장別將(윤동미)이 와서 만났는데, 어제 윤 지사地師(윤정화)와 함께 황원에서 왔다고 했다. 곧바로 함께 백포로 갔는데 윤 지사와 함께 통포桶浦에 점찍어 둔 산소를 가서 살펴보기 위해서였다. 신미가 함께 갔다. 백포에 도착하여 탁사정濯斯亭에서 묵었다. 섬돌과 담장이 무너지고 집채가 기울어졌으며 꽃과 나무가 초췌하니, 눈에 들어오는 것이 모두 마음을 아프게 하여 서글픈 기분을 어쩔 수 없었다.

〔 1695년 10월 25일 갑인 〕 흐리다 맑음

윤 지사(윤정화), 별장(윤동미), 이성과 함께 이른 아침에 밥을 먹고 출발했다. 송지면松旨面 통포桶浦 모라구미毛羅仇味에 도착했는데 여기가 점찍어 둔 곳이었다. 용龍이 마전치馬轉峙에서 갈라져 나와 결국結局했고, 안산案山이 자못 좋았다. 해방亥方에서 나온 용이 감방坎方으로 입수入首하고 임좌병향壬坐丙向이었다. 춘백春白의 밭에 무덤을 두게 되는데, 춘백은 이 묏자리의 백호白虎 안에 사는 사람으로 황黃 감사 댁의 노奴라고 한다. 황 감사가 누구인지는 모르겠다. 점찍어 둔 곳을 살피고 나서 촌사村舍에서 점심을 먹었다. 곧장 돌아왔는데도 마전치를 넘었을 때 이미 노을이 져서 길옆 마을에서 횃불을 빌렸다. 밤이 깊어지고 나서야 겨우 백포에 다다를 수 있었다. 백포의 노배奴輩가 횃불을 들고 나와 맞이하지 않았다. 개탄스럽다.

〔 1695년 10월 26일 을묘 〕 맑음

윤수장尹壽長이 어제 왔다가 오늘 갔다. 이신우李信友가 와서 만났다. ○죽
도로 돌아왔다. 성덕기가 밤에 방문했다.

〔 1695년 10월 27일 병진 〕 흐림. 해 질 무렵 비가 내렸다가 밤에 그침

지난번에 토목土木을 시켜 온돌을 (…). 이놈은 예전에 이곳에 살았는데 솜
씨가 좋다고 했다. 광양光陽으로 이사갔는데 마침 와서 (…) 온돌을 놓게 했
으나 잘하지 못했다. 성 생이 토목을 지휘하여 개조했다. (…) 그대로 유숙
했다. ○팔마의 심부름꾼이 와서 우이도 류 대감(류명현)의 편지를 받아볼
수 있었다. 선택善擇이 가지고 왔다고 한다.

〔 1695년 10월 28일 정사 〕 새벽에는 맑고 화창했는데 아침부터 또 비가 오다가 늦은 아침에
비로소 개어 종일 맑음

초려草廬에 죽창竹窓을 만들었다. 내가 직접 종이를 발라 걸었다. ○박원귀
朴元龜, 성덕기가 왔다. 안형상安衡相 우友가 왔다.

〔 1695년 10월 29일 무오 〕 흐리다 맑음

팔마장八馬庄으로 돌아가는 길에 송정松汀을 역방했더니, 백이伯李(이석신
李碩臣)는 출타했고 계이季李(이석빈李碩賓)는 병으로 나오지 않았다. 백치의
외숙(이락)에게 들러 문안했다. 길에서 송창서宋昌緖와 백수헌白壽憲을 만
났다. 또 김우정金友正을 만나 말에서 내려 잠시 이야기를 나누었다. ○이
복爾服과 이송爾松이 밤을 무릅쓰고 왔다. 내일 상복을 벗기 때문이다.

1695년 11월. 무자 건建. 큰달.

도둑맞고도 다행한 일 세 가지

〖 1695년 11월 1일 기미 〗 흐림

이복爾服, 이송爾松과 함께 모여 곡하고 상복喪服을 벗었다. 이는 심 생원 (심주沈柱) 댁 고모님의 상복이다. ○김삼달金三達과 정광윤鄭光胤이 왔다. 윤수장尹壽長이 들렀다. 정광윤은 그대로 숙위했다.

〖 1695년 11월 2일 경신 〗 맑음

원리元履(이현수李玄綏)가 이른 아침에 와서 그대로 머물렀다. 지사地師 윤정 화尹鼎和가 돌아가는 길에 이백爾栢이 함께 가기에 서울의 아이들에게 편 지를 부쳤다. ○윤 지사를 데리고 집 뒤에 올랐는데, 다음과 같이 지형을 논평했다. "이 용맥龍脈의 인갑寅甲이 대숲의 팽나무 아래인데 신향申向으 로 집을 지으면 매우 좋을 것입니다." "집 앞 논에 둑을 쌓으면 어떻겠나?" 라고 물으니, "혈穴의 앞에 둑을 쌓아 물을 저장하는 것은 하지 않는 것보 다 낫습니다."라고 했다. 이어서 대기大基를 보고서는 "이 혈이 매우 좋습 니다. 그러나 상기上基의 신향처申向處와 우열을 비교하자면 현저하게 더 좋다고 할 수는 없습니다."라고 했다.

〖 1695년 11월 3일 신유 〗 밤부터 바람이 거셈. 종일 흐렸다 맑았다 함

지난밤 갑자기 어떤 사람이 와서 "나주의 영장營將이 보낸 하인인데, 정탐차 내려왔습니다."라고 고하고, 좌우를 물리치기를 청한 다음 앞으로 가까이 다가와 말했다. "관찰사께서 나리 댁이 도둑을 맞았다는 소식을 듣고 영장에게 관문關文을 보내어 도둑을 잡으라고 했습니다. 그래서 영장이 소인에게 그 일을 맡겨, 소인이 이곳에 들어온 지 10여 일이 되었습니다. 이미 조사는 마쳤으니 마을 사람을 얻어 붙잡았으면 합니다." 내가 즉시 시행할 것을 분부하자, 오늘 새벽에 자죽동紫竹洞으로 가서 3명을 붙잡고 강성江城으로 가서 1명을 붙잡아 갔다. 이들 모두 평소에 도적으로 유명했으나, 요즘 영장營將들은 후환을 두려워하여 깊이 조사하지 않고 내버려두었었다. 개탄스럽다. ○이성爾成이 왔다. 권용權鏞이 영광의 그 아버지가 사는 곳에서 돌아왔다. ○진달래꽃을 화분에 심어 방 안에 두었다.

〖 1695년 11월 4일 임술 〗 맑음

어제 들으니 우리 집에서 도둑맞아 잃어버린 물건이 강진 석교촌石橋村 최첨지라는 자의 집에 있다고 했다. 급히 노奴 동이同伊를 나주로 보내어 토포사討捕使에게 은밀히 고하게 했다. ○원리(이현수)가 연동으로 돌아갔다. 흉년에 살 길을 찾을 방도로, 돈을 빌려 면포를 사 와서 이곳에서 곡식으로 바꾸려고 이렇게 아등바등한 것이다. 이성과 권용도 갔다. 곽만최郭萬最가 역방했다. 정진광鄭震光이 와서 만났다. 정광윤이 왔다. ○김연혁金鍊赫이 와서 약藥에 대해 물었으나, 모른다고 사양했다.

〖 1695년 11월 5일 계해 〗 흐리다 맑음

정 생(정광윤)과 최정익崔井翊이 왔다. ○별진別珍으로 가서 문안했다. ○(…) 청계淸溪로 갔다. 나 홀로 유숙하면서 노奴 용이龍伊만 숙직하게 하

니, 외롭기가 이루 말할 수 없다. 흥아興兒가 책상자를 지고 (…) 과원果願과 지원至願이 뒤따라 올라가서, 홀로 있는 형편이 그러한 것이다. 무슨 수가 있겠는가?

〖 1695년 11월 6일 갑자 〗 밤새 비 내림

오늘은 동상갑冬上甲[65]인데 비가 내렸다. 앞으로 비와 눈이 지루하게 올 조짐이 아닌가? 종일 함께 이야기할 사람이 없어 적적함을 이루 다 말할 수 없다.

〖 1695년 11월 7일 을축 〗 바람 불고 흐림

정광윤이 왔다. ○안주女住에 사는 최시서崔時瑞와 장흥의 임준경任浚慶이 와서 유숙했다. 임준경이 내게 밀고한 일이 있는데, 가을에 도둑맞은 물건이 가 있는 곳에 대해서이다. 사흘 전 곽만최郭萬最도 말했는데, 임준경이 말한 곳과 서로 일치했다. ○집미集美, 김여련金汝鍊이 왔다. 김삼달이 왔다.

〖 1695년 11월 8일 〗 맑음

최시서와 임준경이 갔다. 지원智遠이 돌아왔다. ○신축辛丑이 어제 괴산에서 돌아왔다. ○윤시한尹時翰과 윤희성尹希聖이 왔다. ○동이同伊가 어제 돌아왔다. 우영장右營將이 행수군관行首軍官 정서징鄭瑞徵과 군뢰軍牢[66] 5명을 보내, 정탐하여 체포할 것이라고 했다. 군관이 비밀리에 와서 나를 만났다. 나는 밀고한 사람이 바친 작은 쪽지를 줬다. ○정광윤이 숙위했다.

〖 1695년 11월 9일 정묘 〗 맑고 우박이 간간이 뿌림

윤시상尹時相, 윤희직尹希稷, 정신도鄭信道가 왔다. 정광윤이 숙위했다.

---

65) 동상갑冬上甲: 입동 후 첫 갑자甲子 날이다.
66) 군뢰軍牢: 군영軍營과 관아에 소속되어 죄인을 다스리는 일을 맡았던 군졸이다.

〔 1695년 11월 10일 무진 〕 맑음

박상미朴尙美가 와서 생숭어 1마리를 바쳤다. 윤이우尹陑遇, 정광윤, 윤선시尹善施가 왔다. 창감倉監 임세회林世檜가 왔다.

〔 1695년 11월 11일 기사 〕 가랑비가 조금 내림

동이同伊와 마당금麻堂金이 돌아왔다. 들으니, 우영右營의 비장 정서징이 군뢰와 영암군의 사령使令 1명과 옥천시면의 도장都將인 출신 박진희朴震喜 등을 거느리고 9일 강진 관아에 나아가 현감(최정룡崔廷龍)에게 몰래 말하여 사령들을 얻어 석교촌石橋村으로 출발하려 했다. 그런데 강진의 도장都將이 이야기를 몰래 엿들어서 하는 수 없이 도장을 앞세우고 갔다. 도적떼와 도장, 관아의 아전들은 서로 얽히지 않음이 없으니, 분명 사전에 정보를 누설하여 통했을 우려가 있었다. 그래서 당초에 도장들이 모르게 하려 했지만 일이 은밀하게 진행되지 못해 사전에 누설되어 체포하지 못하는 폐단이 있을까 염려되었다. 초저녁에 여러 도적의 집을 포위하여 첨지 최철석崔哲石, 그 아들 부평夫平, 부강夫江, 김선홍金善弘, 박상원朴尙元, 이시안李時安, 박수현朴守賢, 박의현朴義賢, 박천십朴千十, 김선유金善有, 박신학朴信鶴 등을 체포했다. 그러나 김태룡金太龍이라는 놈은 큰 소를 잡아 큰 술판을 벌여 막 마시고 먹으려 하다가 기미를 알고 도주했다. 우리 집에서 잃어버린 물건 너덧 가지가 도적들 집에 흩어져 있었다. 장물이 이미 나오고 죄인을 이렇게 잡아서 다행이다. 그런데 이 도적놈들이 모두 부유하다. 옛말에 돈이 많은 자는 죽지 않는다고 했으니 이것이 염려스럽다. 우리 집 노奴 동이와 마당금은 우영右營의 비장이 꼭 데려가려 해서 그제 함께 보냈던 것이다. 박진희가 와서 알현했다. ○그끄저께 용이龍伊와 을사乙巳가 죽도에 가서 초당 안벽에 진흙을 바르고 오늘 저녁 돌아왔다. ○선시善施가 갔다. 임한두林漢斗가 왔다.

〖 1695년 11월 12일 경오 〗 맑음

백치白峙의 외숙(이락)과 대휴大休가 왔다. 정광윤, 윤익□尹翊□이 왔다.

〖 1695년 11월 13일 신미 〗 흐림

심부름꾼을 시켜 솜을 서울로 보냈다. 진일進一도 함께 인천으로 갔다. ○(…) 가 갔다. 임성건林成建이 생숭어 1마리를 가지고 와서 바쳤다. 윤은미尹殷美가 와서 비로소 그의 형 탕미湯美가 8월에 죽었다는 것을 들었다. 애처롭다. 정광윤이 숙위했다. ○ 전주의 정희鄭僖가 내려와서 역방했다.

〖 1695년 11월 14일 임신 〗 흐리다 맑음

어떤 객이 갑자기 와서, 자신이 영광에 사는 윤우상尹遇商이라고 했다. 그 행색을 보니 다니며 구걸하는 자였기에, 쌀 5홉을 주어 보냈다. ○생원 윤정미尹鼎美가 와서 만났다. 16일에 새로 급제한 윤징미尹徵美가 도문연到門宴을 행할 것이기에, 나에게 와서 참석해 달라고 했다. ○김정진金廷振이 왔다가 그대로 묵었다. 윤희성 또한 와서 묵었다. ○최도익崔道翊이 왔다. ○진사(윤흥서尹興緖)와 과원果願, 지원至願이 대둔사大芚寺에서 내려왔다.

〖 1695년 11월 15일 계유 〗 맑음

극인棘人 윤징귀尹徵龜가 왔다. ○해남현감 강산두姜山斗가 늙어서 정신이 혼미해지고 귀가 어두워져 오직 현자玄字만 아니, 백성들이 모두 예전에는 없던 것이라 말한다. 마침내 대간臺諫의 탄핵을 받고 파직되었다. 새 현감 이휘李暉에게 구휼정책을 하도록 말을 주어 보냈는데, 오늘 출관出官했다고 한다. ○이송爾松이 저녁에 왔다.

〔 1695년 11월 16일 갑술 동지 〕 흐리다 맑고 바람이 붊

새벽에 시사時祀를 지냈다. 안채의 마루가 좁아 사당 건물에 설행하고, 토
신제土神祭는 사당의 남쪽 담장 안에서 지냈다. ○김정진이 갔다. 정광윤,
최형익崔衡翊, 최유기崔有基, 변최휴卜最休가 왔다. ○나는 아내와 학동鶴同
어멈, 홍서興緖와 함께 천동泉洞의 도문연到門宴에 갔다. 내가 천동 밖에 이
르러서 신래新來(새로 급제한 사람)를 불러 막 진퇴進退를 시키려고 할 때, 병
영의 우후虞候 황형黃炯이 뒤늦게 와 그를 부르기에, 그에게 맡기고 연회
자리로 들어갔다. 저녁 무렵에 모두 돌아왔다.

〔 1695년 11월 17일 을해 〕 맑음

영암군수 남언창南彦昌이 옥천시면의 창고로 내려와 이른 아침에 역방했
다. 노奴 선백善白의 처妻의 상전인 보은의 사인士人 이세주李世胄가 선백善白
의 집에 왔다가 오늘 아침에 왔기에 만났다. 병영 우후虞候가 한천寒泉에서
역방했다. 정광윤, 황세휘黃世輝, 김삼달이 왔다.

〔 1695년 11월 18일 〕 흐리다 맑음

윤익성尹翊聖, 윤취거尹就擧, 윤제호尹齊虎 형제가 왔다. 윤제호는 천우千遇
의 아들이다. 창평昌平의 조시형曹時亨이 왔다. 이는 우리 영광靈光 조고祖
考(윤홍중尹弘中)의 장자長子인 사회思晦 씨[67]의 첩외현손妾外玄孫이다. 청계
淸溪의 생원 윤세미尹世美가 그의 부인과 며느리를 데리고 한천寒泉에서 돌
아가는 길에 역방했는데, 응병應丙도 함께 왔다. 정 생(정광윤)이 숙위했다.

〔 1695년 11월 19일 정축 〕 맑음

홍아를 데리고 운주동雲住洞으로 갔는데, 이만원李萬源이 손을 잡고 한참

---

67) 사회思晦 씨: 윤홍중의 아들 윤사회尹思晦를 말한다. 윤홍중의 첩을 간음하고 칼로 윤홍중을 위협하여
　　쫓아냈다는 이유로 삭적削籍되었다고 한다. 『선조실록』 선조 6년 9월 16일 기사 참조.

이나 울면서 슬퍼했다. 돌아가는 길에 천동泉洞에 들러 들어가니, 문장門長(윤선오) 일가가 마침 묘 아래 모두 모여 있었다. 나는 또 신래新來를 불러 한참 동안 앉아서 이야기하고, 저녁 무렵 집으로 돌아왔다. ○도둑맞은 물건을 찾기 위해 15일에 노奴 개일開一, 동이同伊, 비婢 춘진春眞을 우영右營에 보냈다. 해남 저곡苧谷의 놋점 사람 1명과 장흥 사람 1명이 고문을 받고 자복했다. 지난번에 붙잡힌 석교촌石橋村 사람들의 경우 그 현장에서 압수한 물건이 놋점과 장흥 사람이 사는 곳에서 산 것이었기 때문에 모두 풀어 주었다. 개일 등이 겨우 옷과 이불 등의 물건 3분의 1일을 찾아 왔다. ○내가 도적을 만난 뒤, 사람들은 모두 내가 물건을 잃은 것을 위로한다. 그에 대해 내가 "여기에는 세 가지 다행스런 것이 있다. 어찌 위로받을 일만 있겠는가."라고 답하면, 사람들은 그것을 의아하게 생각하면서 그 까닭을 묻고자 한다. 이에 나는 다음과 같이 답했다. "잃은 것이 매우 커서 집에 남은 것이라곤 없으니 이것이야말로 (…)이다. 큰 운수는 끝내 피하기 어려운데, 만약 몸으로 직접 그런 일을 당했다면 반드시 중병이 되어 생사를 걱정해야 될 것이지만 지금 몸이 아니라 옷가지와 이불 등만 당했으니 이것이 첫 번째 다행스런 일이다. 만약 명화적明火賊을 만났다면 칼날 아래 목숨이 떨어질 것을 걱정해야 했을 것이고, 여기에는 미치지 않더라도 다치는 것을 면키 어려웠을 것이다. 또, 이런 일을 모두 면한다 하더라도 그 놀라서 난리칠 일이 어떠했겠는가. 하지만 이번에는 어둠 속에서 구멍을 뚫고 담을 타넘어 몰래 물건을 내어 갔기 때문에 놀라거나 어지러운 일이 조금도 없었으니 이것이 두 번째 다행스런 일이다. 이 대흉년에 여기저기 도둑이 들끓는데 우리집이 도둑을 만났다는 소식이 원근에 퍼져 나가서 도둑들이 틀림없이 '다시는 훔칠 만한 물건은 없을 것이다.'라고 하면서 다시 훔칠 마음이 들지 않을 것이니 이것이 세 번째 다행스런 일이다." 나는 사람들이 위로할 때마다 이렇게 답하고는 함께 웃었다. 지금 죄인도 잡고 장물도 찾아냈으니, 이것은 세 가지 다행스런 일 외에 또 하나의 다행스런 일이다. 인간의 잃고 얻음이 모두 이와 비슷하다. 이것이 본래 사소한 일이어서 애당초 마음이 흔들리기에도 부족하지만 설사 이것보다 큰일이라 해도 얻고 잃는 것으로 기쁨과 슬픔을 삼을 수 있겠는가. 이것은 하나의 실마리일 뿐이지만 이로 인해 깨달아서 내가 얻은 것이 적지 않으니 이 때문에 기록해 두고 스스로 권면하려고 한다.

〖 1695년 11월 20일 무인 〗 맑음

진사 김세귀金世龜, 황세휘, 최유기, 정광윤이 왔다. ○ 천동泉洞의 신래(윤징미)가 역방했다. 윤 생원【주미周美】, 진사 황세중黃世重이 왔다. 같은 면에 사는 조충의趙忠義라는 자가 구걸을 하러 왔기에 벼를 조금 주었다. ○ 선백善白의 처妻 추일秋日과 그의 첫 소생인 소걸小傑은 무오년(1678)에 청산靑山의 교생校生 이상은李商隱에게서 샀는데, 곧바로 사출斜出해 주지 않았다. 또 그 후 낳은 자식도 있어서 지금 이세주李世冑에게 소 2마리에 두 번째 소생인 노 소원小元, 세 번째 소생인 노 대선大先, 올해 태어난 네 번째 소생 비婢 소례小禮를 사면서 명문明文을 고쳐 받고, 지금 영암군수(남언창)가 있는 이진창梨津倉에 보내어 성첩成帖했으며 본문기本文記도 또한 배효背爻[68] 하여 왔다.[69] 이세주는 이상은의 5촌 적질嫡姪인데 도문기都文記(전체 명단이나 내역이 기록된 문서)가 그에게 있으며, 또한 이상은의 서명도 받아서 왔기 때문에 이 개문改文이 이루어진 것이다. 추일의 본명은 취옥醉玉인데 문기文記에는 추일이라고 기록되어 있어서 이번의 이 개문 또한 추일로 쓴 것이다.

---

68) 배효背爻: 효주배탈爻周背頉로, 문서의 뒷면에 삭제한 내용을 적고 관청의 공증을 받는 일이다.

69) 지금…왔다: 성첩한 것은 사급입안斜給立案을 말하며, 본문기는 매매 이력을 알 수 있는 문기로서 구문기舊文記로도 일컫는다.

전라병영성 터 일대의 전경(남서향). 전남 강진군 병영면 성동리
1997년 사적 제397호로 지정되었으며 현재 복원 공사가 진행 중에 있다.

〖 1695년 11월 21일 기묘 〗 맑음

날이 밝을 무렵 병영兵營으로 길을 떠나 별진을 역방하여 문안했다. 권 참
의(권중경權重經)가 얼마 전『예기정문禮記正文』의 표제를 부탁하여 어제 써
서 지금 가는 길에 가져다주었다. 석제원石梯院에서 말을 먹이고 해질 무
렵 권 참판(권규權珪)의 거처에 도착하여 계속 함께 있다가 그와 같이 잤다.
이날 저녁 우후虞候(황형黃炯)가 나와서 만났다.

〖 1695년 11월 22일 경진 〗 맑음

아침 식사 후 집에 돌아가기 위해 길을 떠났다. 다시 별진을 역방하여 문
안하고 해가 져서 집에 도착했다. 서고모庶姑母 집의 노奴 길복吉卜이 서울
에서 내려와, 아이들의 편지를 보고는 그럭저럭 편안함을 알게 되었다. 일
원一願, 이원二願, 삼원三願, 세원世願, 공원孔願이 모두 두환痘患을 잘 넘겼

고 여완汝婉은 지금 보두報痘[70]가 수일째인데 그 증세가 매우 순하다. 생각건대 이미 딱지가 떨어진 것 같다. 손자들 5남 1녀가 동시에 두창을 넘기고 모두 경미하니 이것이 어찌 쉽게 얻을 수 있는 행운이겠는가. ○송정松汀 이석빈李碩賓이 (…)로 인해 갑자기 죽었다. 놀라움과 참담함을 금할 수 없다. ○정 생(정광윤), 김정진이 와서 숙위했다.

〖 1695년 11월 23일 신사 〗 흐림

부의로 쌀 1말과 종이 1속을 송정에 보냈다. ○윤선형尹善亨, 윤이우尹陌遇가 왔다. ○김정진이 갔다.

〖 1695년 11월 24일 임오 〗 흐리다 맑음

윤이주尹以周, 박종렴朴宗濂이 왔다. 박종렴은 윤이주의 매부이다. 윤시상, 윤천우尹千遇, 윤시한, 최상일崔尙馹이 왔다. 화산花山의 윤상형尹商衡, 유지만兪祉萬이 와서 유숙했다. 윤상형은 권휘權徽의 사위이고, 유지만은 권휘의 외손이다. 권휘가 여름에 서울에서 영광에 사는 사위 임빈林彬의 집으로 내려왔기 때문에 지금 두 사람이 그리로 가던 길에 들른 것이다.

〖 1695년 11월 25일 계미 〗 흐림

죽도의 초려에 아직 끝내지 못한 일이 있어서 조반을 먹은 후 출발하려는데, 극인棘人 윤학령尹鶴齡이 와서 잠시 이야기를 나누고 갔다. 길에서 가랑비를 여러 차례 만나 백치에 역방하여 외숙을 뵈었다. 좌수座首 박원귀朴元龜가 나를 따라왔다. 송정을 역방하여 이석빈의 상喪에 곡을 했더니 해가 이미 저물었다. 바로 일어나 출발하여 해창海倉 앞에 이르니 또 비가 내려 다 젖었다. 어두워질 무렵 죽도에 도착했다.

---

70) 보두報痘: 현점見點의 다른 이름이다. 두창痘瘡 때 물집이 생기기 시작하는 것을 알려준다는 뜻에서 붙인 이름이다.

〔1695년 11월 26일 갑신〕 어제 내린 비가 눈이 되어 저녁까지 내내 그쳤다 내렸다 함

초려의 구들에 흙을 발랐다.

〔1695년 11월 27일 을유〕 밤에 눈이 내려 어지럽게 쌓이더니 늦은 아침에 비로소 갬

성덕징成德徵, 곽교령郭喬齡이 왔다. 곽교령은 성덕징의 매부인데, 마침 성덕징의 집에 왔다가 내방한 것이다.

〔1695년 11월 28일 병술〕 아침에 눈이 잠시 내림

홍서가 왔다. 이석빈李碩賓의 상喪에 곡哭을 하기 위해서다. 성덕항成德恒, 덕징德徵이 왔다. ○초려草廬 상직방上直房의 구들 바닥에 흙을 발랐다. ○지난번에 안원군安原君【권완權梡】이 세상을 떠났다는 소식을 들었다. 올해로 나이가 95세였다. 사람의 수명이 어찌 무한할 수 있겠는가마는 원방元方(이현기李玄紀) 영감의 어머니가 74세의 나이로 부친상을 당하고 원방은 유배중이니 사정이 딱하여 고금도로 사람을 보내 위문했었다. 그리고 참판 목임일睦林一이 남해의 위리안치에서 석방되어 신지도로 가서 아버지를 모신지 오래되었는데, 겨를이 없어 바로 문안하지 못하여 고금도에 가는 이번 인편을 통해 술 1병, 꿩 1마리와 함께 문안 편지를 보냈었다. 오늘 모두 그 답장을 받아보았다.

〔1695년 11월 29일 정해〕 맑음

성덕항, 성덕징이 아침 일찍 왔다. 식후에 진사(윤흥서)와 함께 백치에 문안하러 출발했다. 길에서 별장別將(윤동미) 형제를 만났고, 윤선형尹善亨과 이복爾服은 나를 쫓아서 왔다. 진사와 이복의 무리는 연동으로 돌아가고, 나는 팔마로 돌아왔다. 길에서 보성의 부장部將 상인喪人 조정기曹挺紀를 만났다. 일찍이 서울에 있을 때 조정기와 한 집에 산 것이 꽤 오래되었는

데, 지금 갑작스레 해후한 것이다. 신공身貢을 거두러 진도에 들어가는 길이라 한다. 윤시상을 역방하니, 그 형 시삼時三과 윤승후尹承厚, 윤재도尹載道, 윤성우尹聖遇, 윤천우, 김정서金挺西가 마침 그곳에 있었다. 들으니, 문장門長(윤선오)이 취중에 실언을 하여 목 상相(목내선)에게 큰 실수를 했다고 하니 염려스러우면서도 우습다. ○윤 지사地師(윤정화)가 데리고 갔던 노마奴馬가 돌아와 아이들의 편지를 받아 보았다. 매우 위로가 된다.

〖 1695년 11월 30일 무자 〗 맑음

전극립全克岦이 서울에서 돌아와 아이들의 편지를 전했다. ○윤익성, 강산糠山과 비곡比谷의 두 금아琴兒가 왔다.

1695년 12월. 기축 건建. 작은달.

한 해가 내달리는 수레바퀴 같아

〔 1695년 12월 1일 기축 〕 맑음

윤명우尹明遇와 이홍임李弘任이 왔다. ○두 금비琴婢가 가기에 내가 시를 지어 주었다.

歲暮襟懷不自聊　세밑에 가슴 속 회포 스스로 달래지 못하고
草堂風物日簫條　초당의 정경이 날로 쓸쓸한데
雙鬟有意携琴至　두 여자가 마음 써서 거문고 안고 와
好向寒宵瀉鬱陶　차가운 밤에 답답한 마음을 확 풀어주네

○윤익성尹翊聖이 갔다. 정광윤鄭光胤이 왔다. 윤상형尹商衡과 유지만俞祉萬이 영광에서 돌아오는 길에 다시 역방했다.

〔 1695년 12월 2일 경인 〕 맑음

윤제호尹齊虎, 강진 초곡草谷의 최신위崔信渭, 김의방金義方, 배준웅裵俊雄이 왔다. ○윤시상尹時相이 딸의 혼례를 치르는데, 흥아興兒를 한사코 초대

하여 갔다. ○지난번에 김세귀金世龜가 와서 만났을 때, 새로 초당을 짓는
데 '서암정사西巖精舍'라고 이름 짓고 싶다면서 편액을 써 달라고 말했다.
그 후 나는 크게 네 글자를 써 두었다. 어제 김세귀가 나의 간자운干字韻 시
에 화답하고, 다른 운으로 지은 시 몇 수와 고시古詩 한 편을 보냈다. 그리
고 당액堂額을 요구하여 곧바로 전에 써 두었던 것을 보냈다. 정 생生(정광
윤)이 숙위했다.

〔 1695년 12월 3일 신미 〕 맑음

이정두李廷斗가 지나다 들렀다. 정 생이 숙위했다.

〔 1695년 12월 4일 임진 〕 맑음

윤희정尹希程, 최형익崔衡翊, 임성좌林聖佐가 왔다. 임성좌는 구림鳩林 사람
인데 윤선경尹善慶의 생질이며, 윤이우尹陑遇의 사위다. 극인棘人 윤석귀尹
碩龜가 왔다.

「죽부초려기竹阜草廬記」 및 시[71]

【시는 위에 있다. 간자운干字韻 두 수이다.】[72]

해남의 남쪽에 화산花山이 있고 그 아래 작은 섬이 있는데, 그 모양이 누
운 소와 같고 동서로 300보가 채 되지 않으며 남북으로는 겨우 100여 보
다. 예로부터 온 섬에 대나무가 무리지어 나 있어 섬 이름을 '죽도竹島'라
고 했다. 지난 경인년(1650)에 창녕 성씨 성준익成峻翼 공이 처음으로 섬
의 동쪽과 서쪽 모퉁이에 제방을 쌓아 육지와 연결된 땅으로 만들어 섬

---

71) 같은 내용의 문서가 한국고문서자료관 사이트의 '해남윤씨 고문서'에 실려 있다. 이 문서의 경우는
난초亂草로 쓰여 있으며, 앞부분이 탈락되어 있고, 뒤에 「차이아제세운次二兒除歲韻」 및 발문이 있다.
72) 시는 1695년 10월 21일, 1695년 10월 23일 일기에 실려 있다.

의 남쪽 기슭에 거처했다. 그 뒤 38년이 지난 정묘년(1687)의 큰 흉년 때 성 공이 이를 팔아 구명救命하고자 하기에, 내가 육지의 땅과 바꾸었다. 성 공은 서울의 명망 높은 집안 출신인데, 이곳까지 흘러와 살며 우리 집 안사람 윤상은尹相殷의 데릴사위가 되었다. 죽도는 원래 윤상은의 소유 였다가 성 공이 장인에게 얻은 것이다. 그것이 흐르고 흘러 마침내 내게 돌아왔다. 이것이 이른바 "사물엔 각기 주인이 있다."는 것이 아니겠는 가? 당초 내가 이곳을 얻으려 하자, 육지와 섬을 맞바꾸는 것은 물정 모르는 짓이라고 모두들 나를 비웃었다. 그러나 나는 사람들의 의견을 무시하고 홀로 결단을 내렸다. 만일 내 뜻이 넓은 토지에 있었다면, 어찌 이런 일을 했겠는가? 이 섬의 풍광이 호남에는 상대될 곳이 없다는 점을 높이 산 것이다. 이것이 바로 명도明道 정호程顥의 시에 "옆 사람은 내 마음을 모른다."라고 한 것이다. [73]

이 섬을 얻은 후 나는 계속 서울에 있었기 때문에 멀어서 경영할 수가 없었다. 그러다가 임신년(1692) 함평에서 귀향한 후 먼저 제방에 흙을 채워 속을 보강하고 돌을 져다가 그 위에 덮었다. (…) 수문을 새로 만들었다. 그리고 장차 집을 지으려 하다가 상喪을 만나 (…) 못하고, 정자를 세워 왕래하며 쉴 곳으로 삼으려 했다. 그런데 또 흉년이 들어 굶어죽을 걱정이 아침저녁으로 닥치는데, 어찌 앉아서 무한한 경치를 보는 일에 생각이 미칠 겨를이 있었겠는가. 그대로 두어 8, 9년 동안 버려진 땅이 되어 버렸다. 나는 초심을 저버렸을 뿐 아니라 나의 호산湖山마저 저버린 것이다. 아아! 산수를 좋아하는 나의 성벽은 실로 타고난 것인데, 반평생을 서울에서 보내며 속세의 맛만 실컷 본 것은 사람이 산수를 만나지 못한 것이다. 이 섬이 중간에 주인이 여러 번 바뀌었는데, 단지 평범한 사람이

---

73) 명도明道…것이다: 『이정문집二程文集』 「우성偶成」에 "한낮의 구름 담박하고 가벼운 바람 불 때 꽃 바라보며 버드나무 따라 앞내를 지나가네. 옆 사람은 내 마음의 즐거움 모르고서 틈만 나면 소년처럼 나다닌다 말하리라[雲淡風輕近午天 望花隨柳過前川 旁人不識予心樂 將謂偸閒學少年]"라는 구절을 가리킨다.

죽도 남쪽 기슭에서 명금동을 바라본 풍경. 전남 해남군 화산면 금풍리 _서헌강 사진
'대나무 섬'이라는 명칭에서 알 수 있듯이 현재도 죽도 곳곳에서 바람에 흔들리는 대나무의 모습을 볼 수 있다.

머무는 곳이 되고 만 것은 산수가 사람을 만나지 못한 것이다. 이제 뜻밖
에 내 소유가 되었으니, 이는 조물주가 안배한 것이며 사람과 산수가 서
로 만난 것이라 할 수 있다. 산수가 사람을 만났으니 사람에겐 산수를 만
난 즐거움이 있어야 하는데, 내가 자연을 제대로 꾸미지 못한 채 오늘에
이르렀다. 이것은 산수는 사람을 저버리지 않았으나 사람이 산수를 저버
린 것이라 할 수 있다. 내가 이에 부끄러운 마음이 들어 우선 정자 터 서쪽
에 초당을 지었다. 좋은 재목을 쓰지 않고 일에 사람을 번거롭게 쓰지 않
고도 아주 쉽게 완공했다.

집의 구조는 동서로 세 칸을 세워 반으로 나누어 동쪽은 방으로 삼고 서
쪽은 부엌으로 삼았다. 그리고 서쪽으로부터 가로로 한 칸을 질러 방房
을 만들어 심부름하고 지키는 사람이 쓰도록 했다. 손방巽方을 향해 집을
세워 밝고 환한 것이 좋고, 북쪽을 등지고 자리 잡아 안온하여 편안하다.
앞으로는 세 봉우리가 수려하게 솟아 있고, 뒤로는 옹암甕巖이 듬직한 진

산鎭山이 되어 있다. 그밖에도 검푸른 작은 산들이 사방으로 죽 늘어서 있어 어느 하나 완상할 만하지 않은 것이 없다. 큰 내가 두륜산에서 발원하여 어성포漁城浦에 이르고, 다시 섬의 뒤를 빙 둘러 흘러 바다로 흘러든다. 징의도澄意島가 큰 내의 하구를 가로질러 막고 있고 부소도扶蘇島가 그 북쪽에 자리 잡고 있는데, 그 남쪽이 곧 죽도이다. 세 섬이 둘러싼 가운데가 큰 호수와 같은 바다가 되는데, 둘레가 10여 리가 된다. 만조가 되면 수면이 거울처럼 맑게 비치고, 물이 빠지면 한 가닥 띠와 같은 긴 강이 된다. 초당草堂에서 북쪽으로 50여 보를 올라가면 섬의 꼭대기이다. 이곳에 올라 굽어보면 긴 강과 큰 호수가 발밑에 굽어보이고, 훨훨 날아가는 갈매기, 해오라기와 지나가는 배들을 모두 눈 아래 둘 수 있다. 또한 어성포漁城浦의 긴 다리, 송호松湖의 낮은 언덕, 사점沙店의 촌락, 해창海倉의 큰 배 등을 모두 낱낱이 가리키며 볼 수 있어, 그 천태만상이 그림을 보는 것 같이 또렷하다. 중국 동정호洞庭湖의 경치를 여기와 견줄 때 어느 쪽이 나을지 모르겠다.

초당에서 보이는 남쪽 산들의 여러 모습과 동쪽 바다의 3분의 1을 뜰을 나서지 않고도 앉아서 마주할 수 있어 늙음이 장차 이르는 것도 알지 못하게 하니, 정말로 이른바 늙지 않고 오래 누릴 경치이다. 또 어부들이 그물을 던져 아침저녁으로 고기를 잡고 게며 조개는 마치 지푸라기를 줍듯 하니, 이는 섬의 별미이다. 채원菜園에서는 토란과 밤이 나서 가난을 면할 수 있으며, 정원에는 소나무와 대나무가 있어 속됨을 면할 수 있고, 밭에서는 면화가 나서 추위를 막을 수 있으며, 제방의 논에서는 향기 좋은 벼를 얻을 수 있어 굶주린 배를 채울 수 있다. 이런 것 덕분에 생활을 꾸려 나갈 수 있다. 그 가운데 흰 머리 늙은이가 아무 생각도 걱정도 없이 마치 바보 천치처럼 살면서, 손님이 오면 웃으며 기쁘게 맞이하고, 흥이 나면 거문고에 맞춰 노래 부른다. 지팡이 짚고 물고기를 바라보기도 하고, 물가로 산책 나가 갈매기와 벗하기도 하며, 유유자적 느긋하게 걱정 없는 갈천씨葛天氏[74]의 백성이 되었다. 어떤 사람이 이름을 물으니, 늙은이는 빙그레 웃으며 "늙어서 잊어버렸다오."라고 대답했다나.

을해년(1695) 12월 상순 죽부산인竹阜散人 지옹支翁이 쓰다.

〔 1695년 12월 5일 계사 〕 흐리다 맑음

송도명宋道明, 윤희성尹希聖, 정광윤이 왔다. ○들으니, 여산礪山 남시구南是耉의 처가 지난달 22일에 죽었다고 한다. 매우 참담하고 애통하다.

〔 1695년 12월 6일 갑오 〕 흐리다 맑음

윤천우尹千遇가 왔다. 윤 서흥瑞興(윤항미尹恒美)이 서울에서 돌아와 아이들의 편지를 전해 주었다.

〔 1695년 12월 7일 을미 〕 맑음

김광서金光西가 왔다. 윤시상, 임취구林就矩, 정광윤이 왔다.

〔 1695년 12월 8일 병신 〕 비와 눈이 펄펄 내림

목화를 보낸 인편이 서울에서 돌아와 아이들의 편지를 보았다. 봉사奉事 이수만李綬晚의 편지와 새해 달력 2건이 영암 관아로부터 전달되어 왔다. 영암군수(남언창南彦昌)는 이 봉사의 사돈이다. 즉시 답장을 써서 보냈다. 정 생(정광윤)이 왔다.

〔 1695년 12월 9일 정유 〕 흐리다 맑고 바람이 거세게 붊

김태귀金泰龜가 지나다 들렀다. 운주동雲住洞의 종제從弟 극인棘人 이만원李

---

74) 갈천씨葛天氏: 전설 속 옛 제왕이다. 이때는 풍속이 순박하여 백성들이 아무 걱정 근심 없이 살았다고 한다.

萬源이 왔다. 정 생이 왔다.

〔 1695년 12월 10일 무술 〕 맑음

정 생이 왔다. ○용산龍山의 극인 윤서응尹瑞應(윤징귀)과 윤시상을 방문했
다. ○흥아興兒가 집에서는 번거로운 일이 많아 독서에 전념하지 못했다.
또 우환이 있어 대둔사로도 다시 가지 못하여, 동쪽 마을 김시언金時彦의
작은 집을 빌려 6일에 나가서 거처했다.

〔 1695년 12월 11일 기해 〕 맑음

정 생이 왔다. 강진 대구大丘의 극인 윤몽석尹夢錫이 왔다. 정신도鄭信道가
와서 말하길, 선전관 최주해崔柱海가 지난번 우리 집이 도둑을 맞은 곡절
을 알고 싶어 한다고 했다. 그는 자신이 밀고했다고 하여 상으로 가자加資
되고자 하는 것이다. 내가 생각해 보니, 최주해가 확실하게 자신이 했다고
처리한다면, 그는 공을 차지하고 나는 화를 면하게 될 것이다. 그래서 최
주해에게 직접 와서 상의하라 했다.

〔 1695년 12월 12일 경자 〕 흐렸다 맑고 바람

정광윤이 우영右營에 갔다. 도둑맞은 물건의 4분의 1을 지난번에 겨우 찾
았는데, 우영은 전혀 시비를 가리지 못하니 노奴들만 보내면 확실하게 처
리하지 않을 염려가 있었다. 그래서 정 생(정광윤)에게 직접 가서 잡은 도
둑을 느슨하게 다스리지 말고, 장물을 계속 찾을 것을 말하게 했다. ○최
선전관(최주해崔柱海)이 와서 만났다. 내가 예전에 입수한 한글 밀고장을 주
어 보냈다. ○윤팽년尹彭年이 왔다. 박이중朴以重이 왔다.

〔 1695년 12월 13일 신축 〕 맑음

죽도장竹島庄으로 나왔다. 외숙(이락)을 역방하여 문안하고 발길을 돌려 이석신李碩臣을 방문하여 그 아우의 궤연几筵에 들어가 곡했다. 성덕기成德基가 밤에 찾아왔다.

〔 1695년 12월 14일 임인 〕 맑음

새집의 벽에 모래 시공을 마쳤다. 성덕기와 성덕징成德徵이 왔다. 지원智遠이 나와서 벽 도배를 시작했다.

〔 1695년 12월 15일 계묘 〕 바람 불고 흐림

제주 적소謫所에 보낼 물건 값을 치를 벼를 걷어 모으기 위해 지원을 돌려보냈다. ○신지도의 목 상相(목내선睦來善)과 참판(목임일睦林一)에게 편지를 보내 문안하고 각각 새해 달력 2부씩을 보냈다. 목임장睦林樟에게도 새해 달력 1부를 보냈다. ○진도로 간 인편이 돌아와서 정 대감(정유악鄭維岳)의 편지를 보고, 병 기운이 있었으며 나아간다는 것을 비로소 알았다. ○윤 강서江西(윤이형尹以亨)의 편지를 받고서 진사 윤관尹寬이 내려왔다고 들었다. 아이들의 편지를 받았는데 윤 진사가 윤 강서에게 전해 준 것이다. ○정희鄭僖가 와서 만났더니, 나의 「죽부초려竹阜草廬」 시에 차운하여 주었다.

　　一眉□□峙層湍　눈썹 같은 산줄기와 겹겹의 물줄기
　　中有仙區世未看　그 가운데 세상에서 보지 못한 선경이 있어
　　傍此烟霞開草屋　경치 좋은 이곳에 초옥을 지으니
　　□□□碎竹欄干　(…) 대나무 난간에 부서지네

○이석신이 그 아우의 망전望奠(상중에 매달 보름에 지내는 제사)에 올렸던 음

식을 보내왔다. 마음에 슬픔이 맺히게 한다.

〖 1695년 12월 16일 갑진 〗 대설大雪. 바람 불고 흐림

지원이 간 후 귀현貴玄을 시켜 벽 도배를 하였다. 선적善積이 왔다. 내가 부른 것이다.

〖 1695년 12월 17일 을사 〗 맑음

외숙과 종제從弟(이대휴李大休)가 왔다. 윤익재尹益載도 왔다.

〖 1695년 12월 18일 병오 〗 바람 불고 흐림

율동栗洞의 윤세형尹世亨, 세장世章, 세정世貞과 매화동梅花洞의 김익환金益煥이 왔다. 전극립全克昱이 왔다. 이복爾服이 와서 묵었다.

〖 1695년 12월 19일 정미 〗 맑음

이복이 갔다. 김망구金望久와 김익환이 왔다. 성덕기와 덕징이 왔다. 성덕기와 덕항德恒이 밤에 또 왔다.

〖 1695년 12월 20일 무신 〗 흐림

윤선적尹善積이 갔다. 최주해가 또 왔다. 진욱陳稶과 윤동미尹東美가 왔다. 저녁 식사 후 명금동鳴金洞에 나아가 노老 성 생원(성준익成峻翼)께 인사했다. 난청이 더욱 심해져 대화할 수 없어서 안타까웠다. 돌아올 때 성덕기 삼형제가 따라 왔다가 밤이 깊어지고서 돌아갔다.

〖 1695년 12월 21일 기유 〗 바람 불고 늦은 아침에 맑음

이성爾成이 이른 아침에 왔다. 노 성 생원(성준익)이 세 아들을 데리고 와서

만났다. 아침 식사 후 지원과 함께 말을 타고 돌아오다가 어성교漁城橋에서 지사地師를 데리고 묏자리를 구하러 가는 이석신을 만나 말에서 내려 잠시 이야기했다. 백치白峙에 도착하여 외숙(이락)께 인사드렸다. 화증火症이 더욱 심하여 자지도 못하고 먹을 수도 없다니 몹시 염려스럽다. 신임 현감(이휘李暉)의 아우 이서李曙가 막 서울에서 왔는데, 마침 그곳에 도착하여 서로 만났다. 길을 가다 우사치迂沙峙에 이르러 윤주미尹周美 숙叔을 만나 동행했는데, 그에게 이끌려 함께 안형상安衡相의 집에 갔다가 만나지 못하고 돌아왔다. 정 생(정광윤)이 와서 숙위했다. ○도갑사道岬寺 승려가 작년에 관노비館奴婢를 추쇄할 때 곤액을 만났는데 내가 주선하여 무사했다. 오늘 그 상좌를 보내 장지狀紙 1권을 바쳤으나, 내가 즉시 물리쳤다. 이백爾栢이 서울에서 돌아왔다. 들으니, 종서宗緒의 처가 이달 8일 자시子時에 아들을 낳았다고 한다. 연이어 아들 셋을 낳아 그지없이 다행스러우나 아들 다섯과 딸 하나의 마마를 간신히 넘기고 또 이러한 일이 있으니, 이것은 바라기 어려운 행운이다. 놀랍고 두려운 나머지 별로 기쁜 줄을 모르겠다.

〔 1695년 12월 22일 경술 〕 맑음

김삼달金三達, 정광윤이 왔다. 진사 윤관尹寬이 와서 그대로 묵었다.

〔 1695년 12월 23일 신해 〕 맑음

윤 진사가 묵었다. 윤시한尹時翰, 윤기업尹機業, 정광윤, 김삼달이 왔다.

〔 1695년 12월 24일 임자 〕 맑음

윤 진사가 갔다. 나는 외숙(이락)의 부름으로 백치白峙에 가서 외숙의 병록病錄을 갖추어서 심부름꾼을 시켜 원방元方(이현기李玄紀) 영감에게 문의했다. 오늘 저녁 식후에 연동蓮洞으로 돌아갔다. 별장(윤동미)을 역방했다. 이

날 밤에 동네의 여러 친족들이 와서 만났다.

〔 1695년 12월 25일 계축 〕 흐림

별장의 집에 가서 이정爾鼎의 혼례 행차를 보았다. 그 혼서는 내가 썼다. 저녁에 집으로 돌아왔다.

〔 1695년 12월 26일 갑인 〕 흐리다 맑음

임석주林碩柱가 지나다 들렀다. 윤시한의 장자長子 희인希仁이 다음 날 초례醮禮를 행하기에, 혼서를 써 주길 청하고 갔다. ○ 진도의 박준신朴俊藎이 노환으로 거의 죽을 지경이어서, 지난번에 편지로 안부를 묻고 또 약과 30개를 보냈는데, 오늘 그의 조카 홍구弘耉가 보낸 편지를 보니 이달 15일에 세상을 떠났다고 한다. 슬프다. ○ 김삼달이 왔다.

〔 1695년 12월 27일 을묘 〕 흐림

송광조宋光朝가 보낸 편지를 보았다. 이 사람은 송기영宋耆英의 아들인데, 그 동생의 혼례 행차를 이끌고 서울에서 영암군으로 내려와 편지를 보낸 것이다. 그의 동생은 영암군수(남언창)의 사위라고 한다. ○ 창감倉監 임세회林世檜와 다산茶山의 이정두李廷斗가 왔다. 이정두가 양식을 구걸하기에 쌀 5되를 줬다. 윤순제尹舜齊가 왔다.

〔 1695년 12월 28일 병진 〕 밤에 내린 비가 눈이 되어 땅에 쌓인 것이 몇 치나 됨

나뭇가지가 희뿌연 것이 풍년을 기대할 수 있겠다. 심부름꾼을 시켜 신지도에 설떡 1광주리, 꿩 1마리를 보냈다. 목 야爺(목내선)께서 별실別室을 잃고, 부엌일 할 사람이 없어서 끼니 때우는 것이 매우 고르지 않다고 한다. 그래서 설떡을 만들어 보낸 것이다. 고금도에도 꿩 한 마리를 보냈다. ○ 별

장(윤동미)의 집에서 오늘 며느리를 맞이하기에, 아내와 김녀金女(김남식의 처, 윤이후의 딸)가 연동에 들어갔다. 흥아가 데리고 갔다. ○정 생(정광윤)이 왔다. ○오후에 물을 데워서 목욕했다. ○송광조가 와서 만났다. 여러 해 떨어져 있었기에 기쁨을 이루 다 말할 수 없다. 그대로 함께 잤다.

〔 1695년 12월 29일 〕 흐리다 맑음

송광조가 갔다. 26일에 혼례를 치르기로 했으나 낭주朗州(영암) 수령(남언창)이 마침 딸의 상을 당하여 새해 초 2일에 치르기로 했기 때문이다. 즉시 돌아가기에 서울로 보낼 편지를 써서 부쳤다. ○송수삼宋秀森, 정광윤이 왔다. ○흥아가 내행內行을 이끌고 돌아왔다. 풍편風便을 통해 서울 아이들의 편지를 받았다. ○흥아의 「과세過歲」 시에 차운했다.[75]

四序如飛輪	한 해가 나는 듯한 수레바퀴 같아
回斡無停處	돌고 돌아 그침이 없네
問爾一何苦	너는 어찌 한결같이 열심이냐
乍來卽還去	잠깐 왔다가 바로 돌아가는구나
勞勞百年間	힘들고 괴로운 한평생
迎送知幾許	한 해를 맞고 보낸 것이 얼마인지 아느냐
去矣不須嗟	가거라, 슬퍼할 필요 없이
吾將任元會	내 장차 운세에 맡기리라

원운元韻은 다음과 같다.

今年今日盡　오늘로 끝나는 올해야

---

75) 이 시와 함께 「죽도정사기竹島精舍記」, 「차죽도시병서此竹島詩幷書」가 적힌 문서가 전한다(『고문서집성-해남윤씨편』).

借問歸何處　너는 어디로 돌아가느냐

四時迭相代　사철이 번갈아 바뀌며

成功者乃去　철이 차면 바로 떠나가네

消息於此間　요사이의 소식이

悠悠只如許　아득히 또 어떠하신지

從玆六十春　이제 예순의 봄을 맞아

復見星躔會　한 해가 돌아오는 것을 다시 보네

1696년

기댈 구석 없는 고아로 태어나

零丁孤苦

5월 18일자 일기에서

연동 해남윤씨가 녹우당綠雨堂_서헌강 사진

유복자인 윤이후가 조부 윤선도 슬하에서 유년기를 보낸 곳이다. 1696년 환갑이 된 윤이후는 자신을 낳고 길러 준 생부와 조부의 제사에
참석하기 위해 4월 말 해남을 떠나 6월 말 다시 돌아오기까지 약 두 달 간의 서울행을 결행한다.

1696년 주요 사건

1월   도망 노비의 헌신 : 1월 6일

       매사냥 : 1월 11일~22일

2월   『죽도창수록』 편찬 : 2월 14일

       흉년에 전답 매입 : 2월 21일~29일

       팔산리 주민 무휼 : 2월 30일

3월   암행어사 김시걸의 소행 : 3월 7일~11일

       이제억의 장흥 적소 방문 : 3월 9일

4월   고금도와 신지도 유배객 방문 : 4월 5일~7일

       진도 유배객 정유악 방문 : 4월 10일~12일

       윤선도 제사 참석을 위한 서울행 : 4월 22일~6월 25일

5월   세자 저주 무고 사건 : 5월 4일~1697년 12월

6월   양근 고모댁 방문 : 6월 3일~6일

       옥천좌수 양우춘의 가노 : 6월 25일~7월 2일

       도둑의 창고 침입 : 6월 26일~7월 2일

       전 홍문관 서리 안이현의 내방 : 6월 28일~7월 14일

7월   .

8월   이대휴와의 천렵 : 8월 2일

       질병앓이 : 8월 26일~11월 12일

9월   .

10월   .

11월   성덕기의 잘못된 분묘 조성 : 11월 21일~22일

       집안 제사 상차림 규식 : 11월 29일

12월   고조고비 신주 체천 : 12월 9일~10일

       목내선 유배지의 화재 : 12월 17일

시를 주고받은 날들

팔마에서

〔 1696년 1월 1일 무오 〕 구름이 잔뜩 낌. 이른 아침 남풍이 약하게 불고, 오후에는 건술풍
乾戌風[1]이 꽤 매서움

나는 적량赤梁 산소로 가고 흥아興兒는 간두幹頭로 가서 묘제墓祭를 지냈다.
우리 집 차례가 되어 지낸 것이다. ○김정진金廷振이 만나러 와서 그대로
유숙했다. ○올해는 내가 환갑이 되는 해이다. 나는 고아로 태어나 몸도 허
약했으니, 회갑까지 살 수 있게 된 것은 실로 전혀 뜻밖이다. 부모님을 여
윈 슬픔이 올해를 맞아 더욱 심하여 사무치는 추모의 마음 견디기 어려우
니, 새해를 맞는 감상이 어찌 나이 한 살 더 먹은 한탄일 뿐이랴! ○해남 질
청作廳에서 향리를 보내 문안했다.

〔 1696년 1월 2일 기미 〕 바람 불고 흐림

김정진이 갔다. 강성江城의 윤희성尹希聖, 윤희인尹希仁, 윤희정尹希程, 대
산大山의 출신出身 정신도鄭信道, 강성의 윤시한尹時翰, 윤재도尹載道, 신기
新基의 최운제崔雲梯, 입점동笠店洞의 이진현李震顯, 이진화李震華, 당산堂山

---

1) 건술풍乾戌風: 24방위 중 건방乾方은 북서 방향에 해당하고, 술방戌方은 그보다 약간 더 서쪽으로
내려온 방향이다. 즉 건술풍은 대략 북서풍에 해당한다.

의 황세휘黃世輝, 후촌後村의 최형익崔衡翊, 최항익崔恒翊, 용산龍山의 윤민尹玟, 다산茶山의 최남익崔南翊, 마구동馬廐洞의 송창우宋昌佑, 신포新浦의 정이경鄭以景, 비곡比谷의 임극무林克茂가 왔다. ○ 대둔사에서 중을 보내어 문안했다. 전초사全椒寺의 중 탄잠坦岑이 상좌를 보내어 문안하고 곶감 1접을 바쳤다. ○ 신지도의 심부름꾼이 돌아와, 목 야爺(목내선睦來善), 참판參判(목임일睦林一), 별제別提(목임장睦林璋)의 편지, 고금도 이 영감(이현기李玄紀)의 답장을 받았다. ○ 연동蓮洞의 윤선적尹善積이 왔다.

〔 1696년 1월 3일 경신 〕 바람 불고 흐림

변최휴卞最休, 이만영李萬英, 최유기崔有基, 윤익성尹翊聖, 윤□□尹□□가 왔다. 간두 산소에 성묘하고자 했으나 바람이 세찬 데다 해도 짧아 갔다가 돌아오기 어려울 것 같았다. 그래서 죽천竹川의 윤선호尹善好에게 가서 자고 다음 날 산소로 갈 계획으로, 늦은 아침에 출발하여 안형상安衡相에게 역방하고 저녁에 죽천에 당도했다. 이웃에 사는 한종일韓宗一이 와서 만났다. 한종일은 윤선호의 매부이다. 올해 나이가 74세인데 근력이 매우 강건하니 부럽다.

〔 1696년 1월 4일 신유 〕 바람 불고 흐림

아침 식사 후 간두로 가서 성묘하고 잠시 머물다가 곧바로 출발했다. 길에서 윤재도尹載道를 만나고, 또 윤학령尹鶴齡을 만났다. 저들도 모두 성묘 가는 길이었다. 바람이 몹시 세고 추위도 매서워, 간신히 백치白峙에 도착해 말을 먹이고 일몰 후 죽도장竹島庄에 도착했다. 새 건물이 깔끔하고 좋으며 경치가 맑고 아름다워, 나도 모르게 몸과 마음이 상쾌해졌다. 사람을 보내 성成 생生을 부르니 3형제가 모두 부재중이었다. 함께 이야기할 사람도 없이 노배奴輩하고만 함께 유숙하려니, 몹시 개운치 않아 안타깝다.

〚 1696년 1월 5일 임술 〛 흐림

요사이 다시 온 한파가 설 이전보다도 심하니 고통스럽다. 노老 성 생원(성준익成峻翼)에게 가서 인사드렸다. 김우정金友正, 윤성민尹聖民, 총각 윤심尹諶의 아들이 성 생원 댁에 와서 만났다. 정광윤鄭光胤이 왔다. 내게 부탁할 일이 있기 때문이다. 이날 밤 성덕기成德基가 자기 조카인 총각 계창啓昌을 데리고 와서 이야기했다.

〚 1696년 1월 6일 계해 〛 바람이 그치고 흐렸다 맑음

정광윤이 갔다. ○문소開韶 산소에 가서 성묘했다. 비婢 초생初生이 경오년(1690) 흉년 때 떠돌이가 되어 어디로 갔는지 몰랐는데, 지금 홀연히 묘지기 금봉今奉의 집에 들어와 투탁하고 있다. 금봉이 오라비이기 때문이다. 그 남편인 임생王生이 10살 먹은 딸아이 원상遠尙을 데리고 현신現身[2]했다. 도망갔던 노비가 흉년에 스스로 현신하는 것은 흔한 일이다. 죄를 묻지 않고 죽도장에 와서 살게 했다. ○율동栗洞의 윤세장尹世章, 윤세정尹世貞, 윤경리尹敬履, 윤래주尹來周가 왔다. 이날 밤 성덕기가 그 아들 원창遠昌과 조카 우창禹昌, 계창, 해창海昌을 데리고 왔다가 밤이 깊어 돌아갔다.

〚 1696년 1월 7일 갑자 〛 밤에 눈이 내리고 낮에는 흐리다가 맑음

해창海倉의 출신出身 박세문朴世文과 그 아우 유문有文이 왔다. ○성덕기와 함께 출발하여 백치에 들러 문안했다. 연동으로 들어가 첨사 이만방李晩芳의 궤연几筵에 곡했다.[3] 지난번에 노원蘆原에서 내려온 것이다. 그 아들 민행敏行이 조문을 받았고, 두 소가小家와 딸 류柳 서방 처妻가 나와서 만났다. 옛정을 생각한 것이다. 마주 대하자 슬픈 마음을 이길 수가 없다. 별장別將(윤동미尹東美)의 집에 들어가 그 딸을 문병하고 큰 사랑에서 묵었다. 동

---

2) 현신現身: 신분이 낮은 사람이 높은 사람을 뵙는 일, 또는 도망했던 노비가 자수하러 오는 것이다.

3) 이만방李晩芳의 궤연几筵에 곡했다: 이만방은 1695년 4월 1일 죽었다(1695년 4월 11일 일기 참조).

네의 여러 친족들이 와서 만났다.

〖 1696년 1월 8일 을축 〗 흐리다 맑음

수영우후水營虞候 이훤李萱이 마침 해남현에 왔다가 현감(이휘李暉)의 아우 이서李曙와 함께 왔다. 이훤은 해남현감을 지낸 적이 있다.[4] ○아침 늦게 출발하여 팔마장八馬庄으로 돌아왔다. 이성爾成이 함께 왔다.

〖 1696년 1월 9일 병인 〗 흐리다 맑음

정광윤이 왔다. 안주安住의 윤이도尹以道가 왔는데, 윤진해尹震垓의 조카라 한다. 노수백盧壽百과 장흥의 금아琴娥 명환命環이 와서 보고 바로 갔다. 최정익崔井翊이 왔다. ○흥아가 운주동雲住洞으로 이만원李萬源을 만나러 갔다가 저녁때 돌아왔다. ○이송爾松, 이백爾栢이 왔다.

〖 1696년 1월 10일 정묘 〗 흐리다 맑음

흥아가 윤 강서江西(윤이형尹以亨)와 병영兵營의 권 참판(권규權珪)에게 문안하기 위해 식후에 출발했다. ○진사 황세중黃世重이 옥천시면玉泉始面 기민별유사飢民別有司로서 (…) 이 때문에 와서 만났다. 윤승후尹承厚, 최후탁崔厚卓, 윤명우尹明遇, 윤성우尹聖遇, 윤□성尹□聖, 윤순제尹舜齊, 권혁權赫, 윤천임尹天任이 왔다. 구림鳩林의 이홍제李弘濟가 왔다. 강진 삼인동三仁洞의 윤치형尹致亨이 왔는데, 날이 저문 후에도 일어나지 않기에 선백善白을 시켜 밥을 대접하고 유숙하게 했다.

---

4) 이훤李萱이…있다: 『승정원일기』에 따르면 이훤은 1690년 2월 19일에 해남현감에 제수되었다.

윤경미尹絅美가 나의 간자운干字韻 「죽도竹島」 시[5]에 차운한 시

天限靈區以碧湍　푸른 물과 하늘이 맞닿은 신령스런 이곳
幾經塵眼等閑看　세속적인 사람들이 얼마나 등한시했던고
物逢其主人逢物　땅은 주인을, 사람은 땅을 만났으니
餘外浮名且莫干　그 밖의 헛된 명성 상관할 바 있으랴

윤경미의 간자 차운시. 다시 한수

小堂瀟灑俯澄湍　맑은 물 굽어보는 깨끗한 작은 집
四面螺鬟入臥看　사방의 산봉우리 누운 눈에 들어오네
爲問仙翁何所事　신선 같은 주인옹 무슨 일로 소일하는가
岸巾朝暮倚欄干　두건을 젖혀 쓰고 아침저녁 난간에 기대어 있네

또 한수

欄頭時復弄淸湍　난간 끝에서 때때로 맑은 여울 희롱하고
屋後松筠柱杖看　집 뒤편 솔숲과 대숲을 지팡이 짚고 바라보네
這裏閑情誰料得　이곳의 한가로운 정취 그 누가 헤아리랴
無思無慮臥江干　아무런 생각도 걱정도 없이 강변에 누워 지내네

또 한수

松陰竹影倒澄湍　솔 그늘 대 그림자 비친 맑은 강물에

---

5) 간자운干字韻 「죽도竹島」 시: 윤이후의 원시原詩는 1695년 10월 21일 일기에 수록되어 있다.

潑潑游魚理會看　생동하며 노니는 물고기에서 참된 이치를 보고[6]

一曲滄浪歌罷後　창랑滄浪의 노래[7]한 곡조 부른 후

對山閑倚小欄干　산울 마주 보며 한가로이 작은 난간에 기대네

이백爾栢의 차운시

向來平地起風湍　그동안 평지에 풍파가 일었지만

榮辱須憑夢裏看　영욕일랑 모름지기 꿈속의 일로 보아야지

晚築名亭今得計　만년에 훌륭한 정자 지어 이제 계획을 이루었으니

不妨無事臥江干　한가로이 강가에 누운들 무슨 일이 있으랴

이백의 차운시. 또 한 수

十里平湖錦作湍　비단 물결 일렁이는 십 리 너른 호수에

晚來山影鏡中看　낮에는 산 그림자 거울처럼 비치고

最是夕陽堪畫處　해 질 녘 경치가 그림처럼 더욱 아름다워

白鷗將子上闌干　갈매기가 그대 따라 난간 위로 날아오르네

또 한 수

竹間新構壓層湍　대나무 숲에 지은 집 겹겹 여울 굽어보니

世外淸區到此看　속세 밖 맑은 경치가 다름 아닌 여기로고

---

6) 생동하며…보고:『중용中庸』제12장에서 인용한 "솔개가 하늘을 날고 물고기가 연못에서 뛰논다[鳶飛戾天 魚躍于淵]."라는 『시경』 구절은 이치가 천지 상하에 밝게 드러났음을 형용한 것이다(주희의 『중용집주中庸集註』 참조).

7) 창랑의 노래:『맹자』「이루 하離婁 下」에 나오는 "창랑의 물이 맑으면 내 갓끈을 씻고, 창랑의 물이 흐리면 발을 씻으리라[滄浪之水淸兮 可以濯吾纓 滄浪之水濁兮 可以濯吾足]."라는 노래를 가리킨다.

恍若蓬萊山上去　황홀하기가 흡사 춘풍 타고 봉래산 위로 날아가
春風高倚玉闌干　높다란 옥난간에 기대어 선 듯하구나

이성爾成이 차운하여 지은 6수의 절구와 사시사四時詞

獨山如畵泛淸湍　우뚝한 섬 그림같이 푸른 물 위에 떠 있으니
四面風光一眼看　사방의 풍광이 한눈에 들어오네
別是區中奇勝地　이 지역에 이렇게 아름다운 곳이
向來誰識秘江干　강가에 숨어 있는 줄을 전부터 누가 알았으랴

절구 또 한 수

淸淨高心付急湍　깨끗하고 맑은 고아한 마음 거센 여울에 부쳐
糾紛時事任閑看　어지러운 세상사 한가롭게 바라보네
箇中風月眞天與　이곳의 청풍명월은 참으로 하늘이 내린 것
餘外浮榮莫我干　그 밖의 헛된 영예가 나와 무슨 상관인가

또 한 수

遠迎靑巒近碧湍　멀리는 푸른 산이 두르고 가까이는 푸른 물
莫將孤島等閑看　외딴섬이라고 등한시하지 마라
樂山樂水平生志　산을 좋아하고 물을 좋아하는 평생의 뜻으로
新搆茅廬老海干　새로 모옥 지어 바닷가에서 늙으리니

또 한 수

臥探山勢坐臨湍　누워서 산세를 감상하고 앉아서 물결을 굽어보니
凝濁浮淸上下看　엉긴 탁한 기운과 뜬 맑은 기운을 아래위서 보네
若箇暮年消遣可　이처럼 노년을 보내는 것이 좋은데
世間何物敢相干　세상 무슨 일에 감히 간여하랴

또 한 수

松陰竹影落澄湍　소나무 그늘 대나무 그림자 비친 맑은 여울
移向虛簷作畫看　빈 처마 아래 그림같이 보이고
沙白草靑洲渚晩　모래 희고 풀 푸른 저물녘 모래톱에
水禽飛上曲欄干　물새가 날아올라 난간 위로 빙글 도네

또 한 수

十里淸湖萬頃湍　십 리의 맑은 호수, 만경의 여울 위에
碧天雲影鏡中看　푸른 하늘 구름 그림자 거울처럼 비치고
最是月明人靜夜　달 밝고 인적 끊어진 고요한 밤이면
水光山色上欄干　물빛과 산색으로 난간이 훤하네

사시사四時詞

冉冉輕風錦繡湍　산들산들 봄바람 불어 비단 같은 물결 위로
靜中時序入看看　고요한 가운데 봄이 온 것을 보고 또 보는데
一聲江鳥催和氣　한바탕 물새 울음 봄기운 재촉하여
纈眼晴光滿海干　바닷가 가득한 맑은 풍경 눈가에 아른거리네
【春】　　　【봄】

行雲陰雨落層湍	떠가는 구름이 겹겹 여울 위로 소나기를 뿌리니
水墨依微遠近看	희미한 수묵화가 원근으로 펼쳐지고
湘簟納凉來薄暮	시원한 상단湘簟[8]에 앉았다가 날이 저물어 가면
望中漁火點江干	강 위 고깃배의 불이 하나둘 켜지네
【夏】	【여름】

滿山紅葉影淸湍	온 산 물들인 단풍이 맑은 물에 비치고
鴈背斜光側目看	기러기 등 비추는 석양이 곁눈에 들어오고
霜重海門金氣浩	서리 찬 강어귀에 가을 기운 가득한데
霽天星月曉闌干	맑은 하늘의 별빛 달빛이 난간에 쏟아지네
【秋】	【가을】

曉來寒意滿江湍	새벽부터 찬 기운이 강여울에 가득하여
亭子前頭騁眼看	정자 머리 앉아서 눈을 들어 보다가
回首官船閑泊處	한가로이 정박한 관선官船을 돌아보니
朔風和雪撲旌干	삭풍에 눈이 날려 깃대를 때리네
【冬】	【겨울】

〔 1696년 1월 11일 무진 〕 맑음

윤세미尹世美 숙叔이 훈련된 매【도롱태都弄太[9]】를 얻었다가 흥이 떨어져서 팔려고 했다. 반드시 (…)하려고 장요미長腰米 2말을 주고 샀다. 지원智遠 에게 가져오게 했으나 매 다루는 법이 서툴러서 할 수 없었다. 청계淸溪의

---

8) 상단湘簟: 상湘은 지금의 중국 호남성湖南省인데 대나무가 많이 생산된다. 그 대로 만든 고운 자리를 여름에 깔면 매우 시원하다고 한다.

9) 도롱태都弄太: 쇠황조롱이이다. 겨울철에 드물게 오는 철새로 몸집이 비둘기만 하며, 우리나라에 흔한 황조롱이와 달리 자기 몸집보다 큰 새도 과감히 사냥한다. 도롱태, 혹은 도롱태都龍太라는 이름은 몽고어에서 온 것이다. 길을 들여 주로 메추리 사냥에 이용했다.

윤□□尹□□가 와서 가르쳐 주어 메추리 5마리를 잡았다. 재미있다. ○정광윤, 임세회林世檜, 윤필은尹弼殷, 해남의 파총把摠 민효헌閔孝憲, 윤이우尹陌遇, 최상일崔尙馹이 왔다. ○서울 서학동西學洞의 이경유李慶裕가 나주에 도착하여 아이들이 설 전에 보낸 편지를 전해 주었다. 전부典簿(윤이석尹爾錫) 댁의 노奴가 서울에서 돌아와 1월 3일에 쓴 편지를 받았는데, 모두 잘있다는 내용이었다. 쌍리동雙里洞의 이李 첨정僉正【문준文俊】 대부大父가 지난달에 돌아가셨고, 참의參議 강선姜銑의 아버지도 죽었다고 한다. 놀랍고한탄스럽다.

〔 1696년 1월 12일 기사 〕 맑음

윤은주尹殷周가 기르던 새매【저래低來】가 있어 사람을 보내 가져오게 했다. 어제 산 매와 함께 교외로 나갔는데 나도 따라 갔다. 겨우 메추라기 1마리를 잡았다. 윤시상尹時相을 불러와 어평於坪의 양지 바른 언덕에 앉아 이야기를 나누었다. 윤성우尹聖遇가 함께 왔고, 윤시삼尹時三도 뒤따라 도착했다. 윤민尹玟이 지나다 들렀다. 윤은보尹殷輔와 윤이형尹陌亨이 일부러 찾아와 만났다. 집에 돌아온 후 송시민宋時敏과 기진주奇震疇가 왔다가 유숙했다. ○태천泰川의 이 감사監司(이운징李雲徵)가 유배지에서 보낸 안부 편지를 받았는데, 지난해 10월 18일에 쓴 것이니 이른바 격세음隔世音[10]이 이것이다. ○갑자기 어떤 손님이 와서 만나기를 청하기에 곧바로 불러들였다. 서울 대정동大貞洞에 사는 사람인데, 마침 일이 있어 내려왔다가 우리 집 산소를 두루 보았다고 했다. 산소의 좋고 나쁨에 대해 물으니 단지 모두 좋다고만 말하고 들을 만한 이야기가 없었다. 틀림없이 잘 모르는 자이다. 가소롭다.

---

10) 격세음隔世音: 격세음모隔世音耗, 격세음문隔世音問이라고도 한다. 오는 사이 시간이 많이 흘러 마치 다른 세상에서 온 것 같은 소식을 가리킨다.

〔 1696년 1월 13일 경오 〕 흐리다 맑음. 바람이 불고 몹시 추움

송시민과 기진주가 갔다. 박필선朴弼善, 출신出身 이경한李擎漢이 왔다.
○홍아가 병영兵營에서 돌아왔다. 홍아가 말하길, 조국필趙國弼이 새해 첫
날 내 신명身命을 위해 세응世應을 헤아려[11] 대유지정大有之鼎[12]을 얻었으니,
한 해 동안 안온하며 6월에 벼슬을 얻을 것이나 3월과 9월에는 자식의 우
환을 면치 못할 것이라고 했다. ○윤희직尹希稷이 왔다.

〔 1696년 1월 14일 신미 〕 맑음

윤은좌尹殷佐, 안형상安衡相이 왔다. 정 생(정광윤)이 숙위했다. ○이李 좌랑
佐郎의 노奴 임인壬寅이 서울로 돌아가기에 편지를 부쳤다. ○ 전부(윤이석)
댁의 노 필경必敬이 서울에서 돌아와, 아이들이 4일에 보낸 잘 있다는 편지
를 받았다. ○진달래 한 떨기를 11월 초에 화분에 심어 방 안에 두었는데,
이달 10일경에 꽃이 피기 시작했다.

〔 1696년 1월 15일 임신 〕 흐림

윤순제尹舜齊, 송기현宋起賢, 강석황姜碩璜, 김수도金守道, 윤천미尹天美가
왔다. ○종제從弟 이징휴李徵休가 아버지(이락李洛)의 병 소식을 듣고 서울에
서 내려와서, 아이들의 편지를 받았다. 연이어 잘 있다는 소식을 들으니 기
쁘다. ○들으니, 송시열宋時烈을 도봉서원道峰書院에 배향한다고 하자, 남
인南人들이 논척하는 상소를 올리려고 하는데, 곧이어 다시 들으니 문묘종
사하려 한다고 한다.[13] 매우 개탄스럽지만 어찌 하겠는가? ○임취구林就矩
가 술기운에 찾아와 끈질기게 술을 요구했으나, 담아 놓은 것이 없어 주지

못하고 약밥만 줬다. 윤천우尹千遇가 왔다.

〖 1696년 1월 16일 계유 〗 맑음

윤은주尹殷周【윤은필尹殷弼로 이름을 고침】가 매를 팔뚝에 얹고 황원黃原으로 사냥 갔다. 여기는 메추라기가 매우 드물기 때문이다. 곡식을 날라 몽상夢祥의 배에 실었다. 집의 양식 사정이 어려워 아이들에게 약간의 벼만 보내니, 마치 억지로 책임만 때우는 것 같아 매우 마음이 아프다. ○윤기업尹機業이 들렀다. 권용權鏞과 그의 아들 철□鐵□이 근친覲親하러 영광으로 가는 길에 들러서 유숙했다.

〖 1696년 1월 17일 갑술 〗 흐리고 맑음. 바람이 심함

아침 늦게 출발하여 백치에 들러 문안하고 저녁에 □□에 도착했다. 성덕징이 함께 유숙했다. 이번에 온 것은 앞바다에 어살을 놓기 위해서다. (…)

〖 1696년 1월 18일 을해 〗 맑음

오늘은 돌아가신 아버지(윤예미尹禮美)의 생신이다. 내 나이 환갑인 해에 다시 오늘을 만났으니, 애통하고 절박한 심정을 어찌 이루 다 말할 수 있겠는가? ○김망구金望久, 김기주金起周, 김익환金益煥, 윤세정尹世貞, 윤경리尹敬履, 김진은金進銀이 왔다. 외숙(이락)이 이징휴李徵休와 이대휴李大休를 데리고 왔다. 진욱陳稶도 왔다. 송창우宋昌佑와 성덕징成德徵이 왔다. 송창우는 유숙했다. ○설 전에 내가 죽도시竹島詩와 서문을 정유악鄭維岳 대감에게 보내 화운해 달라고 청했더니, 정 대감이 다음과 같은 답장을 보내왔다.

전에 보내 주신 「죽도초당竹島草堂」 시와 서문을 이제야 비로소 상세히 음미하고 완상했습니다. 섬의 빼어난 경치가 흥을 불러일으킬 뿐만 아니라, 서문과 시 또한 경치를 더욱 빛나게 합니다. 탄복하며 완상했거니와, 조물주는 어찌 한 사람만 편애하여 자손도 많이 내려주고 자신도 건강하여 노쇠하지 않게 한 데다가, 이런 절경을 향유하며 노년을 마치게 해 준단 말입니까? 저는 상한傷寒을 앓은 후 관절통이 크게 발병하여, 팔다리의 모든 관절이 돌아가면서 찌르는 듯 아파 마치 호랑이가 깨무는 듯합니다. 근육도 오그라들어 전혀 굴신할 수 없었고 지각도 때때로 어지러워져서 28, 29일에 생사의 경계에 있다가, 지금은 다행히 통증이 조금덜하고 근육도 약간 이완되어 지팡이를 짚고 방 안에서 일어설 수 있게 된 지 사나흘 됩니다. 병이 나은 후 보내 주신 시에 화운하기를 시도해 보았으나 정신이 아직 미치지 못하여, 종이에 쓰려고 해도 손가락과 팔뚝이 떨려 뜻대로 되지 않으니, 정말로 부끄럽습니다. 서문과 시는 이곳에 그대로 두어, 만나 뵈는 것을 대신하도록 하겠습니다. 시는 다음과 같습니다.

前臨滄海後江湍　앞으로는 푸른 바다 뒤로는 강여울
鰲背三山歷歷看　큰 자라 등의 삼신산三神山이 눈에 선하네
我屋新成官已罷　벼슬을 그만둔 후 새집 지었으니
莫敎人事更相干　다시는 세상사가 상관하지 못하리라

병자년(1696) 정월 정길보鄭吉甫

〔 1696년 1월 19일 병자 〕 흐림

김필한金弼漢, 해창감관海倉監官 민효술閔孝述, 최남준崔南俊, 최남일崔南一, 최남오崔南五가 왔다. ○홍아가 왔다. ○성덕징이 밤에 왔다가 돌아갔다.

〔 1696년 1월 20일 정축 〕 바람 불고 흐리다 맑음

홍아가 갔다. ○성덕징과 최남준崔南俊이 왔다. ○공소동孔巢洞 산소에 들불이 번졌다. 소식을 듣고 몹시 놀라 달려가 묘를 살피고, 묘지기 노奴 안일安一을 매질했다. 돌아오다가 노老 성 생원(성준익)에게 들러 문안했다. 죽도에 이르니 이석신李碩臣과 윤남미尹南美가 벌써 와서 기다리고 있었다. ○윤은필과 노 용이龍伊가 적량원赤梁院에서 매를 팔에 얹고 왔다. ○흑산도에서 보낸 편지를 받았다.[14]

〔 1696년 1월 21일 무인 〕 흐리다 맑고 바람 붊

윤무순尹武順과 만득晚得이 왔다. 민세호閔世皜, 임중신任重信, 김여휘金礪輝가 왔다. 김여휘가 숭어 1마리를 바쳤다. 박수귀朴壽龜와 기진려奇震儷가 왔다. 기진려는 그대로 유숙했다.

〔 1696년 1월 22일 기묘 〕 바람 불고 맑음

윤은필이 매를 가지고 팔마로 돌아갔다. 성덕기, 성덕징, 최남준이 왔다.

〔 1696년 1월 23일 경진 〕 맑음

어살을 칠 때 쓸 작은 거룻배를 갑자기 마련하기가 어려울 것 같아 구포口浦 연지蓮池에 띄웠던 배를 거두어 두었었다. 어제 그 자재를 운반하여 두었다가 오늘 수리했다. ○성덕기와 성덕징이 왔다가 곧장 돌아가기에, 따라가서 노 성 생원(성준익)께 문안인사를 드렸다. 그 길로 두 성 생과 나란히 걸어가 제언 터를 살펴보았다. 제언 안에 물이 모자라는 것이 늘 걱정되어 다 개간하지 못했기에, 오래전부터 둑을 쌓아 물을 저장하고 싶어 했기 때문이다. ○윤성민과 오△△吳△△가 왔다. 임응하林應廈가 왔다. 이 사

---

14) 흑산도에서…받았다: 류명현柳命賢으로부터 온 편지를 가리킨다. 류명현은 흑산도로 유배되었으나 실제로는 우이도에서 생활하고 있었다. 1694년 윤5월 25일 일기 참조.

람은 석천石川[15]의 5대손인데, 다른 후손은 없고 오직 이 사람만 있어 제사를 모신다고 한다. 성덕기와 성덕징이 밤에 왔다가 돌아갔다.

〖 1696년 1월 24일 신사 〗 바람 불고 맑음

오늘은 전부 형님(윤이석)의 대상大祥이다. 어느새 3년이 다 가고, 머리 세고 외로운 나 혼자만 남았다. 3년 동안 한 번도 달려가 곡하지 못했으니, 처참한 심정을 이루 말할 수 없다. ○최남표崔南杓, 윤래주尹來周, 윤수장尹壽長, 윤세의尹世義, 김이경金爾鏡, 성덕징이 왔다. 이날 밤 성덕징이 그 형 성덕기와 함께 또 와서 유숙했다.

〖 1696년 1월 25일 임오 〗 맑음

두 성 생과 전부 댁 제언에 걸어 나가 산보하고 돌아왔다. 윤성민尹聖民이 왔다. 두 성 생이 밤에 또 왔다가 곧 돌아갔다.

〖 1696년 1월 26일 계미 〗 바람 불고 맑음

두 성 생에게 끌려 아침 후 대둔사에 갔다. 야비倻婢도 따라 갔다.

〖 1696년 1월 27일 갑신 〗 바람 불고 맑음

아침 식사로 연포軟泡가 차려졌다. 조금 늦은 아침에 골짜기를 나서다 길에서 윤성필尹聖弼, 윤성화尹聖和, 윤성민尹聖民, 윤기반尹起潘을 만났다. 윤성민과 윤성화가 노비를 두고 서로 다투는 일이 있어, 내게 질문하려 했다. 일가 사이의 쟁송은 옳지 않으니 상의하여 잘 처리하라고 내가 타일렀다. 그자들이 잘 알아들었는지 모르겠다. 죽도장竹島庄에 돌아왔다. 간밤에 도둑이 초당草堂의 자물쇠를 뽑았으나 방안에 아무 물건이 없어 큰 가죽주머니와 자물쇠만 가져갔다. 또 매인每仁 집에서는 옷과 내가 부친 벼

---

15) 석천石川: 임억령林億齡(1496~1568)을 가리키는 듯하다.

5섬과 쌀 1섬을 훔쳐 갔다. 내가 작년과 금년에 연이어 이러한 환난을 당하니 그 운수가 이상스럽다. 마포馬浦 윤이굉尹以宏이 와서 만났더니, "장자長子의 적처嫡妻에게 아들이 없고 첩에게만 아들이 있으면 차자가 승중承重하는 일이 세상에 많은데, 이 문제를 어떻게 생각하십니까?"라고 묻기에, 내가 이렇게 대답했다. "장자가 불치병에 걸린 경우가 아니면 차자次子가 쉽사리 승중할 수 없습니다. 이러한 연유로 차자 소생이 외아들이라도 장자가 빼앗아 양자로 삼는 것이니, 대개 제사를 계승하는 일은 중차대하기에 차자가 쉽게 승중할 수 없기 때문입니다." 이에 윤이굉이 말하길 "권상相(권대운權大運)께 품의하니, '차자가 승중하는 것이 아주 합당하다.'라고 했습니다." 내가 거듭 말해도 수긍하지 않았다. 내가 예禮를 아는 사람이 아닌데 억지로 주장할 필요가 어디 있겠는가. 다만 윤이굉은 도리상 일가의 공론이 정해지기를 기다려야 마땅한데도 거리낌 없이 차자로서 승중하며 내 말을 근거로 삼으려고 이렇게 따져 물은 것이니, 그것이 온당한지 모르겠다. ○대둔사에 있을 때 성덕항成德恒은 멀리 출타했다가 뒤늦게 도착하여, 이날 밤 성덕기 삼형제가 다시 왔다. 성덕기와 성덕항은 유숙했다. 대둔사에 있을 때 도안道安이 만나러 와서, 내가 간자운干字韻 시를 보여 주며 화답해 줄 것을 청했더니, 도안이 다음과 같이 차운시를 지어 주었다.

此君之島俯長湍　차군此君의 섬[16]은 긴 여울을 굽어보아
四面群山大海看　뭇 산이 사방을 두르고 큰 바다가 보이는데
新構已成容膝易　새집을 완성하여 무릎만 펴도 편하니[17]
有何心事苦相干　무슨 심사로 굳이 세상일 상관하랴

---

16) 차군此君의 섬: 죽도竹島를 가리킨다. '차군'은 대나무를 일컫는 말이다. 동진東晉의 왕휘지王徽之가 자신이 머무르는 집에 반드시 대나무를 심으며 "어찌 하루라도 이 분[此君] 없이 지낼 수 있으랴."라고 했다고 한다.
17) 무릎만 펴도 편하니: 도연명「귀거래사歸去來辭」의 "남쪽 창에 기대어 마음대로 노니, 무릎만 펴도 편안함을 느끼네[倚南牕以寄傲 審容膝之易安]"라고 한 데서 온 구절이다.

또 한 수

幽居睹勝得臨湍　좋은 경치 누리려 여울 가까이 지은 조용한 집
碧海靑山一望看　푸른 바다 푸른 산 한눈에 들어오네
時値水風夫月夜　때로 달밤에 바닷바람 불어오면
八窓虛豁興闌干　팔방이 툭 트인 난간에 흥이 도도하도다

또 한 수

島壓馮夷萬頃湍　드넓은 강의 수신水神을 누른 섬에 앉아
戲群鷗鷺坐相看　무리 지어 노니는 갈매기와 해오라기를 바라보네
江湖亦有憂多集　강호에 있어도 우국충정 가득하여
采采汀蘭意用干　물가의 난초 뜯어 군주 뵙기를 구하노라[18]

도안의 회상會上[19]인 풍열豊悅, 희안希顔, 채환採瓛이 각각 차운한 시를 바쳤다.

北臨滄海面江湍　북쪽으로 푸른 바다 굽어보는 강가 섬에서
騷客憑欄盡日看　시인은 난간에 기대어 종일토록 경치를 바라보다
乘興高吟詩一首　흥이 올라 시 한 수 높이 읊조리니
眠鷗驚起碧波干　졸던 갈매기 놀라 물결 푸른 강가로 날아오르네
【豊悅】　　　　　【풍열】

---

18) 강호에…구하노라: 이 부분은 범중엄范仲淹의 「악양루기岳陽樓記」를 원용한 것이다. 「악양루기」에,
　　사람들은 악양루에서 동정호 경치를 바라보며, 흐린 날엔 쓸쓸한 경물에 감응하여 슬퍼하고 화창한
　　날엔 언덕의 지초와 물가의 난초 등의 경물에 감응하여 즐거워하지만, 옛 현인은 조정에서나
　　강호에서나 항상 백성과 임금을 근심했다고 했다.
19) 회상會上: 보통 큰 법회를 의미하나, 중들의 모임인 문도門徒를 지칭하기도 한다. 여기서는
　　회주會主인 도안 이하에 모인 여러 중을 가리킨다.

畫閣丹靑暎碧湍　푸른 물에 비치는 단청한 그림 같은 누각에서
江湖霽景坐相看　비 갠 강호의 경치를 바라보네
詩人天下元無敵　시인이 원래 천하에 적이 없어
割據雲山遙□干　구름 낀 산을 차지하고 세상의 간섭 멀리하네
【豊悅】　　　　　　〔풍열〕

數間茅屋壓淸湍　푸른 여울 굽어보는 몇 칸 모옥에서
湍底游魚箇箇看　여울 바닥에 노니는 물고기가 하나하나 보이네
人事□□□不管　(…)
世間榮辱豈相干　세상의 영광과 치욕 무슨 상관이랴
【豊悅】　　　　　　〔풍열〕

高亭壓島海連湍　바다로 이어지는 여울가 섬에 우뚝 솟은 정자에서
風捲洪濤入戶看　바람에 일렁이는 큰 파도를 지게문을 통하여 보네
新賦初成爲鷗地　갈매기의 심정으로 새로 지은 시 이제 막 완성되니
大夫醒醉豈相干　삼려대부 취했건 깼건 내게 무슨 상관이랴[20]
【希顔】　　　　　　〔희안〕

高樓誰卜碧波湍　푸른 여울가에 높은 누각 지은 사람 누구인가
萬里乾坤只尺看　하늘과 땅 만 리가 지척에 보이네
淸篴數聲添逸興　맑은 피리 소리 몇 줄기에 초탈한 흥취 더하니
始知塵鬧不曾干　더러운 세상사 상관할 바 아님을 비로소 알겠노라
【採臙】　　　　　　〔채환〕

---

20) 삼려대부…상관이랴 삼려대부는 굴원屈原을 가리킨다. 「어부사漁父辭」에서 어떤 어부가 굴원에게,
높은 벼슬아치인 굴원이 어찌 이런 강가에 이르렀냐고 묻자, 굴원은 세상 사람들이 모두 취했는데 나
홀로 취하지 않았다고 대답했다고 한다.

어살에 쓸 작은 거룻배를 단장하여 바다에 띄웠다. ○김시정金時鼎이 우이도로 돌아가기에, 류 대감(류명현)에게 보내는 답장과 간자干字로 운을 한「죽도시竹島詩」와 서문을 써서 보냈다. 또『부주당음付註唐音』4권을 보냈는데, 이것은 류 대감이 요청한 것이다. ○아침 늦게 죽도장을 출발하여, 백치를 거쳐 저녁에 팔마장에 도착했다. 해창촌海倉村 앞에 굶어 죽은 시체가 있었다. 들으니 청계淸溪 사람이 구걸하려고 자루를 들고 나와 돌아다니다가, 이내 다시 생각하여 "길에서 죽는 것보다 집에서 죽는 것이 낫다."라고 말하고는 돌아가 스스로 목을 매고 죽었다고 한다. 또 옥천창玉泉倉 사람 네 명도 굶어 죽었다고 한다. 너무 놀랍고 참혹하다. 지금도 이와 같은데 다가올 일을 알 만하다. 더욱 슬프고 슬프다. ○집에서 밥을 짓는데 솥이 크게 울었다. 해괴하다.

귀라리貴羅里의 윤일尹佾【희僖의 고친 이름】이 숙질로 인해 어젯밤 갑자기 세상을 떴다. 점쟁이들은 모두 묏자리를 잘못 쓴 화로 돌린다. 윤주미尹周美 보甫가 사자嗣子로 삼은 지 겨우 몇 해 만에 갑자기 이런 꼴을 당했으니, 너무나 마음이 슬프다.

1696년 2월. 신묘 건建. 큰달.

죽도의 노래

〔 1696년 2월 1일 정해 〕 맑음

흥아興兒와 함께 윤일尹佾의 궤연几筵에 곡을 했다. 보성寶城의 어른(윤선오 尹善五)께 역방하여 인사드렸다.

〔 1696년 2월 2일 무자 〕 바람 불고 맑음

송정松汀의 이석신李碩臣이 4일 그 아우를 장선동長善洞에 장사지내려고 나에게 만사挽詞를 요청했는데, 나는 마침 일이 많아 흥아에게 대신 지어 써서 보내게 했다. 그 만시挽詩는 다음과 같았다.

小島開新築　작은 섬에 새집을 짓자
仙居喜北南　신선의 거처라고 남북의 사람들이 좋아했지
追隨期永久　영원히 뒤따르기를 기약했건만
人事忽差參　인간사가 갑자기 어긋나
志氣成長夜　의지와 기개는 깜깜한 땅속에 묻히고[21]

---

21) 깜깜한 땅속에 묻히고: 원문의 '장야長夜'는 죽은 뒤 깜깜한 무덤에 묻히는 것을 비유하는 표현이다. 중국 삼국시대 위나라 조식曹植이 지은 시 「삼량三良」에, "눈물을 훔치며 그대의 무덤에

琴書閉舊庵　거문고와 서적은 옛 암자에 갇혔네

傷心最何處　가장 가슴이 아프게도

荊樹冷氄氄　자형나무가 싸늘하게 늘어졌네[22]

○ 김삼달金三達이 왔다. 윤은필尹殷弼이 왔다. 생원 정왈수鄭日壽가 들렀다.

〖 1696년 2월 3일 기축 〗 흐리다 맑음

오늘은 심 감사監司(심단沈檀)의 모친인 고모님의 소상이다. 몸은 천 리 밖에 있는데 어느새 오늘에 이르렀으니 비통함을 무슨 말로 하겠는가. ○ 별진別珍에서 우리 집에 퍼진 마마를 꺼려 하여 오랫동안 연락을 하지 않다가 어제야 비로소 심부름꾼을 보내어 안부를 물어왔다. 그래서 오늘 흥아와 함께 권 야爺(권대운權大運)에게 나아가 문안했는데, 기력이 어느새 예전만 못하다. 아흔에 가까운 연세이니 이상할 건 아니지만, 석방 명령을 환수還收하라는 계啓가 아직 그치지 않아 매우 염려된다. 덕장德章 대감(권규權珪)이 마침 부친을 뵈러 와 있기에 한나절 느긋하게 이야기하다 돌아왔다.

〖 1696년 2월 4일 경인 〗 아침에 가랑비. 오후 맑음

지난해 7월부터 지금까지 가물어서 우물과 샘이 다 마르고 보리 싹이 나지 않으니 정말 걱정이다. ○ 윤시상尹時相을 불러서 편안히 이야기 나누었다. 이만영李晩英이 왔다. ○ 본 군에서 거둔 곡식을 헤아려 굶주린 백성을 구제하기 시작했다. 조건 없이 어른에게는 벼 1말 반, 아이에게는 1말을 지급

올라, 무덤가에서 우러러 길게 탄식하네. 긴 밤은 그 얼마나 어두울까, 한번 가면 다시 돌아오지 않네[攬涕登君墓 臨穴仰長嘆 長夜何冥冥 一往不復還].'라고 한 데서 비롯된 말이다.

22) 자형나무가 싸늘하게 늘어졌네: 원문의 '자형나무[荊樹]'는 형제간 우애를 비유하는 시어로서, 자형나무가 싸늘하게 늘어졌다는 것은 곧 상사喪事에서 형제들이 크게 슬퍼하는 것을 강조하는 표현이다.

했는데, 열흘 치 양식이라 한다.

〔 1696년 2월 5일 신묘 〕 맑음

아침 식사 후 출발하여 윤시상을 역방했다. 좌중에 윤□□尹□□라는 자가 있었는데, 이 사람은 유역酉役[23]에 몰두하느라 나를 만나지도 않았고 내가 상을 당했는데도 조문하는 말 한 마디가 없었다. (…) 이렇게 마주치니 서로 정이 전혀 없어 우습기만 하다. ○외숙(이락李洛)께 역방하여 인사드렸다. 화증火症이 더욱 심해지셨으니 매우 걱정스럽다. 듣기로, 권 상相(권대운)의 석방 명령을 환수하라는 계가 그쳤다고 한다. 다행이다. 저녁에 죽도장竹島庄에 당도했다. 성덕기成德基 3형제(성덕기, 성덕징, 성덕항)가 밤에 방문했다가 돌아갔다.

〔 1696년 2월 6일 임진 〕 맑음

성 생生 3형제, 윤무순尹武順, 최남준崔南峻, 윤필신尹弼莘이 왔다. 성 생 3형제가 밤에 또 왔다가 돌아갔다.

〔 1696년 2월 7일 계사 〕 바람 불고 맑음

아내와 김녀金女(김남식金南拭의 처, 윤이후의 딸)가 영암에서 죽도로 나왔다. 이곳의 풍경을 보고 싶어 해서이다. 흥아가 데리고 왔다. ○성 생 3형제가 왔다.

〔 1696년 2월 8일 갑오 〕 흐리다 맑음. 바람 붊

이성爾成이 그 모친을 모시고 와서 만났다. 내가 노奴와 말을 보내어 맞이해 온 것이다. 축민丑民의 누이가 왔다. ○윤국미尹國美, 박운장朴雲章, 박민

---

23) 유역酉役: 관청의 공적 업무를 가리키는 말로 추측된다. 관리들은 묘시卯時(오전 5~7시)에 출근하고 유시酉時(오후 5~7시)에 퇴근하도록 법으로 규정되어 있으며, 이를 묘사유파卯仕酉罷라 한다.

규朴敏規 및 성 생 3형제가 왔다.

〔 1696년 2월 9일 을미 〕 맑았다 흐림. 바람 붊

윤 서흥瑞興(윤항미尹恒美), 선달 윤징미尹徵美가 왔다. 이복이 왔다. 성 생 3형제가 왔다. ○이성의 모친과 축민의 누이가 갔다.

〔 1696년 2월 10일 병신 〕 흐리다 맑음. 바람 붊

최남준崔南峻, 김한일金漢一이 왔다. 이서李曙가 왔다.

〔 1696년 2월 11일 정유 〕 맑음

아내와 딸이 학동鶴童의 감기 때문에 지체하여 머물다가 오늘 돌아갔다. ○괘망掛網[24]을 얽기 시작했다. 최남준崔南峻, 최남일崔南一, 최남오崔南五, 최남기崔南箕, 최주민崔柱岷이 와서 모여 함께 했다. 박승문朴承文, 윤천미尹天美, 윤신미尹信美, 윤세장尹世章, 윤세정尹世貞, 윤세의尹世義, 윤익재尹益載가 왔다. 두 성 생이 밤에 왔다 돌아갔다. ○권 야爺(권대운)가 어제 병영兵營의 덕장德章(권규)이 있는 곳으로 옮겼는데, 나는 마침 이곳에 있어 만나 뵙고 작별하지 못했으니 한스럽다.

〔 1696년 2월 12일 무술 〕 맑음. 늦은 아침 후로 바람 붊

최남일崔南一, 최남오崔南五, 최남칠崔南七, 최남기崔南箕가 왔다. 최남표崔南杓가 왔다. 성 생 3형제가 왔다. 윤 강서江西(윤이형尹以亨)가 단자운湍字韻에 다음과 같이 차운했다.

崔魄快閣枕流湍　높이 솟은 시원한 누각이 흐르는 여울을 베고
萬里滄溟眼底看　끝없이 넓은 바다가 눈 아래 들어오네

---

24) 괘망掛網: 바다가 육지로 깊이 들어온 곳에 설치하는 그물이다. 조기잡이에 많이 쓴다.

宦海通津頭已棹　벼슬살이 요직 거쳐 고개 이미 돌렸으니

暮年身世寄斯干　늘그막의 인생이 여기서 편안하고 즐겁겠구려[25]

또 한 수

君家別業近湖湍　군君의 별서別墅가 호수와 여울에 가깝다기에

勝地風光願一看　아름다운 곳 풍광을 한번 보고 싶어

忘却此身羈澤畔　이 몸이 물가의 유배객인 것을 잊고

任敎歸夢到江干　돌아가는 꿈속에서 마음대로 강가에 이르렀다오

또 한 수

竹島淸光暎碧湍　죽도竹島의 맑은 풍광 푸른 물에 비치면

小亭開處去來看　작은 정자 지은 곳에서 오며 가며 보겠구려

身隨向島江湖樂　이 몸도 죽도에서 강호를 즐긴다면

念斷紅塵利祿干　속세의 이익과 벼슬을 생각지 않으련만

병자년 1월　일 택반澤畔의 병든 늙은이

그 아들 진사 윤관尹寬이 차운했다.

別區烟月繞淸湍　별천지 멋진 풍경을 둘러싼 맑은 여울

披竹誅茅亦可看　대나무 숲에 지은 초옥 또한 볼만한데

---

25) 늘그막의…즐겁겠구려: 원문의 '사간斯干'은 편안하고 즐겁다는 뜻으로, 『시경』「소아小雅 사간」시의 "여기서 편안히 살고 저기서 편안히 있으며, 여기서 즐거이 웃고 저기서 즐거이 말하도다[爰居爰處 爰笑爰語]."라고 한 데서 원용한 말이다.

最是主人垂鶴髮　무엇보다 아름다운 건, 주인이 백발을 늘어뜨린 채

白鷗爲友釣江干　흰 갈매기 벗 삼아 강가에서 낚시를 드리운 것

또 한 수

竹影環山倒碧湍　대 그림자 산을 둘러 푸른 여울에 비치면

琴書窓外對常看　거문고와 책을 벗 삼던 창밖으로 늘 마주 굽어보네

暮年福地誰爭子　만년의 복된 곳, 그 누가 그대에 견주랴

擧世滔滔祿漫干　온 세상 누구나 부질없이 복록만 구하는데

【 1696년 2월 13일 기해 】 맑음

성 생, 최남준이 왔다. ○죽도에서 출발하여 해창에서 외숙의 행렬을 만났다. 말에서 내려 잠시 이야기를 나누었다. 그대로 해창 관사館舍로 들어가 평파정平波亭에서 잠시 쉬었는데, 역시 경관이 빼어났다. 외숙(이락)이 다시 돌아왔다. 백치에서 말을 먹이고 저녁 무렵 집에 도착했다.

해창마을 전경. 전남 해남군 화산면 해창리

〖 1696년 2월 14일 경자 〗 가랑비가 겨우 먼지를 축일 정도 내림

오랜 가뭄 끝에 비가 오려다가 도로 그쳐 버렸으니 개탄스럽다. 정광윤鄭
光胤이 기민별유사飢民別有司로서 지난번 여러 섬에 갔다가 돌아왔다. 김삼
달이 왔다. ○딸이 괴산으로 돌아가고 싶어 했으나, 도중에 도적을 만날까
걱정되어 타일러 머무르게 했다. ○내 죽도시竹島詩 단자운湍字韻에 화답해
준 이가 많으므로, 내가 한 권으로 묶어 훗날 보고 싶을 때 얼굴 대신 보려
고 손수 책자를 장정하고 겉면에 '죽도창수록竹島唱酬錄'이라고 써 넣었다.
비록 후세에 전하기에 많이 부족하지만, 내가 한가로운 가운데 한 일을 자
손에게 알리는 것도 좋을 것 같다.

〖 1696년 2월 15일 신축 〗 맑음

윤시상, 윤순제尹舜齊, 윤익성尹翊聖이 왔다.

〖 1696년 2월 16일 임인 〗 맑음

정광윤이 왔다. ○아침 식사 후 팔마장八馬庄을 출발하여 백치에 역방하여
인사드리고 저녁때 죽도에 도착했다. 성덕항, 성덕징이 왔다.

〖 1696년 2월 17일 계묘 〗 맑음

정선택鄭善擇이 우이도牛耳島에서 돌아와 류 대감(류명현柳命賢)의 답장과
역서曆書 3건을 전해 주었다. (…)

(…)□□도□□島의 배가 돌아와 형의 답장을 받고 여러 번 보니 답답함이
씻겨 나갑니다. 잔 추위가 여전한데 편안히 계시다는 것을 알고 더욱 위
로가 됩니다. 여기는 늙고 어린 사람 모두 여전히 보전하고 있으니 다행
입니다. 하지만 바닷가 날씨는 봄이 되어 더욱 고약해 문을 닫고 웅크려

끙끙거릴 뿐입니다. 지금은 정신과 기력이 골골하여 죽은 사람과 같습니다. 귀밑머리와 수염은 눈처럼 세었고 치아는 다 빠져 세상 취미는 모두 다했으니 다시 무슨 수가 있겠습니까.

우리는 모두 늙어 세상일과는 아무 관계가 없으니 혹 고요하고 조심스러운 곳을 얻어 늘그막을 즐긴다면 세상에서 가장 큰 유쾌함이라 할 수 있겠습니다. 그러나 저는 멀리 떨어진 곳에 유폐되어 있으면서도 목숨이 오히려 남들의 몇 마디 입놀림에 달려 있으니, 비록 상주常州 양선현陽羨縣의 땅이 있다 해도 눈 감기 전에 풀려나지 못했던 소식蘇軾의 상황[26]을 두려워하는 처지입니다. 형은 바닷가에 맑고 빼어난 곳을 얻으시어 도구菟裘[27]를 영위하며, 또 듣기로 집을 짓고 배를 띄우며 음악을 연주하면서 청도清都[28]의 생활을 하신다니, 이 몸이 바닷가의 정자에 올라 형과 함께 한 번이라도 손을 잡고 훌륭한 글을 써 보지 못하는 것[29]이 그저 한스러울 뿐입니다. 마치 왕유王維가 망천輞川에서 배적裵迪을 맞아 왔던 옛일[30]이 사람으로 하여금 신바람 나게 하는 것과 같습니다. 형이 만년에 얻은 두터운 복이 부럽습니다.

기문記文은 여유 있고 장중하며, 시편詩篇은 맑고 유려하여 두세 번 읊으니 방 안 가득한 빛을 문득 깨닫습니다. 저는 근심하고 슬퍼하면서 붓과 벼루를 버린 지 오래이며, 또한 죄를 생각하면 간신히 붙어 있는 목숨으

---

26) 상주常州…상황: 송나라 때 소식은 혜주惠州 등 여러 곳에서 유배 생활을 하다가 큰아들 소매蘇邁가 살던 상주의 양선현에서 숨을 거두었다. 일반적으로 양선현은 비옥하고 살기 좋은 지역의 대명사이지만 유배된 소식에겐 불우한 곳이었음을 가리킨다.

27) 도구菟裘: 노로나라의 고을 이름으로, 벼슬을 내놓고 은거하는 곳이나 노후에 여생을 보내는 곳을 말한다. 노로 은공隱公이 도구에서 노년을 보내려 했다는 고사가 『춘추좌씨전』 은공 11년 조에 나온다.

28) 청도清都: 옥황상제가 사는 궁궐이다.

29) 훌륭한…것: 원문은 '운연雲煙'으로 구름이나 연기가 자유자재로 약동하는 것을 가리키는데, 필세筆勢의 자연스러움을 비유한 것이다. 두보杜甫가 쓴 「음중팔선가飮中八仙歌」에 서예가 장욱張旭의 필선을 운연에 비유한 구절이 나온다.

30) 왕유王維가…옛일: 왕유와 배적裵迪은 모두 당나라 때의 문인이다. 왕유가 망천輞川에 집을 짓고 은거했는데, 왕유의 벗 배적도 왕유와 함께 망천에 은거하면서 유람하며 시를 짓고 금주琴酒를 즐겼다고 한다.

로 글을 짓는 것은 분수에 맞지 않습니다. 그러나 형이 비록 유배되는 것을 면했다 하더라도 역시나 궁벽한 곳에 있어, 같은 처지에 있는 사람끼리 서로 글을 지어 주고받는 것도 의리義理에 큰 해악이 되지는 않을 것 같으니, 천천히 파계破戒하며 서툰 솜씨로 시를 지어, 마주하는 즐거움을 대신해 볼까 합니다.

『당시唐詩』4책은 잘 받았습니다. 정선택鄭善擇이 돌아갈 것이니, 이 사람을 마주하면 유배지의 소식을 다 알 수 있을 것입니다. 아파서 이만 줄입니다.

병자년(1696) 2월 6일 남도南島의 누제纍弟

〔 1696년 2월 18일 갑진 〕 바람 불고 맑음

최남일, 최남오, 최남칠이 와서 그물 짜는 일을 마쳤다.

〔 1696년 2월 19일 을사 〕 바람 불고 맑음

외숙(이락)이 오셨다. 이대휴李大休, 진욱陳稶, 윤선용尹善容, □□□, 김망구金望久, 김익환金益煥이 왔다. 두 성 생이 밤에 왔다가 돌아갔다.

〔 1696년 2월 20일 병오 〕 밤부터 비가 내림. 저녁 내내 가랑비가 왔는데 한 보지락 정도 내림

7월부터 가물어 우물과 샘이 모두 마르고 보리의 싹이 나지 않았다. 때맞춰 단비가 갑자기 내려서 마른 곡식들이 모두 소생하니 사람들의 마음이 조금 여유가 생겼다. 시가市價도 올랐다. 한번 내린 비가 천금과 같다는 것은 이러한 경우를 말하는 것이다. 두 성 생이 왔다.

〔 1696년 2월 21일 정미 〕 흐림

두 성 생, 최남일, 박창문朴昌文, 윤무순, 윤선시尹善施, 윤성민尹聖民, 나주의 김세귀金世龜가 왔다. 윤무순과 나주의 김세귀가 매우 간절하게 논을

사 달라고 청했으나 능력이 안 되니 어쩌겠는가. 설 쇠기 전에는 좋은 논의 값이 평소 10여 섬이던 것이 5, 6섬에 지나지 않았고, 설 쇤 후에는 3, 4섬으로 내려갔다가 지금은 2, 3섬으로 줄었다. 그런데도 쌓아 둔 것이 없어 응하지 못했다. 다른 사람들도 쌓아 둔 곡식이 없다. 나 역시 곡식이 다 떨어진 줄 모르고 논을 가진 자들이 번번이 내게 자기들 논을 사 주길 청하는데, 괴롭다.

〔 1696년 2월 22일 무신 〕 흐림

윤선시가 갔다. 죽도에서 동쪽으로 1리쯤 떨어진 두모동頭毛洞에 10마지기 정도의 작은 제언堤堰이 있는데 둑이 무너져 쓸모가 없게 되었다. 주인인 좌수座首 박사문朴思文이 보수할 능력이 없어 그 땅을 사 달라고 긴히 청했다. 나는 6섬의 벼로 바꾸고 봉저리峰底里에서 22명, 가좌리可佐里에서 40명, 저천리苧川里에서 50명을 불러 모아 둑을 보수했다. 나와 세 성 생이 가서 보았다. 김망구, 김익환, 민몽벽閔夢璧, 해창감海倉監 민효술閔孝述, 대장代將 박진혁朴震赫, 최남준, 최남일, 최남칠이 왔다. 해 질 무렵 일을 마치고 돌아왔다. 성 생 3형제가 밤에 다시 왔다. 둘째 성 생(성덕항)이 머물러 숙위했다.

두모동 제언 보수

두모동은 죽도 인근 10마지기 정도를 수용하는 작은 제언으로서, 둑이 파손되자 원 주인인 좌수 박사문이 수축할 여력이 없어 이를 윤이후가 매득하였다. 처음에는 보수만 했으나, 1697년 봄 언전堰田(제언 내부의 농지)을 넓히기 위해 둑을 뒤로 물려 쌓는 공사를 벌였다(1697년 3월 16일~윤3월 15일). 특히, 관에 정소하여 인근 주민을 역군으로 동원할 것에 대한 허가를 얻은 사실도 기록되어 있어 흥미롭다. 매일매일 동원된 역군의 숫자와 이들에게 내어 준 술의 양도 기록되어 있다.

〔 1696년 2월 23일 기유 〕 맑음

외숙이 왕림하셨다. 이징휴李徵休, 이대휴, 권붕權朋, 진욱이 따라 왔다. 성생 3형제도 왔다. 지난번에 만든 작은 배를 타고 느긋하게 노닐었다. ○ 최남준과 윤성리尹聖履가 왔다. 윤세장尹世章, 윤세정尹世貞, 윤경리尹敬履가 밤을 무릅쓰고 역방했다. 성생 3형제가 다시 왔다 둘째 성생(성덕항)이 머물러 숙위했다.

〔 1696년 2월 24일 경술 〕 맑음

죽도에서 출발했다. 노老 성 생원(성준익)께 역방하여 인사드렸다. 간단히 밥을 내어 대접하는데, 내일이 생신이라서 자제들이 차린 것이다. 외숙(이락)께 역방하여 인사드리고, 해 질 무렵 팔마장에 도착했다. 김정진金廷振이 어제 이미 와서, 숙위했다.

〔 1696년 2월 25일 신해 〕 맑음

김정진이 갔다. 윤순제가 왔다.

〔 1696년 2월 26일 임자 〕 흐림

윤남미尹南美가 왔다. 이백爾栢이 와서 유숙했다. 윤기업尹機業, 윤은필尹殷弼이 왔다. 그들 역시 유숙했다.

〔 1696년 2월 27일 계축 〕 밤에 비가 잠시 뿌림

새벽에 기제사를 지냈다. 삼년상을 지낸 후 첫 기제사가 훌쩍 이르렀으니, 망극함을 어찌 말할 수 있겠는가? 이백이 제사에 참여했다가 식후에 갔다. 윤기업과 윤은필도 갔다. ○ 도갑사道岬寺의 승려 성습性習이 작년 관노비를 추쇄할 때 나의 주선에 도움을 받은 바가 있어 지난번에 상좌를 보내

어 장지壯紙 1속을 바치기에 내가 물리쳤는데, 오늘 와서 만났다. 은덕을 잊지 않는 그의 마음이 진실로 남다르다. ○ 참군參軍 외숙(이락)의 화증火症이 점점 심해져 편안히 거처하실 수 없어 어제 서울행을 떠나, 오늘 역방하여 점심을 드셨다. 이징휴와 이대휴가 따라 왔다. 이징휴는 모시고 가고, 이대휴는 남아서 돌아갈 것이라고 한다. ○ 송창우宋昌佑가 와서 유숙했다.

〖 1696년 2월 28일 갑인 〗 어제 저녁부터 내리던 비가 저녁 무렵에야 그침

서포鼠浦의 노奴 해철亥哲이 벼 25섬을 바치며 속신贖身[31]하려 하여 문서[牌子]를 만들어 주었다. 내가 이런 흉년을 만나 식량이 부족하여, 속신을 허락한 것이다.

〖 1696년 2월 29일 을묘 〗 소나기가 간혹 뿌리다가 오후에 바람이 심해지고 우박이 내림

이복爾服이 둘째 딸의 혼례를 (…) 치러, 홍아가 가서 보고 저녁에 돌아왔다. 신랑은 나주의 나재회羅載繪. 송창우가 왔다. ○ 집 앞에 9마지기 논이 있는데, 이수제李壽齊의 소유이다. 그 처남 김세귀가 나주 땅과 맞바꾸어 와서는 매우 간절하게 팔고 싶다고 청했다. 노奴들도 힘써 권하기에 하는 수 없이 벼 18섬을 주고 샀다. 곡식에 여유가 있어서가 아니라, 집 앞의 논을 사지 않으면 아쉬울 것 같아 어쩔 수 없을 따름이다.

〖 1696년 2월 30일 병진 〗 약간 맑음

홍아의 처가 권 야(권대운)께 근친觀親하기 위해 병영兵營으로 갔다. 과원果願이 따라 갔다. ○ 최유기崔有基가 왔다. 해남의 노老 임후석林厚錫이 왔다. ○ 이 마을 노비들의 굶주림이 매우 심하여 지난번에 남녀를 불문하고 각기 벼 1말씩을 주었고 28일에도 그렇게 했다. 마을 안의 노비가 아닌 사람에게도 모두 나누어 주었다. 이 어찌 연명하기에 충분한 양이겠는가? 눈

---

31) 속신贖身: 노비가 대가를 지불하고 노비 신분에서 벗어나는 것을 이른다.

앞의 참상을 차마 못 본 척 할 수 없어 그저 한때의 긴급함을 구제한 것일 뿐, 비축한 곡식이 부족해 뜻대로 하지는 못했다. 아랫사람들이 다칠까 염려하는 한탄[32]을 어찌 이루 말할 수 있겠는가?

---

32) 아랫사람들이…한탄: 원문의 '如傷之歎'은 『맹자』 「이루 하離婁下」에, "문왕은 백성을 다치지나 않을까 살펴보았고, 도를 보지 못할까 바라보았다[文王視民如傷 望道而未之見]."라는 구절을 참고할 수 있다.

암행어사가 하는 짓

〖 1696년 3월 1일 정사 〗 아침에 비. 오후에 눈이 뿌리고 바람이 심하게 붊

새벽에 승의랑承議郞 조고祖考(안계선安繼善)의 기제사를 지냈다. ○이만영李晩榮, 송기현宋起賢, 윤시상尹時相이 왔다. ○죽도에 어망을 걸어 놓은 후, 지난번에는 물고기 두 마리를 잡았고 오늘 또 여덟 마리를 잡았으니 재미라 할 만하다. ○흥아興兒의 처는 그대로 권 상相(권대운權大運)의 우소寓所에 머물고, 과원果願은 먼저 돌아왔다.

　　○죽도 주인장의 시에 차운하여 정자에 쓸 시를 보냄[次竹島主人丈韻 寄
　　題亭上]

　　　天光雲影媚朝湍　하늘빛 구름 그림자 아름다운 아침 여울
　　　漾碧平湖十里看　푸른 물결 넘실대는 십 리 너른 호수 바라보네
　　　小島汀洲元絶勝　작은 섬과 강가 모래톱이 원래 절경인데
　　　何人更倚竹闌干　거기다 정자 지어 대나무 난간에 기댄 사람 누구인가

613

다시 한 수

浦頭潮急響奔湍　포구 머리에 파도 급하고 여울물 소리 울리면
獨上危亭作意看　높은 정자에 홀로 올라 의미 있게 바라보네
已息機心隨海鳥　기심機心은 이미 사라지고 갈매기 따라 노닐며
莫將名利更相干　세상의 명리에 다시 상관하지 않으리라

병자년(1696) 2월 화산花山³³⁾ 권중경權重經 지음

〔 1696년 3월 2일 무오 〕 맑음

김삼달金三達이 왔다. 좌수座首 김기주金起冑【김현주金玄冑로 개명】가 왔다.

〔 1696년 3월 3일 기미 〕 한식. 맑음

송창우宋昌佑가 갔다. ○홍아가 적량赤梁으로 가고, 나는 문소동聞簫洞 묘제
를 지냈는데 묘제가 우리 집 차례였기 때문이다. 차례를 맞은 집은 부모의
산소로 가지 않고, 반드시 직접 가서 설행해야 한다. 이것이 우리 조고祖考
(윤선도尹善道)께서 정하신 법이다. 이 때문에 몸소 제사를 지낸 것이다. 윤
이복尹爾服이 와서 제사에 참여했다. 나는 그대로 죽도 별서로 돌아왔다.
성덕기成德基가 왔다.

〔 1696년 3월 4일 경신 〕 흐리다 맑음

성덕기, 성덕항成德恒, 윤천우尹千遇, 김익환金益煥, 윤국미尹國美, 윤세장尹
世章이 왔다.

---

33) 화산花山: 안동의 화산을 이른다.

〖 1696년 3월 5일 신유 〗 밤부터 비가 내려 저녁까지 그치지 않음

성成 생生이 비에 막혀 오지 않았다. 문을 닫고 홀로 앉아 있자니 근심과 울적함을 견딜 수 없어 그 자리에서 시 1수를 지어 성 생에게 보냈다.

> 草堂非熱門　초당은 열문熱門이 아니라
> 今雨宜無客　지금 비도 오고 손님이 없는 것이 당연하나
> 諸君豈世情　제군이 어찌 세상 인정과 같을 수 있는가
> 獨自吟愁寂　홀로 근심과 울적함을 읊어 보네

이날 밤에 두 성成이 와서 잤다. ○ 며칠 전에 처음 어살漁箭을 넣으면서 술과 떡을 갖추어 제사를 지냈다. 어살에 대한 규례가 이와 같다고 하니 부득이 따른 것이다.

〖 1696년 3월 6일 임술 〗 가랑비가 그치지 않고 거센 바람이 밤새도록 붊

어살을 맡은 이천학李千鶴이 생어生魚 5마리를 가지고 와서 바쳤다. 이것이야말로 강호에서 누릴 수 있는 재미다.

〖 1696년 3월 7일 계해 〗 흐리다 맑음

늦은 아침에 죽도 별서에서 출발하여 송정松汀과 백치白峙에 들렀다가 저녁에 팔마장八馬庄으로 돌아왔다. ○ 암행어사인 홍문관 교리 김시걸金時傑이 지난번에 병영兵營에 도착하여 4일을 머물렀다가, 강진에 가서 만덕사萬德寺를 탐문한 뒤 해남에 도착하여 10일을 머물고 어제 수영水營에 들어갔다. 지금 진정賑政을 펼치는데도 길에 굶어죽은 시체가 많다. 암행어사가 이를 조사하여 처벌하지 않으니 가소롭다.

〔 1696년 3월 8일 갑자 〕 흐림

윤시상尹時相, 윤시한尹時翰이 왔다. ○김석망金碩望이 서울에서 돌아와 아이들의 편지를 전해 주었고, 또 고금도에서도 편지를 전해 왔다. 연이어 안부 편지를 받으니 기쁘다. 들으니, 원상하元相夏가 지난달 9일에 숙질로 갑자기 세상을 떴다고 한다. 슬프고 슬프다. 한림翰林 이수인李壽仁이 세상을 떴다고 하니 가엽다. ○이조吏曹 서리 이원적李元迪이 청장력靑粧歷 1건을 보냈다.

〔 1696년 3월 9일 을축 〕 흐리고 비가 간간이 흩뿌림

아침에 팔마를 출발했다. 대치大峙를 넘어서 강진의 동문 밖에 있는 비婢 용덕龍德의 집에서 말을 먹였다. 해 질 무렵 장흥의 동문 안에 있는 진사 이제억李濟億의 적소謫所에 도착했다. 이제억은 송시열宋時烈의 도봉서원道峯書院 배향에 대한 척소斥疏의 소두疏頭였기 때문에 유배되었다. 어려운 상황에 만나게 된 기쁨은 말하지 않아도 짐작될 것이다. 저녁 식사 후, 광양현감 임후석任後錫의 영궤靈几에 조문하러 갔다. 임任은 광양현감에 체직되었다가, 지난 동짓달에 세상을 떠났다. 극인棘人 임숙任橚과 임항任杬이 조문을 받았고, 그 노부老父 임△△는 나이가 거의 80세에 이르렀음에도 정성스레 예의를 다했다. 나는 이제억의 처소로 돌아와서 잤다.

〔 1696년 3월 10일 병인 〕 흐리고 비가 간간이 흩뿌림

노老 임△△와 임숙이 왔기에 만났다. ○아침 식사 후에 길을 떠났다. 길에서 전적典籍 김태정金泰鼎을 만나 함께 병영에 갔다. 권 상相(권대운)을 뵙고 한참 동안 있다가 일어났다. 영암 서문 밖에 있는 윤 강서江西(윤이형尹以亨)의 적소로 갔더니, 김석망의 집으로 옮겨 가 있었다. 그대로 유숙했다.

〔 1696년 3월 11일 정묘 〕 흐렸다 맑음

내가 김무金瑂에게 사람을 보내 문안했더니, 곧바로 내방했다. 맹인 천재영千載榮도 왔다. ○아침밥을 먹고 출발했다. 길에서 임극무林克茂, 김동옥金東玉을 만났다. 또 금릉金陵(강진) 수령(최정룡崔廷龍)을 마주쳤는데 무위사無爲寺에서 관아로 돌아가는 길이었다. 잠시 길가로 피했다. 석제원石梯院에서 말을 먹였다. 서태중徐泰重을 만나 잠시 대화했다. 저녁에 팔마장에 당도했다. 홍서가 병영에서 며느리(홍서 처)를 데리고 돌아왔다. 권 상(권대운)이 오후에 길을 떠났다고 한다. ○암행어사는 가는 곳마다 미적대며 머물렀다. 어제는 무위사에 묵고 이어서 방향을 틀어 도갑사道岬寺로 갔으며 제 맘대로 유람하면서 무쉬武倅들에게 의복 등의 물건을 받아내어 항상 말 10여 마리의 짐을 지니고 다닌다고 한다. 그 하는 짓이 놀랍지 않은 것이 없다. 정말 한심하다.

〔 1696년 3월 12일 무진 〕 흐렸다 맑음

나주의 김필상金弼商이 왔다. 연동의 윤기미尹器美가 왔다. ○진도의 정 대감(정유악鄭維岳)이 보낸 편지와 「죽도서기竹島序記」를 받았다. 내용은 다음과 같다.

함평 윤재경尹載卿(윤이후)은 고산孤山 노선생老先生(윤선도)의 손자이다. 어릴 때부터 집안의 가르침을 몸에 익혀 그 행실과 품은 뜻에는 사람들이 미치지 못하는 것이 많지만 남들은 잘 알지 못한다. 중년에 과거에 합격하여 조정에 출사했으나 세인들이 추구하는 것을 달갑게 여기지 않았고 이 때문에 세인들 역시 좋은 자리로 올려 주고 끌어 주는 자가 없었다. 함평현감을 지내다가 관복을 벗고 영암 팔마촌八馬村 농사農舍로 돌아와 살다가 얼마 후 화산花山 죽도 바닷가에 별천지를 얻었다. 섬에 대나무가 많아서 현지인들이 섬 이름을 죽도라고 부른 것이다. 후한 값으로 사서 대숲을 트고 초당 3칸을 지으니 끝없이 너른 바다에 바람과 파도가 일고 원근의 섬들이 모두 주렴 밖에 놓여 있어, 속세의 시끄러움이 이르지 못했다. (…) 빼어난 경관으로 이름을 얻은 공사公私의 누대樓臺, 정사亭榭들도 모두 여기에 미치지는 못한다.

재경은 명문가 사람으로서 순수하고 빈틈없는 행실이 있고 비록 벼슬자리에서의 명성과 공적이 당대에 크게 드러나지는 못했지만 줄 지은 다섯 아들에 여러 손자들이 앞을 가득 매우고 나이 예순을 넘어서도 건강은 젊을 때 못지않으며 대대로 내려오는 가업家業이 본디 넉넉하여 집안에 양식이 끊이지 않고 이 같은 빼어난 땅을 얻어 강과 바닷가에서 여유롭게 노니니, 세간에서 말하는 청복淸福을 모두 가진 것이다. 사람들이 칭송하면서도 부럽게 만든다. 하지만 조물주는 장난을 좋아하여 왕왕 허깨비 같은 관작을 가지고 사람을 속세의 험지로 몰아가니, 모르겠다, 재경이 능히 조물주의 장난을 벗어나 고고히 초당草堂에 누워 끝까지 죽도의 주인으로 남을 수 있을지.

함평 윤재경이 죽도에 초당을 짓고 내게 절구를 보여 주기에 내가 화운하여 그 집 벽에 걸 글씨를 보내 주었는데, 지금 또 매우 간절히 초당기草堂記를 얻고자 하므로 결국 몇 줄 써서 부탁에 응한다.

병자년(1696) 중춘仲春(2월) 정길보鄭吉甫(정유악) 씀

〖 1696년 3월 13일 기사 〗 맑음

정광윤鄭光胤이 왔다. 아침에 팔마를 출발했다. 길에서 윤천우尹千遇, 윤이우尹陑遇와 마주쳐 함께 윤시상尹時相의 집으로 들어갔다. 잠깐 있다가 일어나 해 질 무렵 죽도 별서에 도착했다. 성덕항이 저녁에 왔다가 다시 갔다. 김정진金廷振이 와서 유숙했다.

○삼가 죽도 시에 차운하여 지암支菴(윤이후)께 드림

鰲頭一角落層湍　자라 머리 한 귀퉁이 층층이 여울져 떨어지는 곳
幾人尋常過客看　무심코 지나던 객이 얼마나 들어가 봤던가
仙境由來知有待　선경仙境이 원래부터 기다린 것을 알고
跨虛新起小闌干　허공 높이 작은 정자 새로 지었네

또 한 수

琅玕爲島錦爲湍　낭간琅玕은 섬이 되고 비단은 여울 되니
光景渾如畵裏看　경치가 마치 그림 속 풍경을 보는 듯
好事主翁開小檻　일을 좋아하는 주인 늙은이가 작은 정자를 지으니
外間消息絶來干　바깥소식은 절대로 들어와 간여하지 못하네

호칩壺蟄【윤천임尹千任이 병치瓶峙에 살았기에 이렇게 말함】 삼가 씀

〔 1696년 3월 14일 경오 〕 보슬비가 내림

윤이송尹爾松이 왔다. 나무를 접붙이기 위해 부른 것이다.

〔 1696년 3월 15일 경오 〕 바람 불고 흐림

어제와 오늘 배나무 7그루와 감나무 4그루를 접붙였다. ○ 김 별장金別將(김정진)과 윤이송이 갔다. 이대휴李大休, 진욱陳稶, 윤수장尹壽長이 왔다. 성덕징成德徵이 밤에 왔다가 돌아갔다.

〖1696년 3월 16일 임신〗 바람 불고 맑음

어제 동백冬栢과 비자榧子, 단풍목丹楓木, 굴갈목屈曷木, 가시목加時木, 생단목生檀木을 대둔사大芚寺 골짜기에서 캐서 오늘 정자의 앞과 산정山頂의 여러 곳에 심었다. 또 동백 3그루를 백수헌白壽憲에게 얻어서 정자의 동쪽에 심었다. ○성덕기가 왔다. ○연동 이 첨사僉使(이만방李晩芳)의 노노奴가 서울에서 돌아와 두아斗兒의 편지를 전해 주었다. 전부典簿 형님(윤이석尹爾錫)의 담사禫祀를 1일에 지냈다고 한다. 비통함이 더욱 간절했다.

〖1696년 3월 17일 계유〗 흐림

박원귀朴元龜와 김시중金時重이 왔다. 성덕기成德基가 왔다. 최남기崔南箕가 왔다.

〖1696년 3월 18일 갑술〗 맑음

이대휴李大休, 권붕權朋, 윤선용尹善容, 최남일崔南一, 최남오崔南五가 왔다. 성덕기와 성덕징 그리고 찾아온 손님들을 데리고 염소簾所로 걸어갔다. 가는 길에 윤경리尹敬履를 만나 함께 갔다. 윤세형尹世亨이 뒤쫓아 왔다. 죽도에서 염소까지 거의 15리쯤 되는데 걷는 것은 힘들지 않았지만 땀에 옷이 젖었다. 내가 이렇게나 늙었다. 염소에 도착한 뒤에도 물때가 아직 멀어 이대휴, 권붕, 윤선용尹善容은 돌아갈 길이 깜깜해질까 걱정하기에 먼저 점심을 차려 아침에 잡은 오징어만 삶아서 대접했으나 먼저 일어나서 급히 가니 안타까웠다. 저녁 무렵 조수가 물러나자 물고기 수십 마리를 잡아 여러 손님에게 대접했다. 실컷 먹지는 못했지만 무료함은 면할 수 있었다. 해가 저문 뒤에 밤길을 무릅쓰고 죽도로 돌아왔다. 홍아의 편지와 서울 종아宗兒의 편지를 보고 위로가 되었다. ○안형상安衡相이 17일에 모친상을 당했는데 63세의 노인이 상중에 있으니 정말 걱정이다.

〔 1696년 3월 19일 을해 〕 맑음

윤신미尹信美가 왔다. 성덕기가 왔다. 성덕항이 저녁에 왔다.

〔 1696년 3월 20일 병자 〕 맑음

성덕기가 작년에 아들을 낳았는데, 오늘 아침 갑자기 죽어 내가 늦은 아침에 가서 위로했다. ○나주의 정민鄭旻이 와서 그대로 유숙했다. 윤익재尹益載가 들렀다.

〔 1696년 3월 21일 정축 〕 맑음

정민이 백포白浦로 돌아갔다. 이석신李碩臣, 김망구金望久, 김익환金益煥, 김익상金益相, 임세주林世柱, 임극건林克建이 왔다. 정세교鄭世喬가 왔다. 성덕항과 성덕기가 왔다. ○정월 19일에 둥주리에 진달래 떨기를 심어서 죽도 초당의 방 안에 두었는데, 2월에 활짝 피더니 3월 20일경에는 거의 다 져서 오늘 정자 동쪽으로 옮겨 심었다.

〔 1696년 3월 22일 무인 〕 맑음

성덕항이 왔다. 윤심尹諶이 왔다. ○늦은 아침에 죽도 별서를 출발하여, 백치의 이대휴를 역방했다. 극인棘人 안형상에게 들러 조문하고, 윤시상을 방문했다. 해가 진 후 팔마장에 도착했다. 종아의 편지를 받아 보았다. 외숙(이락李洛)이 데리고 간 노奴가 서울에서 돌아와 전한 편지이다.

〔 1696년 3월 23일 기묘 〕 맑다가 저녁 후에 비가 내리기 시작함

정광윤이 와서 숙위했다.

〖 1696년 3월 24일 경진 〗 저녁 내내 비가 내림

정광윤이 그대로 머물며 숙위했다.

〖 1696년 3월 25일 신사 〗 비가 그침. 흐리고 맑음

〖 1696년 3월 26일 임오 〗 맑음

김삼달, 황세휘黃世輝, 임세회林世檜가 왔다. 윤익성尹翊聖을 불러 아내의
병에 쓸 약을 물었다.

〖 1696년 3월 27일 계미 〗 맑음

윤징귀尹徵龜가 최근 어머니의 소상小祥을 치렀기에, 오늘 가서 만나 보았
다. ○이만영李萬英, 이덕삼李德三, 김삼달, 윤동미尹東美, 임취구林就矩, 임
중헌任重獻이 왔다.

〖 1696년 3월 28일 갑신 〗 맑음

윤시상尹時相, 윤희성尹希聖, 최도익崔道翊이 왔다. 정민이 백포白浦에서 돌
아왔고, 김응량金應溧도 낭읍朗邑(영암)에서 돌아왔다. 둘 다 유숙했다.

〖 1696년 3월 29일 을유 〗 밤에 비가 내려 아침까지 이어지다가, 한낮에 가까워져서야 그침.
저녁 무렵 맑아짐

김응량金應溧이 갔다. ○ 저녁 식사 후에 연동으로 들어가 상놈 진명進明의
집에서 묵었다. 이 첨사(이만방李晚芳)의 집에서 가까워 편했기 때문이다.
동네의 여러 친족들이 와서 만났다. 윤선시尹善施, 윤선적尹善積과 함께
잤다.

절도의 유배객을 찾아가다

〔 **1696년 4월 1일 병술** 〕 흐리다 맑음

오늘은 첨사 이만방李晚芳의 소상小祥이다. 그는 나와 정의가 남달랐다. 지난날을 추억하니 슬픔을 이길 수 없다. 간단한 제수와 한잔 술을 올리고 길게 통곡했다. 아침 후에 출발하여 죽도 별서別墅로 갔다.

「죽도정사기竹島精舍記」

해남현 남쪽에 어성포漁城浦가 있고, 어성포 남쪽에 화산花山[34]이 있다. 화산 북쪽으로 너른 개펄 바닷가 한가운데 작은 섬이 있으니, 그 이름을 죽도竹島라 한다. 이 섬을 바다가 둘러싸고 있으며 그 바다를 다시 산이 둘러싸고 있어, 완연한 하나의 큰 호수와 같은 만을 형성하고 있다. 이 섬은 육지와 매우 가깝고 외해外海로 나가기가 멀지 않으며, 강(삼산천)을 굽어보며 깎아지른 절벽을 이루며 서 있으니, '절경은 험함에 있다.'라는 말이 딱 들어맞는다. 예전에 해남의 거족 성 공公(성준익成峻翼)이 이곳에 집터를 잡고 제언을 쌓아 섬에 연결시켜 왕래하는 길로 삼았는데, 밀물이 차면 땅이 잠겨 바다에 긴 다리가 놓인 것처럼 되어 걸어서 섬에 오를

---

34) 화산花山: 해남군 화산면 지역으로, 현재의 관두산舘頭山이다.

수 있다. 제언으로 벼논이 생기고 강에는 순채蓴菜와 농어鱸魚도 있으니, 중장통仲長統이 이른바 '자족하며 은거할 경제적 조건'과 장한張翰이 떠올린 고향의 별미를 함께 갖추고 있다.[35] 이런 것들이 없다면, 산수山水를 즐기다 굶주리게 되리라.

우리 집안의 전 지평持平 윤 지옹支翁 공(윤이후)이 어질고 지혜로운 사람이어서 이곳을 아름답다고 생각하여 비싼 값으로 사서 섬 위 소나무와 대나무 숲에 정자를 지어 거처할 곳으로 삼았다. 소나무와 대나무는 어루만지고 기댈 만하며, 집의 규모가 검소함보다는 여유가 있고 사치스러움에는 못 미친다. "무릉도원의 집은 구조가 단순하다."[36]라고 한 것이 이와 같지 않았을까? 여기야말로 "지혜로운 마음으로 계획하고 어진 마음으로 거처"[37]하는 곳이라고 할 수 있다.

정자가 완성되자 기문記文을 지어 내게 보여 주는데, 산과 바다의 경치가 큰 것과 작은 것, 섬세한 것과 거친 것 모두 빠짐없이 묘사되어 있다. 게다가 또 나에게 기문을 지어 달라고 부탁하니, 섬 위에 섬을 더하고 정자 위에 정자를 짓는 것에 가깝지 않은가?

내가 이 섬을 보니, 높이는 수십여 장丈에 불과하나 푸른 바다를 굽어보고 멀리 청산을 읍하게 하며, 온갖 꽃이 산을 단장하고 단풍이 비단 같으며, 푸른 숲에 꾀꼬리 울고 눈 내리는 강에 낚싯대 드리우는 것이 사철의 아름다운 경치로, 즐거움 또한 무궁하다. 혹 비가 그쳐 남은 구름이 어느새 동쪽에서 서쪽으로 가면 양대陽臺의 아득함과 같고,[38] 지는 놀 배경으

35) 중장통…있다: 중장통의 말은 「낙지론樂志論」에 나온다. 진晉 장한은 순채국과 농어회가 생각나 벼슬을 그만두고 귀향했다고 한다.

36) 무릉도원의…단순하다: 두보杜甫의 「악록산도림이사행嶽麓山道林二寺行」에 "무릉도원 인가는 구조가 단순하고 귤주 전토는 변함없이 기름지네[桃源人家制度 橘洲田土仍膏腴]."라는 구절이 있다.

37) 지혜로운…거처: 한유韓愈의 「연희정기燕喜亭記」에 나오는 말이다.

38) 비가…같고: 초楚 회왕懷王이 무산巫山의 신녀神女와 하룻밤 인연을 맺고 헤어질 때, 신녀가 "아침에는 양대陽臺의 구름이 되고, 저녁에는 양대의 비가 되겠습니다."라고 말했다고 한 고사에서 온 구절이다.

로 외로운 오리 수평선과 나란히 날아가면 등왕각滕王閣의 먼 경치와 비슷하다.[39]

고요히 잔잔하다가도 요동하여 파도가 일면 용솟음쳐 출렁대는 것이 소균韶鈞[40]을 듣는 듯하여 동정호洞庭湖에 뒤지지 않으며, 바람을 잔뜩 품은 돛단배가 난간 아래 왕래하고 흰 갈매기가 흩날리는 눈처럼 어지러이 모래톱을 오갈 때 어부의 노랫소리가 '어기여차' 원근에서 서로 화답하는 것이 이 섬의 빼어난 장관이다. 귀를 상쾌하게 하는 소리와 눈을 맑게 하는 모습. 이 섬에 호응하는 천태만상, 몇천만이나 될 지 알 길 없으나 마치 하나의 근본이 만 가지로 갈라지고 만 갈래가 또 하나의 근본인 우리 도道와 같으리라. 이 섬이 덕이 있어 외롭지 않아 이와 같다고, 누가 말했던가?

달이 하늘 한가운데에 이르고 수면에 바람이 불 때 여덟 창을 활짝 열고 난간에 가 기대면, 청명한 기운이 가슴에 가득 차 심신이 맑고 상쾌해져 묵은 병이 훌쩍 낫고 세상 근심걱정이 깨끗이 사라지며, 유유자적 세상을 버리고 홀로 서 부귀를 뜬구름같이 여긴다. 높은 지위를 진흙탕처럼 여기는 뜻과 은거의 기쁨을 삼공三公의 지위와도 바꾸지 않는다는 설[41]도 여기에 지나지 않을 것이다. 재물과 벼슬을 버리고도 부귀가 이와 같으니, 그 또한 기이하지 않은가. (…)

그러나 이것은 외물外物이지 내 본성이 아니다. 경치를 가까이하지 않고 (…) 옳다. 도道를 가지고 사물을 보면, 사물이 곧 도이며 도가 곧 사물이다. 산이 무너지지 않는 것을 보고 어진 사람이 중후하여 쉽게 변하지 않

---

39) 지는 놀…비슷하다: 당唐 왕발王勃의 「등왕각서滕王閣序」에 "지는 놀에 외로운 오리 나란히 날고, 가을 강물은 끝없는 하늘과 한 색이로다[落霞與孤鶩齊飛 秋水共長天一色]."라고 한 데서 온 구절이다.

40) 소균韶鈞: '소韶'는 순舜의 악곡樂曲이며, '균鈞'은 '균천광악鈞天廣樂'을 가리킨다. '균천광악'은 하늘에 울려퍼지는 신선의 음악을 뜻한다.

41) 높은…설: 모두 엄광嚴光의 고사에서 온 말이다. '높은 지위를 진흙탕처럼 여기는 뜻'은 송宋 범중엄范仲淹의 「동려군엄선생사당기桐廬郡嚴先生祠堂記」에 나오고, '삼공의 지위와도 바꾸지 않는다는 설'은 송宋 대복고戴復古가 후한後漢 은사隱士 엄광嚴光의 고사를 읊은 시 「조대釣臺」에 "어떤 일에도 무심한 채 오직 낚싯대 하나뿐, 삼공의 자리도 이 강산과 안 바꾸리[萬事無心一釣竿 三公不換此江山]."라는 구절에서 온 말이다.

는 것을 생각하고, 물이 구애받지 않는 것을 보고 지혜로운 사람이 두루 교류하여 막힘이 없는 것을 생각하고, 모든 물줄기를 받아들이는 바다를 보고 군자의 포용하는 대도大道를 생각하고, 때에 맞게 오고 가는 밀물 썰물을 보고 군자의 나아가고 물러가는 대절大節을 생각한다면, 산이 곧 나의 인자함이 되고 물이 곧 나의 지혜가 되어 거듭 내 몸으로 들어와 모두 내 사고 안의 물건이 될 것이다. 이렇게 되면 산수에 나아가서는 산수 본래의 즐거움을 잃지 않고 정사에 돌아와서도 얻는 것이 많을 것이다. 그렇지 않다면, 산은 산이요 물은 물일 뿐, 내가 거기서 얻을 바가 없을 것이다.

아! 부춘산富春山은 오악五嶽에 들지 못하지만 그 이름이 천하에 높다. 이 섬이 삼신산三神山에 들지 않지만 그 이름이 남쪽 지방에서 높은 것은, 진실로 사람에 달렸지 산과 섬에 있지 않기 때문이다. 옹翁께서는 이 사람이 못났다고 이 사람의 말까지 무시하면 되겠는가? 옹이 말했다. "그렇다. 그대의 말이 옳다. 내 장차 노력하겠노라."

병자년(1696) 3월 죽천병노竹川病老【윤선호尹善好】가 기기記를 짓다.

삼가 지암옹의 원래 시에 차운함

翼然精舍影灘湍　나는 듯한 정사精舍 그림자 여울에 비치니
驚喜名區此島看　놀랍고 아름다운 명승을 이 섬에서 보네
想得主翁閑靖趣　상상해 보노라, 주인옹이 한가로운 정취에 취하여
呼光飮渌倚欄干　풍광을 불러 술을 마시며 난간에 기댈 것을

〔 1696년 4월 2일 정해 〕 바람 불고 맑음

황세휘黃世輝가 어제 모친상을 당했다. 황세휘는 막 별감別監[42]이 되어 관

---

42) 별감別監: 이때의 '별감'은 유향소의 직책인 별감이 아니라 중앙의 장원서掌苑署 및 액정서掖庭署

가로 나아갔는데 분상奔喪[43]하게 되었으니 안타깝다. 성덕기成德基와 성덕
항成德恒이 왔다. 윤선시尹善施가 왔다.

〘 1696년 4월 3일 무자 〙 맑음

성덕기 형제, 최남일崔南一, 최남칠崔南七이 왔다. ○늦은 아침에 죽도 별서
를 출발하여 백치白峙를 역방했다. 들으니, 진사 김화윤金華潤이 제주에서
나와서 아직 해남읍에 머무르고 있다고 하여 돌아오는 길에 들러 만나서,
참의 김몽양金夢陽의 편지를 받았다.

〘 1696년 4월 4일 기축 〙 맑음

김 참의(김몽양)의 편지에 답했다. 또 서울에 보낼 편지를 써서 김 진사(김
화윤)에게 보내고 쌀 2말을 노자로 주었다. ○윤익성尹翊聖이 어제 와서 그
대로 묵었다. 연동蓮洞의 상인喪人 이민행李敏行[44]이 왔다. 윤승후尹承厚가
왔다. 김삼달金三達, 이대휴李大休가 왔다. ○노奴 해철亥哲에게 벼 25섬을
받고 비婢 해란亥丹의 아들 무복戊卜에게 벼 40섬을 받고서 모두 속량을 허
락했다. 또 연동의 논 4마지기와 5마지기를 팔아 양식 조달에 보탰다. 어쩔
수 없었기 때문이다. ○노奴 동이同伊가 짐배를 타고 상경했다가 오늘 돌아
와, 아이들의 잘 있다는 편지를 받았다.

〘 1696년 4월 5일 경인 〙 맑음

해가 뜰 때 길을 출발하여 교진橋津에 도착하니 배가 이미 나루를 떠나 있
었다. 불러도 오지 않았다. 통탄스러웠다. 마침 고금도에서 돌아오는 김

소속의 관직을 가리킨다. 별감은 국왕의 거둥 때 봉도奉導(행차를 시위하고 소리를 지르며 경계하는
일)를 맡는 등 궁중의 각종 행사에서 잡무를 맡았으며, 소속처에 따라 대전별감, 중궁전별감,
세자궁별감 등으로 구분되어 호칭되었다.
43) 분상奔喪: 외지에 있다가 상을 당해 집으로 돌아오는 것을 말한다.
44) 이민행李敏行: 죽은 첨사 이만방李晩芳의 아들이다.

의방金義方을 만나 모래밭에 앉아 한참 이야기를 나누고, 나룻배가 돌아와 바로 건넜다. 배에서 내려 뱃사공에게 장 몇 대를 쳤다. 불렀는데도 오지 않았기 때문이다. 또 윤만도尹萬道를 만나 함께 갔다. 이 사람은 목내선 상相이 새로 정한 별실別室의 오라비인데 윤광도尹光道의 얼얼孼 4촌이다. 목 상은 작년에 별실을 사별하고 매우 간절히 새 별실을 구하다가 지난 달 그믐 전에 이 사람을 얻었다. 목 상의 나이가 80대인데도 이런 일을 할 수 있다니 대단하다. 윤광도의 집에 도착해서 점심을 먹었다. 마도만호馬島萬戶(김일金鎰)가 체임된 지 오래이나 후임자가 오지 않아 아직 머물고 있다. 만호를 데리고 (…) 만호가 술을 내어 간절히 권하기에, 억지로 반 잔 마셨다. 만호가 따로 배를 내어 건너게 해 주었다. 일몰 후 고금도 건천리乾川里 이 감사監司(이현기李玄紀)의 적소에 도착하여 같이 잤다. ○들으니, 양근陽根 숙부님(이보만李保晚) 댁 짐배가 이 달 초에 해적을 만나 싣고 있던 쌀과 벼 200섬 가량을 몽땅 뺏겼고, 뱃사람 6명은 창검에 난자당해 죽고 그중 1명만 간신히 죽음을 면했다고 한다. 말할 수 없이 놀랍다. 숙부님 댁 1년의 명맥命脈이 여기에 달렸는데 지금 이 지경이 되었으니 매우 놀랍고 근심스럽다. 이는 실로 세변世變과 관계가 있으니, 진실로 가슴이 서늘하다.

고금도와 신지도 유배객 방문
윤이후는 1696년 4월 5일부터 7일까지 약 3일간 고금도와 신지도를 방문한다. 고금도의 이현기와 신지도의 목내선 외 다른 인물을 만난 기록이 없기에 유배지 방문이 해당 여정의 주된 목적임을 짐작할 수 있다. 고금도와 신지도는 해남 남동쪽에 위치한 섬들로서, 바닷길을 제외하고 약 40킬로미터가 넘는 긴 거리를 이동해야 하는 곳들이어서 일상에서 방문이 쉽지 않은 곳들이다. 당색이 같은 동료이자 가까운 인척 관계에 있던 인근 유배인들을 챙기고 돌보고자 하였던 윤이후의 정감어린 마음을 느낄 수 있다.

이른 아침을 먹고 출발하여 고금도 남쪽 나루에 도착하니, 나룻배가 건너편에 있었다. 연기를 태워 알리고 소리를 높여 불러도 한참이나 답이 없었다. 안장깔개를 깔고 한숨 자다가 일어나 노奴에게 다시 소리치게 하니 그제야 배가 와서 건널 수 있었다. 목 상相(목내선睦來善)께 인사드리니 잠시 후 소찬小饌을 내왔다. 본진本鎭(신지도진) 만호도 음식을 내와서 잠깐 사이에 점심을 억지로 먹었다. 목 참판(목임일睦林一)과 함께 밖으로 나와서 조금 노닥거리다 헤어졌다. 복만福萬이라는 총각이 나루까지 따라왔다. 이 사람은 바로 권휘權徽의 외손이며 목 상에게는 6촌 손자가 된다. 사람됨이 영민하고 사랑스러워서, 목 상이 잠시도 곁에서 떠나지 못하게 했다. 목 참판이 만호에게 왜선倭船을 얻어 주어서 건넜다. 해가 진 후 이현기 영감의 거처로 돌아와 함께 잤다. 내가 이 영감에게 죽도기竹島記를 부탁한 적이 있었는데 이제야 탈고하여 주었다.

죽도기

세간의 말에 선산仙山이 바다 가운데에 있다고 하나 영경靈境에 올라 영약靈藥을 먹고 세상 밖에서 하늘을 훨훨 난 사람이 있지 않으니, 그 말은 결국 과장된 것이다. 요컨대, 바닷가에 살면서 빼어난 절경을 누리며 고인高人과 운사韻士[45]가 유유히 거닌다면, 그곳을 바로 선산이라 할 수 있을 것이다. 죽도라는 섬이 우리나라 남쪽 큰 바다 가운데에 있는데, 구름과 안개가 자욱하게 피어오르고 초목은 새파랗게 무성하다. 기이한 암석이 잔뜩 쌓여 있고 바다의 조수와 강가의 물결은 앞마당까지 들락날락거린다. 깊고 아득한 범상치 않은 경관과 홍쟁소슬泓峥蕭瑟의 경지[46]가 올

라가 바라보는 사람들로 하여금 문득 흉금이 트여 마치 차가운 바람을 타고 끝없는 허공으로 오를 것처럼 만드니, 바닷가에 살면서 빼어난 절경을 누린다고 이를 수 있는 곳은 여기에 앞서 손꼽을 만한 곳이 없다. 그런데도 백대百代를 거치는 동안 안목을 갖춘 한 사람을 만나지 못하여, 작고 뚝 떨어진 언덕이 결국 잡초 우거진 땅이 되고 말아 남쪽 바다 유랑민들이 집을 짓는 데 사용하거나 욕심 많은 늙은이가 개간하여 땅이나 부쳐 먹으며 끝내 명승지의 칭호를 얻지 못했으니, 이 어찌 섬의 불행이 아니겠는가?

나의 늙은 벗 윤尹 공 재경載卿 보甫는 명문 집안의 후손으로 과거에 급제하여 현달한 관직을 거쳐 성대한 명성과 영예를 얻었으나, 성품이 소탈하고 고고하여 벼슬길을 즐기지 않아 벼슬을 그만두고 남쪽으로 돌아와 이 섬에 집을 지었다. 몇 무畝의 부지에 3칸짜리 집을 지어 여름을 시원하게 겨울을 따뜻하게 보낼 공간을 갖추어서 바다 가운데 빼어난 절경을 하루아침에 차지했다. 이곳에서 맑고 시린 파도에 몸을 씻고 바위 산 등성이에 정情을 마음껏 발산하며 편안하게 늙어 가면서 훌훌 세상을 떠나 홀로 설 뜻을 두고 세상의 부귀와 명예를 헌신짝처럼 보니, 저 소위 고인과 운사가 또한 어찌 (…). 벼슬이 가장 높은 사대부가 바닷가 가장 아름다운 곳을 차지하여 (…) 숨겨진 땅을 개척하여 새로 집을 지으니, 산은 그 빼어남을 더하고 (…) 해와 달은 그 맑은 아름다움을 더하여, 조망하며 답답함을 해소하는 사이에 지극한 즐거움이 따라온다. (…)야 어찌 말할 만한 것이겠는가? 이로 말미암아 이 섬을 가리켜 봉래蓬萊와 영주瀛洲라 하고 우리 공을 가리켜 신선의 짝이라 하니, 억지로 붙인 이름이라 할 수 없다.

그러나 청복淸福을 누리면 호방한 거동이 적고, 부귀 가운데 처하면 한가한 정취가 적다. 옛일을 두루 살펴보아도 두 가지를 온전하게 갖춘 경우

떠나 멀리 비상飛翔하는 듯한 감회에 젖곤 한다."라고 평한 고사에서 나왔다.

는 거의 없는데, 오직 공만은 출세 길에서 발을 빼어 시원한 언덕에 깃들
어 살면서 눈앞에 농토가 가득하고 음악 소리 귀에 끊이지 않는다. 적막
한 물가를 소요하면서도 보고 듣는 즐거움을 다하고, 술병과 술잔을 늘
어놓고 마음껏 놀면서도 넉넉하고 한가한 정취를 잃지 않으니, 옛사람
이 "허리에 10만 관貫을 차고 학을 타고 양주揚州로 가겠다."[47]라고 한 것
이 공에 견주어 어떠한가? 나로 말하자면 세상일에 매여 젊어서 자그마
한 언덕 하나도 경영하지 못하다가, 다 늙은 나이에 법망에 걸려 한 치 좁
은 땅에 몸이 갇힌 지 벌써 3년이 되었다. 만일 주상 전하께서 가엾게 여
겨 죄를 용서해 주신다면, 조각배 타고 짧은 노를 저으며 안개 피어오르
고 파도치는 아득한 곳에서 공을 따라 노닐겠지만, 우선 이 글을 써서 주
며 나중에 마음에 두고 회상할 자료로 삼는다. 시는 다음과 같다.

虛舟回棹避驚湍　날랜 배 돌려 세찬 여울 피해 죽도에 올라
空外山川滿意看　하늘 저편 경치를 만족스레 바라보고
海靄欲收江月上　바다 안개 걷히며 강물 위로 달이 뜰 때
一天星斗正闌干　하늘 가득 별들이 난간에 쏟아지네

또 한수

小築新成俯碧湍　푸른 여울 굽어보는 작은 집 새로 지어
風光不許世人看　이 풍광 세상 사람이 보는 것을 허락하지 않으리
階前長得千竿竹　계단 앞에 대나무 천 그루 기르는데

---

47) 허리에…가겠다: 여러 복을 동시에 누린다는 말이다. 남조南朝 양梁 은예殷藝의 『소설小說』에
　　"나그네들이 모여 각자 소원을 말했는데, 혹자는 양주자사가 되기를 원했고, 혹자는 많은 재물을
　　갖기를 원했으며, 혹자는 학을 타고 승천하고 싶다고 했다. 그러나 그중 한 사람이 말하길, '허리에
　　십만 관의 돈을 차고 학을 타고 양주로 가는 세 가지를 겸하고 싶다.'라고 했다."라는 고사가 있는데,
　　이 고사에서 나온 말이다.

借問雲霄幾日干 묻노라, 그 나무가 며칠 후면 하늘까지 닿는지

병자년(1696) 4월 단애산인丹厓散人 원방元方 이현기 지음

〖 1696년 4월 7일 임진 〗 흐리다가 맑음

아침밥을 일찍 먹고 출발하여 나루에 도착했는데, 배가 건너편에 있어서
한참 뒤에야 건넜다. 나루에서 이국형李國馨을 만났다. 이 사람은 이 숙부
님(이보만) 댁의 고금도 언장堰庄[48]을 관리하는 감관監官이다. 지나는 길에
만호를 만나고 윤광도尹光道 집에서 점심을 먹었다. 교진橋津에 도착했는
데 나룻배가 건너편에 있었다. 배가 건너오는 것을 기다리느라 날이 저물
어버렸다. 집에 도착하니 해가 이미 졌다. 윤선증尹善曾이 벌써 와서 나를
기다리고 있었다.

〖 1696년 4월 8일 계사 〗 흐리다가 저녁에 비 내림

윤선증이 갔다. 윤우성尹右聖이 왔다. ○오늘은 1년 중의 좋은 절일節日인
데 만나 이야기할 상대가 없어 쓸쓸하고 적막함을 달래기가 어려워 "오늘
은 정말 아쉽구나[此日足可惜]"[49]라는 시구만 읊었다. 안타깝다.

〖 1696년 4월 9일 갑오 〗 어제 저녁부터 내린 비가 밤까지 이어져 아침까지 내리다가 늦은 아
침에 갬. 오후에 간혹 맑음

윤우성이 갔다. 임취구林就矩가 지나다 들렀다. 송창우宋昌佑가 왔다.

〖 1696년 4월 10일 을미 〗 맑음

아침밥을 먹은 뒤 출발해서 적량赤梁 산소에 도착하여 성묘했다. 삼지원三
枝院 나루에 도달하니 배가 건너편에 있었다. 그래서 배가 돌아오길 기다

---

48) 언장堰庄: 제언을 쌓아 만든 농장이다
49) 오늘은 정말 아쉽구나[此日足可惜]: 한유韓愈의 시 제목이다.

렸다가 즉시 건넜는데, 해가 이미 져서 오리촌五里村에 투숙했다.

〔 1696년 4월 11일 병신 〕 맑음

해가 뜰 즈음에 출발하여 진도 남문 밖에 있는 정 판서(정유악鄭維岳)의 적소에 도착했다. 만남의 기쁨은 형언할 수 없다. 박동구朴東耉와 현임 별감이 와서 만났다. 박윤무朴允武가 와서 만났다.

〔 1696년 4월 12일 정유 〕 맑음

박동구朴東耉가 또 왔다. 진도군수 이진李簪이 나와서 만났다. 윤 서흥瑞興(윤항미尹恒美), 이□□李□□ 생生이 정 대감(정유악)을 뵙기 위해 왔다. 진도군수가 나에게 아침밥을 대접했다. 박동구가 산닭 한 마리, □□ 한 꿰미, 조기 1속束을 보냈는데, 내가 그것을 받아 정 대감께 바쳤다. ○늦은 아침에 출발해서 □□에 도착했다. 어떤 이가 함께 배를 타기를 원하며 앞에 와서 절했다. 이름을 물으니 김시명金時鳴이고, 사는 곳을 물으니 해남의 율동栗洞이라 한다. 율동은 윤씨들이 여럿 사는 곳으로 내가 모르는 사람이 없다. 윤세□尹世□과 아는 사이냐고 물으니, "제 외가입니다."라고 했다. 성 생원(성준익成峻翼)을 아느냐고 물었더니, 잘 안다고 한다. 내가 "그곳

진도 유배객 정유악 방문

윤이후는 1696년 4월 10일부터 12일까지 약 3일간 진도를 방문한다. 진도는 정유악이 유배와 있던 곳으로서, 해당 기간 내 그 외의 인물을 방문한 기록은 보이지 않는다. 앞서 이루어진 '고금도와 신지도 방문'과 마찬가지로 인근 유배지 방문이 목적이었다는 것을 알 수 있다. 정유악은 갑술옥사(1694)로 인해 해남 인근으로 유배된 인물들 중 윤이후의 유일한 친족으로서, 교분이 각별했다. 윤이후는 1695년 가을(9월)에도 진도 정유악의 유배지를 방문했으니, 두 사람은 약 7개월 만에 재회한 것이다.

에 죽도라는 곳이 있다 들었는데 주인은 누구이며 무슨 볼만한 것이 있는 가?"라고 물으니, "윤 함평咸平(윤이후)이 초가집을 지어 놓고 오고가며 거 주하는데, 경치가 아주 빼어납니다."라고 했다. 내가 "윤 함평은 동네 사람 들과 친하게 지내며, 싫어하거나 거역하는 사람은 없는가?"라고 물으니, "사람들에게 요구하는 게 없고 일을 가혹하게 시키지 않기에 인심을 크게 얻었습니다."라고 했다. 이렇게 문답을 주고받았는데도 그는 내가 윤 함 평인 줄 몰랐다. 한바탕 웃음거리가 될 만하기에 기록해 둔다. 적량원赤梁 院에 도착해서 또 성묘했다. 날이 이미 저녁이 되었으므로 점심을 재촉해 서 먹고 즉시 출발해서 밤을 무릅쓰고 집에 도착했다.

〖 1696년 4월 13일 무술 〗맑음

정광윤鄭光胤이 왔다.

〖 1696년 4월 14일 기해 〗맑음

아침에 팔마장을 떠나 오시午時에 죽도 별서에 도착했다. 최남준, 성덕기, 성덕징成德徵이 왔다. 임취구가 지나다 방문했다. 어떤 객이 갑자기 찾아 왔는데 함평 사람 이원례李元禮였다. 제주에 들어가려고 여기에 온 지 오 래되었는데, 여비가 다 떨어져서 양식을 얻고자 하므로 쌀 1되를 주었다. 또 저녁밥을 달라고 하기에 차려 주었다. ○정 판서(정유악)가 서울 보낸 짐 배 소식을 알아보려고 심부름꾼을 시켜서 편지를 보냈다. 전에 자신이 보 내 준 「죽도기」가 대신 쓰게 한 것이 아쉬워서 직접 고쳐 쓰고, 또 시 1수를 지어서 보내 주었다. 시는 다음과 같다.

竹島荒蕪大海南 황량한 남쪽 바닷가 죽도에
尹公今始結茅庵 윤공尹公이 막 초가집을 지었는데

我思往見身無翼　가 보고 싶지만 몸에 날개가 없어

題寄新詩歎息三　새로 지은 시 부치며 연거푸 탄식하네

○어제 지은 하수오환何首烏丸을 오늘 아침부터 복용하기 시작했다. 하수오何首烏가 탈항脫肛에 가장 좋으며 여러 차례 시도하여 모두 효험을 보았다고 들었기 때문이다. 꿀을 졸여 환으로 만들어 복용했다.

〔 1696년 4월 15일 경자 〕 아침에 비가 내리고 늦은 아침에 갬. 저녁에 맑음

윤이성尹爾成이 비를 무릅쓰고 왔다. 이대휴, 권경權絅, 진욱陳稶이 왔다. ○우이도(류명현柳命賢의 적거지)에서 보낸 편지를 보았는데 지난달 22일에 보낸 것이다.

〔 1696년 4월 16일 신축 〕 바람 불고 맑음

성덕기, 최남준, 최남칠崔南七, 윤세정尹世貞, 윤경리尹慶履, 윤래주尹來周 형제, 윤세형尹世亨이 왔다. 해남현감 이휘李暉가 와서 만났는데, 해창海倉으로 돌아가 진곡賑穀을 나누어 주었다. ○노老 성 생원(성준익)에게 인사드리고 출발하여 해남현감에게 들러 사례했다. 방사傍舍에 향원鄕員들이 모두 모여 있기에 그냥 보고 지날 수 없어 잠깐 들어가 이야기를 나누었다. 백치白峙에 도착하여 점심을 먹고 해가 질 때 집에 도착했다.

〔 1696년 4월 17일 임인 〕 바람 불고 맑음

황원黃原의 윤원석尹元錫이 왔다. 김삼달이 왔다. 이석신李碩臣 생生이 왔다.

〔 1696년 4월 18일 계묘 〕 어제 바람이 밤이 되자 심해져서 지붕이 모두 날아감

정광윤, 김삼달, 윤희직尹希稷, 윤시삼, 최형익崔衡翊, 최유기崔有基, 김의

방金義方이 왔다.

〔 1696년 4월 19일 계묘 〕 맑음

오늘은 죽은 아이(윤광서尹光緒)의 생일이다. 가묘家廟에 차례를 차리고 직접 지냈다. ○ 정광윤, 김삼달, 윤시달尹時達, 윤천우尹千遇, 김태귀金泰龜가 왔다. 극인棘人 윤석귀尹錫龜가 왔다. ○ 김태귀가 죽도시에 차운하여 가져와 보여 주었다. 시는 다음과 같다.

一林寒竹暎□湍	한죽寒竹 숲이 맑은 여울에 비치고
月澹烟沈最可看	달빛 고요하고 안개 자욱할 때 가장 아름다운데
雲意亦知風景好	구름도 풍경이 좋은 것을 알아
時□□□□□干	때로 (…)

또 한수

飄然肥遯愛淸湍	맑은 여울 가 섬으로 표연히 은둔하니
快閣東西足可看	탁 트인 동서로 펼쳐진 경치 볼만하네
明月□□□□處	밝은 달(…)곳
紅塵不到小江干	세상의 티끌 강가의 작은 섬까지 이르지 못하리라

〔 1696년 4월 20일 을사 〕 맑음

김정진이 왔다. 김삼달과 윤시상이 왔다.

〔 1696년 4월 21일 병오 〕 맑음

김정진이 갔다. 일찍 밥을 먹고 병영兵營을 향해 출발했다. 윤시상이 동행했다. 강진 고읍촌古邑村 앞에 도착하여 천변川邊에 앉아 잠시 말을 풀어놓고 먹였다. 권덕장權德章(권규權珪) 대감의 처소에 도착하여 이야기를 나누었다. 권 대감이 『죽당집竹堂集』 4권을 새로 마련했는데 제목을 써 달라고 청하기에 바로 써 주었다. 이미 저녁이 되었기에 권 대감과 작별하고 일어났다. 비곡比谷 앞에 도착하여 말을 먹였다. 윤기업尹機業도 병영에 왔는데, 나보다 앞서 돌아가다가 여기서 만나 잠시 이야기를 나누었다. 이날 말 위에서 홀연히 한기를 느꼈는데 학질과 흡사하니 걱정이다.【죽당竹堂은 고故 참판 신유申濡의 별호다.】 이국형李國馨이 왔는데, 고故 박우현朴友賢의 사위로 고금도에 살며 정여靜如(이양원李養源)의 농장 감관이다. 박우현은 조부님(윤선도尹善道)의 얼삼촌孽三寸인 윤유순尹唯順의 사위다.

〖 1696년 4월 22일 정미 〗 맑음

김우정金友正, 윤동미尹東美, 김삼달이 왔다. 해남현감(이휘)이 쌀 1섬, 건어 3마리, 율무 3되, 낙지 3접을 단자를 갖추어 보내 전별했다. 마을 사람 부계복夫戒卜이 길 가는데 반찬에 보태라고 숭어 1마리를 보냈다.[50]

〖 1696년 4월 23일 무신 〗 맑음

최형익崔衡翊, 최항익崔恒翊, 최유기崔有基, 윤유도尹由道, 이대휴, 권붕權朋, 진욱陳稶, 윤기업尹機業, 윤래주尹來周, 윤남미尹南美가 왔다. 김삼달이 왔다. ○능주綾州의 늙은 기생 선금善今이 지나다 들러 알현했다. 잠시 거문고를 연주하고 돌아가게 했다. 윤민尹玟이 왔다.

〖 1696년 4월 24일 기유 〗 비

윤이송尹爾松이 아침 일찍 왔다가 저녁에 갔다. 생원 정왈수鄭曰壽가 왔다가 저녁 무렵 갔다.

---

50) 해남현감이…보냈다: 4월 25일 일기의 서울행에 관한 내용 참조.

윤동미尹東美, 윤이성, 극인棘人 이민석李敏錫이 왔다. 이민석은 첨사 이만
방李晚芳의 아들인 이민행李敏行의 관명冠名이다. 김삼달, 윤시상, 윤천우
尹千遇, 전 서흥현감 윤항미尹恒美, 윤정미尹鼎美가 왔다. ○아침 식사 후 딸
을 데리고 출발했다. 나는 올해 들어 하늘이 무너지는 절박한 슬픔을 더욱
견디기 힘들어, 기제사에 꼭 가서 참석하고 싶어서 더위를 무릅쓰고 이번
서울 행차를 하게 되었다.[51] 딸은 괴산에서 내려온 후 해를 넘겼다. 처음에
는 2월까지는 돌아가려 했으나, 구애되는 일이 많아 계속 머무르라고 했
었다. 그리하여 이번 행차에 데리고 가게 되었다. 아내는 봄부터 병이 났
는데, 심한 증세가 이어져 계속 누워 있다. 모녀가 헤어지게 되어 마음이
딱하고, 나도 멀리 떠나니 걱정이 적지 않다. 석제원石梯院에서 말을 먹였
다. 임취구林就矩, 박수귀朴壽龜, 임중헌任重獻, 윤기업, 김명석金命錫이 와
서 만났다. 저녁에 영암에 도착하여, 남문 안의 하리下吏 강필성姜必誠의
집에 거처를 정했다. 이 사람은 내가 임신년(1692) 봄에 내행內行을 거느리
고 함평에서 내려올 때의 주인으로 안정顔情이 쌓인 사람이다. 점쟁이 천
재영千載榮이 와서 만나 보고 함께 유숙했다. 윤 강서江西(윤이형尹以亨)가
밤중에 와서 만났다. 들으니, 그의 가노家奴가 음식을 담당하던 처와 딸을
데리고 쌀과 말을 훔쳐 달아났다고 한다. 귀양지의 형편이 매우 절박하다.

여정이 걱정된다. 김무金斌와 점쟁이 □□□, 영암군수 남언창南彦昌이 나
와서 만났다. ○노奴 봉선奉先을 집으로 돌려보내며 편지를 부쳤다. ○아침
식사 후 출발하여 윤 강서(윤이형)에게 들렀다가, 신원新院에서 말을 먹였

---

51) 나는…되었다: 유복자로 태어난 자신을 길러 준 할아버지 윤선도에 대한 애틋한 심정이 나타나 있다.
윤선도 기제사는 서울에서 지내고 있었음을 알 수 있다.

다. 저녁에 나주 북문 안 주막에서 유숙했다. 나羅 종매從妹[52]를 들러서 만났는데, 나두하羅斗夏는 출타했고 그 아들인 나만취羅晚就와 사위 이태전李泰全이 자리에 있었다. 저녁밥을 먹고 해 질 무렵 주막으로 돌아왔더니, 딸이 낮부터 몸을 움츠려 추워하며 고통스러워하고 있었다. 학질이 틀림없다. 걱정이다.

〖 1696년 4월 27일 임자 〗 밤에 비가 꽤 내림. 늦은 아침에 그침

나만취가 와서 만났다. 아침 식사를 한 후 출발했다. 채 10리를 못 갔는데, 장성평長城坪의 냇물이 불어 있었다. 간신히 건너 작천鵲川에 이르렀으나 건널 수가 없어서 부득이 광호산리廣虎山里로 들어갔다. 아직 오시午時가 되지 않았지만 유숙했다. 짐말 2마리가 물을 건너다 넘어져 싣고 있던 짐이 모두 젖어서, 짐을 내려 말렸다. 객지의 방에 우두커니 앉아 긴 날을 헛되이 보내려니 괴롭도다. 이 마을은 앞으로는 큰 내를 임하고 있고 산이 감돌아 있다. 집이 수백여 호戶가 되고 토지가 비옥하며 수목이 무성하여 이

윤선도, 윤의미 제사 참석을 위한 서울행

윤이후는 환갑이 되자 부모님에 대한 그리움이 깊어져, 친형 윤이구의 집안에서 모시고 있던 생부 윤의미의 제사와 종형 윤이석이 모시던 조부 윤선도의 제사에 참석하기 위해 서울로 길을 나선다. 영암에서 서울로 가는 길에 괴산의 딸 집에도 들렀다. 윤이후는 서울에 도착하여 제사에 참석하고 서울인근의 여러 친척들과 지인들을 방문하거나 조문하고 귀향한다. 짧은 서울 체류기간 중에 상당히 많은 인물들을 만나는데, 이를 통해 윤이후의 인적 네트워크를 짐작해 볼 수 있다. 길가에 시체가 널브러져 있고 도적떼가 들끓었던 을병대기근(1695~1696) 당시의 참혹한 정경을 엿볼 수 있다.

사 와서 살고픈 마음이 들게 한다. 주인인 상놈 이행인李行仁은 사람이 매우 좋았으며 새로 지은 집은 깨끗했다. 북쪽으로 가는 길의 주인[北道主人]으로 삼을 만하다. 다만 큰길에서 멀리 떨어져 있어 찾아가기가 어려운 것이 흠이다.

〔 1696년 4월 28일 계축 〕 맑음

아침 식사를 한 후 출발했다. 주인이 길을 인도하여 마을 앞의 큰 내를 건넜다. 밭 사이의 작은 길을 몇 리쯤 가서 큰 길로 나섰다. 길 옆에 굶어죽은 시체가 있었다. 참혹하다. 올해 흉년은 전에 없던 일이나, 영암과 해남은 모두 조금 낫다고들 한다. 가장 좋은 1등 논의 현재 가격이 아직 벼 3섬 밑으로 내려가지 않았고, 길에 굶어죽은 사람도 없다. 오직 관에서 진휼을 베푼 곳에서만 간혹 유랑하며 빌어먹다가 죽은 사람이 있고, 토착민은 원래부터 이런 환난이 없었다. 게다가 팔마八馬 마을은 얼굴색이 누렇게 뜨거나 흩어져 다른 곳으로 간 사람조차 없다. 이는 농사가 특별히 잘되어서 그런 것이 아니라, 내가 비축해 둔 곡물로 여러 번 사사로이 진휼했기 때문이다. 길을 떠난 후 나주 위로는 보이는 참상이 더욱 심하고, 논 값이 1섬 혹은 30말(2섬)에 불과한 경우가 많다. 사람 값은 1섬에도 못 미치고, 죽은 사람이 셀 수 없다. 광호촌廣虎村만 해도 죽은 사람이 70여 명에 이를 것이라고 하니, 이로 미루어 다른 지역 상황도 알 만하다. 너무나 참혹하다. 큰 내를 몇 번 건넜는데 물살이 어제에 비해 조금 약해졌지만 그래도 위험을 무릅썼다가는 물에 젖는 환난을 면하지 못할 것 같아 중간에 이르러 나무그늘에서 쉬면서 풀밭에 말을 풀어 먹였다. 단암역丹巖驛 오자동蜈蚱洞 이방吏房 차천달車千達의 집에 이르렀는데도 해가 아직 높아 노령蘆嶺을 넘고자 했으나, 저녁을 넘길 우려가 있어 부득이 머물러 유숙했다. 방이 매우 좋았으나 방 하나를 제외하고는 모두 이가 있어, 나는 이웃에 사는 차계주車繼幬의 집에 머물렀다. 딸의 학질은 잠시 어지럽다가 그쳤으니, 매우 다행이다.

〔 1696년 4월 29일 갑인 〕 흐림

아침밥을 먹고 출발해서, 천원川源 주막에서 말을 먹였다. 길에 굶어죽은 시신이 매우 많았다. 나주 위쪽으로는 흉년의 기색이 갈수록 심하다. 보이는 곳이 이러하니 미처 보지 못한 곳도 어떨지 알 수 있다. 참혹하다. 날이 겨우 정오 무렵이 되었을 때 정읍에 당도했다. 하리下吏 강세걸康世傑의 집에 유숙했는데, 이 사람은 예전에 주인이었다. 하루에 간 거리가 7, 80리에 지나지 않는다. 말이 잔약해서 그럴 뿐 아니라 길이 자주 막혀 뜻대로 출발하지 못했기 때문이기도 하다.

〔 1696년 4월 30일 을묘 〕 맑음

조반을 먹고 출발해서, 태인泰仁 주막에서 말을 먹였다. (…) 영암의 남면과 해남의 북면은 명화적明火賊이 드물지 않게 나타나는데, (…) 위로는 이런 우환이 전혀 없다. 흉년인 상황은 마찬가지인데 명화적의 우환은 이러하니, 아마도 인심이 달라서 그런 것이지 않겠는가? 참으로 알 수 없는 일이다.

서울로 가 할아버지 제사에 참석하다

〖 1696년 5월 1일 병진 〗 맑음

아침을 먹고 출발했다. 삼례參禮 주막에서 말을 먹였다. 여산礪山 읍내에 있는 노리老吏 김덕린金德獜의 집에 유숙했는데, 집이 매우 좋고 주인도 아주 너그러운 사람이다. ○남시구南是耉의 집이 명화적을 염려하여 읍내에 와서 머물고 있었다. 가서 만나려고 하던 차에 남南 생生이 먼저 왔다가 돌아갔다. 나도 나아가 그 집에 들어가서 궤연에 곡을 하고, 그의 두 어린 아이들을 불러서 만났는데 그 모습이 불쌍하고 가여웠다. ○밤에 치아가 빠지는 꿈을 꾸었다. 마음이 몹시 좋지 않다. ○행량行糧이 떨어져 가서, 6승 목木 1필을 팔아 9전戔을 얻었다. 1냥(10전)의 값은 쌀 8되에 불과하다. 시가市價가 이러하니 참으로 딱하다. 그러나 민간이나 주막에서는 매매할 방도가 오래전에 끊어지고 오직 시장에서만 사고팔 수 있다고 한다. 그래서 내일 진잠鎭岑 시장에서 쌀을 사려고 하는데, 들으니 전의全義, 진잠 등지에 흉황이 더욱 심하다 하여 걱정이다.

〔 1696년 5월 2일 정사 〕 맑음

아침을 먹고 출발했다. 황화정黃花亭 오른쪽 길을 따라 50리를 가서 연산連山 읍내 주막에서 말을 먹였다. 어제 바꾼 엽전 8전과, 행차할 때 지니고 있었던 2전으로 쌀 1말을 샀다. 동쌍동東雙洞 촌가村家가 산자락 높은 쪽에 기대고 있는 곳에 이르렀다. 오른쪽 언덕은 도드라지게 나와 있고, 길에 접한 언덕의 머리 쪽에는 나무가 여러 그루 있으며, 아래에는 바위가 있고, 앞은 큰 내가 두르고 있었다. 언덕 위에는 여러 칸 집을 지어도 될 정도로 그 형세가 매우 좋았으나 다만 구롱丘壟일 뿐이니, 아깝다. 진잠 읍내에 도착하여, 급창及唱 성의긴成義緊의 집에서 유숙했다. 주인이 밤에 도적이 있을지 모른다고 경계했다. 우습다.

〔 1696년 5월 3일 무오 〕 아침에 비가 잠시 뿌림

아침을 먹고 출발했는데, 갑자기 비가 뚝뚝 떨어지며 하늘이 또 울었다. 비를 맞고 10리쯤을 가서 작천鵲川을 건너고 5리쯤을 가서 배로 신천新川을 건너니 곧 금강錦江 상류였다. 그대로 10리를 가서 독천獨川에서 말을 먹였다. 예전에 주막이 있었는데 무너져 없어지고 단지 일개 초막만 남아 있었다. 풀 속에 말을 풀어서 먹이고 빈 대청에 앉는 둥 마는 둥하여 점심을 대충 먹었으니 실소가 나온다. 연산連山에서 여기까지 50리이다. 25리를 가서 진촌鎭村의 우리 집안 비婢 경대庚代의 집에 도착하여 거기서 유숙했다. 이런 흉년에 굶주리는 비에게 음식을 차리게 할 수 없어서 행량을 꺼내어 밥을 지었다. 이 마을에 5리쯤 못 미쳐 길옆에 큰 마을이 있는데 기와집이 걸출하다고 한다. 이는 함평현감을 지낸 민순閔純[53]이 사는 곳이다. 비 말질진未叱眞이 와서 현신했다. 경대의 언니인데, 몇 리쯤 떨어진 곳에 산다고 한다.

---

53) 민순閔純: 윤이후 전임 함평현감이다.

비 석진石眞은 청주 땅 청천淸川의 가염실可厭室에 살고 있는데 여기서 거리
가 50리이다. 사람을 먼저 보내 괴산에 데리고 와 현신하게 했다. 우리 일
행은 아침을 먹고 출발하여 5리 못 가서 청주목淸州牧을 지났는데, 읍리邑里
가 매우 융성하니 그야말로 웅장한 진鎭이었다. 30리를 가서 말을 먹였는
데 지명이 신촌新村이라고 한다. 철봉哲奉을 먼저 보내어 괴산 사전沙田의
김 승지(김귀만金龜萬) 댁에 우리가 가는 것을 알리게 했다. 우리 일행은 잠
시 후 사전에 도착했다. 신촌에서 25리였다. 여기 도착하여 서울 소식을
들었는데 다음과 같았다. 어떤 사람이 나무인형을 만들어서, 세자世子의
생년월일을 쓰고 (…) 장희재張希載 (…) 나이는 (…) 환도를 꽂아 그것을 장
희재張希載 아비[54]의 무덤에 묻었다. 무덤가에 호패가 떨어져 있었는데,[55]
병조판서 신여철申汝哲의 노奴의 것이었으며, 그 이름은 응선應先이었다.
장씨네 노奴가 양주楊州에 소장訴狀을 올리니 수령은 단지 "훗날 상고할 수
있도록 입지함"이라고 제사題辭를 내렸다. 그 후 4월 29일 용산龍山에 사
는 생원 강오장姜五章이 상소하기를, "장씨 묘에 대한 작변作變은 그 사안
이 세자에까지 미치니 세자와 장묘張墓[56]는 핏줄로 연결된 사이라 저쪽이
흉하면 이쪽이 위험하고 저쪽이 편안해야 이쪽도 길한 이치가 있습니다."
라고 상세히 진달했다.[57] 이에 다음과 같이 전교하셨다. "이번에 작변한 사
람은 해당 관청에서 의금부로 이관해서 국문하고, 세자의 생년월일을 거
론하여 나무인형에 쓴 것은 그 흉악함이 진실로 극히 놀랍다. 창경궁 내병

---

54) 장희재張希載 아비: 희빈 장씨의 아버지이자 경종의 외조부인 장형張炯을 가리킨다.

55) 세자世子의…있었는데: 세자(후대의 경종)의 생년월일을 목인木人에 썼다는 내용과 세자의 외조부
즉 장희재 아버지의 묘에 신여철의 노의 호패가 떨어져 있었다는 내용은, 일기의 원문이 훼손되어
직접 읽을 수는 없지만 내용을 분명히 전달하기 위해 문맥에 맞추어 번역문에 추가했다. 이와 관련된
직접적 내용은 『숙종실록』과 『승정원일기』숙종 22년 4월 29일, 5월 1일자 기사에 상세히 서술되어
있다.

56) 장묘張墓: 장형張炯의 묘, 곧 죽은 장형을 가리킨다.

57) 강오장姜五章이…진달했다: 이에 대한 상세한 내용은 『숙종실록』과 『승정원일기』숙종 22년 4월
29일자 기사에 서술되어 있다.

조內兵曹에 즉시 국청을 설치하라."[58] 또 전교하셨다. "파묻은 흉물이 이번에 드러나기는 했지만 이것 외에 혹 다 드러나지 않은 것이 없지 않을 것이다. 해당 도 관찰사는 지방관을 별도로 지정해 무덤 근처를 직접 살펴 만약 의심스러운 물건이 있다면 낱낱이 파내고 다시 축조하여 즉시 보고하라."[59] 또 전교하셨다. "내일 명정문明政門에서 친국하겠다고 분부하라."[60] 또 전교하셨다. "발각된 죄인은 응선 한 명뿐이니 만약 한결같이 장杖을 참고 불복하다가 죽는다면 다시 단서를 잡아낼 길이 없어 신인神人의 분개함을 씻을 방도가 없을 것이다. 죄인의 패거리를 상금을 걸어 잡을 수밖에 없겠다. 두 자급을 높여 주고 천금을 상으로 준다는 뜻을 널리 반포하라. 좌우 포도청에서는 경중京中과 연서延曙[61] 근처를 각별히 조사하여 반드시 체포하도록 하라."[62] 【여기서부터는 5월 1일의 일이다.】 그 후 영의정 남구만南九萬이 새로 보고하여 흉인凶人의 행동은 진실로 예측불가이나 중외中外에 모두 반포하는 것은 듣기에 번거로울 것이므로, 다만 경중 및 기내畿內에만 분부하시는 것이 어떻겠느냐고 하자 상감께서는 그렇게 하라고 하셨다. 또, 강오장의 상소를 곧바로 들이지 않은 승지를 파직하고 장씨네 노奴의 정장呈狀에 대해 단지 입지立旨만을 내린 양주목사를 삭직하시라는 보고에 대해 상감께서 그렇게 하라고 하셨다.[63] 파직시키고 현고現告하게 한 사람은 김두명金斗明, 김횡金澋이고, 삭직시키고 현고하게 한 사람은 김성적金盛迪인데, 승정원의 계啓에 의거하여 승지는 감옥에 갇혔다.[64] ○가례嘉禮[65] 정사正使는 영의정이 맡게 되었는데, 상감께서 이를 두고 병든 독자밖

---

58) 이번에…설치하라: 『승정원일기』 숙종 22년 4월 29일자 12번째 기사 참조.

59) 파묻은…보고하라: 『승정원일기』 숙종 22년 4월 29일자 11번째 기사 참조.

60) 내일…분부하라: 『승정원일기』 숙종 22년 4월 30일자 13번째 기사 참조.

61) 연서延曙: 현재의 서울 은평구 연신내이다.

62) 발각된…하라: 『승정원일기』 숙종 22년 4월 30일자 12번째 기사 참조.

63) 영의정…인가하셨다: 『승정원일기』 숙종 22년 5월 1일자 7번째 기사 참조.

64) 파직罷職시키고…갇혔다: 『승정원일기』 숙종 22년 5월 1일자 8번째 기사 참조.

65) 가례嘉禮: 1696년(숙종 22) 5월 6일 창덕궁 인정전에서 거행된 세자(훗날의 경종)와 세자빈 청송 심씨(훗날의 단의왕후)의 혼례를 가리킨다.

에 없는 남구만과 막 독자를 잃은 신익상申翼相을 가례정사에 의망擬望했다 하시어, 이조 참판과 참의를 예외적으로 파직시키셨다 한다.[66]

〔 1696년 5월 5일 경신 〕 흐리다 맑음

괴산에 머물렀다. 이날 저녁 진사 김백겸金伯兼의 편지가 왔다. 주인 영감의 맏아들 김남정金南挺이 서울에 있어서, 비망기 및 약간의 조보朝報를 이제야 보았다. 나도 모르게 놀라운 마음이 들었다.

〔 1696년 5월 6일 신유 〕 늦은 아침에 소나기가 갑자기 쏟아짐

오늘 가례의 납채를 거행한다고 한다.[67] ○ 내가 당초에는 오늘 서울로 나서려고 했는데, 서울 소식을 듣고 나서는 앞으로의 일이 어떤 상황에 이르게 될지 모르겠으니, 마음이 어지러울 뿐만 아니라 두렵기까지 하다. 나는 이러지도 저러지도 못하는 처지라 어쩔 수 없이 먼저 사람을 보내어 탐지할 생각에 이른 아침에 급히 마당금麻堂今을 서울로 보냈다. 그리고 개일開一, 선학善鶴, 천석千石, 철봉哲奉과 수원守元에게는 말 2필을 주어 남쪽으로 돌려보냈다. ○ 사위(김남식金南拭)가 서적을 많이 가지고 와서 제목을 써 달라고 청해서, 『남헌집南軒集』[68] 8권, 『격양집擊壤集』[69] 4권, 『시경언해詩經諺解』와 『서경언해書經諺解』 각 5권, 『대학연의집략大學衍義輯略』[70] 6권, 모두 28책에 제목을 썼다.

---

66) 가례嘉禮…한다: 『숙종실록』 숙종 22년 4월 26일자 2번째 기사 참조.

67) 오늘…한다: 『숙종실록』 숙종 22년 5월 6일자 기사 참조.

68) 『남헌집南軒集』: 송대의 학자 남헌南軒 장식張栻의 문집이다.

69) 『격양집擊壤集』: 송대의 학자 소옹邵雍의 문집이다.

70) 『대학연의집략大學衍義輯略』: 조선 성종 때의 문신 이석형李石亨 등이 중국 송나라 진덕수眞德秀의 『대학연의大學衍義』와 조선 전기의 신숙주申叔舟 등이 편집한 『고려사高麗史』에서 정치에 귀감이 될 만한 내용들을 뽑아 엮은 책이다.

〔 1696년 5월 7일 임술 〕 맑음

괴산에 머물렀다. 『오선생예설五先生禮說』[71] 7권, 『동국이상국집東國李相國集』[72] 12권, 『속자치통감강목續自治通監綱目』[73] 14권, 『태계집台溪集』[74] 2권, 『여사제강麗史提綱』[75] 10권, 『역대신감歷代臣鑑』[76] 6권, 『선부초평주해選賦抄評註解』[77] 4권, 『계한서季漢書』[78] 15권, 총 71책에 제목을 썼다.

〔 1696년 5월 8일 계해 〕 낮에 하늘에서 천둥이 치고 비바람이 갑자기 불더니 한참 있다가 그침

『우복집愚伏集』[79] 7권, (…) 4권, 『백가류찬百家類纂』[79] 20권, 『서애집西厓集』 7권, 『송명신언행록宋名臣言行錄』[80] 14권, 『□계집 □溪集』 20권, 총 72책에 제목을 썼다.

〔 1696년 5월 9일 갑자 〕 맑음

『한서漢書』 27권, 『사기史記』 26권, 『구경연의九經衍義』[81] 7권, 『가례고증家禮

---

71) 『오선생예설五先生禮說』: 정구鄭逑가 송나라의 성리학자인 정호程顥, 정이程頤, 사마광司馬光, 장재張載, 주희朱熹 다섯 선생의 예설禮說을 모아 만든 책이다.

72) 『동국이상국집東國李相國集』: 이규보李奎報의 시문집이다. 12권이라는 것으로 보아 후집後集으로 추정된다.

73) 『속자치통감강목續自治通監綱目』: 김우옹金宇顒이 기축옥사己丑獄事(1589)에 연루되어 회령會寧으로 유배되었을 때 기술한 책이다.

74) 『태계집台溪集』: 하진河溍의 시문집이다.

75) 『여사제강麗史提綱』: 유계兪棨가 지은 고려의 편년체 사서史書이다. 기존의 『고려사』를 주희의 『자치통감강목』의 체재에 따라 편년체로 바꾸어 서술했으며, 송시열의 서序가 실려 있다.

76) 『역대신감歷代臣鑑』: 중국의 춘추 시대에서 원元에 이르기까지 활동한 신하들의 전기를 모아 명明 선종宣宗 때 편찬한 저술이다.

77) 『선부초평주해選賦抄評註解』: 『문선文選』에 실린 작품들 중에서 일부를 뽑고 왕발王勃의 「부자묘夫子廟」 등 일부 유명한 작품을 증보하여 엮은 책이다.

78) 『계한서季漢書』: 명나라 때 사폐謝陛가 지은 촉한蜀漢의 역사서로, 주희가 편찬한 『자치통감강목資治通鑑綱目』의 의례義例에 따라 소열황제昭烈皇帝를 정통으로 삼았다.

79) 『백가류찬百家類纂』: 중국 명나라의 심진沈津이 간행한 저술이다.

80) 『송명신언행록宋名臣言行錄』: 주희가 송나라의 대표적 명신名臣 97명의 언행을 뽑아 기록한 저술이다.

81) 『구경연의九經衍義』: 이언적李彦迪이 『중용장구』 제20장의 '구경九經'에 대하여 주석한 『중용구경연의中庸九經衍義』를 말한다.

考證』⁸²⁾ 3권,『선부초평주해選賦抄評註解』4권, 총 66책⁸³⁾에 제목을 썼다.『선부초평주해』는 바로 윤후尹堠가 요청한 책이다. 윤후는 곧 주인 영감 집안에서 기른 사람이다.

〔 1696년 5월 10일 을축 〕 맑음

『노사영언魯史零言』⁸⁴⁾ 9권,『소재집蘇齋集』8권,『우계집牛溪集』3권,『정암집靜庵集』3권,『한강집寒岡集』4권,『목은집牧隱集』16권,『회재집晦齋集』4권, 총 47책에 제목을 썼으니 모두 285권이다.

〔 1696년 5월 11일 병인 〕 맑음

마당금麻堂金이 서울에서 돌아와 아이들의 안부 편지를 보게 되었으니 참으로 위로가 된다. 국청鞫廳 소식을 들었는데 다음과 같았다. 신여철申汝哲의 노奴인 응선應先이 장을 맞아 갑작스레 죽고,⁸⁵⁾ 신여철의 청지기인 김천

---

82)『가례고증家禮考證』: 조호익曺好益이 주희의『가례家禮』를 고증한 책으로, 조호익이 완성을 하지 못하고 죽자, 제자인 김육金堉이 그의 유고를 정리하여 편찬했다.

83) 총 66책: 앞서의 권책을 모두 합하면 총 67책이다. 산술에 있어서의 단순한 오류로 보인다.

84)『노사영언魯史零言』: 이항복이『춘추春秋』의 경문과『좌씨전左氏傳』을 연구하고『국어國語』등의 외전外傳을 참고하여 노魯나라의 역사를 사류事類에 따라 분류하여 저술한 것이다.

85) 응선應先이…죽고:『승정원일기』숙종 22년 5월 4일자 9번째 기사 참조.

세자 저주 무고 사건

1696년 4월 생원 강오장은 상소를 올려 장희빈의 아버지 장형의 묘비를 부수고 무덤에 흉물을 묻어 세자를 저주한 사건을 고발하였다. 분노한 숙종은 범인으로 지목된 병조판서 신여철의 종을 심문하였지만, 갑술옥사로 죽은 훈련대장 이의징 측에서 서인을 모함하려 한 사건으로 밝혀졌다. 결국 일을 꾸민 이의징의 아들 이홍발과 그 일당은 처형되었다. 한편, 강오장은 자신에게 상소를 권한 사람 중에 윤이후의 아들인 윤종서가 있다고 실토했는데, 마침 윤종서는 과거를 보러 서울로 올라가다가 도중에 체포되었다.

추金天樞는 응선에게 연루된 탓에 형신刑訊을 두 차례 받았으나 죄를 인정하지 않고 자기 혀를 깨물어 절단했으며, 형신을 여덟 차례 받고서는 마찬가지로 죽었다.[86] 응선의 호패가 장희재의 노奴 손에 들어갔는데, 응선이 당시에 차고 있던 호패와는 생년월일 및 주인의 직함이 달랐고, 또 여러 개가 있었다. 이는 모두 대단히 의심스러운데 응선이 갑작스레 죽어 버렸고, 김천추가 자기 혀를 절단한 것도 의심스러우니 결말이 어떻게 될지는 모르겠다.

〖 1696년 5월 12일 정묘 〗 비

어제 시장에서 노자를 마련하여, 오늘 일찍 막 길을 떠나려던 차에 비가 이렇게 내려 하는 수 없이 걸음을 멈췄다.

〖 1696년 5월 13일 무진 〗 아침에 안개가 끼더니 늦은 아침부터 맑음

일찍 괴산을 출발하여 60리를 가서 무극역無極驛 관호官戶에서 말을 먹였는데, 바로 음죽陰竹 땅이다. 50리를 더 가서 진촌陣村 주막에서 묵었으니, 바로 양지陽智 땅이다.

〖 1696년 5월 14일 기사 〗 맑음

날이 밝을 무렵 출발했다. 30리를 가서 좌주左舟 주막에서 아침을 해먹었는데 역시 양지 땅이다. 40리를 더 가서 어장동魚莊洞 주막에서 말을 먹였으니, 바로 용인 땅이다. 남벌은南伐隱 앞길에 이르러 신임 충청병사의 행차를 만났다. 판교板橋 주막에 유숙했는데, 바로 과천果川 땅으로 어장동 주막에서 30리 거리이다.

---

86) 김천추金天樞는…죽었다: 『숙종실록』 숙종 22년 5월 4일자 2번째 기사, 5월 9일자 1번째 기사 참조.

〖 1696년 5월 15일 경오 〗 아침에 안개가 끼다가 늦은 아침에서야 맑아짐

동이 틀 무렵 출발하여 월천月川의 전부典簿 형님(윤이석尹爾錫)의 산소에 이르러 참배했다. 계유년(1693) 겨울 서울에 갔을 때 형님과 만났다 이별한지 이제 고작 4년인데, 이승과 저승으로 영원히 갈라져 버렸다. 무덤의 풀은 이미 해가 묵었고 홀로된 나만 곡을 하러 왔다. 저승은 어둡고 아득하기만 하고 무덤을 돌며 길게 우니 마디마디 창자가 끊어지는 듯했다. 묘지기 노奴 철립哲立의 집에서 아침을 해 먹었는데, 묘소에서 몇 리 정도 떨어져 있고 판교에서는 겨우 10여 리였다. 아침 안개가 심하게 끼어 원근을 분간할 수 없었다. 밥을 먹고 다시 산소에 올라 형세를 두루 살펴보았는데, 육안으로는 보이는 것이 전혀 없으니 역시 좋다고 할 만한 것이 없었다. 헐뜯는 사람이 많은 것이 괴이하지 않으니 좋은 땅은 만나기 어렵다. 무덤을 옮기는 일이 쉽지 않으니 참으로 안타깝다. 한강나루를 건너 숭례문을 지나 서울로 들어왔다. 진사 김남정金南挺의 집을 역방했으나 마침 출타하여 만나지 못했다. 그의 아들이 나왔기에 만나서 잠깐 이야기를 나누었다. 명동明洞에 이르러 (…) 고모님 궤연에 가서 심 종제從弟(심단沈檀)와 서로 맞잡고 한참 통곡했다. 내가 어렸을 때 (…) 돌봐주신 은혜가 있으니, 이렇게 상심하여 통곡하는 것이 어찌 단지 숙질 사이의 정 때문이겠는가. 마침 정언正言 이□□李□□을 만나 (…) 회포를 풀었다. 종현鍾峴의 전부 댁에 도착하니 삼년상을 마치고 신주를 받들어 사당에 모셨기에, 단지 형수(윤이석의 처)만을 모신 채 통곡하고서 사당에 배알했다. 두아斗兒가 나를 맞이하기 위해 미음渼陰까지 나갔다가 돌아왔는데, 나의 행차가 양근陽根을 지난다고 들었기 때문이다. 상을 치르면서 심신을 상하지 않아 다행이다. 저녁을 먹은 후에 종아宗兒가 머무르는 맹교盲橋의 우사寓舍로 돌아왔다. 창아昌兒가 묵사동墨寺洞에서 이곳으로 이사하여 같이 살고 있었는데, 역시 나를 맞이하기 위해 미음으로 갔기에 사람을 보내 돌아오게 했다. 두아가 저

녁에 다시 와서 세 아이를 데리고 함께 잤다. 여러 손자들이 눈에 가득 하니 오랫동안 답답했던 마음이 확 풀어지는 것 같았다. 학관學官 숙부(윤직미尹直美), 원봉서元鳳瑞가 왔다. 류기서柳起瑞가 와서 잤다. ○응선應先과 김천추金天樞가 자복하지 않고 죽어서 추국推鞫이 파했다고 한다. ○상감께서 변란을 일으킨 정범正犯을 고발한 자는 천금을 상으로 주고 자품資品을 2등급 높여 주라고 분부했다.

〖 1696년 5월 16일 신미 〗 맑음

승문원정자 이정규李廷揆와 한성부우윤 이시만李蓍晚이 왔다.

〖 1696년 5월 17일 임신 〗 맑음

도사都事 이의만李宜晚, 전 해운판관海運判官 심탱沈樘, 도사 이형징李衡徵, 외숙 이 참군參軍(이락李洺), 참봉 한종규韓宗揆, 이정목李庭睦 생, 이정집李庭輯 생, 이정작李庭綽 생, 전 양천현감 이이만李頤晚, 김극립金克岦, 정계광鄭啓光, 신하상申夏相이 왔다. ○저녁을 먹고 노호露湖에 나갔는데 창아, 종아, 두아가 따라 갔다. 한 참봉(한종규)이 새로 지은 초당에서 묵었는데 초당이 강가에 있고 맑고 깨끗하여 마음에 들었다. ○윤 강서江西(윤이형尹以亨)의 노奴가 영암으로 돌아간다는 말을 듣고 집에 편지를 보냈다. ○목욕했다.

〖 1696년 5월 18일 계유 〗 맑음

창아, 종아, 두아를 데리고 제사[87]를 지냈다. 애통한 슬픔이 망극했다. 의지할 데 없는 고아로 태어난 나의 처지는 실로 하늘과 땅 사이에 찾아볼 수 없는 경우인데, 회갑까지 살아남고 또 오늘을 맞이했으니 숨이 멎을 듯한 슬픔에 무슨 말을 해야 할지 모르겠다. 좌랑 이현수李玄綏가 당산堂山에서 아

---

87) 제사: 생부 윤의미尹義美의 신주를 모신 노량의 사당에서 지낸 제사를 말한다.

침 일찍 와서 만났다. ○아침 식전에 맹교盲橋로 돌아왔다. 염초교鹽硝橋에 사는 이당李樘의 처를 역방하여 만났다. 우리 누님의 장녀인데, 진위振威에 서 여기로 와서 머물고 있다가 서로 만나니 슬픔으로 목이 메었다. 그 시아 버지인 판관判官 이경휼李慶䘏 장丈이 나와서 만났다. ○전 한산군수韓山郡 守 류성명柳星明, 평시서平市署 봉사奉事 이수만李綏晚, 진사 권부權孚, 찰방 이서李漵, 학관學官(윤직미)과 이신득李信得이 왔다. ○일원一願, 이원二願, 삼원三願 및 그 여동생과 어멈이 왔다가, 길을 돌려 관광소觀光所(과거 시험 장)로 갔다.

〔 1696년 5월 19일 갑술 〕 맑음

상감께서 세자의 가례를 거행했다. 세자빈[88]은 바로 유학幼學 심호沈浩의 딸이다. 심호는 재간택再揀擇 후에 영소전참봉永昭殿參奉에 제수되었다. 이 는 전례에 따른 것이다. 심호의 아버지는 유학 심봉서沈鳳瑞이니, 곧 현 응 교 심권沈權의 양자이다. ○동지同知 김세중金世重이 왔다. ○조보朝報를 보 니, 원주, 횡성, 홍천 지역에 8일에 우박이 내리고 큰 바람이 불어 벼 등의 곡 식이 참혹하게 피해를 입었으며, 홍천은 그날 서리까지 내렸다고 한다. 매 우 놀랍고 걱정스럽다. ○이인두李寅斗 생과 그 아우인 진사 이인규李寅奎, 별좌 민언심閔彦諶과 그 형 민언순閔彦諄, 종제從弟 사평司評 정규상鄭奎祥과 그 아우 정익상鄭翼祥, 진사 이우인李友仁, 김재문金載文 생, 학관 숙叔(윤직 미)이 왔다. 일원一願 삼형제 및 그 어멈이 또 관광소에서 역방하여 들렀다.

〔 1696년 5월 20일 을해 〕 맑음

아침 전에 도사 정사효鄭思孝를 방문했다. 류기서柳起瑞가 왔다. ○(…)사

---

88) 세자빈: 경종景宗의 비妃 단의왕후端懿王后로, 청은부원군靑恩府院君 심호沈浩의 딸이다.

당에 절하고, 이어서 영월寧越 댁 숙모님[89]과 지평砥平 고모님[90]께 절했다. (…) 잠시 얼굴을 뵙고, 길을 돌려 사청射廳(훈련원 대청)으로 갔다. 서조모庶祖母[91]께 절하고, 학관 숙과 조곤조곤 이야기를 나누었다. 학관 숙이 헌 집을 사서 고쳤는데, 매우 깨끗하고 좋았다. 또한 작은 연못을 파 여러 화초를 섞어 심으니, 훌쩍 벗어난 산림의 정취가 있어 속이 탁 트이는 기분이 들면서 "난간이 나를 머물게 하여 돌아갈 생각 들지 않네[欄干留我不思歸]."[92]라는 시구를 떠올리게 했다. 남소동南小洞에 가서 참의 강선姜銑과 참판 강현姜鋧[93]에게 조문하고 종현鍾峴으로 돌아왔다. 저녁 무렵 맹교盲橋로 돌아왔다.

〔 1696년 5월 21일 병자 〕 오후에 비가 내림

극인棘人 종제 심 대감(심단)을 방문했다. 심 대감이 말하기를, 조부님(윤선도)의 문집이 여전히 정리가 안 되어 매우 흠이 되던 차에 친상親喪을 치르는 가운데 학관(윤직미)이 소장하고 있는 사고私稿를 얻어 베꼈는데, 잡저雜著는 매우 적고 소장疏章과 시도 많지 않아 아울러 모조리 베꼈고, 약간의 과제科製 및 서찰은 선별하여 베꼈다고 한다. 내가 말하기를, "뜻은 매우 좋습니다. 저라고 왜 이렇게 하고 싶지 않았겠습니까마는, 교정하고 선별할 사람이 없습니다. 그래도 해야 한다면 자손과 문인 들이 서로 모여 의논하여 결정한 후에 일을 진행해야 할 것입니다. 그러나 일이 이렇게 되지 않아 여전히 미뤄지던 차에, 지금 대감께서 제가 하지 못한 일을 하고 계시니 다행이라 할 것입니다. 그렇지만 치밀하고 상세하며 신중한 처사는

---

89) 영월寧越 댁 숙모님: 윤이후의 생모 동래정씨의 손위 오빠 정담鄭儋이 영월군수를 지냈다. 영월 댁 숙모는 정담의 처 광주이씨廣州李氏일 것으로 짐작된다.

90) 지평砥平 고모님: 지평은 윤이후의 고모부 이보만의 일족이 거주한 곳이므로, 지평 고모는 이보만의 처 해남윤씨일 것으로 짐작된다.

91) 서조모庶祖母: 윤선도의 첩으로, 윤직미의 모친인 설薛씨를 말한다.

92) 난간이…않네: 진여의陳與義 『간재집簡齋集』에 있는 구절이다.

93) 강현姜鋧: 강선姜銑의 동생이자 강세황의 아버지이다.

못 될 것 같습니다. 또한 서찰은 양이 아주 많아 본디 다 싣기 어렵습니다. 그리고 간혹 자제들에게 훈계한 편지 같은 것은 말이 번다하여 남에게 보일만 한 것이 못 됩니다. 대감께서는 이런 점들을 어떻게 처리하고 계십니까?"라고 했다. 심 대감이 답하기를, "사람 일은 알 수 없는 것입니다. 그런데 지금 학관에게 사본이 하나 있어 이번에 전사傳寫하게 된 것이지요. 이는 구비해 널리 보관해 두고자 하는 것이지 꼭 이것을 간행하고자 하는 것은 아닙니다."라고 했다. 심 대감의 이런 처사는 독단적 결정에서 나온 것이어서, 적잖이 경솔한 것 같다. 매우 안타깝다. ○조 담양(조정우曺挺宇)의 궤연에 곡을 하고 극인 조하익曺夏翊과 이야기를 나누었다. 종제 이경李絅을 방문하여 그의 아우 이현李絢의 일에 조문했다. 정동貞洞에 도착하여 사당에 배알하고 참군參軍 외숙(이락李洛)께 인사드렸다. 종제 중휴重休와 징휴徵休가 함께 자리했다. 길을 바꾸어 장동墻洞에 도착하여 사당에 배알하고 두 분 형수에게 인사드렸다. 저녁에 맹교로 돌아왔다. 학관 숙과 극인 종제 해여海如(이달원李達源)가 비를 무릅쓰고 왔다. 학관 숙은 갔다. 해여는 묵었다. 종형수(윤이석의 처)도 비를 무릅쓰고 갑자기 왔다. 나로 하여금 이장하는 일을 확정하게 하려 했으나 나는 형수의 뜻을 따를 수 없다고 말했다. 일을 합의하기 어려우니 어찌할까. 사돈 이 생원(이후번李后藩)과 전 옥천군수 정조갑鄭祖甲이 헛걸음했다고 한다. 안타깝다.

〔 1696년 5월 22일 정축 〕 밤에 비가 오다가 아침에 그침. 늦은 아침 다시 비가 옴

오늘 양근楊根으로 떠나려고 생각했으나 비가 내려 이루지 못했다. 해여(이달원)가 갔다. 학관이 다시 왔다가 저녁에 돌아갔다. 별좌 민언심閔彦諶이 다시 왔다. 제용감 직장 이정만李廷萬과 진사 이정양李廷揚이 왔다. 파주의 류명규柳明奎 생이 왔다. 이 사람은 손재주가 많고 특히 벼루 깎는 일에 뛰어났는데, 아이들과 서로 알고 지내는 사이여서 만나러 온 것이다.

〔 1696년 5월 23일 무인 〕 비

두아와 학관이 왔다. 전 옥과현감 이훤李蕙과 전 양천현감 이이만李頤晩이
왔다. 종형수가 저녁에 종현鐘峴으로 돌아갔다.

〔 1696년 5월 24일 기묘 〕 비

비오는 기세가 장마가 되었다. 양근에 가려던 것뿐 아니라 해남으로 돌아
가려는 계획도 역시 쉽지 않으니 정말 걱정이다. 노奴와 말을 용산에 보내
상부孀婦(윤광서尹光緒의 처)를 데려오게 하여 마주 앉으니 슬퍼 목이 메었
다. 정자正字 이상휴李相休가 함께 왔다가 길을 돌려서 갔다.

〔 1696년 5월 25일 경진 〕 밤에 비가 여러 차례 크게 퍼붓고 종일 그치지 않음

도사都事 정사□鄭思□, 도사 이의만李宜晩, 도사 조구정趙九鼎이 왔다. 두아
와 학관이 왔다가 갔다.

〔 1696년 5월 26일 신사 〕 비가 종일 내림

일원一願 3형제 모자母子가 함께 왔다.

〔 1696년 5월 27일 임오 〕 흐림. 한낮에 비가 잠깐 쏟아짐

학관(윤직미), 선전관 임일주林一柱, 선전관 윤석후尹錫厚, 별장 양헌직楊憲
稷, 류기서柳起瑞 생이 왔다. ○오늘은 내 생일이다. 회갑을 맞는 올해 오늘
은 부모를 먼저 떠나보낸 보통 사람에게도 비통한 일인데, 하물며 나는 태
어난 지 10여 일 만에 잇달아 참혹하게 부모를 잃었으니, 절망적인 마음을
어떻게 가눌지 모르겠다. 이날 저녁에 일원 3형제 모자가 종현鐘峴으로 돌
아갔다. ○괴산 여식(김남식의 처)의 잘 있다는 편지를 받았다. ○윤창尹瑒이
왔는데, 선전관 윤석후의 아들이다.

〖 1696년 5월 28일 계미 〗 흐림

송시열을 도봉서원에 병향한 것을 출척하는 일과 퇴계 선생(이황)의 이기변무理氣卞誣에 대한 일로 영남 유생이 상소를 받들고 올라왔는데, 소두는 진사 이성귀李成龜였다. 26일에 대궐에 나아가 상소를 올렸는데, 추가로 들인 것은 받지 않는다는 이유로 승정원에서 물리쳤다. 다시 올렸으나 또 물리쳤다. 상소에 참여한 사람이 3000명이고, 상소를 받들고 올라온 자가 2000여 명이라고 한다. 창아와 종아宗兒 두 아이가 궐문 밖에 나가 살펴보고 왔다. ○ 오후에 종현鍾峴의 형수님(윤이석의 처)께 인사드리고 저녁을 먹고 돌아왔다.

〖 1696년 5월 29일 갑신 〗 흐림

어제 저녁에 사인士人 이만웅李萬雄이라는 자가 상소하기를, "장현張炫의 묘지기 차지일車枝一의 사위 박일봉朴日奉이 연서묘延曙墓[94]의 작변인作變人에 대해 상세히 아는 기미가 있는 것 같아 제가 고하려고 그의 서적書迹을 받았는데, 그놈이 스스로 고하겠다고 바로 대궐에 달려갔다가 그대로 달아나 버렸습니다. 급히 잡아들여 신문하시기를 청합니다."라고 했다고 한다.[95] 즉시 대신大臣과 의금부 당상을 패초牌招하고 국청을 열라고 명하셨으나 박일봉을 잡지 못하여 다음 날 그만두었다. 또 좌우 포도대장 김세기金世器와 이세선李世選을 잡아 가두라고 명하셨다. ○ 목욕했다. ○ 이인두李寅斗와 학관이 왔다. ○ 오후에 창서와 종서를 데리고 노량진으로 나갔다. 두서는 설사를 앓아 함께 가지 못했다.

---

94) 연서묘延曙墓: 연신내에 있는 묘로, 세자의 외조부인 장형이 묻힌 묘를 가리킨다.
95) 어제… 한다: 『숙종실록』 숙종 22년 5월 28일자 1번째 기사 참조.

1696년 6월. 을미 건建. 큰달.

집으로 돌아오는 길

〔 1696년 6월 1일 을유 〕 빗방울이 간간이 뿌림. 약한 햇볕이 간혹 남

새벽에 제사를 지냈다. 망극한 나머지 무슨 말을 해야 할지 모르겠다. 아침 식사 전에 우소寓所로 돌아왔는데, 오는 길에 질녀 이실李室(이현수李玄綏의 처, 윤이구尹爾久의 딸)에게 들러 만나 보고 봉조하(이관징李觀徵)의 궤연几筵에 곡했다. 문약文若 영감(이옥李沃), 흥숙興叔(이발李浡), 열경悅卿(이협李浹) 등의 극인棘人에게 조의를 표하고 조용히 이야기를 나누었다. ○선전관宣傳官 곽재태郭齋泰, 임일주林一柱가 왔다. 류기서柳起瑞와 두서斗緒가 왔다. 정계광鄭啓光이 왔다. ○들으니, 박일봉朴一奉이 기포機捕[96]되어 조사받는다고 한다. ○며칠 전에 전 우윤右尹 이시만李蓍晚 영감이 간자干字에 화운한 시를 보내왔다.[97]

江南野水足淸湍　강남 들판에 흐르는 물 아주 맑고 빨라
夢逐輕鷗仔細看　꿈에 훨훨 나는 갈매기 따라 자세히 보네

---

96) 기포機捕: 비밀리에 민간에서 정탐하여 체포되는 것이다.

97) 이하에는 이시만이 보내온 시를 옮겨 두었으며, 이어서 윤직미의 글과 시, 그리고 저자를 알 수 없는 시 1수도 기록되어 있다. 별다른 언급은 없지만 죽도를 읊은 관련 작품이므로 함께 수록해 둔 것으로 보인다.

茅屋數間孤島上　외딴섬에 지은 몇 칸 모옥에서

投綸得句是方干　낚시하고 시 지으니 바로 방간方干이로다

【관휴貫休의 「방간에게 줌」이라는 시에 "바닷가에서 낚시하고 구름 이는 산에서 시구를 얻네[投綸侵海分 得句覓雲根]"라는 구절이 있다.】

또 한 수

山自何來逗碧湍　산은 어디서 와 푸른 여울에 멈추었는가

百年塵眼等閑看　백 년 동안 속인들은 등한시했는데

淵明歸後柴桑著　도연명이 돌아온 후 시상현柴桑縣[98]도 유명해졌지

歎息滔滔寸祿干　쥐꼬리만 한 녹봉만 추구하는 도도한 풍조를 탄식
　　　　　　　　하노라

또 한 수

脩竹奇岩又激湍　쭉 뻗은 대나무와 기암절벽에 물살 빠른 여울까지

形形盡屬□人看　경치 하나하나가 보는 사람을 즐겁게 하네

江山到處多幽絶　강산의 도처에 아름다운 절경 많으나

□□□田有若干　(…) 약간의 밭까지 있네

병자년 □□ 동애東厓 **병졸**病拙 **정응**定應 **이시만**[우윤 겸 동의금] **고**稿

죽도시에 삼가 차운하고 아울러 서序를 지어 낙무당樂畝堂(윤이후의 당호)
안하案下에 드린다.

---

98) 시상현柴桑縣: 도연명의 고향으로, 지금의 중국 강서성江西省 구강시九江市이다.

낙무 선생이 함평현감을 그만두고 귀향하여 침명浸溟[해남의 별칭]의 죽도에 작은 정자를 짓고 수양하며 쉴 곳으로 삼았다. 지금껏 버려져 왔던 언덕이 홀연히 훌륭한 경관으로 태어나고 그로 인해 산은 더욱 높아지고 물은 더욱 넓어져 눈이 시원해졌으며, 주위를 둘러싼 모래톱을 비롯한 삼라만상이 모두 더욱 빼어난 경치가 되어 호남 우도右道 제일의 맑고 아름다운 곳이 되었다. 아아! 이 세상에 명승지가 적지 않으나, 어떤 곳은 아무도 살지 않는 자연 속에 있어 인적이 닿기 힘들고, 어떤 곳은 도심 속 북새통 곁에 있어 세력가들이 점유하고 있기도 하다. 이 섬은 고향땅에서 지척에 있으나 북적이는 마을에서 멀리 떨어져 있어, 하늘이 아껴 비장한지 오늘에 이르도록 몇 년이나 지난 줄 모른다. 이 어찌 우연이겠는가? 사대부로서 조정에 벼슬한 사람이 본래 범상하지 않은데, 그 누가 한가롭고 편안하게 살 뜻을 품지 않겠는가? 그러나 혹은 형편이 안 되기도 하고 혹은 공명에 취하기도 하여, 종신토록 이익을 도모하지 않을 수 있는 사람이 드물다. 그러나 낙무당 공은 남달리 괴팍한 뜻을 지닌 것도 아니고 남이 억지로 밀어낸 것도 아닌데, 시운時運에 따라 벼슬을 그만두고 훌쩍 스스로 물러났다. 이것이 어찌 쉬운 일이랴. 이는 조물주가 미리 마련해 두고 기다린 것이기도 하거니와, 맑고 고아한 덕성을 지닌 공이 평소부터 자연과 더불어 지내왔기 때문이기도 하다. 공이 이곳에 터를 잡은 이래로, 나막신 신고 지팡이 짚고 소요하면서 엄정한 내적 성찰을 쌓으며 바람과 달을 감상하고 안개와 노을을 노래하니, 돌 하나 나무 하나가 모두 면목이 일신되고 거문고 하나 책 한 권도 절로 그 가치가 청신해졌다. 밀물과 썰물의 드나듦을 보며 비움과 채움의 변함없는 이치를 깨닫고, 구름의 오고 감을 보며 수렴과 확산이 때에 따른다는 것을 인식한다. 세 봉우리의 우뚝함을 마주하며 쉽사리 움직이지 않는 중후함을 닦고, 한 줄기 강물의 도도한 흐름을 보며 막힘없이 두루 포용하는 덕성을 체득한다. 신기루가 섰다가 사라지는 것, 돛배가 나타났다 가 버리는 것, 파도 위를 거침없이 나는 갈매기, 수면 위로 뛰며 이리저리 노는 물고기, 아침저녁으로 흐렸다 맑았다 하는 날씨, 춥고 덥고 비오고 눈 오는 계절의 변화, 아스라이 마주 보이는 언덕의 나무와 돌둑, 저 멀리 보이는 다리와 갯가의 주막 등이 모두 고요히 시야로 수렴되어 알아볼 수 있으니, 마음을 깃들이고 흥을 붙이며 정신을 기르고 지기志氣를 함양하는 바탕이 된다. 거기에 앞 논에선 벼를 거두고 뒷강에선 고기를 잡으며 산에서 나는 나물은 고기와 바꾸지 않으니, 청빈한 생활에 아름다운 운치가 있어 느긋하고 성대하며 한가하고 즐거워 장차 늙어 죽을 몸이라는 것조차 잊게 된다. 아아! 선조 어초은漁樵隱(윤효정) 공 이래로 우리 가문은 누대에 걸쳐 현달하고 문학으로 세상에 이름을 떨쳤으며, 물러남을 좋아하고 벼슬에 나아감을 싫어하며 고요함을 지키고 권세를 피했다. 돌아가신 아버지 고산孤山(윤선도) 공께서는 더욱 세상과 맞지 않아 중년 이래로 수정동水晶洞과 금쇄동金鎖洞에 항상 거처하셨고, 보길도 부용동을 특히 아껴 맑고 깨끗하게 만년을 보내셨다. 지금 공이 죽도를 경영하는 것도 맑고 깨끗한 것을 사랑하는 타고난 자연스런 성정에서 나온 바이기도 하지만, 또한 선조의 유풍을 계승한 것이기도 하다. 내가 마음으로 공경하는 바이다. 공은 더욱 힘쓸 지어다!

鰲背仙峰浮海湍	큰 자라 등 위 신선의 봉우리가 바닷가 여울에 떠 있어
翠微前夜夢中看	푸르고 아스라한 그 경치 간밤 꿈에 보았네
誰向此間開小舍	그 누가 여기 작은 집을 지었기에
白雲高壓竹欄干	흰 구름이 대나무 난간 위에 높이 머무는가

또 한 수

翠竹晴雲映碧湍　푸른 대나무와 뭉게구름이 푸른 여울에 비치어
幽居眞似畫中看　그윽한 집이 정말 한 폭의 그림 같고
湖□□□□夢慣　호수 (…) 꿈에 익숙하여
名區元是舊長干　옛날 장간長干[99] 같은 명승지라네

또 한 수

危檣□□□江湍　높다란 돛대 (…) 강의 여울
□□□□仔細看　(…) 자세히 보네
傳世淸風唯勇退　맑은 가풍 이어 벼슬에서 과감히 물러났으니
平生不學子張干　자장子張의 간록干祿[100]은 평생 배우지 않았네

1696년 5월 석정거사石亭居士 전 학관 윤직미尹直美 쓰다.

정 상서尙書(정유악)의 죽도 시詩에 차운함

天下名區在海南　해남에 천하의 명승지 있으니
咸平太守作茅庵　함평태수가 지은 모옥
登臨一覽眞奇絶　올라서 한바탕 조망하니 정말 빼어난 절경이라
鰲背神山可四三　큰 자라 등 위에 신선의 산이 서넛 있다 하겠네

---

99) 장간長干: 중국 남경南京 남쪽의 지명으로, 이곳 풍속을 묘사한 이태백의 「장간행長干行」이 유명하다.
100) 자장子張의 간록干祿: 『논어』 「위정」에 "자장이 녹을 구하는 것을 배웠다[子張學干祿]"라는 구절이 있다.

〔 1696년 6월 2일 병술 〕 비가 종일 오락가락함

오교午橋 백표숙모伯表叔母의 생신이 바로 엊그제였는데, 내가 제사 때문에 참석하지 못하기 때문에 종제들이 생신을 오늘로 연기했다. 그래서 늦은 아침에 나아갔다. 종형 최 직장直長과 정언正言 이사옹李士雍(이윤문李允文)이 와서 일가 사람이 다 모였다.[101] 저녁 무렵 돌아왔다.

〔 1696년 6월 3일 정해 〕 아침에 비가 꽤 쏟아지고 늦은 아침에 흐렸다 맑음

오늘이 전부典簿 형님(윤이석尹爾錫)의 생신차례 날이라, 아침밥을 먹은 후 가서 참석하고 바로 맹교盲橋로 돌아왔다. 채비를 차려 양근楊根으로 출발했다. 미음강정渼陰江亭에서 묵으며 몽오정夢烏亭으로 심부름꾼을 보냈으나, 재종再從 이일휴李日休는 병 때문에 만나러 오지 못했다.

〔 1696년 6월 4일 무자 〕 비가 종일 오락가락 함

아침밥을 먹고 출발했다. 월계주막月溪酒幕에서 말을 먹였다. 해 질 무렵 양근 읍내 고모님 댁에 도착하여 숙부님(이보만李保晩)의 빈소에 곡했다. 종제 장원長源과 대원大源이 조문을 받았고, 나머지는 양식을 마련하는 일로 나가고 없었다. 들어가 고모님(이보만의 처)께 절하고 길게 통곡하니 슬픔을 이길 수가 없었다. 고모님께서는 젊어서부터 병이 있었고 또 잦은 출산으로 몸이 시달리고 야위어 기운이 없었으나, 이 일을 당한 후에 아직 별탈이 없으시니 기쁘고 다행이기도 하고 한편으로 신기하기도 하다. 사람 수명이란 몸의 강함과 병으로 논할 수 없는 것임을 이제야 알겠다. 변두리 길이 좁고 빗물이 질척질척하여 길 가는 고생이 이루 말할 수 없다.

---

101) 오교午橋…모였다: 이날 모인 사람들은 윤이후 생모 동래정씨의 집안과 혼인으로 맺어진 인척으로 판단된다. 윤이후의 외삼촌 정담을 기준으로 봤을 때, 최 직장直長은 정담의 동서인 최성崔晠의 아들 가운데 한 명일 것으로 추측된다. 즉 윤이후와는 이종사촌 간인 것이다. 그리고 정언 이윤문(광주이씨)은 정담의 처조카이다. 이상의 정황으로 보자면, 오교의 백표숙모는 정담의 처 광주이씨일 것으로 추정된다.

〖 1696년 6월 5일 기축 〗 북풍이 갑자기 거세고 잠깐잠깐 비가 내리다 맑았다 함

고모님께서 매우 간곡히 잡으시고 나 또한 너무 급히 떠난다는 생각이 들어 망설이다가, 빗물에 길이 막힐까 봐 아침 식사 전에 억지로 작별하고 출발했다. 다로악지多路樂只 주막에서 아침을 지어 먹었는데, 고모님 댁에서 겨우 5리쯤 떨어진 곳이다. 두미豆尾 주막에서 말을 먹이고, 해 질 무렵 미음에 도착하여 길을 멈추고 묵었다. 해가 넉넉히 남아서 서울에 도착할 수 있겠지만, 저녁에 도성에 들어가면 필시 구차한 일이 많을 것 같아 여기에 머문 것이다. 이곳이 차마 그냥 지나치기 힘든 정사亭榭이기 때문이기도 하다. 정자를 지키는 노奴가 급히 그물로 물고기를 잡아 끓여 바쳤다. 이 또한 하나의 아름다운 멋이다.

〖 1696년 6월 6일 경인 〗 오전에 비가 퍼붓다가 저녁 무렵 갬

아침밥을 먹은 후 비를 무릅쓰고 길을 떠났다. 망우리忘憂里를 넘으니 비가 점점 더 퍼부었다. 중영포中靈浦는 이미 물이 불어 건널 수 없었다. 곧 속계교東溪橋이 이르니 다리의 머리까지 물이 차서 간신히 건넜다. 북암北巖 근처에 도착하자 비로소 비가 그쳐 희미한 햇살이 간간이 비쳤다. 오후에 종현鍾峴에 도착했다. 창아昌兒, 종아宗兒 두 아이는 이미 맹교盲橋에서 전부(윤이석) 댁 근처로 거처를 옮겨 있었다. 자주 거처를 옮기는 것이 걱정스럽지만, 서로 가까운 곳에 모여 있어 다행이다. 내가 머무는 전부 댁과 창아와 종아의 우사寓舍가 지척이라 함께 와서 숙식했다.

〖 1696년 6월 7일 신묘 〗 맑음

장맛비가 지루하게 계속된 후에 비로소 햇빛을 보게 되니 기쁘다. ○ (…) 힘을 합쳐 음식을 차려서 대접했다. 종형 최군자직장崔軍資直長, 종제 사평司評 정규상鄭奎祥, 이징휴李徵休, 이정목李庭睦, 이정집李庭輯, 이정작李庭

綽 삼형제, 이석렴李碩濂, 학관學官 숙(윤직미)과 그 아들 윤이관尹爾寬, 별장
양헌직楊憲稷, 초관哨官 이신득李信得, 류기서柳起瑞, 정언正言 홍중주洪重周
【나에게 7촌 조카가 된다】가 왔다. ○박일봉朴一奉이 체포된 뒤 즉시 추국청推
鞠廳을 설치하여 그가 끌어들인 업동業同과 명월明月이라는 여인 등을 잡아
다가 심문했으나 딱 맞는 단서가 없었다. 대신의 진달로 추국을 정지하고
그만두었다. 바로 이번 달 2일의 일이다. ○극인棘人 심 대감(심단沈檀)이 해
질 무렵에 내방했다.

〔 1696년 6월 8일 임진 〕 가랑비가 내림

〔 1696년 6월 9일 계사 〕 비 내림

권 감사監司의 아들 권형權馨의 궤연几筵에 곡을 하고, 들어가 그의 사촌누
이를 만나 길게 통곡했다. ○조완벽趙完璧을 불러 침병枕屛[102] 8폭을 그리게
했다. 그는 익산 사람으로 화풍이 꽤 정교하다.

〔 1696년 6월 10일 갑오 〕 가랑비가 내림

전 옥천군수 정조갑鄭祖甲과 그의 동생인 도사都事 정세갑鄭世甲과 도사 정
사효鄭思孝가 아침 식전에 내방했다. 이정목 3형제, 이석렴, 진사 윤관尹
寬, 사평司評 정규상鄭奎祥이 왔다. 학관學官(윤직미尹直美) 부자와 별장別將
양헌직楊憲稷이 왔다가 그대로 묵었다. ○조모상을 대복代服하고 있는 진
사 심일창沈一昌을 조문하고 심일관沈一貫의 궤연에 곡했다. 안 참판(안여
석安如石)의 궤연에 곡했다. 그의 사촌누이는 병이 깊어 보러 나올 수 없었
다. 생원 남중유南重維 숙부를 뵈었다. 그 차남을 잃었기에 궤연에 들어가
곡했다. 아침에 이모(남중계南重繼의 처)를 뵈었다.

---

102) 침병枕屛: 머리맡에 치는 작은 병풍으로, 머리병풍이라고도 한다.

삼가 죽도 주인의 초당시를 차운함

竹堂蕭灑壓層湍　깨끗한 죽도 초당은 층층 여울 굽어보고
海上三山几案看　바닷가에는 삼신산 몇 곳이 보이네
淸福老來非不足　늘그막에 맑은 복이 부족하지 없으니
人間何事更相干　세상 무슨 일에 또다시 상관하겠는가

또 한 수

何人勇退避奔湍　과감히 은퇴하여 여울 가에 노니는 사람 누구인가
明哲吾今此老看　명석한 지혜를 지금 이 노인에서 보네
碧海桑田雖萬變　상전과 벽해가 무수히 변해도
唯君閑臥竹欄干　그대만은 오직 대숲 난간에 한가롭게 누웠구나

병자년(1696) 6월 정주윤鄭周胤(정조갑鄭祖甲)【전 옥천군수】

○삼가 죽도시를 차운해 써서 지암支庵 형님 안하案下에 드림

堂開竹裏壓泃湍　대숲에 지은 초당 물살 센 여울 굽어보고
鼇背三山入遠看　거북이 등 위의 삼신산 멀리서 눈에 들어오는데
中有道人披鶴氅　그 속에 학창의를 풀어헤친 도인이
間吟霞鶩倚欄干　가끔 난간에 기대어 저녁노을과 짝 잃은 오리[103]를 읊네

---

103) 저녁노을과 짝 잃은 오리: 원문의 하무霞鶩는 낙하고무落霞孤鶩의 준말이다. 당唐 왕발王勃이 지은 「등왕각서滕王閣序」의 "저녁노을은 짝 잃은 오리와 나란히 떠 있고, 가을 강물은 끝없는 하늘과 한 색으로 어울리네[落霞與孤鶩齊飛 秋水共長天一色]"라는 구절에서 나온 말이다.

또 한 수

幽居臨海勝江湍　바다 굽어보는 아름다운 강여울에 은거하여
環島雲煙日夕看　섬을 휩싸는 안개 밤낮으로 보며
波上白鷗閑作伴　파도 위 흰 갈매기와 한가로이 벗이 되니
更無機事意中干　마음에 걸리는 세상사 다시는 없네

병자년(1696) 6월 하순에 종제 정규상鄭奎祥【전 사평司評】이 짓다

○삼가 죽도주인 초당시를 차운하여 화답함

茅屋新成枕碧湍　새로 지은 초가집이 푸른 여울을 베니
滄溟還作酒杯看　푸른 바다가 오히려 술잔처럼 보이네
超然物外尋眞客　초연히 세상 밖에서 신선이 되려는 나그네
夢欲人間祿位干　세상 부귀영화를 꿈엔들 추구하랴

또 한 수

島中山勢壓層湍　섬의 산세는 층진 여울을 눌러
海外風光次第看　먼 바다 풍광이 하나하나 눈에 들어오네
閑臥竹林塵事絕　대숲에 느긋이 누워 세상사 끊으니
幽居不許俗人干　조용한 초당에 속인은 근접하지 못하네

병자년 6월 이사옹李士雍【전 정언正言】이 짓다

○윤 지평(윤이후)의 별업 죽도정 시를 차운하여 화답함

竹裏孤亭聳碧湍　대숲 속 정자 하나 푸른 여울 굽어보니
風光堪入畫面看　그 경치 그림에 담아도 볼만하겠네
仙翁自是江湖客　신선 같은 늙은이는 강호의 나그네
浮世功名本不干　덧없는 세상 부귀영화는 원래 관심이 없지

【또 한 수】

波瀾平地劇風湍　파도는 너른 들에 밀려오고 거센 바람은 여울에 불어
海上煙霞夢裏看　바닷가의 경치가 꿈속에 보는 것 같네
一半華山分我否　화산 반쪽 내게 나눠 주시겠소
角巾他日訪江干　훗날 각건[104] 쓰고 강가를 찾으리다

　　　　　　　　　　　　병자 6월 상순 병든 (…) 짓다

또 앞의 시에 차운함

尋常亭榭壓流湍　아담한 정자가 흐르는 여울을 굽어보는 곳
大抵行人□□□　대개 행인이 무심히 지나치지만
□是名區湖海外　이곳은 강호에서 이름난 곳
更無塵累一毫干　세속의 더러움이 조금도 미치지 못하네

---

104) 각건: 은퇴한 사람이 쓰는 네모난 두건이다.

또 한 수

爭將破楫□危湍　어찌 부서진 노로 험한 여울로 거슬러 오르랴
孤客停舟尙拍看　외로운 나그네 배를 멈추고 노를 두드리며 바라보네
爲問江湖垂釣老　강호에 낚싯대 드리운 노인에게 묻노니
水田何處可堪干　무논 있는 곳 어디가 구할 만한가

병자년(1696) 6월 상순 이의만李宜晚

○ 간곡한 부탁을 거듭 사양하다가 삼가 죽도시를 차운하여 졸렬함을 무릅쓰고 써서 드림

聞君新榭枕流湍　흐르는 여울을 벤 새 정자를 군君이 지었다지
勝槪那由把酒看　빼어난 경치를 무슨 수로 술잔 들고 구경하나
千里湖山人自得　천 리 밖 자연 속에서 유유자적하니
世間榮辱不曾干　세간의 영욕일랑 조금도 끼어들지 못하겠네

또 한 수

幾箇人能退急湍　몇 사람이나 물살 센 여울가로 은퇴할 수 있으랴
似君風格世稀看　군과 같은 풍격 세상에 드물지
彈琴竹裏機心靜　대나무 숲속에서 거문고 뜯으니 기심機心[105]이 잠들어
堪笑紛紛利祿干　어지러이 이익과 벼슬을 추구하는 것이 우습겠네

---

105) 기심機心: 공리功利를 바라는 교묘한 마음이다.

○죽도초당竹島草堂 시에 삼가 차운하여 윤 지평 장丈 좌하座下께 올림

背浸溟澥面江湍　뒤는 파도가 밀려오고 앞은 강여울
世外風煙竹外看　세상 밖 풍경을 대숲 너머 보니
天奧覘來仙界邃　하늘의 신비를 엿보는 깊숙한 선경
也知當日一長干　이곳이 이 시대의 장간長干임을 알겠노라

또 한 수

簇簇修竿遶曲湍　죽죽 뻗은 대숲 굽이치는 여울을 둘러
幽居眞是畫中看　은거한 곳 정말 그림 같은 풍경이니
應知子晉緱山夜　알겠노라, 자진이 구산緱山[106]에서 승천하던 밤에
玉笛聲緣碧落干　옥피리 소리 하늘까지 울려 퍼진 것을
【존장尊丈께서 지은 「옥적玉笛」 시에 "경치 좋은 작은 섬 새로 지은 집에, 언제 한 번 옥적 불어 속세에 찌든 속내 씻어낼꼬【小島新開花石勝 一聲何日滌塵腸】"라는 구절이 있어, 마지막 구를 감히 위와 같이 썼다.】

병자년(1696) 5월 하순 시생侍生 이정양李廷揚【진사】 재배

---

106) 구산緱山: 주周 영왕靈王의 태자太子 진晉 즉 자진子晉 왕자교王子喬가 신선이 되어 내려왔다는 구지산緱氏山이다. 왕자교는 왕에게 직간을 하다가 서인庶人으로 폐출되었는데, 피리 불기를 좋아하여 곧잘 봉황의 울음소리를 내다가, 선인仙人 부구공浮丘公을 따라 숭산嵩山에 올라가서 선도仙道를 닦은 뒤에, 30년이 지난 칠월 칠석 날에 구산 정상에 백학白鶴을 타고 내려와서 산 아래 가족들에게 손을 흔들어 인사하고는 며칠 뒤에 떠나갔다고 한다.

○삼가 죽도정竹島亭 시에 차운함

小亭被海帶江湍　바다를 배경으로 강여울 두른 작은 정자
江海風光面背看　강과 바다 경치 앞과 뒤로 보네
更有千竿修竹翠　게다가 키 큰 푸른 대나무 숲이 있어
主翁無事倚欄干　주인이 한가하게 난간에 기대어 있네

　　　　　병자년(1696) 5월 원봉서元鳳瑞【유학幼學】 삼가 드림

해남에 섬이 하나 있다. 만경창파 가운데 우뚝 돌출하여 별천지를 이루었
다. 푸른 대나무가 쭉쭉 뻗어 사시사철 변함이 없다. 그 가운데 몇 칸 모옥
이 있어 그윽하고 맑으며 깨끗하고 단아하다. 주인옹은 아무 근심 걱정도
없이 두건을 쓰고 지팡이 짚고서 유유자적 시를 읊으며 소요하니, 기심을
잊은 한가한 사람이다. 섬을 보면 주인옹이 세상을 버리고 홀로 선 뜻을
알 수 있으며, 대나무를 보면 몸을 깨끗하게 하고 절조를 지키는 그 마음
을 알 수 있다. 작은 집이지만, 맑은 바람이 처마를 씻고 밝은 달빛이 문으
로 들어오며, 푸른 산과 골짜기 구름의 기운을 난간에서 접할 수 있고, 나
는 백로와 펄럭이는 돛대의 그림자가 처마 끝에 떨어지고, 자연의 천태만
상이 앉은 자리에서 영롱히 펼쳐진다. 주인옹이 여기서 유유자적함을 취
하여 늙음이 장차 찾아올 것도 잊고 강호에서 여생을 보내리라는 것을 알
수 있다. 아아! 바닷가와 강가에 경치가 빼어난 곳이 많다. 그러나 잡초
덤불이 우거져 돌보는 사람 하나 없는 황폐한 곳을, 곧은 절조로 혼자 어
려움을 극복하고 좋으나 궂으나 사랑한 사람이 누구인가? 지금 섬을 사
서 대나무를 기르고 또 작은 정자를 지어, 날마다 거기서 지내고 거기서

생활하며 즐겁게 스스로 만족하는 것을, 나는 주인옹에게서 보았다. 옛날 고산 선생(윤선도)이 바다로 들어가 보길도에 거처를 정할 때, 내가 따라가 세연정洗然亭의 낙기란樂飢欄[107] 아래에서 모셨는데, 벌써 20년 전의 일이다. 고산 선생은 죽도 주인옹의 선조다. 느낀 바 있어 그를 위해 기문記文을 짓고, 삼가 그 시를 차운하여 드린다. 1696년 6월.

竹簷雲檻壓淸湍 　대나무 처마와 구름 낀 난간이 맑은 여울 굽어보아
收接風光座上看 　시야에 들어오는 경치 앉아서 보네
俗客不來塵事少 　속된 나그네 오지 않아 속세 일 드무니
世間何物與心干 　세간의 무슨 일이 마음에 걸리겠는가

서원西原 후인後人 양헌직楊憲稷【전 별장】

○삼가 죽도 주인의 시에 차운함

憑欄終日聽風湍 　난간에 기대어 종일토록 바람과 여울 소리 듣고
移席□□□□看 　자리 옮겨 (…) 보네
管得仙區閑送老 　선경을 가꾸어 한가롭게 노년을 보내니
不將竽瑟向齊干 　피리와 거문고 들고 제 선왕에게 찾아갈 일 없으리[108]

이백기李伯起【전 무주수령】 올림

---

107) 낙기란樂飢欄: 세연정 남쪽에 걸려 있던 편액이다.
108) 피리와…없으리: 한유韓愈의 「답진상서答陳商書」에, 피리를 좋아하는 제 선왕齊宣王에게 어떤 사람이 거문고를 들고 가서 벼슬하기를 구했다는 이야기가 나온다.

○삼가 죽도시에 차운함【서序도 함께 지음】

죽도는 해남의 강과 바닷가에 있어 훤하게 툭 트여 맑고 깨끗하며, 대나무 언덕이 상쾌하고 그윽하며, 모래 언덕이 섬을 두르고 겹겹 산봉우리가 멀리서 에워싼 별천지다. 낙무樂畝 선생(윤이후)이 이곳을 열성으로 좋아하여 작은 정자를 지어 만년을 보낼 곳으로 삼아, 속세의 인연을 깨끗이 초탈하여 가만히 창주滄州[109]에 귀의했다. 그의 오도吾道는 한적하게 소요하며 성정을 기르는 것이고, 여가에 즐기는 풍류는 술, 낚시, 시, 글씨, 거문고, 피리다. 그 가운데에서 스스로 즐기며 소박하고 맑은 세월을 보내니, '늙음이 장차 이르는 것을 모른다.'라고 할 것이다.

清區疎竹與江湍　시원한 대숲과 강여울로 맑은 곳
天借斯人暮境看　하늘이 이 사람에게 주어 노년에 보게 했네
宴息小亭心自靜　작은 정자에서 편히 쉬니 마음이 절로 고요한데
世間何事此中干　세간의 무슨 일이 이곳에 간여하랴

또 한 수

潺湲溪水活生湍　끊임없이 냇물 흐르는 활기찬 여울
無限靑山雨後看　가없는 청산은 비 갠 후 드러나네
誰識此間眞趣味　이곳의 참된 정취 누가 알았을까
竹亭終日倚欄干　대숲 정자에서 종일토록 난간에 기대어 있네

또 한 수

---

109) 창주滄州: 은사가 거처하는 곳을 지칭하는 바닷가를 지칭한다.

仙峯一朶聳天南	신선의 봉우리 한 줄기 하늘 남쪽에 솟아
海月江風共小庵	바다 달과 강바람이 작은 오두막과 함께 있네
箇中莫道知音少	이곳에 친구가 없다 말하지 마라
沙上白鷗有兩三	모래톱 위 갈매기 두세 마리 있으니

병자년(1696) 5월 윤이관尹爾寬

○삼가 죽도시에 차운함【서序도 함께 지음】

아버지께서 함평현감을 그만두고 귀향하신 후 해남의 죽도에 초가집을
지으시니, 옥천玉泉의 집으로부터 40리 거리다. 여기에서 한 달이면 열
흘이나 보름 정도를 지팡이 짚고 소요하며 지내신다. 그 경치의 아름다
움이나 편안한 생활의 즐거움은 아버지께서 이미 글을 쓰셨고, 거기에
이어 친척들과 친구들이 글로 서술하고 시로 노래한 것 역시 책 한 권이
된다. 거기에다 자식으로서 무엇을 다시 쓰랴. 그러나 죽도기竹島記를 읽
고 죽도시竹島詩를 읊고 죽도의 대나무를 생각하면, 죽도의 운무가 아득
히 눈앞에 펼쳐져 영탄한 나머지 나도 모르게 문득 시를 읊어 서너 수가
되어도 멈출 줄 모른 것이, 마치 스스로 그만둘 수 없는 것처럼 되었다.
어찌 그것이 그럴 까닭이 없이 그렇게 되었겠는가? 아아! 아버지가 이 섬
과 이 정자를 사랑하시는 것이, 어찌 단지 그 경치에 끌렸기 때문이었겠
는가? 아아! 어리석은 아들이 아직 아는 바가 없으나, 보고 느낀 바는 있
다. 만일 자식들이 이 섬과 이 정자의 뜻을 잃지 않으면, 불효를 거의 면
할 것이다.

山顔簇翠水生湍 　산 얼굴의 푸른 대숲과 물 흐르는 여울

萬象森羅眼底看 　삼라만상이 눈 아래 펼쳐지는데

欲識箇中收攬地 　그 경치 한눈에 들어오는 곳이 어딘가

淸風一曲竹欄干 　한 줄기 맑은 바람 불어 오는 대나무 난간

【右草堂】 　　　【초당】

夜來堤石鬧風湍 　밤새 제방에 부딪히는 파도 소리 시끄럽더니

水閘潮痕曉起看 　수문의 조수 흔적을 새벽에 일어나 보고

報道西疇春事急 　서쪽 밭의 봄 농사 급하다 알리더니

縱橫千畝碧欄干 　종횡으로 무수한 이랑이 푸른 난간에 들어오네

【右耕】 　　　　【농사】

得雨魚兒逆上湍 　비 내리자 물고기 여울을 거슬러 올라

試登漁艇下鉤看 　고깃배에 올라 낚싯대 드리운 것을 보네

潛鱗定在千尋窟 　잠긴 물고기는 필시 깊은 굴속에 있을 것이니

寄語沙禽莫漫干 　모래톱의 물새야, 함부로 엿보지 마라

【右漁】 　　　　【고기잡이】

千株瘦節俯江湍 　쭉 뻗은 천 그루 대나무가 강여울 굽어보아

積翠凝淸盡日看 　겹겹 푸름과 깊은 맑음을 종일 바라보네

不須對案愁無□ 　책상에 앉아 끝없는 수심에 잠길 필요 없도다

能使塵埃莫我干 　세상사가 내게 간여하지 않게 할 수 있으니

【右竹林】 　　　【대나무숲】

林端金蛾暎淸湍 　숲 끝 밤송이 맑은 여울에 비치면

674

可口珍核更可看　맛있는 귀한 밤톨 더욱 탐스럽네
欲識新秋風味處　새 가을에 맛있는 곳 알고 싶거든
請君須到此江干　청컨대, 군은 반드시 이곳 강가로 찾아오게
【右栗園】　　　　【밤나무 원림】

병자년(1696) 6월 아들 두서斗緖

○이전 시에 삼가 차운하여 돌아가는 (…)께 드림

愼行山路謹江湍　산길 조심조심 가고 강여울 삼가서
把酒沙□脈脈看　술잔 들고 모래톱 경치 끊임없이 바라보네
□□□□□氣濕　(…) 기운이 습한데
竹亭珍重倚欄干　죽도 정자 좋아하여 난간에 기대어 있네

공북헌拱北軒에서 이별하며

□落高軒敞郭南　높디높은 공북헌, 트인 성곽 남쪽
華筵終日對支庵　화려한 잔치에 종일 지암과 마주하네
人間此□□□得　인간 세상에 이런 복 쉽지 않으니
奉杓樽前玉樹三　술자리에서 잔을 올리는 아들 삼형제

병자년(1696) 5월 석정거사石亭居士(윤직미) 삼가 지음

○다시 죽도 시의 운을 써서 남쪽으로 돌아가는 낙무당께 드림

夜來江雨幾增湍　밤사이 내린 비로 여울물 얼마나 불었나
南國行人曉起看　남국의 나그네 새벽에 일어나 보네
遙想小亭孤島上　멀리서 그리노니, 외로운 섬 작은 정자에
白雲應濕竹欄干　흰 구름 일어 대나무 난간 적시리라

병자년(1696) 6월 양헌직楊憲稷

다시 앞의 운을 써서 화답하여 석정石亭 안하案下에 드림

詞源潑潑倒深湍　깊은 여울물 쏟아 부은 듯 거침없이 샘솟는 시
短句長篇儘可看　단구와 장편이 정말 볼만하네
從此名區光價倍　이제 죽도의 경치 더욱 광채가 나서
錦囊開處輝江干　시 주머니 열면 강가가 더욱 빛나리
【죽도 시에 화답하여 주신 시와 서문에 감사하며】

感子情深千尺湍　천 척 여울보다 깊은 그대의 정에 감사하네
衝泥窮巷日來看　진흙길 마다않고 누추한 곳 매일 찾아와
諄諄笑語開心處　웃으며 자상하게 한 말씀 내 마음을 깨우쳐
剩喜胸襟物不干　흉금에 넘치는 기쁨 속세인은 알지 못하리
【매일 방문해 주신 것에 감사하며】

客子歸心趁急湍　나그네 돌아가고픈 마음 세찬 여울로 달리는데
臨歧何事更回看　헤어지며 무슨 일로 다시 돌아보는가

爲是城東分手處　한양성 동쪽 헤어지는 곳에

夕陽人倚小欄干　석양에 난간에 기대어 있는 사람 때문이지

【이별할 때 시를 지어 주신 것에 감사하며】

죽도를 생각하며 앞의 두 운을 씀

滔滔歸意若飛湍　돌아가고픈 도도한 마음 빠른 여울물 같아

梅鶴長隱夢裏看　매화, 학과 더불어 오래 은거한 모습 꿈속에 그리네

何日更尋前路去　언제 다시 지난번 길로 찾아가

夕陽垂釣臥江干　석양에 낚시 드리우며 강가에 누울까

幽居新占大江南　큰 강 남쪽에 새로 은거지 마련하여

翠竹蒼松繞草庵　우거진 대나무와 푸른 소나무가 초당을 둘렀는데

歸夢不知湖海闊　돌아가고픈 꿈에 호수와 바다가 먼 줄 모르고

客窓殘夜去來三　객지 짧은 밤에 세 번이나 오갔지

이해 6월 지옹支翁(윤이후)이 종현鍾峴에서 머물며 씀

○극인棘人 심 대감(심단沈檀)을 방문하여 고모님[110] 궤연에 하직 인사를 올렸다. 참군參軍 외숙(이락李洛)께 인사했다. 시직侍直 이천휴李天休를 방문했다. 오교午橋의 숙모[111]께 인사했다.

---

110) 고모님: 심광면沈光沔에게 시집간 윤선도의 딸이다.

111) 오교午橋의 숙모: 윤이후의 외숙인 정담의 처 광주이씨로 추정된다. 1696년 6월 2일 일기 참조.

〔 1696년 6월 11일 을미 〕 흐리다 맑음

조부님(윤선도)의 기제사에 참례했다. 슬픔과 애통함이 마치 막 상을 당한 것과 같다. ○ 정언正言 이윤문李允文, 전 면천현감 권주權胄, 전 양천현감 이이만李頤晩, 종제 이징휴李徵休, 남수웅南壽雄이 왔다. 송경조宋經朝, 송위조宋緯朝가 왔다. ○ 지평砥平 이모(이국균李國均의 처)께 인사했다. 권중장權仲章(권환權瑍) 대감을 들러 방문했다. ○ 감목監牧 신석申澐이 왔다. 신석은 집이 지척인데, 병 때문에 외출하지 못하다가 이제야 비로소 다시 왔다. ○ 좌랑佐郎 이우겸李宇謙을 방문했다.

〔 1696년 6월 12일 병신 〕 밤부터 비가 내리다 오후에야 그침

상부孀婦(윤광서尹光緖의 처)가 용산으로 돌아갔다. ○ 감목 신석이 거문고 타는 비婢와 피리 부는 노奴를 데리고 왔다. 잠시 연주하게 하고 보냈다. ○ 남쪽으로 돌아가는 행차를 원래 오늘 아침 출발하려 했으나, 비 때문에 길이 막혔다. 매우 근심스럽다. ○ 은율현감 한종운韓宗運이 암행어사로부터 파직을 당해 어제 서울로 돌아왔다가 오늘 저녁에 찾아와 만났다. 그가 임시로 거처하는 곳이 가까이에 있기 때문이다.

〔 1696년 6월 13일 정유 〕 맑음

종서宗緖가 나를 따라 남쪽으로 돌아가고 싶어 하지만, 말이 발병을 앓아 또 출발하지 못했다. 몹시 걱정된다. ○ 괴산 여식(김남식의 처)이 보낸 안부 편지 2통을 받았다. 위로된다. ○ 형조참판 신천휴申天休【후명厚命】, 참판 권중장權仲章【환瑍】이 내방했다. 진사 윤관尹寬이 왔다.

〔 1696년 6월 14일 무술 〕 바람 불고 맑음

은율현감 한종운이 왔다. 학관 숙叔(윤직미)이 왔다. 김익중金益重이 왔다.

○아침 식사 후 창아昌兒, 종아宗兒, 두아斗兒 세 아이와 함께 노진露津(노량진)으로 건너갔다. 형수님께 하직 인사를 드리고 종서를 데리고 출발했다. 창아와 두아는 돌아갔다. 금천 읍내에 도착하여 권 상相(권대운權大運)의 우소寓所에 가서 인사했다. 권 상이 해남에서 올라와 이곳에 임시로 머물고 있었기 때문이다. 사차私次로 나아가 점심을 먹고, 이어서 윤유기尹悠期를 방문했다. 윤유기는 작년에 부태묘祔太廟할 때 감조관監造官을 맡았던 일 때문에 이곳에 도배徒配되었다. 방향을 바꿔 인천 안현鞍峴으로 가서 자형(안서익安瑞翼)의 궤연에 곡했다. 몇 년 사이에 사람의 변고가 이에 이르러, 이제는 다만 아비 잃은 조카들만 남아 조문객을 맞이했다. 상을 당한 파리한 모습이 참혹하여 차마 볼 수가 없다. 안 진사 장丈(안민행安敏行)께 인사드렸다. 올해 84살인데 보고 듣는 것이 모두 힘들어 한 마디 말도 못 하고 물러나와 문거文擧와 이야기를 나누었다. 이웃에 사는 진사 변진유邊震儒가 내가 왔다는 이야기를 듣고 내방했다. 말을 몇 마디 나누기도 전에 이웃집에서 불이 나 변진유가 급히 돌아가, 아쉬웠다.

〖 1696년 6월 15일 기해 〗 늦은 아침 맑음. 어제 오늘 동풍이 매우 세게 불더니 저녁 무렵 조금 그쳤다가 다시 흐려짐

이른 조반을 먹은 후 출발하여 계통季通이 사는 마을에 도착했는데, 이른바 애현艾峴이다. 정겹게 이야기를 나누고 죽도기竹島記 여러 작품을 꺼내어 품평했다. 계통이 소주와 오이를 내게 대접했는데, 맛이 좋았다. 손을 맞잡은 채 애틋한 석별의 정이 끝이 없었다. 날이 이미 저물어 할 수 없이 헤어져 일어나 청회靑淮 주막에 유숙했다. 초저녁에 선전관 행차가 급히 지나갔다. 어떤 이는 충청도 병마절도사에게 병부兵符를 받으려고 표신標信을 받아서 간 것이라 하고, 어떤 이는 전라우수사 있는 곳으로 가는 것이라 했다. 그 자세한 상황을 알지 못하여 답답하다.

〖 1696년 6월 16일 경자 〗 밤부터 비가 내리더니 저녁 내내 그치지 않음

이틀간 사나운 바람이 크게 불어, 농부들은 곡식에 매우 해가 될 것이라 하지만, 이 비가 와서 다행이다. 다만 종일 비를 맞다 보니 길을 가는 것이 매우 어려워, 고단함이 이루 말할 수 없다. 새벽에 출발하여 갈원葛院에서 아침을 지어 먹고, 성환成歡에서 말을 먹였다. 천안 주막에 유숙했다.

〖 1696년 6월 17일 신축 〗 비가 그침

요사이 날씨가 춥고 노奴들이 비에 젖어 추위를 호소한다. 나 또한 솜옷을 벗지 못하고 있다. 기후가 질서를 잃어 참으로 한심하다. 아침에 출발하여 덕평德坪에서 아침밥을 지어 먹었다. 말이 물속에 넘어져 싣고 있던 짐이 젖었다. 해가 나지 않아 말릴 수 없어 걱정이다. 여러 날 진흙길을 다니다 보니 짐말이 힘이 다 빠졌다. 버티고 서서 가려 하지 않아서 하는 수 없이 궁원弓院에서 유숙했다. 저녁때 비가 또 내리더니 밤새 퍼부었다. 고초와 근심이 말할 수 없다.

〖 1696년 6월 18일 임인 〗 흐리다가 맑음

밤에 냇물 소리가 천둥소리처럼 들렸다. 아침이 되자 냇물의 기세가 조금 잦아들었다. 지체하고 앉아 있을 수만은 없어 조반을 먹은 후 출발했다. 앞 내를 건널 수 없어 냇물 서쪽으로 길을 잡았는데, 산록이 험하여 지치고 병든 말이 가기 힘들었다. 일곱 번 넘어지고 여덟 번 거꾸러지는 광경을 말하기 어렵다. 앞 내를 건너기 어렵고, 게다가 일신교日新橋가 무너져 도로도 끊어졌다. 고만진高巒津으로 가서 배로 건너려고 10여 리를 어렵게 가서 거의 고만진에 닿았는데, 들으니 나룻배가 물에 떠내려가서 행인도 건널 수 없다 한다. 하는 수 없이 다시 발길을 돌려 길을 찾았다. 대개 궁원弓院 앞 내가 필시 이미 물이 빠졌을 것이므로 그곳으로 건너고자 수

다전촌水多田村을 경유하고 갔다. 이렇게 돌고 있는 사이에 날은 이미 정오가 넘어 인마人馬가 주리고 배고파하기에 길 옆 마을에 당도하여 말을 먹였다. 그 이름이 검암촌黔岩村이라 하는데, 문득 길에서 서울에서 고향으로 돌아가던 첨사 이세용李世容을 만났다. 또 한 객을 만났는데, 고만진에 갔다가 배가 없어서 오는 길이었다. 잠시 후에 또 한 객을 만났는데, 역시 고만진에서 돌아오는 이였다. 모두 궁원 앞 너른 들의 천변까지 왔더니 물살이 다소 줄어 있었다. 사람을 시켜 물을 건너 보게 했는데, 그 깊이가 가슴을 넘었다. 싣고 있는 짐을 풀어 노奴들이 머리에 이고 건넜다. 나와 아이는 옷을 벗고 맨발로 건너 (…) 물살이 완만하고 빠르지 않았으므로 그렇게 위험하지는 않았다. 이세용과 객 2명도 무사히 (…) 소위 수다전촌이다. 마을 안에 큰 기와집이 있기에 투숙하러 갔더니, 주인은 우덕진禹德進으로 무학武學에서 나이가 많아 역을 면제 받은 자이다. 사람됨이 무식하고 완고하며 그 처는 몹시 시끄러웠다. 집은 좋으나 사람은 좋지 않다고 이를 수 있겠다. 두 객은 물가에서 모두 이별을 고하고 헤어졌다. 이세용은 나와 함께 도착하여 이웃 교생校生 박세휘朴世輝의 집으로 와서 머물렀다. 나는 우덕진이 싫어서 나가서 이세용과 함께 갔다. 아침부터 저물 때까지 30여 리를 두루 돌아다니다 끝내 온 데가 여기라니, 도리어 가소롭다.

〔 1696년 6월 19일 계묘 〕 흐리다가 맑음

새벽에 출발하여 일신역日新驛 길을 거쳐 금강錦江을 건넜다. 금강도 물이 많이 불어 건너기 쉽지 않았다. 효가孝家 주막에서 아침을 지어 먹었다. 익아益兒(윤종서)가 탄 말이 네 발을 모두 절었다. 가까스로 니산尼山 읍저邑底에 있는 비 신춘申春의 집까지 갔다. 날이 겨우 정오 무렵이었으나, 앞으로 나갈 방도가 없어 하는 수 없이 유숙했다. 이미 큰 내를 건넌 것만도 다행이다. 말이 병이 난 것이 또한 이와 같고 일마다 탈이 나서 낭패가 극심하니, 걱정이 이루 말할 수 없다. 신춘은 옛날에 내가 서울에 있을 때 해남에서 잡혀 와서 사환使喚하다가, 얼마 되지 않아 도망갔다. 간 곳을 모르고 있었다가 한참 후에야 비로소 니산의 사령使令 김돌시金乭屎와 혼인하여 니산읍 허문虛門 안에 산다는 것을 알게 되었다. 이번에 와서 물어보니 4남 2녀를 낳았다. 요로要路에 살면서 자식을 많이 낳아 키우고 있으니, 서울을 오갈 때 좋은 주인이 될 수 있겠다.

〖 1696년 6월 20일 갑진 〗 맑음

절뚝거리는 말을 침으로 치료했지만 갈 수가 없었다. 부득이 읍인邑人의 말로 바꾸어 별을 이고 출발했다. 신막新幕에 이르자 날이 비로소 밝아졌다. 올목兀木 주막에서 말을 먹였다. 내가 가지고 간 암말도 절뚝거리다가 이곳에 오자 더욱 심해져 결국 앞으로 나갈 수가 없었다. 여산礪山의 김덕린金德獜 집에 이르러 날이 아직 정오도 되지 않았으나 머물러 유숙하기로 했다. 바로 침으로 치료하기 위해서다. 노자는 다 떨어져 가는데 온갖 일로 여정이 이렇게 지체되어 몹시 염려스럽다. ○12일에 성균관 유생들이 상소하여 이르기를, "지난날 업동業同 등의 초사招辭는 가히 의심스럽습니다. 단서가 명백한데도 철저하게 조사하지 않고 계啓를 올려 파직하게 했습니다. 추국하는 데 힘을 써서 이를 맡은 대신은 여력을 남기지 말아야 합니다."라고 했다. 소두疏頭는 이세기李世耆이다. 상감께서 "대신의 뜻은 대개 깊고 먼 염려에 있는데, 상소의 말이 이와 같으니 즉시 도로 출급出給[112]하라." 하시고, 또 소두를 정거停擧[113]하라고 명하셨다. 승정원이 복역覆逆[114]하자, 단지 번거롭게 하지 말라[勿煩]는 비답만 내리셨다. 삼정승과 당시 판의금부사 이세화李世華가 모두 성城을 나가고 상소를 올린 유생도 공

---

112) 출급出給: 승정원에 들인 상소문을 도로 내어주는 것이다.
113) 정거停擧: 과거 응시 자격을 정지시키는 것이다.
114) 복역覆逆: 승정원에서 임금의 명을 따르지 않고 복계覆啓하는 것이다.

관空館[115]했다. 출발한 후에 소식을 듣지 못하니 답답할 따름이다. 대신이 진달한 말과 여러 신하들의 상소 중 '추국을 정파하라고 한 것은 깊이 생각한 데에서 나온 것이다.'라고 했고, 왕이 또한 이 말을 차용했는데, 이른바 '깊고 먼 염려[深長之慮]'라고 한 것이 무슨 의미인지 모르겠다. 삼사三司가 모두 '우선 속히 추국을 멈추라.'라고 해 놓고는, 다시 궁문窮問하라는 뜻을 힘써 주장하고 있으니, 끝에 어찌될지 모르겠다.

〔 1696년 6월 21일 을사 〕 흐리다 맑음

조반을 먹은 후 출발했다. 삼례參禮에서 말을 먹이고 금구金溝 주막에 유숙했다. 병든 말이 점차 좋아지고 있어서 다행이다.

〔 1696년 6월 22일 병오 〕 아침에 흐리다가 늦게 맑음

새벽에 출발하여 태인泰仁 주막에서 아침을 지어 먹었다. 읍저邑底 (…) 보이는 바가 많으니 참담하다. 정읍을 지나 길가에서 잠시 말을 먹이고 천원泉源 주막에 유숙했다.

〔 1696년 6월 23일 정미 〕 아침에 흐리다가 늦게 맑음

새벽에 출발하여 고장성古長城에서 말을 먹였다. 처음에는 북창北倉을 지나서 유숙하려고 했으나 타는 말이나 짐말이 모두 앞으로 나가지 못하기에 은행정촌銀杏亭村에 들어가 말을 먹였는데, 바로 서울에 살던 용궁현감 조趙의 산소가 있는 마을이라 한다. 날이 이미 저물어 하는 수 없이 북창에 묵었다.

〔 1696년 6월 24일 무신 〕

새벽에 출발하여 나주 북문 안에 있는 주막에서 아침을 지어 먹었다. 가야

---

115) 공관空館: 성균관 유생이 시위하기 위하여 성균관을 비우는 것이다.

할 길이 바빠 나 종매從妹(나두하羅斗夏의 처, 이보만李保晚의 딸)를 역방하지 못했는데, 나두하 생이 와서 만나 보았다. 불수원不愁院에서 말을 먹이고 10리 정도 갔는데 빗방울이 잠시 뿌렸다. 저녁때 영암에 도착했다. 곧장 윤강서江西(윤이형尹以亨) 댁으로 갔다. 영암군수 목천기睦天祺가 듣고 바로 나와서 만나고 밥과 반찬을 대접했다. 내게 재종친再從親이 되는 사람이다.

〔 1696년 6월 25일 기유 〕 맑음

점쟁이 조국필趙國弼이 목 상相(목내선睦來善)의 부름을 받아 신지도에 가기에, 서울 편지를 고금도에 부쳐서 보냈다. 아침을 먹고 떠나 누리치屢利峙에 이르렀는데, 별안간 어떤 어린아이가 산 위에서 날 살려라 하고 급히 소리치며 넘어지면서 내려왔다. 돌아봤더니 큰 총각 한 명이 짐을 등에 지고 먼저 왔는데, 길에서 쉬고 있던 어떤 행인이 붙잡아서 총각이 짊어지고 있던 것을 빼앗자 총각 역시 날 살려라 소리치며 도망갔다. 좀 있다가 어린아이가 왔기에 내가 그 이유를 물었다. 그 아이는 바로 옥천玉泉의 좌수座首인 양우춘梁禹春의 14살 된 가노家奴였다. 이 아이가 나주 용흥동興龍洞에 가서 모미牟米(보리쌀) 1말 반과 자반 몇 마리를 가지고 오다가, 길에서 두 사람을 만나 동행하여 이 고개 아래에 도착했다. 그때 두 사람이 높은 곳에 있는 작은 길로 이 아이를 끌고 갔다. 아이가 "여기는 갈 때의 길이 아니에요."라고 하자, 둘 중에 한 사람이 발로 그 아이의 목을 누르고 가슴, 배, 배꼽 아래를 발로 차고 짓밟았다. 아이가 숨이 막히고 인사불성이 되자, 그 사람이 짐을 지고 떠나 버렸다. 좀 있다가 아이가 조금 정신을 차려서 일어나 뒤쫓았는데, 만약 길가에서 쉬고 있던 사람이 아니었으면 어찌 짐짝을 되찾을 수 있었겠는가. 내가 이 아이를 데리고 석제원石梯院에 이르러 제반除飯을 먹으면서 "애야, 네 짐을 내 말에 싣고 나랑 함께 가자꾸나."라고 하자, 아이가 "온몸이 당기고 아프며 불알이 터져서 걸음을 옮기지 못하여 못 가겠어요."라고 했다. 그대로 석제원에 떨어뜨려 머물게 했다. 아무리 흉년이라지만 인심이 어찌 이 지경까지 무너질 수 있단 말인가. 저녁에 팔마八馬 본가에 도착했다. 집안이 무사하니 다행이다. 오는 도중에 목격한 광경은 다음과 같다. 기내畿內는 전답의 곡식들이 모두 비로 인한 피해를 입어서 제대로 자라지 못했다. 호서 지방은 꽤 자랐으나 호남 지방은 형체도 없었다. 나주 밑으로는 조금 낫지만 목화는 겨우 병든 이파리만 있고 애초부터 꽃이 필 기색은 없었다. 농사꾼들이 굶주려 김을 매지 못해 잡초만 무성해져서 밭의 모양을 전혀 알아 볼 수 없었다. 농사가 애당초 이런 꼴인 데다가 도둑질 같은 걱정거리가 또 이러하니, 나는 그저 허공만 쳐다볼 뿐 무슨 말을 해야 할지 모르겠다. 더구나 밀과 보리가 모두 결실을 맺지 못해서 서울은 전문錢文 1냥에 겨우 피모皮牟 4, 5말이나 쌀 7, 8되를 받을 수 있었고, 기내와 호서 역시 그러했다. 호남은 7승목에 밀 6, 7말이었다. 그런데 집집마다 저축한 것이 모두 비어서 사고 팔 길도 끊겼다. 평소 배불리 먹던 사람들도 모두 어쩔 줄을 모르고, 춘궁기에 겨우 죽음을 면했던 사람들은 지금까지 어려움을 겪고 있다. 내가 직접 본 광경의 처참함을 어찌 말로 다 할 수 있으랴.

〔 1696년 6월 26일 경술 〕 비가 내려 냇가가 불어남

최상일崔尙馹, 송수기宋秀杞가 왔다. 김정진金廷振, (…)가 갔다. 16일에 도둑이 창고에 침입해 7월에 먹을 양식을 모조리 훔쳐 가서, 입에 풀칠할 길이 갑자기 끊어져 버렸다. 반찬 없는 보리밥만 먹는 꼴이 비참하다. 나한테 끼니를 기대던 사람들이 모두 부황이 든 얼굴이지만 크게 탄식할 뿐 무슨 수가 있겠는가.

〔 1696년 6월 27일 신해 〕 흐리다가 맑음

윤세미尹世美 족숙族叔, 생원 정왈수鄭日壽, 윤장尹璋, 윤시상尹時相이 왔다.
내가 윤장에게 말했다. "내가 서울에 도착하여 극인棘人 심 대감(심단)에게
'들으니 영감이 내가 상중에 파산波山의 묘갈을 쓴 것이 크게 잘못되었다고
하셨는데, 그렇습니까.'라고 했더니, 심 대감이 '일찍이 이야기를 전해
준 사람에게 그 대강을 전해 들었을 뿐, 윤장에게는 원래 언급을 하지 않았
습니다. 게다가 글을 쓸 사람이 없으면 자손들이 으레 많이 직접 지으니,
또한 상중에 있는 사람이라고 하여 거리끼지 않는 것입니다. 저도 이런 일
이 있었으니, 형님의 일은 조금도 나쁠 게 없습니다. 어찌 윤장과 그것을
말할 수 있었겠습니까?'라고 했네. 자네가 전에 한 말은 무슨 뜻인가?" 윤
장이 "제가 잘못 들었군요."라고 입에서 나오는 대로 답하고, 다시 또 이
어 "저는 이야기를 전한 사람에게서 들었고 심 대감에게 직접 들은 것이 아
니니, 그렇다면 이야기를 전한 사람이 잘못한 것입니다."라고 했다. 내가
"내가 왜 이 말을 하겠는가. 그때 자네가 '직접 심 대감 댁에 갔는데, 윤 학
관(윤직미)이 마침 자리에 있어서 이구동성으로 비판했다.'라고 했네. 이제
와서 왜 전해 들은 이야기가 잘못되었다고 탓하는가?"라고 하자, 윤장이
무안해져서 대답하지 못했다. 윤장은 애초에 내가 심 대감과 만날 날이 있
으리라고는 생각하지 못하고 이렇게 근거 없는 말을 지어 내서 사람을 함
정에 빠뜨릴 생각을 한 것이다. 그 속을 참 헤아릴 수 없다. 아! 이 또한 이
상한 일이구나.

〔 1696년 6월 28일 임자 〕 구름이 끼더니 비가 살짝 내림

최항익崔恒翊, 임취구林就矩가 왔다. ○홍문관 서리 안이현安以賢은 일찍부
터 알던 사이다. 이 사람은 갑술년(1694) 이후 조정에서 쫓겨나 몸 둘 곳 없
이 떠돌아다니면서 여러 유배지를 두루 방문했다가, 우이도에서 나와 날

보러 왔다.

〔 1696년 6월 29일 계축 〕 이슬비가 내림

이대휴李大休, 윤승후尹承厚가 왔다.

〔 1696년 6월 30일 갑인 〕 흐림

이대휴가 갔다. 홍문관서리 안이현이 고금도와 신지도에 가기에, 그 편에 편지를 부쳤다. 윤기업尹機業, 상인喪人 이민석李敏錫, 윤징귀尹徵龜가 왔다. ○올해 담뱃값이 전례 없이 비싸다. 서울은 1칭秤이 돈 45, 46냥이었으며, 시골은 보리 1말에 많아야 수십 닢[葉]에 지나지 않는다. 지금은 햇담배가 이미 나서, 가격이 장차 헐해질 것이라고 한다.

1696년 7월. 병자 건建. 작은달.

유모의 딸 가지개의 죽음

〖 1696년 7월 1일 을묘 〗 아침에 비가 잠시 뿌림

윤이성尹爾成이 어제 왔다가 오늘 갔다. 윤이복尹爾服이 왔다. 윤천우尹千遇
가 왔다. 점쟁이 천재영千載榮이 왔다. ○별감 황세휘黃世輝가 아내의 상을
당했다.

〖 1696년 7월 2일 병진 〗 맑음

윤동미尹東美, 윤이송尹爾松, 윤이백尹爾栢, 윤희직尹希稷, 윤희익尹希益, 김
태귀金泰龜, 극인棘人 윤석귀尹錫龜, 김우정金友正, 김태귀金泰龜가 왔다. 상
인喪人 양지기梁之沂가 왔다. 지난번에 누리치婁利峙에서 어린아이가 도적
을 만난 일이 있었는데,[116] 내가 즉시 심부름꾼을 보내 알리고 데리고 왔다.
그래서 그에 대해 감사하기 위해 왔다고 한다. ○집에서 식량으로 삼을 곡
식을 모조리 도둑맞은 후 입에 풀칠할 방도가 없어, 부득이 진도군수 이진
李簪죽에게 환곡으로 벼 1섬을 보내 달라고 청했으나, 곡식이 너무 부족하
여 겨우 10말만 채워 보내 주었다. 안타깝다. ○윤정구尹廷矩가 왔다.

---

116) 지난번에…있었는데: 1696년 6월 25일 일기 참조.

〔 1696년 7월 3일 정사 〕 맑음

윤남미尹南美, 윤시상尹時相, 윤취삼尹就三, 윤재도尹載道가 왔다.

〔 1696년 7월 4일 무오 〕 맑음

송정松汀의 이석신李碩臣 생生이 은어 10마리와 죽순 한 바구니를 보내 주었다.

〔 1696년 7월 5일 기미 〕 맑다가 저녁 후에 비가 뿌림

윤 서흥瑞興(윤항미尹恒美) 형제와 선달先達 윤□□가 왔다. ○안이현安二賢이 고금도와 신지도를 들러 알현하고 돌아왔다.

〔 1696년 7월 6일 경신 〕 맑음

임세회林世檜가 왔다. 이명대李鳴大가 왔다. 이 사람은 나주의 감목監牧 이초李栁의 아들인데, 윤시상의 사위가 되어 처갓집에 와서 머물고 있다. ○홍문관의 옛 서리 안이현이 남쪽 섬으로부터 역방하여, 류명현柳命賢 대감이 선사해 준 시를 보여 주기에, 급히 차운하여 시를 지어 주어 송별했다.

> 天末相逢若有緣　하늘가 먼 곳에서 서로 만난 것도 인연이라
> 提携說舊儘堪憐　손잡고 옛이야기 나누니 정말 정겹네
> 臨分無限心中事　헤어지려니 마음이 한없이 섭섭한데
> 唯願前途穩食眠　오직 앞날에 잘 먹고 잘 자기 바라노라

병자년(1696) 7월 6일 지암支庵 쓰다

류명현의 원래 시

玉署提携感舊緣　홍문관에서 함께하던 옛 인연 감회가 깊고
天涯流落更相憐　하늘가 타향에서 만나니 더욱 서로 애틋하네
殘灯一點孤齋夜　외딴집 쓸쓸한 등잔불 아래 함께 밤을 보내니
恰似青綾伴爾眠　예전에 숙직하며 너와 자던 밤 같구나

병자년(1696) 5월 15일 남쪽 섬의 유배객 정재靜齋

안이현은 홍문관의 옛 서리로, 내가 숙직할 때 아끼던 이다. 남쪽으로 내려와 떠돌다가 남쪽 섬 유배지에 와서 나를 방문했다. 옛날을 생각하니 슬픈 마음이 들어 시를 읊고 글씨를 써서 주어 훗날 자손들이 볼 것으로 삼는다.

〔 1696년 7월 7일 신유 〕 흐리다 맑음

극인 윤현귀尹顯龜, 윤희직, 윤시한尹時翰, 최유기崔有基, 송수기宋秀杞, 정광윤鄭光胤이 왔다. 극인 황세휘, 강산糠山의 윤화주尹華胄, 송기현宋起賢이 왔다.

〔 1696년 7월 8일 임술 〕 흐리다 맑음

정광윤이 왔다. 임중헌林重獻과 임석주林碩柱가 왔다.

〔 1696년 7월 9일 계해 〕 밤부터 비가 내리다 저녁에야 그침

긴 장마가 걷힌 후 여러 날 동안 강한 햇살이 비쳐 농사짓는 사람들이 비를 간절히 바라던 차에, 이렇게 단비가 내리니 정말 다행이다. 정광윤이 왔다.

〔 1696년 7월 10일 갑자 〕 흐리다 맑음

종서宗緒가 7일부터 학질을 앓았는데 어제 다시 많이 아프니, 걱정스럽다. 이진창감梨津倉監 송수삼宋秀森과 옥천창감玉泉倉監 임세회가 일시에 교체되어, 관官으로부터 현신現身을 독촉받았다. 장차 무거운 처벌을 면하지 못할 것이다. 두 사람이 함께 와서 편지를 받아 갔다. 정광윤이 왔다. 박세붕朴世鵬이 왔는데, 이 사람은 박세유朴世維의 서제庶弟다.

〔 1696년 7월 11일 을축 〕 비가 뿌림. 늦은 아침에 개고 바람 붊

정광윤이 왔다.

〔 1696년 7월 12일 병인 〕 어제 저녁부터 또 비가 오다가 오늘 저녁에야 비로소 그쳤는데, 바람이 꽤 어지럽게 붊

안이현이 이곳으로부터 방향을 바꾸어 연일延日의 유배지로 가기에, 다시 앞의 시에 차운하여 주었다.

窮海茫茫絶世緣　세상 인연 끊긴 아득한 바다 끝
爾能傳信意堪憐　네가 소식을 전해 주니 그 뜻이 어여쁘다
辛勤更向延城去　다시 고생스레 오천烏川을 향해 가면
【뒤에 들으니 연일을 오천이라 부른다고 하여 나중에 고쳤다】
驚起楓林白日眠　단풍나무 숲에서 낮잠 자던 사람이 벌떡 일어나겠네

〔 1696년 7월 13일 정묘 〕 맑음

윤시상과 윤시한이 왔다. 김삼달金三達이 왔다. ○종아宗兒의 학질이 나아 기쁘다. ○병사 류성추柳星樞가 절선節扇 10자루, 편지지 40폭幅을 보내 주었다.

〔 1696년 7월 14일 무진 〕 비가 뿌림

안이현이 인사하고 갔다. 류 판서(류명천柳命天)의 연일延日 유배지로 가기
에 문안 편지를 써서 부치고 또 내가 지은 「죽도기竹島記」, 죽도시竹島詩와
여러 사람들이 지은 것을 베껴서 부쳐 화답해 달라고 청했다. ○윤성민尹
聖民이 왔다. ○식량 사정이 심하게 궁핍하여, 정장呈狀하여 환곡 보리 평平
4섬[117]을 얻었다. (…) □진창□津倉에서 실어 왔다.

〔 1696년 7월 15일 기사 〕 바람 불고 흐림. 빗발이 간간이 뿌림

정광윤이 왔다.

〔 1696년 7월 16일 기사 〕 밤에 내린 비가 아침에 그침. 늦은 아침에 맑음

〔 1696년 7월 17일 신미 〕 맑음

아침에 병영兵營으로 가서 권덕장權德章(권규權珪)을 방문했다. 들으니, 삼
정승인 남구만南九萬, 신익상申翼相, 류상운柳尙運이 추국을 급하게 파했다
는 이유로 성균관이 상소를 올리고 삼사三司가 모두 일어나자, 도성 밖으
로 나갔다가 그대로 교체되고 윤지선尹趾善이 재상이 되었다고 한다. ○밤
에 집으로 돌아왔다.

〔 1696년 7월 18일 임신 〕 맑음

흥아興兒와 종아 두 아이가 마포馬浦의 작은 절 은적사隱跡寺[118]가 그으한 풍
취가 있다는 말을 듣고, 가서 보고 저녁에 돌아왔다. ○정광윤, 진사 황세
중黃世重, 김여휘金礪輝가 왔다. 윤희정尹希程이 왔다.

---

117) 평平 4섬: '석石'에는 '평平'과 '전全'이 있다. 평석平石은 15두, 전석全石은 20두이다.
118) 은적사隱跡寺: 해남군 마산면 금강산金剛山에 위치한 대둔사의 말사이다.

〔 1696년 7월 19일 계유 〕 맑음

올여름은 무더위가 전혀 없었는데 근래 들어 갑자기 심해졌다. 벼는 조금 낫지만 한 마디쯤 되는 푸른 벌레가 볏잎을 싸서 집을 지으니, 갉아먹을 염려는 없다 해도 벼에 병이 생길까 봐 매우 걱정스럽다. ○창아昌兒에게 긴히 물어볼 일이 있어 삼봉三奉을 서울로 보냈다. ○정광윤이 왔다. ○종서가 고금도와 신지도에 가려고 간두幹頭로 갔다. 장차 방향을 돌려서 갈 계획이다.

〔 1696년 7월 20일 갑술 〕 맑음

윤희성尹希聖과 정광윤이 왔다. ○죽도로 가는 길에 이대휴李大休를 역방했다. 권붕權朋과 윤익재尹益載가 함께 있었다. 김형일金亨一과 그 아들 김우정金友正, 조카 김우경金友鏡이 소식을 듣고 와서 만났다. ○어제 저녁에 정선택鄭善擇과 김시정金時鼎이 우이도에서 나와 류 대감(류명현)의 편지를 전해 주었다.

〔 1696년 7월 21일 을해 〕 맑음

성덕항成德恒이 왔다. 이대휴와 최남준崔南峻이 왔다. ○노老 성 생원(성준익成峻翼)이 정만대鄭萬大의 처인 딸의 상을 당해서, 저녁에 가서 조문했다. ○윤신미尹信美가 수박을 가지고 왔다가 그대로 유숙했다. 성덕징成德徵이 왔다.

〔 1696년 7월 22일 병자 〕 맑음

성덕항이 왔다. ○팔마八馬로 돌아왔다. 이대휴를 역방했다. 길에서 양득중梁得中을 만났다. ○가지개加知介가 13일에 아이를 낳다가 죽었다고 한다. 이 사람은 내 유모 소생인데, 작년에 와서 만난 후로 다시 보지 못했다.

굶주린 나머지 사산하고 자신도 역시 일어나지 못했으니, 매우 비참하다. 커서는 용모가 그 어머니와 흡사하여 내가 볼 때마다 눈물을 훔치지 않은 적이 없었다. 작년에 와서 만났다가 황원黃原으로 돌아가겠다고 할 때 슬퍼해 마지않기에, 나도 눈물을 삼키며 잘 타일러 보냈었다. 그런데 그것이 영원한 이별이 될지 어찌 알았겠는가. 너무도 애통하다.

〔 1696년 7월 23일 정축 〕 맑음

우이도에 보내는 답장을 써서 김시정金時鼎에게 부쳤다. ○종서가 돌아왔다. ○양득중이 왔다. 정광윤이 왔다. ○임취구林就矩가 배 25개를 보냈다. 윤순제尹舜齊가 왔다.

〔 1696년 7월 24일 무인 〕 맑음

다음 달 28일의 정시庭試를 8일로 당겨서 치른다고 한다. 아이들의 일정이 너무 급박하여 걱정이다. 정광윤이 왔다. 임익한林翊漢이 왔다.

〔 1696년 7월 25일 무인 〕 맑음

고故 이석빈李碩賓의 아들이 양득중에게 배우고 있었는데, 상풍傷風 병이 중하여 이석신李碩臣이 병소病所에 왔다. 내가 가서 만나고 아울러 사례했다. 양득중이 와서 만났다. 윤시상, 윤희직, 정광윤이 왔다.

〔 1696년 7월 26일 경진 〕 맑음

극인 윤징귀尹徵龜가 왔다. ○흥서와 종서가 정시庭試를 보기 위해 서울로 출발했다. 갑자기 행구行具를 마련하다 보니 일에 차질이 많아 매우 걱정이다. ○김정진金廷振, 이대휴, 윤동미, 송수기, 송기현, 정광윤이 왔다. 이석신이 왔다.

〖 1696년 7월 27일 신사 〗 맑음

정 생(정광윤)이 어제부터 그물을 엮었다. 윤천우尹千遇가 왔다. ○해남의 환곡보리糶牟 3석을 얻어 해창海倉에서 실어 왔다. ○종서네 집의 노奴가 서울에서 내려와 창아와 두아斗兒 두 아이가 19일에 보낸 잘 있다는 편지를 받았다. 기쁘다. 삼사의 청대請對로 10일에 업동業同에 대한 추국이 열렸다. 관련된 사람은 김이만金以萬, 방찬方贊, 성두방成斗方 등이며 진사 이홍발李弘渤도 여러 사람의 공초供招에 나왔다. 방찬과 이홍발을 대질할 때 작변作變을 발고發告하는 상소에 대해 말하기를, "처음에 윤가尹哥(윤종서)가 상소할 거라고 들었으나, 상소를 올린 것은 강오장姜五章이었습니다." 라고 했다. 국청의 당상관은 떠도는 말이라고 듣고 흘려 버렸다. 이렇게 그치고 말지, 아니면 끝내 불행에 이르게 되지나 않을지 모르겠다. 뼛속까지 놀랍고 가슴이 두근거려 어찌 할 바를 모르겠다. 이 아이가 비록 어리석지만 어찌 이런 일이 있으며, 내가 아들을 제대로 가르치지 못하여 그놈이 이러한 이름을 얻게 되었다. 이는 그놈이 평소 근신하지 못해서 일어난 일이 아닐 수 없다. 통탄스럽다.

〖 1696년 7월 28일 임오 〗 맑음

무더위가 혹심해져 앉아도 자리가 편하지 않으니 고통을 말로 다 할 수 없다. 성덕징이 어제 왔다가 지금 갔다. ○두 아이의 행차에 데리고 갔던 노奴 철봉哲奉이 나주에 도착하여 떨어져 돌아와서, 일행이 일단 무사하다는 것을 알게 되었다. 기쁘다. ○이날 저녁에 소나기가 한바탕 내렸는데 겨우 먼지만 축일 뿐이고 가뭄을 해소하기에는 부족했다. 걱정스럽다.

〖 1696년 7월 29일 계미 〗 맑음

윤시삼尹時三과 윤은필尹殷弼이 왔다.

昔夢仙舟住近湍　간밤 꿈에 신선의 배가 여울 근처에 머물러
舷頭有客凜相看　뱃머리에서 손님과 의젓하게 마주했는데
謂言爾得安身地　그가 말하길, '네가 편안하게 지낼 곳을 얻었으니
世事從今愼莫干　세상일은 이제부터 조심하고 관여하지 말게.'

　　　죽도시의 운을 써서 우연히 장난삼아 지음. 날짜는 잊어버렸음.

1696년 8월. 정유 건建. 큰달.

이 일을 어찌 할까

〔 1696년 8월 1일 갑신 〕 맑음

김삼달金三達과 윤시상尹時相이 왔다.

〔 1696년 8월 2일 을유 〕 맑음

지난번에 이대휴李大休가 함께 천렵하자고 청했는데 그 뜻이 매우 정성스러워 동틀 무렵에 출발했다. 정광윤鄭光胤이 따라갔다. 이대휴의 집에 도착하여 아침을 먹고, 그대로 그를 데리고 어성포漁城浦 아래로 갔다. 이 종제從弟(이대휴)가 차일을 쳤다. 권경權絅, 권진權縉, 그의 아들 권명權明, 권찬權纘의 아들 그리고 김우경金友鏡, 박이중朴以重, 선달 진방미陳邦美와 그의 아들 2명 그리고 권씨와 진씨 두 집안의 아이들 여러 명이 와서 모였다. 이석신李碩臣도 만나러 왔다가 바로 돌아갔다. 중복重服을 입었기 때문이다. 밀물을 기다렸다가 여러 소년들과 이 종제의 가노家奴들이 일시에 발을 치고 그물을 끌었다. 어린 숭어와 은어를 꽤 많이 잡아 삶기도 하고 회로도 먹었다. 쉬이 경험하기 어려운 멋들어진 놀이라고 하겠다. 날이 저물어 각자 흩어졌다. 나와 정 생(정광윤)은 죽도竹島로 돌아와 잤다.

〔 1696년 8월 3일 병술 〕 맑음

성덕항成德恒과 성덕징成德徵이 와서 만났다. 아침을 먹은 후 말을 돌려 백치白峙에 도착해서 낮잠을 자고, 점심을 먹었다. 저녁이 되어 팔마八馬로 돌아왔다. 아이들의 행차에 데리고 갔던 노奴 일백一百이 그믐에 고장성古長城에 도착했다가 일행으로부터 떨어져 돌아왔다. 흥아興兒가 잇몸에 종기가 나서 먹지도 마시지도 못한다니 매우 걱정이다. ○ 임중신任重信이 죽합竹蛤, 말린 새우, 문절망둑無族魚을 보냈다. 윤중석尹重錫과 송창우宋昌佑가 담배를 보냈다.

〔 1696년 8월 4일 정해 〕 맑음

오후에 소나기가 한바탕 내렸지만 먼지를 축일 정도도 안 되었다. 이삭이 패기 시작한 벼와 꽃이 핀 콩[豆太]이 요 몇 년간 가장 무성하나, 오랫동안 비가 오지 않으면 말라 죽기를 면치 못할 것이다. 지극히 걱정스럽다.

〔 1696년 8월 5일 무자 〕 맑음

아내의 학질이 여러 차례 반복되어 걱정이다.

〔 1696년 8월 6일 기축 〕 맑음

윤취거尹就擧, 윤은좌尹殷佐, 성덕기成德基가 왔다. 옥화진玉和珍, 김삼달이 왔다.

〔 1696년 8월 7일 경인 〕 맑음

김의방金義方, 윤선형尹善衡이 왔다. 김성삼金聖三이 왔다. ○ 오랫동안 서울 소식을 듣지 못하여 답답함을 이길 수 없어 권 대감(권규權珪)에게 사람을 보내 물었더니, 조보朝報에 나온 말을 써서 보내 주었다. 그 내용은 다음과 같다. 즉 방찬方贊 등 5인은 승복하여 사형에 처해졌다.[119] 주모자 이홍발李弘渤은 중형을 받았으나 불복하고 죽었다.[120] 대간이 계啓를 올려, "흉패를 묻은 이후 윤 진사가 모의에 함께 하여 상소를 올리게 했으니, 강오장姜五章을 국문하여 처단하십시오."라고 청하였는데, 곧바로 윤허했다.' 여기에 나오는 '윤'은 종서宗緒를 가리킨다. 일을 장차 헤아릴 수 없으니 이를 어찌 해야 할까. 할 말을 모르겠다. 이홍발의 처는 참판 박경후朴慶後의 딸인데 이홍발이 장을 맞아 죽은 날에 자결했다고 한다. ○정동기鄭東箕가 왔다.

〖 1696년 8월 8일 신묘 〗 흐리다 맑음

윤시건尹時建, 윤시달尹時達 두 노인이 아침 일찍 방문했다. 윤유도尹由道가 왔다. ○정 생(정광윤)이 그물 짜는 일을 마쳤다. ○사동士同을 서울로 돌려 보냈다. 이날 밤 최운원崔雲遠이 와서, 어떤 사람이 앞길을 지나가다가 말하길, 윤 진사 형제가 천원역川源驛[121]에 도착하여 잡혀 갔다고 했다 한다. 필시 종서일 것이니 헛된 이야기가 아니다. 심장과 뼈가 모두 결딴나는 듯하니 어찌 할 바를 모르겠다.

〖 1696년 8월 9일 임진 〗

소나기가 한바탕 내렸는데, 한 호미자락에도 미치지 못했지만 마른 식물들이 조금이라도 소생했으니 다행이다. ○연동蓮洞의 점쟁이 사철士哲을 불러 종서의 일에 대해 물으니 처음은 심각해도 나중에는 우려가 없을 것이라고 한다. 그 말을 온전히 믿기는 어렵지만 걱정이 조금이나마 누그러졌다. ○윤 강서江西(윤이형尹以亨)의 노노奴가 서울로 올라간다는 말을 듣고 편지를 써서 부쳤다.

---

119) 방찬등…처해졌다:『승정원일기』숙종 22년 8월 7일자 4번째 기사 참조.
120) 주모자…죽었다:『승정원일기』숙종 22년 7월 26일자 4번째 기사 참조.
121) 천원역川源驛: 천원역川原驛이라고도 한다. 전라도 정읍에 소재했다.

〖 1696년 8월 10일 계사 〗 맑음

권용權鏞이 왔다. ○이날 저녁 삼봉三奉이 서울에서 내려와 흥아興兒와 종아宗兒 두 아이의 편지를 받았다. 과연 노령蘆嶺에서 나장羅將을 만나 4일에 천안에 도착했으며,[122] 창아틤兒가 서울에서 내려와 맞이하여 서로 만나 저녁을 먹은 뒤 계속 밤길을 갔는데, 일단 무탈하다고 한다. 참으로 다행이다. 강오장을 심리한 후에 채제윤蔡悌胤과 윤종서를 잡아오게 했는데, 채제윤은 이미 공초를 바쳐, 의금부에서 형을 집행할 것을 청하니 상감께서 말하기를, "윤종서가 올라오는 것을 기다렸다가 다시 품처하라."라고 했다고 한다. 이때 국청은 이미 파한 후였다. 의금부에서는 국청으로 이송할 것을 청했다. 상감께서 신임 우의정 윤지선尹趾善이 탑전榻前에서 아뢴 바에 따라 하교하시기를, "내 뜻도 그렇다. 이 경우는 앞서의 추국과 적용해야 할 조목이 다르므로 대간의 계啓에 비답한 것에 따라 의금부에서 하라."라고 했다고 한다. 우의정의 말도 자못 완곡하고 상의 뜻도 역시 완곡해져, 요행을 바라는 마음이 없지 않다. 다만 가만히 하늘에 기도할 뿐이다.

〖 1696년 8월 11일 갑오 〗 맑음

정광윤이 왔다. 극인 안형상安衡相이 우리 집 일을 듣고 놀라서 상복을 입고 있는 것도 꺼리지 않고 와서 위문했다. 그 뜻이 고마웠다. ○이대휴가 들렀다. 윤희성尹希聖이 와서 위문했다.

〖 1696년 8월 12일 을미 〗 흐리다 맑음

윤시상, 윤재도尹載道, 문장門長(윤선오尹善五), 윤은필尹殷弼, 윤동미尹東美,

---

122) 과연…도착했으며: 8월 8일자 일기에 윤尹 진사進士 형제가 천원역에 도착하여 잡혀 갔다는
이야기를 들었다고 기록해 놓았는데 그것을 확인한 서술로 보인다. 노령은 충청북도 보은, 전라북도
순창, 전라북도 고창, 전라북도 정읍 등에 보이는 지명인데, 여기서는 전라북도 정읍 천원역 바로
옆에 있는 고개를 가리키는 것으로 보인다. 현재의 전라북도 정읍군 입암면 등천리이다. 참고로
『승정원일기』 숙종 22년 7월 27일자 14번째 기사에 윤종서를 잡아오기 위해 나장羅將을 내려
보내기를 청하는 계啓가 보인다.

정광윤, 김삼달, 정왈수鄭日壽가 와서 위문했다. 이날 저녁 소나기가 한바탕 왔는데 겨우 먼지를 축일 정도였다.

〔 1696년 8월 13일 병신 〕 맑음

윤천우尹千遇, 전적典籍 김태정金泰鼎, 이홍정李弘靖, 상인喪人 윤징귀尹徵龜, 김태귀金泰龜, 윤제호尹齊虎, 윤순제尹舜齊, 정광윤이 와서 위문했다.

〔 1696년 8월 14일 정유 〕 맑음

선달 윤취삼尹就三, 선달 윤기업尹機業, 윤은좌尹殷佐, 선달 김수도金守道가 와서 위문했다. 김삼달, 정광윤이 왔다. 김명석金命錫이 와서 위문했다.

〔 1696년 8월 15일 무술 〕 맑음

새벽에 기제사를 지내고, 그 길로 적량원赤梁院에 가서 묘제墓祭를 지냈다. 배여량裵汝亮이 왔다. 해 질 무렵 집에 돌아왔다. 서울 소식을 알아보기 위해 권 대감(권규)에게 보낸 사람이 저녁에 돌아왔는데 별다른 소식이 없었다. ○정왈수가 또 들렀다.

〔 1696년 8월 16일 기해 〕 맑음

임중헌任重獻, 윤동미尹同美, 윤이주尹以周가 와서 위문했다. 이대휴가 왔다. 윤희직尹希稷이 와서 위문했다. 김 전적典籍(김태정)이 다시 방문했다. ○아이들이 서울에 간 지 오래되었는데 의금부의 소식을 들을 수 없어 송산松山의 비부婢夫를 불러 서울로 보냈다. ○최상일崔尙馹, 이 무장茂長(이유李濰)이 와서 위문했다. 이 무장은 그대로 유숙했다. ○최정익崔井翊이 와서 위문했다. 최형익崔衡翊이 어머니의 상을 당했다.

〖 1696년 8월 17일 경자 〗 비

오랜 가뭄 끝에 이 비가 내렸으니 늦었지만 그나마 다행이다. 이 무장이 아침 전에 갔다. 남미南美, 이송爾松이 어제 저녁에 걸어왔다가 비에 막혀 그대로 유숙했다.

〖 1696년 8월 18일 신축 〗 약하게 비가 내리다 그침

박필중朴必中, 박세표朴世標, 윤승후尹承厚가 와서 위문했다. 김삼달이 왔다. 남미, 이송은 갔다. 이복爾服이 왔다. ○ 진도의 정 대감(정유악鄭維岳)이 사람을 보내 문안했다.

〖 1696년 8월 19일 임인 〗 맑음

나주의 정필서鄭弼瑞 부자가 편지를 보내 문안했다. 윤천임尹天任이 와서 위문했다. 윤유도尹由道, 송수기宋秀杞, 송기현宋起賢, 윤 서흥瑞興(윤항미尹恒美), 선달 윤징미尹徵美, 윤희익尹希益, 배준웅裵俊雄이 와서 위문했다. 정광윤이 왔다. 선달 김율기金律器, 윤상尹詳이 왔다.

〖 1696년 8월 20일 계묘 〗 흐리다 맑음

윤시삼尹時三, 윤시상尹時相, 윤시한尹時翰, 박상미朴尙美, 윤선시尹善施, 박수귀朴壽龜, 김의방金義方, 극인 윤석귀尹錫龜, 정광윤이 왔다.

〖 1696년 8월 21일 갑진 〗 오전에 비 내리고 오후에 맑음

이성이 어제 왔다가 오늘 갔다. 최운탁崔雲卓, 정광윤이 왔다.

〖 1696년 8월 22일 을사 〗 맑음

김형구金亨九가 왔다. 윤재도尹載道가 옥과玉果에 감시監試를 보러 가는 길

에 역방하여 만났다. 윤기반尹起磻, 진욱陳稶, 이신재李信栽, 이운재李雲栽, 이장원李長原이 와서 위문했다. 윤경尹儆, 이옹李灉이 와서 위문했다. ○아이(윤종서)가 서울에 들어간 후 소식이 깜깜한 채 들려오지 않아 심사를 가라앉히기 어려웠다. 마침 윤경의 말을 들으니, 윤 서흥(윤항미) 아들의 편지가 오늘 서울에서 왔다는데, 10일에 보낸 것이다. 아이가 (…) 아직은 심문하지 않았다 한다. 6일에 필시 서울에 들어갔을 것이므로 10일이면 5일째인데 (…) 혹 의금부가 집무를 개시하기 쉽지 않기 때문이 아닌가 염려된다.[123] 의심하고 염려되는 마음을 더욱 견딜 수 없다. ○김진서金振西, 임취구林就矩가 위문하러 왔다.

〔 1696년 8월 23일 병오 〕 맑음

윤세미尹世美 숙叔, 이석신李碩臣, 양득중梁得中, 김우창金禹昌, 윤화미尹和美, 송기현宋起賢, 김삼달, 정광윤이 왔다. 양지사梁之泗와 그 조카 극인棘人 양가송梁可松이 들렀다. ○지원智遠이 용노龍奴(용이龍伊)를 데리고 물고기를 잡고 떠나려는데, 정광윤이 붙들어 함께 갔다.

〔 1696년 8월 24일 정미 〕 종일 비가옴

---

123) 의금부가…염려된다: 8월 3일 사간원 사간 이정명李鼎命이 강오장 등의 국청에 대해 논계論啓하지 않은 대관臺官들의 체차遞差를 청하는 계啓를 올린다(이에 대한 구체적 내용은 『승정원일기』 숙종 22년 8월 3일자 19번째 기사를 참고). 이후 8월 4일 사헌부 지평 송징은宋徵殷이 국청에 참여하여 강오장 등에 대해 논계하지 않은 일 등을 이유로 체직遞職을 청하는 계를 올린다(『승정원일기』 숙종 22년 8월 4일자 4번째 기사 참고). 당시 신임 우의정이었던 윤지선은 이를 가만히 지켜보지 않고 국청에 참여한 양사兩司 관원들이 배척을 받은 일로 삭직削職을 청하는 상소를 올린다(『승정원일기』 숙종 22년 8월 4일자 7번째 기사). 뿐만 아니라 송징은의 상소에 대해 이정명은 8월 5일 다시금 체직을 청하는 계를 올린다. 이와 같은 상황을 종합해 볼 때, 당시 양사에 속한 대부분의 대관들이 강오장 등의 국청 문제에서 자유롭지 못했던 것으로 보이며, 양사뿐만 아니라 국청을 주관했던 의금부 또한 마찬가지였던 것으로 보인다. 당시 병조판서였던 이세화李世華가 의금부의 수장으로서 올린 상소가 『승정원일기』 숙종 22년 8월 5일자 8번째 기사에 있는데, 의금부 또한 당시 국청을 진행하는 데 있어서 매우 어수선한 상황이었음을 유추할 수 있다.

〔 1696년 8월 25일 무신 〕 맑다가 간혹 비가 내림

이대휴, 이익회李益薈, 윤의임尹義任, 김연화金鍊華, 안준림安俊臨이 왔다. 김삼달이 왔다.

〔 1696년 8월 26일 기유 〕 가랑비

서울 소식을 탐문하고자 권 대감(권규)에게 심부름꾼을 보냈으나 역시 들은 것이 없다고 한다. 답답하여 견딜 수가 없다. ○생원 정왈수가 아침 일찍 왔다. 윤상尹詳, 윤경尹絅, 한종주韓宗周, 윤이백尹爾栢이 걸어서 왔다. 윤천우가 왔다. 정광윤이 왔다. ○권용權鏞이 영광으로부터 돌아가는 길에 들러 유숙했다. ○두 다리에 난 부스럼이 추석날부터 또 일어나서 고통이 그치지 않고, 왼쪽 팔의 혈병血病은 더욱 심해졌다. 아내는 학질이 한번 나았다가 재발하여 오래 끌면서 낫지 않고 있다. 어려움을 당한 와중에 질병이 또 이와 같으니 괴로운 상황을 말로 다하기 어렵다. 간밤에 잠이 오지 않기에 종아의 일을 탄식하다가 시를 지었다.

无妄之災到此地	뜻밖의 횡액이 이 지경에 이르니
我心如割又如刺	내 가슴 도려내고 또 찌르는 것 같네
能將父母心爲心	이런 부모 마음으로 마음을 먹을 수 있으면
世上應無不孝子	세상에 불효자는 없으리라

○이홍임李弘任이 과시科詩를 지어 와서 평가를 받아 갔다.

〔 1696년 8월 27일 경술 〕

일기를 못 썼음.

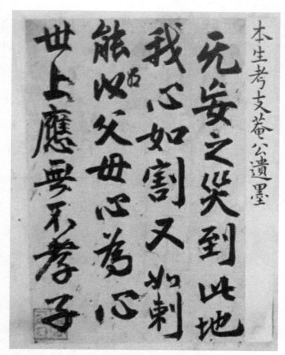

윤종서의 일을 한탄하며 지은 윤이후의 친필 시고_고산유물전시관 소장

〖 1696년 8월 28일 신해 〗비

이이만李頤晩이 전라도 도사都事로 제수되어 아이들의 편지를 전했다. 15일에 보낸 것이다. 종서는 6일에 심리에 나아갔으나[124] 의금부에 일이 많고 또 능행陵幸으로 인하여[125] 아직도 원정原情하지 못하고 있는데, 엄하던 논의가 자못 부드러워졌다. 집의執義 이정명李鼎命이 상감께 계를 올리기를, "소疏를 낸 유생들 강오장, 윤종서 등의 이름은 이미 방찬, 업동 등 적인賊人의 입에서 나왔는데, 국청에서 그들을 붙잡아 대령하기를 청하지 않았으므로 옥사獄事의 대체大體를 몹시 그르쳤습니다. 청컨대 당시 국청에

---

124) 종서宗緖는⋯나아갔으나: 『숙종실록』 숙종 22년 8월 6일자 2번째 기사 참조.

125) 능행陵幸으로 인하여: 숙종이 창릉昌陵과 경릉敬陵, 익릉翼陵 등에 전알展謁하여 직접 제사를 지낸 일을 말한다(『숙종실록』 숙종 22년 8월 9일자 1번째 기사 참조).

참여했던 대간臺諫을 체차遞差하소서."라고 했다.[126] 상감께서 이에 답하기를, "강오장, 윤종서 등은 흉물을 무덤에 묻는 일에 관여하지 않은 것으로 드러났다. 대간이 방찬과 업동의 풍문에 근거한 진술을 받아들여 강오장과 윤종서를 잡아들이자고 청할 수 있었겠지만, 청하지 않았다고 해서 어찌 그 대간들을 체차하라고 청할 수 있겠는가?"라고 했다. 사간司諫 홍수점洪受漸은 태연히 있을 수 없다고 인피引避했다.[127] 대사헌 신완申琓이 이와 관련하여 홍수점을 체임하기를 청했다. 상감께서 답하기를, "매우 온당치 않다."라고 했으므로,[128] 신완 역시 인피했다.[129] 이로써 보자면 그 사건의 전개가 부드러워졌음을 또한 알 수 있으니 매우 다행이다. 하지만 원정한 후의 소식이 아직 오지 않았으니 이를 듣기 전에는 이 마음 졸임이 어찌 조금이라도 풀어질 수 있겠는가.

〔 1696년 8월 29일 임자 〕 맑음

이 무장(이유)과 이증李增, 좌수 임중신任重信, 상인喪人 양가송梁可松이 왔다.

〔 1696년 8월 30일 계축 〕 맑음

좌수 임취구가 배 70개를 보냈다. 크기는 비록 작지만 맛은 칭찬할 만하다. 병중에 입맛을 잃었는데 이것을 받아 다행이다. 김성삼金省三, 문장(윤선오), 연동의 윤선적尹善積, 윤기미尹器美, 윤집미尹集美, 김현추金顯秋가 왔다. 윤희직尹希稷이 왔다. 권혁權赫이 왔다.

---

126) 집의執義…했다: 당시 이정명의 벼슬은 사헌부 집의가 아니라 사간원 사간司諫이었다. 윤이후의 착각으로 보인다(『승정원일기』 숙종 22년 8월 3일자 19번째 기사).
127) 사간司諫…인피引避했다: 『승정원일기』 숙종 22년 8월 11일자 11번째 기사 참조.
128) 대사헌…했으므로: 『승정원일기』 숙종 22년 8월 12일자 8번째 기사 참조.
129) 신완 역시 인피했다: 『승정원일기』 숙종 22년 8월 12일자 9번째 기사 참조.

1696년 9월. 무술 건建. 큰달.

요사이 괴로움을 이루 말할 수 없어

〔 1696년 9월 1일 갑인 〕 맑음

왼팔의 혈병血病은 어떤 약도 효과가 없다. 다른 사람의 말을 곧이곧대로 듣고 잘못하여 □□칠□□漆을 두루 발랐더니 혈훈血暈(피가 뭉치는 것)으로 인해 아픈 것을 참을 수가 없다. 피부 속에 고름이 생기고 피부가 모두 벗겨져 악육惡肉[130]과 고름이 매우 심하다. 황랍고黃蠟膏[131]를 붙이자 고름물이 끝없이 흘러나와 옷과 이불이 다 젖어 버렸다. 자고 먹는 것이 모두 편안치 않으니 매우 걱정스럽다. 이는 대종大腫이라 팔 전체에서 고름이 나서 필시 원기가 허하여 손상되는 데에 이를 것이니 매우 염려된다. ○이 무장茂長(이유李瀏), 윤시상尹時相, 윤명우尹明遇, 윤세구尹世耈, 정익태鄭益泰, 문두팔文斗八이 왔다. 정익태는 생게 20개를 가지고 와서 주었다.

〔 1696년 9월 2일 을묘 〕 맑음

이 무장이 유숙하고 갔다. 김운서金雲瑞, 윤주상尹胄相, 윤기주尹起柱와 신

---

130) 악육惡肉: 몸에 까칠한 군살이 생기거나 콩알같이 도드라지는 증상이다. 혹은 살이 썩는 증상을 말하기도 한다.

131) 황랍고黃蠟膏: 밀랍, 소나무 진, 참기름 등으로 만든 고약으로, 손발이 터지거나 살이 헌 데 쓰는 약이다.

조천新造川의 객이 왔는데, 이 사람은 이름을 말하지 않았다.

〔 1696년 9월 3일 병진 〕 맑음

윤시상, 윤동미尹東美, 선달 문헌비文獻斐가 왔다. ○지난번에 지나가는 노奴 편에 햇벼 5말을 장흥의 이 진사(이제억李濟億) 적소謫所에 보냈는데, 오늘 그 답장을 받았다.

〔 1696년 9월 4일 정사 〕 맑음

윤시상, 윤적미尹積美, 김여련金汝鍊, 윤팽년尹彭年이 왔다. 윤이복尹爾服이 지나다가 방문했다. ○송산松山 비婢의 남편이 서울에서 돌아와 아이들이 27일에 보낸 편지를 받았다. 편지의 내용은 다음과 같다. 종아宗兒가 19일 에 원정原情을 올려, 방찬方燦 무리와 관련된 일이 없음을 명백히 밝혔으 며, 상소를 올린 일은 과연 알고 있었다는 내용으로 진술했다. 21일에는 강오장姜五章, 채제윤蔡悌胤과 한곳에서 대질심문했는데 세 사람 모두 문 제될 소지가 전혀 없었으나, 판의금부사 이세화李世華가 심문에서 나오지 도 않은 말로 다음과 같이 꾸며 내어 계啓를 올렸다. '세 사람이 남몰래 손 을 잡고 서로 화응한 형적이 낭자할 뿐만 아니라, 간악한 흉적에게 은밀히 붙어 상통하며 모의한 정황이 분명하여 가릴 수 없는데, 말을 꾸며 변명하 고 실토하지 않으니 지극히 놀랍고 통탄스럽습니다. 모두 형신을 가하여 실정을 알아내시기 바랍니다.' 이 계에 대해 판부判付하기를, '심상하게 하 지 말고 각별히 엄히 형신하여 실정을 알아내라.'라고 하셨다. 24일에 의 금부에서 한 차례 신문한 후 다시 다음과 같이 계사를 올렸다. '위 사람들 을 각별히 엄히 형신했사온데, 장杖을 견디며 자복하지 않습니다. 모두 형 을 더하여 실정을 알아내시기 바랍니다.' 이 계에 대해 판부하기를, '각별 히 엄히 형신하여 실정을 알아내라.'라고 하셨다고 한다.

지난번 아이들이 보낸 편지에서는, 일이 잘 풀릴 것 같으며 아무 벌도 받지 않고 풀려날 가망은 없지만 정배定配되어도 중하지는 않을 것 같다고 하여, 근래에 팔이 아픈 것이 심했어도 이를 위안으로 삼으며 몸이 병들어 괴로운 것도 잊고 기쁜 소식을 날마다 기다렸다. 어찌 지금 갑자기 이런 소식을 들으리라 예상이나 했겠는가? 그간의 사정은 차마 짐작도 할 수 없다. 다시 무슨 말을 하랴? 다시 무슨 말을 하랴?

세 정승이 내쫓긴 후 복상卜相[132]을 명하기에 전임 정승들을 추천했는데 유상운柳尙運만이 낙점되었고, 가복加卜[133]을 명하자 서문중徐文重을 단수 추천하여 낙점되었다. 그래서 유상운이 영의정, 윤지선尹趾善이 좌의정, 서문중이 우의정이 되었다. 세 정승이 모두 소론이어서 노론이 쫓아내고자 하여, 지평 신임申鈕을 시켜 상소하여 공격하게 했으며, 유생儒生 이현명李顯命이란 자도 상소하여 힘써 공격했고, 또 성균관 유생으로 하여금 상소하여 강하게 논의를 펴게 했다. 세 상소에 모두 강오장 무리의 일을 느슨하게 처리했다는 말이 있어, 이렇게 다시 중하게 처리되게 되었다. 통탄스럽고 또 통탄스럽다. 상감께서 신임을 정의현감에 특별히 제수했는데, 홍문관에서 차자를 올리자 경성판관鏡城判官으로 옮겨 임명하게 했다. (…) 이현명을 국문하여 사주한 사람이 누구인지 물었다고 한다.

〔1696년 9월 5일 무오〕 맑음

양득중梁得中이 와서 위문했으나, 마침 병든 팔에 약을 바르고 있었기 때문에 방에 들여 만나지는 못했다. 이대휴李大休와 윤익재尹益載가 왔다. 해남의 하리下吏 박문익朴文益이 와서 문안하고, 전복 4꿰미, 말린 민어 2마리를 가지고 와 바쳤다. 영암군수가 이제야 심부름꾼을 시켜 편지를 보내

---

132) 복상卜相: 새로 정승을 뽑기 위해 후보자를 천거하는 일로, 삼정승 가운데 결원이 생기면 현직 정승 중 한 사람이 복상단자를 올려 국왕이 낙점한다.
133) 가복加卜: 복상단자에 임금의 뜻에 맞는 이가 없을 때 추가로 복상하는 것이다.

위문했다. 진도의 정 대감(정유악鄭維岳)이 굴장窟庄 노노奴 편에 편지를 보내 위문했다. 윤천우尹千遇가 왔으나, 병으로 만나지 못했다. ○팔에 창瘡이 생겨 월경月經을 복용했다.

〔1696년 9월 6일 기미 〕 흐림

송수기宋秀杞가 햇밤을 가지고 왔다. 좌수 박원귀朴元龜도 왔으나, 병중이 라 맞이하여 만나지는 못했다. 윤시상이 와서 잠시 이야기를 나누었다. ○형방패독산荊防敗毒散을 복용했다. 아내가 학질을 앓아 오약순기산烏藥 順氣散을 복용했다. 모두 월암月嵓에서 처방해 준 것이다.

〔1696년 9월 7일 경신 〕 맑음

철착리鐵鑿里의 이신우李信友가 어제 저녁에 왔었는데, 병중이라 나가 만 나지 못하고 붙잡아 노사奴舍에서 유숙하게 했다가 이제야 비로소 잠깐 만 나고 갔다. ○과원果願 어멈이 임신한 지 9개월인데 백리白痢를 위중하게 앓아 오랫동안 낫지 않았다. 그런데 내 병이 이러하니 약을 써서 치료할 생 각도 할 수 없었다. 아내도 학질을 몇 차례나 앓았는지 모를 정도이지만 아 직도 낫지 않고 있다. 환난 가운데 걱정과 고뇌가 이러하나, 이 또한 운명 이다. 어찌 하겠는가? 두 다리의 창종瘡腫은, 먼저 난 것이 완전히 아물지 도 않았는데 이어서 나는 것이 그치지 않는다. 왼팔의 병이 지금껏 나아질 기미가 없어, 앉고 눕는 것마저 남의 손을 빌려야 하여 뻣뻣한 시체나 다름 없이 된 지가 반달이 넘는다. 아프지 않은 곳은 오른팔뿐인데 이 또한 마 음대로 쓸 수가 없으니, 네 팔다리란 모름지기 서로 의지한 이후에야 운용 할 수 있는 것임을 비로소 깨달았다. 서찰이나 근래의 일기는 누워서 쓰고 있는데, 글씨꼴을 도무지 갖출 수 없으니, 매우 안타깝다. ○종아宗兒의 사 정을 알아보기 위해, 두선斗先을 또 서울로 보냈다. ○김형일金亨一이 왔으나, 병 때문에 나가서 만나지 못했다. 게와 밤을 먹여서 보냈다. 윤익재가 게를 보냈다. 임중헌任重獻이 전인을 시켜 편지를 보내 위문하고, 배 30개를 보냈다.

〔 1696년 9월 8일 신유 〕 맑음

장흥의 유배객인 진사 이제억이 전인을 시켜 편지를 보내 위문하기에, 벼 5말과 게젓 약간을 보냈다. ○김우경金友鏡, 김우정金友正, 권붕權朋이 고창의 감시소監試所에서 돌아오는 길에 들러 위문했으나, 병 때문에 만나지 못했다. 윤순제尹舜齊가 와서 위문했으나, 병 때문에 만나지 못했다.

〔 1696년 9월 9일 임술 〕 맑음

이백爾栢과 이성爾成이 고창에서 돌아오다가 들렀기에, 과원과 함께 절사節祀를 치르게 했다. 이대휴가 서울로 가는 길에 들러 방문했다. 임취구林就矩, 윤희성尹希聖, 윤희정尹希程이 왔으나, 병으로 만나지 못했다. 윤민尹玟이 고창에서 와 들렀고, 정광윤鄭光胤이 왔으나, 모두 만나지 못했다.

〔 1696년 9월 10일 계해 〕 흐리다 맑음

윤시삼尹時三, 상인喪人 윤학령尹鶴齡, 윤정준尹廷準이 왔으나, 병으로 만나지 못했다.

〔 1696년 9월 11일 갑자 〕 맑음

비婢 용덕龍德은 원래 외도外島에 살았는데, 병에 걸려 근래 그 아비인 용이龍伊에게 왔다가, 어젯밤 한밤중이 되기 전에 죽었다. ○동리東里 사람 23명을 보내 땔나무를 벴다. 근래 이곳의 땔나무가 극히 귀해져서 날마다 건장한 노奴 서너 명 혹은 너덧 명을 시켜 나무를 하게 하지만, 제대로 공급을 못할까 항상 걱정이다. 땔나무 형편이 점점 어려워져 부득이 이렇게까지 하게 된 것이다.

〔 1696년 9월 12일 을축 〕 맑음

왼팔의 병이 처음에는 매우 위중하여 차마 볼 수 없을 만큼 비참했으나, 황랍고黃蠟膏를 빈번하게 바꿔 붙였더니 고름이 밤낮으로 흘러나와 10여 일 후에는 다 빠져 나와 살이 비치기 시작했다. 요즘은 수양탕水楊湯으로 나쁜 농즙을 가볍게 씻어 내고 황랍고를 바꿔 붙이기를 멈추지 않고 열심히 하니 꽤 나아졌다. 그래도 완전히 살이 붙기는 아직 쉽지 않을 것 같다. 다리의 창종은, 먼저 난 것이 전혀 낫지 않고, 나중에 난 것은 더욱 맹위를 떨친다. 할미꽃 달인 탕으로 씻었지만, 효과는 확실하지 않다. 요사이의 괴로움을 이루 말할 수 없다. ○ 맹진孟津의 이李 생生, 윤시상, 윤선용尹善容이 왔으나, 병중이라 만나지 못했다. 김삼달金三達이 왔으나, 병으로 보지 못했다. 동미東美와 이복爾服이 왔다. ○ 관찰사 김만길金萬吉이 순행을 나와 영암에서 해남으로 왔다고 한다.

〔 1696년 9월 13일 병인 〕 흐리다 맑음

하리下里 사람 23명을 보내 땔나무를 베게 했다. ○ 들으니, 성덕기成德基의 어머니가 11일에 갑자기 숨이 막혀 그대로 세상을 떠났다고 한다. 매우 놀랍고 한탄스럽다. 여든을 바라보는 노老 성 생원(성준익成峻翼)이 이렇게 부인의 상을 당한 것을 생각하면, 그 정경이 안타깝다. 윤시지尹時摯와 윤희직尹希稷이 왔으나, 병 때문에 만나지 못했다. 윤희직은 큰 배 5개를 가지고 와서 주었다. 남미南美가 와서 문병했다. 이날 저녁 비가 왔다.

〖 1696년 9월 14일 정묘 〗 잠깐 비가 오고 바람이 심함

윤선호尹善好가 전인을 시켜 편지를 보내 위문하고, 침감 53개, 배 2개를 보냈다. 정광윤이 왔으나, 병중이라 만나지 않았다.

〖 1696년 9월 15일 무진 〗 바람 불고 맑음

윤천화尹天和가 큰 배 6개, 말린 새우 2되를 가지고 왔다. 전적典籍 김태정金泰鼎이 왔으나 병중이라 만나지 못했다. ○회갑년에 액운이 많다는 것은 세속에서 항상 하는 말이거니와 무사히 보내는 경우가 적다. 나는 작년 가을에는 도둑을 맞는 환난을 당했고, 봄과 여름에는 줄곧 지금의 병에 걸려 있었다. 사람들은 이걸로 회갑년의 액운을 때우기에 족하다고 말했고 나도 또한 그렇다고 여겼었다. 그런데 지금 종아가 이렇게 뜻하지 않은 재앙의 그물에 걸리고 내 몸의 병도 가볍지 않고 매우 심하니, 회갑년의 액운이 이에 이르리라고 어찌 생각이나 했겠는가? 아아! 나의 첫 병자년을 어찌 차마 형언할 수 있겠는가? 험한 꼴을 당한 자투리 인생이 오늘에 이르도록 보존되어 회갑까지 살 수 있었으니, 이는 실로 전혀 예상 못한 바이다. 그러니 두 번째 만난 병자년의 험한 액운은 당연한 것이며 괴이하게 여길 바가 못 된다. 이제야 비로소 운명이란 피할 수 없는 것임을 알겠다. 말해 무엇 하겠는가?

〖 1696년 9월 16일 기사 〗 맑음

해남의 관편官便이 두아斗兒의 편지를 전했다. 6일에 보낸 편지이다. 판의금부사가 사직하여 업무를 볼 수 없었다고 한다. 의금부 업무가 늘어지는 덕을 볼 수 있을까 기대할 수도 있겠지만, 결과가 쉽지는 않을 것이라 지극히 걱정된다. ○박세유朴世維가 왔으나 병중이라 만나지 못했다. 김삼달이 왔으나 병중이라 만나지 못했다. ○봄에 순무사巡撫使 김구金構가 해남에

왔을 때 대둔사의 중들이 성을 쌓자고 청원했다. 그의 세력에 의탁하여 해남현감의 침탈을 면해 보고자 했기 때문이다. 순무사가 산에 올라 두루 살펴보고 돌아가 계를 올려, 이번에 관찰사와 병사兵使 김중기金重基가 함께 와서 보았다. 대략 들으니, 관찰사와 병사는 성을 쌓아도 무익한 곳이라 생각한다고 한다. ○전적 김태정이 또 오고, 윤세미尹世美 숙叔이 왔으나, 병중이라 만나지 못했다.

〖 1696년 9월 17일 경오 〗 흐리다 맑음

윤천우尹千遇가 그제 제사지낸 음식을 조금 보냈다. 최시필崔時弼, 윤기업尹機業, 정광윤이 왔으나, 병중이라 만나지 못했다. 오랫동안 병을 앓아 울적하게 틀어박혀 있자니 견딜 수 없어 퇴헌退軒에 나가 앉아 있었더니, 윤유도尹由道가 고하지도 않고 곧바로 들어왔다. 부득불 잠시 만났다.

〖 1696년 9월 18일 신미 〗 맑음

극인 윤석귀尹錫龜가 왔으나 병중이라 만나지 않았다.

〖 1696년 9월 19일 임신 〗 맑음

월남月南의 최현崔玹이 왔으나, 병중이라 만나지 않았다. 변최휴卞最休가 배 7개를 가지고 왔으나, 병중이라 만나지 않았다. 구림鳩林의 이두정李斗正이 왔으나, 병중이라 만나지 않았다.

〖 1696년 9월 20일 계유 〗 맑음

윤시상이 배 2개를 보냈는데, 크기가 모과만 했다. 김삼달이 왔으나, 병중이라 만나지 않았다.

두서斗緖가 7일에 보낸 편지를 받았는데, 종서宗緖에 관해 전해 들은 소식
은 전과 같았다. ○김의방金義方이 왔으나, 병으로 만나지 못했다. ○병으
로 신음하는 중에 답답하고 울적함을 견딜 수 없어 우연히 「인침명引枕銘」
을 썼다.

虎頭圓	머리는 호랑이 머리처럼 둥글고
龍鬚滑	머리털은 용 수염처럼 미끄러워
勢易轉	자세가 구르기 쉽고
眠難結	잠은 들기 어려워라
得爾持	너를 얻어
不前却	오락가락하지 않고
夜以曉	밤부터 새벽까지
能奠厥	편안히 잘 수 있었다
夥爾功	네 공을 크게 여겨
銘以述	이렇게 명銘을 쓰노라

○박세붕朴世鵬이 석류 4개를 가지고 왔으나, 병중이라 만나지 못했다. 윤
익성尹翊聖이 압해도押海島에서 나와, 맞아들여 내 병의 처방을 물었다. 동
미東美가 와서 만났다.

동복현감 이형李瀅이 동당시東堂試의 수권관收券官으로 와서 영암군 시
소試所에 도착하여 사람을 보내 편지로 문안하고 편지지 40폭을 보냈다.
○윤희직이 왔는데 병중이라 만나지 않았다. 청계淸溪의 진중미陳仲美가

왔는데 병중이라 만나지 않았다. 송정松汀에서 전인을 보내 편지로 문안하고 생계를 보내왔다.

윤 강서江西(윤이형尹以亨)의 노奴가 창아昌兒의 편지를 전해 주었는데, 두아斗兒의 7일 편지와 같은 날 보낸 것이었다. 판의금부사 이세화李世華가 목욕을 핑계로 평산平山으로 나갔다. 이현명李顯命의 상소를 사주한 사람을 심문하여 성규헌成規憲이 드러나자 틀림없이 체직되려고 그렇게 한 것이다. 이로 인해 오랫동안 업무를 보지 않았다고 한다. 정말 답답하다. ○윤천우, 정광윤, 김수도金守道가 왔는데 병중이라 만나지 않았다. 대둔사 승려들이 백족白足을 보내 나의 병과 종아의 일을 위문했다.

최도익崔道翊이 편지로 문안하고 큰 배 3개와 수박 1개를 보냈다. 윤시한尹時翰, 윤팽년尹彭年이 왔는데 병 때문에 만나지 않았다. 정광윤, 박필중朴必中이 와서 잠시 서로 만났다. ○윤익성尹翊聖이 왔다. 폐수肺俞 두 개의 혈에 각각 15장의 뜸을 뜨고, 기죽마騎竹馬 두 개의 혈에 각각 7장의 뜸을 떴다. 팔다리의 병 때문이다. ○윤민尹玟이 왔는데 병 때문에 만나지 않았다.

김우정金友正이 석류와 밤을 가지고 왔다. 권혁權赫이 동아와 감을 가지고 왔다. 황원黃原의 윤덕함尹德咸, 윤시상 그리고 흑석두黑石頭의 윤수장尹壽長이 왔다. 모두 병중이라 만나지 않았다. 다시 폐수肺俞 두 개의 혈에 각각 15장의 뜸을 떴다.

김삼달이 와서 잠시 맞아들였다. 다리의 종기가 점차 차도가 있고 팔에 난 병의 고름도 그쳤으나, 새살이 돋아난 후에도 부어오른 붉은 독기는 없어질 기미가 전혀 없으니 참으로 걱정이다. 할미꽃을 끓인 탕으로 씻어도 제대로 된 효험이 없어 어제부터 도꼬마리의 열매와 줄기와 잎을 끓여 씻었는데 이것이 효험이 있을지 모르겠다. 이곳에는 도꼬마리가 없어 연동蓮洞으로 사람을 보내 캐 오게 하니 그 노고가 배가 된다. 한탄스럽다. ○노奴 두선斗先이 서울에서 돌아와 창아昌兒, 흥아興兒, 두아의 편지를 받았는데 19일에 보낸 것이었다. 이세화가 판의금부사에서 체임된 후에 승지가 진달한 바에 따라 바로 아래 관리가 공무를 보도록 명했다. 따라서 지의금부사 민진장閔鎭長이 12일에 업무를 보기 시작하여 종아가 다시 한 차례 신문을 거쳤다고 한다. 그저 빨리 죽어 소식을 듣지 못하면 좋겠지만 그럴 수 없으니 통탄스럽다. 이세백李世白이 지의금부사에서 판의금부사로 승진했는데, 전임자에 비해 너그러울지 엄할지 모르니 다만 조용히 하늘에 기도할 뿐이다. 두 차례 신문을 거쳤지만 크게 상한 곳은 없다고 하는데 이것은 아이들이 나를 위로하는 말일 뿐이고, 그간의 일들은 차마 상상할 수 없다. 다시 무슨 말을 하겠는가?

아이들이 나의 종기를 위해 고약을 지어 보냈기에 팔의 병난 곳에 붙여 악독을 빼내게 했는데 황랍고보다 낫다. 이것으로 차도가 있다면 얼마나 다행이겠는가? ○극인 성덕항成德恒이 지나다 들러 잠시 서로 만났다. 박문익朴文益이 전복 1접을 보냈다. 권혁權赫이 감과 게를 가지고 다시 왔다. 임익한林翊漢과 정광윤이 왔는데 병중이라 만나지 않았다.

윤동미가 왔다. 도사都事 이이만李頤晚이 영암군 동당시가 끝난 후에 바로 답험踏驗[134]길에 올랐는데 저녁 무렵에 지나다 들렀다. 어두워지자 일어나 해남으로 곧장 갔다.

윤민尹玟이 과거를 보러 가기에 아이들에게 편지를 부쳤다. 그리고 별지[小札]를 써서 감옥에 있는 종서宗緒에게 보냈다.

> 너의 일이 여기에 이른 것을 말해 무엇 하겠느냐만 하늘이 계시니 어찌 용서받을 날이 없겠느냐. 지나치게 놀라고 걱정하여 허둥대다가 일을 크게 그르치지 않기를 바란다. 두 늙은이는 별 탈 없으니 너는 걱정하지 말아라. 마음 단단히 먹고 빨리 만나기를 바란다.

이렇게 편지를 쓰니 내 마음이 어떻겠는가. 간장이 끊어지는 듯하여 할 말을 모르겠다. ○도사 이이만이 해남에 도착하여 쌀 1섬과 생닭 2마리, 생낙지 3접, 말린 민어 3마리, 밀가루 2말, 누룩 2동, 참깨 2되를 단자單子를 갖추어 보냈다. 곧바로 답장을 써서 사례했다. ○인천의 극인 생질 안명장安命長이 왔는데 노비와 전답을 수습하려고 영남으로 둘러 왔다고 한다. 뜻밖에 만나니 후련하여 기쁘기도 하고 서글프기도 해서 말을 잇지 못했다.

윤주미尹周美, 윤정미尹鼎美 숙叔이 병문안하러 왔으나 병 때문에 만나지 않았다. 이성爾成이 일찍 왔다가 저물 때 갔다. ○지원智遠이 무이천武夷川

---

134) 답험踏驗: 농사 작황 조사를 말한다. 작황의 손실 정도를 조사하여 그에 따라 전세田稅의 비율을 결정했다.

에 집을 지었는데 며칠 전에 그의 어머니를 모셔 갔고 오늘 와서 문안했다. 정광윤도 왔는데 병 때문에 만나지 않았다. 황원黃原의 송창우宋昌佑, 윤중호尹仲虎가 와서 잠시 만났다. 송창우가 담배와 흰콩을, 윤중호가 목화와 녹두, □□를 가져왔다. 올해 봄과 여름의 기근을 말로 할 수 없는데, 그중 더욱 경악스럽고 해괴한 일은 마을에서 여인들이 월경을 하지 않고 닭이 알을 낳지 않은 것이다. 다 굶어서 기운이 없는 까닭이다. 이 두 가지로 올해가 전에 없는 흉년임을 헤아려 알 수 있다. 올 가을걷이는 꽤 여물었으나 목화와 밭곡식이 부실하여 풍년이라 말할 수 없다. 보리 종자가 아주 비싸 보리 1말의 값이 쌀 1말 3, 4되가 된다. 내년 봄과 여름이 궁핍하리라는 것을 미리 알 수 있다. 걸식하는 사람이 가을걷이 후에도 끊이지 않는다. 이들은 걸식하면서 겨울을 날 텐데, 내년 봄의 궁핍을 이로써도 알 수 있다.

1696년 10월. 기해 건建. 큰달.

그래도 친척이 남보다 낫네

〔 1696년 10월 1일 갑신 〕 맑음

김동옥金東玉이 왔다. 즉시 불러들여 내 팔의 병을 보이니, 이는 비단 칠창
漆瘡[135]만 원인이 된 것이 아니라 독혈毒血이 모인 탓이라고 하며, 부스럼 난
곳의 부기와 홍조가 없어지지 않는 것은 이 때문이라고 했다. 지금 탕제湯劑
를 내복하고 고약膏藥을 겉에 붙여 효험을 보려 하지만 겨울을 보내도 차도
를 보기 어려울 듯하고 침으로 피를 뽑아 그 독을 해소하는 것이 더 좋다고
했다. 그래서 우선 몇 군데에 침을 놓아 시험해 보려고 곧바로 대여섯 곳에
침을 놓으니, 더러운 피가 많이 나왔다. 윤익성尹翊聖에게 이어서 침으로
치료하게 할 것인데, 이것이 효험을 거둬 차도를 볼 수 있을지 모르겠다.

〔 1696년 10월 2일 을유 〕 맑음

정광윤鄭光胤이 와서 잠깐 만났다. 영암의 창감倉監 최유崔瀏가 왔지만 병
중이라 만나지 않았다. ○도사都事(이이만李頤晚)가 어제 진도에서 와서 대
둔사에서 묵었다가 오늘 낮에 와서 만났다. 그는 만덕사萬德寺로 발길을
옮겼다. 윤동미尹東美와 윤이복尹爾服이 왔다. ○어제 내작內作을 추수했

---

135) 칠창漆瘡: 옻독이 올라 생기는 피부병이다.

다. 벼 231부 9속이었다.

윤익성이 와서 김동옥의 진단에 대해 물었더니, 혈독血毒에 침을 쓰는 것
은 본래부터 꺼리는 방법인데, 지금 침을 맞으면 혈취血聚되는 우려가 끝
도 없을 것이라 했다. 이 말 또한 소견이 없다 할 순 없지만, 억지로라도 침
을 맞지 않으면 달리 치료할 방법이 없으니 참으로 걱정이다. 정광윤이 배,
감, 밤을 가지고 왔다. 윤천미尹天美가 배 5개를 가지고 왔으나 병 때문에
만나지 않았다. 논정論亭의 백만두白萬斗가 왔다. 봉대암鳳臺庵의 승려 청
안清眼이 와서 함께 잠시 만났다. ○올가을 팔마八馬의 전답에서 수조收租
한 것은 704부 5속이다. 이삭패기는 꽤 좋았으나 줄기가 무성하지 않았다.
그리고 농사짓는 사람들이 굶주려 제때 땅 갈고 씨 뿌려 김매기하지 못한
바람에 수확이 매우 줄었다. 몹시 안타깝다. ○이두정李斗正이 왔는데 병중
이라 만나지 않았다.

윤익성이 다시 왔는데 하는 말이 모호하여 특별한 소견이 없으니, 이것이
이 사람의 본색이다. 우습다. 최상일崔尚馹, 박세봉朴世鳳, 유영기俞永基,
김삼달金三達이 왔으나 병중이라 만나지 않았다.

윤익성이 다시 왔다. 윤필주尹弼周가 왔으나 병중이라 만나지 않았다.

백만두가 또 와서 잠시 만났다. 윤이우尹陑遇, 김상유金尚柔가 왔으나 병중
이라 만나지 않았다. ○윤 강서江西(윤이형尹以亨)가 편지로 문안했다. 그의

노奴가 아이들의 편지도 가져왔다. 지난달 24일에 보낸 것이다. 이날 지의 금부사 송창宋昌과 류지발柳之發이 갑자기 업무를 시작하여 종아宗兒가 또 한 차례 신문을 받았는데 앞뒤로 모두 세 차례. 천 리 밖의 소식은 들을 때마다 마음을 아프게 한다. 말해서 무엇 하겠는가. 판의금부사 이세백李 世白은 병으로 나오지 않고 철저히 조사하려 하지 않으며, 지의금부사 민 진장閔鎭長 역시 진달하여 빨리 처결하려고 한다. 과연 그렇게 될지 모르 겠다.

〔 1696년 10월 7일 경인 〕 맑음
윤지원尹志遠, 생원 정왈수鄭曰壽가 왔으나, 병중이라 만나지 못했다.

〔 1696년 10월 8일 신묘 〕 맑음
이형징李亨徵이 왔으나, 병중이라 만나지 못했다.

〔 1696년 10월 9일 임진 〕 맑음
지난번 창아昌兒의 편지에 '노마奴馬를 보내 달라.'는 말이 있었는데, 종아 사건의 판결이 나자마자 즉시 내려 보낼 생각이었기 때문이다. 그래서 노奴 3명과 말 3마리를 보내고 옷과 목화, 무명 등의 물건도 보냈다. 또 비婢 만 춘萬春도 보냈는데, 종아의 처가 우환으로 젖이 잘 나오지 않는다고 하여 을원乙願에게 젖을 먹이기 위해서이다. ○진사 최세양崔世陽과 정광윤이 왔으나 병중이라 만나지 않았다. ○아픈 팔은 움직이기가 조금 나아졌으 나 부종은 나아질 기미가 없다. 거머리를 잡아다 붙여 피를 빨아내게 했으 나 좋아지지 않는다. 걱정스러움을 이길 수 없다.

〔 1696년 10월 10일 계사 〕 맑다가 저녁에 비

정광윤이 와서 잠시 만났다. ○ 왼팔 아픈 곳에 혈독이 계속 기승을 부리고
부종도 가라앉지 않아 침으로 치료하려 했다. 그러나 혈병血病에는 본디
침술을 피하기 때문에 어제 거머리 10마리를 붙여 배불리 피를 빨아내게
하니, 떨어진 후에 흘러나온 피가 거의 두세 종지에 이르렀다. 오늘도 거
머리 15마리를 붙여 피가 4, 5종지 나왔지만 부종은 그다지 나아지지 않는
다. 매우 걱정스럽다.

〔 1696년 10월 11일 갑오 〕 흐리다 맑음. 어젯밤에 비바람이 꽤 요란함

진달래를 화분에 심어 방안에 두었다. 동백 화분도 방안에 들였다. ○ 박문
익朴文益이 심부름꾼을 시켜 전복 1접, 유자 20개, 귀상어雙魚 2마리를 보
냈다.

〔 1696년 10월 12일 을미 〕 하루 종일 비

8월(8월 28일)에 아사亞使(이이만李頤晚)가 아이들의 편지를 줘서, 즉시 답장
을 써서 영암군으로 보냈었다. 그 이후 아사가 와서 만났을 때, 내가 8월에
아이들에게 보낸 답장을 전했는가를 물어 보니 아사가 모르는 일이라고
대답하여 비로소 하리下吏가 전달하지 않았음을 알았다. 아사가 영암군에
따져 물으니 과연 놔두고 전하지 않은 것이었다. 나는 즉시 편지를 써서 이
전의 편지와 동봉하여 아사에게 보내 서울로 전달하게 했다.

〔 1696년 10월 13일 병신 〕 바람 불고 맑음

안 생甥(안명장安命長)이 연동으로 갔다. 정광윤이 왔다. 태인의 김순형金舜衡
이 역방했으나 병중이라 만나지 않았다.

이대휴李大休가 서울에서 내려왔다. 외숙(이락李洛)은 한질寒疾을 앓은 후라 길을 떠나기 어려워 모시고 올 수 없었다. 아이들이 2일에 보낸 편지를 받았다. 의금부의 좌기坐起는 조정에 일이 많아 하지 못했고 논의도 이미 느슨해져 오래지 않아 결말이 날 것 같다고 한다. 행운을 바라는 마음이 없지 않으나 일이 이렇게 지체되니 걱정과 근심을 이루 말할 수 없다. ○ 이현명李顯命과 성규헌成揆憲의 사건에 대해 민진장閔鎭長, 이정겸李廷謙, 이정명李鼎命이 탑전榻前에서 극력 구원하여 3000리 유배로 조율照律하여 아뢰자, 전교하기를 배소단자配所單子를 도로 내어 줄 테니 절도絕島에 정배定配하라고 분부하셨다. 이에 이현명은 제주로, 성규헌은 진도로 정배되었다. ○ 지난번에 방찬方燦 등을 추국했을 때 공초供招에 다음과 같은 내용이 있었다. "모의하여 응선應先의 호패戶牌를 탈취해서 김태윤金泰潤에게 보여 주었더니 거절하며 보지 않았습니다. 목인木人을 묻을 때 위안제문慰安祭文을 지어 달라고 청했더니 또한 글을 잘 짓지 못한다고 사양하면서 거절했습니다." 김태윤은 흉악한 모의와 원래 상관이 없었으나, 마침내 흉인凶人들과 아는 사이라는 이유로 죄명을 뒤집어써 곤양昆陽으로 원배遠配되었다. 그는 재상가의 자제이니 중인中人 무리와 범연泛然히 알고 지낸 것은 이상스런 일이 아니나 이것이 죄가 되어 유배까지 가게 되었다. 이는 소위 "죄를 씌우는 데 구실이 없음을 걱정하랴."라는 것으로, 정말 한심한 일이다. 김태윤은 헌길獻吉(김몽양金夢陽)의 아들이다. 그 아버지가 제주도 유배지에서 상국相國(김덕원金德遠)을 모시고 있는데 그 또한 이런 환난을 당했으니, 그 집안의 절박한 처지를 이루 말할 수 없다. ○ 윤욱尹昱이 강릉에서 왔으나, 병 때문에 만나지 못했다.

〔 1696년 10월 15일 무술 〕 아침에 비가 잠시 뿌리다가 늦은 아침에 맑음

안 생甥(안명장)의 노奴 원학元鶴이 서울에서 와서 아이들이 5일에 보낸 편지를 받았다. 의금부의 일은 일단 거론되고 있지 않다고 한다. 언제쯤 그 일에서 벗어났다는 소식을 들을 수 있을까? 혼자 걱정으로 속을 끓일 뿐이다. ○ 정광윤이 문안하러 왔으나, 병 때문에 만나지 못했다.

〔 1696년 10월 16일 기해 〕 맑음

해남 현산縣山의 김 생生 두 사람[136]이 왔다. 윤은필尹殷弼이 황향黃香 12개를 가지고 왔으나, 병 때문에 만나지 못했다. 지원智遠이 와서 문안했다. ○봄에 산 매를 집에서 묵혔는데, 오늘 윤은필이 꾸며서 훈련시켜 시험 삼아 놓아본다고 가지고 갔다. ○ 해남현감 이휘李暉가 자신만 살찌우고 진휼을 잘 하지 못했다는 사헌부의 탄핵을 받았다. 이 현감은 잘못된 정사를 하지 않았는데 지금 갑자기 실직하게 되었으니, 개탄스럽다. 전라우수사 신유申鍒가 도임한 지 겨우 10여 일 만에 역시 논핵論劾을 당하며 '반무反武'라고 일컬어지기까지 했는데, 유적儒籍에 받아들여지지 않았기 때문이라고 한다. 이 사람은 신씨申氏 중 평소 이름난 사람이었는데, 정말인지 모르겠다. 가난한 군영에서 영송迎送이 끊이지 않으니, 개탄스런 일이다. ○안 생甥이 연동에서 죽도를 살피러 갔다가, 오늘 저녁에 이곳으로 돌아왔다.

碧島浮空壓錦湍	비단결 같은 강물 굽어보는 하늘 높이 솟은 푸른 섬에서
滿江風月足淸看	강변 가득한 맑은 풍광 바라보네
此是渭陽棲息處	외숙께서 거처하여 쉬는 이곳
世間名利不曾干	세간의 명리일랑 간섭하지 못한다네

---

136) 김 생 두 사람: 김시호金時護, 김이경金以鏡으로 추정된다. 『지암일기』에서 확인되는 현산에 거주하는 김씨는 위의 두 사람뿐이다.

孤亭落日試攀登　해질 무렵 호젓한 정자에 올라보니
南國名區此獨稱　남쪽 지방 으뜸인 이름난 경치로다
松爲晚節閑中伴　소나무는 만절晚節에 한가함 속의 짝이고
竹作虛心靜裏朋　대나무는 마음을 비우고 고요하게 지내는 벗이라네
草連庭砌何須席　뜰에 풀 수북하니 자리 필요없으며
月滿江湖不用燈　강에 달 가득하니 등불 소용없도다
天與主翁蕭爽地　하늘이 주인옹께 맑고 시원한 곳 선사하여
解官高臥白雲層　구름 위 높이 누워 은퇴 여생 즐기게 하였네

이 두 수의 시는 안安 생甥이 죽도에 가서 지은 것이다.

〖 1696년 10월 17일 경자 〗 흐림. 초저녁에 가랑비

정광윤이 문안하러 왔으나, 병중이라 만나지 못했다.

〖 1696년 10월 18일 신축 〗 맑음

전부典簿(윤이석) 댁 노奴가 상경하기에 편지를 부쳤다. ○윤성우尹聖遇가
왔으나, 병중이라 만나지 못했다.

〖 1696년 10월 19일 임인 〗 맑음

세동사細洞寺의 중들이 심부름꾼을 보내 문안했다. 윤시상尹時相이 와서
문안했으나, 병중이라 만나지 못했다. ○아내의 학질이 7월부터 지금까지
그치지 않는다. 근래에는 아픈 것이 두서없이 어지러워, 혹은 이틀 사이로
발병하기도 했으며 17일과 오늘은 하루에 두 번 발병했다. 지극히 걱정되
고 염려된다.

〔 1696년 10월 20일 계묘 〕 맑음

윤천우尹千遇와 임세회林世檜가 와서 문안했으나, 병중이라 만나지 못했
다. 임세회는 영암의 창감倉監으로 있을 때의 일로 몇 개월 수감되어 있다
가 이제야 비로소 풀려났다. 윤남미尹南美가 왔다.

〔 1696년 10월 21일 갑진 〕 맑음

윤익재尹益載가 배[生梨]를 가지고 왔다. 별감 오시명吳諟命과 이정두李廷斗
가 왔으나, 모두 병중이라 만나지 못했다. 송창우宋昌佑와 윤종석尹宗錫이
자신들이 맡은 목화를 가지고 왔다.

〔 1696년 10월 22일 을사 〕 맑음

백만두白萬斗가 약으로 쓸 검은콩을 가지고 만나러 왔다. 잠시 만났다. 박
필중朴必中이 편지를 보내 문안하며 홍시를 보냈다. 변최휴卞最休가 배를
가지고 왔다. 박세림朴世琳이 왔으나, 병중이라 만나지 못했다. 이복爾服과
이송爾松이 왔다. ○우리 집안이 환난을 겪고 나서부터 각 유배 온 사람들
가운데 고금도(이현기李玄紀)와 신지도(목내선睦來善)는 전혀 문안을 하지 않
고, 우이도(류명현柳命賢)는 제일 부지런히 문안했던 것이 서신이 갑자기 끊
겼으며, 병영의 권 대감(권규權珪)도 소식을 묻는 일이 없다. 모두 소식을 주
고받는 걸 꺼려 하기 때문인 듯하다. 저들이 이렇게 하니 나도 왕래하고 싶
지 않아서 갑자기 서로 문안을 하는 일이 없어졌다. 며느리가 권 대감을 문
안하고자 하여 그것도 하지 못하게 했더니, 그 즉시 권 대감이 편지를 보내
서 소식을 물었다. 참으로 이상하다. 유일하게 정 판서(정유악鄭維岳)가 처
음 소식을 들었던 날에 심부름꾼을 시켜서 편지를 보내 자신의 뜻을 알렸
고 그 후로도 서찰이 끊이지 않았으니, 친척이 남보다 낫다는 걸 이제야 알
겠으며, 환난이 닥쳤을 때 인심도 알 수 있다. 아아! ○근처 여러 고을에 알

고 지낸 사람들은 와서 문안하지 않는 사람들이 없다. 내 병이 오래도록 지속해도 제철 과일과 반찬 재료를 끊임없이 보내니, 내가 평소 남들에게 미움을 받지 않아서 그런 듯하다. 사람들 모두 툭하면 말속末俗의 부박함에 대해 말하지만 덕을 지닌 사람의 말이 아님을 이제야 알겠다. 순박한 풍속은 시골구석에만 있는 것이 아니겠는가. 벼슬아치들이 부끄러워 할 바가 아니겠는가. 아아! ○극인 정여靜如(이양원李養源)의 편지를 보니 그저께 운주동雲住洞에 도착했다고 한다. 양강楊江[137] 근처는 바람과 우박이 예사롭지 않아 아름드리나무가 시든 파처럼 꺾였고, 곡물, 풀, 나무는 조각조각 부서지고 쪼개져 밭이고 들이고 쑥밭이 되어 추수할 만한 곡식이 한 묶음도 없다고 한다. 심지어 건장한 사내가 길에서 우박을 맞아 끔찍하게 죽기도 했으니, 이는 예전에 없던 이변이다. 정여는, 큰 흉년이 든 해에 또 뱃짐을 잃은 탓에 살아갈 방도가 전혀 없었으므로, 하는 수 없이 천안에 셋집을 구해서 어른들과 처자식을 데리고 옮겨서 머물 작정으로, 뱃짐을 마련하기 위해 이곳에 내려온 것이다. 그 절박한 상황은 들어 보지 않아도 상상이 가니 지극히 걱정스럽다.

〔 1696년 10월 23일 병오 〕 구름이 끼더니 저녁 무렵 비가 내림

윤 강서(윤이형)가 심부름꾼을 통해 편지를 보내서 문안했다. ○권붕權朋이 편지를 보내 문안하고 황향黃香 10매를 보냈다.

〔 1696년 10월 24일 정미 〕 바람 불고 맑음

윤 강서의 편지에 답장하면서 사 놓았던 목화를 보냈다. 또 한양에 보낼 편지를 써서 보냈는데, 그 댁의 노奴가 한양으로 올라간다고 해서다. ○윤익성과 정광윤이 왔기에 잠깐 보았다.

---

137) 양강楊江: 정여 이양원의 집이 한강가인 양근楊根 지평砥平이다.

김삼달이 와서 문안했으나 병중이라 만나지 못했다. ○백치白峙 댁의 노奴 기준起浚이 서울에서 왔다. 아이들이 14일에 보낸 편지를 보고는 종아가 의금부의 심문을 받은 것이 이미 네 차례가 되었다는 걸 알았다. 아이들의 편지에서 매번 여론이 느슨해져 오래지 않아 추국장에서 나올 것이라고 말했는데 일의 분위기가 아직 이러하니, 뜸한 소식이지만 듣는 것보다 듣지 않는 편이 낫겠다. 실로 무슨 말을 할 수 있겠는가. 또 종아가 자기 형에게 보낸 소찰小札과 옥중에서 읊은 여러 시를 보았는데, 시상詩想이 편안하면서 여유롭고 정신이 굳건했다. 이 점이 위로가 되어 기쁘기는 하지만 편지를 붙들고 눈물 흘리니 심경이 더욱 어지러워졌다. 그 아들 세원世願이는 아프지는 않지만 기운을 다 빼고 먹지를 않아 쓰러졌다고 하니 더욱 놀라고 걱정되어 무슨 말을 해야 할지 모르겠다. ○정여(이양원)에게 심부름꾼을 보내 안부를 묻고 약간의 찬거리를 보냈다. 안 생甥(안명장)이 함께 갔다. ○노奴 개일開一이 신공身貢을 징수하는 일로 전라좌도로 출발했다. ○윤동미尹東美가 진도에서 돌아오면서 나를 보러오는 김에 정 대감(정유악)의 편지를 전해 주었다. ○영암군수 목천기睦天淇가 22일에 갑자기 발제髮際(머리털이 난 경계)에 종기를 앓다가 24일 술시戌時에 죽었다. 이분은 바로 내 육촌 친척이고 연세가 올해 66세다. 관직 생활 동안 명성이나 공적은 없었지만 잘못한 정사도 없었는데 지금 갑자기 이 지경에 이르렀으니, 매우 비참하다.

안 생(안명장)이 돌아왔다. 이날 저녁 비가 점점 더해지다가 밤이 되자 물을 퍼붓는 듯했다.

〔 1696년 10월 27일 경술 〕 구름이 끼더니 낮에 또 비가 내리고 밤이 되자 더 내림

장흥의 이기李墍가 왔으나 병중이라 만나지 못했다. 날이 저물 무렵 비가
내려서 머무르길 원하기에 노奴의 집에 머물게 하고서 식사를 대접했다.

〔 1696년 10월 28일 신해 〕 어제부터 내리던 비가 밤부터 아침까지 내리다가 늦은 아침에 갬

겨울비가 이렇게 많이 내리니 괴상하다. 정광윤과 군입리軍入里의 김현추
金顯秋가 왔으나 병중이라 만나지 못했다. 이기가 갔다. ○이날 우레가 쳤
으니 바로 세자世子(경종)의 탄신일이다. 계유년에도 낙뢰가 치고 비와 우
박이 쏟아졌는데, 오늘도 이러하니 참으로 걱정스럽다.

〔 1696년 10월 29일 임자 〕 맑음

나주의 감목관監牧官 이명하李鳴夏가 왔으나 병중이라 만나지 못했다. 지
원智遠이 왔다. 백만두白萬斗가 왔다. ○송산松山의 노奴 여해汝海가 한양에
서 돌아와 아이들이 21일에 보낸 편지를 보았다. 의금부의 좌기가 겨를이
없어서 열리지 않았고, 23일 빈청에서 인견할 때에 진달하여 결말이 날 수
도 있는데, 여기에 바라는 바가 있다고 했다. 하지만 어찌 반드시 그럴 것
이라 장담하겠는가. 또 종아가 쓴 진서眞書와 언문諺文 편지를 보니 '한두
달 내에는 벗어날 날이 없을 것이니 한밤중에 울음을 삼키며 그저 죽고 싶
을 뿐이지만, 운이 좋아서 하늘의 해가 굽어 살피어 살아서 용서받는 은혜
를 입는다면 일가 형제가 다시 슬하에서 모일 수 있을 것이니, 장杖을 견디
면서 스스로 죽지 않을 수 있을 것입니다.'라고 했다. 이렇게 생각한 이후
로 마음이 어떠했을까. 막막하여 무슨 말을 해야 할지 모르겠다. 세원의
병도 뚜렷한 차도가 없으니 걱정이 더욱 심해진다. ○이날 밤 해시亥時에
과원果願 어멈이 무사하게 분만을 했다. 얻은 자식이 딸이기는 하지만, 사
내아이 넷을 연이어 낳아 이미 충분히 소망에 넘쳤으니, 지금 딸을 낳은 일

이 무슨 탄식할 거리겠는가. ○해남군수를 새로 맞이하는 구종별배驅從別陪[138]와 말이 한양으로 올라가기에 아이들 집에 목화를 부쳤다. 이방吏房 박상근朴尙謹이 가는 길에 하직인사를 하기에 편지를 봉해서 부쳤다.

〖 1696년 10월 30일 계축 〗 빗발이 간간히 뿌리고 거센 바람이 하루 종일 붊

---

138) 구종별배驅從別陪: 신임 수령의 부임을 맞이하러 가는 관속官屬 무리이다.

1696년 11월. 경자 건建. 작은달.

밤에 운 수탉

〔 1696년 11월 1일 갑인 〕 늦은 아침에 갬. 거센 바람이 밤새 불고 밤에 눈이 조금 내렸으며 저
녁 내내 바람이 그치지 않음

윤천임尹天任이 한양에서 돌아와 아이들이 17일에 보낸 편지를 전해 주었
다. 여해汝海가 출발하기 전에 보낸 편지였다. 미장동美墻洞 이 좌랑(이화봉
李華封)의 아내가 이질 때문에 16일에 상이 났다고 한다. 바로 이정집李庭輯
의 양어머니다. 내 처가가 이렇게 쇠퇴해 가니 슬프고 한탄스럽다. 이 양
양襄陽(이천수李天授)의 가속이 이분 덕택에 살았는데 지금 갑자기 돌아가시
니 더욱 참담하다. ○백도白道의 윤시찬尹時贊이 왔으나 병중이라 만나지
못했다.

〔 1696년 11월 2일 을묘 〕 거센 바람이 밤새 불다 아침이 되어 조금 그치고 늦은 아침에 맑아짐

큰바람이 3일 밤낮을 그치지 않아 추위가 갑자기 심해졌는데, 멀리서 옥
에 갇힌 내 아이는 어떻게 지낼지 생각하면 살이 에이고 심장이 찢어지는
듯하다. 그저 죽어서 아무 것도 모르고 싶지만, 스스로 어찌 할 수가 없다.
○극인 윤징귀尹徵龜, 김삼달金三達이 왔으나 병중이라 만나지 못했다. 윤

동미尹東美가 보러 왔다. ○해남현감(이휘李暉)이 파직되어 돌아가다가 역 방했으나, 병중이라 나가서 만나지 못하여 꽤 미안한 마음이 들었다.

〖 1696년 11월 3일 병진 〗 맑았다가 흐림

강진 땅 저전동楮田洞에 사는 진사 정혁鄭㷉이 숙질로 지난 그믐날 세상을 떠났는데 오늘 부고가 도착했다. 이 사람은 바로 고故 무장현감 정인수鄭仁 壽의 아들로 일찍부터 재주와 명망이 있었고, 사간 곽제화郭齊華의 손녀사 위가 되어서 저전동에 처가살이를 했다. 올해 나이 36살이니 신세가 가련 하다. 참담하도다. 임취구林就矩, 임중신任重信이 왔으나 병중이라 만나지 못했다. ○이날 밤 술시 끝 무렵에 수탉이 열 번 울었다. 지난달 19일 이른 아침에는 암탉이 울고, 4월 그믐 전에는 암탉이 울어 6월까지 울음을 그치 지 않았다. 또 한양의 창서昌緖와 종서宗緖의 집에 암탉이 울었다. 암탉의 울음은 예전부터 몇 번 경험했는데, 암탉이 울면 바로 과거에 급제한 경사 가 있었다. 그런데 수탉의 울음은 여태껏 경험한 적이 없으니 무슨 조짐인 지 모르겠다. ○매화 화분, 사계화 화분, 작은 유자나무 화분을 방 안에 두 고 국화 화분도 들였으니, 추위에 상할까 염려해서이다.

〖 1696년 11월 4일 정사 〗 흐리다가 맑음. 약한 눈이 잠깐 내림. 저녁쯤 바람이 다시 거세짐

정광윤鄭光胤이 왔으나 병중이라 만나지 못했다.

〖 1696년 11월 5일 무오 〗 바람 불고 맑음

이정두李廷斗가 왔으나 병중이라 만나지 못했다. ○용노龍奴(용이龍伊)가 매를 팔에 얹고 사냥하러 나간 지 며칠이 되어서야 메추라기 한 마리를 잡 았다.

〖 1696년 11월 6일 기미 〗 맑음

혹한이 연일 풀리지 않는데, 멀리서 의금부에 갇힌 아이를 생각하면 내 살이 찢어지는 듯하다. 윤동미의 노奴가 창서昌緖의 편지를 보내 주었으니 바로 24일에 보낸 편지였다. 당분간 의금부의 업무가 열리지 않아 흥아興兒가 26일에 남쪽으로 내려오고 싶어 했지만 추위가 걱정되어 그렇게 못했다. 세원世願의 병도 아직 쾌유되지 않았다. 한양의 소식을 들을 때마다 우환뿐이니, 이 무슨 불행이란 말인가, 무슨 불행이란 말인가. ○윤남미尹南美와 윤경미尹絅美가 왔다. ○임중헌任重獻이 편지를 보내서 안부를 묻고 홍시한 그릇을 보내 주었다. ○노奴 일삼日三이 옥주沃州(진도)에서 돌아와, 정대감(정유악鄭維岳)의 편지를 받았다.

〖 1696년 11월 7일 경신 〗 흐림

〖 1696년 11월 8일 신유 〗 흐리다가 맑음

조식 후에 생질 안명장安命長이 출발했다. 이곳에 머문 지 한 달여 만에 송별하니 심정을 말로 형용할 수 없다. ○극인 윤석귀尹錫龜가 왔다. 윤동미, 윤선시尹善施, 이대휴李大休가 왔기에 모두 함께 만나 보았다. 출신 박상귀朴商龜가 왔는데, 병 때문에 만나지 않았다.

〖 1696년 11월 9일 임술 〗 흐리다가 맑음

〖 1696년 11월 10일 계해 〗 맑음

아내의 학질은 지금 5개월이 되었는데 나을 기미가 없다. 원기가 비록 완전히 빠지지는 않았으나 기운 없고 고달픈 것이 날로 심하다. 하는 수 없이 병을 피할 생각으로 새벽닭이 운 후에 개일開一의 집으로 나갔다. ○선달 윤징미尹徵美가 와서 잠시 만나 보았다. 윤선형尹善亨이 왔기에 또 잠시 만나 보았다. ○아내의 학질은 집밖으로 나가서 피했으나 여전히 아프기에 오후에 다시 들어왔다. ○한천寒泉의 문장門長(윤선오尹善五)이 월암月岩의 신부新婦 예식에 따라갔다가 돌아가는 길에 들렀다. 선달 윤징미가 모시고 왔다. 잠시 맞이하여 배알했다.

〔 1696년 11월 11일 갑자 〕 비

윤 별장別將(윤동미)이 진도에 간다기에 정 대감(정유악)께 문안 편지를 부쳤다. ○호적감관戶籍監官 서유신徐有信이 왔다. ○내게 병이 생기고부터 곁에 자제가 없어 아내가 나와서 구완해 주었다. 내가 병이 낫자 안채로 들어갔다. 이때부터 손님이 오면 즉시 들어오게 하여 맞이했다. 다만 아내의 학질이 지금 이미 5개월인데, 요사이는 아픈 간격이 어지럽다. 어떨 때는 하루 간격이고, 어떨 때는 이틀 간격, 어떨 때는 사흘 간격이며, 혹은 연일 통증이 있을 때도 있고, 하루에 두 차례 아플 때도 있으니 매우 염려스럽다. ○사람을 보내 권 대감(권규權珪)께 문안했다. 어제 의금부도사 3인이 남쪽으로 내려왔다고 들었는데, 지금 들으니 장흥 가리사加利寺의 승려를 붙잡아 가려고 내려온 것이라 한다. 무슨 일 때문인지 모르겠으니 매우 답답하다. ○전부典簿(윤이석尹爾錫) 댁 노奴 철립哲立이 서울에서 돌아와, 아이들이 29일에 쓴 편지를 받았다. 의금부의 일이 아직 결말이 나지 않았다니, 하늘을 바라보며 크게 한숨만 쉴 뿐 무슨 말을 해야 할지 모르겠다. 흥아는 한질寒疾이 아직 낫지 않아 남쪽으로 돌아올 날을 정하지 못했다. 세원의 병은 약효가 조금 있으나, 그 근원이 가볍지만은 않다. 여러 가지 근심 걱정이 어찌 이 지경에 이르렀는가? 또 태천泰川 적소謫所로부터 편지를 받았다.【관찰사 이운징李雲徵이 태천에 유배 중이다.】10월 16일에 보낸 것으로, 별 탈 없이 지낸다는 소식이다. 삼천리 밖이라 편지를 1년에 한 번 받기도 어려운데, 이것이 가장 최근의 소식이니 꽤 위로가 된다.

〖 1696년 11월 12일 을축 〗 잠깐 볕이 났다가 잠시 비가 내리고 잠시 우박이 퍼붓더니, 오후가 되자 바람이 세차게 붊

해남의 연분도서원年分都書員 박문익朴文益이 도사都事가 주관한 태인의 도회都會에서 돌아와, 도사의 편지를 받았다. ○ 정광윤이 왔다. ○ 환난이 있은 후에 병 또한 심해져, 원근에서 문병하러 오는 사람을 일절 만나지 않았다. 단지 병 때문에 말을 주고받기 어려워서만은 아니고, 근심 걱정이 가슴속에 꽉 차서 인사人事에 아무 뜻이 없었기 때문이다. 우환은 그대로이지만 이제 병은 없어졌으니, 집에 오는 손님을 예전처럼 물리치기도 매우 미안하여 그제부터 머리 빗고 낯을 씻고 손님을 영접하기 시작했다. 시체처럼 누워 지낸 지 넉 달 만에 비로소 억지로 일어나 아무 근심도 없는 사람과 똑같이 하고 있으니, 통탄할 따름이다.

〖 1696년 11월 13일 병인 〗 맑음

지원智遠이 왔다. ○ 전부 댁 노奴와 이백爾栢이 서울로 가는 길에 와서 유숙했다. 이성爾成이 함께 왔다.

〖 1696년 11월 14일 정묘 〗 맑음

이백과 전부(윤이석) 댁 노가 출발하기에 서울에 편지를 부쳤다. 또 솜과 편지지를 싸서 신임 영암군수를 맞이하러 가는 이방에게 보내어 창아昌兒의 집에 전달하게 했다. ○ 이성이 갔다. 윤시상尹時相, 윤기업尹機業이 왔다. ○ 나주의 정민鄭旻이 왔다.

〖 1696년 11월 15일 무진 〗 새벽에 비가 잠시 뿌리더니 낮에는 맑음

우환 때문에 애가 타서 인사人事에 전혀 뜻이 없었으나, 정여靜如(이양원李養源)가 내려온 지 오래되었으므로 가서 조문하지 않을 수 없어 이른 아침에 출발하여 운주동雲住洞으로 갔다. 정민은 함께 출발하여 강진으로 향했다. 운주동에 이르러 조용히 이야기를 나누고 저녁 무렵 돌아왔다.

〖 1696년 11월 16일 기사 〗 흐리다가 맑음

정민이 아침에 돌아왔다. 임세회林世檜, 박세후朴世厚가 왔다. 윤문도尹文道, 윤재도尹載道가 왔다.

〖 1696년 11월 17일 경오 〗 바람 불고 맑음

김형구金亨九, 박필중朴必中, 나주의 정도명鄭道明이 왔다. 조우서趙瑀瑞, 조규서趙珪瑞가 왔다. 윤은필尹殷弼이 왔다. 정광윤이 와서 숙위했다.

〖 1696년 11월 18일 신미 〗 흐리다가 맑음

정왈수鄭日壽가 왔다.

〖 1696년 11월 19일 임신 〗 아침에 눈이 잠시 뿌리더니 종일 흐리고 구름 낌

정민이 또 강진으로 갔다. ○ 전부(윤이석) 댁 노가 서울에서 돌아와, 아이들이 10일 날 쓴 편지를 받았다. 의금부의 일은 아직 업무가 열리지 않았으나 논의가 하나로 모아졌으니 오래지 않아 결말이 날 것이라 한다. 이 말을 지금이라고 어찌 믿을 수 있겠는가? 다만 통곡할 뿐이다. ○ 두서斗緖의 아내가 5일 축시에 또 아들을 낳았다는 소식을 들었으니, 매우 기쁘고 다행스럽다. 하지만 자손이 너무 번성하니, 이는 실로 만만 기대 밖의 일이어서 송구함을 이길 수가 없다. 그 이름을 마땅히 사원四願으로 하라고 명했다.

전부 형님이 숫자를 넣어 이름을 짓고자 했으니, 일원一願, 이원二願 등의 이름은 대개 이 때문에 지어진 것이다. ○ 지난번 승려를 붙잡아 간 일에 대해 오늘 서울 편지를 통해 들었다. 남한산성의 승려가 어보御寶와 수어청 전령傳令을 위조하고 10만 승군을 끌어 모아 남한에서 총섭總攝을 살해하고 자기가 총섭이 되려고 했다. 포도청에서 기회를 노리다가 붙잡아 들여 국청을 설치하고, 의금부가 신문했다. 하지만 황당한 말로 진술하면서 끝내 사실을 실토하지 않았는데, 장흥의 승려를 붙잡아 들인 후에 실상이 드러났다고 한다. 당초에 화상畫像에 대한 이야기가 외방에 전파된 것도 또한 괴이한 일이다. ○ 성成 극인(성덕기)을 조문하기 위해 조반을 먹은 후 출발했다.[139] 이대휴를 역방하고 저녁때 죽도竹島에 도착했다. 선달 진방미陳邦美가 성成 생生의 상가에서 와서 만나 보았다. 정만대鄭萬大가 밤에 와서 보았다. ○ 주서注書 심득천沈得天이 숙병宿病인 인후병[喉痺]으로 1일 세상을 떠났다고 한다. 슬픔을 이루 말할 수 없다. ○ 이 무장茂長(이유李瀏)이 부친상을 당했다.

〖 1696년 11월 20일 계유 〗 밤에 눈 내림. 흐리다 맑음

좌수 김망구金望久가 왔기에 함께 성 극인의 상가喪家에 가서 조문하고 곡했다. 발길을 돌려 산소로 가서 점검하고 다시 상가로 돌아왔다. 오후에 소박한 제물을 올렸는데, 죽도의 비婢로 하여금 차리게 한 것이다.

〖 1696년 11월 21일 갑술 〗 흐림

최남준崔南峻이 왔다. 조반을 먹은 후에 성 생원 상가喪家의 산소에 갔다가 오후에 돌아왔다. 돌아온 후에 들으니 새로 분묘를 조성할 때 외향外向이 죽도의 안채 터를 똑바로 가리키도록 향하고 있었다 한다. 성 극인이 하는

---

139) 성成 극인을…출발했다: 성덕기, 성덕징成德徵, 성덕항成德恒 형제의 어머니인 성준익成峻翼의 부인이 9월 13일에 세상을 떠났다.

짓이 참으로 개탄스럽다. 과거에 노老 성 생원(성준익)이 어머니를 장사지낼 때 죽도의 인가를 똑바로 향하는 것을 피하여 소부소도小扶疎島를 안산案山으로 하며 죽도의 서쪽 머리 부분을 조금 침범했었는데, 이번 장례에서도 예전처럼 한 것이다. 노 성 생원은 그나마 남의 입장을 많이 생각했다고 할 수 있으나, 극인 무리는 이런 뜻을 헤아리지 않고 이렇게 뜻밖에 구차한 일을 행했다. 노 성 생원이 이를 알고 엄히 꾸짖으며 다시 조성하게 했다. 부자가 하는 일이 이처럼 상반되니 매우 안타깝다.

〖 1696년 11월 22일 을해 〗 맑음

극인 성덕기가 어제 무덤의 좌향에 관한 일 때문에 아침 일찍 와서 사과했다. 윤세정尹世貞, 김필한金弼漢, 김상한金相漢, 이익화李益華가 왔다. ○조식 후에 죽도를 출발했다. 이대휴를 역방하고, 저녁때 팔마八馬로 돌아왔다. 이신우李信友, 윤지원尹智遠이 와서 그대로 유숙했다. 새매를 어제 사냥하러 나갔다가 잃어버려 안타깝다.

〖 1696년 11월 23일 병자 〗 맑음

윤원석尹元碩이 꿩을 가지고 와서 만났다. 정민이 이신우를 데리고 화산花山으로 갔다. 김삼달, 윤순제尹舜齊, 정광윤이 왔다. 윤석귀尹碩龜와 윤천우尹千遇가 계곡契穀을 받으러 왔다. 할 일이 있어서 윤희성尹希聖을 오도록 불렀다. 지원智遠도 와서 함께 유숙했다.

〖 1696년 11월 24일 정축 〗 맑음

극인 최항익崔恒翊, 최유기崔有基, 극인 황세휘黃世輝, 송수삼宋秀森, 송수기宋秀杞, 변최휴卞最休, 윤시한尹時翰, 정□□鄭□□, □□, 최도익崔道翊, 김태귀金泰龜가 왔다.

〔 1696년 11월 25일 무인 〕 바람

□□의 □□대□□大가 역방했다. 황원黃原의 윤덕함尹德咸이 왔다. 윤희성이 갔다. 정민이 화산에서 왔다. 정광윤이 왔다. 다 함께 잤다. ○ 전부(윤이석) 댁 노가 서울에서 돌아와, 아이들이 15일에 보낸 잘 지낸다는 편지를 받았다. 의금부의 일이 또 기쁜 소식이 없으니, 통탄스러움을 어찌 형언하겠는가? 세원의 병은 이미 회복되는 단계에 접어들었다고 한다. 지극히 기쁘고 다행스럽다.

〔 1696년 11월 26일 기묘 〕 흐림

이복爾服과 이성爾成이 왔다. 정광윤이 숙위했다.

〔 1696년 11월 27일 경진 동지 〕 흐림

새벽에 시사時祀[140]를 지냈다. 이복과 이성이 참여했다. 최운탁崔雲卓, 윤순제尹舜齊, 윤희성, 윤희직尹希稷이 왔다. 지원이 갔다.

〔 1696년 11월 28일 신사 〕 밤에 눈이 조금 오고 낮에 흐림

〔 1696년 11월 29일 임오 〕 밤부터 눈이 내리다가 오후에 그침

지원이 왔다. 우리 집안 묘제墓祭에서는, 고비考妣의 무덤에 밥과 국, 국수와 떡은 각기 따로 그릇을 차리고, 그 나머지 유밀과, 과일, 육포, 해醢, 소채蔬菜, 탕, 적炙은 모두 한 그릇에 차린다. 가묘家廟 제사에는 모두 각기 그릇을 쓴다. 그래서 나도 이를 준용하여 제사를 지냈다. 그런데 작년과 올해에는, 연이어 시사時祀를 지내며 제사상이 협소해 제물을 다 수용할 수 없어, 밥, 국, 국수, 떡, 육포, 해, 유밀과 외에는 그릇을 하나만 진설하고 배열도 하지 못했다. 탕과 적은 평소 사용하는 소반에 담아 제사상 아래에

---

140) 시사時祀: 여기서는 동지 제사를 말한다.

놓았는데, 제사상과 소반의 높이가 크게 달라 매우 구차하고 소략했다. 가묘 건물이 좁고 달리 변통할 방도도 없으니, 유밀과와 육포, 해도 그릇 하나에 함께 담음으로써 탕과 적이 아래에 진열되는 폐단이 없도록 하여 취지에 맞게 하는 편이 더 나을 것이다. 서울 사대부 집안의 가묘에서 제사를 지낼 때는 유밀과, 과일, 육포, 해, 소채, 탕, 적을 각각 따로 그릇에 담는 법도가 없다. 그러니 일단 다른 집안 제례 및 우리 집안 묘제의 규식을 따라 행하는 것도 무방할 것 같다. 그래서 이렇게 써서 기록하여 일시의 변통하는 취지를 밝힌다.

종아의 유배 소식

〔 1696년 12월 1일 계미 〕 밤에 또 눈

(…) 아내의 학질이 지난달 19일 아픈 후 저절로 떨어졌다. 그런데 요 며칠 밤사이 오한이 들어 몸을 움츠리는 증상이 하루걸러 나타났다. 대단한 증상은 아니지만, 혹 재발의 조짐일까 매우 염려스럽다.

〔 1696년 12월 2일 갑신 〕 밤에 눈. 낮에 맑음. 저녁 무렵 눈이 날림

〔 1696년 12월 3일 을유 〕 밤에 눈. 낮에는 맑기도 하고 흐리기도 하고 눈이 내리기도 함

정민鄭旻이 돌아갔다. 나주의 윤천우尹千遇가 저녁에 방문했다. ○흥아興兒의 겨울옷과 딸의 솜을 가져가도록, 심부름꾼을 서울로 보내면서 중간에 괴산에 들르게 했다. ○들으니, 이 무장茂長(이유李溰)이 11월 27일에 병으로 죽었다고 한다. 놀랍고 참혹하기 이를 데 없다. 이 사람은 한미한 가문에서 별안간 입신했다. 재능이 풍부하고 용모가 수려하여 장차 크게 성공할 것이라 여겼는데, 아버지가 죽고 열흘도 되지 않아 또 따라서 홀연 세상을 떠날 줄을 어찌 상상이나 했겠는가? 복록을 누리는 것이 어려운 일임을 비로소 알겠다. 이 또한 복을 추구하는 자가 마땅히 거울삼아 경계해야 할 바이니, 조심하지 않을 수 있겠는가?

〔 1696년 12월 4일 병술 〕 잠깐 맑았다 잠깐 흐렸다 함. 눈과 우박이 번갈아 내림

근래의 혹한은 전례가 없다. 남쪽 지방 날씨가 이러한데, 감옥은 어떠하겠는가. 마음이 허탈하여 어쩔 줄 모르겠다. ○용산리龍山里 사람이 서울에서 오며 창아昌兒의 편지를 전했다. 11월 22일에 보낸 것이다. 18일에 종아宗兒가 의금부의 추국을 받았다고 한다.[141] 의금부 당상의 말은, 엄하게 형을 가하며 신문하라는 비답批答이 내려온 지 이미 한 달이 지나도록 상의 환후가 좋지 않아 아뢰는 것이 쉽지 않고, 계속 추국하지 않고 시간을 끄는 것도 일의 체모상 마땅치 않아, 하는 수 없이 그렇게 했다는 것이다. 이 소식을 듣고 기가 막혔다. 지난번 영의정이 문목問目(신문 조목)이 잘못되어 무겁다고 크게 나무라며 지적했기 때문에, 18일 의금부 좌기 때 고쳐서 다소 완화시켰다. 의금부 판사의 생각 또한 반드시 상감께 빨리 아뢰어 변통하려고 하지만, 상의 환후가 아직 회복되지 않아 나아가 아뢸 수가 없어 지체된다고 한다. 더더욱 통탄스럽기 그지없다. ○들으니, 서조모庶祖母가 노량진에서 20일에 별세하셨다고 한다. 통곡하고 또 통곡한다. 이분은 개령開寧 고모(이익로李翼老의 첩)의 어머니다. 올해 나이 76세이니 뜻밖의 상사喪事는 아니지만, 조부님(윤선도尹善道)을 곁에서 모셨던 사람들이 거의 모두 세상을 뜨니, 참혹함과 슬픔을 이루 말할 수 없다. ○중들의 옥사는, 수령으로 잡힌 중 체종體宗이 사형을 당했고,[142] 장흥에서 잡혀간 중은 백□白□이라고 한다.

---

141) 18일에는…한다:『승정원일기』1696년 11월 18일자 16번째 기사에 해당 내용이 보인다.

142) 체종體宗이 사형을 당했고:『숙종실록』숙종 22년 11월 5일자 3번째 기사에 체종을 참형에 처했다는 기록이 보이고,『승정원일기』숙종 22년 11월 16일자 18번째 기사에 체종에 대한 형을 집행했다는 기록이 보인다. 국문 및 형 집행까지의 과정이 세밀하게 기록되어 있는『승정원일기』의 내용이 보다 정확한 것으로 보인다. 형 집행에 대한 근거는『승정원일기』숙종 22년 11월 16일자 16번째 기사를 통해 확인할 수 있다.

〖 1696년 12월 5일 정해 〗 흐리다 맑음

지원智遠이 갔다. 윤승후尹承厚, 최정익崔井翊, 최도익崔道翊이 왔다. 작은 최(최도익)는 이제 막 처의 장례를 치른 후라 술과 반찬을 가지고 왔다. 음식을 가져와 대접하는 뜻이 우연이 아니니, 정말 고마운 일이다. 상인喪人 김명서金明西가 왔다. 정 생生(정광윤鄭光胤)이 와서 숙위했다.

〖 1696년 12월 6일 무자 〗 맑음

윤이우尹陑遇가 왔다. 운주동雲住洞의 이 종제從弟 극인棘人 정여靜如(이양원李養源)가 왔다가 저녁 후에 곧 돌아갔다. 잠깐 사이에 무슨 말을 하겠는가? 별장別將 양헌직楊憲稷이 강진에 일이 있어 내려 온 지 여러 날이 지났는데, 오늘 저녁에 와서 만나 그대로 머물러 묵었다. 정광윤이 와서 숙위했다.

〖 1696년 12월 7일 기축 〗 밤에 눈이 조금 내리고 낮에는 바람 불고 흐림

이정두李廷斗가 왔다. ○들으니, 권용權鏞이 보길도에서 숙환인 담병痰病으로 지난달 20일 즈음[143]에 세상을 떠났다고 한다. 팔순의 그 아버지(권휘權徽)가 사위 임빈林彬의 집에 우거하며 궁핍함이 심해 거의 죽을 지경인데, 또 이 외아들을 잃었으니, 참혹함을 차마 형언할 수 없다.

〖 1696년 12월 8일 경인 〗 흐리다 맑음. 바람 불고 눈

양 별장(양헌직)과 집 뒷산에 올라 둘러보았다. 그가 다음과 같이 말했다. "제봉霽峯[144]은 낙맥落脈이 둘입니다. 하나는 묘맥卯脈으로서 바로 덕립德立의 집터 뒤쪽 맥이며, 하나는 인갑맥寅甲脈으로서 낙무당樂畝堂 뒤쪽의 방맥傍脈입니다. 묘맥은 가장 길게 구불구불 뻗다가 돌아서 간艮으로 입수入首하여 인좌신향寅坐申向의 혈穴을 이루었으니, 곧 짧은 가운데 긴 것을

---

143) 20일 즈음: 원문에 '前卄□'으로 되어 있으니 20일 즈음으로 볼 수 있다.

144) 제봉霽峯: 윤이후의 집 팔마장八馬庄의 뒷산이다.

취한 법法으로 바로 지금 개일開一의 집이 자리 잡은 곳입니다. 소위 덕립의 집터란 곳은 후뇌後腦가 좋은 것 같으나, 뇌腦 아래 와窩를 맺은 곳이 기울어 치우쳐 기氣가 없고 청룡靑龍이 등져 돌아보지 않고 소위 금어대金魚袋[145]가 지나치게 가까이 접근하여 또한 정情도 없는 듯합니다.[146] 진정한 결처結處인지는 잘 모르겠습니다. 인갑맥은 방서方書에서 꺼리는 것일 뿐만 아니라,[147] 급격히 내려와 급격히 수렴하여 느긋하고 차분한 모습이 없습니다. 정情을 둘 만한 곳인지도 잘 모르겠습니다.”○이복爾服이 왔다. 윤시상尹時相, 윤재도尹載道, 윤창尹瑒이 윤수후尹壽厚의 장지葬地에 왔다가 역방했다. 정광윤과 윤명우尹明遇가 왔다.

〖 1696년 12월 9일 신묘 〗 세찬 눈보라가 하루 종일 그치지 않아 한 자가 넘게 쌓여 길도 구분하기 어려움

남쪽 지방의 추위가 이렇게 심한 적이 근고에 없었다. 감옥살이하는 종아의 괴로움은 차마 헤아릴 수도 없다. 어찌 말로 할 수 있겠는가. 종제從弟 이대휴가 한천寒泉에서 눈을 무릅쓰고 왔다가 그대로 머물러 묵었다. ○흥서興緖가 11월 27일에 서울을 출발하여 오늘 저녁에 들어왔다. 전부 형님(윤이석)이 세상을 떠난 후, 대代가 다하여 영광靈光 고조고비高祖考妣(윤홍중尹弘中과 그의 처)의 신주를 우리 집으로 옮겨야 했는데, 여름에 내가 서울에서 돌아올 때에는 장마가 한창이라 모시고 올 수가 없었다. 오늘에야 흥아가 모시고 온 것이다. ○종아宗兒의 일은, 대신들과 판의금부사가 준의準

---

145) 금어대金魚袋: 풍수 용어로, 경유신庚酉辛 방위에 어대사魚袋砂(물고기 모양의 작은 언덕이나 바위)가 있는 경우를 가리킨다.

146) 정情도 없는 듯합니다: 풍수에서 정情이란 효순孝順한 모습으로 대상을 받들어 모시거나 단정端正한 모양으로 대상을 맞이하고 호위하는 형세를 가리킨다. 정이 없다는 것은 청룡이나 백호가 대상을 핍박하거나 등을 돌린 형세 또는 그 모양이 기울어져 멀리 날아가는 형태를 의미한다.

147) 인갑맥은…아니라: 풍수에서 대개 사고장위四庫藏位, 불배합룡不配合龍 개념과 연결하여 부정적으로 치부하는 맥들이 있으니, 이를테면 을진乙辰, 정미丁未, 신술辛戌, 계축癸丑, 인갑寅甲, 사병巳丙, 경신庚申, 해임亥壬 등이 그것이다.

擬[148]하여 아뢰어 결말을 내려다가, 상감의 환후가 여태 회복되지 않아 어전에 나아가 아뢰지 못했다. 이 또한 내 운수가 여전히 조금도 통하지 않아 그러한 것이다. 통탄스러움을 어찌 형언하겠는가? ○종제 이경李絅이 숙환으로 7일에 세상을 떠났다. 그 처妻의 상도 9월에 났고, 윤세익尹世翼의 처인 종매從妹도 역시 세상을 떠났다. 일가의 초상이 이렇게 연이어 나니, 매우 참혹하고 애통하다.

〖 1696년 12월 10일 임진 〗 흐리다 맑음

체천遞遷한 신주를 가묘에 봉안하고 차례를 지냈다. ○정광윤이 왔다. ○양 별장(양헌직), 이대휴와 함께 팔마八馬에서 출발했다. 양 별장은 연동蓮洞에 들어가서 자고 내일 죽도竹島로 나와 산세를 살펴볼 계획이다. 이 종제 (이대휴)와 함께 해남 주교로舟橋路를 겨우 지나자 날이 이미 어두워졌다. 백치白峙에 이르러 이 종제가 함께 그의 집에 들어가 유숙하기를 완강히 청했으나, 침구가 이미 갔기 때문에 달빛을 타고 길을 가서 밤이 깊어서야 죽도에 도착했다. 이번에 전례 없이 큰 눈이 내려 깊은 곳은 무릎까지 빠지고 말이 앞으로 나아가지 못할 지경이었다. 이것이 무슨 징조인지 모르겠다. 갑술년(1694)에 이와 같이 큰눈이 내리고 을해년(1695)에 전례 없는 흉화凶禍가 있었던 적이 있으니, 자못 염려스럽다.

〖 1696년 12월 11일 계사 〗 맑다가 흐림

양 별장(양헌직)과 윤 별장(윤동미尹東美)이 왔다. 극인 성덕기成德基와 성덕징成德徵이 밤에 내방했다.

---

148) 준의準擬: 하급심에서 정죄권定罪權이 없는 사건에 대하여 범죄 사실을 조사하여 이에 적용할 형벌을 의논하여 결정하는 일이다.

〔 1696년 12월 12일 갑오 〕 맑음. 저녁에 흐림

양 별장을 데리고 죽도에 올라 둘러보았다. 양 별장은 죽도의 빼어난 경치를 칭찬하며 놀라 쓰러지려 했다. 이어서 논했다. "이곳은 금거북[金龜]이 물에서 나온 형국입니다. 안채는 감坎으로 입수入首하여 신申으로 득수得水해서 을乙로 파破하니, 마땅히 병향丙向의 웅봉熊峰[149]을 안산案山으로 삼아야 할 것입니다. 실로 얻기 어려운 땅입니다. 묘를 쓰기에도 좋습니다. 정자는 손향巽向이 마땅합니다." ○종제 이대휴, 진욱陳稶, 윤래주尹來周, 윤국미尹國美, 전주의 정이상鄭履祥이 왔다. 양 별장과 윤 별장은 연동으로 돌아갔다. 김망구金望久, 김익환金益煥이 왔다. 극인 성덕기가 왔다.

〔 1696년 12월 13일 을미 〕 맑음

아침에 죽도에서 출발하여 백치를 역방하고 저녁에 집에 도착했다. ○이천배李天培가 저녁에 지나다 들렀다.

〔 1696년 12월 14일 병신 〕 가랑비

극인 윤징귀尹徵龜, 선달 윤징미尹徵美가 왔다. 수영水營의 점쟁이 김응량金應浪과 윤지원尹智遠이 왔다. 김응량은 마을 사람 김시언金時彦의 아들로서 한정閑丁이라고 피소되었는데 내가 정 생生(정광윤)을 보내 창감倉監 최유崔瀏에게 말을 해서 군역을 면하게 되었다.

〔 1696년 12월 15일 정유 〕 맑음

정 생, 윤지원尹智遠, 김응량金應浪이 갔다. 임중헌任重獻, 윤재도尹載道, 문헌비文獻斐가 왔다. ○노奴 삼봉三奉이 서울에서 돌아와 창서昌緖와 두서斗

---

149) 병향丙向의 웅봉熊峰: 병향이 정남향 기준 동쪽으로 15도 방향임을 고려했을 때 죽도로 추정되는 곳을 기준으로 하여 현재 해남군 화산면 금풍리에 자리한 바랑산 남쪽 봉우리를 가리키는 것이 아닐까 추측된다.

緖가 6일에 보낸 편지를 받았다. 의금부의 일은, 상감의 환후가 아직도 회복되지 않아 결말을 짓지 못했다고 한다. 애통함과 절박함을 어찌 형언하랴? 상감의 환후가 중해졌다가 덜해졌다가 하여, 세 제조提調[150]가 숙직하고 있으며, 조정 문안은 파했다가 다시 한다고 한다. 신민臣民의 걱정을 어찌 말로 할 수 있겠는가?

〖 1696년 12월 16일 무술 〗 맑음

전부(윤이석) 댁 노 철립哲立이 서울로 올라가기에 편지를 부쳤다. ○윤시상尹時相이 왔다. 윤상尹詳, 황세중黃世重, 최도익崔道翊, 최유옥崔有玉이 지나다 들렀다. 김응호金應灝가 들러 알현했다. 윤천우尹千遇가 왔다.

〖 1696년 12월 17일 기해 〗 흐리고 비가 간간이 뿌림

임성건林成建, 해창海倉의 박유문朴有文, 송수기宋秀杞가 왔다. 지원智遠이 왔다. 들으니, 신지도 목 상(목내선睦來善)의 우소寓所가 9일 밤 큰 바람에 불이 났다고 한다. 위리圍籬 안 다섯 집이 모두 불탔고, 수백 곡斛의 쌀과 벼, 옷가지, 서책 등이 남김없이 타 버렸으며, 목 상의 처소에도 불이 번졌으나 겨우 전소全燒는 면했다고 한다. 매우 놀랍고 통탄스럽다.

〖 1696년 12월 18일 경자 〗 어제 저녁 무렵 비가 점점 심해지더니 밤에는 눈이 되어 꽤 두껍게 쌓임. 오늘은 저녁까지 맑고 화창함

장흥의 새로 급제한 진사 문덕귀文德龜가 어제 연동으로 나아가 어초은漁樵隱(윤효정尹孝貞) 공의 묘소에 전배展拜했다. 이 사람은 어초은의 외7대손이다. 오늘 나를 찾아와 만났다. 그 숙叔 문필한文必漢과 일가 사람인 출신出身 문필계文必啓, 유학幼學 문후상文後祥이 따라 왔다. 나는 우환憂患 중이라서 신래新來(과거급제자)에게 하는 장난을 할 수 없어 술상과 점심을 대접

---

150) 세 제조提調: 내의원의 제조, 부제조, 도제조를 말한다.

하여 보냈다. ○ 정익태鄭益泰가 유자柚子와 게젓을 보냈기에, 바로 문 진사가 갈 때 주었다. ○ 이날 밤 윤이백尹爾栢이 인천에서 가족을 데리고 마침 내려왔다. 그의 여동생인 정석삼鄭錫三의 처도 정산定山에 살았는데 함께 데려왔다. 그리고 인천 안安 생甥의 편지와 서울 두아斗兒의 편지를 전해 주었다. 두아의 편지는 삼봉三奉이 가져온 편지보다 먼저 보낸 것이었다. ○ 어제부터 사물해독탕四物解毒湯을 복용했는데, 찰방察訪 이서李潊가 처방한 것이다.

〖 1696년 12월 19일 신축 〗 맑음

윤팽년尹彭年이 이른 새벽에 만나러 와서 가마를 빌리려고 했으나 허락하지 않았다. 족숙族叔 윤상미尹尙美와 윤주미尹周美가 왔다. 박상미朴尙美, 윤제호尹齊虎가 왔다. 윤이복尹爾服이 딸의 우귀于歸[151] 행차를 데리고 나주 땅에 갔는데, 그의 둘째 딸 나재회羅載繪의 처다. 윤취삼尹就三, 김진서金振西가 왔다.

〖 1696년 12월 20일 임인 〗 맑음

윤문도尹文道, 윤천령尹千齡, 윤기업尹機業이 왔다. 윤동미尹東美와 양 별장(양헌직)이 문소聞簫와 간두幹頭의 산소를 살펴보러 갔다. 두 곳 모두 대를 이어 장사지낼 자리가 없었고, 통포桶浦의 윤정화尹鼎和가 점찍은 곳도 보았는데 역시 쓸 만한 자리가 아니라고 한다. 이는 전부 형님(윤이석)을 이장할 곳을 찾기 위한 것으로 종수從嫂(윤이석의 처)의 간곡한 말씀이 있었기 때문이다. 북곶이[北串之]의 한 곳을 점찍어서 그림으로 그려 보여 주는데, 용세龍勢와 형국形局이 자못 좋았다. 그러나 이곳이 과연 쓸 만한 땅인지는 잘 모르겠다. ○ 백포白浦의 노奴 덕룡德龍이 서울에서 돌아와 아이들의 편지를 받았다. 10일에 보낸 잘 있다는 편지였다. 상감의 환후가 덜하다 더

---

151) 우귀于歸: 신행, 즉 혼례를 치르고 정식으로 시댁에 들어가는 것을 이른다.

했다 하며 회복이 쉽지 않으니, 신하와 백성들의 근심을 이루 말로 다 할 수 있겠는가. 의금부 일의 결말이 이로 인해 지체되고 있으니, 더욱 가슴 아프고 걱정이다.

〔 1696년 12월 21일 계묘 〕 맑음

김우경金友鏡, 김우정金友正, 윤희성尹希聖, 정광윤이 왔다.

〔 1696년 12월 22일 갑진 〕 흐림

봉대암鳳臺庵의 중 태응太應과 성견省堅이 와서 알현했다. 태응은 세동사細洞寺에서 옮겨 갔으며, 성견은 대둔사에서 옮겨 간 자이다. 김태귀金泰龜와 윤희직尹希稷이 왔다.

〔 1696년 12월 23일 을사 〕 흐리다 맑음

윤남미尹南美와 윤성우尹聖遇가 왔다. 윤성우는 용산龍山에서 장흥長興으로 이사하여 살았는데, 오늘 마침 돌아왔다고 했다. 여주呂州의 사인士人 임이통任以通이 왔다. 이 사람은 곧 개일開一 처妻의 상전으로, 강진의 박산朴山에 왔다가 와서 만났다. 내게 간청하여 박산의 전답田畓을 사려 했다.

〔 1696년 12월 24일 병오 〕 흐리다 맑고 바람이 거셈. 눈과 우박이 때때로 내림

인천의 극인 이형원李衡元이 와서 만났다. 스스로 말하기를, 이중옥李仲玉의 삼종제三從弟로 추노推奴하기 위해서 내려왔는데, 이르는 곳마다 실패하고 양식이 떨어져 먹을 것이 없어 찾아왔다고 했다. ○용산리龍山里 윤선전관宣傳官(윤석후尹錫厚) 집의 인편이 서울로 올라간다기에 편지를 부쳤다. ○지원智遠이 지난번에 갑자기 무이천武夷川에 집을 짓고 그의 어머니를 모시고 옮겨 갔는데, 나위방羅緯房에게 의지하고자 했던 것이다. 그러

나 홀로 외로워 견디기 어려울 뿐만 아니라 먹고살 양식도 전혀 없어, 하는 수 없이 20일 후에 이곳으로 돌아와 진립震立의 작은 집을 빌려 들어갔다. 그 처사가 이치에 맞지 않으니 참으로 한탄스럽다.

〔 1696년 12월 25일 정미 〕 종일 바람 불고 눈이 내림

이 첨사僉使(이만방李晩芳) 집의 노노奴가 서울로 올라가기에 편지를 부쳤다. 송창우宋昌佑가 꿩을 가지고 와서 만났다. ○이날 밤 권 참판(권규權珪)이 심부름꾼 편으로 새해 달력 2건을 보내며 편지를 보내, 강오장姜五章 등 3인이 모두 절도絶島에 정배되었다고 했다. 해기駭機[152]를 벗어난 것만으로도 다행이다. 어찌 온전히 석방되지 못했다고 한탄하며, 또 어찌 절도에 정배되었다고 불평하겠는가. 창아도 필시 급히 심부름꾼을 통하여 소식을 전하고 싶었을 것이다. 그러나 생각해 보니, 필시 배소配所가 정해지기를 기다렸다가 심부름꾼을 보냈을 것이므로, 여태 소식이 없을 것이다. 정말 답답하기 그지없다.

〔 1696년 12월 26일 무신 〕 흐리고 눈보라가 간간이 흩뿌림

창아가 신영준申英俊이라는 자를 고용해서 보낸 아이들의 편지를 보았는데 17일에 보낸 것이다. 12일에 영의정 류상운柳尙運, 좌의정 윤지선, 이조판서 최석정崔錫鼎이 상을 뵙기를 청하여 입시했다.[153] 영의정 류상운이 다음과 같이 아뢰었다. "근래 의금부에 연달아 사정이 생겨 죄인들을 오랫동안 신문하지 못했다고 합니다. 강오장, 채제윤蔡悌胤, 윤종서에게 형신刑訊한 것이 이미 다섯 차례에 이릅니다. 강오장의 상소는 흉패하기가 그지없으며, 윤종서와 채제윤이 서로 몰래 화답하여 응한 정황은 음험하기 이

---

152) 해기駭機: 갑자기 발사되는 쇠뇌의 방아쇠를 가리키는데, 여기서는 갑작스런 재앙 즉 참형이나 교형과 같이 목숨을 내놓아야 하는 무거운 형벌을 가리킨다.

153) 12일에…입시했다: 류상운, 윤지선, 김세익金世翊 등이 입시하여 강오장 등의 사안에 대해 숙종과 논의한 내용은 『승정원일기』 숙종 22년 12월 12일자 15번째 기사를 통해 확인할 수 있다.

를 데 없습니다. 그들이 왕래하며 모의하고 정상이 음험하다는 사안만으로 죄를 주어도 아까울 것이 없는데, 형을 준 것이 죄상과 일치하지 않습니다. 이놈들은 당초 국청에서 나추拿推하기를 청하지 않다가 의금부에서 국청으로 옮길 것을 청하였으나 끝내 다시 의금부로 돌려보내졌습니다. 신문의 조목인즉 역모였습니다. 신문 조목에 역모 행위가 있었다면 당초 국청에서 철저하게 신문하여 죄상을 밝혀야 했습니다. 이제야 의금부에서 역모를 다스리는 것은 일의 체모가 같지 않으며, 또한 죄인들로부터 자복을 받아낼 이치도 없습니다. 상감께서 만약 정상을 참작하여 처분하시지 않고 계속 형추刑推[154]하신다면, 체수滯囚[155]의 폐단이 있게 될 뿐만 아니라 수정輸情[156]하리라는 기약도 없습니다. 형정刑政으로 헤아려 보아도 또한 마땅한지 모르겠습니다." 상이 말했다. "좌의정의 뜻은 어떠한가?" 좌의정 윤지선이 말했다. "신은 당초 이 일이 역모와는 무관하다고 여겨, 국청에서 의금부로 이송했던 것입니다. 지금 의금부에서 신문한 조목을 보니, 국청에서 신문해야 할 조목입니다. 강오장의 일은 무엄하기가 그지없어 죽어도 애석하지 않을 것이나, 역모와 비교하면 차이가 있습니다. 곧바로 쳐 죽이는 것은 타당하지 않은 것 같으니, 정상을 참작하여 처분하는 것이 좋겠습니다." 상이 말했다. "강오장의 죄가 제일 크고, 윤종서와 채제윤의 죄는 그다음인 것 같다." 좌의정 윤지선이 말했다. "강오장과 채제윤은 역적의 공초供招[157]에 나오지 않으나, 윤종서는 역적의 공초에 나옵니다. 이로써 말한다면 윤종서의 죄가 더욱 무겁습니다." 상이 말했다. "상소를 올린 죄로 말한다면 강오장의 죄도 역시 무겁다." 영의정 류상운이 말했다. "강오장의 상소 역시 윤종서 무리가 시키고 꾄 것입니다. 주범과 종범으로 논한다면 강오장이 종범이 될 것 같고, 그 정황으로 논한다면 본래 차이가

---

154) 형추刑推: 죄인을 때리며 신문하는 것이다.

155) 체수滯囚: 죄를 범한 사람을 판결하지 않고 오래도록 옥에 가두어 두는 것이다.

156) 수정輸情: 죄인이 범죄 사실을 남김없이 실토하는 것이다.

157) 역적의 공초供招: 방찬方贊 등의 국문 과정에서 나온 진술서일 것으로 추측된다.

없습니다." 좌의정 윤지선이 말했다. "만약 주범과 종범으로 나누려 한다면, 역적의 공초에 나온 윤종서야말로 주범이 되어야 합니다." 좌부승지 김세익이 말했다. "소신은 이 일의 전말을 상세히 알지 못하나 지금 대신들이 진달하는 말을 들으니, 죄인을 동정하는 뜻에서 나온 말들인 것 같습니다. 그러나 이들의 죄명이 너무 큰데, 당초 국청에서 나추하기를 청하지 않았습니다.[158] 의금부로 이송한 후에 비록 사정이 있어 아직 철저히 조사하지 못했지만, 세간의 여론은 모두 그 정상情狀이 매우 중대하다고 생각합니다. 지금 대신들의 진달에 따라 가볍게 처리하신다면, 세간의 여론이 분노하고 답답해할 뿐만 아니라 옥사의 체모에 있어서도 그렇게 하는 것이 마땅하지 않습니다. 후일 삼사三司가 입시하기를 기다려 명백하게 처리하시는 것이 좋을 듯하옵니다." 상이 말했다. "당초 강오장을 국청에서 의금부로 옮긴 것은 그가 역모와 관련되었다는 현저한 증거가 없었기 때문이다. 이번 의금부에서 신문한 조목은 다름 아닌 역모를 심문하는 조목이다. 이 때문에 대신들이 이것을 그르다고 하는 것이다." 김세익이 말했다. "의금부에서 신문한 조목에 기록된 내용을 가지고 따져서 만일 죄명에 합치하지 않는 것이 있다면, 그것을 삭제하고 고치는 것이 불가하지 않습니다. 그러나 국청에서 의금부로 옮긴 중죄인을 의금부 당상과 삼사의 입시를 기다리지도 않고 가벼이 먼저 정상을 참작해 처분하는 것은 진실로 온당하지 않습니다. ○상감께서 말씀하셨다. "죄상으로 말하자면 이 세 사람은 장을 맞아 죽어도 원래 애석할 바가 없다. 그러나 당초 역모와 무관하다면, 의금부에서 그렇게 신문의 조목을 낸 것이 옥사의 체모에 있어서 어떠한지 모르겠다. 강오장, 윤종서, 채제윤을 모두 사형에서 감하여 절도에 정배하는 것이 옳다." 13일에 거행조건擧行條件[159]이 나왔다. 판의금부사

158) 당초…않았습니다: 일기 원문에 글자가 훼손되어 명확히 구분하기 어려워 『승정원일기』의 내용을 토대로 번역했다.

159) 거행조건擧行條件: 줄여서 '거조擧條'라고도 한다. 임금께 아뢰는 조목 또는 조항을 가리킨다. 임금과 신하가 모여 논의한 것들 가운데 시행하기로 결정된 사항을, 임금으로부터 문서로 재가를 받아 두기

이세백李世白이 대신들이 삼가 먼저 진달한 것[160]을 옳지 않다고 하면서, 지의금부사 민진장閔鎭長과 동지의금부사 권시경權是經, 송창宋昌과 연명聯名으로 상소하여[161] 신문 조목을 삭제하고 고친 이유를 밝히고, 대신들이 급하게 먼저 상감께 아뢰어 갑작스럽게 결말을 지음으로써 옥사의 체모가 부당하게 되었다고 진술하고 사직했다. 상감께서 답하기를 "사직하지 말고 직무를 보라."라고 했다. 상소에 대한 비답이 내려온 후, 거제도에 정배되었다.[162] 16일이었다. 이날 밤 3경에 종서가 의금부에서 귀가했다. 성은이 망극하여 감읍하여 몸 둘 바를 모르겠다. 종서의 원기와 피부의 손상이 그리 심하지 않다고 하니, 더욱 다행이다. 거제가 비록 병향病鄕이라고는 하지만 망측한 지경을 벗어난 것만으로도 다행이다. 유배지의 멀고 가까움, 좋고 나쁨을 어찌 헤아려 비교할 수 있겠는가. 노奴와 말과 노자를 갑자기 마련하기 어려워, 며칠 뒤에야 출발할 수 있다고 한다. 그런데 옥당玉堂이 양사兩司의 침묵에 대해 차론箚論하면, 대계臺啓[163]가 필시 발의될 것이다. 그렇게 되면 또한 너무 심하지 않은가. 매우 통탄스럽다. ○이신우李信友가 왔다. 그대로 유숙했다.

〔 1696년 12월 27일 기유 〕 맑음

윤천우尹千遇와 윤시한尹時翰이 왔다. 윤선시尹善施, 윤희성尹希聖, 윤동만尹童晩이 왔다.

위해 그 자리에 입시했던 주서注書가 정서하여 입계하는 것이다. 재가를 받은 뒤에는 그 내용을 베껴서 조지朝紙에 내는 것이 관례이다.

160) 대신들이…것: 1696년 12월 12일 영의정 류상운과 좌의정 윤지선이 숙종에게 진달한 것을 말한다.

161) 지의금부사…상소하여: 이세백·민진장·권시경·송창이 함께 올린 상소에 대한 내용은 『승정원일기』 1696년 12월 16일자 5번째 기사를 통해 확인할 수 있다.

162) 거제도에 정배되었다: 『승정원일기』 숙종 22년 12월 16일자 15번째 기사를 통해 확인할 수 있다.

163) 대계臺啓: 대간이 유죄를 인정하여 올리는 계사이다.

〖 1696년 12월 28일 경술 〗 맑다가 흐림. 바람 불고 눈이 내림

윤선시와 송창우宋昌佑가 갔다. 윤희설尹希卨, 윤시상尹時相, 연동의 윤이복尹爾服, 윤이송尹爾松, 윤이백尹爾栢이 왔다. ○어제부터 머리가 조금 아프고 오한惡寒이 있었다. 그러더니 왼쪽 눈썹 모서리에 통증이 생겼는데 대단한 정도는 아니다. 근래 이 증상이 일 년 내로 발작했던 적이 매우 드물다. 참으로 다행이다. ○변최휴卞最休가 왔다.

〖 1696년 12월 29일 신해 〗 종일 눈이 내림

최□□崔□□, □□기□□基, 윤희직이 왔다. ○해남의 향리 박문익朴文益이 세의歲儀로 곶감 1접과 전□全□, □□, 건어 2마리를 보냈다.

〖 1696년 12월 30일 임자 〗 흐리다가 눈이 흩뿌림 (…)

* 『지암일기』의 1696년 일기 뒤쪽에는 일기의 내용과는 무관한 몇 가지 글들이 기록되어 있다. 윤이후와 『지암일기』를 이해하는 데 도움이 되겠기에, 일부는 그대로 옮겨 번역하고, 일부는 제목만 제시하고 각주로 설명한다.

○ 젊을 때의 습작시[164]

휴지(글씨를 한 번 써서 사용한 종이)를 보다가 내가 젊을 때 지은 시문 약간이 거기에 섞여 있는 것을 발견했다. 거칠고 서툴러 볼만한 것이 못 되지만, 마음에서 우러난 것이라 버릴 수도 없다. 그래서 책 끝에 베껴 둔다. 그러고 보니, 글의 교졸巧拙을 따지지 않고 모두 기록하여 때때로 혼자 펼쳐보는 것도 나쁘지는 않은데, 생각이 여기 미치지 못했던 것이다. 젊을 때 이렇게 없어진 것이 많아, 정말 아깝다.

과시 제목

별을 향한 꽃나무에 봄이 쉬이 오네[向陽花木易爲春][165]

직접 천자를 만나 문생이 되었네[親逢天子作門生][166]

못에 비친 밝은 달은 낚아도 그대로 있네[一潭明月釣無痕][167]

---

164) 윤이후가 젊을 때 습작한 과시科詩 몇 수를 베끼고, 첫머리에 그 서문을 쓴 것이다. 서문은 번역하고 과시는 제목만 옮긴다.

165) 당唐 위단韋丹의 시구이다.

166) 송宋 왕기王奇의 시구이다.

167) 송宋 관사복管師復의 시구이다.

가난하여 오직 요대에만 쇠붙이가 있네[貧惟帶有金] [168]

취옹정[醉翁亭] [169]

죽음을 참으며 남은 구절을 잇습니다[忍死續殘章] [170]

계화를 원소에게 보내다[桂花贈元素] [171]

밤중 추성부를 읽고 느낀 감회[中夜感秋聲賦] [172]

송 조보가 눈 오는 밤 황제의 미행 내방에 큰 계책을 표로 올려 사례하다

[宋趙普謝雪夜微行訪以大計表]

송 여남절도사 문언박이 신종이 경림원에서 연회를 베풀어 준 데 대하여

사례하다[宋汝南節度使文彦博謝賜宴瓊林苑]

복사꽃 나무를 베다[斬桃花樹]

○시 [173]

창아와 아이들을 대신해 두아의 시에 차운하다【1681년 봄】[代昌兒輩次斗

兒韻【辛酉春】]

傷春離恨劇悲秋　봄 시름에 이별의 한 더하여 더없이 슬플 때면

日夕看雲倚小樓　낮이고 저녁이고 누각에 기대어 구름을 바라보며

何處征鴻傳尺素　어디론가 가는 저 기러기 편에 소식 전할까

眼中眉目轉悠悠　눈에 어리는 두서의 얼굴 점차로 아득해가네

---

168) 송宋 서기徐璣의 시구이다.

169) 중국 안휘성 제주滁州에 있는 정자이다. 송宋 구양수歐陽修의 호를 따라 지은 이름이고, 그가 쓴 「취옹정기醉翁亭記」가 유명하다.

170) 송宋 주희朱熹가 효종孝宗을 위하여 지은 만시輓詩의 구절이다.

171) 송宋 소식蘇軾의 시 제목 「八月十七日天竺山送桂花分贈元素」에서 온 구절이다.

172) 구양수의 〈추성부秋聲賦〉를 가리키는 것으로 보인다.

173) 윤이후가 직접 짓고 쓴 시 2수다.

백우伯雨(이운징)에게 부치다【당시 그는 연안에 유배되었다. 1681년 봄】[174][
寄伯雨【時謫延安 辛酉春】]

我公遷謫太無端　우리 공이 귀양을 간 것이 정말 터무니없소
世事由來儘可嘆　세상사가 그래서 몹시 개탄스럽소
浮漚榮辱何須說　물거품 같은 영욕을 말해 무엇 하겠소
只願隨時宿食安　잘 먹고 잘 자 편안하시기를 바랄 뿐이오

○갑술옥사(1694년)의 유배자 45명 명단[175]

권權 영상領相(권대운) 해남 위리안치. 1696년 2월 석방 고향에 돌아감

목睦 좌상左相(목내선) 신지도 위리안치. 1697년 여름 강진에 이배되고
위리안치 해제

김金 영부사領府事(김덕원) 제주도 위리안치. 1697년 여름 해남에 이배되
고 위리안치 해제

판서 류명현柳命賢 흑산도 위리안치

판서 목창명睦昌明 삭주에 유배. 1695년 10월 12일 사망

판서 이현일李玄逸 종성에 위리안치. 1697년 여름 광양에 이배

판서 권유權愈 진보에 유배. 예산에 이배되었다가 1697년 여름 석방

판서 민취도閔就道 길주에 유배된 후 감등되었다가 1697년 여름 석방

참판 목임일睦林一 남해에 위리안치. 1695년 9월 석방

참판 이담명李聃命 창성에 극변원찬極邊遠竄

---

174) 이운징은 윤이후의 둘째 아들 윤흥서의 장인으로서, 윤이후와는 사돈이다. 기사환국 이후 남인의
　　영수이던 허적의 서자 허견이 복선군과 역모를 꾀했다는 혐의로 벌어진 옥사에 연루되어 1680년
　　8월 유배에 처해진다. 아마도 유배지가 연안이었던 것으로 짐작된다.
175) 윤이후가 이 명단을 작성한 것은, 자신이 남인으로서 남인 유배객에 대한 관심을 보여 주는 것이다.

부제학 권해權瑎 영해에 유배되었다가 진보에 이배…

판서 정유악鄭維岳 진도 유배

김원섭金元燮 단천에 감사정배減死定配. 경흥에 이배

승지 신학申㵳 영암에 유배되었다가 남포에 부처

승지 오시만吳始萬 용천에 유배되었다가 강서에 이배

승지 이원령李元齡 울산 유배

사인 이제민李濟民 무안 유배. 1695년 석방

승지 김방걸金邦杰 동복에 유배되었다가 배소에서 사망

장령 김정태金鼎台 이성利城에 유배

대사간 권기權愭 거제에 위리안치

순천부사 송상주宋尙周 대정에 안치安置

정언 민언량閔彦良 무산에 유배

류위한柳緯漢 □□□

참판 권규權珪 강진에 극변원찬. 1697년 여름 석방

판결사 배정휘裵正徽 부령에 극변원찬

감사 김주金澍 위원에 극변원찬. 1697년 여름 석방

승지 심계량沈季良 위원에 안치. 1697년 여름 황간에 이배

감사 심벌沈橃 귀성에 극변원찬. 1697년 여름 석방

감사 이현기李玄紀 고금도에 위리圍籬

승지 이수징李壽徵 의주에 유배되었다가 원주에 이배

승지 이운징李雲徵 태천에 유배되었다가 1697년 여름 고성에 이배

승지 성관成瓘 기장에 유배

참의 조식趙湜 정주에 유배. 1697년 여름 석방

제주목사 윤정화尹鼎和 남평에 원찬

홍천 이현령李玄齡

진사 한종석韓宗奭 강진에 유배

진사 이제억李濟億 장흥에 유배. 1697년 여름 석방

권후權詡 명천에 1696년에 유배되었다가 1697년 여름에 석방

심사명沈思溟 종성에 1695년 유배

장성현감 이동근李東根 고성에 유배. 1695년 상을 당하여 석방

수찬 김여건金汝楗 경성에 유배되었다가 1695년 석방

수찬 홍중현洪重鉉 경주에 유배되었다가 1695년 석방

대장 황징黃徵 장흥에 유배되었다가 1695년 석방

영춘현감 윤하제尹夏濟 부령에 유배

진사 김태윤金泰潤 1696년 가을 곤양에 유배되었다가 1697년 석방

○벽파정碧波亭 시[176]

○『마의상서麻衣相書』의 구절[177]

○제목이 없는 시

昨夜山中雨　간밤 산중에 내린 비로

新添活水喧　물이 불어 냇물이 콸콸 흐르는데

不知何許客　모르는 어떤 나그네가

---

176) 진도 벽파에 걸려 있던 벽파정을 읊은 시들을 윤이후가 베낀 것이다. 끝에 "1695년 9월 20일 삼지원三枝院에서 나루를 건너 조반을 먹을 때 베꼈다."고 한 발문이 있다. 『지암일기』의 같은 날 기사에도 "새벽에 나루터에 당도하니 날이 벌써 밝았다. 바로 배에 올라 무사히 건넜다. 벽파정 원지가 집에서 아침을 지어먹었다."고 한 것이 있어, 발문과 서로 부합된다. 홍적洪迪이 1588년에 쓴 시 「벽파정碧波亭」과 거기에 이민구李敏求, 류근柳根, 윤훤尹暄, ㅁㅁㅁ, 신규申圭, 이경의李景義, 홍천경洪千璟, 원치도元致道 등이 차운한 시 그리고 고려 때 추밀원사를 지낸 채보문蔡寶文의 시 「제벽파정題碧波亭」까지 모두 10수가 수록되어 있다.

177) 『마의상서』는 중국 송나라 때 관상에 뛰어났던 마의도자(麻衣道者)의 저술로 전해지는 책이다. 윤이후는 『마의상서』를 읽고, 그로부터 마음을 강조한 구절과 그 주를 옮겨 적은 것으로 보인다.

松下獨蹲蹲 소나무 아래 홀로 덩실덩실 춤추네

○기행시[178]

길가 작은 마을에 꽃나무에 기댄 한 미인이 있어, 멀리서 보고 절구 한 수를 지어 희롱하다[路傍小村有一美人倚花 遠□ 戱吟一絕以調之]

綠楊陰畔小溪前 우거진 버드나무 그늘 가 개울 앞
簾捲東風近午天 주름 걷힌 창으로 동풍이 부는 한낮
花□□□閒佇立 미인이 꽃나무에 기대어 가만히 서 있네
不知深意在誰邊 그 깊은 마음에는 누가 들어 있을까

우연히 읊다[偶吟]

去時堤柳欲含嬌 갈 땐 방죽의 버드나무가 교태를 뽐내려 하더니
歸路山花□□飄 돌아오는 길엔 산꽃이 흩어져 나부끼네
可憐九十三春節 가련하다, 90일 봄 석 달을
强半遊人馬上消 유람하느라 말을 타고 반이나 보냈구나

○제문[179]

---

178) 윤이후가 먼 길을 가다가 쓴 기행시이다. 서울에 왕래할 때 쓴 것으로 보인다. 원래 여기 쓴 것이 아니고, 다른 원본에서 떨어져 나온 낙장을 여기에 철한 것이다. 양쪽 가 2수는 결락이 많아 생략하고, 가운데 2수만 옮긴다.

179) 해남윤씨 윤주하尹柱河가 쓴 11대 조비 양씨의 제문이다. 윤주하는 24세 윤계호尹繼浩의 아들로서 25세손이며 그에게 11대 조비는 11대조 윤의중尹毅中의 처 제주 양씨(양윤온梁允溫의 딸)이다. 윤주하는 윤이구의 양자로 간 윤이후의 셋째 아들 윤종서의 6대손에 해당하는데,『지암일기』에 이런 제문이 있는 것을 보면, 이 일기가 한곳에 보관되어 있었던 것이 아니라 여러 후손들의 손을 거치며 읽힌 것으로 짐작해 볼 수 있다.

나는 떠나고 너는 남아

我去爾留

2월 30일자 일기에서

「대동여지도」에서 광양—하동—곤양—사천—고성—통영 부분_국립중앙박물관 소장

1697년 봄 윤이후는 강진—장흥—보성—낙안—광양—하동—곤양—사천—고성을 거쳐 거제에 이르는 멀고 고단한 여행을 떠난다. 세자 저주
무고 사건에 연루되어 거제에 유배된 셋째 아들 윤종서를 만나러 가는 길이었다.

1697년 주요 사건

1월   나주 금안동에서 오동나무 가져오기: 1월 3일~15일

2월   담양의 필장 김세영의 내방: 2월 9일~10일

두 거제 윤종서 적소 방문: 2월 13일~3월 9일

이두광의 집 방문: 2월 15일~3월 23일

서신귀의 집 방문: 2월 17일~3월 6일

좌수 양진기와 영남 인심 개탄: 2월 18일~19일

통영원문의 제순원과 영남우도 비판: 2월 23일

옥포의 왜선 방문: 2월 28일~29일

3월   옥룡동 윤선도 유배지 방문: 3월 5일

두모동 제언 보수: 3월 16일~윤3월 15일

윤3월   서울행의 시도와 포기: 윤3월 11일~14일

권대운의 사면 소식: 윤3월 24일~25일

윤은좌의 재취 이야기: 윤3월 26일

4월   안도증과 비 석화 이야기: 4월 3일~12월 17일

호랑이 사냥꾼 김경룡의 내방: 4월 6일

붕어소금으로 이닦기: 4월 8일~9일

윤종서의 죽음: 4월 15일~11월 25일

5월   .

6월   .

7월   어살 설치: 7월 25일~8월 4일

8월   전 강서현령 윤이형의 죽음과 상례: 8월 25일~10월 6일

9월   윤종서 가솔을 위한 집 수리: 9월 5일~14일

윤창서의 서울행과 윤종서 가솔의 낙향: 9월 16일~10월 14일

10월   무위사 방문: 10월 6일~7일

윤두서의 발 접지름: 10월 11일~11월 1일

11월   아내의 치료를 위해 너시를 삶아 먹임: 11월 6일

지사 박선교와 풍수를 논함: 11월 12일~25일

12월   .

『단서丹書』[1]에 "삼감이 태만을 이기면 길하고, 태만이 삼감을 이기면 멸망한다. 의로움이 욕망을 이기면 순조롭고, 욕망이 의로움을 이기면 흉하다."라는 말이 있다.

태만함은 몸의 편안함보다 심한 것이 없으니, 보고 듣고 말하고 행동함은 삼감이 아니면 옳은 예禮로 돌아갈 수 없다.
욕망은 먹고 마심과 남녀의 사랑보다 큰 것이 없으니, 식욕과 성욕은 의로움이 아니면 그 절도를 바르게 할 수 없다.
【『우득록愚得錄』[2]「을유소 제3乙酉疏第三」 중에서】

생8대조 지암공支菴公께서 직접 쓰신 글씨이다.[3]

경敬에 처하여 함양하고 책을 읽어 의義를 논하며, 물리를 궁구하고 사욕을 이겨 천성을 체현한다. 나에 내재한 덕을 법으로 세워 행해야 할 사업을 잘 이해하여, 현달하면 교화를 돕고 만물을 육성하고, 곤궁하면 천명

---

1) 단서丹書: 강태공姜太公이 주周 무왕武王에게 올린 경계의 말을 기록한 글이다.
2) 『우득록』: 곤재困齋 정개청鄭介淸(1529~1590)의 문집이다. 정개청은 16세기 호남지역의 유명한 학자였는데, 정여립鄭汝立의 모역 사건에 연루되어 함경도 경원으로 유배되어 사망했다. 그의 사후 그의 신원과 그를 봉안한 자산서원紫山書院의 치폐置廢 문제는 남인과 서인의 치열한 당쟁의 소재가 되었다. 윤이후의 할아버지인 고산 윤선도는 정개청의 신원을 강력히 주장했으며, 『우득록』의 편찬에도 깊이 관여했다.
3) '생8대조'는 생가 쪽 8대조를 지칭한다. 윤이후의 8대손은 윤관하尹觀夏이다.

을 알아 그것을 즐긴다. 이런 것이 대장부의 사업이 아니겠는가? 유명세를 구하여 출세를 꾀하는 사사로움에 생각을 빼앗겨 겉치레의 위의만 내세운다면, 사람은 혹시 속일 수 있을지라도 하늘은 속일 수가 없다. 깊이 경계할지어다.[4]

눈과 귀 밝은 남자의 몸으로 태어나, 어찌 기꺼이 초목과 함께 썩겠는가.[5]

공자께서 다음과 같이 말씀하셨습니다. "백성은 임금을 마음으로 삼고 임금은 백성을 몸으로 삼는다. 마음이 단정하면 몸이 편안하고, 마음이 엄숙하면 외모가 공경스럽다. 마음이 좋아하면 몸이 반드시 편안히 여기니, 임금이 좋아하면 백성도 반드시 그것을 바란다. 마음은 몸으로 인해 온전해지기도 하고 몸 때문에 상처받기도 한다. 임금은 백성으로 인해 보존되기도 하고, 또한 백성 때문에 멸망하기도 한다."[6] 어리석은 신이 생각하기로는, 몸이 마음을 보호함은 마치 백성이 임금을 보호함과 같고, 마음이 몸을 부림이 마치 임금이 백성을 부림과 같습니다. 그러므로 몸의 안위는 마음에 달려 있고 임금의 존망은 백성에 달려 있습니다. 이 몸(백성)이 있고서야 임금이 있게 되는 것이니, 어찌 조심하지 않을 수 있겠습니까?

【『우득록』「기축소 제6己丑疏第六」중에서】

---

4) 이상은 『우득록』에 수록된 「대지大之 나덕준羅德峻에게 답한 편지[答羅大之書]」(1578년 7월 19일)에 나오는 구절이다.

5) 『우득록』「대지 나덕준에게 답한 편지」(1578년 6월 12일)의 한 구절이다.

6) 공자께서…한다: 이상은 『예기禮記』「치의緇衣」에 나오는 구절이다.

1697년 1월. 임인 건建. 작은달.

손자 희원의 탄생

팔마에서

〔 1697년 1월 1일 계축 〕 흐리고 따뜻함. 약간 남풍이 붊

새벽같이 일어나 가묘家廟에 배알하고, 곧장 적량원赤粱院으로 가서 묘제를 지냈다. 임중헌任重獻, 윤택리尹澤履, 배여량裵汝亮, 김여휘金礪輝가 와서 만났다. 해 질 무렵 집으로 돌아왔다. 흥아興兒는 간두幹頭로 가서 묘제를 지내고 밤에 돌아왔다.

〔 1697년 1월 2일 갑인 〕 맑음

윤희성尹希聖, 윤희인尹希仁, 윤희정尹希程, 극인棘人 황세휘黃世輝, 윤동미尹東美, 윤화미尹和美, 윤희기尹希夔, 윤준미尹俊美, 선달 윤징미尹徵美, 임취구林就矩, 이진휘李震輝, 이진현李震顯, 이진화李震華, 윤순제尹舜齊, 윤훈제尹勳齊가 왔다. 권도경權道經이 왔는데, 서울에 있는 식구들한테 갔다가 이제 막 돌아온 것이다. 이만영李萬英, 이천배李天培, 윤재도尹載道, 윤천우尹千遇, 김연화金鍊華, 박세단朴世檀, 김기주金起胄, 이정두李廷斗가 왔다. 정광윤鄭光胤과 윤선시尹善施가 와서 유숙했다.【영암의 신임 군수 심득원沈得元[1]이

---

1) 심득원沈得元: 『승정원일기』에 따르면 심득원은 1696년 11월 9일에 영암군수에 제수되었고, 1696년 12월 18일에 하직下直했다.

부임했다.]

〔 1697년 1월 3일 을묘 〕 오전에 맑음. 오후에 눈 내림

서울에서 왔던 고용한 인편이 돌아가기에 편지를 부쳤다. ○윤선시와 귀
현貴玄을 나주 금안동金鞍洞으로 보냈다. 정민鄭旻이 지난겨울에 내려왔을
때 말하길, 자기 집에 돌 위에 난 오동나무가 있어 나를 주려고 일부러 베
어 두었으니, 마르고 나면 가져가라고 했기 때문이다. ○이진명李震明, 장
시필張時弼, 이인성李仁成, 옥화진玉和珍, 최유준崔有峻, 최유헌崔有巇, 최석
징崔碩徵, 윤창尹瑒, 변최휴卜最休, 이신재李信栽, 이진재李震栽, 이장원李長
原, 김우경金友鏡, 김우정金友正, 윤승후尹承厚, △△, 윤이형尹陑亨, 임시걸
任時傑, 출신出身 진방미陳邦美, 이대휴李大休, 권붕權朋, 윤남미尹南美, 윤이
송尹爾松, 윤이백尹爾栢, 윤은필尹殷弼, 윤래주尹來周, 오시원吳諟元, 윤시상
尹時相, 윤문도尹文道, 윤이주尹以周, 윤유도尹由道, 윤시한尹時翰이 왔다.

〔 1697년 1월 4일 병진 〕 눈

흥아와 윤남미, 윤이백이 운주동雲住洞으로 갔다. ○윤선적尹善積, 윤집미
尹集美, 정이상鄭履祥, 윤기업尹機業, 윤이훈尹以訓, 김운장金雲章이 왔다.
○봉대암鳳臺庵의 승려들이 태응太應을 보내 세의歲儀로 곶감을 바쳤다.

〔 1697년 1월 5일 정사 〕 맑음

운주동의 정여靜如(이양원李養源)를 방문했다가 간두로 가서 묘소에 배알하
고, 노사奴舍에서 유숙했다. ○이날 밤 팔마八馬의 노奴가 와서 서울에서 보
낸 편지를 받았다. 지난달 27일에 보낸 편지로서 노 을사乙巳가 가지고 온
것이다. 종아宗兒는 21일에 거제의 유배지로 출발했다. 19일에 사간원에
서 감사정배減死定配(사형에서 유배로 형을 감해 줌)의 명령을 환수하라는 계

啓를 올렸고,[2] 이어서 사헌부도 일어났는데,[3] 그들이 지어 올린 말이 모두 지극히 흉악하고 사납다. 일단 윤허하지 않으셔서 끝내 청을 이룰 수 없었으나, 어찌 될지 알 수가 없다. 통탄스러움과 걱정됨을 어찌 말할 수 있겠는가?

〔 1697년 1월 6일 무오 〕눈

원래 간두에서 길을 돌려 문소동聞簫洞으로 가려고 했는데, 종아가 이미 유배지에 도착했을 터이니 양식을 보내는 것이 급할 것이기에, 곧장 팔마로 돌아왔다. 오는 길에 극인棘人 안형상安衡相을 역방했다. ○정 생生(정광윤)이 와서 숙위했다.

> 12월 16일 홍문관에서 올린 차자箚子[4]
> 엎드려 거행조건擧行條件을 보니, 죄인 강오장姜五章 등을 사형에서 감하여 절도絶島에 정배定配하라는 명을 내리셨는데, 신 등은 지극한 놀라움과 의혹을 이기지 못하겠습니다. 저 강오장이 상소에서 한 흉악하고 참혹한 말을 어찌 차마 형언하겠습니까? 고개를 빼어 엿보고자 하는 의도와 꾀어서 현혹시키고자 하는 태도가 행간에 잘 드러나 있으며, '사적인 원수[私讐]'라는 두 글자를 끼워 넣은 것은 무엇을 가리키는지는 파악하기 힘드나 이는 비단 조정의 신하를 함정에 빠뜨리려는 흉계에 그치지는 않을 것입니다. 이홍발李弘渤이 무고巫蠱를 설치한 것과 강오장이 상소를 올린 것은 표리로 서로 상응하며 그 은밀한 정적情迹은 추국청에서 여러 흉적들의 진술 곳곳에 덮어 가리기 어려울 정도로 매우 자세히 드러나 있습니다. 당초에 추국청을 의금부로 옮겨 보낸 것이 이미 사체에 어

---

2) 19일에…올렸고: 『승정원일기』 숙종 22년 12월 19일 기사 참조.

3) 이어서 사헌부도 일어났는데: 『승정원일기』 숙종 22년 12월 25일 기사 참조.

4) 차자箚子: 이 차자는 『승정원일기』 숙종 22년 12월 16일 기사에 나오는데 『지암일기』에 수록된 것이 훨씬 상세하다.

굿났으며, 의금부로 옮긴 후에도 관례화된 격식에 구애되어 시간을 질질 끌면서 아직도 그 간악한 정상을 궁구하여 밝혀내지 못했으니 지엄한 왕법王法에 어긋난 바이고, 이제는 계속 연체하여 느슨해져 끝내 풀어주는 결과를 낳게 되었으니, 여론이 모두 분하게 여기고 공의公議가 더욱 격하게 일어나고 있습니다. 양사兩司의 신하들은 의당 법을 논하는 책임을 지니고 있는데도, 혹은 병을 핑계대고 혹은 정고呈告 중에 있으면서 지금까지 이렇게 여러 날이 지나도록 아무 말이 없이 봐주고 있는 잘못을 규찰하여 바로잡는 방도가 없으면 안 됩니다. 청컨대 명을 내려 모두 체차하십시오.

이에 대해 윤허한다고 답을 내리셨다.

12월 25일 사헌부에서 올린 계[5]

강오장 등의 죄상에 대해서는 간언한 신하들이 이미 상세히 논했으므로 여기서 다시 늘어놓을 필요는 없습니다만, 앞에서는 역적 방찬方璨이 흉악한 물건을 묻고 뒤에서는 강오장이 상소를 한, 왕래 모의하면서 표리로 화응한 정상은 도처에 드러나 가릴 수 없습니다. 하물며 소위 '사적인 원수[私讎]'라는 두 글자는 지극히 음험하고 흉측하니, 그들의 계략이 어찌 다만 조정의 신하에게 화를 전가할 뿐이겠습니까? 이는 실로 여론이 공분하고 왕법王法이 용서할 수 없는 일인데, 자세히 밝혀내기도 전에 갑자기 사형에서 감하여 절도에 정배하라는 명을 내리셨으니, 신 등은 진실로 놀랍고 당혹하여 그 까닭을 알지 못하겠습니다. 대신들이 진달한 말에 용서할 만한 단서가 있다고는 할 수 없으며, 전하께서도 또한 "장杖을 맞다가 죽어도 애석할 바가 없다."라고 말씀하셨으니, 그들의 헤아리기 어려운 행적과 용서할 수 없는 죄는 전하께서도 이미 남김없이 통촉하고 계십니다. 그러니 만약 의금부에서 역적을 다스리는 것은 마땅치

5) 사헌부에서 올린 계: 『승정원일기』 숙종 23년 2월 2일 기사에 수록되어 있다.

않고 통상적인 형벌로는 자복을 받을 수 없다면 국청鞫廳으로 도로 보내 엄히 신문하여 밝히라고 함이 옳을 것이요, 또한 만약 옥사가 지체되는 것이 걱정스러워 거두어들이는 거조擧條가 없게끔 하려고 한다면 담당 관리를 신칙하여 즉시 처단함이 옳을 것입니다. 그런데 지금 이렇게 하지는 않고 대신大臣이 한 마디 말을 했다 하여 죄상을 자백하기를 기다리지도 않고 급히 먼저 귀양을 보내 버리니, 신 등은 이것이 무슨 옥사 처리 방식인지, 이 무슨 거조인지 모르겠습니다. 문목問目 문제는 더욱 옳지 않습니다. 역적의 입에서 이미 그 이름이 나왔으니 역적과 소통한 죄에 해당하므로, 국청과 의금부를 막론하고 한결같이 추안推案에 따라 심문하여 밝혀내는 것이 당연합니다. 그런데 무슨 과중한 이치가 있습니까? 아아! 형옥刑獄의 잘잘못은 작은 문제가 아닙니다. 역적들의 진술에서 죄인들이 중요하게 등장하고 그들의 형적도 의심스러운데, 옥사가 지체되는 폐단이 있고 자복을 받아내는 것이 어렵다는 정도의 이유만으로 적당히 처리한다면, 이 어찌 크게 후세의 폐단을 여는 바가 아니겠으며 본말이 크게 전도된 것이지 않겠습니까? 국가의 법도가 지엄하며 공의公議가 계속 격해지고 있으니, 청컨대 강오장 등을 사형에서 감하여 절도에 정배하라는 명을 거두시고 다시 엄한 국문을 가하여 실상을 밝혀내 주시기 바랍니다.

이에 대해 윤허하지 않는다고 답을 내리심.

〔 1697년 1월 7일 기미 〕 맑음

어제 극인 안형상을 만났더니, 한질寒疾이 매우 위중한데도 의사에게 처방을 물어 약을 지을 자제子弟가 없었다. 사정이 매우 가련하여, 어젯밤에 예전에 효험을 보았던 가미사물탕加味四物湯 3첩을 짓고 생강을 부치면서, 어린아이 오줌에 섞어 자주 복용하라는 말과 함께 새벽에 심부름꾼 편으로 보냈다. ○윤주상尹周相과 출신 김율기金律器가 왔다. 호적감관戶籍監官 서유신徐有信이 왔다.

〔 1697년 1월 8일 경신 〕 흐리고 따뜻함

새벽에 일백一白을 거제도 적소謫所로 보냈다. 무명을 부쳐 보내어 우선 곡식을 사서 호구지책으로 삼게 했다. ○청계淸溪의 윤은보尹殷輔가 왔다. 윤주상이 왔다.

〔 1697년 1월 9일 신유 〕 맑음

최운탁崔雲卓, 최백징崔百徵이 왔다. ○죽도로 나갔다. 도중에 해남읍 앞에 도착하여 읍성 동편을 바라보니 마침 피리와 광대 소리가 시끄러웠다. 선달 민수관閔受觀이 도문연到門宴(급제한 사람이 집에 돌아와 베푸는 잔치)을 연 것이라 한다. 민수관이 어려서부터 글 읽는 것을 멈추지 않더니 지난겨울에 식년 문과에 급제했다. 현감 최휴崔休가 힘써 돌봐주고 또 온 고을 상하를 통틀어 물품을 내어 부조하라고 명령을 내려 거둬들인 것이 적지 않았다. 민수관은 평소 가난이 뼈에 사무치던 차에 이를 얻어 잔치를 연 것이라 한다. 백치白峙에 들러 저녁을 먹고, 저물녘 죽도에 도착했다.

〔 1697년 1월 10일 임술 〕 바람 불고 맑음

아침을 먹은 후에 문소동으로 나아가 묘소에 참배했다. 산길이 음지여서 쌓인 눈이 녹지 않았고, 벼랑이 얼어붙어 매우 미끄러웠다. 말이 발을 제대로 디디지 못하여 길을 가기가 어렵고 위태로웠다. ○종제 이대휴, 극인 성덕징成德徵, 출신 윤세장尹世章, 윤세정尹世貞, 윤경리尹敬履, 윤세의尹世義, 윤세삼尹世三, 김여례金汝禮가 왔다. 종제 이대휴는 그대로 남아서 달을 감상하고 함께 잤다. 극인 성덕항成德恒과 성덕징, 극인 윤의징尹義徵이 밤에 왔다.

〖 1697년 1월 11일 계해 〗 맑음

새벽에 출발하여 백포白浦에 도착한 후 이성爾成의 집에서 조반을 먹었다.
별묘別廟에 참배했다. 길을 돌려 북고지北串之의 양 별장(양헌직楊憲稷)이 산
소로 정한 곳으로 가서 둘러보았다. 지난번 서육徐熵, 윤정화尹鼎和가 정한
산소와 비교하면 크게 좋으나, 과연 전부典簿 형님(윤이석尹爾錫)을 반장返
葬해도 될지는 잘 모르겠다. 돌아올 때 본해남本海南 앞길을 경유하여 왔는
데, 날이 아직 일렀다. 극인 성덕기成德基 및 외얼숙外孼叔 윤세건尹世健이
왔다. ○백포의 인편이 상경하기에 편지를 부쳤다.

〖 1697년 1월 12일 갑자 〗 입춘. 흐리다 맑음

극인 성덕징과 함께 율동栗洞에 가서 노老 성 생원(성준익成峻翼)을 뵈었다.
○윤국미尹國美, 윤홍리尹弘履, 성우창成禹昌, 출신 진방미陳邦美가 왔다. 유
자 9알, 귤 1알을 초당草堂 동편에 심었다.

〖 1697년 1월 13일 을축 〗 흐리고 바람이 셈

극인 성덕항이 왔다. 최남준崔南峻, 최남일崔南一, 최주백崔柱栢이 왔다. 김
필한金弼漢이 왔다.

〖 1697년 1월 14일 병인 〗 바람 불고 흐림

성덕항, 성덕징이 왔다. ○팔마로 돌아왔다. 백치에 들러 이 종제從弟(이대
휴)를 방문했다. ○백포의 인편이 사흘 전에 서울에서 돌아와 창서昌緖, 두
서斗緖가 2일에 보낸 잘 있다는 편지를 받았다. 기쁘기는 하지만 대간의 계
가 아직도 그치지 않고 있으니 이것이 매우 걱정된다. 창서의 처가 이달 1일
축시丑時에 아들을 낳았다는 소식을 들었다. 창아昌兒에게는 외아들 귀원
貴願밖에 없어서 외로울까 늘 걱정이었는데 지금 또 아들을 얻었으니 놀랍

고 기뻐 쓰러질 듯하다. 나는 손자가 이미 많아 늘 지나치게 번성한 것을 두려워했기에 지난번 흥서 처가 딸을 낳았을 때 도리어 기쁘게 여겼는데, 이번에 이 아이가 태어나자 경계하고 두려워할 겨를도 없이 나도 모르게 기뻐하고 다행으로 여기고 말았다. 앞뒤의 사정이 비록 같지는 않으나 이것은 사사로움이 이기는 데서 비롯된 것이니, 도리어 우습다. 그 이름을 희원喜願으로 지었으니, 또한 내 뜻을 기록해 두고자 함이다.

〔 1697년 1월 15일 정묘 〕 바람 불고 맑음

아침 전에 차례를 지냈다. 출신 김현추金顯秋, 이정두李廷斗, 박천귀朴天龜가 왔다. 정광윤, 윤익성尹翊聖이 와서 숙위했다. 성덕항도 와서 묵었다. ○9일에 선시善施가 나주에서 돌아왔는데, 오동나무 3둥치를 베어다 이를 쪼개어 6조각으로 만들어 주인집에 가져다 두었다. 바위 위에서 외롭게 자라 품질이 꽤 좋으니 다행이다. ○올해 보름달은 작년과 같은데 풍흉이 과연 어떠할지 모르겠다.

〔 1697년 1월 16일 무진 〕 바람 불고 흐리더니 저녁 무렵 눈이 내림

모산茅山의 유봉창柳鳳昌이 윤익성에게 약 처방을 받으러 왔다. 윤순제, 보암寶巖의 윤규징尹奎徵이 왔다. ○들으니, 채제윤蔡悌胤이 이미 진도 배소配所로 들어왔다고 한다. 정 대감(정유악鄭維岳)의 편지를 받고 바로 답장했다.

〔 1697년 1월 17일 기사 〕 저녁 내내 눈이 내림

연말에 전에 없이 눈이 많이 내렸는데 해가 바뀌고도 이와 같으니 재앙인지 상서로운 조짐인지 모르겠다. 하지만 추위가 심해 견디기 힘드니 걱정이다. 정 생이 와서 숙위했다.

〔 1697년 1월 18일 경오 〕 흐림

추위가 심하니 겨울나는 고통을 말로 할 수 없다. ○노奴 마당금麻堂金을 괴산에 보냈다. 송기현宋起賢이 왔다.

〔 1697년 1월 19일 신미 〕 맑음

월암月巖의 정 생원(정왈수鄭曰壽)을 방문했다. ○들으니, 인천의 진사 안민행安敏行 장丈이 지난달 그믐에 천수를 다하고 84세로 돌아가셨다고 한다. 생질 안명신安命新은 겨우 아버지 소상을 지내고 아직 담월禫月도 되지 않았는데, 또 대상代喪⁶하게 되었으니 견디기 어려울 것이다. 불쌍함을 말로 할 수 있겠는가? 연학連鶴이 무명을 수합하여 올라가기에 편지를 부쳤다. ○들으니, 관찰사 김만길金萬吉이 다른 곳에 옮겨 제수되고, 홍문관 부제학 심권沈權이 대신하게 되었다고 한다.

〔 1697년 1월 20일 임신 〕 흐림

홍아가 병영兵營에 있는 권 참판(권규權珪)의 거처에 갔다. ○윤희직尹希稷, 진사 최시필崔時弼, 극인 성덕항이 왔다. 전적典籍 김태정金泰鼎이 왔다. 연동蓮洞의 유대有大가 왔는데, 이복爾服의 아들이다. 병색이 아직도 짙으니 걱정이다. 이명대李鳴大가 왔다.

〔 1697년 1월 21일 계유 〕 밤새 비바람이 요란하더니 저녁 무렵 비가 그침

홍아가 어제 병영에서 출발했는데, 날이 저물어 길이 어두워지는 바람에 비곡比谷 임취구의 집에 투숙했다가 오늘 저녁 돌아왔다.

〔 1697년 1월 22일 갑술 〕 흐리다가 맑고 바람 붊

임석주林碩柱가 왔다. 종제 이대휴가 왔다.

---

6) 대상代喪: 아버지가 사망하여 그 자식이 조부의 상을 치르는 것이다.

〔 1697년 1월 23일 을해 〕 볕은 좋으나 추위가 매서움

윤시상, 정광윤, 윤희성, 최도익崔道翊, 이익회李益薈, 김지일金之一이 왔
다. 백몽성白夢星이 왔다.

〔 1697년 1월 24일 병자 〕 맑음

윤천우, 박형도朴亨道, 박형대朴亨大가 왔는데, 꿀 2되를 가져와서 바쳤다.
저곡苧谷 놋점鍮店 사람 한실현韓實賢이 종서宗緒가 의금부에서 나왔다는
소식을 듣고 와서 축하해 주었다. 무명 1정을 가져와 바치면서 적소謫所에
서 쓸 반찬값에 보태라고 했다. 내가 거절하다가 할 수 없이 억지로 받았으
나 한탄스럽다. 윤익성, 정광윤이 숙위했다.

〔 1697년 1월 25일 정축 〕 흐리다 맑음

양가송梁可松, 김수도金守道가 왔다. ○최근 들으니, 양득중梁得中이 처음
에 재랑齋郎[7]에 제수되었다가 같은 날 인사에서 사재감주부로 옮겨 제수되
었다고 한다. 양득중은 일찍이 학자로서 이름을 얻었는데, 부친상에서 탈
상하자마자 곧바로 지평持平에 제수되었다. 유지有旨가 반드시 조만간 이
어서 이를 것이니, 장하다고 할 만하다. ○서울의 재자才子인 진사 정혁鄭爀
이 곽만성郭萬成의 사위가 되어 저전동楮田洞에서 처가살이하고 있었는데,
숙질로 연말에 갑자기 죽었다. 오늘 석포石浦에 임시로 장사를 지냈는데
홍아가 어제 갔다가 오늘 저녁에 돌아왔다. ○이신우, 윤신미가 왔다가 그
대로 유숙했다.

〔 1697년 1월 26일 무인 〕 바람 불고 맑음

이정두와 옥화진이 왔다. ○백치에서 내일 서울에 노마奴馬를 보낸다기에
편지를 써서 부쳤다. ○정만태鄭萬泰와 이△△李△△가 왔다. 윤선시과 권

---

7) 재랑齋郎: 묘묘廟·사社·전전殿·궁궁宮·능릉陵·원원園의 참봉을 말한다.

철구權哲耉가 와서 묵었다. 권철구는 권용權鏞의 아들이다. 권용은 설 전에 갑자기 보길도에서 죽었는데 평생 궁핍하게 지냈고 오래 살지도 못했으니 가련하다. 그의 아버지는 여든을 바라보는 나이에 영광의 사위 임빈林彬의 집에 의탁하고 있다가 이런 참상을 만났으니 더욱 불쌍하다.

〔 1697년 1월 27일 기묘 〕 눈이 몇 차례 어지러이 날려 쌓임. 간간이 약한 햇빛이 남

임취구과 최상일崔尙馹이 왔다. 영광의 이휴李茠와 이후식李厚植이 추노推奴하는 일로 해남에 왔다가 눈이 오는 통에 집에 들어와서 점심을 청하여 먹고 갔다. ○일백一白이 거제도에서 돌아왔다. 종아가 8일에 유배지에 도착하여 현의 서쪽 둔덕촌屯德村에 임시로 거처하는데 일단 큰 병은 없다고 한다. 약간 위로가 되었다. ○해남의 하리下吏 유성언兪聖言이 고목告目과 함께 관문關文을 보내왔다. 함경도에서 납속納粟하여 진휼을 도운 자 900여 명을 조정에서 모두 면천해 주고 노비의 주인은 진휼청에서 그 값을 받게 했는데, 그 가운데 삼수三水의 비婢 만월萬月, 노奴 만장萬長, 만기萬己, 순선順善의 주인 이름이 해남의 전 참의 윤 아무개(윤선도)로 기록되어 있었기 때문이다. 을묘년의 화회문기和會文記(부모 사후 자녀들이 재산을 분할한 문서)를 살펴보니 각 댁의 몫으로 받은 명단에 없었다. 삼수는 워낙 멀어서 노奴를 보내서 신공身貢을 받지 못한 지가 오래되었고 노비의 소생도 알 수가 없다. 이른바 만월 등은 부모의 이름이 기록되어 있지 않으니, 문기文記에 만월 등의 이름이 없는 것도 이상할 것이 없다. 부득이 이러한 내용으로 고목에 회제回題(문서에 대한 대답)하여 보냈다.

〔 1697년 1월 28일 경진 〕 바람 불고 눈 내리는 것이 어제와 같음

2월이 다가 왔는데도 눈과 추위가 이러하니 전에 없던 일이어서 참으로 괴이하다.

〚 1697년 1월 29일 신사 〛 바람 불고 눈 내리는 것이 또 어제와 같음. 추위가 더욱 혹심함

송수림宋秀森, 임세회林世檜, 윤몽협尹夢協이 왔다. 송시민宋時敏이 와서 묵
었다. ○용이龍伊와 일례一禮가 출산을 도우러 괴산으로 가기에 서울로 편
지를 부쳤다.

1697년 2월. 계묘 건建. 큰달.

종아를 찾아가다

〔 1697년 2월 1일 임오 〕 맑음

윤희상尹希商이 왔다. ○한천寒泉의 문장門長(윤선오尹善五)을 찾아뵈었다. 정광윤鄭光胤과 윤익성尹翊聖이 숙위했다.

〔 1697년 2월 2일 계미 〕 밤에 눈이 내리다가 아침에 그침

쌓인 눈의 두께를 재 보니 거의 1자[尺]가 넘어 논밭의 경계를 구분할 수 없었다. 오늘은 쌍교雙橋의 큰 시장이 열리는 날이지만 사람과 말이 다니지 못했고, 정오에 가까워 햇빛이 다소 따뜻해지면서 시장에 사람이 모였다. 이것이 좋은 징조일지 나쁜 징조일지 모르겠지만 이처럼 큰 눈이 내린 것은 남쪽 땅에서는 없었던 일이다. 정말 괴이하다. 윤익성이 숙위했다.

〔 1697년 2월 3일 갑신 〕 밤에 눈이 조금 내리고 낮에는 흐리다 맑음

정광윤과 윤시한尹時翰이 왔다. ○지난 12월 3일에 흥아興兒의 겨울옷을 보내기 위해 당산堂山 사람 팔생八生을 고용하여 보냈었다. 그는 중도에 병이 나서 오늘에야 돌아왔는데, 서울 아이들이 6일에 보낸 편지와 괴산槐山 딸

(김남식金南栻의 처)의 잘 있다는 편지를 받았다. 보낸 지 오래된 것이지만 역시 위로가 되었다. ○비婢 생춘生春이 몇 년 전 자은도慈恩島에 들어가 살았는데, 오늘 소생들을 데리고 왔다. 비 돌상乭祥은 17세이고, 노奴 악금惡金은 8세이고, 노奴 악선惡先은 4세인데, 와서 현신했다. 이곳에 돌아와 살고 싶다고 했다. 흉년이 들어 요사이 도망간 노비들이 돌아오는 일이 꽤 있는데, 흉년이 보탬 되는 바도 있으니 우습다.

〔 1697년 2월 4일 을유 〕 흐리다 맑음. 눈발이 날림

배중휘裵仲輝가 와서 알현했는데 스스로 초관哨官이라 칭했다. 남대문 안에 사는데 일이 있어 내려왔다가 마침 당산堂山에 오게 되어 알현한다고 했다. ○지난달 보름쯤에 금오랑金吾郎(의금부도사)이 구림鳩林에 와서 수사水使 최서운崔雲瑞의 첩자妾子 최상중崔尙仲을 잡아가려 했는데, 최상중이 집에 없어 그의 차지次知[8]를 잡아 가다가 도중에 최상중을 잡았다고 한다. 그 곡절을 알지 못하다가 지금 들으니 김정열金廷說·김경함金景涵·유선기俞善基·이절李梲이 이영창李榮昌의 역모를 발고했다고 한다. 이영창은 두 차례의 형신을 받고 승복했고, 최서운의 첩자 최상성崔尙宬은 장杖과 압사壓沙의 형신을 10여 차례 받았다. 최상중도 4차례 받았는데 모두 승복하지 않았고 죄인 가운데 잡아오지 못한 자들이 있어 추국이 일단 정지되었다. 강계부사 신건申鍵과 속인俗人 5명, 승려 4명이 이영창의 공초에서 나왔는데 죄인 가운데 잡아오지 못한 자들은 이들을 가리키는 것이다. 이 일이 어찌될지 모르겠으니 참으로 답답하다. ○정광윤과 윤익성이 숙위했다.

〔 1697년 2월 5일 병술 〕 흐리다 맑음. 눈발이 날림

화전리花田里로 가서 극인棘人 안형상安衡相을 방문했다. ○옥화진玉和珍과 정광윤이 왔다. ○이 첨사(이만방李晚芳)의 노奴가 서울에서 돌아와 창아昌兒,

---

8) 차지次知: 집안일을 맡아보는 사람을 말한다.

두아斗兒의 잘 지낸다는 편지를 받았다. 지난달 23일에 보낸 것이었다.

〔 1697년 2월 6일 정해 〕 맑음

광주廣州의 민협閔恊은 팔마장八馬庄 우리 집 비婢 연상蓮祥의 남편인 태일太一의 상전인데 오늘 아침에 와서 만났다. ○이복爾服과 김명석金命錫, 윤취삼尹就三, 김수도金守道가 왔다.

〔 1697년 2월 7일 무자 〕 맑음

지난밤 영암군수 심선장沈善長(심득원沈得元)이 사람을 보내 편지로 문안했다. 편지지 30폭과 김 2톳, 감태 5주지注之를 보냈기에 곧바로 답장을 써서 사례했다. ○윤희성尹希聖, 임취구林就矩, 윤동미尹東美가 왔다. 들으니 선전관 윤석후尹錫厚가 휴가를 받아 내려왔다고 한다. 병영兵營의 하리下吏 문무익文武翊이 서울에서 돌아와, 창서昌緒와 두서斗緒가 지난달 24일과 26일에 보낸 잘 지낸다는 편지를 받았다. ○노奴 개일開一이 광양에서 돌아왔는데, 죽은 노 승정勝丁의 기상답記上畓 값으로 소 4마리를 가지고 왔다. 도망간 노 오생五生과 비婢 을선乙仙도 함께 왔다. 이것도 흉년 덕분이다. 모두 나에게 얻어먹기를 바라는데 요구에 응하는 것이 참으로 어려우니 이것이 걱정이다. 정 생(정광윤)이 숙위했다.

〔 1697년 2월 8일 기축 〕 맑음

날씨가 화창해서 시름과 적적함을 달래려고 말을 타고 나섰다. 윤시상尹時相의 집에 들러 잠깐 이야기를 나누고, 용산龍山으로 방향을 바꾸어 가서 극인 윤서응尹瑞應(윤징귀)을 방문했으나 만나지 못하여, 윤 선전관(윤석후尹錫厚)의 집에 가서 이야기를 나누었다. 극인 윤현귀尹顯龜, 윤석귀尹碩龜와 선전관의 일가 사람들이 함께 자리했다. 오후에 집으로 돌아왔다. 이대휴李大休, 송수기宋秀杞, 윤덕함尹德咸, 윤익성이 왔다. ○들으니 김진서金振西가 그제 병으로 죽었다고 한다. 너무나 애처롭다.

〖 1697년 2월 9일 경인 〗 맑음

이정두李廷斗가 아침 일찍 왔다. 해남 율동栗洞의 윤세삼尹世三, 마포馬浦의 이전李瀍, 강성江城의 윤학령尹鶴齡이 왔다. ○해남 마포의 은적사隱迹寺 철불鐵佛이 1월 21일에 땀을 흘렸는데, 이전에 정권이 뒤집힐 때나 농사가 흉년이 들 때 반드시 땀을 흘렸다고 한다. 오래된 일은 모두 기억할 수 없으

은적사 약사전 철조비로자나불 좌상. 전남 해남군 마산면 장촌리_서헌강 사진
전라남도유형문화재 제86호. 고려 초기의 불상이다.

나 경신년(1680), 기사년(1689), 갑술년(1694)의 환국換局이 일어났을 때와 경오년(1690)에 흉년이 들었을 때 모두 땀을 흘렸다. 경신년에 가장 많은 땀을 흘렸는데 이번에 흘린 땀도 경신년보다 적지 않다고 한다. 앞으로 또 어떤 재난이 있을지 알 수 없으니 참으로 걱정이다. ○필장筆匠이 와서 붓을 만들기를 원했다. 벼 1말에 황필黃筆은 2자루, 백필白筆은 4자루라고 했다. 벼 6말 반을 주고 황필 11자루와 백필 4자루를 만들게 했다. 필장은 담양 사람이며 성명은 김세영金世英이라고 했다. ○윤희설尹希卨이 왔다.

〔 1697년 2월 10일 신묘 〕 맑음

필장이 갔다. 윤기업尹機業이 왔다. 윤 선전관(윤석후)이 밤에 왔다가 바로 갔다. 정광윤이 와서 숙위했다.

〔 1697년 2월 11일 임진 〕 맑음

윤학령이 다시 와서 그의 종제인 윤천령尹千齡의 병에 대한 처방을 물었다. 옥화진이 왔다. 윤은필尹殷弼이 왔다. 월암月巖의 정 노老(정왈수鄭曰壽), 마포의 박필중朴必中이 왔다.

〔 1697년 2월 12일 계사 〕 흐림

정광윤이 숙위했다.

〔 1697년 2월 13일 갑오 〕 맑음

윤석귀, 윤지원尹志遠, 윤이훈尹以訓이 왔다. ○아침을 먹은 후 거제로 가는 행차를 출발했다. 홍서興緖와 윤 별장(윤동미)이 수행했고, 지원智遠은 어제 칠양七陽에 갔다가 오늘 돌아왔는데, 중간에서 만나 다시 수행했다. 강진 동문 밖에 사는 이방 김백종金百宗의 집에서 묵었다. 독평禿坪의 김우창

金禹昌이 우연히 지나다가 와서 만났다. 별장 양헌직楊憲稷이 빚을 징수하기 위해 설 전에 서울에서 내려와 별제別提 목임장睦林樟의 집에서 계속 머물렀는데 우연히 신지도에서 나오다가 말을 몰아 와서 만났다. 상인喪人 노수징盧壽徵도 왔다. 모든 손님이 돌아가고 노수징은 함께 묵었다. 강진현의 속오색束五色 김우필金禹弼이 간두幹頭 묘소 아래에 사는 사람들을 못 살게 군 것이 아주 심하여 불러서 엄하게 꾸짖었다.

〖 1697년 2월 14일 을미 〗 맑음

새벽에 별장(양헌직)과 헤어지고 길을 떠났다. 장흥에 도착하여 북문 안 진사 이제억李濟億의 적소謫所에 도착하여 아침을 먹고 출발했다. 흥서는 돌아가고 지원과 함께 상산霜山에 있는 정우징丁羽徵의 집에 가서 말을 먹였다. 선달 정우보丁羽報가 함께 자리했다. 장흥부에서 이곳까지 35리다. 해질 때 보성에 도착하여 노리老吏 박의형朴義亨의 집에서 묵었는데 20리 길이다.

〖 1697년 2월 15일 병신 〗 맑음

날이 밝기 전에 출발하여 20리를 가서 파청역波靑驛에서 아침을 해 먹었

거제 윤종서의 적소 방문

세자 저주 무고 사건에 연루된 윤종서는 1696년 8월 체포되어 9월부터 의금부에서 심문을 받았다. 당시 의정부의 소론 대신들은 세자에게 화가 미칠 것을 염려하여 사건을 빨리 마무리하려 했고 노론 측에서는 사건 처리가 미온적이라고 공격했다. 양측의 대립 속에서 숙종은 12월 윤종서의 거제 정배를 결정했다. 1697년 2월 윤이후는 아들의 유배지인 거제 둔덕리를 방문했다. 가는 데 아흐레, 오는 데 열흘 걸렸고, 유배지에서 아흐레를 묵었다. 윤이후는 2월 30일 견내량에서 윤종서와 이별하고 돌아왔는데 이것이 윤이후가 아들을 본 마지막 순간이었다.

다. 또 20여 리를 가서 징광사澄光寺 동구洞口에 있는 인가에서 말을 먹였다. 해 질 무렵 낙안[군수는 채이장蔡以章] 내동內洞 이회백李晦伯[두광斗光의 자字이다]의 집에 도착했다. 말을 먹인 곳에서 20리였다. 을해년(1695) 초여름에 이회백이 팔마로 나를 방문했는데 헤어질 때 그에게 "내가 상례를 치르며 겨우 지내고 있지만 앞으로 몸이 한가하고 일이 없으면 자네 집을 방문하여 이야기를 나누겠네."라고 했지만, 며칠 걸려 친구를 방문하는 것이 쉬운 일이 아니어서 때때로 한탄만 할 뿐이었다. 이번 행차는 실로 예상했던 것이 아닌데 어찌 전에 한 말에 이토록 부합하는가? 그때 우연히 내뱉었던 말이 결국 예언하는 말이 될 줄을 어찌 알았겠는가? 사람의 일은 미리 정해지지 않은 것이 없으니 괴이하고 우습다. ○오늘 햇빛이 밝지 않았다. 갑자기 말 위에서 쳐다보니 무지개의 이변이 예사롭지 않았다. 이것이 무슨 형상인지 몰라 놀랍고도 두려운 마음을 형용할 수 없었다.【서쪽 ☿[9) 동쪽. 신시申時 초에 마침 보고 그 모습을 대강 그린다.】

〔 1697년 2월 16일 정유 〕 진눈깨비

하루 종일 길이 막혀 답답했지만, 주인과 소식이 오랫동안 만나지 못하던 끝에 이렇게 여유롭게 대화를 나누게 되었으니, 기쁜 일이다. ○회포를 적어 주인 이회백(이두광)에게 주었다.

　　三十年前過此地　삼십 년 전 이곳을 들렀다가
　　重來物色摠生悲　다시 와 보니 그 모습이 모두 슬픔을 자아내네
　　逢君忽憶前宵語　자네를 만나 밤새 이야기하던 그때를 생각하니
　　萬事從知有定期　모든 일에는 정해진 기약이 있음을 알겠네

　　소서小序

---

9) ☿: 이것과 17일의 그림은 윤이후가 목격하고 직접 그린 햇무리의 모습이다.

몇 년 전 이회백이 옥천장사玉泉庄舍로 나를 방문했다. 헤어질 때 내가 말하길 '내가 마땅히 그대의 집으로 방문하리라.'라고 했는데, 여러 날 길을 가는 것이 쉬운 일이 아니라서 미루고 그렇게 하지 못했다. 오늘 걸음은 우연히 예전에 한 말과 기막히게 맞아떨어지니 모든 일은 미리 정해지지 않은 것이 없다는 것을 비로소 알겠다. 예전에 이곳을 지났던 일을 추억하니 나도 모르게 슬픈 마음이 든다. 졸렬함을 무릅쓰고 이 글을 써 주어 훗날 만나는 것을 대신할 글로 삼고자 한다.

정축년(1697) 중춘 16일 늙은 벗 윤재경尹載卿 씀

주인의 둘째 동생 이두실李斗室【이두채李斗采로 개명】과 사위 나두산羅斗山이 옆에 있었다.

〔 1697년 2월 17일 무술 〕 맑았다가 오후에 흐림

무지개가 태양을 둘러싼 현상이 그제처럼 또 일어났다. ◎ 약간만 무지개가 뜰 기색이 있어도 심상치 않은 일인데, 햇무리 지는 하늘의 이변이 또 이렇게 일어나니 무척 염려스럽다. ○아침밥을 먹은 뒤 출발하여 낙안읍 뒷산을 넘었는데, (…) 길이 험했다. 어제 내린 눈이 땅에 닿자마자 바로 녹아 들판에는 눈이 한 점도 없으나 산골짝에는 많이 쌓여 (…). 40리를 가서 양율역良栗驛에서 말을 먹였다. 다시 30리를 가서 광양 동문 밖에 있는 서신귀徐藎龜 집에 도착하여 유숙했다. 서신귀는 죽은 좌수 서영익徐英益의 아들이다. 서영익은 예전에 조부님(윤선도)께서 옥룡동玉龍洞에 귀양살이를 하실 때 주인이다. 오늘 서신귀가 옛정을 잊지 않고 정성을 다하여 대접했다. 지극히 상찬할 만하다. 그의 아들 서이징徐爾徵도 대대로 교분을 이어 온 정의情誼를 알고 있으니 더욱 칭찬할 일이다. 옆에 있던 한 소년이 활짝 웃으면서 응대하며 '류 대감(류명현柳命賢)에게 배우다가 흑산도까지 따

라왔는데, 이곳과 섬진강에 류 대감 댁의 전토가 있어 지금 살펴보러 왔습니다.'라고 했다. 그의 이름은 류문훈柳文勳이라고 했다.

〖 1697년 2월 18일 기해 〗 맑음

데리고 온 노奴 차봉次奉을 떨어뜨려 보냈다. 아침밥을 먹고 난 뒤 길을 떠나 10리를 가서 송치松峙를 넘었다. 다시 20리를 가서 옥곡원玉谷院을 지나고, 10리를 가서 또 수달치水達峙를 넘어 섬거역蟾渠驛에서 말을 먹였다. 20리를 가서 섬진강을 건너니 바로 두치강豆致江인데, 진주【목사는 남지훈南至熏이다.】의 경계이다. 우치牛峙를 넘으니 해가 이미 산에 걸렸다. 길가 마을에 투숙하려 했는데 양반집이라 하면서 거절하기에 다시 어느 마을에 투숙하려 했지만 전염병이 돌아서 이웃마을로 이동했다. 그런데 집안에 앓는 소리가 나 유숙할 수 없어서 방황하던 차에, 건너 마을에 양梁 좌수네 집이 있다는 말을 듣고서 곧장 그쪽으로 이동하여 하룻밤 머물기를 청했지만 응하지 않았다. 하는 수 없이 상놈 집에 투숙했더니, 양 좌수가 비로소 사람을 보내서 '병이 든 데다 객방도 없어서 맞아들여 머무르게 할 수 없었다.'라고 변명했다. 주인 또한 매우 불손하니 참으로 괴로웠다. 이 마을은 진주 땅으로 이름은 우리골右里谷, 섬진강에서 10리 떨어진 곳이다. 예전에 듣기로 영남의 인심은 순박하여 길손을 꺼리지 않고, 양반의 경우에는 예전부터 알고 지낸 사이건 아니건 매우 정성스럽게 대접한다고 했는데, 겨우 진주의 경계에 들어섰을 뿐인데도 인심이 이렇게도 불량하다. 선현의 유풍과 풍속이 흔적도 없이 다 사라졌으니 개탄스러움을 이길 수 없다. ○오늘 다시 햇무리가 졌다. 어찌 무지개의 이변이 이 정도까지 이른단 말인가. 평범한 햇무리인 줄 알았는데 무지갯빛마저 있었으니 범상치 않다.

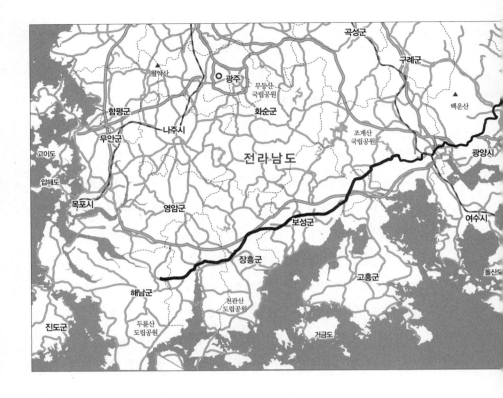

〔 1697년 2월 19일 경자 〕 맑음

양 좌수가 이른 아침에 와서 만났다. 그의 이름은 진기鎭紀라고 했다. 객실이 없어 머무르게 할 수 없었고 발병이 있어 즉시 보러 오지 못했다고 한참 이야기하고는 거친 반찬을 대략 마련하여 길손의 밥상에 보태 주었다. 해가 뜨고 난 뒤 길을 떠나 절현치切懸峙를 넘었다. 마을 뒤쪽에 있는 험준한 고개다. 또 누리치婁里峙를 넘었는데, 이번 여행길 중에 가장 험준한 곳으로 지리산 상봉이 손으로 만질 수 있을 만큼 가깝다. 여기서부터는 쌓인 눈이 녹지 않아 산이고 들이고 모두 하얗게 뒤덮여 여행길이 매우 어려웠다. 길가에 향교가 있었는데 바로 하동 땅이라고 했다. 정오가 지나 겨우 봉계역鳳溪驛에 도착해서 말을 먹였다. 여기는 유숙했던 곳에서 40리인데 고갯

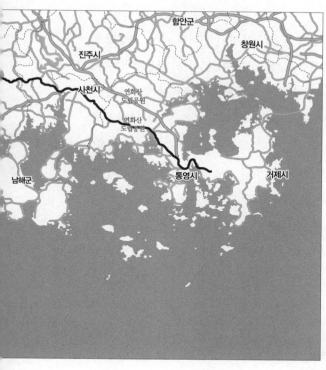

거제 여정

길이 매우 험했다. 여기서 50리를 가면 곤양昆陽이라고 한다. 역에서 한 마
장쯤에 몇 칸짜리 빈 건물이 우뚝하게 홀로 서 있었다. 바로 봉계원鳳溪院
이었다. 해가 진 뒤 사천 작살촌雀殺村의 정계남鄭戒男의 집에서 묵었다. 정
계남은 밥을 마련하여 대접했다. 그야말로 어진 주인이다. 봉계원에서 여
기까지 30리라고 하는데 눈이 녹아 길이 질척거리고 몇 번이나 험한 고개
를 넘어오다 보니 거의 40리나 되었다. 영남으로 가는 길은 거리가 매우 먼
데다가 초행이라 길을 물으며 가다 보니 우왕좌왕한 일이 많다. 진주 해창
海倉 앞을 경유하여 묵을 곳에 도착한 것인데, 길은 험하고 갈 길은 아직도
머니 답답하고 괴로운 마음 말로 할 수가 없다.

〖 1697년 2월 20일 신축 〗 맑음

해가 뜰 때쯤 길을 떠났다. 사천읍 앞을 경유하여 50리를 가서, 고성향교에 도착하여 말을 먹였다. 여기서 고성관아까지는 5리다. 사천부터는 산세가 약간 트이고 들판도 꽤 넓었다. 그리고 섬진강 동쪽은 논이 많고 밭은 매우 드문데 토속土俗이 그렇기 때문이다. 고성이란 고을은 성이 바닷가를 굽어보고 있고 산이 주위를 둘러싸고 바다로 막혀 있어 경치가 꽤 좋다. 땅이 좁지 않고 고기잡이도 풍성하니 풍토병만 없다면 명성 높은 고장이 될 수도 있겠다. 그런데 사천이든 고성이든 으레 때를 만나지 못한 사람이 수령이 되어 몸을 상하여 죽은 사람이 많다. 이 점이 안타깝다. 고성읍을 지나 20리를 더 가서 대치大峙를 넘었다. 지세는 더할 나위 없이 험준했으나 빙빙 둘러 길을 터서 비교적 순탄하게 길을 갈 수 있었다. 고개에서 10리를 가 구화역仇火驛에 도착하여 묵었다.

〖 1697년 2월 21일 임인 〗 흐리다 맑음

해가 뜬 뒤 길을 떠나 10리를 가서 원문轅門이라는 곳에 도착했다. 양옆에 바다를 끼어 산세가 마치 항아리목 같았는데, 그곳에 문루를 지어 놓고 편액을 진해루鎭海樓라고 썼다. 문의 양옆에서 바다까지 성을 쌓아 사람들의 출입을 막았다. 통영에서 문장門將을 정해서 보내 그곳을 지키도록 하고 5일마다 교체를 했다. 반드시 행장行狀[10]을 확인한 뒤에야 들어가는 걸 허락해 준다. 내가 이 문에 도착하니 군졸이 문을 급작스레 닫고 막았는데 행장을 꺼내 보여 주니 그제야 문을 열고 들어가게 해 주었다. 문을 들어가자마자 길이 두 갈래였는데, 오른쪽은 통영【통제사는 정홍좌鄭弘佐이다】으로 가는 길로 5리 정도 되었고, 왼쪽은 거제로 가는 길이었다. 10리쯤 가서 견내량見乃渡에 도착했다. 견내량 들머리에 원院 건물이 있었으나 수장守將은 없고 단지 사공의 집 1채가 있었다. 나루의 크기는 대략 동작진銅雀津보다

---

10) 행장行狀: 관아에서 여행자에게 통행의 편의를 위해 승인하여 내어 주는 일종의 여행권이다.

「지방지도」(1872)에 묘사된 통영統營 원문轅門의 모습_규장각한국학연구원 소장
좌측 상단부에서 길목 가운데 자리한 원문의 모습을 확인할 수 있다.

넓었다. 사공이 또 막았는데, 추노推奴를 염려하거나 관청의 일과 관련되면 막는 것이다. 사공이 내가 유배지로 향한다는 것을 듣고 나서는 바로 건너게 해 주었다. 거제 쪽 나루에도 원院 건물이 있고 지키는 사람도 있어서 행인을 통제했다. 나루에서 관문까지는 30리다. 왼쪽으로 가서 성치城峙, 즉 둔덕리屯德里에서 10리 거리의 고개를 넘으려 했는데 길이 험해 갈 수 없었다. 그래서 오른쪽 길을 통해 영등永登 만호진萬戶鎭을 경유하여 화피치禾皮峙를 넘었는데 더할 나위 없이 험준했다. 둔덕리에 있는 종아의 적소謫所에 도착했다. 서로 만났을 때의 마음을 표현할 수 없다. 머무는 곳은 비장裨將 김여성金礪聲의 집으로서 종아가 혼자 차지하여 주인은 다른 집으로 옮겨 살고 있었다. 어떤 총각 5, 6명이 나를 맞이하고서는 절을 올렸다. 주인네 아들과 마을 아이들 중에 종아에게 배우는 아이들이었다. 주인 김여성과 처음에 묵었던 집의 주인 김봉학金奉鶴[11], 그의 아들 김여점金礪點, 같은 마을에 사는 별감別監 윤필선尹弼先이 보러 왔다. 주인이 저녁밥을 차려 주었다. ○낙안에서부터 동쪽으로는 길이 험하고 고개가 많았으며 소

---

11) 처음에…김봉학金奉鶴: 윤종서가 유배 와서 처음에는 김봉학의 집에 묵었다가 나중에 김여성金礪聲의
집으로 옮긴 것으로 보인다.

나무가 매우 무성했다. 섬진강을 건너고 나니 백성들의 풍속은 자못 순박했으나, 산천의 험준함과 소나무의 무성함은 갈수록 심해졌다. 험준한 고개와 위험한 비탈길을 내려갔다 올라갔다 하니 여행이 쉽지 않았다. 소나무가 산을 둘러싸 빽빽이 우거져 있어서 헤쳐 나아가기 어려웠다. 고성과 거제 등의 고장은 더욱 무성했는데, 배를 만들 재목이므로 벌목을 금하고 오랫동안 잘 길러 왔기 때문이다. 변방을 방비하는 대책이 잘 갖춰져 있다고 할 수 있겠다. 그러나 훌륭한 장수를 얻지 못한다면, 산에 가득한 소나무가 무용한 재목이 되어 적의 물자가 됨을 면하지 못할 것이다. 중앙 조정에 있는 이들이 힘쓰지 않아서 되겠는가?【둔덕리 동쪽부터 거제 관문官門까지는 20리다.】

〔 1697년 2월 22일 계묘 〕 하루 종일 비가 내림

길을 멈춘 후에야 이렇게 비가 내리니 중간에서 지체되는 괴로움을 겪지 않아도 되게 된 셈이다. 다행이다. 적소謫所의 양식이 떨어져, 가지고 온 무명을 행장에서 꺼내어 동이同伊를 통영 시장으로 보내 쌀을 사게 했는데, 아마도 비에 길이 막혀 쌀을 사지 못할 것 같다. 안타깝다. 이 섬에는 시장이 없어 마을 사람들끼리 매매하는 일이 전혀 없으니, 비록 천금이 있다 한들 바꿀 길이 전혀 없다. 너무나 안타깝지만 어찌 하겠는가?○ 처음에 묵었던 주인(김봉학)이 아침밥을 차려 주었다. 동이가 어둑해져서야 돌아왔다. 무명 2정으로 쌀 11말을 샀는데, 쌀 1말은 말먹이 콩 1말과 바꾸었다.

〔 1697년 2월 23일 갑진 〕 맑음

울타리 밖을 산보하며 쓸쓸함과 적막함을 덜고 있자니, 주인이 술과 음식을 잘 차려 주었다. 사람을 보내 거제현감에게 안부를 물었다. 모르는 사이이지만 객의 도리로서 먼저 물어야 하기 때문이다. 현감은 즉시 심부름

꾼을 보내 사례하며, 소주 2선鐥, 꿩 1마리, 닭 1마리, 청어 20마리를 단자
單子를 갖추어 보내 주었다. 현감은 누구인가 하니, 원주의 무인武人 최형
석崔荊石이라는 사람이다. 관직 생활을 지극히 청렴하고 간소하게 하여,
지역민들을 귀찮게 하지 않고 공장工匠들에게 역을 부과하지도 않으며, 심
지어 인사치례에 필요한 물건조차 하나도 마련하지 않는다고 하니, 옛날
의 훌륭한 관리라도 이보다 더 나을 수 없을 것이다. 정말로 칭찬할 만하
다. ○ 일전에(21일) 통영 원문轅門에 도착했을 때 수문장이 행장行狀을 요구
해서 살펴보았다. 나의 행색이 노비를 추쇄하는 한미한 선비와 비교할 수
없음을 알 텐데도, 수문장은 헌軒 위에 오만하게 앉아 내가 그 앞을 지나가
는 것을 보고서도 조금도 일어나 움직이려 하지 않았다. 견내량 나루를 건
널 때에는 어떤 진감津監이 원院 위에 앉아 창문에 기대어 보고 있었다. 내
가 건물에 올라 들어가 잠시 쉬어 가려 했더니, 진감이 슬쩍 일어나 인사
하기에 대략 서로 묻고 답했다. 그의 성명을 물으니, '제, 제'라고 거듭 말
하고는 이름은 잊어먹었다는 것이었다. '제, 제'라고 10여 차례 한 후에야
'제순諸順, 제순諸順'이라고 했는데, 이름 한 글자는 잊어버려 끝내 대답하
지 못했다. 나는 그의 성이 '제諸' 씨라는 것을 알아듣고, 어떻게 답하는지
보려고 다시 물었다. "성인 '제' 자는 무슨 자인가?" 그랬더니 "돗(돼지) 제,
돗 제"라고 답하고, 끝내 그 글자는 알지 못했다. 그는 우연히 돼지 제猪 자
를 알게 되었는데, 자기 성의 제諸 자가 방언方言(우리나라 말)의 탁성濁聲으
로 음이 같은 것[12]이라는 사실은 몰랐기 때문에 이렇게 대답한 것이다. 내
가 웃음을 참을 수 없어 웃는 입모양을 약간 보였더니, 그는 매우 부끄러워
하며 얼굴을 붉히고 고개를 숙여 억지로 기침을 했다. 그것이 더욱 우스웠

---

12) 방언의…같은 것: '諸'는 '모두'라는 뜻 혹은 '之於'를 대신하는 어조사로 많이 쓰이는데, 이 두 경우
원래 한자음은 '저'로 모두 같으나 우리나라에서는 '모두'의 뜻일 때는 '제', 어조사일 때는 '저'로
발음한다. 돼지 '猪'(현재는 '저'로 읽음)는 당시 '제'로 발음했는데, 윤이후는 원래 한자음인 '저'가
아닌 우리나라에서 하는 '諸'의 센 발음인 '제'일 때만 음이 같은 자가 된다는 이치를 수문장이
모른다고 비웃은 것이다.

다. 둔덕屯德에 도착하여 물으니, 수문장은 이 마을 사람인 제순원諸順元이라고 한다. 영남의 학식과 인재가 풍부함은 후대인 지금도 징험할 수 있는 바이지만, 우도右道(경상우도)는 재산을 모을 줄만 알고 학식과 행실은 닦지 않아 뛰어난 사대부가 없다. 이 섬은 어리석음이 특히 심하니, 전에 나에게 무례하게 대한 것이나 자기 성명조차 모르는 것도 이상하지 않다. 수문장과 진감은 모두 지역 출신 병사로 뽑았으니, 그 무식함을 어찌 책망할 수 있으랴? 이 일이 매우 우스워, 기록하여 객지에서 적적함을 달랜다. ○윤 별감(윤필선)이 또 왔다.

〔 1697년 2월 24일 을사 〕 맑음

윤 별감(윤필선)이 왔다. ○어떤 사람이 나막신을 지고 와서 사 달라고 청했다. 만듦새가 매우 정묘하고 또한 아주 가벼웠다. 벼 5되로 한 켤레를 바꾸었다. 평년에는 가격이 1말이라고 한다. 그가 말하길, 옛 수영水營에 사는데 옛 수영 지역의 나막신은 평소부터 도내에서 유명하다고 한다. 지금 보니 과연 거짓이 아니다.

〔 1697년 2월 25일 병오 〕 맑음

관아에 머물고 있는 객客 안처정安處靖이 와서 만났다. 이 사람은 현감(최형석)의 일가인데 원주에 산다고 한다. 윤 별감(윤필선)과 주인(김여성)이 왔다. 주인은 또 저녁밥을 대접했다. 통영의 업무業武 집에서 처가살이하고 있는 주인의 아들 김취필金就弼이 와서 알현했다. 셋째 아들인 김취채金就采는 장의掌議 신혁申㷓에게 배우는데, 지금 사서四書를 외우고 있다. 역시 와서 알현했다. 황필黃筆 1자루를 주었다. 종아에게 배우고 있는 김만재金萬材와 김만정金萬正은 주인의 아들이다. 각기 붓 1자루씩을 주었다. 김여건金汝建은 처음에 묵었던 주인 김봉학의 아들이다. 윤세망尹世望과 윤삼망

尹三望은 윤 별감의 아들이며, 김여철金汝哲은 마을 사람의 아들이다. 붓이 부족하여 주지 못했지만 나중에 잊지 않으려고 그 이름을 기록해 둔다.

[1697년 2월 26일 정미] 흐리다 맑음

처음에 묵었던 주인 김봉학이 아침밥을 대접했다. 지금 묵고 있는 주인 김여성이 내가 여행할 양식을 마련하는 데 어려움을 겪고 있다는 것을 알고 쌀 1말, 말린 해삼과 개조개 약간을 전별품으로 주었다. 이웃 사람 신동걸申東傑이 담배 2파把를 바쳤다. 지난번에 고성의 길에서 행상을 하는 고故 병사兵使 목임기睦林奇의 노奴를 만났다. 또 광주廣州 경안慶安에서 몇 년 전에 상둔덕上屯德으로 유배 온 상놈이 있어, 목임기의 노와 동행하여 견내량 나루를 함께 건넜다. 경안 사람이 오늘 와서 만났는데, 담배 1파를 바쳤다. 자기도 양식 조달에 어려움을 겪고 있으면서 나에게 음식을 준 것이니 인정이 가상하다. 이곳은 해산물이 부족한 것은 아니지만 값이 비싸 얻기 어렵다. 우럭조개와 개조개는 홍합처럼 맛이 단데, 해남에는 없다고 한다. 노인奴人에게 분부하여 행낭에 넣도록 했다. 김봉학이 말먹이 콩 3되를 보냈다. 윤 별감(윤필선)이 담배 1파, 해삼, 우럭조개 약간을 전별품으로 보냈다. 마을사람 모두가 헤어지기 아쉬워하니 진실로 고맙다. 이 마을 동쪽으로 3리쯤 되는 곳에 작은 암자가 있는데 산방사山房寺라고 부른다. 노승 지종智宗이 와서 알현했다.○종아에게 권면하고 경계하라는 내용의 시를 지어 주었다.

六旬翁訪少年兒　육순옹이 젊은 아들을 방문하니
窮峙春風雪霽時　깊은 고개에 봄바람 불고 눈이 개었네
爾向此中宜猛省　네가 이곳에서 열심히 반성하여
佇看他日玉成期　나중에 훌륭한 사람이 되기를 바라노라

또 한 수

禍福從他造化兒	화와 복은 내 밖의 조화옹에서 비롯되니
工夫要在困窮時	곤궁할 때야말로 공부를 해야 하리
倏然逢別何須歎	홀연히 만나고 헤어짐을 어찌 탄식하랴
歸趁春風佇有期	봄바람 불어올 때 귀가하기를 바라노라

〔 **1697년 2월 27일 무신** 〕 흐리고 음산하며 바람이 심함. 진눈깨비가 점점이 뿌리다가 오후에
눈이 내림

오늘은 기제사인데, 여행 중이라 몸소 지낼 수 없으니 비통함을 이루 말할
수 없다. ○가져온 식량이 다 떨어지고 적소謫所에 비축해 놓은 것도 다해
도저히 오래 머무를 형편이 못 되었다. 오늘 돌아가려고 했는데 날씨가 이
러하여 부득이 일단 멈췄다.

**거제도 종아의 적소에서 배우는 동자童子 만재, 만정, 세망, 삼망, 여건,
여철에게 주다.**

愛爾靑衿五六兒	사랑하는 너희들 청금靑衿(유생) 대여섯 아이들아
孜孜講習莫蹉時	열심히 강습하며 때를 놓치지 않으면
能破天荒深有望	파천황破天荒(진사 급제)할 가망이 매우 크니
重逢路北倘相期	나중에 북쪽 땅에서 다시 만나길 바라노라

앞의 시의 운에 따라 지은 것이다.

정축년(1697년) 2월 27일 옥천玉泉의 과객 씀

종아가 앞의 시에 차운함

樂乎貧賤是男兒	빈천함을 즐김이 곧 남아요
惟日孜孜恐失時	매일 노력하며 때를 놓칠까 두려울 따름이네
倚伏在天焉用戚	화복은 하늘에 달려 있으니 어찌 걱정하랴
忽吾行此亦前期	내가 홀연히 여기 온 것 또한 미리 기약된 것이리

○김취채金就寀와 그의 아비 김여성이 와서 보리국수[麥麵][13]를 올렸다.

〔 1697년 2월 28일 기유 〕 맑음

아침에 일어나 급히 밥을 먹고 돌아가는 길을 막 출발하려 하는 차에, 왜선倭船이 바닷가로 표류하여 왔다는 소식을 들었다. 전부터 왜인들이 나타나서 이곳 사람들은 본 적이 많으나, 나는 왜인의 모습을 본 적이 없다. 종아도 매우 보고 싶어 하여 주인 김여성과 함께 지원智遠, 노노奴 차삼次三, 동이同伊, 애흥愛興을 데리고 갔다. 먼저 차삼을 관청으로 보내어 왜선이 어디에 정박하고 있는지를 물으니 옥포玉浦라고 하기에, 곧장 옥포로 향했다. 옥포 포구 해변에는 두 진鎭이 설치되어 있는데, 옥포 만호萬戶는 남쪽에 있고 조라포助羅浦 만호는 북쪽 해안에 있다. 우리 행차는 옥포진玉浦鎭 아래 포구의 바닷가 마을에 묵을 곳을 정하고, 즉시 이른바 동장洞長〔이정里正을 말함〕을 불러 왜인들을 보고 싶다고 말했다. 그랬더니 그 즉시 배를 가져와 오르라고 했다. 우리 일행은 곧장 배를 타고 나아가 왜선에 이르렀다. 배의 구조가 우리나라와 달리 매우 견고하고 정밀하여, 배 밑바닥에는 물 한 방울도 스며들 곳이 없었다. 마침내 배에 들어갔더니, 배 위 건물에 돗자리를 깔았는데, 여러 왜인들이 손으로 앉으라고 하기에 한 구석에 앉았다. 그들 가운데 늙은 왜인이 깊숙이 앉아 있다가 나를 보고 일어나 여

---

13) 보리국수[麥麵]: 밀국수 혹은 메밀국수일 수도 있다.

러 왜인들 가운데에 앉았다. 감히 높은 사람 자리를 감당할 수 없었기 때문이다. 말이 통하지 않아 글을 써서 보여 주었더니, 머리를 흔들며 종이를 밀어내는 걸로 보아 글자를 모르는 자였다. 조금 있다가 두 놈이 들어왔는데, 동래부東萊府 통사通使였다. 통사가 말하길, 이들은 모두 장사치로서 무식한 왜인들이라고 한다. 배 안의 집물들이 하나같이 정밀하고 오묘했으나, 말이 통하지 않아 지극히 재미가 없었기에, 불쑥 다음과 같은 오언절구를 한수 지었다.

大海微茫外	아득한 큰 바다 밖
輕船何處來	어느 곳에서 날랜 배 왔나
相看却無語	서로 바라보며 통 말이 없는데
斜日轉山隈	지는 해는 산모퉁이로 넘어가네

처음에는 써서 주려고 했으나, 저들이 문자를 모르므로 줘도 소용이 없을 것이라 그만두었다. 잠시 후 작은 배로 돌아와 포구 마을에 투숙했다. 거제현의 대장代將 조함창趙咸昌이 와서 만났다. 왜선이 와서 정박하면, 대장이 으레 머무르며 대기하면서 날마다 지급하는 식량 등의 일을 모두 맡아본다고 한다. 예전에 들으니, 왜선이 오면 그 가운데 반드시 글을 할 줄 아는 유식한 왜인이 있다고 했는데, 이번에는 모두 우매하여 무지한 이들이었다. 만약 애초에 이를 알았다면, 어찌 행차를 도중에 멈추고 험준한 고갯길을 무릅쓰고 와서 이렇게 쓸데없는 고생을 했겠는가? 정말 우습다.

〔 1697년 2월 29일 경술 〕 맑음

날이 밝을 무렵 출발하여 고현古縣의 창고지기 집에서 아침을 해 먹고, 정오가 되기 전에 둔덕의 주인집으로 돌아왔다. 옥포진에서 고현까지 20리인데, 옥포진 뒤 고개가 매우 험준하다. 고현에서 현재의 거제현까지 20리인데, 고현 뒤의 금사리고개金沙里古介가 매우 험준하다. 현재의 거제현에서 둔덕까지 20리인데, 둔덕에서 현재 거제현으로 가려면 그 사이에 자근고개者斤古介를 넘고 또 답답고개沓沓古介를 넘어야 하는데, 모두 험한 고개다. 거제현의 현 소재지는 갑진년(1664)에 이른바 고현에서 옮겨 왔는데, 돌아가신 정승 이상진李尙眞이 경상도관찰사였을 때 옮긴 것이라고 한다. 이 정승이 풍수지리술을 잘 알고 있었기 때문이다. ○노奴 선립先立과 오생五生이 해삼, 우럭조개, 개조개를 잡아 왔다. 여기서 나는 것들이다. 청어, 홍합, 전복은 모두 옥포 앞바다에서 잡았다. 견내량의 미역이 매우 맛이 좋은데, 여기서 나는 것 중 최고라고 한다.

〔 1697년 2월 30일 신해 〕 정오 가까이부터 비가 내림. 퍼붓지 않았으나 저녁까지 그치지 않음

현재 묵고 있는 집주인(김여성)과 원래 묵었던 집주인(김봉학), 그리고 윤 별감(윤필선)이 와서 만나고 작별했다. 아침 식사 후에 집으로 돌아가는 길을 떠났다. 종아와 만재, 여건이 따라왔다. 성치城峙라고 하는 뒷고개를 넘었는데, 험난하여 넘기 어려웠다. 견내량에 도착하여 잠시 지체하다가 곧 배를 탔다. 종아와 만재, 여건 두 동자가 뱃머리에서 헤어지며 절을 했다. 마음이 매우 좋지 않았다. 나루를 건너자마자 비가 와서 앞으로 나아갈 수 없어 원사院舍로 들어갔다가, 때마침 거제 산방사山方寺의 중 지종智宗을 만나 종아에게 보내는 편지를 주고 이어서 짧은 시도 부쳤다. 시는 다음과 같다.

我去爾還留	나는 떠나고 너는 도로 남아
春陰雨欲濟	비 내리는 봄날 나루를 건너는데
江水流悠悠	강물도 유유히 흘러
離心共不極	헤어지는 내 마음과 함께 끝이 없네

처음에는 곧장 써서 주려고 했으나, 종아의 언짢은 마음을 괜히 들쑤실까봐 그렇게 하지 못하고, 이번에 돌아가는 중을 만나 편지를 보낸 것이다. 원사에 오랫동안 머무르고 있자니 빗줄기가 조금 성글어졌다. 지체되어 머무르는 것이 걱정되어 일어나 갈 길을 떠났다. 두 개의 고개를 넘어 원문轅門을 지났다. 또 고개를 하나 넘으니 이른바 솔고개松乙古介이다. 비가 점점 심해져서 부득이하게 구화역仇火驛의 지난번 묵었던 주인집에 투숙했다.

1697년 3월. 갑진 건建. 작은달.

떠나는 길 눈물로 옷깃을 적시며

〖 1697년 3월 1일 임자 〗 어제의 비가 밤새도록 계속 되어 오늘까지 종일 내림

길을 나서지 못해 저녁까지 지체되어 머물렀으니, 근심과 적적함을 견디기 어렵다. 아이를 불러 물을 데워 허리 위아래를 씻게 했다. 깨끗하고 상쾌하여 기분이 좋았다.

〖 1697년 3월 2일 계축 〗 맑음

동틀 무렵 길을 나서 대치大峙를 넘었다. 고성현固城縣을 지나 감치坎峙를 넘었는데, 길이 험준하지 않았다. 망림촌望林村에서 말을 먹였으니, 50리 길이다. 삼거리원三巨里院을 지나자, 여기서부터 10여 리는 길이 비탈지고 위험한 곳이 많았다. 해가 아직 지기 전에 작살촌雀殺村의 지난번 묵었던 주인主人 정계남鄭戒男의 집에 도착하니, 기쁘게 맞이하여 정성스레 대접하면서 싫어하는 기색이라곤 조금도 없었다. 이놈은 고故 판서 오두인吳斗寅의 농소農所 마름이었다고 한다. 말 먹인 곳으로부터 40리다.

〔 1697년 3월 3일 갑인 〕 맑음

날이 밝을 무렵 길을 나섰다. 곤양昆陽 삼거리촌三㠾里村 하경학河坰鶴의 집에서 말을 먹였으니, 50리 길이다. 누리치婁里峙, 절현치切懸峙, 우치牛峙를 넘었다. 해가 아직 지기 전에 섬진강 강변 마을에 도착하여 유숙했으니, 40리 길이다. 말 위에서 문득 다음과 같은 시를 읊었다.

妓城歸客淚沾衫　거제[14]에서 돌아가는 나그네, 눈물로 적삼을 적시며
強策羸駒躡峻巖　야윈 말을 채찍질해 험한 산을 넘어가네
愁裏不知春易過　시름 속에 봄이 쉬이 지나는 것도 모르다가
忽驚今日是三三　오늘이 3월 3일이라, 깜짝 놀랐네

〔 1697년 3월 4일 을묘 〕 맑음

날이 밝을 무렵 섬진강 나루를 건넜다. 문치蚊峙를 넘어 섬거역蟾渠驛의 지난번에 묵었던 주인 역장 정의선鄭義先의 집에서 아침밥을 해 먹였으니, 20리 길이다. 수달치水達峙, 송치松峙를 넘어 막 정오가 되었을 때 광양현 동문東門 밖 서 생生(서신귀徐藎龜)의 집에 도착했으니, 40리 길이다. 주인이 즉시 간단한 밥을 내오고 죽력고竹瀝膏를 권했다. 내가 술을 못 마신다는 것을 알았기 때문이다. 정성스럽게 잘 갖춰 대접하여, 매우 고마웠다. 약정約正 정세화鄭世華와 그 아들 정한귀鄭漢龜가 와서 만나고선 유숙했다. 정세화는 고故 윤정미尹珵美의 사위다.

〔 1679년 3월 5일 병진 〕 맑음

아침 식사 후에 젊은 주인 서이징徐爾徵, 정세화와 옥룡동玉龍洞으로 갔다. 지원智遠도 따라 갔다. 오늘 귀향길을 멈춘 것은 이 때문이다. 서신귀의 집

---

14) 거제: 원문의 '기성妓城'은 거제의 별칭인 기성岐城을 잘못 쓴 것으로 추정된다.

에서 15리쯤 떨어진 곳인 예전에 조부님께서 유배 와 머무르셨던 곳[15]으로 찾아간 것이다. 그곳은 마을 사람들이 밭을 일구어 집터가 완전히 변해 버렸는데, 위아래 연못과 두 연못 사이의 죽정竹亭 터만 겨우 남아 있었다. 정자의 주춧돌은 완연했지만 가시덤불에 파묻혀 있었고, 서성대며 이곳저곳 돌아보니 서글픈 마음을 가누기 어려웠다. 앞마을에 사는 당시의 주인을 찾으니, 김의탁金義卓인데 이미 죽었다. 그 처를 불러 이야기했더니, 지난날의 일을 꽤 자세히 말해 주었다. 같이 간 사람들이, 옥룡사玉龍寺[16]가 새로 중건하여 볼만하고 거리도 여기서 지척이니 가 보자고 하여 같이 갔다. 중들이 나와 맞이했다. 사우寺宇가 정갈했다. 법당 아래 우물이 있는데, 얕지만 넓었다. 우물 윗부분을 덮개로 얹어 씌워 놓았는데 물맛은 그다지 좋지 않았다. 절 뒤에 부도가 있고, 절의 청룡靑龍 밖에 또 부도가 있다. 이 절은 도선국사道詵國師가 머물던 곳이라고 하고, 두 부도는 도선국사 모자의 사리를 안장한 것이라고 하는데 둘 중 어느 것이 어머니의 것이고 어느 것이 아들의 것인지는 모른다고 한다. 중들이 소반에 박산朴散[17]과 곶감을 담아 올렸다. 또 꿀물도 권했다. 내가 술을 마시지 못한다는 것을 알고 그런 것이다. 중들이 또 점심밥을 대접하려 했으나, 내가 그러지 못하게 막고 즉시 일어나 돌아오니 날이 이미 정오를 지났다. 주인(서신귀)이 떡과 반찬을 가득 차려 올리고 죽력고도 주었다. 밤이 되자 이웃의 악공 몇 명을 부르고, 또 소실도 불러내어 거문고를 뜯고 노래하게 했다. 노래가 맑고 은은하여 들을 만했다. 또다시 간단한 음식을 내고, 밤이 깊어서야 파했다. 성불사成佛寺의 중 유안裕眼이 와서 알현했다. 이 사람은 고 윤선구尹善耈의 아들로서 속명은 익삼益三이다.

---

15) 예전에…곳: 윤선도의 마지막 유배지인 광양 옥룡면 추산리 추동 마을 부근이다.

16) 옥룡사玉龍寺: 도선국사가 창건한 절로, 현재는 터만 남아 있다. 전라남도 광양시 옥룡면 추산리에 있다.

17) 박산朴散: 쌀로 만든 백당을 고물로 묻혀 먹는 한과이다. 유밀과 산자류의 하나로 박산薄散 또는 백산자白散子라고도 한다.

○ 옥룡동에 도착하여 문득 감흥이 일어 읊다

玉洞□深山鳥鳴　옥룡동 깊은 골 산새 우는 곳에
遺墟草沒野花明　할아버지 머물던 집터 수풀에 묻히고 들꽃만 피었네
趨庭往事渾如夢　가르침 받던 지난 일 모두 꿈만 같아
灑涕東風不勝情　동풍에 눈물 뿌리며 감정을 누르지 못하네

○ 주인 서신귀 군에게 주다

靑眼重開舊主人　다정한 눈빛으로 거듭 맞아 준 옛 주인
百年變態見天眞　오랜 세월에 늙었지만 천진함은 그대로네
相携說到當時事　손 맞잡고 할아버지 유배 왔을 적 이야기하니
無限悲懷淚滿巾　한없이 슬픈 마음 눈물로 수건을 적시네

〖 1679년 3월 6일 정사 〗 흐리다 맑음

정세화의 처가 와서 만났다. 고故 윤정미尹珽美의 딸이다. 윤정미는 나의
얼사촌 조부인 윤선하尹善下의 아들이니, 정세화의 처는 나에게 육촌이 된
다. 광양읍 동쪽 마을 황곡리黃谷里에 사는데 여기서 거리가 30리이다. 먼
길을 마다하지 않고 찾아왔으니, 뜻이 매우 간절하다. 그러나 출발이 임박
했기에, 잠시 서로 말을 주고받고 일어났다. 젊은 주인 서이징이 따라 왔
다. 차마 헤어져 돌아가지 못하고 따라 온 것이다. 40리를 가서 월오동月梧
洞 이정서李廷瑞의 집에서 말을 먹였다. 나는 평소 이정서와 안면이 없는데
서이징이 서로 아는 사이라서 나를 이끌어 들어간 것이다. 사람됨이 꽤 좋
았고, 대접도 정성스러웠다. 또 40리를 가서 굴치屈峙를 넘어 내곡內谷의
이회백李晦伯의 집에 도착하여 머물러 유숙했다. 주인의 사위인 나두산羅

斗山이 지금껏 머무르고 있었다. 주인의 중제仲弟 이두채李斗采가 와서 만났다.

〔 1697년 3월 7일 무오 〕 밤부터 비가 오다가 저녁 무렵 그침

비에 길이 막혀 가지 못했다. 서이징이 나를 따라서 여기까지 왔다가 함께 머물렀다. 그 뜻이 은근하고 정성스러워, 다음과 같은 시를 주어 사례했다.

感子相隨一日程　나를 따라 하룻길 온 그대에게 감사하오
知君未盡兩宵情　이틀 밤 나눈 정이 그대에게 미진함을 알겠구려
天公亦解無窮意　우리 사이 가없는 정을 하늘 또한 알아
故遣陰霏挽我行　굳은비 짐짓 뿌려 내 갈 길을 만류하네

주인의 막냇동생 이두망李斗望이 와서 만났다. 사람됨이 아주 좋았고, 글자도 읽을 줄 알았다. 그러나 고질병이 있는데 그 증세가 가볍지 않으니, 걱정스럽다.

〔 1697년 3월 8일 기미 〕 흐리다 맑음

동틀 무렵 조반을 먹고 주인 형제 및 나 생生(나두산羅斗山)과 작별했다. 또 서이징과도 작별하고 출발했다. 징광사澄光寺 마을 입구를 지났는데, 오고 가느라 행색이 바쁘고 어수선하여 절에 들어가 둘러보지 못했으니 한탄스럽다. 다사치多沙峙, 열가치悅可峙를 넘어 박곡朴谷에서 말을 먹였는데, 50리 길이다. 안치鴈峙, 두미치斗尾峙를 넘었다. 상산霜山의 정우징丁羽徵의 집에 유숙했는데, 40리 길이다. 그 아우 우보羽報는 일찍이 무관 낭청이 되었는데, 중한 병을 얻어 집에 있었다. 그 맏아들 재양載陽도 함께 이야기를 나누었다.

〖 1697년 3월 9일 경신 〗 맑음

동틀 무렵 출발했다. 만수치萬水峙를 넘고 벽사역碧沙驛을 지나 장흥부長興府
에 도착했다. 유배 중인 이 상사上舍를 만나고자 했으나 문지기가 성문을
닫고 들여 주지 않았다. 금천錦川 서두촌鼠頭村에 당도하여 말을 먹였으니,
50리 길이다. 그 마을에 사는 이수번李秀蕃이 와서 만났다. 이 사람은 고 이
우남李友楠의 손자인데, 해남에서 이곳으로 옮겨 와 살고 있다고 한다. 지
름길을 잡아 대치大峙를 넘어 해 질 무렵 집에 도착했으니, 40리 길이다.

〖 1697년 3월 10일 신유 〗 흐리다가 맑음

정광윤鄭光胤, 윤시삼尹時三이 왔다. 극인 김삼달金三達이 왔다.

〖 1697년 3월 11일 임술 〗 밤부터 비가 오다가 오후에 그침

온몸이 쑤시고 아파 종일 드러누워 신음했다. 아마 영남 길이 험준한 곳이
많고 말을 타고 다니느라 고생이 쌓여 병이 된 것이리라. 풍기風氣가 몹시
나쁜 것을 피부로 느꼈는데, 이것이 빌미가 된 것이다. 고통과 걱정을 말
로 할 수 있겠는가? 이복爾服이 왔다. 송창우宋昌佑가 저녁때 왔다가 그대
로 유숙했다.

〖 1697년 3월 12일 계해 〗 맑음

태인의 선달 김순형金舜衡이 왔다. 김순형은 작년 식년문과에 급제했다.
송산松山의 백씨 집에 와 있는데, 그의 외가이다. 정광윤이 왔다. 송창우가
갔다.

〖 1697년 3월 13일 갑자 〗 이른 아침에 해가 잠깐 나오더니 늦은 아침 눈이 내림

평지는 눈이 바로 녹았으나, 사방의 산이 모두 하얗게 된 후에 쾌청해졌

다. 절기가 지금 늦봄인데 날씨가 여전히 따뜻하지 않고 눈도 그치지 않는다. 계절이 질서를 잃은 것이 참으로 괴이하다. 김 전적典籍(김태정金泰鼎)이 눈을 무릅쓰고 왔다. 송수기宋秀杞, 윤순제尹舜齊, 정광윤이 왔다. 저녁 무렵 또 눈이 한바탕 내렸다. 윤천우尹千遇가 왔다.

〖 1697년 3월 14일 을축 〗 한식. 맑음

길을 나서서 고생한 것이 병이 되어, 가서 묘제墓祭를 지낼 수가 없었다. 흥아興兒에게 적량赤梁에 가서 제사를 지내게 했고, 간두幹頭 제사는 연동 서종庶從들에게 지내게 했다. 공소동孔巢洞 제사는 우리 집이 차리되 연동 사람이 가서 지내게 했다. ○윤팽년尹彭年, 정광윤, 윤희성尹希聖, 이정두李廷斗가 왔다.

〖 1697년 3월 15일 병인 〗 맑음

송수기, 선전관 윤석후尹錫厚, 전적 김태정, 최상일崔尙馹이 왔다.

〖 1697년 3월 16일 정묘 〗 흐리다 맑음

송수삼宋秀森, 윤유도尹由道, 임석주林碩柱가 왔다. ○죽도竹島로 길을 나섰다. 영신천永新川에 당도하여 백치白峙의 외숙(이락李洛)을 우연히 만났다. 외숙이 나를 만나러 오던 중인데, 종제 징휴徽休가 모시고 왔다. 함께 집으로 돌아가 점심을 먹고 그대로 다시 출발했다. 백치 앞길에 이르러 헤어졌다. 나는 죽도로 왔는데, 작년에 사들인 해창海倉 앞 두모동豆毛洞 제언을 뒤로 물려서 쌓는 일 때문이다. 두모동 제언의 토지는 비옥하고 물이 많으나 제언 안쪽이 매우 협소하다. 제언을 뒤로 물려서 쌓으면 논을 만들 수 있는 곳이 조금 더 많아질 것이다.

전남 해남군 화산면 해창리 앞 간척을 통해 개간된 들의 모습(서향)
현재의 해창리 일대 농지는 대부분 간척을 통해 개간된 땅이라 추정된다.

〔 1697년 3월 17일 무진 〕 맑음

진욱陳稶, 극인 성덕기成德基와 성덕징成德徵이 왔다. 성덕기가 진도에 들어가기에 정 판서(정유악鄭維岳)께 안부 편지를 부쳤다.

〔 1697년 3월 18일 기사 〕 오후에 비

외숙께서 오셨다. 두 종제가 따라왔다. 권붕權朋, 윤익재尹益載, 윤형주尹亨周, 김익한金翊漢, 최남준崔南峻, 윤지형尹之亨, 윤남미尹南美가 왔다. 저녁 무렵 바람이 더욱 거세져 밤이 되어도 그치지 않았다.

〔 1697년 3월 19일 경오 〕 아침 일찍 맑다가 늦은 아침에 흐림. 비 올 조짐이 매우 짙음

윤동미尹東美가 왔는데 그의 뱃짐 때문이다. 남미南美와 함께 모두 갔다. 선달 김율기金律器가 왔다. ○화분의 홍매紅梅와 과실나무를 옮겨 심었다. 우리 면의 약정約正 이익화李益華가 왔기에, 제언 쌓는 데에 역군役軍을 확실히 보낼 것을 분부했다. 대개 역군은 사적으로도 얻을 수 있으나 관의 명

령을 빌리고자 화산花山, 현산縣山, 녹산彔山, 은소銀所 4개 면의 역군을 제급題給해 달라는 뜻으로 소장을 올렸더니, "부근 면에서 잘 헤아려 일을 시켜 빨리 수축하게 할 것"이라는 제사題辭가 내려왔다. 이 때문에 약정들이 모두 소홀히 여기지 않게 되었다.

〔 1697년 3월 20일 신미 〕 흐림

신급제新及第 민수관閔受觀[18]이 와서 만났다. 이 사람은 초봄에 내려와 도문연을 열었는데, 나를 초대하려는 뜻이 전혀 없었다. 아마도 그 아버지 세침世忱[19]이 일찍이 경신년(1680)의 일[20]로 환국換局한 이후 통소通疏에서 빠지며 '우리 집안에 우환이 미칠 것이다.'라고 했기 때문일 것이다. 올 초 수관이 나를 보지 않으려 한 것도 내가 그 아버지의 일로 자기를 배척할지도 모른다고 걱정했기 때문이었을 것이다. 그 후 여론이 모두 수관은 설사 배척받더라도 도리상 정성스레 초대해야 한다고 했다. 그런데 나를 초대할 뜻이 전혀 없었을 뿐만 아니라 한번 만나 뵙겠다는 명함조차도 내민 적이 없어 더욱 크게 비난과 배척을 받았다. 오늘 온 것은 필시 이 때문일 것이다. 그가 비록 초대했더라도 내가 응하지 않았겠지만, 그가 이미 왔으므로 감정을 누그러뜨리고 맞이하여 대접했다. 이것이 한 마을에서 서로 돕는 의리이다. 그리고 징치하지 않는 방식으로 징치하는 도리에도 저어되지 않는다. 그래서 정성스레 대접하여 보냈다.

〔 1697년 3월 21일 임신 〕 맑다가 흐림

현산 약정約正 서필제徐必悌, 녹산 약정 김기창金器昌이 왔기에, 역군役軍을 꾸려 보낼 날짜를 분부하여 보냈다. 진욱, 윤세형尹世亨이 왔다.

---

18) 민수관閔受觀: 본관은 여흥驪興, 자는 수이受而이다. 1696년 병자 식년시 병과 7위로 급제했다.

19) 그 아버지 세침世忱:『국조문과방목』에 따르면 민수관의 아버지의 이름이 '세침世琛'으로 표기되어 있다. 일기에 기록된 '세침世忱'이라는 표기는 오류로 보인다.

20) 경신년(1680)의 일: 남인이 축출되고 서인이 득세한 경신환국(경신대출척)을 가리킨다.

〖 1697년 3월 22일 계유 〗 맑음

이른 아침을 먹은 후 두모동豆毛洞 제언으로 나가 보수하여 쌓는 공사를 시작했다. 구해창舊海倉 역군 8명, 방축리防築里 7명, 노하리路下里 18명, 석전리石田里 9명, 흑석리黑石里 14명, 저천리苧川里 41명, 관두리館頭里 26명, 언항堰項 6명, 선창船倉 5명, 대소리大所里 10명, 다기소多歧所 13명, 신리新里 7명으로 모두 149명이며 화산 일도一道와 이도二道의 역군이다. 녹산 성저리城底里 2명도 왔다. 28동이의 술을 역군에게 두 차례 대접했다. 극인 성덕항, 성덕징, 화산 약정 이익화, 최남오崔南五, 조하중曺夏重, 이석신李碩臣, 나위방羅偉房, 윤무순尹武順 노老와 그 조카와 손자 및 윤중호尹重虎가 왔다. 지원을 불러와 공사를 감독하며 머무르게 했다. ○현감 최휴崔休가 곡물을 받아들이는 일 때문에 해창海倉에 와 있었다. 내가 지척에 와서 만나지 않으면 미안하여, 일을 마치고 잠시 가서 만나 보았다. ○출신 진방미陳邦美가 왔다.

〖 1697년 3월 23일 갑술 〗 저녁 무렵 비

녹산의 역군으로 강정점江亭店 20명, 하가치下可峙 4명, 하록산下彔山 2명, 상록산上彔山 1명, 죽천竹川 1명, 도합 28명이 와서 일했다. 날이 아직 저물기 전에 비가 오기에 일을 마치고 돌려보내면서 역군들에게 술 2동이를 내줬다. ○출신 민효준閔孝俊, 전 별감 박민규朴敏規, 박필문朴必文 노老, 윤선용尹善用, 윤기번尹起磻, 윤형주尹亨周, 진욱, 대동감관大同監官 윤세창尹世昌, 좌수座首 박원귀朴元龜가 왔다. ○일전에 낙안樂安의 이두광李斗光의 집을 지나면서 화단에 영산홍 한 그루가 있는 것을 보았다. 이두광이 말하기를, "안채 화단에도 두 떨기가 있는데 뿌리가 늙어 옮겨 심기 어렵습니다. 이것은 어린 나무를 새로 심은 것입니다."라고 했다. 나는 캐어 오고 싶었으나 짐말에 실은 짐이 무거워, 내려간 다음 심부름꾼을 보내 캐 가겠다고 했다. 그랬더니 이두광이 말하기를, "심은 지 오래되지도 않았는데 또 옮겨 심으면 필시 죽고 말 것이니, 캐 가는 것은 어려울 듯합니다."라고 했다. 나는 이두광의 말이, 고집스러운 척 보이려고 일부러 농담을 한 것이지 진짜로 아까워서 한 말이 아니라 여겼다. 이는 서로 좋게 지내는 사이에 으레 있는 경우로, 나 역시 농담으로 답해 주었다. 집에 돌아온 후 심부름꾼을 보내 간곡히 청했는데, 이두광은 단지 왜철쭉 한 그루만 주고 영산홍은 끝내 보내지 않았다. 처음에 만일 이두광이 이렇게까지 인색할 줄 알았더라면 어찌 며칠 거리에 일부러 심부름꾼을 보냈겠는가? 나는 본디 화초에 대한 벽癖이 없다. 그러나 영산홍은 구하기 어려운 이름난 꽃이라, 수백 리 길도 멀다 여기지 않은 것이다. 그런데 농노農奴만 헛수고하게 만들고 나는 아무 이익도 얻지 못하게 되었으니 참으로 한탄스럽다. 이두광이 초목 하나를 아까워해 평소 서로 아끼던 정을 저버렸으니 무슨 말을 하겠는가? 나는 평소 티끌처럼 미미한 것도 일찍이 남에게서 구한 적이 없다. 그런데 이두광은 우리 집안과 정의가 두터운데도 망령되이 어긋나는 행동을 해서, 이런 무안한 꼴을 당한 것이다. 나는 남에 대해 본디 가볍게 믿어버리는 병통이 있다. 한탄한들 무슨 수가 있겠는가? ○극인 성덕기가 역방하여 만났다. 영광의 성수귀成壽龜가 성 극인과 함께 들렀다.

〔 1697년 3월 24일 을해 〕 밤비가 꽤 퍼붓다가 아침이 되자 비로소 그침. 오후에 잠깐 맑음

성백창成帛昌이 왔는데 성덕징의 큰아들이다. 성 장극長棘[21]이 왔다.

〔 1697년 3월 25일 병자 〕 비가 그쳤다 왔다 함

현산縣山과 은소銀所의 역군 수백 명이 왔는데 비 때문에 일을 시작하지 못해 하는 수 없이 돌려보냈다. ○성덕징이 왔다.

---

21) 성 장극長棘: 성씨成氏의 장자長子인 극인棘人으로, 성덕항을 지칭한다.

〖 1697년 3월 26일 정축 〗 흐리다 맑음

성덕징이 왔다.

〖 1697년 3월 27일 무인 〗 흐리다 맑음

이익화, 김망구金望久, 김익환金益煥, 임세주林世柱, 윤선형尹善亨, 윤택리尹
澤履가 왔다. 죽천점竹川店 사람 24명이 와서 일했다. 역군들에게 술 1동이
와 20사발을 내줬다.【녹산의 역군은 46명임】

〖 1697년 3월 28일 기묘 〗 맑음

현산의 역군은 황점荒店에서 39명, 탑동塔洞에서 21명, 고현내古縣內에서
10명, 석천동石川洞에서 3명이 와서 일했다. 역군들에게 술 3동이를 내줬
다. ○극인 성덕징과 철착리鐵鑿里의 이신우, 현산 약정 서필제가 왔다.

〖 1697년 3월 29일 경진 〗 맑음

지소紙所의 역군 23명이 와서 일했다. 역군들에게 술 1동이와 20사발을 내
줬다. ○백치의 외숙(이락)이 역소에 와서 만났다. 이대휴李大休가 따라 왔
다. 윤형주, 윤상尹詳, 윤선적尹善積, 성덕징이 왔다. 저녁에 성덕항과 성덕
징이 왔다.

1697년 윤3월. 작은달.

두모동 제언을 보수하다

〔 **1697년 윤3월 1일 신사** 〕 오후에 비 내림

전거론점全巨論店의 역군役軍 50명, 시랑동侍郎洞의 12명, 추자동椎子洞의 6명
이 와서 일했다. 술 4동이를 썼다. ○해창海倉의 감관監官 정세교鄭世僑와 김
우정金友正이 왔다. 노악사老樂師 업생業生이 와서 알현했다. ○비가 많이 내
려 공사를 서둘러 마쳤다. 일이 끝나려면 아직 멀었는데 하필 물까지 나서 더
욱 손쓰기가 어렵다. 부득이 우선 일을 멈추고 상현달 뜰 날을 기다리기로 했
는데 걱정이다.

〔 **1697년 윤3월 2일 임오** 〕 어제부터 내리던 비가 아침에 그침

극인 성덕항成德恒, 성덕징成德徵, 김이경金爾鏡, 김이감金爾鑑이 왔다. 김주
훤金冑翧이 저녁 무렵 도착하여 함께 잤다.

〔 **1697년 윤3월 3일 계미** 〕 아침에 안개가 끼고 늦은 아침에 빗방울이 뿌림

아침 식사 후에 김주훤이 갔다. 이신우李信友가 왔다. 윤선보尹善輔가 아들
윤제미尹齊美를 데리고 왔다. 윤선보는 연동에서 함평으로 거처를 옮긴 지

오래되었다. 일을 잃어 살림이 어려우니 가엾다.

〖 1697년 윤3월 4일 갑신 〗 밤중에 바람이 어지럽게 붊. 아침 늦게부터 비가 오기 시작해 종일
요란하게 내림

노마奴馬가 어제 왔으나 오늘 비바람이 이렇게나 불어서 부득이 돌려보냈
다. 이신우와 윤선보 부자가 비가 오기 전에 갔다.

〖 1697년 윤3월 5일 을유 〗 맑음

극인 성덕기成德基가 왔다. 윤신미尹信美가 왔다. 초당 앞의 대나무 뿌리가
뻗어나가 벼랑 끝까지 점점 다가가서, 베어 내고 소나무 묘목을 줄지어 심
었다.

〖 1697년 윤3월 6일 병술 〗 맑음

성덕항과 성덕징이 왔다. 윤선용尹善容과 윤세정尹世貞이 왔다. 윤선용은
팔십을 바라보는 나이임에도 나막신을 끌고 10리 길을 멀다 하지 않고서
왔다. 근력이 대단하다.

〖 1697년 윤3월 7일 정해 〗 흐림

김이경, 박세단朴世檀, 윤선시尹善施, 윤이송尹爾松, 송창우宋昌佑가 왔다.
흥아興兒가 왔다.

〖 1697년 윤3월 8일 무자 〗 흐리고 보슬비가 내림

흥아, 송창우, 윤이송이 갔다. 성덕징, 최남준崔南峻, 최남오崔南五가 왔다.
좌수 임중신任重信이 왔다. 녹산彔山의 김여련金汝鍊이 왔다. 속금도의 기
진려奇震麗가 왔다.

〔 1697년 윤3월 9일 기축 〕 맑음

기진려가 갔다. 현산縣山의 역군은 백야지白也只에서 42명, 만수동曼殊洞에서 7명이 와서 일했다. 술 4동이를 내줬다. 대장代將 박진혁朴震赫, 출신出身 윤세장尹世章, 윤국미尹國美, 윤성尹聖, 최남준, 성덕항이 왔다. 팔마의 노노奴 동이同伊가 갑자기 와서 영암군수(심득원沈得元)의 편지를 전해 주었다. 강오장姜五章 등의 정배定配를 거두라는 계啓를 윤허하고 3일에 다시 잡아오라는 명이 내려와 채제윤蔡悌胤을 붙잡을 나졸이 진도로 갔다고 한다. 종아宗兒도 다시 잡아들일 대상에 들어가 있다고 하니, 나의 놀라고 당황스러운 마음이 어떠하겠는가. 지원智遠과 함께 급히 죽도로 돌아와 대충 밥을 물에 말아 점심을 먹고 말을 달려 해남에 갔다. 흥아도 나졸을 만나 곡절을 물어 보려고 먼저 도착해 있었다. 연동의 윤이복尹爾服, 윤이송, 윤이백尹爾栢, 조이약趙以若, 윤동미尹東美, 윤기미尹器美가 와서 만났다. 조금 있다가 흥아와 함께 팔마로 돌아갔다. 정광윤鄭光胤, 극인 김삼달金三達이 와서 만났다. ○개일開一이 신공身貢을 받아 돌아왔다. ○들으니 괴산에 사는 딸(김남식金南拭의 처)이 지난달 2일 자시子時에 아들을 낳았다고 한다.

〔 1697년 윤3월 10일 경인 〕 맑음

윤유도尹由道, 송수기, 임세회林世檜, 윤천임尹天任, 윤시상尹時相, 윤징귀尹徵龜, 최유기崔有基가 와서 위문했다. 찰방 고여필高汝弼이 왔다. 전에 벽사찰방碧沙察訪을 지냈는데, 능주綾州에서 별진別珍으로 이사했다고 한다. 극인 최형익崔衡翊이 왔다. 월암月岩의 정 생원(정왈수鄭曰壽)이 밤에 와서 위문했다. 윤선보尹善輔 부자가 와서 묵었다. 정광윤, 최운탁崔雲卓, 윤천우尹千遇가 왔다.

〖 1697년 윤3월 11일 신묘 〗 맑음

아침을 먹은 뒤에 서울로 길을 떠났다. 지원을 데리고 가는데 나를 호위하기 위한 것이다. 홍아도 따라왔다. 석제원石梯院에 도착하여 말을 먹였다. 안주安住의 곽제태郭齊台가 우연히 이곳에 도착하여 잠시 이야기를 나누었다. 홍아는 인사하고 돌아가고, 저녁에 영암 서쪽 윤 강서江西(윤이형尹以亨)의 우소寓所에 도착했다. 김무金斌가 와서 만났다. 영암군수(심득원)가 저녁에 와서 이야기를 나누고 갔다.

〖 1697년 윤3월 12일 임진 〗 맑음

윤덕유尹德裕(윤관尹寬)【윤 강서의 아들】가 나에게 "거제에 다녀오자마자 다시 천 리 길을 가시면 노인의 근력으로는 참으로 견디기 어렵습니다. 서울에 도착하면 반드시 병이 날 것입니다. 자제들의 걱정이야 말할 나위 없지만, 환난을 당하여 힘을 보전할 수 없게 되면 이익은 없고 해악만 있을 것이 분명합니다. 어찌 이런 상황을 헤아리지 않으시고 이리 마음 가는 대로 하십니까."라고 거듭 말하며 매우 끈질기게 만류했다. 윤 강서 형과 영암군수(심득원)의 말도 역시 절실했다. 나도 생각해 보니 정말로 그러한 상황이기는 하지만, 거제를 갔다 왔을 때 심하게 아팠던 허리와 다리의 통증이 집에 있으면서 조금 나아서, 홍아의 말을 듣지 않고 마음대로 출발한 것이다. 그러나 예전의 병이 도져 견디기 어려웠으므로 내가 말을 타고 가는 일은 부득이 멈추었다. 일행 중 품삯을 주고 쓰는 후선에게 왕복할 식량을 주고서 소식을 알아보도록 보냈다. 나는 계속 머물렀는데 여행의 피로를 조섭하기 위함이었다.

〖 1697년 윤3월 13일 계사 〗 가랑비가 내림

채 생生(채제윤蔡悌胤)이 밤에 성 밖에 도착하여 처음에는 가서 만나려 했으나, 사람들이 피차간에 해가 될 수도 있다고 걱정하여 가지 않았다. 그리고 나장羅將을 불러 소식을 대략 물었다. 이날 밤에 영암군수(심득원)가 다시 와서 만났다.

〔 1697년 윤3월 14일 갑오 〕 맑음

아침을 먹고 돌아오는 길에 월남의 천변에 도착하여 앉아서 쉬었다. 전에 최현崔炫의 병이 중하다는 말을 들었기에 사람을 보내 문안하자 최현이 들어오라고 청하여, 그 집에 가서 말을 먹였다. 최현의 어머니는 나와 8촌이고, 윤 강서(윤이형)와는 6촌이다. 전에는 이렇게 알지 못했는데 근래 강서 때문에 알게 되었으니 우습다. 저물 무렵 집에 도착했다. 정광윤이 함께 묵었다. ○ 서울 아이들이 고용해서 보낸 사람이 다음과 같은 소식을 알렸다. 근래에 대간의 논의가 꽤 느슨해져 장령 유명웅俞命雄이 정계停啓하자고 의견을 내고, 지평持平 김두남金斗南은 사헌부에 가서 정계하자고 했다. 정언正言 김치룡金致龍은 가벼이 정계할 수 없다며 고집을 부렸다. 그런데 이달 2일 주강晝講에서 으레 하던 대로 연이어 계를 올리자 상감께서 갑자기 윤허했다.[22] 김치룡이 정계를 막은 것도 심한 처사이지만 상감께서 윤허한 것도 실로 의외의 일이다. 이를 통해 보면 나의 운명과 관련되지 않은 것이 없다. 어찌 하랴. ○ 서북西北의 흉년이 다른 지역보다 매우 심하여 양도兩道(평안도, 황해도)에 유배간 사람들을 모두 양남兩南(호남, 영남)으로 옮길 것이라고 한다. ○ 지난날 이영창李榮昌 등이 모두 복법伏法(사형을 당함)하거나 장을 맞아 죽었는데, 유독 김정열金廷說은 병조판서 민진장閔鎭長의 뜻에 따라 역모를 고발한 자이므로 사형을 면해 주고 추국을 끝냈다고 한다. ○ 대간이 계를 올리자 상감께서 윤허하면서 말하기를 "당초에 장을 맞아 죽는다 해도 안타까울 것이 없다고 하교했지만, 내가 대간의 계를 따르지 않은 것은 강오장 등이 조금이라도 용서할 만한 점이 있어서가 아

---

22) 윤허했다: 사형에서 감하여 정배하려던 이전의 명을 환수하라는 계청을 윤허한 것을 말한다.

니다. 그들의 죄를 국청에서 다스리지 않고 국청의 문목問目에 따라 의금부에서 처리했기에 흠결이 있어 윤허하지 않은 것이다. 양사兩司의 계청이 지금까지 그치지 않으니, 계속 고집하는 것은 공론을 따르는 도리가 아니다. 의금부로 하여금 그들의 분명한 죄상을 엄하게 신문하여 사실을 알아내게 하라."라고 했다.

〘 1697년 윤3월 15일 을미 〙 맑음

윤천우尹千遇, 임중헌任重獻, 김기주金起冑, 윤시상, 윤시한尹時翰, 윤희성尹希聖이 왔다. 진도의 정 판서(정유악鄭維岳)가 편지를 보내 위문했다. ○죽도에 제방을 쌓는 일은 11일에 은소銀所의 역군役軍 95명을 얻어서 간신히 그럭저럭 마칠 수 있었다. 술 6동이를 내줬다고 한다.

〘 1697년 윤3월 16일 병신 〙 맑음

윤동미, 윤선적尹善積이 왔다. 속금도 제언의 방죽에 흙을 보충하고 거신拒薪(목책)을 놓는데, 내가 갈 수 없어서 윤동미에게 가서 감독하게 했다. 윤기업尹機業, 임취구林就矩, 김삼달, 정광윤, 극인 황세휘黃世輝, 진사 황세중黃世重, 선달 임혁林爀이 왔다. 임혁은 지난 겨울에 무과에 급제했다. ○세원世願 어멈(윤종서尹宗緒의 처)이 일부러 사람을 보내, 나더러 올라와서 환란을 잘 처리해 달라고 했다. 어멈이 지금 몸져누워 있어 편지의 글씨가 엉망이니 안쓰러워 차마 볼 수가 없다. 나도 병으로 길을 나설 가망이 없으니 마음이 더욱 아뜩하다.

〘 1697년 윤3월 17일 정유 〙 흐리다가 저녁 무렵 비가 내림

최항익崔恒翊, 윤희설尹希卨, 윤이주尹以周가 왔다. 백치白峙의 외숙(이락李洛)이 14일에 서울로 길을 떠났으나, 이징휴李徵休가 중간에 병이 나서 영

암까지 갔다가 돌아오는 길에 역방했다. ○한중혁韓重爀은 당초에 처단되었어야 마땅했지만 저들이 사형을 면하게 해 줄 요량으로 다시 조사를 더 하자는 주장을 냈다. 해가 바뀌도록 다투는 와중에 자기들의 청이 받아들여지지 않을 것임을 알고 최근에 정계停啓했다. 그런데 한중혁이 출옥을 앞두고 결안決案에 서명하지 않자 형추刑推하자고 계청하여 10차례 형을 받아 죽었다. 이시회李時檜, 최격崔格 또한 7차례 형을 받아 죽었다. ○우의정 서문중徐文重이 세자빈(훗날의 경종비 단의왕후) 책봉에 관한 일로 북경에 갔다. 청나라 황제가『회전會典』의 '왕과 왕후가 나이 오십이 되어도 적장자가 없으면 서장자를 후사로 세운다.'라는 글을 인용하여 들어주지 않았다. 상上께서 정사와 부사 이동욱李東郁, 서장관 김홍정金弘禎을 삭탈관작하고서 문외출송 하라고 특별히 명했다. 양사兩司에서 합계를 올렸으나 이 일은 윤허되지 않았다. ○근래 인평위寅平尉(정제현鄭齊賢)와 공주(숙휘공주淑徽公主)의 상喪이 나서 상감께서 직접 조문했는데, 마침 비가 내렸다. 총융사 김중기金重器가 별운검으로서 모시고, 총융사 서리胥吏가 우산을 가지고 따르다가 실수로 전하의 얼굴을 건드렸다. 형조에서 심문하고 결안을 올리자, 장 100대를 치고 모두 3년간 정배하라고 특별히 명했다. 대간에서 김중기를 파직하라고 청했으나 윤허하지 않으셨다. 성상께서는 김중기가 고의로 그런 것이 아니어서 중죄에 해당되지 않는다는 것을 아셨으니, 참으로 대성인大聖人다우신 일이다. 그러나 우산으로 전하의 얼굴을 건드린 일에서 또한 세태의 변화를 볼만하다.

〔 1697년 윤3월 18일 무술 〕 어제부터 내리던 비가 오후에 그침

〔 1697년 윤3월 19일 기해 〕 오후에 맑다가 동풍이 매서워짐
한천寒泉의 윤경尹儆이 어제 저녁 병으로 세상을 떠났다고 한다. 윤칭尹偁

과 윤일尹佾이 연달아 죽었는데, 윤경마저도 초봄에 병이 나서 이제 또 갑자기 세상을 떠나니 너무나 괴이한 일이다.

〔 1697년 윤3월 20일 경자 〕 흐리다 맑음

서울에서 온 삯을 받은 심부름꾼과 종아宗兒의 가노 사동土同이 돌아갔다. 이후로는 소식을 듣기가 쉽지 않을 테니 답답함을 견딜 수 없어 어찌해야 할지 모르겠다. ○최운원崔雲遠, 정광윤, 김우정金友正, 윤기반尹起潘이 왔다.

〔 1697년 윤3월 21일 신축 〕 오전에 이슬비 내림

신 감목監牧(신석申潟)이 역방했다. 정 생(정광윤)이 왔다. 정 판서(정유악)의 심부름꾼이 편지를 가져왔기에 즉시 답장했다.

〔 1697년 윤3월 22일 임인 〕 흐리다 맑음

정 생이 왔다. 저녁 무렵 비가 내렸다.

〔 1697년 윤3월 23일 계묘 〕 어제부터 내리던 비가 아침이 되어서야 그침

송창우가 영암에서 돌아와 윤 강서(윤이형)가 답장한 편지를 보았는데, 장희재張希載를 안율按律하는 일이 정계되어 그를 제주에 정배했고, 서북 지방으로 유배 간 사람들을 양남兩南으로 옮기는 일에 대해 승지 김세익金世翊이 상소를 올려 타당하지 않음을 논하자, 서북 지방 중에서 재해를 당한 고을에 있는 유배 죄인들은 옮기라 명하셨다고 한다.

〔 1697년 윤3월 24일 갑신 〕 맑음

조석윤曺錫胤이 위문하러 왔다. 이 사람은 구림鳩林 사람인데 안형상安衡相의 사위로 처가살이를 하고 있다. 화촌花村의 윤희직尹希稷이 왔다. ○이징휴의 병이 나아서 외숙(이락)께서 다시 서울로 길을 떠나셨다. 이대휴李大休, 선달 진방미陳邦美와 그의 아들 진욱陳稶, 권붕權朋이 따라갔다. 윤정미尹鼎美 숙叔이 위문하러 왔다. 저녁 무렵 문장門長(윤선오尹善五)이 방문했다. ○영암군수(심득원)와 윤 강서(윤이형)의 편지를 보았는데 권 대감(권규權珪)이 사면되었다고 한다. 86세인 권 대야大爺(권대운權大運)가 부자간에 서로 만날 수 있게 되었으니 기쁘고 다행스럽다.

〖 1697년 윤3월 25일 을사 〗 맑음

외숙께서 어제 별진別珍에 묵었다. 새벽에 서울로 편지를 보냈다. ○윤시지尹時摯, 윤선시, 윤재도尹載道, 윤취삼尹就三, 윤시상 , 나주의 감목 이초李杪가 왔다. ○과원果願 어멈(윤홍서의 처)이 권 대감에게 심부름꾼을 보내기에 나도 글을 써서 축하드렸다. 대간이 훼방을 놓는 주장을 펴고 있다고 하니 걱정스럽다. 그리고 태천의 이백우李伯雨(이운징李雲徵)가 변방으로 이배되었다 하니 한탄스럽다.

〖 1697년 윤3월 26일 병오 〗 흐림

윤명우尹明遇, 윤천우尹千遇, 윤은좌尹殷佐, 임석주林碩柱가 왔다. 윤은좌는 최근 마포馬浦에서 혼례를 치렀다. 처가에 딸 둘이 있었는데 장녀는 병자였기 때문에 처음에는 막내로 혼사를 의논했으나 혼례 날이 되자 환자인 장녀를 방 안에 밀어 넣었다. 그 병은 남녀가 같은 곳에 있으면 안 되는 질환이어서, 윤은좌가 가까이하려 했더니 여자가 거부하며 "저는 병자이니, 낭군께서는 빨리 새장가를 드세요."라고 했다. 그 후 윤은좌는 더 이상 그곳에 가지 않고 새장가 들 곳을 정했다. 시골구석에는 혼사를 거짓으로 꾀하는 일이 많이 있지만 결국은 도리어 낭패를 보게 된다. 이런 짓이 무슨 도움이 되겠는가. 인심이 이렇게도 불량해져 참으로 개탄스럽다.

〔 1697년 윤3월 27일 정미 〕 맑음

최상일崔尙馹이 왔다. 정광윤이 영암에서 돌아와 영암군수의 답서를 보았다.

〔 1697년 윤3월 28일 무신 〕 맑음

허 영원寧遠(허려許穭), 윤시상, 윤창尹瑒이 왔다.

〔 1697년 윤3월 29일 기유 〕 맑음

진사 김세귀金世龜, 윤시삼尹時三, 윤시달尹時達, 김태귀金泰龜, 윤이복尹爾服이 왔다. 정광윤이 왔다. ○선달 김현추金顯秋의 아내가 어제 숙병으로 세상을 떠났다고 한다. 이 사람은 윤동미의 누나인데 강진 군입리軍入里에 살았다. ○영광의 임빈林彬, 장흥의 극인 권철귀權哲貴가 왔다. 임빈은 바로 권휘權徽의 사위이고 권철귀는 바로 그의 손자이다. 권휘가 이번 달 16일에 세상을 떠났다고 하니 참담하다. 권휘는 우리 집에 더부살이하면서 조부님(윤선도)께 학문을 배웠다. 우리들과 서재에서 10여 년이나 오랫동안 같이 살다가 중간에 까닭 없이 상경하고는 정처 없이 떠돈 세월이 또 십수 년이었다. 늙고 병들어 의지할 데가 없어진 뒤에는 하는 수 없이 남쪽으로 내려와 임빈의 집에서 묵었다. 백포白浦의 옛집은 파산하여 남은 것이 없었고, 그의 아들 권용權鏞도 이어서 처자식을 버리고 학관學官(윤직미尹直美)의 비婢에게 빌어먹었으니, 그 부자의 신세가 형편없었다 할 수 있다. 그리고 그의 외아들인 권용의 상을 당해서 장례를 치를 때가 되자마자 또 이렇게 훌쩍 세상을 떠났다. 향년 76세이기는 하지만 뭐하나 일컬을 만한 점이 없다. 다만 옛날 동학 중에 박준신朴俊藎과 권휘가 사망하여 이제 완산完山(전주)의 정희鄭僖만 세상에 남아 있으니 애통한 마음 표현할 길이 없다.

아들의 죽음

〔 1697년 4월 1일 경술 〕 맑음

옥천玉泉 창감倉監 이정헌李廷憲, 황원黃原의 윤필성尹弼聖이 왔다. 임빈林彬
과 권철귀權哲貴가 진도로 들어갔다.

〔 1697년 4월 2일 신해 〕 맑음

정광윤鄭光胤이 왔다. 윤동미尹東美, 윤기미尹器美가 군입리軍入里의 초상
집에서 돌아오는 길에 지나다 들렀다. 이송爾松과 이성爾成이 왔다.

〔 1697년 4월 3일 임자 〕 맑음

이성이 갔다. 윤적미尹積美가 왔다. 종제인 이대휴李大休, 극인 안형상安衡
相이 왔다. 송수기宋秀杞가 왔다. ○해 가운데에 검은빛이 있어 때때로 정
해진 모양 없이 흔들린다. 이미 한 달 남짓이 지나도록 그치지 않으니 매
우 이상하다. ●그 모습은 이렇다. ○정 생生(정광윤)이 왔다. 별진別珍의
고 찰방(고여필高汝弼)이 왔다. ○지난달 12일에 내가 낭성朗城(영암)에 도착
해서 한양으로 보낸 인편이 아직도 돌아오지 않고 있다. 종아宗兒가 입성

入城한 후의 소식을 들을 길이 없으니, 요즈음의 우울을 말로 표현할 수 없다. ○대산大山의 정씨 집안의 비婢 석화石花는 연주와 노래를 잘하는 꽤 이름난 창기인데, 얼마 전 안도증安道曾이 한양에서 내려와 보성의 농사農舍로 내려와 데리고 갔다. 안도증은 바로 전 무안현감 안준유安俊儒의 종질로 업무業武인 사람이다. 그런데 한 달도 안 돼서 석화의 부음을 대산의 본가에 전하고 곧바로 상을 치르고 시신을 실어서 보냈다. 장례 후에 말이 돌았는데, 안도증의 비 하나가 마침 사망하여 그 시신을 실어 보낸 것이라고 했다. 안도증의 의도는 산 사람을 죽은 사람으로 만들고는 석화를 몰래 첩으로 두려 했던 것이다. 그 후 안도증도 객지 생활 중에 사망했는데 석화의 거짓 죽음에 관한 소문은 여전히 그치지 않았다. 그 진위는 전혀 알 수 없으나, 안도증이 요절한 것은 석화에게 홀린 데서 비롯된 것 같고, 석화의 거짓 죽음에 관한 소문도 안도증이 평소 허랑방탕했던 탓이니 참으로 개탄스러운 일이다. 게다가 들으니 안도증이 석화의 시신을 실어서 보낼 때 그 명정銘旌에 '유인하씨지구儒人何氏之柩'라고 적었다 하는데, 사람들은 '안도증이 석화에게 홀린 탓에 유인이라 칭했다.' 했다. 그런데 석화의 성에 대해 듣고 보니 바로 '하河' 자였는데 이것을 '하何'로 적은 것이니, 이를 통해 본다면 이는 실로 글자를 구분하지 못하는 것으로 무지의 소치이다. 그렇다면 안도증이 그동안 한 행동은 모두 책망할 것도 없고 도리어 가소로운 일이다. ○근래에 사망한 전임 창성부사 임익하任翊夏 부모의 무덤이 해남 비곡면比谷面 장산長山이라는 곳에 있는데, 이석신李碩臣의 장인인 구림鳩林의 박세근朴世根과 그 아들 박태준朴泰俊이 최근에 연이어 사망하여, 임任 가家의 무덤 뒷맥에 묏자리를 정했다. 이곳은 민전民田이라 높은 가격을 주고 구입했다. 그런데 구덩이를 파 회灰를 다져 넣고 나서야, 임 가가 비로소 매장을 못하게 하려 나섰다. 세력으로는 감당할 수 없음을 알고, 자기 부인을 떠메어 데려와 무덤 구덩이 속에 앉아 있게 했다. 피차간 힘으로 싸워, 이렇게 도리에 어긋나는 지경에 이르게 된 것이다. 박씨 집안에서는 여노女奴를 많이 데려와 구덩이 속의 부인을 안아서 끄집어낸 후 하관下棺【박세근을 묻었다고 함】했다. 피차간의 시시비비는 차치하더라도, 박씨 집안에서 애초에 이 산을 잡았을 때, 임씨 집안 무덤과 멀지 않으니 반드시 분쟁이 생길 것임을 짐작할 수 있었을 터이다. 임씨 집안의 부녀가 구덩이 속에 들어가 앉는 지경이 되었을 때는 이미 도리에 어그러진 것인데 이런 사정을 보고도 거기에 관을 집어넣어 선봉으로 삼았으니, 이 어찌 차마 할 수 있는 행위인가? 임씨 집안으로 말하자면, 자기 집안 무덤 뒷맥이긴 하지만, 밭을 사서 소나무숲을 가꾸지 않았으면서도 이제 와서 하지 못하게 한다는 것은 원래 있을 수 없는 일이다. 게다가 급기야 부인을 동원하여 맞서 싸울 계책을 냈으니, 이 또한 차마 할 수 없는 행위이다. 요사이 서울과 지방을 막론하고 무덤 쓸 산에 대한 욕심이 하늘 끝까지 넘실대어, 세력으로 가능하다면 억지로 빼앗거나 투장하는 등 하지 못하는 짓이 없기에 이르렀다. 심지어 이제 관을 선봉으로 삼고 부인을 싸움판의 졸병으로 삼는 일까지 많으니, 이 어찌 효성스러운 아들과 손자가 길지吉地를 택하여 어버이를 안장하는 뜻이겠는가. 또한 어찌 무덤을 잘 정하여 선조의 영혼을 공경하는 도리이겠는가? 옛사람들이 초목이 무성한 장풍득수藏風得水의 땅을 길지로 여긴 까닭은, 해害가 없는 땅을 골라 조상의 육신을 편안하게 모시려는 데 불과했다. 그런데 지금 사람들은 이는 생각하지 않고, 오직 지관들의 말만 믿고서 복을 받으려는 마음만 가득하다. 비단 자식이 어버이의 무덤을 쓰는 본뜻을 어길 뿐 아니라, 심지어 관을 끌어다가 싸우며 의리는 내팽개치니, 그 이치에 어긋난 패악을 어찌 이루 말할 수 있겠는가! 복을 구하는 도로써만 말한다 해도, 덕이야말로 복의 기반이니 덕이 없는데도 복을 받는 이치란 없는 것이다. 이미 도리에 어긋나니 덕 없음이 심하다. 복이 어디서 생기겠는가? 이렇게 하고서 원하는 바를 구한다면,

나무에 올라가 물고기를 구하는 것과 무엇이 다르겠는가? 복이 생기지 않을 뿐 아니라 실로 화를 부르는 길이다. 내 항상 이에 대해 마음 아파하다가 이렇게 기록하여 감계鑑戒로 삼는다.

〔 1697년 4월 4일 계축 〕 맑음

김연화金鍊華, 송수삼宋秀森, 박필중朴必中이 와서 위문했다.

〔 1697년 4월 5일 갑인 〕 맑음

정광윤, 극인 김삼달金三達이 왔다. ○임빈林彬과 철구鐵久[23]가 진도에서 돌아왔다.

〔 1697년 4월 6일 을묘 〕 맑음

근래 비가 오지 않은 지 오래되어 보리가 누렇게 병들었다. 작년 보리씨앗이 극히 귀하여 파종하지 못한 이가 많다. 또한 우역牛疫이 심하여 밭을 갈 수가 없었기 때문에 보리를 파종한 사람이 평년에 비해 겨우 반밖에 안 되는데, 병까지 이러하니 가을 전에 사람이 연명할 식량이 없을까 봐 지극히 염려된다. 조정에서 이런 실정을 고려하지 않고 보리환곡을 넉넉히 대여하지 않는다면 백성들이 생계를 이을 방도가 전혀 없을 것이니, 더욱 염려된다. ○철구가 막 아버지의 장례를 치르고 다시 할아버지(권휘)의 상을 당하여 장례를 치를 방도가 전혀 없어서, 진도의 아비兒婢 금녀錦女를 팔고자 했으나, 섬에는 이에 응할 사람이 없어 나에게 살 것을 청했다. 그 말이 매우 절박하여 차마 모른 체할 수 없어, 암소 1마리, 수송아지 1마리, 벼 1섬으로 샀다. 이른바 금녀는 나이가 18살인데, 어머니는 가지加知, 할머니는 가야지可也之로서, 권씨 집안에서 대대로 전해 내려온 비婢라고 한다. 임빈林彬 생과 철구가 아침을 먹은 후 갔다. ○김경룡金景龍이 와서 만났다. 이

23) 철구鐵久: 1697년 윤3월 29일 일기에 보이는 권철귀權哲貴와 동일인이다.

사람은 장사壯士로 유명하다. 체구는 작지만 용맹함이 남보다 뛰어나고, 총을 잘 쏘아 백발백중이어서 이제껏 잡은 호랑이가 20여 마리이다. 올해 나이가 여든인데 근력과 정신이 조금도 쇠하지 않고, 눈동자가 또렷하여 시력이 어둡지 않다. "젊었을 적에 호랑이 눈을 먹으면 눈이 밝아진다는 말을 듣고, 연이어 여섯 마리의 눈 열두 개를 먹었습니다. 지금껏 시력이 쇠하지 않은 것이 혹 이 때문인지도 모르겠습니다."라고 말했다. 그러나 타고난 기질이 강건한 점을 보면, 꼭 호랑이 눈을 먹지 않았더라도 눈이 어둡지 않았을 것 같다. 부러운 마음이 든다. ○윤석귀尹碩龜, 윤시상尹時相, 정광윤이 왔다.

〔 1697년 4월 7일 병진 〕 흐리다 맑음

최방로崔邦老라는 사람이 와서 만났다. 예전에 고묘소告廟疏에 참여한 일 때문에 시배時輩들에게 배척을 당하여, 그 아들이 향임鄕任을 거쳤지만 창감倉監과 같은 말직조차도 써 주지 않는다고 한다. 주쉬主倅(고을 수령)에게 말하여 향임 자리를 얻을 수 있도록 해 달라고 하고는, 아울러 양식도 청했다. 나는 대답하지 않고 쌀 한 되를 주어 보냈다. 씁쓸하고 우습다. ○문장門長(윤선오尹善五)과 윤주미尹周美 숙叔, 윤정미尹鼎美, 그 사위 이 서방(이형귀李亨龜)이 들렀다. 구림鳩林의 이두정李斗正이 들렀다. 정광윤, 윤희성尹希聖이 왔다. 함평의 좌수座首 김시량金時亮이 왔다.

〔 1697년 4월 8일 정사 〕 오시午時 무렵 비가 한 차례 내림

비가 내려도 누렇게 뜬 보리가 소생할 수는 없으니, 안타깝다. ○김시량이 갔다. 윤문도尹文道, 윤재도尹載道, 윤시한尹時翰이 왔다. ○내가 여름이면 두 다리의 창종瘡腫으로 괴로움을 겪은 지 이미 3년인데, 올해는 아직 한여름 무더위에 이르지도 않았는데 벌써 종기가 생겨 가려움이 점차 심해진다. 전에 복용했던 사물해독탕四物解毒湯을 오늘부터 복용하기 시작했다. ○오른쪽 아랫니에 어릴 적부터 구멍이 있어 자주 아팠다. 그러다 계묘년 (1663)부터 붕어소금鯽鹽으로 이를 닦았더니 아픔이 씻은 듯이 사라졌고 나이가 들어서도 아프지 않다가, 근래 뜬금없이 아팠다. 아마도 늙고 병 들기도 했고, 걱정과 근심이 가슴에 가득하여 먹은 것을 잘 소화시키지 못해서 위열胃熱이 위로 올라왔기 때문일 것이다. 괴로움과 걱정을 이루 말할 수 없다.

붕어소금 제조법

1. 큰 붕어를 잡아 잘 씻고, 배의 구멍으로부터 나무젓가락을 써서 내장을 긁어 꺼낸다.
2. 배에 물을 채워 나무젓가락으로 잘 휘저어 씻어 낸다. 피를 남겨 비린내가 나게 해서는 결코 안 된다.
3. 흰 소금을 잘 체 쳐서 배의 구멍을 통해 집어넣고, 다시 나무젓가락으로 꼭꼭 다진다. 목구멍부터 꼬리까지 견고하게 다져졌는지 확인한다.
4. 짚 새끼줄로 꼭꼭 싸서 묶는다.
5. 다시 진흙으로 두텁게 싸서 아궁이 속에 두고, 하루 밤낮으로 끊임없이 불을 땐다.
6. 꺼내면 진흙과 새끼줄과 붕어살은 다 타고 없다. 긁어서 탄 것을 제거하면, 소금이 돌처럼 딱딱하게 굳어 있다.
7. 칼로 잘게 긁어 가루로 만들어, 작은 흰 사기 항아리에 저장해 둔다.
8. 복숭아나무 가지로 칫솔을 만든다. 매일 밤 잠들기 전에 칫솔로 소금 가루를 찍어 안팎으로 이를 닦아 더러운 것이 남지 않도록 한다.

이렇게 매일 닦으면 이가 튼튼하고 병이 없게 되니, 진정 명약이다. 나는 어릴 적부터 잇병이 있었는데, 계묘년(1663)에 이 약을 처음 쓴 이래로 지금까지 그치지 않아 지금 환갑이 지나도록 (…) 마음에 걱정이 있으니 설령 신통한 처방이 있다 해도 늙어 가니 어찌 하겠는가? 다만 상심하여 탄식할 뿐이다.

〔 1697년 4월 9일 무오 〕 밤부터 내린 비가 밤새도록 옴. 낮에 맑음

정광윤, 김동옥金東玉, 윤은좌尹殷佐가 왔다. 최문한崔文翰, 정 생(정광윤)이 또 와서 유숙했다.【옛사람이 말하길, "아침에 머리 빗고 저녁에 이빨 닦는다."라고 했다. 첫 새벽에 머리를 빗으면 하루 종일 정신이 맑고, 저녁에 이를 닦으면 하루 동안 먹었던 찌꺼기가 자기 전에 깨끗이 닦여 더러운 것이 밤을 넘기지 않게 되니, 이러면 이가 상하지 않는다. 붕어소금이 곧 이러한 신통한 처방이다. 그러나 사람이란 꾸준한 마음을 갖지 못한 법이어서 성실히 실천하는 이가 드무니, 이것이 안타깝다.】

〔 1697년 4월 10일 기미 〕 맑음

나는 변고를 만난 이래로 체증이 심해져 견딜 수 없어 먹지도 자지도 못했다. 겨우 잠이 들어도 꿈자리가 매우 뒤숭숭해 그때마다 울부짖고 통곡하며 깨고는 하니, 걱정을 이루 말할 수 없다. 지난밤에는 갑자기 종아宗兒가 나타났다. 내가 "어떻게 왔느냐?"라고 하자, 종아가 "날마다 엄하게 신문하여 몇 차례가 되도록 그치지 않았는데, 공론이 크게 일어나 모두 '불가하다.'라고 하니, 의금부에서 저를 배소配所로 돌려보내려고 특별히 형신刑訊을 잠시 그쳐서 틈을 보아 왔습니다."라고 했다. 내가 놀라서, "너는 어찌 이런 짓을 하느냐? 반드시 이 때문에 죄가 더해질 것이니, 얼른 감옥으로 돌아가거라."라고 말했다. 종아를 좇아 보내려다가 문득 '네가 필시 배가 고플 테지.'라는 생각이 들어, 노奴를 시켜 술을 찾아오게 했다. 그러고는 종아를 데리고 들어와 길옆의 집에 앉아 술이 오는 걸 기다렸으니, 곧 연동蓮洞 윤선형尹善衡의 집이었다. 객실이 깔끔하고 지붕 위로 나무그늘이 둘러 있어 그윽하고 고요했으나 벽에는 그림이 가득 둘러 있어 방이 훤했다. 잠시 후 술이 와서 마시게 했더니 날이 이미 저물었다. 내가 "날이 저물어 길을 갈 수 없으니 우리 집으로 돌아가서 자고 날이 밝는 대로 떠나거라." 하고는 말을 태워 앞서 가게 하고 나는 뒤따라 걸어갔는데 그때 갑자기 꿈이 깼다. 불을 켜고 일어나 앉아 생각하니 천 리 밖에서 도망 온 것이 길몽일 리는 없고, 혹시 서울로 갔던 인편이 오늘 돌아올 조짐이 아닐까 하여 근심걱정이 더욱 심해져 마음을 진정할 수가 없었다. 게다가 근래 풍문으로 전해진 소식이 하나같이 나쁜 것뿐이지 않은가? 다만 하루빨리 죽어 없어져 듣지도 알지도 못하는 존재가 되고 싶을 뿐이나, 그럴 수 없으니 이를 어찌 하겠는가, 이를 어찌 하겠는가? 서울 인편이 기한을 넘겨도 오지 않아 밤낮으로 고대하고 있지만, 한편으로는 소식이 오는 것이 도리어 두렵기도 하다. 애통하고 또 애통하다. 어찌하겠는가? 어찌하겠는가? ○ 희성과 김시량이 갔다. 정 생(정광윤)이 숙위했다.

〖 1697년 4월 11일 경신 〗 맑음

이전李瀍이 왔다. 이석신李碩臣이 서울 가는 길을 떠나다가 역방했다. 박이순朴以順이 따라왔다. 극인 성덕항成德恒, 영광靈光의 성수귀成壽龜가 왔다. 성수귀는 해남 관아의 아객衙客으로 있다. ○ 저녁 때 후선後先이 서울에서 돌아와 창서昌緒와 두서斗緒의 편지를 받았다. 4일에 보낸 것이다. 종아가 지난달 17일에 수감되어 날마다 신문이 열려 이미 11차례에 달한다고 한다. 이를 어찌 할까, 이를 어찌 할까? 매를 쥔 사람은 깨물지만 잡아먹지는 않는 호랑이와도 같다. 날마다 엄한 형신을 가하라는 주상 전하의 하교 또한 전혀 의외이다. 10여 차례나 엄한 형신을 받았으니, 어찌 몸을 보전할 수 있으랴? 들으니, 오도일吳道一 무리가 일종의 논의를 펴 크게 불가하다고 했다고 하지만, 누가 능히 들어가 원통한 정상을 밝혀 줄 수 있겠는가? 한 줄기 목숨이 아직 끊어지지 않았으니, 혹시 만에 하나 하늘의 도움이 있을 수도 있겠으나, 이는 바랄 수 없는 일이다. 다만 죽어 없어져 무지한 존재가 되고 싶으나, 그렇게 할 수가 없다. 갑인년(1674) 이래로 시국이 여러 차례 변하여, 매번 집권 세력이 바뀔 때마다 피차간에 죽임을 당하고 유배를 당한 사람이 많았다. 그런데 나는 벼슬길에는 나갔지만 단지 직책을 수행할 뿐 시사에 관한 논의에는 일절 간여하지 않았다. 이 때문에 우리 집안만은 편안히 무사했다. 그래서 나는 '하늘과 땅이 뒤집어져도 나는 두려워할 것이 없다.'라고 생각했다. 어찌 이 아이가 우연히 강오장姜五章의 상소 사건에 연루되어 이런 망측한 화를 입게 되리라고 상상이나 했겠는가? 우리 조상께서 여러 대에 걸쳐 쌓은 덕은 세상 사람들이 칭송하는 바인데, 나에 이르러 덕은 쌓지 못했지만 어찌 악행을 쌓은 일이 있었겠는가? 혹시 악행을 저지른 일이 있는데 내 스스로 살피지 못하여 하늘에 죄를 얻어 이런 참혹한 화를 당한 것인가? 생각이 이에 이르니, 더욱 죽어 무지한 존재가 되고 싶으나, 그렇게 할 수가 없다.

〔 1697년 4월 12일 신유 〕 맑음

배준웅裵俊雄, 김명석金命錫, 권경權絅, 종제 이대휴李大休가 왔다. ○들으니, 조정에서 마포 나루 건너편에서 진휼을 한다고 거짓말을 하여 굶주린 백성을 모두 모이게 한 후, 배 두 척에 싣고 바다로 나아가 사람이 살지 않는 외딴섬에 모조리 내려놓았다고 한다. 듣고 나서 너무나 놀랍고 참혹했다. 누가 이런 계책을 획책했는지 모르겠으나【호조판서 이세화李世華가 한 것이라고 한다.】이런 일을 앞장서 한 사람은 반드시 천벌을 받을 것이다. 또 들으니, 관찰사 심권沈權의 관문關文이 왔는데, '적당賊黨 300여 명이 남쪽

윤종서 부부 합묘 전경. 전남 해남군 현산면 구시리 금쇄동

으로 내려왔으니 각 관아에서는 잡아들이라.'라고 했다고 한다. 조정의 행
위가 애당초 저러한데 인심이 어찌 등 돌리지 않을 수 있겠는가? 적당이
점점 더 출몰하는 것이야 괴이할 것이 없지만, 장래의 근심이 이에 그치지
않을 것이라 우러러 한탄만 나올 뿐이다. ○송창우宋昌佑, 윤명우尹明遇, 박
세권朴世權이 왔다.

〖 1697년 4월 13일 임술 〗 맑음

노奴 을사乙巳가 새벽에 서울로 출발했다. ○최운원崔雲遠, 윤순제尹舜齊, 임
취구林就矩가 왔다. ○그제 서울 소식을 들은 이후로 정신이 산란하고 온몸
에 아프지 않은 곳이 없다. 남과 말을 주고받는 것도 싫어서, 손님들이 와서
위문하는데도 흥아興兒를 시켜 잠시 접대하게 하고, 나는 만나지 않았다.

〖 1697년 4월 14일 계해 〗 맑음

윤상尹詳이 왔다. 노奴 동이同伊의 둘째 아들 기사己巳는 9살인데, 어제 갑자기 병이 들더니 오늘 오후에 죽었다. 진실로 사랑스러운 아이였는데, 뜻밖에 갑자기 죽으니, 매우 참담하다. ○윤천우尹千遇가 저녁에 들렀다.

〔 1697년 4월 15일 〕 맑음

이날 저녁 종아의 흉한 소식이 이르렀다. 5일 밤 2경에 옥중에서 죽었다.

〔 1697년 4월 16일 을축 〕 맑음

〔 1697년 4월 17일 병인 〕 맑음

극인 성덕기成德基가 상경하기에 편지를 부쳤다. ○개봉開奉이 서울에서 돌아와 두 아이가 보낸 편지를 받았다.

〔 1697년 4월 18일 정묘 〕 맑음

성복成服했다. 근래의 조문객은 정신이 뒤숭숭하고 어지러워 기록하지 못했다. ○나는 10년 전부터 요통이 있어 왕래하기가 괴로웠다. 지금 윤선증

윤종서의 죽음

1696년 12월 윤종서의 거제 정배가 결정되자마자 정배를 취소하고 그들을 다시 엄히 심문하여 실상을 밝혀야 한다는 주장이 쏟아졌다. 소론과 노론의 대립 속에서 절도에 정배하여 무마하려는 조치는 실패하였다. 결국 숙종은 1697년 윤3월 유배자들을 다시 압송하여 심문하도록 허락하였다. 의금부로 잡혀 온 윤종서는 모두 12차례 형문을 받고 4월 5일 밤에 결국 죽음을 맞았다. 윤이후는 아들이 다시 압송되자 바로 서울길에 나섰지만 거제에 다녀오면서 생긴 허리와 다리의 병이 재발하자 어쩔 수 없이 돌아왔다. 윤종서가 죽고 그 가족은 이해 10월에 낙향한다.

尹善曧에게 문의하니, 신수혈腎俞穴[24]에 뜸을 떠야 한다고 한다. 그래서 뜸 21장壯을 떴다.

〔 1697년 4월 19일 무진 〕 흐리다 맑음

황세중黃世重, 윤순제, 최상일崔尙馹, 최정익崔井翊, 김연화金練華, 극인 안형상, 임취구, 임중헌任重獻, 김기주金起冑가 왔다. 최운회崔雲會【최운원이 개명함】가 와서 그대로 유숙했다. ○신수혈에 뜸 21장을 떴다. ○해남 질청作廳에서 김만주金萬冑를 보내 위문하고, 부목賻木(부의 무명) 1필을 냈다. 박문익朴文益도 와서 알현하고, 부목 1필, 초 1쌍, 백지 1속을 바쳤다. 최도익崔道翊은 부의로 백지 1속을 바쳤다.

〔 1697년 4월 20일 기사 〕 아침에 안개 끼다가 오전 늦게 맑음

변최휴卞最休와 선달先達 곽후의郭後義가 왔다. ○신수혈에 뜸 20장을 떴다. 도합 62장이다. 나이를 따른 것이다. ○극인 최항익崔恒翊과 최유기崔有基가 왔다. 정 생(정광윤)이 와서 숙위했다.

〔 1697년 4월 21일 경오 〕 어젯밤부터 비가 쏟아지다가 낮에 맑음

나는 봄 이래로 오른쪽 엉덩이 주변이 쑤시고 아팠는데, 거제에 다녀오고는 더욱 심해졌다. 18일에 윤선증이 환도혈環跳穴에 침을 놓고 뜸도 3장을 떴는데, 오늘 다시 뜸 18장을 떴다. 3, 7수를 맞춘 것이다. ○최만익崔萬翊, 윤시훈尹時勳, 윤시우尹時遇가 왔다. 정 생(정광윤)이 숙위했다. 이날 저녁 소나기가 내렸다.

---

23) 신수혈腎俞穴: 등의 요추 좌우에 위치한 혈이다. '俞'는 경혈의 뜻일 때는 '수'로 읽는다. '腧'와 통용한다.

〔 1697년 4월 22일 신미 〕흐리다 맑음

윤시상, 윤현귀尹顯龜, 윤석귀, 윤천임尹天任, 윤천우, 이대휴, 권붕權朋, 진
욱陳稶, 윤형주尹亨周, 김의방金義方, 윤선시尹善施, 윤은필尹殷弼이 왔다.
○갑자기 어떤 상인喪人이 왔는데, 이름은 조한빈曹漢賓이고 장흥 상산霜山
에 산다고 했다. 쌀 몇 홉을 주어 보냈다. ○보암寶巖의 윤규징尹奎徵이 왔
다. 이증李增이 와서 오른쪽 아래 잇몸이 부은 곳에 침을 맞았는데, 크게 효
과가 있었다.

〔 1697년 4월 23일 임신 〕바람 불고 흐림

서울로 심부름꾼을 보냈는데, 후선後先을 또 고용하여 보냈다. 암송아지
를 내어 주어 무명 4정과 바꾸고, 또 포노浦奴에게 말린 생선을 거두어 보
냈다. 작년과 올해 연이어 옥사가 일어나 가정 경제가 크게 어그러져 변통
할 길이 없어 보내는 물품이 이처럼 소략하니, 일마다 통탄스럽다. ○윤선
시가 갔다. 윤주상尹周相, 윤팽년尹彭年이 왔다. 정광윤, 윤신미尹信美가 왔
다. 봉대암鳳臺庵에서 중 두 명이 와서 알현했다. ○들으니, 관찰사 심권沈
權이 갑자기 사망했으며, 강진현감 최정룡崔廷龍이 대간의 탄핵으로 파직
되었다고 한다. ○진도의 정 대감(정유악鄭維岳)이 심부름꾼을 시켜 편지를
보내 위문했다.

〔 1697년 4월 24일 계유 〕새벽에 비가 잠시 내림. 종일 흐리고 가랑비 뿌림

김성삼金聖三이 왔다.

〔 1697년 4월 25일 갑술 〕밤에 가랑비. 낮에 맑음

김동옥金東玉이 왔다. 잇몸에 또 침을 맞았다. 고 찰방(고여필高汝弼)이 왔
다. 정 생(정광윤)이 숙위했다.

〔 1697년 4월 26일 을해 〕 맑음

서유신徐有信, 임익방林益芳, 윤제호尹齊虎, 정익태鄭益泰가 왔다. ○윤남미
尹南美가 서울에서 돌아와 아이들의 편지를 받았다. 장례일은 아직 정하지
못했으며, 상부孀婦(윤종서의 처)가 아침저녁으로 거의 죽어 간다고 한다.
참혹하고 애통하여 차마 들을 수가 없다. ○들으니, 굶주린 백성 1000여
명을 무인도에 버려 굶어 죽게 한 것으로도 부족하여, 지금 끊임없이 수색
하여 잡아들이는데, 해진 옷을 입은 사람이 오인되어 붙잡히기도 했다고
한다. 이 무슨 거조인가? 기가 막히다. ○세동사細洞寺에서 중 2명을 보내
어 위문했다. ○속금도束今島의 기진려奇震麗가 왔다. ○들으니, 강원도 땅
에서 굶주린 사람 3명이 길을 가다가, 그중 1명이 먼저 죽자 나머지 2명이
그의 살을 베어 먹었다고 한다. 올해 이곳의 보리와 밀이 본래 여물지 않았
는데 누렇게 병든 것이 태반이다. 팔도가 모두 같다. 맥추麥秋의 흉년도 작
년과 같으니, 하늘이 장차 생령을 다 죽인 후에야 그치려 하는가? 참혹하
고 또 참혹하다.

〔 1697년 4월 27일 병자 〕 흐림

낙안樂安의 이두광李斗光이 여러 귀양지를 두루 들렀다가 방향을 바꾸어
나를 방문했다. 정 생(정광윤)이 왔다. 영암군수(심득원沈得元)가 편지를 보
내어 조문했다. ○대둔사에서 승려 상림尙林을 보내어 위문했다.

〔 1697년 4월 28일 정축 〕 맑음

전적典籍 김태정金泰鼎이 먼 길을 마다하지 않고 와서 위문했다. 송수기와
윤필후尹弼厚가 왔다. ○학관學官 숙숙叔(윤직미)이 지난번에 남미南美와 함께
서울로 떠났다가 도중에 뒤쳐져서 오늘 들어왔다. 통곡할 뿐 무슨 말을 하
겠는가. 그의 비첩婢妾 소생의 딸 혼사를 위하여 온 것이다.

학관學官이 연동蓮洞으로 갔다. 이전과 박필중이 왔다. 김린金璘이 왔는데, 김무金珷의 아우다. ○갑자기 어떤 승려가 와서 알현을 청하기에, 데리고 들어와서 어디 사는 승려며 무슨 일로 왔느냐고 물었다. 그는 한태중韓泰仲 원보元甫와 서로 친해 은율殷栗과 청도淸道를 왕래했으며, 이름은 종인宗仁이고 성은 윤尹이며 임인년(1662) 생이고 정읍 내장사內藏寺에 산다고 했다. 한태중 집에 출입할 때 종아와도 친분이 있었는데, 종아가 진도에 유배되었다고 잘못 듣고 화가 이 지경에 이르렀는지도 모르고 보리 구걸을 하러 진도로 가려 했다고 했다. 그런데 중로에 흉보를 듣고 놀라움과 슬픔을 이기지 못하여 이렇게 와서 알현한다고 했다. 그리고 곶감 1접을 바치면서, "이것은 귀양지에 바치려 한 것인데, 사정이 이미 변했으니 이렇게 감히 바칩니다."라고 했다. 내가 그 말을 듣고 그 뜻을 중히 여겨 물건을 물리치고 저녁거리 양식을 줬다. 상좌 한 사람을 데리고 있었다.

영보永保의 곽교령郭喬齡과 곽진령郭震齡이 왔다. 유지만兪祉萬이 그의 외조부 권權 사장師長의 상에 곡하러 영광에 왔다가 돌아가는 길에 들렀다. ○속금도 촌놈 세 늙은이가 와서 알현했다.

마음 달랠 길을 찾아

〖 1697년 5월 1일 경진 〗 어제 저녁부터 비가 내리기 시작해서 종일 그치지 않음

비가 와서 흡족하지 않은 곳이 없다. 모내기철을 맞아 이렇게 단비가 오니, 풍년이 들 가망이 있다. 정말 다행이다. 유지만俞祉萬이 비에 묶여 머물렀다.

〖 1697년 5월 2일 신사 〗 흐림

유 생(유지만)이 갔다. 윤천우尹千遇가 들렀다.

〖 1697년 5월 3일 임오 〗 흐리고 부슬비

정 생(정광윤鄭光胤)이 숙위했다.

〖 1697년 5월 4일 계미 〗 흐리고 부슬비

과원果願이 관례를 올렸다. 김우정金友正이 앵두 1그릇을 심부름꾼을 통하여 보냈다.

〖 1697년 5월 5일 갑신 〗 밤에 비가 내리고 아침에 그침

이른 아침 간두幹頭의 산소를 향해 출발했다. 이복爾服이 이미 와 있어서 함께 갔다. 제사가 우리 집 차례이기 때문이다. 처음에는 산소에서 백치白峙로 가서 자려 했다가, 백치 마을에 전염병이 돌아 금당동金堂洞 묘제도 지내지 못했다고 들어서, 바로 죽도로 갔다. 극인棘人 성덕항成德恒과 성덕징成德徵이 밤에 방문했다가 바로 갔다. ○아이들이 인편으로 부친 편지를 받았는데, 29일에 전부典簿 형님(윤이석尹爾錫)을 남양南陽에 임시로 매장할 것이라고 한다.

〖 1697년 5월 6일 기유 〗 맑음

이대휴李大休가 새벽에 편지를 보내어, 전염병이 있는 것이 아니라 자기 집 비婢가 마침 아들을 낳고 자기도 손에 병이 나서 와서 만나지 못했다며 한 번 왕림해 달라고 했다. 밥을 먹은 후 그에게 가다가, 길에서 나를 찾아오던 진방미陳邦美와 권진權縉을 만나 함께 백치에 갔다. 반나절을 놀고 저녁에 죽도竹島로 돌아왔다. 내가 이번에 간 것은 헛되이 논 것이 아니라, 집에서 적막하게 있으면 슬픔을 더욱 억제하기 어려워 혹 한 바퀴 돌고나면 얼마간 마음을 달랠 수도 있지 않을까 바라서였다. ○김정구金鼎久, 김망구金望久, 김익환金益煥, 민몽벽閔夢璧이 왔다.

〖 1697년 5월 7일 병술 〗 맑음

성덕징이 왔다. 전초사全椒寺 승려 탄잠坦岑과 도일道一이 와서 알현했다. 탄잠이 백지 1속束을 바쳤다. 이성爾成과 권혁權赫이 왔다. ○진도의 정 대감(정유악鄭維岳)이 석방된다는 소식을 듣고 성덕항 편으로 편지를 부쳐 축하했는데, 성 생이 돌아와서 답장을 받아 봤다.

〖 1697년 5월 8일 정해 〗 비가 종일 내림

〖 1697년 5월 9일 무자 〗 어제부터 내린 비가 늦은 아침에 그침

〖 1697년 5월 10일 기축 〗 흐리다 맑음

극인 성덕항과 성덕징이 왔다.

〖 1697년 5월 11일 경인 〗 흐리다 맑음

성덕항이 왔다. ○죽도에서 출발하여 백치의 이 종제(이대휴)를 역방하고 저녁에 집에 돌아왔다. 길에서 한바탕 비를 맞았다. ○김우경金友鏡이 정 대감(정유악)의 편지를 전했다.

〖 1697년 5월 12일 신묘 〗 흐리다 맑음

윤석귀尹錫龜가 왔다. 이홍임(李弘任)이 왔다. 정 생(정광윤)이 숙위했다.

〖 1697년 5월 13일 임진 〗 비가 여러 차례 내림

새벽에 승의랑承議郎 조비祖妣(안계선安繼善의 처 청주 한씨)의 기제사를 지냈다. ○병사兵使 유성추柳星樞가 절선節扇 10자루를 보냈다. 수년 이래 기억하고 생각해 주는 사람이 없다가 이 영감이 이태 연이어 이러한 선물을 주니 정말 기특하다. ○진일進一이 인천에서 돌아와서, 안 생甥(안명장安命長, 안명신安命新)의 편지를 받았고, 또 서울 며느리의 편지도 받았다. 장사는 지난 달 29일 이미 치렀고, 아이들은 아직 돌아오지 않았다고 한다.

〖 1697년 5월 14일 계사 〗 흐림

정광윤이 왔다.

〖 1697년 5월 15일 갑오 〗 흐리다 맑음

선달 김율기金律器가 와서 만났더니, 정 대감(정유악)의 편지를 전해 주었다. 그끄제 정 대감께 인석仁石을 보내 문안했는데, 오늘 저녁 답장을 받아 왔다. ○ 저녁에 비가 내리기 시작했다.

〖 1697년 5월 16일 을미 〗 어제부터 내린 비가 오늘 저녁에 비로소 그침

정 생(정광윤)이 왔다. ○ 서울에 보냈던 인편 후선後先이 돌아와서, 아이들이 8일에 쓴 편지를 받았다. 세원世願 모자는 남양南陽에 계속 머무는데 아직은 잘 버티며 몸을 보존하고 있다. 가슴이 찢어질 듯 슬픈 가운데서도 약간 다행이다. 창서昌緖와 두서斗緖는 보름날 근행을 출발한다고 한다. 몹시 기다려진다.

〖 1697년 5월 17일 병인 〗 흐리다 맑음

윤천우尹千遇, 윤징귀尹徵龜, 윤취삼尹就三, 정광윤이 왔다.

〖 1697년 5월 18일 정유 〗 오후에 비가 옴

지난번 받은 정 대감(정유악)의 편지에 오늘 귀양지를 떠나 남리역南利驛 역 마을에서 잔다고 했기에, 이른 아침 밥을 먹고 말을 타고 가다가 마포馬浦의 호곡虎谷 앞 길에서 서로 만났다. 어제 출발하여 남리에 와서 잤다고 한다. 그 길로 함께 가다가 별진別珍에 잠시 들러 말을 먹이고 서로 헤어졌다. 이분의 어머니는 연세가 86세로 몸져누워 있는데 지금 석방되어 돌아가 생전에 서로 만날 수 있으니, 아주 다행스럽다. 송별한 후 흥아와 함께 김동옥金東玉을 데리고 걸어서 그의 집으로 갔다. 그 집은 역마을 뒤에 있었다. 산간에서 끌어온 작은 개울이 계단 앞을 돌아가고 화훼를 줄지어 심어 놓아 속세를 벗어나 한가로운 모습이 볼만했다. 조금 있으니 찰방 고여필

高汝弼이 왔다. 비가 그치기를 기다려 돌아오다가 고 찰방의 숙소에서 단출한 음식과 단술을 차려 먹었다. 저녁에 집에 돌아왔다. 흥아와 정광윤과 함께 왔다. ○고 찰방이 『정암집靜庵集』 2권 한 질을 내어 주기에, 내가 기꺼이 받아와서 즉시 제목을 썼다.

〔 1697년 5월 19일 무술 〕 흐림

윤선형尹善衡, 윤남미尹南美, 윤이복尹爾服이 정 대감(정유악)과 작별하기 위해 출발했으나 행차가 이미 출발했다는 것을 길에서 듣고 들렀다가 저녁에 돌아갔다. 임원두林元斗가 왔다. 목 상相(목내선睦來善)이 신지도에서 강진의 육지로 이배되었는데 월남月南에 와서 거처한 지 며칠이 되었다고 한다.

〔 1697년 5월 20일 기해 〕 맑음

배준웅裵俊雄, 송수기宋秀杞, 윤재도尹載道가 왔다. 정 생(정광윤)이 숙위했다. ○다음과 같은 소식을 들었다. 경기도의 가뭄이 심하여 상上께서 직접 기우제를 지냈으나 비가 오지 않아 소결疏決[25]을 시행했다. 정 대감이 귀양에서 풀려나고 목 상과 김 상(김덕원金德遠)이 육지로 이배된 것도 이 때문이다. 구언求言하는 전교도 내리셨는데 그 말이 간절하고 정성스러웠다. 장령 유신일兪信一이 구언에 응하여 상소를 올렸는데 오로지 오도일吳道一을 공격하는 내용이었다. 해남의 민성삼閔省三이 이사명李師命의 신원을 위해 온 고을의 쌀을 모아 서울로 올라가려다 사람들이 만류하여 그만두었다가, 역시 구언에 응하여 상소를 올려 오도일과 박태신朴泰信을 죽이라고 청했는데, 그 말에 "이들 두 사람을 없애지 않으면, 비록 날마다 부드러운 바람이 불고 단비가 내리며 경사스러운 구름이 일고 상서로운 별이 뜬다 해도 나라가 반드시 망할 것입니다."라고 했다. 왕의 구언도 글만 갖춤

---

25) 소결疏決: 죄수를 다시 심리하여 너그럽게 처결하는 것이다.

을 면하지 못했고 신하들의 응함도 당론黨論에 불과하다. 민성삼의 상소와 같은 경우는, 그놈은 글자도 모르고 오로지 사주를 받은 것이다. 그의 말이 이와 같이 가소로우니 어찌 임금을 감동시키겠는가. 나라의 일이 이와 같으니 장차 어찌 하리오. 칠실지우漆室之憂만 간절할 뿐 말한들 무슨 소용이 있겠는가. ○들으니, 권 대감(권규權珪)의 석방 명령을 거두어들이라는 계가 그쳤다고 한다. 심부름꾼을 보내 축하드리고 다음과 같은 편지를 보냈다.

장마가 지리한데 요즘 대감의 건강은 어떠하신지 궁금합니다. 제 집의 일을 차마 말씀드릴 수 없습니다. 사람의 도리로 따져 본다면 마땅히 스스로를 온전히 보전할 수 없으나, 질긴 한 목숨으로 세월만 보낼 뿐 통탄스러움을 어찌하겠습니까. 석방을 거두라는 대간의 계가 그쳐 돌아가실 기일이 정해졌다는 소식을 들었습니다. 경하 드리는 제 마음, 어찌 평소에 비하겠습니까. 어제 정 대감(정유악)을 송별했는데 형도 가실 예정이니 저의 슬픔과 섭섭함을 어찌 말로 다할 수 있겠습니까.

전에 들으니 형께서 심 종從(심단沈檀)에게 보낸 편지 가운데 저희 부자의 말을 거론하여 심 종을 서운하게 한 일이 있었다고 합니다. 심 종의 말이 꽤 절실하여 지금까지 놀랍고 괴이하게 생각하고 있습니다. 자책하기 그지없습니다.

저는 본래 어리석고 졸렬하여 모든 것이 다른 사람에 미치지 못한데 말은 더욱 못합니다. 그래서 희롱하는 말을 하더라도 세속의 허랑한 농담을 하지도 못하며, 혹여 말이 시비와 관련된 일에 이른다면 비록 향곡의 하찮은 일에도 한마디도 하지 않았습니다. 대감께서 남쪽으로 오신 4년 동안 제가 만나 뵌 것이 한두 번이 아닙니다. 대감은 제가 말을 많이 하거나 우스갯소리를 하는 것을 보셨습니까. 저는 평소 재미가 없다고 자처했고 사람들이 재미없는 것을 취하지 않음을 알고 있습니다. 본성이 갑자기 변할 수 없는 일이니 마음속으로 스스로를 비웃을 뿐입니다. 어떤 망발을 하여 대감의 귀에 거슬리지 않고 굴러서 저희 집안에까지 미치게 되었는지 모르겠습니다. 다른 사람에 대해서도 대감에게 욕하거나 비난한 일이 없었는데, 어찌 저희 집안일을 친구 사이에 말할 수 있었겠습니까. 제가 비록 보잘것없지만 정신병에 이르지는 않았으니, 어찌 이러한 사람 사이의 일을 모를 수 있겠습니까. 저의 여러 아들들이 개돼지같이 못나지 않음이 없어 행동을 삼가고 말을 삼가지 못합니다만, 제가 그놈들을 따라다니면서 그놈들 말을 듣고 다닐 수 없으니 실언을 했는지 여부를 제가 알지 못합니다. 심 종을 비난한 일이 과연 어떤 일인지 모르겠습니다. 형이 저에게 붙잡혔다는 것은 또 무슨 말입니까. 편지를 보내 형의 말을 듣고 싶은 지 오래지만 미루다가 이루지 못했습니다.

지금 자식을 잃은 상황에서 이렇게 쓸데없는 말을 하는 것이 마땅치 않으나 이 일이 가벼운 듯하지만 매우 중한 일이기에 어쩔 수 없이 한 말씀 드립니다. 형께서 아낌없이 솔직하게 말씀해 주시기 바랍니다. 저희 부자가 잘못이 있다면 스스로 반성함이 지당하니 어찌 감히 형님을 원망하겠습니까. 답장을 주시면 고맙겠습니다.

○ 권 대감(권규)은 답장에서 다음과 같이 말했다.

편지의 뜻을 잘 알았습니다. 지난번 둘째 아드님을 만났을 때 모두 말씀 드려서 노형께서 이미 들으셨으리라 생각했습니다만, 이렇게 '솔직하게 말씀해 주시기 바란다.'라는 말을 들으니 저도 모르게 부끄럽고 어찌 얼굴을 뵈올지 모르겠습니다. 남의 집안일에 조심스레 말을 삼가지 못해 일이 이 지경에 이르게 했으니, 한번 내뱉은 말은 날랜 마차를 타고도 따라잡을 수 없어[26] 뉘우친들 무슨 소용이 있겠습니까. 예전에 (정언에 임명

---

26) 한번…없어: 『논어』 「안연顏淵」에 다음과 같은 구절이 있다. "극자성棘子成이 말했다. '군자는 질質일

되었을 때) 조정에서 탄핵당한 일[27]과 (함평 대동미 사건으로) 잡혀갔던 일에 대해 모두 심 대감(심단)에게 의심이 없을 수 없지만 편지로 물어보기가 어려웠기에 우선 단서를 꺼내 놓고 뒤에 자세히 물어볼 바탕으로 삼고자 했던 것인데, 형의 처지를 헤아리지 못하여 형의 분노가 여기까지 이르게 되었습니다. 편지로 어찌 다 말하겠습니까.

지난해 권 대감(권규)이 심 대감(심단)에게 편지를 써서 "남쪽에 내려온 후 윤 지평 부자와 자주 만났는데, 형에게 꽤 서운함이 있더군요. 형께서 무슨 연유로 이렇게까지 서운함을 주셨는지 모르겠습니다."라고 하여, 심 대감이 우리 아이들에게 그 편지를 보여 주면서 화를 내며 질책했다. 그 후에 들으니, 창아昌兒가 권 대감의 적소謫所에 갔을 때, 심 대감 이야기가 나오자 창아가 예전에 심방沈枋이 내 후임으로 함평현감이 되었을 때 심 대감이 심방에게 힘써 권하여 내가 재임했을 때 대동미를 제대로 받아 내지 못한 일을 고발하게 했다고 창아와 심방의 형인 군섭君涉(심벌沈橃) 그리고 다른 손님들이 있는 자리에서 말해 주면서, 심 대감의 행위는 매우 도탑지 못한 것이라고 했다고 한다. 그랬더니 권 대감이 심 대감이 한 일에 대해 크게 놀랐다. 권 대감이 심 대감에게 편지로 물은 일은 모두 여기에서 비롯된 것이다. 탄핵을 받았을 때의 일에 대해선 우리 부자는 원래 아무 말을 하지 않았는데, 아마도 권 대감이 스스로 괴이하게 여겨 의심했기 때문일 것이다. 권 대감의 의도는 심 대감에게 나를 고자질하려는 것이 아니고, 심 대감의 의중을 의심하여 한 말이다. 그러나 그 곡절을 말하지 않고 서운해한다고만 말했으니, 심 대감이 화를 낸 것도 이상할 것이 없다. 권 대감

뿐이니, 문文을 어디에 쓰겠는가?' 이를 듣고 자공子貢이 말했다. '애석하다, 그 사람의 군자에 대한 말이여! 한번 내뱉은 말은 날랜 마차로도 따라잡지 못한다. 문이 질과 같으며 질이 문과 같은 것이니, 호랑이와 표범의 무두질한 가죽은 개와 양의 무두질한 가죽과 같다[棘子成曰 君子質而已矣 何以文爲 子貢曰 惜乎 夫子之說君子也 駟不及舌 文猶質也 質猶文也 虎豹之鞹 猶犬羊之鞹]."

27) 조정에서 탄핵당한 일: 윤이후가 정언에 임명된 후 사직 상소를 올리지도 않은 채 서울로 올라오지 않아 교리 심중량沈仲良에게 탄핵당했던 사건을 가리킨다. 『승정원일기』 1690년 7월 13일 기사 참조.

이 기다렸다가 나중에 심 대감과 얼굴을 마주하고 앉아 말했다면 좋았을 터인데 급하게 편지를 보내어 머리를 숨긴 말을 하여 심 대감을 화나게 했으니, 이는 실로 권 대감이 일을 뒤집어서 한 것이다. 우습다. 이른바 탄핵을 받았다는 일은 경오년(1690) 여름에 영묘榮墓[28]를 위해 남쪽으로 왔을 때 정언에 임명되었는데, 심중량沈仲良이 홍문관 교리로서 탑전榻前에서 즉시 올라오지 않았음을 비판하여 체직되게 한 일을 말한다. 권 대감의 생각으로는 심 대감이 반드시 알았을 텐데 주선하지 않고 내가 교체되도록 내버려두었다는 것이다. 그때 과연 심 대감이 힘을 써 주선할 수 있었는데 그리 하지 않았는지는 모르겠다. 내가 권 대감의 편지 내용을 이렇게 알고 있어서, 항상 권 대감과 함께 한번 흉금을 터놓으려 했으나 뜻을 이루지 못하고 있었다. 이제 권 대감이 풀려나 돌아가려 하니 끝내 한마디 말을 하여 따지지 않을 수 없어 어제 그 대강을 써서 편지를 보낸 것이다. 그런데 권 대감의 답장이 이와 같으니 권 대감은 충직하고 온후한 사람이다. 그 의도가 나를 모함하려 한 것이 아니었으나, 말이 불분명하여 일가 사람의 분노와 의심을 일으켰으니 참으로 개탄스럽다.

〔 1697년 5월 21일 경자 〕 맑음

장맛비가 지리하여 농사에 해가 될까 걱정이던 차에 근래 연일 맑게 개었다. 올여름 비 내리는 것과 맑은 것이 이와 같이 때를 잘 맞추니 참으로 다행이다. 송수림宋秀森, 임세회林世會, 보암寶巖의 윤행도尹行道가 왔다.

〔 1697년 5월 22일 신축 〕 맑음

윤성민尹聖民, 윤시상尹時相, 동지同知 윤이형尹頤亨, 극인棘人 김삼달金三達이 왔다. ○고금도의 이 감사(이현기李玄紀)가 심부름꾼을 보내 편지로 위문했다. ○노奴 동이同伊와 짐말을 정 대감(정유악)에게 빌려주었는데 행차가

---

28) 영묘榮墓: 과거 급제 등 경사가 있을 때 성묘하여 고하는 일이다.

나주에 도착하여 떨어져 돌아왔다. ○노 용이龍伊가 괴산에서 와서 딸(김남
식金南拭의 처)의 안부 편지를 받았다.

〘 1697년 5월 23일 임인 〙 흐리다 맑음

월남月南의 최현崔玹, 군입리軍入里의 김지일金之一, 법장法壯의 김형구金亨九,
대산大山의 최시필崔時弼이 왔다. 정 생(정광윤)이 왔다. ○들으니 권 대감
(권규)이 27일에 서울로 출발하려 한다고 한다. 내가 자식을 잃은 처지에
있어 가서 만나지는 못하고 흥아를 보내 송별했다. ○정 생(정광윤)이 숙위
했다.

〘 1697년 5월 24일 계묘 〙 흐림

연동蓮洞의 유덕관柳德寬, 독음禿音의 김우창金禹昌이 왔다. 유덕관은 죽은
이만방李晩芳의 사위로 연동에 와서 머무르고 있다. 전주의 송우경宋遇璟
이 왔다. 이 사람은 순천부사를 지낸 송상주宋尙周의 아들로 아버지의 적
소謫所인 제주로 가는 길에 들러 유숙했다.

〘 1697년 5월 25일 갑진 〙 종일토록 몇 차례 비가 퍼부음

돌아가신 어머니(윤예미尹禮美의 처)의 생신차례를 지냈다. 이날 밤 갑자기
추워서 몸이 움츠러들어 고통스러웠다. 필시 학질이다. 여름마다 이러니
참으로 걱정이다.

〘 1697년 5월 26일 을사 〙 아침부터 비가 뿌리다가 늦은 아침부터는 잠깐씩 해가 남

송우경이 갔다. 석포石浦의 곽만하郭晩夏가 왔다. ○왼쪽 눈썹 모서리가
3일 전부터 발작하여 종일 고통스러웠다. ○어제 흥아가 권 대감(권규)의
적소에서 돌아와 말하기를, 권 대감이 근래에 월남月南에 가서 목 상相(목

내선)을 뵈었는데 목 상이 술을 내어 한껏 마시고 시를 지어 주었다고 했다. 내가 병으로 누워 있는 와중에 그 시에 차운했다.

吾道由來有屈伸　우리 도道가 본래 기복이 있어
會看雷雨起潛鱗　마침 뇌성과 비바람이 잠긴 물고기를 일어나게 하네
今朝莫羨先歸客　오늘 아침 먼저 돌아가는 객을 부러워하지 말고
他日毋爲未退人　훗날 물러나지 않는 사람 되지 않아야 하리

목 상의 원래 시는 다음과 같다.

四載相逢氣欲伸　4년 만에 서로 만나 기가 펴지려 하니
是知恩澤及窮鱗　은택이 곤궁한 물고기에게 미친 것을 알겠네
君歸若說山南信　그대 돌아가 만약 산남의 소식을 이야기하면
大老應憐對月人　대로大老[29]께서 달을 마주한 이 사람 가엾게 여기리라

그때 권 대감이 석방되어 돌아가게 되었기 때문에 이렇게 말한 것이다.

〖 1697년 5월 27일 병오 〗 흐림

저전동楮田洞의 곽재태郭再泰, 곽만최郭晩最, 윤동미尹東美, 비산飛山의 김우경金友鏡이 왔다. ○학질이 다시 발작했다. ○정 생(정광윤)이 숙위했다. 권 대감(권규)이 목 상(목내선)의 시에 차운한 시는 다음과 같다.

同病羈懷久莫伸　동병상련 객지의 회포 오랫동안 풀지 못했고
況堪同縣阻雙鱗　더욱이 같은 고을에서 서로 소식 막혔지
叩陪杖屨今何幸　이제라도 만나게 되니 얼마나 다행인가

---

29) 대로大老: 권 대감 즉 권규의 아버지인 권대운을 가리킨다.

最善髭毛勝昔人　풍모가 예전보다 좋아지셔서 가장 기쁘네

〔 1697년 5월 28일 정미 〕 비

긴 장마가 이와 같으니 벼에는 오히려 해가 될 것이다. 인화人和 없이 풍년
이 드는 일은 결코 없으니 앞으로의 농사가 참으로 걱정이다. 말해 무엇 하
겠는가.

〔 1697년 5월 29일 무신 〕 비

학질이 겨우 나았으니 다행이다. 아침 전에 소나무겨우살이를 달여 먹었
고, 밥을 먹은 후에 그 찌끼를 다시 달여 먹었는데 꽤 효험이 있음을 느낀
다. 갑술년(1694), 을해년(1695)에도 소나무겨우살이로 학질이 나았는데
지금도 이러하니 소나무겨우살이가 학질을 물리치는 효험이 신통하다고
할 수 있다.

1697년 6월. 정미 건建. 큰달.

유모의 제사를 지내다

〔 **1697년 6월 1일 기유** 〕 **아침에 비가 내리다가 늦은 아침에 개기 시작함. 간혹 옅은 볕이 나고 밤에는 별이 보임**

장마 끝에 이렇게 맑은 하늘을 보니 기쁘다. ○별장別將이 월남月南에서 돌아오는 길에 역방했다. ○18일과 오늘, 멀리서 날을 보내게 되니 비통함을 말로 할 수 없다. 창아昌兒와 두아斗兒 두 아이의 일행이 아직 오지 않았다. 필시 보름날 출발하지 못했기 때문일 것인데 무슨 이유인지 모르겠다. 잠자리가 아주 괴롭고 슬픔과 울적함을 견디기 어렵다.

〔 **1697년 6월 2일 경술** 〕 **흐리고 부슬비가 내림. 비가 지난밤부터 아침까지 내리다가 저녁때 잠깐 맑음**

〔 **1697년 6월 3일 신해** 〕 **오후에 맑음**

지난달 10일부터 설사병에 걸렸다. 밥을 먹으면 번번이 증상이 심해져, 그저 약간의 콩죽을 하루 두 차례 먹는 것으로 겨우 연명해 왔다. 하지만 아직까지 증상이 멎지 않으니 너무나 괴롭고 답답하다. ○윤천우尹千遇와 정광윤鄭光胤이 왔다.

〖 1697년 6월 4일 임자 〗 흐리다 맑음

윤민尹玫이 월남에서 돌아오는 길에 역방하여 목 참판(목임일睦林一)이 써 준 위문편지를 전해 주었다. 김삼달金三達이 왔다. 정 생(정광윤)이 숙위했다. ○갑원甲願이 며칠 동안 열이 나고 통증이 있었는데 오늘은 두창이 빽빽하게 오르지 않았다. 다행이다.

〖 1697년 6월 5일 계축 〗 맑음

장마가 걷힌 뒤에 무더위가 꽤 극심해졌다. 전성좌全聖佐, 이대휴李大休, 임취구林就矩가 왔다. ○올해 보리가 누렇게 뜨는 병이 들어 수확이 매우 부실하다. 사람들이 저장해 둔 식량이 없어 아침저녁으로 불안해함이 작년과 별다를 바 없다. 관청에서는 환곡 갚기를 급박하게 독촉하고 있으나 납부할 여력이 없고, 굶주려서 김매기를 할 수도 없다. 슬프고 비참한 광경이다.

〖 1697년 6월 6일 갑인 〗 맑음

최유옥崔有玉과 장흥의 진사 문덕귀文德龜가 왔다. 정 생이 숙위했다.

〖 1697년 6월 7일 을묘 〗 흐리고 바람이 어지럽게 불다가 오후에는 가랑비가 거센 바람에 날려 뿌려짐

김연화金練華, 윤희직尹希稷, 정광윤이 왔다. ○학관學官 숙叔(윤직미尹直美)의 노노奴 차인次仁이 서울에서 돌아와 두서斗緖가 26일에 쓴 편지를 받아 보았다. 말이 병 들어서 길을 떠날 수 없었다고 한다. 창아의 편지가 없어서 울적하다. ○영암군 서창西倉에 보리를 납부하지 않아서 옥에 갇힌 사람이

스스로 목을 매어 죽었다고 한다. 올해 보리가 귀해진 상황을 이를 통해 잘 알 수 있었다. 그런데 영암군수가 곡식을 거두기 어려운 상황을 보고했으나, 관찰사가 들어주지 않고 군수에게 빨리 보리를 다 거두어들이라 했다고 한다. 백성들은 막 굶주림에 허덕이며 아침저녁으로 불안해하고 있는데, 환곡을 갚을 보리가 어디서 나온단 말인가?

〔 1697년 6월 8일 병진 〕 흐림

윤시상尹時相, 윤승후尹承厚, 송수기宋秀杞, 윤천우尹千遇, 윤성우尹聖遇가 왔다. 최상일崔尙馹과 정광윤이 밤에 왔다. 최상일은 가고 정광윤은 숙위했다. ○'고려의 우문관右文館 제학提學 문익점文益漸이 중국에서 처음 목화씨를 얻어 참지우의정부사參知右議政府事 강성군江城君에 봉해졌다.' 내가 마침 『남명집南冥集』을 읽다가 이 구절을 보고 기록해 둔다. ○희완喜婉이 오늘 두창은 꽤 빽빽하지만 병은 순조롭다.

〔 1697년 6월 9일 정사 〕 맑음

최정익崔井翊과 윤은필尹殷弼이 왔다. 윤순제尹舜齊와 윤시한尹時翰이 왔다. 송정松汀의 이석신李碩臣 생이 서울에서 돌아와서 역방했다. 아이들이 23일에 쓴 편지를 전해 주었는데, 차인次仁이 가져온 편지보다 앞에 쓴 것이다. ○이희李曦가 와서 묵었다. 이 사람은 작년 겨울 명화적明火賊을 만나 왼쪽 목덜미와 오른손에 칼을 맞아 부상을 당했다. 손은 거의 끊어질 뻔했다가 다시 붙었지만 잘 움직이지를 못 하여 장애인이 되었다. 보기 비참하다.

〔 1697년 6월 10일 무오 〕 흐리다 맑음

최도익崔道翊, 정광윤, 청계淸溪의 오시석吳諟錫, 윤은보尹殷輔, 독평禿坪의 이석규李碩珪가 왔다. 이석규는 유숙했다. ○이날 저녁에 창아가 서울에서

내려왔다. 몹시 기다렸던 마음이 조금은 풀렸지만 비통한 마음은 더 심해
졌다. 두아는 여름철에 왕래하는 일이 걱정되어 함께 올 수 없었다. 아쉬
움을 어찌 이야기할 수 있겠는가. 극인棘人 성덕기成德基도 서울에서 돌아
오는 길에 역방했다.【들으니, 경기와 충청에 비가 내리지 않는 날이 없었지만 먼
지나 적실 정도여서 이앙移秧을 겨우 3분의 1만 할 수 있었고 물을 저장하지도 못했
다. 양서兩西(평안도와 황해도) 지방 사람들이 서로 잡아먹는 일이 심심찮게 있어
읍리가 거의 텅 비었고, 현을 합친 뒤에야 관원官員의 모양새를 갖출 상황이다. 오
직 호남과 영남 두 남쪽 지방의 농사 형편이 조금 괜찮지만 영남과 전라좌도에는
수해가 작지 않다고 한다.】

〔 1697년 6월 11일 기미 〕 밤에 비가 꽤나 내림

〔 1697년 6월 12일 경신 〕 저녁에 비가 내림

윤선적尹善積, 윤동미尹東美, 김현추金顯秋, 김지일金之一, 윤준미尹俊美, 이
경한李擎漢, 임취구林就矩, 윤석귀尹碩龜, 윤천우가 왔다. ○의금부도사 노
사성盧思聖이 김 상相(김덕원金德遠)의 위리안치圍籬安置를 풀어 해남으로 이
배시키는 일 때문에 제주도로 들어갔다가, 어제 나와서 떠나는 길에 역방
했다. 김 상 또한 오늘 별진別珍에 와서 묵었다. ○정선택鄭善擇이 흑산도에
있는 류 대감(류명현柳命賢)의 편지를 전해 주었다.

〔 1697년 6월 13일 신유 〕 아침에 비가 내림

서응瑞應(윤징귀)이 왔다. 윤주미尹周美 숙숙叔이 들렀다. 정 생(정광윤)이 묵
었다. ○오른쪽 눈썹 모서리의 통증으로 3일 동안 매우 괴로웠는데, 오늘
통증이 왼쪽 눈썹 모서리로 옮겨 갔다. 밤이 되어 더위가 물러가고 달이 훤
해지자 자못 기운이 소생하는 느낌이 들고 통증이 멎었다.

학관學官(윤직미)이 보길도에서 돌아와, 서울로 가는 길에 들러서 아침을 먹고 갔다. 윤천우가 왔다. 을해년(1695) 봄에 한천寒泉, 용산龍山, 강성江城에 사는 10여 명의 사람들과 계契를 만들었으나 화합되지 않은 일이 많아서 바로 그만두었다. 그 가운데 윤석귀尹錫龜와 윤천우는 계원이 많으면 으레 이렇게 된다며, 나와 다시 계를 만들기를 원했다. 내가 힘껏 그들의 의견에 따라 윤석귀, 윤천우와 하계下契에 이 마을 사람 10여 명을 그대로 유지하여 계를 했다. 봄에 황원黃原 사람에게 벼를 나눠 주고 보리로 바꿔서 이윤을 낼 터전으로 삼았었다. 어제 황원 사람이 보리를 싣고 와서 정박했는데, 두 윤씨와 하계의 사람들이 뱃머리에서 보리를 나눌 때 난잡한 일이 꽤 있었다. 초장부터 이러하니 앞으로의 폐단이 적지 않을 것임에 틀림없다. 나는 계에서 나오겠다는 의사를 윤천우에게 말했다. 계원들 가운데 다른 사람들의 뜻은 어떠한지 모르겠다. 정 생이 숙위했다.

유두流頭의 차례는 병 때문에 직접 행하지 못했다. ○정 생(정광윤)이 왔다. 흑석리黑石里의 극인棘人 윤수장尹壽長이 왔다. ○유모乳母의 기일이 오늘이다. 그의 딸 가지개加知介는 작년에 죽었고 그 손녀인 정춘丁春은 살아 있지만, 내가 제사를 지내는 것만 못하기 때문에 오늘 새벽에 제사를 지냈다. 내 생전에는 당연히 제사를 폐하지 않아야 하고 내 자식들에 이르러서도 제사를 행하는 것이 옳다. 그러나 행하지 않는 것 또한 안 될 것이 없기 때문에, 내가 굳이 영원히 따라 행해야 할 규칙으로 정하지 않은 것일 뿐이다.

아이들을 데리고 천변을 거닐며 슬프고 쓸쓸한 마음을 풀었다. 극인 김삼달이 밤에 왔다가 바로 갔다.

〔 1697년 6월 17일 을축 〕 흐리다 맑음

정광윤, 최상일이 왔다.

〔 1697년 6월 18일 병인 〕 흐리고 부슬비 내리다가 간혹 맑음

최운회崔雲會【운원雲遠에서 개명함】, 정 생(정광윤)이 왔다.

〔 1697년 6월 19일 정묘 〕 맑음

윤시상, 정광윤, 윤선형尹善衡, 윤이복尹爾服, 김연金淵이 왔다. 곽이한郭爾翰이 왔다. ○예전에 종아宗兒가 정배되고 난 뒤에, 양사兩司가 명을 도로 거두어 달라고 청하지 않았다고 비난하는 차자를 올린 홍문관 관원은 조태채趙泰采였다. 명을 도로 거두어 달라는 계를 먼저 올린 사람은 정언 김치룡金致龍과 류중무柳重茂인데 치룡의 뜻이 유달리 험상궂었다. 심지어 윤3월 초에 지평 김두남金斗南이 사헌부에 와서 정계停啓를 하려고 했으나 그것을 막은 사람도 치룡이었다. 그 후 치룡이 이런저런 말을 했다고 하는데, 치룡이 우리 집안에 무슨 거리낌이 있어서 이렇게 구차한 말을 했는지 모를 일이다. 이상한 일이다. 당초 일을 시작한 사람을 말하자면 바로 판의금부사 이세화李世華다. 세 사람의 원정原情과 대질 심문에 조금도 트집을 잡을 만한 단서가 없었는데도, 이세화가 다른 말로 문목問目을 만들어서 기어코 매흥埋凶에 동참했다고 몰아넣으려고 했다. 대신大臣 및 공론이 모두 안 된다고 하자, 이세화가 "나로 하여금 죄인을 반드시 죽일 문목을 마련하라면서, 만약 원정 그대로 한다면, 반드시 죽일 수 있는 죄가 안 된다. 그래서 하는 수 없이 이렇게 하는 것이다."라고 했다. 이세백李世白이 이세화를 대신해 판의금부사가 되었으나, 문목은 이전 것을 그대로 따라

쓰니 영의정이 크게 잘못되었다고 하면서 꼭 고치라고 했다. 이세백이 하는 수 없이 문자를 약간 고쳤으나 대의는 같았다. 두 번째로 체포될 때까지 이세백은 시종일관 강한 고집을 꺾지 않았다. 지사知事 신완申琓은 신여철申汝哲의 종질이라서 또 이세백을 좇아 힘을 보탰다. 아! 애통하다. 이 일의 전말을 논하자면, 이세화와 이세백이 전담하여 칼자루를 쥐고 있었던 것이고, 김치룡 같은 무리는 끄나풀이라 비난할 가치도 없으며, 드러나지 않는 자리에서 재앙의 기틀을 주관했던 사람은 바로 신여철이다. 나도 자세히 알지 못했고 세원世願 등도 더욱 알 길이 없었으므로, 들은 것을 대략 기록하여 훗날 자손들이 살펴볼 자료로 삼고자 한다.

〔 1697년 6월 20일 무진 〕 새벽에 한바탕 비가 내리고 낮에 흐리다 맑음

고부의 김잠金潛이 왔는데, 김주만金冑萬의 아들이다. 윤희성尹希聖이 왔다. ○목욕했다.

앞의 시에 차운하여 목내선睦來善 상상相께 드림

曾趨澤畔兩眉伸	유배되신 곳으로 찾아갔을 적 환한 웃음으로 맞아 주셨지
自喜蚘光照細鱗	교룡이 작은 물고기 비춰 주시니 얼마나 기쁘던지
始識投荒天有意	비로소 알겠네, 하늘이 일부러 이분을 변방으로 보내어
要令矜式一方人	이곳 사람들의 훌륭한 본보기로 삼고자 했음을

〔 1697년 6월 21일 기사 〕 흐림

윤시한이 왔다. 김경룡金景龍이 저녁에 왔다가 그대로 유숙했다.

〔1697년 6월 22일 경오〕 흐리다 맑음

이송爾松이 왔다. ○지난번 우리 집안의 일은 노론이 강경론을 전담하여 주도한 것이고, 소론은 억울한 면이 있음을 말하다가, 그것이 어느덧 자신들의 떳떳한 논의를 이루었다. 이조참판 오도일吳道一이 들어가 아뢰어 극력 구호하려 했으나 논박을 당하여 이루지 못했고, 하서夏瑞 영감〔이현석李玄錫〕이 마침 동지同知에 임명되어 구원하는 상소를 올렸다가 내쳐져 받아들여지지 못했다. 두 사람의 말이 상감께 올라갔더라도 반드시 시행되리라는 보장은 없는 것이나, 권력을 쥐고 있는 자들이 먼저 나서서 가로막았으니, 더욱 사무치게 원통하다.

〔1697년 6월 23일 신미〕 맑음

비산飛山의 김주일金柱一이 능금 1그릇을 가지고 와서 주었다. 허 영원寧遠(허려許稆)이 지나다 들렀다. 봉대암鳳臺庵의 승려가 와서 알현했다. 정사년(1677) 생이고 이름은 각능覺能이며 성원性元의 상좌라고 한다. 사람됨이 꽤 아낄 만했다.

〔1697년 6월 24일 임신〕 맑음

윤희직, 이진휘李震輝, 이진현李震顯, 이천배李天培가 왔다. 윤석귀尹碩龜가 왔다.

〔1697년 6월 25일 계유〕 맑음

박이순朴而順, 이우신李友信[30], 윤무순尹武順이 왔다. 이우신과 윤무순은 유숙했다. 극인 김삼달이 밤에 왔다.

---

30) 이우신李友信: 이신우李信友를 잘못 쓴 것으로 보인다.

〘 1697년 6월 26일 갑술 〙 흐리다 맑음

죽천竹川의 윤경미尹絅美, 윤천미尹天美, 윤사미尹斯美, 윤화미尹和美, 윤희직尹希稷이 왔다. 윤선시尹善施가 왔다. ○목 대감(목임일目林一)의 편지에 비로소 답장을 하고, 연계軟鷄 2마리를 보냈다.

〘 1697년 6월 27일 을해 〙 맑음

이신우가 갔다. 유영기俞永基가 지나다 방문했다. ○백우伯雨 영감(이운징李雲徵)이 태천泰川에서 고성固城으로 이배된 지 분명 오래되었을 것인데, 내가 세상사에 뜻을 두지 않아 이제야 비로소 사람을 보낸다. 집에 양식이 부족하여 다만 무명 1정丁만을 보내는데, 이것도 보리 16말과 바꾸어 얻은 것이다. 보리의 귀함이 금과 같아서 곤란함을 이루 말할 수 없으나, 받아먹는 사람이 어찌 이런 사정을 다 알 수 있으랴. 다만 내 마음에 부끄러울 뿐이다. ○최상일과 마포馬浦의 윤이상尹陑相이 왔다.

〘 1697년 6월 28일 병자 〙 맑음

한천寒泉의 문장門長【보성의 윤 생원(윤선오尹善五)】이 와서 만났다. 정광윤이 왔다. 김 극인(김삼달)이 밤에 왔다.

〘 1697년 6월 29일 정축 〙 맑음

아우 이대휴가 여름 상한傷寒을 심하게 앓아 권붕權朋을 보내 살펴보게 하고, 즉시 약방문을 써서 보냈다. 김우정金友正이 또 은어를 가지고 와서 만났다. 시임時任 별감 박세후朴世厚가 지나다 들렀다.

〘 1697년 6월 30일 무인 〙 아침에 가랑비가 뿌림. 매서운 더위가 다시 불타는 듯함

갑원甲願과 희완喜婉이 천연두를 잘 넘겨 평소처럼 자고 먹는다. 오늘 귀신

을 보낸다는데, 무슨 귀신을 보낸다는 것인지 모르겠다. 세속의 풍습이 우습다. ○어제와 오늘 마을 사람 50여 명을 내어 김매는 일을 끝마쳤다. 가작家作하는 논은 40여 두락이어서 이곳의 김매기는 불과 두 번만 하고 그칠 수밖에 없었다. 이번이 두 번째 김매기이다. 노奴 용이龍伊가 전부터 농사일을 주관했는데, 나이가 많아 쇠약할 뿐 아니라 그 처인 일례一禮가 괴산으로 가서 용이도 보낼 수밖에 없었다. 그래서 연실軟實에게 그 일을 대신하게 했는데, 부지런하고 튼튼하니 기특하다. ○노 을사乙巳가 서울에서 돌아와, 두아가 22일에 보낸 잘 지낸다는 편지를 받았다. 남양南陽[31]에서도 그럭저럭 버티고 있다니, 정말 다행이다.

---

31) 남양南陽: 윤종서의 처가 남양에 머물고 있었다.

도적을 막는 몽둥이

윤동미尹東美가 와서 다음과 같은 이야기를 해 주었다. "목내선睦來善 상相에게 들러 인사를 했더니, 대나무 화분 하나를 기르고 계시더군요. 화공을 시켜 월출산을 그리고, 산 아래에는 집을 그리고, 그 집에 대나무 화분을 옆에 두고 완상하는 목 상의 모습을 그리게 했습니다. 그러고는 목 상이 그 부채 그림에 절구 한 수를 썼습니다."

地隔風濤海　파도가 몰아치는 바닷가 외딴곳에
天開月出山　하늘이 월출산을 열었네
竹陰清淨處　맑고 깨끗한 대나무 그늘에서
老淚感恩濟　임금 은혜에 감사하여 늙은이 눈물 흘리네

내가 듣고는 붓을 달려 차운했다.

枯形知勁節　마른 대나무는 굳센 절조요

秀色卽名山　빼어난 경치는 명산 월출산

鶴髮人誰是　학처럼 머리가 흰 사람은 누구인가

長垂感淚潸　감은의 눈물 오래 흘리고 있네

〔 1697년 7월 2일 경진 〕

어제와 오늘 가랑비가 잠시 뿌리고 나서 곧바로 매서운 더위가 심해졌다. 아마도 가뭄이 오래갈 징조인 것 같다. 김맨 뒤 가무는 것을 농가에서 가장 꺼린다. 칠석 전에 비가 오지 않는다면 가을걷이가 실망스러울 것이다. 심히 걱정된다. 창감倉監 이정헌李廷憲이 왔다. ○이번 여름 보리 흉작이 작년보다 덜하지 않아, 무명 1정에 보리 10여 말 받기가 어렵다. 사람들이 모두 허둥지둥 입에 풀칠할 길이 없다. 환곡을 독촉하여 거두라는 조정의 명령이 심히 엄하여 관리들이 갖가지로 닦달하여 징수하지만 백성들이 어찌할 수가 없자, 겨우 3분의 1만 받아들이고는 부득이 그만두었다고 한다. 이러한데 만약 가을걷이마저 부실하다면, 장차 살아남을 백성이 없을 것이다. 통탄스럽지만 무슨 수가 있겠는가?○정 생(정광윤)이 숙위했다.

〔 1697년 7월 3일 신사 〕 흐리다 맑음

별진別珍의 김 참의【김몽양金夢陽】가 아침 전에 찾아왔다가, 늦은 아침에 갔다. 이백爾栢이 왔다. 정 생(정광윤)이 왔다. ○영암군수 심득원沈得元이 전최殿最에서 하下를 받았다.

〔 1697년 7월 4일 임오 〕 밤에 내린 비가 아침까지 계속되어 냇물이 불어남

비를 바라던 끝에 서쪽 논이 소생할 수 있게 되어 다행이다. 늦은 아침 후에 맑기도 하고 흐리며 가랑비가 뿌리기도 했다. 흑립을 쓴 어떤 사람이 와서 헌軒에 올라 양식을 구걸했다. 보성에 산다고 하기에 성명을 물으니 명

확하게 대답을 하지 못했다. 떠돌아다니는 걸인이 틀림없다. 정광윤이 숙위했다.

〖 1697년 7월 5일 계미 〗 밤에 비가 내림. 낮에는 흐리고 부슬비 내림

임석주林碩柱가 왔다.

〖 1697년 7월 6일 갑신 〗 맑음

별진의 김덕원金德遠 상相의 배소配所로 가서 인사드렸다. 참의 김몽양이 함께 있었다. ○노奴 사동士同이 남양南陽의 우소寓所에서 내려와 세원世顯 모자의 편지를 받았다. 살을 에는 듯한 아픔이 새롭다.

〖 1697년 7월 7일 을유 〗 맑음

칠석 차례를 지냈다. 정광윤, 송수기宋秀杞, 윤순제尹舜齊, 최운회崔雲會, 최운제崔雲梯가 왔다. ○학관學官 숙叔(윤직미尹直美)이 데리고 갔던 노奴가 돌아와, 두서斗緒가 27일에 보낸 잘 지낸다는 편지를 받았다.

〖 1697년 7월 8일 병술 〗 맑음

종제 이대휴李大休가 이른 아침에 왔다. 송수삼宋秀森, 구림鳩林의 이두정李斗正, 윤처미尹處美가 왔다. 오후에 이대휴를 데리고 출발하여 죽도竹島로 가다가 백치白峙에서 헤어지고, 해가 진 후 죽도에 도착했다.

〖 1697년 7월 9일 정해 〗 맑음

극인 성덕기成德基, 성덕항成德恒, 성덕징成德徵, 대장代將 박진혁朴震赫, 약정約正 이익화李益華가 왔다.

〔 1697년 7월 10일 무자 〕 맑음

박이순朴以順, 최남일崔南一, 김망구金望久, 김익환金益煥, 윤세형尹世亨, 윤세정尹世貞, 윤기주尹起周, 이석신李碩臣, 이대휴가 왔다.

〔 1697년 7월 11일 기축 〕 맑음

최남준崔南峻, 박원귀朴元龜, 김시중金時重, 윤세임尹世任, 윤경리尹慶履, 윤선용尹善容이 왔다. 이신우李信友가 저녁에 왔다가 유숙했다.

〔 1697년 7월 12일 경인 〕 맑음

이익화李益華가 왔다. 율동栗洞의 노老 성 생원(성준익成峻翼)이 성덕징과 성우창成禹昌을 데리고 왔다. 진욱陳稶이 왔다. 종제 이대휴가 왔다.

〔 1697년 7월 13일 신묘 〕 소나기가 여러 차례 내림

극인 성덕항이 왔다. 아침 식사 후에 죽도를 출발하여, 백치에 들러 이야기를 나누고, 저녁에 팔마장八馬庄으로 돌아왔다. 정 생(정광윤)이 숙위했다. ○고성固城에서 인편이 며칠 전에 돌아와, 백우伯雨 영감(이운징李雲徵)의 답장을 받았다.

〔 1697년 7월 14일 임진 〕 밤에 비가 내리고 낮에 흐리다 맑음

〔 1697년 7월 15일 계사 〕 흐리다 맑음

변최휴卞最休, 진사 김세귀金世龜가 왔다. 윤 별장(윤동미)이 와서 유숙했다.

〔 1697년 7월 16일 갑오 〕 맑음

윤 별장(윤동미)이 갔다. 정 생(정광윤)이 숙위했다.

〖 1697년 7월 17일 을미 〗 맑음

남양南陽에서 왔던 노奴 사동士同이 돌아갔다. ○윤이우尹陑遇, 김태귀金泰龜가 왔다. 어떤 객이 와서 양식을 구걸했는데, 광양 골약면骨若面에 산다고 했다. 쌀을 주어 보냈다. 정 생(정광윤)이 왔다.

〖 1697년 7월 18일 병신 〗 맑음

동복현감 여명汝明【이형李瀅】 척숙戚叔이 편지를 보내 문안하고, 편지지 40장, 은어 20마리를 보내왔다. ○윤기주尹起周가 왔다. 월암月巖의 정 노老(정왈수鄭曰壽)가 왔다.

〖 1697년 7월 19일 정유 〗 맑음

장흥 상산霜山의 정우구丁羽九가 만나러 와서, 그의 백형 정우징丁羽徵이 보낸 편지와 장지 1속을 전해 주었다.

〖 1697년 7월 20일 무술 〗 맑음

정우구가 갔다. 극인 황세휘黃世輝, 극인 김삼달金三達, 정광윤이 왔다. 이정헌李廷憲이 왔다.

〖 1697년 7월 21일 을해 〗 맑음

정광윤, 최운회가 왔다.

〖 1697년 7월 22일 경자 〗 맑음

윤성민尹聖民과 윤성시尹聖時가 왔다. 정 생이 왔다.

방도장잠防盜杖箴 (도적을 방비하는 몽둥이에 쓴 경계의 글)

근래 매년 흉년이 들어 몰래 담을 넘는 도적이나 명화적이 곳곳에서 벌 떼처럼 일어나 인가가 피해를 입었다. 지원智遠이 도적을 방비할 나무 몽둥이를 만들어 벽에 걸어 놓았기에, 그 몽둥이에 이렇게 쓴다.

我有烏竹	質剛而光	내게 오죽이 있어 바탕이 강하고 빛나지
我有靑黎	體輕而莊	내게 청려장이 있어 가볍고 멋지지
嗟爾之制	何獨異此	아! 이 몽둥이야, 어찌 너 홀로 이들과 다르냐
欲杖於鄕	短焉用彼	마을에서 짚자니 짧아서 저것들을 쓰게 되고
欲扶於山	重不可揭	산에서 짚자니 무거워서 들 수 없네
想爾之作	蓋爲禦寇	너를 만든 까닭은 도둑을 막기 위한 것이라
維爾之用	由不得已	오직 너를 쓸 때는 부득이할 경우지
彼以其謀	爾可以伐	저 도둑의 음모를 네가 쳐부술 수 있고
彼以其暴	爾可以撻	저 도둑과 싸워 네가 때릴 수 있지
又有深憂	外寇何說	더욱 깊은 근심 있으니 밖에서 오는 도둑 말할 필요 있으랴
有屋於斯	丹田之上	여기 집이 있으니 단전丹田의 위이라
省察少緩	孟賊易長	성찰에 조금이라도 게으르면 좀도둑이 쉽게 자라나
威難以刃	制難以杖	칼로써 위협할 수도 몽둥이로 다스릴 수도 없네
防之有要	曰唯敬耳	방비에 요점이 있으니, 오직 경敬일 뿐이라
以外推備	惕然興喟	밖으로써 미루어 대비하며, 두려워 탄식이 나오네
因箴以警	刊諸腔子	이에 경계하는 잠箴을 지어 네 배에 새기노라

〔 1697년 7월 23일 신축 〕 비가 몇 차례 내리다가 저녁 무렵 가끔씩 맑음

〔 1697년 7월 24일 임인 〕 어제 내린 비가 아침까지 이어지고, 잠깐 덜하다가 곧 더하여 종일토록 그치지 않음

장마가 될까 걱정이다. 올해는 비가 원하는 대로 내렸다고 할 수 있지만, 논 곡식이 여물지 않아 오히려 작년보다도 못하다. 오직 콩과 면화만이 꽤 잘된 것은 근자에 없던 일이다. 그러나 지금의 비가 지리하게 이어진다면, 통째로 떨어지는 것을 면할 수 없을 것이다. 두 해 동안 크게 흉년이 들어 보리와 조 수확을 전혀 못 했는데 올가을에 또 흉년이 들면, 기근의 참혹함이 필시 지난 두 해보다 곱절이 될 것이다. 몹시 근심스럽다.

〔 1697년 7월 25일 계묘 〕 흐리다 맑고 바람이 심함

작년에 건지두乾之頭에 어살을 설치했다가 고기가 많이 잡히지 않아서 철거했다. 사람들이 말하길, 죽도 북쪽 포구에 어렴漁簾을 설치하는 것이 하지 않는 것보다는 나으며, 큰 힘을 들이지 않아도 설치할 수 있으니 많이 못 잡더라도 손해가 별로 없을 것이라고 했다. 그래서 작년에 철거해 두었던 어살을 한번 설치해 보려고 아침 식사 후에 길을 떠나 백치에 들렀더니, 종제 이대휴가 월남月南으로 가서 길이 엇갈려 버렸다. 곧바로 죽도장竹島庄으로 들어갔다.

〔 1697년 7월 26일 갑진 〕 맑음

어렴을 엮기 시작했다. 극인 성덕기와 윤경리가 왔다.

〔 1697년 7월 27일 을사 〕 맑음

최남표崔南杓가 왔다.

〔 1697년 7월 28일 병오 〕 흐림

김필한金弼漢이 왔다. ○어렴을 다 엮었다. 너비가 거의 100파把나 된다.

〔 1697년 7월 29일 정미 〕 맑음

어렴을 넣었다. ○백치의 이대휴 제弟, 최남준, 최남일, 이익회李益薈가 왔다. ○극인 성덕항, 성덕징이 왔다. 오늘 연제練祭를 지낸다고 한다.

육촌형 윤이형의 죽음

〔1697년 8월 1일 무신 〕 흐리다 맑음

아침 물때에 어렴漁簾에서 잡어 몇십 마리를 잡았는데, 어렴을 맡은 석금石金에게 모두 주었다. 그 마음을 기쁘게 하여 성의를 다하게 하고자 함이다. ○임원두林元斗, 김이경金爾鏡, 해창海倉의 극인 박세문朴世文, 박유문朴有文이 왔다. 박창운朴昌運이 왔다. 노인 윤무순尹武順이 왔다. ○저녁 물때에는 어렴에서 잡은 것이 전혀 없었다. ○경상좌병사 이도원李道源이 비장裨將을 보내 편지를 부치고 부채 10자루를 보내 문안했다. 청도군수 한종건韓宗建도 편지를 보내 문안하고, 절선節扇 6자루와 은어 1속을 보냈다. 모두 월남月南과 별진別珍의 적소謫所에 보내는 문안 인편에 함께 보낸 것이다.

〔1697년 8월 2일 기유 〕 흐림

백치白峙의 이 제弟(이대휴李大休)가 어성漁城 아래에서 천렵을 했다. 나는 죽도竹島에서 먼저 가고, 창아昌兒와 흥아興兒는 어제 백치에서 자고 이 제와 함께 왔다. 근처의 여러 사람들 및 송정松汀의 이 생生(이석신李碩臣)이 와서 20여 명이 모였는데 잡은 물고기는 겨우 수십 마리에 불과해 넉넉하지 않았다. 그러나 백치와 송정에서 풍성하게 음식을 차려 크게 잔치를 벌였다. 오늘의 이 모임은 쉽게 할 수 있는 일이 아니라고 할 수 있다. 나는 두 아이를 데리고 윤 별장(윤동미尹東美)과 함께 어두워진 후 죽도로 돌아왔다. ○들으니, 한종언韓宗彦이 지난달 20일에 숙질宿疾로 세상을 떠났다고 한다. 참혹하고 애통하다. 이 사람은 이 제의 자형이다.

〔 1697년 8월 3일 경술 〕 비

두 아이와 윤 별장(윤동미)이 비에 길이 막혀 머물렀다. 극인 성덕항成德恒, 성덕징成德徵이 왔다.

〔 1697년 8월 4일 신해 〕 비바람이 연일 요란함

어렴에서 연이어 준치 및 잡어를 잡아 팔마八馬로 보냈다. 작년 이천학李千鶴의 어렴보다 퍽 나아 기쁘다.

〔 1697년 8월 5일 임자 〕 비바람이 연일 그치지 않음

두 아이와 별장(윤동미)이 비를 무릅쓰고 갔다.

〔 1697년 8월 6일 계축 〕 맑음

초당의 부엌에 판문板門을 설치하고 명銘을 지어 문판에 썼다.【고쳐 지은 것이 아래[32]에 있다.】○관두리館頭里의 출신 김여서金麗西, 백포白浦의 이성이成爾成, 율동栗洞의 이익화李益華가 왔다.

〔 1697년 8월 7일 갑인 〕 맑음

극인 성덕항과 성덕징, 마세장馬世章이 왔다. 마세장은 관상술을 안다고 한다. 진도의 박홍구朴弘耉가 왔다. 건어, 시초柴草, 배, 감 약간을 가지고

---

32) 8월 18일 일기 참조.

와서 바쳤다. ○아침 늦게 죽도에서 출발하여 백치의 이 제弟(이대휴)를 역방했다. 해가 저물기 전에 팔마장八馬庄에 도착했다. 정광윤鄭光胤, 극인 김삼달金三達이 왔다.

〔 1697년 8월 8일 을묘 〕 맑음

양가송梁可松이 왔다. 갑자기 어떤 나그네가 와서 양식을 구걸했는데, 함평에 사는 나상유羅尙儒라고 했다. 쌀 한 홉을 줘서 보냈다. 윤남미尹南美, 김우창金禹昌이 왔다.

〔 1697년 8월 9일 병진 〕 흐리다가 저녁 무렵 비가 흩뿌림

정 생(정광윤)이 와서 묵었다. ○비산飛山의 김 생生이 생게 30여 마리를 보냈다.

〔 1697년 8월 10일 정사 〕 어제 내린 비가 밤새 이어지다가 늦은 아침에 잠깐 멎음

〔 1697년 8월 11일 무오 〕 비가 하루 종일 내림

극인 김삼달이 왔다.

등장명燈欌銘

柱以四木	나무 네 개로 기둥을 세우고
被以輕紗	얇은 비단을 입혔으니
質其華	질박함을 바탕으로 화려함을 갖추었네
外方而直	밖은 방정하고 곧으며
內明而光	안은 밝고 빛나니

德乃彰	덕이 환히 드러났구나
吐燄燭微	불꽃을 토해 은미한 곳까지 비추되
卷輝藏密	휘황함을 거두어 은밀한 곳에 감추었으니
理可察	이치를 잘 살필 수 있도다
開闔以時	열고 닫기를 때에 맞춰 하고
顯晦隨宜	드러내고 감춤을 마땅함에 따라 하니
道在玆	도가 여기에 있구나
人而不如	사람은 이와 같지 않으니
盍勉於此	어찌 이에 힘쓰지 않을 수 있는가
銘以識	명을 지어 기록하노라

내가 재작년에 등장燈藏을 만들었는데, 책장처럼 길게 네 기둥을 세워 양옆과 앞면을 종이로 바르고 청포로 감쌌다. 눕혔을 때 등을 넣어서 걸어 두었다가 때때로 그 안에 불을 태우면, 밝은 빛이 밖까지 비추어 나와 책을 보거나 글씨를 쓸 수 있다. 그 만듦새가 꽤 오묘하여 항상 소중하게 여기다가 오늘 우연히 생각나 이 명을 지어 등장의 문 위에 쓴다.

〔 1697년 8월 12일 기미 〕 맑음

최운회崔雲會가 관재官災를 만나 아침 일찍 왔다. 윤기미尹器美가 왔다. 윤징귀尹徵龜가 왔다. 백치의 이 제弟(이대휴)가 생게를 보냈다. 나 또한 논에 있는 작은 붕어로 답례했다. 이곳에는 다른 물산이 없고 오직 이 붕어만을 별미로 치는데, 음식으로 남에게 주기까지 하니 우습다.

〔 1697년 8월 13일 경신 〕 맑음

출신 문헌비文獻斐가 왔다. 연동蓮洞의 윤선시尹善施가 왔다. 정 생(정광윤)

이 숙위했다.

〖 1697년 8월 14일 신유 〗 맑음

전적典籍 김태정金泰鼎, 최도익崔道翊, 임태중任泰重이 왔다. 임태중은 임석형任碩衡의 아들이다. 정 생(정광윤)이 숙위했다. ○목욕했다.

〖 1697년 8월 15일 임술 〗 맑음

창서昌緒, 흥서興緒, 과원果願을 데리고 새벽에 제사를 지냈다. 창아昌兒는 간두幹頭로 가고, 흥아興兒는 적량원赤梁院으로 갔다. 나는 과원과 함께 가묘에서 차례를 지냈다. 최운회崔雲會와 정광윤이 왔다.

〖 1697년 8월 16일 계해 〗 밤이 되자 비바람이 요란하게 불다가 늦은 아침에 잦아듦

윤지익尹志益이 왔다. 바로 윤현귀尹顯龜의 아들이다.

〖 1697년 8월 17일 갑자 〗 하루 종일 바람이 요란하게 붊

별장 윤동미가 정시 무과를 보기 위해 서울로 떠나는 길에 들렀다. 서울에 편지를 부쳤다. ○압해도押海島의 윤익성尹翊聖이 왔다. 윤천우尹千遇가 왔다. ○죽도의 창고에 쓸 재목을 벌채하는 일로 귀현貴玄을 내보냈다.

〖 1697년 8월 18일 기축 〗 흐리다 맑음

윤만우尹晚遇가 와서 그의 형 윤천우가 내일 흑산도로 간다고 하기에 편지를 부쳤다. 천우의 아들인 윤총尹叢이 봄에 공부하러 갔기 때문에 윤천우가 직접 가는 것이다. ○죽도 초당의 부엌문에 쓴 명銘을 고쳐 지었다.

乘五行運 分兩儀象　오행의 운행을 타고 양의의 상을 나누어

以火德王 南面並立	화덕火德의 왕으로서 남면南面하여 나란히 서서
共扼一隅 厥德不孤	함께 한 귀퉁이를 장악했으니 그 덕이 외롭지 않네
一開一闔 若叱若咤	한번 열고 한번 닫을 때 소리쳐 꾸짖는 것 같구나
風動之化 愼其扃鐍	바람이 불면 그 빗장과 걸쇠를 단속하고
嚴其出入 永建玆宅	그 출입을 엄격히 하여 길이 이 집을 건강하게 하라

〖 1697년 8월 19일 병인 〗 비가 흩뿌리다가 저녁에 갬

〖 1697년 8월 20일 정묘 〗 맑음

오늘 새벽은 여섯째 아들의 망일亡日이고, 지난 7일은 막내딸의 망일이다. 집사람이 신위를 모두 설치하고 제사를 지냈다. 이 두 아이는 모두 장성하기 전에 죽었기 때문에 본래 제사를 지낼 필요가 없지만, 정情으로 보면 역시 그만둘 수 없다. 자식에 대해서는 어쩔 수가 없다. ○윤승후尹承厚가 왔다. 죽천의 윤희기尹希夔가 그의 할머니를 모시고 와서 만났다. 보살피는 마음이 감동적이다. ○임중헌任重獻과 박수귀朴壽龜가 왔다. ○종보宗寶라고 하는 고성의 승려가 근래 지나다 들러서 백우伯雨(이운징李雲徵)의 편지를 전해 주었다. 오늘 돌아간다고 하기에 답장을 부쳤다. ○백치의 이 제弟(이대휴)가 또 생게를 보냈다.

〖 1697년 8월 21일 무진 〗 맑음

한천寒泉 평촌坪村의 문장門長(윤선오尹善五)을 가서 뵙고, 발길을 내귀라리內貴羅里로 돌려 윤경尹儆의 궤연에 곡했다. 원림園林과 집의 배치가 꽤 좋았지만, 삼대가 일찍 죽은 탓에 관리할 수 없어 이미 황량하게 되어 보기에 안타까웠다. 지원智遠이 나를 따라갔다가 왔다. ○본해남本海南의 임원두

가 생게 150마리를 보냈다. ○ 정 생(정광윤)이 와서 숙위했다.

〔 1697년 8월 22일 기사 〕 맑음

장흥의 선달 문필계文必啓와 초관哨官 문상수文尙秋【음音은 수修】가 왔는데, 선달은 은어를 가지고 와서 바쳤다. 흥양현 도양면道陽面의 감목관 김주익金冑翼이 지나가다가 들렀다. 파총把摠 김경룡金景龍 노인이 왔다. 송우경宋遇璟이 제주에서 돌아와 묵었다.

〔 1697년 8월 23일 경오 〕 맑음

송 생生(송우경)이 새벽에 갔다. 흑산도 류 대감(류명현)의 편지와 부채 3자루를 받았다. 바로 답장을 써서 보냈다. 임취구林就矩와 박세림朴世琳이 왔다. ○창아가 고금도 이 영감(이현기李玄紀)의 적소에 갔다. 방구들을 고치기 위해 윤선시를 불렀다. ○윤익성과 개일開一이 막도莫島로 갔다.

〔 1697년 8월 24일 신미 〕 맑음

또 편지를 써서 약게藥蟹, 생강, 어제 쓴 편지와 함께 흑산도에 보냈다.

〔 1697년 8월 25일 임신 〕 맑음

윤선시가 갔다. 진사 최세양崔世陽이 왔다. ○영보永保의 봉이奉伊라는 참빗장이 일을 시작했다. ○윤 강서江西(윤이형尹以亨)의 손자 윤천경尹天擎이 편지를 보내, 강서 형님이 상한傷寒에 다시 걸려 매우 위독하다고 했다. 놀라움과 걱정이 적지 않다.

〔 1697년 8월 26일 계유 〕 맑음

강서 형님을 문병하려고 일찍 밥을 먹은 뒤에 창아를 데리고 길을 나섰다.

월남에 도착하여 잠시 목 상相(목내선睦來善)을 뵙고 최현崔鉉의 집에서 점심을 먹었다. 해 질 무렵 강서 형님이 머무시는 곳에 도착했다. 강서 형님은 19일에 우연히 감을 드시고 갑자기 추위를 타며 위중하게 되어 가래와 열이 심해 밤낮으로 잠시도 눕지 못하고 숨을 헐떡이며 열에 시달리고 있다. 매우 걱정스럽다. 문병 온 손님들이 가득했는데 해가 지자 모두 흩어졌다. 나는 창아와 함께 김시태金時泰의 집에서 묵었다.

〔 1697년 8월 27일 갑술 〕 바람이 사납게 불고 비가 흩뿌림

이날 오시午時 초에 강서 형님께서 갑자기 돌아가셨다. 참혹하고 슬픈 가운데 상주가 멀리 천 리 밖에 있고 객지에서 상을 당해서 모든 일이 어려우니 더욱 슬프고 슬프다. 새 수령이 아직 도착하지 않아서 향청에 말하니 감관과 색리를 정하여 보내 주었지만, 일이 잘 처리되지 않아 매우 걱정스럽다. 저녁에 습襲을 하고 초 밤에 소렴小斂을 행했다. ○수영의 우후虞候 이훤李萱이 임기 만료로 체직되어 떠나게 되어 밤에 와서 만났다.

전 강서현령 윤이형의 죽음과 상례

윤이형은 윤이후에게 진외가 쪽으로 6촌 형제가 된다. 그는 1694년 강서현령 재직 시 지방 품관들과의 갈등이 발단이 되어 영암으로 유배 오게 되었고, 이때부터 윤이후와 급격히 가까워졌다. 지역사회에 탄탄한 기반을 가지고 있던 윤이후는 윤이형의 유배 생활에 많은 도움을 주었다. 동년배인 두 사람은 함께 인근 명승을 유람하는 등 친밀한 정을 나누었으며, 서울의 정세에 촉각을 곤두세우며 긴밀히 협력하였다. 1697년 8월 27일 조섭을 잘못하여 얻은 병환으로 윤이형이 급서하자 윤이후는 충격 속에 비통함을 토로하였다. 천 리 밖 유배지에서 일어난 갑작스런 상례는 상주喪主도 없이 어느 것 하나 제대로 갖출 수 없어 윤이후가 급히 염습과 입관 등 진행 과정을 돕는 모습이 기록되어 있다.

〖 1697년 8월 28일 을해 〗맑음

관재棺材를 구하기가 매우 어려웠으나 저녁 무렵에 간신히 해창海倉에서 한 부部를 얻었다. 그러나 이것은 황장목黃腸木 가운데 퇴짜 맞은 판板으로, 무거워서 옮길 수가 없어 일꾼을 많이 징발했다. 관재가 운반되는 대로 다듬어도 입관할 날짜가 점점 미뤄질 것 같아, 매우 걱정스럽다. ○어제 오후 사람을 사서 서울에 부고를 보냈다. 덕유德裕 모친의 병환이 여러 해 동안 더욱 심해졌기 때문에 덕유가 부음을 듣고 달려오게 된 상황이 참혹할 뿐만 아니라, 그 모친의 병환도 분명 버티기 어려울 것이다. 덕유의 심사를 차마 말로 할 수 없다. ○월남과 별진 두 적소謫所에서 부의를 후하게 보내 줬다.

〖 1697년 8월 29일 병자 〗흐리다 맑음

밤새 관을 짰으나 일이 끝나지 않아 걱정스럽다. 이두정李斗正과 함께 잤다.

〖 1697년 8월 30일 정축 〗맑음

겸관兼官인 강진현감 오달해吳達海가 무명과 종이 약간을 부의로 보냈다. ○목 참판(목임일睦林一)이 왔다. 저녁에 입관했다.

1697년 9월. 경술 건建. 큰달.

노 선백의 집을 수리하다

〔 1697년 9월 1일 무인 〕 맑음

신임 군수 윤리尹搙가 어제 저녁에 도착하여 동문 밖에 머물러 묵었다. 오늘 아침 전에 관아에 도임했는데, 아마 길한 시를 택하여 출관出官[33]하기 위해서였을 것이다. ○아침에 상식上食을 하고 제를 올렸다. 성복成服 제물祭物은 최현崔炫이 마련해 왔다. ○아침을 먹은 후 돌아왔는데 최현崔炫이 동행했다. 월남月南에 도착하여 목 상相(목내선睦來善)께 인사드리고 최현의 집으로 돌아왔다. 점심을 먹고 출발하여 별진別珍의 김 상相(김덕원金德遠)에게 들러 인사드리고 저녁 무렵 집에 도착했다.

〔 1697년 9월 2일 기묘 〕 맑음

정광윤鄭光胤, 윤익재尹益載가 왔다. 윤익재가 생게를 가져다주었다. 윤주미尹周美 숙叔, 윤지원尹志遠, 윤징삼尹徵三이 왔다. 윤징삼은 윤필은尹弼殷의 아들이다. ○낙안樂安의 이두광李斗光이 편지로 문안했다. 광양의 서신귀徐藎龜가 심부름꾼을 보내 편지로 문안하고 홍합 2접과 백지白紙 2속을 보냈다. ○윤익성尹翊聖이 와서 잤다.

---

33) 출관出官: 수령이 관아에 나가 업무를 시작하는 것이다.

〖 1697년 9월 3일 경진 〗 맑음

정광윤이 왔다.

〖 1697년 9월 4일 신사 〗 흐리다 맑음

나주의 참봉 김만침金萬琛, 감찰 김운상金運商이 아침 일찍 왔다가 늦은 아침에 갔다. 최상일崔尙馹, 서유신徐有信과 그 아들 서수한徐秀漢이 왔다. 윤시상尹時相이 왔다. 윤이성尹爾成이 왔다. ○윤 강서江西(윤이형尹以亨) 상가喪家의 사환使喚이 매우 부족하여 오늘 노奴 을사乙巳를 보내 상주喪主가 내려올 때까지 사환하게 했다. ○참빗 49개를 만들었다. 수공手功으로 벼 7말을 주었는데 달라는 대로 준 것이다. 장인匠人 봉이奉伊가 인사하고 돌아갔다.

〖 1697년 9월 5일 임오 〗 맑음

셋째 아들 진사(윤종서尹宗緖)의 가속을 데려오려고 선백善白의 집을 수리하기 시작했다. ○백치白峙의 이 제弟(이대휴李大休)가 생게 30개를 보냈다. ○즙저汁菹 1기器를 별진으로 보냈다. ○진사 황세중黃世重, 윤순제尹舜齊가 왔다.

〖 1697년 9월 6일 계미 〗 맑음

백치의 이 제(이대휴), 극인 김삼달金三達, 출신出身 윤기업尹機業이 왔다. ○심부름꾼을 통해 즙저와 청장淸醬, 생강을 고금도에 보냈다.

〖 1697년 9월 7일 갑신 〗 흐림. 저녁 무렵 비가 오기 시작함

집을 수리하는 일을 이미 시작했는데, 귀현貴玄이 목공일에 종사한 지 오래되었지만 아직 먹줄도 제대로 튕기지 못하고, 말질립末叱立은 눈병으로 시킬 수가 없어, 부득이 천일天一을 불러왔다. 천일은 올해 나이가 72세인

데 아직도 정기가 굳세고 일에 능통하여 가상하다. 어릴 때 병약했지만 이와 같이 할 수 있으니, 장수하는 사람은 약했던 사람 가운데 있다는 것을 비로소 알게 되었다. ○윤정미尹鼎美 숙이 왔다. ○왕망천王輞川(왕유王維)의 「송우인귀산가送友人歸山歌」에 차운하여 죽도竹島에서 한가롭게 지내는 즐거움을 시로 썼다.

夙余志兮慷慨	예전부터 내 뜻은 강개하여
恥同腐兮草木	초목과 같이 썩는 게 부끄러웠지.
世路兮崎嶇	벼슬살이 기구하여
笑進退兮維谷	가소롭게도 진퇴양난이라
得我所兮長洲	장주長洲에서 내 머물 곳 얻어
儘閑放兮幽獨	홀로 조용하게 한가로운 자유를 즐길 뿐
托晚契兮漁釣	늘그막의 인연 고기잡이에 맡기고
寄餘齡兮蝸屋	여생을 작은 집에 의지하며
遵沙際兮押鷗	모래사장 다니며 갈매기와 친하고
傍山限兮馴犢	산굽이에서 송아지를 길들이고
嗅東籬兮佳菊	동쪽 울타리에서 국화 향기 맡고
玩西疇兮時穀	서쪽 두둑에서 제철 곡식 맛보며
疾已痼兮烟霞	이미 강호에 푹 빠져
心不願兮利祿	내 마음 부귀영화 원치 않아
聊徜徉兮卒歲	그럭저럭 놀다가 죽을 뿐
復安適兮他卜	어찌 다시 안락함을 바라랴
扶藜杖兮晚歸	명아주지팡이 짚고 늦게 돌아오니
山濛濛兮海靄靄	산에는 운무가 자욱하고 바다는 안개에 싸였고
汀洲靜兮岸草靡	모래섬 고요하여 언덕엔 풀이 누웠고

波上鷗兮雙飛　파도 위 갈매기 쌍으로 날고

風颼颼兮吹衣　솔솔 부는 바람 옷깃을 날리네

散余步兮松雲　구름 낀 소나무 사이를 산보하며

閑趣得兮十分　한가로운 정취를 더없이 얻고

蘭氣鬱兮氛氳　난초 향기 은근히 자욱하니

恐世人兮共聞　세상 사람들이 모두 알까 두렵네

片帆歸兮前浦　조각배는 앞 포구로 돌아오고

孤砧發兮遠村　쓸쓸한 다듬이 소리 먼 마을에서 들리면

胸海濶兮浩蕩　가슴은 바다처럼 호탕하게 넓어

淡無累兮天君　담담한 내 마음 얽매일 것 없어라

〖 1697년 9월 8일 을유 〗 바람이 불다가 늦은 아침에 맑아짐

〖 1697년 9월 9일 병술 〗 맑음

두 아이와 손자 과원果願을 데리고 중양절 차례를 지냈다. ○두서斗緖가 서울에서 내려왔는데, 역관 주부主簿 김익하金益夏가 함께 왔다. 곡식을 사고 여러 적소謫所에 들러 배알하기 위해서였다. ○극인 김삼달이 왔다. ○들으니 두 번째 간 주청사奏請使가 세자와 세자빈의 책봉을 재가받았다고 한다. 신민臣民에게 다행이다.

〖 1697년 9월 10일 정해 〗 서리가 처음 내리고 종일 흐림

연동蓮洞의 이정爾鼎, 이복爾服, 이송爾松, 남미南美, 백치의 이 제弟(이대휴), 쟁강동爭江洞의 송수삼宋秀森, 비곡比谷의 임취구林就矩, 월암月巖의 임성건林成建이 왔다. 백포白浦의 이성爾成이 와서 유숙했다.

〔 1697년 9월 11일 무자 〕 맑음

극인 최형익崔衡翊, 최항익崔恒翊, 변최휴卞最休가 왔다. ○노奴 을사乙巳가
초저녁에 돌아와 말하기를, 상가에서 자기에게 천원泉源으로 거슬러 올라
가 상주를 만나게 하여 오늘 상차喪次에 도착했다고 한다.

〔 1697년 9월 12일 기축 〕 맑음

김의방金義方, 윤석귀尹錫龜, 연동의 윤기미尹器美, 윤적미尹積美, 윤집미尹
集美, 김여련金汝鍊, 이민석李敏錫이 왔다. ○이성이 갔다. 김익하金益夏가
연동에 들어갔다.

〔 1697년 9월 13일 경인 〕 흐리다 맑음

임원두林元斗, 연동의 이백爾柏, 백치의 권붕權朋, 윤기주尹起周가 왔다.

〔 1697년 9월 14일 신묘 〕 흐리다 맑음

제청祭廳 1칸을 선백善白의 집 동쪽머리에 세웠다. 소위 선백의 집이 지금
수리하여 세원世願 모자의 거처로 삼은 곳이다. 대기大基라는 곳이 있는데
조부님 때부터 정기正基로 점찍어 둔 곳으로 덕립德立의 옛 집터로서 종기
宗基라고 명명한 곳이다. 지금 세원의 집을 대기에 짓는 것이 마땅하지만,
재목을 모아 집을 짓는 것이 용이하지 않을 뿐 아니라 세원의 집을 외롭게
멀리 둘 수 없으므로 가까이 머무르게 하여 아침저녁으로 서로 의지하게
하려고 부득이 이와 같이 했다. 세원이 성장하여 대기로 옮겨 간 후에는 창
아昌兒와 흥아興兒 두 아이가 알아서 처리하는 것이 옳다. ○귀라리貴羅里의
문장門長이 와서 만났다. 윤시상, 윤성필尹聖弼, 윤시지尹時摯가 왔다. 별
진別珍의 김 참의(김몽양金夢陽)가 방문했다. ○윤천우尹千遇가 우이도에서
돌아와 류 대감(류명현柳命賢)의 답서를 보았다. 모관毛冠 1정頂을 보내왔다.

○정광윤이 지난번에 능주綾州에 갔다가 오늘 돌아와서 숙위했다.

〔 1697년 9월 15일 임진 〕 맑음

김지일金之一이 왔다. 좌랑 양득중梁得中이 왔다. 이 사람은 봄에 주부主簿
에 임명되었고, 지난번에 또 공랑工郞에 임명되었으나 모두 나가지 않았
다. 앞으로 진퇴進退가 어찌 될지 모르겠다. ○김연화金鍊華가 왔다.

〔 1697년 9월 16일 계사 〕 바람 불고 맑음

창아昌兒가 노마奴馬를 데리고 서울로 출발했다. 남양南陽의 상부孀婦(윤종
서의 처)와 고아를 데려오기 위해서인데, 말 6마리, 노奴 15명이다. 내려올
때 식구는 13, 14명 전후가 될 것이다. 가고 오는 데 드는 식량인 백미 74
말, 말죽을 끓일 태太, 엽전 10냥을 마련해 주었다. ○윤천우가 와서 류 대
감(류명현)의 동정을 알려주었다. ○들으니 어제 파산波山의 묘제가 끝나고
음복할 때 한 가지 작은 일로 윤시각尹時覺이 말썽을 부려 윤광도尹光道와
고함치며 싸웠다고 한다. 이 묘제를 모신 지 이제까지 49년이 되도록 난잡
한 일이 없었는데 지금 불행하게 이러한 일이 재실齋室에서 벌어졌다니 통
탄스럽다. ○장흥의 문덕룡文德龍, 문덕린文德麟이 방문했다. 해남의 윤신
미尹信美, 이동영李東榮이 와서 잤다. 이동영은 이신우李信友의 아들이다.

〔 1697년 9월 17일 갑오 〕 맑음

출신 윤천미尹天美가 왔다. 윤재도尹載道, 윤학령尹鶴齡이 왔다. ○면주인面
主人이 창아의 편지를 전해 주었는데, 어제 월남月南에서 자고 오늘 아침에
영암에서 아침을 해 먹고 저녁에는 나주에서 잘 것이라고 한다. 정 생(정광
윤)이 숙위했다.

〔 1697년 9월 18일 을미 〕 맑음

두서가 연동에 들어갔다. 윤익성이 왔다.

〔 1697년 9월 19일 병신 〕 약간 맑음

속금도 새 제언에서 타량打量하는 것을 간검看檢할 일이 있어 정 생을 보냈
다. 지원智遠도 그의 일이 있어 해남으로 갔다. 도서원都書員 김중하金重夏
가 건어와 전복을 보냈다.

〔 1697년 9월 20일 정유 〕 바람 불고 흐림

아침 전에 김성삼金省三이 와서 말하기를 그의 엄친嚴親이 고부에서 내려
왔다고 했다. ○아침에 팔마장을 출발하여 백치의 이 제弟(이대휴)를 역방
하고 해 질 무렵 죽도에 도착했다. 이날 소나기가 산을 따라 계속 쏟아지며
지나갔지만, 내 행로까지는 미치지 않아 옷이 젖는 걸 피할 수 있었다.

〔 1697년 9월 21일 무술 〕 간밤에 비가 꽤 내렸으나 아침부터는 잠깐씩 뿌림

성덕기成德基, 성덕항成德恒, 성덕징成德徵이 왔다. 이들은 근래 소상小祥을
치러서 백립白笠을 쓰고 있다. ○ 좌수 김망구金望久가 왔다. 주부 김익하가
고금도에서 나와 나를 만난 다음, 발길을 돌려 백포로 향했다. 좌수 임중
신任重信, 연분도감年分都監 민세호閔世豪, 대장代將 박진혁朴震赫, 감관監
官 최남표崔南杓가 왔다.

〔 1697년 9월 22일 기해 〕 맑음

연분감관 임취빈林就彬 및 서원書員이 와서 알현했다. 성덕항이 왔다. 백치
의 이 제弟(이대휴), 윤기주尹起周, 김우경金友鏡이 왔다. 본해남本海南의 오
민신吳敏信이 왔다. 오민신은 나와 동갑이다. 법장法壯의 김원장金遠章이

왔다. 이 사람은 고故 윤상형尹商衡의 사위다. 진욱陳稶이 왔다. ○ 얼마 전 두아와 여기 와서 방죽 쌓을 곳을 의논하여 정하기로 약속했다. 두아는 먼저 백포에 가고 나는 뒤에 여기에 도착하여 두아를 기다렸으나, 두아가 마침 조금 아파 시간에 맞춰 오지 못했다. 안타까운 일이다. ○ 극인 성씨 삼형제가 왔다. 점쟁이 천재영千載榮이 와서 만났다.

〔 1697년 9월 23일 경자 〕 맑음

두아가 왔다. 이성, 김익하, 이동영이 뒤따라 걸으면서 방죽 터를 보았다. 윤필주尹弼周가 왔다. 저녁을 먹은 뒤 두아 및 손님들이 갔다.

〔 1697년 9월 24일 신축 〕 흐리다 맑음

성덕항이 왔다. 아침을 먹은 뒤에 죽도를 떠나 화촌花村의 극인 안安 아무개를 방문하고 집으로 돌아왔다. 이수제李壽齊가 왔다.

〔 1697년 9월 25일 임인 〕 흐리다 맑음. 빗발이 잠깐 뿌림

이수제와 윤순제가 왔다. ○ 김주만金胄萬 노老가 고부에서 내려와 자기 아들인 김성삼의 집에 지금 머물고 있다. 이 사람은 소싯적에 사귄 오랜 친구라서 만나러 갔다. ○ 정광윤이 속금도에서 돌아왔다.

〔 1697년 9월 26일 계묘 〕 맑음

우이도로 돌아가는 인편이 있다는 말을 듣고 류 대감(류명현)께 편지를 쓰고 홍시 1접과 생밤 1말, 『동고집東皐集』 4권[34]을 보냈다. ○ 아침을 먹은 뒤에 팔마장八馬庄을 떠나 백치에 도착했다. 길가에 이 제弟(이대휴), 권진權繙, 윤기주, 윤익재가 날 보러 나왔기에 잠깐 이야기를 나누었다. 죽도에 도착하여 말을 먹이고 저문 날을 무릅쓰고 백포에 도착했다. 지원智遠이

---

34) 『동고집東皐集』 4권: 이준경李浚慶(1499~1572)의 문집을 말하는 것으로 보인다.

따라왔다. 류 대감이 근래 모관毛冠을 보내며 절구 1수를 부쳐 주었다.

吾衰甚矣更憐君　내가 몹시 노쇠해져 군君이 더욱 그리워
較得形容勝幾分　그 모습 얼마나 좋아졌는지 상상해 보네
緘寄毛巾元有意　털모자를 담아 보내는 건 본디 뜻이 있으니
爲遮蓬髮白繽粉　성성한 백발이 헝클어지지 않도록 쓰시구려

정축년 초가을(9월) 정재靜齋 누인纍人

내가 이 시에 차운했다.

見君書札若逢君　편지를 보니 마치 군을 보는 것 같소
憐我衰容已十分　쇠약할 대로 쇠약한 내 모습 가련히 여겨
遠寄毛巾護短髮　성근 머리 감싸라고 털모자를 멀리 부쳤네
從今減却白紛紛　이제부턴 백발이 헝클어질 염려를 덜겠소

또 차운했다.

冠乎貴爾自吾君　우리 군에게서 온 귀한 털모자
眷眷深情見十分　잊지 않는 깊은 정 충분히 보았네
小艇煙波歆着處　안개 낀 물가에 작은 배를 대고
不堪離思更紛紛　헤어지던 마음 더욱 산란하여 감당치 못하겠네

〖 1697년 9월 27일 갑진 〗 맑음

흥아가 과원을 데리고 왔다. ○완산完山(전주)의 정희鄭僖가 병으로 세상을

떠났다고 한다. 참담하다. 지난날 동학들이 거의 다 세상을 떠나고 나만 살아 있으니, 슬프고 처량한 마음을 가눌 수 없다. 8월 18일에 세상을 떠났다고 한다.

〔 1697년 9월 28일 을사 〕 맑음

오전에 별묘別廟의 제사를 지냈다. 한천寒泉의 생원 윤주미尹周美와 연동 및 여러 곳의 사람들이 와서 참례했다. ○오후에 손님들이 떠난 뒤 걸어서 초사椒寺(전초사)에 갔다. 흥아, 두아, 과원, 이복 무리 및 가까운 마을에서 온 손님 5, 6명이 따라왔다. 속이 탁 트여서 기쁘다.

〔 1697년 9월 29일 병오 〕 맑음

간두幹頭로 가서 귤정공橘亭公(윤구尹衢)의 묘제를 지냈다. 옛날 전부典簿 형님(윤이석尹爾錫)이 살아 계실 때 신주를 매장한 뒤 1년에 한 번 제사를 지내자는 규칙을 정했는데, 근래 전부 댁이 멀리 있는 까닭에 몇 년간 정지했었다. 이제 두서가 내려와서 제사를 지낸다. 흥서興緖, 두서, 과원, 이복, 이송爾松, 이성, 신미가 제사에 참례하고서 다시 연동으로 돌아가서 묵었다. 연동의 여러 친족 및 적인謫人 첨사 이상경李尙經이 와서 만났다. 이상경은 바로 지난날 이영창李榮昌의 옥사 때 형벌로 죽은 이동영李東英의 숙부로, 연좌되어 유배 온 사람이다.

〔 1697년 9월 30일 정미 〕 혹은 비 내리고 혹은 맑음

흥서, 두서, 과원, 이성과 함께 팔마장으로 돌아왔다. 진도의 극인 박인구朴麟耈가 왔다. 정광윤이 왔다. 김익하가 백포에서 왔다. 모두 함께 유숙했다.

1697년 10월. 신해 건建. 작은달.

더부살이와 같은 삶

〔 1697년 10월 1일 무신 〕 맑음

새벽에 영광 조고祖考(윤홍중尹弘中)의 기제사를 지냈다. 흥서興緒, 두서斗緒, 이복爾服, 이송爾松, 이성爾成, 남미南美가 제사에 참례했다. ○ 김익하金益夏가 우이도牛耳島로 가기에, 어제 윤천우尹千遇가 전해 준 류 대감(류명현柳命賢)의 편지에 답장을 써서 익하에게 부쳤다. ○ 윤시상尹時相, 윤유도尹由道, 송수기宋秀杞, 김세장金世章이 왔다. 김세장은 큰 감 20개를 바쳤다. ○ 윤 강서江西(윤이형尹以亨) 댁 노奴 편으로 창아昌兒 일행이 9월 23일에 무사히 효가孝家[35]에 도착했다는 편지를 받았다.

〔 1697년 10월 2일 기유 〕 맑음

김의방金義方이 고금도古今島에서 돌아와 이 영감(이현기李玄紀)의 편지를 전해 주었다. 그 아들인 이한중李漢重[36]의 병이 위중하여 생하生芐(생지황)를 구하기에, 즉시 캐서 보냈다.

---

35) 효가孝家: 현재의 충청남도 공주시 소학동 부근으로, 신라 경덕왕 때 효자인 향덕向德이 살던 곳이어서 이런 이름이 붙었다.
36) 이한중李漢重: 생부는 이현기이며, 이현소李玄紹에게 출계하였다.

〔 1697년 10월 3일 경술 〕 맑음

윤시삼尹時三, 윤시달尹時達이 왔다. 정 생(정광윤鄭光胤)이 왔다.

〔 1697년 10월 4일 신해 〕 흐리다 맑음

임석필任碩弼이 왔다. ○윤 강서(윤이형)의 발인이 6일로 정해져, 아침 식사 후에 흥서興緖, 두서斗緖 두 아이 및 지원智遠과 출발했다. 석제원石梯院에서 말을 먹이는데, 어떤 객이 지나가다 들렀다고 했다. 이 사람은 보성의 사인士人 임대관任大觀인데 찰방 임대년任大年의 족제라고 했다. 임대년은 진휼에 필요한 물자를 납부하여 특별히 찰방에 제수되었으나 벼슬에 나아가지 않았다. 나와는 오랫동안 친하게 지내던 사이였는데, 갑술년(1694) 이후 홀연 종적蹤迹을 바꿔³⁷⁾ 나와 절교했다. 지금 임대관은 그렇지 않으니 그와 느긋하게 이야기를 나누고 일어섰다. 황치黃峙에 이르러 최현崔炫을 만났다. 아침에 윤이형의 상가에 갔다 오는 길인데 장차 호상하러 갈 것이라고 했다. 저녁 무렵 상가에 도착하여 궤연에 들어가 곡했다. 상주와 함께 길게 통곡하고 제물과 술을 올렸다. 곡을 파한 후 김시태金時泰의 집으로 돌아와 유숙했다. 점쟁이 조국필趙國弼이 와서 이야기를 나누었다.

〔 1697년 10월 5일 임자 〕 눈보라가 꽤 어지럽게 날림

올해 첫눈이다.

〔 1697년 10월 6일 계축 〕 바람 불고 흐림

날이 밝을 무렵 발인하여 출발했다. 태어나 왔다가 죽어서 가니 인생사 애처롭기 그지없다. 문득 절구 한 수를 읊었다.

人生於世本如寄　사람의 세상살이는 본래 더부살이와 같은 것

---

37) 갑술년…바꿔: 갑술환국 이후 색목色目을 바꾸었다는 표현으로 보인다.

茲理吾能覺得先　이 이치를 내가 전에 알았지만

一片丹旐千里路　한 조각 붉은 만장輓章 앞세워 가는 천 리 길

孿孿隻影最堪憐　야위고 외로운 상주 모습 참으로 가엾구나

○아침 식사 후 출발했다. 김무金斌를 역방하여 만나고 발길을 돌려 정만대鄭萬大를 방문했다. 그 처의 초상에 곡하려고 했더니, 소상이 지난 후에 즉시 궤연을 철거하여 조문할 만한 곳이 없다고 했다. 월남月南에서 말을 먹이고 목 상(목내선睦內善)을 만나 뵈었다. 술을 몇 순배 돌리고 즉시 인사하고 일어섰다. 사백士伯 대감(목임일睦林一)과 별채에서 잠시 이야기를 나누었다. 날이 이미 저물 무렵 무위사無爲寺를 찾아가다가, 가는 길이 안정동安靜洞에 있는 죽은 전한典翰 이수인李壽仁의 옛집을 지나기에, 말에서 내려 둘러보았다. 집은 이미 없어지고, 오직 객당客堂과 초당草堂만 남아 있으나 이 또한 무너져 볼만한 데가 없고, 연못은 전부 수풀에 파묻혀 찾기 어려웠다. 다만 오른쪽 큰 냇가가 경치가 꽤 좋고 소나무와 대나무가 무성하여, 그윽한 풍취가 아주 많았다. 대로와 큰 마을에서 불과 몇 리 떨어진 곳에 이런 절경이 있다니, 얻기 어려운 곳이라 할 만하다. 이 전한典翰의 양아들인 참봉 이석형李碩亨이 말하길, 재변災變을 만나 이사를 하고 버려 두어 황폐하게 되었다고 했다. 경승지를 아무나 소유할 수 없다는 사실을 비로소 알았다. 깊이 성찰하게 한다. 발길을 돌려 무위사로 돌아왔다. 절이 썰렁하고 누추하며 중도 몇 없으나, 주위를 둘러싼 산세가 아름답다. 절이 언제 세워졌는지 알지 못한다. 아마 고려 때 지어졌을 것인데, 병화兵火를 몇 차례 겪고도 온전하게 보존될 수 있었다고 한다. 대장전大莊殿에서 유숙했다. 방이 그나마 괜찮았다.

아침 식사 후 나가 절 뒤를 둘러보았다. 영산전靈山殿에서 쉬고 내운암內
雲庵을 지나 백련암白蓮庵에 이르렀다. 백련암은 무위사에서 몇 마장쯤 떨
어져 있는데, 정갈하고 상쾌함이 가장 빼어나다. 무위사의 중 초성楚性이
란 자가 그나마 대화를 나눌 만하여, 앞서서 길을 안내하게 해서 갔다가 곧
돌아왔다. 사루寺樓를 내려와 골짜기를 나오니, 석제원에서 겨우 10리 거
리이다. 길에서 현임 별감 박세후朴世厚를 만나고, 또 최도익崔道翊을 만났
다. 모두 말에서 내려 잠시 이야기를 나누었다. 별진別珍에 도착하여 김덕
원金德遠 상相을 뵙고 꽤 조곤조곤 대화를 나누었다. 낙안樂安의 이두광李斗
光이 마침 왔기에, 밖에 나와 그를 불러서 잠시 이야기를 나누고 집으로 돌
아왔다. 윤선시尹善施가 오늘 아침에 이미 와 있는데, 집을 새로 수리하고
구들을 놓기 위해서다. ○무위사에 국왕의 사패賜牌 문서가 있다. 천순天
順 원년(1457)【세조대왕 2년】의 것으로서, 절의 잡역을 면제해 준다는 내용
이다. 맨 끝 행에 '국왕國王'이란 두 글자가 쓰여 있고 이어서 어압御押도 있
다. 절에는 또 절의 사적을 기록한 큰 비석이 있는데, 고려 때 세운 것이다.
비음碑陰의 비첨碑簷 밑에 전서篆書로 쓰인 제명題名이 있는데, 해빈海濱과
행당杏堂의 휘諱와 자字, 그리고 다른 몇 사람의 성명이다.[38] 첫 행과 마지막
몇 행은 자획이 마멸되어 읽기 어려웠고 오직 해빈과 행당의 휘와 자는 묵
적墨跡이 마치 새것 같다. 이 모두 고적古跡이니 기이하도다.

윤상尹詳, 윤선적尹善積, 백치의 이 제弟(이대휴李大休)가 왔다. 정 생(정광윤)
이 왔다. 장흥의 진사 문덕귀文德龜, 율동栗洞의 성덕기成德基 생이 와서 함

---

38) 비첨…성명이다: 해빈海濱과 행당杏堂은 해남윤씨 윤항尹衖(1505~1591)과
　　윤복尹復(1512~1577)으로서, 윤이후의 선조이며 조선 중기 중종, 명종 조에 활동했던 인물이다.
　　이들이 무위사를 찾아왔다가 고려 비석에 이름을 쓴 것을 보고 일기에 기록한 것이다.

께 갔다. 윤척尹倜이 왔다.

〔 1697년 10월 9일 병진 〕 흐리다 맑음

두아斗兒가 고금도로 갔다. 윤기주尹起周가 왔다. 윤정미尹鼎美 숙叔이 왔
다. ○지난달 25일에 정시庭試를 치렀는데, 전 충주목사 엄문서嚴文緖【엄찬
嚴纘】의 아들 엄경운嚴慶運[39]이 장원급제했다. 대제학이 상소하여 '15인이
급제했는데 지방 사람이 한 명도 포함되어 있지 않으니 29일에 다시 지방
유생을 뽑는 과거를 치르자.'고 주장했다고 한다. 그 후 소식을 듣지 못하
여 몹시 답답하다. 정시의 시험 주재관인 영의정 류상운柳尙運의 아들이 높
은 등수로 합격했는데, 지금 합격자 명단에서 삭제해야 한다는 논의가 있
다고 한다. ○26일에 심한 천둥이 치는 이변이 있었다고 한다.[40] 이는 모두
서울 소식이나, 지난달에 여기도 지진, 천둥, 햇무리 등의 변고가 끊임없
이 일어났으니, 몹시 놀랍고 두렵다. ○광주廣州의 곽제숭郭齊嵩이란 자가
시구詩句로 상변上變하여 지금 국청이 설치되었는데, 그 내용이 허탄하다
고 한다.[41] 일의 결말이 어떻게 날지 알 수 없다. 정 생(정광윤)이 숙위했다.

〔 1697년 10월 10일 정사 〕 맑음

광주光州의 사인士人 이달도李達道가 지나다가 방문하고 발길을 돌려 별진
別珍으로 갔다. 재작년에 권 상相(권대운權大運)께 인사드리려고 왔다가 잠
시 역방하여 만났는데 지금 또 온 것이다. ○청계淸溪의 선달 김동설金東卨
이 왔다. 둔덕屯德의 김수빈金壽賓이 왔다. 극인棘人 김삼달金三達이 왔다.

---

39) 엄경운嚴慶運: 장인이 이의징李義徵이다. 이의징은 윤흥서의 장인인 이운징의 형이다.
40) 26일에…한다:『승정원일기』숙종 23년 9월 26일자 2번째 기사 참조.
41) 광주廣州의…한다: 이 사건은『숙종실록』숙종 23년 9월 23일 2번째 기사에 서술되어 있다. 장희재의
집 근처에 산 적이 있던 곽제숭이 민언량閔彦良·이원李畹·홍하신洪夏臣 등이 역모를 꾸민다는
내용으로 고변하여 이원과 홍하신을 잡아와 대질 신문하였는데, 거짓으로 밝혀져 이원과 홍하신은
방면되고 곽제신은 형신을 받다가 사망했다.

〖 1697년 10월 11일 무오 〗 맑음

최상일崔尙馹과 윤명우尹明遇가 왔다. ○두아가 고금도에 갈 때 데리고 갔던 노奴가 돌아왔다. 들으니, 당堂에서 내려오다 발을 다쳐 머물러 조섭하며 며칠 있다가 돌아온다고 한다. 정 생(정광윤)이 숙위했다.

〖 1697년 10월 12일 기미 〗 흐리다 맑음. 저녁에 비가 잠시 뿌림

윤성필尹聖弼, 극인 김삼달이 왔다. 고부의 김주만金冑萬 노老, 윤석귀尹錫龜가 왔다. 해남 염창의 선달 정익태鄭益泰가 와서 황향黃香 20개를 바치고 유숙했다. ○전라좌도 재상경차관災傷敬差官 홍중주洪重周는 나에게 재종질이 된다. 어제 월남에서 유숙하고 별진으로 왔는데, 날이 저물었다는 이유로 와서 만나 보지 않고 편지만 보내 문안하고는 곧바로 강진으로 갔다. 옛사람이 '후배들이 하는 일은 소홀한 점이 많다.'[42]고 이른 것은 바로 이런 행위를 두고 하는 말이다. 참으로 개탄스럽다.

〖 1697년 10월 13일 경신 〗 바람 불고 흐림

월암月巖의 정 노老(정왈수鄭曰壽)가 왔다. 가치可峙의 선달 최세장崔世章과 죽은 윤서尹壻의 아들 관자丱者(총각)가 왔다. 최세장은 『장감박의將鑑博議』[43]의 제목 글씨를 받아 갔다. 진도의 김남표金南標가 두아를 만나러 왔다가, 저녁에 곧 돌아갔다. ○별장別將이 상부孀婦(윤종서의 처)를 데리고 출발하여 천원川源에 도착했다가 이쪽으로 오는 인편을 만나 편지를 부쳐서, 일행이 무사함을 알았다. 다행스럽다. 그러나 가슴이 찢어지는 애통함이 새삼 북받쳐, 할 말을 모르겠다. ○지원智遠이 그 모친을 뵈려고 칠양七陽으로 갔다. 정 생(정광윤)이 숙위했다.

---

42) 옛사람이…많다: 『소학小學』 「가언嘉言」에 나오는 말이다.

43) 장감박의將鑑博議: 손무孫武로부터 시작하여 곽숭도郭崇韜에 이르기까지의 중국 역대 명장의 전략을 논한 책으로 송宋 대계戴溪가 지었다. 조선 시대 무장들의 필독서였다.

〖 1697년 10월 14일 신유 〗 밤사이 눈이 와서 산과 들이 모두 하얗게 덮임. 낮에는 흐리다 맑고 바람이 거셈

아침에 촌노村奴와 말을 보내 상부(윤종서의 처) 일행을 맞이하게 했는데, 흥아興兒와 과원果願도 마중하러 가서 일포日晡(오후 3~5시 무렵)에 들어왔다. 가슴이 찢어지는 애통함에 견딜 수 없었다. 어린아이들이 무탈하게 도착하여 다행이다. 새집이 아직 완성되지 않아, 일단 선일善一의 집에 임시로 거처하게 했다. 남양南陽의 송후기宋厚基 생이 세원世願 등이 살던 곳 가까이에 살며 퍽 정이 들었는데, 이번에 따라 왔다. 추노推奴 일이 있기 때문이다. ○구림鳩林의 이홍진李弘晉이 남리촌南利村으로 이사했는데, 오늘 저녁에 방문하러 왔다가 유숙했다. ○29일에 지방 유생을 대상으로 한 별과別科를 시행하여 3명을 뽑았다고 한다.[44]

〖 1697년 10월 15일 임술 〗 바람 불고 맑음

송 생(송후기)이 머물렀다. 윤천우尹千遇, 전 서흥현감 윤항미尹恒美, 이복爾服, 이백爾栢, 김우정金友正이 왔다. 김우정은 담배 1파, 곶감 1접을 가지고 와서 주었다. 별장은 이번 행차에 그의 소가小家(첩실)를 데리고 왔다가 저녁에 연동으로 돌아갔다. 극인 김삼달이 왔다. 선달 정익태鄭益泰가 또 와서 유숙했다. ○곽제승 사건[45]은 대질심문 결과 허위로 판명되어 무고죄로 벌을 받았다고 한다.

〖 1697년 10월 16일 계해 〗 늦은 아침 이후로 비가 뿌림. 저녁 무렵 약간 맑음

최유기崔有基, 김형구金亨九, 김운장金雲章이 왔다. 김운장은 큰 감 20개를

---

44) 29일에…한다: 1697년 10월 9일자 일기에 '정시庭試에서 15인이 급제했는데, 지방 사람이 한 명도 포함되어 있지 않아 29일 다시 지방 유생을 뽑는 과거를 치를 것을 대제학 오도일吳道一이 상소했다.'는 내용이 나온다. 이에 대한 결과로 보이며, 구체적인 내용은 『숙종실록』 숙종 23년 9월 29일 1번째 기사에 서술되어 있다.

45) 곽제승郭齊嵩 사건: 앞의 10월 9일 일기 참조.

바쳤다. 이정익李廷益이 왔다.

백치의 이 제弟(이대휴), 임林 좌수座首, 김수빈, 이△△李△△이 왔다. 이
李는 윤정미의 사위다. 임 좌수가 매[鴉鷹]를 가지고 와서 내게 주려고 했
으나, 나는 평소 그런 취미가 없어 사양하고 받지 않았다. 윤기주가 왔다.
○송후기가 새벽에 황원黃原으로 갔다.

박필중朴必中이 큰 감을 가지고 와서 줬다. ○세원이 어제부터 『소학』을 배
우기 시작했다. 글과 글씨를 일찍부터 익히게 되어 매우 기특하다. ○지원
이 돌아갔다.

이희李曦가 왔다. 정 생(정광윤)이 왔다.

윤동미尹東美, 윤남미, 윤천미尹天美, 윤장尹璋, 최상일崔尙馹, 윤시상이 왔
다. 남원의 정자正字 정동리鄭東里가 와서 다음과 같이 말했다. "함양에서
남원으로 이사하여 산 지 몇 년이 되었는데, 작년에 과거에 합격하여[46]교
서관校書館에 배치되었으나 벼슬하지 않고 향리에 거처했습니다. 흥양興
陽의 김 대간大諫(김원섭金元燮), 광양의 이 판서(이현일李玄逸), 월남과 별진
의 유배지를 두루 들러 오는 길입니다." ○18일에 두서가 고금도에서 돌아
왔다. 발의 부상이 처음에는 매우 대단하여 뼈가 어긋나기까지 했고, 지금
태반이 나았는데도 여전히 걷지 못한다는 것을 알게 되었다. 몹시 걱정이

---

46) 작년에 과거에 합격하여: 정동리는 1696년 병자 식년시에 병과 24위로 급제했다.

다. ○노奴 덕립德立이 새벽닭이 울 때 홀연히 세상을 떠났다. 이 노의 나이가 올해 여든인데, 부부가 지금껏 해로하고 자손이 60여 명이나 된다. 실로 세상에 드문 복이다. ○이복과 이성이 왔다. 윤익성尹翊聖이 왔다.

〔 1697년 10월 21일 무진 〕 맑음

정자 정동리, 이복, 이성이 갔다. 성덕기가 지나다 들렀다. 윤유미, 윤동미가 와서 함께 유숙했다.

〔 1697년 10월 22일 기사 〕 맑음

송수삼宋秀參, 송시휘宋時輝, 윤성민尹聖民, 윤성시尹聖時, 윤주상尹冑相, 이△△李△△, 윤중호尹重虎가 왔다. 윤무순尹武順과 백치의 이 제弟(이대휴)가 왔다가 함께 유숙했다.

〔 1697년 10월 23일 경오 〕 맑음

이 제弟(이대휴)가 서울에서 오는 외숙(이락李洛)의 행차를 맞이하기 위해 아침 일찍 출발하여 갔다. ○이백이 왔다. 백치의 외숙이 서울에서 내려와 별진에 도착하여 창아昌兒의 편지를 먼저 보내왔다. 나는 즉시 척치尺峙 아래로 나가 맞이했다. 말에서 내려 잠시 이야기를 나누고 있자니 송정松汀의이 생生(이석신李碩臣)이 뒤따라 이르렀기에, 또한 잠시 이야기를 나누고 돌아왔다. 종제 이양원李養源이 우거하던 아산牙山 백석촌白石村에서 내려왔었는데, 어제 며칠 만에 만났다. 도사都事가 해남에서 오늘 저녁에 이곳으로 왔다가 유숙했다.

〔 1697년 10월 24일 신미 〕 밤에 비가 뿌리다가 낮에는 흐리다 맑음. 초야初夜에 다시 비

후촌後村의 변최휴卞最休, 죽천竹川의 윤희기尹希夔가 왔다. 전부(윤이석尹爾

錫) 댁 노비들이 일제히 왔는데, 두서에게 밥을 해 주기 위해서다. 정여靜如 (이양원)와 이백이 갔다.

〖 1697년 10월 25일 임신 〗 밤에 비. 하루 종일 부슬비

두아의 발병足患을 치료하기 위해 침의針醫 백흥석白興錫을 초빙했다. 백흥석은 몇 년 전부터 나주에 와서 우거寓居하고 있는데, 백광현白光炫[47]의 조카이다.

〖 1697년 10월 26일 계유 〗 맑다가 흐림

임중헌任重獻이 홍시를 가지고 와서 바쳤다. 전초사全椒寺의 중 탄잠坦岑과 도일道一이 알현했다. 탄잠은 백지 1속, 황향黃香 10개를 바쳤다. 이송이 왔다. 모산茅山의 진사 이시철李時哲이 월남과 별진에 들렀다가 와서 갔다. 성덕항成德恒이 왔다가 역시 숙위했다.

〖 1697년 10월 27일 갑술 〗 흐리고 바람. 눈이 섞여 내림. 햇빛이 이따금 약하게 나옴

이 진사(이시철)와 성 극인(성덕항)이 갔다. 면천沔川의 이수성李守性이 추노하러 와서 만났다. 말질립末叱立의 처 춘덕春德을 자기 비婢로 오인하여 말질립의 아들 모선慕先을 옥에 가두었다가, 나에게 문의한 후에야 비로소 추노의 대상이 아님을 알고는 크게 웃고서 갔다. 배준웅裵俊雄이 왔다. 정광윤이 숙위했다.

〖 1697년 10월 28일 을해 〗 흐림

근래 한기寒氣가 꽤 심하다. 도사 남적명南迪明이 어제 진도에서 해남으로

---

47) 백광현白光炫: 본관은 임천林川, 자는 숙미叔微이다. 독학으로 침술을 익혔는데, 처음에는
   마의馬醫였으나 사람의 종기도 침으로 째어 치료하는 방법을 개발하여 종기를 전문적으로 치료하는
   침의가 되었다.

돌아왔는데, 갈 길이 바쁘다는 핑계로 심부름꾼만 보내 인사하고는 곧바로 별진으로 갔다. ○윤순제尹舜齊가 왔다. 박흥한朴興漢이 와서 만났는데, 장흥에서 비곡比谷으로 옮겨 와 살고 있으며, 우리 집 논도 병작並作한다고 말했다. 고생담을 많이 했는데, 가소로웠다.

〔 1697년 10월 29일 병자 〕 바람 불고 맑음

연동의 윤선형尹善亨이 왔다. ○해남의 윤취사尹就四와 윤주상尹周相의 얼육촌孽六寸 되는 자가 한정閑丁이라고 피소되었다가 겨우 벗어날 수 있었다. 예전부터 동성同姓 중에 한정으로 피소된 사람이 있으면 면할 수 있도록 힘껏 주선하여 구차한 일마저 마다하지 않았다. 그래서 우리 윤씨 일족 중에는 군역軍役을 하는 사람이 없었으니, 이는 모두 똑같은 자손이라는 뜻을 잊지 않은 까닭이다. 그런데 나에 이르러 이런 의리를 생각하지 않고 그들이 천한 군역 명부에 드는 것을 괄시한다면, 우리 선조들의 뜻을 크게 저버리는 것이다. 이런 까닭으로 근래 몇 년 동안 이 환난을 면하기를 꾀하러 나에게 온 사람이 이 두 사람에 그치지 않는다. 그러나 이들은 문무文武에 힘쓰지 않고 오직 한가하게 놀기만 하다가 이런 환난을 만나면 문중門中만 바라볼 뿐이니, 통탄스럽다. ○윤희성尹希聖이 와서 유숙했다.

종아의 가솔을 데려오다

〔 1697년 11월 1일 정축 〕 밤에 눈이 내려 산이 희어짐. 낮에는 흐리고 눈이 날림

백흥석白興錫이 갔다. 정광윤鄭光胤과 임세회林世檜가 왔다. 윤남미尹南美가 왔다. 화산花山의 박문귀朴文龜가 벼를 바꾸려고換租 왔다가 뜻을 이루지 못하고 갔다.

〔 1697년 11월 2일 무인 〕 흐리다 맑음 바람

순창의 진사 설만동薛萬東이 별진別珍에서 역방했다. 장흥의 장창억張昌億이 진도의 노비를 팔려고 와서 만났다. 나는 돈이 없다고 사양했다. ○두아斗兒가 서울로 심부름꾼을 보내 편지를 부쳤다.

〔 1697년 11월 3일 기묘 〕 흐리다 맑음

정 생(정광윤)이 왔다. 백치白峙의 이징휴李徵休 제弟가 왔다. 인천의 안명장安命長 생질甥과 그의 매부 채해蔡楷가 왔다. 도서원都書員 김중하金重夏가 전복 1접, 생전복 20개, 말린 상어 2마리를 보내왔다. ○죽은 아들(윤종서尹宗緖)의 궤연几筵을 새집으로 옮겨 봉안했다.

〔 1697년 11월 4일 경진 〕 밤에 눈이 오고 낮에도 간간이 뿌림

이 제弟(이징휴)가 갔다. 정광윤과 최상일崔尙馹이 왔다. 전부 댁 노奴가 서울에서 돌아와 창아昌兒가 지난달 21일에 보낸 잘 있다는 편지를 받았다.

〔 1697년 11월 5일 신사 〕 밤에 눈이 내려 쌓임. 종일토록 바람 불고 눈이 내림

송후기宋厚基가 암태도岩太島에서 돌아왔다. 거센 파도에 시달려 바라던 바를 이루지 못했다고 한다. 이수제李壽齊와 윤순제尹舜齊가 왔다.

〔 1697년 11월 6일 임오 〕 어제처럼 밤낮으로 바람이 불고 눈이 내림. 추위가 갈수록 심해지고, 연일 개지 않음

윤기업尹機業이 왔다. 정 생(정광윤)과 윤익성尹翊聖이 유숙했다. 정익태鄭益泰가 절인 게 15마리를 보내왔다. ○세원世願 어멈(윤종서의 처)이 어제 새 집으로 옮겨 들어갔다. ○아내의 괴증塊症이 항상 위독하여 매번 위로 치받아 오를 때에는 사지에 경련이 일어[48] 마비가 오고[49] 눈을 부릅뜨며 이를 악무는 등 여러 참혹한 모습이 차마 볼 수 없을 지경이었다. 그런데 작년 2월 죽도竹島에 있을 때, 어떤 사람이 큰 새를 1마리 잡아와서 "뱃속에 덩어리가 생기는 병[50]에는 이것이 제일 좋습니다. 그래서 혹시 써 보실 수도 있겠다 싶어 감히 가지고 왔습니다."라고 했다. 나도 전에 이에 대해 들은 적이 있어 벼 2말로 사서 즉시 아내에게 삶아 먹도록 했더니, 그때부터 덩어리의 기세가 꺾였고 발동의 증세가 있어도 치받아 올라 화를 끼치는

---

48) 경련이 일어: 원문의 '휵닉搐搦'은 팔다리를 버둥거리면서 주먹을 자주 펼쳤다가 오그리는 증상을 가리킨다.

49) 마비가 오고: 원문의 '탄탄癱瘓'은 중풍으로 팔다리를 쓰지 못하는 증세를 말한다. 탄癱은 '평탄하다'는 뜻으로 근맥筋脈이 늘어져 들지 못함을 의미하고, 탄瘓은 '흩어진다'는 뜻으로 혈기가 흩어져 쓸 수 없는 상태를 가리킨다.

50) 뱃속에…병: 원문은 '징가癥瘕'인데, 징瘕은 단단한 것이 생겨 움직이지 않는 것, 가瘕는 단단한 것이 생겨 움직이는 것을 말한다. 담음痰飮, 식적食積, 어혈로 생긴 덩어리로, 주로 배꼽 아래에 생기는 경우가 많으며 부인에게 흔히 나타난다.

일은 없게 되었다. 올해 여름에 약간 재발하는 낌새가 있었지만 그래도 병이 심하게 일어나지는 않았다. 며칠 전 이신우李信友가 그물을 설치하여 1마리를 잡아 보내왔는데, 이것을 먹으면 또 효과가 있을지 모르겠다. 이 새는 우리말로 '너시'⁵¹⁾라고 하며, 『시경』⁵²⁾에서 말하는 '鴇'이다. '鴇'는 음이 '보甫'다. 괴증을 치료하는 약으로는 뱀장어나 오소리 고기와 기름 등이 있는데, 모두 확연한 효험이 있지만 너시만큼 좋은 것은 없다.

〖 1697년 11월 7일 계미 〗 바람과 눈이 어제와 같음

윤희직尹希稷이 왔다. 윤선증尹善曾과 그의 사위 이우현李遇顯이 와서 유숙했다. 이우현은 공주 사람으로 지금 그 아버지의 상喪을 치르고 있는데, 그 아버지는 전 평해현감 이백희李百熙다.

〖 1697년 11월 8일 갑신 〗 맑음. 봄처럼 온화하고 따뜻함

윤선증과 이우희李遇熙⁵³⁾가 갔다. 윤익성과 정광윤이 왔다.

〖 1697년 11월 9일 을유 〗 동지. 아침에 흐리다 늦은 아침 맑음. 날씨가 지나치게 따뜻함

새벽에 시사時祀를 지냈다. 정침正寢이 좁아 전부터 사당에서 지낸다. 영광靈光 조고祖考(윤홍중尹弘中) 이하의 제사를 먼저 지내고, 다음으로 승의랑承議郎(안계선安繼善)의 제사를 지냈다. 그다음으로 토신제土神祭를 지냈는데, 이 제사는 안채의 뜰에 차려서 지냈다. ○정광윤, 윤익성, 변최휴卞最休, 송수삼宋秀參, 윤유도尹由道, 윤천우尹千遇, 월암月巖의 정왈수鄭日壽가 왔다. ○최근에 참군參軍 외숙(이락李洛)이 내려오셨을 때 길에서 잠깐 인사를 드린 후, 바람이 계속 심하고 또 제사 때문에 겨를이 없어 여태 찾아뵙지 못

---

51) 너시: 현재의 표준 명칭은 느시이다. 두루미목 느시과의 대형 조류로 천연기념물 제206호이다. '너새', '너화', '들칠면조'라고도 한다. 예전엔 흔한 겨울철새였으나 근래에는 거의 자취를 감추었다.

52) 시경: 『시경詩經』 당풍唐風 「보우鴇羽」에 나온다.

53) 이우희李遇熙: 전날 일기에 나오는 '이우현李遇顯'이라는 이름의 착오이다.

하다가, 오늘 비로소 출발했다. 길에서 권도경權道經과 윤응병尹應丙을 만났고, 또 좌랑 양득중梁得中도 만났다. 백치白峙에 도착하여 외숙께 인사드리고, 발길을 돌려 죽도장竹島庄으로 들어갔더니 해가 막 저물었다. ○이날 밤에 아산牙山 이 생원 댁 고모님(이보만李保晚의 처)께서 2일에 별세했다는 부음을 들었다. 정여靜如(이양원)는 일 때문에 나주에 갔다가 길 위에서 부음을 들었다고 한다. 통곡하는 외에 슬픔도 더욱 지극하다.

〖 1697년 11월 10일 병술 〗 흐리다 맑음

아침에 죽도에서 출발하여 백치에 역방하여 인사드리고 저물 무렵 팔마八馬에 도착했다. 이복爾服, 이송爾松, 동미東美, 적미積美, 집미集美가 이미 와 있다가, 저녁밥을 먹은 후 돌아갔다.

〖 1697년 11월 11일 정해 〗 아침에 흐리다가 늦은 아침 맑음. 하루 종일 바람

윤시상尹時相, 임원두林元斗, 윤은좌尹殷佐, 파총把摠 김동설金東卨이 왔다. 윤익성, 정광윤이 왔다. 윤동미, 집미, 이성爾成이 왔다. 내일 성복成服하기 때문이다. 만득晚得이 왔는데, 한정閑丁에 들어갔기 때문이다. 그러나 나는 이미 두 사람이나 빼 주어서 번거로움을 감당할 수 없기에, 이석신李碩臣에게 편지를 써서 주선해 주도록 했다. 이석신과 주쉬主倅(고을 수령)가 친하고, 또 만득과 족분族分상 가장 가깝기 때문이다.

〖 1697년 11월 12일 무자 〗 맑음

아침에 성복했다. 극인棘人 김삼달金三達이 왔다. 한천寒泉의 문장門長(윤선오尹善五)이 와서 만났다. 윤석귀尹錫龜가 왔다. 점쟁이 천재영千載榮이 왔다. ○서울에 사는 박선교朴善交가 왔다. 이 사람은 기개와 의리를 중시하고 풍수에 능통하다. 몇 년 전 막내 아이[54]의 장지葬地를 고르기 위해 여러

---

54) 막내 아이: 윤이후에게는 성년이 되기 전에 죽은 아들과 딸이 있다. 여기서는 1690년에 사망한

날 함께 다니며 산을 찾은 적이 있다. 그가 나를 매우 좋게 여겨서 의기투합하는 교분이 있다. 지금 셋째 아이(윤종서)를 반장返葬하려고 하나, 더불어 산소 자리를 정할 사람이 없기 때문에 하는 수 없이 편지를 보내어 그를 간절히 고대한다고 했다. 그가 오겠다고 하면 노奴와 말을 갖춰 보내어 데리고 올 계획이었다. 그런데 그가 내 편지를 보고 말과 노를 갖추어 바로 직접 왔으니, 그 허여하는 마음이 옛사람에게도 뒤지지 않는다. 땅 보는 능력의 고하는 알 수 없으나 그의 마음은 알 수 있다. 나는 이를 중요하게 여겨 독실하게 믿을 수 있는 사람이라 생각하기에, 오직 그의 말을 따르고 다시 의심하지 않을 것이다. 흥양興陽의 적소謫所에서 대간大諫 김지화金志和의 편지를 전해 왔다.【지화는 김원섭金元燮의 자字이다.】○안동의 이계상李季商【계상은 현조玄祚의 자이다.】이 고금도의 적소에 왔다가 떠날 때 별진에 편지를 남겨 두었는데, 오늘 받아 보았다. ○내 좌측 아래 어금니는 어릴 때부터 병을 앓아 절구처럼 패였는데 근래에 더욱 심해졌다. 오늘 저녁 식사에서 무짠지沈菹를 씹다가 치아 반 조각이 쪼개져 나갔다. 평소에 앓던 치아가 아니지만, 나이로 치자면 떨어져 나간 것이 이상한 일도 아니다. 그러나 역시 서글픈 마음이 없지 않다. 그 또한 거스를 수 없는 흐름이니 무슨 수가 있겠는가.

〖 1697년 11월 13일 기축 〗 맑음

별진으로 문안을 드리러 갔다. 마침 새로 출신出身이 된 박형도朴亨道를 만나서 옆집에 들어가 잠시 이야기를 나누었다. 장흥의 새 출신 김우열金遇說과 마을에 우거하는 고여필高汝弼이 와서 만났다. ○진사 이한조李漢朝가 와서 유숙했다.

윤광서尹光緖를 가리키는 것으로 짐작된다.

이 진사(이한조)가 별진으로 향했다. ○박 공公(박선교)을 데리고 나가서 집 터를 봤다. 대기大基가 매우 좋으니 액두額頭를 조금 올리고 기둥을 정향丁 向으로 세우는 것이 좋다고 했다. 그리고 다른 사람들이 무슨 말을 하더라 도 절대로 흔들려 고치지 말고, 지금 살고 있는 터가 매우 좋지 않아 만약 2년을 넘기면 반드시 큰 해가 있을 것이므로 속히 이사하여 나오라고 말 했다. 함께 파산波山에 가서 땅을 보고서는, 볼만한 품격이 전혀 없고 등급 으로 말하자면 갱更 55)에 불과할 뿐이라고 하였고, 이씨 조비祖妣의 묘는 약 간 생기生氣가 있다고 했다. 묘 아래에 있는 마을 어귀의 강신講信 56)하는 터 에 이르러, 솔숲 뒤 5, 6칸 위에 앉아 말하기를 "이곳은 매우 좋은 집터입니 다. 역량이 팔마八馬의 큰 터에는 미치지 못하더라도 복이 빨리 오는 것은 더 낫습니다. 수년 안으로 반드시 부유하게 될 것이며 또한 귀하게 현달하 게 될 땅입니다."라고 했다. ○6일에 흑산도 류 대감(류명현柳命賢)의 편지를 받았다. 또 이전에 보낸 시에 화답한 시를 보내왔다.

窮途高義感夫君　곤궁한 나를 높은 의리로 대해 주어 고맙네
美味秋來屢見分　맛있는 음식 가을 이래 자주 나누어 주었지
更有淸詩偕一咏　게다가 맑은 시 한 수도 함께 보내어
也應憐我客愁紛　객지의 시름으로 어지러운 나를 달래 주었네

또 한 수

依依欐月每思君　지붕 위 달을 보고 늘 군을 생각하네

---

55) 갱更: 옛 과거시험에서 채점관이 붉은 글씨로 중요 부분을 점검하고 성적에 따라 일一, 이二, 삼三, 차次, 갱更, 외外 등으로 점수를 매겼다. 박선교는 파산의 등급을 매우 낮은 '갱'으로 품등한 것이다.

56) 강신講信: 향약鄕約이나 계契, 향회鄕會 등의 성원들이 한자리에 모여서 우의와 신의를 새롭게 다짐하며 대화하는 것이다.

一夜淸光兩處分	한밤 맑은 달빛 그곳에도 이를 테지
江海近來多候鴈	바닷가에 요즘 기러기 많이 날아오니
不嫌音信寄縝粉	소식 자주 보내는 것을 마다하지 말게

정축년 10월 상한上澣에 정재靜齋 누제累弟 졸고

○ 오늘 저녁 무렵 미미하게 천둥소리가 들렸다. 류 대감의 편지에 '10월 3일과 4일에 연이여 천둥 번개가 치는 변고가 있었다.'라고 했듯이, 하늘의 경고가 이 지경에 이르렀다. 무엇 때문에 이런 것인지 모르겠다. 다만 지붕만 올려다 볼 뿐이다.

〔 1697년 11월 15일 신묘 〕 바람 불고 맑음

박 공(박선교)과 함께 묏자리를 구하러 길을 나섰다. 영신永新[57]의 평천坪川 가에 이르러 갑향甲向[58] 언덕을 보았는데, 집터로서 매우 길하여 수년 내에 반드시 부유하게 될 땅이라고 했다. 또 반 마장쯤 떨어진 길가에 있는 행암行岩 아래에 이르러서도, 집터로서 매우 길한 곳으로 역시 갑향이라 복

---

57) 영신永新: 현 해남군 옥천면 영신리를 말한다.
58) 갑향甲向: 정동향에서 북쪽으로 15° 치우친 방향이다.

지사 박선교와 풍수를 논함

윤이후는 윤종서의 묏자리를 얻기 위해 서울에서 박선교를 초청하였다. 그와는 윤광서의 묘를 정할 때 함께 다닌 친분이 있었다. 박선교는 1697년 11월 12일에 해남에 도착하여 25일에 떠날 때까지 팔마와 연동, 백포 등의 집터와 간두, 적량 등 선대 산소들을 다니며 풍수의 길흉을 논하였다. 박선교는 죽도의 내사內舍 자리를 잡는 데에도 조언을 주었다. 그는 여러 산소들이 가진 문제점 등을 상세히 말했으며, 윤효정의 옛 묘터가 특별히 좋다고 하였다.

이 빨리 들어올 것이며 처음 보았던 땅에 미치지는 못하지만 화평함이 오래도록 멀리 이어지는 것은 더욱 낫다고 했다. 박산朴山 위에 오르니, 호지촌狐旨村을 안산案山으로 삼고 있는데 바로 묘향卯向이다.【소가 누워 있는 형태이면서 속초束草를 안산으로 가짐59)】앞뒤로 작은 암석이 있어서 이것을 표지로 삼았다. 연동蓮洞에 이르러 어초은漁樵隱(윤효정尹孝貞)의 묘를 바라보고는, 저기는 볼만한 곳이 아니기에 굳이 올라가서 볼 필요가 없다고 해서 결국 가지 않았다.

〖 1697년 11월 16일 임진 〗 맑음

아침 후에 출발했다. 별장이 뒤따라 왔다. 진목우眞木隅에 이르러 밭을 보면서 말하기를 "연동은 대기大基가 부산夫山 밑에 육박하여, 조산祖山에서 멀리 떨어진 것만 못하지만 곱게 혈穴을 이루고 있습니다."라고 했다. 대산岱山60)에 올라서는 을향乙向61)으로 구덩이를 파고 말하기를, "후맥後脈이 매우 좋으며 혈자리가 화평하니 매우 쓸만합니다."라고 했다.【금반옥안형金盤玉案形62)이다.】 전거론全巨論에 이르러 옛 산소에 올랐다. 백호白虎가 묘산卯山(묘향卯向의 산)의 유향酉向(정서향) 혈에 말뚝을 박아 표시했다. 순안順安 고모63)의 장지로 삼기 위해서다. 문소동聞簫洞에 이르러서 말하기를 "이 땅은 매우 좋지 않습니다. 용혈龍穴이 모두 참되지 않고 또 살기殺氣를 벗어나지 못하여 올해 일어난 재앙과 환난은 필시 여기서 말미암지 않은 것이 없을 것입니다. 묘를 쓴 후 30년 내에 반드시 또 해가 있을 것입니다."

---

59) 소가…가짐: 풍수학의 형국론에서 소가 누워 있는 형태의 지형은 일반적으로 호부지혈豪富之穴, 즉 큰 부를 가져다줄 혈자리로 여겨진다.

60) 대산岱山: 현재 해남군 현산면 구시리에 있는 태양산으로 추정된다.

61) 을향乙向: 정동향에서 남쪽으로 15° 치우친 방향이다.

62) 금반옥안형金盤玉案形: '금반'은 금소반으로서 밥상 모양 지형인 금반형金盤形은 자손이 부귀해진다고 한다. '옥안'은 '옥배안玉杯案'으로서 내안산內案山이 옥잔 혹은 옥호玉壺(옥병) 모양을 한 것을 말한다. 금반옥안형은 금소반에 옥그릇이 놓인 형상과 비슷하여 부귀영화를 상징하는 모습으로 보았다.

63) 순안順安 고모: 이보만李保晩에게 시집간 윤이후의 고모(윤선도의 딸)로 추정된다.

라고 했다. 문소동 언덕 아래에 이르러서 혈 하나를 점찍어 두었는데 역시 순안 고모의 장지로 삼기 위한 것이다. 용반동龍盤洞[64] 마을 앞에 이르러서 이석신李碩信과 마주쳤다. 이번 행차 소식을 듣고 나와서 기다린 것이다. 길가에 앉아 이야기를 나누다가 이 생生이 그의 장선동長善洞 산소에 대해 의논하려고 박 공에게 간청하여 그곳으로 갔다. 별장도 따라갔다. 나는 죽도로 갔는데, 가는 길에 이미 해가 져서 어둑해졌다.

〔 1697년 11월 17일 계사 〕 아침에 눈이 내리다가 늦은 아침 맑음

성덕항成德恒, 성덕징成德徵이 왔다. 박 공(박선교)이 장선산長善山을 살펴보고 별다른 형세가 없다고 생각하여 그대로 죽도로 돌아왔다. 해가 이미 저물어 길을 떠나지 못하고 어쩔 수 없이 유숙했다. ○지난번 약간의 벼를 진도 남도산南桃山[65]의 산지기에게 보내어 서까래나무를 구하여 두었다. 배를 보내 80여 개를 실어 왔는데 이 섬에 정자를 지을 재목이다.

〔 1697년 11월 18일 갑오 〕 맑음

박 공(박선교)이 죽도에 올라가서 둘러보고 말하기를 "정자는 향하고 등지는 것에 구애될 필요까지는 없습니다만, 손향巽向의 안산인 세 봉우리[66]에 암석이 있는데 색깔이 좋지 않아 병향丙向[67]만 못합니다."라고 했다. 내사內舍 자리를 낙점할 수 없자, 이에 가장 꼭대기로 올라가 1장丈 정도 조금 내려와서는 말하기를 "이곳은 비룡도강형飛龍渡江形[68]이며, 여기가 바로 액

---

64) 용반동龍盤洞: 현재의 해남군 삼산면 원진리와 해창리 사이의 지역이다.
65) 남도산南桃山: 현재의 진도 임회면 연동리와 남동리에 걸쳐 있는 한복산漢福山이다. 과거에 남도중산南桃中山 또는 남도산南桃山으로 지칭되었다고 한다.
66) 손향巽向의 안산인 세 봉우리: 손향巽向은 동남향이다. 죽도로 추정되는 곳에서 바로 동남쪽에 위치한 현재의 바랑산(전라남도 해남군 화산면 해창리)을 가리키는 것으로 추측된다. 실제 산 정상을 기준으로 산줄기가 3개로 갈라지는데, 세 봉우리는 세 갈래로 나누어진 봉우리들을 지칭하는 것으로 짐작된다.
67) 병향丙向: 정남향에서 동쪽으로 15° 치우친 방향이다.
68) 비룡도강형飛龍渡江形: 용이 날아 강을 건너는 형국의 땅이다.

혈額穴[69]이니 마땅히 내사內舍를 여기에 지어야 합니다."라고 했다. 또 가장 끝단으로 내려와서 말하기를 "이곳은 비혈鼻穴[70]이므로 묘를 들일 수 있으니 기격奇格이라고 할 만합니다. 중국에까지 이름을 떨칠 만한 큰 인재를 낼 곳임에 틀림없습니다. 다만 자손들이 번성하지는 않을 것이니, 쓰라고 권할 수는 없습니다."라고 했다. 석전리席田里[71]에 이르러 선원산善元山[72] 아래에 산 하나가 있는 것을 바라보고는 올라가 가장 빼어나 보이는 곳인 신향辛向[73]의 혈【옥녀산발형玉女散髮形[74]】을 점찍어 바로 표標를 묻었다. 법장法莊[75]에 이르러서 과맥過脈 뒤편의 정상에 병향丙向의 혈【장군대좌형將軍大坐形[76]에 기린안麒麟案[77]】을 점찍었으나, 혈도穴道가 높고 험해 포근함에 있어서는 꽤나 흠이 있다. 정말 괜찮은 곳인지는 잘 모르겠다. 백포白浦에 이르러서 박 공이 말하기를 "이 터는 연동蓮洞보다 훨씬 좋습니다."라고 했다. 약정約正 오상희吳尙熙와 만득晚得이 와서 묵었다.

〖 1697년 11월 19일 을미 〗 맑음

아침에 내사內舍[78]를 보고 박선교가 말하기를 "이곳은 꽤나 좋아, 차하次下나 원갱圓更[79]이 될 만합니다만 묏자리로 써서는 안 됩니다."라고 했다. 그

---

69) 액혈額穴: '비룡'의 이마에 해당하는 혈이다.

70) 비혈鼻穴: 용의 코에 해당하는 혈이다.

71) 석전리席田里: 현재의 해남군 화산면 방축리의 석전저수지를 끼고 있는 마을로 추정된다.

72) 선원산善元山: 현재의 해남군 화산면 방축리에 있는 선은산으로 추정된다.

73) 신향辛向: 정서향에서 북쪽으로 15° 치우친 방향이다.

74) 옥녀산발형玉女散髮形: 풍수에서는 주산의 모습을 여자(옥녀)에 비유하는 경우가 종종 있어서, 주산과 그에 딸린 작은 산들의 모습을 '옥녀탄금玉女彈琴', '옥녀헌배獻杯' 등으로 형용하곤 한다. '옥녀산발'은 여인이 머리를 풀고 빗질하며 단장하는 형상이다.

75) 법장法莊: 법장法藏이라고도 한다. 현재의 해남군 화산면 송산리 법장이골을 말한다.

76) 장군대좌형將軍大坐形: 풍수 용어로, 장군이 진영에 위풍당당하게 앉아 있는 형상이다. 장군대좌형將軍臺座形이라고도 한다.

77) 기린안麒麟案: 장군대좌형을 이루는 안산이 기린 모양으로 생긴 것이다.

78) 내사內舍: 백포白浦의 내사를 말한다.

79) 원갱圓更: 과거시험의 성적 등급 중 하나이다. 갱등更等 가운데서도 조금 나은 자에 대해 권점圈點으로 구별하여 재검토 대상임을 표시한 것이다.

대로 출발하여 고다산高多山[80]을 보여 주려고 했는데, 염창鹽倉[81] 앞에 이르러 둘러보며 말하기를, "산세가 본디 좋지 않아 결단코 결국結局할 땅이 아닙니다."라고 했다. 내가 말하기를, "만약 그렇다면 가서 보는 것이 도움이 안 된단 말입니까?"라고 하자, 박朴이 말하기를 "본다 한들 무슨 도움이 되겠습니까?"라고 했다. 하는 수 없이 가던 길을 곧장 나아갔다. 갈공산葛公山[82]을 바라보며 박이 말하기를 "저 산의 아래에 반드시 혈穴이 있을 것입니다."라고 했다. 소거현繰車峴[83] 아래 양 별장(양헌직楊憲稷)이 점지해 둔 곳에 이르러 말하기를 "저는 그가 견식이 있다고 생각했었습니다만, 지금 이 혈을 보니 어찌 이다지도 그 식견이 밝지 않단 말입니까?"라고 했다. 그대로 갈공산 중턱에 올라 튀어나온 건향乾向(북서향)의 한 혈을 자세히 보고 말하기를 "이곳은 곧 옥녀산발형玉女散髮形에 옥소안玉梳案[84]이니 안산案山은 북쪽 곳에 있는 마을 뒷산입니다."라고 했다. 바로 촌가村家와 대충對沖이 되자, 박 공이 곧장 병좌임향丙坐壬向으로 용침用針[85]을 했기 때문에 마을 우변의 빈 곳이 안산이 되었다. 발길을 돌려 향교촌鄕校村[86]에 있는 송정松汀의 이씨 가문 산소에 이르러 박 공이 말하기를, "전면에 살기殺氣가 가득하니 재앙과 환난이 매우 잦을 것입니다. 묘를 쓴 뒤 4년 안에 상을 당하는 화가 있을 것이고 9년이 되면 또 그보다 더 심한 일이 있을 것입니다."라고 했다. 이석신의 서庶 조카 음적音笛이 그 말을 듣고 상심하여 말하기를, 이석빈李碩賓의 상[87]이 묘를 쓴 뒤 4, 5년 지나 있었다고 했다. 말을 먹이고 출발했

---

80) 고다산高多山: 현재의 전라남도 해남군 현산면 읍호리와 일평리 경계에 있는 산으로 전해진다. 현재 성매산에 있는 산성을 '고다산성'이라 호칭하는 것으로 보아, 과거 읍호리와 일평리 사이에 펼쳐진 여러 봉우리와 성매산을 한데 모아 불렀던 명칭이라 짐작된다.

81) 염창鹽倉: 현재의 해남군 현산면 읍호리이다.

82) 갈공산葛公山: 현재의 해남군 현산면 월송리에 있는 가공산으로 추정된다.

83) 소거현繰車峴: 현재의 전남 해남군 송지면 해원리(산 49-1 부근)에 소재하는 고개이다.

84) 옥소안玉梳案: 옥녀산발의 형국의 안산이 빗 모양인 것을 말한다.

85) 용침用針: 패철佩鐵(나침반)의 침을 윤도輪圖의 원리에 기준하여 맞추어 보는 것이다.

86) 향교촌鄕校村: 현재의 해남군 현산군 월송리 향교리 회관 일대이다.

87) 이석빈李碩賓의 상: 이석빈은 이석신의 아우이다. 1695년 11월 22일자 일기에 이석빈의 갑작스런 죽음이 기록되어 있다.

다. 해가 저물 무렵 미황사에 도착했다. 절의 승려가 조그만 다담상을 내어왔다. 내가 술을 마시지 못하는 것을 알고서는 꿀물을 권했다. 정성스러운 마음을 알 수 있었다. 용화대龍華臺[88]에서 잤는데 눈에 들어오는 풍경이 더할 나위 없이 훌륭했다. 밤에 상태尙太라는 자가 무릎을 꿇고 발을 문질러 주는데 아주 시원했다. 상태는 초매촌草梅村[89]의 아이다.

〔 1697년 11월 20일 병신 〕 바람이 불고 맑음

아침에 연포軟泡를 차렸다. 박 공(박선교)을 위해 싸서 가져온 것인데 물러서 아주 맛이 없어 안타까웠다. 아침을 먹고 출발하여 묵역지墨亦只[90]를 찾아 갔는데, 전부典簿 형님(윤이석尹爾錫)이 박준신朴俊藎을 데리고 점찍어 둔 곳이다. 박 공이 용세龍勢는 자못 좋은 곳이지만 혈처가 아래로 바다에 잇닿았음에도 사각砂脚[91]이 막아 주는 곳이 전혀 없어 써서는 안 된다고 했다. 가던 길을 계속 갔는데, 통포桶浦[92]의 윤정화尹鼎和가 점찍어 둔 곳을 보기 위해서였다. 마전치馬轉峙[93]에 이르러 말하기를 "달마산達磨山의 용龍은 온통 석산石山입니다. 이렇게 험악한 곳을 벗어나 눈지嫩枝[94]에서 용을 얻으려면 반드시 40, 50리를 지나야 합니다. 그런 후에야 혈이 맺히는 것인데 여기서 10리도 못 가서 용맥이 바다를 만나 멈추어 버리니 결단코 혈이 맺힐 형상이 아닙니다. 가서 보더라도 유익함이 없을 것입니다."라고 했다. 그 때문에 곧바로 양하동蘘荷洞[95]에 도착하여 말을 먹였는데 양하포蘘荷

---

88) 용화대龍華臺: 미황사의 용화당龍華堂을 말한다.
89) 초매촌草梅村: 현재의 해남군 현산면 초호리이다.
90) 묵역지墨亦只: 지명이나 현재 위치는 알 수 없다.
91) 사각砂脚: 풍수 용어로 산의 제일 높은 정상을 사두砂頭라 하고, 산의 중간의 낮고 평평한 곳을 사신砂身이라 하며, 제일 낮은 곳을 사각이라 한다.
92) 통포桶浦: 현재의 해남군 송지면 통호리이다.
93) 마전치馬轉峙: 현재의 전남 해남군 송지면 마봉리 몰골이재이다.
94) 눈지嫩枝: 풍수 용어로, 어린 가지 즉 큰 용맥에서 벗어난 작은 용맥을 가리키는 표현이다.
95) 양하동蘘荷洞: 현재의 해남군 북평면 영전리이다.

浦⁹⁶⁾에서 1리쯤 되는 곳이다. 이곳은 북평北坪 땅이며, 해남의 양하동이 아니다. 저녁 무렵 불치佛峙⁹⁷⁾아래 도착하여 환시宦侍 정동규鄭東奎의 장사庄舍에 머물러 유숙했다.

〖 1697년 11월 21일 정유 〗 맑음

여명黎明에 출발하여 간두리幹頭里⁹⁸⁾에서 아침을 해 먹었다. 박선교가 산소를 살펴보고 말하기를 "이 땅은 지나치게 좁으나 자못 귀격貴格이 있고 용세龍勢도 연약하지만 형국이 온화하여 등급을 논하자면 차하次下보다 낫다고 할 수 있습니다. 다만 태하太下에 혈을 쓰면 생왕지기生旺之氣를 이을 수 없어 필시 발복發福하기는 어려울 것이니, 참으로 안타깝습니다."라고 했다. 또 내 부모님(윤의미와 그의 처)의 묘가 두 무덤 사이에 있는데 이것이 소위 양귀협시兩鬼挾屍⁹⁹⁾여서 옛사람들이 크게 꺼리는 것이었다. 이에 박선교는 부모님 묘 위로 10장쯤 되는 곳에 새로운 혈을 천점扦點하고 나무를 꽂아 표시를 하고서는 속히 묏자리를 옮길 것을 청했다. 듣고 보니 몹시 걱정되었다. 향向을 봉수산烽燧山¹⁰⁰⁾으로 쓰면 기운을 잃을 것이니 내안산內案山의 일자문성一字文星¹⁰¹⁾을 안대案對¹⁰²⁾로 하는 것만 못하다고 했다. 가던 길을 계속 가다가 좌일佐一¹⁰³⁾에 도착했다. 북쪽 언덕에 올라 묘향卯向(정동향)으로 혈을 점찍고 말하기를 "이곳은 노룡희주老龍戲珠¹⁰⁴⁾입니다. 참으로 귀격貴格이니 삼하三下의 등급이라 할 만합니다. 용이 쥔 구슬은 바다 가운

---

96) 양하포義荷浦: 현재의 해남군 북평면 남전리 포구이다.

97) 불치佛峙: 현재의 해남군 현산면 월송리에 위치한 바람재로 추정된다.

98) 간두리幹頭里: 현재의 해남군 북일면 금당리 갈두이다.

99) 양귀협시兩鬼挾屍: 두 귀신이 시체를 끼고 있는 형국이다.

100) 봉수산烽燧山: 현재의 강진군 마량면 영동리 봉대산으로 추정된다.

101) 일자문성一字文星: 풍수 용어로, 한 일一 자 모양의 문성文星이다.

102) 안대案對: 풍수 용어로, 안산이나 조산의 봉우리와 무덤의 방향을 일치시키는 좌향법이다.

103) 좌일佐一: 현재의 해남군 북일면 용일리이다.

104) 노룡희주老龍戲珠: 늙은 용이 구슬을 가지고 노는 형국이다.

데 주먹만 한 작은 섬[105]입니다."라고 했다. 논정論亭[106]에 도착하여 사정射亭 뒤쪽의 고개에 올라 이른바 '사정등射亭登'을 보고 말하기를 "이 땅은 꽤 좋으니 결코 버려서는 안 됩니다. 안산은, 축봉丑峰으로 삼으면 될 것입니다."라고 했다. 운주동雲住洞[107]에 도착하여 잠시 말을 먹이고 바로 출발했다. 평촌坪村[108]의 문장門長(윤선오) 댁에 도착하니 밤이 어느새 이슥했다. 서흥瑞興 영감(윤항미尹恒美), 윤성빈尹聖賓과 사랑에서 함께 잤다.【간두幹頭에 점찍어 둔 혈은 지나치게 낮은 것이 흠이나, 재앙을 걱정할 정도는 아니고, 높게 점지하면 발복이 필시 적지 않을 것이라고 했다.】

〔 1697년 11월 22일 무술 〕 흐림

해가 뜰 즈음 출발하여 문장이 앞장서서 천동泉洞[109]에 이르렀다. 박선교가 문장(윤선오)의 선묘先墓에 올라가 보더니 아주 짧아서 장차 후사가 끊어질 우려가 있으므로 빨리 옮기라고 했다. 8대조의 묘를 바라보더니 이 또한 좋지 않다고 했다. 문장 일가에 상화喪禍가 연달아 있어 때마침 묏자리가 좋지 않아 생기는 재앙일 수 있겠다 걱정하던 차에, 이 말을 들었으니 그 놀랍고 근심스러운 마음을 짐작할 수 있을 것 같다. 강성江城의 청룡靑龍 밖에 작은 언덕이 있는데, 올라가 신향辛向(정서향에서 북쪽으로 15° 치우친 방향)을 점찍으면서 말하기를 "이 땅은 유어취수游魚就水[110]입니다. 먼저는 가난했더라도 뒤에는 부귀해질 것입니다."라고 했다. 아침 전에 집에 도착했다. 주부主簿 김익하金翊夏가 흑산도黑山島에서 다시 나와서 류 대감(류

---

105) 주먹만 한 작은 섬: 현재의 강진군 신전면 사초리 복섬을 가리킨 것으로 추정된다.

106) 논정論亭: 현재의 강진군 신전면 벌정리이다.

107) 운주동雲住洞: 현재의 강진군 신전면 용월리이다.

108) 평촌坪村: 현재의 강진군 신전면 수양리이다.

109) 천동泉洞: 현재의 전라남도 강진군 도암면 계라리 해남 윤씨 영모당 일대의 지역이다. 과거 영모당 아래에 맑은 샘이 있었는데, 이 샘으로 인해 인근 지명이 한천泉洞 또는 한천동寒泉洞이라 지칭되었다고 한다.

110) 유어취수游魚就水: 풍수에서 보편적으로 말하는 유어농파형遊魚弄波形의 형세와 관련된 표현으로 보인다. 노는 물고기가 물을 만나 향후 더욱 긍정적인 상황을 맞이할 것임을 의미한다.

영모당(한천) 일대의 해남윤씨 묘역. 전남 강진군 도암면 계라리_서헌강 사진

명현)이 그에게 지어 준 7언 절구를 보여 주면서 나에게 화운해 줄 것을 요청했다. 즉시 붓을 들어 차운했다.

忽漫來程其去程　　뜻밖에 찾아온 길이 그만 떠날 길이었네
寒天暮雪若爲行　　추운 날 저녁 눈 내리는데 어떻게 가려나
慇懃不憚瓊雷遠[111]　먼 경뢰瓊雷 길[111]도 기꺼이 꺼리지 않으니
末路唯君不世情　　말세에 오직 그대만이 세정世情에 얽매이지 않네

윤천우, 윤중석尹重錫이 왔다. 윤 별장(윤동미)이 갔다.【김익하가 여기서 연일延日[112]로 향할 것이라 하여 말구末句를 그렇게 썼다.】

---

111) 먼 경뢰瓊雷 길 : 경뢰는 경주瓊州와 뇌주雷州로, 유배지를 말한다. 송나라 신종神宗 때 소식蘇軾이
　　경주로 쫓겨 가서 지은 「자유에게 보내는 시[寄子由詩]」에, "경뢰가 구름 바다에 막힌 것을 싫어하지
　　마라, 성상께선 오히려 멀리 서로 보는 것을 허락했다네[莫嫌瓊雷隔雲海 聖恩尙許遙相望]"라는 구절이
　　있다.
112) 연일延日 : 류명천의 유배지이다.

〔 1697년 11월 23일 기해 〕 바람 불고 눈 내림

아침 후에 출발했는데 바람이 심하게 불고 눈이 내려 힘들었다. 적량赤
梁[113] 산소에 도착하자 박 공(박선교)이 말했다. "이 땅은 허화虛花[114]이니 가
룡假龍[115]임이 의심할 바가 없습니다. 이른바 허화의 용세龍勢는 겉으로는
곱고 아름다워 아낄 만하지만 정기精氣가 부족하고, 정기가 부족하면 결코
진혈眞穴이 없으니 재앙과 환난이 없다 하더라도 발복하거나 현달할 이치
또한 단연코 없습니다." 배여량襄汝亮을 불러 함께 갔다. ○백포白浦의 노奴
가 서울로 올라가기에 편지를 부쳤다.

〔 1697년 11월 24일 경자 〕 바람이 조금 가라앉았지만 눈은 오히려 거세짐. 해 질 무렵 맑음

아침 후에 출발하여 해남읍에 도착했다. 박선교가 어초은(윤효정)의 옛 묘
터를 보고 "이 땅은 결국結局이 좋아서 삼상三上보다 더 뛰어나다 할 만 합
니다."라고 하면서 찬사를 그치지 않았다. 말을 먹이고 출발했다. 진도로
가는 별장의 행차를 마침 만났다가 곧 작별했다. 저물 무렵 팔마장에 돌아
왔다. 오는 길에 어평於坪[116]에 이르러 윤시상의 옛 묘 터 아래의 작은 언덕
을 보고 박 공이 말했다. "이 땅은 골짜기를 나선 거북이가 아이를 돌아보
는 형국[出峽龜以眼顧兒形]으로 묘를 쓰면 반드시 약간의 발복發福이 있을 것
입니다." 또 북쪽으로 소적장小的場[117] 거리쯤 되는 곳 길 아래 밭 가운데 작
고 둥근 언덕이 있는데, 이것은 윤시상의 옛 묘 터 주산主山 북각北角이 흘

---

113) 적량赤梁: 적량원赤良院. 현재의 해남군 황산면 원호리 교동 근방이다.
114) 허화虛花: 풍수 용어로, 입수入首로부터 결국結穴까지의 부분에서 나타나는 것으로 진혈은
　　　숨어 있고 허식虛飾된 가맥혈假脈穴 등이 부상浮上되어 있음을 가리킨다. 조화造花가 겉으로는
　　　생화生花처럼 보여도 실제 생기가 없는 것처럼, 주변의 형국이 길지인 것처럼 보여도 실제 땅에는
　　　생기가 흐르지 않는다고 한다.
115) 가룡假龍: 풍수 용어로, 진룡眞龍의 반대말이다. 겉으로 드러나는 형세뿐만 아니라 실제 땅이 품고
　　　있는 생기까지 갖춘 용맥龍脈을 진룡이라고 한다면, 형세는 갖추고 있는 것처럼 보이나 실제로는
　　　생기가 없는 용맥을 거짓 용 즉, 가룡이라고 한다.
116) 어평於坪: 현재의 해남군 옥천면 월평리이다.
117) 소적장小的場 거리: 사대射臺에서 소적小的(작은 표적)까지의 거리이다.

러내리면서 비스듬하게 평지를 이룬 곳이다. 박 공이 집터로 쓰기에 아주
좋다고 했다.

〔 1697년 11월 25일 신축 〕 맑음

노奴 차삼次三이 남겨 둔 서책 등의 물건을 가지러 거제에 갔다. 흥아興兒도
장인(이운징李雲徵)을 찾아뵙기 위해 고성으로 가려고 오늘 아침에 함께 출
발했다. 김익하는 연일의 류 판서(류명천柳命天) 적소謫所에 가기 위해 역시
동행했다. 박선교도 돌아갔다. ○ 채산茱山의 류상신柳尙臣이 왔다. 정만광
鄭萬光, 이우택李宇澤이 왔다. 이우택은 지난번에 면천沔川에서 내려 왔다.

〔 1697년 11월 26일 임인 〕 밤에 눈. 낮에 흐리다 맑음

김 극인(김삼달)과 정 생(정광윤)이 왔다. 구림鳩林의 이홍명李弘命이 왔다.

〔 1697년 11월 27일 계묘 〕 맑음

두아斗兒가 지난번에 점찍어 둔 여러 산소들을 보려고 아침 후에 출발했
다. 당초 내가 데리고 가려 하다가 상한傷寒이 심해 가지 못했다.

〔 1697년 11월 28일 갑진 〕 맑음

정 생(정광윤)이 왔다.

〔 1697년 11월 29일 을사 〕 맑음

앓던 병이 점점 고통스러워 이틀 밤 눈을 붙이지 못했고 음식도 전혀 먹지
못했다. 참으로 걱정이다. ○ 양주의 진사 신사적愼思迪이 그의 처를 데리고
내려왔다. 정의鄭儀와 상인喪人 정이상鄭履祥이 함께 와서 모두 유숙했다.

신사적, 정의, 정이상이 연동으로 돌아갔다. ○두아가 돌아왔다. 윤이복尹爾服이 함께 왔다. ○무장茂長의 김재문金載文이 왔다. 전에 두아와 함께 공부한 적이 있어 일부러 찾아 온 것이다.

고요 속에 흥이 넉넉함을 알겠으니

〔 1697년 12월 1일 정미 〕 비가 오고 눈이 내림

김 생(김재문金載文)이 머물렀다. 정 생(정광윤鄭光胤)이 왔다.

〔 1697년 12월 2일 무신 〕 맑음

김 생(김재문)이 갔다. ○윤민尹玟이 상처喪妻했다.

〔 1697년 12월 3일 기유 〕 맑음

용산리龍山里의 윤총尹叢이 왔다. 여름에 흑산도에 들어가 류 대감(류명현柳命賢)에게 배우고 최근에 막 나온 것이다. 윤주미尹周美가 왔다.

〔 1697년 12월 4일 경술 〕 맑음

연동蓮洞의 윤선시尹善施, 윤선적尹善積, 죽천竹川의 윤경미尹絅美가 왔다. 백치白峙의 외숙(이락李洛)이 방문했다가 발길을 돌려 별진別珍으로 갔는데, 종제從弟 이대휴李大休와 김운장金雲章이 따라 갔다. 윤무순尹武順 노老가 왔다.

〔 1697년 12월 5일 신해 〕 흐림

윤경미, 윤무순이 갔다. 출신出身 이경한李擎漢이 왔다. ○ 신급제新及第 박형도朴亨道가 어제 신은新恩 행차로 와서 만났다.

〔 1697년 12월 6일 임자 〕 흐리다 맑음

윤창尹瑒이 왔다.

〔 1697년 12월 7일 계축 〕 맑음

은소銀所의 김익부金益富가 왔다. 윤천미尹天美, 신사적愼思迪, 정이상鄭履祥이 왔다. 윤이성尹爾成이 왔다. 정 생(정광윤)이 숙위했다.

〔 1697년 12월 8일 갑인 〕 가랑비가 내렸다 그쳤다 함

이복爾服, 남미南美가 왔다.

〔 1697년 12월 9일 을묘 〕 비가 어제처럼 내림

〔 1697년 12월 10일 병진 〕 바람이 불고 맑다가 흐림

두아斗兒가 서울로 돌아갔다. 어제 비가 와서 가지 못하고 오늘 출발한 것이다. 송후기宋厚基가 동행했다. 바람이 아주 거세게 불어 두아의 서울행이 매우 걱정이다. ○ 이성, 남미가 갔다. ○ 내 병에 소시호탕小柴胡湯을 복용했는데 꽤 효과가 있다. ○ 정 생(정광윤)이 숙위했다.

〔 1697년 12월 11일 정사 〕 바람이 잦아듦. 아침에 맑다가 늦은 아침에는 흐림

이복이 아침 일찍 갔다. 윤천우尹千遇와 윤이우尹阤遇가 왔다. 김시호金時護가 저녁에 지나다 들렀다.

〖 1697년 12월 12일 무오 〗 흐리다 맑음

이집李潗이 아침 일찍 지나다 들렀다. 창감倉監 이정헌李廷憲이 왔다. 강구장姜九章 생이 지나다 들렀다. 이 사람은 강오장姜五章의 아우이다. 이전에는 서로 모르는 사이인데, 진도에 추노推奴할 일이 있어서 왔다가 지나는 길에 들른 것이다. 참혹한 화를 당한 후 뜻밖에 서로 마주 대하니 슬픔에 목이 메어 견딜 수 없었다. ○ 전에 대나무로 침병枕屛[118]틀을 만들어 둔 것이 있었다. 작년에 상경했을 때 조완벽趙完璧의 그림을 받았었다. 최근 병중에 근심과 적적함을 견딜 수 없어, 윤익성尹翊聖에게 그 그림을 침병에 표구하게 했다. 정밀하고 오묘하여 볼만하다.

〖 1697년 12월 13일 기미 〗 납일臘日. 비와 싸락눈이 번갈아 내림

전주의 전 흥양현감 송상한宋尙漢이 왔는데, 도적을 붙잡은 공으로 새롭게 당상관으로 승진했다. 변최휴卞最休, 정광윤이 왔다.

〖 1697년 12월 14일 경신 〗 아침에 눈. 늦은 아침 맑음

송상한이 갔다. 성덕기成德基가 지나다 들렀다. 화순의 조선양曺善養이 왔다. 윤익성, 정광윤이 왔다.

〖 1697년 12월 15일 신유 〗 바람 불고 맑음

조선양 생이 아침 일찍 갔다. 옴천唵川의 최남표崔南杓가 왔다. 별장別將이 왔다. 황원黃原의 송시민宋時敏이 왔다. 윤동미尹東美가 왔다.

〖 1697년 12월 16일 임술 〗 맑음

안후림安后臨이 왔다. 송시민이 또 왔다. 이정두李廷斗가 와서는 새해 달력을 청했다. 창아昌兒가 서울에서 죽으로 연명하며 돈이 한 푼도 없기 때문

---

118) 침병枕屛: 머리맡에 치는 작은 병풍이다. 머리병풍이라고도 한다.

에 달력을 사서 보내지 못했다. 달리 달력을 보내 줄 사람도 없어 여태껏 새해 달력을 보지 못하고 있다. 그런데 이정두는 내가 이 지경으로 피폐한 줄도 모르고 오히려 새해 달력을 요구하니 정말로 웃을 일이다.

〖 1697년 12월 17일 계해 〗 아침에 약한 눈이 뿌림. 종일 흐리고 맑고 바람

변최휴가 왔다. 서울의 안백증安伯曾이 역방했다. ○흑산도 류 대감(류명현)의 편지를 받았다. 또 이전 시의 운韻으로 시를 지어 보내왔다.

梅窓昨夜忽疑君	어젯밤 매창梅窓에 문득 군을 본 것 같더니
春到花心定幾分	봄이 와 꽃봉오리 터질 듯 맺혔네
不惜一枝香折寄	향기로운 가지 하나 꺾어 보내고 싶지만
却愁風雪落繽粉	눈보라에 흩날려 떨어질까 도리어 근심스러워

화운하여 시를 보내 줄 것을 간절히 청했으나, 병이 난 데다가 인편도 바빠 답장만 썼다. ○석화石花가 죽었다고 거짓으로 속였다는 이야기가 여태껏 그치지 않는다.[119] 어떤 이가 본가本家로 돌아갔다고 하여 대산大山 사람에게 물어 보니 허무맹랑한 소리라고 하고, 어떤 이는 이제 내려가 전주에 도달했을 것이라고 한다. 그 양쪽의 전하는 이야기가 자세하여, 눈으로 본 것보다 더 실감날 지경이다. 지금 안백증을 만나 물어 보았더니, 안도증安道曾의 아우가 죽은 것을 보았다고 하는데, 어찌 의심할 수 있겠냐고 했다. 그래서 사람들의 의혹이 이로써 풀렸다. 그러나 사람들이 너무 시끄럽게 떠드니, 어찌 알 수 있겠는가?

---

119) 석화石花가…않는다: 석화는 대산大山 정가鄭家의 비婢이다. 이와 관련한 이야기는 1697년 4월 3일 일기 참조.

〔 1697년 12월 18일 갑자 〕 아침에 흐리고 늦은 아침에 맑음

윤준尹俊과 변세만卞世萬이 왔다. 변세만은 변최휴의 둘째 아들이다. 전극립金克岦이 왔다가 유숙했다. 의논할 일이 있어 부른 것이다. 안 생甥(안명장安命長)과 채해蔡楷가 별장의 초대로 연동에 갔다.

〔 1697년 12월 19일 을축 〕 밤에 눈. 낮에 흐리고 맑음

전극립이 갔다. 안백증이 또 지나다 들렀다. 안 생甥(안명장)과 채해가 돌아왔다. 용노龍奴가 정읍까지 갔다가 일행으로부터 떨어져 돌아왔다. 두아 일행이 무사하다니, 기쁘다. 용노가 금안동金鞍洞에 들러서 정월에 베어 둔 오동나무 세 그루를 싣고 왔다. 정민鄭旻 부자의 편지 및 곶감 1접을 받았다.

〔 1697년 12월 20일 병인 〕 바람 불고 눈 오고 흐리다 맑음

윤취삼尹就三, 윤시상尹時相, 김삼달金三達, 정광윤이 왔다. ○흥아興兒가 고성固城으로 간 지 이미 오래인데, 전혀 소식을 들을 수 없고 돌아올 기일도 알기 어려워 걱정으로 밤잠을 이루지 못했다. 그런데 오늘 저녁 눈을 무릅쓰고 홀연히 이르렀다. 놀라움과 기쁨을 이루 말할 수 없다. 백우伯雨 영감(이운징李雲徵)과 광양 이 판서(이현일李玄逸)의 답장, 서신귀徐藎龜 부자의 편지를 받았다.

〔 1697년 12월 21일 정묘 〕 바람 불고 눈 오고 흐리다 맑음

정 생(정광윤)이 왔다. 밤에 세원世願에게 운자韻字를 불러 주어 시를 짓게 했다. 이어서 나도 화운하여 다음과 같은 시를 지었다.

　　三冬吟病掩閑居　겨울 동안 병 앓아 문 닫고 한가히 거처했더니

靜裡方知興有餘　조용함 속에 흥이 넉넉한 것을 이제야 알았네

莫謂此中無事業　그렇다고 하는 일 없다고 말하지 말라

明窓朝暮課兒書　밝은 창가에서 조석으로 아이 가르친다네

〖 1697년 12월 22일 무진 〗 밤에 눈 오고 낮에 흐리다 맑음

연동의 이민석李敏錫이 왔다. 류기서柳起瑞가 서울에서 내려왔다. 오랫동안 만나지 못하다가 뜻밖에 홀연히 이르니 놀라움과 기쁨이 가없다.

〖 1697년 12월 23일 기사 〗 입춘. 바람 불고 맑음

정 생(정광윤)이 왔다. 지원智遠이 강진의 그 모친이 있는 곳으로 갔다.

〖 1697년 12월 24일 경오 〗 맑음

류기서 생生이 전라좌도로 갔다. 별장이 왔다. 임취구林就矩, 윤민尹玟이 왔다. 태인의 김두정金斗挺이 방문했다. 작년 문과에 합격한 김순형金舜衡의 아버지다. 정 생(정광윤)이 숙위했다.

〖 1697년 12월 25일 신미 〗 맑음

이운재李雲栽, 윤순제尹舜齊가 왔다. 황세중黃世重, 최팔징崔八徵이 왔다. 윤영미尹英美가 왔다. 윤준尹俊이 지난번에 그 아들의 혼서婚書를 써 달라고 청하여, 내가 그 이름을 '이흠爾欽'이라고 지어 써 보냈는데, 오늘 심부름꾼을 보내 음식을 보내왔다. ○백포白浦의 인편이 서울에서 돌아와, 창아의 잘 있다는 편지를 받았다.

〖 1697년 12월 26일 임신 〗 맑음

김삼달과 신숙申淑이 왔다. 신숙은 김삼달의 매부로 서울에서 내려왔는

데, 그가 관상쟁이여서 아침에 심부름꾼을 보내 불러서 온 것이다. 이징휴 李徵休 제弟, 화순의 초관哨官 조정화曹挺華, 목신리木薪里의 윤번尹璠, 창감 倉監 이정헌李廷憲, 윤희직尹希稷이 왔다. 이신우李信友가 와서 유숙했다. 김 연화金鍊華가 왔다. 정광윤이 왔다.

〖 1697년 12월 27일 계유 〗 흐리다 맑음

유려중兪呂重이 왔다. 먹고살 길을 마련하려고 서울에서 내려온 것이다. 정광윤이 왔다. 전에 장흥의 문덕귀文德龜가 방문하여 말하길, "제 선조께 서 집 뒤에 별당을 짓고 그 편액을 '차격당且格堂'이라고 했는데, 그 사는 동 洞의 이름이 '유치有恥'이기 때문입니다."[120]라고 했다. 내게 그 선조가 지은 현판 시에 차운하기를 원해서, 다음과 같이 차운해 주었다.[121]

聞道名區秘海東	해동에 훌륭한 땅 숨겨져 있다 전하다가
天開眞錄屬文翁	하늘이 비록秘錄을 열어 문옹文翁에게 주었네
佳扁宛轉抽心上	아름다운 편액은 주인의 마음 그대로 담고 있고
華桷依然見畫中	멋진 건물은 고스란히 그림 속에 있는 듯하며
繞砌泓崢盤谷似	담을 두른 맑은 물과 높은 산이 반곡盤谷[122] 같고
滿園紅紫武陵同	동산 가득한 울긋불긋한 꽃 무릉도원 같네
諸郎肯構傳詩禮	자손들 조상의 뜻 이어 가학家學을 전하리니

---

120) 그 편액을… 때문입니다:『논어』「위정爲政」의 "법으로 인도하고 형벌로 가지런히 하면 백성들이 형벌만 면하고 부끄러워함이 없을 것이나, 덕으로 인도하고 예로 가지런히 하면 부끄러워함이 있고 선善에 이르게 될 것이다.[子曰 道之以政 齊之以刑 民免而無恥 道之以德 齊之以禮 有恥且格]"라는 구절 중 '유치차격有恥且格'에서 따온 말이다.

121) 내게…주었다: 이 시는 녹우당 소장 『영모첩永慕帖』 정책貞册에 「차차격당운기제벽상次且格堂韻寄題壁上」이라는 제목으로 윤이후의 친필 시고詩稿가 수록되어 있다. 『영모첩』에는 마지막 구가 "雲翻從看展碧空"으로 되어 있고, 마지막에 "丁丑冬 竹洲散人稿"라는 구절이 추가되어 있다.

122) 반곡盤谷: 중국 하남성河南省 제원현濟源縣 북쪽에 있는 깊은 골짜기로서 은거하기 적합한 곳이라고 한다. 한유韓愈의 「송이원귀반곡서送李愿歸盤谷序」로 유명하다.

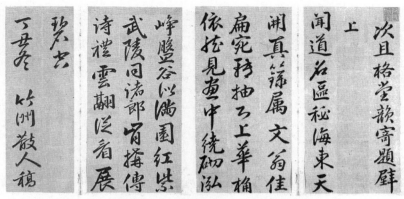

靈明從看展德風　어진 유풍을 펼치는 것을 이제 신령이 지켜보리라[123]

〖 1697년 12월 28일 갑술 〗 맑음

어제와 오늘은 날씨가 마치 봄처럼 온화하다. 윤주미尹周美 숙叔이 왔다. 정 생(정광윤)이 숙위했다. 별진別珍과 월남月南에 심부름꾼을 보내 편지로 문안하고, 각각 청어 한 두름을 보냈다. 별진에서는 새해 달력 2부를, 월남에서는 1부를 답으로 보내왔다.

〖 1697년 12월 29일 을해 〗 흐림

정만대鄭萬大, 윤주미 숙이 아침에 지나다 들렀다. 지원이 돌아왔다.

〖 1697년 12월 30일 병자 〗 맑음

안 생甥(안명장)이 간두幹頭로 갔다. 내일 묘제墓祭를 지내기 위해서다. 별

---

123) 이 시는 두보杜甫의「백부행白鳧行」을 차운했다.「백부행」원문은 다음과 같다. "君不見黃鵠高於五尺童 化爲白鳧似老翁 故畦遺穗已蕩盡 天寒歲暮波濤中 鱗介腥膻膾素不食 終日忍饑西復東 魯門鷄鶩亦蹌蹌 聞道如今猶避風"

장 김정진金廷振이 저녁에 왔다. 중간에 흥양興陽에 가서 은광銀鑛을 채굴하다가 실패하고 돌아온 것이라고 한다. 이런 헛되고 망령된 짓을 늙어서도 그칠 줄 모르니, 개탄스럽다.

마음 가는 대로 한가로이

任意容與

「일민가逸民歌」 중에서

전남 해남군 송지면 서정리 달마산에 자리한 미황사_서헌강 사진

만년의 윤이후는 여러 지인과 함께 인근 사찰과 명승을 유람하곤 했으며, 유려한 필치로 이를 묘사해 일기에 남겼다. 미황사는 1698년 12월 지사地師 손필웅과 함께 방문한 곳이다.

1698년 주요 사건

1월   대둔사 구경 : 1월 26일~27일

2월   손자 을원의 천연두 발병과 죽음 : 2월 7일~18일

        지사 신숙과 풍수를 논함 : 2월 11일~28일

        함평현의 환곡 손실 문제 : 2월 23일~9월 30일

3월   강진 백운동 방문 : 3월 9일

        절강성의 표착인 왕한영의 방문 : 3월 16일

        첨지 이수방과의 교유 : 3월 17일~20일

4월   윤천주의 내방과 상례에 대한 질문 : 4월 23일~28일

5월   일민가를 짓다 : 5월 4일~6월 26일

        연동서원 강당 붕괴 : 5월 16일~26일

        백치 외숙의 죽음과 상례 : 5월 16일~7월 27일

6월   습창에 좋다는 해수목욕 : 6월 3일~4일

7월   죽도 초당 화재 : 7월 9일~8월 2일

        윤경리의 욕심 : 7월 24일~8월 1일

8월   고금도 이현기 영감 조문 : 8월 25일~28일

        고금도와 강진 일대 유람 : 8월 28일~30일

9월   합장암 구경 : 9월 3일~4일

        친족들과 함께한 가을 나들이 1 : 9월 17일~18일

        속금도 외출 : 9월 21일~25일

        백포 별묘 제사 참석 : 9월 27일~29일

10월 친족들과 함께한 가을 나들이 2 : 10월 6일~7일

        성덕기의 무과응시와 예법 : 10월 11일

        친족들과 함께한 가을 나들이 3 : 10월 18일~21일

11월 해남읍 별신제 구경 : 11월 3일

        전 무장현감 이유 부자의 상가 방문 : 11월 10일

        친족들과 함께한 가을 나들이 4 : 11월 14일~16일

        지사 손필옹과 풍수를 논함 : 11월 25일~1699년 1월

12월 미황사 방문 : 12월 23일~25일

        마을의 전염병 유행 : 12월 29일~1699년 1월

대둔사를 방문하다

〔 1698년 1월 1일 정축 〕 남풍이 불고 구름 끼고 흐렸으며 약한 햇볕이 잠깐 보였는데, 날씨는 매우 따뜻함

농사꾼들은 풍년이 들 징조라고 하나, 까닭 없이 풍년이 든 적은 없으니, 이 말을 어찌 믿을 수 있겠는가? 과원果願이 적량赤梁 산소로 갔다. 윤희성尹希聖이 왔다. 이정두李廷斗가 왔다. 전초사全椒寺의 중이 와서 알현하고, 곶감 1접을 바쳤다. 윤익성尹翊聖이 왔다. ○정오 무렵 해의 색깔에 또렷함이 없어져 자세히 살펴보니, 그 모습이 다음과 같았다. ● 해 가운데 검은 빛이 보이기도 하다가 없어지기도 하면서 어지러이 흔들리며 일정하지 않았다. 새해 첫날 태양에 이러한 변고가 있는데 이것이 무엇의 그림자인지 모르겠으니, 마음이 답답하다. ○해남 질청作廳에서 새해를 경하하는 서리胥吏를 보내왔다. ○해남의 하리下吏인 상인喪人 명자건明自建이 와서 알현했다.

〔 1698년 1월 2일 무인 〕 밤에 약한 비가 뿌림. 해가 뜰 때 구름 속으로부터 들락날락하며 나왔는데, 색깔이 마치 물들인 진한 홍색처럼 붉음. 늦은 아침에 가랑비 내림. 오후에 바람 불고 흐림

최유준崔有峻, 최유잠崔有岑, 최백징崔百徵, 최팔징崔八徵, 윤순제尹舜齊, 임

성건林成建, 연동蓮洞의 이복爾服, 이성爾成, 이송爾松, 이백爾栢, 정광윤鄭光胤이 왔다. ○용진龍津의 최도섭崔道燮이 추노推奴 일로 내려왔다가 역방했다.

〔 1698년 1월 3일 기묘 〕 밤에 눈 내리고, 낮에 바람 불고 흐리다가 간혹 눈 내림

변최휴卜最休, 문두팔文斗八, 정만광鄭萬光, 윤은좌尹殷佐, 은필殷弼, 준미俊美, 방미邦美, 이흠爾欽【윤준尹俊의 아들이다.】, 이진현李震顯, 최남익崔南翊, 윤남미尹南美, 집미集美, 적미積美, 윤천우尹天佑, 이민석李敏錫, 임극무林克茂가 왔다. 정 생(정광윤)이 숙위했다.

〔 1698년 1월 4일 경진 〕 흐리다 맑음

흥아興兒를 데리고 별진別珍으로 가서 문안했다. ○여산礪山의 남시구南是耉가 추노 행차 때문에 왔다가 역방했다.

〔 1698년 1월 5일 신사 〕 흐리다 맑음

윤시상尹時相, 임형林衡, 윤희정尹希程, 이두정李斗正, 윤창尹瑒, 이옹李瀯, 임세회林世檜, 송수기宋秀杞, 윤기업尹機業, 최만익崔萬翊, 윤선수尹善守【아명兒名은 만득萬得】, 윤기번尹起磻, 최현崔炫, 이대휴李大休, 김한집金漢集이 왔다. 김성삼金聖三이 왔다. 정 생(정광윤)이 숙위했다. ○흥아와 안명장安命長, 채해蔡楷가 만덕사萬德寺로 갔다. 지원智遠이 따라 갔다.

〔 1698년 1월 6일 임오 〕 맑음

백치白峙를 향해 출발했다. 김 별장別將(김정진金廷振)이 따라 갔다. 극인 안형상安衡相에게 들렀다. 이대휴가 한천寒泉으로부터 와서, 함께 외숙(이락李洛) 댁으로 가서 유숙했다.

〔 1698년 1월 7일 계미 〕 맑다 흐림

아침 식사 후 죽도竹島로 갔다. 성덕징成德徵을 길에서 만나 함께 왔다. 윤세정尹世貞이 왔다.

〔 1698년 1월 8일 갑신 〕 밤부터 동풍이 세게 붊. 가랑비가 잠시 뿌림. 낮에도 바람 불고 흐림

김 별장(김정진)이 법장法藏으로 갔다. 좌수 박원귀朴元龜, 약정約正 윤진은尹震殷, 송정松亭의 이 생生(이석신李碩臣)이 왔다. 광양의 서이징徐爾徵[1] 생이 일부러 찾아와 방문했으니, 그 뜻이 감사하다. 지원이 팔마에서 데리고 온 것이다. ○두아斗兒가 데리고 갔던 노奴와 말이 돌아와, 두아 일행이 무사히 서울에 도착했다는 소식을 들었다. 정 대감 길보吉甫 형(정유악鄭維岳)이 편지를 보내 문안하고 달력 2개를 보내왔다. ○용산龍山의 사돈 생원 이후번李后藩이 지난 12월 18일에 별세했다고 한다. 지극히 놀랍고 애통하다. 멀리서 상부孀婦(윤광서의 처)의 처지를 생각하니, 너무나 참혹하다.

〔 1698년 1월 9일 을유 〕 간밤에 비가 내리기 시작하여 저녁까지 그쳤다 내렸다 함. 안개도 짙음

서 생(서이징)이 비에 길이 막혀 머물렀다. 윤택리尹澤履가 저녁 때 어두움을 무릅쓰고 찾아왔다가, 노사奴舍에서 유숙했다.

〔 1698년 1월 10일 병술 〕 맑음

서이징과 지원이 팔마로 돌아갔다. 윤택리도 갔다. 윤세삼尹世三과 윤세의尹世義가 왔다. 백치白峙 외숙(이락)이 오셨다. 징휴徵休, 대휴大休,[2] 진욱陳稶이 따라 왔다. 쑥국을 차려 냈다. 염창鹽倉의 정□□鄭□□, 대항동大巷洞의 김한일金漢一이 왔다. 김 별장(김정진)이 백포白浦에서 돌아왔다. 성덕기成

---

1) 서이징徐爾徵: 서신귀徐藎龜의 아들이다. 서신귀는 좌수座首 서영익徐英益의 아들로서, 서영익은 윤선도가 광양 옥룡동玉龍洞에 귀양살이했을 때의 집주인이다.

2) 징휴徵休, 대휴大休: 이락의 두 아들인 이징휴와 이대휴이다.

德基, 성덕항成德恒, 성덕징成德徵이 밤에 왔다가 곧바로 갔다.

〖 1698년 1월 11일 정해 〗 맑음

김필한金弼漢이 왔다. ○식후에 죽도를 출발했다. 성 생生과 제방머리에서 잠시 이야기를 나누고, 또 길에서 김극립金克岦과 김율기金律器를 만나 잠시 이야기를 했다. 백치에 들러 인사드리고, 해가 기울 무렵 팔마장八馬庄으로 돌아왔다.

〖 1698년 1월 12일 무자 〗 맑음

김여휘金礪輝가 왔다. 서울에 사는 정지鄭持가 추노 행차 때문에 왔다가 역방했다. ○김 별장(김정진)이 옴천唵川으로 돌아갔다. ○외숙(이락)께서 대휴를 데리고 왔다가 다시 별진別珍[3]으로 가시기에, 나도 함께 갔다. 외숙은 그대로 다시 월남月南[4]으로 갈 예정이다.

〖 1698년 1월 13일 기축 〗 가랑비가 그쳤다가 내렸다가 함

노奴 동이同伊가 또 병에 걸렸다. 저녁 무렵 나는 팔마로 돌아왔다. 외숙(이락)께서 비를 무릅쓰고 월남으로 나아가셨다.

〖 1698년 1월 14일 경인 〗 흐림

최상일崔尙馹이 왔다. 외숙(이락)께서 월남에서 돌아오셨다.

〖 1698년 1월 15일 신묘 〗 바람 불고 맑음

윤총尹叢이 와서, 흑산도 류 대감(류명현柳命賢)이 보낸 청장력靑粧曆 하나,

---

3) 별진別珍: 김덕원金德遠과 권대운權大運의 유배지이다.
4) 월남月南: 목내선睦來善의 유배지이다.

중력中曆과 상력常曆 각 하나,[5] 전약煎藥[6] 약간을 전해 주었는데, 편지는 없었다. 지난번에 끝내 시詩 없이 공연히 편지만 보냈기 때문이라고 생각된다.[7] 안타깝다. 이정두, 윤희직尹希稷, 윤익성이 왔다. ○ 외숙(이락)께서 백치로 돌아가셨다. 안 생甥(안명장)과 흥아가 연동으로 갔다. 채 생(채해)이 연동에서 머무른 지 여러 날이 되어 만나고자 했기 때문이다. 박세붕朴世鵬이 왔다.【오늘 달이 남쪽으로 치우쳐 떠서 농부들이 걱정했다. 그러나 혹시 바닷가에 풍년이 들 조짐일 수도 있으니 희망을 두지 않을 수 없다.】

〖 1698년 1월 16일 임진 〗 흐림

장흥의 문필경文必經 생과 황원黃原의 윤유미尹有美가 왔다. 흥아가 돌아왔다. 윤대익尹大益이 서울에서 장흥의 장소庄所로 내려오다가 역방했다. 이 사람은 고故 신천군수 윤희尹憘의 아들이다. 상인喪人 윤수장尹壽長이 왔다. 정 생(정광윤)이 숙위했다. 흥아와 채 생이 돌아왔다. 지원이 그 어머니가 있는 강진으로 갔다. ○ 교리 류봉서柳鳳瑞가 어전에서 이조판서 이세백李世白과 형조판서 김진귀金鎭龜를 논박한 일로 상감께서 진노하시어 즉시 류봉서를 대정현감에 제수했는데, 지금 해남에 도착했다고 한다. 근래 노론이 전횡하여 대신들이 모두 자리에서 불안해한다. 시국이 이와 같으니 한탄스러울 뿐이지만 어찌 하겠는가? ○ 들으니, 흑산도로 돌아가는 배가 있다고 하여, 류 대감(류명현)에게 답장을 쓰고 또 곶감 2접을 보냈으며, 또 이전에 보내 준 시에 다음과 같이 차운하여 보냈다.

---

5) 청장력靑粧曆…하나: 청장력은 청색 표지로 겉장을 꾸민 고급 달력이고, 중력은 겉장을 따로 꾸미지 않은 중간 품질의 달력이며, 상력은 가장 낮은 등급의 보통 달력이다. 달력은 그 품질에 따라 크게 겉장을 꾸며 장정한 상품인 장력粧曆과 하품인 중력·상력으로 나뉘었으며, 장력은 다시 가장 고급인 황장력黃粧曆, 그 아래인 청장력, 다시 그 아래인 백력白曆으로 구분되었다.

6) 전약煎藥: 소가죽, 소머리, 소족 등 콜라겐 성분이 많은 부위을 진하게 고아 만든 아교질에 대추고膏와 꿀, 한약재인 마른 생강, 관계官桂(두꺼운 계수나무 껍질), 정향丁香, 후추 등을 넣어 오래 고아 차게 굳혀서 먹는 동지 절식이다.

7) 지난번에…생각된다: 흑산도의 류명현이 시와 편지를 보내며 시에 화운해 달라고 간절히 청했으나, 윤이후가 답장 편지만 써서 보낸 일이 있다. 1697년 12월 17일 일기 참조.

屢看雷雨阻吾君	잦은 뇌우로 우리 군君과 소식 막혔네
澤畔形容損幾分	유배지에서 얼마나 수척한 모습으로 지내실까
近日猿腸消已盡	요사이 자식 잃은 슬픔으로 애간장 다 녹았는데
況兼離思更繽紛	군을 그리는 마음 더하여 더욱 스산하네

〖 1698년 1월 17일 계사 〗 밤부터 비가 오다가 저녁 무렵 그침

윤대익이 비를 무릅쓰고 갔다.

〖 1698년 1월 18일 갑오 〗 흐리고 부슬비

화순의 초관哨官 조정리曺挺履가 지나다 들렀다. 윤동미尹東美가 왔다. 윤영미尹英美가 왔다.

〖 1698년 1월 19일 을미 〗 흐림

최시서崔時瑞가 왔다. 정 생이 왔다. ○초저녁에 지진이 났다.

〖 1698년 1월 20일 병신 〗 밤에 가랑비. 저녁 무렵 약간 맑음

류기서柳起瑞가 전라좌도에서 왔다. 영창정靈昌正 이익철李翼哲이 추노하러 왔다가 역방했다. 정 생(정광윤)이 왔다. ○들으니, 류봉서柳鳳瑞가 흥양현감으로 옮겨 제수되었다고 한다.

〖 1698년 1월 21일 정유 〗 맑음

별검別檢 안구安玖가 월남에 내려와 아침 전에 역방했다가 약간 늦은 아침에 바로 갔다. 영창정靈昌正도 갔다. 배준웅裵俊雄, 윤준尹俊, 윤희설尹希卨이 왔다. 정 생(정광윤)이 숙위했다.

〔 1698년 1월 22일 무술 〕 맑음

윤희직이 그 아들인 윤이주尹以周의 후취後娶 혼서婚書를 써 달라고 부탁하고 갔다. 윤성민尹聖民, 김여련金汝鍊이 왔다. 김정진이 왔다. 극인 정이상鄭履祥이 전주로 돌아가는 길에 역방했다.

〔 1698년 1월 23일 기해 〕 맑음

류기서가 서울로 돌아가기에 편지를 부쳤다. 윤선시尹善施, 윤선적尹善積이 왔다. 극인 최형익崔衡翊, 최유기崔有基가 왔다. 윤순제尹舜齊가 왔다. 김제의 도사都事 이민좌李敏佐와 만호萬戶 김일金鎰이 여러 적소謫所를 들르기 위해 지나다가 방문했다. 임성건林成建이 왔다. ○ 윤총이 또 흑산도로 들어가기에 편지를 부쳤다. ○ 전부典簿(윤이석尹爾錫) 댁 노奴가 서울에서 와서, 창아昌兒와 두아斗兒 두 아이의 잘 지낸다는 편지를 받았다.

〔 1698년 1월 24일 경자 〕 흐림

김 참의(김몽양金夢陽)가 와서 방문했다. 정 생(정광윤)이 왔다. 지원이 돌아왔다.

〔 1698년 1월 25일 신축 〕 흐림

서필徐必이 왔다. 서유신徐有信의 아들이다.

〔 1698년 1월 26일 임인 〕 밤에 비가 잠시 뿌림. 낮에 흐리다 저녁에 맑음

안 생甥(안명장)과 채 생生(채해)이 대둔사를 보고 싶어 하기에, 아침 후에 출발했다. 흥아, 김정진, 지원이 수행했다. 저물녘에 절에 도착했다. 한천寒泉 문장門長(윤선오尹善五)이 서흥瑞興(윤항미尹恒美) 형제를 데리고 뒤이어 도착했다. 조한운趙漢雲이 서울에서 그 외가인 송산松山[8]에 내려왔다가 소

---

8) 송산松山: 해남 화산면 송산리이다.

대흥사 청운당 전경. 전남 해남군 삼산면 구림리_서헌강 사진
한적한 늦가을 청운당의 모습이다.

식을 들고 왔다. 영장營將 류상철柳尙哲의 아들 류봉조柳鳳朝도 우연히 절
에 왔다가 역시 왔다. 한천 문장은 거문고 타는 아이 태선太仙과 피리 부는
동자 사선士先을 데리고 왔는데, 밤에 피리 불고 거문고를 뜯게 시켰다. 청
운당靑雲堂에서 모두 함께 잤다. ○ 절의 중이 하는 말을 들으니, 대둔사 북
미륵암 석불[9]이 12월에 땀을 흘렸으며, 올해 1월 1일에도 그랬다고 한다.
앞으로 무슨 사달이 일어날지 모르겠지만, 근래 유언비어가 너무 흉흉
하니, 매우 걱정이다.〔전주 송광사의 금불이 무진년(1688) 12월 22일, 계유년
(1693) 1월 13일, 정축년(1697) 11월 7일에 땀을 흘렸다고 한다.〕

〖 1698년 1월 27일 계묘 〗 밤부터 비가 내림. 낮에는 우박이 한 차례 내림. 저녁에 맑음

높은 산의 꼭대기가 눈이 쌓여 희게 변했으며, 추위가 꽤 심했다. 아침 후
에 돌아오는 길을 나섰다. 나와 안 생甥(안명장), 채 생生(채해), 흥아, 김정
진, 지원은 죽도로 왔다. 흥아와 안 생, 채 생, 지원은 말을 먹이고서 갔다.

---

9) 대둔사 북미륵암 석불: 국보 제308호인 '해남 대흥사 북미륵암 마애여래좌상'이다.

대흥사 북미륵암 마애여래좌상_정윤섭 사진

1963년 1월 21일 보물 제48호로 지정되었다가 2005년 9월 국보 제308호로 승격되었다.

나와 김정진은 그대로 머물렀다.

〖 1698년 1월 28일 갑진 〗 맑음

아침이 지난 후에 죽도를 출발하여, 백치에 들러 인사드리고 팔마장八馬庄으로 돌아왔다. 김 별장(김정진)은 함께 출발했다가 연동으로 갔다.

〖 1698년 1월 29일 을사 〗 맑음

윤희성, 윤시한尹時翰, 윤시인尹時仁, 윤취도尹就道, 윤취거尹就擧가 왔다. 채 생生(채해)과 김 별장(김정진)이 왔다. 함평의 김태삼金台三이 와서, 그 아버지인 김시량金時亮의 편지와 낙지 1접을 전해 주었다. 정 생(정광윤)이 왔다.

천연두로 손자를 잃다

〔 1698년 2월 1일 병오 〕 맑다가 흐림

김태삼金台三이 갔다. 윤천우尹千遇가 왔다. 곽이한郭爾翰이 왔다. 정 생(정
광윤鄭光胤)이 왔다

〔 1698년 2월 2일 정미 〕 흐림

윤시상尹時相, 임사종林士宗이 왔다. 신사적愼思迪이 돌아가는 길에 들렀
다. 윤몽석尹夢錫이 왔다.

〔 1698년 2월 3일 무신 〕 비가 내리다가 저녁 무렵부터 퍼붓기 시작함

〔 1698년 2월 4일 기유 〕 밤새도록 비가 퍼붓듯이 내리다가 오후에야 비로소 그침

〔 1698년 2월 5일 경술 〕 밤에 비가 오다 아침에 그침. 저녁에 다시 약한 부슬비

〔 1698년 2월 6일 신해 〕 밤에 비가 조금 내리고 낮에는 흐리고 부슬비

아침 식사 후 흥아興兒와 김 별장(김정진金廷振)을 데리고 출발하여 백치白峙 외숙(이락李洛) 댁에 도착했다. 한천寒泉 문장門長(윤선오尹善五)이 그 큰아들인 서흥瑞興(윤항미尹恒美)과 거문고 타는 비婢, 피리 부는 동자를 데리고 먼저 와 있었고, 근처 마을의 향객鄕客 열몇 명도 왔다. 해남읍의 권도경權道經 생이 나중에 도착하여 한나절 동안 단란하게 놀았다. 외숙의 생일을 맞이하여 두 종제(이징휴李徵休, 이대휴李大休)가 차린 잔치이다. 매번 나이든 다른 사람의 생일잔치를 만날 때마다 애통한 슬픔을 이기지 못해 절로 눈물이 흘러 울음을 삼킨다.

〔 1698년 2월 7일 임자 〕 흐리고 부슬비

흥아와 김 별장(김정진)은 팔마八馬로 갔다. 나는 죽도竹島로 돌아왔다. 윤척尹㑵이 죽도의 경치를 완상하기 위해 함께 왔다가, 두루 다 둘러보고 돌아갔다. ○극인 윤관尹寬 집의 심부름꾼이 내려와 그의 편지를 받았다. ○들으니, 손자 을원乙願이 어제부터 천연두를 앓기 시작했다고 한다. 즉시 달려가고 싶었지만 날이 이미 저물어 부득이 참고 날이 밝기를 기다려 출발하려고 한다. 매우 울적하다.

〔 1698년 2월 8일 계축 〕

새벽에 내린 비가 아침까지 이어져 아침 일찍 출발하지 못하다가, 늦은 아침에 비가 조금 잦아들어 즉시 출발하여 백치의 외숙(이락) 댁으로 들어갔다. 잠시만 머무르고 즉시 일어나 비를 무릅쓰고 팔마 집에 도착했다. 을원의 천연두는 증세가 순조로우나 발진이 조밀하여 걱정스럽다. ○백포白浦의 인편이 서울에서 돌아와, 아이들의 잘 지낸다는 편지를 받았다. ○극인 진사 윤관尹寬은 목천木川에 있는데, 이곳에 거두어 갈 것이 있어 심부

름꾼을 보내 편지로 문안했다.

윤 진사(윤관)의 노奴가 돌아간다고 하여, 답장을 부치고 김과 감태도 약간 보냈다.

을원의 천연두는 발진이 너무 조밀하다. 오늘이 부풀어 오른 첫날인데 발진이 어떻게 진행될지 불분명하고 묽은 죽도 먹지 못하니, 걱정을 이루 말할 수 없다. ○극인 김삼달金三達이 왔다. 천연두를 치료하기 위해 윤익성尹翊聖을 불러 와 머무르게 했다. ○권덕장權德章 대감(권규權珪)이 그 노奴 편에 편지를 부쳐 문안했다. 즉시 답장을 써서 보냈다. ○병영의 하리下吏 문무익文武翊이 아이들의 편지를 전해 주었는데, 그제 받은 편지 이전에 보낸 것이다. ○우리 집안은 중병이나 천연두에 걸리더라도 제사를 그만두지 않았다. 이는 예로부터 지켜 온 가법이며, 조부님(윤선도尹善道)께서도 이에 대해 확고한 논의를 내리신 바 있다. 그래서 이번에 을원이가 천연두에 걸렸어도 그 아비의 궤연几筵에 지내는 아침저녁 제사를 그치지 않았다. 다만 곡은 하지 않았다. 그런데 천연두 병세가 꽤 위중해지자 을원 어멈이 일단 제사를 그치자고 간절히 말하여, 부득이하게 어제부터 할 수 없이 그 청을 들어주었다. 개탄스러울 따름이다.

신숙申俶이 왔다. ○문무익이 또 아이들의 편지를 전해 주었다.

〔 1698년 2월 12일 정사 〕 맑음

이천배李天培가 왔다. 정광윤이 왔다. 장우량張又良이 와서 알현했다.

〔 1698년 2월 13일 무오 〕 맑음

안명장安命長과 채해楷蔡楷가 돌아갔다. 노奴 차삼次三이 서울로 가기에 함께 출발했다. 정 생(정광윤)이 왔다. ○ 정현鄭炫이 역방했다가 그대로 백포로 향했다. 추노推奴하기 위해서다. 정현은 석포石浦에 살던 고故 진사 정혁鄭爀의 아우인데, 그의 형을 곡하기 위해 내려왔다고 한다. ○ 서유신徐有信이 동백 화분이 있어서 나에게 주겠다고 약속했었는데, 오늘 캐서 가지고 왔다. 약쑥도 얻어 심었다. 근래 죽도에 회화나무와 모란을 심기도 했다. 올해뿐 아니라 매년 이렇게 했으니, 나의 나무를 심는 버릇은 늙어서도 쇠하지 않는다. 우습다.

〔 1698년 2월 14일 기미 〕 저녁에 비가 잠시 뿌림

을원의 천연두는 발진이 지극히 조밀하여 처음에는 부풀어오르는 것 같더니, 날이 지날수록 점차 잦아들고 얼굴빛도 평상시와 같아져 질질 끌면서 딱지가 앉지 않는다. 어제는 내탁십선산內托十宣散[10]을 썼고, 오늘은 다시 보원탕保元湯을 썼으나 역시 효과가 없다. 걱정과 염려를 이루 말할 수 없다. 윤익성이 유숙했다.

〔 1698년 2월 15일 경신 〕 흐리다 맑음

정광윤과 노奴 개일開一을 장흥으로 보냈다. 장흥의 노 기봉己奉의 처는 양인이며 낳은 자식도 많은데, 송력宋櫟이란 자가 몰래 문기文記를 만들어 자신의 비婢라고 했다. 그러자 기봉이 송력의 괴롭힘을 견디지 못하고 와서 고하며 자수自首했다. 안 생甥(안명장)이 내려왔을 때 내가 그를 꼭 추쇄해

---

10) 내탁십선산內托十宣散: 유옹乳癰(젖이 곪아 생기는 종기)을 치료하는 약이다.

야 한다고 이야기했는데 미루고 불문에 부치고 있었다. 안명장이 돌아갈 때가 되어 가격을 정해 나에게 팔았으므로 지금 정 생(정광윤)을 보내 추쇄하여 데리고 돌아오게 한 것이다. ○극인 김삼달이 왔다. 윤익성은 유숙했다. ○최근 승지 이현석李玄錫[11]이 응지소應旨疏[12]를 올려 붕당을 타파해야 한다고 주장하면서, '포악함을 포악함으로 바꿨다[以暴易暴]'[13]라는 말을 했으며, 경신년(1680) 역적들의 행위는 친경親耕 때문이 아니라 친잠親蠶 때문이라는 말도 했고[14], 또 "내년이 무인년인데 '무戊'는 가운데이며 토土이고 '인寅'은 '지렁이 인螾'이라 꿈틀꿈틀 발생한다는 뜻이 있으니 상감께서 세덕世德을 실천하여 모두 함께 유신維新해야 한다."라는 말을 하기도 했다. 남인들이 모두 이를 갈며 '마땅히 죽여야 한다.'라는 의논을 펴기까지 했다. 조금 있다가 판윤이 되자, 사직소 끝에서 소회를 진술하면서 "나라를 다스리는 도는 덕예德禮와 형정刑政일 뿐인데, 예를 그르친 송시열을 도봉서원에 배향했으니 예라는 측면에서 잘못된 것이며, 사면하면서 나이가 많은 대로大老인 송시열을 석방하지 않은 것은 형刑을 적절하게 집행하지 못한 것입니다."라는 말을 했다. 이에 서인들이 문외출송하자고 청했으나, 윤허하지 않았다. 처음에 서인들 중 이현석을 칭찬하는 자가 "정유악을 바꿔서 이현석을 얻었으니 '강남흥정江南興正'[15]인 셈이다."라고 하자, 남인들은 "정사효鄭思孝[16]를 덤으로 얻었으니 우리들이 강남흥정한 것이

---

11) 이현석李玄錫: 윤두서의 장인 이동규李同揆의 형인 이상규李尙揆의 아들이다.

12) 응지소應旨疏: 국가가 재난에 처했을 때 임금의 구언求言에 따라 진언進言하는 상소이다.

13) 포악함을 포악함으로 바꿨다: 『사기』 「백이열전(伯夷列傳)」에 나오는 말이다. 백이가 수양산에서 죽기 전에 "저 서산에 올라감이여, 고사리를 캐도다. 난폭함으로 난폭함을 바꾸면서도 그릇된 줄을 모르는구나. 신농과 우하의 도가 홀연히 몰락했으니, 나 어디로 돌아가야 할 것인가. 아, 죽을 때가 되었구나! 명이 쇠했으니.[登彼西山兮 采其薇矣 以暴易暴兮 不知其非矣 神農虞夏忽焉沒兮 我安適歸矣 于嗟徂兮 命之衰矣]"라는 시를 지었다고 한다.

14) 경신년…했고: 1680년(숙종 6) 경신대출척으로 남인이 축출되고 서인이 집권했다. 남인들은 집권할 때 왕비가 후궁들을 거느리고 친잠을 행해야 하므로 후궁을 들여야 한다는 논의를 편 바 있다. 1697년(숙종 23) 12월 17일 도승지 이현석은 숙종에게 친경을 시행할 것을 청하는 상소를 올리면서 이에 대해 언급했다(『숙종실록』 숙종 23년 12월 17일 기사).

15) 강남흥정江南興正: 무슨 뜻인지 알 수 없다. 흥정興正은 우리말의 흥정을 가리키는 것으로 추정된다.

16) 정사효鄭思孝: 1665~1730. 정유악의 아들이다.

다.”라고 하면서 가격을 더 붙여 정사효를 받았다는 기롱을 하기까지 했다. 그런데 서인 중 이현석을 비방하는 자는 “‘모두 함께 유신해야 한다.’라는 말은 은연중에 환국換局를 경각시켜 부추기는 말이니 미운 자이다.”라고 말하기도 했다. 이 사람은 정말로 가사를 찢어 버리면서 동시에 중을 배척하는 꼴과 같으며, 외로이 고립되어 의지할 바가 없으니 지극히 가소롭다. 박행의朴行義는 오랫동안 시배時輩에 붙어 지냈다는 비방을 받아오다가, 최근 교리가 되어 주강晝講하면서 율곡 이이李珥가 지은 『성학집요聖學輯要』를 강의하게 되자 사직상소를 올리며 “성인의 경전에 현인이 주소注疏한 것이 많은데 왜 하필 이 책을 강한단 말입니까? 신臣의 형이 이이를 비판하다가 죄를 얻은 적이 있으니, 신은 이 책을 강할 수 없습니다.”라고 말했다. 이에 즉시 문외출송 당했는데, 그를 위문하러 간 남인들이 시장통처럼 모여 칭찬을 그치지 않았으니, 이 경우는 소위 “까만 연못에서 나오자마자 하얀 설산에 올랐다.”라는 것이다.[17] 그러나 그 의지할 바 없는 것은 이현석의 경우와 같으니, 매우 가소롭다.[18] ○몇 년 동안 연이어 흉년이 든 까닭에 조정에서 청나라에 곡식을 팔라고 청하여 청나라에서 차조[秫粟米] 4만 섬을 보냈는데, 1섬의 가격이 은銀 6냥이었다. 우리나라의 말斗로 헤아리면 8만 섬에 해당한다. 저들의 국력과 재정이 우리와 같은 작은 나라가 비할 바가 아니다. 그러나 우리나라가 신하로 복속하는 것은 형편상 부득이한 일이라 쳐도, 곡식을 팔라고 청한 것은 조정에서 잘못 생각한 것 같다. 우리가 이미 이와 같이 했으니, 만약 앞으로 저들이 이런 청을 한다면 어찌

---

17) 이 경우는…것이다: 당나라 양주楊州의 최애崔崖와 장우張祐가 나란히 시명詩名이 높아서 이들이 지어 주는 시의 내용에 따라 기녀들의 인기가 달라지곤 했다. 한번은 이 두 사람이 이단단李端端이라는 기녀에 대해 낮게 평가하는 시를 지어 주었는데, 이단단이 두 사람을 찾아가 애걸하여 결국 좋은 시를 받아 오자 손님이 문에 넘쳤다. 이를 보고 어떤 사람이 조롱하기를 “이씨 낭자는 시커먼 묵지墨池를 벗어나자마자 새하얀 설령雪嶺으로 올라갔구려. 어쩜 그렇게 하루 동안에 흑백이 달라진단 말이오[李家娘子纔出墨池 便登雪嶺 何其一日黑白不均].”라고 했다고 한다.

18) 가소롭다: 숙종 대 당쟁이 격화되어 환국이 거듭되는 가운데 이현석이나 박행의와 같이 양 진영을 오가는 주장을 펼치는 사람도 있었는데, 윤이후는 이에 대해 부정적으로 평가하고 있다.

하려 하는가? 먼 앞날을 내다보지 못함이 이에 이르렀으니, 정말로 개탄
스럽다.[19]

〖 1698년 2월 16일 신유 〗 오후에 비가 내리고 바람이 어지러움. 저녁에는 천둥도 울림

유시酉時에 을원이 기를 다 소진하여 죽었다. 그 아비가 화를 당하고 또 아
들마저 이렇게 빨리 앗아가니, 하늘이 내린 화가 어찌 이렇게 심하단 말인
가? 애통하고 또 애통하다. 윤익성이 유숙했다.

〖 1698년 2월 17일 임술 〗 늦은 아침 후에 비가 그침

초저녁에 입관했다.

**〖 1698년 2월 18일 계해 〗 여명에 비가 내려 크게 퍼부음. 늦은 아침에 갑자기 그쳤다가 잠시
후 또 내리고 천둥이 침. 종일 그쳤다 내렸다 하며 간혹 약한 볕이 남**

새벽에 관을 간두幹頭로 보냈다. 윤익성이 이끌고 가서 산소의 청룡靑龍 밖
에 묻게 했다.

〖 1698년 2월 19일 갑자 〗 약한 비가 그쳤다 내렸다 함

영창정靈昌正(이익철李翼哲)이 귀경길에 역방했다가 아침밥을 먹고 갔다.
○신숙申俶을 데리고 출발했다. 산소를 구하기 위해서이다. 백치에 들러
인사드리고, 저녁에 죽도장竹島庄에 도착했다.

〖 1698년 2월 20일 을축 〗 종일 비 내림

곡물 수량을 대조하여 모두 타관他官의 배에 실었다. '타관'은 사공의 이름
이다. ○가작家作하는 논에 올벼早稻 8되를 뿌렸다.

---

19) 몇 년…개탄스럽다: 청나라에 곡식을 청한 일에 대해서는 『숙종실록』, 숙종 23년 9월 21일 및 숙종
24년 4월 29일 기사 참조.

아침 후에 신 생生(신숙)과 문소동聞簫洞으로 갔다. 그가 지세를 논하여 다음과 같이 말했다. "사방의 산에 정情이 없고, 입수入首하는 곳이 목울대를 이루지 못하고 또 완고하고 무딥니다. 혈穴 앞이 트이지 않았으며, 명당도 결코 진짜 맺음이 아닙니다. 이러니 박선교朴善交가 속히 옮겨 개장하여야 한다고 한 말이 소견이 없는 말이라고 할 수 없습니다." 방향을 바꾸어 맥脈 뒤로 올라가 금쇄동金鎖洞으로 갔다. 못과 대臺는 수풀이 우거지고 건물은 폐허가 되었으니, 서글픈 마음 이기기 어렵다. 신 생이 말했다. "산속에서 살 곳이라면 괜찮겠지만, 여기도 묘를 쓸 곳은 없습니다." 옥녀동玉女洞을 거쳐 내려왔는데, 산길이 비에 손상되어 험준하여 가기 어려웠다. 문소동을 막 넘었을 무렵 비를 만나서, 급히 죽도로 돌아왔다. 비가 점점 기세가 더해져 산소를 구하는 행차가 또 지체되고 있다. 걱정이다. ○신 생은 죽도를 얻기 어려운 땅이라고 했다. 지관들의 견해가 이와 같지 않음이 없어 조금도 흠이 없으니 기쁘다. 정자는 손향巽向이지만 안채는 병향丙向이 좋으며, 갈형蝎形, '비룡도강飛龍渡江', '영귀음수靈龜飮水'라는 설은 잘못인 듯하다. 아마도 합형蛤形인 것 같다.

지사 신숙과 풍수를 논함

서울에 사는 신숙은 1698년 2월 11일에 팔마에 도착해서, 19일부터 윤종서의 묏자리를 찾기 위해 윤이후와 함께 여러 곳을 다닌다. 문소동, 석전리 등에 가서 전에 박선교가 말하였던 풍수의 길흉에 대해 다시 살피기도 했다. 하지만 비가 내려 많은 곳을 다니지 못했고, 윤이후가 두통과 감기로 다닐 수 없는 처지가 되기도 하였다. 죽도에 대해서 신숙도 얻기 어려운 땅이라고 칭찬하자 여러 지관들의 말이 한결같다고 윤이후가 기뻐하였다.

〔 1698년 2월 22일 정묘 〕 아침에 한 식경 정도 비가 내리다가 늦은 아침에 비가 그치고 구름이 걷히며 맑아짐

신 생(신숙)과 길을 떠나, 석전리石田里에 가서 박선교가 점찍은 산에 올랐다. 신 생이 다음과 같이 논평했다. "낙맥落脈은 손巽이며 중절中節은 병丙이고 입수는 다시 손巽이니, 박선교가 점찍은 혈은 뇌腦인 것 같습니다. 두 말頭末이 낮아지는 곳에서 혈을 점찍어 마땅히 신辛을 향向으로 삼아야 합니다. 이러면 겨우 한 편篇을 이룬 땅이라고 할 수 있겠습니다." 혈의 남쪽에 몇 기의 무덤이 있었다. 앞마을에 사는 김금철金今哲이라는 자가 와서 알현했는데, 무덤 주인이다. 감히 내가 묘를 쓰지 못하도록 하려는 게 아니라, 내가 왔다는 소식을 듣고 와서 현신現身한 것이다. 내가 좋은 말로 타이르자 그도 '네, 네' 하며 수긍했다. 법장法莊으로 가서 또 박선교가 점찍은 곳을 보았다. 신 생은 웃으며 "잘 모르겠습니다."라고 했다. 백포에 이르렀어도 아직 한낮이라 앞으로 더 나아가 보려고 했는데, 그러면 날이 너무 저물 것 같아서 삼인각三寅閣에서 유숙했다. 이성爾成의 집에 천연두 환자가 있어서 들어가지는 못하고, 그가 와서 함께 유숙했다. 이날 저녁 탁사정濯斯亭으로 자리를 옮겨 앉아 있자니, 화단의 꽃은 반쯤 피고 연못물은 막 풍성히 차올라 있었다. 난간에 기대어 완상하니, 서글픈 심정 형언하기 어려웠다. ○백포는 신 생도 좋은 결처結處라고 한다. 다만 집터로는 좋으나 묏자리로는 적합하지 않다고 했다.

〔 1698년 2월 23일 무진 〕 맑음

간두로 막 가려고 하는데, 팔마의 노奴가 갑자기 와서 흥아의 편지를 받고 또 함평 김시량金時亮의 자세한 보고를 받았다. 함평의 창색倉色 김재익金載益이 죽은 후에 계유년(1693), 갑술년(1694) 2년 동안 훔쳐 먹은 환자還上 부족분이 800여 섬이나 되었다. 지금 함평현감은 이언경李彦經인데, 부족

분을 추징할 방도가 없음을 걱정하여 이를 모두 탕감할 생각으로 사유를 잘 진술하여 관찰사에게 보고했다. 관찰사 김우항金宇杭이 계啓를 올려 보고하니, 조정에서 해당 관원과 감관監官으로서 단자單子에 참여한 사람들이 죄가 없을 수 없으니 조사하여 처치하기 위해 그들의 성명을 성책成冊하여 계를 올려 보고하라고 명령했다. 여기서 해당 관원이란 곧 권성權悁이니, 현 수령 이언경은 즉시 사람을 보내 권성에게 알려주고, 그 당시의 색리 고재민高再敏과 이방 이지주李之柱를 불러서 멋대로 상의하여 해당 시기의 수령들에게 편지를 보내고 계유년, 갑술년의 부족분을 신미년(1691)부터 그 이하로 나누어 장부에 기록하여 다시 보고하도록 했다. 그의 의도는 혼자서만 당하지 않겠다는 것이다. 다시 보고한 내용에 대해 들어 보니, 나와 심방沈枋, 이영한李榮漢[20]이 모두 그 가운데에 포함되어 있다. 관찰사는 전후의 보고가 너무 다르다고 여겨서 무장현감을 특별히 조사관으로 정하여 다시 조사하게 했다. 무장현감은 이상주李相周다. 들으니, 이언경은 나와 심방, 이영한을 함께 섞어 포함시키고자 은밀히 무장현감에게 부탁했다고 한다. 사태가 이처럼 놀라울 수 있는가! 때를 놓치지 않고 주선하여 일을 해결해야 했기에, 즉시 말을 돌렸다. 죽도에서 잠시 쉬었는데, 권도경權道經 생과 극인 윤수장尹壽長이 역방했다가 곧바로 갔다. 나도 따라 출발하여 외숙께 들러 인사드리고 팔마로 돌아왔다. ○정광윤이 어제 장흥에서 돌아왔는데, 장흥부사가 출타해서 일을 매듭짓지 못했다고 한다. 안타깝다.

〔 1698년 2월 24일 기사 〕 흐리다 맑음

희성希聖이 와서 유숙했다.

---

20) 이영한李榮漢: 1694년 12월 20일에 함평현감에 제수되었다.

함평 일 때문에 김 참의(김몽양金夢陽)의 편지를 받았다. 조사관인 무장현감
(이상주)에게 그제 김태삼金台三을 보냈다. 김태삼은 그 아버지인 김시량金
時亮의 편지를 가지고 온 사람이다. 오늘 또 정광윤을 보냈는데, 일을 주선
하기 위해서이다. ○윤준尹俊, 윤익성, 윤승후尹承厚가 왔다. 흥아가 간두
로 가서 묘제墓祭를 지냈다. 우리 집에서 제사를 지낼 차례이기 때문이다.
과원果願은 적량赤梁의 묘제를 지냈다.

지난밤부터 편두통이 나고 추워 움츠리게 된다. 이것은 필시 산을 보러 다
니며 바람을 맞은 때문이니 괴롭다. 윤익성이 갔다.

오늘은 대기大忌[21]인데 병으로 참여하지 못하고 흥아와 과원에게 제사를
모시게 했다. 윤이복尹爾服이 와서 참례했다.

윤시상, 변최휴卞最休가 왔다. 신숙이 서울로 돌아가면서 와서 하직인사
했다. 외숙(이락)도 서울로 출발했는데, 우리 집에는 천연두 때문에 들르지
않았다. 흥아에게 나가서 인사드리게 하고 서울에 보내는 편지를 부쳤다.

최형익崔衡翊, 최항익崔恒翊, 최상일崔向馹, 윤순제尹舜齊가 왔다. ○마당금
麻堂金이 무장에서 돌아왔다. 무장현감(이상주)이 완강히 피하며 조사하지
않았다고 하는데, 아마도 함평현감(이언경)과의 안면 때문일 것이다. 그의

---

21) 대기大忌: 여기서는 어머니의 제사를 말한다.

잔약함과 졸렬함이 개탄스럽다.

함평의 일은 내가 작성한 중기重記를 보면 원래는 모자라는 곡식이 없었
다. 현임 현감 이언경의 보장報狀을 보니 신미년(1691) 가을에 거뒀어야 할
것 가운데 모자라는 벼가 278섬이고, 임신년(1692) 봄에 내준 것 가운데 모
자라는 쌀이 49섬 14말이라고 기록했다. 심방이 임신년 가을에 거뒀어야
할 것과 계유년(1693) 봄에 내준 것 가운데 모자란 쌀, 벼, 콩이 모두 496섬
이며, 이영한이 을해년(1695) 봄에 내준 것 가운데 모자라는 콩과 벼가 모
두 223섬이라고 또한 기록되어 있다. 권성에 대해서는 계유년(1693)과 갑
술년(1694) 두 해 모두 연조年條와 성명을 전혀 기록하지 않았다. 이언경이
권성을 벗어나게 해 주려고 나를 비롯한 세 사람에게 터무니없이 죄를 덮
어씌우려 한다지만, 어찌 아무 턱도 없이 사람을 모함하는 것이 이와 같단
말인가. 그렇게 생각하면, 내 임기 동안 결코 모자란 곡식이 없었다는 것
도 알 수 없을 것이다. 그러나 심방이 내가 저치미儲置米를 미봉未捧(백성들
에게 대여했다가 거두지 못함)했다고 고발하여 심문을 받게 되었을 때, 만일
모자라는 곡식이 있었다면 반드시 조금도 용서받지 못했을 것이다. 그 후
의 여러 수령들도 잘못을 거론하지 않았다. 그런데 이제 와서 잘못이 드러
났다는 것은 결코 이치에 맞지 않는 것이다. 그렇게 생각하면 내 임기 동안
모자란 곡식이 없었다는 것은 분명하고 의심할 여지가 없다.

여러 번 생각하다가 의아심이 없을 수 없어 다시 함평으로 사람을 보내 탐
문하려고 하던 차에 어제 홍아를 김몽양 영감에게 보내서 받은 대답에서
도 속히 상세하게 알아보는 것이 좋겠다고 해서, 오늘 아침 다시 마당금을
보내 정광윤, 김시량에게 상세하게 알아봐 달라고 편지를 보냈다. 오늘 저
녁에 김몽양 영감이 일부러 편지를 보내, "무장현감(이상주)의 편지를 보

니 '전후 문안文案을 대략 살펴보니 윤 현감(윤이후)은 아무 죄가 없다고[白脫] 할 수 있고, 심방은 죄를 면하기 어려울 것 같으나 내가 어찌 차마 심방이 심문을 받게 할 수 있겠소. 그래서 반드시 조사관에서 체직되도록 하려 한다.' 운운했다."라고 했다. 그 결과가 어찌 될지 모르겠으나 내 임기에 모자라는 곡식이 없었다는 것은 분명하다. 권성이 스스로 모면하려고 다른 사람에게 죄를 덮어씌운 것은 그럴 수 있으나, 이언경의 행위는 어찌 이상하지 않은가. 인심이 이와 같으니 장차 못하는 짓이 없을 것이다. 일의 한심한 것이 이와 같다. ○극인 김삼달이 왔다. 제주 교수敎授 송래백宋來栢이 역방했다.

강진 백운동을 구경하다

〔 1698년 3월 1일 병자 〕 맑음

극인 황세휘黃世輝가 왔다. ○ 정광윤鄭光胤이 함평에서 돌아왔다. 무장현
감(이상주李相周)이 조사를 완강히 기피하여 일이 지체되고 있기 때문이다.
지금 정광윤이 베껴 온 문서를 보니 권성權偗이 거론되지 않은 것은 아니
고 나는 과연 모자라는 곡식이 없었다. 지금의 함평현감(이언경李彦經)은 반
드시 나를 끌어들여 권성의 흠곡欠穀(부족한 곡식)을 나누어 그 죄를 가볍게
하려 한다. 하지만 나를 포함한 10여 명을 끌어들여도 죄가 각각에게 돌아
갈 텐데 어찌 나눈다고 가벼워질 이치가 있겠는가. 신미년(1691) 추봉秋捧
의 흠조欠租가 300여 섬이라고 하는 것은 이미 받아들인 것을 기록한 도록
都錄에 분명하게 적혀 있고, 임신년(1692) 춘분급春分給의 흠미欠米 40여 석
도 중기重記와 서압한 분급기分給記에 기록되어 있다. 그런데 이언경이 조
사한 문서에는 모두 흠곡이라고 기록했으니 그의 마음을 참으로 헤아릴
수 없다. 정광윤이 함평현감을 만나 얼굴을 대하고 청하니, 답하기를 "허
다한 문서를 헤아릴 때 잘못하여 흠곡의 수를 기록한 것이다. 나도 흠곡이
없다는 것을 알고 있지만 이미 기록된 뒤인지라 쉽게 뺄 수 없다. 사관査官

이 조사하고 돌아가면 반드시 절로 밝혀질 것이니 걱정할 것이 없다."라고 했다는데, 그의 말이 더욱 이해되지 않는다. 그밖에 심방沈枋 이후의 흠곡이 매우 많은데, 무장현감이 반드시 조사 임무에서 교체되기를 바라는 것은 심방을 어려워하기 때문이다. 심방에 비해 나에게 모질게 대하는 그의 수작이 어떠한가? 권성의 계유년(1693)과 갑술년(1694) 흠곡도 기록되어 있었는데, 그 수가 매우 많다는 것을 김시량金時亮이 베껴 보낸 문서를 보고 처음 알게 되었다. 이를 거론하지 않은 것은 모두 자세히 알 수 없었다. ○승의랑承議郎 조부님(안계선安繼善)의 기제忌祭를 또 흥아興兒에게 대신 지내게 했다.

〔 1698년 3월 2일 정축 〕 흐림. 초저녁에 비가 내림

이천배李天培, 김극립金克岦, 윤원석尹元錫이 왔다. 김 별장(김정진金廷振)이 와서 머물렀다.

〔 1698년 3월 3일 무인 〕 종일 비가 내림

오늘 절사節祀를 지냈는데, 나는 병이 완쾌되지 못하여 흥아에게 대신하게 했다.

〔 1698년 3월 4일 기묘 〕 흐림

진사 황세중黃世重이 왔다. 윤경리尹慶履, 윤세형尹世亨이 왔다. 첨지 이수방李秀芳이 서울에서 내려온 지 며칠 되었는데, 어제 그의 조카 이민석李敏錫의 초례醮禮를 치르고 오늘 낮에 와서 만났다. 윤선적尹善積이 따라 왔다. ○정 생(정광윤)이 왔다. 김 별장(김정진)이 갔다. ○세원世願이 『소학小學』을 끝내고 『강목綱目』의 「서한기西漢紀」를 배우기 시작했다. ○노奴 신축辛丑을 괴산에 보냈다. 노호露湖 댁 노奴 개봉開奉과 전부典簿(윤이석尹爾錫) 댁 노 철립哲立이 서울로 가기에 모두 편지를 부쳤다.

〘 1698년 3월 5일 경진 〙 바람 불고 맑음

연실軟實이 맡고 있는 가작家作 못자리에 늦벼 48말을 뿌렸다. ○윤익성尹翊聖이 왔다.

〘 1698년 3월 6일 신사 〙 맑음

한천寒泉의 문장門長(윤선오尹善五)이 지난번에 넘어져 크게 다쳤다. 흥아를 데리고 문안했다. 길을 바꾸어 윤상미尹尙美 숙叔 형제를 방문했다. 이홍임李弘任이 이웃집에 있었는데 병으로 오지 못하여 잠시 들러 문안했다.

〘 1698년 3월 7일 임오 〙 맑음

정 생(정광윤)이 왔다. 지원智遠이 무안에서 돌아왔다. 연동蓮洞의 이민석李敏錫과 파촌波村의 김창윤金昌胤이 왔다. ○이달 1일에 평목동平木洞 김남백金南伯의 집에 명화적이 갑자기 쳐들어와 세 부자父子의 집에서 기물을 모조리 가져갔는데, 곡물은 손대지 않았고 사람도 큰 상처를 입지 않았다고 한다. 몇 년 사이에 이러한 재난이 종종 있으니 참으로 걱정이다. ○다시 들으니 청나라의 차조는 소위 1포包가 우리 말斗로 22말인데, 1포의 값이 백금 12냥으로 정해졌다고 한다. 그 값이 시장의 쌀보다 몇 배나 비싸고, 그 포包는 포대布帒(베로 만든 자루)인데 우리나라에 도착하면 곧바로 비우고 도로 가져간다. 그리고 여기에서 한 섬들이 자루橐石를 만들어 담는데, 자루 하나 값이 동전 1냥이며, 우리 경내로 옮기는 비용도 적지 않다. 이를 따져 보면 참으로 '얻는 것으로 잃은 것을 채우지 못한다[得不補失].'라고 할 수 있다. 매 1포의 값이 백금으로 12냥이면 4만 포의 값은 얼마나 되겠는가. 곡식을 사 오자는 계책이 누구에게서 나왔는지 모르겠지만 조정의 계산이 이러하니 나랏일이 어떻게 돌아가는지 알 수 있다. 그러나 나처럼 하찮은 사람이 걱정한들 어쩌겠는가.

〖 1698년 3월 8일 계미 〗 맑음

아침 후에 별진別珍에 들러 문안했다. 길을 바꾸어 월남月南으로 가서 최현崔炫의 집에서 잠깐 쉬었다가 목 상相(목내선睦來善)께 인사드렸는데 목 참판(목임일睦林一)도 함께 있었다. 술을 한 순배 돌리고 최현의 집에 돌아와 잤다. 최현의 표숙表叔 조적趙頔과 함께 이야기를 나누었다. 조적과 나는 삼종친三從親인데, 그의 할아버지 조찬趙纘은 윤정엽尹正曄의 사위이다. 목참판이 밤에 와서 이야기를 나누었다.

〖 1698년 3월 9일 갑신 〗 저녁 무렵 비

아침을 먹은 뒤 목 상(목내선)께 나아가 하직인사를 하고, 참판(목임일)의 거소에 나아가 이야기를 나누었다. 꽤 오래 있다가 일어나, 최현과 더불어 백운동白雲洞[22]을 방문했는데, 이곳은 금여촌金輿村 이담로李聃老 공의 별업이다. 골짜기는 깊고 고요하며 천석泉石이 빙 둘러 있다. 그 가운데 2칸 집을 지었는데, 구조가 매우 정묘精妙하며, 사방은 담장으로 둘러쌌다. 담을 뚫어 산에서 내려오는 물을 안으로 끌어들여 집 앞에 곡수曲水를 파서 만들어, 다시 담에 난 구멍을 따라서 흘러나가도록 했다. 곡수 사이에는 연꽃을 심은 두멍과 괴석 몇 덩이를 늘어놓았고, 바위 옆에는 늙은 소나무를 심었는데, 소나무 가지가 바위 틈새로 뻗어 나가 바위 모서리를 휘감고 있다. 담장 안에는 매화나무, 영산홍, 왜철쭉을 나란히 심었으며, 뜰 양쪽의 소나무는 푸르게 그늘을 이루고 있었다. 모든 것이 반듯하게 나열되어 뒤섞이지 않았다. 정원의 바닥은 흰 모래를 깔았는데 깨끗하여 매우 좋았다. 집 뒤편은 돌을 쌓아 층계 두 단을 만들고 오죽을 줄지어 심어 놓았는데,

---

22) 백운동白雲洞: 강진군 성전면 월하리의 '백운동 원림'을 가리킨다. 명승 제115호이다.

『백운첩白雲帖』에 수록된 초의 선사의 「백운동도白雲洞圖」_개인 소장
멀리 월출산의 모습과 함께 산자락 아래에 아담하게 자리 잡은 백운동의 모습이 정겹다.

너무 성글지도 그렇다고 너무 빽빽하지도 않았다. 층계 위쪽의 평평하고
넓은 곳에 대여섯 칸 되는 집을 지어 행랑으로 삼았으며, 행랑 안쪽으로 또
대여섯 칸 정도의 집을 지어 안채로 삼았는데, 모두 지극히 깨끗하고 아름
다웠다. 안채의 사방에도 또 매화를 심어 둘렀다. 모든 것이 질서정연하여
조리가 있고 하나하나 눈에 띄는 것이 지극히 맑고 깨끗했다. 이른바 두 칸
집의 남쪽 담장에는 작은 문을 세웠는데, 문을 따라 나가면 작은 바위가 툭
튀어나와 대臺를 이루었다. 그 이름이 동대東臺였고 높이는 2장 남짓 되었
다. 위쪽이 평평하고 둥글어 50~60명 정도가 앉을 만했다. 대 좌우로 산
에서 내려온 개울이 흐르는데, 왼쪽 개울 주변으로 대나무 숲이 총총히 들
어서 푸른 대줄기가 빽빽하게 서 있었다. 대臺의 사방으로 뒤섞여 심어진
산다山茶나무와 홍도紅桃나무는 꽃이 흐드러지게 피었고, 몇 그루의 산행
山杏 꽃은 흩날리는 눈처럼 나무를 가득 채웠으며, 큰 소나무는 대를 빙 둘
러 그늘을 이루고 있다. 백운동으로 들어서는 길은 단풍과 홍도를 심어 놓

있는데, 돌길은 험하고, 골짜기는 깊숙하고 고즈넉하다. 마을과 지척인 곳에 이와 같은 선경이 있다는 것을 전혀 알지 못했다. 사람으로 하여금 유연히 세속을 벗어난 상념을 갖게 한다. 잠깐 동안 보고 즐기노라니, 두고 떠나고 싶지가 않았다. 주인이 속된 기운을 벗어난 가슴속 운치를 갖고 있지 않다면 어찌 이런 곳을 마련할 수 있겠으며, 원림의 배치와 꾸밈도 하나하나 모두 알맞으니 그의 구상하고 실행하는 능력 또한 충분히 알 수 있다. 이를 통해 이李 노인이 세속의 흔한 선비가 아님을 알게 되었다. 최崔 생生에게 이런 이야기를 하고서 헤어졌다. 척치尺峙 아래에 도착해서 갑자기 비를 만나 젖은 채로 돌아왔다. 정 생(정광윤)이 숙위했다. ○밤이 되자 비가 점점 더 퍼부었다.

〔 1698년 3월 10일 을유 〕 늦은 아침 맑음

윤필은尹弼殷, 김여휘金礪輝가 왔다. 김정진이 와서 숙위했다.

〔 1698년 3월 11일 병술 〕 저녁에 비

김태귀金泰龜가 왔다.

〔 1698년 3월 12일 정해 〕 맑음

임취구林就矩가 왔다. 파주의 안상은安相殷 생生이 와서 아침밥을 먹고 갔다. 이 사람은 출신 안규安糾의 아들로, 죽은 아이(윤광서尹光緒)를 묻은 곳에 살았기 때문에 일찍이 서로 알고 지냈다. 지금 추노推奴를 위해서 왔는데, 이르는 곳마다 실패하여 돌아가는 길이 몹시 곤궁하다고 했다. 쌀 1말을 주었다. ○아침 후에 정 생(정광윤)을 데리고 길을 떠나 적량원赤粱院에 도착했다. 묘소에 참배하고 나서 점심을 먹었다. 김여휘, 배여량裴汝亮이 이미 와서 기다리고 있었다. 밥을 먹은 뒤에 정 생과 노奴 만공萬洪, 말질남

末叱男을 데리고 염소鹽所에 도착하여 농토를 둘러보았다. 신미년(1691)에 임성술林聖述이 소리산疎離山의 남쪽을 둘러싸고 있는 이른바 염소 등의 전顚 자와 패沛 자 두 자호字號의 토지를 모두 입안立案했다. 그 후 임진린任震麟에게 팔았는데, 임진린은 수습할 능력이 없어서 지금 나에게 사 달라고 몹시 절박하게 청하고 있다. 지금 전답을 일군 것이 거의 7~8섬지기에 이르고, 토질 또한 심하게 척박하지 않지만 거주하는 사람은 많지 않다. 단지 염한鹽漢(염전의 일꾼) 10여 호 및 주민들이 사는 서너 집이 두 곳에 마을을 이루고 있을 뿐이다. 이들은 곧 아침에 들어왔다가도 저녁에 나갈 수 있는 부류이다. 만약 버리고 떠나면 장차 황폐하여 쓸모없는 땅이 될 것이라 이것이 걱정이다. 저녁에 말질남의 집에 돌아와 머물러 묵었다.

〔 1698년 3월 13일 무자 〕 맑음

김여휘가 여기서 멀지 않은 한안촌寒岸村【한의아리】이라는 곳 앞에 쌓아 놓은 제언이 있는데 가서 보고 싶다고 말했다. 아침 후에 가서 보니 제언 길이가 250여 발把에 이르렀다. 물이 얕아 쌓기가 쉬웠고 또한 바람을 받지 않았다. 그 안은 매우 넓어 30석을 심어도 될 듯하니 얻기 어려운 땅이라고 이를 만하다. 다만 수원水源이 넉넉하지 않고, 주인이 있는 땅이라 거저 얻을 수 없다고 하니 이것이 흠이다. 아! 나는 근래에 전답과 집을 구하는 것으로 일을 삼았다. 남들이 혹 손가락질하며 의아해하고 비웃지만, 명리를 분주히 좇는 사람들보다는 낮지 않은가. 옛사람들 중 밭 갈고 낚시하고 소 기르고 오이 심고 도기 굽는 것에 스스로 의탁하는 이들이 있었다. 지금 나는 논밭 사이에서 외로이 거처하며 흥취를 깃들일 만한 것이 없는데, 이번 한가로운 행차를 기회로 특별히 유유자적 자득自得할 수 있었으니, 사람들이 비웃고 의아해한들 무슨 상관이겠는가. 돌아오는 길에 김여휘의 집을 지나다 들렀다. 잠시 쉬어 가라고 간절히 청하고서 점심을 대접하기에 하는 수 없이 잠깐 머물다가 돌아왔다. ○백포白浦의 인편이 서울에서 돌아와, 아이들의 편지를 받았다. 두서斗緖의 딸이 혼인했다. 지난달 24일 혼례를 치렀고, 신랑은 진사 권세정權世鼎의 아들 권성언權聖彦이다. 나는 천 리밖에 있어 가서 볼 수가 없으니, 한탄스럽다. ○지평砥平 이李 생원 댁 이모(이국균李國均의 처)의 부음을 들었다. 통곡하고 또 통곡했다. 살던 곳을 정리하여 서울로 옮겨 사신 지 여러 해이다. 재작년 내가 상경했을 때 여러 차례 안부를 여쭈었고 기력이 강녕하시어 오래오래 사실 것이라 여겼는데, 갑자기 부음을 듣게 될 줄을 어찌 생각이나 했겠는가. 친가와 외가의 어른들께서 이제는 거의 돌아가셨으니, 외롭고 괴로운 마음을 어찌 말로 다하겠는가. 2월 13일 그리 심하지 않은 병으로 세상을 떠나시니 향년 75세이다. 손자 태제泰齊가 복상을 대신했다.

〔 1698년 3월 14일 기축 〕 흐리다 맑음

극인 최형익崔衡翊, 최유기崔有基가 왔다. 이희李曦, 전적典籍 김태정金泰鼎이 왔다. ○날씨가 꽤 따뜻하여, 물을 데워 목욕했다.

〔 1698년 3월 15일 경인 〕 흐림

최 극인(최형익)이 아침 일찍 지나다 들렀다. 윤기업尹機業, 이민석李敏錫이 왔다. 정 생이 왔다.

〔 1698년 3월 16일 신묘 〕 바람 불고 맑음

성복成服했다. ○갑자기 어떤 사람이 울타리 밖에 이르러서는 글을 올리며 양식을 구걸했다. 본래 절강 사람 왕한영王漢英으로서, 무신년(1668) 배를 타고 장사를 하다가 표류하여 여기에 이르렀다고 적혀 있었다. 말이 우리 말과 다르고, 놋쇠로 된 담뱃대를 손에 쥐었는데 길이도 길고 모양 또한 특이했다. 한 여인을 데리고 있었는데 이 사람은 의복과 말이 우리나라의 평민 여자였다. 필시 그녀를 처로 삼게 된 것이리라. 그러나 정말 중국 사람인지는 알 수 없다. 요즘 인심이 착하지 않아 만나고 싶지 않아서 쌀 1되만을 주어 보내었다. ○남궁량南宮璟이 와서 만났다. 이 사람은 곧 고령군수 남궁억南宮億의 조카인데, 추노推奴하기 위해 당산堂山에 내려 왔다가 온 것이다. ○류 판서(류명현柳命賢)에게 편지를 써서 흑산도로 가는 배편으로 부쳤다. ○남궁량이 차운한 죽도시竹島詩는 다음과 같다.

悠悠世事若流湍　유유한 세상사는 흐르는 물과 같아
耳聽不來見不看　들어도 들리지 않고 보아도 보이지 않네
竹裡草堂無一慮　대숲 속 초당에는 근심 하나 없어
階花山鳥日相干　섬돌에 핀 꽃과 산새만이 날마다 찾는구나

山下草堂臨碧湍　산 아래 초당이 푸른 여울 굽어보아
一生魚鳥愛相看　평생 물고기와 새를 사랑하여 마주하네
江湖喜樂於斯足　강호의 즐거움은 이로써 족하니
浮世功名不欲干　뜬구름 세상의 공명은 간여하지 않으리라

〔 1698년 3월 17일 임진 〕 흐리다 맑음

남궁량이 또 와서 만났다. ○아침 후에 죽도로 출발했다. 길에서 첨지 이수방李秀芳의 심부름꾼을 만났는데, 초대를 받아 곧장 연동蓮洞 이 영감(이수방)의 거소에 이르렀다. 이제 막 모여 거문고를 연주하고 노래를 부르던 참이었다. 나는 오래 앉아 있기가 편치 않아 점심을 먹고 즉시 일어났는데, 내 말이 갑자기 눈병이 나서 이 영감의 말을 빌려 타고 왔다.

〖 1698년 3월 18일 계사 〗 동풍이 밤부터 거세게 일어나 기세가 지붕을 뒤엎을 듯했음. 간간이 빗방울을 뿌림

종일 문을 닫고 우두커니 앉아 있었다.

〖 1698년 3월 19일 갑오 〗 바람이 잦아들고 약간 맑다가 오후에 흐려져서 비가 잠깐 뿌림

찰방 고여필高汝弼이 와서 만났다. 세전歲前에 별진別珍에서 저천苧川으로 이사했다고 한다. 이대휴李大休 제弟와 윤국미尹國美, 그의 아들 윤이징尹爾徵이 왔다. 윤이징의 이름은 내가 지어 준 것이다. 또 연衍과 현衒으로 그 두 동생의 이름을 지어 주었다. 윤익재尹益載가 왔다. 성덕기成德基가 왔다가 그대로 유숙했다.

〖 1698년 3월 20일 을미 〗 흐리다 맑음

대항동大巷洞의 김한일金漢一, 율동栗洞의 성덕징成德徵 및 성덕기가 새로 맞은 사위 최명동崔命東이 왔다. 최명동은 무안 사람이다. 첨지 이수방이 와서 이곳을 둘러보고는 연거푸 칭찬하고 감탄했다. 내가 놀림조로 "영감께서는 속세에서 살아오셨는데도 별천지를 잘 알아보시니 큰소리칠 만하다고 할 수 있겠소이다."라고 하자, 이 첨지가 "원래 출중한 식견이 있으니 어찌 그걸 모르겠소."라고 대답하고, 서로 장난하며 웃었다. ○어제 김한일에게서 자단나무 세 그루를 얻어 뜰 가에 줄 맞춰 심어 놓았고, 오늘은 지원智遠을 전초사全椒寺에 보내 동백나무를 캐 와서 뜰 앞에 심었다.

〖 1698년 3월 21일 병신 〗 아침엔 맑았다가 오후에 비가 내리고 밤이 되자 더 내림

김우경金友鏡과 김우정金友正이 왔다. ○죽도를 떠나 백치白峙의 이 종제(이대휴)를 역방하여 만나고, 우사치迂沙峙에 도착해서 비를 만나 다 젖은 채로 돌아왔다. 지원이 함께 왔다. ○노奴 신축辛丑이 괴산에서 돌아와 딸의

집에서 보낸 잘 있다는 편지를 받았다.

남궁량과 황세휘가 일찍 왔다. 윤민尹玟이 왔다. 정 생(정광윤)과 윤이복尹
爾服이 왔다.

홍서興緒, 과원果願, 이성爾成을 데리고 새벽에 영광靈光 고조비高祖妣(윤홍
중尹弘中의 처)의 기제사를 행했다. ○정 생(정광윤), 수원壽遠, 최유준崔有峻,
최유헌崔有巘이 왔다. ○백치 외숙(이락李洛)이 서울행에 데려 갔던 노奴가
돌아와서 창서昌緒, 두서 두 아이가 13일에 보낸 잘 있다는 편지를 받았다.
정 판서(정유악鄭維岳)가 10일에 대부인大夫人의 상을 당했다고 하니 놀라움
과 슬픔을 이길 수 없다. 다만 정 대감이 석방되어 집으로 돌아가 뵌 지 1년
이 지났고 향년 87세이시니 여한은 없다 하겠다.

노奴 개일開一이 신공을 걷고 조기를 사기 위해 영광에 갔다. 마당금麻堂金
은 환곡 부족 사건을 알아보기 위해 함평에 갔다. ○안형상安衡相이 18일로
모친상의 2주기를 넘겼기에 오늘 가서 만났다. 마침 이상열李商說 노老도
도착했다. 안형상은 갑술생(1634), 이상열은 을해생(1635)이니 1년씩 차례
로 나보다 나이가 많다. 모두 자식을 잃은 사람들이어서 서로 회포를 말하
며 한나절 대화하고 저녁에 돌아왔다. 김 별장(김정진)이 왔다. 윤익성도 왔
다. 모두 함께 잤다.

〔 1698년 3월 25일 경자 〕 흐리고 간간이 비 뿌림

송창우宋昌佑가 왔다. ○지난밤 좀도둑이 북쪽으로 들어와서 안채의 서쪽 방과 곳간의 벽을 부수고 매일 먹는 쌀 6, 7말과 밥솥 2개를 가져갔다. 그 밖의 곡물은 건드리지 않았다. 다들 걸인의 짓이라고 하나 그 행적을 보면 반드시 그렇지도 않으니 괴이하다. ○초저녁에 비婢 금상今祥이 갑자기 경련을 일으키며 벌벌 떨더니 이어서 미친 소리를 해 댔다. 얼마 전 노奴 동이同伊가 병이 심하여 거의 죽을 뻔했고 아직도 낫지 않았는데 그 처까지 이와 같으니 그들의 액운 때문인가. 매우 염려스럽다.

〔 1698년 3월 26일 신축 〕 거센 비바람이 저녁까지 그치지 않음

함평의 도사都事 이석삼李錫三이 와서 잤다. 이두경李斗慶의 편지를 받았다. 함평현감 이언경이 다시 직접 조사를 해 보니, 전에 소위 내가 포흠했다는 쌀은 단지 8석 13두 8승 2홉 7사에 불과했고, 나머지 쌀 41석은 겸관兼官 무안현감 안준유安俊孺가 재직할 때에 해당한다고 했다. 8석의 쌀도 또한 조사관에 의해 혐의가 벗겨질 것이다. 이언경이 처음에 나에게 죄를 덮어씌우려 했으니 그의 속은 진실로 헤아릴 수가 없다. 매우 통탄스럽다. 이두경은 내가 재임할 때의 감관監官이었기 때문에 지금 비로소 이 편지를 보냈지만, 그때 향소鄕所 임원이었던 윤원경尹元卿, 윤□필尹□弼 등은 전혀 한 마디 연락도 없었다. 인심이 통탄스럽다.

〔 1698년 3월 27일 임인 〕 흐리고 부슬비

이 도사(이석삼)가 갔다. 임중헌任重獻이 왔다. 정 생이 왔다.

〔 1698년 3월 28일 계묘 〕 흐리다 맑음

이성이 나주에서 돌아오는 길에 들렀다. 윤이훈尹以訓이 왔다.

윤익성, 정광윤이 왔다. 김여휘가 왔다. 김정진이 연동에서 돌아왔다. 윤희성尹希聖이 와서 잤다. ○봄 석 달이 다 지났다. 맑은 날은 매우 적고 자주 비가 흩뿌리며 매서운 서리도 빈번했다. 이 때문에 날씨가 차가워 보리 이삭이 패지 않았다. 올해 흉년의 조짐은 이미 명백하니, 백성이 다 죽게 생겼다. 걱정으로 탄식하나 어찌 하겠는가.

1698년 4월. 정사 건建. 작은달.

변례 중의 변례

〖 1698년 4월 1일 을사 〗 맑음

김 별장(김정진金廷振)이 갔다. 정 생(정광윤鄭光胤)이 왔다. 송수삼宋秀參, 윤유도尹由道가 왔다. 나는 마침 귀에 뜸을 뜨고 있어서 나가 볼 수가 없었다. 윤세임尹世任이 지나다 들렀다.

〖 1698년 4월 2일 병오 〗 비

정 생(정광윤)이 왔다. 윤선적尹善積이 와서 이 첨지(이수방李秀芳)의 뜻을 말하길, 6일 산방山房에 모여 이야기하자고 했다. 약속대로 하자고 말하여 보냈다. ○종아宗兒의 소상小祥이 다가오니 찢어지는 아픔이 더욱 생생하다. 오늘 아내와 제사 문제를 이야기했다. 상부孀婦(윤종서의 처)는 반드시 성대하게 거행하고 싶어 한다고 한다. 그래서 내가, "'집안 사정에 맞게 한다稱家有無].'라는 것이 선조들의 분명한 유훈이다. 요사이 흉년은 전에 없던 것으로 서로西路(평안도와 황해도)에서는 부자父子가 서로 잡아먹는 변고까지 있었다고 한다. 다행히 호남은 사정이 조금 낫지만 굶어 죽는 사람이 연이어 나오며 우리 집도 매우 어려워서 전답을 팔아넘겨 간신히 죽으로 연명하고 있다. 앞으로 먹고사는 것도 이렇게 막막한데 제사 음식을 풍성하게 갖추는 것은 참으로 두려워하고 절약하는 도에 맞지 않는다. 죽은 영혼이 안다고 해도 반드시 편치 않을 것이다."라고 훈계했다. 잠시 후 세원世願이 나에게 와서 아뢰기를, "재작년에 아버지가 거제 적소謫所로 갈 때 말하기를, '내가 혹시 돌아오지 못해 제사를 지내더라도 절대 넉넉히 갖추어서는 안 된다. 또 유밀과도 만들지 마라.'라고 했는데, 지금 어머니가 성대하게 갖추려고 하니 걱정입니다."라고 했다. 나는 누워 있다가 벌떡 일어나며 말했다. "네가 어떻게 이런 말을 다 할 수 있느냐!" 세원과 나는 목이 메여 한동안 말을 잇지 못했다. 아, 슬프다. 작년 초상 때 이 아이는 갓 11살인데도 행동거지와 곡하는 예법이 어른 같아서 조문 온 사람들이 크게 기뻐했다. 그런데 오늘은 또 이런 말을 한 것이다. 내 아이는 비록 죽었지만 이런 자식을 두었으니, 죽어도 죽은 것이 아니라고 할 만하다. 아, 슬프다.

〔 1698년 4월 3일 정미 〕 어제 비가 오늘 낮에 그침

〔 1698년 4월 4일 무신 〕 맑음

윤순제尹舜齊가 왔다. 김여휘金礪輝도 왔는데, 장흥의 문취익文就益의 부탁으로 그를 데리고 와서는 어성漁城의 논을 사고 싶다고 했다. 약속된 가격을 내준 후에 그것이 터무니없는 것임을 알고서는 그만두었다. 근래 인심을 헤아릴 수 없음이 이처럼 다반사이다. 통탄스럽지만 무슨 말을 하겠는가. 정 생(정광윤)이 왔다. ○이복爾服, 이성爾成, 남미南美가 왔다. ○노奴 개일開一이 영광의 두 노奴의 신공을 받아 조기를 사 왔다. ○전부典簿(윤이석尹爾錫) 댁 필경必敬이 서울에서 돌아와서 아이들의 잘 있다는 편지를 받았다. ○청나라에서 내준 곡식은, 저들이 처음에는 공짜로 내줄 뜻이 있었으나 사신인 우의정 최석정崔錫鼎이 나라의 가난함을 남에게 보이는 것을 수치스럽게 여겨 사자고 청한 것이다. 그 값이 15만 냥에 이른다. 호부戶部와 관서영關西營을 통틀어도 겨우 7만 냥밖에 없어서 나머지 8만 냥은 푼푼이 모아야 한다. 그밖에도 대신大臣, 근종近宗(가까운 종친), 접반사接伴使가 왕래하는 비용 및 의주에서 용천까지 선박 운송 시 저들을 접대할 자금과 각종 토색물까지 합해서 계산하면 그 역시 곡식 가격보다 적지는 않을 것이다. 최 상相(최석정)의 계산이 참으로 우습기 짝이 없다. 나랏일이 이 같으니 말해 뭐하겠는가. 공짜로 얻는다 해도 결코 다행이라 할 수 없는데 하물며 지금 얻는 것보다 손실이 더 크니, 대신이 나랏일을 논의한 계책이 희한하다 하겠다.〔뒤에 들으니 쌀을 내달라고 청한 것은 남 상相(남구만南九萬)의 건의였다고 한다.〕

〔 1698년 4월 5일 기유 〕 흐리다 맑음

새벽에 종서의 소상 제사를 지냈다. 이복, 이성이 참례했고, 남미는 병이 나서 참례하지 않았다. 정광윤, 변최휴卜最休가 왔다. 이대휴李大休 제弟가 왔다. 권도경權道經 생生이 지나다 들렀다.

〔 1698년 4월 6일 경술 〕 맑음

이 첨지(이수방)가 어제 장춘동長春洞으로 가면서 나에게 함께 이야기나 하자고 불러서, 아침 후에 흥아興兒와 함께 길을 나섰다. 정광윤이 수행했다. 동구에 다다르니 나무그늘이 짙고 계곡물은 맑았다. 절 밖 길가에 앉아 있으려니, 연동蓮洞 사람 10여 명과 거문고 타는 아이, 피리 부는 동자를 모두 이 영감(이수방)이 데려왔는데, 내가 도착했다는 말을 듣고 나와서 맞이했다. 잠시 후 절에 들어가 가허루駕虛樓[23]에 앉았다. 곧이어 백치白峙의 이 제弟(이대휴)가 초대받아 도착했다. 연동 사람들이 이 영감을 위해 술과 안주

---

23) 가허루駕虛樓: 해남 대흥사 가허루이다.

964

를 마련하여 즐겼다. 나는 석상에서 붓을 놀려 이 영감을 위해 송별시를 써 주었다. 이 영감이 조만간 서울로 돌아가기 때문이다. 옛날 이만방李晩芳과 함께 이 절에서 노닐던 생각이 나서 한순간 구슬퍼졌다. 시는 이렇다.

招提一會本無期　절에서 한번 모인 것은 본래 기약이 없던 일
往事傷心醉不持　지난 일 서글픈 마음은 취중에 털어 버렸네
惆悵世間多別恨　세상에 이별의 한이 많아 슬프구나
可堪明日各分岐　내일 각자 헤어지면 어찌 견디랴

밤이 깊어 약사전藥師殿에서 잤다.

〔 1698년 4월 7일 신해 〕 맑음

오시午時 무렵 골짜기를 나와 동구에서 이 영감(이수방)과 작별하고, 흥아와 정 생을 보냈다. 나는 죽도로 들어갔다. 김정진이 내가 절에 있을 때 맞춰 오려고 했으나 오지 못했는데, 동구에서 마주쳐 그대로 나를 수행하여 왔다.

〔 1698년 4월 8일 임자 〕 맑음

오늘은 초파일이지만 오직 김 별장(김정진)만을 마주했을 뿐이다. 무료함을 견디지 못해 다음과 같은 절구 한 수를 읊어 주었다.

一年佳節屬誰邊　한 해의 좋은 철은 누구 것인가
寥落江樓獨悵然　쓸쓸한 강가 누각에서 홀로 서글프네
恨無尊酒酬今夕　오늘 저녁에 수작할 술 한 잔 없어 섭섭하여
白髮相看兩可憐　서로 백발을 보며 둘이서 가련해하네

〔 1698년 4월 9일 계축 〕 오후에 바람이 어지럽게 불고 비가 내림

성덕징成德徵이 오고 김 별장(김정진)이 갔다.

〔 1698년 4월 10일 갑인 〕 바람이 잦아들고 비가 내림

성덕징이 왔다. ○간밤에 바람이 거세 그 기세가 □□를 뽑고 나무를 꺾을
듯했다. 밤새 이와 같았으니 괴이하다.

〔 1698년 4월 11일 을묘 〕 맑음

이대휴, 김우정金友正이 왔다. 나주羅州의 정민鄭旻이 왔다.

〔 1698년 4월 12일 병진 〕 맑음

간밤에 팔마八馬에서 심부름꾼이 와서, 김시량金時亮의 자세한 보고를 받
아 보았다. 함평 사건의 조사관을 무장현감(이상주李相周)에서 고창현감(한
익상韓益相)으로 바꾸도록 정해졌다. 급히 사람을 보내 주선하지 않을 수 없
어 아침 후에 출발했다. 정민은 죽은 노奴에게 일이 있어 그대로 머물렀다.
○이 제弟(이대휴)를 역방하여 만났다. 길을 돌려 연동으로 들어가 이 첨지
(이수방)를 방문했다. 내일 돌아간다고 한다.

〔 1698년 4월 13일 정사 〕 맑음

극인 김삼달金三達이 왔다. 마을 사람들이 앞 내에 보를 쌓고 있어 아이들
을 데리고 가서 보았다. 고故 윤신한尹莘閑의 딸은 용지龍池의 오 가吳哥의
처가 되었다가 일찍이 과부가 된 사람인데, 오늘 와서 만나고 돌아갔다.

〔 1698년 4월 14일 무오 〕 흐리다가 저녁 무렵 비

윤천임尹天任, 윤취삼尹就三, 윤현귀尹顯龜가 왔다. 김기주金起冑가 왔다. 정

민, 김정진이 왔다.

조사하는 일에 대하여 김 참의(김몽양金夢陽)로부터 편지를 받고, 마당금麻堂金을 고창에 보냈다. ○정민이 갔다.

정 생(정광윤)을 고창에 보냈다. 김 별장(김정진)이 갔다. ○울적함을 이길 수가 없어 지원智遠으로 하여금 마구를 갖추어 앞서 가게끔 하고선 걸어서 들로 나갔다. 임석형任碩衡 노老와 마주쳐 그대로 함께 윤시상尹時相의 집에 이르렀다. 윤시상은 요통으로 몸을 움직이지 못하고 있었다. 한참 이야기하다가 일어나 냇가에 이르러 정만광鄭萬光과 마주쳐 잠시 이야기하다가 천천히 걸어서 돌아왔다. 강진 평덕平德의 윤기중尹器重, 해남 독평禿坪의 이석규李碩珪가 왔다. 석규는 어릴 때 이름이 몽열夢說이었는데, 그의 어린 아들을 데리고 왔다.

윤 서흥瑞興(윤항미尹恒美)의 모친의 병환이 몹시 위중하여 아침 후에 가서 문안했다. 돌아오는 길에 덕정동德井洞에 역방하여 들어가 서응瑞應(윤징귀)과 제각祭閣에서 이야기했다. 아마도 서응이 옛터로 돌아와 거주지를 정하려는 것 같다. ○차삼次三, 개봉開奉이 서울에서 돌아와, 아이들이 5일에 보낸 그럭저럭 잘 있다는 편지를 받았다. 위로가 된다. ○김 별장(김정진)이 또 왔다.

〔 1698년 4월 18일 임술 〕 맑음

윤정미尹鼎美 족숙이 와서 그 부모의 병에 대해 묻고 약을 의논했다. 김 별장(김정진)이 갔다.

〔 1698년 4월 19일 계해 〕 맑음

윤수원尹壽遠이 왔다.【윤익성尹翊聖의 아들이다.】월암月巖의 정 노老(정왈수鄭曰壽)가 왔다. ○ 전부(윤이석) 댁에서 짐배가 내려와, 아이들이 12일에 보낸 편지를 받아 보았다. 노량露梁의 형수님(윤이구尹爾久의 처) 병환이 위중하고, 희원喜願도 계절병으로 고생 중이라 하니 몹시 걱정스럽다. ○ 윤천우尹千遇가 『계곡집鷄谷集』을 가지고 와서 제목을 받았다. ○ 올해 보리농사가 부실한 것이 작년과 다를 바 없는데, 근래 누렇게 시드는 병이 생긴 것도 작년과 똑같다. 농사가 해마다 이러하니 어떻게 산단 말인가. 콩은 싹이 나자 달팽이가 다 먹어 버려, 김매기 할 때 달팽이가 발에 밟혀 부서지고 문드러지는 소리가 난다. 이는 참으로 일찍이 들어 보지 못한 일이다. 왕년에 서북 지방에 날다람쥐[鼯鼠]가 들을 가득 메워 기장과 조의 싹을 모조리 먹어치웠는데, 남쪽 지방이 또 이와 같은 상황이다. 하늘이 장차 백성들을 다 죽인 후에야 그치려는 것이니, 말로 한들 어찌하겠는가. ○ 3월 26일 비가 내리는 중에 남산 서쪽 봉우리鼇頭 아래가 깎이고 떨어졌는데, 속된 말로 이른 바 사태沙汰이다. 이는 비록 산이 무너지는 것[山崩]과는 조금 다르나, 바로 수도의 정면에 솟아 있는 진산鎭山에서 일어난 일이니 실로 전에 없던 변괴라 하겠다. 숭례문에는 까치가 집을 지었다고 하는데 이 역시 기이한 일이라 매우 놀랍고 걱정스럽다.【숭례문에 까치가 집을 지은 것을 혹자는 풍년의 조짐이라고 하는데, 그럴까? 어찌 그러하겠는가!】

〔 1698년 4월 20일 갑자 〕 맑음

윤희직尹希稷이 왔다.

〔 1698년 4월 21일 을축 〕 흐림

윤시상, 이대휴, 안형상安衡相, 윤이우尹陑遇가 왔다. ○들으니 한천寒泉의
윤주미尹周美 숙叔이 행당杏堂(윤복尹復)의 비문을 판서 권유權愈에게 부탁
하러 오늘 서울로 떠난다기에, 편지를 부쳤다.

〔 1698년 4월 22일 병인 〕 밤부터 비바람이 미친 듯 불어 닥치더니 저녁 무렵 갬

〔 1698년 4월 23일 정묘 〕 맑음

강산糠山의 윤천주尹天柱가 왔다. 이 사람은 고故 훈련습독訓練習讀 인철仁
哲의 손자이자 출신出身 이빙以聘의 아들이다. 아버지가 일찍 죽고, 장형長
兄 역시 후사 없이 요절했다. 지금 조모의 상을 당했는데, 상주가 없자 그
차형次兄이 중의衆議에 따라 복상服喪한 후 사람들의 뒷말이 꽤 있었으므로
내게 물으러 왔다. 내가 예禮를 잘 아는 사람도 아니고 어찌 논의할 수 있
겠는가. 다만 집안에서 들었던 것을 외어 다음과 같이 말했다. "과거에 양
양부사 이천수李天授 영감【처남 이만봉李萬封】이 차손次孫으로서 그 조부의
상에 복服을 입었는데, 내 조부(윤선도尹善道)께서 편지를 보내[24] 그 부당함
을 꾸짖으며 그 복을 속히 벗어야 한다고 하셨네. 장손이 후사 없이 죽었다
하더라도 까닭 없이 그를 폐하여선 안 되기 때문이네. 서울 사대부들도 모
두 이 의견이 옳다 했네. 다만 이미 상을 당해 복을 입은 상황에서 도로 복
을 벗는 것은 몹시 곤란한 일이므로 천수 영감이 하는 수 없이 그 복을 그대

---

24) 내 조부께서 편지를 보내 : 『고산유고』 제4권에 보면 「이 진사 만봉에게 답하는 글 신축년(1661)
7월[答李進士萬封書 辛丑七月]」이라는 편지가 있다. 이 일과 관련하여 윤선도가 이만봉에게 직접 보낸
편지로 보인다.

로 입고 3년상을 마쳤네. 그 후 세 아들을 낳자 차자를 형의 후사로 세웠다네. 지금 그대 집안의 일은 바로 이 일과 매우 유사하니, 이것이 명증明證이 될 만하겠네." 그러자 천주가 말했다. "별진別珍의 김 상相(김덕원金德遠) 역시 그렇게 해서는 안 되니 속히 복을 도로 벗으라고 하셨고, 또 말씀해 주신 바를 들으니 감히 속히 고치지 않을 수 있겠습니까." 곧이어 또 다음과 같이 물었다. "차손이 복상服喪하는 것이 잘못되었다는 것은 이미 명을 들었습니다만, 신주神主는 어떻게 써야 합니까? 형수가 있지만 부인은 방제傍題[25]에 쓸 수 없을 것 같습니다. 방제에 비록 써 넣지 않는다 하더라도 현자顯字 아래에는 어떻게 써야 하는 것인지요?" 내가 거듭 생각해 보았으나 적당한 말을 얻지 못하고, 다만 다음과 같이 말했다. "이 경우는 변례變禮인데, 내 일찍이 예에 대해 깊이 궁구해 본 적이 없어 어찌해야 옳은 것인지 잘 모르겠네. 그대가 모름지기 널리 묻고 살펴서 처리하도록 하게." 천주가 고개를 끄덕이며 물러났다. 아! 내가 고례古禮에 대해 참으로 아는 바가 없지만, 방금 신주에 어떻게 써야 할지에 대한 그 문제는 변례 중에서도 더더욱 처리하기 어려운 부분이다. 이 역시 근거로 삼을 만한 분명한 구절이 있는지 잘 모르겠다. 소견이 짧고 모자라 방금 천주의 물음에 멍하니 대답하지 못했으니, 참으로 한탄스럽다.

〔 1698년 4월 24일 무진 〕 흐림

윤배尹培가 해남읍 동문 밖에 있는 그의 집터를 나한테 팔기를 청하고자 와서 만났다. 이 땅은 내가 사려고 했던 것인데 우선은 값으로 치를 물건이 없어서 거래를 매듭짓지 못했다. 윤배는 고故 진사 윤기장尹機章의 첩자妾子이다. ○윤정미尹鼎美 숙叔이 왔다. 그 어머니의 병환이 이미 좋아지고 있다고 한다. 기쁘다. ○정광윤이 고창에서 돌아왔다. 환곡 부족분 사건 조사의 결말은, 고창현감(한익상)이 곧장 환곡을 훔쳐 먹은 고재민高再敏 등

---

25) 방제傍題: 신주神主의 아래 왼쪽에 쓴 봉사자奉祀者의 이름이다.

14명의 아전을 문초하여 자백을 받아, 그 부족분 곡식 800여 섬을 가을까지 모두 납부하도록 했으며, 아전들이 빼돌려 부족해진 것은 임신년(1692) 이후의 일이라 나와는 본디 관계가 없는 것으로 났다고 한다. 다행이다. 이언경李彦經이 처음부터 나를 연계시키려고 했던 정황이 이제 더욱 명백해졌다. 이는 소위 "이런 짓을 할 수 있다면 무슨 일을 차마 못 하겠는가."[26]라는 것이니, 매우 통탄스럽다. ○죽도에서 우리 집안의 곡물을 싣고 서울로 올라갔던 타관他官의 배가 돌아왔다. 노奴 귀현貴玄이 함께 타고 갔다가 왔다. 아이들의 편지를 받아 보았는데, 3월에 보낸 편지다.

〔 1698년 4월 25일 기사 〕 밤에 비 내리고 낮에 맑음

〔 1698년 4월 26일 경오 〕 맑음

아침 전에 이대휴가 와서 나와 함께 영촌營村에 가자고 했다. 아침 후에 함께 출발하여, 금여金輿[27]의 이담로李聃老 공의 집으로 찾아갔다. 이 공과는 대대로 이어온 친분이 있는데, 그의 거처가 깨끗하다고 들어 일부러 지나는 길에 방문한 것이다. 한나절 느긋하게 대화했다. 그의 계자繼子 태래泰來도 자리에 있었다. 발길을 돌려 영촌으로 가서 목 상相(목내선睦來善)께 인사드리고 외차外次로 물러나왔다. 목 대감(목임일睦林一)이 별진에 갔다가 저녁에 돌아와 잠시 이야기를 나누고, 그대로 사관舍館으로 돌아왔다.

〔 1698년 4월 27일 신미 〕 맑음

아침 후에 돌아오는 길을 출발했다. 이 제弟(이대휴)는 한천寒泉으로 가고, 나는 배준웅裵俊雄의 집으로 가서 들어가 그 □□을 만났다. 발길을 돌려

---

26) 이런…못하겠는가: 『논어』 「팔일八佾」에 "(계씨가 천자가 추는) 팔일무를 자기 뜰에서 춤추게 하니, 이런 짓을 한다면 무엇을 차마 하지 못하겠는가[八佾舞於庭 是可忍也 孰不可忍也]."라는 구절이 있다.
27) 금여金輿: 백운동이 있는 강진군 성전면 금당리이다. 1698년 3월 9일 일기 참조.

별진에 이르러 김덕원 상相과 느긋하게 이야기하고, 저녁 무렵 집으로 돌아왔다. 김 별장(김정진)이 어제 이미 와서 머무르고 있었다.

〖 1698년 4월 28일 임신 〗 흐림

생신차례[28]를 지냈다. 최운회崔雲會가 왔다. ○어제 별진의 김 상相(김덕원)에게 갔는데, 대화가 윤천주尹天柱 집안의 상례喪禮에 미치자, 내가 전에 윤천주에게 한 말[29]을 말씀드리고 이어서 다음과 같이 여쭈었다. "그중 한 부분이 가장 처리하기 어려운데, 어떻게 해야 옳은지 잘 모르겠습니다." 김 상이 웃으며 말했다. "신주에 어떻게 쓸지의 문제가 과연 어려운 부분입니다. 혹 남편이 죽었는데 자식이 없어 그 처가 주상主喪이면 '현벽顯辟'이라고 씁니다. 이번 윤천주 집안의 상은 복상服喪할 사람이 없어 장손부가 제사를 받들면 마땅할 것 같으나, 이 사람(장손부)의 입장에서 신주를 쓴다면 역시 일반적인 경우와 현격한 차이가 나서 편안히 받아들이기 어려운 부분이 있습니다. 이미 장손부가 아닌 다른 손자가 상사喪事를 주관한다면, 복상하며 제사를 주관하지는 못한다 하더라도 일단 '현조비顯祖妣'라고 쓰고 나중에 신주를 고쳐 써도 무방할 듯하여 그렇게 말해 주었습니다[30]." 내가 말했다. "이는 변례 중의 변례이니 실로 처리하기 어렵습니다. 말씀하신 것이 딱 들어맞지는 않습니다만, 그렇게 하지 않을 수 없군요. 아마도 무방하지 않겠습니까?" 서로가 웃고서는 헤어졌다.

〖 1698년 4월 29일 계유 〗 밤부터 소나기가 내리다가 저녁 무렵 그침

---

28) 생신차례: 양부 윤예미의 생신차례이다.

29) 내가⋯말: 1698년 4월 23일 일기 참조.

30) 그렇게 말해 주었습니다: 1698년 4월 23일 일기를 보면, 윤천주가 윤이후를 만나기 전에 먼저 김덕원을 만나 이야기를 듣고 왔다는 사실을 확인할 수 있다.

백치 외숙의 별세

〔1698년 5월 1일 갑술〕흐림

정광윤鄭光胤이 왔다.

〔1698년 5월 2일 을해〕밤부터 내린 비가 낮에도 그쳤다 내렸다 함

윤선적尹善積이 왔다. ○풍편風便으로 창아昌兒가 지난달 22일에 보낸 편지를 받았다. 희원喜願이 앓던 유행병이 만경풍慢驚風[31]이 되고 말아 그제 (4월 20일) 죽었다고 한다. 우리 집안의 흉화凶禍가 지금껏 계속되니, 내가 무슨 악덕을 쌓아 이런 일이 생기는가? 놀랍고 두려운 마음에 할 말을 모르겠다.

〔1698년 5월 3일 병자〕밤부터 내린 비가 낮에도 오락가락하다가 저녁 무렵 약간 맑음

〔1698년 5월 4일 정축〕밤부터 비가 연이어 퍼붓다가 정오가 되어서야 그침

봄에 참군參軍 외숙(이락李洛)이 「환산별곡還山別曲」을 지으셨다. 무릇 가곡

---

31) 만경풍慢驚風: 경풍驚風의 일종으로 어린아이들이 중한 병에 걸리거나 병을 오랫동안 앓은 후에 생긴다.

歌曲이란 문자文字(한자)가 많으면 부인이나 어린아이가 보기 어렵다. 고금의 작자들이 반드시 언문을 쓴 것이 아마도 이 때문일 것이다. 지금 「환산별곡」을 보니 문자가 너무 많고 혹 고시古詩의 전체 구절을 인용하기도 했는데, 나는 이를 자못 단점으로 여긴다. 그래서 언문으로 장가長歌를 지어 이에 화답한다. 비록 볼만한 것은 없지만, 마음에 품은 생각을 서술하고 흥을 깃들여 한가롭고 자유롭게 자득自得한 면이 있다. 제목을 「일민가逸民歌」라고 했다.

〔 1698년 5월 5일 무인 〕 맑고 바람

흥아興兒는 간두幹頭로 가서 제사를 지냈고, 나는 문소동聞簫洞 제사를 지냈다. 우리 집에서 지낼 차례이기 때문이다. 이백爾栢이 와서 참례했다. 끝난 후에 죽도竹島로 갔다. 김한일金漢一이 지나다 들렀다. ○적량원赤梁院 제사는 기사忌事[32]가 있기 때문에 다만 노奴 이룡二龍을 시켜 지내게 했다. 서운한 마음이 이루 말할 수 없다.

〔 1698년 5월 6일 기묘 〕 흐리다 맑음

성덕징成德徵, 이대휴李大休, 김익환金益煥이 왔다.

〔 1698년 5월 7일 경진 〕 맑음

율동栗洞의 노老 성 생원(성준익成峻翼)에게 가서 문안했다. 귀가 먹은 병이 평소 중하여 이야기를 나눌 수 없어서 쌍륙雙六만 몇 판하고 돌아왔다. 성덕기成德基가 외출했다가 돌아오는 길에 역방했다. 성덕징이 저녁에 방문했다.

〔 1698년 5월 8일 신사 〕 흐리다 맑음

---

32) 기사忌事: 손자 희원의 죽음을 말하는 것으로 보인다.

율동의 윤세형尹世亨이 와서 만났는데, 앵두 1그릇을 가져왔다. 윤세형은 나와 같은 병자년(1636)생인데, 자못 정이 있다. 성덕기, 성덕징이 왔다.

성덕항成德恒, 성덕징이 왔다. 이대휴, 좌수 임중신任重信이 왔다.

아침 후에 죽도竹島를 출발했다. 성덕항, 성덕징이 와서 제방 머리에서 작별했다. 점심을 백치白峙에서 먹고 안형상安衡相을 역방했다. 4일에 복服을 벗었기 때문에 위문한 것이다. ○전부典簿(윤이석尹爾錫) 댁 노奴 천웅千雄이 서울에서 돌아와 아이들이 그럭저럭 잘 있다는 편지를 받았다. 2일에 보낸 것이다. ○좌도左道 암행어사 이민영李敏英이 지난번에 진도에 들어갔다가 수영水營과 해남을 거쳐 방향을 바꾸어 강진으로 갔는데, 이르는 곳마다 음악을 연주하며 잔치를 열었으며 수영에서는 뱃놀이까지 질펀하게 하면서 검찰檢察하는 일은 없었다. 각 군현에서 다투어 뇌물을 바쳤는데, 해남은 쌀섬과 명주 1동, 강진은 명주 1동과 비단 그리고 쌀 50섬을 배에 실었다는 말이 길거리에 파다했다. 사람들의 말을 모두 믿을 수는 없지만 청렴하고 깨끗하지 못했다는 것을 알 수 있다. 몇 년 전에 김시걸金時傑이 암행어사로 왔을 때는, 이르는 군현마다 반드시 4~5일 혹은 5~7일을 머물면서 옷을 지었으며 짐을 실은 말이 길을 채웠다. 앞의 암행어사나 뒤의 암행어사나 모두 하는 짓은 한가지이나, 들리는 말에 따르면 뒤의 암행어사가 더욱 심하다. 슬프다! 상감께서 암행어사를 파견하신 것은 백성의 괴로움과 수령의 현명함과 어리석음을 탐지하여 그들로 하여금 두려워하고 조심하게 하려는 뜻이다. 그런데 근래 이 무리는 재물을 거두어들일 절호의 기회로 생각한다. 이 또한 흉년 때문인가. 더욱 한탄스럽다.

〔 1698년 5월 12일 을유 〕 맑음

윤정미尹鼎美 숙叔이 일찍 들렀다. 윤익성尹翊聖이 왔다.

〔 1698년 5월 13일 병술 〕 맑음

승의랑承議郎 조비祖妣(안계선安繼善의 처 청주한씨)의 기제사를 지냈다. ○정 광윤이 왔다. 윤동미尹東美가 그제 서울에서 돌아오며 들렀는데, 지금 또 다시 왔다.

〔 1698년 5월 14일 정해 〕 맑음

윤선필尹善弼이 어제 왔다가 오늘 갔다. 윤선필은 소안도所安島에 들어가 여러 해 살다가 이제 진도로 옮긴다. 그 궁박한 사정이 딱하다. 수원壽遠이 왔다.

〔 1698년 5월 15일 무자 〕 맑음

윤시상尹時相, 윤익성, 정광윤이 왔다.

〔 1698년 5월 16일 기축 〕 맑음

윤천우尹千遇가 와서 연일延日의 류 판서(류명천柳命天)의 편지를 전해 주었 는데, 흑산도에서 오는 길이라고 했다. 들으니, 연동서원蓮洞書院의 강당 이 그제 무너졌다고 한다. 당초에 유사有司 박필중朴必中과 임중헌任重獻 무 리가 일을 전혀 몰라 견고하게 짓지 못해서 이러한 재난을 초래한 것이다. 통탄스러움을 어찌 말로 하겠는가. ○이날 밤 잠 들 무렵 백치에서 인편이 와서 정동貞洞의 참군 외숙(이락)께서 별세하셨다는 부음을 전했다. 나도

민정기 가옥의 모습. 전남 해남군 해남읍 백아리 소재_서헌강 사진
민정기 가옥 내 사랑채 청사정은 여흥 이씨가에서 건립한 것으로, 백치 외숙의 주거지는 현재의 민정기 가옥 일대로 추정된다.

모르게 놀라서 일어나 홍서와 함께 출발하여 백치에 도착하니 닭이 울기
전이었다. 이대휴李大休 제弟가 가슴을 치며 통곡하다가 힘이 다 빠졌다.
날이 밝기를 기다려 들어가 함께 통곡했다. 의심스런 병(전염병)으로 8일
에 돌아가셨다고 한다.

〖 1698년 5월 17일 경인 〗 흐리다 맑음. 초저녁 빗발이 잠시 뿌림

허위虛位(임시로 모신 신위)를 바깥채外軒에 설치하고, 상주를 외차外次로 옮
겼다. 오후에 홍서와 지원智遠을 돌려보냈다. 나는 성복成服을 아직 하지
않았기 때문에 계속 머물렀다.

〖 1698년 5월 18일 신묘 〗 비가 내리다 그치다 함

극棘 제弟(이대휴)가 아침 일찍 분상奔喪 길을 떠났다.[33] 그 모습이 매우 애처
로워 차마 볼 수가 없었다. 한천寒泉의 윤척尹倜과 함께 머물렀는데, 권진
權縉과 윤기주尹起周도 머물렀다. 김주일金柱一, 김우정金友正, 민중세閔重
世, 이석춘李碩春, 극인 임익징林益徵이 왔다. 진욱陳稶이 일행을 이끌고 나

---

33) 극棘…떠났다: 서울에서 죽은 아버지를 모셔와 상을 치르기 위해 급히 올라가는 것이다.

가서, 우사치迂沙峙까지 갔다가 헤어져 돌아왔다. 권붕權朋은 별진別珍까지 갔다가 헤어져 돌아왔다. ○윤척, 윤기, 이석춘과 함께 연정蓮亭을 잠깐 걷다가 비산飛山의 노인 김주일의 집에 갔다. 김형일金亨―과 그 아들 김우정과 그 조카 김우경金友鏡이 왔다. 주인이 꿀물을 내왔다. 갑자기 윤수尹脩가 참군參軍 댁에 왔다는 소식을 듣고, 바로 참군 댁으로 돌아왔다. 김형일 부자가 따라 왔다가 저녁 무렵 돌아갔다. 밤에 윤척, 윤수, 권붕, 진욱과 함께 잤다.

〔 1698년 5월 19일 임진 〕 아침에 비가 오다 늦은 아침에는 그침

성복했다. 들어가 종수從嫂를 뵙고 나서 죽도로 갔다. 아침을 먹고 정오 무렵 도로 나와서, 쌍정雙亭의 권도경權道經을 역방하고 팔마로 돌아왔다. 윤선증尹善曾, 김정진金廷振이 와서 머문 지 이미 여러 날이 되었다. 김삼달金三達, 정광윤이 왔다.

백치 외숙의 죽음과 상례

백치 외숙은 『지암일기』에서 '위양渭陽 이李 참군參軍'으로 지칭되는 이락李洛이다. 이락은 윤이후의 양모 윤예미의 처 여주이씨의 형제로서, 참군을 역임하였으며, 해남의 백치에 거주지를 두고 서울 정동을 오가며 생활하였다. 윤이후는 본가인 팔마와 별업 죽도를 오가는 길목에 자리한 백치에 자주 들러 외숙인 이락을 문후하였으며, 이락 또한 영암이나 서울을 오가는 길에 위치한 팔마에 자주 들러 조카인 윤이후를 만났다. 『지암일기』에 따르면 이락은 서울에 머물러 있다가 알 수 없는 병으로 인해 갑작스럽게 1698년 5월 8일 갑작스레 세상을 떠났으며, 5월 16일 부음을 접한 윤이후는 비통한 마음을 토로한다. 장례의 진행과 관련해 5월 18일 이락의 아들 이대휴가 서울로 분상奔喪을 떠난 내용이 확인되며, 9월 6일 장례를 마치고 해남으로 돌아왔다는 기록이 보인다.

〖 1698년 5월 20일 계사 〗 맑음

윤선증, 김정진이 갔다.

〖 1698년 5월 21일 갑오 〗 흐리다 맑음

박필중이 왔다. 서원 강당이 무너진 뒤 상의할 일이 있기 때문이다. 김 참의(김몽양金夢陽)가 고금도로부터 돌아오는 길에 역방했다. ○8일 모내기를 시작하여 오늘 마쳤다.

〖 1698년 5월 22일 을미 〗 흐리다 맑음

상인喪人 노수징盧壽徵이 왔다. 정광윤이 왔다. ○금년 보리가 결실을 맺지 못한 것이 작년보다 심하다. 매년 이와 같으니 사람이 연명할 수 없다. 참혹하다. 봄 이래로 비가 지나치게 많이 내리더니, 근래에는 늘 비가 올 기미만 있고 오랫동안 비가 오지 않았다. 높은 곳은 모를 심지 못했다. 또 파종한 다음 모가 잘 서지 않거나 모를 심을 때 모가 쪼그라들어 심지 못한 곳이 제법 있다. 이 두 가지 문제로 인해 묵혀 버려둔 논이 많아서, 가을걷이가 흉작일 것을 이미 알 수 있다. 더욱 참혹하다.

〖 1698년 5월 23일 병신 〗 맑음

출신出身 강석무姜碩武가 왔다. ○이 제弟(이대휴)가 분상 행차에 데리고 갔던 노奴가 천원泉源에 당도하여 떨어져 돌아왔다. 가는 길에 잘 견딘다고 하니 다행이다. ○공원孔願이 『사략史略』 첫 권을 배우기 시작했다. ○윤 서홍瑞興(윤항미尹恒美) 형제가 저녁 무렵 지나다 방문했다.

〖 1698년 5월 24일 정유 〗 맑음

정광윤이 왔다.

〔 1698년 5월 25일 무술 〕 오후에 비가 옴

김경용金景龍 노老가 왔다. 윤익재尹益載가 와서 준치 2마리를 두고 갔다.
○어제 팔미원八味元을 다 지어서 오늘 아침부터 복용하기 시작했다. 팔미원
은 산약山藥 8냥, 산수유 4냥, 백복령白茯笭, 택사澤瀉, 목단피牧丹皮 각 3냥,
건지乾地·숙지熟地〔술에 쪄서 거른 것〕 각 4냥, 육계肉桂 1냥, 오미자 2냥 등
을 잘게 가루로 내어 꿀에 재어 오동 씨 크기로 만든 환약이다. 2제劑를 만
들었다.

〔 1698년 5월 26일 기해 〕 맑음

윤천우가 왔다. 임중헌, 임석주林碩柱가 왔다. 그제 연동에 가서 강당의 부
서진 자재와 기와를 거두어 왔다고 한다.

〔 1698년 5월 27일 경자 〕 비가 뿌리고 바람이 어지러움

정광윤이 왔다.

〔 1698년 5월 28일 신축 〕 비오다 맑았다 하고 바람이 거세게 붊

정광윤과 흥아를 데리고 걸어서 앞 내에 가서 물을 보았다. 과원果願, 세원
世願, 우원又願, 공원孔願이 뒤따라 왔다. 발걸음을 돌려 윤시상의 집에 이
르러 잠시 쉬다 왔다. 지원은 병 때문에 따라오지 못했다. 우원은 학질이
나서 업고 왔다.

〔 1698년 5월 29일 임인 〕 흐리다 맑음

윤징귀尹徵龜가 근래 과부 누이의 상喪을 당해서, 오늘 늦은 아침에 용산리
龍山里로 가서, 윤현귀尹顯龜, 윤석귀尹碩龜를 만났다. 발걸음을 돌려 서당
에 가서 이상열李商說 노老를 만났다. 윤천우와 김태귀金泰龜가 자리에 있

었다. 이어서 산을 넘은 후 제각祭閣에 도착하여 윤징귀를 만났다. ○이신
우李信友가 왔다.

〔 1698년 5월 30일 계묘 〕 비

김우정이 은어를 보냈다.

일민가逸民歌

천 리 밖에서 연달아 대기大忌[34]를 지내니, 비통함을 어찌 말할 수 있겠는
가. 해남 읍리邑吏가 서울에서 지난달 17일 아이들이 보낸 잘 지낸다는 편
지를 전해 주었다. ○ 청나라에서 보낸 이부시랑吏部侍郎 도대陶岱가 곡물
을 운송하여 국경에 당도했다. 장차 시장에 팔 것이라고 말했는데, 사적으
로 교역할 쌀과 물건도 매우 많았다.[35] 먼저 온 미곡의 값도 아직 충당하기
어려운데 지금 또 이와 같으니 장차 어찌할 계책인지 모르겠다. 우상右相
최석정崔錫鼎이 접반사接伴使로 가서 머물고 있다. 청나라 이부시랑은 우
리 상감께 편지를 써서 자기를 '권제眷弟(인척간의 동년배가 겸양해서 일컫는
말)'라고 칭했으니, 그 역시 치욕이다. 당초 청나라에 쌀을 청하자고 발의
한 윤지선尹趾善, 이세화李世華, 최석정, 이유李儒 등은 지금 대간의 탄핵을
받고 있다고 한다. 나랏일의 어지러움이 이에 이르렀으니 통탄한들 어찌
겠는가. ○ 이신우李信友가 갔다. ○ 어제부터 설사가 자주 나는데 아마도 비

---

34) 대기大忌: 6월 1일이 윤이후의 생모 기일이며, 5월에 큰 제사가 여럿 있었다. 이 구절은 윤회봉사
　　관행에 따라 서울에서 지낸 제사에 참석하지 못함을 안타까워하는 내용인 듯하다.
35) 청나라에서…많았다: 이부 시랑 도대가 국경에 당도하여, 가져온 쌀 3만 석 중 2만 석은 사상私商에게
　　무역을 시키겠다고 하여 문제가 생겼다. 『숙종실록』 숙종 24년 5월 11일 기사 참조.

가 오고 습기가 많은 절기에 소식素食한 것이 체한 것 같다. 오늘 아침부터 밥을 물리고 콩죽 한 보시기만으로 두 끼를 연명했다. 쌀알이 체하여 병을 돕지 않도록 하기 위한 것이다. 전부터 조금이라도 속이 편치 않은 징후가 있으면, 늘 이렇게 했다. 여러 약을 써 봤지만 모두 이것만 못했다.

〔 1698년 6월 2일 을사 〕 흐리고 부슬비

윤익성尹翊聖이 왔다.

〔 1698년 6월 3일 병오 〕 흐림

나는 매년 여름마다 다리에 습창濕瘡이 생겨서 고통을 견디기 어렵다. 관두리館頭里 앞에 바닷물로 목욕하는 곳이 있는데 꽤 효험이 있다고 해서, 오늘 죽도竹島 별장으로 나왔다. 흥서도 이 병이 있어 함께 오고, 지원도 왔다. 올 때 백치白峙에 들러, 집 밖에서 안부를 물었다.

〔 1698년 6월 4일 정미 〕 흐리다 맑음

어제 저녁 사람을 관두리에 보내 자세히 물어보니, 목욕하는 곳이 심히 불편하여 여기서 하는 것만 못하다고 했다. 또 들으니, 목욕한 후에 두드러진 효험이 없다고 했다. 그래서 흥서는 아침 후에 돌아갔다. 성덕항成德恒이 왔다. ○바닷물을 길어서 데워 말구유에 붓고 그 안에 들어가 물이 다 식을 때까지 누워 있었다. 효험이 있는지는 모르겠지만, 우선 기분은 상쾌하여 좋았다. ○성덕기成德基 삼형제와 관두의 윤익재尹益載가 사촌 준재峻載와 함께 왔다. 준재는 준치 3마리를 가져와 바쳤다.

〔 1698년 6월 5일 무신 〕 맑음

지원智遠이 팔마八馬로 돌아갔다. 김 별장(김정진)이 왔다. ○해남 읍리 임시욱林時郁이 작년에 연분서원年分書員[36]으로서 연동서원蓮洞書院 터를 경작지로 도로 살린 일이 있었다. 내가 배자牌子를 내어 현신하라고 독촉했으나, 지금 여러 달이 지나도록 그림자도 비치지 않기에 오늘 노를 보내어 잡아와서 현신하지 않은 죄로 볼기 30대를 쳤다.

〖 1698년 6월 6일 기유 〗 흐리다 맑음. 바람

김 별장(김정진)이 발길을 돌려 백포白浦로 갔다. 율동栗洞의 윤세장尹世章, 윤세정尹世貞이 왔다. 성덕항成德恒, 이익화李益華가 왔다.

〖 1698년 6월 7일 〗 아침 늦게 뇌우가 갑자기 쏟아지다가 낮이 되어서야 그침. 약한 볕이 간혹 나다가 저녁 내내 바람 불고 흐림

율동의 노老 성成 생원(성준익成峻翼)이 어제 둘째 아들 집에 왔다가 오후에 와서 만났다. 둘째, 셋째 아들도 따라 왔다.

〖 1698년 6월 8일 신해 〗 흐림

노 성 생원(성준익)께 가서 문안드렸다. 돌아올 때 성덕기가 따라왔다가 바로 갔다. 관두의 윤준재尹峻載가 지나다 들렀다. 율동의 윤세정이 숭어 반토막을 가져와서 만났다. 김 별장(김정진)이 백포에서 왔다.

〖 1698년 6월 9일 임자 〗 흐리다 맑음

김 별장(김정진)이 갔다. 성덕항이 그의 둘째 아들 총각 계창繼昌을 데리고 와서 『통감通鑑』을 가르쳐 달라고 청해서, 어쩔 수 없이 들어주었다.

---

36) 연분서원年分書員: '연분'은 한 해 농사의 작황을 점검하여 세금을 매기는 일로, '연분서원'은 그 일을 맡은 향리를 가리킨다.

〔 1698년 6월 10일 계축 〕 흐리다 맑음

이익화李益華, 윤세의尹世義가 왔다. ○별진別珍 김 참의(김몽양金夢陽)가 편지를 보내 그 부친의 생일에 오라고 청했으나, 마침 기일과 겹쳐 가지 않았다. ○임취구林就矩가 들렀다.

〔 1698년 6월 11일 갑인 〕 소나기 내리다가 살짝 맑았다가 함

백치 이 제弟(이대휴)가 분상奔喪 갔다가 무사히 돌아왔다. 그 노奴가 어제 돌아왔는데, 그 편에 아이들이 지난달 19일, 30일에 쓴 잘 지낸다는 편지 2통을 받으니 위로가 된다. ○올해 보리는 처음에는 무성하고 실한 것 같다가 중간에 누렇게 시드는 병이 생겼지만 대단하지는 않았는데, 낟알을 맺은 후에 부실함이 심해져 작년 같은 흉작의 반도 안 된다. 사람들이 모두 허둥대며 연명하기 어렵다. 가을 농사가 만일 또 흉작이면 비록 부자라도 연명하기 어려울 것이니 비참하다. 보리농사가 처참한 지경이 된 지 이미 3년이니, 하늘이 어찌 이다지도 이 백성을 돌보지 않는가. 사람으로 하여금 지붕만 쳐다보게 한다.

〔 1698년 6월 12일 을묘 〕 밤에 비가 퍼붓고 바람이 어지럽게 불다가 낮에는 맑음

윤세장尹世章이 들렀다. 윤선용尹善容 노老가 왔다. ○간밤의 바람으로 이삭이 패던 기장과 조가 참혹하게 해를 입어, 앞으로 백성들의 목숨이 더욱 기댈 데가 없게 되었다. 탄식을 금할 수 없다.

〔 1698년 6월 13일 병진 〕 맑음

이성爾成이 왔다.

〔 1698년 6월 14일 정사 〕 맑음

성덕항이 왔다. 김우정金友正이 과시科詩를 지어 와서 평가해 주었다.

〔 1698년 6월 15일 무오 〕 흐리다 맑고 바람 붊

지난번 갑원甲願이 10여 일 심하게 앓고 나은 후 지원至願이 또 아프다. 증
세가 비록 의심스러운 것은 없으나 서로 이어서 아프고 아픈 정도가 가볍
지 않다. 이 병이 노인에게까지 번지면 생사가 우려되겠기에 나는 일단 죽
도에 머물며 형세를 지켜보기로 했다. 그래서 오늘 유두절 차례는 아이들
에게 지내도록 했는데, 섭섭함이 이루 말할 수 없다. ○성덕항이 저녁때
왔다.

〔 1698년 6월 16일 기미 〕 흐리다 맑고 바람 붊

비산飛山 김주일金柱一 노老가 와서 소매 속에서 능금 수십 개를 꺼내 주었
다. 정情에서 우러나온 맛이 좋다. 성덕항이 왔다. ○함평의 조사에 대해
들었다. 함평현감 이언경李彦經이 스스로 조사보고서 초안을 지어 고창현
감(한익상韓益相)에게 가서 그대로 쓰라고 권했으나, 고창현감이 거절했다.
함평현감이 관찰사에게 달려가 본관本官(함평현감. 즉 자기 자신)에서 조사
를 행할 수 있게 해 달라고 청했으나, 관찰사가 들어주지 않았다. 함평현
감이 돌아가서 또 지금 같은 농사철에 담당 색리들이 식량을 싸 가지고 고
창을 왕래하는 것은 폐단이 있으니 본관이 조사하겠다는 뜻으로 관찰사에
게 보고했으나, 이 또한 청한 대로 되지 않았다. 함평현감이 이렇게 하자
고창현감이 일이 편치 않다고 생각하여 관찰사에게 보고하고 조사 임무
에서 교체해 줄 것을 청했으나, 관찰사가 이를 불허했다. 고창현감이 하는
수 없이 이제야 조사를 시작하게 되었다. 어제 정광윤鄭光胤을 보내 살펴
보게 했다. 함평현감이 꼭 스스로 조사하고 싶어 하는 것은 아마 자신을 위

한 계책일 것이다. 사대부가 마음을 이렇게 먹고 있으니, 참으로 통탄스럽다. ○오늘밤은 달에 비친 소나무 그림자가 너울너울 춤추고 안개물결이 아득하여 황홀하기가 마치 선계仙界와 같다. 사람으로 하여금 잠 못 이루게 한다.

〔 1698년 6월 17일 경신 〕 맑음

성덕항이 왔다. 최남준崔南峻, 최남일崔南一이 왔다. 윤이복尹爾服, 윤신미尹信美가 왔다. 성덕징, 김익환金益煥, 임세주林世柱가 왔다.

〔 1698년 6월 18일 신유 〕 맑음

〔 1698년 6월 19일 임술 〕 맑음

성덕항이 왔다.

〔 1698년 6월 20일 계해 〕 맑음

흥아興兒가 와서 문안했다. ○들으니, 백치의 노奴가 상경한다기에, 편지를 써서 흥아 편에 부쳤다.

〔 1698년 6월 21일 갑자 〕 맑음

성덕기가 왔다. ○지원이 왔다. 자신이 잘못한 일이 있어 감히 계속 머무를 수 없어 영원히 작별하고 물러나기 위하여 왔다고 한다. 일의 허실은 알 수 없으나 내가 만약 물리친다면 그의 신세는 말할 것도 없고 나로서도 관용을 베푸는 도道가 아니므로, 좋은 말로 타일러 만류하고 그대로 머무르게 했다.

〔 1698년 6월 22일 을축 〕맑음

제주에서 말을 실은 배가 나왔기에, 교수敎授 송내백宋來栢에게 편지를 써서 검은깨와 소나무겨우살이를 부탁했다.

〔 1698년 6월 23일 병인 〕맑음

〔 1698년 6월 24일 정묘 〕맑음

법장리法藏里의 김원장金遠章이 왔다. 이 사람은 고故 윤상형尹商衡의 사위이자, 권휘權徽의 외손서外孫壻이다. ○정선택鄭善擇이 흑산도의 편지[37]를 전해 주었다.

〔 1698년 6월 25일 무진 〕흐리다 맑음

〔 1698년 6월 26일 기사 〕맑음

밭에 비를 바라는 마음이 꽤 있지만, 내릴 기색이 막연하다. 걱정스럽다.

○일민가逸民歌【총 62구】

1 이몸이느지나셔世上의홀일업서

　　　이 몸이 늦게 나서 세상에 할 일 없어

2 江湖의님자되야風月노늘거가니

　　　강호江湖의 임자 되어 풍월風月로 늙어 가니

3 物外淸福이업다야호랴마는

　　　세상 밖 맑은 복이 없다고야 하랴마는

4 도르혀셩각호니애드론일하고만타

---

37) 흑산도의 편지: 흑산도 유배객인 류명현이 보낸 편지이다.

돌이켜 생각하니 애달픈 일 하고 많다

5 萬物의貴 훈 거시사롬이웃듬인뒤

　　만물萬物에 귀한 것이 사람이 으뜸인데

6 그듕의男子 | 되야耳目聰明フ초삼겨 ³⁸⁾

　　그중에 남자男子 되어 이목총명耳目聰明 갖추고 태어나

7 平生의머근뜨디一身富貴아니러니

　　평소 먹은 뜻이 일신의 부귀 아니더니

8 年光이倏忽 훈고志業이蹉跎 훈야

　　세월이 훌쩍 가고 뜻 먹은 일 못 이루어

9 白首功名을계유구러일워내니

　　흰 머리에 공명功名을 겨우겨우 이뤘으나

10 蹤跡이齟齬 훈고世路도崎嶇 훈야

　　벼슬길 어긋나고 세상길도 기구하여

11 數年郞潛 ³⁹⁾의늠뜨롸든니더니

　　여러 해 낭관郎官으로 남 따라 다니다가

12 三春暉수이가니寸草心이그지업서 ⁴⁰⁾

　　봄날이 쉬이 가니 자식 마음 그지없어

13 銅章을비러츠고【爲親乞外故云】五馬롤밧비모라

　　관인官印을 빌어 차고【어버이 봉양을 위해 외직을 구걸한 것을 말함】 오
마五馬를 바삐 몰아

14 南州百里地예與民休息 훈랴터니

　　남쪽 지방 백리百里 ⁴¹⁾땅에 휴식하려 했더니

---

38) 삼기다: '생기다'의 옛말이다.

39) 낭잠郞潛: 한漢 안사顔駟는 문제文帝, 경제景帝, 무제武帝 등 세 황제의 치세를 거치면서도 불우하여
늙도록 낭서郎署에 머물렀다고 한다.

40) 촌초춘휘寸草春暉는 부모의 은혜에 보답하는 못하는 자녀의 안타까운 마음을 가리킨다.

41) 백리百里: 옛날에 한 현縣이 관할하는 땅이 사방 100리였다고 한다. '백리'는 현縣을 가리키는
대칭代稱이다.

「일민가逸民歌」의 일부분_「지암일기」 수록

15 니마흰모딘범[42]이어드러셔나닷날고【咸非抽栍[43] 而李寅燁亂入杖前官下吏及時任監官】

　　　이마 흰 모진 범이 어디서 나타났나【함평은 사정 대상이 아니었는데도

　　이인엽李寅燁이 난입하여 전임 아전들 및 현임 감관監官에게 곤장을 쳤음】

16 ᄀᆞᆺ드기여룬宦情一朝의직되거다

　　　가뜩이나 엷은 환정宦情 일조에 재 되었네

17 저즌옷버셔노코黃冠을ᄀᆞ라쓰고

　　　젖은 옷 벗어 놓고[44] 황관黃冠[45]으로 갈아 쓰고

18 치하는ᄲᅥ텨쥐고浩然이도라오니【吾見辱之後 呈狀乞遞 而監司洪萬朝不許 余卽解符送兼任靈光 遂棄官歸】

　　　말채 하나 떨쳐 쥐고 호연浩然히 돌아오니【내가 욕을 당한 후 정장呈狀하

---

42) 니마흰모딘범: 예로부터 맹호猛虎는 백액白額 즉 이마가 흰 맹수로 불리었다.

43) 추생抽栍: 암행어사가 해당 도의 전 지역을 다 살필 수 없을 경우 찌를 뽑아 살필 지역을 정했다.

44) 젖은 옷 벗어 놓고: 벼슬을 그만두었다는 뜻이다.

45) 황관黃冠: 조악한 의복을 가리킨다. 즉 평민이 입는 옷이다.

990

여 체직遞職을 청원했으나, 관찰사 홍만조洪萬朝가 허락하지 않았다. 나는 즉
시 부절을 풀어 겸임인 영광군수에게 보내고는 마침내 관직을 버리고 귀향
했다.】

19 山川이依舊ㅎ고松竹이반기는듯

    산천이 의구하고 송죽이 반기는 듯

20 柴扉롤ᄎ자드러三逕을다스리니

    사립문 찾아들어 삼경三逕[46]을 다스리니

21 琴書一室이이아니내分인가

    거문고 책, 방 한 칸이 내 분수 아니겠나

22 압내히고기낫고뒷뫼히藥을키야

    앞내에 고기 낚고 뒷산에 약을 캐며

23 手業을일노사마餘年을보내노니

    수업을 일로 삼아 여생을 보내노니

24 人生至樂이이밧긔ᄯ업돗데

    인생의 즐거움이 이 밖에 또 없도다

25 田園의나믄興을전나귀[47]예모도시러【此以上述玉泉田家之樂 此以下說竹島江湖之勝】

    전원의 남은 흥을 전나귀에 모두 실어【이 구절 이상은 옥천玉泉 시골집의
    즐거움을 서술했다. 이 이하는 죽도竹島의 강호의 아름다움을 노래한다.】

26 靑莎白石夕陽路의흥치며도라노니[48]

    잔디 흰돌 석양 길에 흥에 겨워 돌아오니

27 縹緲ᄒ一片孤島眼中의奇特ᄒ되

    아득한 외로운 섬 안중(眼中)에 기특한데

---

46) 삼경三逕: 삼경三徑. 은자의 집을 가리킨다. 한漢의 은사 장후張詡가 뜰에 작은 길 세 갈래를 내어
   송죽국松竹菊을 심고 친구 양중羊仲, 구중裘仲과만 사귀고 세상에 나오지 않았다고 한다.

47) 전나귀: 다리를 절름거리는 나귀이다.

48) 靑莎白石夕陽路의흥치며도라노니: 이 구절은 김천택의 다음 시조와 흡사하다. "전원田園에 나믄
   흥興을 전나귀에 모도 싯고 / 계산溪山 니근 길노 흥치며 도라와셔 / 아히 금서琴書를 다스려라 나믄
   히를 보내리라."

28 微茫ᄒᆞᆫ十里烟波조차어이둘럿ᄂᆞᆫ고

　　아스라한 십리 연파烟波 이것조차 둘렀는가

29 三山이흘러온가五湖[49]과엇더ᄒᆞ니

　　삼신산이 떠왔는가 오호五湖와는 어떠한가

30 蒼松은落落ᄒᆞ고翠竹이猗猗ᄒᆞᄃᆡ

　　푸른 솔 쭉쭉 뻗고 대나무 무성한데

31 超然ᄒᆞᆫ草堂數間믈우희빗겨시니

　　초연超然한 몇 간 초당 물 위에 빗겼으니

32 幽趣도ᄀᆞ이업고爽快도ᄧᅡ이업다

　　깊은 정취 가이 없고 상쾌함도 짝이 없다

33 白日이閑暇ᄒᆞᄃᆡ봄ᄌᆞᆷ이足ᄒᆞᆫ後의

　　봄날이 한가한데 낮잠을 잘 잔 후에

34 발나믄낙시대ᄅᆞᆯ엇게예두러메고

　　한 발 남짓 낚싯대를 어깨에 둘러메고

35 扁舟ᄅᆞᆯ흘리저어[50]任意로容與ᄒᆞ니

　　조각배 흘리저어 가는대로 놓아두니

36 江風은習習ᄒᆞ야鶴髮을홋부치고

　　강바람 부드러워 학발鶴髮을 흩날리고

37 白鷗ᄂᆞᆫ飛飛ᄒᆞ야버디되야넙노ᄂᆞᆫ다[51]

　　갈매기 펄펄 날아 벗이 되어 넘나든다

38 嚴子陵의七里灘은物色이ᄎᆞ아오고[52]

---

49) 오호五湖: 중국 강남江南의 경치가 빼어난 호수이다. 정확히 어떤 곳을 가리키는지에 대해서는 여러
　　설이 있다.

50) 흘리저어: 배 따위를 흘러가게 띄워서 젓다. '흘리'는 '흘려, 흐르게, 따라'라는 부사어의 옛말이다.

51) 넙노ᄂᆞᆫ다: '넘놀다(넘나들며 놀다. 새나 나비 따위가 오르락내리락하며 날다.'의 옛말이다.

52) 엄자릉의…ᄎᆞ아오고: 자릉子陵은 한漢의 은자 엄광嚴光의 자이다. 엄광은 후한後漢 광무제의 젊은
　　시절 친구인데, 광무제가 즉위하자 이름을 바꾸고 몸을 숨겨 절강성浙江省 동려현桐廬縣 부춘산富春山
　　부근 물가인 칠리탄七里灘에서 낚시를 즐기며 은거했는데, 광무제가 그를 그리워하여 그의 모습을

엄자릉嚴子陵의 칠리탄七里灘은 초상화로 찾아오고

39 賀季眞의 鏡湖水는 榮寵으로어더시니

　　하계진賀季眞의 경호수鏡湖水는 은총으로 얻었는데[53]

40 羊裘[54]롤못버스니避키아니어려오며

　　양가죽 옷 못 벗으니 피하기 안 어렵고

41 君恩을니븐後의갑기롤어이흐리

　　임금 은혜 입은 후에 갚기를 어찌 하랴

42 아마도이江山은걸린고디바히[55]업서

　　아마도 이 강산은 걸린 곳이 전혀 없어

43 몃히롤無主흐야내손의도라오니

　　여러 해 주인 없어 내 손에 들어오니

44 하늘이주신작가人力으로어들소냐

　　하늘이 주신 것을 인력으로 얻을 소냐

45 人間의꿈을씨야[取大夢誰先覺之意]世事롤다브리니

　　인간의 꿈을 깨어["큰 꿈을 누가 먼저 깨었는가?"[56]의 뜻을 취했음] 세상

　　일 다 버리니

46 滄浪蹤迹알리업다漁釣生涯뉘드토리

　　창랑滄浪의 자취[57] 알 리 없네 낚시 생애 뉘 다투랴

그려 찾게 했다고 한다.

53) 하계진의…얻었는데: 계진季眞은 당唐의 시인 하지장賀知章의 자이다. 하지장이 은거하자 현종玄宗이
경호鏡湖의 한 구비를 하사했다고 한다.

54) 양구羊裘: 엄광이 칠리탄에서 양가죽 옷을 입고 낚시를 한 데서, 후에 은자 혹은 은거생활을 가리키는
말로 쓰인다.

55) 바히: '바이(아주 전혀)'의 옛말이다.

56) 큰 꿈을…깨었는가: 제갈량諸葛亮의 시에 "큰 꿈을 누가 먼저 깨었는고, 평소 나 자신이 스스로
알지. 초당의 봄 잠이 넉넉하니, 창문 밖에 햇볕이 더디고 더디네.[大夢誰先覺 平生我自知 草堂春睡足
窓外日遲遲]"라는 구절이 있다.

57) 창랑의 자취: 은일隱逸의 행적이라는 뜻이다. 『초사楚辭』「어부漁父」에 어부가 부른 "창랑의 물이
맑으면 내 갓끈을 씻고, 창랑의 물이 탁하면 내 발을 씻으리[滄浪之水淸兮 可以濯吾纓 滄浪之水濁兮
可以濯吾足]"라는 노래가 나온다. 같은 노래가 『맹자孟子』「이루 상離婁上」에는 어떤 어린아이[孺子]가
부른 것으로 되어 있다.

47 박잔의술을브어알마초머근後의

　　　조롱박에 술을 부어 알맞게 먹은 후에

48 水調歌를기리읇고혼자셔셔우즐기니[58]

　　　「수조가水調歌[59]」를 길이 읊고 혼자 서서 우줄거려

49 浩蕩흔미친興을힝혀아니늄알게고

　　　호탕한 미친 흥을 행여나 남이 알까

50 ᄒ마져믈거냐먼뫼희ᄃᆞᆯ오른다

　　　해 마저 저무는가 먼 산에 달 오른다

51 그만ᄒ야쉬여보쟈바회예ᄇᆡ믹여라

　　　그만 하고 쉬어보자 바위에 배 매어라

52 平涼子빗기쓰고烏竹杖흣더디며

　　　패랭이 빗겨 쓰고 오죽장烏竹杖 흩어 짚어

53 沙堤룰 도라드러石逕으로올라가니

　　　모래둑 돌아들어 돌길로 올라가니

54 五柳宅瀟灑ᄒ딕景物이새로왜라

　　　오류댁五柳宅[60] 소쇄한데 경물이 새로워라

55 松陰의훗거르며[61]遠近을ᄇᆞ라보니

　　　솔 그늘에 산보하며 원근을 바라보니

56 水月이玲瓏ᄒ야乾坤이제곰인닷[62]

---

58) 우즐기다: '우줄거리다'의 옛말이다. '우줄거리다'는 몸이 큰 사람이나 짐승이 가볍게 율동적으로
　　자꾸 움직인다는 뜻이다.

59) 수조가: 주희가 무이산(武夷山) 창주정사滄洲精舍에서 지은 악부시(樂府詩) 「수조가두水調歌頭」를
　　가리킨다.

60) 오류댁五柳宅: 은자의 집을 비유한다. 도연명陶淵明의 별호가 오류선생五柳先生이다.

61) 훗거르며: '산책하며'의 옛말이다.

62) 건곤乾坤이 제곰인닷: 윤선도尹善道의 「어부사시사漁父四時詞」'추사秋詞' 제8수 중 '乾坤이 제곰인가
　　이것이 어드메오', 즉 '저 천지 이 천지가 다 각기 다른 천지인가, 여기가 어디인가'라는 구절이
　　나온다. '제곰'은 '제諸+곰'으로서 '제가끔', '제각기'의 뜻. '곰'은 앞말의 뜻을 강조하는 보조사이다.

수월水月이 영롱하여 온 천지가 다른 세상

57 凞凞皡皡ᄒ야[63] 身世를 다니즐다

　　편안하고 흡족하여 신세를 다 잊었네

58 이中의미친ᄆᆞ음 北闕의둘려시니

　　이 가운데 맺힌 마음 북궐北闕에 달렸으니

59 謝安의絲竹陶瀉녜일이오ᄂᆞᆯ일쇠

　　사안謝安의 음악 취미[64] 오늘의 옛일일세

60 내근심無益ᄒᆞᆫ줄모ᄅᆞ디아니ᄒᆞᄃᆡ

　　내 근심 무익한 줄 모르지 아니하되

61 天性을못變ᄒᆞ니眞實노可笑ㅣ로다

　　천성은 변하지 못하니 진실로 가소롭다

62 두어라江湖의逸民이되야祝聖壽ㅣ나ᄒᆞ리라

　　두어라, 강호의 일민 되어 축성수祝聖壽[65] 나 하리라

○ 여음餘音

世上이ᄇᆞ리거ᄂᆞᆯ나도世上을ᄇᆞ린後이

　　세상이 날 버리니 나도 세상 버린 후에

江湖의님자되야일업시누어시니

　　강호江湖에 임자 되어 일 없이 누웠으니

어즈버富貴功名이ᄭᅮᆷ이론ᄃᆞᆺᄒᆞ여라

---

63) 凞凞皡皡ᄒ야: 희희凞凞는 화락和樂, 평이平易한 모습을 형용하는 말이고, 호호皡皡는 만족하게
　　여기는 모양이다.

64) 사안謝安의 음악 취미: 『세설신어世說新語』「언어言語」에 다음과 같은 고사가 나온다. "사안이
　　왕희지에게 말했다. '중년에 접어들어 슬픔과 기쁨에 마음이 상해 친구와 이별이라도 하면 며칠
　　동안 마음이 좋지 않습니다.' 왕희지가 말했다. '나이가 노년에 들면 자연히 그렇게 됩니다. 바로
　　음악에 의지하여 울적함을 씻는데, 항상 자식들이 이를 알아 즐거운 정취가 덜할까 걱정입니다.'
　　[謝太傅語王右軍曰 中年傷於哀樂 與親友別 輒作數日惡 王曰 年在桑楡 自然至此 正賴絲竹陶寫 恒恐兒輩覺
　　損欣樂之趣]"

65) 축성수祝聖壽: 임금의 장수를 빈다는 뜻이다.

어즈버, 부귀공명이 꿈인 듯하여라

일민가 소서小序

지난봄 참군參軍 외숙(이락李洛)께서 「환산별곡」을 지어 보여 주셨다. 내가 그것을 보고 기뻐하여 「일민가」를 지어 화답했다. 가소롭고 형편없는 작품이지만, 속마음을 서술하고 흥을 부쳤으니 스스로 만족하는 바가 없지 않다. 원래 외숙께서 가을쯤 내려오시면 설아雪兒로 하여금 느린 장단으로 두 곡을 노래하게 하여 두 노인의 소일거리로 삼으려 했는데, 외숙께서 서울로 돌아가신 지 얼마 되지 않아 갑자기 흉보가 오리라고 어찌 생각이나 했겠는가? 애초 기쁨을 돋우려 지은 것인데 이젠 가슴 아픈 곡조가 되었으니, 사람 일을 알 수 없는 것이 이와 같은가? 아아, 애통하구나!

무인(1698) 여름 지암支庵 옹 씀

○이날 오후 소나기가 꽤 퍼붓다가 날이 저물기 전에 도로 그쳤다. 충분한 양은 못 되지만 마른 작물을 소생시킬 만해서, 지극히 다행스럽다.

〔1698년 6월 27일 경오〕맑음

어제 소나기가 내린 후에 날씨가 꽤 개었으니, 기쁘다. ○성덕항이 왔다.

〔1698년 6월 28일 신미〕흐리다 맑음. 바람이 어지러움

〔1698년 6월 29일 임신〕맑음

집에서 온 편지를 받아 보았다. 집안의 식량 사정이 매우 위급하다. 보리와 벼가 모두 떨어져 기장과 조가 나기 전에 죽으로도 이을 수 없는데 마련해 낼 방도도 없다. 오늘 시장에 매인每仁의 암소를 척매斥賣하여 보리 3섬 16말을 샀지만, 이것도 큰 화로에 내린 눈송이처럼 소진될 것이다. 고민하던 중에 이것이라도 얻어 그나마 다행이다. 우리 집은 식솔이 아주 많은데다가 연달아 흉년을 만나 식량을 대기가 이렇게 어려운 것이다. 내가 이 정도인데 서울 객지에서 생활하는 아이들이 겪을 어려움은 말하지 않아도 상상할 수 있다. 말해 봐야 무슨 수가 있겠는가.

회록이여, 어이해 초당을 태웠는가

〖 1698년 7월 1일 계유 〗 맑음

성덕항成德恒이 왔다. 올해 더위는 전에 없이 뜨거워 고통을 견디기 어렵다.

〖 1698년 7월 2일 갑술 〗 맑음

윤국미尹國美가 왔다. 황치중黃致中과 그의 조카 황후재黃厚載가 왔다.

〖 1698년 7월 3일 을해 〗 맑음

성덕항이 왔다. 윤기주尹起周가 왔다.

〖 1698년 7월 4일 병자 〗 맑음

아침 식사 후에 죽도竹島를 출발했다. 성덕항이 왔다가 제방머리에서 헤어
졌다. 백치白峙에 들러 방으로 들어가지 않고 밖에서 문안했다. 진수陳秀와
윤기주尹起周가 와서 만나고 잠깐 있다가 일어났다. 더위가 타는 듯해 더
나아가기 어려워 안형상安衡相의 집에 들렀다. 더위가 한풀 꺾이기를 기다
리며 두건을 벗고 앉았다 누웠다 한나절을 허비하다가 저녁까지 먹고 해

질 무렵 귀가했다. 윤천우尹千遇가 흑산도에서 돌아와 류 대감(류명현柳命賢)의 편지와 절선 3자루, 류매柳楳의 답장을 전해 주었다. 류매는 류 대감의 장남인데, 연일延日에 있는 류명천柳命天 대감의 양아들이며 이현수李玄綏가 새로 얻은 사위이다. 청도군수 한종건韓宗建이 인편을 통해 편지를 보내 문안하고 부채 5자루를 보내 주었다. 이와 같은 선물이 아니라면 올해는 부채 한 자루 얻기 어려웠을 것이다. 류 대감은 절해고도의 유배객이면서도 달력, 부채, 납약臘藥 등의 물건을 매년 잊지 않고 마음에 새겼다가 멀리서 보내 주니, 살펴 주는 정情이 정말 감사하고 감탄스럽다.

〔 1698년 7월 5일 정축 〕 맑음

〔 1698년 7월 6일 무인 〕 맑음

오후에 소나기가 한 보지락쯤 내리다가 바로 그쳤다. ○윤시상尹時相과 그의 사위 이명대李命大가 왔다. 경서經書 공부를 공들여 했다고 해서, 강講을 시켜 보았더니 칠서七書(사서삼경)에 모두 통달했다. 급제가 따 놓은 당상이니 기특하도다.

〔 1698년 7월 7일 기묘 〕 맑음

별감 박세후朴世厚가 왔다. 윤천우가 왔다.

〔 1698년 7월 8일 경진 〕 말복末伏. 맑음

극인棘人 김삼달金三達, 윤시달尹時達 노老가 왔다.

〔 1698년 7월 9일 신사 〕 맑음

지난달 19일 내가 죽도에 머물고 있을 때 양쪽 제방에 괘서掛書가 붙었고,

그 후에도 또 투서投書가 두 번 있었다. 지금 들으니, 어젯밤에 죽도 초당이 참혹하게 화재의 변을 당했다고 한다. 무슨 일인지 도무지 헤아리기 어려우니, 괴이하고 의아하기 그지없다. ○저녁 무렵 비가 내렸다.

〔 1698년 7월 10일 임오 〕 밤에 비가 꽤 퍼부었고 바람도 어지러움. 늦은 아침에 비가 비로소 그쳤으나 바람은 잦아들지 않음

〔 1698년 7월 11일 계미 〕 혹은 흐리고 혹은 맑음. 가랑비가 간간이 뿌림

저녁 무렵 비가 내렸다. ○김 별장(김정진金廷振)이 갔다.

죽도 초당이 화재를 당한 후 우연히 읊다

回祿胡爲燒草堂	회록回祿[66]이여, 어이하여 초당을 태웠는가
也應嫌我擅風光	죽도의 풍광을 차지한 내가 싫어서인가
傍人莫歎居無所	사람들아, 내가 거처할 곳 없다고 한탄하지 말라
露坐松陰興更長	솔 그늘에 나와 앉았노라니 흥이 더욱 길구나

묵은해를 보내는 시 서문

한 해의 마지막 날이면 사람은 반드시 지나간 세월을 그리워하는 마음이 일고는 하니, 어떤 이는 단란하게 모여 술잔을 기울이며 그해의 마지막 저녁을 즐기고, 어떤 이는 떠들썩하게 도박판을 벌이며 마지막 밤의 한 순간을 최대한 길게 누리려 한다. 이는 사람의 정리상 꼭 그렇게 되는 것이니, 예나 지금이나 마찬가지다. 연로하신 부모님에 생각이 미치면, 오늘이 쉬이 감이 아쉽고 누릴 날이 많지 않음이 두려우니, 가는 세월을 탄식하는 감상이 어찌 다만 섣달그믐일 뿐이겠으며, 섣달그믐의 감상이

---

66) 회록回祿: 화재의 신이다.

또 어찌 먼 객지에 떠도는 사람의 정일 뿐이겠는가? 나의 경우 운명은 기구하고 신세는 외로워, 천지간에 다만 하나의 궁박한 사람일 뿐이다. 섬길 부모님도 없을뿐더러 인생을 즐길 뜻도 없으니, 계절이 가고 오건 나이를 먹고 말건 애초에 내 마음과는 상관없는 일이다. 쓸쓸한 이 세상 떠돌다 가는 덧없는 이 삶을 맡긴 채 그저 늙어 갈 뿐이다. 환난[67]을 당한 이래로는 더욱 이 몸이 보잘것없음을 느끼니, 매번 소동파蘇東坡의 "세월을 채우기 쉽지 않으니, 억센 활을 한 치 한 치 당기는 것 같네."[68]라는 구절을 읊을 때마다 길게 탄식하지 않는 때가 없다. 그리하여 내 61년 세월을 돌아보면 애통함을 품고 있지 않은 날이 없었으며, 1년 360일 감상을 더하게 되지 않음이 없었다. 이를 통해 보면 나의 앞뒤 병자년이 모두 원수가 될 만하니,[69] 내가 세월에 대하여 어찌 지나감을 애석해하며 마음을 쓰는 뜻이 있겠는가? 그러나 사람은 해가 바뀔 때 반드시 감상이 일어나게 마련이며 해가 바뀌는 때는 하늘이 큰 변화를 만나는 시절이니, 여기에 대해 느끼는 감상은 한 가지가 아닐뿐더러 늙음에 대한 한탄 외에도 여러 가지가 있다. 하물며 내가 두 번째 병자년(1696)을 만났다가 또 이를 보내게 되었으니, 간절한 마음 쉽게 격해지고 백 가지 감정이 가슴을 꽉 채운다. 묵은해를 보내는 감정을 어찌 보통 사람들과 비교할 수 있겠는가. 그리하여 한밤중에 심지를 돋워 불을 밝혀 소회를 서술하고, 시를 짓는다.

撫枕中宵獨不眠　한밤중 베게 어루만지며 홀로 잠 못 이루어

零丁白髮涕漣漣　외로운 백발노인 눈물만 줄줄 흘리네

---

67) 환난: 셋째 아들 윤종서尹宗緖의 죽음을 말한다.

68) 소동파蘇東坡의…같네: 소식蘇軾의 시 「앞의 시에 차운하여 자유에게 주다[次前韻與子由]」에 나오는 구절이다. 원문에는 '세월歲月'이 '백년百年'으로 되어 있다.

69) 나의…만하니: 윤이후는 병자년(1636)에 태어나 병자년(1696)에 환갑을 맞았다. 병자년(1636)에 태어나자마자 부모를 잃었고, 병자년(1696)에는 셋째 아들 윤종서가 당쟁에 휘말려 형옥과 유배에 처해졌다 이듬해 4월에 목숨을 잃었다.

非關添齒悲來日	나이 먹어 다가올 날을 슬퍼함이 아니요
不是傷衰惜去年	늙음이 애달파 가는 해가 애석한 것도 아니네
五朔圓扉那忍說	옥에 갇혔던 다섯 달을 어찌 차마 이야기하리오
萬重寃氣欲干天	만 겹 원한의 기운이 하늘을 찌르네
如何丙子偏讐我	어찌하여 병자년이 이토록 나를 원수로 여기는가
送舊詩成更惘然	묵은해 보내는 시를 지으니 더욱 멍해지네

내가 병자년 가을 종서宗緖의 환난을 만났고, 그해 겨울에는 왼쪽 어깨의 창瘡이 심하여 위중한 상태가 되기도 했다. 섣달그믐에 감회가 생겨 이 시를 지었으나, 시어가 너무 괴로워 다시 보고 싶지 않아 내버려두고 적어 두지 않았다. 마침 예전 종이에서 발견해 구차하지만 지금이라도 기록한다. 제3구[70] 때문에 더욱 좋지 않은 마음이 들고 나도 모르게 가슴이 막힌다.

〖 1698년 7월 12일 갑신 〗 흐리다 맑음

어제와 똑같이 비가 뿌렸다. ○양식을 대기가 어려워 억지로 올벼를 베어서 곧장 타작하여 30여 말을 얻었다. 곧 종자種子 8되지기이다. ○서울에 거처하던 늙은 노奴 중길仲吉이 생계가 막막하여 뱃길로 내려왔다. 늙은 처와 두 아들과 손자 하나를 데리고 내게 빌붙어 살려는 것이다. 집안 식구가 입에 풀칠을 할 수 없는 데다 이 노가 천 리를 와서 투탁하는데, 도와 구제할 방도가 없어 매우 걱정스럽다.

〖 1698년 7월 13일 을유 〗 맑음

독평禿坪 간두리艮頭里의 김우창金禹昌이 왔다.

---

70) 제3구: 내용상 제3연(5·6구)을 가리키는 듯하다.

〔 1698년 7월 14일 병술 〕 맑음

아내가 학질을 앓는데, 어제 극심한 통증이 다섯 차례나 있었다. 흥아興兒
가 별진別珍에 가서 김 상相(김덕원金德遠)에게 약을 여쭈었고, 또 윤익성尹
翊聖을 불러 처방을 물었다. ○화순의 조선양曺善養이 적소謫所의 심부름꾼
을 통해 편지로 문안하고 배 50개를 보내왔다. 답례할 물건이 없어 단지 필
묵筆墨만을 보냈다. 후촌後村의 변최휴卞最休가 가지 약간을 보내왔기에,
감장甘醬으로 사례했다. ○노奴 을사乙巳가 고창에서 왔다. 조사하는 일이
아직 끝나지 않았는데 식량이 또 다 떨어졌다고 한다. 걱정스럽다.

〔 1698년 7월 15일 정해 〕 흐리다 맑음

성덕항이 지나다 들렀다. 그의 말을 들어 보니, 근래 또 해창海倉 앞에 벽서
가 걸렸다고 한다. 음해하는 일에 넌더리가 난다.

〔 1698년 7월 16일 무자 〕 맑음. 가랑비가 간간이 뿌림

윤시상이 왔다. ○이신우李信友가 큰 수박 8개를 보냈다. 매년 이와 같이 하
니 그 인정이 고마운 한편 심히 편치 않아, 간신히 부채 1자루로 사례했다.
○저녁 무렵 비가 내렸다. ○정 생生(정광윤鄭光胤)을 데려오기 위하여 노奴
와 말을 고창으로 보냈다.

〔 1698년 7월 17일 기축 〕 맑음. 소나기가 간간이 뿌림

백수헌白壽憲이 왔다. 윤장尹璋과 윤창尹瑒이 왔다. ○낭읍朗邑(영암읍)에서
전주영장全州營將 윤 서흥瑞興(윤항미尹恒美)이 보낸 아이들의 편지를 전해
왔다. 지난달 그믐날 보낸 잘 있다는 편지들이다.

〖 1698년 7월 18일 경인 〗 맑음. 가랑비가 잠시 흩뿌림

백포白浦의 인편이 서울로 올라가기에 편지를 부쳤다. ○올해 기장과 조가 무성하고 잘 여문 것은 최근 몇 년간 없던 일인데, 골고루 비를 맞지 못해 혹 말라 죽은 곳이 있다. 이곳 농장은 땅이 척박하여 또한 잘 여물 수가 없다. 보리가 이미 다 떨어졌는데, 기장과 조도 잇기 어려우니 매우 걱정스럽다.

〖 1698년 7월 19일 신묘 〗 맑음

성덕항이 낭성朗城(영암)에서 돌아오다가 들렀다. 이명대李命大가 지나다 들렀다. 정현鄭炫이 왔다. 그의 죽은 형 정혁鄭爀의 처의 상사喪事를 지난달에 듣고 석포石浦에 내려왔다고 한다. 약정約正 최신원崔信元이 와서 알현했다. 연동蓮洞 윤선형尹善衡이 지나다 들렀다. ○이신우가 보낸 수박 2통과 포도 한 그릇을 심부름꾼을 통해 별진別珍(김덕원의 유배지)으로 보냈다. 월남月南(목내선의 유배지)에도 또한 그렇게 했다. 월남에서 부채 2자루를 답으로 보내왔다. ○이조판서 이세백李世白이 상감의 특지特旨로 재상에 올랐다.[71] 영의정 류상운柳尙運, 좌의정 윤지선尹趾善은 모두 공무를 수행하기 어렵겠다는 상감의 하교가 있었다고 한다. 이로부터 노론이 나라의 권력을 독점하게 되었다. 청나라에 곡식을 요청한 일로 우의정 최석정崔錫鼎을 문외출송門外黜送하라는 계사啓辭를, 이 이전에 상감께서 이미 윤허하셨다고 한다. ○무겸武兼 윤석후尹錫厚가 지난달 대정大政(도목정사都目政事) 때 훈련판관訓練判官 벼슬을 받았는데, 곧바로 삭판削版[72]의 논의를 당했다. 작년 역옥사건[73]에 연루된 이영창李榮昌의 입에서 그의 이름이 나왔기 때문에 그 사람을 관료의 반열에 있게 할 수 없다는 말로 두 번에 걸쳐 아뢰

---

71) 이조판서…올랐다: 1698년(숙종 24)에 이세백이 특명으로 우의정에 올랐다. 이에 앞서 1695년에 류상운이 영의정에, 1696년에 윤지선이 좌의정에, 1697년에 최석정이 우의정에 올랐다.

72) 삭판削版: 삭거사판削去仕版의 준말로, 사판仕版(관리의 명단)에서 이름을 삭제한다는 의미이다. 죄를 지은 관리를 처벌하는 규정의 하나로 초사初仕 이후의 모든 임관任官을 말소하는 규정이다.

73) 역옥사건: 1696년(숙종 22) 서울의 서얼 출신 이영창이 금강산의 승려 운부雲浮와 손을 잡고 승려 세력과 함께 봉기하여 거사를 도모하려 했다는 사건이다.

자, 곧바로 윤허하셨다고 한다. ○최만익崔萬翊이 왔다. 윤지원尹智遠이 자기 일로 수영水營에 갔다.

〖 1698년 7월 20일 임진 〗 맑음

윤익성이 왔다.

〖 1698년 7월 21일 계사 〗 흐리다가 맑음. 빗발이 간간이 뿌림

〖 1698년 7월 22일 갑오 〗 지난밤 소나기가 갑자기 퍼붓다가, 새벽이 되자 별과 달이 눈부시게 빛나더니 저녁까지 내내 맑음

백치의 인편이 서울에서 돌아와 아이들이 이번 달 10일에 쓴 잘 있다는 편지를 받았다. 최 숙원淑媛께서 7일에 출산하신 왕자가 9일에 죽었다고 한다. ○안형상이 왔다. 윤석귀尹錫龜가 왔다. 김 별장(김정진)이 저녁에 왔다. ○노아도露兒島(지금의 노화도) 학관學官(윤직미尹直美)의 농장의 노奴 구정九丁이 오늘 새벽에 상경한다기에 편지를 부쳤다.

〖 1698년 7월 23일 을미 〗 흐림

윤천우와 윤성민尹聖民이 왔다. ○집에 양식이 너무 모자라 저곡苧谷의 유점鍮店에서 쌀 3말과 벼 2말을 빌리고, 이 마을의 이상백李尚白에게 쌀 1말을 빌렸다. 이는 그야말로 맹인에게 빚을 낸 격이니, 우습다.

〖 1698년 7월 24일 병신 〗 흐림

성덕기成德基가 자기 모친 묘소를 율동栗洞으로 이장하고 싶어 하는데, 윤경리尹慶履가 몰래 꾀를 부려 빼앗을 계획을 짰다. 막기 어려운 상황이 되자 내가 진정시켜 주길 바라서 만나러 와 달라고 간절히 청했다. 그래서 아침 먹은 뒤에 죽도 별장으로 나왔다. 성成 생生 3형제가 와서 만났다.【와서 초당을 보니, 동쪽 끄트머리의 서까래 몇 개가 약간 손상되었고 지붕에 인 풀은 다 타 버렸다. 서쪽 구조물은 그대로이니 다행이다.】

〔 1698년 7월 25일 정유 〕 흐리다가 한낮에는 비가 뿌림

노奴 차삼次三이 모레 상경한다고 인사하러 왔기에 편지를 대강 써서 부쳤다. ○성 생의 모친 묘소를 사시巳時에 파내기에 가서 보았다. 이어서 발인을 하고 율동에 점지한 묘소에 도착했다. 윤경리尹慶履의 숙부인 윤임尹任과 윤경리의 동생 윤응리尹應履가 훼방을 놓고자 반드시 죽기로 싸우겠다고 했다는데, 이곳에 도착한 뒤로는 화해할 뜻을 꽤 보였다. 다만 윤경리가 마침 출타 중이어서 아직 그의 뜻이 어떨지는 모르겠다. 해가 질 무렵 돌아왔다.

〔 1698년 7월 26일 무술 〕 맑음

율동栗洞의 성 생(성덕기成德基)이 통발로 작은 물고기를 잡아서 보내 주었다. 최남표崔南杓가 왔다. 박원귀朴元龜와 김시중金時重이 왔다. 윤익재尹益載, 별감 윤세정尹世貞, 선달 진방미陳邦美, 지원智遠이 왔다.

〔 1698년 7월 27일 기해 〕 흐리다 맑음

아내가 백치에 와서 조문했다. 홍아가 모시고 왔다가 방향을 바꾸어 내게 인사하고 곧 돌아갔다. 정광윤이 그제 고창에서 돌아왔다. 조사한 일이 마무리되어 내 결백함이 증명되었다 하니 다행이다. 당초 이언경李彦經이 곡식 800여 석을 훔쳐 배에 실어 서울 집에 보내고는, 죽은 창색倉色 김재익金載益이 훔쳐 먹어 축이 난 곡식으로 기록해 죄를 씻으려 했다. 조정에서 해당 관원, 감관, 창고지기 등이 죄가 없을 수 없으므로 실상을 조사하여 죄를 논하겠다고 공문을 보냈더니, 이언경은 전임 현감에게 자기 죄를 뒤집어씌우려 하여 신미년(1691)까지 거슬러 올라가서 조사를 하여 나에게 억지로 더한 부족분이 수백 석이나 될 정도로 많았다. 정광윤이 당초에 함평으로 가서 문서를 고출考出(조사)했더니 나는 1석도 부족한 게 없었으므로 이언경에게 그대로 말했는데, 효거爻去(말소)를 허락하지 않고 그저 '조사관에게 맡기면 저절로 명백하게 된다.'라고 말했으니, 그의 양심 없음을 어찌 말로 다 할 수 있으랴. 고창현감 한익상韓益相이 조사할 때 김재익의 아비인 김태산金太山이란 사람을 잡아가두고 문서를 색출했더니, 이언경이 곡식을 훔쳐 먹은 정황이 분명하게 드러나 숨기기 어렵게 되었다. 조사관이 지극히 난처하다고 생각할 즈음, 마침 문서 중에 순무사巡撫使의 계문을 통해 경오년(1690)과 신미년(1691)에 환자를 탕감한 일이 있었는데, 함평의 아전들이 이걸 빌미로 농간을 부려서 그들이 계유년(1693)과 갑술년(1694)에 환자를 받아먹고 기록한 책에서 관련 장을 잘라 경오년에 탕감한 도록都錄 밑에 붙인 일이 문서를 찾아 열람할 때 우연히 발각되었다. 그러므로 이것을 부족분이 없는 심방 이하 4명에게 채워서 전혀 아무 일이 없는 상황을 만들었고, 이언경 역시 훔쳐 먹은 쌀을 잘 처리해 무사했던 것이라 한다. ○이신우와 진수陳秀가 왔다. 성덕기가 발인한 뒤로, 윤경리尹慶履가 출타했다가 돌아와 일꾼을 구타하여 쫓아내고는 발도 못 붙이게 했다. 성 생 무리가 직접 관가에 들어가 고소장을 바치려고 서둘러 관가에 갔다.

〖 1698년 7월 28일 경자 〗 흐리다 맑음

정광윤이 갔다. 매화동梅花洞의 김망구金望久, 김익환金益煥, 민몽벽閔夢璧이 왔다. ○성덕기 3형제가 밤에 관가에서 나왔다. 송관訟官이 윤경리에게 장을 치고, 성덕기에게 증인을 데리고 다시 들어오라 했다고 한다.

김우정金友正이 왔다. 성덕징成德徵이 왔다.

1698년 8월. 신유 건建. 큰달.

고금도와 강진 일대를 여행하다

〔 1698년 8월 1일 임인 〕 맑음

성덕기成德基가 데려온 증인 윤세장尹世章과 윤세정尹世貞이 어제 관가에
들어가 송관訟官을 대면하고서 성세주成世柱가 성덕기에게 장지葬地를 점
찍어 준 정확한 실상을 말했다. 송관이 윤경리尹慶履를 옥에 가두고 성덕
기에게 그곳을 쓰게 했으므로, 성 생(성덕기)은 곧 임시 매장을 했다. 나는
매장하는 것을 가서 보고서는 돌아오는 길에 옛 해창海倉 길을 따라 올라
가 옛 창고 터를 살펴보았다. 볼만한 것이 전혀 없고 멀리서 보는 풍경이
훨씬 나았다. 우습다. ○황체중黃體中, 황치중黃致中, 황후재黃厚載, 최남준
崔南峻, 윤국미尹國美가 왔다.

〔 1698년 8월 2일 계묘 〕 흐림. 오후에 비가 뿌리더니 밤이 되자 더 내림

성덕징이 왔다. ○전초사全椒寺에서 마름쇠[74]를 설치해 도적을 방비하는 것
을 본 적이 있는데, 화재가 일어나고부터는 경계심을 두지 않을 수 없어,
오늘 마름쇠를 빌려왔다.

---

74) 마름쇠: 능철菱鐵이다. 무쇠로 만들어져 끝이 날카롭게 서너 갈래로 뻗은 물건이다. 밟으면 발바닥에
　　찔리게끔 도둑이나 적군이 침입하는 길목에 깔아 두던 물건이다.

〔 1698년 8월 3일 갑진 〕 맑음

전부典簿(윤이석尹爾錫) 댁 둑 안 물이 흐르는 곳에 어린 숭어가 많이 나므로 급히 벌筏을 만들어 직접 가서 10여 속을 잡았다. 강호의 즐거움이 크도다. 윤경리와 이익화李益華가 고기 잡은 곳에 와서 만났다. 성덕항成德恒과 성덕징成德徵이 밤에 와서 이야기를 나누었다.

〔 1698년 8월 4일 을사 〕 아침에 비가 잠깐 뿌리고 하루 종일 흐림

늦은 아침 죽도장竹島庄을 떠나 비산飛山을 역방하여 들어갔는데, 주인 김형일金亨一은 출타하고 그의 아들 김우정金友正도 부재중이며 김우정의 학도인 관자冠者 몇 명만 있었다. 즉시 심부름꾼을 보내 주인을 부르니, 주인의 형인 김주일金柱一과 그의 조카 김우경金友鏡도 왔다. 진도의 박홍구朴弘耆와 좌수 박동선朴東善이 때마침 도착했다. 한참 지나서 일어나 해가 저물 무렵 집에 돌아왔는데 지원智遠도 함께 돌아왔다. ○세원世願 형제가 모두 학질에 걸렸는데 오래도록 낫지 않고 있으니 걱정이다.

〔 1698년 8월 5일 병오 〕 밤에 가랑비가 내리다가 낮에는 흐림

정광윤鄭光胤이 왔다. 함평의 전적典籍 정건주鄭建周가 왔다.

〔 1698년 8월 6일 정미 〕 맑음

김삼달金三達, 정광윤이 왔다. 동미東美, 이복爾服, 김우정이 왔다. 김우정이 은어를 주었다. 마포馬浦의 동지同知 윤이형尹以亨이 병이 깊어, 그 아들이 백흥석白興錫을 초대하고자 내게 편지를 써 달라고 와서 청하고 갔는데, 생선을 가지고 와서 주었다.

〔 1698년 8월 7일 무신 〕 흐림

그제 고금도(이현기李玄紀의 유배지)에 심부름꾼을 보내며 수박 2개를 부쳐 문안했는데 오늘 답장을 받았다. 고부의 권종도權宗道, 전증田譄이 여러 적소謫所에 들러 알현하다가 나를 찾아와 만났다. 장차 전주영장全州營將(윤항미尹恒美)에게 간다기에 편지를 써서 부쳤다. 출신 박형도朴亨道가 서울에서 돌아와 심 종제從弟 대감(심단沈檀)의 편지를 전했다. 월암月巖의 정만광鄭萬光이 역방했다. 김 별장(김정진金廷振)이 저녁때 와서 유숙했다.

〔 1698년 8월 8일 기유 〕 어제 저녁부터 동풍이 어지럽게 불어 종일 그치지 않음. 혹 소나기가 갑자기 내리다가 약한 햇빛이 잠시 나기도 함

〔 1698년 8월 9일 경술 〕 소나기와 거센 바람이 종일 그치지 않음

날씨가 이러하니 백곡百穀의 피해를 알 만하다. 올해 자못 풍년의 조짐이 있는 것이 실로 이치에서 벗어나는 일이므로 내가 항상 괴이하게 여겼는데, 비바람의 재해가 이와 같으니 과연 이치에서 벗어나는 일은 없는 것이다. 실로 하늘이 행하는 것이니, 하늘을 속일 수 있겠는가? ○ 해남 읍리邑吏가 서울에서 돌아와 아이들의 편지를 전했는데, 지난달 그믐에 보낸 잘 있다는 편지이다.

〔 1698년 8월 10일 신해 〕 서풍이 불고 비가 내리다가 정오 무렵에 비로소 그쳤으나 종일 흐리고 부슬비 내림

정 생(정광윤)이 와서 그대로 유숙했다.

〔 1698년 8월 11일 임자 〕 맑음

김 별장(김정진)이 한천寒泉의 평촌坪村에 갔다. ○ 오후에 별진別珍으로 나

아가 인사드렸다. 윤세미尹世美, 김한창金漢昌이 상공相公(김덕원金德遠)의 바둑 상대로 앉아 있었다. 나주 북창北倉의 이만엽李萬葉 생이 오자 김 영감(김몽양金夢陽)이 그를 가리키며 이르기를, "이 사람이 남도주인南道主人입니다."라고 했다. 저녁때가 되자 물러나와 월암月巖에 가서 정왈수鄭曰壽 노老를 방문했다. 어둠을 무릅쓰고 집으로 돌아왔다.

〖 1698년 8월 12일 계축 〗 흐리다 맑음

임취구林就矩, 김수도金守道, 윤희익尹希益이 왔다. ○함평의 향리 모수번牟秀蕃이 심부름꾼을 보내 급히 보고했다. 고창현감(한익상韓益相)이 조사하여 올린 보고서에 대한 제사題辭에, "조사가 지연된 것, 해당 감관監官과 고자庫子의 성명을 성책成册하지 않은 것, 해당 관원이 허위로 기록했는지 여부를 상세히 조사하여 보고하지 않고서 마치 포흠逋欠이 없었던 것처럼 한 것 등은 어떻게 설명할 것인가? 700여 섬이나 되는 곡식을 책임질 곳이 없다. 만약 그 곡식을 돌려받을 길이 있다면 이른바 어디로 갔는지 또한 어째서 정확히 지칭하지 못하는가. 사람을 지정하여 상세히 조사 보고하고 절목에 따라 엄히 문책해서 둘러멜 생각을 하지 못하게끔 하라." 등의 말이 있었으므로, 그대로 날을 정하여 다시 조사하게 했다고 한다. 죄가 없음이 밝혀진 전후 관원을 다시 조사할 일이 있을지 모른다는 걱정에 내 마음 역시 편치 않았다. 관찰사가 본 것이 과연 내 생각과 같다. 조사관은 이미 남은 곡식을 찾아냈는데도 사실대로 보고하지 않고 전후로 부임했던 관원들에게 미루고 있다. 허다한 부족분 수치를 아무 일 없었던 것처럼 꾸밀 계획을 세웠으니 대단히 잘못 판단한 것으로, 이는 이른바 교활하게 하려다가 도리어 졸렬해진 것이다. 지금 다시 조사한다 하더라도 만약 전에 했던 바를 완전히 뒤집지 않는다면, 조사관에게 그 책임을 무겁게 물리기가 필시 어려울 것이므로 매우 한탄스럽다. 내게 잘못이 없음은 문서가 명백하니 전혀 걱정할 것이 없다. 하지만 여러 차례 재조사하면서 혹 그 속에 억울하게 휘말려 들어갈 우려가 없지 않으니 더욱 걱정이다. 함평 향리의 고목告目은 7일에 작성되었으나, 중간에 소식이 막혀 이제야 비로소 와서 전한 것이다. 이어 다시 조사하여 보고했으리라 생각했으면서도 때에 맞춰 사람을 보내 살펴보게 하지 않은 것이 매우 한탄스럽다. ○정 생(정광윤)이 숙위했다.

〔 1698년 8월 13일 갑인 〕 맑음

윤익성尹翊聖, 송수림宋秀森, 김정창金鼎昌이 왔다. ○그제 천정天庭(이마)의 통증이 다시 일어나 종일 정신을 잃을 정도로 심하게 아팠는데, 오늘 오른쪽 눈썹 모서리로 통증이 옮겨 와 역시나 종일 끙끙거렸다.

〔 1698년 8월 14일 을묘 〕 비

아프던 것이 차도가 있지만 완전히 낫지 않았다. ○윤 영장(윤항미)이 왔다. 김 별장(김정진)이 저녁에 왔다. 윤익성, 정광윤이 모두 함께 잤다. ○장성 부사 홍만기洪萬紀가 별진에 왔다가 편지로 안부를 묻고 장지壯紙와 백지白紙 각각 1속束을 보냈다.

〔 1698년 8월 15일 병진 〕 맑음

대기大朞[75]를 지냈다. 이백爾栢이 어제 비 때문에 오지 못하고 오늘 새벽에 와서 참례했다. ○내가 적량赤梁의 묘제墓祭를 지냈는데 배여량裵汝亮이 와서 만났다. 흥아興兒는 공소동孔巢洞에 제사를 지내러 갔다. 우리 집 차례였기 때문이다. 과원果願은 간두幹頭에 갔다. 모두 저녁에 돌아왔다. ○어제 백포白浦의 노奴가 서울에서 돌아와 아이들이 6일에 쓴 잘 있다는 편지를 전해 주었다. ○김 별장(김정진)이 평촌坪村에 갔다. ○세원 형제의 학질

---

75) 대기大朞: 윤이후의 양부 윤예미의 제사를 말한다.

이 아직 낫지 않고 약도 효험이 없어 정말 걱정이다.

윤징귀尹徵龜, 송수기宋秀杞, 이정두李廷斗, 윤석귀尹錫龜, 정동두鄭東斗가
왔다. 월암의 정 노老(정왈수)가 왔다. 강진 평덕平德의 나만웅羅萬雄이 왔는
데 시편詩篇을 가지고 와서 보여 주었다. 나만웅은 나두천羅斗天의 아들 나
일삼羅日三의 생질이다.

윤이주尹以周, 윤유도尹由道, 서대한徐大漢이 왔다. 서대한이 이름을 고쳐
달라고 청하기에 '종한宗漢'이 좋겠다고 말했다. 자字를 청하기에 '자조子朝'
가 좋다고 말했다. 서대한이 또 말하기를, "형의 이름이 '래한來漢'인데 자
를 얻지 못했습니다. 알려주셨으면 하옵니다."라고 했다. 내가 말하기를,
"'자의子儀'가 어떻겠는가?"라고 했다. 서대한이 기뻐하며 돌아갔다. 김 별
장(김정진)이 저녁에 왔다. ○세원 형제의 학질이 계속 이어져 통증이 심해
아이들 어멈이 데리고 개봉開奉의 집으로 출피出避하려고 한다. ○죽도의
노奴 매인每仁이 곳집을 짓기에 철이哲伊를 보냈다.

김 별장(김정진)이 갔다. 윤시상尹時相, 윤선적尹善積이 왔다. ○학관學官(윤
직미尹直美)의 노奴 구정九丁이 서울에서 돌아왔다. 편지를 받아왔는지 물
으니, 아이들이 그 전날에 막 편지를 부쳐 이번에 재차 쓰지 않았다고 말했
다. 부자父子가 천 리를 서로 떨어져 있어 소식을 듣는 데 열흘, 보름이 쉽
게 지난다. 양쪽에서 그리워하고 생각하며 울적해하는 마음에 잠시라도
느슨히 할 수가 없다. 하루에 10통의 편지를 받는다 해도 짧은 간격이라 하

지 않을 것이요, 하루에 10통의 편지를 부친다 해도 진실로 그 번거로움을 마다하지 않을 것인데, 아이들의 생각이 여기에 미치지 못해서 이처럼 대수롭지 않게 여긴다. 참으로 개탄스럽다.

〖 1698년 8월 19일 경신 〗 구름이 끼고 흐림. 가랑비가 간간이 내림

윤동미尹東美, 임원두林元斗가 왔다. 윤천우尹千遇가 와서 그의 아들 윤총尹叢이 우이도에서 나왔다고 말하면서 류 대감(류명현柳命賢)의 편지를 전해 주었다. 바로 답장을 쓰고 우포牛脯 2접을 함께 보냈다.

〖 1698년 8월 20일 신유 〗 흐림

정 생(정광윤)이 왔다. ○세원의 학질이 잠깐 멈추었다가 다시 발병했고, 공원孔願의 통증도 연일 그치지 않는다. 걱정이다.

〖 1698년 8월 21일 임술 〗 흐리다 맑음

장흥 송모로松毛老[76]의 이만원李萬元이 지나다 방문했는데, 이송룡李松龍의 계윤繼胤(양자)이라고 한다. 선달 윤기업尹機業이 왔다.

〖 1698년 8월 22일 계해 〗 맑음

박이중朴以重, 정익태鄭益泰가 왔다. 정익태가 생게 30개를 가져다주었다. ○올해 논 곡식은 그동안 불었던 바람에도 심한 상해를 입지 않았고, 빗물도 풍족하여 혹 한재를 입은 곳이 있다 해도 대체로 자못 풍년이 들 것 같았다. 연이은 큰 흉년 끝에 겨우 소생할 희망을 품었던 것이다. 그런데 이달 10일 이후부터 날씨가 흐리고 추워져, 곡식이 완전히 여물지 않았는데 충재蟲災가 갑자기 일어나 날이 갈수록 썩어 인심이 어쩔 줄 몰라하고 아침저녁으로 끼니를 대기 어려울 정도다. 참혹스럽다. 그 벌레는, 모양이 매

---

76) 송모로松毛老: '솔모루'로 읽을 수 있다.

미와 같은데 크기가 작고, 벼 뿌리에 떼로 모여서 남김없이 갉아먹는다. 그리고 다른 논으로 옮겨 들어가니, 불과 며칠 만에 끝없이 해를 끼친다. 하늘이 실로 이를 행하는 것이니, 내가 이른바 이치에 벗어나는 일이 없다는 말을 어찌 믿지 않겠는가!

〔 1698년 8월 23일 갑자 〕 맑음

〔 1698년 8월 24일 을축 〕 아침에 비가 잠시 뿌림

중길仲吉이 처와 자식, 손자 등 5명을 데리고 내려온 후에 먹고사는 문제에서 달리 기댈 만한 곳이 없어 오직 나에게 의지했는데, 나도 먹여 살릴 방도가 없었다. 전부典簿(윤이석尹爾錫) 댁의 보리를 실은 배가 서울로 올라가기에 내가 하는 수 없이 보리 배편으로 돌아가기를 권유했더니 그가 마지못해 따랐다. 오늘 연동蓮洞으로 갔다가 배가 있는 곳으로 길을 바꾸어 나아갈 계획이다. ○목욕했다. ○정 생(정광윤)이 왔다. 김 별장(김정진)이 왔다. ○임취구가 배 20개를 보냈다.

〔 1698년 8월 25일 병인 〕 흐리다 맑음

별진의 김 참의(김몽양)가 심부름꾼을 통해 편지를 보내 알리기를, 고금도 이 감사(이현기李玄紀)의 모친께서 19일 세상을 떠나셨다고 한다. 이 영감이 천극荐棘되어 있는 중에 부모의 상을 당했으니, 놀랍고 참담함을 차마 형언할 수가 없다.

〔 1698년 8월 26일 정묘 〕 흐리다 맑음

일찍 밥을 먹은 뒤 길을 나서 월진月津에 도착하여 배를 기다렸다. 한낮이 지나서야 겨우 건너, 윤몽석尹夢錫의 집에 이르렀다. 그 형제가 모두 고금도에 갔고, 윤몽석은 영암에 갔는데, 들으니 윤몽뢰尹夢賚가 서당에 있다고 해서 불러와 점심을 먹고 말을 먹였다. 마도진馬島津에 도착하니 날이 이미 저물었다. 때마침 이동규李東奎를 만나 같이 배를 타고 건넜다. 이동규는 곧 이국형李國馨의 아들이다. 밤길을 무릅쓰고 부곡釜谷【가마구미】의 정여靜如(이양원李養源)의 장소庄所에 도착했는데 이국형이 나와서 맞이하여[77], 그와 더불어 같이 묵었다. 지원이 팔마八馬에서부터 함께 왔다.

〔 1698년 8월 27일 무진 〕 흐림

이국형의 사위인 유명두兪命斗와 생질인 상인喪人 최두병崔斗柄이 나와서 알현했다. 아침을 먹은 뒤 방향을 돌려 건천동乾川洞 이 영감(이현기)의 적소謫所로 나아갔다. 목 참판(목임일睦林一)은 어제 저녁에 이미 와서 함께 있었다. 이 영감과 더불어 서로 손을 붙잡고 통곡하는데, 그 모습이 매우 애

---

77) 이국형李國馨이 나와서 맞이하여: 1696년 4월 21일자 일기에 보면 다음과 같은 내용이 보인다.
  "이국형이 왔는데, 돌아가신 박우현朴友賢의 사위로 고금도에 살며 정여(이양원)의 장감庄監이 되었다."

고금도 이현기 영감 조문과 고금도 및 강진 일대 유람

윤이후는 1698년 8월 25일부터 28일까지 나흘간 고금도 이현기의 유배지를 방문해 그 모친상을 조문하고, 28일 길을 나서 30일 귀가하기까지 사흘간 고금도 일대와 강진 남쪽 지역을 유람한다. 죽은 윤두서의 전처가 이동규(이현기의 아버지)의 딸이기에 사망한 이현기의 모친은 윤이후에게 사돈이 된다. 조문 이후 윤이후는 고금도의 장재동, 구유개, 관왕묘, 옥천사 등을 구경하고 강진으로 건너가 정수사, 수정사, 역송촌 등을 방문하고 귀가한다. 옥천사, 정수사, 수정사 등 사찰을 방문한 것은 유람의 일환으로서 이해할 수 있으며, 장재동과 구유개와 역송촌 방문은 간척을 위한 진황지 방문의 목적이 크다. 요즘의 기준으로 보자면 부동산 투자를 위한 곳들을 둘러보는 한편 인근의 역사유적지를 함께 돌아보는 여정 정도로 이해할 수 있다.

처로웠다. 오후에 목 대감과 함께 임시 거처로 갔다. 저녁에 또 이 영감을 뵙고 그대로 내가 기거하던 곳으로 돌아왔으니 바로 마을의 상놈 박성헌朴成憲의 집이었다. 지원과 같이 묵었다.

〔1698년 8월 28일 기사〕 밤부터 빗발이 간간이 뿌리다가 늦은 아침 후에 그쳤는데 흐린 것은 걷히지 않음

날이 밝을 무렵 이 영감(이현기)이 성복成服했다. 나와 목 대감(목임일)이 들어가서 조문했다. 목 대감은 곧 말을 돌려서 갔다. 나는 다시 들어가서 상주를 만나고 늦은 아침에야 기거하던 곳으로 나왔다. 아침밥을 먹고 그대로 길을 나섰다. 길에 앉아 이국형이 오기를 기다렸다가 함께 남면南面의 장재동長財洞으로 갔다. 그곳은 이른바 제언을 쌓을 만한 곳으로, 이전에 윤선형尹善衡이 말했던 곳이다. 작은 섬 하나가 앞에 있었는데 그 이름이 척찬尺贊【자찬】이었다. 자찬도의 양 머리를 가로질러 막으면 동쪽 변의 길이가 300발 정도 되고 서쪽 변은 200발 정도 될 것이다. 그 가운데는 4, 50섬지기 정도 될 만했는데, 수원水源이 자못 좋아서 섬 안에서 제일이라고 한다. 큰 땅이면서도 형세가 매우 좋다고 이를 만하다. 다만 일할 곳이 꽤 넓어 작은 힘으로 할 수 있는 곳은 아니었다. 방향을 돌려 관왕묘關王廟 앞에 이르렀다. 이른바 조포槽浦【구유개】로서 이곳 또한 양 머리를 제언을 쌓아 막을 만한 곳이다. 동쪽은 묘당산廟堂山 아래였고 남쪽은 운주당運籌堂 아래인데, 두 곳 모두 100발이 되지 않았고 그 중간은 20섬지기 정도 될 만했다. 수원水根이 장재포長財浦에 미치지 못했는데도 오히려 이 숙부(이보만李保晚) 댁의 부곡釜谷 제언보다는 낫다고 한다. 부곡은 전혀 물이 없어서 곡식이 나지 않은 해가 없지 않았다. 이 땅 역시 쉽게 얻을 수 없는 땅이라 이를 만하며, 일하기에도 어렵지 않다. 이국형을 시켜 첨사에게 입안을 올리도록 했다. 조포 남쪽의 섬이 크기는 작지만 길이가 조금 길어, 그곳이 바로 이른바 양 머리에 제언을 쌓아 막을 만한 곳이었다. 그 위에 작은 사찰이 있는데, 선방禪房이 있고 누대樓臺도 있었다. 체제는 갖추었으나 규모는 작았다. 승려 수십 명이 맞이하여 누대 위에 앉으니 또한 맑고 깨끗하여 흥취가 있었다. 누대 앞에는 대나무 숲이 울창하여 그윽하고 고요한 것은 좋았으나 시야를 가로막았다. 만약 대나무 숲이 없다면 줄지어 벌려 선 작은 섬들과 띠처럼 가로지른 푸른 바다가 모두 누각 바깥으로 펼쳐져 풍경이 기이하고 훌륭할 것인데, 속된 중들이 사리를 분별할 줄 몰라서 이런 경치가 전혀 없게 되었으니 안타깝다. 관왕묘와 절이 나란히 서 있는데 절과 관왕묘가 동시에 설립되었으며, 절은 관왕묘를 수호하기 위해 지어진 것으로 그 이름이 '옥천사玉泉寺'라고 했다. 관왕묘를 지키는 승려를 시켜서 묘의 문을 열게 하여 들어가 보니, 정당正堂에 관운장關雲長의 소상塑像이 있었다. 서쪽에 가로로 낭무廊廡를 지어서, 진 도독都督(진린陳璘)의 위패를 안치하고 충무공忠武公 이순신李舜臣의 위패를 측면으로 앉혀 배향配享했다. 진린과 이순신이 임진년(1592) 왜구를 무찌를 당시 관왕關王의 도우심이 있었다고 하여 이 사당을 세웠다. 봄가을에 사당 앞에서 제사를 지내는데, 바깥쪽 바다가 곧 왜구를 격파한 곳이라고 한다.[78] 첨사의 진鎭이 그 남쪽에 있는데 언덕으로 가로막혀서 서로 보이지가 않았다. 저녁 무렵 말을 돌려 부곡에 이르니 날이 이미 저물었다. 앞으로 나아갈 수가 없어 그대로 유숙했다. 전날 저녁과 오늘 아침 밥은 모두 이국형이 준비해 온 반찬으로 대접했다.

〖 1698년 8월 29일 경오 〗 빗방울이 간간이 뿌렸으나 젖지는 않음

아침을 먹은 뒤 길을 나섰다. 이국형이 와서 뱃머리에서 작별했다. 이동규가 같이 건넜다. 윤광도尹光道와 절에 같이 가기로 한 약속이 있었기 때문

---

78) 진린과…한다: 『숙종실록』 숙종 36년 12월 17일 기사에 진린이 전라도 고금도에 관왕묘를 창건했다는 내용이 나온다.

에 그의 집 앞에 이르렀다. 바빠서 미처 들어가 만날 수 없다는 뜻을 전했는데, 뒤쫓아 오라는 의도였다. 그가 대답하기를, "때마침 관가에서 분부한 일이 있어서 모시고 갈 수 없으니 마땅히 뒤쫓아 수정사水淨寺로 가겠습니다."라고 했다. 정수사淨水寺에 이르니 절문 편액에 글씨를 써 놓기를 '천개산天蓋山 정수사淨水寺'라 했다. 절은 깊은 골짜기에 있었는데 특별히 완상할 만한 것도 없었고, 또한 살펴볼 만한 고적古跡도 없었다. 점심을 먹고 말을 먹이고 바로 출발하여 가파른 고개를 넘었는데 이름 하기를 '가치 可峙'라고 했다. (…) 옹점촌甕店村을 통과하여 수정사水淨寺에 도착하니, 또한 깊고 후미진 곳이라 볼만한 것이 없었다. 두 절의 승려들이 모두 무식하여 나를 보고 업신여기며 말하기를, "어디서 오신 손이시오?"라고 했다. 내가 말하기를, "나는 여기저기 돌아다니는 사람이다."라고 했다. 이동규가 말하기를, "이분은 팔마八馬의 윤 지평持平 나으리시다."라고 했다. 내가 웃으며 말하기를, "이 무리들이 십중팔구 지평이 무슨 관직인지 모를 것이며, 일개 품관品官(좌수나 별감)만 못할진대 말을 해서 무엇 하겠는가."라고 했다. 지원이 처음 옹점촌을 지날 때 산 아래 한 마을을 가리켜 말하기를, "이곳은 바로 당동唐洞이니 이모부 정시태丁時泰가 사는 곳입니다."라고 했다. 길에서 헤어져 들어와 저녁을 먹고 나자 그의 이종형 정남걸丁南傑과 함께 절까지 쫓아왔다. 정남걸은 배와 대추를 가지고 와서 주었다. 아울러 승당僧堂에서 같이 묵었다. 어제 저녁나절 당동 입구에 이르러 이동규가 농부에게, "윤 좌수座首(윤광도)가 들어갔는가 안 들어갔는가?"라고 물었다. 내가 웃으며 말하기를, "자네는 윤 좌수가 이 절에 쫓아와 배알하겠다는 말을 믿는단 말인가? 이는 정수사와 수정사로의 행차를 피하고자 이같이 쫓아가겠다는 말을 했던 것에 불과하네. 윤광도의 허망한 말이 그의 본색이었던 것이니, 오늘 일은 괴이하게 여길 것이 못 되네."라고 했다. 이에 이동규와 더불어 서로 웃었다.

아침을 먹은 후 출발하여 당동촌 앞에 도착하니, 정남걸이 아침에 절에서 자기 집으로 먼저 돌아와 내가 오는지 살피면서 길가에 나와 서 있었다. 쉬었다 가라고 간청해 하는 수 없이 잠시 들어갔다. 정남걸의 아버지 정시태가 맞이하며 절했다. 내가 술을 마시지 않음을 알고, 꿀물을 올리고 또 배와 대추를 대접했다. 잠시 있다가 일어났다. 역송촌驛松村 앞에 도착해 제방 자리를 보니, 너무 작아 제방을 쌓기에 충분하지 않았다. 길을 가다가 구로촌舊路村【늘근길ㅁ을】 앞에 도착했는데, 참의 김헌길金獻吉(김몽양) 영감과 조우했다. 고금도로 가는 길이라고 한다. 말에서 내려 잠시 이야기를 나누었다. 현천玄川【가ㅁ내】촌村 앞에 이르러, 길에서 이동규가 가겠다고 고했다. 현천은 그가 예전에 살던 곳이다. 그래서 지원하고만 길을 가, 강진 동문 밖 노奴 선학善鶴의 집에 이르러 말을 먹이고 대치大峙를 넘어 집에 도착했더니 날이 이미 저물었다. 세원 형제의 학질이 여태껏 낫지 않았는데, 오늘 피접避接하고 있던 곳에서 도로 들어왔다. ○들으니, 윤기미尹器美가 어제 축시에 어머니 상을 당했다고 한다. 놀랍고 애처롭다. ○이번에 다니며 보니, 보암寶巖[79]에 특히 충재蟲災가 심했고 고금도는 더 심해서, 심한 곳은 낫을 댈 여지가 전혀 없으니 참혹하다. 대구大丘가 그다음이고, 칠양七陽은 띄엄띄엄 피해가 있다. 강진현 앞들도 띄엄띄엄 피해를 입었으나 풍년이라 할 만하다. 옥천玉泉 또한 피해가 심하진 않으나, 풍년은 아니다. 종합해서 말하자면, 만일 충재가 없었다면 풍년에 가깝다고 할 수 있을 것이다. 내가 눈으로 본 곳 이외에 바다 가까운 지역이 참혹하게 그 피해를 입어 흉년을 면했다고 말할 수가 없다. 콩은 애초에는 무성한 것 같았으나 줄기와 잎뿐이고 열매를 잘 맺지 못했고 잘 익지도 않았다. 목화 또한 그러한 데다, 근래 분바람에 상해서 열매가 열리지 못한 경우가 많다. 앞으로 농사가 참으로 걱정스럽다. 그러나 까닭 없는 풍년이란 본래 없는 법이니, 어찌 하겠는가?

---

79) 보암寶巖: 현재의 강진군 도암면道巖面 지역이다.

1698년 9월. 임술 건建. 큰달.

고창현감의 조사보고서

〖 1698년 9월 1일 임신 〗 맑음

이성爾成이 왔다. 정광윤鄭光胤이 왔다. 김 별장(김정진金廷振)이 왔다. 출신
出身 김율기金律器가 왔다.

〖 1698년 9월 2일 계유 〗 흐리다 맑음

김 별장(김정진)이 갔다. ○지원智遠이 어제 청계淸溪로 갔다.

〖 1698년 9월 3일 갑술 〗 맑음

아침 후에 흥아興兒를 데리고 귀날리貴出里[80] 문장門長(윤선오尹善五) 댁으로
가서, 족숙族叔 윤정미尹鼎美, 이홍임李弘任, 남궁량南宮琠과 함께 합장암合
掌庵[81]을 구경하러 나섰다. 합장암은 소석문小石門 바위 사이에 있다. 석문
천石門川 가에 도착하여 천변으로부터 곧장 올라갔는데, 길이 매우 가파르
고 험준했다. 암자 아래에 도착하니 바위가 우뚝우뚝 서 있어 석벽을 따라

---

80) 귀날리貴出里: 귀라리貴羅里를 말한다.
81) 합장암合掌庵: 강진 석문산에 있었던 작은 암자이다. 현재는 터만 남아 있으며, 그 위치는 전라남도
　　강진군 도암면 석문산(봉덕산) 정상 부근의 해발 283미터 지점이다.

붙잡고 올라갔더니, 두 바위 봉우리가 뿔처럼 서 있고 나무 하나를 가로질러 다리를 만들어 놓았다. 다리를 건너니 곧 암자였다. 암자는 한 간으로 8자尺[82]였다. 암자 뒤의 큰 바위는 중간이 쪼개져 마치 두 손이 마주하고 있는 것 같은 모양이었고, 두 손 사이는 깊은 굴을 이루고 있었다. 굴 안쪽에서 샘이 솟아 나오는데, 대나무를 갈라 암자 곁으로 물을 끌어들였다. 암자 앞 좌우에는 바위 봉우리가 우뚝 서 있다. 암자 앞에는 늙고 큰 박달나무 한 그루가 그늘을 이루었고, 뒤에는 커다란 동백나무 한 그루가 바로 굴 입구에 있었다. 암자 앞 왼쪽 바위 봉우리가 시야를 가로막고 있어 바위 모퉁이로 옮겨 가 앉으니, 백도白道 앞바다가 눈 아래 한가득 펼쳐졌다. 이곳에는 대석문大石門과 소석문이 있는데, 그 모습이 창과 칼을 묶어 세운 것 같고, 우뚝우뚝하고 기기묘묘한 모습을 이루 다 형언할 수 없다. 두 곳 모두 중간이 트여서 그 사이를 내가 흐르는데, 이른바 '대석문' 쪽은 바위 봉우리와 냇물이 크고, '소석문' 쪽은 봉우리와 내가 약간 작다. '대'와 '소'란 명칭이 붙은 것이 이 때문인데, 깎아지른 바위가 기괴한 것은 같다. 가히 호남 제일의 명승지라 할 만하다. 옛날부터 암자가 있었지만, 벽곡辟穀[83]하는 도가가 아니면 머무를 수가 없게 된 것이다. 이 때문에 수호하는 이가 없어, 퇴락하여 볼만한 것이 없었다. 지금 관찰사인 유득일兪得一이 감영에 있을 때 강진의 하리下吏에게 말하기를, "내가 순시할 때 합장암을 구경해야겠으니, 깨끗이 손보고 청소하여 기다리라."라고 했다. 강진현감(송만宋墁)이 그 말을 듣고 수리하겠다고 보고하면서 송첩松帖과 일꾼들의 식량을 청하고는 '무익한 일을 벌여 유익함을 해친다.'[84]라는 뜻으로 말했다. 관찰사가 이 말을 듣고 노하여 책망했는데, 당초 했던 말의 본래 뜻을 제

---

82) 8자尺: 원문에는 '尺'가 '隻'으로 되어 있으나, 오기誤記일 것으로 짐작된다. 1칸間은 대략 6자尺이다.

83) 벽곡辟穀: 곡식과 화식을 끊고 수행에 임하는 도가道家의 양생법이다.

84) 무익한…해친다: 『서경書經』「여오旅獒」에 "무익한 일을 하여 유익한 일을 해치지 않으면 공이 이루어진다[不作無益 害有益 功乃成]"라는 구절이 있다.

합장암 터 일대의 전경. 전남 강진군 도암면 봉황리 석문산
일기에 묘사된 그대로 두 손이 마주하고 있는 형상의 기암괴석이 인상적이다.

대로 이해하지 못했음에 화를 낸 것이다. 그런데 또 강진현감 송만宋滿[85]이
사직계를 제출하자 관찰사가 더욱 노했다. 강진 향소鄕所의 하인들이 크
게 겁을 내면서 근처 보암면寶巖面의 통미統米[86]를 취하여 통마다 쌀 7말,
철 2근을 내도록 하고, 정수사淨水寺, 수정사水淨寺, 만덕사萬德寺 세 절의
중들을 차출하여 일을 시켜 일시에 중창하니, 새로 한 단청이 바윗돌 사이
에서 휘황찬란했다. 그 비용과 노력이 적지 않았음은 지금 보는 것으로 알
수 있다. 며칠 전에 관찰사가 강진에 와 이 암자 아래까지 이르렀다가 나무
잔도에 겁을 먹고 도로 내려가서 강진의 하리를 잡아다가 이런 흉년에 백
성을 힘들게 하고 재물을 낭비했다고 책망했다. 그랬더니 하리들이 대답
하기를 소비한 것이 7말에 지나지 않는다고 하여 관찰사가 즉시 그만두었
다. 아아! 관찰사의 처음 의도는 단지 조금 손보고 청소하라는 것일 뿐이

---

85) 강진현감 송만宋滿: 여기에는 송만의 이름이 '滿'으로 기재되어 있으나, 실제로는 '墁'이다.

86) 통미統米: 통統은 '오가작통五家作統'에서의 단위를 가리키며, 통미는 곧 다섯 집을 한 통으로 묶은
   행정자치단위를 기준으로 징수한 곡식을 말한다.

합장암 터 굴 내에 자리한 샘의 모습
지금도 굴 안쪽에는 맑은 물이 흘러 모여 이루어진 작은 샘이 있다.

었는데, 강진읍에서 겁을 집어먹고 이렇게 많은 재물과 인력을 소비했다. 이와 같은 지경에 이르렀으니 여기까지 와서 눈으로 보았다면 당연히 책임을 물었을 텐데, 하리들의 거짓된 보고만 믿고 내버려두고 책임을 묻지 않았으니, 진실로 개탄스럽다. 관찰사는 처음에는 정사에 엄격함과 분명함이 있다는 명성을 꽤 얻었는데, 지금에 와서는 하는 일마다 모두 흐리멍덩하여 백성들의 신망을 크게 잃었으니, 매우 가소롭다. 합장암이 새롭게 중창되었지만 관찰사는 한번도 와서 보지 않았고, 단지 한가한 사람들의 유람처가 되었을 뿐이니 이 역시 가소롭다. 우리들은 여기 오면서 피리 부는 동자와 거문고 타는 아이를 데리고 왔다. 잠시 동안 연주하고 노래하니 바위 골짜기에 메아리가 울려 마치 세상 밖 사람 같은 느낌이 들었다. 날이 어둑해져 귀갓길을 재촉하기에 오래 머무르지는 못했다. 저물녘에 문장(윤선오) 댁에 돌아와 유숙했다. ○함평의 사인士人 윤찬尹燦이 왔다. 김시량金時亮, 윤원경尹元卿, 윤상필尹商弼의 편지를 가져오고 소록小錄을 전해 주었다. 소록은 고창현감(한익상韓益相)이 다시 조사한 문서였다. 나는 본래 축낸 곡식이 없었는데, 일찍이 탕척蕩滌이 시행되지 않고 남모르게 누락되었던 것을 조사관이 집어내어서는 드러내 아뢰었다. 이것은 앞사람들로부터 내려온 누락이고 또한 문서도 없었기에 중간에 부임한 수령은 이를 알아챌 수가 없으니, 내가 혼자서 감당할 일이 아니라 부임했던 수령들 모두가 책임이 있다. 장차 책임을 물어 도로 바치게 한다 해도 역시 공공연히 곡식을 축낸 경우와 비할 바가 아니다. 그런데도 이것을 가지고 관찰사에게 낱낱이 보고하니, 조사관의 짓거리가 몹시도 해괴하다. 이 일을 관찰사가 상감께 아뢰지 않았다고 하는데 관찰사가 하는 짓도 역시 알 수가 없다. 매우 걱정스럽지만 어쩌겠는가.

〔 1698년 9월 4일 을해 〕 흐리다 맑음. 비가 간간히 내림

아침 전에 집에 돌아왔다. 윤찬이 온 이유는 그가 원래 경서經書에 밝아 강경講經에 응시해 볼 만할 정도로 우수한데도 초시조차 합격하지 못하고 있다가, 도사都使 윤이림尹爾霖이 나와 절친한 사이라고 잘못 듣고 부탁해 달라고 청하고자 한 것이다. 내가 소문이 잘못되었고 연분을 통해서는 안 된다고 말하니 윤찬이 부끄러워하며 물러갔다. 시골 사람들의 일이 우습다. ○ 정광윤이 왔다. 임취구林就矩, 김삼달金三達이 왔다. 남궁량이 왔다. ○ 전부典簿(윤이석尹爾錫) 댁의 보리를 실은 배가 서울로 올라가는데, 중길仲吉이 처자식을 데리고 연동蓮洞에서 선소船所로 가기에 바다를 건널 동안의 곡식을 내주었다.

〔 1698년 9월 5일 병자 〕 비

정광윤이 왔다. ○ 다시 고창현감(한익상)의 조사보고서를 상세하게 살펴보니 이른바 누락이라고 한 것은 아무 까닭 없이 누락된 것이 아니었다. 대개 을해년(1695)에 순무사 김구金構가 함평에 도착했을 때, 경오년(1690)과 신미년(1691)에 환자還上를 받아먹은 사람들이 흉년 후에 유망流亡(도망)하여 절호絕戶(세금 낼 사람이 없어진 호)된 경우가 많아 징수할 대상이 사라지자 상감께 보고하여 탕감받으려 했다. 그러자 을해년(1695)의 좌수 이여무李汝茂와 하리下吏들이 함께 모의하여 그들이 받아먹은 계유년(1693)과 갑술년(1694) 두 해의 환곡이 기록된 책을 잘라서 신미년의 도록都錄에 몰래 붙였는데, 지난번 조사관이 다량의 문서를 살피다가 그것을 우연히 발견하였다. 조사관이 지금 이 일을 가지고 전후로 부임했던 관원들이 미처 알아차리지 못했다는 죄로 관찰사(유득일)에게 낱낱이 보고하니 어찌 해괴한 일이 아니겠는가. 전후로 부임했던 관원들이 비록 알아차리지 못했더라도 이미 처분이 있으니 장차 도로 바치게 될 것이어서 곡식을 축낸 경우와는 같지 않거늘 축낸 곡식이 있는지 여부를 조사하는 가운데 집어넣는 것은 참으로 옳지 않다. 하물며 나는 이미 벼슬에서 벗어나 돌아온 지 4년이 지났다. 하리들이 농간을 부린 일로 어찌 나에게 누락이라는 죄명을 억지로 붙여 죄안罪案을 만들려고 한단 말인가. 어찌 원통하지 않은가. 조사관이 하는 짓이 몹시 터무니없으니 통탄스럽기 그지없다.

〖 1698년 9월 6일 정축 〗 바람 불고 흐림

정광윤이 왔다. 남궁량, 윤시상尹時相이 왔다. ○극인棘人 이대휴李大休가 지나다 들렀다. 장례를 마치고 내려왔는데 아이들이 지난달 23일에 보낸 잘 있다는 편지를 전해 주었다. ○지난달 24일에 상上께서 건원릉健元陵(태조의 능)에 배알하고 돌아오다 사장沙場[87]에 이르렀을 때 전군前軍이 멈춰서 나아가지 않았다. 시위군侍衛軍은 전군이 나아가지 않는 것을 보고 바로 장대將臺로 올라갔다. 상께서 필마로 홀로 남아 급하게 사정을 물어보라고 영令을 내리셨다. 알고 보니 이는 도감병都監兵들이 상께서 군사를 훈련시

---

87) 사장沙場: 사하리沙河里 습진장習陣場이다.

키려고 한다고 잘못 생각하고 스스로 문을 만들고 기다렸고, 시위병도 군령이 있는 줄로 잘못 알고 사장으로 갔기 때문에 벌어진 일이었다. 상께서 크게 놀라 급히 명을 내려 북을 울리고 진군하게 했다. 동대문 밖의 소차小次(임금이 잠깐 쉬기 위해 막을 쳐 놓은 곳)에 도착하자, 훈련대장(신여철申汝哲)을 잡아들이라고 명했다. 훈련대장은 이미 동구洞口 안에 도착해 있었는데, 창졸간에 행진이 끊어진 것을 몰랐고, 행진을 잇대고자 했으나 멀어서 미칠 수 없기에 하는 수 없이 군대를 돌려 거슬러 오다가 중군中軍과 서로 이어지게 되었다. 이때 지연된 것이 꽤 오래 되어 상께서 세 번 영전令箭(군령을 전하는 화살)을 보내셨다. 처음에 곤장으로 처결하려 했으나 대신들의 말에 따라 그 병부兵符를 빼앗고 파직했으며, 단지 협연장관挾輦將官 두 사람에게만 곤장을 쳤다. 궁으로 돌아온 후에 출대出代(관직을 대신 채움)하거나 대죄待罪하지 말 것을 명하셨다. 대간에서 추고推考를 청하니 상께서 말씀하셨다. "이것이 어찌 추고할 일인가." 교리 이진수李震壽가 상소를 올려 훈련대장을 법에 따라 처벌해 달라고 청했는데 훈련대장의 서자로서 진사인 자가 융복戎服을 입고 따라다녔다는 이야기도 상소 안에 들어 있었다고 한다.[88] 병조판서가 후군後軍이었는데 병을 핑계로 뒤로 떨어졌다고 한다.[89]

〔 1698년 9월 7일 무인 〕 맑음

정광윤을 고창으로 보냈다. 재조사 건에 대해 묻고자 함인데 이른바 누락된 것을 관찰사(유득일)에게 보고한 연유에 대한 것이다. ○지난번에 들으니 동지同知 윤이형尹以亨이 병이 심해져 결국 죽었다고 한다. 그 아들 극인棘人 윤인광尹仁光이 와서 만났다. ○삼촌면三寸面의 사람이 두아斗兒가 28일에 보낸 편지를 전해 주었다. 잘 있다는 편지를 연달아 받으니 위로가 된다.

---

88) 교리校理…한다: 『숙종실록』 숙종 24년 8월 27일 기사에 해당 내용이 실려 있다.
89) 지난달…한다: 『숙종실록』 숙종 24년 8월 24일 기사 참조.

○윤간尹偘, 윤재도尹載道가 왔다. 윤간은 윤수尹脩의 바뀐 이름이다.

〔 1698년 9월 8일 기묘 〕 맑음

세원世願 형제의 학질이 모두 별학鱉瘧[90]이 되었다. 별갑산鱉甲散과 다른 약을 쓰고 세원에게는 희희혈嘻嘻穴에 뜸까지 놓았지만 모두 효험이 없었다. 들으니 별초鱉草【속명 쟈라초】를 별학이 난 곳에 붙이면 차도가 있다고 하는데 붙일 곳에 종기가 생겨 시도하지 못했다. 술로 빚어 복용하면 효험이 있다고 해서 어제부터 그 술을 먹었다. ○지원이 돌아왔다.

〔 1698년 9월 9일 경진 〕 서리가 처음 내림. 맑음

차례를 지냈다. 추석 때는 밤이 덜 익었고, 중양절이지만 국화가 여태 봉오리가 벌어지지 않았다. 이전에 없었던 일이다. 괴이하다. ○윤천우尹千遇가 아침 일찍 지나다 들렀다. 그의 서형庶兄인 윤이우尹陌遇의 상喪에 간다고 했다. 김삼달, 최유기崔有基가 왔다.

〔 1698년 9월 10일 신사 〕 맑음

팔마장八馬庄을 떠나 윤기미尹器美의 모친상을 조문하기 위해 연동蓮洞의 윤동미尹東美의 집에 이르렀다. 윤동미 형제는 산소 자리를 찾기 위해 집을 나갔고 단지 윤이정尹爾鼎만 있었다. 기다릴 수 없어 도로 출발했다. 길에서 윤동미 형제를 만나 잠깐 이야기를 나누었다. 화곡禾谷 길을 경유해서 백치白峙에 도착했다. 극인 이 제弟(이대휴)를 만나고 날이 저물어 죽도로 들어갔다.

〔 1698년 9월 11일 임오 〕 흐리다 맑음

극인 이 제弟(이대휴)가 서울에서 잣나무 씨앗과 가래나무 씨앗을 가져 왔다.

---

90) 별학鱉瘧: 학질에 걸린 아이의 비장이 커지고 뱃속에 덩어리가 생기는 병이다.

내가 나무 심기를 좋아하는 것을 알고서는 잣나무 씨앗 5과와 가래나무 씨앗 20개를 주었는데, 오늘 뜰 앞에다 심었다. ○ 성덕기成德基가 오늘 그 어머니의 대상大祥을 지냈다. 성덕항成德恒과 성덕징成德徵이 와서 만났다. 성덕기와 정만대鄭萬大가 밤에 와서 만났다.

〔 1698년 9월 12일 계미 〕 맑음

이날 밤 홍아興兒가 급히 편지를 보내 정광윤이 돌아왔다고 알려왔다. 조사보고서 내용 가운데 누락되었다고 하는 것은, 전에 이른바 이여무李汝茂가 농간을 부려 탕감하려고 한 곡식이 아니라, 경오년(1690) 진휼 당시 민순閔純이 진휼에 필요한 물자를 마련하려고 사창社倉의 통영조統營租의 벼 92섬 및 검영조檢營租의 벼 61섬을 대출했는데, 다음 해 3월에 (…) 수령이 교체될 때 (…) 도로 갚으려고 중기重記에 기재하지 않고 본전本錢을 내주고, 색리色吏 이무지李茂枝로 하여금 도로 갚을 것을 마련하게 했는데, 이무지가 그 본전을 먹어 버리고 갚지 않은 것이다. 내가 신미년(1691) 가을에 환자를 돌려받았던 당시에는, 단지 새 환자를 받아들이라는 명령만 있었기에, 묵은 환자를 받는 것은 거론하지 않아 앞서 이무지에게 준 것은 끝내 드러나지 않았던 것이다. 그런데 계유년(1693)과 갑술년(1694) 두 해에 이르러 묵은 환자 가운데 3분의 1을 받으라는 관문關文이 내려온 이후에야 비로소 드러나서, 그 당시 수령이었던 권성權惺의 중기에는 실리게 되었다. 지금 이 고창현감(한익상)의 조사보고서에서는, 연도별 조목에 기록되어 있기 때문에 신미년(1691)을 누락된 것이라고 했는데, 실제로 내가 알 수 있는 것이 아니었다. 그런데도 조사 관원이 이와 같은 곡절을 명백히 변별하지 않고, 대충 신미년에 누락된 기록을 바탕으로 나를 죄안罪案에 넣었으니 어찌 통탄스럽지 않겠는가! 관찰사(유득일)에게 속히 알려 장계에 섞여 기록되지 않도록 해야 할 것이나 아마도 미치지 못할 것 같다. 너무나 안타깝지만 어쩌겠는가! 아침을 먹은 뒤에 죽도를 떠나 백치의 극인 이 제(이대휴)를 역방하여 만나고, 날이 저물어 집으로 돌아왔다. 아이들이 지난달 28일 보낸 잘 있다는 편지를 보았는데, 이석신李碩臣이 가져와 전해 준 것이다. ○ 정광윤이 숙위했다.

〖 1698년 9월 13일 갑신 〗 흐리다 맑음

조사한 일에 대해 의송議送을 올려 사정을 명백하게 밝히려고, 별진에 가서 김 상相(김덕원金德遠)과 의논했다. 설사 증세가 꽤 괴로워 저녁 무렵 집으로 돌아왔다. 김 전적典籍(김태정金泰鼎)과 그의 형, 윤천尹蔵이 와서 만났다. 정광윤이 와서 숙위했다.

〖 1698년 9월 14일 을유 〗 맑음

마당금을 전주영장全州營將(윤항미尹恒美)이 있는 곳에 보냈다. 상황을 살펴서 관찰사(유득일)에게 소장을 올리도록 하기 위함이다.[91] 김삼달이 왔다.

〖 1698년 9월 15일 병술 〗 맑음

들으니, 성덕기의 배가 소금 구울 나무를 얻기 위해 진도에 갔다고 한다. 내가 그 편에 서까래 재목을 얻으려고 귀현貴玄을 보냈다. ○아침 후에 파산波山에 가서 제사에 참례했다. 흥아가 동행하고 세원 형제와 우원又願이 보고 배우려고 따라왔는데, 음복할 때 좌중이 떠들썩하고 난잡하여 예전의 질서정연했던 법도가 전혀 없었다. 개탄스런 일이다. 현재 유사有司는 윤희일尹希益과 윤형상尹衡相이고 내년 유사는 윤지무尹之茂와 윤이면尹以冕이다. ○정광윤이 숙위했다.

---

91) 마당금을…위함이다: 일가의 친족인 전주영장 윤항미를 통해 관찰사에게 소장을 올리려 한 것으로 보인다.

추원당 전경. 전남 강진군 도암면 강정리 파산_서헌강 사진

1649년 건립된 건물로서 1990년 전라남도 민속문화재 제29호로 지정되었다.

〖 1698년 9월 16일 정해 〗 맑음

김시발金時發이 왔다. 이 사람은 원래 후촌後村에서 살다가 중간에 진도로
이사했고, 올봄에 입암촌笠岩村으로 나와서 우거했다. 나이가 여든이 다
되어 가는데 피부와 수염과 머리털이 별로 늙지 않았으니 기이한 일이다.
○탄치彈峙의 윤준임尹俊任이 어제 제사에서 나를 잠깐 만났는데, 오늘 또
와서 방문했다. ○봉대암鳳臺庵의 승려 청안淸眼이 동냥하려고 찾아와서
알현했다. ○극인 이 제(이대휴)가 왔다. ○흑산도(류명현의 유배지)에서 보
낸 편지를 보고는 즉시 답장을 써서 부치고, 또 즙저汁菹 한 동이를 보냈다.
며칠 전에도 별진(김덕원의 유배지)과 월남月南(목내선의 유배지)에 각각 즙
저 한 그릇씩을 보냈다.

김삼달, 윤척尹倜이 왔다. 극인 이 제(이대휴)가 인사하고 갔다. 윤척과 함께 홍아를 데리고 평촌坪村의 문장(윤선오) 댁으로 갔다. 문장과 배를 타고 고기를 잡기로 했는데, 오늘이 약속한 날이다. 문장과 족숙族叔 상미尙美, 정미鼎美, 이홍임, 윤척, 나와 홍아가 함께 월진月津[92]으로 갔더니, 남궁량, 윤이면尹以冕, 윤행도尹行道, 윤점尹點이 먼저 와서 기다리고 있었다. 윤점은 금릉金陵 고읍古邑[93]에 사는 윤암尹黯의 동생이다. 지난번에 합장암으로 가면서 석문石門에서 말을 쉬었을 때 마침 마주쳤었고, 또 제사에 같이 참 례하기도 했었는데, 한마디 말도 서로 나누지 않았다. 문중 사람들이 모두 말하길, 윤점 형제는 논의하는 것이 다르고[94] 향교나 서원에서 득의양양해 문중의 장자長者까지 무시해서, 일삼는 것이 몹시도 터무니없다고들 한다. 윤점도 문중의 논의가 험악하다는 것을 필시 들었을 터, 오늘 온 것은 아마 이 때문일 것이다. 나를 만나 말하기를, 지난번 일은 무시하려고 그런 것이 아니라 지나가던 사이 경황이 없는 중에 데면데면 말을 받은 것이며, 감히 하지 못한 바가 있었다고 했다. 이어서, 예전에 그가 향시鄕試에 합격해 상경했을 때 나를 찾아와 정성스레 대접받았던 일을 이야기하면서, 누누이 사죄했다. 이어서 여러 사람들과 함께 포구 가의 깎아지른 언덕에 앉았다. 내가 말했다. "여기 경치가 아주 좋네. 이 언덕이 바닷가로 불룩 튀어나와 있어 마치 배를 탄 것 같은데, 작은 배에 불안하게 흔들흔들 앉아 있는 고충도 없으니, 우리들 뱃놀이가 이걸로 이미 충분하군." 그러자 모두들 웃고는, 각자 가지고 온 술과 안주를 내어 서로 권했다. 잠시 후 작은 배가 와서 정박했는데, 평촌 문장 댁에서 미리 마련한 것이다. 그대

---

92) 월진月津: 월곶나루. 현재의 도암면 망호선착장 부근으로 추정된다.

93) 금릉金陵 고읍古邑: 금릉은 원래는 도강현의 별호이다. 강진은 북쪽의 도강현道康縣과 남쪽의 탐진현耽津縣을 합하여 강진康津이라 한 것이다. 금릉 고읍, 즉 옛 도강현 치소는 월출산 아래인 강진군 성전면 지역에 있었다.

94) 논의하는 것이 다르고: 원문의 '이론異論'은 당색黨色이 다르다는 의미를 내포한다.

로 함께 배에 오르니, 날이 이미 저물었다. 어떤 이는 말하기를, 잠시 느긋하게 배 띄워 놀다가 육로로 돌아가는 것이 좋겠다고 하고, 어떤 이는 말하기를, 물 한가운데에 배 띄워 달이 뜨기를 기다렸다가 만덕萬德 포구까지 배를 타고 거슬러 올라가는 것이 좋겠다고 하며 서로 고집하니 결정이 나지 않았다. 좌중의 사중士重 이홍임은 훌륭한 선비인데, 달을 보며 배로 거슬러가자는 의견 쪽을 고집했고, 나 또한 찬성했다. 그래서 육로로 노奴와 말을 보내 곧장 만덕사萬德寺로 가게 하고 그대로 배를 띄워 돛을 올렸다. 바람이 한가롭게 불고 파도가 고요하여 배가 앞으로 갔다 뒤로 물러났다 하고, 해가 지고 달이 뜨자 아름다운 풍경이 이루 표현하기 어려웠다. 평촌의 피리 부는 동자와 거문고 타는 아이가 흥을 내어 연주했다. 거문고 타는 아이는 창도 잘했는데, 윤척의 노랫가락 또한 흥겨웠다. 술자리가 꽤나 낭자하여 모두들 매우 즐거워했다. 이른바 농어바위[95]에 도착하여 모두 배에서 내렸다. 바닷가 바위가 비루하여 보잘것없었지만, 그나마 나은 곳을 골라 잠시 앉으니 맑고 상쾌하여 좋았다. 잠깐 있다가 도로 배에 올랐다. 정미 씨가 미리 뱃사공에게 고기잡이 도구를 차려 놓고 기다리라고 했었는데, 준비된 것이 없었다. 정미 씨가 무섭게 꾸짖으며 책망했다. 내가 말했다. "오늘 같은 날 얻고자 하는 것은 흥인데, 눈에 가득한 풍경으로 배가 이미 찼소. 고기를 잡고 잡지 않고를 따질 필요가 있겠소?" 정미 씨가 웃으며 그만두었다. 그러고는 데리고 온 비婢에게 회를 차려 올리게 했으니, 집에서 가지고 온 것이다. 정미 씨의 풍도風度가 치밀하다고 할 만하다. 아마도 단지 경치 구경만 하려는 것이 아니라 힘써 준비하여 나이 드신 아버지가 즐기며 기뻐하는 얼굴을 보고자 한 의도였을 것이니, 가히 지극하다 할만하며 지극히 감탄하고 상찬할 일이다. 시간이 흘러 어느덧 만덕 포구에 도착했다. 포구 앞 해안에 배를 대니, 노奴와 말이 이미 와서 기다리고 있

---

95) 농어바위: 전남 강진군 도암면 학장리에 있다. 월곶나루에서 농어바위까지 약 2.8킬로미터의
　　거리이다.

영모당 인근에 자리한 문장 윤선오의 묘. 전남 강진군 동암면 계라리_서헌강 사진
윤선오는 윤이후가 세상을 떠난 1699년으로부터 3년 뒤인 1702년 세상을 떠난다.

었다. 즉시 배에서 내려 말을 타고 만덕사로 들어갔다. 판전板殿에서 유숙
하니, 이미 2경이었다. 윤척은 뒤로 처져 그의 집에 들렀다가, 떡과 먹을
것을 준비해 왔다. 내가 술을 마시지 않기 때문에 나를 위해 차린 것이다.
잠자리에 들었다가 다시 일어나 무료함을 달랬다. 윤간은 마침 외출할 일
이 있어 뱃놀이에 참가하지 않았다가 밤늦게 뒤따라 도착했는데, 윤휘진
尹彙晉을 데리고 왔다. 이 사람은 윤주상尹周相, 윤민尹玟, 윤명상尹命相과
가까운 얼자蘖子인데 노래를 잘 부르고 잡기에도 능하지 않은 게 없었다.
자리에 앉았던 사람이 모두 포복절도하고 파했다. 아아! 나는 몇 년 사이
환난이 매우 참혹했다. 차마 다시 무슨 말을 하랴! 정신과 혼을 모두 잃어
인간 세상에 다시는 뜻을 두지 않았으니, 한번 크게 입을 벌려 기쁘게 웃
으려 해도 도무지 어찌할 도리가 없었다. 정미 씨의 이러한 훌륭한 수완
이 없었다면, 내가 어찌 이런 좋은 일을 누릴 수 있겠는가? 문장은 77세임
에도 보고 듣고 행동하는 것이 젊은이와 다를 바 없고, 큰 술잔을 가득 채

만덕사(백련사) 내 만경루의 모습. 전남 강진군 도암면 만덕리_서헌강 사진

워 마시면서도 말하고 웃는 데 흐트러짐이 없으니, 이는 실로 인간 세상에
보기 드문 일이다. 그러니 정미 씨가 오늘 가졌을 부모에 대한 기쁘고도 두
려운 마음[96]이 마땅히 어떠했겠는가! 정미 씨는 힘을 다해 받들어 즐겁게
모시면서 지극히 하지 않음이 없었지만, 역시나 사람이 쉽게 할 수 있는 일
이 아니다. 정미 씨에게 축하와 감사를 보내 마지않는다. 나 같은 불초한
이는 다만 천지간에 궁박하고 볼품없는 한 사람에 지나지 않으니, 애통함
과 우울함을 어찌 말로 표현하겠는가?

〔 1698년 9월 18일 기축 〕맑음

문장(윤선오)은 이른 아침에 내려가고, 우리들은 식사 후 만경루萬景樓로
옮겨 앉았다. 만경루 앞에는 20칸 긴 행랑이 서 있어 시야를 가로막았다.
중들의 무식함이 개탄스럽다. 이 행랑을 세운 지 이미 5년이 지났는데 아
직도 잘 꾸미지 않고 또 기와도 덮지 않아 재목이 이미 썩어 가고 있어 풍

---

96) 부모에 대한 기쁘고도 두려운 마음 : 『논어』 「이인里仁」에 보면, "공자께서 말씀하시기를, '부모의
　　나이를 통해 오래 사셔서 기쁜 한편 언제 돌아가실지 몰라 두려운 마음을 가진다.'라고 했다[子曰,
　　父母之年 不可不知也 一則以喜 一則以懼]."는 내용이 보인다.

경을 해치기만 할 따름이라 더욱 개탄스럽다. 늦은 아침 후에 산을 내려와 보암寶巖의 윤간이 임시로 머무르는 곳으로 갔는데 객실이 없었다. 윤척이 머무르는 곳도 몇 칸짜리 좁은 집이어서 앉을 데가 없었다. 윤 초관哨官(윤진미尹晉美) 댁은 귀날리貴出里 옛집을 철거하여 이곳에 새로 집을 짓고 있는데, 아직 반도 짓지 못했다. 잠시 앉아 말을 쉬게 하고 곧바로 윤척, 윤간과 헤어졌다. 정미 씨와 함께 평촌으로 돌아왔다. 문장이 술과 과일을 대접했다. 꽤 오래 있다가 일어나 돌아왔다.

〖 1698년 9월 19일 경인 〗 맑음

정 생(정광윤)이 왔다.

〖 1698년 9월 20일 신묘 〗 맑음

윤시한尹時翰과 김시발金時發이 왔다. 장흥의 장복형張復亨이 그 일가의 일 때문에 만나러 와서 노사奴舍에서 유숙했다.

〖 1698년 9월 21일 임진 〗 맑음

날이 밝을 무렵 속금도로 출발했다. 아내가 병중인 데다 학질이 낫지 않아서, 일어나 움직여 병세를 떨쳐 보려고 동행하기를 원했다. 세원도 학질을 계속 앓고 있어서 모두 함께 갔다. 흥아도 따라갔다. 진산珍山에서 말을 먹였다. 팔마八馬에서 55리 떨어진 곳이다. 나루를 건너 마름노 불동不同의 집에서 잤다. 기진려奇震麗 부자가 와서 만났다.

〖 1698년 9월 22일 계사 〗 맑음

아내는 제언을 구경하러 가고, 나 또한 이곳저곳을 둘러보았다. ○연분감색年分監色이 와서 알현했다. 감관監官은 독평禿坪의 임취민林就岷이다. 해남 서면西面의 충재蟲災가 몹시 심해 전혀 낫을 대지 못하는 곳이 파다한데도, 관청에서는 한 곳을 완전히 버린 논만 급재給災할 뿐이고, 반은 수확하고 반은 해를 입은 곳은 부분적 재해로 급재하라는 지시조차 없으니 원성이 길거리에 자자하다. 지켜보는 것이 참담하기 그지없다.

〔 1698년 9월 23일 갑오 〕 맑음

아내와 흥아, 세원이 돌아갔다. ○황원黃原의 윤종석尹宗錫이 왔다. ○노노奴 마당금麻堂金이 전주에서 의송議送을 바치고 돌아왔다. 제사題辭에 이르기를, "고창현감(한익상)에게 조사하고 마땅히 핵실覈實한 바를 계문啓聞하도록 이미 지시했으니, 그간의 곡절은 조사관이 보고한 내용에 있을 것이라 생각된다." 운운 했다. 아마도 다시 조사를 지시한 것 같다. 이 때문에 흥아에게 속히 정 생(정광윤)을 조사소로 보내도록 했다. 조사관이 또 어떻게 나올지 모를 일이기 때문이다. ○김상천金尙千이 와서 만났다. 이 사

속금도 외출

1698년 9월 21일부터 25일까지 윤이후는 자신이 쌓은 제언과 그로 인해 생긴 언전堰田(제언 내부의 농지)을 둘러보기 위해 속금도를 방문했다. 병든 아내와 자식, 손자들도 동행하여 일종의 가족나들이가 되었다. 관직에서 은퇴한 윤이후는 해안 일대에 제언을 쌓고 언전을 만드는 공사를 지속적으로 벌였다. 속금도 그중의 하나로서, 1694년 봄 공사를 완료하고, 신뢰하는 노노奴 불동不同을 마름으로 두어 전담케 하고 있었다. 제언은 완성된 후에도 지속적으로 수보 작업을 해 주어야 했던 듯한데, 이런 일이 생길 때마다 윤이후는 자신이 직접 제언을 살폈으며, 또한 가족들과 함께 외출하는 기회로 삼기도 했다. 이번에도 섬 주민을 모아 제언을 보수하고 사초莎草를 입히는 한편, 연분감관年分監色을 만나는 등 다양한 활동을 벌이고 있다. 인근 및 오가는 연로의 지인을 방문하고 안부를 교환하기도 한다.

람은 강진 미래촌彌來村 사람이다. 전광顚狂[97]과 같은 나쁜 질환을 치료하지 못하는 것이 없다. 속금도 사람이 전광 증세가 있어 맞이해 온 지가 10여 일인데 이미 차도가 있다고 한다.

〖 1698년 9월 24일 을미 〗 맑음

마을 사람 60여 명을 내어 안쪽 제언을 추가로 쌓고 사초莎草를 입혔다. 이 날 밤 김상천이 와서 이야기했다. 익살을 잘 떨어 무료함을 달랬다. 즐거웠다.

〖 1698년 9월 25일 병신 〗 맑음

역소役所의 남은 술 한 동이를 양쪽 어촌에 주어 마시게 했다. 어촌은 제언 북쪽 10호戶와 장재도長財島의 10호가 잠시 머무르고 있는 것을 말한다. ○ 일찍 식사한 후 속금도를 떠나 양성촌良成村에서 말을 먹였다. 이곳은 곧 검아교黔兒橋와 반송리盤松里의 사이이다. 해가 진 다음에야 죽도장竹島庄에 도착했다.

〖 1698년 9월 26일 정유 〗 흐리다 맑음

극인 이 제(이대휴)가 왔다. 성덕항, 성덕징이 왔다. ○ 판관 윤석후尹錫厚가 서울에서 집으로 돌아와서, 두서斗緒의 잘 있다는 편지를 전해 주었다. 윤석후는 판관에 제수되었다가 사판仕版을 삭제하라는 탄핵을 받아, 서울에 머물러 봐야 할 일이 없어 내려온 것이다.[98]

〖 1698년 9월 27일 무술 〗 오전비

늦은 아침 죽도를 출발하여 백포白浦에 도착했다. 이성爾成의 모친을 만났

---

97) 전광顚狂: 광전狂癲, 광전병狂癲病이라고도 한다. 일종의 정신질환이다.
98) 윤석후는…것이다: 1698년 7월 19일자 일기 참조.

다. 유인각唯寅閣에서 잤다. 흥아, 과원果願, 이복爾服, 윤선거尹善擧, 윤성
필尹聖弼, 윤중원尹重遠이 왔다.

〔 1698년 9월 28일 기해 〕 맑음

오전에 별묘別廟 제사를 행했다. 윤이정尹爾鼎이 아침에 와서 함께 참례했
다. 한천寒泉, 용산龍山, 청계清溪에서는 한 명도 오지 않았다. 윤철신尹哲莘,
윤취신尹就莘 및 그 아들과 조카 2명, 이신우李信友, 윤신미尹信美가 왔다.
○이날 밤 말질례末叱禮에게 노래를 시켰다. 이 사람은 바로 전부 형님(윤이
석)이 늘그막의 심심풀이를 위해 틈날 때마다 노래를 가르친 사람이다. 옛
소리가 아직 남아 있어 사람을 슬프게 한다.

〔 1698년 9월 29일 경자 〕 맑음

날이 밝을 무렵 백포를 나섰다. 흥아, 과손果孫, 이복, 이정爾鼎이 따라왔
다. 간두幹頭에 도착해서 귤정橘亭 조고祖考(윤구尹衢)의 묘제를 지내고,
즉시 출발해서 저녁에 집에 도착했다. 두아斗兒가 10일에 보낸 편지를 받
았다.

〔 1698년 9월 30일 신축 〕 비

윤 별장別將(윤동미)이 비를 맞고 왔다. 함평에 탐문하니 다시 조사한 일은
없었다. 관찰사(유득일)의 제사題辭는 아마도 이미 받은 조사보고서를 살
펴보지 않고 내린 것 같다. 가소롭다.

1698년 10월. 계해 건建. 작은달.

친족들과 함께한 가을 나들이

〔 1698년 10월 1일 임인 〕 바람 불고 맑음

새벽에 영광靈光 고조고高祖考(윤홍중尹弘中) 기제사를 지냈다. 별장別將(윤동미尹東美)이 참례했다. ○청계淸溪의 족숙族叔 윤세미尹世美를 방문했다. ○이 참군參軍(이락李洛) 댁 노奴가 서울에서 돌아와서 창아昌兒와 두아斗兒 두 아이의 잘 있다는 편지를 받았다. 19일에 보낸 것이다. 서울의 전염병이 잠깐 그쳤다가 다시 유행하는데, 병에 걸린 자는 열에 하나도 살지 못한다고 한다. 연이어 큰 흉년이 들어 굶어 죽은 시신이 길에 가득 찼는데, 전염병으로 죽은 자도 열에 일곱이니 하늘이 장차 생령들을 다 죽인 후에야 그칠 것인가. 하늘의 뜻은 무엇인가. 긴 한숨이 나온다.

〔 1698년 10월 2일 계묘 〕 바람 불고 비

우리 면面(옥천시면)의 연분감관年分監官(그해의 작황을 조사하는 관리) 김중백金重白이 와서 알현했다. 이 사람은 영암군수가 데리고 온 사람이다. 영암군수가 전례 없는 관행을 만들어 이런 부류의 사람을 이런 자리에 앉히는데 무슨 유익함이 있는지 모르겠다.

〖 1698년 10월 3일 갑진 〗 바람 불고 맑음

아침 식사 후 길을 떠나 해가 기울 무렵 월남月南의 최현崔炫[99]의 집에 도착했다. 목 상相(목내선睦來善)에게 문안인사를 올리고 돌아와 최현의 집에서 잤다. 목 참판(목임일睦林一), 목 별제(목임장睦林樟)가 밤에 와서 만났다. 복만福萬[100]도 왔다.

〖 1698년 10월 4일 을사 〗 맑음

아침 식사 후 목 상(목내선)께 하직하고 참판과 나가서 잠시 이야기하다가 일어섰다. 돌아오는 길에 김 상相(김덕원金德遠)에게 들러 인사했다. ○ 지원智遠이 청계淸溪에서 왔다. 정 생生(정광윤)이 아들 래주來周가 명화적을 만나 부상을 입었다는 소식을 지난번에 듣고, 가서 만나고 어제 보성에서 돌아왔다가 오늘 저녁에 와서 숙위했다.

〖 1698년 10월 5일 병오 〗 맑음

〖 1698년 10월 6일 정미 〗 바람 불고 맑음

지난번 만덕사萬德寺 모임에서 윤척尹倜과 윤간尹侃이 오늘 또 모이자고 약속을 정했는데, 오늘 아침에 편지를 띄워 초청했다. 아침 식사 후 흥아興兒, 지원을 데리고 평촌坪村 문장門長(윤선오尹善五) 댁으로 갔다. 화촌花村의 안형상安衡相이 문장의 초대로 이미 와 있었다. 문장, 안 우友(안형상)와 함께 만덕사로 갔다. 윤정미尹鼎美 숙숙叔叔 및 윤척尹倜, 윤간尹侃, 이홍임李弘任, 이옹李顒, 윤휘진尹彙晉이 뒤이어 왔다. 문장 댁 거문고 타는 아이와 피리 부는 동자, 안형상의 가야금 타는 비婢가 번갈아 연주하며 솜씨를 보였다. 윤

---

99) 최현崔炫: 최현의 어머니가 윤이후와 8촌이고 전 강서현감 윤이형尹以후의 6촌이다. 1697년 윤3월 14일 일기 참조.

100) 복만福萬: 유복만兪福萬이다. 윤이후의 동학同學인 권휘權徽의 외손이며 목내선의 6촌 손孫이다. 목내선이 유배지에서 늘 데리고 다녔다. 1696년 4월 6일 일기 참조.

척, 윤간이 술과 음식을 냈는데 꽤 성대했다. 나 역시 술과 음식을 가져왔다. 좌중이 모두 차례로 노래하고 춤을 췄다. 문장도 일어나 춤을 추었는데 꽤 오랫동안 지칠 줄 몰랐다. 나이 여든에 근력이 이렇게 튼튼한 사람은 거의 없을 것이다. 나는 정미 씨를 축하하여 마지않았다. 밤이 깊어서야 파하여 잠자리에 들었는데, 판전版殿에서 묵었다.

〔 1698년 10월 7일 무신 〕 맑음

아침으로 연포軟泡를 차렸다. 만경루萬景樓로 옮겨 앉아 있자니 출신出身 윤성인尹聖寅이 매를 팔뚝에 얹어서 왔는데, 평촌에서 기른 것이다. 잠시 후 함께 절에서 내려와 길가 나무 그늘에 나란히 앉았다. 윤 무武(윤성인)로 하여금 매를 얹어 산에 오르게 하여 사냥하는 것을 볼 계획이었으나 아무것도 잡지 못하여 무료했다. 하지만 가을이 이미 지났는데도 진홍빛 단풍잎이 산을 가득 수놓고 있어 사람을 홀렸다. 내가 좌중에 말하기를, "천풍天風【천관산天冠山이다.】에서 놀려고 내가 계획한 지 오래되었는데, 경치가 바야흐로 좋으니 지금이 바로 그때요. 그러나 함평의 조사가 아직 끝나지 않아 지금 기다리며 상황을 살피는 중이라 몸을 뺄 수 없으니 통탄스러울 뿐이오."라고 했다. 발길을 옮겨 윤척의 집 앞을 지나는데 갑자기 매를 놓는 소리가 들리더니, 잠시 후 번개가 번쩍이듯 매가 내려오는 모습이 보였다. 우리들 모두 말을 달려 윤척의 집 뒤편으로 가서 꿩을 잡았는지 물었더니, 매가 꿩은 놓치고 마을의 닭을 쫓다가 들어온 것이라고 한다. 참으로 우습다. 그대로 말에서 내려 양지바른 언덕에 앉았는데, 문장이 노복에게, "네가 마을 사람들로부터 매에게 당한 닭을 찾아 이곳에 가져와 구우면 내 마땅히 상을 내리겠다."라고 했더니, 노복이 바로 가지고 왔다. 윤척과 윤간이 연이어 술을 내왔고, 가야금, 거문고, 피리를 서로 조화롭게 불고 뜯었다. 잠시 후 윤 무武도 또 꿩 1마리를 잡아와서 구웠다. 술잔을 어지럽게 돌리며 닭과 꿩을 안주로 올리니 좋은 집에 차린 화려한 음식보다 훨씬 낫다. 앞 포구에 조수가 가득해 수면이 거울처럼 맑은데 때마침 오가는 외로운 돛단배까지 있어 참으로 그림 속 풍경과 같아 만덕사와 비교할 바가 아니었다. 오늘의 놀이는 가히 얻기 어려운 좋은 일이라 할 만하다. 해질 무렵 평촌으로 돌아왔다. 해가 지자 안 우友(안형상)와 말머리를 나란히 하여 오다가 중간에 서로 헤어졌다. 어둠을 무릅쓰고 귀가했다.

〔 1698년 10월 8일 기유 〕 맑음

윤시상尹時相, 윤명우尹明遇가 왔다. 윤선증尹善曾이 왔다. ○지원이 청계로 돌아갔다. ○중영中營에 편지를 써서 평촌으로 보냈다.[101]

〔 1698년 10월 9일 경술 〕 맑음

김상유金尙柔, 판관 윤석후尹錫厚가 왔다. 윤세미尹世美가 왔다. 정 생이 왔다. ○폐수혈肺俞穴에 뜸을 떴다. 평촌 문장에게 탈항脫肛 증세가 있었는데, 혈에 200장 뜸을 떠서 깨끗이 나았으므로 윤선증에게 혈을 찾아 좌우에 뜸을 각 10장 뜨게 했다. 효험을 볼 수 있을지는 모르겠다.

〔 1698년 10월 10일 신해 〕 흐리다 맑음

뜸을 20장 떴다. ○윤동미가 왔다. 내가 일전에 월남月南에 사는 최현의 서매庶妹의 아들을 만났다. 고故 병사 김세기金世基의 아들인데 사람됨이 매우 좋았다. 동미에게 딸이 있는데 내게 통혼을 청하기에, 지난번에 월남에 가서 최현에게 말했다. 그후 최 생生(최현)이 재빨리 편지로 허락했으므로, 동미가 이 때문에 와서 사주를 받아 달라고 청했다. 동미의 노奴를 보

---

101) 중영中營에…보냈다: 편지를 보낸 평촌은 전주영장 윤항미의 일족이 모여 살았던 거주지이다. 이로써 보아 해당 편지는 전주영장 윤항미에게 부친 것으로 보이며, 중영은 전라감영의 군사 및 치안업무를 총괄하던 공간으로(현재의 전주완산경찰서 위치), 당시 윤항미가 소속되어 업무를 보았던 곳으로 짐작된다.

내 최 생에게 편지를 부쳤다. ○평덕平德[102]의 이형징李亨徵이 왔기에 거문 고를 타게 했다. 간밤에 죽도竹島 북쪽 기슭이 불에 탔다.

〔 1698년 10월 11일 임자 〕 흐림

동미의 노奴가 돌아와 최현의 답장을 받아 보았다. 또 사주도 보내왔다. ○성덕기成德基가 함평에 무과武科를 보러 가는 길에 들렀다. 성덕기는 지난달 겨우 모친상 재기再期가 지났는데 이번 행차를 한 것이다. 내가 "막 재기가 지났는데 이렇게 행차를 하니 과연 어떤지 모르겠네."라고 하자 성덕기가 말하기를, "별진別珍(김덕원의 유배지)에 여쭤 보았는데, 이미 재기가 지났으니 비록 벼슬을 한들 안 될 게 없다고 했습니다. 하물며 과거에 응시하는 것은 벼슬하는 것과는 다릅니다. 부모를 모시는 사람이라면 더욱 과거를 그만둘 수 없으니 이번 관광觀光[103]이 무엇이 불가하겠습니까? 제가 알기로는, 재기 후에 벼슬에 나아가는 것은 이미 서울에서는 통용되고 있는 예입니다."라고 했다. 또한 성 생(성덕기)은 초기初期에 외제外除[104]하여 백의白衣, 백대白帶, 백립白笠을 입었고, 제3월[105]에 묵최墨衰[106]를 입었는데, 이 또한 별진에 품의하여 행한 것이다. 부친이 살아 있고 모친상을 당했을 때 이렇게 하는 것은 요사이 이미 통용된 예가 되었다. 초기 후에는 즉시 궤연을 철거하는데 오직 이 부분만큼은 성 생生(성덕기)이 따르지 않았다. 초기 때 외제하고 백의를 입고 궤연을 철거하는 것은 누구로부터 시작되

---

102) 평덕平德: 강진 군동면 쌍덕리 평덕마을이다.

103) 관광觀光: 『주역』 「관괘觀卦 육사六四」의 효사인 "나라의 빛남을 보다[觀國之光]"에서 나온 말로서 원래 도성이나 대궐에 들어가 문물을 구경함을 가리키는 말이다. 조선 시대에는 흔히 과거 시험을 보러 가는 것을 가리켰다.

104) 외제外除: 상복을 벗는 것이다. 『예기』 「잡기 하雜記 下」에 "어버이의 상에는 외제하고 형제의 상은 내제한다[親喪外除 兄弟之喪內除]"라는 구절이 있다. '외제'는 어버이의 상을 당해서 아직 내면의 슬픔이 남아 있더라도 기한이 차면 예법에 따라 외면의 상복을 벗는 것을 말하고, '내제'는 외면의 상복을 아직 벗지 않았어도 내면의 슬픔이 점차 감소되는 것을 말한다.

105) 제3월: 초기 다다음 달을 말한다.

106) 묵최墨衰: 베 직령에 묵립과 묵대를 갖추어 입는 상복이다.

었는지 모르겠지만 이 예를 행하게 된 데에는 반드시 근거한 바가 있을 것이니, 내 감히 시비를 논하지는 않는다. 하지만 우리 집은 선세先世부터 준행하기를 오직 『주자가례』에 의거하여, 부친이 살아 있을 때 어머니 상을 당하면 초기에 외제하여 묵최를 입고, 재기에는 백의를 입으며, 제3월[107]에 담사禫祀를 지낸다. 성 생이 행한 예는 어떠한 것인지 참으로 모르겠다. 비록 이존貳尊[108]하는 의리가 없으므로 초기에 외제한다고 하지만, '상은 3년간 애달피 슬퍼해야 한다.'라는 원칙으로 말할 것 같으면 겨우 재기가 지나자마자 과거 보러 가는 것은 예에 맞지 않을 뿐 아니라 정리情理로도 차마 하지 못하는 바이다. 옛사람들이 담제禫祭를 만든 뜻은, 대상大祥 후에도 효자의 마음이 여전히 편안하지 않기 때문이다. 그러므로 한 달 건너 담제를 지내는 것[109]이며, 담제는 담담澹澹하게 편안한 마음이 되고자 하는 뜻이다. 담제를 지내기 전에는 효자의 마음이 아직 평안하지 않으니 어찌 차마 보통 사람처럼 태연히 과거에 응시할 수 있겠는가. 예의 본뜻에 어떠한지는 모르겠으나 어리석은 내 견해는 이와 같다. 그러므로 대략 이런 내용으로 성 생에게 말해 주었더니, 성 생 역시 머쓱해했지만 중간에 그만둘 수는 없는 노릇이라 그대로 시험장으로 향했다. 내 말 또한 자신할 수는 없어서 부족하나마 이와 같이 적어 놓아 훗날 예를 좋아하는 군자에게 질의할 자료로 삼고자 한다. ○참판 이옥李沃 문약文若[110]이 일찍이 상주 고향집에 내려와 지내다가 뜻밖에 갑자기 죽었다는 소식을 들었다. 벗들이 세상을 떠나 마침내 여기에 이르게 되었으니, 슬프고 슬프다. ○윤선증이 한천寒泉으로 돌아갔다. 김 별장(김정진金廷振)이 연동蓮洞으로 돌아갔다. 박세유朴世維가 와서 만났다. ○좌우에 뜸 각 20장을 떴다.【다시 생각해 보니, 초

---

107 제3월: 대기 다다음 달을 말한다.

108) 이존貳尊: 양쪽을 대등하게 높이는 것이다.

109) 한 달…것: 중월이담中月而禫. 대상 후 다다음달에 담제를 지내는 것이다.

110) 이옥李沃 문약文若: 이관징李觀徵의 첫째 아들로, 본관은 연안延安이다. 이관징의 누이는 윤이후의 형인 윤이구尹爾久의 처다.

죽도에 있는 성덕기의 묘. 전남 해남군 화산면 금풍리_서헌강 사진
성준익의 세 아들 성덕기, 성덕항, 성덕징 가운데 맏이이다.

기에 외제하고 제3월에 담사를 지내므로 재기 후에는 다시 상복을 입거나 담사를 지내는 예가 없는 것이니 재기 후에 과거에 응시해도 불가할 것이 없을 듯하다. 종합하여 말하자면, 요사이 행해지는 예는 거의 단상短喪[111]에 가깝다. 그러니 끝내 의심스러운 마음이 없을 수는 없다.】

〖 1698년 10월 12일 계축 〗 아침에 흐림. 늦은 아침에 맑음

좌우에 뜸을 각 20장을 떴다.

〖 1698년 10월 13일 갑인 〗 비가 뿌림

윤장尹璋이 와서 그 아우의 동당시東堂試에 필요하다며 『휘어彙語』[112]를 빌려갔다. 윤능도尹能道가 왔다. ○오른쪽과 왼쪽 폐수혈肺俞穴에 각각 20장씩 뜸을 떴다. ○고금도에 유배되어 있는 이 감사(이현기李玄紀)가 어머니의 상을 당한 후 학사學士 민진형閔震炯이 최근의 예에 따라 귀장歸葬할 수 있

---

111) 단상短喪: 3년상을 1년으로 줄여 지내는 것이다.
112) 휘어彙語: 효종 때 학자인 김진金搢이 편찬한 유서類書이다.

도록 허가해 달라고 청했는데, 승지 조태채趙泰采가 저지했다. 흑산도의 류 판서(류명현柳命賢)는, 섬에 흉년이 들었기 때문에 전라도관찰사 유득일兪得一이 배소配所를 옮기게 해 달라고 청했고, 형조에서도 복계覆啓하여 옮길 수 있다고 했는데, 우의정 이세백李世白이 끝내 저지했다. 이 감사와 류 판서는 지금 집권 무리들에게 배척을 당함이 가장 심하기 때문에 이렇게 된 것인데, 이 감사 영감의 사정이 더욱 절박하고 애통하다. 말해 무엇하겠는가? ○ 김우정金友正이 배 40개, 담배 1파를 보내왔다. ○ 정 생(정광윤)이 왔다.

〔 1698년 10월 14일 을묘 〕 밤에 비. 새벽에 싸라기눈. 낮에 눈

김이경金爾鏡이 왔다. ○ 오른쪽과 왼쪽 폐수혈에 각각 10장씩 뜸을 떴다. 이미 100장을 채웠는데도 효험이 없어서 일단 그만두고, 오른쪽과 왼쪽 삼리혈三里穴에 각각 3·7장(21장)을 떴다. ○ 지원이 돌아왔다.

〔 1698년 10월 15일 병진 〕 흐리고 간간이 비 뿌림

정광윤과 김삼달金三達이 왔다. ○ 죽도로 갔다. 지원이 함께 왔다. 백치白峙의 극제棘弟(이대휴李大休)에게 들렀다.

〔 1698년 10월 16일 정사 〕 흐림

성덕항成德恒이 왔다. 윤무순尹武順이 왔다. 이 사람은 올해 나이가 84세인데도 30여 리를 걸어올 수 있을 정도로 다리가 튼튼하니, 이채롭도다.

〔 1698년 10월 17일 무오 〕 맑음

박필중朴必中이 역방했다. 김 별장(김정진)이 백포白浦에서 왔다.

이석신李碩臣이 왔다. 김우정金友正이 왔다. 이날 저녁 화촌花村의 안형상
우友와 한천 문장(윤선오), 그 맏아들 윤정미尹鼎美, 사위 이홍임, 보암寶巖
의 윤간이 왔다. 지난번 만덕사에서 모였을 때 오늘 모이자고 약속했기 때
문이다. 한천 문장이 거문고 타는 아이와 피리 부는 동자를, 화촌의 안형
상이 가야금 타는 비婢를 데리고 함께 왔다. 처음에는 소나무 그늘에 앉았
다가 해가 진 후 방으로 자리를 옮겼는데, 밤이 깊어 달이 떠오르고 조수가
차오르자 다시 밖으로 나가 앉았다. 내가 간단히 술상을 차려 내어 매우 즐
겁게 놀았다. 문득 내가 다음과 같은 단가短歌를 읊었다.

> 草堂淸絶地예 群賢이 모드시니
>> 맑은 경승지 초당草堂에 뭇 현인이 모였으니,
>
> 蘭亭勝宴이 오늘과 엇더턴고
>> 옛날 난정蘭亭의 훌륭한 잔치가 오늘 모임과 비교하면 어떠한가?
>
> 잔 잡고 돌 드려 묻노니
>> 잔 들고 달에게 묻노니
>
> 네야 알가 ᄒ노라
>> 너는 알까 하노라.

여러 손들이, "오늘 모임이 이 훌륭한 노래에 힘입어 오래오래 전할 수 있
을 터이니 얼마나 다행입니까?"라고 말했다. 술이 얼근히 취하자 내가 장
난으로 안 우友(안형상)에게 말했다.
"이곳 빼어난 경치를 한마디로 표현할 수 없음이 이곳 주인의 뛰어난 점을
한 가지로 한정하여 말할 수 없음과 비슷하네. 그대는 이를 아는가?"
"말해 보게."

"이곳은 너그럽고 온화하면서도 단정하고 중후한 동시에 상쾌하면서도 광활한 풍치가 있네. 이곳 주인은 너그럽고 온화하며 단정하고 중후한 용모에 넓디넓은 하해와 같은 도량을 갖추고 있으니, 이것이 서로 비슷한 점이네."

"너그럽고 온화하며 단정하고 중후함이야 그대가 진정 갖추고 있네만, 하해와 같은 도량이라니 터무니없군."

"하해는 더럽고 추한 것까지 받아들여 포용하는 도량을 갖추고 있네. 그대와 같이 비속한 사람도 내가 친구로 삼고 있으니, 이것이 하해의 도량이 아니겠는가?"

이어서 계속 함께 허랑한 농담을 하며 밤이 이슥하도록 단란하게 놀았다. 좌중의 사람들이 모두 친족이었으며, 더구나 우리 문장은 우리 문중에서 항렬도 가장 높고 나이도 많으니, 오늘 모임은 실로 친족이 순서대로 모여 정의를 다진다는 의의가 있다. 게다가 산수의 맑은 경치 또한 남쪽 지방 제일의 절경이니, 우리들의 오늘 모임은 다시 얻기 어려운 일이라 할 만하다. 어찌 즐거움만 추구하는 평범한 모임에 비하겠는가?

〖 1698년 10월 19일 경신 〗 비

비에 길이 막혀 모두 그대로 머물렀다. 남은 술을 다시 마시며 종일토록 단란하게 놀았다.

〖 1698년 10월 20일 신유 〗 흐림

모두 아침 일찍 송정松汀으로 옮겨 갔다. 송정의 주인(이석신)이 들러 달라고 요청했기 때문이다. 모두 송정을 들렀다가 장춘동長春洞의 절[113]로 가서 유숙하고자 했는데, 나를 버려두고 가는 것을 원치 않아, 나는 밥을 먹고 뒤따라 송정으로 갔다. 술을 몇 순배 마시고 함께 장춘동으로 갔다. 김 별

---

113) 장춘동長春洞의 절: 해남 대흥사大興寺를 가리킨다. 구림리 장춘동에 있다.

대흥사(장춘사) 전경. 전남 해남군 삼산면 구림리_국립중앙박물관 소장
조선시대에는 '대둔사大芚寺'로 불렸다.

장(김정진)과 지원이 따라 갔다. 청풍료淸風寮에서 유숙했다. 중들이 술과
차, 소채蔬菜와 과일을 바쳤다. 화산花山의 이휴정李休禎이 시詩를 가지고
와서 만났다. 초시初試에 다시 붙었다고 한다.

〖 1698년 10월 21일 임술 〗 맑음

아침으로 연포軟泡를 차렸다. 즉시 돌아오는 길을 출발하여, 동구에 이르
러 헤어져 죽도로 돌아왔다. 김 노老(김정진)가 그대로 따라 왔다.

〖 1698년 10월 22일 계해 〗 비 뿌림

상인喪人 정이쾌鄭以夬와 정이태鄭以兌가 왔다. ○노老 성 생원(성준익成峻翼)
이 성덕항成德恒의 집에 도착하여, 오후에 가서 인사드렸다. ○이 마을 포
구 사람 명추命秋가 3월에 배에 짐을 싣고 상경했는데, 없어진 사곡私穀이
있어서 수감되어 형벌을 받았다. 그 아우인 타관他官이 서울에서 먼저 돌
아왔는데, 다시 돌아가 만날 낌새조차 비치지 않았고 그 아내는 울부짖어
곡하며 날을 지냈다. 그렇게 몇 달이 지나도록 소식이 없자 모두들 이미 오

래전에 죽었을 것이라고 했다. 그런데 어제 저녁 홀연히 나타났으니 마치 죽은 사람이 다시 살아난 것 같았다. 내가 벼 1말을 주어 위로했다.

〔 1698년 10월 23일 갑자 〕 저녁 무렵 맑음

김 별장(김정진)이 갔다. 성덕징成德徵이 왔다.

〔 1698년 10월 24일 을축 〕 맑음

노老 성 생원(성준익)과 그의 아들 성덕항이 왔다.

〔 1698년 10월 25일 병인 〕 지난밤 바람이 거세고 천둥이 치며 비가 옴. 낮에 맑다가 비가 왔다 가함

유자와 동백 씨 500개를 심었다. ○흑산도(류명현의 유배지)의 편지를 받고 곧바로 답장을 썼다. 아래와 같은 시도 보내왔다.

海鄕商舶向來踈	바다 고을에 장삿배가 그동안 뜸하다가
一葦寒潮弱水如	약수弱水[114]같은 차가운 조수 건너 조각배가 왔네
顔面每憑他夜夢	얼굴은 늘 간밤 꿈에 보았지만
音徽稍間九秋書	소식은 9월 편지 이후로 뜸했지
風前木葉孤吟衷	바람 앞 나뭇잎 같은 외로운 속내 읊조리며
霜後蒹葭悵望餘	서리 맞은 갈대[115]서글피 바라보네
漁父始知高絶世	어부는 절세의 고절高節을 알아보았지만
今人應不問三閭	오늘날 사람들은 삼려대부 소식을 묻지 않네[116]

---

114) 약수弱水: 옛 강 이름이다. 배가 뜨지 못한다고 한다.

115) 서리 맞은 갈대: 원문의 '겸가蒹葭'는 '갈대'를 지칭하는 것으로, 타지에 있는 친구를 상징하는 시어이다. 『시경詩經』 「진풍秦風 겸가蒹葭」에 "갈대가 무성한 이때 흰 이슬이 서리가 되었도다 이른바 저 사람은 물가 한쪽에 있구나〔蒹葭蒼蒼 白露爲霜 所謂伊人 在水一方〕"라는 구절이 있다.

116) 삼려대부…않네: 굴원의 「어부사漁父辭」는 추방당한 굴원을 만난 한 어부가 "그대는 삼려대부(굴원)가 아닌가?"라고 묻는 내용으로 시작한다.

편지에서는, "가을 이래로 뱃길이 막혀 오랫동안 소식을 전하지 못했으니 그리움을 감당하기 어려웠습니다. 붓 가는 대로 쓰다가 마지막 구절이 우연히 이와 같이 되었습니다. 감히 친구가 오랫동안 소식을 전하지 못한 데에 진짜로 뜻을 둔 것은 아닙니다. 자구에 얽매여 내 마음을 오해하지 마시기 바라며 다만 한번 웃어 주시기 바랍니다." 운운했다. 인편이 급하여 화답시를 보내지 못했다.【기미년(1679), 무진년(1688) 두 해 겨울에 벼락이 쳤으며, 계유년(1693) 10월 28일은 곧 세자世子(훗날의 경종)의 탄신일인데 천둥번개가 쳤다. 올해도 또한 이와 같으며, 이번 달 3일에 천둥이 우르릉 소리를 내며 진동했으니 더욱 흉하다고 한다.】

〖 1698년 10월 26일 정묘 〗 맑음

극인 이 제弟(이대휴)와 윤기주尹起周가 왔다. 이 제가 말했다. "지난날 진사 신무愼懋가 점석현粘石峴에 산소를 정했다가 상인常人의 무덤이 있어 포기했는데, 형님이 쓰고자 하시면 가 보는 것도 좋겠습니다." 내가 즉시 이 제를 데리고 가 보니, 형국은 꽤 좋지만 위에 무덤이 많아 얻어 봐야 이득이 없을 것 같았다. 마침 지나는 사람이 있어 불러 물으니, 이것은 윤대흥尹大興 집의 산소라고 한다. 대흥은 바로 언항리堰項里의 상놈인데 그 부유함이 화산면花山面에서 으뜸이라고 한다. 이는 이 산소의 효험이 아니겠는가. 돌아올 때 봉저리烽底里 앞길을 경유하여 왔다. 매화동梅花洞 청룡靑龍 밖에 도착하니, 좌수 김망구金望久가 막 산소를 조성하여 그 처를 장사지내고 있었다. 말에서 내려 잠시 이야기했다.

〖 1698년 10월 27일 무진 〗 흐림

윤세형尹世亨이 지나다 들렀다. 이 사람은 예전에는 산증疝症이 있어 살이 빠지고 면상이 주름져 심하게 쇠잔한 모습이었는데, 근래 병의 뿌리가 꽤 제거되어 기운이 소생하고 낯빛이 윤택해졌다. 나와 동갑인데 이와 같으니 장수를 누릴 수 있을 것이다. 병이 사람을 죽일 수 없다는 말이 정말 그러하다. ○ 선달 진방미陳邦美, 약정約正 이익화李益華가 왔다. 성덕항이 왔다.

〖 1698년 10월 28일 기사 〗 아침부터 저녁까지 동풍이 어지럽게 불고 세찬 비가 삼대[麻]처럼 내리더니 늦은 밤까지 이어짐

성덕항이 아침 일찍 왔다.

〖 1698년 10월 29일 경오 〗 흐림

죽천竹川[117]의 윤화미尹和美[118]가 지나다 들렀다.

---

117) 죽천竹川: 해남 삼산면 평활리 대냇골이다. 윤선호尹善好의 거주지이다.
118) 윤화미尹和美: 윤선호의 아들이다.

전염병을 물리치는 별신굿

〖 1698년 11월 1일 신미 〗 이른 아침에 비가 뿌림

보리를 실어 나른 배가 서울에서 돌아와서 아이들의 잘 지낸다는 편지를 받았다. 들으니, 마전교馬前橋 정鄭 영월 댁 숙모[119]께서 지난달 3일에 세상을 뜨셨다고 한다. 통곡하고 통곡한다. 내외內外의 위의 항렬이 늙어서 이미 다 세상을 뜨셨으니 비통함을 말로 할 수 없다. ○서울에는 봄 무렵부터 전염병이 크게 일어났다. 사람들은 중국 쌀에 해를 입은 것이라고 하는데,[120] 병에 걸린 사람은 열에 일고여덟은 죽는다. 여름에 잠시 그쳤다가 가을 들어 다시 거세졌다. 기호 지방으로 퍼졌다가 남쪽으로 점차 오고 있는데, 가까운 고을 중 병으로 오염되지 않은 곳이 없다고 하니 진실로 무섭다. 갑술년(1695) 이후 해마다 크게 흉년이 들어 굶어 죽는 사람이 끊이지 않는데 전염병 또한 이와 같으니, 하늘이 사람을 섬멸하려는 것이 한 지방에 그치지 않고 장차 다 죽인 이후에야 그칠 것인가. 사람으로 하여금 지붕만 쳐다보게 한다.

---

119) 정鄭 영월 댁 숙모: 정 영월은 영월 군수를 지낸 윤이후의 생모 쪽 큰외삼촌 정담鄭儋이다. 영월 댁 숙모는 정담의 처 광주 이씨廣州李氏로 추측된다.

120) 사람들은…하는데: 17세기 말엽 장기간 기근(을병대기근)으로 인해 조선 조정은 청과의 곡식 교역을 추진했다. 1697년 가을 조선 조정의 교역 요청을 수락한 강희제에 의해 1698년 청으로부터 미곡이 수입되었다(1698년 2월 5일, 3월 7일, 4월 4일 일기 등 참조). 청으로부터 곡식이 수입된 시기와 전염병이 크게 번지기 시작한 시기가 비슷하여 당시 그와 같은 소문이 돌았던 듯하다.

〖 1698년 11월 2일 임신 〗 눈보라가 계속 불어 어두컴컴했는데, 미약한 햇살이 드문드문 드러남

〖 1698년 11월 3일 계유 〗 흐림

성덕징成德徵과 성우창成禹昌이 왔다. 아침 먹은 뒤에 죽도를 떠나 백치의 극인 이 제弟(이대휴)에게 들러 만났다. 또 화촌花村에 들어가 안형상安衡相을 방문하고서 저녁 늦게 집으로 돌아왔다. ○이날 해남읍성 남쪽 밖에 도착해서 크게 펼쳐진 장막을 봤다. 신사神祀를 성대하게 차린 것이라고 했다. 이 별신제別神祭는 여역신癘疫神에게 기도하기 위한 것으로 여러 고을과 각 마을에서 모두 이 제사를 지내는데 꽤나 효과를 본다고 한다. 전염병은 이 시기의 기운이 해를 끼친 것이고 또 국운國運에 관련된 것이기도 한데, 귀신에게 빌며 제사지낸다고 피할 수 있겠는가. 촌사람뿐 아니라 수령도 믿고서 제사를 지내니, 우스운 일이다.

〖 1698년 11월 4일 갑술 〗

〖 1698년 11월 5일 을해 〗 맑음

지원智遠이 왔다. 다시 자기 모친을 묵산墨山으로 옮겼다고 했다. ○고금도古今島의 극인 이 감사監司(이현기李玄紀)가 편지를 보내 지황地黃을 구했다. 즉시 답장을 쓰고 지황을 보냈다. ○칠봉七奉이 인천에서 와서 두 생질(안명장安命長, 안명신安命新)의 편지를 받아보았다. ○윤원방尹元方이 와서 담배 1파把를 바쳤다.

〖 1698년 11월 6일 병자 〗 맑음

지난번 보리를 실어 온 배 편에 두아斗兒가 편지를 부쳤는데 지금에서야 전달되었다. 그 처가 지난달 13일 인시寅時에 아들을 낳았고,[121] 김남식金南拭

---

121) 그 처가…낳았고: 윤두서의 다섯째 아들 윤덕렬尹德烈(1698~1745)이다.

은 감시監試의 양장兩場에 합격했다고 한다. 기쁘도다. ○정광윤鄭光胤과 김삼달金三達이 왔다. ○노奴 개일開一이 공선貢膳을 거두려고 전라좌도를 향해 출발했다.

〖 1698년 11월 7일 정축 〗맑음

윤선시尹善施, 윤선적尹善積이 와서 묵었다. ○흑산도의 류 판서(류명현柳命賢)가 거느리던 아전 민성징閔聖徵이라는 자가 와서 섬에 들어간다기에 편지를 부쳤다. 그리고 전에 보내온 시에 차운하여 보냈다.

栖遲物外俗緣踈 　세상 밖에 살아 속세와 인연이 멀어지니
世事從知塞馬如 　세상일이 새옹지마와 같다는 것을 알겠네
湖海闊邊欣得意 　광활한 바닷가에서 즐겁고 만족할 만한 것은
軒窓靜處喜看書 　고요한 창가에서 기쁘게 편지 읽는 일
何來佳什三秋後 　아름다운 시가 가을 후에 오니 얼마나 뜻밖인가
宛爾枯形萬死餘 　완전히 마른 육신 만 번 죽다 살았는데
已近陰窮陽復日 　이미 동짓날이 가까워 양陽이 돌아오는 날
也應恩澤下三閭 　임금의 은택도 응당 유배지에 내리겠지

황향黃香 10과顆도 보냈다.

○전부典簿(윤이석尹爾錫) 댁의 노奴가 서울에서 돌아와 아이들의 잘 지낸다는 편지를 받았다. ○들으니 신규申圭의 상소로 중종대왕의 폐비 신씨愼氏[122]와 노산군魯山君(단종)을 복위시키라는 명이 있었고,[123] 계성묘啓聖廟[124]

---

122) 폐비 신씨愼氏: 중종의 첫 번째 비인 단경왕후端敬王后로, 중종반정 이후 왕비에 올랐다가 얼마 지나지 않아 폐위되었다. 나중에 복위가 되면서 '단경端敬'이라는 시호를 받는다.

123) 신규의…있었고.『숙종실록』숙종 24년 9월 30일자 기사에 신규의 상소문이 실려 있다.

124) 계성묘啓聖廟: 성현들의 아버지, 즉 공자·안자·자사·증자·맹자의 아버지를 모시는 사당이다.

【숙량흘叔梁紇을 위한 것이다.】를 대성전大聖殿의 뒤에 세우라는 전교가 있었다고 한다.[125] ○들으니 지난밤 적량赤梁의 산소에 화재가 났다고 하는데 놀랍고 통탄스럽다. 날이 이미 저물어 곧바로 달려가 살펴볼 수 없으니 더욱 근심스럽다.

〖 1698년 11월 8일 무인 〗 맑음

새벽이 되자마자 달려가니, 묘 위에서 불이 일어나 바람을 타고 산신대山神臺까지 번졌고 사초莎草 일도一道가 피해를 입었다. 통곡하며 전소展掃했다. 또한 말질남末叱男의 집 앞에 흉서凶書를 던져 놓았다. 말이 참으로 음흉하고 참혹했는데, 이는 죽도竹島에서 변고를 일으킨 자의 소행일 것이다. 나는 마을사람들에게 미움을 산 일이 없었기에 의심 가는 곳이 전혀 없다. 죽도장竹島庄의 노奴 매인每仁도 척질 일이 없는 놈이니 백번 생각해도 까닭을 모르겠다. 스스로 돌이켜 생각하며 진정시킬 계책을 생각했으나

윤예미 부부의 합묘. 전남 해남군 황산면 원호리(적량원)_서헌강 사진
묘비와 상석에서 오랜 세월의 흔적이 느껴진다.

---

125) 계성묘…한다:『승정원일기』숙종 24년 10월 9일자 기사에 해당 내용이 보인다.

방도가 없다. 통탄스럽다. 배여량襄汝亮이 와서 만났다. 말을 먹이고 출발하여 저녁 늦게 집에 돌아왔다.

〖 1698년 11월 9일 기묘 〗 맑음

세원世願 집안의 노奴인 선립先立이 서울로 올라가기에 편지를 부쳤다. ○송시민宋時敏, 최상일崔尙馹, 황세휘黃世輝가 왔다. 송산松山의 수재秀才 백수경白壽慶이 왔다. 죽은 백몽삼白夢參의 둘째 아들이다.

〖 1698년 11월 10일 경진 〗 흐림. 싸라기눈이 간간이 뿌림

이 무장茂長(이유李瀏) 부자가 모두 죽은 뒤 우리 집에도 상화喪禍가 있어 아직까지 조문할 틈을 못 내었는데, 대상大祥이 닥쳐 오늘 흥아興兒와 함께 출발했다. 우사치迂沙峙에 도착해서 윤이복尹爾服을 만나 잠깐 이야기를 나누고 울토蔚土 상가喪家의 우소寓所를 찾아가 궤연几筵에 들어가 곡을 하고, 세 살 먹은 아이를 안고 나오게 했다. 이름이 이른바 나도룡羅道龍이다. 이 아이가 유복자였다. 됨됨이가 밝고 빼어나니 기대가 없지 않다. 이웃집 상인喪人이 술을 들고 와서 권했는데, 이 사람은 중인中人으로 일찍이 이 무장이 돌봐 주었던 사람이다. 성명은 강심해姜審楷라고 했다. 잠시 후에 셋째 상주 이양李瀁이 밖에서 들어와 잠깐 이야기를 나누다가 일어났다. 저녁이 가까워 집에 돌아왔다. 강진의 임억춘林億春이 와서 문안하고 밤에 함께 잤다.

〖 1698년 11월 11일 신사 〗 가랑비가 잠깐 뿌림

윤동미尹東美가 왔다. 출신出身 강석무姜碩武, 윤종석尹宗錫이 왔다. 지원이 묵산에서 돌아왔다. ○심부름꾼을 보내 월남月南(목내선의 유배지)에 문후하고 숭어 2마리를 보냈다.

청계淸溪의 생원 윤세미尹世美가 지나다 들렀다.

김태귀金泰龜가 왔다. ○윤시상尹時相의 사위 이명대李鳴大가 동당초시東堂初試에 합격하여 직접 가서 축하했다. 이명대의 경서 공부가 이미 무르익었으니 급제가 기대된다. 기특하다. 정광윤이 묵었다. ○지원이 묵산으로 돌아갔다.

지난번 죽도에서 모였을 때, 다시 다음 약속을 정하여 안형상에게 주관하게 했다. 안형상이 어제 사람을 보내 황어사黃魚寺에서 모이기로 했는데, 황어사는 거리가 20리 남짓이어서 아침을 먹고 출발했다. 건교치乾橋峙 아래에 도착해서 비를 만나 길가의 빈집에 들어갔다. 안형상의 동생 안몽상安夢相이 새 집터로 정한 곳인데, 아직 다 짓지 못했다. 잠시 후에 두 사람이 비를 피해 걸어와서 나를 보고 말하기를 "저희는 이시창李時昌, 나달효羅達孝인데 옥룡동玉龍洞에 살며 안형상의 초청으로 황어사의 모임에 갑니다."라고 했다. 얼마 지나지 않아 비가 그쳐 뒤쪽 고개를 넘어 황어사에 도착했다. 황어사는 골짜기 안에 있었는데 단칸방에 볼만한 것은 없었다. 건물은 모두 죽림竹林으로 둘러쳐 있는데 승도僧徒들은 우수영右水營의 세력을 빙자하여 군현에 배정된 역役을 거부하려는 심산으로 죽림을 우수영에 소속시켰다. 이에 중들이 즐거이 투탁하여 들어온 까닭에 절은 작아도 중은 매우 많았다. 안형상이 먼저 도착하여 기다리고 있었다. 한천寒泉 문장門長(윤선오尹善五)과 그의 둘째 아들, 이홍임李弘任, 윤척尹倜, 윤간尹偘, 남궁량南宮琼, 배옥裵沃이 이어서 도착했다. 배옥은 대산大山의 정鄭 보성寶城의 외

전남 해남군 옥천면 용동리 6번지로 추정되는 황어사 터의 전경
현재는 주춧돌 하나 남지 않았으나 사방을 둘러싼 대나무를 통해 이곳이 과거 황어사 터였음을 어렴풋이 짐작해 볼 수 있다.

손인데 서울에 살다가 내려와 태인에 우거한 지 얼마 되지 않았다고 했다. 남궁량은 어버이를 떠나 내려온 지 1년이 넘었는데 머뭇대다가 돌아가는 것을 잊고 한천의 뒤를 꼭 따라다니는 자이다. 그 외에 김진일金震一, 노유삼魯有參 등 네다섯 사람이 있었는데 가요歌謠와 잡희雜戱를 위해 안형상이 불러온 사람들이다. 안형상의 가야금 타는 비婢, 한천의 거문고 타는 비와 피리 부는 동자는 과일상의 배[梨][126]이다. 한천이 또 관산冠山의 거문고 타는 비를 찾아서 데려왔다. 닭이 울 때까지 놀아도 단란함이 끝이 없어, 지리하다고까지 할 만하다. 잠깐 잠을 잤는데 날이 밝았다. 양생養生하는 사람이라면 반드시 하지 않을 짓이다. 도리어 우습다.

〖 1698년 11월 15일 을유 〗 바람과 비와 눈이 심하게 요란함

일찍 출발하지 못하고 정오가 다 되어서 나는 먼저 일어났다. 죽천竹川 윤선호尹善好 노老의 집에 돌아오니 즉시 술, 작은 홍시, 엿을 대접했다. 발길

---

126) 과일상의 배: 약방의 감초처럼 빠지지 않는 사람들임을 말한 것이다.

을 붙잡는 것이 매우 간절하고 바람과 눈도 맹렬하여 그대로 유숙했다. 주인이 나의 방문에 감격하여 이야기도 하고 노래도 부르니, 얼키설키 살뜰한 정이 그치지 않았다.

〖 1698년 11월 16일 병술 〗 흐림

급히 오언율시를 지어 주인의 마음에 감사를 표했다.

偶從魚寺會	우연히 황어사 모임 마치고
來訪竹川翁	죽천 어른을 방문했다가
風雪威難犯	눈보라는 감당하기 어렵고
主人情未窮	주인의 인정은 다함이 없구나
深盃言更切	술잔이 깊은데 말씀 더욱 간절하고
煖室枕相同	따뜻한 방에서 나란히 자니
多少慇懃意	그리도 많은 은근한 마음이
都輸嘿想中	말없이 생각으로 모두 전해 오네

늦은 아침에 말을 돌려 벗 안형상을 역방하고 왔다.

〖 1698년 11월 17일 정해 〗 눈

정광윤이 와서 숙위했다.

〖 1698년 11월 18일 무자 〗 맑음

윤시상이 왔다. 족숙 윤세미가 들렀다. ○선전관 임일주林一柱가 서울로 돌아가기에 편지를 부쳤다.

윤은미尹殷美, 임극무林克茂가 왔다. 윤동미尹東美, 윤남미尹南美, 윤이성尹爾成이 밤을 틈타 와서 잤다. 정 생(정광윤)도 유숙했다.

새벽에 시사時祀를 지냈다. 윤동미 무리 3인이 돌아갔다. ○들으니, 극인棘人 종제從弟 이양원李養源이 뱃짐을 정리하기 위해 어제 운주동雲住洞으로 내려왔다고 해서, 제사 지내고 남은 음식을 조금 보냈다. ○늙은 노奴 만옥萬玉이 숙환으로 죽었다. ○극인 정여靜如(이양원李養源)가 답장한 편지를 보니, '전염병을 물리치는 방법은, 마른 소똥을 방 안팎과 사방에 태워서 그 냄새가 이웃에 두루 퍼지게 하면 전염이 그치고 통증이 완화될 것이고, 독한 전염병일지라도 자연히 가라앉아 그칠 것'이라고 했다. 이 방법은 곽선완郭善完이 가르쳐 준 것인데, 그는 명의明醫라서 속된 의원들과 비교할 수가 없다.

아침에 별진別珍으로 나아갔다. 들으니 김 상相(김덕원金德遠) 댁의 늙은 비婢와 그 아들이 연이어 병으로 죽어서, 김 상이 어제 저녁 주구舟丘의 임취구林就矩의 집으로 옮겨 와 우거하고 있다고 한다. 문안을 드리지 못하고 돌아왔다. ○입점촌笠店村에 사는 양가송梁可松 생生이 그의 도망친 비婢를 추쇄하려고 병선丙先이라는 자를 잡아와 형벌을 거듭 가했더니 바로 죽어 버렸다. 병선의 부모가 소장을 올리자 창감倉監이 사람을 보내 양가송을 잡아갔다. 경악스럽다. 병선은 연동 시공柴工의 아들이다. 일찍이 양가송의 비와 같이 살다가 비를 버린 지 이미 오래되었는데도, 양가송은 반드시 자기의 비를 불러올 것이라고 여기고서 이와 같은 망령된 짓을 저지른 것이다. 그러니 이렇게 곤액을 만나게 된 것을 누구 탓을 하겠는가?〔그 후 사적으로 합의하여 별다른 일은 없었다.〕

〔 1698년 11월 22일 임진 〕 맑음

흥아가 과원果願, 지원至願, 우원又願, 세원世願을 데리고 책상자를 짊어지고 대둔사로 갔다. ○황원黃原의 윤덕함尹德咸과 고성故城의 윤성시尹聖時가 왔다. 비곡比谷의 박세달朴世達이 와서 장차 고성固城에 간다고 하여, 이운징李雲徵 백우伯雨 영감에게 편지를 써서 부쳤다. 또한 박세달이 추노推奴 일로 영암군수 남언창南彦昌에게 부탁하는 편지를 받고 싶어 하기에, 간단한 편지를 써 주었다. ○윤희기尹希夔가 왔다. 이 사람은 윤선호尹善好의 장손이다. 소매에서 그의 조부가 쓴 율시를 꺼내어 보였는데, 내가 이전에 썼던 시를 차운한 것이다.

乘興非關雪　흥겨운 마음에 눈도 무릅쓰고
多情問病翁　병든 늙은이를 다정히 찾아 왔네
感深言不盡　감회가 깊어 말로 다할 수 없고
供薄恨無窮　대접이 박해 한스럽기 그지없네
寒賤雲泥異　한미하고 천한 나와는 지위가 다르지만
酸鹹耆好同　세상과 다른 취향은 같네
狂歌聊以慰　미친 듯 노래하며 그나마 서로 위안하니
永夜已過中　긴긴 밤이 어느새 반이 지났네

모월 모일 윤선호

紛紛風雪裏　분분히 휘날리는 눈바람 가운데
仙客訪吾翁　선객께서 우리 어른 찾아오시니

感激情難極　감격스런 인정 다하기 어렵고

殷勤意不窮　은근한 마음 가이 없네

襟期二老似　두 어른의 가슴 속 회포 같은데

迭侍八龍同　자식들 시중하는 외양도 같다네

和氣排冬日　화기가 겨울날을 밀쳐내자

春生一室中　봄기운이 생동해 방 안에 가득하네

또 한 수

竹間山犬吠　대숲 사이로 개 짖는 소리 들리더니

門外到仙翁　문 밖에 이윽고 신선 같은 어른이 이르렀네

老老情無殺　어른을 공경하는 정은 줄지 않고

親親義不窮　어버이 모시는 뜻도 다함이 없네

歌詩酬唱共　노래와 시를 함께 부르며 주고받고

風物品題同　풍광 보고 품평하여 함께 시를 지으니

何似荀陳會　어찌 순숙과 진식의 만남과 같아

德星曜谷中　덕성이 온 골짜기 비추네[127]

윤경미尹絅美

〔 1698년 11월 23일 계사 〕 맑음

전주의 극인 정이상鄭履祥이 왔다. 성덕기成德基가 와서 유숙했다. 정광윤이 숙위했다.

---

127) 덕성이…비추네: 후한後漢 진식陳寔이 아들들을 데리고 순숙荀淑의 집을 방문하였는데, 순숙은
　　가난하여 노복도 없이 자손들을 시켜 대접하였다. 이들은 모두 재주와 덕을 갖추었다고
　　칭송받았는데, 그들이 모인 날 덕성德星이 하늘에 뜨자 태사太史가 "500리 안에 분명 현인賢人들이
　　모였을 것입니다."라고 했다고 한다.

〔 1698년 11월 24일 갑오 〕 새벽에 비가 잠깐 뿌리더니 낮에 흐리다 맑음

성 생(성덕기)이 갔다. ○백치白峙의 인편을 통해서 한양에 있는 아이들의 잘 지낸다는 편지를 받았다. 9일에 쓴 편지였다. 노산군이 이미 복위되어 묘호는 단종端宗, 능호는 장릉莊陵이라고 했다 한다. ○유지만俞祉萬이 와서 묵었다. ○신비愼妃[128]를 복위하자는 논의가 같이 일어났으나 시행되지는 않았다고 한다.

〔 1698년 11월 25일 을미 〕 바람 불고 흐리다 맑음

극인 정여(이양원)를 만나려고 아침을 먹은 뒤에 길을 떠났다. 운주동雲住洞에 도착해서 정여와 서로 붙잡고 통곡했다. 지사地師 손필웅孫必雄은 영남 사람으로 지술地術이 꽤 훌륭한데, 추노할 일이 있어서 정여와 같이 와서 함께 묵고 있었다. 서울에 있는 두아斗兒가 전부典簿 형님(윤이석)의 장지를 위해서 간청했고, 나도 묏자리를 구한다는 뜻을 말하니 승낙해 주었다.

〔 1698년 11월 26일 병신 〕 맑음

아침 식사 후 정여(이양원), 손 생(손필웅)과 함께 간두幹頭의 산소를 가서 살

---

128) 신비愼妃: 중종의 비 폐비 신씨이다.

지사 손필웅과 풍수를 논함

1698년 11월 25일부터 1699년 1월까지 윤이후는 윤이석의 묏자리를 잡기 위해 손필웅과 함께 여러 곳을 다녔다. 풍수에 조예가 깊은 손필웅은 영남 사람으로 오대산의 현정玄梃이라는 승려에게 배웠다. 어초은 윤효정의 묘 아래에 묏자리를 잡아 고사를 올리고 구덩이를 파보기도 하였다. 전에 박선교는 팔마의 집터에 대해 나쁜 일이 있을 것이라 했지만 손필웅이 좋다고 하자 윤이후는 운수가 나쁠 것이 없다고 생각했다. 손필웅은 백포에 머물면서 백련동, 문소동, 백야지에 대한 산론山論을 짓기도 하였다.

펴보았다. 손 생이 말하길, "진결眞結이라 할 만하겠으나 결함도 꽤나 많고, 혈穴 앞에 남은 기운이 부족합니다. 두 번째 묘는 혈 자리를 가장 잘 얻긴 했지만 천혈扦穴한 곳이 아래로 내려온 것 같습니다. 1자쯤 높여서 점지하는 게 좋을 듯합니다. 인향寅向으로 한 것 또한 잘못되었습니다. 갑묘甲卯로 방위를 잡으면 안산案山에 엎드린 토성土星이 있게 되니, 이 국局을 버리고 인방으로 향하면 안 됩니다. 세 번째 묘는 형편없기 짝이 없어서 필시수환水患을 겪을 테니 옮기는 것이 좋겠습니다. 이외에는 더 이상 묘를 쓸만한 곳이 없습니다."라고 했다. 말을 먹이고 발길을 돌렸다. 나는 팔마八馬로 돌아왔는데 밤이 깊은 뒤였다.

〖 1698년 11월 27일 정유 〗 눈 내리고 흐리다 맑고 바람

정 생(정광윤)이 왔다. ○흑산도(류명현의 유배지)에서 보낸 편지를 받았다. 장삿배가 전해 준 편지다.

〖 1698년 11월 28일 무술 〗 바람 불고 맑음

이복爾服이 왔다. 정 생(정광윤)이 숙위했다.

〖 1698년 11월 29일 기해 〗 맑음

죽도의 첩이 어제 해시亥時에 딸을 낳았다. ○기봉己奉과 양처良妻 사이에서 난 소생을 추쇄하는 일로 정광윤을 장흥에 보냈다. ○극인 정여(이양원)가 손필웅을 데리고 와서 유숙했다.

〖 1698년 11월 30일 경자 〗 저녁까지 내내 비 옴

정여(이양원)와 손 생(손필웅)이 비에 막혀 머물렀다.〔윤주미 숙이 전염병으로 간밤에 갑자기 죽었다. 너무나 놀랍고도 비통하다. 향년 58세다.〕

지사 손필웅과 풍수를 논하다

〖 1698년 12월 1일 신축 〗 흐리다 맑음

정여靜如(이양원李養源), 손 지사地師(손필웅孫必雄)와 함께 연동蓮洞으로 가서 곧장 어초은漁樵隱(윤효정尹孝貞) 묘소로 나아갔다. 손 생生은 이곳을 '쌍당합기맥雙撞合氣脈'이라고 보았다. 쌍당雙撞은 곧 쌍룡雙龍인데, 뒷맥이 쌍으로 나와 구불구불 약간 길게 이어지다가 합하면 쌍룡이라고 하고, 기가 합한 맥이 쌍으로 나와 곧바로 부딪혀 합하면 쌍당이라고 한다. 또한 마늘산蒜山이 수구水口가 되어 귀하고, 필대산筆坮山이 수구에서 절하며 엎드려 있어 사문성赦文星이 되니, 필시 문재文才가 여럿 나올 것이라고 했다. 그밖에도 귀격貴格이 매우 많고, 남각산南角山이 남은 기운으로 진산鎭山이 되어 솟아 있으며, 수구는 그 기세가 매우 기니, 실로 얻기 어려운 땅이라고도 했다. 어초은 묘소의 계절階節 아래에 진혈眞穴이 있으나, 경솔하게 점찍을 수 없고 여러 날 동안 반복하여 상세히 살핀 후에야 비로소 정확히 점찍을 수 있을 것이라고 했다. 손 생은 호적을 살펴 추노推奴할 일이 있어 이곳에 그대로 머물렀다. 근래 전염병이 유행하지 않은 곳이 없어 연동도 한창 유행중이나, 달리 머무를 곳이 없어 사랑에서 숙식하고 있다. 정여는 저녁에 운주동雲住洞으로 돌아갔다.

〔 1698년 12월 2일 임인 〕 잠깐비

연동에 전염병이 유행 중이라 오래 머무르기가 편치 않았다. 손필웅은 그대로 머무르고 나는 죽도竹島로 갔다. 첩이 낳은 아이를 애록愛綠이라 이름 지었다.

〔 1698년 12월 3일 계묘 〕 맑음

〔 1698년 12월 4일 갑진 〕 오후에 비

남궁량南宮瑊이 왔다. ○대둔사에 전염병이 매우 심하여 흥아興兒가 어제 집으로 돌아왔다. ○내가 여기로 온 후 덕민德民의 처와 아들이 차례로 병으로 누워 움막으로 나가게 했고, 노奴 수원壽遠도 병이 들어 내보냈다. 근래 이 병이 곳곳에 매우 심하여 번지지 않은 곳이 한 마을도 없으니, 피해 나가려고 해도 갈 만한 곳이 없다. 괴롭고 걱정스럽지만 어찌 하겠는가?

〔 1698년 12월 5일 을사 〕 흐리다 맑음

유지만俞祉萬이 왔다. 점쟁이 김응량金應湸이 와서 함께 잤는데, 우리 내외의 운수를 따져 보았더니 모두 좋지 않았다. 정축년(1637) 생은 내년 상반기에 지극히 불길하다고 한다. 매우 근심스럽다.

〔 1698년 12월 6일 병오 〕 맑음

김응량이 갔다. 나는 연동으로 갔다. 정축년 생의 내년 운수에 대해 손필웅에게 물어보니, 그가 사주四柱로 괘를 만들어 다음과 같이 논했다. "내년의 운수에 불길한 단서는 조금도 없고, 80세까지 오래 사실 것입니다. 내년이 불길하다니 정말 알 수 없는 이야기로군요." 이 말 또한 어찌 믿겠는가만, 그나마 다행이다.

〖 1698년 12월 7일 정미 〗 맑음

홍아가 근친覲親와서 함께 팔마八馬 집으로 돌아왔다. ○지난번에 손 생(손필웅)이 팔마의 집터를 보고는 꽤 칭찬했으니, 운수가 나쁠 이치가 결코 없다. 그런데 박선교朴善交는 "지금부터 2년 이내에 반드시 큰 나쁜 일이 생길 것이다."라고 했으니, 정말 알 수 없는 일이다. 손필웅은 대기大基를 보고는 이렇게 말했다. "이 터가 지극히 좋습니다만, 윗터[上基]에 비할 만하지는 못합니다. 윗터와 아랫터[下基], 그리고 지금의 사랑채는 모두 다산茶山 상봉을 안산으로 삼아야만 합니다. 이는 삼태성三台星에 엎드려 절하는 것이니 경신庚申 방향으로 분금分金하십시오. 하늘이 만든 안산은 바꿀 수 없습니다."

〖 1698년 12월 8일 무신 〗 맑음

정 생(정광윤)이 숙위했다.

〖 1698년 12월 9일 기유 〗 바람 불고 맑음

연동으로 갔다. ○내가 타고 다니던 고라말高羅馬[129]이 열이 나더니 죽어 버렸다. 오랫동안 내 걸음을 대신 걸어 주었으니 그 노고는 잊지 못할 것이다. 그러나 갑자기 대체할 말을 찾기 어려우니 정말 안타깝다. ○손 생(손필웅)은 풍수 이외에 운수를 예측하거나 점괘를 뽑는 일에도 능하여, 동네 사람들 중 운수를 묻지 않는 이가 없다. 이백爾栢이 시를 지어 손 생과 서로 화운하기에, 내가 베갯머리에서 그 운자를 듣고 졸면서 시를 읊었다.

---

129) 고라말高羅馬: 등마루를 따라 검은 털이 나 있는 누런 말이다.

休將八字論窮達　팔자를 가지고 빈궁과 현달을 논하지 말라

窮達皆分以降時　빈궁과 현달은 모두 태어날 때 나뉘었느니라

若使累仁而積善　인仁을 많이 행하고 선善을 쌓으면

變窮爲達不難期　빈궁이 변하여 현달이 되는 것을 기약할 수 있으니

〖 1698년 12월 10일 경술 〗 맑음

손 생(손필웅)과 함께 나가 백포白浦에 도착했다. 윤이송尹爾松이 따라 왔다.

〖 1698년 12월 11일 신해 〗 맑음

황치중黃致中과 그 조카 후재厚載, 유지만兪祉萬이 왔다. ○백포의 인편이 서울에서 돌아와, 아산牙山의 극인棘人 종제從弟 이달원李達源이 지금 유행하는 전염병 때문에 지난달 18일에 갑자기 죽었다는 소식을 들었다. 하늘은 착한 사람을 어찌 이리도 빨리 앗아 가는가? 애통하고 아쉬운 마음이 드는 것은 집안사람에 대한 정 때문만은 아니다. ○죽도에도 전염병이 돌아 첩妾이 어제 백포로 피해 왔다. ○손 생(손필웅)의 이야기를 들었다. 손 생은 어려서 부모를 여의었는데, 장지를 얻지 못하여 지관을 초청했으나 쉽사리 응해 주지 않았다. 이에 발분하여 밤낮으로 풍수지리 책을 읽어 3년 만에 대략 대의를 깨치고 내쳐 산을 답사 다녔는데, 그때 나이가 스물 전이었으며 총각이었다. 그렇게 이리저리 떠돌다가 태백산의 사람이 살지 않는 곳에 있는 상원암이란 암자에 다다르게 되었다. 암자에는 오직 승려 한 명만 있었는데, 곡기를 끊고 솔잎만 먹어, 바싹 마른 몸에 청아한 골기骨氣가 있었다. 손 생을 보더니, "여기는 산이 깊고 호랑이가 많아 오래 머무를 수 없으니, 속히 떠나라."라고 했다. 손 생이 잠시만 머무르게 해 달라고 간청하면서 자루에서 쌀을 꺼내 밥을 지어 주었다. 밤을 넘겨 유숙하게 되었는데도 중은 손 생과 이야기를 나누지 않았는데, 손 생이 차츰

운수에 관한 말을 꺼내며 물어보자 그제야 대답해 주었다. 며칠을 지낸 후 인사하고 돌아왔고, 그 후 또 가서 오래 머무르며 풍수지리에 대해 이야기 하자, 그제야 마음을 열어 가르쳐 주면서, "땅의 이치는 방술서만 읽어서 는 알 수가 없고, 이치에 통달한 후에야 능하게 될 수 있는 것이다."라고 말 하고는, 마침내 손 생의 손을 잡아 이끌고 산천을 두루 답사하며 일일이 손 으로 가리키며 가르쳐 주었다. 그 후 또 찾아가니, 이미 사라져 전혀 종적 을 찾을 수 없었다. 그 중의 이름은 현정玄楨이며, 나이는 정해년(1647) 생 이라고 한다. ○손 생이 백포 집터를 보고 말하기를, "이곳은 얻기 어려운 길지입니다. 주산主山과 안대案對가 매우 좋고 터의 사방에 우물이 있으니 이는 기자입격器字入格한 땅이며, 서쪽[庚方]의 금어대金魚帒가 매우 빼어나 고 집 뒤를 묏자리로 쓰면 가장 좋습니다. 몇 대에 걸쳐 가사家舍로 쓸 만하 니 옮기십시오. 아래쪽에 있는 연못과 정자는 그대로 두어도 무방합니다. 연동은 비유하자면 재상이고, 이 땅은 비유하자면 이름난 선비인데 흠이 없는 것으로는 이쪽이 저쪽보다 낫습니다."라고 했다.

〖 1698년 12월 12일 임자 〗 맑음

손 생(손필웅)이 극인 정여(이양원)를 만나기 위해 운주동으로 갔다.

〖 1698년 12월 13일 계축 〗 맑음

윤신미尹信美가 왔다. ○10일 연동에서 백포로 나갈 때 공소동孔巢洞 산소 를 들러서 보았다. 손 생(손필웅)이 말하기를, "산세는 자못 좋으나, 안산案 山의 석봉石峯이 갑주형甲胄形이라 좋지 않으며, 묘향卯向(동향)으로 묏자리 를 쓴 것 또한 잘못되었습니다. 혈도穴道로 본다면 이곳은 허화虛花(생기가 없는 땅)인 듯합니다."라고 했다.

어제 정여(이양원)의 편지를 보니 연동蓮洞의 재혈裁穴(묘혈의 위치를 재어서 정함)을 꼭 14일에 하려고 한다기에 이성爾成과 함께 아침 일찍 출발했다. 말을 달려 연동에 당도하니 정여도 왔고, 손 생(손필웅)은 어제 이미 와 있었다. 바로 어초은(윤효정) 묘소에 올라가 술과 과일을 차리고 고사告辭를 했다. 대개 묏자리를 정하고자 하면, 구멍을 뚫어 흙 색깔을 보고 묘 주변 땅을 파기 때문에 감히 고하지 않을 수 없다. 축사祝辭에, "유維 모년 모월 모일에 6대손 모某는 감히 6대조부, 6대조비께 고합니다. 운운. 종손宗孫【종형從兄(윤이석尹爾錫)의 이름을 썼다.】의 장지가 좋지 않으므로 이제 묘 아래로 이장하려고 구덩이를 파서 길흉을 가려 보고자 합니다. 이에 삼가 술과 과일을 올립니다. 운운."했다. 고사를 마치자 손 생이 줄로 거리를 재어, 조비祖妣의 묘 아래 약간 남쪽 계절階節(무덤 앞에 평평하게 만들어 놓은 땅) 위에 자리를 정했다. 바로 구덩이를 파다가 날이 저물어 일단 중지했다.

구덩이를 판 것이 표토表土 아래로 6자 반이다. 흙색은 약간 누렇고 검은데, 자잘한 돌이 매우 많고, 곱고 기름지며 정련한 때깔은 전혀 없지만 물기가 드나든 흔적도 없었다. 손 생(손필웅)이 말하기를, "맥脈의 뒤로 기氣를 묶어 주지 못해 갑자기 생기生氣가 모아지므로 이와 같이 된 것입니다. 저 같으면 이런 대지大地에 이와 같은 곳을 쓰지 않을 수 없겠습니다만, 다른 사람이라면 오로지 주가主家가 선택하기에 달렸을 것이니 꼭 권할 수만은 없습니다." 라고 했다. 이에 바로 본래 흙을 그대로 채워 넣었다. 손 생이 또 말하기를, "이 땅은 매우 좋으나 흠결이 없지는 않습니다. 분명 자손이 적거나, 후사가 끊기는 파派가 있을 것입니다. 하지만 수구水口에 필봉筆峰이 있어 자손 중에 문재文才로 현달하는 이가 많을 것입니다. 구덩이

흙은 결이 곱고 기름지지는 않지만 이것은 쓸 만한 땅임이 분명합니다."라고 했다.

〔 1698년 12월 16일 병진 〕 바람 불고 맑음

아침 식사 후에 정여(이양원), 손 생(손필웅)과 함께 백포白浦로 나갔다. 가는 길에 문소동聞簫洞 산소에 들렀는데, 손 생이 매우 칭송했다. "후맥後脈이 기氣를 묶어 주지 못하지만, 위봉산威鳳山에서 나온 기가 모여 후맥으로 자연스럽게 들어가니 흠결이 되지 않습니다. 후맥과 안산은 산 뿌리에 살기殺氣가 없지 않으나, 후맥의 살殺은 뒤편 명당으로 쏟아져 흐르고 안산의 살은 혈穴이 높은 데에서 내려와 엎드린 형태이므로 또한 흠결이 되지 않습니다. 비록 명당이 없는 것이 흠이지만 산의 앞과 좌우가 트여 있어 묘소 앞에 명당이 없는 것이 흠결이 될 수는 없습니다. 손룡巽龍과 해향亥向이 장법에 맞으니 이것이야말로 옛 법에 말하는 '반룡盤龍이 일어났으니 당장 발복發福하지는 않더라도 부귀가 이어질 땅'입니다. 계장繼葬할 곳이 없다고 억지로 옮긴다면 한갓 무익한 데 그치지 않고, 새 무덤과 옛 무덤이 반드시 크게 낭패를 볼 것이니 극히 삼가야 할 것입니다."라고 했다.

〔 1698년 12월 17일 정사 〕 바람이 모질게 불고 눈이 어지럽게 내리는 것이 밤부터 시작되어 저녁까지 이어짐

〔 1698년 12월 18일 무오 〕 흐리고 바람이 그치지 않음

만득晩得이 그의 일로 왔다.

〔 1698년 12월 19일 기미 〕 흐리다 맑음

극인 정여(이양원)가 운주동으로 돌아갔다. 이신우李信友가 그의 일로 왔다.

〖 1698년 12월 20일 경신 〗 맑음

이성爾成이 소찬小饌을 베풀었다. 저녁을 먹은 뒤 손 생(손필웅)과 함께 뒷
산에 올라 산세를 두루 살펴보았다.

〖 1698년 12월 21일 신유 〗 맑음. 늦은 아침부터 바람이 심하게 붊

손 생(손필웅)과 산소를 알아보기 위한 행차를 떠나 화산花山으로 향했다.
삼치三峙의 용맥龍脈, 법장法藏의 용맥, 석현石峴의 용맥이 모두 외롭고 약
하여 볼만한 것이 없었고, 오직 저천苧川의 용맥만 자못 기세가 있고 길어
관두산館頭山까지 이르러 그쳤으나, 역시 전기專氣로서 결국結局하는 용龍
은 아니었다. 석전리石田里 앞에 도착하여 박선교朴善交가 고른 산소로 갔
다. 손 생이 말했다. "이곳에 묘를 쓰면 10년 안에 자잘한 복이 있겠지만,
10년 후에는 후손이 끊기는 우환이 있게 될 것이니, 거론할 만한 곳이 못 됩
니다." 죽도에 도착해서는 다음과 같이 말했다. "사자형獅子形인 것 같습니
다. 안채는 지금 들어와 살고 있는 매인每仁의 집으로 삼으면 좋을 것입니
다. 대체로 바닷가 언덕은 와혈窩穴인 곳을 거처로 정해야 하나, 성成 생生
이 살던 옛터는 그렇지 않기 때문입니다. 정자 자리는 지금 초당 자리 동쪽
터를 닦은 곳인데, 그곳은 용맥의 머리입니다. 머리를 깨어 정자를 짓는
것이니 분명 패망을 재촉하는 우환이 있을 것입니다. 절대로 구덩이를 파
깨뜨리면 안 됩니다. 향배는 안채와 바깥 정자 모두 손향巽向을 쓰면 됩니
다." 또한 섬에 우물을 팔 곳이 있느냐고 물으니 이렇게 말했다. "이곳은 산
맥이 이어진 곳도 아니요, 언덕이 높고 골짜기가 깊은 곳도 아니니, 팔 만
한 곳이 전혀 없습니다." 손 생은 천맥泉脈을 알아내는 데 가장 영묘하니,
이 말이 허언은 아닐 듯하다. 또한 "이 섬은 너무 작아 인가가 10호를 넘지
말아야 합니다. 넘으면 반드시 화가 생깁니다."라고 했다. 저천苧川에 대해
서는 "이 터는 꽤 좋으나, 용맥의 기운이 둔하고 탁하니 역시 취할 만한 곳

이 아닙니다."라고 했고, 노하리路下里의 달박月朴에 대해서는 "맑은 기운이 꽤 볼만합니다."라고 했다. 저녁에 백포의 장사庄舍로 돌아왔다.【손 생이 또 다음과 같이 말했다. "죽도 아래 정방丁方에 우물을 파면, 반드시 물이 나올 것입니다. 섬 꼭대기에 큰 옹기를 묻어 짠물을 저장하십시오. 깊이 묻으면 건너편 사각砂角이 쏘아 찌르는 형상을 제압할 수 있을 것입니다. 이 사각은 항복하는 형세가 있으니 큰 해는 되지 않을 것이나, 이렇게 제압하면 더욱 좋겠습니다."】

〖 1698년 12월 22일 임술 〗 사나운 바람에 눈발이 사납게 날림

추위가 너무 심해 산소자리를 보러 갈 수 없었다. 하루 종일 발이 묶여 앉아 있자니 걱정스럽다.

〖 1698년 12월 23일 계해 〗 아침에 잠깐 맑았다가 늦은 아침에 눈 내림

손 생(손필웅), 이성과 함께 백포에서 길을 나서, 고장高墙 산소에 들러 전배展拜했다. 손 생이 말했다. "이곳은 분명히 참된 결국結局이지만 백호白虎 머리가 너무 가깝게 다가서 있으니 이는 식루사拭淚砂[130]인 것 같습니다. 용호龍虎 머리에 험악한 암석이 비쭉비쭉하고, 앞산 골짜기의 물은 포태수胞胎水인 것 같은데, 이것이 큰 흠입니다." 잠시 후 다시 출발했는데, 이성은 백포로 돌아가고, 나와 손 생은 눈을 무릅쓰고 다니다가 미황사 용화당龍華堂에 유숙했다. 용화당은 미황사에서 가장 경치가 빼어나서, 이 절에 올 때마다 여기서 머무르고는 한다. 노승老僧 홍언洪彦을 불러 만났다. 예전에 남양南陽 할머니(윤선언尹善言의 처) 댁에 몇 아름이나 되는 은행나무가 대문 밖에 서 있었는데, 홍언이 시왕전十王殿의 화주化主가 되어 은행나무를 얻어 불상을 조성하길 원하여, 할머니가 우리 형제들을 위해 공양을 허락했었다. 이 때문에 내가 이 절에 오면 중들이 나를 각별하게 생각하고, 홍언도 항상 옛일을 이야기하며 정성스레 대하기에, 나도 오자마자 불러서 만

---

130) 식루사拭淚砂: 눈물 닦는 수건 모양의 사격砂格(혈에서 보이는 산이나 바위)이다.

난 것이다. ○절에 도착하자마자 대산大山의 정동두鄭東斗가 웃으며 맞이했다. 아들들을 이끌고 여기로 전염병을 피해 와 있다고 한다. 조금 있다가 유명기兪命基 생도 와서 만났다. 마침 일이 있어 왔다고 한다. 정 생(정광윤)이 함께 유숙했다.

큰 눈보라가 지난밤부터 저녁까지 계속되어 어쩔 수 없이 계속 머물렀다. 절의 중들이 아침에 연포軟泡를 차려 주었다.

정동두가 나를 위해 연포를 차려 주었다. 절의 중 조명照明이 종이를 가지고 와서 시詩를 청했다. 손 생(손필웅)이 먼저 절구 한 수를 짓고, 나도 억지로 그 운을 따라 다음과 같은 시를 지어 주었다.

> 海山清絕地　산과 바다 경치 맑고 빼어난 곳에
> 風雪客重回　눈보라 속에 객이 다시 돌아오니
> 脩然襟抱爽　초탈한 듯 흉금이 상쾌하여
> 塵念不曾來　속세의 생각 전혀 들지 않네

○아침밥을 먹은 후 갈두葛頭를 향해 출발했다. 정 생(정동두)이 함께 갔다. 눈이 무릎까지 쌓였고 매서운 바람이 뺨을 찔러 앞으로 나아갈 수 없었다. 구현狗峴 마을 앞에 도착했더니, 정 생이 고른 묏자리가 있어 손 생에게 한 번 봐 주기를 원했다. 손 생은, "이곳은 용맥이 계癸와 축丑 두 줄기로 가고, 앞에는 포양사抱養砂와 포태수胞胎水가 있으니, 결코 쓸 만한 땅이 아닙니다."라고 말했다. 정 생과 헤어지고 소거현繅車峴을 경유했는데 양헌직楊

憲稷이 고른 곳과 박선교가 고른 갈공산葛公山을 보더니 비웃었다. 해질 무렵 백포에 도착했다. 김정진金廷振이 머물면서 나를 기다리고 있었는데 온 지 이틀이나 되었다고 한다.

〔 1698년 12월 26일 병인 〕 맑음

손 생(손필웅), 김金 노老(김정진)와 함께 연동으로 돌아왔다.

〔 1698년 12월 27일 정묘 〕 맑음

손 생(손필웅)의 추노 일은 여태껏 찾을 만한 실마리가 없어, 호적戶籍을 살펴보고자 했으나 이 또한 방도가 없었다. 그래서 부득이 이방吏房에게 패자牌子를 써서 선형善衡을 시켜 먼저 가서 주선하게 하고, 다시 손 생을 보내 살펴보게 했다. 나는 늦은 아침 뒤에 팔마八馬로 돌아왔다.

손 생(손필웅)이 지은 산론山論[131]【백포白浦에 머물 때 지었음】

백련동白蓮洞

백련동은 기氣가 모인 화심花心으로서, 우선右旋 좌국左局이며 인갑寅甲 좌坐이다. 내가 산천을 두루 돌아다니며 찾아가 완미하지 않은 귀룡貴龍과 선적仙跡이 없다. 그런데 백련동에 이르러 보니 앞에 고장성庫莊星을 터뜨리고 뒤로 명당성明堂星을 열었으며 가운데에는 하늘까지 물이 넘치는 수성水星이 우뚝 서 있어, 마음속으로 기이하게 여겼다. 그래서 높은 곳에 올라 형세를 보니, 사수四獸[132]의 흩어짐과 모임이 명백하여 의심할

---

131) 손 생이 지은 산론山論: 백련동, 문소동, 백야지 3개의 내용으로 구성되어 있다.
132) 사수四獸: 네 방위를 맡은 신수神獸이다. 동쪽의 청룡靑龍, 서쪽의 백호白虎, 남쪽의 주작朱雀, 북쪽의 현무玄武를 가리킨다.

바가 없었다. 『청오경靑烏經』[133]에서 말한 "백 가지 신령한 것이 신비롭게 변화하여 형체를 떠나 참으로 돌아가네[百靈幻化 離形歸眞]."[134]라고 하는 것이 바로 이를 두고 한 말이다. 이에 감히 이곳 산수에 대한 나의 논의를 대략 펼치고자 한다.

주산主山은 아름답게 높이 솟아 있고, 용루龍樓와 풍각風閣이 산을 끼고 휘장처럼 펼쳐져 마치 선인仙人이 소매를 펄럭이며 춤을 추는 형상과도 같다. 청룡과 백호는 멀지도 않고 가깝지도 않고 높지도 않고 낮지도 않은데, 기쁘게 손을 모아 읍揖하고 있으며, 천관天關과 지축地軸의 넓고 좁음이 법도에 들어맞는다. 청룡의 한 가지가 생방生方에서 나와 머리를 돌려 안산을 이루었는데, 면전面前에 일자一字 문성文星이 그 품속에 엎드려 있어 혹은 전고展誥[135] 같기도 하고 혹은 횡금橫琴(거문고를 옆으로 놓은 것과 같은 평평한 형태의 산) 같기도 하여 뜻이 있고 정情이 있어 어루만질 만하고 품어 안을 만하다. 음선맥陰善脈이 인양맥寅陽脈과 접하여 기氣가 묘卯에서 합하고, 인寅, 갑甲 쌍두雙頭가 경庚, 신申으로 쌍향雙向한다. 혈토穴土는 원만하고 인목印木은 길어, 넓게 열린 평평한 언덕을 이루니, 생기生氣가 화기애애하다. 용맥龍脈의 형세를 말하자면 음목룡陰木龍인데, 오午, 병丙에서 나서 인寅, 묘卯에서 왕성하다. 물의 형세를 말하자면 양화수陽火水인데, 인寅, 갑甲에서 생겨나 사巳, 병丙에서 왕성하다. 모두 술戌로 돌아가니, 이것이 이른바 현규玄竅[136]가 상통하는 이치이다. 안

---

133) 청오경靑烏經: 중국 한나라 때 풍수지리학자 청오가 묘터를 정하는 데 필요한 사항을 정리한 책이다.

134) 백 가지…돌아가네: 『청오경』에는 '百年幻化 離形歸眞'으로 되어 있다. 이렇게 되면 "백년 살다 죽어 형체를 떠나 참으로 돌아감" 정도의 뜻이 된다.

135) 전고展誥: 산의 형태 중 하나이다. 『지리담자록地理啖蔗錄』에 "토성土星인 산의 양쪽 각角이 높이 일어난 것 중, 협소한 것을 '고축誥軸'이라 하고, 길고 넓은 것은 '전고展誥'라고 한다. 왕에게 아뢰는 조고詔誥와 비슷하기 때문이다. 그러므로 귀貴를 주관한다[土星兩角高起 狹小者爲誥軸 長闊者爲展誥 以其似詔誥之狀 故主貴].라고 하였다."

136) 현규玄竅: 『선학사전禪學辭典』에 "현이라고 하는 것은 헤아리기 어렵다는 뜻이다. 규라고 하는 것은 연다는 뜻이다. 여는 이치를 궁구할 수 없으므로 '현규'라고 부른다[玄者莫測也 竅者開啓也 莫能究其開啓之理 是之謂玄竅].라고 하였다.

산이 끝나는 머리에 문필봉文筆峰이 유방酉方으로 우뚝 솟아 있어 문중門中의 귀인이 된다. 금수金水, 일월一月이 진震에서 태兌를 비추니, 자손의 현달함이 모두 이와 관계된다. 논하자면, 기상이 웅위하고 형국이 넓고 원만하여, 용법龍法, 혈법穴法, 사법砂法, 수법水法이 모두 이치에 들어맞으니, 대대로 가문이 빛나 오래 지속될 것이어서 그 귀함을 이루 말할 수 없다. 주성主星이 현묘玄卯에서 존귀하고, 장하귀인帳下貴人[137]이 신申에 있으며, 상아홀을 든 신하들이 미곤未坤에 나란히 도열해 있으니, 인寅, 신申, 묘卯, 유酉 생은 반드시 현달할 것이며, 만약 유년酉年(을유년, 정유년, 기유년, 신유년, 계유년)에 등과登科하면 그 귀함이 혈식血食[138]에 이를 수 있다. 곡장曲墻(무덤 뒤에 둘러쌓은 나지막한 담)과 창고倉庫[139]가 좌우로 겹겹이 드러나 있으니, 부유함이 도주陶朱와 의돈猗頓[140]과 같이 될 수 있다. 그러나 백호白虎의 허리가 낮아 되돌아 품으로 달려 들어와 마치 안에 돌[珉]을 품고 있는 옥과 같으니,[141] 서손이나 지손支孫이 적통을 잇거나 재상을 낼 수도 있을 것이다. 명당明堂의 순수順水가 흐르기도 하고 끊어지기도 하며 갑자기 모였다가 갑자기 흩어지며, 좌우의 별군鱉裙[142]이 마멸되어 떨어졌고, 주산主山의 석감石龕이 깊고 음침하니, 이 또한 완벽하게 흰 옥의 흠이 된다. 자손들은 영원히 대대로 꽃다울 것이나, 번성하는 한편 드문드문하기도 하여 지극한 성대함은 기약하기 어렵다. 그러나

---

137) 장하귀인帳下貴人: 뒤에 휘장처럼 산을 두른 귀인봉貴人峰이다.

138) 혈식血食: 성균관, 향교, 서원에 배향된 사람이나 가문의 불천위 제사에는 요리한 화식火食이 아닌 생고기를 사용하는데 이를 '혈식血食'이라고 한다.

139) 창고倉庫: 산의 형태 중 하나이다. 『지리담자록地理啖蔗錄』에 "고庫는 토성土星이 모가 나고 각角이 떨어진 것이므로, 부정한 재물을 주관한다. 창倉은 금성金星으로 또한 부귀가 응한다[庫土星 方而墮角 故主濁富 倉卽金星 亦爲富應]."라고 하였다.

140) 도주陶朱와 의돈猗頓: 도주는 월越나라 재상 범려范蠡를 가리킨다. 범려는 월나라를 일으켜 세운 후 스스로 벼슬에서 물러나 도陶로 가서 주공朱公이라 일컬으며 큰 부호가 되었다고 한다. 의돈猗頓은 노魯나라의 대부호이다.

141) 마치…옥과 같으니: 원문의 '민중옥표珉中玉表'는 겉으로 보면 옥玉과 같으나 그 속에는 돌[珉]이 있다는 것을 말한다.

142) 별군鱉裙: 원래 자라 등껍질 주변의 연한 육질 부분을 가리킨다. 풍수에서는 산 아래 평평하게 펼쳐진 지형 중 하나를 가리키는 용어로서, 이십사 살혈二十四殺穴 가운데 하나이다.

용맥의 기운이 왕성하게 모여 있고 길성吉星이 모여 있으니, 어찌 산천의 작은 흠이 진맥眞脈의 두터운 복을 감쇄시킬 수 있겠는가? 혈穴이 다한 곳의 남은 기운이 좌우로 나뉘어 모서리를 이루었는데 마치 태극의 형상처럼 원을 그리니, 생기生氣가 돌아옴을 알 수 있다. 그러나 두 사이의 낮은 곳은 이른바 '암키와[仰瓦]'와 같은 땅[143]이어서 외롭고 허전함이 분명하니, 집을 만들면 집이 반드시 망하고, 우물을 파면 그 해가 묘소에까지 미칠 것이다. 조심하고 또 조심할 지어다.

문소동聞簫洞

문소동聞簫洞은 경태庚兌(서쪽) 방향에서 산 능성이가 갈라져 손巽(동남) 방향으로 머리 부분이 들어가면서 우측으로 돌아 좌측에서 형국을 이루었으니, 사좌해향巳坐亥向(남남동쪽을 뒤로 하고 북북서쪽을 향하는 자리)이다. 내가 문소동의 선생(윤선도) 묘소에 오르니 부인과 합장했기에 감히 절을 올리지는 못하고 산수를 둘러보았다. 앞뒤 구위區衛에 존거제좌尊居帝座(존귀한 분이 살고 천제가 앉는 자리)의 형태와 태극자미太極紫微의 형상이 있으니, 선생의 은덕과 혜택을 이로부터 상상해 볼 만하다. 『청오경』에 이르기를, "산이 조아려 들고 물이 감돌아 나가면 자손이 매우 번창한다[山頓水曲 子孫千億]."라고 했는데, 아마도 이곳을 이르는 말일 것이다. 감히 고루한 견식으로 덧붙여 논한다.

월출산의 줄기가 멀리서 자취를 드러내어 간간間間이 우뚝 솟고 개개箇箇로 몸을 감추면서 두륜산에서 나아가기를 멈추었으니, 조산이 나쁘지 않게 한 데다 다시 참된 기운을 발했다. 수레를 보관하고 말을 숨기는 형세가 있어 청룡을 형성하여 형국을 이루고, 만 마리 말이 힘차게 달리는

---

143) 암키와[仰瓦]와 같은 땅: 혈장穴庄 후면이 기왓장의 골처럼 여러 가닥으로 파이고 골진 땅이다. 생기가 흩어지므로 자손 보존이 어렵고 폐가한다고 한다.

기세가 되어 문득 일어나고 문득 엎드리니 탁목조啄木鳥가 하늘로 날아 올라 빙빙 돌다가 다시 엎드려 융융融融하면서도 은은隱隱한데[144] 읍하고 가다가 돌아다보니, 거듭 거듭 감싸 안아 머리를 감추고 몸을 숨긴 것이 곧 해당되지 않는 사람에게는 보여 주지 않는 이치이다. 둥근 혈 자리가 평탄하니 진실로 더듬어 찾기 어렵고 허리띠 두른 자라치마 터는 귀하기가 실로 헤아릴 수 없다. 현묘함을 끝까지 가려서 먼저 점지하고 후에 계획했으니 선생의 박식한 식견은 지극함을 다했다. 청룡과 백호로써 선익사蟬翼砂[145]를 삼으니 비봉飛鳳이 둥지로 돌아오는 형상과 같고, 서린 용龍이 전축轉蹴하며 안산 바깥으로 몸을 뒤치고 언덕이 나열하여 좌우로 호위하니, 마치 상서로운 구름이 자욱하게 일어나는 형세와 같음이 있다. 참으로 몸을 서린 용이 안개를 토하여 구름 속 신선의 자리를 만들어 내는 형상과 같다. 조祖[146]로 안산案山을 삼아 삼태三台가 면전에 나열해 서고, 요曜[147]로 낙산樂山[148]을 삼아 육경六卿이 휘장 뒤로 다투어 진을 치니 진룡眞龍의 귀맥貴脈을 이로부터 변별할 수 있다. 만약 복인福人이 아니라면 어찌 능히 이곳을 천택扦擇할 수 있겠는가. 이미 등공滕公의 가성佳城[149]을 정했으니 어찌 손숙오孫叔敖의 음덕陰德[150]을 부러워하겠는

---

144) 융융融融하면서도 은은隱隱한데: 봉기하여 솟아 있으면서도 숨겨져 있어 찾기 어려움을 가리킨다.

145) 선익사蟬翼砂: 입수맥入首脈으로 들어온 생기가 두뇌에서 뭉치고 이것이 다시 혈 가운데로 들어가고 나머지는 좌우의 어깨가 되어 혈 중심을 감싸 준다. 이 양쪽 어깨부분이 마치 매미 날개 모양이므로 선익사라 칭한다. 선익사의 임무는 물이 혈안으로 못 들어가게 하고 혈의 기를 보호하는 데 있다.

146) 조祖: 혈을 향하여 이어져 내려오는 우뚝우뚝 솟은 산봉우리이다. 조산祖山과 같은 말이다.

147) 요曜: 청룡, 백호 양변의 배후면에 있는 소산이나 암석군이다.

148) 낙산樂山: 혈장穴場의 뒤에 있는 용龍이 허약하고 공허한 곳을 보룡保龍하는 산이다.

149) 등공滕公의 가성佳城: 한漢나라 등공滕公이 말을 타고 가다가 동도문東都門 밖에 이르자 말이 울면서 앞으로 나아가지 않은 채 발로 오랫동안 땅을 굴렀다. 사졸士卒을 시켜 땅을 파 보니 깊이 석 자쯤 들어간 곳에 석곽石椁이 있고, 거기에 "가성佳城이 울울鬱鬱하니, 삼천 년 만에야 해를 보도다. 아! 등공이여, 이 실室에 거처하리라." 하는 글이 새겨져 있었다 한다.

150) 손숙오孫叔敖의 음덕陰德: 손숙오가 어렸을 때, 양두사兩頭蛇를 보면 죽는다는 말을 듣고 길거리에 나가 놀다가 과연 양두사를 보게 되었다. 그 자신은 이미 죽겠지만 다음 사람이 보고 죽을 것을 염려하여 보는 즉시 때려잡았다. 그는 집에 돌아와 어머니에게 사실을 말하며 울자, 그의 어머니가 음덕을 입힌 자는 죽지 않는다고 위로했다고 한다.

가. 비록 내당內堂이 협착狹窄하나 번신역세翻身逆勢하는 형국이고 몸을 옆으로 하여 누울 수 있는 것이 귀하다. 각하脚下에 살기殺氣가 있는 듯하나, 혈이 이마에 위치하여 배꼽이 높으니 여러 흉함이 항복하는 이치이다. 혈 뒤쪽이 비록 암전暗箭을 맞았으나, 후당後堂을 널찍하게 열어 천관天關[151]이 바닷가 어귀로 쏟아져 흐르니 현기玄機의 묘처妙處를 누가 얻어 알겠는가. 어성평漁城坪과 고현평古縣坪은 삼양三陽[152]을 가리키니 만 마리 말을 받아들여 달릴 만하며, 위봉산威鳳山과 비봉산飛鳳山은 곧 여기餘氣가 되니 수많은 자손의 귀함을 틀림없이 지어내게 될 것이다. 천주天柱가 높이 손신巽辛의 방위에 솟으니 재주는 한퇴지韓退之(한유)나 왕희지와 같고, 수명은 팽조彭祖나 노담老聃과 같을 것이다. 백방산百房山은 북신北辰[153]에 해당되어 서남쪽 모퉁이에 자리하고 옹암瓮巖은 관성關星[154]에 해당되어 감계坎癸(북쪽) 방향에 자리한다. 흥성함과 부귀영달이 모두 다 여기에 관계될 것이다. 손巽으로 입수入首해서 사좌巳坐함을 음양으로써 논해 본다면, 사화巳火의 음룡陰龍[155]은 자子에서 일어나고 유酉에서 생하며 사巳에서 왕하고 축丑에서 끊기며, 경신庚申의 양금陽金은 수水가 인寅에서 일어나고 사巳에서 생하며 유酉에서 왕하고 축丑에서 끊긴다. 이것이 바로 '천근월굴天根月窟'이니, 산의 생왕生旺과 물의 생왕生旺이 서로 만나 함께 축丑으로 귀결해 음이 양에서 이루어지고 양이 음에서 생겨남이니 선각先覺(『옥척경玉尺經』)의 이른 바 '현규상통玄竅相通'의 지극히 묘한 이치이다. 만약 땅에 이치가 있다면 이치는 이것을 넘어섬이 없을 것이다. 천지天地가 만들어 설치하고 귀신鬼神이 아껴 감추어서 도를 체득한 사람에게 남겨준 것이니 용렬한 지술가가 어찌 알겠는가? 내가 비

---

151) 천관天關: 득수처得水處를 말한다.
152) 삼양三陽: 내양內陽, 중양中陽, 외양外陽을 일컫는다.
153) 북신北辰: 북극성을 이르는 말이다.
154) 관성關星: 북두칠성 중 하나이다.
155) 음룡陰龍: 북쪽으로 향하는 청룡으로, 혈장穴場보다 높은 능선을 가리킨다.

록 이치에 어두우나 산수山水의 동정動靜에 대해서는 다행히도 약간 알아 당돌히 어리석음을 무릅쓰고 그 대강을 이야기했다.

백야지白也只

백야지는 간좌艮坐에서 박환博換하고 묘좌卯坐에서 입수入首[156]하며 좌선左旋[157]우국右局[158]이며 묘좌卯坐 유향酉向이다. 백야지는 산이 다하고 물이 모이는 곳이니 풍수風水가 절로 이루어졌다. 높은 곳에 올라 주위를 둘러보니 앞으로 호위護衛하고 뒤로 응수應酬하고 좌로는 백호가 엎드리고 우로는 청룡이 내려와, 기이함을 헤아릴 수 없고 오묘함을 표현할 수가 없다. 『청오경』에 이르기를, '귀한 땅은 관계된 곳이 확 트여 있고,[159] 번잡한 시장과 밥 짓는 마을은 주변과 조화롭고 넓으며 평탄하다'[160]고 했고, 또 이르기를, '기운은 왕성하고 바람은 흩어지며, 지맥은 물을 만나 멈춘다'[161]라고 한 것이 여기를 가지고 말한 것이다. 위봉산威鳳山의 뒤쪽

---

156) 입수入首: 풍수 용어로, 용龍이 혈장穴場을 맺기 위해 필요한 좌우선익左右蟬翼과 혈장을 만들기 직전의 에너지가 모인 부분을 말한다.

157) 좌선左旋: 풍수에서 시계바늘 방향으로 선회하는 맥의 행도行度를 양박환陽博換(또는 順旋, 左旋)이라 하고, 시계바늘 반대 방향으로 선회하는 맥의 행도를 음박환(陰博換, 또는 逆旋, 右旋)이라고 이른다. 『홍재전서』에 '좌선左旋과 우선右旋은 산과 물의 오고 가는 것으로 국局을 정하니, 만약 산이 오른쪽에서 오고 물이 왼쪽을 향하여 가면 좌선수左旋水가 되고, 산이 왼쪽에서 오고 물이 오른쪽을 향하여 가면 우선수右旋水가 된다.'라고 했다.

158) 우국右局: 풍수에서, 국局은 혈血과 사砂가 합한 곳으로, 양기陽基이든 음택陰宅이든, 하나의 취합 규모를 이룬 것을 가리킨다. 우국右局은, 오른쪽에 국이 이루어졌다는 뜻으로 이해할 수 있다.

159) 귀한…있고: 『청오경』에 "귀한 기운을 서로 취하는 자리란, 본래 근원 용맥으로부터 이탈하지 않고, 전후를 호위하듯이 잘 감싸 주는 곳으로, 주산주룡이 있고 객산(사격)이 있는 곳이다. 물은 흐르나 흐르지 않는 것처럼 보이고, 바깥(수구)은 좁으나 (보국) 안은 넓으며, 대지(명당 안의 들판)는 바다와 같이 평평하며, 가마아득함을 헤아릴 수가 없다[貴氣相資 本原不脫 前後區衛 有主有客 水行不流 外狹內闊 大地平洋 杳茫莫測]."라고 하였다.

160) 번잡한…평탄하다: 『청오경』에 "닭이 울고 개가 짖는, 번잡한 시장과 밥 짓는 마을은(즉 발전하고 풍요로운 마을은), (용맥이) 때로는 매우 융성하면서도 때로는 매우 은은하니, 누가 그 근원을 찾겠는가[鷄鳴犬吠 鬧市烟村 隆隆隱隱 孰探其原]."라고 하였다.

161) 기운은…멈춘다: 『청오경』에 "기는 바람을 타서 흩어지고, 맥은 물을 만나 멈춘다[氣乘風散 脈遇水止]."라고 하였다.

은 둔을 치고 있는 군사들처럼 곳곳에 작은 언덕과 바위가 중첩되고,[162] 군마羣馬가 뛰어 오르는 형세인데, 끊어지려 하다가 끊어지지 않고 흘러 가다가 다시 머무르니[163] 이와 같은 주행住行의 형국이 최고로 으뜸이다. 수없이 많은 가지와 잎들이 높이 솟아 꿈틀거리며 일어나니, 황홀하기가 안개 속의 꽃과 같다. 육경六卿을 나열하고 탈사脫卸[164]를 호위하여 조기 祖氣가 구불구불 멀리 이어진다. 가지런히 일어나 혈을 향해 머리를 조아 렸으니 완연히 봉황이 날개를 치는 듯한 형상이다. 간艮에서 떨어져 감坎 으로 박환搏換하고, 손巽을 넘고 묘卯를 뛰어넘어, 갑자기 떨어져 도두倒 頭가 되었다. 머리 부분은 둥글고 복부는 넓은데, 아래로 바닷가에 임하 니 흡사 배를 매어 둔 것과 같은 형상이다. 좌우로 두 줄기의 샘이 솟아나 고 위아래로 굽은 물줄기가 흘러 절로 '기器' 자 형태의 몸을 이루었다. 한 쪽으로 해안수蟹眼水[165]를 지어 냈고 한쪽으로는 하수수蝦鬚水[166]를 지어 냈으니, 바로 게와 새우가 거품을 게워내는 형상과 꼭 같다. 머리 부분은 높으면서도 낮고 복부는 넓으면서도 묶여 있어, 혈穴을 정함에 세 곳에 서 멈춘다는 것을 족히 알 수 있다.[167] 주변을 가로지른 사砂[168]를 세 번 둘 렀는데, 자리를 두르고 요를 펴는 형세로, 각하脚下에 정밀하게 펼쳐내 었다. 전후前後의 조수潮水가 신혼晨昏으로 배조拜朝하며 오기도 하고 가

---

162) 둔을…중첩되고: 둔군屯軍은 산에 자리한 곳곳의 암석군을 가리킨다.

163) 끊어지려…머무르니: 『청오경』에 "마치 끊어진 것 같으나 다시 이어지고, 가 버린 것 같으나 다시 머물러 있는 기이한 형상은 천금으로도 구하기 어렵다[若乃斷而復續 去而復留 奇形異相 千金難求]"라고 하였다.

164) 탈사脫卸: 짐을 벗는다는 뜻으로 주산의 모양이 조악하거나 험한 용이 혈장 주위에서 평탄하고 예쁜 용으로 바뀐 것을 의미한다.

165) 해안수蟹眼水: 혈장穴場과 우각사牛角砂 사이 가장 가까이에 있는 게 눈 모양의 물로, 물의 양이 적어도 무방하고 비가 왔을 때 물이 보일 정도면 된다고 한다.

166) 하수수蝦鬚水: 혈장과 선익사蟬翼砂 사이 가장 가까이에 있는 새우 수염 모양의 물로, 물의 양이 적어도 무방하고 비가 왔을 때 물이 보일 정도면 된다고 한다.

167) 혈穴을…있다: 삼정심혈법三停尋穴法을 가리킨다. 하나의 산에서 혈이 높은 곳에 있는지, 중간에 있는지, 낮은 곳에 있는지를 살피는 심혈법으로서 청룡과 백호, 안산과 조산 등 주변 산들의 높고 낮음에 따라 혈의 위치를 예측하며 또한 주변 산들이 멀리 있는가 가까이 있는가의 거리 여부도 심혈에 반영된다.

168) 사砂: 혈을 에워싼 주변의 산봉우리를 가리킨다.

기도 하는 것이 믿음이 있고 정감이 있다. 효순귀孝順鬼 또는 쌍귀雙鬼[169]가, 용龍을 끼고 포抱를 품고, 탐랑貪狼[170] 문성文星이 기를 뒤따라 발출拔出하여, 낙응봉樂應峯을 우뚝하게 지어 냈다. 산에서 생겨난 한 지맥이 면전을 넘어 향한 모습이 깃발[旗幟]과 같은데[171] 안산案山을 지어냈으며, 안산 아래의 한 언덕이 뭉쳐 길게 뻗쳐 있는 모양이 마치 금어대金魚袋[172]와 같고 (…) 청룡靑龍의 네 골짜기는 그 바깥을 넓게 에워싸 말에 굴레를 씌워 머리를 돌렸다.[173] 누운 듯이 내호內虎에 암공暗拱[174]되어 비록 대단하게 갑자기 웅크렸다가 일어났다 해도 곧 사마봉使馬峯을 만들어 냈으며, 천황天皇과 천구天廏 두 둥근 봉우리가 우뚝 서서 하늘을 떠받쳤으니 그 형세가 소와 같다. 전후로 조수潮水가 대응하는 것은 실로 모두 기록할 수가 없다. 또한 산을 걸어 다니며 살펴보고 물길을 헤아린 것을 이야기하자면, 좌선묘룡左旋卯龍은 신申에서 일어나 해亥에서 생기하여 묘卯에서 왕성했고 미未에서 끊어졌다. 임해우수壬亥右水는 오午에서 일어나 묘卯에서 생기하여 해亥에서 왕성했고 미未에서 끊어졌다. 이로써 현규玄竅에 통하니 어찌 우연한 이치로 여기겠는가. 아직 천혈扦穴하기도 전이니 이는 사실 쓸데없는 말이긴 하다. 간혹 풍수風水의 이치에서 이와 같은 용龍 이와 같은 국局 이와 같은 혈穴 이와 같은 수水의 수법이 있다면, 진파眞派는 재상宰相과 제학提學을 내고, 부귀富貴를 융성隆盛하게 하며, 여

---

169) 효순귀孝順鬼 또는 쌍귀雙鬼: 귀성鬼星이 소의 뿔처럼 두 개가 연달아 있는 것을 '쌍귀雙鬼' 또는 '효순귀孝順鬼'라 한다.

170) 탐랑貪狼: 북쪽을 출입문으로 하고 동남쪽에 거처를 둘 경우, '탐랑득위지택貪狼得位之宅'이라 하여 길상吉相한 공간으로 간주한다.

171) 깃발[旗幟]과 같은데: 풍수형국 가운데 기치창검형旗幟槍劍形의 형국이 있다.

172) 금어대金魚袋: 『청오경』에 "두 둥근 봉우리가 서로 이어진 것이 어대산인데, 서쪽에 나타나면 금어대니 높은 관직을 주관한다[兩圓峯相連 是爲魚袋 西方出則爲金魚袋 主官貴]"라고 하였다.

173) 말에…돌렸다: 신륵사神勒寺의 경우, 창건 설화와 관련하여 절 앞에 위치한 마암馬岩의 기운을 막고자 말에 굴레를 씌운다는 뜻의 비보神補의 의미가 사찰 이름에 담겨 있다.

174) 암공暗拱: 조산朝山은 혈장穴場에서 거리에 따라 근조近朝, 원조遠朝, 암공暗拱으로 구분된다. 혈에서 가장 가까운 근조는 혈에 입수하는 두뇌頭腦보다 높으면 손님이 주인을 억누르는 격이 되어 좋지 않다고 본다. 혈에서 멀리 있는 원조나 암공은 하늘 높이 치솟아도 무방하다.

러 대에 걸쳐 가문을 드날려, 먼 후대까지 면면이 밖으로 뻗어나가고, 외계外系와 지파支派는 장군將軍으로 출정出征하고 재상宰相으로 입조入朝하여, 세대와 세대를 연이어 을 배출할 것이다. 옛 말에 이르기를, '귀한 땅은 천금으로도 구하기 어렵다.'[175]고 했으니 하물며 한 푼도 사용하지 않은 경우에 있어서랴! 혈 자리를 재단함에 이르러 장래에 쓸지 버릴지 진실로 미리 정할 수 없으니, 이와 같은 천기天機를 어리석고 천근한 나의 식견으로, 어찌 쉽게 누설하는 것이 가능하겠는가.

무인년(1698) 섣달(12월) 하순 월성月城 후인 손필웅이 기록하다

죽도서竹島序

해남의 남쪽에 한 명승지가 있어, 산과 바다 사이에 걸쳐 있으니, 사자가 웅크리고 있는 것 같기도 하고, 또 금거북이가 엎드려 있는 것 같기도 하다. 북쪽에서 임하면 그 산을 잊어버리고 남쪽으로부터 대하면 그 바다를 잊어버리니, 인자仁者와 지자智者가 산과 바다를 좋아하는 흥이 인다.[176] 몇 칸의 초가집이 소나무와 대나무 사이에 자리했는데, 창 밖에는 산이 보이고 난간에선 물이 보이며, 해와 달이 한가롭고 한가로워, 참으로 세상으로부터 숨어 노닐기에 좋은 곳이다. 엄광嚴光처럼 동강桐江에 낚싯대를 드리우고 양가죽 옷을 느슨히 걸치며, 사안謝安처럼 동산東山에서 거문고 연주하며,[177] 완부阮孚처럼 밀랍 바른 나막신을 한가롭게 신

---

175) 귀한…어렵다: 『청오경』에 "마치 끊어진 것 같으나 다시 이어지고, 가 버린 것 같으나 다시 머물러 있는 기이한 형상은 천금으로도 구하기 어렵다[若乃斷而復續 去而復留 奇形異相 千金難求]."라고 하였다.

176) 인자仁者와…인다: 『논어』「옹야雍也」에서 "어진 자는 산을 좋아하고, 지혜로운 자는 물을 좋아한다[仁者樂山, 智者樂水]."라고 했다.

177) 사안謝安처럼…연주하며: 원문의 '사산謝山'은 사안謝安이 동산東山에 은거했던 고사를 가리킨다. 동진東晉 때 사안謝安은 회계의 동산東山에 집을 마련해 그곳에 은거하여 시를 짓고 유람하며

고 다닌다. [178] 흰 갈매기 날아오니 세속 티끌은 천 리 밖이라, [179] 세상을 벗어나 노니니 자유롭고 광막한 경지에 흥겹구나. [180] 훌륭하다. 선생의 도道와 덕德은 본받을 만하고 모범으로 삼을 만하다. 내가 속세의 인연을 미처 없애지 못하여 아주 짧은 시간 그 가운데서 노닐었음에도, 그 도와 덕이 감미롭게 이어져 잊히지 않아 그러한 마음을 당돌하게 이와 같은 글로 써서 바친다.

무인년(1698) 섣달(12월) 하순 월성 후인 손필웅

〔 1698년 12월 28일 무진 〕 맑음

윤간尹侃이 왔다. ○노奴 차삼次三이 서울에서 돌아와 아이들의 잘 있다는 편지를 받았다. 들으니, 중길仲吉이 전염병에 걸려 죽었다고 한다. 이 사람은 우리 집에서 옛날부터 일을 하며 수고해 온 자인데 몸 둘 곳도 없이 죽는 지경에 이르렀다. 매우 참담하다.

〔 1698년 12월 29일 기사 〕 맑음

마을에 전염병이 점점 번져, 움막으로 나가는 자들이 계속 이어졌다. 차삼次三 역시 오던 길에 전염병에 걸려 부득이 움막으로 나갔다.

살았다. 이후 40세가 되어 본격적으로 관직에 나아갔고, 이후 재상의 자리까지 올랐다.

178) 완부阮孚처럼…다닌다: 진晉나라 완부阮孚가 나막신에 항상 밀랍을 반들반들하게 칠해서 신는 괴이한 습벽을 지니고 있었는데, 언젠가 어떤 사람이 그를 찾아갔을 때에도 밀랍을 칠하는 일을 태연히 계속하면서 "일생 동안 이런 나막신을 몇 켤레나 신을지 모르겠다[未知一生當着幾緉屐]."라고 탄식했다는 '납극蠟屐'의 고사가 전한다.

179) 흰 갈매기…밖이라: 두보杜甫가 자신을 갈매기에 비유하면서 "호탕한 연파 사이에 출몰하는 흰 갈매기를, 만 리 밖 어느 누가 순치馴致할 수 있으리오[白鷗沒浩蕩 萬里誰能馴]."라고 표현한 말이 있다.

180) 자유롭고…흥겹구나: 무하無何는 '어떠한 있음도 없는 곳[無何有之鄕]'을 가리키는데, 풀어서 이야기하자면 아무것도 걸릴 것이 없는 자유롭고도 광막한 경지를 의미한다(『장자』 「소요유逍遙遊」).

정 생(정광윤)이 숙위했다.

* 이 시는 1698년 달력 말미에 작은 글씨로 적혀 있는 것이다.

北闕休上書　황제에게 글월 올리는 짓 그만하고

南山歸敝廬　남산의 내 집으로 돌아가야지

(…)

白髮催年老　백발은 늙음을 재촉하고

靑陽逼歲除　봄기운 세밑에 닥쳐왔네[181]

(…)

(…)

不辭靑春忽忽過　휙 지나가는 청춘을 어쩌랴만

但恐懽意年年謝　해마다 기쁜 마음 적어져 걱정이지[182]

(…)

山中何所有　산중에 뭐가 있냐고 물으시나요,

嶺上多白雲　고개 위에 흰 구름 많지만

只可自怡悅　나 혼자 즐길 수 있을 뿐

不堪持贈君　임금께는 갖다 드리지 못한답니다.[183]】

---

181) 황제에게…닥쳐왔네: 맹호연孟浩然의 오언율시인 「세밑에 남산으로
돌아감[歲暮歸南山]」(『맹호연집』권3)의 두련頭聯과 경련頸聯이다. 시의 전문은 다음과 같다.
"北闕休上書 南山歸敝廬 不才明主棄 多病故人踈 白髮催年老 靑陽逼歲除 永懷愁不寐 松月夜窓虛"

182) 휙…걱정이지: 소식蘇軾의 시 「정혜원에서 우거하다가 달밤에 우연히
나와[定惠院寓居月夜偶出]」(『동파전집』권11)의 일부분이다. 전문은 다음과 같다. "幽人無事不出門
偶逐東風轉良夜 參差玉宇飛木末 繚繞香烟來月下 江雲有態淸自媚 竹露無聲浩如瀉 已驚弱柳萬絲垂
尙有殘梅一枝亞 淸詩獨吟還自和 白酒已盡誰能借 不辭靑春忽忽過 但恐懽意年年謝 自知醉耳愛松風
會揀霜林結茅舍 浮浮大甑長炊玉 溜溜小槽如壓蔗 飲中眞味老更濃 醉裏狂言醒可怕 但當謝客對妻子
倒冠落佩從嘲罵"

183) 산중에…못한답니다: 도홍경陶弘景의 시 「황제께서 '산중에 무얼 가졌는가'라고 물으시기에 시를
지어 답을 드림[詔問山中何所有賦詩以答]」이다.

1090

흰머리에 파리하게 여위어

白頭疲薾

윤7월 26일자 일기에서

전남 강진군 도암면 봉황리 석문산에 위치한 합장암 合掌庵 터에서 바라본 강진만

1699년 윤7월 윤이후는 지인들과 함께 합장암을 유람했다. 거문고와 피리를 연주하는 가운데 기암괴석에 기대어 그가 완상하였을 강진만의 모습이 300여 년이 지난 지금도 손을 뻗으면 닿을 듯이 선명하다.

1699년 주요 사건

1월 .

2월 해남현감 최휴 비판 : 2월 9일~19일

고금도 유배객 이현기 영감의 내행 : 2월 18일~3월 18일

3월 영암군수 이이만의 부임 : 3월 1일~14일

정광윤의 전염병 : 3월 20일~6월 2일

양자사의 노 춘남의 죽음 : 3월 22일~윤7월 17일

연동 방문을 통한 친족들과의 교유 : 3월 26일~28일

4월 영광의 류명현 방문 : 4월 13일~20일

신급제 신연의 도문연 참석 : 4월 18일~20일

윤익성과 윤경미의 호적감관행 : 4월 23일~윤7월 5일

윤흥서의 학질 : 4월 27일~7월 8일

5월 윤세미의 죽음과 상례 : 5월 7일~8월 20일

황색충의 변괴 : 5월 9일

감기 : 5월 29일~6월 25일

6월 .

7월 소척치 아래의 초정 : 7월 7일

석전제 포우 사건 : 7월 16일

윤7월 마당쇠 매질과 도주 : 윤7월 9일~8월 21일

합장암 구경 : 윤7월 19일~26일

8월 손자들의 서실 건축 : 8월 4일~9월 8일

진도 비 금녀 매입 : 8월 18일~28일

9월 .

1699년 1월. 병인 건建. 큰달.

눈보라 속에서

〔 1699년 1월 1일 신미 〕 날씨가 청명하고 온화함

마을의 불안[전염병]이 근래 더욱 심해져, 정월 초하루 차례는 간략하게 차려 지내고 산소 제사도 직접 가서 행하지 못했다. 안타까움을 말로 할 수 있겠는가. ○최운학崔雲鶴, 최운제崔雲梯가 왔다. ○해남의 하리下吏 명자건明自建이 와서 알현했다. 해남 질청에서 세하리歲賀吏 김만귀金萬龜를 보내 문안했다. ○오늘, 해 가운데 검은빛이 이글거리는 것이 작년 설날과 같았다.

〔 1699년 1월 2일 임신 〕 약간 맑음

창감倉監 임세회林世檜가 왔다. 정광윤鄭光胤이 왔다. 연동蓮洞의 이복爾服, 이백爾栢, 동미東美가 왔다.【올해 설날은 전염병 때문에 제사를 간략히 지냈다. 사람들도 술과 음식으로 손님맞이하는 일이 없으니, 이것으로도 세변世變을 알 수 있다.】

〔 1699년 1월 3일 계유 〕 맑음

손 생生(손필웅孫必雄)이 운주동雲住洞에 머물고 있는데, 그와 함께 갈두葛頭

를 보러 가고 싶어서 늦은 아침에 팔마장八馬庄을 출발했다. 평촌坪村에 들러 인사하고 저녁에 운주동으로 돌아왔다.

〔 1699년 1월 4일 무술 〕 입춘. 맑음

손 생이 어제 문장門長(윤선오尹善五)의 만류로 평촌에서 묵고, 오늘 칠양七陽으로 발길을 돌렸다. 나는 어쩔 수 없이 운주동에 머물렀다.

〔 1699년 1월 5일 을해 〕 아침에 맑고 늦은 아침에는 흐렸으며 저녁에 비

손 생이 아침 식사 전에 왔다. 윤주미尹周美 숙叔이 함께 왔다.[1] 아침 식사 후 곧바로 손 생과 함께 갈두葛頭로 떠났다. 이진梨津을 지나다 비를 만나 불현佛峴의 선전관 정동규鄭東奎의 농장農庄으로 들어갔다. 정 선전관이 마침 전염병을 피해 여기에 거처하고 있어서, 객청客廳으로 맞이해 주었다. 정동규의 첩자妾子인 덕윤德潤과 송산松山의 백수규白壽珪가 자리에 함께 있었다.

〔 1699년 1월 6일 병자 〕 눈보라가 저녁까지 이어짐

어쩔 수 없이 계속 머물렀다.

〔 1699년 1월 7일 정축 〕 흐리고 바람이 거세게 붊

머물러 있자니 괴로워서 바람을 무릅쓰고 묏자리를 찾아 나섰다. 갈두의 신당神堂에 이르렀다. 신당 뒤에 혈穴이 하나 있는데, 손 생은 그것을 달마산達摩山의 진결眞結이라고 했다. 그러나 신당에서 너무 가까워 불편하고 또 안온함이 없는 것 같다고 하여 치표置標하지 않았다. 갈두촌葛頭村에서 잤는데, 정 선전관(정동규)의 아들 덕윤德潤도 함께 와서 잤다.

---

1) 윤주미尹周美…왔다: 윤주미는 1698년 11월 29일에 사망했다. 이 기록은 오기인 것으로 보인다.

〔 1699년 1월 8일 무인 〕흐리고 바람이 거세게 붊. 간간이 약한 눈이 뿌림

아침 식사 후 출발하여 교인점동敎人店洞에 도착했다. 정 생(정덕윤)이 한 군데를 보자고 했으나 손 생의 눈에는 들지 않아 잠시 말만 먹이고 출발했다. 정 생과는 갈림길에서 헤어지고, 나와 손 생은 백포白浦로 돌아왔다. 눈보라를 예상치 못하여 연일 맞고 다녀서 괴로움을 말로 할 수 없다.

〔 1699년 1월 9일 기묘 〕맑음

윤신미尹信美, 이신우李信友, 선달 정익태鄭益泰가 왔다. ○손 생의 추노推奴는 끝내 단서를 잡을 길이 없다. 가소롭다.

〔 1699년 1월 10일 경진 〕흐림

염창鹽倉의 정세△鄭世△, 정세화鄭世華가 왔다. 정鄭의 이름은 내가 피휘 때문에 감히 쓰지 못하므로 그중 한 글자는 비워 둔다. 그리고 즉시 이름을 바꾸게 했다.

〔 1699년 1월 11일 신사 〕어제 저녁의 약한 비가 오늘 낮에야 그쳤으나 흐린 날씨는 개이지 않음

죽도竹島와 백포촌白浦村의 전염병은 뻗어 나가는 기세가 그치지 않는다. 걱정이다. 얼마 전 손 생(손필웅)이 칠양에 갔다가, 둔둔점촌屯屯店村 뒤에 혈穴이 하나 있는 것을 보고 크게 칭찬하면서, 문소동聞簫洞, 백포 등과 견줄 만하며 흠결이 하나도 없어서 좋은 곳이라 했다. 내가 차지하고 싶지만 방법을 찾기 어려웠다. 손 생에게 점을 치게 했는데 중손重巽[2]이며 구정俱靜하고 효사爻辭가 매우 길하니, 지극히 좋은 땅인 것이다. 사巳, 오午가 들어가는 해에 얻을 수 있으며, 유酉를 방향으로 삼아야 한다고 했다. 9일 기묘일己卯日의 일이다. ○오늘 신년 운수를 점치니 태괘泰卦이며 구정하니, 길

---

2) 중손重巽: 『주역』손괘巽卦의 형상을 나타내는 말이다. 손괘 괘사 단전象傳에서 "거듭 공손히 하여 명령을 거듭한다[象曰 重巽以申命]."라고 했다.

하고 근심이 없다고 했다.

〔 1699년 1월 12일 임오 〕 약한 비가 또 내림
길을 떠나려다가 도로 멈췄다.

〔 1699년 1월 13일 계미 〕 바람 불고 맑음
손 생과 함께 백포를 떠나 율치栗峙에 도착했을 때, 근친覲親하러 오는 흥서興緖와 마주쳐 함께 연동으로 돌아왔다.

〔 1699년 1월 14일 갑신 〕 바람 불고 흐림
손 생, 흥아興兒와 팔마八馬로 돌아가다가, 어평於坪에 이르러 초막草幕이 있는 것을 보았다. 윤재도尹載道가 강성江城에서 전염병을 피해 온 것이었다. 말에서 내려 잠시 이야기하는데 그의 숙부 시상時相도 마침 와서 함께 이야기했다. ○이사원李思愿, 이정석李廷碩이 부탁할 일이 있어 만나러 왔다. 정광윤, 윤익성尹翊聖이 와서 모두 숙위했다.

〔 1699년 1월 15일 을유 〕 바람 불고 흐리다 맑음
차례를 지냈다. 윤재도가 왔다. 이사원, 이정석이 갔다. ○서울의 두 아이가 지난달 15일에 보낸 잘 지낸다는 편지를 보았다. 문무익文武翊이 가져왔다고 한다. ○오늘 달이 전에 비해 꽤 높이 떴는데, 사람들이 풍년의 징조라고 했다. 달빛의 정채精彩가 더욱 강하니 그랬으면 하는 바람이 없지 않다. ○정 생(정광윤)이 숙위했다.

〔 1699년 1월 16일 병술 〕 바람 불고 맑음
이정두李廷斗, 최남익崔南翊, 상미尚美 족숙族叔과 정미鼎美 보보甫, 이증李增

이 왔다. 손 생(손필웅)은 두 족숙이 데리고 갔다. 정 생(정광윤)이 숙위했다.

윤시상이 윤재도, 이명대李鳴大를 데리고 왔다. ○윤 영장營將(윤항미尹恒美)
이 며칠 전에 내려와서 오늘 심부름꾼을 보내 서울 가는 인편이 있다고 하
기에 편지를 써서 보냈다.

평촌에 갔다. 길에서 세미世美 족숙을 만나 함께 문장(윤선오) 댁에 이르렀
는데, 영장(윤항미)은 이미 돌아간 후였다. 문장, 손 생과 내귀라리동內貴羅
里洞 어귀로 나갔다. 윤상미尹尙美 족숙이 그 아우를 장사지내기 위해 산소
로 정한 곳이다. 문장 및 여러 사람들과 반갑게 만나 길가에서 옛날이야기
를 하며 한참 앉아 있다가 다 같이 일어났다. 이홍임李弘任의 집에 와서 말
을 먹이고 돌아오니 이정석이 또 와 있었다.

정 생이 숙위했다.

평촌에 갔다. 손 생과 함께 운주동에 갔더니, 정여靜如 극종棘從(이양원李養
源)은 고금도에 가서 아직 돌아오지 않았다.

운주동에 전염병이 갑자기 들끓어 더 이상 머무르기가 편치 않았다. 정여
(이양원)를 기다리느라 더 머물 수 없어, 아침을 먹은 후 바로 출발하여 평

촌에 들러 인사하고 돌아왔다. 늙은 노奴 애실愛實이 오늘 새벽 갑자기 죽었는데, 뒤에 들으니 병을 얻은 지 겨우 4, 5일 만이라 한다. 그 처 귀생貴生과 그 아들 송생松生, 송선松先을 즉시 내보냈다. 정 생(정광윤)이 왔다. ○목상相(목내선睦來善)이 인편을 통해 새해 달력 2부를 보냈다.

〖 1699년 1월 22일 임진 〗 바람 불고 맑음

윤익재尹益載가 와서 말하기를, 그와 일가 사람 8명이 한정閑丁이라고 고소를 당했는데 전혀 손쓸 방법이 없다고 한다. 하는 수 없이 좌수 임중신任重信에게 편지를 썼으나, 과연 들어줄 수 있을지는 모르겠다. ○비곡比谷의 박세달朴世達이 지난 연말에 추노하러 고성固城에 갈 때 내가 백우伯雨 영감(이운징李雲徵)에게 편지를 부쳤는데, 오늘 와서 답장을 전해 주었다. ○불현佛峴의 정덕윤이 왔다. 이신우가 와서 유숙했다.

〖 1699년 1월 23일 계사 〗 바람 불고 맑음

이신우가 갔다. ○다시 팔미원八味元을 먹고, 낮에 흑태黑太를 먹었다.

〖 1699년 1월 24일 갑오 〗 바람 불고 맑음

세원世願이 『강목綱目』을 초권初卷부터 한무제漢武帝 사하四下까지 배우고 그쳤다. 그리고 『대학大學』을 배우기 시작했다. ○연말에 혼수昏需를 가지고 갔던 노奴 차봉次奉과 거리금巨里金이 돌아와서, 아이들의 잘 지낸다는 편지를 보았는데, 1월 4일에 쓴 것이다. 창서昌緖 장녀의 혼례는 지난 12월 27일에 무사히 치렀다고 한다. 신랑은 회인현감 이대령李大齡의 아들 제의齊義이다. 돌아온 노가 괴산에 들렀다가 딸아이(김남식金南拭의 처)가 17일에 쓴 잘 지낸다는 편지를 받아 왔다. 사돈 김 영감(김귀만金龜萬)이 삼척부사에 제수되어 이미 부임했다 한다. ○광양의 서신귀徐藎龜 생生이 편지로 문안하고 청어 1두름을 보냈기에, 새해 달력 1부를 답례로 보냈다.

〔 1699년 1월 25일 을미 〕 맑음

과원果願의 왼쪽 겨드랑이 아래에 담종痰腫이 생겨서 윤익성을 불러 살펴
보게 했다. 정 생(정광윤)이 숙위했다.

〔 1699년 1월 26일 병신 〕 비가 저녁 내내 내림

정 생(정광윤)이 숙위했다.

〔 1699년 1월 27일 정유 〕 어제 내린 비가 밤까지 이어지다가 새벽에야 비로소 그쳤으나 짙은 음기가 걷히지 않음

종현鐘峴의 노奴 자선自先이 내려와 두 아이의 잘 지낸다는 편지를 받았는
데 14일에 쓴 것이다. 또 괴산에서 보낸 언문 편지를 받았는데, 쓴 지 이미
오래된 것이다. ○극인棘人 윤덕유尹德裕의 편지를 영암의 하리下吏로부터
전해 받았는데, 지난 동짓달에 쓴 것이다.

〔 1699년 1월 28일 무술 〕 바람 불고 맑음

윤재도尹載道가 왔다. 판관 윤석후尹錫厚가 왔다.

〔 1699년 1월 29일 기해 〕 맑음

〔 1699년 1월 30일 경자 〕 흐리다 맑음

1699년 2월. 정묘 건建. 작은달.

인심의 타락이 이 지경에 이르렀으니

〘 1699년 2월 1일 신축 〙 맑음

윤익성尹翊聖이 왔다. ○들으니 각 고을에서 매 열흘마다 병으로 죽은 사람을 기록하여 관찰사에게 보고하는데, 강진의 최근 열흘 치 보고한 것이 1000명에 가깝다고 한다. 이로 미루어 보면, 서울과 지방을 통틀어 작년 여름부터 사망한 사람이 얼마나 많다는 말인가? 이는 실로 예전에 없던 변괴다. 장차 나라가 텅 빈 후에야 그칠 것이니, 이것이 무슨 시운時運이란 말인가? 참혹하고 참혹하다. ○박세관朴世觀이 왔다.

〘 1699년 2월 2일 임인 〙 맑음

김삼달金三達, 정광윤鄭光胤이 왔다. ○저물녘에 비가 뿌리고 바람이 매우 거세게 불었다.

〘 1699년 2월 3일 계묘 〙 모진 바람이 밤새 불고, 저녁까지 내내 눈발이 간간이 날림

묵산墨山의 곽만제郭萬齊가 왔는데, 출신出身 곽후의郭后儀의 조카다. ○노산군魯山君을 단종으로 복위시킨 후 능침을 새로 영건하는데, 각 도道로 하

여금 승군僧軍을 뽑아 올려 부역하게 했다. 그래서 지난번에 여러 사찰의 승도들이 식량을 싸 들고 출발했으나, 사역할 곳에 전염병이 크게 성하여 사망자가 계속 나오자 승군 동원을 도로 그만두라는 명령을 내렸는데, 돌아가다가 중간에 길에서 병을 얻어 죽은 자가 매우 많다 한다. 조정의 하는 일이 사려 깊지 못한 듯하다. 개탄스럽지만 무슨 수가 있겠는가.

〔 1699년 2월 4일 갑진 〕 맑음

김태귀金泰龜가 왔다. ○ 지난 갑인년(1674) 윤백호白湖(윤휴尹鑴)가 귀릉龜陵³⁾을 복위해야 한다는 논의를 낸 이후 미상眉相(허목許穆)에게 편지를 보내 질의했는데, 미상이 안 된다고 하면서 그 답장에서 "임금의 허물을 말하는 것은 임금에게 간諫하는 것과는 다르다." 하고, "세조世祖를 어떤 지경에 두려는가?" 등의 말까지 하여⁴⁾ 그 논의가 마침내 잦아들었다. 지금 신규申圭가 단종 복위의 의논을 진달하는 상소를 올리자 상감께서 이를 경청하여 백관들의 의논을 수합하라고 하셨는데, '불가'하다고 한 사람이 10명 중 7, 8명에 달했고 남 상相(남구만南九萬)도 불가함을 역설했으나, 좌의정 윤지선尹趾善이 홀로 이를 주장하여 일이 드디어 결실을 맺었다. 이 일로 과연 훗날 또 다른 논란이 생기지나 않을지 모르겠다.

〔 1699년 2월 5일 을사 〕 맑음

김삼달, 정광윤이 왔다.

---

3) 귀릉龜陵: 내용상 '노릉魯陵'을 잘못 쓴 것으로 추정된다. 노릉은 단종이 복위되어 장릉莊陵으로 추봉되기 이전의 능호이다.

4) 미상이…하여: 이 편지는 윤휴가 1679년(숙종 5) 쓴 편지에 대한 답장으로 허목의 문집 『기언記言』 권51에 「회중에게 답하다[答希仲書]」라는 제목으로 수록되어 있다. 이 편지에서 허목은 단종 복위를 위한 차자를 올려 달라는 윤휴의 청을 거절하면서, 신하로서 선왕의 처분을 뒤집어 단종의 복위를 청하는 것은 옳지 않다는 견해를 피력했다. "세조를 어떤 지경에 두려하는가."라는 구절은 허목의 원래 편지와 다르다. 허목의 편지에서는 자신의 반대에 대한 근거로 정릉貞陵 복원 사례를 거론하며 선왕인 현종이 "태종을 어떤 지경에 두려는가?"라고 말한 예를 들었다.

〖 1699년 2월 6일 병오 〗 맑음

정광윤이 왔다. ○오후에 흐리다가 저물녘에 비가 내렸다.

〖 1699년 2월 7일 정미 〗 비가 밤새 퍼붓다가 새벽이 되어서야 비로소 그쳤으나 잔뜩 흐린 날씨가 종일 걷히지 않음

김 별장(김정진金廷振)이 왔다.

〖 1699년 2월 8일 무신 〗 흐리다 맑음

김응호金應灝가 왔다. ○들으니, 춘궁春宮[5]의 천연두가 가볍지 않았으나 증세를 순하게 넘기고 곧바로 회복하시자, 주상 전하께서 명하여 옥문을 활짝 열어 죄수들을 방면하게 하고, 특별히 비망기를 내려 "사형에 해당하는 죄를 지은 자 이외의 잡범은 모두 석방시키고, 사면을 받지 못한 채 죽은 자들은 직첩職牒을 도로 내어 주라."[6]라고 명령하셨다 한다. 그런데 형조는 즉시 거행했으나, 의금부는 계해년(1683)에 주상 전하의 천연두가 회복된 후에 대신과 삼사가 탑전에서 의논하여 소결疏決[7]한 전례[8]를 들어 입계入啓하여 그대로 윤허를 받았다고 한다.[9] 이 일은 나라의 큰 경사로서 신민들이 얼마나 기뻐하며 춤을 추겠으며, 주상 전하의 기뻐하는 마음 또한 지극하지 않음이 없을 것이다. 지금 이 비망기에 대해 그 누가 감격하지 않겠는가. 오직 받들어 거행하느라 겨를이 없어야 하건만, 저 의금부는 억지로

---

5) 춘궁春宮: 세자를 칭하는 말로, 훗날의 경종을 가리킨다.
6) 주상…주라: 이에 대한 기사가 『숙종실록』 숙종 25년 1월 16일 기사에 나오며 비망기
   전문은 『승정원일기』에 수록되어 있다. 이에 따르면 왕세자의 병이 낫자 숙종이
   "강상綱常·장오贓汚·살인殺人·강도强盜·저주咀呪를 제외한 잡범 중 사형 이하의 죄를 지은 자는
   모두 석방하고, 귀양을 간 사대부 중 사면을 받지 못한 채 죽은 이들은 직첩職牒을 도로 내어 주도록
   하라."라는 내용의 비망기를 내렸다.
7) 소결疏決: 나라에 경사가 있거나 몹시 가뭄이 들었을 때 죄수를 방면하는 것이다.
8) 의금부는…전례: 『숙종실록』 숙종 9년 11월 17일 기사에 숙종의 병이 나은 것을 경하하여 사면령을
   내리고, 대신과 금부당상을 인견하여 금주의 죄인들을 소결한 내용이 나온다.
9) 의금부는…한다: 임금의 비망기는 사형 이외의 잡범은 모두 석방하라는 것이고, 의금부의 입계는
   논의하고 선별하여 석방하겠다는 것이다.

전례를 끌어와 가로막으려 하니 이는 꽉 막히고 치우친 소견에 불과하다. 당론의 해가 이런 지경에 이르렀으니, 통탄스러움을 어찌 이루 말할 수 있겠는가.

〖 1699년 2월 9일 기유 〗 맑음

늦은 아침에 출발하여 곧바로 저전동楮田洞[10]으로 나아가 목 상相(목내선睦來善)께 인사드렸다. 전염병 때문에 몇 번이나 옮겨 지금은 이곳에서 우거寓居하고 있다. 목 대감(목임일睦林一)이 상경했다가 아직 돌아오지 않아 혼자 적적해 하던 중에 나를 만나자, 목 야爺(목내선)가 매우 반가워하면서 즉시 술상을 차리게 했다. 권커니 잣거니 쉬지 않고 여덟아홉 순배나 드셨는데도 정신이 또렷했다. 이 어찌 83세 노인에게 쉬운 일이겠는가. 해가 기울고 나서야 비로소 상을 물리고 인사하고 물러나왔다. 곽재태郭再泰를 잠시 만났다가 말을 돌려 장소리將所里[11]로 가서 김 상相(김덕원金德遠)께 인사드렸다. 김 상 또한 여러 번 우거를 옮겼다. 날이 저물어 천천히 이야기를 나누지 못한 채 일어서서 밤길을 무릅쓰고 집으로 돌아왔다. ○해남현감 최휴崔休가 지난겨울 전최殿最에서 중中을 받았다. 벌써 네 번 연속 중을 받았다. 처음 받은 중은 말소되었다고 하니, 세 번 연속 중을 받은 것이다. 게다가 그 폄목貶目에, "사람됨으로 보나 행정으로 보나 연속으로 중을 맞을 만하다."라고 했다. 한 번 중을 맞아도 관직을 버리고 떠나야 마땅한데, 노산군의 복위와 세자의 천연두 회복으로 내리는 사면령으로 말소될 것을 바라며 억지로 눌러앉아 떠나지 않고 있다. 강진에 동추同推[12]할 사건이 있었는데 해남현감은 거짓으로 피혐避嫌하고 동추하러 가지 않았다. 그래서 강진현감(송만宋墁)이 낱낱이 보고하며 동추관同推官을 다른 관원으로 바꾸

---

10) 저전동楮田洞: 전남 강진군 성진면 월평리 제전마을이다.

11) 장소리將所里: 전남 해남군 계곡면 장소리이다.

12) 동추同推: 이웃 고을의 수령들이 합동으로 죄인을 심문하는 것이다.

어 정해 달라고 청했다. 그러자 관찰사가 "해남현감은 체직되어야 마땅한데 태연히 공무를 보면서도 동추에는 가지 않으니 그 이유를 모르겠다."라는 제사題辭를 써 주고 보성군수를 동추관으로 정해 주었다. 그런데도 해남현감은 아직도 떠나갈 뜻이 없이 날마다 재물을 거두는 일만 일삼고 있어, 요즘은 사람들이 침 뱉으며 비웃는 대상이 되고 있다. 사람으로서 부끄러움을 모르는 것이 어찌 이 지경에 이르렀는가.

〔 1699년 2월 10일 경술 〕 흐림

정 생(정광윤)이 왔다. ○두의痘醫 류상柳瑺[13]은 계해년(1683)에 주상 전하께서 천연두를 앓으셨을 때 밤낮으로 입시하며 어상御床 곁에서 자면서 거처했는데, 조그마한 효험이라도 있으면 대전大殿과 내전內殿에서 무수한 상을 내렸다. 이런 일이 한두 번이 아니었다. 주상의 병이 나은 후에는 전하께서 친히 황금 권자圈子[14]를 하사하고 수백 금金을 지급하여 집을 사서 거처하게 하셨다. 그 후에도 여러 번 중요한 고을의 수령에 제수하며 총애했다. 이번에 춘궁春宮께서 천연두를 앓았을 때도 밤낮으로 입시했는데, 예전처럼 빈번히 상을 받았다. 주상 전하께서 친히 입던 담비갖옷을 하사하고 특명을 내려 두 자급을 뛰어넘어 정헌대부正憲大夫로 삼았으며, 상의원尙衣院에 영을 내려 금대金帶와 가죽신 등의 물건을 만들어 지급하게 했다. 전후의 융숭한 총애가 의관으로서는 전에 듣지 못한 바이다. 계해년 후에 참판 이현석李玄錫이 「성두가聖痘歌」[15]라는 칠언고시를 지어 이 일을 기리어 칭송했다. 유상의 의술은 박진희朴震禧로부터 배운 것이다. 박진희도 천연두 치료에 뛰어난 의사였지만 유상이 청출어람이라는 명성이 있다. 의술도 신묘하지만 사람됨도 착하고 자상하다는 데에 사람들 간에 이견이 없

---

13) 류상柳瑺: 1643~1723. 천연두 전문 의관이다. 柳相 혹은 柳尙으로 쓰기도 한다.
14) 권자圈子: 관자貫子이다. 망건에 달아 당줄을 걸어 넘기는 구실을 하는 작은 고리이다. 실용적 구실 이외에 관품 내지는 계급을 표시하는 사회적 구실도 했는데, 금관자는 2품 관원이 사용했다.
15) 성두가聖痘歌: 이 시는 『유재집游齋集』 「우유록優遊錄」에 수록되어 있다.

으니, 실로 세상에 드문 인재이다.

〖 1699년 2월 11일 신해 〗 맑음

심부름꾼을 시켜 김 참의(김몽양金夢陽)에게 편지를 보내 서울 소식이 왔는지를 물었다. 그랬더니 귀양 간 사람들 중 방귀전리放歸田里[16]되지 않은 사람이 없고 정제선鄭濟先과 한구韓構도 모두 방귀전리되었는데, 제주의 송순천順天(송상주宋尙周)만은 풀려나지 못하고 감등減等[17]만 되었으며, 장희재張希載는 원래부터 거론되지 않았다고 한다. ○윤시상尹時相, 윤재도尹載道, 정광윤이 왔다.

〖 1699년 2월 12일 임자 〗 흐리다 맑음

전부典簿(윤이석尹爾錫) 댁 노奴가 뱃짐을 싣고 상경하기에, 편지를 써서 부쳤다. ○지원智遠이 세밑에 전염병을 앓아 출막出幕[18]했다가 오늘 비로소 와서 현신現身했다. ○첩이 어제 죽도竹島로 돌아갔다.

〖 1699년 2월 13일 계축 〗 흐리고 가랑비. 혹 맑음

흥아興兒가 고금도로 갔다. ○정광윤과 김삼달이 왔다.

〖 1699년 2월 14일 갑인 〗 바람 불고 흐림

선달 윤천미尹天美가 왔다. 선달 최만익崔萬翊이 왔다.

---

16) 방귀전리放歸田里: 방축향리放逐鄕里와 같은 말이다. 벼슬을 삭탈하고 고향으로 내쫓는 벌이다. 유배보다 한 등급 가벼운 형벌이다.
17) 감등減等: 형벌의 등급을 가볍게 낮추어 주는 것이다.
18) 출막出幕: 전염병에 걸린 사람이 움막을 치고 따로 나가 생활하는 것을 말한다.

〖 1699년 2월 15일 을묘 〗 맑음

죽도 타관他官[19]의 배가 짐을 싣고 상경하러 어제 맹진孟津에 와서 정박했기에, 오늘 창아昌兒 집으로 보낼 곡물을 운반했다. ○고성固城의 전 감사監司 이백우李伯雨(이운징李雲徵)도 풀려나게 되어, 노奴 유철有哲을 보내 축하했다. ○흥아가 돌아왔다. ○윤기업尹機業이 왔다.

〖 1699년 2월 16일 병진 〗 밤부터 바람이 어지럽다가 늦은 아침부터 비가 내림. 저녁 무렵 점차 약해짐

〖 1699년 2월 17일 정사 〗 거센 바람이 요란하고 눈보라가 펄펄 날리고 약한 햇빛이 간혹 남

화산花山의 이휴정李休禎이 감시監試의 회시會試에 가는 길에 만나러 들렀기에, 편지를 부쳤다. ○해남의 전 정자正字 민수관閔受觀이 서울에서 벼슬살이하다가 갑자기 세상을 떠났다고 한다. 오랫동안 경서經書를 열심히 공부하여 어렵사리 이름을 얻었는데, 몇 년 지나지 않아 갑자기 죽어 버렸으니 애석하다. 그러나 그 생김새가 매우 보잘것없고 사람됨도 갖춰지지 않았으니, 어찌 작록爵祿을 누릴 수 있겠는가. 이치가 그러하니 무슨 수가 있겠는가.

〖 1699년 2월 18일 무오 〗 맑음

고금도 이 감사監司(이현기李玄紀)의 내행內行[20]에 사환使喚할 사람이 부족하여, 신축辛丑을 보내 모시고 가게 하면서 아이들 있는 곳에 보낼 편지를 써서 부쳤다. ○흥아를 데리고 저전동楮田洞 목 상(목내선)에게 나아갔다. 내일 출발하기 때문이다. 즉시 인사드리고 곧바로 나왔다. 비곡比谷 앞에 이르러 양지 바른 언덕에 앉아 점심밥을 먹고 이어서 장소리將所里에 도착하

---

19) 타관他官: 사공의 이름이다. 1698년 2월 20일 일기 참조.
20) 내행內行: 부녀자의 행차를 말한다. 이현기는 해주海州 정씨 정동직鄭東稷의 딸과 혼인했다.

니 김 상(김덕원)이 저전동으로 갔기에, 김 영감(김몽양)과만 이야기를 나누었다. 저녁 무렵 김 상이 돌아와, 잠시 인사드리고 돌아왔다. ○고금도 이 영감은 16일에 이미 출발했다. 관문關文이 온 후 분상奔喪하기 위해 조금도 지체할 수 없었던 것이다. 들으니, 위리안치의 법도는 의금부에서 열쇠를 보내 문을 열어 준 후에야 나갈 수 있는 것인데, 이번 석방 조치가 내려진 후 의금부의 서리書吏가 문서를 갖추어 고하자, 판의금부사가 "주상 전하께서 이미 석방하셨거늘, 너는 왜 이런 짓을 하느냐?"라고 했다고 한다. 시배時輩[21]의 의도는, 상감께서 특별히 전례 없는 대사면령을 내린 것을 가지고 혹 주상의 뜻을 거슬러 말썽을 일으키려는 것이 아닌가? 가소롭다. 지난번에 탑전榻前에서 소결疏決할 때 대신과 삼사三司가 입시하여 모든 유배객들이 석방 조치를 받았는데, 삼사는 한마디도 하지 않았다. 영의정 류상운柳尙運이 "삼사가 잠자코 한마디도 하지 않으니 입시한 의미가 전혀 없습니다."라고 진언하자, 그제야 대간이 황급히 몇 마디를 하여 책임만 때우고는 그만두었다고 한다. 이 또한 겁을 내 그런 것이다. 가소롭다. 또한 장희재만 유독 석방의 은택을 입지 못한 것을 보면, 시배가 실책을 저질렀다고 할 수 있다. 지금 이 대사면령은 특별히 춘궁春宮(훗날의 경종)에 경사가 있어서 행해진 것이니 여타 이유로 내린 사면과는 다르다. 춘궁의 뜻이 반드시 먼저 장희재에게 있었을 터인데, 상감께서는 끝내 그를 거론하지도 않았다. 그 의도가 무엇이신지 모르겠으나, 아랫사람들도 끝내 춘궁을 기쁘게 할 수단을 쓰지 않았으니 이 또한 생각이 매우 깊지 못한 것이다. 그리고 상감께서는 또한 무슨 생각이신가? 정말 개탄스럽다.

〖 1699년 2월 19일 기미 〗 맑음. 저녁에 흐림

정광윤, 김삼달, 윤이신尹爾新이 왔다. 윤이신은 곧 지원智遠이다. 윤이신이란 이름은 내가 지어 준 것이다. ○극제棘弟 이대휴李大休가 김 상(김덕원)

---

21) 시배時輩: 현재 집권자 무리를 뜻하는 말로, 당시 집권하고 있던 노론을 가리킨다.

이 있는 곳으로부터 역방했다. 근래 전염병이 도처에 유행하여 사람들이 모두 왕래하거나 방문하는 것을 꺼려서 집에 앉아 있느라, 서로 소식이 막힌 지 수 개월이 지났다. 지금에야 비로소 만나니 기쁘다. ○연동蓮洞의 윤선형尹善衡이 지나다 들렀다. ○들으니, 도목정사를 5일에야 비로소 했다고 한다. 영암군수는 함평의 문신文臣 이회원李會元이 뽑혔다. 낭주朗州(영암)는 비록 이미 쇠퇴했지만 본래 이름난 고을인데, 변방은 문신과 무관을 교대로 임명한다는 규칙이 있다고는 해도 이제껏 이회원과 같이 한미한 잔반殘班을 수령으로 삼은 적은 없었다. 그래서 이를 의아하게 여기고 있었는데, 나중에 들으니 집이 가깝다는 이유로 정수正叟 이이만李頤晚으로 개망改望했다고 한다. 정수에게는 여든을 바라보는 노모가 있으니 지금처럼 전염병이 만연한 때 부임하기 어려울 것임에 틀림없다. 해남현감은 유대로劉大老가 되었다. 전임 현감 최휴崔休는 떠난 지 며칠밖에 되지 않았는데, 인수인계를 하고 가지 않을 수 없었다. 몹시 가소롭다. ○세원世願이 『대학大學』 외우는 것을 마치고 『논어論語』를 배우기 시작했다. ○조보朝報 소식을 들으니, 경상도와 전라도 관찰사가 보고한 전염병 사망자가 경상도는 1만 4000여 명이고 전라도는 2만여 명이라고 한다. 이는 대략 큰 수로 말한 것일 뿐이다. 궁벽한 곳까지 그 숫자를 어찌 다 알 수 있겠는가. 그 수가 필시 이렇게까지 많지는 않을 것이다. 기호畿湖와 서북西北이 가장 심한데, 서울은 그보다 심하다고 한다. 종로 옆 싸전과 서소문 밖 시장터는 길이 막혀 다니기 힘들 정도였는데, 지금은 텅 비어 사람이 아주 드물다고 한다. 이는 실로 전에 없던 변고이니 진실로 가슴이 써늘하다.

〖 1699년 2월 20일 경신 〗 밤부터 비가 내려 저녁 무렵 그침

정 생(정광윤)이 와서 숙위했다.

김 상(김덕원)이 내일 출발하기에, 인사하고 작별하기 위해 아침을 먹고 출발했다. 장산長山에 이르러 말에서 내려 휴식하고 있는데 상인喪人 권혁權赫이 와서 앉았다. 잠시 후에는 윤석후尹錫厚와 진도군수 백한상白漢相이 김 상이 있는 곳에서 말을 타고 돌아가는 길에 지나다가, 윤석후가 나를 보고 말에서 내려서 오고 백한상도 따라 와서 잠시 이야기를 나누었다. 비곡면比谷面 장소리將所里에 이르렀을 때, 석방 조치를 환수하라는 계啓가 올라갔다는 소식을 들었다. 들어가 김 참의(김몽양)를 만나 자세히 들어 보니, 헌납 이진수李震壽가 논의를 제기하여 목 상(목내선)과 김 상, 광양으로 귀양 간 이 판서【이현일李玄逸】, 고금도의 이 감사(이현기), 제주의 전 순천부사 송 상주宋尙周의 감등減等 및 장 대장大將(장희재)의 노노奴 업동業同의 석방을 환수하라고 했다고 한다. 목 상은 영암읍까지 갔다가 서둘러 강진으로 돌아와 옴천唵川에 임시로 거처하고 있다고 한다. 그 허둥지둥 오도 가도 못하게 된 사정이야 말할 나위도 없거니와, 객지에 저장했던 물건들을 이미 다 처분해 버린 후에 다시 또 새 우거寓居를 짓고 양식과 소금, 장醬 등을 마련하기가 모두 어렵다고 한다. 그 상황이 안타깝다. 이 감사의 경우는 분상이므로 대간의 계가 올라갔더라도 확실한 결정이 나기 전에는 궤연几筵에 달려가 곡하는 것을 마친 후에 유배지로 돌아올 수 있다. 그렇게 하면 조금은 애통한 정을 누그러뜨릴 수 있으련만, 의금부에서 관문關文을 보내 '일단 석방하여 보내지 말라.'고 했다고 하니, 이는 전례가 없는 규정이다. 이 영감(이현기)은 중간에 돌아오게 되었으니, 그 딱한 사정을 차마 말할 수 없다. 게다가 송 순천順天(송상주)의 감등은 조정의 논의와 무슨 큰 상관이 있다고 아울러 환수를 청했는가. 지극히 가소롭다. 그리고 업동은 천한 노비이니 석방하건 석방하지 않건 사체事體와 무슨 상관이 있겠는가. 그런데도 사헌부에서 논쟁의 대상이 되었으니 어찌 이토록 우습고 놀라운 일이 있는가. 그 주인인 장희재는 석방하지 않은 채 그 노비인 업동을 도로 유배한 것은, 깊이 치죄治罪하려다가 끝내 사려 깊지 못한 결과를 낳은 셈이다. 정국을 담당하고 있는 자들의 신중하지 못함이 이 지경이니, 정말 비정상적이다. ○방方 영감(이현기)의 내행內行이 정지되어 신축이 돌아왔다.

〖 1699년 2월 22일 임술 〗 흐림

김우정金友正이 지나다 들렀다. 김삼달이 왔다. 윤선적尹善積이 어제 왔다가 오늘 갔다. ○선달 박형도朴亨道가 심부름꾼을 보내 서울로 간다고 알려서, 신축에게 부쳤던 편지를 그 편으로 부쳤다.

〖 1699년 2월 23일 계해 〗 흐리다 맑음

정 생(정광윤)이 왔다. 진도의 별감別監 박동구朴東耈가 왔다.

〖 1699년 2월 24일 갑자 〗 맑음

박동구가 갔다. 정 생(정광윤)이 왔다. 윤선적이 왔다. ○죽도에 전염병이 다시 발생하여 첩을 다시 연동蓮洞의 노奴 이룡二龍 집으로 옮겼다. ○해남의 명자건明自建이 신영리新迎吏²²⁾로 서울에 가기에 편지를 부쳤다.

〖 1699년 2월 25일 을축 〗 흐리다 맑음

정 생(정광윤)이 왔다. 이정두李廷斗가 왔다.

〖 1699년 2월 26일 병인 〗 비

---

22) 신영리新迎吏: 신임 수령을 맞이하러 서울로 가는 향리이다

〖 1699년 2월 27일 정묘 〗흐리다 맑음

새벽에 대기大룉 제사를 지냈다.[23] 나는 마침 감기가 들어 직접 지내지 못했
으니 섭섭한 마음을 어찌 말로 할 수 있겠는가. ○이정두가 다시 왔다. 이
사람은 뼛속까지 궁색하여 거지와 다름이 없다. 지난번에 왔을 때 우리 집
에서 오늘 제사를 지낸다는 말을 들었기에 지금 다시 온 것이다. 한참 앉아
있다가, "내가 본래 유난히 떡을 좋아합니다. 제사 후 남은 음식을 먹고 싶
습니다."라고 했다. 제사 음식은 이미 나누어 주었기에 술 한 잔만 먹여 보
냈다. 가소롭다. 전염병이 크게 돌고 난 후 제사를 지내는 집이 없다. 세시
歲時는 술과 음식을 차리고 심지어 소를 잡아먹기도 하면서, 제사는 금기
라고 하며 지내지 않는다. 시골의 못난 무리들이야 꾸짖을 것도 없지만,
자칭 사대부라는 자들은 좋은 옷 입고 좋은 음식을 먹으며 안장과 말에 사
치를 부리면서 의기양양하게 귀양 온 대신들에게 드나든다. 그 모양새를
살펴보면 의심하고 겁먹은 것이 얼굴에 드러나고, 그 말을 들으면 남을 헐
뜯는 것이 곧 그 성정이다. 선조를 제사지내고 아이들을 가르치는 것이 무
슨 일인지 알지도 못하면서 세속의 금기라며 제사를 지내지 않고서는 태
연히 부끄러운 줄도 모르니 참으로 통탄스럽다. 또 전염병으로 어버이의
상喪을 당한 어떤 자는 애초에 들어가 돌보지도 않았으며, 염습과 입관도
하지 않아 구더기가 문밖에 나올 정도로 내버려 두었다. 그러면서 스스로
도 태연하고 다른 사람들도 이를 괴이하게 여기지 않는다. 이런 놈들이 세
상에 가득하다. 인심의 타락이 이 지경에 이르렀으니 매우 통탄스럽다.
○상인喪人 윤순제尹舜齊가 왔다. ○기봉己奉에 대한 일로 정 생을 다시 장
흥에 보냈다.

〖 1699년 2월 28일 무진 〗흐리다 맑음

별장이 옴천唵川 목 상(목내선)의 적소에 가는 길에 들러서 만났다. ○해남

---

23) 새벽에…지냈다: 1693년 2월 27일에 사망한 윤이후 모친(양모, 윤예미의 처)의 제사를 말한다.

의 향리 유필한劉弼漢이 서울에서 돌아와 잘 있다는 아이들의 편지를 전해 주었는데 14일에 보낸 것이었다. 아산의 종말제從末弟 이대원李大源이 전염병을 앓은 후 숙환인 산증疝症이 심해져서 피를 토하다가 2일에 죽었다고 한다. 그 형제들이 몇 달 사이에 잇달아 죽으니, 참혹함과 비통함을 이루 말할 수 없다. 다만 부모님이 모두 돌아가신 후에 상이 나서 이런 참상을 보지 않게 한 것이라, 내 입장에서 말하자면 서운함은 없다고 할 수 있겠다.

〖 1699년 2월 29일 기사 〗 맑음

윤천우尹千遇가 우이도에서 나와서 류 대감(류명현柳命賢)의 편지를 전해 주었다. 붓 3자루와 먹 2개도 같이 부쳐 왔다. 행차가 이미 육지로 나와 길을 떠났다고 한다. 서로 멀리 떨어져 있어 송별하지 못하여 참으로 슬프다. ○한태중韓泰仲이 세밑에 개령현감이 되어 세원世願 어멈이 전팽專伻을 보냈는데 오늘 돌아와 답장을 받았다. 장지壯紙 1속束과 백지 2속을 함께 보냈다. 내가 은거한 이래로 부채, 달력, 붓, 먹, 종이와 같은 것이 매우 귀한 물건이 되었다. 시장에서 종이를 사려면 벼 1말로 겨우 10장을 살 수 있는데, 비할 데 없이 작고 얇다. 붓이나 먹은 궁벽한 시골의 시장에서 구할 수 있는 물건이 아니어서 끊이지 않고 쓸 수가 없다. 행여 새 붓이 생기면 갑에 넣어 보관하며 어린아이들이 손대지 못하게 하고 작은 글씨를 쓸 때에만 사용한다. 나의 이런 피폐한 모습을 누가 알겠는가. 속담에 책력이나 필묵을 사서 쓰면 양반이라 할 수 없다고 한다. 내가 이미 틀어박혀 은거한 후 기꺼이 시골 늙은이가 되었으니 양반이라는 이름도 장차 잃게 될 것이다. 우습다. 친구 가운데 도내道內의 수령이 된 사람이 전혀 없지는 않으나 결코 서로 안부를 묻지 않는다. 적소에는 편지를 끊임없이 보내고 때때로 직접 찾아가기도 하면서도, 내게는 지척간인데도 와서 친구의 정을 표하려 하지 않는다. 풍습의 부박함이 참으로 개탄스럽다.

1699년 3월. 무진 건建. 큰달.

널찍한 바위에 올라 화전을 부치다

〖 1699년 3월 1일 경오 〗 맑음

새벽에 승의랑承議郎 조부님(안계선安繼善)의 기제를 모셨다. 해남의 좌수座首 임중신任重信, 별감別監 임국주林國柱가 아침 일찍 지나다 들렀다. 낙안樂安의 이두광李斗光이 어젯밤 늦은 시간인데도 왔는데, 아침에 일어나 취해 소란을 피우다가 늦은 아침에 갔다. ○영암군의 향리가 달려와 고하길, 신임 군수 정수正曳(이이만李頤晚)가 오늘 관아에 나왔는데 판여板輿24)를 모시지 않고 홀로 왔다고 한다. ○윤천우尹千遇의 말을 들으니, 류 대감(류명현柳命賢)이 우이도에 있을 때 섬사람들이 양식이 떨어져 곤란할 때마다 곡물을 나눠 주기를 진휼의 규정과 같이 했고, 모자나 부채를 모든 사람에게 골고루 나누어 주었으며, 사면된 후에는 소금과 장, 그릇 및 남은 곡물을 섬사람들에게 모두 나누어 주고, 쌀 1섬을 내어 술을 빚어 먹였다고 한다. 또 필묵은 서로 알고 지내던 육지 사람들에게 나누어 보냈다고 한다. 배가 떠나는 날에 온 섬의 노소老少 모두 눈물을 흘리지 않는 사람이 없었다고 하니, 귀양살이를 잘했다고 할 만하다. 참으로 칭찬할 만하다. 정 대감(정유악鄭

---

24) 판여板輿: 부들방석을 깐 노인용 가마이다. 판여를 모시지 않았다는 것은 지방관으로 부임하며 부모를 모시지 않고 왔다는 뜻이다.

維岳)도 진도에서 귀양살이 하며 이익을 도모하는 일을 전혀 하지 않아 지금까지 사람들이 칭찬한다.

〔 1699년 3월 2일 신미 〕 비

〔 1699년 3월 3일 임신 〕 흐림

절사節祀를 지냈다. ○신임 군수 정수(이이만)가 전팽專伻을 보내 편지로 문안하고, 백형伯兄 대감(이시만李蓍晩)의 편지를 전해 주기에 즉시 답장했다. ○옥천玉泉 창감倉監 임세회林世檜가 지나다 들렀다.

〔 1699년 3월 4일 계유 〕 흐림

김삼달金三達이 왔다. ○김응호金應灝가 이진梨津에서 영광으로 돌아가기에 영광군수에게 편지를 써서 부쳤다. 영광군수는 이만령李萬齡이다.[25] ○우리 면面 약정約正 최신원崔信元, 윤석귀尹錫龜, 연동蓮洞의 윤이복尹爾服이 왔다. ○김 별장(김정진金廷振)이 왔다.

〔 1699년 3월 5일 갑술 〕 흐림

서유신徐有信이 왔다.

〔 1699년 3월 6일 을해 〕 흐리다 맑음

한식寒食 차례를 지냈다. 홍아興兒가 간두幹頭에 가서 묘제墓祭를 지냈다. 적량赤梁 산소는 묘노墓奴가 또 전염병에 걸려서 노奴 이룡二龍을 시켜 제사 물품을 갖추고 가서 제사를 지내게 할 수밖에 없었다. 섭섭함을 이루 말할 수 없다. 이정두李廷斗, 김삼달, 김시발金時發, 윤명우尹明遇가 왔다. 백치白峙

---

25) 영광군수는 이만령이다: 『승정원일기』 숙종 23년 12월 11일 기사에 도목정사를 통해 이만령을 영광군수에 임명했다는 내용이 나온다.

의 극인棘人 이 제弟(이대휴李大休)가 지나다 들렀다. 정광윤鄭光胤이 장흥에서 돌아왔다. 송력宋櫟이 전염병에 걸려서 일을 결말 짓지 못해 안타깝다. 송력은 기봉의 양처良妻를 자기 비婢라 하면서 문기文記를 위조하여 기봉을 수탈한 놈이다.

〔 1699년 3월 7일 병자 〕 꼭두새벽에 비 뿌림. 하루 종일 흐렸다 맑았다 함

윤희기尹希夔와 출신出身 김백련金百鍊이 왔다. ○어제 집에서 경작할 논에 올벼 1말을 파종했고, 두 진사(윤흥서, 윤종서)의 집도 같은 날에 각각 1말씩 파종했다. 두 아이네 집에 작년부터 논을 나눠 주고서 각자 농사에 힘쓰게 했는데, 둘째 진사네는 10월 한 달 동안 자기 집 식량을 먹고 다시 집에 들어와서 양식을 받았고, 셋째 진사네는 10월과 11월 2개월 동안 자기 집 식량을 먹고 다시 집에 들어와서 양식을 받았다. 둘째 아이네는 농사 일손이 매우 적어 수확량이 특히 적었기 때문이다. 논을 준 마당에 양식까지 주니 식량 조달의 곤란함은 피하기 어려운 상황이다. 매우 걱정되지만 어쩌겠는가. 올해는 식구 수를 감안해 논을 더 주어 집에 다시 들어오는 문제가 없도록 하려는데 잘될지 모르겠다.

〔 1699년 3월 8일 정축 〕 맑음

송정松汀의 이수징李壽徵이 왔다. 정광윤이 왔다.

〔 1699년 3월 9일 무인 〕 흐림

우리 집 노奴 중 이름이 해원海元이라는 놈이 완도에 숨어 살고 있다고 어떤 사람이 와서 말했다고, 김 별장(김정진)이 듣고 와서 고했다. 문기를 살펴보니 각 집 몫으로는 전혀 기록된 바가 없다. 필시 누락된 것이다. 오늘 김 별장을 보내 알아보게 했다. ○윤익성尹翊聖, 임세회林世檜, 서유신徐有

信과 그의 아우 출신出身 서희신徐希信이 왔다. 윤징귀尹徵龜가 왔다.

〔 1699년 3월 10일 기묘 〕 늦은 아침에 맑음

정광윤, 임세회가 왔다. ○영암군수 정수(이이만)가 서창西倉으로부터 와서 들러 만나고 방향을 돌려 이진창梨津倉으로 갔다. ○들으니, 유배객을 방귀전리放歸田里하라는 명령을 거두어 달라는 계啓에 한구韓構를 더해 넣어 양사兩司[26]에서 함께 발의했다고 한다.[27] ○이 참군參軍(이락李洛) 댁의 노奴 기준起浚이 상경하기에 편지를 부쳤다.

〔 1699년 3월 11일 경진 〕 맑음

백치의 극인 이 제弟(이대휴)를 방문하고 방향을 돌려 송정의 이석신李碩臣을 방문했다. 이석신이 내일 어머니를 모시고 서울로 올라간다고 해서 작별하기 위해서 가서 만난 것이다. 저녁때 첩[畜物]이 우거하고 있는 연동으로 돌아왔다.

〔 1699년 3월 12일 신사 〕 맑음

이복爾服, 이송爾松, 이백爾栢, 동미東美, 남미南美가 왔다. 유대有大[28]가 왔다.

〔 1699년 3월 13일 임오 〕 맑음

이복爾服 종형제와 동미 형제 및 진사 신사적慎思迪, 선시善施, 선적善積, 조면趙冕이 왔다. 동미가 제사 음식을 가져와서 올해 들어 처음으로 화전花煎을 먹었다. 올해는 전염병을 꺼려 사람들이 부치거나 볶는 음식을 하지 못했고, 요사이 우리 집에서 기제사와 절사節祀를 연달아 지낼 때는 진달래

---

26) 양사兩司: 사헌부와 사간원을 지칭하는 말이다.
27) 유배객을…한다:『승정원일기』에 따르면 1699년(숙종 25) 2월부터 5월까지 한구 등의 방귀전리의 명의 환수를 청하는 사헌부의 계가 계속 올라왔다.『승정원일기』숙종 25년 3월 3일 기사 등 참조.
28) 유대尹有大: 이복의 아들이다.

가 추위를 겁내 피지 못했다. 그 이후로는 꽃이 활짝 피었지만 매번 탄식하면서 허투루 보내던 차에 이제야 비로소 이 화전을 먹게 되었다. 조금 늦은 아침에 여러 사람들을 이끌고 동미의 서당으로 갔다. 동미는 자식이 많은데도 학문을 가르치지 못하다가 크게 후회하고 좌측 청룡 아래에 집을 짓고 '학종學種'이라 명명하여 강업講業하는 곳으로 삼았다. 그 뜻이 자못 좋다. 앉아서 잠시 동안 이야기를 나누었다. 갈치乫峙를 넘고 사동蛇洞과 옥룡동玉龍洞을 경유해서 대판리大坂里라는 곳에 이르러 안형상安衡相과 조용히 이야기를 나누었다. 안형상은 전염병을 피해 이곳에 우거하고 있다. 저물 무렵 집으로 돌아왔다. 영암군수 정수(이이만)가 이진梨津에서 밤을 무릅쓰고 와서 잤다.

〔 1699년 3월 14일 계미 〕 맑음

이석신李碩臣이 어제 서울로 출발하여 별진別珍에서 묵기에, 서울로 보낼 편지를 써서 별진으로 보내 부쳤다. ○ 정수(이이만)가 날이 밝을 무렵 돌아갔다. 정수가 쌀 2섬을 먹으라고 주었는데, 나는 곧장 관수미官需米로 명목을 바꾸어 창에 바쳤으니 꼴이 우습다. 올해 춘궁은 이전 해와 비교하여 더욱 심하다. 대동전세大同田稅를 어렵게 마련하여 납부하고 난 다음에는 저장해 둔 양식이 없으니 장차 어떻게 입에 풀칠을 할 것인가. 매우 걱정스럽다. ○ 대산大山의 정동두鄭東斗가 왔다. 성덕항成德恒이 왔다.

〔 1699년 3월 15일 갑신 〕 흐림

김 별장(김정진)이 갔다. 정광윤이 왔다. 가치可峙의 노경순魯敬順이 왔다.

〔 1699년 3월 16일 을유 〕 바람 불고 흐리다가 저녁 무렵 비가 내림

송수기宋秀杞가 왔다. ○ 봄추위가 아직 풀리지 않았는데, 요사이 앵두, 복사꽃, 살구꽃이 피기 시작한다. ○지황地黃, 천궁川芎, 지모知母를 캐내고 다시 심었다.

〖 1699년 3월 17일 병술 〗 비

〖 1669년 3월 18일 정해 〗 흐림. 오후에 가랑비가 내림

고금도의 내행內行이 칠양七陽 둔둔점리屯屯店里에서 머물고 내일 서울로 출발하므로, 내가 사람 하나를 보내 데리고 가게 했다. 나와 흥아興兒가 아침 일찍 밥을 먹고 출발하여 강진 주교천舟橋川에 당도하니, 비올 조짐이 꽤 강하고 말도 앞으로 나가려 하지 않으며 갈 길도 많이 남아 틀림없이 난처한 처지에 빠지게 될 게 걱정되어 어쩔 수 없이 말을 돌렸다. 지나는 길에 문장門長(윤선오尹善五)께 인사드리니 석복어탕石伏魚湯을 내주었다. 맛이 매우 좋았다. 한참 있다가 일어났는데 곧바로 비를 만났다. 젖는 것을 감당할 수 없어 윤명상尹命相의 집에 들어가 젖은 옷을 잠시 바람에 말리고 돌아왔다.

〖 1699년 3월 19일 무자 〗 맑음

문소동聞簫洞 남쪽 골짜기가 안흥동安興洞인데 산밭 7마지기가 있어 묘지기가 부쳐 먹는 땅으로 삼고 있다. 그런데 지난해 지소紙所의 상놈 김천로金千老라는 놈이 그 아들을 묵히는 쪽[陳邊]에 장사지냈기에 내가 불러 꾸짖자, 김가 놈이 그 대가로 밭을 바치기를 원했다. 그러나 김가와 묘지기가 땅 넓이를 가지고 다투다가 결판을 짓지 못했다. 부득이 내가 직접 가서 살펴보니, 묘를 쓴 곳은 보리밭 1마지기 정도에 지나지 않았고 김천로가 그 배가 되는 밭을 바치고자 하여 내가 허락했다. 돌아오다가 이룡二龍 집에 당도하여 말을 먹이고 돌아왔다.

정광윤이 전염병을 앓는 중인데 죽으로도 끼니를 이을 수 없다며 급한 사
정을 나에게 알려왔으나, 우리 집 끼니도 간당간당하므로 벼 1말만 보냈
다. ○윤명우, 윤천우가 왔다. 윤칙尹伏이 왔다. 곧 윤 영장營將(윤항미尹恒
美)의 아들이다. 임세회가 왔다. 지원智遠이 왔다. ○19일에 신임 해남현감
유대로劉大老가 부임했다.

임세회가 왔다.

상의할 일이 있어 판관判官 윤석후尹錫厚를 불러 왔다. 윤시상尹時相, 최세
헌崔世憲이 왔다. 윤동미尹東美가 왔다. ○양지사梁之泗의 노奴 춘남春男이 1
월 보름 전에 관곡官穀을 납부하지 않은 호수戶首라고 창倉에서 붙잡아 들
이려 했으나, 전염병을 여러 번 앓아 멀리 관아까지 보낼 수 없었기 때문에
그 어미를 대신 보냈는데, 춘남이 스스로 뒤를 쫓아 가다가 길가에서 죽었
다. 양지사는 창의 차임差任이 때려 죽인 것이라고 하여 그 어미로 하여금
관아에 고소하게 했다. 영암군수(이이만)가 오늘 직접 와서 검시檢屍하니,
양지사가 그 어미에게 지시하여 시체에 소금을 뿌려서 두었는데 타살의
흔적은 전혀 나오지 않았다. 군수가 분개하고 놀라워하면서 저녁에 우리
집으로 돌아왔는데, 시친屍親(죽은 사람의 부모)과 피고인의 진술을 받아서
장차 관찰사에게 보고하려고 한다. ○중도中稻[29]를 파종했다.

새벽에 영광靈光 고조비高祖妣(윤홍중尹弘中의 처)의 기제사를 지냈다. 동

---

29) 중도中稻: 올벼도 늦벼도 아닌 벼이다.

미가 참례했다. ○ 영암군수(이이만)가 아침 식사 전에 서창西倉으로 갔다. ○ 동미가 갔다. 임세회가 왔다. 새로 임명된 창감倉監 전성운全聖運이 왔다. 서유신徐有信과 그 형 서우신徐友信이 왔다. 최세헌崔世憲이 왔다.

〖 1699년 3월 24일 계사 〗 맑음

이휴정李休禎이 감시監試의 회시에 가서 낙방하고 돌아오는 길에 지나다 들러 서울 아이들의 잘 있다는 편지를 전해 주었다. 10일에 보낸 것이다. 창서昌緖의 처가 지난달 27일 축시가 끝날 무렵에 사내아이를 낳았다. 기쁘다. 다만 듣기에 서울의 전염병이 잠시 사그라들었다가 다시 창궐한다고 하니, 염려스럽고 또 괴이하다. 그제 영암군수(이이만)가 왔을 때 저보邸報를 보았는데, 호남의 전염병 사망자가 합계 2만 6400여 명이라고 한다. 이것이야말로 전에 없던 변란이다. 매우 놀랍고 한탄스럽다. ○ 창아昌兒가 작년에 둘째 아들을 잃고 외아들 귀원貴願만 남아 외톨이가 된 것이 마음에 걸렸는데, 이제 다행히 득남했으니 내 바람은 다 이뤄졌다[畢]. 며느리가 이미 43세라 출산은 이제 끝난[畢] 것이기에 내가 곧바로 아이 이름을 필원畢願이라고 지었다.

〖 1699년 3월 25일 갑오 〗 흐리다 맑음

윤징귀尹徵龜가 아침 일찍 지나다 들러 하는 말이, "우리 가문에 가까이 지내는 친족이 적고 이爾 자가 항렬자인데도 제각기 이름을 짓고 있으니 친족 간의 돈독하고 도타운 정의에 심히 어긋납니다. 이제 한천寒泉(윤선오), 분산墳山(윤세미)과 상의해서 고치려 합니다."라고 했다. 내가 말하기를, "취지가 매우 좋소. 우리 가문의 도타운 가풍이 이로부터 더욱 떨치게 될 것이오."라고 했다. ○ 윤시상이 왔다. 출신出身 곽준의郭浚儀가 왔다. ○ 류 대감(류명현)이 흑산도에 있을 때 보낸 청력靑曆 및 시가 이제야 비로소 전

전轉轉하여 전해 왔다. 시는 다음과 같다.

故人消息未全疏　친구 소식 끊어질 듯 띄엄띄엄 오니
尺素千金較不如　편지 한 장이 천금에 비할 바 아니오
縱阻山陰乘興棹　흥에 겨운 산음山陰의 뱃길[30]처럼 하지는 못하더라도
寧投中散絶交書　중산대부中散大夫의 절교서絶交書[31]라도 보내시구려
衰容各保風霜後　풍상 겪으며 쇠한 몸뚱이 각자 잘 지키고
强飯相勞契闊餘　밥 잘 먹으며 떨어져 지내는 마음 서로 위로하다가
何日華山山一半　언젠가 화산華山을 반씩 나누어[32]
白頭吾與爾同閭　그대와 나 늘그막을 한 마을에서 보내리라

무인년(1698) 12월 하한下澣 정재靜齋

이 시는 앞에 보낸 시의 운韻을 다시 사용한 것이다. ○서유신徐有信이 왔다. ○늦벼를 파종했다. ○함평의 상인喪人 전여창全汝昌이 자기 일 때문에 왔다가 알현하면서 비자 1말, 배 5개, 전복 3접을 바쳤다. 이 사람은 내가 재임할 때 신임하던 초관哨官이다. ○용수초龍鬚草의 씨를 모판에 뿌렸다.

〖 1699년 3월 26일 을미 〗 맑음

지난번 별장(윤동미)이 왔을 때, "올해 전염병이 전에 없던 것이라 모두들 위급하고 위태롭게 여겨 엎드려 숨죽인 채 날을 보내고 있으니, 봄이 다 가

---

30) 흥에…뱃길: 동진東晉의 문인 왕휘지王徽之가 산음(현재의 절강성 소흥 지방)에 살고 있을 때 눈 오는 밤에 흥에 겨워 배를 타고 친구 대규戴逵를 찾아갔다가 문 앞에 이르렀을 때 흥이 다 했다며 만나지 않고 돌아온 고사를 말한다.
31) 중산대부中散大夫의 절교서絶交書: 중산대부는 죽림칠현 중 한 명인 혜강嵆康을 가리킨다. 혜강이 자기에게 벼슬을 하라고 권유한 친구 산도山濤에게 보낸 「절교서」가 유명하다.
32) 화산華山을 반씩 나누어: 宋宋의 장영張詠이 화산에 은거하던 진단陳摶을 흠모하여 화산의 반쪽을 나누어 그와 함께 머무르기를 원했다는 고사가 있다.

는데도 전혀 좋은 일이 없습니다. 원하건대 한번 연동에 오셔서 여러 친족들을 양지바른 언덕에 모아 회포를 푸는 계기로 삼는 게 어떻겠습니까?"라고 했다. 내가 "군君의 말이 옳습니다. 하물며 연동은 내가 어릴 때 놀던 곳이라 매번 옛적에 놀던 곳을 둘러보고 싶었으나 뜻을 같이하는 이가 없었습니다. 지금 군의 말이 내 뜻을 일깨웠으니 과감하게 가지 않을 수 있겠습니까?"라고 했다.

오늘 아침을 먹은 후 흥아와 함께 연동으로 출발했다. 북고개北古介에 이르러 말을 탄 채 곧장 백사정白沙亭에 올랐다. 이복 부자, 조채약趙采若, 동미, 남미, 지미趾美, 동미의 아들 이정爾鼎을 불러 모아 모래밭에 앉아 한참 이야기를 나누었다. 백사정으로 말할 것 같으면 옛날에는 장송長松이 무성하고 흰 모래가 마치 눈과 같았지만, 지금은 모래 언덕 하나만이 솟아 있고 나무는 없으며 마을은 쇠락하여 이미 옛적에 보던 곳이 아니었다. 그대로 어릴 때 일을 생각하노라니 처량한 마음을 이길 수 없었다. 곧 여러 사람들과 천천히 걸어 응봉鷹峰에 올랐다가 발길을 돌려 덕음암德音巖에 올라갔는데, 연동의 주산主山이다. 백사정부터 이곳까지는 산세가 가팔라 간간이 다리를 쉬면서 왔다. 덕음암에 올라 앞뒤를 보니 산천이 자못 시원하게 뚫려 있었다. 예전에 이곳에 올라 멀리 바라보면 한라산이 파도와 운무 사이로 아득하게 드러나 보였는데, 지금은 흐릿한 기운이 자욱하여 전혀 보이는 것이 없었다. 서로 손가락으로 가리키면서 웃으며 이야기를 나누었다. 높은 곳이라 바람이 강해 오래 머무르지 못하고 굴 있는 곳으로 내려왔다. 굴은 산의 중간쯤에 있는데 안이 매우 넓어 수십 명을 수용할 수 있을 정도이다. 굴 안쪽에 샘이 있어 돌 틈에서 물이 흘러나왔다. 등성이를 오르다 보니 힘이 들고 매우 목이 말라 앞 다투어 손바닥으로 물을 움켜 마셨다. 시원하기가 마치 감로甘露 같았다. 산길을 내려와 풀밭에 앉아 쉬었다. 소나무 가지를 꺾어 오게 하여 그 연한 껍질 부분을 깎아서 먹었는데, 이른

바 송고松膏이다. 어릴 적 재미를 다 해 보고 싶어 해 보았더니 옛날에 즐기던 바와 똑같으나, 유독 늙은 다리가 피곤하여 맘대로 할 수가 없다. 몇 년 전과 비교하면 더욱 쇠해졌음을 문득 깨닫는다. 앞으로 몇 년 후면 오늘과 같은 일을 다시 할 수 없게 될 것이 틀림없다. 슬프다, 어찌 하리요!

〔 1699년 3월 27일 병신 〕 맑음

별장(윤동미)이 아침 일찍 와서는, "어제의 일은 갑작스럽게 이루어진 것이라 준비가 미치지 못했습니다. 며칠 지나고 나면 꽃이 다 져 버려 참으로 아깝게 될 것입니다. 오늘 모시고 계곡에 나가 어제 미진했던 회포를 이어 갔으면 합니다."라고 하여, 내가 "군君의 뜻이 매우 좋으니 어찌 따르지 않겠습니까?"라고 대답했다. 아침 식사 후에 걸어서 광암廣巖에 올랐다. 바위는 마을 동쪽 골짜기에 있는데 좌우로 작은 개울을 끼고 있다. 바위 위는 평탄하여 수십 명이 앉을 수 있을 정도인데, 옛날부터 마을 사람들이 놀면서 즐기던 곳이다. 별장이 젊은이들을 시켜 산나물을 따 오게 하여, 이복과 힘을 모아 솥뚜껑에다 화전을 부쳤다. 이어 저녁밥을 짓고 채소를 삶아 바위 위에 나란히 앉아 먹었다. 나와 흥아, 동미, 남미, 지미, 승미承美(윤승미), 이정, 이복, 이백, 윤태서尹泰緖[이복의 아들], 선적, 조면과 그 아들 채약采若, 이한오李漢鰲[동미의 매부], 성필聖弼, 세지世摯가 함께 종일 단란하게 모여앉아 정情을 쏟으며 담소를 나누었다. 이 어찌 요사이 쉽게 얻을 수 있는 일인가. 해가 서쪽으로 기울자 산길을 걸어 별장의 서재로 왔고, 어두워지자 다 흩어졌다. ○윤상尹詳, 권진權縉이 왔다.

〔 1699년 3월 28일 정유 〕 맑음

이틀 동안 걷느라 허리와 다리가 쑤시고 아프지만, 만약 별장(윤동미)이 주도하지 않았다면 어찌 이런 좋은 일을 할 수 있었겠는가. 이렇게 말하며 사람들에게 이별을 고하고, 백치로 와서 극인 이 제弟(이대휴)를 방문했다. 오후에 돌아오는 길에 윤시상에게 들렀다. 종자천種子川 가에 이르자 멀리 관官의 행차가 우리 집에서 나오는 것이 보였다. 우선 사람을 보내 알아봤더니, 신임 해남현감(유대로)이 목 상(목내선)의 거처에서 돌아오는 길에 들른 것이라 한다. 잠시 후 서로 만나 말에서 내려 잠깐 이야기를 나누었다. ○청계淸溪의 윤응병尹應丙이 그 아버지의 생일이라고 소를 잡고 술을 마련하여 나를 힘써 초대했는데 가지 못했다. 안타깝다.

〔 1699년 3월 29일 무술 〕 맑음

윤익성, 양지속梁之涑이 왔다. 지난번에 영암군수(이이만)가 검시했더니 사실과 다르게 무고했다며 양지사를 붙잡아 가두었다. 이 때문에 지금 양지속이 그 형을 위해 내게 와서 풀려나게 해 달라고 간청했다. 하지만 살옥殺獄은 사안이 중대하여 풀어주기가 쉽지 않으니 안타깝다. 서대한徐大漢이 와서 생선 4마리를 바쳤다. ○백치의 극인 이 제弟(이대휴)가 서울로 가는 길에 내게 들렀다가, 저녁 무렵 별진으로 가서 유숙했다. 그 편에 아이들에게 편지를 부쳤다. ○개령開寧 관아의 노奴가 제물祭物을 싣고 왔는데, 편지지 40장을 보내 주었다. ○정광윤이 병들어 머물고 있는 곳에 벼 1말과 침저沈菹를 보냈는데, 지금 벌써 두 번째이다.

〔 1699년 3월 30일 기해 〕 맑음

윤천우, 유성흠俞聖欽이 왔다. ○오후에 청계淸溪에 갔다. 일전에 초대해 주었는데 가지 못한 것을 사과하기 위해서이다. 윤세미 숙叔이 목 상(목내선)의 거처로 갔기 때문에 만나지 못하고 응병應丙(윤응병)[33]과만 이야기를 나누었다. 돌아오는 길에 정왈수鄭曰壽 노老를 들러 방문했다.

---

33) 윤응병尹應丙: 윤세미의 아들이다.

1699년 4월. 기사 건建. 작은달.
새 급제자 축하연에 가다

〔 1699년 4월 1일 경자 〕 흐리다 맑음

변최휴卜最休, 김삼달金三達, 윤세미尹世美 숙숙叔, 윤익성尹翊聖, 윤희성尹希聖, 이정두李廷斗가 왔다.

〔 1699년 4월 2일 신축 〕 맑음

김삼달이 왔다.

〔 1699년 4월 3일 임인 〕 맑음

윤시상尹時相, 임세회林世檜, 윤심尹諶, 상인喪人 윤순제尹舜齊가 왔다. ○아침에 어떤 객이 갑자기 들어와 절하며, "화순에 사는 임해林楷인데 작년에 한번 배알한 적이 있습니다. 지금 신공身貢을 받으러 송지松旨로 내려갔다가 빈손으로 돌아오던 길에 말이 병들고 식량도 떨어져 쌀을 얻고자 합니다."라고 했다. 쌀 1되를 주었다. 나중에 들어 보니 모두 거짓말이었다. 돌아다니며 빌어먹기가 부끄러워 이런 거짓말을 한 것이다. 우습다. ○김 별장(김정진金廷振)이 왔다.

〔 1699년 4월 4일 계묘 〕 맑음

양지속梁之涑, 최형익崔衡翊, 윤익성, 윤천미尹天美, 배준웅裵俊雄, 윤준尹俊

이 왔다. 윤준은 제수祭需 약간을 가지고 와서 바쳤다.

〔 1699년 4월 5일 갑진 〕 흐림. 저녁에 비 뿌림

근래 날씨가 갑자기 뜨겁고 오랫동안 비가 내리지 않아 농민들이 비를 간

절히 바라고 있다. 그런데 오늘 기상을 보니 가뭄의 조짐인 것 같다. 걱정

스럽다. ○새벽에 셋째 진사(윤종서)의 대상大祥을 치렀다. 이복爾服, 이송

爾松, 동미東美, 남미南美가 참례했다. 김 별장(김정진)과 지원智遠은 제사가

끝난 후 들어와 곡했다. ○이정두, 김삼달, 윤익성이 왔다. ○영암군수(이

이만李頤晩)가 이진창梨津倉[34]으로 가는 길에 사람을 보내 말을 전하며 문안

하고, 백지 2속을 보냈다. ○전 감사 이 백우伯雨(이운징李雲徵)가 상주에서

체류하고 있다고 하기에, 개령 관아의 노奴 편에 편지를 부쳤다.

〔 1699년 4월 6일 을사 〕 맑음

윤민尹玟, 윤장尹璋, 윤창尹瑺이 왔다. 판관 윤석후尹錫厚가 왔다.

〔 1699년 4월 7일 병오 〕 흐림

비가 오려다 오지 않았다. 흉년이 들까 걱정스럽다. 윤천우尹千遇, 윤천임

尹天任, 김태귀金泰龜가 왔다. 윤심尹諶, 서유신徐有信이 왔다.

〔 1699년 4월 8일 정미 〕 흐림

정익태鄭益泰와 윤계尹誡가 모두 부탁할 일이 있어서 아침 일찍 왔다. 영암

---

34) 이진창梨津倉: 이진梨津은 삼남대로의 종점으로 제주도에서 수취한 말 등의 공물이 건너오던 중요한
포구다. 현재의 해남군 북평면 남창리에 있었다. 1906년 해남으로 이속되기 전까지 월경지로서
영암에 속해 있었다.

군수(이이만)가 어제 옥천창玉泉倉에 왔다가, 오늘 아침에 역방하고 갔다. 윤익성과 판관 윤석후가 왔다.

〔 1699년 4월 9일 무신 〕 흐리고 가랑비. 저녁 무렵 약간 맑음

임형林衡, 윤명우尹明遇, 윤익성, 김치강金致剛이 왔다. 김치강은 고故 김연장金鍊長의 아들이다. 김연장은 윤선호尹善好의 생질이다. 이진梨津의 대장代將 김시태金時泰가 김 4권卷과 표고버섯 약간을 보냈다.

〔 1699년 4월 10일 기유 〕 흐리다 맑음

윤시상, 윤승후尹承厚, 최도익崔道翊, 최유옥崔有玉, 윤경미尹絅美, 박이중朴以重, 윤익성, 지원이 왔다.

〔 1699년 4월 11일 경술 〕 오후에 맑음

우리 집 말이 잘 먹이지 못하여 뼈가 앙상하여 타기 힘들다. 그래서 이복의 말을 빌려 타고 옴천唵川의 목 상相(목내선睦來善)에게 가서 인사드렸다. 목 상은 만호 조성하趙成夏의 집에 임시로 거처를 정하고 있는데, 시냇물 흐르는 골짜기와 연못이 있어 마치 강 옆에 자리한 것 같아 자못 그윽한 풍취가 있다. 이곳은 이의신李懿信이 정한 집터라고 한다. 밤에 집으로 돌아왔다. ○죽도竹島 타관他官의 배가 서울에서 돌아와, 아이들이 지난달 28일에 보낸 잘 있다는 편지를 받았다. 최 제천堤川(최석진崔錫晉)의 아내가 전염병으로 26일에 별세했다고 한다.

〔 1699년 4월 12일 신해 〕 맑음

황세휘黃世輝, 김삼달, 윤익성이 왔다. ○이번 식년 진사시의 장원 홍중주洪重疇는 홍만용洪萬容의 아들인데, 애꾸눈이다.[35] 시험장에 사수寫手를 데

---

35) 홍중주洪重疇는…애꾸눈이다: 홍중주가 애꾸눈이었다는 사실은 『좌계부담左溪裒譚』 및

리고 들어간 일 때문에 합격이 취소되었다가, 좌의정 최석정崔錫鼎이 아뢰어 생원시의 장원은 유지하게 되었다.[36] 이승원李承源 역시 물의가 있었다고 한다. 두 사람 모두 인망人望 밖에서 나온 합격자여서 그런 것이다. 근래 생원시와 진사시 장원을 여러 해 동안 쌓인 인망과 상관없이 그때그때 마구 뽑으니, 공도公道가 행해지지 않은 지 오래되었다. 게다가 나라가 생긴 이래 장애인을 장원으로 뽑은 경우가 없다. 정말로 한심하다.

〖 1699년 4월 13일 임자 〗 맑음

지난밤 윤시상이 심부름꾼을 보내 알리길, 그의 사위 이명대李命大가 14푼分을 맞아 과거에 합격했다는 편지가 서울에서 왔다고 했다.[37] 놀랍고 기쁜

　『야승野乘』에도 나온다.

36) 시험장에…되었다 : 시험장에 사수寫手를 데리고 들어간 일은 『숙종실록』 숙종 25년 3월 11일 기사에 실려 있다. 좌의정 최석정이 아뢴 것은 동년 3월 23일 기사에 실려 있다. 생원시의 장원은 유지하게 되었다는 사실은 『숙종실록』 숙종 25년 윤7월 15일 신해 2번째 기사에 해당 내용이 실려 있다.

37) 14푼分을…했다 : 승정원의 업무 처리 지침서인 『은대조례銀臺條例』의 「예방고禮房攷」 가운데서 '식년문과초시' 항목의 내용을 참고하면, 식년시 문과 복시에서 선발하는 인원은 총 33명이다. 일소一所와 이소二所에서 강경講經 시험을 통해 14푼 이상을 맞은 사람으로 각각 16인씩 총 32인을 먼저 선발하고, 나머지 1명은 강경 시험에서 14푼 미만을 맞아 탈락한 사람을 대상으로 '회시會試' 또는 '생획生劃'이라고 지칭한 제술製述 시험을 치러 선발했다고 한다.

영광의 류명현 방문

윤이후는 1699년 4월 13일부터 20일까지 약 8일간 영광을 방문했다. 영광은 흑산도 유배에서 풀려난 류명현이 석방을 앞두고 잠시 머물러 있던 곳으로, 류명현이 멀리 떠나기 전 그를 만나고자 하였던 윤이후의 급한 마음을 확인할 수 있다. 4월 15일자 일기에 따르면, 윤이후와 류명현은 10년간 떨어져 있으면서 만나지 못하다가 재회한 것으로 보인다. 류명현은 해남 인근의 유배객들 가운데서도 윤이후와 가장 많은 시문을 주고받은 인물이다. 두 사람 사이의 꾸준한 문학적 교유는 그들 사이의 정서적 친화가 깊었음을 의미하며, 이로써 볼 때 다시 만남을 기약하기 어려운 사람을 앞두고 그 인연을 소중히 여겼던 윤이후의 마음을 조금이나마 헤아려 볼 수 있다.

소식이다. 오늘 아침 일찍 윤시상이 와서 만났다. ○아침밥을 먹은 후 영광으로 가는 길을 출발했다. 류 대감(류명현柳命賢)은 흑산도에서 풀려나 육지로 나온 후, 의금부에서 '일단 석방하지 말라.'는 관문關文이 내려와 떠나지 못하고 영광에 머물고 있다. 그나 나나 모두 늙은 몸이라 지금 보지 않으면 다시 만날 날을 기약하기 어렵다. 한번 찾아가 회포를 풀고 싶으나 타고 갈 말이 집에 없었는데, 윤시상이 아까워하지 않고 빌려주었다. 윤천우와 동행했다. 흥아興兒가 영암군수(이이만)를 만나기 위해 함께 갔다. 비곡比谷의 김 상相(김덕원金德遠)을 역방하고 석제원石梯院에서 말을 먹인 후, 저녁에 영암 성내에서 유숙했다. 영암군수가 와서 만나고 밤에 돌아갔다. 파총把摠 문헌비文獻斐가 와서 만났다. 점쟁이 조국필趙國弼도 와서 만났다.

〖 1699년 4월 14일 계축 〗 맑음

양지속梁之涑, 양가송梁可松, 양가상梁可相이 왔다. 삼향소三鄕所[38]에서 와서 만났다. 양지사梁之泗의 옥사獄事는 자신이 잘못 판단해서 점차 안 좋은 상황으로 흐르게 되었다. 안타깝다. 영암군수(이이만)가 와서 만났다. ○늦은 아침 윤천우와 함께 출발했다. 신원新院에서 말을 먹이고, 저녁에 금안동金鞍洞 정민鄭旻의 집에서 유숙했다. 그의 아버지인 정필서鄭弼瑞는 오랫동안 만나지 못하다가 이렇게 갑자기 만나게 되어 기뻤다. 정민의 숙부인 정민서鄭民瑞와 사촌 정시鄭時가 와서 만났다. 이웃에 사는 숙부 정운서鄭雲瑞가 와서 만났다. 이 사람은 어렸을 때 부모의 병 때문에 침술을 익혔는데, 꽤 기술이 좋았다. 사람됨도 소탈하고 아름다워 아낄 만했다. 정민이 옛날에 잡았던 집터에 지금 집을 짓고 들어갔는데, 집 옆에 1장丈 남짓 돌로 단을 쌓아 놓고 그 위에 잔디를 깔아 앉기 좋았다. 그래서 여러 사람들과 함께 대臺 위에 늘어앉아 밤기운도 마다하지 않았다. 트이고 시원하여 좋았다.

---

38) 삼향소三鄕所: 유향소留鄕所의 좌수 1인과 별감 2인을 가리킨다. '유향소' 및 '삼향소'는 사람을 가리키는 말인 동시에 청사를 의미하기도 했다.

〔 1699년 4월 15일 갑인 〕 맑음

정민의 모친이 나와서 만났다. 정운서가 또 와서 만났다. 아침밥을 먹은
후에 출발하여 멸치蔑峙 아래의 촌사村舍에서 말을 먹이고, 저녁에 영광에
도착했다. 류 대감(류명현)이 남문 밖에 거처를 정하고 있어서 나아가 만났
다. 10년 동안 헤어져 있던 후인지라 손을 맞잡고 서로 말이 없었다. 영광
군수 이만령李萬岭이 즉시 사람을 보내 문안하고, 마침 제사가 있어 나와서
만날 수 없다고 했다. 저녁에 하리下吏 임승선林承善의 집에서 유숙했다.

〔 1699년 4월 16일 을묘 〕 맑음

영광군수(이이만)가 제사 음식을 보내고 늦은 아침 나와서 만났다. ○류 대
감(류명현)과 하루 종일 마주 앉아 조용히 이야기했다. 류 대감은 6년이나
섬에 있었는데도 얼굴이 늙지 않았다. 류 대감 역시 내가 조금도 늙지 않았
다고 하면서 서로 경하하며 즐거워했다.

〔 1699년 4월 17일 병진 〕 맑음

영광군수(이이만)가 나와서 만났다. 아침을 먹은 후에 돌아오는 길을 출발
했다. 외치外峙에 도착해서 길옆에 앉아 점심을 먹고, 말을 풀어 풀을 먹였
다. 금안동金鞍洞에 도착해서 유숙했다.

〔 1699년 4월 18일 정사 〕 맑음

아침 식사 후에 출발해서 불수원不愁院에서 말을 먹였다. 새로 급제한 진
사 신연申演을 때마침 만나, 나아가라 물러나라 부르며 장난을 했다.[39] 길을

---

39) 나아가라…했다: 원문에서는 '呼出進退'라 표현되어 있다. 이는 새로 과거에 급제한 사람을 대상으로
했던 신고식의 일종으로, 새로 과거에 급제한 사람의 양팔을 붙잡고 앞으로 당기면서 부르고 뒤로
끌면서 부르는 행동을 되풀이하다가 얼굴에 먹칠을 하며 장난하는 행위를 가리킨다. 얼굴에 먹칠을
한다고 해서, '묵희墨戲' 또는 '묵희진퇴墨戲進退'라고도 한다. 신고식 가운데 악대를 동원하여 음악을
연주하고 북을 치기도 했으며, 새로 과거에 급제한 사람이 이러한 장난을 거부하면 말채찍으로
때리기도 하고 축하 거리 행렬인 유가遊街도 하지 못하게 했다고 한다.

가던 중에 무료함을 달래어 즐거웠다. 신연은 그 아버지의 부임지인 정읍에서 왔는데, 영암 장수리長壽里가 고향이다. 신연의 선조는 우리 선조(윤선도尹善道)와 연지동蓮池洞[40]에서 함께 살아서 세의世義가 남달라 서로 옛이야기를 했다. 영암 동문에 이르러 또 장난을 했다. 그리고 영광으로 가면서 머물렀던 집 주인 하리下吏 박승설朴承卨의 집으로 돌아왔다.[41] 영암군수(이이만)가 나와서 새 급제자에게 하는 장난을 꽤 오랫동안 했다. 아객衙客[42] 이현만李顯晩이 왔다. 이진梨津의 새 대장代將 박상귀朴商龜가 와서 만났다.

〖 1699년 4월 19일 무오 〗 맑음

영암군수(이이만)가 나와서 만났다. 아침 후에 출발했다. 도갑사에 유숙할 생각이다. 신 진사(신연)가 내일 도문연到門宴에 와 달라고 간곡히 요청해서 일부러 천천히 둘러가는 것이다. 구림鳩林의 윤처미尹處美 숙叔의 집에 도착해서 말을 먹이고 점심을 먹었다. 새 급제자 신연이 뒤따라 와 현 참봉(현징玄徵) 집을 향해 갔다. 또 주인집 아이들이 구경하도록 나아가라 물러나라 장난을 했다. 아이들이 이 광경을 구경하며 장난을 쳤다. ○주인인 윤처미 숙의 집에 장애인이 있으니, 곧 주인의 조카인 고故 윤태미尹泰美 씨의 외아들이다. 귀머거리에 벙어리여서 천둥이 쳐도 듣지 못하고 물과 불이란 말조차 하지 못하나, 마음으로 인사人事를 널리 깨우쳤고 문자까지 이해하고 쓸 수 있다. 듣지도 못하고 말하지도 못하는데 어떻게 이렇게 할 수 있는지 모르겠다. 이는 실로 이치에서 벗어난 일이라 지극히 이채롭다. 내가 시험해 보고 싶어 종이와 붓을 찾아 '나는 존尊에게 12촌이 되는 전 지평 윤이후다. 사는 곳이 멀어 이제야 만났는데, 대화를 나눌 수 없으니 안

---

40) 연지동蓮池洞: 서울 연지동이다. 고산 윤선도는 한양 동부東部 연화방蓮花坊에서 출생했다.

41) 영광으로…돌아왔다: 1699년 4월 13일자 일기 내용을 보면, '석제원에서 말을 먹인 후, 저녁에 영암 성내에서 유숙했다'는 언급이 보인다.

42) 아객衙客: 수령을 찾아온 손님을 말한다.

타깝다.'라고 썼더니, 그도 글씨를 써서 보여 주기를, '저의 동성同姓 12촌 조부님이 먼 곳에 사는 분이라 만나지 못하다가 이제야 뵙고 재배再拜드립니다. 제가 입과 귀에 병이 있어 말을 하지 못하니 큰 괴로움입니다만, 동성 조부님의 성함은 알고 있습니다.'라고 했다. 또 이어서 '저의 관명冠名은 응수應壽입니다.'라고 썼다. 내가 늙었기 때문에 '조부님'이라고 칭한 것인데, □□가 할아버지 항렬이라는 것을 능히 알고 있는 것이다. 어떻게 이런 일을 알고 있는 것인가? 주인이 형제의 항렬이라고 말하자 즉시 다시 이어서 자기 이름을 썼으니, 인사人事를 아주 잘 알고 있는 것이다. 아들도 셋이나 낳아 매우 준수해서 그는 이제 걱정거리가 없다. 그 가정생활生活에 대해 들으니, 아이들 가르치고 숙부 모시기를 모두 제대로 하고 있다고 한다. 예전에 조부모의 제사를 지낼 때 그가 장손이라 제주祭主가 되어야 했는데, 장애인이라고 술잔을 올리는 것을 숙부가 허락하지 않으려 하자, 그가 즉시 '이처럼 하는 것은 예에 맞지 않습니다.'라고 써서 보여 주었다고 한다. 그러니 그의 타고난 명석함이 지극하다고 할 만하다. 내가 이것으로 그를 칭찬하기를, "성인聖人이면서도 장애인이다."라고 하자, 듣는 이들이 웃었다. 그러나 내 말은 진실로 터무니없는 말이 아니다. 조상을 성실히 섬기고 집안을 엄히 다스리는 그의 처신은 병이 없는 사람도 미치지 못하는 점이 많아, 일일이 다 쓸 수가 없다. 이웃에 사는 유영기俞永基가 와서 만났다. 주인, 유 생生(유영기)과 함께 회사정會社亭[43]을 보러 갔다. 회사정은 마을 가운데에 있는데, 3칸의 우뚝한 건물이 흡사 관청 같고 단청도 새로 칠한 것이다. 옆에는 창고를 두어 동계洞契에서 곡식을 거두어들이는 곳으로 삼고 있다. 봄가을로 이 정자에서 모여 강신講信한다. 정자 앞에는 항상 시장이 열리는데, 앞강에서 잡은 어물을 거기서 거래한다. 동네는 사대부 집안이 매우 흥성해서 기와집이 즐비했는데 요사이 꽤 쇠락해 빈집이 반이 넘는다. 직접 본 마을 사정은 매우 영락해 있었다. 사물이 흥성

---

43) 회사정會社亭: 구림마을에 있는 정자이다. 구림 대동계의 모임 장소로 사용하기 위해 세워졌다.

했다가 쇠퇴하는 것은 자연의 이치이니, 어찌 하겠는가? 조금 있다가 일어나 국사암國師巖에 올라 감상했다. 전하는 말로는, 도선道詵이 아버지 없이 태어나 이 바위에 버려졌는데, 비둘기들이 몰려들어 보호해 살렸다고 한다.[44] 구림鳩林이라는 마을 이름과 국사암이라는 바위 이름도 여기서 딴 것이라고 한다. 이어서 요월당邀月堂[45]으로 갔다. 요월당은 내 서쪽 기슭 아래에 있는데, 그 크기가 회사정에는 약간 못 미친다. 그러나 방도 있고 헌軒도 있으며 월출산 주지봉住支峰 등 여러 산이 빼곡히 늘어선 모습이 눈앞에 펼쳐져, 눈이 휘둥그레진다. 이 정자는 임씨林氏 집안 선조가 세운 것으로, 지금은 후손인 임석형林碩馨이 지키고 있다고 한다. 임석형은 마침 외출했고, 유영기가 여기에서 처가살이하고 있어서, 술과 회를 약간 차려 대접해 주었다. 참봉 현징을 역방했다. 정자와 정원이 꽤 볼만했다. 역시 술과 음식을 차려 권했다. 그 후자後子인 약호若昊는 마침 심상心喪 중이었는데 자리에 함께했다. 술자리가 파하고 일어나 도갑사로 돌아왔다. 신 진사(신연)가 이미 먼저 와 있었다. 절의 중이 한 명도 나와서 맞이하는 놈이 없어, 부득이 주지에게 약간 매를 쳐서 경계로 삼았다. 구림의 진사 이가징李嘉徵이 전염병을 피해 이 절에 우거하고 있어, 함께 만났다. 윤처미 숙, 유생(유영기), 이두정李斗正이 밤길을 무릅쓰고 왔다. 아객衙客인 첨지 이현만李顯晚도 와서 함께 유숙했다.

〔 1699년 4월 20일 기미 〕 바람 불고 흐림. 저녁에 비

새 급제자(신연)가 먼저 일어나 집으로 돌아가고, 나는 조금 뒤에 따라가고, 영암군수(이이만) 역시 늦게 이르렀다. 바로 장수리長壽里에 있는 신연의 새집이다. 곽만하郭萬夏는 바로 급제자의 표종表從으로 그의 조카인 곽

---

44) 전하는…한다: 도선국사의 탄생과 관련해 알려진 이야기는 여러 가지가 있다. 그 가운데 대표적인 것이 어머니 최씨가 우물 속의 오이를 먹고 도선국사를 잉태하여 낳았다는 이야기이다.

45) 요월당邀月堂: 구림마을에 소재하는 선산善山 임씨 임구령林九齡(1501~1561)이 우거한 정자이다. 임구령의 장남 임호林浩(1522~1592)는 구림 대동계 발기인 중 한 명이다.

재태郭再泰와 자리에 나와서 주인으로서의 예를 차리고 한나절 동안 유희를 벌였다. 창우倡優 중에서 계집 하나를 골라서, 급제자의 가인佳人으로 삼았다. 급제자가 곁눈질하던 계집인데, 곽재태의 비婢라고 한다. 청아한 노랫소리가 꽤 듣기 좋았다. 저녁 무렵 영암군수가 먼저 일어났다. 나도 말을 돌려 마치馬峙를 넘어서 월암月巖에 도착했는데 비를 만나 홀딱 젖었다. 하지만 오랜 가뭄 끝에 만난 비라 괴로운 줄 몰랐다. 어두워지기 전 집에 도착했다. ○ 백치白峙의 노노奴와 말이 서울에서 돌아와, 아이들이 11일에 보낸 잘 있다는 편지를 받았다.

〖 1699년 4월 21일 경신 〗 흐리다 맑음. 밤에 비가 꽤 퍼부어 거의 한 보지락쯤 내림

비가 내려 농사에는 지극히 다행스러운 일이다. 윤천우가 줄곧 동행하다가 어제 저녁 청계淸溪에 들어가 자고, 오늘 아침에 와서 함께 말을 타고 출발했다. 윤재도尹載道가 전염병을 겪은 뒤에 종조천種祖川 천변으로 새 집터를 정하고 지금 초막을 지어서, 거기로 가다가 윤시삼尹時三을 만나 잠시 이야기를 나누었다. 윤재도는 출타 중이어서 만나지 못했다. 말머리를 돌려 윤시상의 집에 도착했다. 전적 김태정金泰鼎이 장흥에서 왔다. 오랫동안 소식이 막혔다가 서로 만나니 기쁘다.

〖 1699년 4월 22일 신유 〗 저녁에 비가 잠깐 뿌림

영암군의 아객인 첨지 이현만이 와서 묵었다.

〖 1699년 4월 23일 임술 〗 흐리다 맑음

이 첨지(이현만)가 갔다. 최형익崔衡翊, 최항익崔恒翊, 변최휴, 최상일崔尙馹이 왔다. 선달 윤취삼尹就三이 왔다. ○ 내가 윤익성과 윤경미의 곤궁하고 절박한 상황을 걱정하여 영암군수(이이만)에게 청탁했는데, 그 두 사람이

동쪽 섬과 서쪽 섬의 호적 감관으로 뽑혀 어제 관가에 가서 분부를 듣고 왔다. 송징헌宋徵獻이 왔다.

〔 1699년 4월 24일 계해 〕 맑음

윤중원尹重遠이 왔다. ○ 정광윤鄭光胤이 병으로 나가 있는 곳에 쌀 3되와 조기 2마리를 보냈다.

〔 1699년 4월 25일 갑자 〕 흐리다 맑음

윤취삼이 대장代將이 되어 관가에 가는 길에 역방했다. 이정두, 송수기宋秀杞가 왔다. 윤시상이 왔다. ○ 정 생(정광윤)이 병으로 나가 있는 곳에 말린 청어 10마리와 담배를 조금 보냈다. ○ 초저녁에 비가 뿌리더니 먼지만 축이고 그쳤다.

〔 1699년 4월 26일 을축 〕 흐리다 맑음

임세회, 윤익성이 왔다. 윤재도가 왔다. 고금도의 이신필李信弼과 이동규李東奎가 왔다가, 이신필은 떠나고 이동규는 머물렀다. 윤취삼이 역방했다.

〔 1699년 4월 27일 병인 〕 맑음

이동규가 갔다. 김치명金致明이 와서 과시科詩를 보여 주기에 평가를 해 주었다. 윤익성이 숙위했다. ○ 홍아가 그저께 저녁부터 기운이 편치 않더니, 지금까지 나을 조짐은 없고 증세가 매우 심하다. 초저녁에 시호강활탕柴胡姜活湯으로 땀을 내게 한 뒤에 조금 나았다. 다행이다.

이진창梨津倉의 창감 박세후朴世厚가 왔다. 연동의 윤상尹詳, 윤성필尹聖弼이 왔다. 윤익성, 윤천우가 왔다. ○오후에 영암군수(이이만)가 와서 다담상을 차려서 내었다. 그대로 유숙했다.

영암군수(이이만)가 이른 아침에 갔다. 최만익崔萬翊이 왔는데, 옥천창玉泉倉의 새 창감 이운재李雲栽가 그를 통해 알현했다. 영암군수가 와서 만났다. 임세회가 왔다. 영암군수가 지난번에 관수미官需米 2섬을 보내 주었는데, 지금 또 쌀 1섬을 주고 우리 내외에게 절선節扇도 각각 5자루씩 주었다.

가뭄과 병충해

〔 1699년 5월 1일 기사 〕 맑음

3월 보름 후 비가 내린 다음, 중간에 비가 조금 왔지만 마른 것들을 충분히 적시지 못했다. 양맥兩麥(보리와 밀)이 무성하게 자란 것은 4, 5년 사이에 처음 보는 것이라 가뭄이 재앙에 이르지는 않았지만, 수전水田이 모두 말라 못자리에 볍씨를 뿌리지 못하고 이제야 비로소 마른 땅에 파종한 경우가 많으니 매우 걱정스럽다. ○이정두李廷斗가 왔다. 연동蓮洞의 윤선형尹善衡, 윤이복尹爾服이 걸어서 왔다가 저녁에 갔다.

〔 1699년 5월 2일 경오 〕 흐림

흥아興兒의 아프던 것이 그대로 학질이 되었다. 지금 또 몹시도 아파하니 애처롭다. ○연동의 별장別將(윤동미尹東美)이 왔다. 윤재도尹載道가 왔다. ○농사가 연이어 흉작이고 또한 곡식이 귀한 시기인데도 시장 가격이 떨어지지 않아 6, 7승 면포의 가격이 쌀 13~15 말에 이른다. 이는 전에 없던 일이다. 면포가 귀해진 까닭에 상도上道의 미곡상들이 다투어 매집하다 보니 이렇게 되었다고 한다. 백성들의 굶주리는 고통이 이러한 상황에 힘입어 조금 누그러졌다. 지금 모맥牟麥이 작년과 비교해 꽤 여물었으니 만약 약간 풍년이 든다면 민생이 되살아날지도 모른다. 그러나 가뭄이 이처럼 심하니 걱정이다.

〖 1699년 5월 3일 신미 〗 이슬비가 먼지만 적시고 그침
농사가 매우 걱정이 된다.

〖 1699년 5월 4일 임신 〗 맑음
변최휴卞最休와 윤징귀尹徵龜와 윤원방尹元方이 왔다. ○조기를 사기 위해 개일開一을 영광으로 보냈다. 영광군수(이이만李頤晩)와 류 판서(류명현柳命賢) 앞으로 편지를 써서 부쳤다. 또 류 판서에게 칠언절구를 써서 부쳤다.[46]

此世生逢未有期	이 세상에 살아 만날 기약 없었는데
筥城會面豈曾知	오성筥城[47]에서 만날 줄을 어찌 일찍 알았으랴
人間萬事皆如此	세상만사가 모두 이와 같을지니
肯把悲歡較一時	어찌 슬픔과 기쁨으로 한때를 비교하랴

또 한 수

城南握手若前期	성 남쪽에서 만난 것이 전에 기약한 것 같았네
兩日深情各自知	이틀간 나눈 깊은 정은 각자가 알리라
最是別懷難盡處	헤어지는 마음에 가장 견디기 어려웠던 것은
驛亭斜日獨歸時	역정에 해 기울어 홀로 돌아오던 때였다오

---

46) 류 판서에게…부쳤다: 아래 시들은 1699년 4월 15일에 만나 17일에 헤어진 일을 읊은 것이다. 해당 날짜의 일기 참조.
47) 오성筥城: 전라남도 영광靈光의 옛 이름이다.

〔 1699년 5월 5일 계유 〕 맑음

과원果願이 적량赤梁에 가서 묘제墓祭를 지냈다. 나는 가묘의 차례를 지냈다. 간두幹頭는 묘 아래에 전염병이 번져 직접 가지 못하고 단지 묘지기에게 지내게 했다. ○박세붕朴世鵬, 이정두, 황세휘黃世輝, 윤민尹玟이 왔다. ○흥아의 학질에 쓸 약을 물어보기 위해, 오후에 비곡比谷의 김 상相(김덕원金德遠)이 우거하고 있는 곳으로 갔다. 때마침 이증李增을 만나서 데리고 왔다.

〔 1699년 5월 6일 갑술 〕 저물 무렵 비가 내리다가 초야에 그침

오랫동안 가물다가 이러한 단비를 얻었으니 기쁘지만 아직도 충분히 적신 것은 아니니 안타깝다. ○흥아가 중완혈中脘穴[48]및 등 부위에 침을 맞고 부항을 떴으나 학질의 통증이 또 발작했다. 지금 이미 여섯 차례다. 걱정스럽다. 나 또한 중완혈에 침을 맞았는데, 요사이 외부에서 감염된 풍風과 열熱이 중초中焦에 맺힌 것 때문이며 또 숙환인 체증 때문이기도 하다. ○오후에 이증이 갔다. ○이날 밤 침상에서 운韻을 불러 아이들에게 「비를 기뻐함[喜雨]」이라는 시를 짓게 하고, 내가 곧장 그 운을 따라 다음과 같은 시를 지었다.

才聞簷角雨聲連　처마 끝에 낙숫물 소리 듣자마자
已覺前郊水滿田　앞 들녘 물이 가득한 논이 떠오르네
沛然膏澤知誰力　쏟아지는 은택이 누구 힘인지 알아
含哺將看樂有年　배불리 먹으며 장차 풍년을 즐기리라

〔 1699년 5월 7일 을해 〕 맑음

청계淸溪의 윤세미尹世美 숙叔 보甫는 병으로 수십여 일간 앓았는데, 오늘 아침 갑자기 세상을 떠나니 슬프다. 윤천우尹千遇, 송수기宋秀杞, 송수삼

---

48) 중완혈中脘穴: 배꼽 위 네 치쯤 되는 곳의 혈이다.

宋秀森이 왔다. 윤선증尹善曾이 그 아들 윤유미尹有美를 데리고 왔다. 유미는 오후에 먼저 갔다. 임세훤林世萱이 왔다. ○백치白峙 이 제제弟(이대휴李大休)와 함께 갔던 중僧이 돌아와 서울 아이들의 편지를 받아 보았다.

청계의 상사喪事는 전염병에서 비롯된 것이라 가서 곡을 할 수가 없다. 쌀 2말과 종이 1속을 보냈다. ○김삼달金三達, 송수기, 이정두가 왔다. 윤선증이 갔다. 상인喪人 윤필후尹弼厚가 왔다. 대장代將 윤취삼尹就三이 관아로부터 집으로 돌아가는 길에 들렀다. 상인 윤순제尹舜齊가 왔다.

박세유朴世維, 약정約正 최신원崔信元이 내방했다. 윤시상尹時相이 발길을 돌려 방문했다. 윤 판관(윤석후尹錫厚)이 집으로 돌아가는 길에 윤재도尹載道의 새집에 함께 가서 윤시삼尹時三[49]과 잠깐 대화를 나누었다. ○예전 신유년(1681)에 기내畿內에 황색충黃色蟲이 나타났는데, 송충이에 비해 약간 작고 솔잎은 먹지 않으며 잡목의 잎을 먹는다. 산과 들에 두루 가득하여 많은 사람이 풀을 베다가 그 독에 해를 입었다. 온몸이 붓고 가려우며 체내에 열이 발생하여 안절부절못하다가 물속에 뛰어들면 열기가 막혀 오그라들어 죽었다. 불을 가까이하여 찜질을 하면 조금 안정된다. 근래 이곳에도 이런 변고가 있어, 사람들이 죽기도 했다. 이미 5, 6년의 흉년과 작년과 올해의 (⋯) 로 사람들이 많이 죽었는데, 또 이렇게 사람을 해치는 갖가지 변고가 발생한다. 하늘이 생령을 모조리 죽이려는가. 저 하늘의 재앙과 시절의 변고를 손으로 다 꼽을 수 없다. 얼마 전 밤에는 아홉 흉성凶星이 서로 싸우고 우레와 지진이 계속 이어져 크게 놀랐다. 또 들으니, 나주 영산강 가에 뱀이 떼로 모여 죽어 있는 것이 1000여 마리이고, 구림鳩林의 북송정北

---

49) 윤재도尹載道의⋯윤시삼尹時三: 윤시삼과 윤시상은 형제이고, 윤재도는 윤시삼의 아들이다.

松亭에 까마귀 떼가 밤에 죽은 것이 또한 30여 마리라고 한다. 이 모두 놀라운 일로 일찍이 듣지 못한 것이라, 특별히 기록해 둔다.

〔 1699년 5월 10일 무인 〕 맑음

홍아의 학질은 오늘 잠깐 어지러워한 다음 차차 낫는 듯하니 다행이다. 송수기가 왔다. ○우리 고을 수령(이이만)이 근행覲行을 출발했다. ○김삼달이 왔다.

〔 1699년 5월 11일 기묘 〕 맑음

변최휴, 윤시상, 윤석귀尹錫龜, 김우정金友正이 왔다. ○노奴 개일이 영광에서 돌아와서, 영광군수(이이만)의 답장과 편지지 30폭, 절선節扇 4자루, 무장茂長(이유李浟)의 운책韻冊 1권을 받았다. 또 류 대감(류명현)의 답장 및 차운시 2수도 받았다. 그 시는 다음과 같다.

人生聚散本無期　인생에 만나고 헤어지는 것은 본래 기약이 없어
萬死重逢不自知　만 번 죽을 뻔했다가 다시 만날 줄 어찌 알았으랴
僑舍一灯還似夢　여관에서 하룻밤 함께 보낸 것이 꿈과 같아
可堪惆然送歸時　돌아갈 때 섭섭하여 전송하기 힘들었다오

또 한 수

長沙歸客乍淹期　장사長沙[50]에서 돌아가는 객이 잠깐 머무는데
處處逢迎摠舊知　곳곳에서 찾아와 만나는 사람은 모두 옛 친구들
祇恨一犁前夜雨　다만 안타까워라, 간밤에 비가 한 보지락 내렸는데
故山虛負種秧時　고향 못자리에 씨 뿌릴 기회를 놓쳐 버렸네

---

50) 장사長沙: 한나라 가의賈誼가 좌천된 곳으로, 흔히 유배지를 뜻한다.

○두아斗兒의 편지가 선달 이명대李命大를 통하여 왔다. 지난달 그믐에 보낸 것이다. 편지를 보니, 인천 셋째 생질녀인 이 서방네(이재빈李載彬의 처)가 전염병으로 지난달 27일 갑자기 죽었다고 한다. 비통하고 비통하다. 내가 이미 누나를 잃고 오직 생질 다섯 남매가 무고한 것이 일말의 위로였는데 갑자기 흉보를 들으니 찢어질 듯한 마음을 이루 표현하기 어렵다. 더구나 이번에 죽은 아이는 어린 나이에 6년의 상을 치렀고, 상을 치르자마자 혼인하여 채 1년도 되지 않았는데 갑자기 요절하니 더욱 슬프고 슬프다.

〔 1699년 5월 12일 경진 〕 오후에 비가 뿌림

흥아의 학질이 그제보다 덜해졌다. ○대둔사 승려 상림尙林이 와서 알현했다. 우리 면(옥천시면) 창감倉監 이운재李雲栽가 지나다 들렀다.

〔 1699년 5월 13일 신사 〕 맑음

승의랑承議郎 조비祖妣(안계선의 처)의 기제사를 과원, 지원至願을 데리고 직접 지냈다. 올해는 모맥牟麥이 가장 알차다. 이 지역은 토질이 매우 척박하지만, 가작家作으로 보리牟 4마지기를 지어서 3섬을 타작했으니, 이것은 10년 안에 없던 일이다. 가을의 수확이 또한 이와 같다면 민생이 되살아날지도 모른다. 근래 퍽 가물어 걱정이다.

〔 1699년 5월 14일 임오 〕 맑음

흥아의 학질이 오늘에야 떨어졌다.

〔 1699년 5월 15일 계미 〕 맑음

영암에서 온 인편에 서울 아이들의 잘 있다는 편지를 받았다. 곧 4일에 보낸 것이다. ○중도中稻를 이앙하기 시작했다. 못자리에 볍씨를 뿌린 지 52

일 만이다. ○ 원방元方(윤원방)이 왔다.

윤시삼尹時三, 장수리長壽里 진사 신연申演, 안형상安衡相이 왔다. 김정진金
廷振이 저녁에 왔다가 그대로 유숙했다.

김삼달, 이정두가 왔다. 죽천竹川 신희기申希夔가 왔다가 그대로 유숙했다.

신희기가 갔다.

김 별장(김정진)이 갔다. 이천배李天培가 왔다. 김 파총把摠의 아들 김연화
金鍊華가 왔다. 윤재도가 왔다. 윤경미尹絅美가 동쪽 세 섬의 호적을 마무리
할 일로 나왔다가 와서 만났다. 백포白浦의 윤이성尹爾成이 왔다. ○ 연동 윤
기미尹器美가 전염병으로 어제 갑자기 죽었다. 그 자신 자최齋衰를 입은 지
1년이 되지 않았는데 갑작스레 요절하다니 참통하고 참통하다. 벼 15말을
보내 장례 준비에 부조했다. 식량 사정이 매우 어려워 물건이 마음에 미치
치 못한다. 안타깝고 안타깝다. ○ 윤 판관(윤석후)이 왔다.

얼마전 안 우友(안형상)와 오늘 평촌坪村에 함께 가기로 한 약속이 있어서
아침을 먹고 출발했다. 병치甁峙에 도착해서 안형상이 오기를 기다렸다.
서로 기다리며 해가 지더라도 약속 장소를 떠나지 않기로 했기 때문이다.

바위에 오랫동안 앉아 있으며 안형상이 나타나지 않아 의아해하고 있는데 문득 그의 노奴가 평촌에서 돌아와서 자기 주인이 먼저 평촌에 가 있다고 했다. 나는 즉시 평촌으로 말을 타고 갔다. 새로 지은 객헌客軒이 넓어서 좋았다. 곧 비 올 기미가 있어 손풍巽風(남서풍)을 정면에서 쐬니 퍽 불편했다. 점심을 먹은 후 곧바로 일어나 돌아왔다. 온몸이 저리고 쑤시지 않는 곳이 없어 밤새 끙끙거렸다. 매우 걱정스럽다.

〔 1699년 5월 21일 기축 〕 적은 비

오랜 가뭄 끝에 한 호미자락도 안 되는 비가 내렸으나, 농사가 가망이 없어 매우 염려스럽다. 아픈 것은 바람을 쐰 것 때문인데 숙증宿症인 눈썹 모서리 통증까지 도져 종일 끙끙거렸다.

〔 1699년 5월 22일 경인 〕 흐림

극제棘弟 이대휴가 서울에서 돌아오다가 들러서 만났다. 서울은 전염병이 다시 발생하여 정동貞洞 그의 집까지 번져 8일의 상사祥祀도 지낼 수 없게 되었기에 내려왔다고 했다. ○서울에서 돌아오는 배편으로 아이들의 잘 있다는 편지가 왔다. 이달 8일에 보낸 것이다.

〔 1699년 5월 23일 신묘 〕 비가 뿌림

아내의 학질은 이미 4차례에 이르고 갈수록 심해져 걱정이다. 내 아픈 곳은 깨끗이 나았다.

〔 1699년 5월 24일 임진 〕 흐리다 맑음 가끔 비가 뿌림

나주의 선달 이명대가 지난 밤 그의 처가에 내려왔다. 오늘 아침 내가 가서 불러서 여러 객들과 모여 이야기하다가 오후에 돌아왔다. 이날 저녁 이 선달이 왔다.

〔 1699년 5월 25일 계사 〕 맑음

어머니(윤예미尹禮美의 처)의 생신차례를 지냈다. 김삼달이 왔다.

〔 1699년 5월 26일 갑오 〕 저녁 무렵 비가 내림

송헌징宋獻徵이 왔다.

〔 1699년 5월 27일 을미 〕 흐리고 부슬비

어제 비가 겨우 한 호미자락쯤 내렸으나 오랜 가뭄 끝이라 마른 땅을 적시기에는 부족하다. 매우 안타깝다. ○점쟁이 천재영千載榮이 지나다 들렀다. 윤기업尹機業이 왔다. ○선전관 임일주林一柱의 노奴가 서울에서 돌아와 아이들의 잘 있다는 편지를 전해 주었다. 16일에 보낸 것이다.

〔 1699년 5월 28일 병신 〕 늦은 아침 맑음

전부典簿(윤이석尹爾錫) 댁 노奴가 상경하기에 편지를 부쳤다. 대장代將 윤취삼尹就三, 김성삼金聖三이 왔다.

〔 1699년 5월 29일 정유 〕 맑음

어제 저녁부터 감기를 앓기 시작했는데 자못 괴롭다. ○3월부터 날이 가물었다. 간혹 비가 내려도 흙먼지를 적실 정도에 지나지 않거나 한 호미자락 정도일 뿐이었다. 못자리에 볍씨를 뿌리지 못한 곳이 많고 지금 하지가 지났는데도 이앙을 하지 못했다. 모맥牟麥은 비록 여물었지만 올가을 수확이 매우 걱정이다. 기내畿內는 모맥牟麥조차 여물지 않았다 하니 더욱 걱정이다.

질화로에 부친 시

〔 1699년 6월 1일 무술 〕 맑음

해가 높이 떠서 비 올 조짐은 없으니 참으로 작은 걱정거리가 아니다. 탄식할 뿐 무슨 수가 있겠는가. 이정두李廷斗가 왔다. ○며칠 전 백치白峙의 인편이 와서 극인 이 제弟(이대휴李大休)가 25일에 병이 났다고 말했는데, 오늘 밤에 또 와서 열이 매우 심하게 난다고 했다. 증세가 중한 것 같아 매우 걱정된다.

〔 1699년 6월 2일 기해 〕 맑음

정광윤鄭光胤이 왔다. 돌림병을 앓은 후 처음 본 것이다. 윤익성尹翊聖이 서삼도西三島의 호적 일을 마친 후 나왔다. ○죽도竹島의 돌림병이 깨끗이 사라진 지 이미 오래되어, 첩妾이 도로 들어갔다.

〔 1699년 6월 3일 경자 〕 흐리다 맑음

윤시상尹時相이 왔다. 대둔사 승려 천택天澤이 와서 알현했다. 정 생(정광윤)이 숙위했다.

〔 1699년 6월 4일 신축 〕 빗발이 잠깐 뿌림

감기로 신음하고 있으니 걱정이다. 최형익崔衡翊, 최도익崔道翊이 왔다. 변
세만卞世萬이 왔다. 윤익성이 왔다.

〔 1699년 6월 5일 임인 〕 맑음

김삼달金三達, 윤익성, 정광윤이 왔다. 정광윤은 저녁때 또 와서 숙위했다.

〔 1699년 6월 6일 계묘 〕 흐림

윤명우尹明遇가 왔다. 천재영千載榮이 또 들렀다. 김삼달이 왔다. 정광윤,
윤익성이 왔다.

〔 1699년 6월 7일 갑진 〕 새벽부터 비가 내렸는데, 간간이 세게 쏟아짐

종일 이렇게 비가 왔는데도, 오랜 가뭄으로 말랐던 곳이 적셔지지 않아 안
타깝다. ○목 상相(목내선睦來善) 댁의 복만福萬이 근행覲行가는 길에 잠시 들
렀다.

〔 1699년 6월 8일 을사 〕 빗줄기가 쏟아 붓다가 잦아들었다가 하면서 종일 그치지 않음

이와 같이 비가 내리니 농가에 다행스러움을 이루 말로 다하겠는가? 내 병
은 잠깐 좋아진 듯했으나 낫지는 않아 괴로움을 견디기 어렵다. 백치의 극
인 이 제弟(이대휴)의 병은 7일 만에 열이 내리더니 지금은 꽤 좋아졌다. 매
우 다행이다.

　　화로명火爐銘

　　爐有靑銅 奚以陶盆　화로는 청동이 있는데, 어찌 도자기로 했으며

足之雕金 奚以木棬　발은 쇠로 만들어야지, 어찌 나무틀을 둘렀는가
何事於侈 所取者存　어찌 사치를 일삼으랴, 생긴 대로 둘 뿐이네
匏尊藥壺 乃煮乃溫　술잔과 약병을 끓이고 데우며
草榼烟管 是弟是昆　담뱃갑 담뱃대가 아우요 형이네
主人爲誰 支庵子云　주인이 누군고 하니 지암자支庵子라 하리라

내가 작은 질그릇으로 화로를 만들어서 쓰다 버린 체틀 위에다 얹어 두었다. 종이를 겹겹이 바르니 모양이 자못 소박하고 담백하며 단단하고 질박하여 좋다. 한가한 중에 우연히 4자 명銘 6구를 지어 내 뜻을 담았다.

〖 1699년 6월 9일 병오 〗 어제 밤새 내린 비가 아침까지 이어지더니 종일 내림. 잠시도 비가 가늘어지지 않고, 또 바람 한 점 불지 않음

앞 내가 크게 불어 밭두둑까지 범람하고 망망대해를 이루었으니, 근래에 보지 못한 큰비이다. 오래 가문 끝에 또 수재水災가 난 것이다. 가뭄과 큰물이 연이어 오니 참으로 개탄스럽다. 날이 저물자 빗줄기가 조금 잦아들었다. 넘친 물이 (…) 빗소리가 다시 요란해졌다.

〖 1699년 6월 10일 정미 〗 빗줄기는 어제와 같다가 저녁 무렵 점차 그침

죽은 아이의 담사禫祀(대상 후 3개월 만에 지내는 제사)를 지냈다. 홍아는 학질이 또 발병하여 제사에 참석하지 못했다. 나도 아파 통곡 한번 못하여 몹시 가슴이 아프다.

〖 1699년 6월 11일 무신 〗 흐리고 부슬비. 소서小暑, 6월의 절기

〔 1699년 6월 12일 기유 〕 빗발이 간간이 뿌림

이진명李震明이 아침 일찍 왔는데, 병 때문에 나가 보지 않았다. 윤천우尹
千遇가 와서 문안했다. 비부婢夫 봉춘奉春이 숙병宿病으로 죽었다. ○작년과
금년에 전염병이 읍리邑里와 성촌盛村(큰 마을)에 매우 극심하여 오래도록
사라지지 않고 있다. 성촌이 아닌 곳도 특별히 심한 곳은 일가가 다 죽은
경우도 있어, 참혹함이 이루 말할 수 없다. 유독 이 마을만은 병을 앓은 사
람이 4분의 1에 지나지 않고 죽은 자도 열몇 명도 되지 않는다. 지금 돌림
병이 완전히 사라진 곳이 적은데 이 마을은 사라진 지 오래니 다행이다.

〔 1699년 6월 13일 경술 〕 간간이 비가 내림

김삼달이 와서 문안했다. ○백치의 극인 이 제(이대휴)는 며칠 더 앓다가 병
세가 잦아들었는데, 사탕砂糖을 간절히 원해서 지난번 비곡比谷에서 얻은
반 알을 들여보냈고, 또 옴천唵川에서 반 알을 얻어서 보내 주었다.

〔 1699년 6월 14일 신해 〕 흐리고 부슬비

나의 병이 꽤 좋아졌다.

〔 1699년 6월 15일 임자 〕 반가운 비가 장마가 되어 종일 내렸다 그쳤다 함

유두절流頭節 차례를 지냈다. 나와 흥아가 모두 아파서 과원果願, 지원至願,
세원世願에게 지내게 했다. 세원은 탈상 후 처음으로 가묘에 전배展拜한 것
이다. 지원智遠이 왔는데, 우리 집은 양식 사정이 매우 어려워 집안에 데리
고 있을 수 없기에 윤응병尹應丙에게 의탁하게 했다. 정 생이 숙위했다.

〔 1699년 6월 16일 계축 〕 비. 저녁에 잠깐 맑음

〖 1699년 6월 17일 갑인 〗 맑음

윤익성이 왔다. ○내가 며칠 전에 「화로명火爐銘」을 지었는데, 다시 오언율시를 지어 병중의 소회를 담았다.

小爐易制度　단순하게 만든 작은 화로
淡素愜吾心　담백하고 소박하여 내 마음에 드네
綺席交情薄　비단 자리의 사귐은 정이 박하고
松窓托契深　송창松窓의 사귐이 깊도다
煖樽風雪裏　눈보라 속에서 술 데우고
煮茗薜蘿陰　벽라薜蘿[51] 그늘에서 차도 끓여 마시지만
最是無眠夜　무엇보다, 잠 못 이루는 밤
頻同吸竹尋　담뱃대를 물고 자주 찾는구나

깊은 밤 잠이 깰 때면 매양 담배를 피기에 마지막 구를 위와 같이 썼지만, 담배는 옛 물건이 아니기에 쓸 만한 문자가 없어 부득이하게 속된 말로 쓴 것이다. 이 어찌 시라 할 수 있겠는가? 다만 소회를 부칠 뿐이다. 가소롭다.

〖 1699년 6월 18일 을묘 〗 맑음

〖 1699년 6월 19일 병진 〗 맑음

〖 1699년 6월 20일 정사 〗 맑음

윤의임尹義任이 왔다.

---

51) 벽라薜蘿: 벽려薜荔와 여라女蘿 넝쿨을 합칭한 말이다. 벽려의 잎으로는 옷을 만들고, 송라는 엮어서 모자를 만들 수 있어서, '벽라'는 흔히 은자隱者의 허름한 행색을 지칭한다. 여기에서는 우거진 숲속의 소박한 거처를 가리킨다.

〖 1699년 6월 21일 무오 〗 맑음

안형상이 와서 문병했다. 윤익성이 왔다.

〖 1699년 6월 22일 기미 〗 맑음

윤시상이 와서 문병했다. 윤익성이 왔다. ○근래 시장 가격이 뛰어, 그제 송지松旨 시장에서 6승 면포 1필 값이 벼로는 2섬, 보리로는 4섬이었다. 오늘 시장에서는 베가 더욱 희귀해져, 벼나 보리를 가지고는 (…) 할 수 없다. 그중 가장 귀한 물건이 어물이어서, 보리 1말로 겨우 작은 조기 한 마리를 산다. 이 또한 시변時變이니 매우 괴이하다.

〖 1699년 6월 23일 경신 〗 초복. 맑음

흥아가 어제 비곡에 가서 김 상(김덕원)에게 내 병의 처방을 물었더니, 가미정기산加味正氣散[52]을 복용하라고 알려주기에, 오늘 아침 복용하기 시작했다. 내 병은 요 며칠 사이에 거의 회복되기에 이르렀다.

〖 1699년 6월 24일 신유 〗 맑음

정광윤과 송수삼宋秀森이 왔다.

〖 1699년 6월 25일 임술 〗 맑음

김삼달이 와서 문병했다.

〖 1699년 6월 26일 계해 〗 맑음

마당금麻堂金을 괴산으로 보내며, 그길로 서울까지 가서 아이들의 소식을 받아 오게 했다. ○상인喪人 최운회崔雲會와 정광윤이 왔다.

---

52) 가미정기산加味正氣散: 토사곽란과 원인을 알 수 없는 하복부의 통증을 치료하는 처방이다.

〖 1699년 6월 27일 갑자 〗 대서. 6월의 중기中氣. 맑음

정만광鄭萬光이 왔다. 변최휴卞最休와 윤재도尹載道가 왔다.

〖 1699년 6월 28일 을축 〗 맑음

정광윤이 왔다.

〖 1699년 6월 29일 병인 〗 맑음

윤익성과 윤 판관(윤석후)이 왔다. ○차삼次三이 개령開寧으로 갔다.

〖 1699년 6월 30일 정묘 〗 맑음

김 별장(김정진)이 왔다. 윤시상, 이천배李天培, 김련화金鍊華, 윤익성, 정광
윤, 지원이 왔다. ○지난번 큰비가 온 후 근래 다시 오랫동안 가물어, 농사
가 몹시 염려된다.

쌀 닷 섬의 수모

〔 1699년 7월 1일 무진 〕맑음

윤정미尹鼎美 숙叔이 이른 아침에 지나다 들렀다. ㅇ 들으니, 관찰사 유득일 俞得一이 사임하여 체직되고, 새 관찰사 박태순朴泰淳이 후임으로 왔다고 한다.[53] ㅇ 김 별장(김정진金廷振)이 갔다. 윤선적尹善積, 윤경미尹絅美가 왔다. 윤익성尹翊聖이 왔다. ㅇ 송정松汀의 인편이 서울에서 돌아와 아이들이 지 난달 16일에 보낸 잘 있다는 편지를 전해 주었다. 편지를 보니, 진사 심주 沈柱[54]의 아내가 숙환인 유종乳腫으로 11일에 사망했다고 한다. 참혹하고 슬프다. ㅇ 정 생(정광윤鄭光胤)이 숙위했다.

〔 1699년 7월 2일 기사 〕맑음

근래 가뭄과 더위가 마치 불과 같아 사람이 견디지 못하고 초목도 모두 말 라버렸다. 벼 곡식이 해를 입을 것도 알 수 있다. 지극히 염려스럽다.

---

53) 박태순朴泰淳이…한다:『승정원일기』에 따르면 박태순은 1699년(숙종 25) 5월 22일에 전라도관찰사에 제수되어 6월 16일에 하직했다.
54) 심주沈柱: 윤선도의 사위인 심광면沈光沔의 아들이자, 심단沈檀의 형이다.

〔 1699년 7월 3일 경오 〕중복中伏. 맑다 흐림

정광윤, 윤시한尹時翰, 최세헌崔世憲, 최운회崔雲會, 군입리軍入里의 김지일金之一이 왔다. ○남례南禮의 극인棘人 이홍진李弘晉이 와서 유숙했다. 그는 구림鳩林 사람인데, 아버지인 인징仁徵 보甫가 남례에 제언을 쌓아 간척하여 옮겨 살았다. 봄에 아버지가 전염병으로 세상을 떠나 지금 장례를 준비하고 있어서, 황원黃原 산소의 자회煮灰와 소나무를 얻기 위하여 만나러 온 것이다.

〔 1699년 7월 4일 신미 〕흐리다 맑음

이 극인(이홍진)이 아침 일찍 갔다.

〔 1699년 7월 5일 임신 〕새벽에 천둥을 동반한 비가 매우 세차게 내리다가, 아침에 비로소 그침. 정오 무렵 간혹 맑음

(…) 왔다. ○영암군수(이이만李頤晚)【지금 충주 (…)에 있음】의 편지를 받았다. 두 번 사직상소를 올렸는데, 반드시 교체되기를 바란다고 했다. 괴산에서 보낸 한글 편지[55]를 영암군수가 전하여 보내 주었다. 5월 24일에 보낸 잘 있다는 편지이다.

〔 1699년 7월 6일 계유 〕새벽에 비가 크게 퍼부음. 낮에 흐리다 맑음

선달 이명대李命大가 지나다 들렀다. 김태귀金泰龜가 왔다. ○흥아興兒가 또 학질을 앓았다. 오늘로 이미 세 번째이다. 몇 달 사이 세 번이나 학질을 앓았으니, 원기가 점차 손상되었음을 알 수 있다. 몹시 염려되고 걱정된다.

〔 1699년 7월 7일 갑술 〕흐림

과원果願, 세원世願 지원至願, 우원又願을 데리고 차례를 지냈다. 흥아興兒

---

55) 괴산에서…편지: 괴산에 사는 김남식金南拭에게 시집간 딸이 보낸 편지이다.

는 병으로 불참했다. ○ 최운회, 정광윤, 이정두李廷斗, 적량원赤梁院의 배여량裵汝亮이 왔다. ○ 소척치小尺峙 아래에 초정椒井이 있는 것을 이제야 비로소 알게 되었다. 아내에게 안질이 있어 물을 길어 와 눈을 씻으니 꽤 효과가 있었다. 그래서 오늘 직접 가서 목욕하고 씻는 것이다. 아이들도 모두 따라 갔다. ○ 전라도 병사兵使 민함閔涵 숙叔이 통제사에 임명되었다. 원휘元徽가 후임 병사로 임명되어[56] 어제 영암읍에 도착하여 아이들의 편지를 전해 주었다. 지난달 25일에 보낸 잘 있다는 편지다. 병사도 편지를 써서 문안할 것이라 했다. 서울로 가는 인편이 있어 즉시 편지를 써서 보냈다. ○ 윤석귀尹錫龜, 윤천우尹千遇가 왔다.

〔 1699년 7월 8일 을해 〕 오후에 맑음

목욕했다. ○ 홍아의 학질이 떨어져서 다행이다.

〔 1699년 7월 9일 병자 〕 맑음

변최휴卞最休, 임중신任重信이 왔다. ○ 죽도竹島로 가는 길을 나섰다. 죽도에 전염병이 돌아 지난해 12월부터 왕래하지 못해서 지금 8개월 만이다. 강에 가득한 풍물이 늘 꿈속에 선하다가 이제야 비로소 찾아오니 빼어난 경치가 새롭다. 올 때 임중신이 동행하다가 해남읍 앞에 이르러 뒤에 남았다. 백치에 이르러 극인棘人 이 제弟(이대휴)에게 문 밖에서 문병했다. 거의 다 나아 매우 다행스럽다.

〔 1699년 7월 10일 정축 〕 맑음

성덕항成德恒이 왔다.

56) 원휘元徽가…임명되어: 『승정원일기』에 따르면, 민함은 5월 11일에 통제사에 제수되었고, 전라도병사 원휘는 5월 22일에 임명되어 6월 25일에 하직했다.

〖 1699년 7월 11일 무인 〗 맑음

윤국미尹國美, 성덕항, 김원장金遠章이 왔다. 비산飛山의 김주일金柱一 노老가 와서 소매에서 작은 소쿠리 하나를 꺼내는데 사과였다. 팔십을 바라보는 사람이 매년 이때쯤에 사과를 가져와 만난다. 참으로 감사하고 감탄스럽다.

〖 1699년 7월 12일 기묘 〗 입추. 7월의 절기. 맑음

성 생生이 벌筏을 만들어 고기를 잡았다. 내가 이곳으로 온 이후로 여러 차례 고기를 나누어 보냈다. 이는 노老 성 생원(성준익成峻翼)의 소박하고 예스런 뜻에 따른 것인데, 참으로 감사하고 감탄스럽다. 노 성 생원이 성덕항의 집에 머물고 있어 한낮에 가서 문안했다.

〖 1699년 7월 13일 경진 〗 말복末伏. 흐리다 맑음. 바람이 붊

성덕기成德基, 성덕항이 왔다. 김우정金友正이 왔다. 노 성 생원(성준익)이 저녁 무렵 찾아 왔다.

〖 1699년 7월 14일 신사 〗 밤부터 비가 퍼붓다가 아침 이래로 꽤 가늘어짐. 맑기도 하고 비 내리기도 함

농사가 꽤 잘되었지만 벼줄기가 썩고 상하여 풍년을 기대하기는 어렵다.

〖 1699년 7월 15일 임오 〗 아침 이래로 비가 뿌림. 늦은 아침 이후로 흐리다 맑음

〖 1699년 7월 16일 계미 〗 맑음

아침을 먹고 죽도를 출발하여 백치에 들러 문밖에서 극인 이 제(이대휴)에게 문안했다. (…)에 도착하여 김치명金致明을 만나 풀밭에 앉아 잠

시 이야기를 나누었다. 화촌花村의 안 우友(안형상安衡相)에게 들렀는데 최□□崔□□가 마침 도착하여 함께 이야기를 나누었다. 어평於平에 도착하여 윤재도를 잠시 만나고 돌아왔다. ○식량 사정이 매우 어려워 지난번에 영암군수 정수正叟(이이만李頤晚)에게 간청하여 석전제[57]에 쓸 포우脯牛[58] 값 쌀 5섬을 미리 받았다. 그런데 이달 초에 대동색大同色 김중철金重哲이 고목告目을 보내 12일 성황제城隍祭와 15일 여제厲祭에 필요한 포혜脯醢를 미리 준비해야 하니 소를 보내 달라고 했다. 전에 소 값을 받았던 사람의 말을 들으니, 포우는 석전제 때에 맞추어 보내는 것으로 성황제와 여제 때 미리 받는 규정은 없다고 했다. 하지만 담당 아전이 이렇게 알려왔기에 7일에 소를 보냈다. 담당 아전이 이와 같이 농간을 부려 더 많이 거두어 가는 일이 전에도 많았다기에, 이런 식으로 횡포를 부리면 안 된다고 엄히 질책하는 내용의 배자牌子를 보냈다. 그러자 담당 아전이, '보낸 소가 크기는 하지만 부족할 우려가 반드시 있을 것이나 배자에서 하신 말씀이 엄하여 어쩔 수 없이 돌려보낸다.'라고 했다. 그의 의도는 필시 다른 소를 더 받아내려는 것이다. 내가 어찌 쌀 다섯 섬 때문에 하리下吏에게 이런 곤욕을 당하는가? 백방으로 애써 간신히 쌀을 마련해 본래의 수대로 우리 면(옥천시면) 창倉에 갚았다. 듣는 사람들이 모두 내가 한 일을 통쾌하게 여겼다. 우리 집 식량 사정이 매년 어려웠지만 이런 일은 한 번도 없었는데, 이번에 뜻하지 아니하게 한 번 한 일로 결국 곤욕을 치렀다. 이 일은 나중에 귀감으로 삼을 만하다. 포우는 죽었어야 했는데 살아서 돌아왔으니 비록 가축이라도 죽고 사는 것에 운수가 있다고 아니할 수 없다. 하물며 가장 귀한 사람은 어떻겠는가? 역시 깊이 반성할 일이다. ○장성부사 홍만기洪萬紀가 편지로 안부를 묻고 절선節扇 5자루를 보냈다. 도내의 친구와 동년同年[59]의 벗

---

57) 석전제: 2월과 8월 첫째 정일丁日에 문묘와 향교에서 공자 등 성현들에게 지내는 제사이다.
58) 포우脯牛: 제사상에 올릴 육포용 소이다.
59) 동년同年: 과거 합격 동기를 일컫는다.

가운데 수령이 된 이가 없지 않으나, 유독 장성부사만이 동년의 우의를 잊지 않으니 참으로 가상하다.

〖 1699년 7월 17일 갑신 〗 맑음

〖 1699년 7월 18일 을유 〗 흐리다 맑음. 비 뿌림

김우정이 은어를 보냈다. 정광윤, 윤수장尹壽長, 윤은필尹殷弼이 왔다. 판관 윤석후尹錫厚가 방문했다.

〖 1699년 7월 19일 병술 〗 맑음

비곡比谷의 김 영부사(김덕원金德遠)가 전염병에 별실別室을 잃고 또 윤기업尹機業의 집으로 거처를 옮겼기에, 오늘 가서 위문했다. 병사兵使 원휘元徽도 와서 서로 이야기를 나누다가 저녁 무렵에 돌아왔다. ○들으니, 노릉魯陵(단종)을 복위시키고 고쳐 쌓은 봉분이 곧 무너져, 감사監事 최석정崔錫鼎상相과 이동암李東馣 등 여러 사람이 파직되었다고 한다. 능침의 변고가 지극히 이상스럽다. 전에 영릉寧陵이 무너졌을 때 감사 신명규申命圭, 이정기李鼎基 등을 일죄一罪(사형)로 논하여 제주에 유배 보냈는데, 지금은 단지 파직에 그쳤다. 무슨 경중輕重의 차가 있어 그런 것인지 모르겠다.

〖 1699년 7월 20일 정해 〗 맑음

윤시상尹時相이 왔다. 김주훤金冑翧, 김주한金冑翰이 왔다. 김주한은 스스로 예서隸書를 잘 쓴다고 자임하며 역대 명필에 대해 논하면서 꽤 큰소리를 쳤다. 내가 그의 재주를 보려고 곧바로 종이와 붓을 내주었다. 멋대로 붓을 휘두르는데, 그 글자꼴이 정말 가소롭다. 윤승후尹承厚, 상인喪人 윤신尹藎이 왔다. 윤신은 (…) 류 판서(류명현柳命賢)가 영광의 임시 거처에서 부채 3자루를 보냈는데, 선면扇面에 '별선別扇은 지암 옹(윤이후)이 쓰시고 청선靑扇 2자루는 죽은 아드님(윤종서)의 고아들에게 나누어 주시라.'고 썼다. 그의 정의가 곡진한 것이 일마다 이와 같으니 참으로 감탄스럽다.

〔 1699년 7월 21일 무자 〕 맑음

윤재도가 왔다.

〔 1699년 7월 22일 기축 〕 흐리다 맑음

흥아를 데리고 윤시상의 집에 갔다. 돌아오면서 윤재도의 작은 정자에서 잠깐 쉬었다.

〔 1699년 7월 23일 경인 〕 흐리다 맑음

김삼달金三達, 윤천미尹天美, 고금도의 이동규李東奎가 왔다. 윤희직尹希稷이 왔다. ○양하동蘘荷洞은 옛날에 대나무 밭이 있었는데, 거사居士[60] 무리가 초막을 짓고 살았다. 아마도 대나무 숲이어서 이런 부류가 들락날락했을 것이다. 그동안 잘 수호하지 못했다. 마침 승려 능안能眼, 자순自淳, 명습明習, 충안忠眼, 여운汝雲이 그곳에 살고 싶어 하여 일단 허락했다.

〔 1699년 7월 24일 신묘 〕 맑음

이동규가 갔다. 윤정미尹鼎美 숙叔이 지나다 들렀다.

〔 1699년 7월 25일 임진 〕 흐리다 맑음. 한낮에 비가 한 차례 쏟아짐

정광윤이 왔다. ○윤시상이 사위 이명대李命大가 대과大科에 급제한 것을 축하하는 잔치를 베풀었다. 윤시상은 목 대감(목임일睦林一)과 김 영감(김몽양金夢陽)을 초대하고 싶어 했으나, 목 대감은 멀다고 사양했고 김 영감은

---

60) 거사居士: 무리 지어 유랑하며 사는 사람들을 일컫는다.

막 서모庶母의 상喪을 당한 참이라, 모두 오지 않았다. 김 전적典籍(김태정金泰鼎) 또한 아파서 오지 않았고, 오직 나만 갔다. 인정이 전혀 없으니 개탄스럽다.

〖 1699년 7월 26일 계사 〗흐리다 맑음. 소나기가 간간이 내림

서응瑞應(윤징귀)이 왔다.

〖 1699년 7월 27일 갑오 〗흐림

백치의 극인 이 제(이대휴)가 병을 앓고 난 후, 처음으로 사람이 왕래하기 시작하여 내가 직접 방문했다. 다시 살아난 후에 서로 마주 대하니, 기쁨과 다행스러움을 어찌 이루 형언하겠는가? 그 길로 죽도장竹島庄으로 갔다. 성덕항이 바로 와서 만났다.

〖 1699년 7월 28일 을미 〗처서處暑. 비

이성爾成이 비를 무릅쓰고 와서 만났다.

〖 1699년 7월 29일 병신 〗저녁 끝까지 비가 퍼부음

합장암 유람

〖 1699년 윤7월 1일 정유 〗 맑음

성 생원(성준익成峻翼) 어른께 가서 문안드리고 성덕징成德徵과 함께 돌아왔
다. 성덕징은 바로 갔다.

〖 1699년 윤7월 2일 무술 〗 맑음

매화동梅花洞의 김익환金益煥, 민몽벽閔夢璧이 와서 만났다. 비곡比谷의 임
세주林世柱가 때마침 매화동에 와 있어서 함께 왔다. 성덕항成德恒이 왔다.

〖 1699년 윤7월 3일 기해 〗 흐리다 맑음

전부典簿(윤이석尹爾錫) 댁 제언 안에 어린 숭어가 많지만, 뻘이 깊고 수초가
빽빽하여 그물을 설치할 수가 없다. 그래서 작년에 벌筏을 만들어서 물고
기를 잡았는데, 볏짚으로 벌을 엮은 까닭에 쉽게 물에 잠기고 쉽게 해져서
밀짚으로 만드는 것만 못했다. 올 여름에는 미리 밀짚을 거두어 비축하게
하여 오늘 벌을 엮어 만들었다. 물고기를 약간 잡아 팔마八馬로 보냈다.

〔 1699년 윤7월 4일 경자 〕 맑음

성덕항과 성덕징이 왔다. ○옥천玉泉에 비가 퍼부어 물이 범람했다고 한다. 몇십 리 사이에도 비 내리는 것이 이렇게 다르니, 괴이하다.

〔 1699년 윤7월 5일 신축 〕 맑음. 가랑비가 잠깐 뿌림

성덕기成德基가 왔다. ○영암군수(이이만李頤晩)가 재임하고 있을 때, (…) 윤익성尹翊聖을 서도西島 호적감관戶籍監官으로, 윤경미尹絅美를 동도東島 호적감관으로 삼아 달라고 부탁했다. 소득이 꽤 있다고 들었기 때문에 가난한 친족을 구제하기 위하여 특별히 생각했던 것이다. 그런데 들은 것과는 달리 실제로는 소득이 없었다. 두 사람은 그저 바다를 건너다니는 헛수고만 했으니 가소롭다. 호적戶籍을 정서正書하는 일을 얻으면 으레 받는 것이 있기 때문에 두 사람을 위해 간청하여 응낙을 얻었던 것이다.[61] 그런데 영암군수가 말미를 얻어 귀근歸覲하여 사직서를 올렸다. 이 때문에 하리下吏와 향원鄕員 무리가 제멋대로 조종했다. 도감都監 윤필은尹弼殷은 가련한 사람이라서 감히 한마디 말도 꺼내지 못했고, 나 또한 구차하게 얻을 생각을 하지 않았다. 지금 서원書員이 도감의 뜻이라고 급히 보고하며 두 사람에게 정서正書하는 일을 허락했다. 아마 영암군수의 사직서가 받아들여지지 않아 곧 다시 복직했기 때문일 것이다. 이 일이 비록 작은 일이나 인심을 족히 살펴볼 수 있다. 통탄스러움을 이루 말할 수 없다.

〔 1699년 윤7월 6일 임인 〕 맑음

노老 성 생원(성준익)이 성덕징을 데려와서 만났다.

---

61) 두 사람을…것이다: 지방 수령 또는 지역 사대부 입장에서 가난한 친구나 친족을 호적감관으로 임명하여, 그로부터 조租를 얻게 하는 것이 일종의 관례였던 것으로 보인다.

〔 1699년 윤7월 7일 계묘 〕 맑음

성덕항이 왔다. ○해남현감 유대로劉大老가 도임하여 당초 팔마八馬에 와서 만난 일이 있다. 그 후 윤 판관(윤석후)이 가서 만나, "윤 지평持平(윤이후) 앞으로 절선을 보내지 않을 수 없을 듯합니다."라고 했더니, 수령이 "나는 그와 서로 아는 사이도 아닌데 몇 안 되는 절선을 어찌 모두 나눈단 말인가?"라고 답했다고 한다. 절선이 모자라서 나누기 어려운 것은 형편이다. 그러나 그 말이 자못 공손하지 않다. 그리고 그가 이미 나를 직접 방문하고서도 이제 나를 모른다고 말하는 것은 지극히 허망한 말이다. 이 때문에 내가 일찍이 남들에게 그에 대해 이야기하면서 그를 비웃었다. 해남현감이 그것을 전해 듣고, 윤 판관이 자기 말을 전한 것에 대해 화를 내며 책망했다. 그러나 스스로 마음이 불안했는지 절선 4개를 뒤늦게 만들어서 보냈다. 그 전후로 하는 짓이 참으로 가소롭다. ○윤경미尹絅美가 왔다. ○성덕항, 성덕징, 별감 윤세정尹世貞이 밤에 와서 이야기를 나누었다.

〔 1699년 윤7월 8일 갑진 〕 맑음

아침을 먹고 죽도를 떠나서 백치白峙의 극인棘人 이 종제(이대휴)를 역방하여 만나고, 해 질 무렵 집에 도착했다. 강진의 윤상혁尹尙赫이 왔다. ○강진현감 이성구李星耉가 절선 7자루를 보냈다. ○차삼次三이 개령開寧에서 돌아와, 한태중韓泰仲의 답장과 편지지 40폭을 받았다.

〔 1699년 윤7월 9일 을사 〕 맑음

백포白浦의 인편을 통해 아이들이 지난달 27일에 보낸 잘 있다는 편지를 받았다. ○정광윤鄭光胤과 김삼달金三達이 왔다. ○노奴 마당금麻堂金이 어제 괴산에서 돌아와서는, 괴산에 도착하자 자신이 전에 지은 죄 때문에 김랑郎(김남식金南拭)이 때려죽이려 해서 어쩔 수 없이 도망쳐서 돌아왔는데,

끌고 갔던 말이 도중에 병들어 죽었다고 했다. 오늘 저녁에 마당금의 죄를 하나하나 따져 매질하려던 차에 갑자기 일어나 도망쳤다. 쫓아가도 잡을 수 없어서 일단 내버려두고 끝까지 하는 짓을 보기로 했으나, 그놈의 흉악하고 사나운 꼴이 통탄스러워 말로 할 수 없다.

〔 1699년 윤7월 10일 병오 〕 맑음

청계淸溪의 생원 윤세미尹世美에게 가서 조문을 하고, 월암月巖의 생원 정왈수鄭日壽를 역방했다. ○약정約正 최신원崔信元이 왔다.

〔 1699년 윤7월 11일 정미 〕 흐리고 맑다가 낮에 비가 한바탕 내리고 저녁 무렵 또 비가 내림

속금도束今島 사람이 와서 호소하기를, 수사水使가 생칡을 더 징수하여 장차 큰 폐단이 될 것이라 지탱하기 어려운 형편이니 애써 면하기를 바란다고 했다. 하는 수 없이 정광윤을 시켜 한우량韓遇良에게 가서 주선하도록 했다. 한우량은 (…). 최형익崔衡翊이 시를 지어 가지고 왔기에 평가해 주었다. 박세건朴世建, 양가상梁可相, 송수삼宋秀森, 최운□崔雲□가 왔다. 김수도金守道가 와서 다음과 같이 질문했다. "형이 아들이 없이 돌아가셨는데, 형님의 후처가 조카를 양자로 삼아 상주로 세웠습니다. 세월이 오래 지난 뒤에 양자의 나이가 양모보다 많은 것은 온당하지 않다는 논의가 있어서 하는 수 없이 파양罷養하고 다시 나이 어린 사람을 양자로 삼으려 하는데, 어떤지 모르겠습니다." 내가 말했다. "예禮에 관해서는 나는 정말로 아는 게 없네. 자네는 틀림없이 김 상(김덕원金德遠)께 먼저 질문을 드렸을 것인데, 그분 말씀은 어떻던가?" 김수도가 말했다. "김 상께 질문을 드렸더니, 처음에는 나이가 그렇다면 타당하지 않다고 하셨다가 복상服喪했다는 말을 들으시고는 '기왕에 삼년상을 치렀다면, 어머니와 아들의 나이가 반대로 뒤집힌 경우야 세상에 있기도 하니 이런 이유로 파양해서는 안 된다.'라고 하셨습니다." 내가 말했다. "김 상의 말씀이 참으로 옳네. 양모나 계모의 나이가 양자보다 적은 경우는 많이 있으니 이런 일은 꺼릴 필요가 없네. 기왕에 세운 양자를 다시 파양하는 일은 매우 신중해야 하네. 나는 예를 아는 사람이 아니니 어찌 쉽게 판단할 수 있겠는가." 대개 들으니, 김수도가 본래 자식이 없었는데 근래 남자 쌍둥이를 낳아서 그중 한 명을 형의 후처에게 주어서 형의 재산을 취하려고 이렇게 일을 꾸민 것이라고 한다. 근래 시골에는 이런 부류가 몹시 많다. 지극히 통탄스럽다.

〔 1699년 윤7월 12일 무신 〕 흐리다 맑음

흥아興兒를 데리고 한천寒泉의 문장門長(윤선오尹善五)께 가서 문안드렸다. 발길을 돌려 윤상미尹尙美 씨에게 가서 잠깐 대화를 나누고, 그의 막내 동생 윤주미尹周美 씨의 궤연几筵에 조문을 한 다음, 저녁 무렵 집으로 돌아왔다.

〔 1699년 윤7월 13일 기유 〕 흐리다 맑음

아이들을 데리고 뒷산에 올라 산 정상을 따라 돌아 청룡두靑龍頭에 이르러 돌아왔다. 윤재도尹載道, 윤동미尹東美, 김삼달이 왔다. 윤석귀尹錫龜가 저녁에 지나다 들렀다. 들으니, 영암군수(이이만)가 오늘 관아로 돌아갔다고 한다. ○양하동蘘荷洞 불당에 새로 들어온 승려 명습明習이 와서 알현했다. ○윤총尹叢이 영광에서 돌아와 류 판서(류명현)의 편지를 받았다.

〔 1699년 윤7월 14일 경술 〕 백로. 8월의 절기. 오후에 비

영암군수(이이만)가 어제 관아로 돌아가 인편으로 편지를 보냈기에 바로 답했다. ○변최휴卞最休가 왔다. 윤창尹瑒이 시를 지어 왔기에 평가해 줬다. 청계의 극인 윤응병尹應丙과 그의 재종 윤응상尹應祥이 왔다. 윤응상은 구림鳩林에 사는 윤처미尹處美의 큰아들이다. 윤지원尹智遠이 함께 왔다.

〖 1699년 윤7월 15일 신해 〗 맑음

최형익崔衡翊, 양가송梁可松, 양가상梁可相이 왔다. 윤석귀尹錫龜가 함열咸
悅에 감시監試를 보러 가면서 장성과 함열의 수령에게 편지를 써 달라고 해
서 써서 주었다. 윤익재尹益載가 와서 생배 한 그릇을 가져다주었다. 윤희
성尹希聖이 왔다.

〖 1699년 윤7월 16일 임자 〗 맑음

양가송, 양가상이 어제 와서 나더러 직접 관가에 가서 옥사獄事를 해결해
달라고 청하며 간청하기를 그치지 않았다. 영암군수가 들어줄 리가 만무
하지만, 안면과 인정 때문에 완강히 거절할 수 없어 흥아를 대신 보냈다.
대장代將 윤취삼尹就三이 마침 왔다가 함께 갔다. ○수사水使가 결정한 생
갈生葛에 관한 일은 정 생(정광윤)이 부탁하여 깨끗이 면제받고 돌아왔다.
○윤익성이 왔다. 윤석후尹錫厚, 윤승후尹承厚, 윤취도尹就道, 윤천우尹千遇
가 왔다. 백몽성白夢星 (…)

〖 1699년 윤7월 17일 계사 〗 맑음

김삼달, 정광윤이 왔다. 복만福萬이 지나다 들렀다. ○백포白浦의 배편이
서울에서 돌아와, 아이들이 3일에 보낸 잘 있다는 편지를 받아보았다.
○흥아가 해 질 무렵 관가에서 돌아왔다. 영암군수(이이만)의 뜻은 다음과
같았다. 즉, 이미 관찰사에게 보고했는데, 관찰사 역시 양지사梁之泗가 한
짓은 터무니가 없다고 여기기 때문에 이번에는 변통하기 어렵다고 했다.
사정이 진실로 그러하다. 나는 안면과 인정으로 곡진히 응해 줬을 뿐이다.
내가 할 수 없는 일을 어찌하겠는가. ○들으니, 새 관찰사 박태순朴泰淳이
논박당해 체임되었고, 김시걸金時傑이 후임이라고 한다. 박태순은 소론 가
운데 강경파이다. 근래 노론이 더욱 방자하게 공격하여 소론이 남아나는

무리가 없는데, 박태순이 논박당한 것도 이 때문이라고 한다.

〖 1699년 윤7월 18일 갑인 〗 맑음

이홍임李弘任이 왔다. 윤익성이 왔다. ○송기현宋起賢【후인後寅으로 개명】이 작년부터 순천으로 옮겨 와 살고 있어서, 와서 만났다. 최운회崔雲會가 왔다.

〖 1699년 윤7월 19일 을묘 〗 맑음

창감倉監 이운재李雲栽, 정광윤, 극제棘弟 이대휴가 왔다. ○작년에 합장암合掌庵이 중창된 후 내가 한번 올라 완상한 적이 있는데,[62] 그 비범하고 괴이하며 맑고 깨끗한 경치가 좋았다. 선방에서 하룻밤 머물며 이전에 다하지 못한 정취를 이어서 누릴 마음이 항상 있었으나, 바쁜 일에 얽매여 실천하지 못했다. 그런데 지난번 안형상安衡相 우友가 편지를 보내 "좋은 달이 이지러지기 전에 합장암으로 가서 하룻밤 머무는 것이 어떻겠습니까?"라고 했다. 나는 그 말을 듣고 신이 나서, 마침내 오늘 며느리와 의논하여 찹쌀떡【소위 인절미】한 그릇을 만들고 복숭아도 따서 창사倉舍로 갔다. 안형상이 여기서 모이자고 했기 때문이다. 잠시 후 안형상이 야비倻婢 둘을 데리고 왔다. 창촌倉村에 사는 김련화金鍊華가 내가 왔다는 소식을 듣고 와서 만났는데, "무슨 일로 여기까지 오셨습니까?"라고 하기에, 내가 "보리 몇 말을 꾸러 왔네."라고 하자, 좌중이 모두 웃었다. 곧장 안형상과 함께 후치後峙를 넘어갔다. 서유신徐有信의 집 앞에 이르자, 안형상이 여기서 잠시 쉬면서 서유신에게 소찬을 부탁해 놓고 가자고 했다. 안형상이 급작스레 이번 행차를 나서게 되어 미처 소찬을 준비해 오지 못한 것 같았다. 형편이 그러하니 어쩔 수 없어 나는 고개를 끄덕였다. 서유신 형제가 곧장 나와 우리를 맞이하여, 집 울타리 밖에 앉아 몇 마디 나누고 자리에서 일어났다. 잠시 후 합장암 아래에 도착하니, 절을 지키고 있던 중 몇 명이 바위틈

---

62) 합장암合掌庵이…있는데: 관련 내용은 1698년 9월 3일 일기에 나온다.

에 있는 위태로운 잔도棧道를 통해 아래로 내려와 앞에서 절했다. 인간 세상에서 볼 수 없는 그 광경이 너무 좋았다. 즉시 윗도리를 벗고 중들을 따라 나아갔다. 층층 바윗길을 몸을 구부려 오르고 걸음걸음 험한 곳을 디디며 공중에 가로놓인 외나무다리를 건너 암자에 앉아 사방을 둘러보니, 온통 삐쭉삐쭉 솟은 암석이라 자리 하나 놓을 땅, 한 줌의 흙도 없다. 큰 바위는 몇 길인지 모를 정도로 깎아지른 것처럼 우뚝 솟았고 작은 바위는 몇 길 혹은 한 길 정도의 높이였는데, 마치 검과 창을 묶어 세워 놓은 것과 같아 그 모습을 이루 형용할 수가 없다. 조물주의 조화는 정말 헤아릴 수 없다. 암자의 굴 또한 기이하여 조물주의 오묘한 솜씨를 더욱 잘 볼 수 있는 곳이다. 작년 9월 초에 쓴 유람기가 있어, 여기서는 다시 췌언하지 않는다. 암자 사방의 바위는 모두 험준하고 가팔라 사람이 붙잡고 오를 만한 길이 전혀 없다. 오직 암자 앞의 나무다리로만 겨우 지나다닐 수 있는데, 밤이 되면 즉시 중들이 다리를 들어 올려 왕래할 수 없게 하니 진실로 병화兵火를 피할 수 있는 곳이다. 구경을 끝낸 후 떡과 복숭아를 내어 먹으며 암자의 중들과 여러 (…) 에게도 나누어 주었다. (…) 일처리가 주도면밀하다고 할 수 있다. 내가 "이는 경포대鏡浦臺와 같은데 (…) 술을 마시지 않으니, 눈 앞 가득히 맑은 술이 펼쳐져 있다 해도 이 물건의 절실함만 못하다."라고 했다. (…) 문장(윤선오) 댁으로 심부름꾼을 보내 피리부는 동자 사선士先을 불러 오게 했다. 거문고와 피리를 함께 연주하는 것도 흥취를 도울 만하나, 무한한 맑은 경치가 고요하게 바라보며 말없이 마주한 가운데 모두 들어오니 속물들의 악기 소리는 모두 물리치는 것이 낫지만, 남에게 쉽게 말할 수 있는 것이 아니다. 잠시 어울리며 그대로 내버려 두었다. 저녁 무렵 서유신 형제가 적각赤脚(계집종) 1명을 데리고 왔는데, 소찬을 가지고 온 것이다. 밤에 바위에 느긋하게 앉아 바라보니, 먼 포구에는 고기 잡는 불빛들이 별처럼 흩어져 반짝여 더욱 아름답다. 엷은 구름이 하늘을 덮어 달이 비치지 않다가 밤이 깊어지자 구름이 걷히고 달빛이 훤해졌다. 달빛에 사방의 산이 하얗게 빛나 마치 눈이 내린 것 같다. 끊임없이 완상하다가 거의 한밤중이 되어서야 잠자리에 들었다. 그러나 청량하고 상쾌한 기분에 잠을 이룰 수 없었다. 이것이 바로 옛사람이 읊은바 "뼈 시리고 혼이 맑아 잠 못 이루네[骨冷魂淸無夢寐]"[63]다.

〔 1699년 윤7월 20일 병진 〕 맑음

진사 최시필崔時弼이 왔다. 어제 저녁 안형상이 인편을 통해 초대한 것이다. 서유신徐有信 형제가 새벽에 갔다가 다시 왔다. 창감 이운재가 소주와 삶은 닭을 보내왔다. 내가 간밤에 다음과 같은 절구를 읊었다.

削立奇巖掌樣開 깎아지른 기이한 바위가 손바닥 모양으로 벌어진
　　　　　　　　곳에
懸崖畵閣勢崔嵬 절벽에 매달린 단청한 집 있으니 그 기세 우뚝하도다
人寰有此眞仙界 인간 세상에 실로 이런 신선 세계 있어
半日登臨萬念灰 반나절 올라 굽어보니 온갖 잡념 사라지네

최시필이 즉시 다음과 같이 차운했다.

合掌爲巖忽復開 손바닥 합쳐 바위 되었다가 홀연히 다시 열린 곳
半空蒼壁鬱崔嵬 허공에 걸린 푸른 바위벽 눈부시고 우뚝하네
僧言羽客時時到 중들이 말하길, 우객羽客이 종종 내려오면
前夜燒丹有死灰 간밤에 연단한 재가 남아 있었다네

안형상은 다음과 같이 차운했다.

---

63) 뼈…이루네: 한유韓愈의 시 「도원도桃源圖」에 "맑은 달을 벗삼아 텅 빈 옥당에 묵었더니, 잠을 이루지 못한 채 뼛골은 오싹 정신은 청량[月明伴宿玉堂空 骨冷魂淸無夢寐]."이라고 했다.

天琢巉巖萬仞開 하늘이 다듬은 깎아지른 만길 바위 벌어진 곳에
朱甍碧樹並崔嵬 붉은 용마루 푸른 나무 나란히 우뚝하네
登臨此日淸遊足 오늘 이곳에 오르니 맑은 유람하기 좋아
令我忘歸世慮灰 돌아가는 것 잊고 속세의 근심 다 사라졌네

그러고는 이 시들을 나란히 암자의 앞 기둥 벽에 썼다. 최 노老(최시필)는 시를 잘 지으니 오면 반드시 웅얼웅얼 지껄일 것이기에, 내가 이 시를 미리 지어 '먼저 시작하여 제압하는 계책'으로 삼았다. 그런데 최 노는 여기에 차운한 데다 4운韻의 시까지 지어 나에게 보여 주었다. 나를 골탕 먹이려고 한 것이다. 그가 지은 시는 다음과 같다.

天開掌樣合爲山 하늘이 손바닥 모양 바위를 벌렸다가 합쳐 만든 산
巖裡纔成屋數間 바위 안에 몇 칸 집이 겨우 들어섰네
曾有前期寧可負 예전에 한 약속 있으니 어찌 어기랴만
也非仙分不能攀 신선이 아니면 오를 수도 없었으리라

합장암 구경

1698년 9월 3일에 윤이후는 윤흥서, 윤정미 등과 함께 강진 소석문 근처에 있는 합장암에 처음 올랐다. 합장암은 예전부터 빼어난 경치로 유명하여, 1698년에 관찰사 유득일의 명으로 중창된 곳이다. 윤이후는 이때 선방에 하루도 머물지 못했던 일을 아쉬워했는데, 1699년 윤7월 19일에 다시 합장암을 찾았다. 2일간 합장암의 절경을 만끽하며 안형상, 최시필 등과 음악과 시로 즐거운 시간을 보냈다. 이때 최시필이 지은 「합장암 동유록」에 화답하지 못했기에, 26일에 같은 운으로 시를 지어 보냈다.

安期家在麻姑洞 안기생安期生[64]의 집은 마고동麻姑洞에 있고

支老名編蓬島班 지로支老의 이름난 집 봉래산의 반열이네

【내가 지암支庵이기 때문에 이렇게 말한 것이다.】

黃鶴白雲千古興 황학黃鶴과 백운白雲을 읊은 천고의 흥에 겨워

【자신을「황학루黃鶴樓」시를 지은 최호崔顥에 비유했다. 그 성을 기억한 것이다.】

强留斜日却忘還 해가 지도록 정신없이 머물다 돌아가기를 잊었네

그러는 사이에 날이 벌써 저물어, 응답하여 수창할 새도 없이 곧장 산을 내려와 창촌倉村 앞에 이르러 길을 나누어 돌아왔다. 이성爾成이 마침 와서 방문했다. 윤은좌尹殷佐도 왔다.【합장암은 언제 창건되었는지 모르겠으나, 예전에 남구만南九萬 상相이 전라도 어사였을 때 퇴락한 것을 안타까워하며 시와 기문을 짓고 관찰사 여성제呂聖齊에게 말하여 중건하게 했다. 그리고 작년에 관찰사 유득일兪得一이 다시 강진현에 명하여 중창하게 했다. 노승들 사이에 전해 내려오는 이야기에, '옛날 어떤 도롱이를 입은 것 같은 우객羽客이 밤이 깊어지면 내려와 주방에서 재를 헤치고 불을 피우려다가, 중이 가까이 다가가려고 하면 곧 보이지 않게 되고는 했다. 이와 같은 경우가 한두 번이 아니었으니, 필시 신선일 것이다.'라고 했다. 이 설은 황당무계하여 믿을 것이 못 되나, 최 노老가 시에서 '우객羽客' 운운한 부분은 이 전설을 차용한 것이다.】

〔 1699년 윤7월 21일 정사 〕 흐리다 맑음

지원智遠이 왔다. 윤지도尹志道가 왔는데, 이 사람은 서응瑞應(윤징귀)의 (…)이다.

〔 1699년 윤7월 22일 무오 〕 맑음

선달 최만익崔萬翊이 왔다. 김성삼金省三과 이봉성李鳳成이 왔다. 극인棘人

---

64) 안기생安期生: 동해의 선산仙山에서 살았다는 전설상 선인仙人의 이름이다.

임응하林應厦가 왔다.

변최휴卜最休, 신산薪山의 윤회험尹會驗, 허 영원寧遠(허려許穭)이 왔다.

윤천우, 정광윤, 양가송이 왔다.

지원이 왔다. ○극인棘人 윤응병尹應丙이 만시輓詩를 요청하여 오늘 써서 보
냈다. 만시는 다음과 같다.

寒泉餘淚灑潘溪	한천寒泉에서 남은 눈물 반계潘溪에 뿌리며
剛恨輕塵弱草棲	가녀린 풀에 앉은 가벼운 먼지 같은 인생 한스럽네
其志純明名可立	그의 뜻 분명하고 순수하며 그 이름 우뚝했으나
此生埋沒夢還迷	이승의 생은 땅 속에 묻혀 꿈속을 도로 헤매네
自將後事留幽宅	홀로 뒷일을 가지고 유택幽宅에 머물며
佇見家聲屬寶珪	집안의 명성 이을 후손들 가만히 지켜보리
談笑高軒曾幾日	고헌高軒에서 담소하던 날 언제였던가
虎丘殘照鳥空啼	석양 비치는 호구虎丘[65]에서 새들만 부질없이 우는구나

족질 지평持平 윤이후 통곡하며 만輓하다

○윤 판관(윤석후)이 지나다 들렀다.

---

65) 호구虎丘: 중국 강소성 소주시 서북에 있는 산이다. 오吳나라 왕 합려闔閭의 무덤이 있기 때문에
망자의 무덤이 있는 산을 가리킨다.

윤징귀尹徵龜가 지나다 들렀다. 정광윤과 김삼달이 왔다. ○지난번 합장암 유람에서 최 노老(최시필)가 「동유록同遊錄」 율시를 지었는데, 날이 저물어 바삐 내려오느라 화답하지 못하고 오늘에야 비로소 차운하여 보냈다.

> 최대뢰崔大賚의 「합장암 동유록」에 차운하여 안취경安就卿(안형상)에게도 보여 줌

> 怪底人寰有此山　괴이하도다, 인간 세상에 이런 산 있어
> 奇巖簇立入雲間　기이한 바위 우뚝 솟아 구름 속에 들어갔네
> 一筇探勝曾同約　지팡이 짚고 찾아가 보자고 예전에 약속하여
> 三老聯裾喜共攀　세 노인 나란히 기꺼이 함께 부여잡고 올랐네
> 大谷淸新開府伍　대곡大谷의 맑고 신선함은 유신庾信과 나란하고
> 花田放達竹林班　화전의 자유롭고 활달함은 죽림칠현의 반열이지
> 白頭疲薾支庵子　파리하게 여윈 흰 머리의 지암자支庵子
> 追躡高塵去復還　뒤따라서 높이 올라갔다가 다시 속세로 돌아왔네

> 【대뢰大賚는 최시필의 자字다. 그가 대산리大山里에 살아 '대곡大谷'이라고 했다. 안형상은 화전리花田里에 살아 '화전花田'이라고 했다.】

○필경必敬이 서울에서 돌아와 아이들이 13일에 보낸 잘 지낸다는 편지를 받았다. 이정두李廷斗가 왔다. 김창윤金昌胤이 왔다. 곽후의郭後儀가 왔다.

임석형任碩衡, 서우신徐友信, 서유신, 이만기李萬杞가 왔다. 윤준尹俊이 왔

다. 정광윤이 왔다.

〔 1699년 윤7월 28일 갑자 〕 맑음

제각祭閣의 낭사郎舍가 무너져서 문중에서 상의하여 오늘 허물고 고쳐 짓기로 했다. 내가 가 보지 않을 수 없어 강신講信하던 터에 가 보니, 서응과 강성江城의 여러 사람이 소나무 그늘에 앉아 기다리고 있었다. 그들이 말하길, 묘지기 노奴가 병이 나서 염려스러운 점이 있으므로 공사를 시작하지 않겠다고 했다. 그래서 앉아서 한참 이야기하고 일어났다. 오는 길에 윤시상尹時相과 이명대李命大를 역방하여 조문했다. 이명대는 막 어린 아들을 잃었다. 보성의 판관 조정기曹挺紀가 나를 방문하러 뒤따라왔다. 이 사람은 예전에 서울에 있을 때 아주 잘 알던 사이다. 서로 반기며 좋아했다. ○ 김 별장(김정진)이 황원黃原에서 왔다.

〔 1699년 윤7월 29일 을축 〕 맑음

정광윤, 윤시상, 이명대가 왔다.

1699년 8월. 계유 건建. 큰달.

애도의 글을 지으려니 눈물이 떨어지네

〖 1699년 8월 1일 병인 〗 추분. 8월 중기中氣. 비

김만성金萬成이 왔다. ○백치白峙의 극인棘人 이 제弟(이대휴李大休)가 서울에 있을 때 집안에 전염병이 다시 나서, 소상小祥에 제사를 지내지 못하고 몸만 빼어 남쪽으로 왔었다. (…) 병을 앓은 후 기력이 아직도 완전히 회복되지 않아, 상경할 생각을 하지 못했다. (…)가 이미 지난 후이지만, 또한 변례變禮[66]의 절차가 없을 수 없어, 이번에 택일해서 제사를 지내려고 한다. 그래서 내가 흥아興兒를 데리고 백치에 와서 유숙했다.

〖 1699년 8월 2일 정묘 〗 맑음

새벽에 제사를 지냈다. 이석춘李碩春이 참례했다. 늦은 아침 후에 흥아는 연동蓮洞에 들렀다 가고, 나는 죽도竹島로 돌아왔다. ○김 별장(김정진金廷振)이 왔다. 해남에 있는 유배객 김돈선金頓先이 함께 왔는데, 내게 간청하는 바가 있었다.

---

66) 변례變禮: 특수한 경우 행하는 상례常禮의 변칙을 말한다.

〖 1699년 8월 3일 무진 〗 맑음

출신出身 민효준閔孝俊과 그 조카인 극인 민도삼閔道三, 윤국미尹國美, 좌수
박원귀朴元龜가 왔다.

〖 1699년 8월 4일 기사 〗 흐리다 맑음

두 김金[67]이 갔다. ○매인每仁의 집 뒤에 별사別舍를 지으려고 터를 팠다.
○송정松汀의 이석미李碩美가 그 종질 아이를 데리고 왔다. 성덕징成德徵이
왔다. 전초사全椒寺 승려 탄잠坦岑, 명감明鑑이 와서 알현했다.

〖 1699년 8월 5일 경오 〗 비가 종일 내림

성덕항成德恒이 왔다. 들으니, 쌍혜雙惠라는 이름의 승려가 있는데 스스로
는 창녕 사람이라고 하지만 혹자는 합천 사람이라고 하기도 한다. 지소촌
紙所村에 와서 지내고 있으며, 이전에 산사山寺에 거주한 적이 없다고 한다.
애초 지술地術을 깨쳤다고 말하지 않았는데, 요사이 사람들이 알기 시작하
여 좋은 묏자리를 찾는 이들이 구름처럼 몰려들어 요청하고 있으며, 또 점
치는 데에도 능하다 한다. 지술이 높은지 낮은지는 알 수 없으나 그의 행동
거지를 들어 보면, 양반인데 무슨 까닭이 있어 멀리 도망쳐 온 자인 듯하다.

〖 1699년 8월 6일 신미 〗 맑음

성덕기成德基가 왔다. ○청계淸溪의 윤 생원(윤세미尹世美)을 장사지낼 산소
를 마포馬浦 호동虎洞의 새로 지은 집 뒤로 정했으니, 유언에 따른 것이다.
7일에 안장하려고 며칠 전 구덩이를 파다가 물이 나오는 바람에, 비곡면比
谷面 갈산葛山의 선영 아래에 애초에 정한 날짜에 임시로 장사지낼 것이라
한다. 내가 가 보지 않을 수가 없어 오늘 말을 타고 나섰는데, 해창海倉에
이르러 장례 날짜가 늦춰졌다는 소식을 듣고 바로 돌아왔다. 아마도 엊그

---

67) 두 김金: 8월 2일에 방문한 김정진과 김돈선으로 추정된다.

제 터를 파던 작업이 끝나지 않았기 때문일 것이다. ○관두리館頭里의 윤준재尹峻載가 왔다. 대항동大巷洞의 김한일金漢一이 왔는데, 한 달 사이에 그 아내와 큰아들 및 손자를 전염병으로 잃었다 한다. 한 집안에 참화가 이와 같을 수 있단 말인가? 이런 사례가 아주 많다. 전염병의 화가 참혹하다.

〔 1699년 8월 7일 임신 〕 맑음

봉저리烽底里 사람 13명을 불렀다. 터 파는 작업을 하기 위해서다. ○성덕항이 왔다. 이국명李國明이 왔다. 성덕징이 왔다.

〔 1699년 8월 8일 계유 〕 맑음

죽도에서 출발했다. 길에서 김우정金友正, 극인 이 제弟(이대휴)를 만나 말에서 내려 이야기를 나누었다. 관두리의 김선일金善一이 왔다. 잠시 뒤 이제, 우정과 백치에 돌아와 조금 쉬다가 해가 저물녘 집에 돌아왔다. 좌수 전성희全聖熙가 들렀다. 지원智遠이 청계淸溪 상가喪家의 명정銘旌을 가지고 와서 기다리고 있기에, 바로 써서 주어 보냈다. 정광윤鄭光胤이 왔다. 유복만兪福萬이 왔다. 함께 유숙했다.

〔 1699년 8월 9일 갑술 〕 흐리다 맑음

홍아를 데리고 새벽에 출발했다. 갈산葛山 앞에 이르러 청계 (…) 을 만났다. (…) 산소에 이르렀다가 하관한 후에 들어가 곡을 했다. 대기大忌(양부 윤예미尹禮美의 기일)가 멀지 않아 가까이하고 싶지 않았기 때문이다. 김 상相(김덕원金德遠)과 참의 영감(김몽양金夢陽) 역시 왔다가 먼저 갔다. 극인棘人[68]이 내게 신주를 써 달라고 굳이 청했다. 처음에는 눈이 어둡다고 사양하다가 극인과 여러 객들이 완강히 청해서 하는 수 없이 써 주고, 반혼返魂을 따라 출발했다. 별진別珍 앞에 이르러 바로 집으로 돌아왔다.

---

68) 극인棘人: 윤세미의 친자 윤응병尹應丙인 듯하다.

〖 1699년 8월 10일 을해 〗 먹구름이 자욱함

복만福萬을 영광에 보냈는데, 일이 있어서이다. 김삼달金三達, 윤시상尹時相 및 임석형任碩衡과 그 아들 태중泰重이 왔다. 김정서金挺西, 윤익성尹翊聖이 왔다.

〖 1699년 8월 11일 병자 〗 흐림

임홍중任弘重과 그 아우 태중이 왔다. 윤경미尹絅美, 조우서趙瑀瑞와 그 아우 규서珪瑞가 왔다. 윤재도尹載道가 왔다.

〖 1699년 8월 12일 정축 〗 흐림

오늘은 충렬사忠烈祠 추향秋享이 있는 날이다. 최도익崔道翊이 유사有司로 서 소고기 약간을 보냈다. 임석형이 석류를 보냈다. 김창윤金昌胤이 감과 밤, 생강을 보냈다. ○대둔사 승려 해겸海兼이 와서 알현했다. ○과거 시험 을 본 유생이 돌아오는 편에 함열현감의 답장을 받았다. ○정동두鄭東斗, 김삼달, 윤선형尹善衡이 왔다. ○해남 향리 김한제金漢磾가 서울로 올라가 기에 편지를 부쳤다.

〖 1699년 8월 13일 무인 〗 비가 뿌림

윤주상尹冑相이 왔다. 정광윤, 윤천우尹千遇, 김만성金萬成이 왔다. 전부典簿(윤이석尹爾錫) 댁 노奴 정산定山이 보리 실은 배로 서울로 올라가기에 편 지를 부쳤다. ○정신도鄭信道가 왔다.

〖 1699년 8월 14일 기묘 〗 밤부터 가는 비가 내리다가 저녁까지 그치지 않음

해남읍 향리 박문익朴文益이 전복 1접을 보냈다.

〖 1699년 8월 15일 경진 〗 맑음

새벽에 아버지(윤예미)의 기제사를 지냈다. 날이 밝을 무렵 세원世願을 데리고 간두幹頭로 출발했다. 건교치乾橋峙를 넘다가 백수경白壽慶과 마주쳤다. 이대휴가 따라와서 말에서 내려 잠시 이야기했다. 산소에 도착해서 제사를 지냈다. 우리 집 차례이기 때문이다. 전염병 때문에 묘제墓祭를 직접 지내지 못하여 이미 여러 번 명절을 그냥 지나쳤다. 이제 적량원赤梁院으로 가야 하나 간두 제사의 차례가 돌아왔기에, 적량원에는 흥아興兒를 대신 보내 지내게 하고 나는 간두의 제사를 지냈다. 대개 옛날에 조부님께서 논의를 통해 이렇게 정하셨기 때문이다. 제사가 끝난 후에 금당동金堂洞에 돌아오면서 이 제弟(이대휴)와 함께 동행하다가 죽천竹川에 이르러 헤어져 돌아왔다. 야심해지자 황세휘黃世輝, 김삼달이 와서 말하기를, 상관없는 일로 면面에서 변고를 당하여 장차 부녀婦女가 결박될 지경에 이르렀다고 했다. 일이 매우 경악스럽다. 영암군수에게 편지를 써서 주었다.

〖 1699년 8월 16일 신사 〗 흐리다 맑음

정광윤이 왔다. ○비곡 김 상相(김덕원)의 적소謫所에 안부를 물었다. 김 영감(김몽양)은 그의 서모庶母의 상구喪柩를 인솔해서 13일에 이미 서울로 떠났다. ○변최휴卞最休가 왔다.

〖 1699년 8월 17일 임오 〗 비가 뿌림

대장代將 윤취삼尹就三, 윤시상尹時相, 윤익성尹翊聖, 변세장卞世章, 변세만卞世萬이 왔다. 영암군수(이이만李頤晚)의 답장이 왔다. 영장領將의 일은 놀라우며 영장 및 최문한崔文翰을 붙잡아 올 것이라고 했다. ○제물祭物을 마련해서 청계淸溪에 나아가 곡하고 제사를 드렸다. 얼마 전 장례 때 마침 일이 있어 제사를 드리지 못했기 때문에 추후에 한 것이다. ○정광윤, 김삼달이 밤에 왔다. 김삼달은 가고 정광윤은 숙위했다.

〖 1699년 8월 18일 계미 〗 흐리고 음산함

관官에서 김우진金禹珍을 데리고 도로에서 척간瓣奸하는 일로(…) 최신원崔信元
이 와서 알현했다. 지원智遠, 최운회崔雲會가 왔다. ○복만福萬이 영광에서 왔
다. 임빈林彬이 함께 왔다. 나주의 정민鄭旻이 감 수백 개를 부쳐 보냈다.

〖 1699년 8월 19일 갑신 〗 맑음

재작년 권철귀權哲貴, 임빈林彬의 부탁으로 권씨 집안에 세전世傳하는 비婢
를 샀으니,[69] 진도의 금녀錦女라는 이름의 비다. 문기文記가 권 사장師長[70]
이 머무는 영광의 임빈의 집에 있었기 때문에 곧바로 사출斜出[71]하지 못했
다. 그 후 철귀가 임빈에게 내 말을 거짓으로 전하고 문기를 자기 집으로
가져가서 그대로 죽고 말았다. 장흥으로 사람을 보내 철귀의 집에 물어보
니 문기는 일찍이 가져온 적이 없다고 했다. 이에 요 전날 복만福萬을 임빈
의 집으로 보내었더니, 임빈이 깜짝 놀라 복만과 함께 온 것이다. 임빈은
마침 병이 나서 복만만 장흥에 보내어 문기를 찾아오게 했다. ○봉현蜂峴으
로 출발했다. 덕정동德井洞 제각祭閣의 행랑 중창소重創所에 지나다 들러 여
러 유사有司들과 잠시 이야기했다. 봉현의 상가喪家에 도착해서 전곡奠哭
하고 문장門長(윤선오尹善五) 댁으로 돌아와 잤다. 흥아와 함께였다.

〖 1699년 8월 20일 을유 〗 된서리가 내리기 시작함. 낮에는 맑음

날이 밝을 무렵 상구喪柩가 산소에 도착했다. 나 또한 나아갔다. 진시辰時

---

69) 재작년…샀으니: 1697년 윤3월 29일에 권철귀와 임빈이 윤이후를 찾아왔다가 다음 날인 4월 1일에
　　진도로 떠난 내용이 일기에 기록되어 있다. 아마도 이 당시 윤이후가 진도 금녀錦女를 매득한 것이
　　아닐까 추측된다.
70) 권 사장師長: 정희鄭僖, 박준신朴俊藎과 함께 윤선도의 제자이자 윤이후의 동학同學이었던 권휘權徽를
　　가리키는 듯하다. 1697년 3월 당시 권휘는 그의 사위인 영광의 임빈의 집에 머무르고 있었다.
71) 사출斜出: 관에서 매매의 내용을 증명하여 입안을 발급하는 것이다.

에 하관했다. 상미尙美씨가 내게 신주를 써 달라고 청했고, 극인棘人[72]도 또한 간곡히 부탁했으나 내가 마침 눈병이 있어서 겨우 모면했다. 반혼返魂을 떠난 후 나와 흥아는 말머리를 돌렸다. 윤 판관(윤석후尹錫厚)이 수행하여 제각祭閣에 도착해서 잠시 이야기를 나눴다. 윤 판관의 말로는, 주산主山의 왼편에 예전에 작은 암자가 있었는데, 그 이름을 마산사馬山寺라고 했다고 한다. 선세先世에 힘을 모아 영건하고 승려들을 불러들여 자손들이 학업을 닦는 곳으로 삼았는데, 지금 만약 다시 짓는다면 산소의 금벌禁伐은 근심하지 않아도 될 것이라고 했다. 내가 "그 말이 매우 좋네. 잠깐 가 보세."라고 하며, 윤 판관, 윤징귀尹徵龜 등 서너 사람과 함께 걸어서 가 보았다. 혈穴이 높은 곳에 있는데 산세가 단단히 감싸고 있었으며, 또한 수원水源도 있어 10여 칸 집을 짓기에 충분했다. 내가 말했다. "이 땅은 아주 좋네. 만약 작은 집을 짓고 승려들을 모아들인다면 선산을 수호하는 방법이 이보다 나은 것이 없을 터이니, 그대들과 함께 해 보고 싶네." 판관이 말했다. "급히 해서는 안 됩니다. 모름지기 몇 년 동안 곡식을 비축한 뒤라면 해 볼 만할 것입니다." 내가 말했다. "허송세월하는 사이에 사람 일이라는 건 알 수가 없으니 속히 진행하는 것만 못할 것이네." 여러 사람들이 말하기를, "알겠습니다."라고 했다. 윤 판관과 윤징귀가 함께 계획을 세웠는데, 과연 일을 잘 처리해 낼 수 있을지 모르겠다. 또 산 정상에 걸어 올랐다가 남쪽으로 조금 가서 왼쪽 골짜기를 굽어보니 곧 용산서당龍山書堂이었다. 흥아, 판관과 함께 방향을 돌려 서당으로 내려가니 이상열李商說 노老가 웃으며 맞아 주고, 감과 밤을 따서 내왔다. 한참 있다가 일어났다. 용산리龍山里에 도착한 후 판관이 인사하고 물러갔다. 나와 흥아는 집으로 돌아왔다. ○봉현蜂峴의 만사挽詞는 다음과 같다.

觀居人世若居停 세상살이를 보니 마치 더부살이하는 것만 같고

---

72) 극인棘人: 윤주미의 아들로 추측된다.

欲寫哀辭淚已零　만사를 쓰려 하니 벌써 눈물이 떨어지네

少日詞垣曾較藝　젊은 날 과거장에서 글재주를 겨루었고

【정유년(1657, 윤이후 22세)에 감시監試의 회시會試에 공公과 함께 들어갔기 때문에 이렇게 읊었다.[73]】

暮年湖墅共輸情　늘그막엔 호숫가 별장에서 함께 정을 나누었지

有才無命天何意　재주 있으나 명命이 없으니 하늘은 무슨 뜻인가

舊隴新阡地效靈　옛 선산의 새 무덤 지세는 영험함을 이었네

【새로 조성한 무덤이 한천寒泉 선산 옆이라서 이렇게 읊었다.】

忍向鶺鴒原上望　어찌 차마 할미새 날아가는 평원 위를 바라보랴[74]

白頭扶櫬影煢煢　흰머리에 관을 부축하는 내 그림자만 쓸쓸하네

〔 1699년 8월 21일 병술 〕 맑음

도망한 노奴 마당금이 와서 현신했다. 장杖 50대를 때렸다. ○ 서우신徐友信 (…) 죽도로 출발했다. 마구동馬廏洞 앞에 다다르니 길가에 집을 짓는 자들이 있었다. (…) 말에서 내려 잠시 이야기했다. 짓고 있는 것이 서실書室이라고 했다. 안형상安衡相의 집에 이르러 잠시 이야기하고 옥룡동玉龍洞, 사동蛇洞 산길로 가다가 갈치乫峙를 넘어 별장別將의 서당에 도착했다. 잠시 쉬다가 기미器美[75]의 궤연几筵에 곡하고 죽도장竹島庄으로 돌아왔다.

〔 1699년 8월 22일 정해 〕 맑음

성덕항, 성덕징이 왔다. ○극인 이 제弟(이대휴)가 게젓과 즙저汁菹, 침감沈柿을 보냈다.

---

73) 정유년 … 읊었다: 윤주미는 1641년에 태어났다.
74) 어찌 … 바라보랴: 형제의 우애를 비유한다. 『시경詩經』 「소아小雅 상체常棣」에, "저 할미새 들판에서 호들갑 떨듯, 급할 때는 형제들이 서로 돕는 법이라오. 항상 좋은 벗이 있다고 해도, 그저 길게 탄식만을 늘어놓을 뿐이라오[鶺鴒在原 兄弟急難 每有良朋 況也永歎]."라는 구절에서 온 말이다.
75) 기미器美: 윤선도의 서제庶弟인 윤선양尹善養의 아들로, 1699년 5월 18일에 세상을 떠났다.

〔 1699년 8월 23일 무자 〕맑음

집터 공사를 위해 해창海倉 사람 17명을 불렀다. ○윤철신尹哲莘이 아침 일찍 들렀다. 이 사람은 나와 동갑이다. 극인 이 제弟(이대휴), 윤국미尹國美, 최남준崔南峻이 왔다. 최남준의 종제 최남일崔南一이 전염병으로 죽었는데 내일 매장한다기에 일꾼들 먹일 술 1기器를 보냈다. ○복만福萬이 장흥에서 문권文券을 찾아서 돌아왔는데, 임빈林彬과 함께 왔다. ○판관 임일주林一柱가 서울에서 내려왔다고 한다. 아이들이 9일에 보낸 잘 있다는 편지를 받았다. 또한 삼척부사 김원서金元瑞의 답장과 이백우李伯雨 영감(이운징李雲徵)의 답장을 받았다. 이백우 영감은 유배지에서 풀려나 청주에 임시로 거처하고 있다고 한다. 순천부사 심탱沈樘이 절선節扇 6자루를 서울 집에 보냈다.

〔 1699년 8월 24일 기축 〕맑음

임빈, 복만이 다기소多岐所에 갔다. ○아침 먹고 출발하여 양하동襄荷洞 불당에 도착했다. 수승守僧 능안能眼은 어머니의 상에 분상奔喪하고, 자순自淳, 명습明習, 동자승 대동大同 등만 나와서 맞이했다. 불당이 비록 작고 누추했지만 대숲의 기운이 맑고 깨끗하며 산세가 둘러싸고 있어 자못 선방禪房의 정취가 있었다. 중들이 점심을 대접해서 한참 있다 일어나 저녁 무렵 돌아왔다. 김우정金友正, 윤기주尹起周가 석류를 두고 갔다.

〔 1699년 8월 25일 경인 〕맑음

윤세장尹世章, 윤세삼尹世三, 김여감金汝鑑이 왔다. 성덕항이 왔다.

〔 1699년 8월 26일 신묘 〕흐림

윤취신尹就莘, 윤이성尹爾成, 김한일金漢一이 왔다.【천웅千雄이 보름에 서울에

서 도망쳐 왔다가 내일 올라갈 것이기에 편지를 부쳤다.】

〖 1699년 8월 27일 임진 〗 흐리다 맑음

윤기주가 왔다. ○ 임빈, 복만이 다기소에서 돌아왔다. 재작년 권철귀權哲貴
에게서 산 진도의 비婢 금녀錦女와 봄에 죽은 윤상형尹商衡의 처에게서 산
진도의 노奴 마당금에 대한 매매문서를 비로소 작성했다. ○ 김익환金益煥,
민몽벽閔夢璧이 왔다.

〖 1699년 8월 28일 계사 〗 흐림

임빈, 복만이 추노하는 일로 진도에 갔다. ○ 윤경리尹慶履가 왔다. 이휴정
李休禎, 김향구金享九가 왔다.

〖 1699년 8월 29일 갑오 〗 흐리다 맑음

윤세형尹世亨, 한종일韓宗一이 왔다.

〖 1699년 8월 30일 을미 〗 맑음

백치의 극인 이 제弟(이대휴)가 왔다. 윤익재尹益載가 지나다 들렀다. 황원
黃原의 윤시하尹時夏가 지난해 그의 아들을 우리 집 산소의 주산主山 뒤에
장사지냈는데, 이는 우리 집에서 금장禁葬하는 곳에 해당하지만 묘를 파내
는 것 또한 편치 않아서 그냥 두었다. 지금 또 그의 어머니를 장사지내려고
와서 아뢰었다. 나는 (…)라고 말했다. 성덕항이 지나다 들렀다.

손자들을 위해 서실을 짓다

〖 1699년 9월 1일 병신 〗 소나기가 오고 우레가 침

해창海倉의 박세문朴世文이 왔다.

〖 1699년 9월 2일 정유 〗 바람 불고 맑음

최남표崔南杓와 최남오崔南五가 왔다.

〖 1699년 9월 3일 무술 〗 흐리다 맑음. 바람이 불고 빗발이 잠시 뿌림

비산飛山의 목수 질남叱男이 와서 별사別舍를 짓기 시작했다.

〖 1699년 9월 4일 기해 〗 맑음

〖 1699년 9월 5일 경자 〗 맑음

극인棘人 윤시구尹時耉, 극인 임응하林應廈, 윤세장尹世章, 윤세정尹世貞이 왔다.

〖 1699년 9월 6일 신축 〗 맑음

죽도장竹島庄을 출발해서 백치白峙의 극인 이 제弟(이대휴李大休)를 역방했다. 우사치迂沙峙를 넘어 김체대金體大, 이송제李松齊, 극인 민도삼閔道三과 우연히 만나, 말에서 내려 이야기를 나누었다. 어평於坪 윤재도尹載道의 새 집터에 이르러 잠깐 대화를 나누고, 날이 저문 다음 집에 도착했다. 창아昌兒가 서울에서 왔다. 오랫동안 소식이 끊어졌던 나머지 놀라움과 기쁨을 말로 표현할 수가 없다. ○관찰사 김시걸金時傑이 순행을 나서서 영암에서 묵고, 해남으로 향하면서 앞길을 지나갔다. ○대장代將 윤취삼尹就三이 들렀다. ○극인 정여靜如(이양원李養源)가 창아와 함께 왔다가, 운주동雲住洞으로 돌아갔다고 한다.

〖 1699년 9월 7일 임인 〗 흐림. 비가 그쳤다 내림

정광윤鄭光胤, 이성爾成이 와서 나란히 숙위했다.

〖 1699년 9월 8일 계묘 〗 맑음

이성이 이른 아침에 갔다. 김삼달金三達, 윤재도尹載道, 임태중任泰重이 왔다. 판관 임일주林一柱가 말미를 얻어 내려 왔는데, 와서 만났다. ○손자들이 학문을 배우고 익힐 곳이 없어 항상 마음에 걸렸는데, 비로소 3칸의 서실을 외랑外廊 뒤쪽에 지었다. 5일에 기둥을 세웠는데, 노奴 귀현貴玄이 한 것이다.

〖 1699년 9월 9일 갑진 〗 소나기가 간혹 내림. 우레 소리도 맹렬함. 약한 별빛이 혹 나옴

변최휴卜最休, 정광윤, 최운회崔雲會, 양지속梁之涑, 최도익崔道翊, 윤익성尹翊聖이 왔다.[76]

---

76) 변최휴卜最休…왔다 : 이 1699년 9월 9일 기사는 『지암일기』에 기록된 마지막 일기이다. 윤이후의 행장에 따르면, 윤이후는 이날로부터 닷새 뒤인 9월 14일에 영암 팔마 장사庄舍에서 병으로 세상을 떠났다고 한다.

부록

『지암일기』인물 소사전

윤이후 가계 및 친족도

『지암일기』의 공간 정보

『지암일기』 중심 인물 소사전(가나다순)

> 윤이후의 가족 30여 명, 일가 친족 가운데 상대적으로 교유가 잦았고 문중에서 그 위상
> 이 높았던 인물 30여 명, 가까운 인척 30여 명, 윤이후의 생활 가운데 대면한 기록이 빈번
> 하거나 그 인연이 뚜렷하고 이채로운 인물 20여 명, 윤이후가 교유한 인물 가운데 『조선
> 왕조실록』, 『승정원일기』와 같은 관찬 사료에서도 발견되는 유명 인물 50여 명, 윤이후의
> 지척 거리에서 임무를 수행하며 생활을 보조했던 핵심 노비 20여 명, 총 180여 명의 인물
> 모음이다.

갑원甲願__1694~1730
'윤덕모尹德模' 항목 참고.

강선姜銑__1645~1710
본관 진주晉州, 자 자화子和. 강현姜銀의 형이다. 기사환국 이후 충청도관찰사, 예조
참의, 병조참지 등의 요직을 거치다 갑술환국 당시 모친의 병으로 사직하였다. 숙종
대 남인 계열에 서서 활동한 것으로 알려져 있으나, 여러 환국 가운데서도 정치적 부
침을 크게 겪지 않았다. 윤이후와는 오랜 기간 교유하였던 사이로 짐작된다.

강현姜銀__1650~1733
본관 진주晉州, 자 자정子精, 호 백각白閣. 강선姜銑의 아우이자 표암 강세황姜世晃
의 아버지이다. 형과 마찬가지로 숙종 대 여러 환국 가운데서도 정치적 부침을 크게
겪지 않았다. 기사환국과 갑술환국을 거치며 이조참의, 예조참판, 도승지 등의 요직
을 역임하였고, 당시 형과 함께 윤이후와 교유하였던 것으로 확인된다.

개일開一__1642~미상
윤이후 소유의 노奴. 『지암일기』에서 가장 많이 언급되는 노비로서 윤이후의 수하에

서 실질적인 수노首奴 역할을 하였던 것으로 보인다. 윤이후의 명에 따라 많은 심부름을 하였으며, 그 가운데서도 주로 다른 지역 노비들의 신공을 거두어 돌아오거나 종종 도망친 노비를 추쇄하는 일을 맡았다.

공원孔願__1691~1756
'윤덕제尹德濟' 항목 참고.

과원果願__1681~1756
'윤덕근尹德根' 항목 참고.

권규權珪__1648~1722
본관 안동安東, 자 덕장德章, 호 남록南麓. 권대운權大運의 아들이다. 기사환국 이후 도승지, 대사간, 대사헌 등의 요직을 거치다 갑술환국으로 인해 강진 병영兵營으로 유배되었다가 1697년 사면되었다. 윤이후의 둘째 며느리(윤흥서의 처)의 외삼촌으로서, 유배지에서 윤이후와 교유하였다.

권대운權大運__1612~1699
본관 안동安東, 자 시회時會, 호 석담石潭. 영의정을 역임한 17세기 말 남인의 대표적 인물로서, 탁남의 영수이다. 갑술환국 이후 영암 별진別珍으로 유배되었다가 1696년 방귀전리放歸田里되었다. 윤이후의 둘째 며느리(윤흥서의 처)의 외조부로서, 유배지에서 윤이후와 꾸준히 교유하였다.

권중경權重經__1658~1728
본관 안동安東, 자 도일道一, 호 정묵당靜默堂. 권대운權大運의 손자로서 아버지는 권위權瑋이다. 윤이후와 1689년 증광시 급제 동기로서 대사성, 이조참의 등의 요직을 거치다 갑술환국으로 인해 파직되었다. 조부 권대운의 유배지에 함께 있으면서 윤이후와 교유하였다.

권해權瑎__1639~1704
본관 안동安東, 자 개옥皆玉, 호 남곡南谷. 권대운權大運의 종질從姪로서, 아버지는 권대재權大載이다. 기사환국 이후 병조참판, 형조참판, 예조참판, 대사헌 등의 요직을 거치다 갑술환국으로 인해 영덕으로 유배되었다. 윤이후와 교유하였던 것으로 확인된다.

권환權瑍__1636~1716
본관 안동安東, 자 중장仲章, 호 제남濟南. 권대운權大運의 조카로서 아버지는 권대윤權大胤이다. 기사환국 이후 대사간, 대사성, 도승지 등의 요직을 거치다 갑술환국으로 인해 파직되었다. 윤이후와 교유하였던 것으로 확인된다.

권휘權徽__1622~1697
박준신朴俊藎, 정희정鄭僖와 함께 윤이후의 어린 시절 동학. 오랜 기간 윤선도 가문에 더부살이하면서 윤선도에게서 학문을 배운 것으로 보인다. 해남 백포白浦에 집이 있었던 것으로 보이나 경제적으로 어려움을 겪어 가족들이 뿔뿔이 흩어졌고, 서울로 올라가 오랜 시간을 떠돌다가 1695년 영광에 있는 사위 임빈林彬의 집으로 내려와 머물다가 세상을 떠났다. 아들 권용權鏞, 사위 윤상형尹商衡과 임빈, 손자 권철귀權哲貴, 외손자 유지만俞祉萬 등이 윤이후와 왕래한 기록이 『지암일기』를 통해 확인된다.

권흠權歆__1644~1695
본관 안동安東, 자 자형子馨. 1676년 영평정寧平正 이사李泗가 올린 소로 당시 우의정이었던 허목許穆이 사직하자 성균관 유생으로서 윤이후와 함께 사직을 만류하도록 소를 올린 적이 있다. 대사간, 대사성, 승지 등의 요직을 역임하였으며, 윤이후와 가까운 사이였던 것으로 보인다.

귀원貴願__1689~1724
'윤덕진尹德鎭' 항목 참고.

귀현貴玄__생몰년 미상
윤이후 소유의 노奴. 말질립朰立, 천일天一과 함께 윤이후의 생활에서 주로 목공과 건축을 도맡았던 노비이다. 나무를 베고 다듬고 옮기는 일에 더해 나무를 이용해 집을 짓는 일까지 맡은 기록이 『지암일기』에서 확인된다.

김귀만金龜萬__1632~미상
본관 안동安東, 자 원서元瑞. 윤이후의 양모 쪽 이모부 남중계가 처남이 된다. 넷째 아들 김남식이 윤이후의 딸과 결혼함으로써 윤이후와는 사돈이 되었다. 장령掌令,

승지承旨 등의 중앙관직을 거쳐 갑술환국 이후에는 상주목사와 삼척부사 등의 외직을 역임하면서, 윤이후와 꾸준히 교유하였다.

김남식金南拭__생몰년 미상
본관 안동安東. 김귀만의 아들. 윤이후의 사위이다.

김덕원金德遠__1634~1704
본관 원주原州, 자 자장子長, 호 휴곡休谷. 기사환국 이후 우의정에 올라 정국을 주도한 당대 남인의 대표적 인물 가운데 한 명이다. 갑술환국으로 인해 제주도에 유배되었다가 1697년 해남으로 이배되었다. 해남으로 배소를 옮긴 이후 윤이후와 꾸준히 교유하였다.

김몽양金夢陽__1653~1710
본관 원주原州, 자 헌길獻吉. 기사환국 이후 우의정을 역임한 김덕원金德遠의 아들이다. 승지, 황해도관찰사, 대사간, 예조참의 등의 요직을 역임하였다. 갑술환국으로 인해 아버지 김덕원이 유배에 처해지자, 벼슬을 버리고 유배지에서 아버지를 시중하였다. 제주도와 해남에 있으면서 윤이후와 꾸준히 교유하였다.

김삼달金三達__생몰년 미상
정광윤鄭光胤, 황세휘黃世輝와 함께 윤이후를 빈번히 문안하며 지적에서 보좌하였던 것으로 보이는 인물. 당산堂山(현재의 해남군 계곡면 당산리)에 살았던 것으로 확인된다.

김정진金廷振__생몰년 미상
취철별장吹鐵別將을 지낸 인물. 윤이후가 함평현감을 사직한 1692년 봄 은을 캐기 위해 해남 인근으로 내려와 이후 윤이후를 꾸준히 방문하였다. 황원黃原, 무이천武夷川, 가라치加羅峙, 흥양興陽 등지에서 일군의 무리를 이끌며 은을 캐기 위한 시도를 지속하였으나 별다른 수확이 없었던 것으로 확인된다. 윤이후는 김정진의 채은採銀 행위를 부정적으로 바라보며 여러 차례 그만두기를 종용하였다.

김항金沆__1646~1694
본관 안산安山, 자 태초太初. 예조정랑, 성균관사예 등의 중앙관직을 역임하고 1692년 강진현감에 제수되었다. 강진에서 수령으로 있는 동안 윤이후와 꾸준히 교유하였으며, 병으로 인해 1694년 7월에 사망하였다.

나두춘羅斗春__1646~1694

본관 나주羅州, 자 시이始而. 윤이후의 벗. 나두하羅斗夏, 나두추羅斗秋, 나두동羅斗冬의 백형. 1690년 진사시에 입격하였다. 이듬해인 1691년 추천으로 빙고별검에 나아갔으며, 1692년 종부시주부, 형조좌랑 등에 제수되었다가 다시 1693년에 영동현감으로 임명되었다. 윤이후의 오랜 벗으로서 꾸준히 교유하였던 것으로 짐작되며, 그의 죽음을 매우 슬퍼하는 윤이후의 탄식이 『지암일기』에 보인다.

남중계南重繼__1642~미상

본관 의령宜寧, 자 이선而善. 생부는 남두화南斗華이며 남두로南斗老에게 출계하였다. 남중유의 아우이다. 1708년 전시에 직부直赴되어 1710년 칠순에 가까운 나이로 문과에 급제하였으며, 이후 성균관전적, 성균관직강 등에 제수되었다. 윤이후에게는 양모쪽 이모부로서 1693년 윤이후가 상경하였을 당시 만난 기록이 『지암일기』에 보인다.

남중유南重維__1626~1701

본관 의령宜寧, 자字 공진公鎭. 윤이후의 양모 쪽 이모부 남중계의 본생가 형. 1660년 진사시에 입격하였다. 남인 계열의 인물로서 1663년 이이와 성혼의 문묘종사를 적극적으로 반대하였고, 경신환국, 기사환국, 갑술환국을 거치며 여러 관직을 역임하고 파직되기를 거듭하였다. 말년에는 진위振威에 은거하여 죽음을 맞이하였다. 1696년 윤이후가 상경하였을 당시 만난 기록이 『지암일기』에 보인다.

도안道安__1638~1715

성은 유씨劉氏, 법호는 월저月渚. 법명이 도안. 17세기 청허파淸虛派(청허휴정의 법맥)를 대표하는 승려이다. 일정한 거처 없이 떠돌아다니다가 말년에는 묘향산에 은거하여 입적한 것으로 알려져 있다. 1695년 10월과 1696년 1월 윤이후가 해남 대흥사를 방문하였을 때, 만나서 시를 창수한 기록이 『지암일기』에 보이는 것으로 보아 이 무렵 대흥사에 머물렀던 것으로 짐작된다.

동이同伊__생몰년 미상

윤이후 소유의 노奴. 팔마八馬에 거주하며 윤이후의 측근에서 여러 일을 도왔던 노비. 『지암일기』의 기록을 살펴볼 경우, 윤이후 수하에서 다양한 임무를 부여받았는데 그 가운데서도 주로 말을 매매하고 조련하고 직접 부리는 일을 도맡았던 것으로 짐작된다.

류명천柳命天__1633~1705

본관 진주晋州, 자 사원士元, 호 퇴당退堂. 류명현柳命賢의 형이다. 기사환국 이후 공조판서, 예조판서 등을 역임하며 정국을 주도한 당대 남인의 대표적 인물 가운데 한 명이다. 갑술환국으로 인해 강진에 유배되었다 연일로 이배되었다. 강진에 머무르는 동안 윤이후와 꾸준히 교유하였으며, 연일로 옮겨 간 뒤에도 서신을 통해 소식을 주고받았다.

류명현柳命賢__1643~1703

본관 진주晋州, 자 사희士希, 호 정재靜齋. 류명천柳命天의 아우이다. 기사환국 이후 이조판서, 예조판서 등을 역임하며 정국을 주도한 당대 남인의 대표적 인물 가운데 한 명이다. 갑술환국으로 인해 흑산도에 유배되었으며, 유배지에서 서간을 통해 윤이후와 꾸준히 교유하였다.

류성추柳星樞__1657~1732

본관 진주晋州, 자 천일天一. 1676년 무과에 급제하였다. 충청도·황해도·평안도 병마절도사 및 포도대장, 삼도수군통제사 등의 관직을 역임하였으며, 사후 분무원종공신奮武原從功臣으로서 병조판서에 추증되었다. 1694년 전라우수사에 제수되어 1698년 여주목사로 임직을 옮기기 전까지 전라우수영에 부임해 있으면서 윤이후와 교유하였던 것으로 확인된다.

마당금麻堂金__생몰년 미상

윤이후 소유의 노奴. 을사乙巳, 신축辛丑, 차삼次三과 함께 심부름을 전문적으로 도맡았던 노비. 마당금은 서울, 함평, 무장, 괴산, 고창, 전주 등지의 원거리 심부름을 주로 전담하였던 것으로 확인된다.

만홍萬洪__1642~미상

윤이후 소유의 노奴. 1694년 3~4월 이루어진 속금도 제언공사를 전체적으로 감독하는 역할을 맡았던 노비이다. 윤이후 소유의 수많은 노비들 가운데서도 죽도竹島의 마름노 매인每仁과 함께 제언 공사 및 간척지 관리에 대한 이해가 높았을 것으로 짐작된다.

말질립杰立__1633~미상
윤이후 소유의 노奴. 귀현貴玄, 천일天一과 함께 윤이후의 생활에서 주로 건축을 도맡았던 노비. 말질립은 천일보다 나이가 적어 상대적으로 그 경험이 부족하였으나, 귀현보다는 나이가 많아 그 숙련도에 있어서 더 나은 평가를 받았던 것으로 보인다.

매인每仁__생몰년 미상
윤이후 소유의 노奴. 윤이후의 별업이 있었던 죽도竹島의 마름으로서 죽도 초당과 인근 간척지를 관리하는 일을 도맡았던 것으로 보인다. 윤이후의 수하에서 제언공사 감독을 맡았던 노 만홍萬洪과 함께 제언 공사 및 간척지 관리에 대한 이해가 높았던 노비로 추정된다.

목내선睦來善__1617~1704
본관 사천泗川, 자 내지來之, 호 수헌睡軒. 기사환국 이후 우의정과 좌의정을 역임한 17세기 말 남인의 대표적 인물 가운데 한 명이다. 조카인 목임유가 윤이후 조카손녀(목천조 처)의 시아버지이기에, 윤이후와는 가까운 인척 관계에 있다. 갑술환국 이후 신지도로 유배되었으며, 유배지에서 윤이후와 꾸준히 교유하였다.

목임유睦林儒__1634~미상
본관 사천泗川, 자 사아士雅. 목내선睦來善의 조카로서, 기사환국 이후 승지, 병조참의, 호조참의, 형조참의 등을 역임하며 정국을 주도한 당대 남인의 대표적 인물 가운데 한 명이다. 갑술환국으로 파직되었다. 윤이후 조카손녀(목천조 처)의 시아버지로서 윤이후와 가까운 인척 관계에 있다.

목임일睦林一__1646~1716
본관 사천泗川, 자 사백士伯, 호 청헌靑軒. 목내선睦來善의 아들이다. 기사환국 이후 이조참의, 대사간, 대사헌 등을 역임하며 정국을 주도한 당대 남인의 대표적 인물 가운데 한 명이다. 갑술환국으로 인해 남해에 유배되었으며, 1695년 석방되어 신지도로 가서 아버지를 시중하였다. 신지도에 있는 동안 윤이후와 꾸준히 교유하였다.

목임장睦林樟__1660~미상

본관 사천泗川, 자 수백秀伯. 목내선睦來善의 서조카로서 아버지는 목지선睦志善이다. 윤이후와 1679년 사마시 입격 동기로서 와서별제瓦署別提를 역임하였으며, 갑술환국으로 인해 신지도로 유배된 숙부를 찾아와 시중하였다. 신지도에 있는 동안 윤이후와 꾸준히 교유하였다.

목창기睦昌期__1636~1692

본관 사천泗川. 목행선睦行善의 셋째 아들이자, 목내선睦來善의 종질從姪. 군자감직장, 예빈시주부 등의 중앙관직과 직산현감, 금산군수 등의 외직을 역임하였다. 윤이후의 생모쪽 외숙모(정담의 처)가 목창기에게는 이모가 된다. 목창기의 죽음을 매우 슬퍼하는 윤이후의 탄식이 『지암일기』에서 확인되는데, 두 사람은 인척상 가까운 관계이자 동갑의 벗으로서 오랜 기간 친밀히 교유했던 것으로 짐작된다.

민사도閔思道__1650~1702

본관 여흥驪興, 자 여신汝愼. 민암閔黯의 조카로서, 아버지는 민희閔熙이며, 민취도閔就道의 아우이자 민창도閔昌道의 형이다. 어머니(민희 처)가 윤이후 생모의 종매從妹로서 윤이후와 가까운 인척 관계에 있다. 갑술환국 당시 민암의 조카라는 이유로 나주로 유배되어, 유배지에서 사망하였다. 윤이후가 상경하였던 1693년 10월 윤이후를 찾아온 기록이 『지암일기』에 보인다.

민순閔純__생몰년 미상

1688년 1월부터 1691년 4월 윤이후가 부임하기 전까지의 전임 함평현감. 함평현 대동미 유용 사건으로 인해 윤이후와 함께 1693년 옥에 갇혀 신문을 당하였다. 무관 출신의 인물이었던 것으로 확인되며 함평현감 이후 호군, 오위장, 전라우수사 등의 관직을 역임하였다.

민암閔黯__1636~1693

본관 여흥驪興, 자 장유長孺, 호 차호叉湖. 기사환국 이후 병조판서와 우의정을 역임한 17세기 말 남인의 대표적 인물 가운데 한 명이다. 형수(민희 처)가 윤이후 생모의 종매從妹이기에, 윤이후와 가까운 인척 관계에 있다. 갑술환국 이후 제주도로 유배되어 유배지에서 사사되었는데, 죽음에 이르기까지의 과정이 『지암일기』에 세밀하게 기록되어 있다.

민장도閔章道__1655~1694

본관 여흥驪興, 자 여명汝明. 민암閔黯의 아들이다. 윤이후와는 1679년 사마시 입격 동기이다. 1694년 당시 사헌부지평으로서 김춘택金春澤·한중혁韓重爀 등의 국문을 주도하였으며, 이로 인해 환국이 일어나자 아버지 민암 그리고 훈련대장 이의징李義徵과 함께 사건의 주동자로 몰려 체포되어 국문을 받다가 당해 6월 장독으로 사망하였다. 윤이후와 교분이 있었던 것으로 짐작된다.

민창도閔昌道__1654~1725

본관 여흥驪興, 자 사회士會, 호 화은化隱. 민암閔黯의 조카로서, 아버지는 민희閔熙이다. 기사환국 이후 이조참의와 대사성을 역임한 17세기 말 남인의 대표적 인물 가운데 한 명이다. 어머니(민희 처)가 윤이후 생모의 종매從妹이며, 처가 윤이후 형수(윤이구 처)의 조카로서 윤이후와 매우 가까운 인척 관계이다. 갑술환국 당시 민암의 조카라는 이유로 밀양으로 유배되었다. 윤이후와 교유하였던 것으로 보인다.

민취도閔就道__1633~1698

본관 여흥驪興, 자 정숙正叔. 민암閔黯의 조카로서, 아버지는 민희閔熙이다. 기사환국 이후 대사간, 대사헌, 도승지 등을 역임하며 정국을 주도한 당대 남인의 대표적 인물 가운데 한 명이다. 어머니(민희 처)가 윤이후 생모의 종매從妹로서 윤이후와 가까운 인척 관계에 있다. 갑술환국 이후 선천宣川으로 유배되었다가 길주吉州로 이배되었으며, 1697년 석방되어 이듬해 사망하였다. 윤이후와 교유하였던 것으로 보인다.

박선교朴善交__생몰년 미상

『승정원일기』에도 언급되는, 서울에 거주한 17세기 후반의 이름난 지관地官. 윤이후는 막내 아들 윤광서가 1690년에 죽자 그 장지를 고르는 일을 박선교에게 맡겼고, 그로부터 인연을 맺었던 것으로 보인다. 이후 1697년 11월 셋째 아들 윤종서의 죽음으로 인해 그 장지를 고르는 일로 다시 한 번 박선교를 해남으로 초대해 이곳저곳을 함께 다니며 산소자리를 둘러보았던 것으로 확인된다.

배정휘裵正徽__1645~1709

본관 성주星州, 자 미숙美叔, 호 고촌孤村. 기사환국 이후 지평, 장령, 판결사 등을 역임한 남인 계열의 인물 가운데 한 명이다. 갑술환국 이후 부평富平으로 유배되었다가 순천順天으로 이배되었다. 윤이후와 교유하였던 것으로 보인다.

복생福生__미상~1675

윤이후의 유모. 함경도 홍원洪原 출신. 윤이후의 조부 윤선도가 함경도 유배지에 있을 당시 어린 나이로 윤선도의 시중을 들다가 윤선도가 해배되면서 함께 남쪽으로 내려온 것으로 보인다. 이후 태어나자마자 부모를 잃은 윤이후의 유모가 되었으며, 윤이후가 장성한 이후에도 곁을 지켰던 것으로 보인다. 복생의 제사를 지낸 내용 그리고 딸 가지개加知介의 신역을 면제해준다는 기록이 『지암일기』에 수록된 「유모사실乳母事實」에 보이는 것으로 보아, 윤이후에게 있어서 복생은 비천한 신분의 비婢이기 이전에 어머니를 대신한 특별한 존재였으리라 짐작된다.

사원四願__1696~1750

'윤덕후尹德煦' 항목 참고.

삼원三願__1694~1757

'윤덕훈尹德熏' 항목 참고.

서신귀徐藎龜__1655~1714

본관 이천利川. 호 월파月波. 윤선도가 광양 옥룡동玉龍洞에 유배와 살던 때(1665~1667)의 집 주인 좌수座首 서영익徐英益의 아들이다. 1697년 윤이후가 셋째 아들 윤종서의 유배지 거제를 다녀가며 광양을 지날 때 그의 집에 묵은 이후로, 꾸준히 윤이후와 교유하였다. 그는 광양으로 유배 온 또 다른 남인계 거유 갈암 이현일 등을 돌보아주기도 하였는데, 김간金侃의 『광양적행일기光陽謫行日記』의 1701년 10월 3일자 일기에 기록된 내용을 참고할 경우, 서신귀 집안은 주로 남인계 유배객들을 돌보아주었던 것으로 보인다.

선백善白__생몰년 미상

윤이후 소유의 노奴. 『지암일기』에서 '수노首奴'로 호칭되는 유일한 노비이다. 윤이후 수하의 노비들 가운데 우두머리로서 여타 노비들을 관리하는 역할을 하였을 것으로 추정된다.

성덕기成德基, **성덕항**成德恒, **성덕징**成德徵__3형제

본관 창녕昌寧. 성준익成峻翼의 세 아들. 죽도竹島 남쪽의 인근 마을 명금동鳴金洞에 거주하였다. 윤이후가 해남으로 귀향한 이후 꾸준히 교유하였던 것으로 확인된다.

특히 윤이후가 죽도를 방문할 때마다 자주 윤이후를 찾아가 문안하였다.

성준익成峻翼__생몰년 미상

본관 창녕昌寧. 이괄의 난 당시 역적으로 죽은 성탁成琢의 아들. 성덕기成德基, 성덕항成德恒, 성덕징成德徵 3형제의 아버지. 『지암일기』에서 주로 '노老 성成 생원生員'으로 호칭된다. 본가는 서울에 있었으나 아버지가 역적으로 몰려 죽고 가문이 파탄남에 따라 윤상은尹相殷(해남윤씨 17세)의 데릴사위가 되어 해남으로 내려와 정착한 것으로 보인다. 윤상은이 소유하고 있던 죽도竹島를 물려받아 1650년 제언을 쌓아 거주하였으며, 이후 1687년 경제적 사정으로 인해 윤이후에게 죽도를 판다. 윤이후는 죽도에 별업을 짓고 왕래하는 가운데 인근에 거주했던 성준익을 어른으로 깍듯이 모시고 자주 찾아가 문안인사를 하였던 것으로 확인된다.

세원世願__1687~1754

'윤덕부尹德溥' 항목 참고.

손필웅孫必雄__생몰년 미상

지관地官. 『지암일기』의 기록에 따르면, 젊은 시절부터 홀로 풍수 관련 서책을 꾸준히 탐독하였으며, 태백산 상원암에 머무르던 현정玄挺과의 우연한 만남으로 전국의 산천을 함께 유랑하며 가르침을 받은 끝에 풍수의 요의를 깨우쳤다고 한다. 영남에 거주하였던 것으로 보이며, 1698년 12월 추노를 위해 해남을 방문하였는데, 때마침 윤이후가 종형 윤이석과 죽은 아들 윤종서의 장지를 찾고 있던 상황이라 그에게 부탁해 해남 인근 이곳저곳을 함께 다니며 산소자리를 둘러보았던 것으로 확인된다.

신석申潟__생몰년 미상

대략 1690년대 초반부터 중반까지 황원黃原 목장牧場의 감목으로 부임하였던 인물. 집은 서울에 있었던 것으로 확인된다. 조선후기 황원 목장은 해남 황원면(현재의 해남군 화원면 영호리) 일대에 있었으며, 감목관監牧官은 근처(현재의 화원면사무소 인근)에 있었던 것으로 추정된다. 감목관으로 부임해 있는 동안 윤이후와 친밀히 교유하였으며, 특히 가야금, 거문고, 피리 등을 다루는 악비樂婢와 적동笛童을 다수 훈련시켜 데리고 있는 등 풍류에 일가견이 있었던 인물로 보인다.

신축辛丑__1659~미상

윤이후 소유의 노奴. 마당금麻堂金, 을사乙巳, 차삼次三과 함께 심부름을 전문적으로 도맡았던 노비. 상대적으로 다른 노비들에 비해 심부름의 빈도가 잦지는 않았으나, 인천, 서울, 괴산 등지의 원거리 심부름을 주로 하였던 것으로 확인된다.

신학申溥__1645~1702

본관 고령高靈, 자 도원道源, 호 만회당晚悔堂. 기사환국 이후 지평, 장령, 승지 등을 역임한 남인 계열의 인물 가운데 한 명이다. 갑술환국 이후 영암靈巖으로 유배되었다. 영암에 있는 동안 윤이후와 교유하였다.

신후명申厚命__1638~1701

본관 평산平山, 자 천휴天休, 호 임하당林下堂. 정언, 지평, 장령, 승지, 형조참판, 충청도관찰사 등의 관직을 역임하였다. 윤이후와 교유하였던 것으로 확인된다.

심단沈檀__1645~1730

본관 청송青松, 자 덕여德輿, 호 약현藥峴. 윤선도의 외손자이자 윤이후의 고종제로서, 『지암일기』에서 주로 '심沈 감사監司'로 호칭된다. 기사환국 이후 대사간, 도승지, 경기도관찰사 등을 역임한 남인 계열의 인물 가운데 한 명이다. 갑술환국 이후 파직되었으며, 문중의 대소사와 정치적 현안에 대한 일로 윤이후와 꾸준히 교유하였다.

심득천沈得天__1666~1696

본관 청송青松, 자 성희聖希. 심단의 아들. 윤이후의 5촌 고종질이다. 1691년 문과에 급제에 관직에 나아갔으나 젊은 나이에 숙환으로 사망하였다. 1693년 10월 윤이후가 상경하였을 때 심득천이 윤이후를 찾아와 문후한 기록이 『지암일기』에 보인다.

심방沈枋__1649~1711

본관 청송青松, 자 군직君直. 윤이후의 종형 윤이석의 처남이다. 1692년 윤이후의 후임으로 함평현감으로 부임하였다. 함평현 대동미 유용 사건에 연루되어 1693년 윤이후와 함께 의금부 옥사를 치렀으며, 1694년에는 서장관으로 북경에 다녀온 기록 또한 『지암일기』에 보인다. 가까운 인척으로서 윤이후와 교유하였던 것으로 짐작된다.

심탱沈橕__1653~1723

본관 청송靑松, 자 융보隆甫. 심방沈枋의 아우로서, 윤이후의 종형 윤이석의 처남이다. 윤이후와 1689년 증광시 급제 동기로서 병조정랑, 정언, 지평, 순천부사 등의 관직을 역임하였다. 가까운 인척이자 과거 급제 동기로서 윤이후와 교유하였던 것으로 보인다.

안서익安瑞翼__미상~1694

본관 광주廣州, 호 일당逸堂. 윤이후의 자형. 인천 안현鞍峴에 거주하였다. 『지암일기』에 의하면, 숙환으로 담천痰喘을 오랜 기간 앓다가 사망한 것으로 확인된다.

안여석安如石__1630~1695

본관 순흥順興, 자 주국柱國. 기사환국 이후 충홍도관찰사, 승지, 병조참판 등의 관직을 역임하였다. 숙종 대 남인 계열에 서서 활동한 것으로 알려져 있으나, 여러 환국 가운데서도 정치적 부침을 크게 겪지 않았다. 윤이후와 교유하였던 것으로 보인다.

안준유安俊孺__1651~미상

본관 죽산竹山, 자 사호士豪. 1691년 무안현감務安縣監에 제수되었다. 윤이후가 함평현감으로 부임해있는 동안 인근 지역의 수령으로서 함께 어울리고, 함평현감을 사직하고 해남으로 귀향한 이후에도 편지와 선물을 주고받는 등 윤이후와 친밀한 관계를 꾸준히 유지하였던 것으로 보인다.

안형상安衡相__1634~미상

자 취경就卿. 윤이후가 해남으로 귀향한 이후 인근에 살면서 친밀히 교유하였던 벗이다. 화촌花村(현재의 해남군 옥천면 송산리 화촌마을)에 거주하였다.

양득중梁得中__1665~1742

본관 제주濟州, 자 택부擇夫, 호 덕촌德村. 은봉隱峰 안방준安邦俊의 외증손이다. 윤증, 박세채 등 소론 계열의 대유大儒와 교유하며 학자로서의 명망을 얻었던 것으로 보인다. 윤이후가 관직을 버리고 해남 팔마八馬에 내려와 살던 당시 윤이후의 이웃으로 있으며 왕래하였던 것으로 확인된다.

예심禮心__생몰년 미상

윤이후 소유의 가야금을 전문적으로 다루었던 어린 비婢. 윤이후와 친밀히 교유했던 진도 황원 목장의 감목 신석申湂의 요청에 따라 그의 수하 김만웅金萬雄에게 약 20개월간 가야금 연주를 배웠고, 이후 종종 연회 자리에서 가야금을 연주하였던 것으로 확인된다.

용이龍伊__1639~미상

윤이후 소유의 노奴. 주로 농사를 담당하였던 노비로 확인된다.

우원又願__1688~1745

'윤덕균尹德均' 항목 참고.

원휘元徽__1662~미상

본관 원주原州, 자 자미子美. 1687년 무과에 급제해 관직에 나아갔다. 1699년 전라병마절도사로 부임하였다. 윤이후와 교유한 기록이 『지암일기』에서 확인된다.

유하익俞夏益, 1631~1699

본관 기계杞溪, 자 사겸士謙, 호 백인당百忍堂. 17세기 말엽 정국을 주도한 당대 남인의 대표적 인물 가운데 한 명으로서 기사환국 이후 도승지, 이조참판, 공조판서, 대사헌, 좌참찬, 대사헌 등의 요직을 거치다 갑술환국으로 삭출되었다. 윤이후와는 오랜 기간 교유하였던 사이로 짐작된다.

윤광서尹光緖__1670~1690

본관 해남海南, 자 협공浹恭, 윤이후의 다섯째 아들. 후사 없이 요절하였다. 막내아들을 잃고 그 기일이 가까워올 때마다 매년 슬퍼하는 윤이후의 심정이 『지암일기』에 고스란히 기록되어 있다. 윤흥서의 셋째 아들 윤덕균尹德均이 계자가 되어 후계를 이은 것으로 확인된다.

윤덕겸尹德謙__1687~1733

본관 해남海南, 자 중수仲受. 윤이후의 손자로서, 윤두서의 둘째 아들이다. 『지암일기』에는 '이원二願'이라는 아명으로 언급된다.

윤덕균尹德均__1688~1745

본관 해남海南, 자 공숙公叔. 윤이후의 손자로서, 윤흥서의 셋째 아들이다. 『지암일기』에는 '우원又願'이라는 아명으로 언급된다.

윤덕근尹德根__1681~1756

본관 해남海南, 자 정백靜伯. 윤이후의 손자로서, 윤흥서의 첫째 아들이다. 『지암일기』에는 '과원果願'이라는 아명으로 언급된다.

윤덕모尹德模__1694~1730

본관 해남海南, 자 계의季儀. 윤이후의 손자로서, 윤흥서의 넷째 아들이다. 『지암일기』에는 '갑원甲願'이라는 아명으로 언급된다.

윤덕부尹德溥__1687~1754

본관 해남海南, 자 백연伯淵. 윤이후의 손자로서, 윤종서의 첫째 아들이다. 『지암일기』에는 '세원世願'이라는 아명으로 언급된다.

윤덕상尹德相__1684~1708

본관 해남海南, 자 문중文仲. 윤이후의 손자로서, 윤흥서의 둘째 아들이다. 『지암일기』에는 '지원至願'이라는 아명으로 언급된다.

윤덕소尹德釗__1699~1785

본관 해남海南, 자 면중勉仲. 윤이후의 손자로서, 윤창서의 셋째 아들이다. 『지암일기』에는 '필원畢願'이라는 아명으로 언급된다.

윤덕제尹德濟__1691~1756

본관 해남海南, 자 중읍仲揖. 윤이후의 손자로서, 윤종서의 둘째 아들이다. 『지암일기』에는 '공원孔願'이라는 아명으로 언급된다.

윤덕진尹德鎭__1689~1724

본관 해남海南, 자 수백綏伯. 윤이후의 손자로서, 윤창서의 첫째 아들이다. 『지암일기』에는 '귀원貴願'이라는 아명으로 언급된다.

윤덕후尹德煦__1696~1750

본관 해남海南, 자 숙장叔長. 윤이후의 손자로서, 윤두서의 넷째 아들이다. 『지암일기』에는 '사원四願'이라는 아명으로 언급된다.

윤덕훈尹德熏__1694~1757

본관 해남海南, 자 숙도叔陶. 윤이후의 손자로서, 윤두서의 셋째 아들이다. 『지암일기』에는 '삼원三願'이라는 아명으로 언급된다.

윤덕희尹德熙__1685~1766

본관 해남海南, 자 경백敬伯, 호 낙서駱西. 윤이후의 손자로서, 윤두서의 첫째 아들이다. 『지암일기』에는 '일원一願'이라는 아명으로 언급된다.

윤동미尹東美__1658~미상

본관 해남海南, 자 자시子始. 윤선양尹善養의 아들로서, 윤이후에게는 5촌 당숙이다. 연동蓮洞(현재의 해남군 해남읍 연동리)에 거주하였으며, 서울을 왕래하였던 것으로 확인된다. 윤이후와 친밀히 교유하였다.

윤두서尹斗緖__1668~1715

본관 해남海南, 자 효언孝彦, 호 공재恭齋. 『지암일기』에는 종종 '명아命兒'라는 아명으로 호칭되기도 함. 윤이후의 넷째 아들이자 윤이석의 계자繼子. 윤이후가 해남으로 귀향해서 생활한 1690년대에는 주로 서울에 거주하였으며, 종종 해남을 왕래하였던 것으로 확인된다.

윤상미尹尙美__1638~1720

본관 해남海南, 자 자평子平. 윤복尹復의 후손으로 윤선삼尹善三의 첫째 아들이다. 윤주미尹周美의 형이자 윤선오尹善五의 조카로서, 윤이후와는 11촌 관계이다. 귀라리貴羅里(현재의 강진군 도암면 계라리)에 거주하였다. 윤이후와 친밀히 교유하였던 것으로 확인된다.

윤선도尹善道__1587~1671

본관 해남海南, 자 약이約而, 호 고산孤山. 윤이후의 할아버지. 어려서 부모를 모두 잃은 윤이후를 손수 돌보고 가르쳤던 것으로 보인다. 오랜 유배 생활 가운데서도 윤이후의 건강과 학업을 염려하며 보낸 편지들이 『고산유고』에 실려 있다. 윤이후는 유복자로서 자신을 챙기고 돌보아주었던 할아버지 윤선도를 항상 그리워하였던 것으로 보이며, 그러한 그리움이 『지암일기』 곳곳에 서술되어 있다.

윤선오尹善五__1622~1702

본관 해남海南, 자 취지就之. 윤복尹復의 후손. 윤유익尹唯益의 아들로서, 윤이후와는 10촌 관계이다. 귀라리貴羅里(현재의 강진군 도암면 계라리)에 거주하였다. 17세기 말엽 해남윤씨 문중의 문장門長으로서 역할을 하였던 것으로 보이며, 윤이후가 해남으로 귀향한 이후 문중의 여러 대소사를 함께 도모하였을 뿐만 아니라 일가 친족으로서 친밀히 교유하였던 것으로 확인된다.

윤선호尹善好__1624~미상

본관 해남海南. 윤항尹衖의 후손. 윤유창尹唯昌의 아들로서, 윤이후와는 10촌 관계이다. 죽천竹川(현재의 해남군 삼산면 평활리 양촌저수지 인근)에 거주하였다. 풍수에 식견이 있어 집터나 묏자리를 확인하는 데 윤이후와 동행하기도 하였으며, 윤이후의 부탁으로 「죽도정사기竹島精舍記」를 지어 주기도 하는 등 윤이후와 친밀히 교유하였던 것으로 확인된다.

윤세미尹世美__1644~1699

본관 해남海南, 자 자빈子彬. 윤복尹復의 후손. 윤선로尹善老의 아들로서, 윤이후와는 11촌 관계이다. 청계淸溪(현재의 해남군 계곡면 가학리)에 거주하였다. 윤이후와 친밀히 교유하였으며, 문중의 대소사에 적극적으로 참여하였던 것으로 확인된다. 1699년 숙환으로 사망하였다.

윤예미尹禮美__1619~1669

본관 해남海南, 자 자화子和. 윤선도의 셋째 아들로서, 윤이후의 양부이다. 사망하기 몇 개월 전인 1668년 겨울 윤이후를 양자로 들인 것으로 확인된다.

윤의미尹義美__1612~1636

본관 해남海南, 자 자방子方. 윤선도의 둘째 아들로서, 윤이후의 생부이다. 채 스물이 되기도 전인 1630년 진사시에 합격할 정도로 그 문재가 뛰어났으나, 1636년 윤이후가 태어나기 불과 며칠 전 요절하였다.

윤이구尹爾久__1631~1656

본관 해남海南. 윤의미의 첫째 아들로서, 윤이후의 형이다.

윤이백尹爾栢__미상~1720

본관 해남海南, 자 화경華卿. 윤순미의 아들로서, 윤이후의 종제이다.

윤이복尹爾服__1666~1727

본관 해남海南, 자 수향遂鄕. 윤인미의 서자로서, 윤이후의 종제이다.

윤이석尹爾錫__1626~1694

본관 해남海南, 자 거경擧卿. 윤인미의 적자嫡子로서, 윤이후의 종형이다. 당쟁으로 인해 관직에 나가지 못하다 남인의 집권 시기인 1678년에 이산현감에 제수되었으며, 1689년에는 종친부宗親府 전부典簿에 임명되었다. 『지암일기』에 언급되는 '전부댁'은 모두 윤이석의 집을 가리키는 호칭으로서, 해남 연동 외에 서울 회동會洞에 집이 있어 주로 서울에 머물렀던 것으로 확인된다. 윤이석의 사후에는 재동齋洞으로 이사하였다. 윤이후는 약관에 친형 윤이구를 잃었기에 종형이었음에도 윤이석을 친형과 같은 존재로 여겼으리라 짐작된다. 말년까지 자식이 없어 윤이후의 넷째 아들 윤두서를 양자로 들였다.

윤이성尹爾成__1669~1714

본관 해남海南, 자 수경遂卿. 윤인미의 서자로서, 윤이후의 종제이다.

윤이송尹爾松__1661~미상

본관 해남海南, 자 무경茂卿. 윤순미의 아들로서, 윤이후의 종제이다.

윤이형尹以亨__1631~1697

본관 남원南原, 자 중하仲夏. 윤선도 장인인 남원윤씨 윤돈尹暾의 증손자로서 윤이후에게 6촌 형이 된다. 숭릉참봉崇陵參奉, 군자봉사軍資奉事, 비안현감庇安縣監, 전의현감, 강서현령 등의 관직을 역임하였다. 강서현령 재직 당시의 문제로 인해 1694년 영암에 유배되어 1697년 병으로 사망하였으며, 유배지에 있는 동안 윤이후와 친밀히 교유하였다.

윤익성尹翊聖__생몰년 미상

본관 해남海南. 윤항尹衖의 후손. 윤기찬尹機燦의 아들이자, 윤지원尹智遠의 숙부로서 윤이후와는 11촌 관계이다. 윤이후의 집을 빈번히 드나들며 문안했던 것으로 보인다. 윤이후 자신과 가족들이 질병에 시달릴 때마다 윤익성을 초대해 침을 놓게 하거나 약재를 물어본 기록이 자주 보이고, 여타 인물들 또한 윤익성에게 처방을 구한 기록이 확인되는 것으로 보아, 의술에 대한 조예로 지역에서 이름이 있었던 것으로 짐작된다.

윤인미尹仁美__1607~1674

본관 해남海南, 자 자수子壽. 윤선도의 첫째 아들로서, 윤이석의 아버지이다. 1630년 생원시에 입격하고, 1662년 문과에 급제하였으나 윤선도의 아들이라는 이유로 관직에 나가지 못하고 생을 마감하였다.

윤정미尹鼎美__1655~미상

본관 해남海南, 자 중숙重叔. 윤선오尹善五의 둘째 아들이자, 윤항미尹恒美의 아우로서 윤이후와는 11촌 관계이다. 귀라리貴羅里(현재의 강진군 도암면 계라리)에 거주하였으며, 윤이후와 친밀히 교유하였다.

윤종서尹宗緒__1664~1697

본관 해남海南, 자 효승孝承. 윤이후의 셋째 아들이자 윤이구의 계자繼子.『지암일기』에는 종종 '익아(益兒, 益大)'라는 아명으로 호칭되기도 함. 윤이후가 해남으로 귀향한 이후 서울과 해남을 왕래하며 생활하였던 것으로 보인다. 1696년 세자저주무고 사건에 연루되어 강오장姜五章, 채제윤蔡悌胤과 함께 유배에 처해졌으며, 1697년 유배지인 거제에 있다가 서울로 다시 압송되어 옥사하였다.

윤주미尹周美__1641~1698

본관 해남海南, 자 자문子文. 윤복尹復의 후손. 윤선삼尹善三의 둘째 아들이자, 윤선오尹善五의 조카로서 윤이후와는 11촌 관계이다. 귀라리貴羅里(현재의 강진군 도암면 계라리)에 거주하였다. 윤이후와 친밀히 교유하였으며, 문중의 대소사에 적극적으로 간여하였던 것으로 보인다. 1698년 전염병으로 사망하였다.

윤지원尹智遠__생몰년 미상

본관 해남海南. 다른 이름은 윤이신尹爾新이다. 윤필성尹弼聖의 아들이자 윤익성尹翊聖의 조카로서, 윤이후와는 12촌 관계이다. 집안 사정이 어려운 가운데 홀어머니를 모시며 생활한 것으로 보인다. 윤이후의 집을 빈번히 왕래하면서 심부름을 하거나 옆에서 시중을 들었던 것으로 확인된다.

윤직미尹直美__1643~1724

본관 해남海南, 자 자온子溫, 호 석정石亭. 윤선도의 다섯째 아들로서, 윤이후의 서숙庶叔이다. 학관學官 벼슬을 하였기 때문에 『지암일기』에서는 '학관 숙叔'으로 호칭된다. 노호露湖(현재의 노량진)에 집이 있었으며 종종 해남을 왕래하였던 것으로 보인다. 윤이후와 친밀히 교유하였으며, 그가 윤이후에게 써준 「경차죽도운봉정낙무당안하병서敬次竹島韻奉呈樂畝堂案下并序」가 『지암일기』에 수록되어 있다.

윤징귀尹徵龜__1640~1715

본관 해남海南, 자 서응瑞應. 윤복尹復의 후손. 윤상필尹商弼의 첫째 아들로서, 윤이후와는 12촌 관계이다. 용산龍山(현재의 해남군 옥천면 용산리)에 거주하였으며 송천松川(현재의 강진군 신전면 송천리)에 별업을 두고 있었던 것으로 보인다. 윤이후와 친밀히 교유하였으며, 문중의 대소사에 적극적으로 참여하였던 것으로 확인된다.

윤징미尹徵美__1662~1732

본관 해남海南, 자 자응子應. 윤복尹復의 후손. 윤선리尹善履의 아들이자 윤선오尹善五의 조카로서 윤이후와는 11촌 관계이다. 1695년 무과에 급제하였다. 귀라리貴羅里(현재의 강진군 도암면 계라리)에 거주하였으며, 윤이후와 친밀히 교유하였다.

윤창서尹昌緒__1659~1714

본관 해남海南, 자 효징孝徵. 윤이후의 첫째 아들이다.

윤항미尹恒美__1652~1700

본관 해남海南, 자 구숙久叔. 윤선오尹善五의 첫째 아들로서, 윤이후와는 11촌 관계이다. 1676년 무과에 급제하였으며, 1689년 부산진첨절사, 1692년 서흥현감, 1698년 전주영장을 역임하였다. 『지암일기』에는 '윤 서흥' 또는 '전주영장'이라는 호칭으로 언급되며, 윤이후와 친밀히 교유하였다.

윤흥서尹興緒__1662~1733

본관 해남海南, 자 효선孝先, 호 현파玄坡. 윤이후의 둘째 아들.『지암일기』의 내용을 참고할 경우 윤이후의 아들 가운데 윤이후의 곁에 있으면서 시중을 가장 많이 들었던 것으로 확인된다. 다산 정약용이 쓴「현파윤진사행장玄坡尹進士行狀」을 참고할 경우 젊어서부터 문재가 있었던 것으로 짐작된다. 1689년 생원시에 입격하였으나 1696년 아우 윤종서가 당옥黨獄에 휘말려 이듬해 사망하자 이후 문과 응시에 뜻을 접고 평생을 처사로 살았던 것으로 보인다.

을사乙巳__생몰년 미상

윤이후 소유의 노奴. 마당금麻堂金, 신축辛丑, 차삼次三과 함께 심부름을 전문적으로 도맡았던 노비. 원거리 심부름 외에도 여러 자잘한 사역에 투입되었던 것으로 확인된다.

을원乙願__1695~1698

본관 해남海南. 아명이 을원乙願이다. 윤이후의 손자로서, 윤종서의 셋째 아들이다. 1695년 12월 8일에 태어나 1698년 2월 16일 천연두로 사망하였다.

이관징李觀徵__1618~1695

본관 연안延安, 자 국빈國賓, 호 근곡芹谷. 이옥李沃의 아버지. 윤이후의 형수(윤이구의 처)가 여동생으로서 윤이후와는 가까운 인척관계이다. 17세기 말엽 정국을 주도한 당대 남인의 대표적 인물 가운데 한 명으로서 기사환국 이후 예조판서, 이조판서 등의 요직을 역임하고 봉조하奉朝賀가 되었다. 윤이후와는 오랜 기간 교유하였던 사이로 짐작된다.

이담로李聃老__1627~1701

본관 원주原州, 자 연년延年, 호 백운동은白雲洞隱. 백운동 별서의 초대 동주. 젊어서 문명文名이 있었고, 장사랑將士郎을 지냈으며, 만년에 월출산 아래 백운동에 은거하였다. 이담로와 연동 해남윤씨 가문 사이에는 세교世交가 있었던 것으로 보이며, 윤이후가 두어 차례 이담로의 백운동 별서를 직접 방문하고 남긴 기록이『지암일기』에 보인다.

이담명李聃命__1646~1701

본관 광주廣州, 자 이로耳老, 호 정재靜齋. 이원정李元禎의 아들이자 허목許穆의 문인. 아버지 이원정과 함께 17세기 말엽 정국을 주도한 당대 남인의 대표적 인물 가운데 한 명으로서 기사환국 이후 전라도관찰사, 부제학, 이조참판 등의 요직을 역임하였다. 갑술환국으로 경남 창녕으로 유배되었다가 전남 강진으로 다시 충남 남포로 이배되었다.

이대휴李大休__생몰년 미상

본관 여주驪州. 이락李洛의 아들로서, 윤이후의 외종제이다. 백치白峙(현재의 해남군 해남읍 백야리)에 집이 있었으며, 윤이후와 친밀히 교유하였다.

이락李洛__미상~1698

본관 여주驪州. 윤이후의 양모 쪽 외숙. 이징휴李徵休와 이대휴李大休의 아버지. 참군參軍을 역임하였다. 해남 백치(현재의 해남읍 백야리)에 거주지를 두고 서울을 오가며 생활하였다. 윤이후는 주거지 팔마八馬와 별업 죽도竹島를 오가는 가운데 위치한 백치에 자주 들러 외숙을 문안하고 가까이서 모셨던 것으로 확인된다.

이룡二龍__생몰년 미상

윤이후 소유의 노奴. 1694년 3~4월 이루어진 속금도 제언 공사에서 역주役酒를 만들어 공급하는 역할을 도맡았던 노비이다. 쌀과 술에 대한 이해가 높았을 것으로 짐작된다.

이만방李晩芳__1645~1695

본관 전주全州, 자 형중馨仲. 1672년 무과에 급제하였다. 1694년 격포첨사格浦僉使로 있으면서 공금을 유용한 죄목으로 체포되었다 이듬해(1695) 사면되었으나, 병으로 사망하였다. 윤이후와는 재종(윤이후의 왕고모의 손자) 관계로서 『지암일기』의 기록에 따를 경우 두 사람 사이의 정의情意가 남달랐던 것으로 보인다.

이만봉李萬封__1640~1684

본관 전의全義, 자 천수天授, 호 죽수竹瘦. 윤이후의 처남. 지평, 정언, 장령 등을 거쳐 1680년 양양부사襄陽府使를 역임하였다. 서울 미장동美墻洞에 집이 있었던 것으로 보인다. 외조부 이필행李必行이 윤선도와 친밀히 교유하였으며, 그러한 선대의 인연으로 인해 두 가문이 혼인한 것으로 보인다.

이보만李保晩__미상~1695
본관 광주廣州, 자 처난處難, 호 청담淸潭, 백운처사白雲處士. 윤선도의 사위이자, 윤이후의 고모부. 동고東皐 이준경李浚慶의 현손으로 알려져 있다. 처가(해남 백련동)와 가까운 곳인 강진康津 백도白道 운주동雲住洞에 터를 잡았다가 다시 양근楊根 지평砥平에 장소를 마련해 옮겨 살다 죽음을 맞이하였다.

이봉징李鳳徵__1640~1705
본관 연안延安, 자 명서鳴瑞, 호 은봉隱峰. 17세기 말엽 정국을 주도한 당대 남인의 대표적 인물 가운데 한 명으로서 기사환국 이후 대사간, 대사성, 대사헌, 병조참판 등의 요직을 역임하였다. 갑술환국으로 파직되었다가 1698년 형조참판으로 복직되었다. 윤이후와 꾸준히 교유하였던 사이로 짐작된다.

이상휴李相休__1664~미상
본관 연안延安, 자 휴경休卿. 이후번李后藩의 셋째 아들. 윤이후의 다섯째 아들 윤광서의 처남이다. 1693년 문과에 급제하여, 승문원정자承文院正字, 사재감봉사司宰監奉事, 종묘직장宗廟直長 등의 관직을 역임하였다. 윤이후와는 가까운 인척 관계로서 윤이후가 서울을 방문할 때마다 교유한 흔적이 보인다.

이서李溆__1662~미상
본관 여주驪州, 자 징지徵之, 호 옥동玉洞. 대사헌 이하진李夏鎭의 아들이자, 이익李瀷의 형이다. 윤이후의 양모쪽 외조부 이숙진李叔鎭과 이하진은 종형제로서, 윤이후와 이서는 7촌 거리의 멀지 않은 친족 관계이다. 이로 인해 윤이후를 찾아온 기록이 『지암일기』에 보인다. 글씨에 뛰어났던 옥동 이서는 공재 윤두서를 비롯한 윤이후의 자식들과 친밀히 교유했다.

이시만李蓍晩__1641~1708
본관 광주廣州, 자 정응定應, 호 동애東厓. 윤선도와 친밀한 관계에 있었던 이필행李必行의 손자로서, 이의만李宜晩과 이이만李頤晩의 백형이다. 윤이후의 처(이사량의 딸)가 고종姑從 누이로서, 윤이후와는 매우 가까운 인척 관계이다. 기사환국 이후 대사간, 도승지, 함경도관찰사 등의 요직을 역임하였으며, 윤이후와 꾸준히 교유하였다.

이양원李養源__생몰년 미상

본관 광주廣州, 자 정여靜如. 이보만李保晩의 첫째 아들. 윤선도의 외손자이자 윤이후의 고종제이다. 고금도의 장소를 관리하기 위해 1692년 운주동雲住洞(현재의 강진군 신전면 용월리)에 집을 짓고 양근 지평에서 거처를 옮겨 와 생활했던 것으로 보인다. 강진으로 내려 온 이후 윤이후와 꾸준히 교유하였다.

이언경李彦經__1653~1710

본관 전주全州, 자 사상士常, 호 천유天遊. 1691년 문과에 급제해 관직 생활을 시작하였다. 1696년 6월 함평현감咸平縣監에 제수되어 1698년 7월 지평에 임명되기 전까지 약 2년간 함평의 수령으로 재직하였다. 현감으로 부임하기 전 시기의 환곡 부족분을 1698년에 발견하고 이에 대한 내용을 관찰사에게 보고함으로써, 윤이후를 포함한 전임 수령들의 유용 정황에 대한 대대적 조사가 이루어지게끔 만든다.

이옥李沃__1641~1698

본관 연안延安, 자 문약文若, 호 박천博泉. 이관징李觀徵의 아들. 아버지 이관징과 함께 17세기 말엽 정국을 주도한 당대 남인의 대표적 인물 가운데 한 명으로서 기사환국 이후 승지, 경기도관찰사, 예조참판 등의 요직을 역임하였다. 글과 글씨에 능하였으며, 윤이후와 가까이 교유하였던 벗으로 확인된다.

이우겸李宇謙__1654~미상

본관 전주全州, 자 수백受伯. 윤이후에게 고모부가 되는 이익로李翼老의 다섯째 아들이자, 윤이후와 1689년 증광시 급제 동기이다. 지평, 헌납, 이조 좌랑 등의 관직을 역임하였다. 윤이후와 교유하였던 것으로 보인다.

이우정李宇鼎__1635~1692

본관 전주全州, 자 중백重伯. 윤이후에게 고모부가 되는 이익로李翼老의 첫째 아들로서 이우겸의 백형이다. 1692년 동지사冬至使로 연경燕京에 갔다 귀국하던 중 산해관山海館에서 사망하였다. 그의 죽음에 대한 한탄이 『지암일기』에 기록되어 있는 것으로 보아, 가까운 친족으로서 윤이후와 교유하였을 것으로 짐작된다.

이운징李雲徵__1645~1717

본관 전주全州, 자 백우伯雨, 호 만연曼衍. 이의징李義徵의 아우이자, 1728년 병란을 일으킨 이인좌李麟佐의 조부. 딸이 윤이후의 둘째 며느리(윤흥서의 처)로서 윤이후와는 사돈 관계이다. 추천을 통해 관직에 나아갔으며, 형 이의징과 함께 17세기 말엽 정국을 주도한 당대 남인의 대표적 인물 가운데 한 명으로서 기사환국 이후 승지, 강원도관찰사, 전라도관찰사 등의 요직을 역임하였다. 갑술환국으로 인해 탄핵을 받아 평안도 태천으로 유배되었다 1697년 강원도 고성으로 이배되었다. 윤이후와 꾸준히 교유하였던 것으로 확인된다.

이원二願__1687~1733

'윤덕겸尹德謙' 항목 참고.

이윤문李允文__1646~1717

본관 광주廣州, 자 사옹士雍. 윤이후의 생모 쪽 외숙모인 정담鄭儋 처의 조카로서 윤이후와는 멀지 않은 친족 관계이다. 학문이 깊고 문장에 능해 세자시강원의 문학·필선·보덕 등을 역임하였다. 윤이후와 교유하였던 것으로 확인된다.

이윤수李允修__1653~1693

본관 광주廣州, 자 면숙勉叔. 이윤문李允文의 종제이자, 윤이후의 양모 쪽 이모부 남중계의 종질從姪로서, 윤이후와 멀지 않은 친족 관계이다. 승지, 대사간, 황해도관찰사 등의 요직을 역임하였으며, 윤이후와 교유하였던 것으로 짐작된다.

이의만李宜晩__1650~1736

본관 광주廣州, 자 선응善應, 호 농은農隱. 윤선도와 친밀한 관계에 있었던 이필행李必行의 손자로서, 이시만李蓍晩의 아우이자 이이만李頤晩의 형이다. 윤이후의 처(이사량의 딸)가 고종姑從 누이로서, 윤이후와는 매우 가까운 인척 관계이다. 신미년 1691년 문과 급제를 통해 조정에 나아가 중앙과 지방을 아울러 오랜 기간 벼슬을 하였다. 윤이후와 꾸준히 교유하였던 것으로 확인된다.

이의신李懿信__생몰년 미상

호 일유一惟. 풍수가. 윤복의 사위. 이의신에게 윤선도는 처가의 재종손再從孫으로서, 이의신과 윤이후는 8촌 관계이다. 16세기 말~17세기 초 지사地師로서 활동 당시 전국적 명성을 얻었던 것으로 보이며, 고향인 해남 일대에 이의신과 관련된 풍수 이야기가 다수 전해진다. 『지암일기』에도 이의신이 묏자리와 집터로 삼은 곳들에 대한 내용이 기록되어 있다.

이의징李義徵__1643~1695

본관 전주全州, 자 대숙大叔. 이운징李雲徵의 형. 음관으로 천거되어 관직에 나아갔
으며, 아우 이운징과 함께 17세기 말엽 정국을 주도한 당대 남인의 대표적 인물 가운
데 한 명으로서 기사환국 이후 충청도관찰사, 공조판서, 훈련대장 등의 요직을 역임
하였다. 갑술환국으로 인해 민암閔黯과 함께 가장 큰 탄핵을 받아 거제로 유배되었
다 이듬해 사사되었다. 윤이후와는 친밀히 교유하였던 사이로 짐작된다.

이이만李頤晚__1654~미상

본관 광주廣州, 자 정수正叟, 호 오헌悟軒. 윤선도와 친밀한 관계에 있었던 이필행李
必行의 손자로서, 이시만李蓍晚과 이의만李宜晚의 아우이다. 윤이후의 처(이사량의
딸)가 고종姑從 누이로서, 윤이후와는 매우 가까운 인척 관계이며, 1689년 증광시 급
제 동기이기도 하다. 윤이후와 꾸준히 교유하였던 것으로 확인된다.

이익년李翼年__1652~미상

본관 전주全州, 자 수보壽甫. 윤이후와 1689년 증광시 급제 동기이다. 윤이후의 모친
상 당시 조문한 기록이『지암일기』에 보인다.

이익로李翼老__1608~미상

본관 전주全州, 자 덕수德叟. 윤선도와 그의 세 번째 첩 경주 설씨 사이에서 태어난 서녀
(『지암일기』에서는 '개령 고모'로 호칭됨)를 첩으로 들였다. 윤이후에게는 고모부가 된다.

이인엽李寅燁__1656~1710

본관 경주慶州, 자 계장季章, 호 회와晦窩. 서인 계열의 인물로서, 1686년 문과에 급제
해 여러 관직을 거쳐 이조판서와 홍문관대제학에 올랐다. 1692년 전라우도암행어사
로 파견되어 윤이후가 함평현감 자리에서 물러나는 과정에 있어 부정적 영향을 미치
는데, 이에 대한 윤이후의 인상은「일민가」에서도 확인할 수 있다. 부친들 사이의 부
정적 인연과 달리 그 자식들인 윤두서와 이하곤은 친밀히 교유하였던 것으로 보인다.

이정목李庭睦__생몰년 미상, **이정집**李庭輯__1669~1724, **이정작**李庭綽__1678~1758 3형제

본관 전의全義. 윤이후의 처남 이만봉의 세 아들로서 윤이후에게는 처조카들이다. 이정집은 백부 이화봉 밑으로 출계하였다. 윤이후가 서울에 있을 때 여러 차례 찾아와 인사한 기록이 『지암일기』에 보인다. 윤이후는 처남인 이화봉과 이만봉이 일찍 죽어 처가의 가세가 기우는 것을 걱정하였는데, 후일 이정집과 이정작이 각각 1712년과 1714년 문과에 급제해 관직에 나아감으로써 가문을 다시 일으킨다.

이제억李濟億__1660~미상

본관 연안延安, 자 덕보德普. 1689년 진사시에 입격하였다. 1696년 송시열宋時烈의 도봉서원道峯書院 배향에 대한 상소의 소두疏頭로서 장흥에 유배되었다. 유배지에 있는 동안 윤이후와 교유하였다.

이진휴李震休__1657~1710

본관 여흥驪興, 자 백기伯起, 호 성재省齋. 『택리지』로 유명한 이중환李重煥의 아버지. 윤이후와는 양모쪽 외가로 8촌 친족 관계에 있다. 1682년 문과에 급제해 조정에 나아갔으며, 도승지, 충청도관찰사, 함경도관찰사, 예조참판 등 여러 관직을 역임하였다. 글씨에 능하였던 것으로 알려져 있으며, 윤이후와 교유하였던 것으로 확인된다.

이한조李漢朝__1669~미상

본관 전주全州, 자 중달仲達. 이현기李玄紀의 둘째 아들. 윤이후를 찾아오거나 만난 기록이 『지암일기』에 보인다.

이현기李玄紀__1647~1714

본관 전주全州, 자 원방元方, 호 졸재拙齋. 이수광李睟光의 증손이자 이동규李同揆의 아들. 윤이후의 넷째 아들 윤두서의 처남(첫째 부인). 윤이후와는 사돈 관계로서, 『지암일기』에서 주로 '이李 감사監司'로 호칭된다. 기사환국 이후 대사간, 대사성, 전라도관찰사, 경상도관찰사를 역임한 17세기 말 남인의 대표적 인물 가운데 한 명이다. 갑술환국 이후 고금도로 유배되었으며, 유배지에서 윤이후와 꾸준히 교유하였다.

이현석李玄錫__1647~1703

본관 전주全州, 자 하서夏瑞, 호 유재游齋. 이수광李睟光의 증손이자 이당규李堂揆의 아들. 이현기李玄紀와는 종형제 간. 『지암일기』에 여러 차례 언급되는 것으로 보아 윤이후와 교분이 있었던 것으로 짐작된다.

이현수李玄綏__1649~미상

본관 전주全州, 자 원리元履. 이수광李睟光의 증손이자 이동규李同揆의 아들, 이현기李玄紀의 아우이다. 윤이구의 딸과 결혼하여 윤이후에게는 조카사위가 된다. 1692년 광흥창주부, 1693년 선혜청낭청, 1694년 공조좌랑을 역임하였다. 1693년 10월 윤이후가 서울을 방문했을 때 만나고, 1694년 7월과 1695년 10월 형 이현기의 유배지인 고금도를 방문하면서 윤이후와 어울린 기록이 『지암일기』에 보인다.

이현일李玄逸__1627~1704

본관 재령載寧, 자 익승翼昇, 호 갈암葛庵. 산림에서 학문을 닦아 이황李滉의 학통을 계승하였다고 평가받는 영남학파嶺南學派의 거두로서, 대사헌, 우참찬, 이조판서 등에 제수된 17세기 말 남인을 대표하는 인물 가운데 한 명이다. 갑술환국 이후 유배에 처해져 여러 곳으로 이배되었으며, 1699년 방귀전리 되었다. 윤이후와 교유하였던 것으로 확인된다.

이현조李玄祚__1654~1710

본관 전주全州, 자 계상啓商, 호 경연당景淵堂. 이수광李睟光의 증손. 윤이후와 사돈 관계인 이현기李玄紀의 종제이자, 윤이후의 또 다른 사돈인 김귀만金龜萬의 사위. 기사환국 이후 승지, 대사간, 강원도관찰사 등을 역임하였다. 윤이후와 교유하였던 것으로 확인된다.

이형상李衡祥__1653~1733

본관 전주全州, 자 중옥仲玉, 호 병와瓶窩. 이형징李衡徵의 아우. 1680년 문과에 급제해 조정에 나아갔으며, 성주목사, 동래부사, 양주목사, 경주부윤, 제주목사 등 지방관으로 나아가 쌓은 치적이 뚜렷하다. 윤이후와 교유하였던 것으로 짐작된다.

이형징李衡徵__1651~미상

본관 전주全州. 이형상李衡祥의 형. 윤이후의 넷째 아들 윤두서의 장인(후처). 사돈 관계로서 윤이후와 꾸준히 교유하였던 것으로 보인다.

이화봉李華封__1627~1655
본관 전의全義, 자 요빈堯賓. 이만봉李萬封의 형. 윤이후의 처남. 1651년 문과에 급제하여 조정에 나아가 예조좌랑, 병조좌랑 등을 역임하였으며, 20대 후반의 나이로 요절하였다. 외조부 이필행李必行이 윤선도와 친밀히 교유하였던 관계로서, 해당 관계가 두 가문의 혼연에 영향을 미쳤던 것으로 보인다.

이화진李華鎭__1626~1696
본관 여주驪州, 자 자서子西, 호 묵졸재默拙齋. 1673년 문과에 급제하여 조정에 나아가 대사간, 대사헌 등의 중앙관직과 경흥부사, 광주목사 등의 지방관을 역임하였다. 서장관書狀官으로 두어 차례 청나라를 다녀오기도 하였다. 1691년 광주목사로 부임해 있으면서 윤이후와 교유한 흔적이 『지암일기』에 보인다.

이후번李后藩__미상~1698
본관 연안延安. 이상휴李相休의 아버지. 딸이 윤이후의 다섯째 며느리(윤광서의 처)로서 윤이후와는 사돈 관계이다. 서울 용산에 거주지를 두고 있었으며, 윤이후와 꾸준히 교유하였던 것으로 보인다.

일원一願__1685~1766
'윤덕희尹德熙' 항목 참고.

정광윤鄭光允__생몰년 미상
김삼달金三達, 황세휘黃世輝와 함께 윤이후를 빈번히 문안하며 지척에서 보좌하였던 인물. 후촌後村(현재의 해남군 옥천면 청신리)에 살았던 것으로 확인된다. 관청을 대상으로 한 심부름, 노비를 추쇄하는 일 등 윤이후는 중요한 성격의 일을 빈번하게 정광윤에게 맡겨 처리하였으며, 1699년 3월부터 5월까지 약 3개월간 정광윤이 전염병을 앓을 때 직접 식량을 챙겨주고 돌봐주는 등 두 사람 사이의 신뢰가 매우 두터웠던 것으로 보인다.

정담鄭儋__1617~1689
본관 동래東萊, 자 자임子任. 이덕형李德馨의 손녀사위. 윤이후의 생모쪽 외삼촌. 양성현감, 의성현령, 마전군수, 영월부사 등의 지방관을 역임하였다.

정동리鄭東里__1663~미상
본관 하동河東, 자 자윤子潤. 정여창鄭汝昌의 후손. 함양咸陽에 살다가 남원南原으로
이사한 것으로 확인된다. 1696년 문과에 급제하였으며, 1697년 해남 인근으로 유배
에 처한 남인 계열의 여러 권신權臣을 방문하던 와중에 윤이후를 찾아온 기록이 『지
암일기』에 보인다.

정사효鄭思孝__1665~1730
본관 온양溫陽, 자 자원子源. 정유악鄭維岳의 아들. 윤이후와 1689년 증광시 급제 동
기이다. 갑술환국으로 인해 진도로 유배에 처해졌던 아버지 정유악이 귀향한 1697
년 10월, 문과 중시에 급제하였다. 이후 여러 관직을 거치다 전라도관찰사로 재임하
던 1728년 병란에 연루되어 국문을 당하던 도중 사망하였다. 윤이후와 교유하였던
것으로 짐작된다.

정선명鄭善鳴__1636~1694
본관 진양晉陽, 자 성원聲遠. 윤이후의 벗. 1678년 문과에 급제하여 조정에 나아가 지
평, 정언, 장령 등의 관직을 역임하였다. 갑술환국이 일어나자 1689년 지평으로 재임
하던 당시 환국을 주도한 무리로 지목되어 경성鏡城으로 유배에 처해졌으며, 유배를
가던 도중 사망하였다. 윤이후가 함평현감으로 재임하던 당시 영광군수로서 친밀히
교유하였던 것으로 확인된다.

정유악鄭維岳__1632~미상
본관 온양溫陽, 자 길보吉甫, 호 구계癯溪·동촌東村. 윤이후와는 8촌 이성 친족. 기
사환국 이후 경기도관찰사, 도승지, 지의금부사 등의 관직을 역임하며 정국을 주도
한 당대 남인의 대표적 인물 가운데 한 명이다. 갑술환국으로 인해 진도에 유배되었
다가 1697년 해배되었으며, 1699년 사면되었다. 진도에 유배와 있으면서 윤이후와
꾸준히 교유하였다.

정조갑鄭祖甲__1648~미상
본관 진양晉陽, 자 주윤周胤. 청도현감, 옥천군수 등의 지방관을 역임하였다. 윤이후
와 1679년 사마시 입격 동기로서, 교유한 내용이 『지암일기』에서 확인된다.

중길仲吉__미상~1698

윤종서 소유의 노奴. 1697년 상전 윤종서(윤이후의 셋째 아들)가 죽고 이후 서울에서 먹고 살 방편을 마련하기가 힘들자 그로부터 1년 뒤 윤이후를 찾아온다. 그러나 윤이후 또한 데리고 있을 방책이 없어 서울로 올려 보낸다. 전염병으로 사망하였다.

지원至願__1684~1708

'윤덕상尹德相' 항목 참고.

차삼次三__생몰년 미상

윤이후 소유의 노奴. 마당금麻堂金, 을사乙巳, 신축辛丑과 함께 심부름을 전문적으로 도맡았던 노비. 마당금과 마찬가지로 서울, 개령 등지의 원거리 심부름을 주로 전담하였던 것으로 확인된다.

채제윤蔡悌胤__생몰년 미상

본관 평강平康. 채유후蔡裕後의 손자. 정조 때의 재상 번암 채제공蔡濟恭의 재종조부. 윤이후와 1689년 증광시 급제 동기인 채명윤蔡明胤, 채팽윤蔡彭胤과 종형제 간이다. 1696년 4월 발생한 '세자 저주 무고 사건' 당시 윤이후의 셋째 아들 윤종서와 함께 강오장이 올린 상소의 원흉으로 지목되어 진도로 유배에 처해졌다.

천일天一__생몰년 미상

윤이후 소유의 노奴. 귀현貴玄, 말질립唜立과 함께 윤이후의 생활에서 주로 건축을 도맡았던 노비. 말질립과 귀현보다 나이가 많고 상대적으로 경험이 더 풍부하였던 것으로 보인다.

천재영千載榮__생몰년 미상

강진 초곡草谷(현재의 강진군 작천면 갈동리 일원)에 살았던 맹인 점쟁이. 윤이후의 집을 꾸준히 방문하였으며, 윤이후는 그를 통해 여러 차례 점을 치기도 하였다. 녹우당 소장 고문서 가운데 '천자영千自榮'이라는 이름의 점쟁이가 확인되는데 동일인물로 짐작된다.

최태기崔泰基__생몰년 미상

본관 강화江華. 최성崔娍의 아들이자 최형기崔衡基의 형. 아버지 최성이 윤이후의 생모쪽 이모부로서, 윤이후에게는 이종형이 된다. 예빈시봉사, 조지별제, 황간현감 등을 역임하였다. 윤이후와 교유하였던 것으로 확인된다.

최형기崔衡基__1652~미상
본관 강화江華, 자 기경基卿. 최성崔晠의 아들이자 최태기崔泰基의 아우로서 윤이후에게는 이종 아우가 된다. 1681년 무과에 급제해 관직에 나아갔다. 1693년 5월부터 1695년 1월경까지 해남 현감으로 재임해 있으면서 윤이후와 교유하였다.

필원畢願__1699~1785
'윤덕소尹德釗' 항목 참고.

한종건韓宗建__1640~1707
본관 청주淸州, 자 원보元甫. 윤이후의 사돈 한종운의 형. 장악원 직장, 공조좌랑, 형조정랑 등의 중앙관직과 청도군수, 한산군수 등의 외직을 역임하였다. 윤이후와 꾸준히 교유하였던 것으로 확인된다.

한종규韓宗揆__생몰년 미상
본관 청주淸州, 자 택여宅汝. 한두상韓斗相의 아들로서 한종로의 아우이자, 한종운의 종제. 윤이구의 딸과 결혼하여 윤이후에게는 조카사위가 된다. 노량진에 집이 있었던 것으로 보이며, 윤이후가 서울을 방문하였을 때 어울린 것으로 확인된다.

한종로韓宗老__1650~미상
본관 청주淸州, 자 태수太叟. 한종규의 형이자, 한종운의 종제. 형조좌랑, 공조정랑, 호조정랑, 함열현감에 제수되었다. 윤이후와 교유하였던 것으로 확인된다.

한종운韓宗運__1645~미상
본관 청주淸州, 자 태중泰仲. 딸이 윤이후의 셋째 며느리(윤종서의 처)로서 윤이후와는 사돈 관계이다. 공조좌랑을 거쳐 함열현감, 은율현감, 단성현감 등의 외직을 역임하였다. 윤이후와 교유하였던 것으로 확인된다.

허지許墀__1646~미상
본관 양천陽川, 자 옥경玉卿. 허봉許篈의 증손. 1678년 문과에 급제해 조정에 나아가 장령, 지평, 정언, 승지, 황해도관찰사, 충청도관찰사 등의 관직을 역임하였다. 윤이후가 함평현감으로 부임한 1691년 비슷한 시기에 나주목사羅州牧使에 제수되어 인근 지역의 수령으로서 함께 어울리고, 윤이후가 해남으로 귀향한 이후에도 편지와 선물을 주고받는 등 친밀한 관계를 꾸준히 유지하였던 것으로 보인다.

홍만기洪萬紀__1650~미상
본관 풍산豊山, 자 여장汝張. 윤이후와 1689년 증광시 급제 동기이자, 종형 윤이석의 동서이다. 정언, 지평, 장령, 헌납, 우부승지 등의 중앙관직과 장성부사, 남양부사 등의 외직을 역임하였다. 윤이후와 교유하였던 것으로 보인다.

홍만조洪萬朝__1645~1725
본관 풍산豊山, 자 종지宗之, 호 만퇴晩退. 윤이후가 함평현감이었을 때 전라도관찰사로 부임해 있었다.

황세휘黃世輝__생몰년 미상
김삼달金三達, 정광윤鄭光胤과 함께 윤이후를 빈번히 문안하며 지척에서 보좌하였던 것으로 보이는 인물. 당산(堂山, 현재의 해남군 계곡면 당산리)에 살았던 것으로 확인된다. 1696년 별감別監이 되었다는 기록이 『지암일기』에 보인다.

황징黃徵__1635~1713
본관 상주尙州, 자 응삼應三, 호 대치大痴. 1662년 생원시에 입격하고 1669년 무과에 급제하여 관직에 나아갔다. 1680년 전라우수사에 오르지만 환국으로 인해 허견許堅의 옥사에 연루되어 파직된다. 기사환국 이후 황해도병마절도사, 형조참판, 공조참판, 어영대장, 포도대장에 오르지만 갑술환국으로 인해 장흥에 유배되었다가 이듬해(1695) 해배되었다. 윤이후와 교유하였던 것으로 짐작된다.

희원喜願__1697~1698
본관 해남海南. 아명이 희원喜願이다. 윤이후의 손자로서, 윤창서의 둘째 아들이다. 1697년 1월 14일에 태어나 1698년 4월 20일 만경풍慢驚風으로 사망하였다.

윤이후 가계 및 친족도(일기 등장인물 중심 발췌)

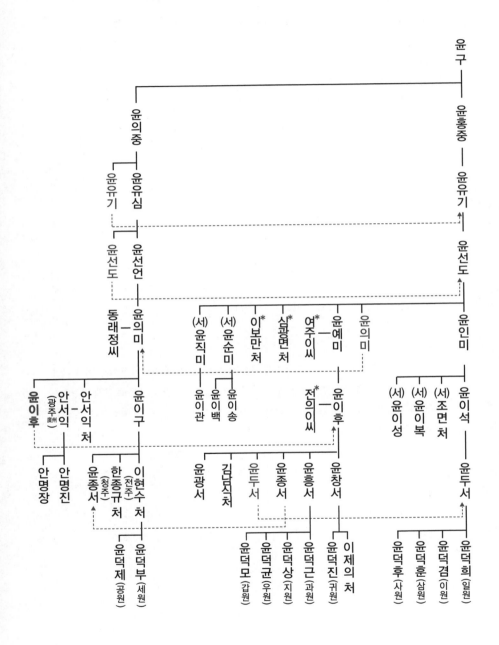

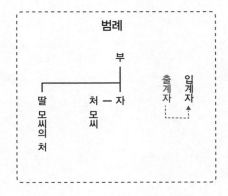

범례

부
딸 모씨의 처 · 처 모씨 · 자
출계자 · 입계자

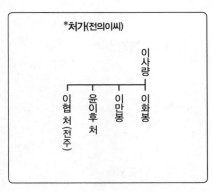

*처가(전의이씨)

이사량
이화봉 · 이만봉 처 · 윤이후 · 이협 처(전주)

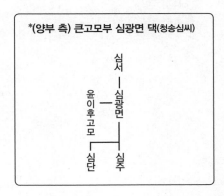

*(양부 측) 큰고모부 심광면 댁(청송심씨)

심서
심광면 · 윤이후고모
심웃 · 심단

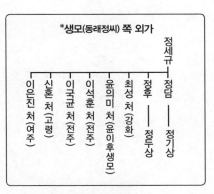

*생모(동래정씨) 쪽 외가

정세규
정담 · 정후 · 최성 처(강화) · 윤의미 처(윤이후생모) · 이석훈 처(전주) · 이극균 처(전주) · 신훈 처(고령) · 이은진 처(여주)
정기상 · 정두상

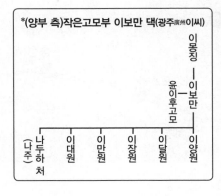

*(양부 측)작은고모부 이보만 댁(광주廣州이씨)

이몽징
이보만 · 윤이후고모
이양원 · 이달원 · 이장원 · 이만원 · 이대원 · 나두하 처(나주)

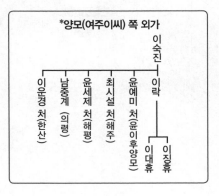

*양모(여주이씨) 쪽 외가

이숙진
이락 · 윤예미 처(윤이후양모) · 최시실 처(해주) · 윤세제 처(해평) · 남중계 (의령) · 이윤경 처(한산)
이징휴 · 이대휴

『지암일기』의 공간 정보–지도

1 해남 중앙권역

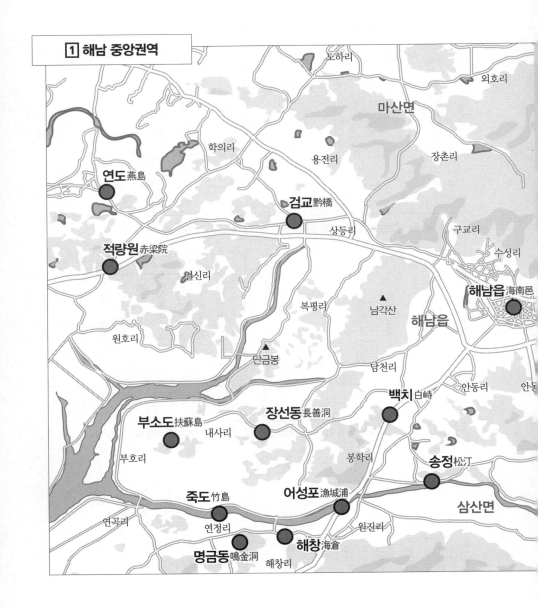

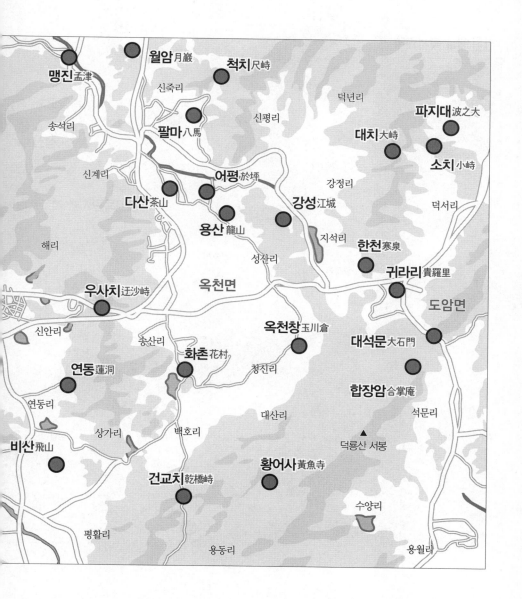

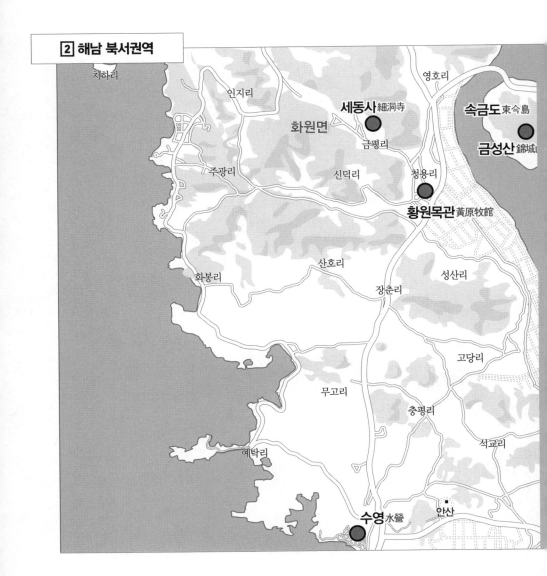

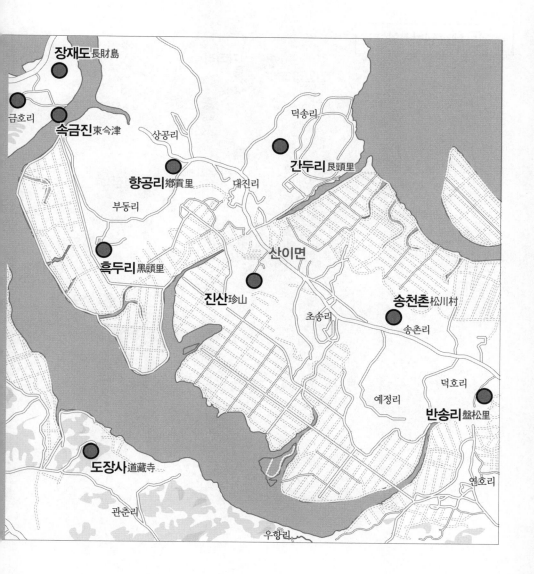

장재도 長財島

금호리

속금진 束今津

상공리

덕송리

간두리 艮頭里

향공리 鄉貢里

대진리

부동리

흑두리 黑頭里

산이면

진산 珍山

송천촌 松川村

초송리

송촌리

예정리

덕호리

반송리 盤松里

도장사 道藏寺

연호리

관촌리

우항리

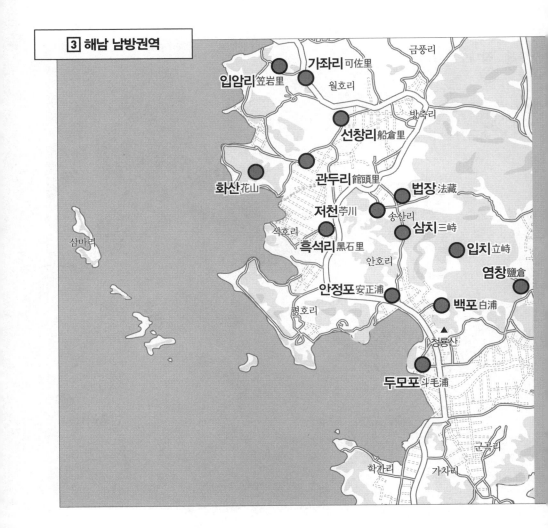

가좌리 可佐里

입암리 笠岩里

월호리

금풍리

방축리

선창리 船倉里

관두리 館頭里

화산 花山

법장 法藏

저천 苧川

송산리

삼치 三峙

석호리

흑석리 黑石里

입치 立峙

안호리

염창 鹽倉

삼마리

안정포 安正浦

백포 白浦

평호리

청룡산

두모포 斗毛浦

학간리

가차리

군곡리

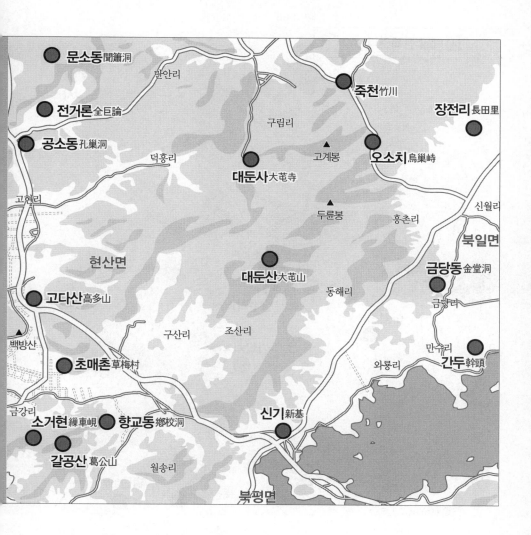

문소동 聞簫洞

만안리

죽천 竹川

장전리 長田里

전거론 全巨論

구림리

공소동 孔巢洞

덕흥리

고계봉

오소치 烏巢峙

신월리

고현리

대둔사 大芚寺

두륜봉

흥촌리

북일면

현산면

대둔산 大芚山

금당동 金堂洞

금망리

동해리

고다산 高多山

백방산

구산리

조산리

만수리

간두 幹頭

초매촌 草梅村

와룡리

금강리

소거현 繅車峴

향교동 鄕校洞

신기 新基

갈공산 葛公山

월송리

북평면

1229

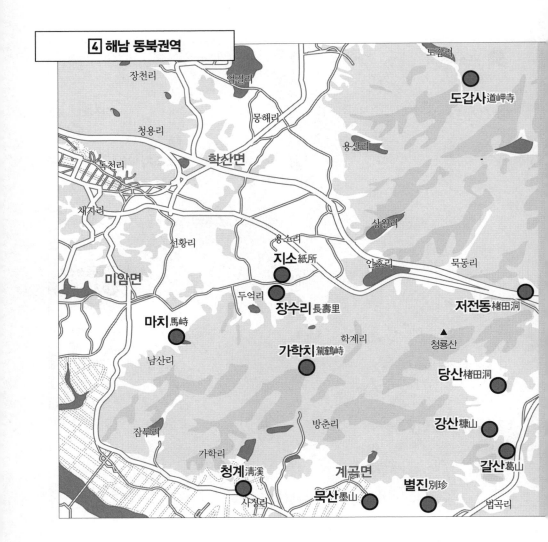

4 해남 동북권역

장천리
엄길리
몽해리
청용리
학산면
용산리
독천리
도갑사 道岬寺
토갑리
채지리
상월리
선황리
용소리
지소 紙所
안호리
묵동리
미암면
두억리
장수리 長壽里
저전동 楮田洞
마치 馬峙
학계리
청룡산 ▲
당산 楮田洞
가학치 駕鶴峙
남산리
방춘리
강산 糠山
잠두리
가학리
갈산 葛山
청계 淸溪
계곡면
별진 別珍
사정리
묵산 墨山
법곡리

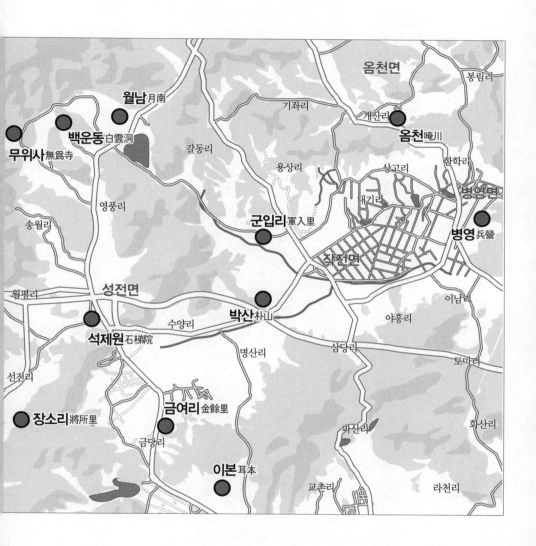

옴천면

봉림려

월남月南

기좌리

개산리

옴천唵川

백운동白雲洞

갈동리

한학리

상고리

병영면

무위사無爲寺

용상리

영풍리

내기리

병영兵營

송월리

군입리軍入里

작전면

월평리

성전면

이남려

수양리

박산朴山

야흥리

석제원石梯院

명산리

삼당리

토마려

선전리

장소리將所里

금여리金餘里

화산리

금당리

파산리

이본耳本

교촌리

라천리

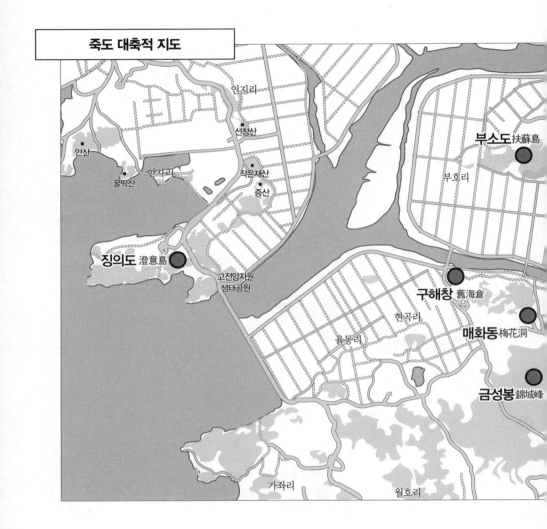

죽도 대축적 지도

인지리

선창산

안산

꿀떡산

한자리

작은재산

증산

징의도 澄意島

고전암자원
생태공원

부소도 扶蘇島

부호리

구해창 舊海倉

현곡리

율동리

매화동 梅花洞

금성봉 錦城峰

가좌리

월호리

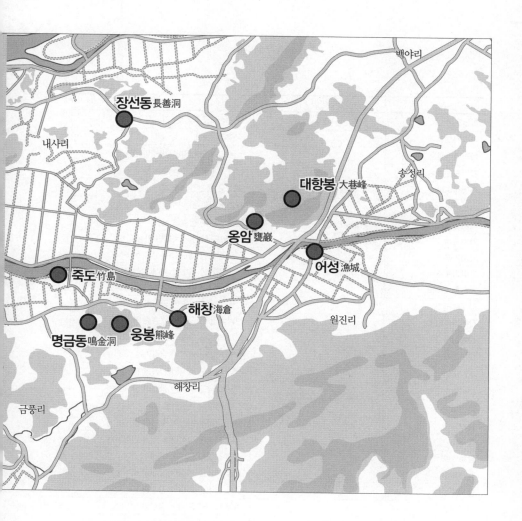

『지암일기』 공간 정보-현재 위치

지명	이칭	현위치
가단可丹		전남 진도군 의신면 가단길 44
가리사加利寺		(장흥에 위치)
가리역加里驛		전남 함평군 신광면 가덕리 159-10
가리포加里浦		전남 완도군 완도읍 주도길 3-1
가염실可厭室		(괴산군 청천면에 위치)
가좌리可佐里		전남 해남군 화산면 고천암로 410
가지도可枝島	가지굴可枝窟	전남 영암군 삼호읍 용당리 2173
가치可峙	가성마을	전라남도 해남군 옥천면 가성길 64
가치2可峙		전남 강진군 대구면 용운리 산 19
가학치駕鶴峙	가라치加羅峙	전남 영암군 학산면 학계리 산 94-1
가허루駕虛樓		전남 해남군 삼산면 대흥사길 400
간두幹頭		전남 해남군 북일면 금당리 산 78
간두리艮頭里		전남 해남군 산이면 덕송리 31
갈공산葛公山		전남 해남군 송지면 해원리 산 66-2
갈두葛頭		전남 해남군 송지면 땅끝마을길 55
갈산葛山		전남 해남군 계곡면 법곡리 198
갈산당葛山堂		전남 해남군 송지면 송호리 산 43-3
갈원葛院		경기 평택시 원칠원길 59
갈치꽃峙	가치駕峙	전남 해남군 삼산면 상가리 산 59
감치坎峙		경남 고성군 고성읍 이당리 산 301-1
강릉江陵		강원 강릉시 성내동 27-1
강산糠山		전남 해남군 계곡면 강절리 651-2
강성江城		전남 강진군 도암면 강성길 10
강성천江城川		전남 강진군 도암면 강성길 10
강정점江亭店		전남 해남군 삼산면 대흥사길 88-11
강진 동문康津 東門		전남 강진군 강진읍 동성리 428-1
강진 박산康津 朴山		전남 강진군 작천면 박산1길 37
강진康津	금릉金陵	전남 강진군 강진읍 탐진로 111
개령開寧		경북 김천시 개령면 서부3길 107

거제 고현巨濟 古縣		경남 거제시 계룡로 125
거제 둔덕리巨濟 屯德里		경남 거제시 둔덕면 거림리 293
건교치乾橋峙	건드리재	전남 해남군 옥천면 용동리 602-3
건원릉健元陵		경기 구리시 인창동 66-10
검교黔橋	검교檢橋, 검아교黔兒橋	전남 해남군 마산면 명량로 2603
격포格浦		전북 부안군 변산면 격상리 4-4
견내나루見乃渡		경남 통영시 용남면 견유1길 195
결성結城		충남 홍성군 결성면 읍내리 279-3
경상좌병영慶尙左兵營		울산 중구 병영성13길 2
경성鏡城		함경북도 경성군
경안慶安		경기 광주시 중앙로 125
경천敬天		충남 공주시 계룡면 성밑길 52
경천역敬天驛		충남 공주시 계룡면 경천리 423-1
경희궁慶熙宮	신문내대궐新門內大闕	서울 종로구 새문안로 45
고금도 건천리 古今島 乾川里		전남 완도군 고금면 청용1길 48
고금도 남진古今島南津		전남 완도군 고금면 고금로 2-36
고금도 북진古今島北津		전남 완도군 고금면 가교리 130
고금도진古今島鎭		전남 완도군 고금면 덕동리 255
고다산高多山		전남 해남군 현산면 읍호리 성매산 일대
고막원古幕院		전남 함평군 학교면 고막천로 643-16
고부古阜		전북 정읍시 고부면 영주로 542-12
고성향교固城鄕校		경남 고성군 고성읍 교사3길 41
고읍촌古邑村	수양리秀陽里	전남 강진군 성전면 동령길 24
고장성古長城		전남 장성군 북일면 신흥로 574
고창高敞		전북 고창군 고창읍 모양성로 1
고통영古統營		경남 거제시 동부면 가배리 산17-1
고현리古縣里	본해남本海南	전남 해남군 현산면 고현길 41
곡성谷城		전남 곡성군 곡성읍 군청로 50
곤양昆陽		경남 사천시 곤양면 성내공원길 11
곤일도昆一道		전남 영암군 미암면 미중로 39
골약면骨若面		전남 광양시 지동길 139
공소동孔巢洞		전남 해남군 현산면 고산로 1455
공주公州		충남 공주시 관광단지길 30-8
과천현果川縣		경기 과천시 관문로 136
관두리館頭里		전남 해남군 화산면 관동리 571
관두산館頭山		전남 해남군 화산면 관동리 산 79-1
관왕묘關王廟		전남 완도군 고금면 충무사길 86-31
관음사觀音寺		(강진군 신전면에 위치)
광암廣巖		(해남군 해남읍 연동리에 위치)

광양 동문光陽東門		전남 광양시 광양읍 읍성길 159
광탄廣灘	영산강	전남 나주시 금천면 원곡리 995
광평리廣坪里	섬진강 강변촌	경남 하동군 하동읍 송림3길 8
광호산리廣虎山里	광호촌廣虎村	광주 광산구 내동송동길 9-54
괴산槐山		충북 괴산군 괴산읍 읍내로2길 65-20
교인점동敎人店洞		(해남군 송지면에 위치)
교진橋津	교포橋浦	전남 강진군 강진읍 도원길 28
구득비리求得非里	구등, 구림鳩林	전남 해남군 화원면 구림리 802
구로촌舊路村		전남 강진군 칠량면 구로길 80
구림鳩林		전남 영암군 군서면 서호정길 5
구유개槽浦	구세들	전남 완도군 고금면 세동리 1321-10
구치鳩峙		전남 해남군 삼산면 구림리 산 34-4
구해창舊海倉		전남 해남군 화산면 연곡리 343
구현狗峴	개현	전남 해남군 송지면 개현길 30
구화역仇火驛		경남 통영시 광도면 노산길 115
국사암國師巖		전남 영암군 군서면 서구림리 383-4
군입리軍入里		전남 강진군 작천면 군자2길 42
굴치屈峙		전남 순천시 낙안면 교촌리 산 4-17
굴포窟浦	굴장窟庄	전남 진도군 임회면 굴포길 38
궁원弓院		충남 공주시 정안면 활원길 25
귀라리貴羅里		전남 강진군 도암면 귀라1길 29
금구金溝		전북 김제시 금구면 금구로 44
금당동金堂洞		전남 해남군 북일면 금당리 390-1
금사리고개金沙里古介		경남 거제시 사등면 사곡리 산 103-17
금성봉錦城峰	금성산錦城山	전남 해남군 화산면 연정리 산 58-2
금성산2錦城山		전남 해남군 산이면 금호리 산 82
금쇄동金鎖洞		전남 해남군 현산면 구시리 산181
금안동金鞍洞	금안리金安里	전남 나주시 노안면 금안길 45
금여리金餘里	금여金餘, 금여촌金興村, 금여金興	전남 강진군 성전면 금당길 36-14
금천錦川		전남 강진군 군동면 용소리 415-7
기탄歧灘		서울 금천구 가산동 707
나주 객사羅州客舍	금성관錦城館	전남 나주시 금성관길 8
나주 북문羅州北門		전남 나주시 북망문길 31
나주 북창羅州北倉		광주 광산구 산수동 457-1
낙안 내동樂安內洞	낙안내곡樂安內谷	전남 순천시 낙안면 내동2길 41-1
낙안樂安		전남 순천시 낙안면 서내리 89-1
남각산南角山		전남 해남군 해남읍 복평리 산 36
남도南桃		전남 진도군 임회면 남동리 226
남도산南桃山	남도중산南桃中山	전남 진도군 임회면 연동리 산 175
남리촌南利村		전남 해남군 황산면 남리리 269

남벌은南伐隱	남발원南發元, 남벌원南伐院	경기 용인시 처인구 양지면 남곡로105번길 40
남소동南小洞		서울 중구 장충동2가 192-5
남양南陽		경기 화성시 남양읍 남양리 651-1
남평南平		전남 나주시 남평읍 남평3로 14-13
내운암內雲庵		전남 강진군 성전면 무위사로 308
내장사內藏寺		전북 정읍시 내장산로 1253
노령蘆嶺		전남 장성군 북이면 원덕리 산 44
노아도露兒島	노화도蘆花島	전남 완도군 노화읍 구석리 산 228-3
노원蘆原		서울 노원구 노해로 437
노하리路下里		전남 해남군 화산면 월호리 9-14
노호露湖	노량露梁	서울 동작구 장승배기로 161
녹산면彔山面		전남 해남군 삼산면 신기큰길 7
녹산역彔山驛		전남 해남군 해남읍 신안리 138-1
논정論亭		전남 강진군 신전면 벌정리 144-2
농어바위鱸魚岩		전남 강진군 도암면 해안관광로 1325
누리재婁里峙		경남 하동군 횡천면 애치리 160
누리치厓利峙	황치黃峙, 누릿재	전남 영암군 영암읍 개신리 산 135
능주綾州		전남 화순군 능주면 죽수길 73
니산尼山		충남 논산시 노성면 노성로585번길 12-8
다경多慶		전남 무안군 운남면 원성내길 109-4
다기소多岐所		전남 해남군 화산면 대지큰길 59
다로악지多路樂只		경기 양평군 양평읍 양근로 33
다사치多沙峙		전남 보성군 벌교읍 징광리 산 187-1
다산茶山		전남 해남군 옥천면 다산길 106
단수리丹樹里		경기 여주시 단현길 14
단암역丹巖驛	청암역靑巖驛	전남 장성군 장성읍 용강리 171-1
달마산達摩山		전남 해남군 송지면 서정리 산 303-2
답답고개沓沓古介		경남 거제시 거제면 내간리 산 44-1
당당곶唐串	당당구지	전남 무안군 해제면 현해로 1230-23
당동唐洞	땅골	전남 강진군 칠량면 삼흥리 766
당산堂山		전남 해남군 계곡면 당산리 355-1
당포리唐浦里		전남 해남군 화원면 당포길 20
대구大邱		전남 강진군 대구면 수동길 18
대둔동大芚洞	장춘동長春洞	전남 해남군 삼산면 구림리 산 18-3
대둔사大芚寺	대흥사	전남 해남군 삼산면 대흥사길 400
대둔산大芚山	대둔산 기봉大芚山 岐峯	전남 해남군 현산면 황산리 산 1-16
대박산大朴山		전남 무안군 운남면 성내리 산 76-7
대산大山		전남 해남군 옥천면 대산길 70
대석문大石門		전남 강진군 도암면 석문리 산 80-4
대소리大所里		전남 해남군 화산면 대지길 4

대정大靜		제주 서귀포시 대정읍 추사로55번길 6-1
대정동大貞洞		서울 중구 정동길 21-18
대치大峙		전남 강진군 도암면 덕년리 산 90
대평大坪		전남 해남군 삼산면 신활길 23
대항동大巷洞		전남 해남군 삼산면 금산큰길 33
대항봉大巷峰	대항산大巷山	전남 해남군 삼산면 봉학리 산 33-31
덕음암德音巖		전남 해남군 옥천면 송산리 산 25-1
덕정동德井洞		전남 강진군 도암면 강성길 77
덕정리德井里		전남 해남군 계곡면 덕정길 14
덕진리德津里	덕진교德津橋	전남 영암군 덕진면 예항로 1731
덕평德坪	덕평점	충남 천안시 동남구 광덕면 광덕로 534
덕포德浦		전남 영암군 삼호읍 공항로 23
도갑사道岬寺		전남 영암군 군서면 도갑사로 306
도봉서원道峰書院		서울 도봉구 도봉산길 90
도장사道藏寺		전남 해남군 황산면 내산길 143
도장산道藏山		전남 해남군 황산면 관춘리 산 43
도진都津		전남 해남군 화원면 월호리 774-7
독평禿坪	독음禿音	전남 해남군 산이면 비석길 102
동래부東萊府		부산 동래구 명륜로112번길 61
동복同福		전남 화순군 동복면 오지호로 300
동쌍동東雙洞	동서암東西岩	충남 계룡시 서금암로 51-9
동작진銅雀津		서울 동작구 동작대로 335
두륜산頭輪山		전남 해남군 북일면 흥촌리
두모동頭毛洞		전남 해남군 화산면 해창리 630-1
두모포斗毛浦		전남 해남군 현산면 두모길 40
두미豆尾	두물머리	경기 양평군 양서면 두물머리길 103-3
두미치斗尾峙		전남 보성군 보성읍 대야리 산 101-1
둔둔점屯屯店		전남 강진군 칠량면 둔두리屯頭里
마고동麻姑洞	마고리麻姑里, 마구동馬廐洞	전남 해남군 옥천면 마고길 32-1
마늘산蒜山	말뫼봉	전남 해남군 해남읍 연동리 산 72
마도馬島		전남 강진군 마량면 마량리 988-5
마도진馬島津		전남 강진군 마량면 미항로 189
마산사馬山寺		전남 강진군 도암면 강정리에 위치
마전치馬轉峙	멍에재	전남 해남군 송지면 통호리 산 30
마치馬峙		전남 영암군 미암면 마봉길 72-1
마포면馬浦面		전남 해남군 마산면 마산로 445
막도莫島	토막도土莫島	전남 신안군 비금면 광대리 산 2
만덕리萬德里		전남 강진군 도암면 만덕리 316
만덕사萬德寺	백련사白蓮寺	전남 강진군 도암면 만덕 246
만덕산萬德山		전남 강진군 도암면 만덕리 산 55

만수치萬水峙		전남 장흥군 장동면 하산리 산 1–2
망림촌望林村		경남 고성군 상리면 망림리 712–7
망우리忘憂里		서울 중랑구 송림길 114
매화동梅花洞		전남 해남군 화산면 신풍길 25
맹교1盲橋1		전남 해남군 마산면 노하리 691–2
맹교2盲橋2		서울 중구 청계천로 184
맹진孟津	맹진교孟津橋, 맹진촌孟津村	전남 해남군 마산면 맹진길 45
면천沔川		충남 당진시 면천면 성상리 930–1
멸치蔑峙	밀재	전남 영광군 묘량면 연암리 612–1
명고서원촌明皐書院村		경기 화성시 매송면 매송북길 25–5
명금동鳴金洞		전남 해남군 화산면 명금길 17
명동明洞		서울 중구 퇴계로20길 3
모라구미毛羅仇味	사구미沙口味	전남 해남군 송지면 사구미길 110
모산茅山		전남 영암군 신북면 모산구만동길 26–5
목천木川		충남 천안시 동남구 목천읍 서리1길 41–7
묘당산廟堂山		전남 완도군 고금면 덕동리 산 75
무극역無極驛		경기 이천시 장호원읍 서동대로 8844–6
무위사無爲寺		전남 강진군 성전면 무위사로 308
무이천武夷川	무이리武夷里	전남 해남군 계곡면 무이길 105
무장茂長		전북 고창군 무장면 성내리 149–1
묵동墨洞		서울 중구 서애로1길 34
묵산墨山		전남 해남군 계곡면 대운길 69
문소동聞簫洞		전남 해남군 현산면 구시리 산183–7
문촌文村		전남 해남군 옥천면 문촌길 29
문치蚊峙		전남 광양시 진월면 월길리 산 114
미음渼陰		경기 남양주시 수석동 369–1
미장동美墻洞		서울 중구 을지로 35
미초치美草峙		전남 해남군 현산면 만안리 183–3
미황사尾黃寺		전남 해남군 송지면 미황사길 164
박곡朴谷		전남 보성군 득량면 송곡리 913–1
반계礌溪	반계潘溪	전남 해남군 계곡면 반계길 33
반남潘南		전남 나주시 반남면 자미로 6
반송리盤松里		전남 해남군 산이면 반송길 75
방축리防築里		전남 해남군 화산면 송평로 23
백도면白道面		전남 강진군 신전면 신전중앙길 21
백사정白沙亭		전남 해남군 해남읍 연동길 19–1
백석촌白石村	백석포白石浦	충남 아산시 영인면 백석포길 47
백암동白岩洞		전남 장성군 북이면 백암리 301–6
백야지白也只		전남 해남군 현산면 백포리 1429 일대
백여대평百餘代坪		전남 영암군 영암읍 망호리 송평리 일대

백운동白雲洞		전남 강진군 성전면 월하안운길 100-63
백치白峙		전남 해남군 해남읍 백야길 36
백포白浦		전남 해남군 현산면 백포길 122
법성法聖		전남 영광군 법성면 진굴비길 68-1
법장法藏		전남 해남군 화산면 송산리 1041-3
벽사역碧沙驛		전남 장흥군 장흥읍 원도3길 1
벽파정碧波亭		전남 진도군 고군면 벽파길 90
별진別珍	별진역別珍驛	전남 해남군 계곡면 성진길 40
병영兵營		전남 강진군 병영면 병영성로 175
병치瓶峙	호현壺峴	전남 강진군 도암면 지석리 598-2
보석洑石		전남 해남군 해남읍 복평길 2
보암寶岩	보암寶巖	전남 강진군 도암면 항촌리 산 126-1
복도伏島		전남 강진군 신전면 사초리 산 102
봉계역鳳溪驛		경남 사천시 곤명면 봉계리 504
봉계원鳳溪院		경남 사천시 곤명면 원전1길 42
봉대암鳳臺庵		전남 해남군 화원면 매월리 산 106-1
봉수산烽燧山	봉대산	전남 강진군 마량면 마량리 산41
봉저리峰底里		전남 해남군 화산면 봉저길 28
봉현蜂峴		전남 강진군 도암면 지석마을길 20-2
부곡釜谷	가마구미	전남 완도군 고금면 가교86번길 14
부소도扶蘇島	부소도扶疏島	전남 해남군 해남읍 내사길 656
부소원夫所院	불수원不愁院	전남 영암군 신북면 이천리 753-1
북고개北古介		전남 해남군 해남읍 신안리 산 66-1
북송정北松亭		전남 영암군 군서면 죽정서원길 13-15
북창北倉		광주 광산구 산수동 457-1
북청北靑		함경남도 북청
북평면北坪面		전남 해남군 북평면 달량진길 8
불갑사佛甲寺		전남 영광군 불갑면 불갑사로 450
불치佛峙	불현佛峴	전남 해남군 현산면 월송리 산 43
비곡면比谷面		전남 해남군 계곡면 당산리 1269-9
비산飛山	비악飛岳	전남 해남군 삼산면 항리길 47-52
사근천沙斤川	사근참肆勤站	경기 의왕시 고천동 296-1
사기점沙器店	사기소沙器所	전남 해남군 해남읍 읍관동길 102
사정射亭		전남 강진군 신전면 논정리
산방사山房寺	산방사山方寺	경남 거제시 둔덕면 산방산길 197
산정山亭		전남 해남군 송지면 산정리 768-4
산포이도면山浦二道面		전남 해남군 산이면 비석길 102
산포일도면山浦一道面		전남 해남군 마산면 상등길 40-1
삼거리원三巨里院		경남 고성군 상리면 척번정7길 64
삼거리촌三巨里村		경남 사천시 곤명면 곤명1로 99

삼례역參禮驛		전북 완주군 삼례읍 삼례리 1074
삼수三水		함경남도 삼수군 삼수면(량강도 김정숙군)
삼인각三寅閣		전남 해남군 현산면 백포길 122
삼인동三仁洞		전남 강진군 신전면 삼인길 99
삼지원三枝院	삼호원三湖院	전남 해남군 황산면 옥동리 305-6번지
삼촌면三寸面		전남 해남군 삼산면 창리 578
삼치三峙	서잿재	전남 해남군 화산면 송산리 248
상둔덕上屯德		경남 거제시 둔덕면 상둔리 236-1
상록산上彔山		전남 해남군 삼산면 상가길 44
상산霜山		전남 장흥군 장동면 반산리 339
새곡재	새옥재	전남 강진군 도암면 봉황리 산 50-1
서두촌鼠頭村		전남 강진군 군동면 금강리 313-2
서안도鋤安島	소안도所安島	전남 완도군 소안면 비자2길 38-3
서학동西學洞		서울 중구 태평로1가 61
석고개촌石古介村	석현리石峴里	전남 진도군 고군면 석현길 67-2
석교촌石橋村	석교리石橋里	전남 강진군 군동면 석교리 230-3
석문石門	석문리石門里	전남 강진군 도암면 석천길 2-1
석전리石田里		전남 해남군 화산면 석전길 8-1
석제원石梯院	석지원石池院	전남 강진군 성전면 예향로 11-6
석천동石川洞		(전남 해남군 현산면에 위치)
석포石浦		전남 영암군 학산면 석포길 50
선원산善元山	선은산	전남 해남군 화산면 방축리 산 86
선창리船倉里	선창리仙昌里	전남 해남군 화산면 선창길 9
섬거역蟾渠驛		전남 광양시 진상면 섬거2길 6
성불사成佛寺		전남 광양시 봉강면 성불로 1150-183
성치城峙		경남 거제시 사등면 오량리 산 39
성환成歡	성환역成歡驛	충남 천안시 서북구 성환읍 성환13길 7
세동사細洞寺	서동사瑞洞寺	전남 해남군 화원면 절골길 244
소거현繰車峴		전남 해남군 송지면 해원리 산 49-1
소리산疎離山		전남 해남군 황산면 부곡리 산 121
소석문小石門		전남 강진군 도암면 석문리 산 92-4
소안도所安島		전남 완도군 소안면 비자2길 38-3
소치小峙		전남 강진군 강진읍 영파리 산 175
속계교束溪橋	송계교松溪橋	서울 중랑구 상봉동 474-26
속금도束今島		전남 해남군 산이면 금호리 495-1
속금진束今津	속금 나루	전남 해남군 산이면 금호리 산 146-5
속금진2束今津	속금 나루2	전남 해남군 산이면 금호리 90-6
손곡암孫谷庵		전남 해남군 계곡면 성진리 고제봉 인근
솔고개松乙古介		경남 통영시 광도면 죽림리 산 51-18
송광사松廣寺		전북 완주군 소양면 송광수만로 255-16

송산松山	송산리松山里	전남 해남군 옥천면 송산길 43-5
송정松汀		전남 해남군 삼산면 송정리 205
송정리松亭里		전남 진도군 의신면 의신송정길 10
송지면松旨面		전남 해남군 송지면 산정1길 96
송천松川		전남 강진군 신전면 운주로 359-1
송천촌松川村		전남 해남군 산이면 송천길 63-4
송치松峙	솔재	전남 광양시 중군동 산 128-12
송호松湖		전남 해남군 황산면 송호리 1229-3
수달치水達峙	수달치數達峙	전남 광양시 진상면 금이리 산 102-9
수도암修道庵		전남 강진군 도암면 만덕리 산 55-3
수영水營	전라우수영	전남 해남군 문내면 동헌길 33-6
수정동水晶洞		전남 해남군 현산면 만안리 산 1
수정사水淨寺	수청사水淸寺	전남 강진군 칠량면 삼흥공원길 178-54
승부리承富里		전북 정읍시 북면 원승부2길 5
신기新基		전남 해남군 북평면 천태산길 37
신리新里		전남 강진군 신전면 백용신리길 27-8
신리2新里		(전남 해남군 화산면에 위치)
신원新院	신안역新安驛	전남 나주시 왕곡면 신원리 440-13
신지도新智島	지도智島	전남 완도군 신지면 대곡리 704
신지진薪智鎭	신지도薪智島 만호진萬戶鎭	전남 완도군 신지면 송곡리 759
신포新浦		전남 해남군 옥천면 내동리길 11-1
심적암深寂菴		경남 산청군 산청읍 웅석봉로 495
쌍교雙橋		전남 해남군 옥천면 월평길 13
쌍리동雙里洞		서울 중구 동호로 330
아산芽山		전남 영암군 삼호읍 용당리 산 8-10
아촌鵝村	아호鵝湖	전남 해남군 옥천면 용산리 460-3
안정동安靜洞		전남 강진군 성전면 월하안운길 100-14
안정포安正浦		전남 해남군 화산면 안정길 33
안주면安住面		전남 강진군 성전면 월하리 1425-4
안치鴈峙		전남 보성군 득량면 삼정리 1069
안현鞍峴		경기 시흥시 안현동 101-7
안흥동安興洞	영흥리永興里	전남 해남군 현산면 구시리 480
암태도岩太島		전남 신안군 암태면 장단고길 7-53
압해도押海島		전남 신안군 압해읍 압해로 882
양근楊根	양강楊江	경기 양평군 양평읍 군청앞길 2
양율역良栗驛		전남 순천시 교량연동길 21-24
양주楊州		경기 양주시 부흥로1399번길 15
양지陽智	양지현陽智縣	경기 용인시 처인구 양지면 향교11번길 3
양하포襄荷浦	양하포良下浦	전남 해남군 북평면 남전길 53
어란於蘭		전남 해남군 송지면 어란2길 14-2

어산語山		전남 장흥군 용산면 어산운주길 30-10
어성漁城	어성교漁城橋, 어성포漁城浦	전남 해남군 삼산면 해남화산로 467
어운동於運洞		(전남 해남군 북일면 금당리에 위치)
어초은묘漁樵隱墓		전남 해남군 해남읍 연동리 산 27-1
어평於坪	엇들	전남 해남군 옥천면 월평리 578-38
엄길嚴吉		전남 영암군 서호면 길촌길 60
여산礪山		전북 익산시 여산면 동헌길 13
역송리驛松里	역송촌驛松村	전남 강진군 칠량면 만복길 55
연구燕丘		전남 해남군 마산면 연구 283-2
연도燕島	연호리燕湖里	전남 해남군 황산면 연호길 10-8
연동蓮洞	백련동白蓮洞	전남 해남군 해남읍 녹우당길 135
연산連山		충남 논산시 연산면 황산벌로 1528-7
연일延日		경북 포항시 남구 대송면 남성안길 10
열가치悅可峙		전남 보성군 벌교읍 옥전리 산 155-2
염소리鹽所里		전남 영암군 삼호읍 대불로 93
염창鹽倉	읍호리	전남 해남군 현산면 읍호길 25
염초교鹽硝橋	염초교焰硝橋	서울 중구 동호로37길 21
영남감영嶺南監營		대구 중구 경상감영길 99
영등진永登鎭		경남 거제시 둔덕면 거제남서로 5127
영릉寧陵		경기 여주시 능서면 왕대리 산 83-1
영보永保		전남 영암군 덕진면 영보리 153-1
영산포榮山浦		전남 나주시 예향로 3872
영신리永新里	영신천永新川, 영신평永新坪	전남 해남군 옥천면 영신길 5
영암 남문嶺巖南門		전남 영암군 영암읍 남문로 30
영암 동문嶺巖東門		전남 영암군 영암읍 중앙로 52
영암 서문嶺巖西門		전남 영암군 영암읍 서남역로 2
영암 서창靈巖西倉		전남 영암군 삼호읍 대보둑로 147-12
영암靈巖	낭읍朗邑	전남 영암군 영암읍 군청로 1
영촌鸞村		전남 강진군 병영면 성동리
오교午橋	마전교馬廛橋, 태평교太平橋, 창선방교彰善坊橋	서울 중구 방산동 소재
오리동烏里洞	오류동五柳洞	전남 해남군 계곡면 오류골길 176
오리촌五里村	오류리五柳里	전남 진도군 고군면 고군오류길 46-4
오소음치산烏素音峙山	오소음산烏素音山, 오소치烏素峙	전남 해남군 북일면 운전리 산 100
오소치烏巢峙	오소재	전남 해남군 북일면 흥촌리 산 117-14
오자동蜈觜洞		전남 장성군 장성읍 하오길 15-1
옥곡원玉谷院		전남 광양시 옥곡면 원적길 38
옥과玉果		전남 곡성군 옥과면 대학로 139-2
옥룡동玉龍洞		전남 광양시 옥룡면 도선길 144-6

옥룡사玉龍寺		전남 광양시 옥룡면 백계1길 71
옥천면玉泉面		전남 해남군 옥천면 해강로 5
옥천사玉泉寺		전남 완도군 고금면 충무사길 86-31
옥천창玉泉倉		전남 해남군 옥천면 옥천로 546-8
옥포진玉浦鎭	옥포玉浦	경남 거제시 옥포동 옥포성안로 48
올목兀木		충남 논산시 연무읍 연은로400번길 46
옴천唵川	엄천	전남 강진군 옴천면 개산중앙길 22
옹암甕巖		전남 해남군 삼산면 옹암길 17
옹점甕店		전남 강진군 칠량면 삼흥리 44
왕십리王十里		서울 성동구 행당동 192-3
외도外島		전남 영암군 삼호읍 나불외도로 157
외치外峙		전남 함평군 월야면 외치리 산 114-10
요월당邀月堂		전남 영암군 군서면 서구림리
용계면龍溪面		전남 장흥군 부산면 호계남길 21
용당리龍塘里		전남 영암군 삼호읍 용당로 308
용두리龍頭里		전남 해남군 삼산면 용두길 40
용문사龍門寺		경기 양평군 용문면 용문산로 782
용반동龍盤洞		전남 해남군 삼산면 수림길 10-3
용산龍山		서울 용산구 한강대로23길 55
용산리龍山里	용산龍山	전남 해남군 옥천면 용산리 389-2
용산서당龍山書堂		전남 해남군 옥천면 용산리에 위치
용지龍池	용지평龍池坪	전남 해남군 계곡면 용지길 84
용천동龍泉洞		전남 해남군 옥천면 용정리길 139-5
용천사龍泉寺		전남 함평군 해보면 용천사길 209
용흥동龍興洞		전남 나주시 노안면 용암길 77
우리골右里谷		경남 하동군 적량면 공월길 29
우사치迂沙峙	우슬치	전남 해남군 해남읍 해리 산 15-3
우이도牛耳島		전남 신안군 도초면 우이진리길 34-5
우치牛峙		경남 하동군 적량면 동산리 1658-4
운주당運籌堂		전남 완도군 고금면 세동길 101
운주동雲住洞		전남 강진군 신전면 용월리 72
웅봉熊峰		전남 해남군 화산면 해창리 산 77
월계月溪		경기 양평군 양서면 신원리 831-6
월곶月串	월진月津	전남 강진군 도암면 월곶로 469
월남月南		전남 강진군 성전면 월남리 958
월암月岩	월암月巖	전남 해남군 계곡면 월암길 134
월오동月梧洞	월곡月谷	전남 순천시 덕월동 1044-2
월천月川	월천산月川山	경기 성남시 수정구 금토동 산 35
위봉산威鳳山		전남 해남군 현산면 구시리 산 184

유치有恥	유치면有治面	전남 장흥군 유치면 유치로 22
율동栗洞	밤골	전남 해남군 화산면 율동길 1
율치栗峙	밤토	전남 해남군 현산면 덕흥리 산 16
은소면銀所面		전남 해남군 송지면 금강리 1314-9
은율殷栗		황해남도 북서부
은적사隱迹寺	은적사隱跡寺, 은적암隱跡庵	전남 해남군 마산면 은적사길 404
음죽陰竹		경기 이천시 장호원읍 경충대로519번길 236
응봉鷹峰		전남 해남군 해남읍 신안리 산 70
의신리義信里		전남 진도군 의신면 돈지1길 56-5
이본耳本	이본리耳本里	전남 강진군 강진읍 송덕길 105-7
이진梨津	이진창梨津倉	전남 해남군 북평면 이진리 405-2
이현궁梨峴宮		서울 종로구 창경궁로 112-7
인덕지仁德池		전남 나주시 성북2길 6
임피臨陂		전북 군산시 임피면 동헌길 38
입암리笠岩里		전남 해남군 화산면 가좌길 122
입점동笠店洞	입점촌笠店村	전남 해남군 옥천면 지석로 9
입치立峙	선들재	전남 해남군 현산면 읍호리 1127
자근고개者斤古介		경남 거제시 둔덕면 방하리 산 104
자은도慈恩島		전남 신안군 자은면 구영1길 8
자죽동紫竹洞		(전남 영암군 옥천면 성산리 일대로 추정)
자찬도尺贊島		전남 완도군 고금면 도남리 1307-1
작살촌雀殺村		경남 사천시 사천읍 용당리 89-1
작천鵲川	평림천平林川	광주 광산구 송산동 387
장기長鬐		경북 포항시 남구 장기면 읍내리 127-2
장산長山		전남 해남군 계곡면 장산길 59
장선동長善洞	장활리長活里	전남 해남군 해남읍 내사길 502
장성교長城橋	장성평長城坪, 장성천長城川	전남 나주시 송촌동 602-3
장소리將所里	장소將所	전남 해남군 계곡면 장소길 60-9
장수리長壽里		전남 영암군 미암면 학평장수길 43
장원봉壯元峰		전남 나주시 경현동 산 8-1
장재도長財島	장재포長財浦	전남 해남군 산이면 금호리 62
장재동長財洞		전남 완도군 고금면 도남리 403-1
장전리長田里		전남 해남군 북일면 장전길 42
장흥 북문長興北門		전남 장흥군 장흥읍 연산리 산 104-3
저전동楮田洞	저동楮洞	전남 강진군 성전면 월평리 1135-1
저천苧川	주천酒泉	전남 해남군 화산면 주천길 59
적량赤梁	적량원赤梁院	전남 해남군 황산면 원호리 산 67-3
전거론全巨論	장구리長邱里	전남 해남군 현산면 구시리 672-1
전라우영全羅右營	우영右營	전남 나주시 남외길 16
절현치切懸峙		경남 하동군 적량면 동리 산 288-3

정수사淨水寺		전남 강진군 대구면 정수사길 459
제봉霽峯		전남 해남군 옥천면 팔산리 산 35
조라포진助羅浦鎭		경남 거제시 옥포중앙로 125
종자천種子川	종천種川	전남 해남군 옥천면 월평리 650-2
종현鍾峴		서울 중구 명동길 74
좌일리佐一里		전남 해남군 북일면 용일리 324-1
주교舟橋		서울 용산구 청파로 319
주작산朱雀山		전남 강진군 신전면 주작산길 398
죽도竹島	죽부竹阜, 죽장竹庄	전남 해남군 화산면 금풍리 254
죽천竹川		전남 해남군 삼산면 오소재로 536
중영포中靈浦	중랑포中浪浦	서울 중랑구 묵동 370-3
지소紙所		전남 영암군 학산면 지소길 45
지평砥平		경기 양평군 지평면 지평의병로116번길 1
직포直浦		전남 해남군 화원면 월하길 59-3
진도 목장珍島牧場	목장	전남 진도군 지산면 관마길 19
진도읍 남문珍島邑南門		전남 진도군 진도읍 옥주로 20
진산珍山	진산리珍山里	전남 해남군 산이면 진산리 110
진위振威		경기 평택시 진위면 봉남길 61
진잠鎭岑		대전 유성구 진잠로59번길 53
진주 해창晉州海倉		경남 사천시 축동면 구호리 495-2
진해루鎭海樓	원문轅門	경남 통영시 용남면 장문리 955
징광사澄光寺		전남 보성군 벌교읍 징광리 885
징의도澄意島		전남 해남군 황산면 징의리 19
창촌倉村		전남 해남군 옥천면 흑천리 175-2
창평昌平		전남 담양군 창평면 돌담길 9
척치尺峙	척현尺峴	전남 해남군 계곡면 성진리 산 129
천개산天盖山		전남 강진군 대구면 용운리 산 94-1
천관산天冠山	관산冠山, 천풍天風	전남 장흥군 관산읍 외동리 산 51-4
천원역川源驛	천원泉源	전북 정읍시 입암면 동부길 17-12
청계淸溪		전남 해남군 계곡면 가학길 35
청산靑山		충북 옥천군 청산면 지전1길 29
청조루聽潮樓		전남 강진군 강진읍 사의재길 1
청천淸川		충북 괴산군 청천면 괴산로 1342-1
청파靑坡	청파역靑坡驛	서울 용산구 청파동1가 102-3
청풍료淸風寮		전남 해남군 삼산면 대흥사길 400
청회靑回	청호리	경기 평택시 진위면 진위산단로 53-21
초곡면草谷面	초곡草谷	전남 강진군 작천면 갈동리 1333-5
초매촌草梅村	초호리草湖里	전남 해남군 현산면 초호리 221-2
충렬사忠烈祠		전남 해남군 문내면 동외리 953
칠양七陽	칠량七良	전남 강진군 칠량면 칠량로 67

탁사정濯斯亭		전남 해남군 현산면 백포길 122
탑동塔洞		전남 해남군 현산면 탑동리길 70
태인泰仁		전북 정읍시 태인면 동헌길 24
태천泰川		평북 태천군 태천면
통포桶浦		전남 해남군 송지면 통호길 70
파산波山		전남 강진군 도암면 강정리 620
파지대波之大		전남 강진군 강진읍 영파길 221
파청역波靑驛		전남 보성군 득량면 파청길 7-10
판교板橋	판교주막板橋酒幕	경기 성남시 분당구 수내동 66
판치板峙		충남 공주시 계룡면 봉명리 216-1
팔마八馬	팔산八山	전남 해남군 옥천면 팔산길 6
팔마장八馬庄	팔장八庄	전남 해남군 옥천면 팔산길 19-3
평덕平德		전남 강진군 군동면 평덕길 46-1
평산平山		황해도 평산군
평촌坪村	천동泉洞	전남 강진군 도암면 계라리 638-3
풍덕豊德		황해도 개풍군
풍영風詠		광주 광산구 풍영정길 21
필대산筆岱山	대산岱山	전남 해남군 해남읍 연동리 산 62
하동 향교河東鄕校		경남 하동군 횡천면 횡천리 752
하록산下彔山		전남 해남군 삼산면 시등안길 27
한산韓山		충남 서천군 한산면 한마로61번길 10
한안촌寒岸村	한아리閑牙里, 한의아리	전남 해남군 황산면 섬동길 39
한천寒泉	천동泉洞	전남 강진군 도암면 해강로 577-36
한티大峙		경남 통영시 도산면 도선리 산 7
함열咸悅		전북 익산시 함라면 함라1길 65
함평 해창咸平海倉		전남 함평군 손불면 석산로 267
함흥咸興		함경남도 함흥
합장암合掌庵		전남 강진군 도암면 석문리 산 92-1
항촌項村		전남 강진군 도암면 항촌안길 7
해남 관아海南官衙		전남 해남군 해남읍 군청길 4
해남 동문海南東門		전남 해남군 해남읍 수성2길 19
해남 향교海南鄕校		전남 해남군 해남읍 향교길 20
해창海倉		전남 해남군 화산면 해창길 42
향공리鄕貢里	상공리相公里	전남 해남군 산이면 상공길 47-6
향교동鄕校洞	향교촌鄕校村	전남 해남군 현산면 향교리길 65
현산면縣山面		전남 해남군 현산면 현산북평로 86
현천玄川	가므내	전남 강진군 칠량면 현천길 60
호동虎洞	호곡虎谷	전남 해남군 황산면 호동길 82
호지촌狐旨村	호지狐旨	전남 해남군 옥천면 호산길 65

호현壺峴	호산壺山	전남 강진군 도암면 지석마을길 96-29
호호정浩浩亭		전남 해남군 황산면 내산길 143
홍원洪原		함경남도 홍원군
홍주洪州		충남 홍성군 홍성읍 오관리 112
화곡禾谷	부곡富谷	전남 해남군 황산면 부곡안길 66-9
화곡2禾谷	안동리安洞里	전남 해남군 해남읍 안동길 39
화당禾堂		전남 해남군 옥천면 화당길 29-10
화산花山	관두산	전남 해남군 화산면 관동리 산 79-1
화산면花山面		전남 해남군 화산면 해남화산로 1061
화소리花所里		전남 영암군 서호면 화소길 14
화촌花村	화전리花田里	전남 해남군 옥천면 화촌길 47-1
화치火峙	불치不峙, 불재, 불티재	전남 영암군 군서면 도갑리 산 49-5
화피禾皮		전남 영암군 서호면 아래괴음길 32-1
화피치禾皮峙		경남 거제시 둔덕면 거림리 산 101-2
황곡리黃谷里		전남 광양시 황곡길 152-8
황어사黃魚寺	황현사	전남 해남군 옥천면 용동리 8
황원 산소黃原山所	윤유기의 묘	전남 해남군 화원면 매월리 산 106-1
황원黃原		전남 해남군 황산면 부곡리 600-1
황원목관黃原牧館	황원목장黃原牧場	전남 해남군 화원면 청용2길 7
황화정黃花亭		충남 논산시 연무읍 고내리 1097-16
회동會洞		서울 중구 소공로 51
회사정會社亭		전남 영암군 군서면 구림로 109-1
효가孝家		충남 공주시 전진배길 313
후릉厚陵		황해북도 개풍군 영정리
후촌後村		전남 해남군 옥천면 청신길 34
흑두리黑頭里	흑두촌黑頭村	전남 해남군 산이면 흑두길 68
흑산도黑山島	흑도黑島, 묵도墨島, 흑산黑山	전남 신안군 흑산면 진마을길 11
흑석리黑石里	흑석두리黑石頭里, 석호리石湖里	전남 해남군 화산면 흑석리길 63

찾아보기

■ 인물

[ㄱ]

갑원甲願 341, 851, 858, 986

강선姜銑 204, 235, 239, 590, 653

강현姜銀 204, 235, 239, 653

개일開一 78, 104, 221, 270, 300, 399, 453, 492, 560, 646, 729, 734, 745, 750, 781, 815, 874, 939, 959, 1057, 1138, 1141

공원孔願 562, 979, 980

과원果願 74, 86, 105, 107, 197, 256, 267, 295, 323, 340, 352, 375~377, 384~386, 405~407, 711, 838, 872, 893, 946, 1099

권규權珪 319, 323~324, 352, 364, 387, 445, 459, 509, 515, 601, 637, 692, 698, 727, 751, 759, 821, 843~844, 847~848, 938

권대운權大運 309, 319, 336, 395, 422, 459, 475, 493, 505, 507, 515, 516, 522, 601, 603, 679, 758, 821

권중경權重經 319, 323, 361, 379, 390, 422, 438, 448, 542, 545, 562, 614

권해權瑎 228, 230, 759

권환權瑍 678

권휘權徽 192, 504, 563, 629, 744, 822, 826, 988

권흠權歆 460

귀원貴願 773, 1120

귀현貴玄 216, 379, 392, 541, 574, 872, 878, 971, 1031, 1186

김귀만金龜萬 173, 188, 230, 644, 1098

김남식金南拭 225, 237, 240, 475, 485, 646, 1056, 1163

김덕원金德遠 340, 342, 343, 459, 758, 842, 853, 862, 877, 970, 972, 1003, 1004, 1012, 1031, 1032, 1103, 1129, 1139, 1151, 1158, 1164

김몽양金夢陽 236, 238, 340, 344, 366, 627, 724, 861, 862, 881, 933, 946, 947, 967, 979, 985, 1012, 1016, 1021, 1105, 1107, 1109, 1177, 1179

김삼달金三達 79, 131, 135, 137, 282, 532, 921, 1179

김정진金廷振 32, 110, 121, 128, 134, 161, 185, 187, 213, 454, 460, 462, 470, 478, 539, 965, 1078, 1115, 1174

김항金沆 133, 137, 171, 191, 274, 307, 324, 333, 346

[ㄴ]

나두춘羅斗春 30, 329, 333
남중계南重繼 238
남중유南重維 664

[ㄷ]

도안道安 542, 596
동이同伊 195, 200, 308, 555~557, 560,
627, 792, 797, 815, 832, 846, 930,
960

[ㄹ]

류명천柳命天 323, 324, 342, 437, 459,
692, 914, 976, 999
류명현柳命賢 228, 230, 232, 235, 309,
313, 330, 335, 342, 352, 364, 433,
452, 459, 461, 466, 476, 491, 599,
606, 690, 727, 758, 786, 885, 903,
916, 931, 999, 1048, 1052, 1057,
1112, 1113, 1120, 1129, 1130, 1138,
1141, 1158
류성추柳星樞 349, 691

[ㅁ]

마당금麻堂金 54, 66, 67, 320, 475, 557,
646, 648, 775, 946, 947, 959, 967,
1031, 1038, 1151, 1163, 1164, 1182
만홍萬洪 78, 80, 180, 250, 296, 315
말질립㐌立 79, 216, 379, 392, 541, 878,
896
매인每仁 46, 187, 250, 311, 328, 329,
392, 595, 997, 1014, 1058, 1075,
1176
목내선睦來善 309, 329, 349~351, 423,

459, 502, 507, 509, 520, 576, 628,
629, 727, 748, 758, 842, 856, 860,
889, 1004, 1032, 1059, 1103, 1109,
1127
목임유睦林儒 236
목임일睦林一 235, 238, 349, 493, 564,
573, 582, 629, 758, 851, 858, 876,
889, 952, 971, 1017, 1018, 1042,
1103, 1159
목임장睦林樟 394, 442, 573, 582, 784,
1042
목창기睦昌期 38
민사도閔思道 226
민순閔純 149, 227, 237, 411, 412, 487,
643
민암閔黯 307, 309, 312, 321, 329, 341,
353~355
민장도閔章道 309, 312, 329
민창도閔昌道 225
민취도閔就道 226, 356, 758

[ㅂ]

박선교朴善交 54, 66, 901, 903, 904, 906,
907, 909~911, 913, 914, 943, 944,
1070, 1075, 1078
배정휘裵正徽 228, 233, 236, 759
복생福生 73, 358~361, 693, 854

[ㅅ]

사원四願 737
삼원三願 562, 652
서신귀徐藎龜 786, 802~804, 920, 1098
선백善白 158, 219, 559, 561, 584, 878,
881
성덕기成德基, 성덕항成德恒, 성덕징成德徵
107, 110, 136, 209, 219, 526, 533,

547, 564, 574, 583, 594, 596, 602, 620, 621, 712, 738, 739, 773, 983, 984, 1003, 1005, 1007, 1009, 1030, 1045

성준익成峻翼 104, 122, 437, 439, 527, 549, 567, 574, 594, 610, 623, 635, 712, 739, 773, 863, 974, 984, 1051, 1052, 1156, 1161, 1162

세원世願 407, 550, 562, 729, 730, 734, 740, 856, 881, 893, 894, 920, 950, 963, 980, 1015, 1029, 1037, 1064, 1098, 1108, 1149, 1179

손필웅孫必雄 1066~1078, 1093, 1095, 1097

신석申晳 173, 182, 200, 210, 238, 245, 246, 255, 298, 300, 312, 327, 365, 452, 472, 474, 506, 678, 820

신축辛丑 147, 158, 397, 556, 950, 958, 1106, 1110

신학申㴠 341, 432, 453, 459, 498, 503, 759

신후명申厚命 678

심단沈檀 88, 188, 201, 230, 233, 234, 236, 237, 326, 395, 426, 650, 653, 664, 677, 686, 843, 845, 1011

심득천沈得天 234, 738

심방沈枋 66, 67, 80, 153, 154, 191, 225, 235, 413, 450, 845, 945, 947, 948, 950, 1007

심탱沈樘 225, 233, 651, 1183

[ㅇ]

안서익安瑞翼 122, 158, 241, 268, 388, 398, 403, 443, 679

안여석安如石 185, 186, 189, 231

안준유安俊孺 35, 37, 39, 63, 71, 99, 170, 824, 960

안형상安衡相 62, 63, 118, 120, 133, 349, 364, 526, 620, 621, 700, 771, 959, 975, 998, 1042, 1049, 1060, 1061, 1117, 1143, 1167, 1169, 1173

양득중梁得中 429, 527, 694, 703, 709, 776, 882, 901

예심禮心 141, 142, 245, 472, 474, 505, 532

용이龍伊 152, 174, 192, 330, 392, 403, 507, 555, 557, 594, 703, 711, 733, 778, 847, 859

우원又願 226, 385, 528, 980, 1031, 1064, 1154

원휘元徽 1155, 1158

유하익俞夏益 210, 227, 238

윤광서尹光緖 94, 98, 239, 380, 382, 456, 461, 636, 954

윤동미尹東美 109, 227, 269, 347, 396, 425, 429, 494, 498, 501, 505, 549, 552, 577, 583, 729, 735, 749, 818, 860, 872, 1029, 1040, 1044, 1116, 1117, 1121~1123

윤두서尹斗緖 147, 151, 214, 216, 218, 219, 225, 241, 321, 397, 494, 650, 651, 655~657, 675, 679, 757, 841, 851, 880, 884, 886, 892, 894, 896, 917

윤상미尹尙美 80, 99, 121, 131, 132, 219, 274, 443, 452, 490, 508, 749, 951, 1097, 1165

윤선도尹善道 75, 146, 238, 292, 326, 490, 499, 522, 614, 660, 671, 678, 743, 777, 786, 822, 938, 969

윤선오尹善五 75, 85, 90, 283, 444, 452, 507, 509~511, 547, 565, 735, 937, 951, 1033, 1049, 1118

윤선호尹善好 44, 52, 111, 396, 397, 582, 626, 713, 1064

1251

윤세미尹世美 95, 99, 115, 180, 194, 195, 207, 252, 271, 276, 277, 281, 317, 379, 550, 559, 589, 1120, 1124, 1139, 1164, 1176

윤예미尹禮美 456, 465, 592, 1179

윤의미尹義美 178

윤이구尹爾久 141

윤이백尹爾栢 464, 586, 711, 749, 1013, 1070

윤이복尹爾服 75, 184, 196, 375, 396, 402, 442, 480, 611, 749, 1116, 1123, 1127

윤이석尹爾錫 54, 147, 151, 225, 226, 239, 245, 273, 321, 409, 433, 470, 479, 488, 549, 595, 620, 650, 662, 745, 749, 773, 839, 886, 909, 1040, 1066

윤이성尹爾成 95, 104, 281, 306, 463, 552, 587, 602, 711, 944, 959, 960, 1073, 1075, 1076

윤이송尹爾松 130, 149, 184, 196, 205, 407, 458, 553, 554, 619

윤이형尹以亨 300, 318, 324, 450, 459, 490, 503, 523, 538, 573, 603, 638, 721, 728, 875, 888

윤익성尹翊聖 73, 122, 285, 357, 358, 375~377, 384~386, 424, 490, 492, 494, 495, 622, 715, 716, 720, 721, 774, 918, 938, 942, 1003, 1099, 1134, 1146, 1162

윤인미尹仁美 146, 279, 293, 483

윤정미尹鼎美 73, 207, 383, 558, 718, 821, 968, 970, 1022, 1033, 1042, 1049

윤종서尹宗緖 35, 223, 322, 323, 345, 678, 694, 695, 699, 700, 704~706, 708, 717, 718, 722, 729, 743, 751~754, 768, 777, 791, 795, 797, 799, 829, 830, 833, 837, 962

윤주미尹周美 99, 114, 120, 121, 204, 274, 380, 383, 452, 481, 484, 509, 575, 599, 718, 886, 969, 1067, 1165

윤지원尹智遠 59, 76, 79, 80, 82, 89, 90, 285, 337, 353, 366, 373, 392, 422, 437, 463, 507, 573, 703, 718, 750, 810, 816, 865, 892, 929, 958, 967, 987, 1020, 1056, 1105, 1107, 1149, 1177

윤직미尹直美 117, 225, 227, 237, 426, 652, 653, 655, 661, 664, 675, 678, 686, 836, 854

윤징귀尹徵龜 64, 113, 155, 276, 281, 290, 292, 349, 443, 461, 480, 481, 501, 622, 980, 1120, 1181

윤징미尹徵美 31, 32, 79, 112, 133, 139, 226, 383, 395, 402, 408, 423, 443, 558, 561, 603, 702, 735, 747, 767

윤창서尹昌緖 37, 58, 78, 82, 119, 121, 138, 154, 155, 158, 167, 177, 221, 245, 268, 274, 286, 295, 323, 364, 433, 443, 450, 459, 650, 656, 663, 679, 700, 722, 751, 773, 841, 845, 852, 872, 874, 882, 918, 1098, 1106, 1120, 1186

윤항미尹恒美 178, 192, 233, 272, 294, 1031

윤흥서尹興緖 35, 79, 80, 82, 83, 86, 102, 103, 105, 107, 133, 182, 197, 341, 355, 358, 363, 364, 379~381, 397, 408, 426, 429, 459, 463, 464, 468, 469, 475, 527, 543, 550, 564, 572, 577, 591, 600, 601, 617, 694, 698, 734, 742, 816, 847, 893, 914, 920, 980, 983, 1003, 1064, 1115, 1135, 1137, 1139, 1141, 1142, 1148, 1151, 1154, 1155, 1166, 1181

을사乙巳 119, 169, 282, 290, 295, 357, 397, 498, 550, 557, 768, 832, 859, 878, 881, 1003

을원乙願 722, 937~939, 942

이관징李觀徵 232, 325, 442, 657

이담로李聃老 952, 971

이담명李聃命 312, 758

이대휴李大休 73, 380, 382, 470, 480, 611, 620, 697, 839, 858, 868, 871, 873, 878, 971, 977, 985, 1053, 1146, 1147, 1149, 1155, 1160, 1175

이락李洛 45, 144, 159, 174, 179, 209, 254, 442, 532, 545, 575, 602, 611, 654, 724, 807, 818, 895, 930, 946, 973, 976, 996

이룡二龍 78, 296, 297, 314, 315, 439, 974, 1110, 1114, 1118

이만방李晚芳 42, 43, 188, 202, 204, 217, 218, 274, 378, 390, 436, 458, 583, 623, 965

이만봉李萬封 139, 540, 969

이보만李保晚 115, 188, 442, 662

이봉징李鳳徵 119, 133, 156, 188, 228, 232

이상휴李相休 226, 234, 238, 239, 655

이서李溆 652, 749

이시만李蓍晚 88, 225, 238, 395, 476, 651, 657, 658, 1114

이양원李養源 115, 121, 127, 145, 205, 214, 261, 274, 283, 291, 500, 728, 729, 737, 744, 768, 895, 901, 1063, 1066~1068, 1073, 1074, 1097, 1186

이언경李彦經 944~949, 960, 971, 986, 1006, 1007

이옥李沃 232, 233, 657, 1046

이우겸李宇謙 272, 678

이우정李宇鼎 43

이운징李雲徵 81, 230, 232, 312, 384, 393, 590, 735, 758, 759, 821, 858, 863, 873, 914, 920, 1098, 1106, 1126, 1183

이원二願 225, 562, 652, 738

이윤문李允文 662, 678

이윤수李允修 268

이의만李宜晚 651, 655, 668

이의신李懿信 301, 1127

이의징李義徵 228, 307, 309, 312, 321, 329, 341, 353, 437, 459

이이만李頤晚 28, 239, 651, 655, 669, 705, 718, 720, 1108, 1113, 1114, 1117, 1119, 1131, 1134, 1136, 1141, 1157, 1162, 1165, 1166, 1179

이익년李翼年 148

이인엽李寅燁 27, 32, 45, 54, 66, 81, 990

이정목李庭睦, 이정집李庭輯, 이정작李庭綽 226, 227, 233, 236, 237, 239, 651, 663, 664, 732

이제억李濟億 451, 616, 708, 711, 760, 784

이진휴李震休 67, 497, 671

이한조李漢朝 520, 521, 902, 903

이현기李玄紀 54, 66, 156, 346, 350, 393, 460, 502, 504, 507, 520, 521, 564, 628, 629, 632, 727, 759, 1011, 1016~1018, 1047, 1056, 1109

이현석李玄錫 857, 940, 941, 1104

이현수李玄綬 188, 225, 351, 352, 354, 546, 554, 555, 651, 999

이현일李玄逸 66, 329, 758, 894, 920, 1109

이현조李玄祚 902

이형상李衡祥 226, 228

이형징李衡徵 225, 227, 237, 321, 651

이화봉李華封 732

이화진李華鎭 166, 198

이후번李后藩 225, 228, 230, 234, 239, 408, 654, 929

일원一願 225, 550, 652, 655, 738

[ㅈ]

정광윤鄭光允 131, 135, 137, 272, 275,

282, 306, 455, 476, 492, 534, 536,
548, 572, 583, 606, 695, 699, 721,
747, 882, 884, 939, 940, 945~947,
949, 964, 967, 970, 980, 986, 1003,
1006, 1007, 1028, 1030, 1038, 1042,
1067, 1115, 1119, 1124, 1135, 1146,
1164, 1166
정동리鄭東里 894, 895
정사효鄭思孝 234, 652, 664, 940, 941
정선명鄭善鳴 40, 45, 63, 171, 227
정유악鄭維岳 227, 228, 232, 233, 237,
238, 308, 317, 408, 459, 475, 506,
535~537, 592, 617, 633, 634, 661,
727, 759, 839, 841, 846, 929, 959,
1113
정조갑鄭祖甲 188, 238, 654, 664, 665
중길仲吉 223, 343, 347, 1002, 1016, 1026,
1088
지원至願 226, 385, 528, 556, 558, 986,
1064, 1142, 1149, 1154

[ㅊ]

차삼次三 797, 914, 939, 967, 1006, 1088,
1089, 1152, 1163
채제윤蔡悌胤 700, 708, 751~753, 774,
815, 816
천일天一 50, 58, 79, 82, 214, 215, 878
천재영千載榮 441, 442, 638, 688, 884,
901, 1145, 1147
최태기崔泰基 185, 189, 239
최형기崔衡基 172, 180, 184, 185, 192,
196, 202, 214, 249, 258, 262, 290,
308, 316, 323, 336, 339, 343, 344,
388, 399, 405, 425

[ㅍ]

필원畢願 1120

[ㅎ]

한종건韓宗建 188, 231, 233, 235, 236,
239, 487, 868, 999
한종규韓宗揆 188, 224, 241, 651
한종로韓宗老 230, 231
한종운韓宗運 172, 236, 678
허지許堨 27, 28, 30, 35, 40, 47, 63, 76,
83, 85, 91, 92, 94, 156, 193
홍만기洪萬紀 230, 1013, 1157
홍만조洪萬朝 39, 40, 88, 156, 991
황세휘黃世輝 110, 131, 136, 137, 445,
532, 626, 688, 1179
황징黃徵 493, 494, 504, 760
희원喜願 774, 968, 973

■ 개념

[ㄱ]

가경전加耕田 398
가례嘉禮 645, 646, 652
가례家禮 456, 457, 647, 1046
가룡假龍 913
가묵加墨 384, 389
가복加卜 709
가선대부嘉善大夫 264
가자加資 572
가작家作 152, 176, 328, 330, 453, 859,
  942, 951, 1024, 1142
각기脚氣 502
각창脚瘡 488
간사승幹事僧 53
감고監考 59
감관監官 46, 97, 135, 150, 209, 263, 316,
  377, 387, 425, 593, 632, 735, 772,
  810, 813, 883, 945, 960, 990, 1012,
  1037, 1041, 1162
감등減等 758, 1105, 1109
감목관監牧官 173, 177, 182, 233, 245,
  255, 312, 327, 506, 730, 874
감사監司 54, 177, 188, 228, 230, 232,
  234, 236, 237, 238, 312, 321, 350,
  393, 426, 460, 520, 521, 552, 590,
  601, 628, 664, 759, 846, 1016, 1047,
  1048, 1056, 1106, 1109, 1126, 1158
감사정배減死定配 759, 768
감시監試 89, 93, 97, 119, 135, 702, 711,
  1057, 1106, 1120, 1166, 1182
감여술堪輿術 266
감역監役 92, 93, 188, 225, 232
감조관監造官 679
감찰監察 211, 230, 394, 529, 878

갑술양안甲戌量案 398
강경講經 116, 1026, 1128
강남흥정江南興正 940
강신講信 903, 903, 1132, 1174
거행조건擧行條件 753, 769
격세음隔世音 590
결안決案 819
겸관兼官 876, 960
경력經歷 133, 264, 324
경수석慶壽席 34
경시관京試官 68, 133, 264, 324
경신옥庚申獄 341
계곡契穀 739
계성묘啓聖廟 1057
계절階節 303, 352, 547, 1068, 1073
고마청雇馬廳 218, 229, 235, 412
고목告目 91, 503, 777, 1013, 1157
고묘소告廟疏 827
고사告辭 1073
고시古詩 567, 974
고신告身 66, 229, 237
곡일穀日 423
곤읍闐邑 350
공결空缺 352, 506
공관空館 683
공생貢生 50, 52, 65, 80, 194, 203, 249,
  252, 271, 466
공선貢膳 358, 1057
공손혈公孫穴 377, 424
공장工匠 793
공조工曹(참판, 참의, 좌랑) 76, 228, 230
공초供招 695, 700, 724, 752, 780
과협過峽 500
곽란癨亂 484
관광觀光, 관광소觀光所 459, 652, 1045
관례冠禮 459
관문關文 175, 199, 367, 503, 555, 777,
  831, 1030, 1107, 1109, 1129

관수미官需米 218, 411, 1117, 1136

관주인館主人 453

관찰사(方伯, 巡相, 巡使) 39, 40, 44, 54, 65, 66, 68, 81, 88, 119, 133, 134, 147, 148, 156, 157, 165, 171, 185, 186, 188, 201, 211, 213, 217, 229, 230, 233~239, 268, 278, 279, 293, 295, 336, 367, 367, 486, 503, 532, 547, 555, 645, 712, 714, 735, 775, 799, 831, 835, 852, 945, 986, 991, 1012, 1023~1031, 1040, 1048, 1100, 1104, 1108, 1119, 1153, 1166, 1170, 1171, 1186

괴증塊症 130, 899, 900

교관敎官 213, 226, 239

교리校理 326, 529, 530, 615, 845, 846, 931, 941, 1028

교생校生 148, 208, 306, 561, 681

교서관校書館 35, 894

교수敎授 234, 948, 988

교유敎諭 39, 59

구일제九日製 225

구종별배驅從別陪 731

국청鞫廳 211, 254, 333, 648, 664

군기감관軍器監官 48

군기색軍器色 221

군뢰軍牢 556

군수郡守 210, 226, 321, 652

군자판관軍資判官 239

궁둔전宮屯田 398

규봉窺峯 506

극인棘人 244, 249, 256, 267, 308, 317, 350, 376, 401, 435, 445, 452, 463, 469, 480, 488, 491, 504, 517, 525, 532, 558, 563, 567, 571, 616, 621, 636, 638, 653, 657, 664, 677, 686, 688, 703, 744, 767, 769, 780, 811, 839, 846, 853, 854, 891, 901, 999,

1027, 1028, 1063, 1071, 1099, 1115, 1153, 1154, 1163, 1171, 1172, 1175, 1177, 1181, 1185

근친覲親 근행覲行 183, 380, 592, 611, 1070, 1096, 1141, 1147

금반옥안형金盤玉案形 905

금송감관禁松監官 135, 150

금어대金魚袋 745

금위군禁衛軍 498

급재給災 350, 1038

급창及唱 50, 643

기린안麒麟案 907

기민별유사飢民別有司 584, 606

기상記上 292, 781

기자입격器字入格 1072

기제사忌祀 40, 64, 88, 178, 283, 286, 318, 338, 382, 479, 519, 610, 613, 638, 678, 701, 796, 840, 887, 959, 976, 1041, 1116, 1119, 1142, 1179

기포譏捕 657

[ㄴ]

나이那移 201, 218, 229, 235, 237

나장羅將 218, 229, 238, 817

나추拿推 752

낙맥落脈 55, 500, 744

남솔濫率 88

납속納粟 777

낭청郎廳 140, 154, 220, 227, 232, 235, 238, 321, 805

내상內相 515

내행內行 107, 205, 361, 452, 577, 638, 1106, 1110, 1118

노론老論 311, 321, 329, 370, 429, 709, 784, 833, 857, 931, 1004, 1107, 1166

노룡희주老龍戲珠 910

노문路文 31

노서하전형老鼠下田形 322

논핵論劾 349, 725

눈지嫩枝 909

[ㄷ]

단골丹骨 62

단상短喪 1047

단오端午 477

단자單子 440, 510, 718, 724, 793, 945

담사禫祀 620, 1046, 1148

담종痰腫 417, 1099

담천痰喘 388, 398, 403

답험踏驗 106, 718

당상관堂上官 97, 695, 918

당제堂祭 28

대간臺諫 67, 341, 448, 558, 706

대계臺啓 754

대계혈大谿穴 122

대기大忌 205, 946, 982, 1013, 1111, 1177

대동감관大同監官 387, 425, 810

대동미大同米 133, 201, 218, 227, 229,
    412, 845

대동색大同色 1157

대동전세大同田稅 1117

대사헌大司憲 311, 706

대상大祥 403, 445, 448, 452, 456, 595,
    1030, 1046, 1059, 1126

대상代喪 775

대유지정大有之鼎 591

대장代將 106, 292, 549, 609, 798, 815,
    862, 883, 1127, 1131, 1135, 1140,
    1145, 1166, 1179, 1186

대제학大提學 891, 893

대추혈大椎穴 405

대충혈大沖穴 122

도감都監 425, 883, 1027, 1162

도감병都監兵 1027

도기룡倒騎龍 499

도독都督 1019

도목정사都目政事 81, 138, 1004, 1108,
    1114

도문기都文記 561

도문연到門宴 558, 559, 772, 809, 1092,
    1131

도사都事 148, 207, 213, 225~227, 236,
    243, 306, 320, 321, 344, 351, 387,
    408, 651, 655, 664, 705, 718, 720,
    736, 895, 933, 960

도서원都書員 29, 50, 736, 883, 898

도승지都承旨 226, 531, 940

도영장都領將 406

도장都將 194, 200, 557

도회都會 736

동당(초)시東堂(初)試 116, 715, 1047, 1060

동상東床 225

동상갑冬上甲 556

동선도정東善都正 230, 236, 237

동지同知 213, 234, 238, 264, 450, 652,
    846, 857, 1010, 1028

동지冬至 111, 248

동지사冬至使 43, 44, 191, 235, 238, 450

동지차례冬至茶禮 111

동추同推 26, 28, 249, 1103

동향대제冬享大祭 102

두의痘醫 1104

득수처得水處 489

[ㄹ]

령전令箭 1028

리향사離鄕砂 487

[ㅁ]

마군磨軍 70

마름舍音 46, 65, 291, 314, 315, 386, 475, 801, 1009, 1037, 1038

마정磨正 61

만경풍慢驚風 973

만호萬戶 166, 233, 378, 495, 496, 520, 536, 628, 791, 797, 933

망전望奠 151, 193, 205, 573

명당明堂 480, 1080

명문明文 561

명화적明火賊 78, 560, 641, 642, 852, 865, 951, 1042

목사牧使 30, 37

묘당廟堂 134, 178, 180, 1018

무겸武兼 233, 1005

무학武學 681

문권文券 398, 1183

문사낭청問事郎廳 321

문외출송門外黜送 475, 1004

민전民田 318, 824

[ㅂ]

박사博士 80, 118, 212, 225

반룡盤龍 408, 1074

반부班祔 456, 457

반장返葬 321, 330, 479, 488, 494, 771, 902

반혼返魂 461, 1177, 1181

발제髮際 417, 729

방귀전리放歸田里 505, 522, 1105, 1116

방목榜目 147, 347

방제傍題 970

배자牌子 29, 238, 611, 984, 1078, 1157

배효背爻 561

백골감역白骨監役 93

백리白痢 710

백족白足 128, 247, 544, 716

백호白虎 45, 54, 303, 482, 499, 552, 905, 1076, 1078, 1080

백회혈百會穴 248

번안飜案 341

베소단자配所單子 724

벽곡辟穀 1023

변색變色 440

별감別監 626, 791, 1110, 1113

별검別檢 30, 236, 932

별군繁裙 396, 1080

별시別試 351, 459, 544

별신제別神祭 1056

별장別將 32, 69, 121, 225, 245, 250, 257, 264, 290, 335, 400, 426, 429, 439, 442, 501, 552, 564, 583, 619, 664, 735, 744, 850, 892, 918, 928, 1040, 1041, 1137, 1182

별제別提 230, 237, 257, 394, 442, 582, 784

별좌別坐 204, 230, 231

별학繁瘧 1029

병부兵符 679, 1028

병조兵曹(판서, 참판, 참의, 정랑, 좌랑) 126, 138, 148, 228, 230~234, 266, 278, 293, 310, 321, 333, 368, 369, 438, 644, 648, 703, 817, 1028

보두報痘 562

복법伏法 817

복상卜相 709

복역覆逆 682

복향復享 330

봉사奉事 83, 228, 239, 571, 652

봉조하奉朝賀 232

부고訃告 148

부사府使 293

부원군府院君 297, 309, 652

부장部將 223, 564

부제학副提學 45, 326, 759, 775

부종浮腫 502

부항付缸 405, 1139

부해옥소안浮海玉梳案 499

북전北殿 113

분금分金 55, 526, 541, 1070

분급기分給記 949

분상奔喪 627, 977, 978, 985, 1107, 1183

붕홍崩洪 302, 500

비룡도강형飛龍渡江形 906

비망기備忘記 175, 239, 257, 310, 312,
　　646, 1102

비장裨將 473, 497, 791, 868

비혈鼻穴 907

빙고氷庫(빙고별검) 30, 236

[ㅅ]

사각砂脚 909

사각砂角 1076

사간司諫(대사간, 사간원) 44, 54, 67, 188,
　　230, 233, 236, 238, 280, 393, 451,
　　530, 703, 706, 733, 759, 768, 1116

사과司果 106, 374

사관四館 35

사령使令 50, 200, 557, 682

사록司錄 223

사마시司馬試 97, 394

사문성赦文星 1068

사복시司僕寺(사복시 주부, 사복시 판관)
　　233, 239

사산감역四山監役 232

사서司書 230

사수寫手 1127

사액賜額 503

사옹원司饔院(사옹직장, 사옹봉사) 233,
　　234, 239

사은부사謝恩副使 30

사인舍人 493

사자형獅子形 1075

사재감司宰監(사재감 주부) 776

사주四柱 1069

사창감社倉監 65

사청射廳 653

사출斜出 561, 1180

사태沙汰 968

사패賜牌 890

사평司評 652, 663, 664, 666

사포서司圃署 204

사학四學 66, 119

사헌부司憲府 67, 126, 311, 529, 530, 703,
　　706, 725, 769, 770, 817, 855, 1109,
　　1116

사환使喚 214, 359, 541, 682, 878, 1106

삭거사판削去仕版 1004

삭다례朔茶禮 40

산신山神 89, 1058

삼겨린三切人 508, 513

삼리三吏 32

삼리혈三里穴 358, 386, 1048

삼백별시三百別試 459

삼사三司 369, 683, 692, 753, 1107

삼짓날차례三日茶禮 40

삼태성三台星 1070

삼향소三鄕所 1129

상문桑門 542

상사上舍 438, 529, 806

상의원尙衣院 1104

상인喪人 99, 102, 106, 113, 152, 193,
　　197, 208, 210, 214, 216, 217, 226,
　　231, 241, 246, 248, 251, 263, 269,
　　270, 298, 365, 376, 384, 387, 404,
　　421, 423, 424, 426, 429, 434, 521,
　　527, 564, 627, 687, 688, 701, 706,
　　711, 744, 784, 835, 914, 927, 931,
　　979, 1017, 1051, 1059, 1109, 1111,
　　1121, 1125, 1140, 1151, 1158

상풍傷風 694

상한傷寒 38, 129, 143, 290, 398, 442, 593, 858, 874, 914

상후평복정시上候平復庭試 546

색거色擧 391

색리色吏 160, 172, 179, 181, 202, 248, 312, 398, 1030

색의色衣 477

생신차례生辰茶禮 59, 465, 662, 847, 972, 1145

생원生員 53, 56, 73, 102, 104, 106, 112, 116, 119, 121, 122, 139, 143, 144, 152, 159, 185, 188, 189, 191, 196, 205, 212, 213, 216, 221, 225, 226, 228, 230, 231, 234, 238, 239, 249, 256, 263, 268, 269, 278, 281, 287, 290, 291, 293, 317, 344, 347, 363, 384, 392, 408, 435, 437, 439, 450, 452, 475, 480, 487, 489, 519, 530, 544, 548, 549, 550, 554, 558, 559, 561, 574, 583, 594, 601, 610, 633, 635, 637, 644, 648, 654, 664, 686, 693, 704, 712, 722, 738, 739, 771, 775, 815, 858, 863, 886, 901, 929, 956, 974, 984, 1051, 1052, 1060, 1128, 1156, 1161, 1162, 1164, 1176

서계書啓 47, 428

서리書吏 403, 1107

서원書員 29, 50, 97, 206, 377, 736, 883, 898, 984, 1162

서장관書狀官 191, 450, 530, 819

석수石手 105, 107, 122, 207

석전제釋奠祭 36, 1092, 1157

선달先達 44, 45, 53, 58, 63, 72, 76, 94, 120, 128, 129, 131, 135, 143, 149, 150, 154, 155, 156, 162, 163, 166, 172, 183, 188, 196, 223, 225, 244, 249, 252, 261, 263, 266, 269, 296, 323, 341, 358, 492, 494, 546, 603, 689, 697, 701, 702, 708, 734, 735, 738, 747, 767, 772, 784, 806, 808, 818, 821, 822, 834, 841, 874, 891, 892, 893, 1006, 1015, 1054, 1095, 1105, 1110, 1134, 1142, 1144, 1154, 1171

선문先文 301, 307

선봉리扇封吏 374

선전관宣傳官 99, 119, 355, 391, 549, 572, 655, 657, 679, 750, 781, 783, 807, 1062, 1094, 1145

선혜청宣惠廳 412, 413

성균관成均館 35, 453, 528, 529, 682, 683, 692, 709, 1080

성복成服 123, 143, 144, 274, 404, 443, 833, 877, 901, 956, 977, 1018

성황제城隍祭 1157

세병歲餠 30

세응世應 591

세의歲儀 258, 755, 768

세정細釘 61

세찬歲饌 128, 261

세초歲抄 81

세하리歲賀吏 1093

소결疏決 493, 842, 1102, 1107

소두疏頭 330, 428, 616, 682

소상小祥 98, 622, 623, 883, 962, 1175

소차小次 1028

속신贖身 611

속오색束五色 784

송금松禁 26, 97, 99

수권관收券官 91, 715

수산囚山 506

수어사守禦使 43

수어청守禦廳 738

수정輸情 752, 1182

수파水破 486

순강巡講 148, 207, 306, 387

순력巡歷 41, 252

순무사巡撫使 449, 713, 1007

습창濕瘡 442, 926, 983

승문원承文院 35, 530, 651

승발承發 180, 185

승보陞補 119

승의랑承議郎 64, 146, 172, 286, 318, 447, 456, 457, 613, 840, 900, 950, 976, 1113, 1142

승정원承政院 45, 58, 148, 233, 235, 326, 330, 367, 370, 391, 531, 584, 644, 645, 648, 656, 682, 699, 700, 703, 706, 743, 751, 753, 754, 767, 769, 770, 845, 891, 1058, 1102, 1114, 1116, 1128, 1153

승지承旨 45, 67, 123, 186, 188, 189, 226, 230, 234, 319, 340, 341, 344, 432, 459, 498, 503, 531, 630, 644, 645, 659, 661, 717, 753, 759, 820, 889, 940, 1023, 1048, 1049, 1087

시배時輩 279, 827, 941, 1107

시사時祀 215, 216, 559, 740, 900, 1063

시직侍直 677

시친屍親 1119

식루사拭淚砂 1076

신공身貢 253, 270, 447, 492, 565, 729, 777, 815, 1125

신래新來 559, 560, 748

신명身命 591

신역身役 361

신영리新迎吏 1110

신유혈腎俞穴 834

신은新恩 35, 917

심병心病 364

심상心喪 1133

심제心制 435

쌍녀궁雙女宮 270, 312

쌍당합기맥雙撞合氣脈 1068

[ㅇ]

아객衙客 262, 267, 830, 1131, 1133

악사樂師 6, 77, 813

악육惡肉 707

안대案對 483, 499, 910, 1072

안산案山 499, 501, 506, 526, 541, 552, 739, 747, 905, 908, 910, 1067, 1072, 1082, 1086

안율按律 820

알성謁聖(알성시) 102, 103, 126, 197, 199, 205, 210, 214, 374, 529

암행어사暗行御史 26, 27, 28, 31, 32, 33, 44, 45, 47, 48, 54, 66, 81, 272, 428, 580, 613, 615, 617, 678, 975, 990

압사壓沙 780

액혈額穴 907

야노冶奴 82

야장冶匠 394

야홍倻紅 117

약정約正 47, 160, 264, 290, 297, 298, 300, 802, 808, 809, 862, 907, 929, 1004, 1054, 1114, 1140, 1164

어모장군禦侮將軍 545

어영장御營將 310

어영청御營廳 40

어옹살망형漁翁撒網形 499

업무業武 794, 824

여역신癘疫神 1056

여제厲祭 1157

역장逆葬 396

역장驛長 802

연명延命 39

연분감관年分監官 97, 377, 883, 1038, 1041

연분도감年分都監 425, 883

연분서원年分書員 377, 984

연제練祭 867

열결혈列缺穴 358

영묘榮墓 846

영부사領府事 342, 362, 758

영의정領議政 309, 310, 311, 319, 321, 336, 355, 522, 645, 709, 743, 751, 752, 754, 856, 891, 1004, 1107

영인伶人 71

영장營將 41, 129, 310, 555, 556, 934, 1003, 1011, 1031, 1097, 1119

영전榮展 38, 216

영창정靈昌正 932, 942

예빈시禮賓寺(예빈봉사, 예빈정) 239, 279, 530

예서隸書 1158

예조禮曹(판서, 참의, 좌랑) 230, 232, 234, 239, 278, 279, 325, 389

오군영五軍營 310

오리정五里程 39

오현五賢 325, 327

옥소안玉梳案 499, 908

온황사瘟瘴砂 283, 508, 511

완문完文 306

외제外除 1045

용맥龍脈 328, 554, 909, 913, 1075, 1077, 1079, 1081, 1084

용침用針 908

우귀于歸 181, 749

우문관右文館 852

우속목牛贖木 450

우역牛疫 826

우윤右尹 651, 657, 358

우의정右議政 307, 309, 310, 312, 321, 329, 355, 428, 429, 546, 700, 703, 709, 819, 852, 964, 1004, 1048

우조羽調 113

우후虞候 118, 266, 559, 562, 584, 875

원정原情 227~229, 231, 411, 705~706, 708, 855

위리안치圍籬安置 309, 340, 349, 353, 520,

564, 758, 759, 853, 1107

응지소應旨疏 940

응교應敎 278, 293

의금부義禁府(도사都事) 122, 218, 227, 231, 234, 237, 238, 301, 306, 307, 309, 363, 522, 530, 644, 656, 700, 701, 703, 705, 708, 713, 724, 725, 729, 730, 734, 735, 737, 738, 740, 743, 748, 750~754, 769~771, 776, 780, 818, 829, 853, 1102, 1107, 1109, 1129

의송議送 547, 1031, 1038

이부시랑吏部侍郎 982

이조吏曹(판서判書, 참판參判, 참의參議, 좌랑佐郎, 서리書吏) 45, 48, 62, 225, 231, 278, 279, 310, 311, 321, 329, 403, 428, 438, 616, 646, 751, 857, 931, 1004

인피引避 67, 321, 706

일자문성一字文星 910

입안立案 262, 356, 493, 508, 511, 513~514, 955, 1018

입지立旨 515, 548, 645

[ㅈ]

장령掌令 171, 188, 759, 817

장악원정掌樂院正 230

장원별제掌苑別提 237

장의掌議 129, 794

재상경차관災傷敬差官 892

저치미儲置米 149, 175, 229, 235, 411, 428, 947

전광顚狂 1039

전라우수사全羅右水使 31, 41, 42, 109, 156, 176, 298, 329, 339, 349, 679, 725, 780, 1164, 1166

전세장발차원田稅裝發差員 161

전적典籍 226, 230, 232, 234, 237, 238,

318, 354, 355, 387~429, 453, 517, 529, 616, 701, 713, 714, 775, 807, 836, 872, 956, 1010, 1031, 1134, 1160

전최殿最 54, 346, 353, 405, 1103

전한典翰 889

절도사節度使 37, 38, 118, 679, 757

접반사接伴使 964, 982

정속定屬 334

정시庭試 539, 694, 891

정언正言 66, 67, 183, 230, 277, 280, 293, 361, 398, 437, 493, 662, 664, 666, 669, 678, 759, 817, 844, 846, 855

정자正字 150, 188, 225, 228, 239, 655, 894, 1106

정충증怔忡症 98, 104

제사題辭 228, 412, 508, 513, 514, 547, 644, 809, 1012, 1038, 1040, 1104

제용감濟用監 233, 654

좌수座首 64, 65, 80, 113, 135, 165, 174, 177, 180, 187, 210, 220, 245, 255, 257, 274, 287, 320, 330, 425, 433, 500, 520, 563, 609, 614, 684, 706, 710, 738, 786~788, 810, 814, 827, 883, 894, 929, 975, 1010, 1020, 1027, 1053, 1098, 1113, 1176, 1177

주부主簿 30, 188, 209, 225, 227, 233, 237, 239, 303, 316, 776, 880, 882, 883, 911

주서注書 188, 212, 225, 226, 233, 234, 238, 239, 738

주청사奏請使 880

중기重記 50, 52, 411, 947, 949, 1030

중도부처中道付處 498

중완혈中脘穴 1139

지사地師 286, 302, 303, 402, 494, 549, 552, 554, 565, 575, 1066, 1068

지신제地神祭 540

지의금부사知義禁府事 227, 228, 233, 237,

309, 717, 722, 754

지평持平 151, 152, 154, 203, 246, 437, 624, 709, 776, 817, 845, 855, 1020, 1131, 1163

직부直赴 225, 254

직장直長 137, 230, 232~235, 237, 654, 662, 663

질청作廳 581, 834, 927, 1093

집의執義 188, 230, 234, 516, 705

[ㅊ]

차형釵形 499

찰방察訪 212, 213, 224, 242, 324, 327, 652, 749, 815, 823, 835, 841, 842, 888, 958

참봉參奉 185, 188, 189, 230, 233, 239, 241, 395, 526, 538, 545, 651, 652, 878, 889, 1131, 1133

창감倉監 65, 79, 91, 187, 470, 557, 576, 593, 609, 691, 720, 727, 747, 823, 861, 918, 922, 1063, 1093, 1114, 1120, 1136, 1142, 1167, 1169

창개瘡疥 74

창우倡優 1134

척간擲奸 1180

천극안치荐棘安置 346, 1016

첨사僉使 204, 217, 218, 237, 274, 378, 390, 423, 436, 458, 459, 583, 620, 622, 623, 638, 681, 886, 1018, 1019

첨정僉正 233, 237, 590

첨지僉知 42, 43, 50, 53, 108, 188, 233, 237, 238, 451, 555, 557, 950, 957, 958, 962, 964, 966, 1133, 1134

체차遞差 706, 770

초관哨官 42, 128, 133, 188, 189, 225~227, 232, 234, 237, 239, 363, 392, 664, 780, 874, 922, 932, 1037, 1121

초도연初度宴 40

초례醮禮 287, 950

초시初試 116, 119, 147, 382, 459, 1026, 1051, 1060

추국推鞫 664, 682, 683, 692, 695, 700, 724, 729, 743, 769, 780, 817

추노推奴 108, 256, 257, 262, 263, 268, 282, 403, 750, 777, 791, 893, 896, 918, 928, 930, 932, 939, 954, 957, 1064, 1066, 1068, 1078, 1095, 1098, 1184

춘당대시春塘臺試 83, 88

출막出幕 1105

출신出身 30, 68, 73, 75, 94, 96, 106, 108, 117, 139, 162, 199, 227, 232, 236, 239, 246, 262, 267, 272, 298, 311, 357, 363, 365, 366, 379, 386, 394, 395, 397, 401, 406, 408, 440, 449, 450, 473, 494, 525, 549, 557, 581, 583, 591, 734, 748, 768, 772~774, 810, 815, 869, 871, 878, 882, 902, 917, 954, 969, 979, 1011, 1022, 1043, 1059, 1100, 1115, 1116, 1120, 1176

충순위忠順衛 152

칠실지우漆室之憂 843

칠창漆瘡 720

침의針醫 11, 355, 896

[ㅌ]

탈항증脫肛症 478, 479, 635, 1044

탑전榻前 355, 546, 700, 724, 846, 1102, 1107

태단병胎丹病 390

태백성太白星 270, 312

태충혈太衝穴 122

토신제土神祭 194, 900

통덕랑通德郎 210, 456, 544, 545

통제사統制使, 삼도수군통제사 175, 498, 790, 1153

[ㅍ]

파총把摠 40, 59, 133, 209, 425, 590, 874, 901, 1129, 1143

판결사判決事 228, 233, 236, 759

판관判官 69, 188, 189, 226, 231, 233, 235, 236, 239, 262, 271, 298, 329, 374, 651, 652, 709, 1004, 1039, 1044, 1099, 1119, 1126, 1127, 1140, 1143, 1152, 1163, 1172, 1174, 1181, 1183, 1186

판부判付 83, 708

판의금부사判義禁府事 227, 229, 230, 232, 235, 238, 309, 682, 708, 716, 717, 722, 745, 753, 855, 1107

팔혈八穴 67, 68

편편금片片金 506

폐수혈肺俞穴 1044, 1047, 1048

포도대장捕盜大將 174, 175, 307, 656

포양사抱養砂 1077

포태수胞胎水 1076, 1077

풍감술風鑑術 195

[ㅎ]

한정閑丁 247, 253, 747, 897, 901, 1098

합제合製 119, 147

해기駭機 751

해운판관海運判官 226, 651

해유解由 96, 102, 150

해창감관海倉監官 593, 609

행수군관行首軍官 556

허화虛花 913, 1072

헌납獻納 279, 293, 1109

혈하증血下症 502

협연장관(挾輦將官) 1028

형조刑曹(판서判書, 참판參判, 좌랑佐郎) 76,

234, 678, 819, 931, 1048, 1102,

호적감관戶籍監官 735, 772, 1162

호조戶曹(판서判書, 참판參判, 참의參議) 232,
234, 278, 831

홍문관弘文館 278, 529, 530, 615, 686,
687, 689, 690, 769, 775, 846, 855,

화주化主 296, 1076

화회문기和會文記 777

환도혈環跳穴 834

환봉책례還封冊禮 341

환자還上 364, 944, 1007, 1027, 1030,

황장경차관黃腸敬差官 429

황장차원黃腸差員 200

회시會試 135, 147, 382, 530, 1106, 1120,
1182

효순귀孝順鬼 499, 1086

회혼례回婚禮 548

후죽帿竹 499

훈련대장訓鍊大將 228, 307, 309, 310, 312,
321, 329, 381, 437, 648, 1028

훈련訓鍊(도감都監, 습독관習讀官, 판관判官)
232, 969, 1004

희희혈嘻嘻穴 1029

■물품

[ㄱ]

개조개 795, 799

거머리 722, 723

거문고 71, 80, 99, 102, 104, 110, 117,
121, 130, 137, 363, 532, 678, 803,
934, 937, 957, 964, 1025, 1034,
1042, 1043, 1049, 1061

거신拒薪 473, 474, 818

건어乾魚 63, 71, 94, 201, 320, 445, 755,
869, 883

건지乾地 156, 157, 465, 980

검은깨 988

검은콩 106, 353, 727

게 517, 537, 707, 711, 716, 717, 870,
871, 873, 874, 877, 878, 899, 1015

게젓 546, 711, 749, 1182

고라말 1070

고약 490, 717, 720

곶감 128, 154, 258, 262, 295, 422, 423,
444, 445, 582, 755, 768, 803, 837,
893, 920, 927, 931

관곽 162, 373, 429, 825, 876

관석菅席 320

괘상掛箱 383

교의交椅 452

구들 80, 97, 109, 302, 463, 549, 564,
874, 890

구미강활탕 488

국화 733, 1029

굴비 236

꿀 79, 179, 192, 210, 219, 635, 776

꿀물 803, 909, 978, 980

꿩 119, 133, 137, 266, 274, 297, 443~445,
564, 576, 739, 751, 793, 1043

귀상어 404, 444, 445, 723

귤 773

귤피죽여탕 144

그림 28, 32, 749, 785, 860, 918, 927

글씨(제서題書 및 인본印本 포함) 114, 384, 389, 497, 637, 646~648, 842, 892, 968, 1020, 1112, 1132

그물(괘망掛網 및 어망漁網 포함) 98, 196, 197, 337, 340, 436, 497, 498, 507, 603, 608, 613, 663, 695, 697, 699, 900, 1161

기와(수키와 등 포함) 139~143, 209, 290, 324, 337, 339, 343, 386, 387, 449, 980

김(해초) 156, 171, 298, 938, 1127

[ㄴ]

나리(식물) 488

나막신 794, 814

나침반 526

낙지 185, 445, 452, 536, 637, 935

남녀藍輿 63, 101, 133

납약臘藥 476, 999

내탁십선산 939

노루 258

녹두 74, 406, 719

녹피鹿皮 96

누룩 76, 78, 154, 168, 185, 201, 289, 290, 295, 297, 314, 320, 354, 429, 718

느시 900

능금 185, 494, 857, 986

늦벼 214, 364, 406, 951, 1121

[ㄷ]

단령團領 406

달력 403, 422, 433, 571, 573, 751, 918, 919, 923, 929, 999, 1098, 1099, 1112

닭(수탉 및 암탉 포함) 793

담배 168, 169, 185, 289, 314, 424, 436, 438, 687, 698, 719, 795, 893, 1048, 1056, 1135, 1150

담뱃갑 367, 488

담뱃대 956, 1150

대나무 27, 55, 77, 118, 134, 136, 166, 353, 439, 551, 567, 570, 617, 670, 673, 814, 860, 889, 918, 953, 1019, 1023, 1087, 1159

대추 154, 1020, 1021

대추나무 149, 488

대합 78

떡 304, 488, 615, 740, 803, 1035, 1111, 1167, 1168

뗏목 436

도꼬마리 717

도롱태 589

도미(생선) 445

도체탕 485

동아 716

동백 620, 723, 939, 958, 1023, 1052

동이(그릇) 297, 314, 810~815, 818, 1032, 1039

동저冬菹 401

똥 424

돼지 379, 399, 793

둥주리 140, 621

뜸 248, 249, 716, 834, 962, 1029, 1044, 1046~1048

[ㅁ]

마름쇠 1009

말(가축) 56, 63, 69, 87, 107, 109, 119, 121, 166, 193, 195, 197, 200, 217, 220~224, 241~244, 249, 290,

306, 308, 321, 327, 355, 358, 364, 375, 433, 472, 474, 482~484, 519, 523~526, 528, 575, 602, 637~644, 678, 680~684, 722, 731, 784~790, 802, 804~806, 846, 882, 893, 988, 1021, 1042, 1109, 1127, 1186

말구유 983

망건 444

매(동물)(새매 포함) 45, 104, 109, 111, 116, 119, 297, 589, 590, 592, 594, 725, 733, 739, 894, 1043

매화 141, 417, 733, 952

먹 192, 461, 1112

메밀 406, 797

메추라기 116, 590, 733

명정銘旌 138, 145, 824, 1177

명주 497, 517, 975

모과(식물) 132

모관毛冠 881, 885

목단피牧丹皮 980

목화(면화) 199, 234, 392, 403, 570, 571, 685, 719, 722, 727, 728, 731, 852, 866, 1021

무(작물) 285, 505

무김치 340

무명 150, 152, 154, 156, 161, 179, 195, 197, 213, 219, 220, 252, 271, 281, 282, 329, 375, 387, 402, 429, 498, 722, 772, 775, 776, 792, 834, 835, 858, 861, 876

문어 236

문절망둑 698

미나리 151

미륵불 455, 934

미식米食 219

미역 171, 257, 799

민어 119, 154, 156, 165, 185, 202, 274, 404, 709, 718

밀가루 94, 154, 165, 172, 196, 201, 718

밀누룩 94, 165

밀짚 1161

[ㅂ]

박달나무 1023

박산朴散 803

밤 424, 429, 1178

배梨 81, 518, 694, 706, 711, 713, 714, 716, 721, 727, 869, 1003, 1016, 1048, 1061, 1121

배船 297, 300, 311, 474, 634, 797, 799, 831, 1034, 1056

배나무 149

백립白笠 443, 883, 1045

백복령 156, 157, 465, 980

백일홍 55

백장력白粧曆 403

백장미 141

백저白楮 78

백지白紙 78, 150, 154, 156, 161, 165, 167, 171, 175, 187, 196, 213, 219, 252, 258, 262, 269, 271, 281, 282, 295, 329, 353, 377, 390, 398, 834, 839, 877, 896, 1013, 1112, 1126

백필白筆 783

번회燔灰 152, 161

벌筏(고기잡이 도구) 1010, 1156, 1161

벼(稻, 租) 77, 95, 109, 122, 139, 145, 152, 169, 179, 185, 199, 207, 297, 314, 324, 349, 364, 459, 518, 601, 611, 627, 628, 640, 652, 721, 783, 794, 826, 878, 899, 947, 1112, 1153

별갑산 1029

병풍 28, 36

보리 47, 131, 163, 169, 180, 206, 478, 506, 536, 608, 684, 685, 687, 692, 695, 719,

797, 826, 836, 851, 854, 858, 861, 866, 961, 968, 979, 985, 996, 1016, 1026, 1055, 1137, 1142, 1151, 1178

보원탕 939

보중익기탕 122, 144

복숭아 828, 1167

복어 383

부채(절선節扇 포함) 68, 78, 175, 176, 182, 183, 185, 188, 191, 193, 196, 203, 281, 324, 333, 338, 339, 353, 461, 487, 497, 504, 506, 517, 691, 840, 860, 868, 874, 999, 1003, 1004, 1112, 1113, 1136, 1141, 1157, 1159, 1163, 1183

부항 405

붓 213, 217, 425, 461, 464, 783, 794, 1112

붕어 203, 871

붕어소금 828, 829

비碑(비석 포함) 122, 271, 272, 274, 275, 306, 890

비단 517, 975

비자 620, 1121

비파 64, 71, 74

[ㅅ]

사물해독탕 749, 828

사발 297

사철동백 132

사탕 451, 1149

산다山茶 953

산사나무 134

산약山藥 980

산수유 980

사계화 733

산수유나무 134

살구나무 149

쌀(米) 40, 55, 185, 219, 228, 297, 314, 320,

429, 445, 459, 628, 642, 685, 792, 947, 951, 960, 975, 982, 1137, 1157

상력常曆 395, 930

상석床石 57, 61, 155

상어 898

새우 698, 713

생강 354, 424, 465, 771, 874, 878, 1178

서까래 59, 60, 97, 181, 197, 906, 1031

석류 282, 715, 716, 1178, 1183

석류나무 134

석복어石伏魚 1118

설떡 30, 576

세하젓 76

소(숫소 및 암소 포함) 139, 199, 292, 455, 561, 781, 826, 997, 1124, 1157

소금 106, 306, 417, 828, 1031, 1109, 1113, 1119

소나무 41, 136, 141, 213, 267, 295, 311, 425, 434, 438, 439, 624, 792, 814, 889, 952, 1122, 1154

소나무겨우살이 193, 479, 849, 988

소똥 1063

소시호탕 917

소주 210, 679, 793, 1169

솜 109, 393, 402, 558, 680, 736, 742

수문水門 54, 105~107, 122, 298, 300, 301, 313, 315, 474, 568

수박 85, 94, 185, 187, 191, 196, 200, 502, 693, 716, 1003, 1004, 1011

수양탕 712

숙지熟地 156, 157, 465, 466, 980

쑥국 929

술(음료) 38, 55, 63, 95, 99, 114, 296, 297, 313~315, 403, 429, 465, 536, 592, 748, 792, 802, 810, 812, 813, 815, 818, 909, 980, 1021, 1029, 1033~1035, 1039, 1043, 1049~1051, 1093, 1103, 1111, 1113, 1133, 1183

숭어 85, 119, 154, 156, 282, 444, 445, 495, 507, 518, 536, 594, 637, 984, 1010, 1059

숯 207, 228, 398

시호강활탕 1135

신주 149, 156, 158, 162, 394, 445, 456, 650, 745, 746, 886, 970, 972, 1177, 1181

[ㅇ]

애공哀公 320, 323, 355, 452

앵두 838, 975, 1117

앵두나무 425

약게 91, 364, 874

약과 450, 576

약밥 592

어살 48, 353, 357, 592, 594, 599, 615, 866

얼음 187, 196, 486

여뀌 203

역서曆書 606

연계軟鷄 183, 503, 504, 506, 858

연꽃(연근 포함) 44, 151

연포軟泡 133, 472, 483, 484, 538, 572, 595, 909, 1043, 1051, 1077

엿 1061

영산홍 810, 811, 952

오동나무 768, 774, 920

오미자 980

오약순기산 710

오이 679

오죽烏竹 48, 952

오징어 620

올벼 364, 406, 942, 1002, 1115

올배早梨 194

왜선倭船 629, 797, 798

왜철쭉 143, 811, 952

요령鐃鈴 385

우럭조개 795, 799

우산 464, 819

우슬牛膝 466

우포牛脯 74, 340, 1015

월경月經 710, 719

유둔油芚 154, 161, 166, 171, 390, 404

유밀과 740, 741, 963

유자 282, 723, 749, 1052

유자나무 55, 132, 281, 733

육계肉桂 980

으름 132

은광銀鑛 32, 460, 924

은어 185, 364, 517, 689, 697, 858, 864, 868, 874, 981, 1010, 1158

은행 55, 154, 424

은행나무 483, 1076

이불 145, 502, 517, 560, 707

이엉 549

[ㅈ]

자단紫檀 55, 156, 958

자물쇠 595

자반 450, 684

자회煮灰 1154

잣 172, 177, 236, 424, 1029, 1030

장요미長腰米 331, 589

장지狀紙 156, 575

장지壯紙 150, 152, 166, 171, 177, 219, 220, 252, 262, 281, 329, 389, 390, 398, 611, 864, 1013, 1112

짱뚱어 106

저보邸報 148, 334, 1120

적부로 109

전복 128, 137, 185, 210, 220, 393, 408, 422, 445, 536, 709, 717, 723, 799, 883, 898, 1121, 1178

절따말 195

제언堤堰 46, 48, 51, 53, 54, 57, 272, 275, 288~290, 297~299, 310~315, 343, 386, 473~475, 594, 609, 807, 808, 810, 818, 883, 955, 1018, 1037, 1039, 1154, 1161

제호탕 491

조기 62, 119, 156, 274, 487, 633, 959, 963, 1138, 1151

조도棗稻 406

조보朝報 310, 341, 646, 652, 698, 1108

종도리 215

종려 387

종이 98, 170, 179, 198, 417, 453, 553, 563, 756, 798, 871, 876, 1002, 1077, 1112, 1131, 1140, 1148, 1158

주춧돌 214, 377, 541, 803

죽력고 388, 398, 803

죽순 64, 689

준치 869, 980, 983

중도中稻 1119, 1142

중력中曆 395, 930

즙저汁菹 878, 1032

지황地黃 285, 887, 1056, 1118

진달래 132, 135, 140, 555, 591, 621, 723, 1116

[ㅊ]

찰벼 459, 466

참깨 154, 718

참먹 329

참빗 320, 878

참외 183, 185, 502

찹쌀 156

찹쌀떡 1167

책력册曆 395

책상자 79, 80, 105, 268, 295, 556, 1064

천궁川芎 1118

천초川椒 298

철물 78, 82, 207, 384, 394

청력靑曆 423, 1120

청어 258, 274, 391, 403, 410, 793, 799, 923, 1099, 1135

청장淸醬 878

청장력靑粧曆 395, 930

청포도 281

촉농고 490

춘백春栢 68

측백 141

칡 1164

침목砧木 366

침병枕屛 664, 918

침어沈魚 401

침針 66~68, 122, 191, 285, 355, 358, 375~377, 384, 386, 405~407, 424, 490, 720, 721, 835, 896, 1139

[ㅋ]

콩 219, 224, 243, 298, 332, 402, 866, 947, 968, 1021

콩죽 850, 983

[ㅌ]

택사澤瀉 156, 157, 465, 980

탱자 424

토사자兎絲子 156, 157, 466

토하젓 478

통발 203, 1006

[ㅍ]

판여板輿 1113

팔미원 29, 156, 157, 285, 353, 464, 465, 468, 980, 1098

팥 421, 422
패랭이 193, 994
편자 221, 243
편지지 80, 217, 262, 295, 487, 691, 715,
    736, 781, 864, 1124, 1141, 1163
포립布笠 397
표석標石 57, 61, 87, 153, 155, 277, 426
표고버섯 1127
표구렁 197, 200
피리 672, 772, 934, 1043, 1168

[ㅎ]

하수오 466, 635
할미꽃 712, 717
합회蛤灰 203
해삼 210, 282, 795, 799
해송 268
형방패독산 488, 710
호두 424, 445
호두나무 55
호랑이 827, 1071
호패 644, 649, 724
혼서 317, 405, 576, 921, 933
홍도 141, 953
홍매紅梅 808
홍시 386, 536, 727, 734, 884, 896, 1061
홍합 210, 282, 378, 795, 799, 877
화분 132, 135, 387, 555, 591, 723, 733,
    808, 860, 939
화살대 118, 266
화전花煎 298, 300, 1116, 1117, 1123
황납고黃蠟膏 707, 712, 717
황장목 876
황촉黃燭 148, 150, 152, 154, 156, 166,
    167, 171, 175, 177, 179, 196, 213,
    252, 269, 328, 377
황필黃筆 783, 794

황향黃香 246, 536, 546, 725, 728, 892,
    896, 1057
회灰 159, 824
회화나무 939

■문헌

가례고증家禮考證 647
가례의절家禮儀節 457
격양집擊壤集 646
계곡집雞谷集 968
계한서季漢書 647
구경연의九經衍義 647
귤옥집橘屋集 348
금남집錦南集 529
남명집南冥集 852
남헌집南軒集 646
노사영언魯史零言 648
논어論語 1108
논어대전論語大全 497
논어언해論語諺解 497
농사직설農事直說 391, 406, 421
당시唐詩 608
대학大學 1098, 1108
대학연의집략大學衍義輯略 646
도선비기道詵秘記 283, 327
동고집東皐集 884
동국이상국집東國李相國集 647
동국통감東國通鑑 529, 531
동의보감東醫寶鑑 353
명신언행록名臣言行錄 433, 647
목은집牧隱集 648
백가류찬百家類纂 647
부주당음付註唐音 599
사기史記 647
사략史略 197, 256, 979
사마재선생안司馬齋先生案 347, 529
서경언해書經諺解 646
서애집西厓集 647
석천집西厓集 32
선부초평주해選賦抄評註解 647, 648
성학집요聖學輯要 941

소재집蘇齋集 648
소학小學 340, 352, 894, 950
속자치통감강목續自治通監綱目 647
시경詩經 900
시경언해詩經諺解 646
여사제강麗史提綱 647
역대신감歷代臣鑑 647
예기정문禮記正文 562
오선생예설五先生禮說 647
우계집牛溪集 648
우복집愚伏集 647
자경편自警編 433
자치통감강목資治通鑑綱目 114, 950, 1098
장감박의將鑑博議 892
점필재집佔畢齋集 530
정암집靜庵集 648
주자가례朱子家禮 456, 1046
죽당집竹堂集 637
죽도창수록竹島唱酬錄 606
청오경靑烏經 1079, 1081, 1084
태계집台溪集 647
통감通鑑 984
파한집破閑集 48
표해록漂海錄 529
한강집寒岡集 648
한서漢書 267, 647
회재집晦齋集 648
회전會典 819
휘어彙語 1047